BASTEI
LÜBBE

Von Jason Darks Sonderausgaben sind bisher folgende Bände erschienen:

73 901 Willkommen in der Hölle
73 902 Zeit der Monster
73 903 In Satans Diensten
73 904 Flüche aus dem Jenseits
73 905 Kämpfer gegen die Hölle
73 906 Dämonenbrut
73 907 Geister, Zombies und Vampire
73 908 Gegen Tod und Teufel
73 909 Alptraum Atlantis

In Vorbereitung:
73 910 Im Bann der Schwarzen Magie
73 911 Monster aus der Schattenwelt

JASON DARK

JOHN SINCLAIR

Alptraum Atlantis

Acht spannende Grusel-Abenteuer

BASTEI LÜBBE

BASTEI-LÜBBE-TASCHENBUCH
Band 73 909

Erste Auflage:
August 1996

Titelbild: Jan Balaz
Innenillustrationen:
Fabian Fröhlich
Lektorat: Rainer Delfs
Umschlaggestaltung:
Quadro Grafik, Bensberg
Satz: VID Verlags- und
Industriedrucke GmbH & Co. KG,
Villingen-Schwenningen
Druck und Verarbeitung:
Cox & Wyman, Ltd.
Printed in Great Britain

ISBN 3-404-73 909-4

Der Preis dieses Bandes
versteht sich einschließlich der
gesetzlichen Mehrwertsteuer.

Inhalt

Grauen
in vier
Wänden

Cedric Culp stand vor der Tür und bekam es mit der Angst zu tun. Den Grund dafür kannte er nicht, die verdammte Furcht war auf einmal da, und sein Herzschlag beschleunigte sich.

Er dachte an den Rat seiner Frau, sich um Himmels willen nicht aufzuregen, weil er Probleme mit dem Herzen hatte, aber er wollte sich gern ein wenig nebenbei verdienen, und deshalb hatte er den Job als Nachtwächter angenommen.

Verschiedene Firmen, die Einbrüche fürchteten, wandten sich an seine Agentur, und diese wiederum vermittelte die Männer. Es waren nicht immer leichte Jobs, doch der inzwischen sechzigjährige Culp wurde nur für die ungefährlichen Aufgaben eingeteilt.

Er hätte also keine Angst zu haben brauchen.

Dennoch hatte er sie!

Weshalb? fragte er sich und schaute auf die geschlossene Tür. An ihr war nichts Besonderes zu sehen, ein glattes Holz, wenn auch mit einem exotischen Furnier versehen und dann überlackiert.

Nach diesem plötzlichen Anfall der Furcht hatte er seine Lampe wieder gesenkt. Der helle Kreis tanzte auf dem Boden, der aus dunklen Fliesen bestand. Neben der Tür sah er die Wände des Zimmers, auch sie sahen normal aus und hätten ihm keinen Grund zur Unruhe gegeben. Das gleiche galt für die Umgebung. In diesem alten Haus – jetzt zu einem privaten Museum umfunktioniert – war es still, und das gehörte sich so. Schließlich war es Nacht.

Warum also die Furcht?

Culp wußte es nicht. Er trat einen Schritt zurück, dachte an seine Tabletten und überlegte, ob er zwei von ihnen schlucken sollte. Das ließ er bleiben, da ihm der Arzt geraten hatte, die starken Pillen nicht zu oft zu nehmen. Erst am Morgen, nach Dienstende, wollte er sie wieder mit einem Schluck Wasser hinunterspülen.

Ruhig durchatmen, sagte er sich. Nur keine Panik, es besteht überhaupt kein Grund, vor irgend etwas Angst zu haben. Du bist hier allein, niemand ist eingebrochen, niemand hält sich versteckt.

Seltsam war nur, daß er an seine eigenen Worte nicht so recht glauben wollte, und er drehte sich um, weil er wieder in den dunklen Flur eintauchen wollte. Nicht weit entfernt stand eine schlichte Holzbank, die als Ruhestätte diente. Tagsüber war sie immer gut besetzt. Der Lichtkegel glitt über das blanke Holz und verwandelte Teile von ihm in einen Spiegel.

Cedric Culp ging auf die Bank zu und war froh, sich setzen zu können. Er legte seine Taschenlampe eingeschaltet auf die Oberschenkel, so daß der Strahl wie ein langer Arm in den Flur hineinstach und dort einen Streifen in die Dunkelheit schnitt. Für den Mann war es wichtig, sich auszuruhen, seine Runde konnte er später fortsetzen, Kontrollpunkte gab es nicht.

Er streckte die Beine aus. Es war nicht mehr still in dem alten Gebäude mit den mehreren Etagen, denn sein schnaufender Atem durchbrach die nächtliche Ruhe.

Obwohl der Lampenschein zur Seite fiel, war der Nachtwächter noch zu sehen. Seine Gestalt zeichnete sich wie ein Schattenriß an der Wand hinter ihm ab. Wenn Culp seine Augen bewegte, leuchtete das Weiße in ihnen. Das war bei ihm nichts Besonderes, da ihm die Augen immer ein wenig brannten.

Die Angst verflog nur allmählich. Er zwang sich zur Ruhe. Langsam spreizte er seinen Arm ab, weil er die Hand in den Lichtschein bringen wollte, und merkte dabei, daß die Finger noch immer zitterten. Das gefiel ihm gar nicht, denn es war ein Beweis für seine noch nicht überwundene Nervosität.

Das Zimmer war ihm unheimlich.

Er kannte den Grund nicht, denn in der letzten Nacht hatte er die Furcht nicht gespürt. Oder hielt die Angst ihn deshalb in ihren Krallen, weil hinter der Tür ein chinesischer, ein exotischer Raum lag, der auf Europäer so fremd wirkte?

Das war durchaus möglich, aber noch immer kein plausibler Grund dafür, sich derart zu ängstigen. Obwohl, das mußte er zugeben, er dieses Zimmer nicht gern betrat, denn in seinem Innern war es ihm einfach zu exotisch. Er konnte mit diesen Dingen nichts anfangen, besonders nicht mit den bemalten Wänden, denn die Figuren darauf stammten allesamt aus der chinesischen oder fernöstlichen Mythologie, und damit kannte er sich nicht aus. Sie war ihm nicht nur fremd, sondern auch unheimlich. Vielleicht deshalb hatte sie für sein Angstgefühl gesorgt, wenn er nur daran dachte, was sich hinter der Tür befand.

In seinem Gaumen saß ein unangenehmer Geschmack. Der Herzschlag hatte sich glücklicherweise wieder normalisiert, und über die breiten Lippen des Mannes huschte ein Lächeln, als er daran dachte, was in seiner rechten Jackentasche steckte.

Die kleine Flasche Gin hatte er an einem Kiosk in der Nähe gekauft und sie an seiner Frau vorbeigeschmuggelt. Sie war noch nicht angetrunken, er wollte erst jetzt einen Schluck nehmen und drehte, nachdem er die Flasche hervorgeholt hatte, langsam den Verschluß auf. Der Geruch des Schnapses stieg in seine Nase, er schnupperte und überlegte, ob er jetzt gleich einen Schluck nehmen sollte oder später.

Culp entschied sich für das Sofort! Mit geübtem Griff setzte er die Flasche an die Lippen, ein kurzes Kippen, dann gluckerte das Zeug in seine Kehle.

Erst als die Taschenflasche zu einem Drittel geleert war, schraubte er sie wieder zu und ließ sie verschwinden. Der Alkohol brannte in seiner Kehle. Er hatte auch den Magen durchgewärmt, und ein sattes Rülpsen löste ein Echo im leeren Flur aus.

Jetzt war die Angst verschwunden. Und der widerliche Geschmack hatte sich ebenfalls aus seinem Mund zurückgezogen.

Alles war okay.

Bis er das Geräusch hörte!

Cedric Culp spannte sich. Über seinen Nacken und dann auch über den Rücken schienen Spinnen zu laufen. Dieses Geräusch war schlimm. Es paßte nicht in die Leere und Stille des großen Hauses. Wenn jemand einen Laut von sich geben durfte, dann war er es.

Oder hatte er sich geirrt?

Culp blieb sitzen. Er blies die Luft aus, begleitet von einer Alkoholfahne.

Die Gänsehaut war verschwunden, aber dieses gespannte Gefühl war geblieben. Er holte sich das Geräusch in die Erinnerung zurück und ging davon aus, daß dieses Knarren von einer Tür stammte.

War es *die* Tür gewesen?

Ja, eine andere Möglichkeit gab es nicht, denn in seiner Nähe befand sich eben nur diese eine Tür, hinter der das chinesische Zimmer lag.

War doch jemand da? Und wie ging es weiter? Würde sich das Geräusch wiederholen? Obwohl er sich davor fürchtete, wartete er förmlich darauf, aber es tat sich nichts.

»Laß dich nur nicht verrückt machen«, flüsterte Culp sich selbst zu, drehte dabei seinen Oberkörper nach links und schielte in die Richtung, wo er die Tür wußte.

Sein Blick glitt über den Boden, und da entdeckte er plötzlich etwas.

Im gesamten Bau war es dunkel, doch an der Stelle, wo sich die Tür befand, nicht. Da sah er den sehr schwachen Abdruck eines Lichtscheins, und der konnte nur aus dem chinesischen Zimmer dringen. Doch wer sollte dort eine Lampe eingeschaltet haben? Es befand sich niemand darin, er selbst hatte es in dieser Nacht noch nicht betreten und würde sich auch hüten, dort eine der Lampen einzuschalten.

Culp konnte seinen Blick nicht von diesem geheimnisvollen Lichtschein abwenden, der für ihn in diesem Augenblick wie eine Botschaft war. Er rückte ein Stück auf der Sitzfläche zur Seite und beugte seinen Oberkörper vor, so daß er nur mehr auf der Kante der Bank saß.

Lautlos huschte der Schatten durch die Lichtbahn.

Culp erschrak. Seine Hand legte sich dorthin, wo das Herz schlug. Er hatte den Schatten genau gesehen, doch als er wieder hinschaute, war er verschwunden.

Doch eine Täuschung? Wie auch das Knarren der Tür?

Nein, der Lichtschein blieb. Damit stand für ihn fest, daß die Tür nicht mehr geschlossen war.

Jetzt mußte er handeln, aber er wollte nicht. Culp hatte den Job nur angenommen, weil er in Ruhe ein paar Pfund nebenbei verdienen konnte. Bisher jedenfalls war es so gewesen. Daß es sich ändern könnte, damit hätte er nie gerechnet.

Wenn er seinen Job ernst nahm, hätte er jetzt aufstehen und zur Tür hingehen müssen, aber er blieb sitzen und starrte sie einfach nur an.

Wieder bewegte sich die Tür.

Abermals hörte er das widerlich klingende Knarren. Diesmal jedoch deutlicher als beim erstenmal, vielleicht auch deshalb, weil er sich darauf konzentriert hatte.

Culp stand auf.

Beinahe erschrak er selbst über seine ruckartige Bewegung, mit der er sich in die Höhe drückte. Wie immer spürte er die Verspannungen an seinen Schulterblättern, auch der Rücken schmerzte ihn, und seine Beine schienen viel schwerer zu sein als sonst.

Mit schlotternden Knien und gesenktem Kopf ging er die ersten Schritte. Noch zeigte der Strahl der Lampe nach unten, und Culp schaute zu, wie der helle Kreis auf der Erde zitterte, wieder ein Beweis dafür, wie nervös er war.

Culp hielt sich so nahe an der Wand, daß er mit der Schulter daran entlangstreifte. Das dabei entstehende Geräusch erinnerte ihn an das Atmen und Schnaufen eines Schwerkranken. Die Luft gefiel ihm überhaupt nicht. Sie war nie besonders gut in diesem Haus, jetzt aber schien sie mit einem seltsamen Geruch gefüllt zu sein, der ihn irgendwie an einen Friedhof erinnerte, auf dessen Gräber Pflanzen faulten und den Gestank abgaben.

Es wäre ihm ein Leichtes gewesen, die Lampe einfach anzuheben und den Strahl auf die Tür zu richten. Seltsamerweise traute er sich nicht. Noch immer wanderte der Kreis neben ihm her wie ein gehorsamer Hund, dicht an seinem rechten Fuß.

Aber die Tür war offen, der Lichtschein blieb, und nach wenigen Schritten sah er auf den Spalt und konnte die Breite mit seinen Blicken abmessen. Ein Erwachsener hätte nicht hindurchgepaßt. Hier war nichts mehr in Ordnung, seine Ruhe war dahin, das Haus war plötzlich von einem unheimlichen Leben erfüllt. Es schien, als sei es von unheimlichen Kräften kurzerhand besetzt worden.

Vor dem Türspalt blieb er stehen und traute sich endlich, die Lampe anzuheben, um in den dahinter liegenden Raum hineinzuleuchten.

Der Strahl fand seinen Weg durch den Spalt, aber er ›reagierte‹ nach Culps Meinung nicht so, wie er hätte reagieren müssen.

Sein Schein verlor sich im Zimmer. Es konnte auch sein, daß er von dem anderen Licht aufgesaugt wurde, nur wollte sich Culp darauf nicht festlegen. Was hier passiert war, dafür wußte er keine Erklärung. Jemand mußte von innen her die Tür aufgestoßen haben, das war alles. Von außen war sie nicht aufgezogen worden, das hätte er gesehen.

Wie, zum Teufel, war diese Person in das Zimmer hineingelangt? Darüber zerbrach sich der Nachtwächter den Kopf. Er mußte grinsen, als er über den Begriff Teufel nachdachte. An ihn hatte er nie geglaubt, der Teufel war für ihn etwas, das einfach nicht existierte, ausgenommen in den Phantasien irgendwelcher Spinner.

Wieder hörte er ein Geräusch!

Diesmal anders. Die Tür bewegte sich nicht. Kein Knarren oder Knarzen. Es war etwas völlig anderes, aber genauso furchtbar. Es drang aus dem Zimmer, und Cedric Culp wollte es zunächst nicht wahrhaben.

Irgend jemand befand sich im Raum und schabte an den Wänden entlang. Er wußte, daß diese mit Seidentapeten bespannt waren, einem sehr wertvollen Stoff, und wenn er sich genau konzentrierte, hörte sich das Geräusch an, als würden Hände mit spitzen Fingernägeln über diesen Stoff kratzen.

Ein Tier?

Das war die Idee, die ihm durch den Kopf schoß. Er nahm es als wahrscheinlich hin, denn wie oft schlichen sich irgendwelche Tiere unbemerkt in verlassene Räume und wurden eingesperrt. Das galt für Hunde ebenso wie für Katzen. Darüber hatte er genug gelesen, nur stellte er sich die Frage, warum das Tier, wenn es denn eingeschlossen gewesen war, das Zimmer nicht verlassen hatte, nachdem die Tür offenstand?

Nein, das konnte nicht stimmen, da war Culp ehrlich gegen sich selbst. Nur hatten sich seine Gedanken einmal daran festgehakt. Im Zimmer lauerte ein Tier, ein Hund oder eine Katze. Vielleicht auch ein anderes vierbeiniges Wesen, wer konnte das schon wissen?

Culp war noch zu weit von der Tür entfernt. Es kostete ihn eine gewisse Überwindung, nah an sie heranzugehen, und das Zittern seiner Hände hörte nicht auf.

Mit dem ersten Schritt, den er zurückgelegt hatte, war auch das Geräusch verstummt. Das unbekannte Wesen schien gespürt zu haben, daß sich jemand näherte, und wartete nur lauernd ab, was noch alles geschehen würde.

Da er den Atem angehalten hatte, war es in seiner Umgebung sehr still geworden. Auch aus dem Zimmer drang kein Laut mehr, was ihn wiederum wunderte. Eigentlich hätte er etwas hören müssen, auch ein Tier atmete und gab Geräusche ab.

Das passierte hier nicht.

Lauerte das Wesen ebenso auf ihn wie er auf dieses andere seltsame Ding? Seine Kehle war trocken geworden. Er stieß auf. Der Geschmack von Gin drängte sich wieder in seinen Mund. Er schluckte abermals und streckte die Hand aus, um die Türkante zu umfassen.

Dabei wunderte sich Culp über seinen eigenen Mut. Doch er hatte es tun müssen, es war einfach aus einem Reflex heraus geboren worden. Er wußte ja, was ihn in diesem Raum erwartete, er kannte ihn genau, jede Einzelheit hatte sich in seinem Gedächtnis festgesetzt, und trotzdem fühlte er sich wie ein Fremder, als er den Fuß über die Schwelle setzte und den Raum betrat.

Ja, das Licht leuchtete, er hatte sich nicht getäuscht. Es war eine der Wandleuchten, die brannten. Ihr Licht wurde durch einen Schirm gemildert, so daß es weich einen Teil des Zimmers erhellte und seine Bahn an der Tür endete.

Das also war es gewesen. Ein normales Licht. Vielleicht von allein angegangen, durch irgendeinen technischen Defekt, doch daran wollte er seltsamerweise nicht glauben.

Culp trat noch einen weiteren Schritt in das Zimmer hinein und drehte sich dann um, um die Tür nicht mehr in seinem Rücken zu haben.

Er schaute jetzt ihre Innenseite an – und erschrak.

Natürlich kannte er die Tür. Die Intarsienarbeiten im Holz und die gemalten Fratzen und Wesen waren ihm nicht neu. Hier in der bedrückenden Dämmerung nahmen sie für Culp eine andere Dimension an. Da sahen sie wesentlich furchterregender aus als bei Tageslicht, vor allen Dingen dieser runde Kopf mit seinen bösen Augen, dem breiten Maul und den blanken Zähnen. Über dem Kopf wanden sich mehrere Schlangen mit breiten, schrecklichen Mäulern, die weit aufgerissen waren. Oben an der Tür sah er das Profil eines großen Raubvogels. Wahrscheinlich war es ein Adler, der auf den Betrachter niederschaute.

Für einen Moment hatte der Nachtwächter den Eindruck, als hätte er nicht eine tote Zone betreten, sondern ein Zimmer, das lebte.

Hier tat sich etwas – trotz der gespenstischen und bedrückenden Stille. Er spürte genau das Grauen zwischen den vier Wänden, und zum erstenmal dachte er an Flucht. Es war nichts passiert, er hatte nur die Geräusche gehört, zudem wurde er für diesen Job bezahlt. Culp gehörte zum alten Schlag. Hätte er seinen Arbeitsplatz jetzt verlassen, wäre ihm ein schlechtes Gewissen sicher gewesen.

Dann passierte etwas, was er nicht begriff. Entsetzt sah er, wie die Tür wieder zuschwang.

Culp hätte noch hinlaufen und sie festhalten können, doch er traute sich nicht. Er blieb auf der Stelle stehen und starrte auf den Spalt, der immer schmaler wurde.

Mit einem leisen Plopp fiel sie ins Schloß.

Aus – er war allein!

Tief saugte er die Luft ein. Auf seinem Rücken spürte er die Kälte wie dünnes Eis. Sein Herz fing an, schneller zu schlagen.

Niemand hatte die Tür zugezogen, das hatte er genau gesehen. Nicht von innen zumindest. Hielt sich doch jemand im Flur auf, den er nicht gesehen hatte?

Das kalte Gefühl blieb. Es lähmte seine Bewegungen. Dann setzte sich der Spuk fort.

Schlagartig erlosch das Licht!

Das war genau in dem Augenblick passiert, als er sich entschlossen hatte, auf die Tür zuzugehen. Er stoppte mitten in der Bewegung und stand nun in der absoluten Finsternis.

Nichts war zu hören.

Keine fremden Geräusche, nur sein eigener Atem.

Er nahm etwas wahr und hörte es trotzdem nicht. Diesen Widersinn konnte er nicht begreifen und hämmerte sich deshalb ein, daß er allein war, ganz allein in diesem chinesischen Zimmer.

Bis etwas seine rechte Hand berührte. Jemand zupfte daran. Cedric Culp erschrak bis ins Mark, sein rechter Arm zuckte, er öffnete wie unter Zwang die Faust.

Die Lampe polterte zu Boden. Sie blieb seltsamerweise nicht liegen, sondern rollte weg, als würde sie von irgend etwas durch den Raum bewegt.

Irgendwo kam sie dann zur Ruhe.

Es wurde still – totenstill. Zum erstenmal spürte Cedric Culp die Todesangst in sich hochsteigen…

Es geschah nichts!

Wenigstens nicht in den folgenden Minuten. Möglicherweise vergingen auch nur Sekunden, so genau konnte der Nachtwächter das nicht ermessen, da ihm das Gefühl für Zeit verlorengegangen war.

Er stand noch immer auf dem Fleck und lauschte dem Schlag seines Herzens. Im Kopf spürte er sogar die Echos, sie verdichteten sich, er verspürte Schmerzen, die seiner Meinung nach keine natürliche Ursache hatten. Es war die Angst, die ihn gepackt hatte und seinen Brustkorb zusammenzudrücken schien.

Culp rührte sich nicht.

Er war allein, und er war es doch nicht. Irgendwo lauerte etwas, es wartete darauf, ihn angreifen zu können. Alte Ängste hatten Gestalt angenommen, hier war alles furchtbar. Schon tagsüber hatte er sich vor diesem Zimmer gefürchtet, weil es so völlig fremd war. Zeitungen hatten über dieses altchinesische Zimmer berichtet, das in London originalgetreu aufgebaut worden war.

Culp wunderte sich darüber, daß es ihm trotz seiner Angst gelang, sich zur Ruhe zu zwingen. Er hatte seinen Platz nicht verlassen. Hätte er jetzt Licht gehabt, so wäre sein Blick auf die Tür gefallen, denn er stand noch immer vor ihr.

Zwei Schritte, und er war da.

Dann konnte er nach dem Knauf fassen, ihn drehen und das Zimmer verlassen.

Eine ganz normale Sache, aber nicht für ihn, denn die Dunkelheit war wie Teer, der sich um seinen Körper gelegt hatte und ihn zu ersticken drohte. Die Angst war zu einem Verbündeten der Finsternis geworden, und beide ließen ihn nicht aus den Klauen.

Die Tür lag vor ihm.

Wenige Schritte nur, höchstens drei. Ein Witz eigentlich, und Culp fragte sich, warum er sie nicht zurücklegte. Noch wartete er, holte tief Luft, mußte sich erst überwinden und gab sich schließlich einen Ruck. Er ging auf die Tür zu und streckte seine Hand nach dem Knauf aus.

Seine Hand legte sich um den runden Knopf. Er bestand aus Metall, wahrscheinlich Messing, er fühlte sich kalt an, und Culp drehte ihn.

Nein, er ließ sich nicht drehen. Culp glaubte nur, daß er ihn bewegte, tatsächlich aber glitt die Hand mit ihrer schweißfeuchten Fläche über das glatte Metall.

Die Tür war verschlossen!

Cedric Culp mußte sich das mehrmals selbst sagen, um es zu begreifen. Wer immer seine Hand hier im Spiel gehabt haben mochte, er hatte ihn eingeschlossen, und dieser Unbekannte wollte etwas von ihm, möglicherweise sogar sein Leben.

Seine Hand löste sich vom Knauf.

Es war verrückt, es war Wahnsinn, er saß hier fest und war seinen Feinden hilflos ausgeliefert. Irgend etwas mußte doch geschehen! Warum tat sich denn nichts?

Er schwitzte. Er hätte am liebsten geschrien und verspürte den

Wunsch, das unheimliche Zimmer einfach zu verwüsten. Er wußte auch im Dunkeln, wo die Möbel standen, die Bilder hingen, aber er stand wie festgebacken auf dem Fleck und tat nichts. Selbst das Atmen empfand er in diesen Augenblicken als Qual.

Die Dunkelheit war schlimm. Sie hatte sich wie ein Sack über seinen Kopf gestülpt. Für ihn war sie nicht normal, er empfand sie als eine Bedrohung, denn tief in ihr schien etwas Schreckliches und Unaussprechliches zu lauern.

Ich muß die Taschenlampe haben, dachte er. Licht, nur Licht. Wenn ich Licht habe, kann ich alles sehen, dann ist es nicht so schlimm. Dann sind die Schatten weg.

Die Gedanken tasteten durch sein Gehirn, während er sich bückte und auf Hände und Knie niederging. Der Boden war mit Parkett ausgelegt. Das Holz erschien ihm ungewöhnlich weich, doch darüber dachte er nicht nach, während er auf allen vieren in die Richtung tappte, in die seiner Meinung nach die Lampe gerollt war. Irgendwann mußte er gegen sie stoßen, wenn er eine bestimmte Fläche absuchte.

Culp empfand die Finsternis wie Schleim, der sich an seiner Kleidung festgesetzt hatte. Er war überall, er strich durch sein Gesicht wie kalte Finger. Selbst auf den Lippen spürte er ihn.

Eine derartige Dunkelheit hatte er noch nie zuvor erlebt. Mit jeder Bewegung bohrte sich die Furcht tiefer in sein Herz.

Er tappte mit gespreizten Fingern über den Boden. Gleichzeitig schob er sich voran. Irgendwo mußte die verdammte Lampe doch liegen. Er breitete die Arme aus, um so eine größere Fläche absuchen zu können, doch der Erfolg war gleich Null. Wohin er auch faßte, die Hände griffen immer ins Leere.

Die Lampe konnte nicht verschwunden sein! Sie war bestimmt nicht bis zu den Möbelstücken gerollt, die im Hintergrund des Zimmers dicht nebeneinander standen. Die Anordnung war bewußt so gewählt worden, denn kein Besucher sollte die Möbel mit seinen fettigen Fingern berühren. Wenn das Zimmer zur Besichtigung freigegeben worden war, wurde es durch eine Kordel getrennt, die von einer Seite zur anderen gespannt wurde. In der

Nacht war es nicht nötig, da betrat niemand das Zimmer, doch dessen war Culp sich nicht mehr so sicher.

Etwas strich dicht über seinen Kopf hinweg. So nah, daß die Haare davon gestreift wurden.

Der Mann erschrak zutiefst und hielt inne.

Wer oder was hatte ihn berührt?

Ein Schatten, eine Schwinge. Komischerweise fiel ihm der abgebildete Adler in der Tür ein.

In seiner knienden Haltung wartete er, ob sich dieser Vorgang wiederholte. Er hoffte, sich geirrt zu haben, daß es nur eine Einbildung gewesen war, weil seine Nerven überreizt waren.

Vom Magen her stieg es säuerlich hoch in seine Kehle. Sein Herzschlag hatte sich beschleunigt. Er hatte das Gefühl, als wäre das Organ zu einem Stein geworden, der heftig gegen die Rippen klopfte.

Da hörte er das Kichern!

Nicht sehr laut, gerade noch zu verstehen, für Culp jedoch ein fürchterliches Geräusch, das die eisige Kälte noch tiefer in seinen Körper hineintrieb.

Nun war er sicher, daß er nicht mehr allein in diesem verdammten Zimmer war. Das Grauen zwischen den Wänden hatte sich akustisch zu erkennen gegeben durch ein schrilles und gleichzeitig gemeines und triumphierendes Kichern.

Ihm schoß ein Vergleich durch den Kopf. So mußte sich jemand freuen, der es endlich geschafft hatte. Dem es gelungen war, einen Feind zu stellen, den er lange gejagt hatte.

Aber war er ein Feind?

Hatte er überhaupt Feinde?

Culp schüttelte die Gedanken daran ab. Er dachte wieder an seine Taschenlampe, die er unbedingt finden wollte. Durch das Licht wurde alles anders, da konnte die Angst vertrieben werden, wie auch die Sonne die Nacht zurückdrängte.

Er kniete noch immer. Sein Rücken tat ihm bereits weh. Die Kniescheiben schmerzten auch, doch das ignorierte er. Andere Dinge waren wichtiger.

Schritte!

Hinter ihm!

Cedric Culp hielt den Atem an. Er zitterte, er hätte am liebsten laut aufgeschrien, statt dessen kniete er weiterhin am Boden und konzentrierte sich auf das Geräusch.

Er hatte sie einmal gehört, damit aber war es nicht genug, denn die Person, die sich außer ihm im Zimmer bewegte, hatte ein Ziel. Sie wollte an ihn heran.

Und sie ging weiter.

Tapp, tapp, tapp…

Sehr unregelmäßig setzte die unbekannte Person ihre Füße auf. Der Nachtwächter konnte sich sogar vorstellen, daß sie schwankte, als wäre sie dabei, das Laufen zu lernen. Doch jeder erwachsene Mensch konnte normal laufen. Wer es üben mußte, war noch ein Kind.

Ein Kind!

Es schoß ihm durch den Kopf, und plötzlich war dieser Gedanke für ihn gar nicht mehr so unlogisch. Ja, das konnte durchaus ein Kind sein, das sich hinter ihm bewegte und immer näher an ihn herankam. Ähnlich wie eine Maschine, die nicht mehr abzustellen war. Bei jedem Aufsetzen entstand ein hartes Geräusch, danach folgte ein leiseres Schleifen, dann wieder das harte Aufsetzen, sogar deutlicher zu hören, was bewies, daß sich die andere Person immer mehr näherte.

Himmel, warum nur?

Culp wollte weg, wollte sich herumwerfen, und dann verstummten die Schritte plötzlich.

Rechts neben ihm!

Cedric Culp wußte, daß sich neben ihm jemand befand. Er wußte aber nicht, wie diese Gestalt aussah. Der Mann schluchzte auf. Seine Angst vor dem nicht Erkennbaren, dem Unheimlichen steigerte sich immer mehr. Sie drängte dabei alle anderen Gefühle zurück. Das Furchtbare war zu einer Tatsache geworden, und es dauerte einige Sekunden, bis er den Mut fand, eine Hand vom Boden zu lösen und den Arm nach rechts zu schwenken, wo die Person stand.

Er berührte sie – und zuckte zurück!

Seine Finger waren über dickes, kaltes und sich irgendwie fettig anfühlendes Fleisch geglitten. Ein Stück nackter Haut stand neben ihm. Culp ging davon aus, daß es ein Bein war, vielleicht eine Wade oder ein Oberschenkel.

Er hörte abermals das Kichern, und diesmal erklang es dicht über seinem Kopf.

Wieder eine böses, triumphierendes Geräusch, dem einen Moment später Taten folgten. Etwas wühlte sich in sein graues Haar hinein, und es dauerte seine Zeit, bis er festgestellt hatte, daß es Finger waren, die nach seinem Kopf gegriffen hatten. Seltsame Finger, nicht sehr lang, sondern kurz und stummlig. Als wären sie gekürzt worden, dennoch kräftig, und er fragte sich, ob es die Hand eines Kindes war, die ihn gepackt hielt.

Wieder hatte er den Eindruck, sein Blut würde allmählich vereisen. Er konnte kaum Luft holen, die Lungenflügel hatten sich verengt, zudem war die Luft in diesem Zimmer viel schlechter geworden. Sie hatte sich mit irgendwelchen Gewürzen gefüllt, mit Gerüchen, die er als widerlich empfand.

Culp rührte sich nicht. Sein Mund stand halb offen. Speichel hatte sich an der Unterlippe gesammelt. Sie konnte die Flüssigkeit nicht mehr halten, der Speichel rann darüber hinweg und tropfte mit klatschenden Geräuschen auf den Boden.

Noch immer hielten die Finger seine Haare fest. Sie hatten sich in die Strähnen hineingedreht, als wären diese Drähte. Die Angst war für Culp zu einer realen Bedrohung geworden. Auch wenn ein Kind neben ihm stehen sollte, er glaubte nicht mehr daran, daß er stärker war als dieses kleine Wesen.

Etwas preßte sein Herz zusammen, der Magen drückte ebenfalls, er revoltierte nicht, aber übel war Culp trotzdem.

Da griffen die Finger richtig zu.

Sie schnappten sich sein Haar, sie hakten sich darin fest, und Culp stieß einen jammernden Schrei aus. Der nächste Ruck riß ihn in die Höhe. Die Hand ließ sein Haar nicht los, doch er konnte nicht auf die Füße kommen, denn kaum hatten seine Knie den Kontakt mit dem Boden verloren, da schleuderte ihn die Kraft des Unbekannten wuchtig zur Seite, so daß er schwer zu Boden stürzte und sich dabei überrollte. Auf dem Rücken blieb er liegen. Er keuchte dabei wie eine alte Dampflok und hatte das Gefühl, Nebel aus seinem Mund dringen zu sehen. Die Augen brannten. Sein Geist war von einer seltsamen Klarheit erfüllt, so daß er alles zumindest akustisch hervorragend registrierte, was sich in seiner unmittelbaren Umgebung abspielte.

Plötzlich lebte das Zimmer!

Da waren nicht nur die tappenden Schritte des Wesens, das ihn umkreiste, er vernahm auch etwas anderes. Ein hohles Pfeifen, ein Klatschen dicht über seinem Kopf, als wären dort Flügel zusammengeschlagen. Er spürte wieder die Berührung in seinem Gesicht, als hätte jemand ein Tuch darüber hinweggezogen.

Culp lag auf dem Rücken. Er hatte seine Augen weit geöffnet und starrte gegen die Decke.

In der Dunkelheit konnte er sie nicht sehen, höchstens ahnen. Sie war ein finsteres Viereck, das in einem unmittelbaren Zusammenhang mit den grauenerzeugenden Wänden stehen mußte.

Da oben spielte sich etwas ab. Er entdeckte ungefähr in der Deckenmitte ein düsteres, rötliches Glühen, als würde ein Auge aus der oberen Etage hier in das Material der Decke eindringen, um ihn unter Kontrolle zu halten.

Die Decke war es nicht allein, die sich veränderte. An den Wänden geschah im Prinzip das gleiche, wenn auch unterschiedlich. Plötzlich sah er die Umrisse einer Bemalung, die er zuvor auf der Seidentapete noch nicht entdeckt hatte. Innerhalb des Stoffs zeichneten sich die Umrisse fürchterlicher Fratzen ab. Er hatte so etwas noch nie gesehen. Breite Köpfe, umgeben von langen Schlangenkörpern mit weit aufgerissenen Mäulern, die ihn an die Schnauzen von Drachen erinnerten.

Das Bild wurde ihm für einen Moment genommen, als etwas klatschend über ihn hinwegglitt. Er verspürte die Kälte und einen leichten Windhauch. Zwei kalte, gelbe Augen huschten vorbei, er hörte wieder das Kichern, und plötzlich bäumte sich der Boden unter ihm auf, und ein gefährliches Knurren erklang.

Cedric Culp hörte Sätze, die in einer fremden Sprache gesprochen wurden, die er aber trotzdem verstand.

»Verschlingen werden wir dich. Du bist das Opfer für das Götterkind. Wir werden dich verschlingen…«

Schrill hörte sich das Kichern an.

Und dann schleuderte ihn die Kraft in die Höhe. Jetzt brüllte Culp seine Not hinaus, doch es war niemand da, der ihm zu Hilfe eilte und seinen unfreiwilligen Flug durch das Zimmer stoppte.

Hart klatschte er gegen die Wand.

Er spürte den Schmerz und gleichzeitig die Berührung der Seidentapete wie einen kalten Hauch über sein Gesicht hinwegstreifen. Unheimliche Kräfte zerrten an ihm, und als er merkte, daß er nicht wieder zurückgeschleudert wurde und auf den Boden fiel, drohte sein Verstand auszusetzen.

Er blieb an der Tapete oder an der Wand hängen. Alles geschah in dieser schrecklichen Finsternis. Er spürte auch die anderen Kräfte, die nicht lockerließen. Sie zogen von vorn, gleichzeitg schob etwas von hinten, als wollten die Kräfte dafür sorgen, daß Cedric Culp ein Opfer der Wand wurde.

Kleine Hände preßten sich gegen seinen Rücken und verstärkten den Druck. Er hörte ein häßliches Lachen und kriegte plötzlich keine Luft mehr, denn sein Gesicht war in die Tapete und gleichzeitig in die Wand hineingedrückt worden.

Sie fraß ihn.

Sekunden später war nichts mehr zu hören. Da aber gab es auch keinen Cedric Culp mehr…

Wäre er ein Weißer gewesen, so hätte man ihn in dieser Gegend von Soho mißtrauisch angesehen, aber Suko war selbst Chinese. Er trieb sich nicht zum Spaß in den engen Gassen herum, die mit ihrem Flair ein Stück China nach London gebracht hatten.

Er war hineingetaucht in diese fremde und doch so vertraute Welt und dachte daran, wie traurig sie bei Tageslicht aussah, wenn keine bunten Lichter leuchteten, um zahlungskräftige Kunden in die Lokale zu locken. Dies hier war unter anderem eine Touristengegend, jedoch nur am Abend, tagsüber schien die Welt gerade hier ihren grauen Schatten hinterlassen zu haben.

Dieses Viertel war nicht mit den China-Towns in Frisco oder New York zu vergleichen, auch wenn sich die Häuser in schmalen Straßen drängten und dicht an dicht standen. Mochte die Straße noch so schmal sein, ein Schlupfloch für Autos gab es immer noch. Und sie wurden sogar noch an den Seiten geparkt, so daß die Fahrbahn noch stärker verengt wurde.

Es herrschte eine rege Geschäftigkeit. Jeder hatte etwas zu tun. Ob nun vor den Lokalen die Wagen entladen wurden, um die frischen Enten, das Gemüse und die Pilze zu bringen, oder aus den zahlreichen Wäschereien der Geruch von Dampf stieg, der wolkenartig aus den zahlreichen Rosten quoll und sich wie grauer Nebel verteilte. Das gehörte eben zu diesem Viertel, und es bewies wieder, wie stark die Chinesen in der Fremde ihre Eigenarten zu bewahren verstanden.

Selbst die Trödler hatten ihre Geschäfte zu dieser morgendlichen Zeit schon geöffnet, obwohl kaum Kunden da waren. Da standen die Besitzer in den offenen Türen der Geschäfte, unterhielten sich mit Nachbarn oder schauten einfach nur auf die Fahrbahn.

Ein Wagen fuhr vor Suko aus einer schmalen Einfahrt. Auf seiner Ladefläche stapelten sich in mehreren Paketen die Kleidungsstücke, die in einer der zahlreichen Nähereien hergestellt worden waren, zumeist von ausgebeuteten und unterbezahlten Kräften, die man aus dem Heimatland hergeholt hatte.

Dieses Chinaviertel war eine Welt für sich. Als Fremder blieb man hier Außenseiter. Jeder schien hier mit jedem verwandt zu sein. Es gab Verbindungen, Strömungen und vor allen Dingen feste Regeln, denn die mächtigen Familien hatten dieses Viertel untereinander aufgeteilt. Jeder, der hier lebte, mußte eine Abgabe leisten, aber niemand beschwerte sich. Die Leute wurden in Ruhe gelassen, und was unterhalb der Oberfläche brodelte, brauchte einen Fremden nicht zu interessieren.

Suko war fremd hier, das wußte er, das wußten auch andere, denn hin und wieder bemerkte er den einen oder anderen prüfenden Blick, der ihm zugeworfen wurde.

Endlich war die Einfahrt frei.

Man hatte ihm den Weg genau beschrieben. Er tauchte in die

schmale Durchfahrt ein, deren Wände feucht schimmerten. Ein seltsamer Geruch stieg in seine Nase. Es roch nach altem Kohl, der irgendwo lagerte und dahinschimmelte. Das Ende der Einfahrt lag nicht weit entfernt, dahinter zeichnete sich das Grau eines Hofes ab. Suko ging davon aus, daß er nur einen Teil davon sehen konnte, denn oft verliefen unterhalb der Häuser und Höfe verzweigte Systeme irgendwelcher Gänge von einer Seite zur anderen. Es waren Fluchtwege, denn des öfteren wurden Razzien durchgeführt, und so gelang es der Polizei so gut wie nie, den einen oder anderen Fisch zu fangen. Dann hatte er sich längst durch einen der Gänge abgesetzt.

Es war bekannt, aber man tat nichts dagegen, denn es würden immer Schläge ins Leere werden.

Suko dachte an eine Zeit, die noch nicht lange zurücklag. Da hatte auch er für einen der Bosse gearbeitet. Nun nicht mehr, und er wollte an diese Zeit auch nicht erinnert werden, denn er sah ein, daß es ein Fehler gewesen war.

Er hatte einen Freund gefunden, einen Inspektor bei Scotland Yard, einen Mann namens John Sinclair, der auch als Geisterjäger bezeichnet wurde, weil er auf Fälle angesetzt wurde, die den normalen Rahmen sprengten.

Einige bezeichneten ihn auch als einen aktiven Parapsychologen, aber das wollte Sinclair nicht unterschreiben. Er hatte Suko eine Wohnung besorgt, und Sinclairs Freund Bill Conolly, der durch die Heirat mit Sheila ziemlich vermögend geworden war, sorgte dafür, daß Suko finanziell nicht zu darben brauchte. Dabei hoffte der Chinese darauf, irgendwann einmal von Scotland Yard eingestellt zu werden, um dort einen normalen Dienstrang zu bekleiden.

Das war Zukunftsmusik. Er sah ein, daß er sich erst einmal bewähren mußte. Daß eine solche Bewährung vor ihm lag, davon ging er aus, denn einer seiner ›Vettern‹ hatte ihn um ein Treffen gebeten, und seine Stimme hatte sehr ängstlich geklungen. Da war die Bedrohung bereits zu spüren gewesen, die immer stärker werden würde, wenn niemand etwas dagegen unternahm.

Woher dieser Gerry Chang wußte, daß Suko der richtige Mann

für derartige Fälle war, konnte er nicht sagen. Dieses Viertel bestand aus unzähligen Augen und Ohren, man sah, man hörte, man registrierte, man kam zum richtigen Zeitpunkt wieder darauf zurück. Wer dann nicht reagierte und sich der Gemeinschaft unterordnete, war untendurch.

Von diesen alten Regeln wußte auch Suko, und er hütete sich, sie zu durchbrechen.

Am Ende der Einfahrt blieb er stehen. Irgend etwas zwang ihn, noch einmal den Kopf zu drehen und zurückzuschauen.

Genau ihm gegenüber, wo die Durchfahrt begann, hatten sich zwei Männer aufgebaut. Sie standen breitbeinig da, trugen dunkle Lederkleidung und starrten ihn an.

Suko lächelte. Auch dieses Spiel kannte er. Die beiden waren geschickt worden, um ihm zu zeigen, daß es diesmal kein Zurück mehr gab. Er mußte davon ausgehen, daß Gerry Chang nicht zu den Unbedeutenden hier gehörte. Wahrscheinlich war er einer der Bosse und kontrollierte diese Straße, wenn nicht das ganze Viertel.

Suko lächelte und winkte den beiden zu, dann setzte er seinen Weg fort und betrat den Hinterhof, der auf ihn wirkte wie eine triste Insel.

Er diente als Treffpunkt und als Abstellplatz zugleich. Eine Näherei war hier untergebracht. Die Näherinnen hockten in Kellerräumen und gingen ihrer Arbeit nach. Zwar fiel Tageslicht in die Räume, aber nur durch sehr schmale Schlitze, denn der größte Teil der Kellerfenster lag unterhalb des Bodenniveaus.

Eine Altwarenhandlung, ein Trödlerladen und ein glänzendes Schild an der Rückseite beherschten praktisch diesen Hof. Das Schild war deshalb nicht zu übersehen, weil es glänzte, als hätte es die Strahlen der Sonne vom vergangenen Jahr eingefangen. Dieses Glänzen lockte Suko an.

Er blieb von dem Schild stehen und las den Text. Einmal in Chinesisch und einmal in Englisch geschrieben.

Ex- und Import – Kreditvermittlung aller Art. Gerry Chang.

Suko lächelte nicht einmal, als er den Text las. Nur seine Lippen bewegten sich zuckend, denn schwammiger hätte der erste Teil des Textes nicht sein können. Was den letzten betraf, so wußte

Suko Bescheid. Kreditvermittlung war ein böses Geschäft. Die Leute verliehen Geld und nahmen so hohe Zinsen dafür, daß sich die Summen in kurzer Zeit verdoppelten und verdreifachten und die Schuldner sich nie aus den Klauen des Kredithais befreien konnten. Er hatte dann die Macht, mit den Abhängigen zu spielen und sie zu Taten zu zwingen, zu denen sie normalerweise nicht bereit gewesen wären. Das ging sogar bis zum Mord. Erst dann wurde ihnen die Schuld erlassen. Weigerten sie sich, so wurde ihnen der Hals noch stärker zugedreht.

Suko, der sich ansonsten sehr in der Gewalt hatte, spürte, daß ihm das Blut in den Kopf schoß. Das wäre ihm früher nicht passiert, doch die alte Gleichgültigkeit menschlichem Leben gegenüber war jetzt vorbei. Er stand auf der anderen Seite und spielte in diesem Moment mit dem Gedanken, diesem Chang abzusagen.

Er wußte, daß dies gefährlich werden konnte. Es hätte ihn nicht weiter gestört, aber Sukos Gedanken bewegten sich in eine andere Richtung. Gerry Chang steckte in der Klemme, er brauchte Hilfe. Möglicherweise war sein Problem so schlimm, daß es die Gefahr, die von Chang selbst ausging, noch bei weitem überstieg.

Neben dem Schild befand sich der Eingang. Eine schlichte Holztür, deren Farbe teilweise abgeblättert war. Nichts deutete darauf hin, daß hier jemand lebte, der sehr reich war. Und Geld hatten diese Bosse allemal.

Suko suchte nach einem Klingelknopf, fand ihn und drückte seinen Daumen darauf. Er hörte keine Glocke anschlagen, aber hinter der Tür klangen Schritte auf. Einen Moment später wurde die Tür geöffnet. Vor Suko stand ein Gebirge von Mann. Kahlköpfig, natürlich ein Chinese, der um seine Stirn ein rotes Band mit gelben Drachenmotiven geschlungen hatte. Ansonsten war er normal gekleidet, und zwar westlich. Er trug Jeans und ein knapp sitzendes graues T-Shirt, unter dessen Stoff sich deutlich die Muskelpakete abzeichneten. Mit einem Kerl wie ihm Streit anzufangen, konnte tödlich enden.

Er starrte Suko aus kleinen Glitzeraugen an. »Was willst du?«

»Zu Gerry. Ich bin angemeldet.«

Der Leibwächter dachte kurz nach. »Suko?«

»Ja.«

»Ist gut. Heb deine Arme.«

»Warum?«

»Heb sie.«

Suko wollte keine Schlägerei provozieren. Er hob die Arme an und wurde mit einer nahezu affenartigen Geschwindigkeit abgetastet. Natürlich fand der Mann die Beretta. Er steckt sie in seinen Gürtel.

»Sie gehört aber mir.«

»Du kriegst sie zurück, wenn du gehst.«

»Hoffentlich.«

Der Leibwächter reagierte empfindlich. »Willst du mir drohen, verdammt noch mal?«

»Wenn es sein muß, auch das.« Suko spürte keine Angst. Er ging einen Schritt nach vorn, und der Kerl trat zur Seite, er wollte nicht mit dem Besucher zusammenstoßen.

Suko betrat einen schmalen Flur, der sich ein Stück weiter vorn teilte. Er führte zunächst in den Hintergrund, wahrscheinlich zu einer Kellertür, an der linken Seite aber befand sich eine Holztreppe, die in die oberen Etagen führte.

»Die Treppe!«

»Weiß schon Bescheid.« Suko ging vor. Der Leibwächter schloß die Tür und blieb dem Besucher auf den Fersen. Er ging sehr leise. Suko hörte ihn nicht, er nahm nur den Geruch des Mannes wahr, denn er stank nach irgendeinem Fett.

Hintereinander stiegen sie die Stufen hoch. Im Haus war es still. Sie schienen hier die einzigen Menschen zu sein. Trotzdem ging Suko davon aus, daß hinter den zahlreichen Türen in der ersten Etage Menschen arbeiteten. Ausschließlich für Gerry Chang.

Der Leibwächter ging vor, er kannte sich hier aus. Sie durchquerten den Flur und blieben erst an der vorletzten Tür stehen, wo der bullige Mann beinahe zärtlich klopfte. Suko stand direkt neben ihm, er hörte eine Stimme, dann wurde die Tür geöffnet und schon der nächste Schritt brachte ihn hinein in das Allerheiligste.

Er brauchte kein Vorzimmer zu durchqueren, um den lächelnden Chinesen zu erreichen, der sich jetzt hinter seinem Schreibtisch erhob und sich verbeugte.

Gerry Chang trug einen perfekt sitzenden dunkelgrauen Anzug, dazu ein rosenholzfarbenes Hemd und eine dezente Krawatte mit farblich abgestuften Streifen. Das Alter des Mannes war schlecht zu schätzen. Er sah nicht aus wie ein brutaler Gangster. All dies versteckte er hinter seiner lächelnden Maske, als er Suko die Hand reichte. Hinter dem Glas seiner dicken Hornbrille wirkten die Augen viel größer, und Suko wurde an James Powell erinnert, John Sinclairs Chef.

»Ich freue mich, daß du den Weg zu mir gefunden hast, Vetter. Der Zusammenhalt zwischen uns Chinesen ist in einem fremden Land besonders wichtig, wenn du verstehst.«

»Im Prinzip schon.«

»Das ist gut.« Er führte Suko zu einer Sitzecke, die nichts Chinesisches hatte, sondern zur übrigen Ausstattung des Raumes paßte mit seinen glatten Möbeln und dem Telefon vor der Schreibtischunterlage, die wie leergefegt wirkte. Nicht ein Blatt Papier lag dort, auf das Suko einen kurzen Blick hätte werfen können. Er ließ sich nieder und versank beinahe in den weichen Polstern eines Sessels, für ihn schon zu weich.

»Tee?« fragte Chang.

»Gern.«

Wie auf Kommando wurde eine zweite Tür geöffnet. Eine chic gekleidete junge Chinesin brachte den heißen Tee. Sie lächelte Suko zu, als sie das Tablett abstellte.

»Es ist Su, meine Tochter.«

»Wie angenehm.«

»Ja, mein Freund, die Kinder sind der wahre Stolz des Mannes. Ich danke dir, Su.«

Sie nickte, lächelte wieder und verschwand ebenso lautlos, wie sie erschienen war. Suko schaute ihr nach, denn sie bewegte sich sehr anmutig. Dann schloß sie die dicke schalldichte Tür hinter sich.

Suko und Chang saßen sich gegenüber. Sie wirkten wie zwei Geschäftsfreunde, die sich gut kannten. Sie lächelten. Dennoch spürte Suko die kalte Wand, die sich zwischen ihnen aufgebaut hatte. Beide standen in verschiedenen Lagern, und Suko wußte genau, daß sich Gerry Chang sehr exakt über ihn informiert hatte. Seine Beziehungen reichten bis in höchste Kreise. Zudem hatte Sukos Seitenwechsel damals einiges an Staub aufgewirbelt, der sich noch nicht wieder gesenkt hatte.

Der Duft des Tees stieg in Sukos Nase. Es war ein Blütentee. Er erinnerte ihn an seine Heimat und an das Kloster, in dem er einen Teil seines Lebens verbracht hatte.

Gerry Chang hob seine Tasse an. »Er ist wunderbar«, sagte er. »Meine Tochter versteht es wie keine andere, ihn zuzubereiten. Koste bitte, Suko.«

Suko trank. Der Tee schmeckte ihm gut, aber so außergewöhnlich war er nicht. Nun ja, als Vater konnte man eben nicht neutral sein. Sie leerten die Tasse zur Hälfte, und Chang hielt die Regeln der Höflichkeit ein, er ging noch nicht auf sein Problem ein, sondern erkundigte sich nach Sukos Wohlergehen und ob dieser den Wechsel gut überstanden hatte.

»Ja, ich kann nicht klagen.«

»Du kommst auch finanziell gut zurecht?«

»Sehr gut«, erwiderte Suko spontan, denn er ahnte, daß die Frage auf eine Bestechung hinauslief.

Chang nickte langsam. »Das freut mich für dich. Ja, ich freue mich immer, wenn es meinen Landsleuten gutgeht. Schließlich sind wir in der Fremde, und da müssen alle zusammenhalten – alle!« betonte er, und seine Stimme hatte einen schneidenden Klang angenommen.

Suko lächelte nur.

»Jedenfalls bist du ein Vetter, der meine Probleme verstehen wird«, sagte Gerry Chang. »Du hast etwas innerhalb kürzester Zeit erreicht, was andere wohl kaum in ihrem Leben erreichen werden. Du bist integriert worden, das ist gut für dich, und es könnte auch für uns zum Vorteil sein.« Er warf Suko einen raschen Blick zu, doch die Antwort seines Besuchers war nur ein schmales Lächeln, mehr nicht.

Chang räusperte sich. »Wir haben hier eine wunderbare Welt

geschaffen. Ein Stück Heimat. Wir haben auch dafür gesorgt, daß es den Menschen hier gutgeht, aber du weißt selbst, daß wir Menschen sind und keine Götter. Wir sind leider nicht unfehlbar.«

»Das ist wahr.«

Gerry Chang nickte betrübt. »Aber wir können versuchen, uns den Göttern zu nähern. Es ist mein Sinnen und Trachten. Ich habe hier ein Gebiet, wo ich für Ordnung sorge, doch es gibt immer wieder Kräfte, die diese Ordnung stören wollen und schon gestört haben, denn es sind – ich will ehrlich sein – Dinge geschehen, die ich einfach nicht gutheißen kann. Menschen haben ihr Leben verloren.«

Suko sagte nichts, war aber froh, daß der andere seine Gedanken nicht lesen konnte. Suko glaubte ihm nicht. Gerry Chang war für ihn ein eiskalter Typ, der nur auf seinen Vorteil bedacht war und wenn es sein mußte, auch über Leichen ging.

»Du hast Probleme.«

»Nein, Suko, nicht nur ich. Wir alle haben Probleme, die nicht so leicht zu erklären sind.«

»Warum nicht?«

Chang lächelte. Er rückte seine Brille zurecht und strich mit dem Finger über den Rand der Teetasse. »Diese Probleme haben uns die Götter geschickt, als wollten sie uns bestrafen für etwas, das wir nicht getan haben. Sie müssen sehr zürnen, aber das wollen wir nicht hinnehmen, denn wir sind uns keiner Schuld bewußt.«

»Das denke ich auch. Nur – was hat die Götter so erzürnt? Was haben sie euch getan?«

»Sie nehmen uns nicht mehr an.«

»Stoßen sie euch ab?«

Gerry Chang nickte. »Ja, so kann man es durchaus sagen. Sie stoßen uns ab und töten.«

»Wer?« fragte Suko direkt.

Chang nahm seinen Finger vom Rand der Tasse weg. »Es ist nicht einfach, das zu sagen, mir fehlt der Beweis. Aber ich möchte dir eine Frage stellen, bevor ich auf die eigentlichen Dinge zu sprechen komme.«

»Bitte.«

»Kennst du das chinesische Zimmer?«

Nein, das kannte Suko nicht. Er überlegte zwar, ob er davon schon etwas gehört hatte, mußte aber passen und gab dies durch ein Anheben der Schultern zu verstehen.

»Das hatte ich mir gedacht. Es ist nicht jedem bekannt, es ist auch nur ein Ausstellungsstück. Ich habe damals gewarnt, es hier in London wieder aufzubauen, aber man hat nicht auf mich gehört. Dieses Zimmer hat eine böse Vergangenheit. Eine fremde Gottheit nahm es in Besitz. Ein Gott, der von der Insel kam und seinen Kretin als bösen Geist hinterlassen hat. Er sieht aus wie er, viele haben nicht an ihn geglaubt. Ich gehörte zu den wenigen, die es taten.«

»Schön. Wer ist dieser Gott?«

Changs Lippen verzogen sich in die Breite. »Ein Götze, ein böser Geist, der Gestalt angenommen hat. Man nennt ihn Hotei-Osho oder einfacher gesagt: Pusa.«

Den Namen hatte Suko noch nie gehört, deshalb schüttelte er den Kopf. Gleichzeitig fragte er, ob der Name nicht japanisch klänge.

»Ja, das stimmt. Wie ich dir sagte, kam er von den Inseln. Auch in vergangenen Zeiten führten China und Japan Krieg miteinander. Diese Kriege wurden mit allen Mitteln geführt, auch mit magischen, und den Japanern ist es gelungen, einen Götzen in unser Land zu bringen. Es war eben dieser Pusa. Wir haben ihn jedoch bannen und gefangennehmen können. Wir haben ihn verflucht und in ein Zimmer gesperrt. Er ist ein schrecklicher Gott, eine Mischung aus Kind und Mann. Dick wie ein Buddha, groß wie ein Kind, aber mit der Grausamkeit eines Folterknechts ausgestattet. Unsere Vorfahren konnten ihn nicht töten, eben nur in einem Zimmer bannen, und darüber waren sie froh. Dieses Wissen wurde von Generation zu Generation weitergegeben, begleitet von Warnungen, den alten Bannspruch nicht zu löschen. Pusa war in einem prächtigen Zimmer gefangen und unter Aufsicht unserer Wächter, Drachen, Vögeln und Schlangen. Aber Pusa ist stark. Er muß es geschafft haben, den Bann zu lösen und sich die anderen Wesen untertan zu machen. Es ist schwer für einen Chinesen, dies zu glauben und zu akzeptieren, doch es gibt keine andere Möglichkeit.«

»Dann existiert dieses Zimmer noch heute?«

Chang hob seine Tasse an und schlürfte einen Schluck Tee. »Ja, es stimmt, das Zimmer gibt es.«

»Wo?«

Der Mann lächelte Suko zu. »Wo denkst du, könnte es denn stehen?«

»In China.«

»Das wäre gut, wenn es so wäre. Aber dem ist leider nicht so, mein Freund.« Das Lächeln auf dem Gesicht blieb zwar, aber es verzerrte sich. »Das Zimmer steht hier, hier in London, in einem privaten Museum. Und es ist zur Besichtigung freigegeben.«

Damit hatte Suko nicht gerechnet. Doch er zeigte äußerlich keine große Überraschung, sondern fragte nur, wie das möglich war.

Chang hob die Schultern. »Der amerikanische Präsident Nixon fuhr nach China und spielte dort Tischtennis. Irgendwie war dieser Besuch eine Initialzündung. Es hat die östliche und die westliche Welt einander näher gebracht. Auch England profitierte von den verbesserten Beziehungen, und so wurde zwischen den beiden Ländern ein Kulturaustausch beschlossen. Englische Antiquitäten werden in China ausgestellt und umgekehrt. So hat man dieses Zimmer von Peking aus nach England gebracht, um es hier auszustellen, und man hat nichts verändert. Es ist genau das Zimmer, das wir aus dem Reich der Mitte kennen, mit allem, was dazugehört.«

»Auch mit dem Götzen?« fragte Suko.

»Leider.«

»Demnach hat Pusa den Weg nach London in dem Zimmer zurückgelegt. Hält er sich immer noch darin auf, oder hat er es schon verlassen?«

»Nein, er befindet sich noch darin. Und er ist, das muß ich leider sagen, schlimmer denn je.«

»Er hat getötet?«

Chang hob seine Arme und ließ sie langsam wieder sinken. »Ob er selbst getötet hat oder diejenigen Wesen, die mit ihm zusammen sind, das weiß ich nicht. Jedenfalls ist dieses Zimmer eine Gefahr, es stört unsere Welt. Man hat damals nicht auf mich hören wollen, denn ich warnte die entsprechenden Stellen, das Zimmer nach London zu holen. Doch die Euphorie, endlich ein Loch in den Eisernen Vorhang geschlagen zu haben, war einfach zu groß. Man lachte mich aus.«

»Das kann ich verstehen. Aber was ist denn alles geschehen?«

»Es gab Tote.«

»Die Zahl bitte.«

»Drei.«

»Das ist viel.«

»Ja.«

»Was tat die Polizei?«

»Gar nichts.«

Sukos Augen vergrößerten sich. Er konnte sich einfach nicht vorstellen, daß die Polizei nicht eingegriffen hatte. Zwar gehörte er selbst nicht dazu, aber sein Kontakt war doch so gut, daß er gewisse Ding schon überblickte.

»Du glaubst es nicht?«

»Nein.«

Gerry Chang lächelte hintergründig. »Ich kann die einheimische Polizei sogar verstehen.«

»Warum?«

»Man hat keine Leichen gefunden. Die Menschen, die durch das Zimmer getötet worden sind, die blieben verschwunden. Sie tauchten nicht mehr auf, sie haben sich in Luft aufgelöst.«

Suko lehnte sich zurück. Fast hätte er die Luft laut ausgestoßen, riß sich im letzten Moment zusammen, denn so etwas gehörte sich nicht. Er sagte statt dessen: »Darüber muß ich zunächst einmal nachdenken.«

»Das glaube ich dir, mein Freund. Es ist furchtbar, aber wir können die Augen nicht verschließen.«

»Drei Menschen also?«

»Ja.«

»Wer?«

»Zunächst zwei Landsleute von uns. Zuletzt erwischte es einen

Nachtwächter. Er muß in das Zimmer hineingelockt worden sein. Man fand ihn nicht mehr. Freunde berichteten mir, daß nur seine Taschenlampe von ihm zurückgeblieben sei. So hat sich das Rätsel vergrößert.«

Suko nickte. »Ja, es ist ein Rätsel. Was kann ich dabei tun? Soll ich es lösen?«

Chang leerte die Tasse. »Wir müssen zusammenhalten, mein Freund. Wir sind eine Rasse, wir leben in der Fremde. Auch wenn viele von uns sich hier gut eingelebt haben, im Prinzip jedoch bleiben wir fremd in diesem Land. Und deshalb müssen wir unsere Probleme selbst lösen. Mir gefallen diese Morde nicht. Irgendwann wird und muß die Polizei härtere Maßnahmen ergreifen, und sie wird in unserer kleinen Welt hier herumstöbern und einiges durcheinanderbringen. Soweit möchte ich es gar nicht erst kommen lassen, wenn du verstehst. Es ist ein chinesisches Problem, und wir sind es gewohnt, die Probleme unter uns zu lösen. Das Zimmer wird noch einige Zeit hier in London bleiben, und ich möchte nicht, daß weitere Morde geschehen. Ich bin über dich informiert. Du hast einen Weg eingeschlagen, der uns eine gute Chance gibt, das Problem allein zu lösen, wenn du uns hilfst. Du hast einen Freund namens John Sinclair, von dem ich weiß, daß er sich mit ungewöhnlichen Fällen beschäftigt. Er nennt sich Geisterjäger. Du solltest ihn davon überzeugen, daß es für alle von Vorteil ist, wenn er mit uns zusammenarbeitet.«

»Ich weiß nicht so recht…«

»Rede mit ihm – bitte.«

Suko schaute gegen den Tisch. Die Platte bestand aus hellem Holz. Sie war glatt wie die Haut eines Kleinkindes. »Ich kann dir nichts versprechen, denn ich habe von diesen Morden noch nichts gehört. Auch John nicht, er hätte ansonsten mit mir darüber gesprochen.«

Chang winkte ab. »Man hat es nicht grundlos geheimgehalten, das kannst du mir glauben.«

»Ich soll also den Geist vernichten.«

»Wir bitten dich darum.«

»Wo steht das Zimmer?«

»Es ist in einem ziemlich großen Haus aufgebaut worden. In einem Teil leben die Besitzer, das Ehepaar Bradford. Sie sind sehr reich und der Kunst zugetan. Sie interessieren sich besonders für asiatische Kunst. Sie haben das Zimmer praktisch nach England geholt.«

»Und sie leben tatsächlich dort?«

»Ja, im Bradford House.«

»Wo finde ich es?«

»Etwas außerhalb von London. Ich meine von der City of London. Es steht in Kensington.«

»Gut, damit ist mir geholfen.«

Gerry Chang schaute Suko lächelnd an. »Wenn ich deine Antworten so höre, darf ich davon ausgehen, daß du dich entschieden hast, uns zur Seite zu stehen?«

»Ja, das darfst du.«

Chang ließ sich zurücksinken. »Ich wußte, daß ich mich auf dich verlassen kann, denn du hast deine Herkunft nicht vergessen. Du weißt, zu wem du gehörst.«

Suko blickte dem anderen direkt ins Gesicht. »Nein, Chang, nein. Es ist nicht so, wie du denkst. Ich werde versuchen, den Fall aufzuklären, aber es hat nichts mit dir zu tun. Es geht mir um die Opfer und um die Vorbeugung von weiteren Verbrechen. Von dir möchte ich nicht abhängig sein, denn deine Geschäfte haben sich herumgesprochen. Dieser Besuch ist ein Anfang und gleichzeitig ein Ende. Ich denke nicht, daß ich dir noch einmal mit Rat und Tat zur Seite stehen werde.«

»Das ist bedauerlich.«

»Aber nicht zu ändern«, sagte Suko. »Ich habe mich für eine Seite entschieden, und dabei bleibe ich. Außerdem verlange ich, daß du dich nicht in den Fall einmischst. Ich hoffe, wir beide haben uns verstanden.« Er stand auf, auch Chang erhob sich.

Er ließ Suko dabei nicht aus den Augen. Sein Blick verriet nicht, was er dachte. Er lächelte, obwohl ihm sicherlich nicht danach zumute war. Er hatte seine Maske aufgesetzt, auch dann noch, als Suko den Weg zur Tür einschlug.

»Darf ich mich denn schon im voraus für deine Hilfe bedanken, Vetter?«

Suko hob die Schultern. »Es bleibt dir überlassen. Noch ist es nicht soweit. Ich werde mir das Haus ansehen.«

»Wann?«

»Schon heute.«

»Das ist sehr gut. Darf ich dir trotzdem noch einen Rat geben, Vetter?«

»Bitte.«

»Versuche, dich mit den Besitzern gut zu stellen. Und dann möchte ich, daß du eine Nacht in diesem Haus, besser noch in dem Zimmer bleibst. Es wird bestimmt interessant werden.«

»Das denke ich auch. Aber eine andere Frage…«

»Bitte.«

»Ist das Zimmer trotz der ungewöhnlichen Vorkommnisse noch immer zur Besichtigung freigegeben?«

»Nein, nicht mehr. Die Bradfords haben sich dagegen entschieden, wie ich erfuhr.«

»Gut so.«

Bevor Suko die Tür öffnen konnte, zog Gerry Chang sie auf. Er dienerte förmlich um seinen Gast herum, was Suko gar nicht gefiel, denn er wußte, daß es nur Schau war.

Im Flur wartete der Leibwächter. Mit vor der Brust verschränkten Armen lehnte er an der Wand. Als Suko auf ihn zuging, spannte sich seine Haltung.

»Meine Waffe!« forderte Suko und streckte dem Stirnbandträger die Hand entgegen.

Beinahe unwillig griff der Typ zum Gürtel und zog die Beretta hervor. Suko checkte die Pistole kurz durch, fand noch alle Kugeln im Magazin und steckte die Waffe ein.

Dann ging er grußlos davon, aber mit einem Gefühl oder einer Vorahnung im Magen, die ihm gar nicht gefallen wollte…

Ich hatte den Wagen dort abgestellt, wo die Bäume dicht standen und ihr Geäst ein Dach über meinem Bentley bildete. Dann drückte ich den Wagenschlag auf, blieb neben dem Fahrzeug stehen und ließ meinen Blick auf das Haus zugleiten, wobei ich mir ein anerkennendes Nicken nicht verkneifen konnte.

Wer hier wohnte, der hatte es gut. Wenn ich an meine bescheidene Bude dachte, konnte ich direkt neidisch werden, aber man kann nicht alles haben, und die Bradfords hatten bestimmt auch Probleme. Vielleicht größere als ich, bestimmt sogar, denn daß drei Menschen verschwunden waren, das ging nicht einmal auf die berühmte Kuhhaut.

Beim Yard war man aufmerksam geworden, zumindest beim dritten Verschwundenen, einem Nachtwächter namens Cedric Culp, von dem tatsächlich nur die Taschenlampe gefunden worden war, und dies in einem Zimmer, das eigentlich in der Nacht abgeschlossen sein und von dem Aufpasser gar nicht betreten werden sollte.

Das Verschwinden des Cedric Culp war rätselhaft und paßte zudem haargenau zu den beiden vorangegangenen Vorfällen, die offenbar mit dem Zimmer in einem Zusammenhang standen, denn man hatte einmal ein Feuerzeug gefunden und zum anderen eine Brille.

Die Kollegen hatten gesucht, geforscht, zahlreiche Verhöre durchgeführt und waren letztendlich ratlos geblieben, denn es gab einfach keine Spur der Vermißten.

Schließlich hatte man sich an meinen Chef gewandt, und der hatte sich bereit erklärt, mir den Fall zu übertragen. Ich sollte das Verschwinden der drei Personen aufklären, und ich fühlte mich wie jemand, dem man so im Vorbeigehen den Schwarzen Peter in die Hand gedrückt hatte.

Spaß würde mir der Fall bestimmt nicht bereiten. Es ging um ein chinesisches Zimmer, und ich hätte gern an diesem Morgen mit Suko darüber gesprochen. Aber er war nicht da und hatte auch keine Nachricht hinterlassen, wo er zu finden war.

Also mußte ich mich allein um den Fall kümmern. Was wußte ich darüber, abgesehen von den drei verschwundenen Personen? Tatsache war, daß das Haus mit dem kleinen Museum einem Ehepaar namens Bradford gehörte. Sir Henry Bradford und seine Gattin Elena lebten hier und feierten regelmäßig rauschende Feste, denn sie standen mindestens einmal im Monat in den Blättern der Regenbogenpresse, was sie bisher nicht gestört hatte. Nur jetzt, wo es diese Rätsel gab, wollten sie mit der Öffentlichkeit nichts mehr zu tun haben und hatten ihr Museum geschlossen.

Persönlich kannte ich die Bradfords nicht. Am Telefon hatte ich mit Sir Henry gesprochen und herausgehört, wie sehr er unter Druck stand. Das Verschwinden der drei Personen bereitete ihm Magenschmerzen, und ich sollte so etwas wie die Medizin dagegen sein.

Über mir fuhr ein Windstoß in das Blattwerk der Bäume und erzeugte ein geheimnisvolles Rascheln. Von der Straße lag das Haus ziemlich weit entfernt. Natürlich gehörte zu einem derartigen Gebäude eine mit Kies bestreute Auffahrt, die vor der breiten Treppe in einem Halbkreis endete. Ich ging auf die beiden Wagen zu, einen Rolls-Royce und einen Jaguar, die vor dem Eingang standen.

Das Haus hatte eine Fassade, die schlecht einzuordnen war. Da mischte sich der viktorianische mit dem Jugendstil, so zeigte sich das Haus außen mal verspielt, dann wieder sehr streng. Ich konnte nur vermuten, in welchem Teil das Museum untergebracht war.

Über die große Freitreppe schritt ich dem Portal entgegen. Zu beiden Seiten der Treppe standen Laternen, die den alten Leuchten der Jahrhundertwende nachempfunden waren. Sie paßten in die Umgebung, die vom Verkehr wie abgeschnitten wirkte.

Ich blieb vor der Tür stehen und suchte nach einer Klingel. Die gab es nicht. Dafür einen Klopfer aus Gußeisen, der mich anglotzte, weil er einen Löwenkopf zeigte.

Als ich meine Hand darauflegte, ihn anhob und wieder zurückschwang, hörte ich hinter der Tür ein Signal. Mir klang das Läuten dünn in den Ohren, in der Halle würde es wahrscheinlich schallen.

Sehr bald schon wurde mir geöffnet. Weder von der Hausherrin noch vom Hausherrn, vor mir stand ein Butler, wie er typischer nicht sein konnte. Fehlte nur noch eine Perücke, aber das glatte, schwarze, nach hinten gekämmte Haar, die langen, ebenfalls schwarzen Koteletten paßten zu der schwarzen Hose, dem schwarzweiß gestreiften Hemd und den dunklen Augenbrauen, die wie zwei Balken an der Unterseite seiner Stirn wuchsen.

Er zog sie hoch, als er mich fragte: »Wen darf ich bitte melden, Sir?«

»Sinclair, John Sinclair«, antwortete ich in lässiger Bond-Manier.

»Ah. Sie werden erwartet.«

»Das genau dachte ich mir.«

Meine lockeren Antworten stießen ihm wohl bitter auf. Er sagte aber nichts, sondern hob nur die Brauen noch weiter an. Dann zog er die Tür bis zum Anschlag auf, trat einen Schritt zur Seite und gestattete mir den ungehinderten Eintritt in eine Halle, die mich staunen ließ, denn ich fragte mich, ob ich mich nicht schon jetzt in einem Museum befand.

Fresken an der hohen Decke, die wuchtigen Fenster, die Möbel aus einer Zeit vor dem Biedermeier, eine wunderschöne Standuhr, die in diesem Moment schlug und mit ihrem warmen Klang die Halle erfüllte, dazu die wertvollen Teppiche und die manchmal zierlich anmutenden Sitzmöbel aus der Epoche des Rokoko.

Hier stand schon ein Vermögen. Ich verkniff mir allerdings eine Bemerkung, sondern blieb in der Hallenmitte stehen, die Hände auf dem Rücken verschränkt wie der Prinzgemahl der Queen.

»Mrs. Bradford, die gnädige Frau, wird bald kommen«, sprach mich der Butler an.

»Nicht Sir Henry?«

»Etwas später. Er hat noch zu tun.«

»Es ist gut, Ernest, Sie können uns allein lassen, aber bitte servieren Sie zuvor den Sherry.«

Aus dem Hintergrund der Halle hatte ich die Stimme gehört, und als ich mich drehte, da sah ich, daß eine Tür geöffnet worden war und Elena Bradford den großen Raum betreten hatte.

Sie war eine reife Schönheit. Auch jetzt – am frühen Morgen – sah sie aus, als würde sie gleich zu einem Ball gehen. Zu dem hochgesteckten blonden Haar stand das intensiv grüne Taftkleid in einem krassen Gegensatz. Vielleicht war es für sie die Vollendung der Schönheit, schon an einem späten Vormittag so herumzulaufen, aber diese Leute zogen sich wohl mindestens dreimal am Tag um. Ich fühlte mich in meiner Jacke, der Hose und dem schlipslosen Hemd wie ein Dienstbote, was mich aber nicht weiter störte. Ihr Kleid raschelte bei jedem Schritt. Es reichte bis auf die Knöchel und schwang dort wie eine Glocke. Die Frau hatte ein relativ schmales Gesicht und einen makellosen Teint, denn ich sah weder einen Pickel noch eine Falte. Nur das Grün ihrer Pupillen fiel mir auf. Es paßte zu ihrem Kleid, das einen sehr tiefen Ausschnitt zeigte. Ich sah, daß ihre Brüste in Schalen lagen, die in den Stoff eingearbeitet waren.

Und noch etwas stach mir ins Auge. Auf ihrer Pfirsichhaut lag ein gold und silbern schimmerndes Schmuckstück. Ein Medaillon dicht unter dem Hals. Gehalten wurde es von einer schmalen Kette.

Das Medaillon hatte die Form eines auf den Rücken gekippten und mit Löchern durchbrochenen Halbmondes. Von seiner Unterseite stieg ein schmales Viereck in die Höhe, an dessen Seiten die Kette durch die entsprechenden Löcher lief. Auch dieses Viereck zeigte Löcher. Die beiden oberen allerdings waren ausgefüllt. Grüne Perlen schimmerten mit einer Kraft, als wollten sie den Betrachter des Schmuckstücks durchbohren. Ich nahm an, daß es aus Gold und Platin zugleich angefertigt war. Beide Edelmetalle waren eine ideale Verbindung eingegangen. Die Steine paßten zu den Augen und zum Kleid. Sie verdeutlichten die Perfektion dieser ungewöhnlichen Frau.

Sie lächelte mich an. Es war ein warmes Lächeln. In ihren Augen blitzte es auf. »Ich freue mich, daß Sie uns aufsuchen, Mr. Sinclair. Es ist sehr nötig.«

Ich lauschte ihrer Stimme nach, bevor ich antwortete. Sie hatte weich und irgendwie girrend geklungen.

»Wir werden sehen, wie nötig es ist, Mrs. Bradford. Ich denke, daß Sie mich ausführlich informieren werden.«

»Das versteht sich, Mr. Sinclair. Auch mein Mann wird das Seinige dazutun.« Sie räusperte sich. »Darf ich Sie jetzt bitten, Platz zu nehmen, Mr. Sinclair?«

»Gern.«

Sie führte mich zu einem der Rokokostühle, die so zierlich wirkten und aussahen, als würde sie zusammenbrechen, wenn sich jemand daraufsetzte. Da irrte ich mich. Diese Stühle waren sogar relativ bequem, auch wenn die Sitzfläche für die Menschen von heute, die wesentlich größer wurden als die damaligen, zu klein war.

Mrs. Bradford saß mir gegenüber auf einem Sofa. Sie raffte ihr Kleid zusammen, der Taft raschelte geheimnisvoll, und wiederum lächelte sie mich an. »Es ist mir wirklich peinlich, daß wir Sie zu uns gebeten haben, aber wir wußten uns keinen Rat mehr.« Sie hob die Schultern und wirkte irgendwie verlegen. »Diese Geschehnisse haben uns schlichtweg überrannt, wir können uns keinen Reim darauf machen.«

»Wenn ich richtig informiert bin, hängen sie mit dem chinesischen Zimmer zusammen.«

»Ja, das denken wir.«

Ich ärgerte mich ein wenig, Suko nicht erwischt zu haben. Für chinesische Zimmer mußte er der Fachmann sein. »Ich denke, daß Sie mir diesen Raum gleich zeigen werden.«

Sie nickte. »Entweder ich oder mein Mann.« Sie strich eine Haarsträhne zur Seite, die sich gelöst hatte. »Mein Gatte läßt sich entschuldigen, er hat noch zu arbeiten. Dieser Termin kam für ihn ein wenig überraschend.«

Ich wollte nicht fragen, was er tat, und wurde dann abgelenkt, als Ernest, der Butler, den Sherry brachte. Er ging sehr gerade, hielt den Kopf hoch und stellte mit steif wirkenden Bewegungen das Tablett mit Karaffe und Gläsern zwischen uns auf den Tisch, der ebenfalls aus der Rokokozeit stammte.

Als er einschenken wollte, winkte seine Chefin ab. »Danke, das machen wir schon.«

»Sehr wohl, Madam.«

Er deutete eine Verbeugung an und erkundigte sich, ob er noch gebraucht würde.

»Nein, Sie können gehen, Ernest. Wenn ich etwas möchte, werde ich nach Ihnen klingeln.«

»Das geht in Ordnung, Madam.«

Ernest verschwand. An seiner Stelle übernahm ich die Pflichten und schenkte ein. Wir hoben die Gläser, die so wertvoll waren, daß ich mich kaum traute, sie anzufassen. Ich suchte nach einem Trinkspruch, brachte jedoch nicht mehr als ein simples »Cheers, Madam«, über die Lippen. In einer derartigen Umgebung fühlte ich mich einfach nicht wohl, denn dafür war ich erstens nicht gemacht und zweitens nicht geboren worden.

Der Sherry schmeckte gut, aber ein ehrlicher Whisky war mir lieber. Ich stellte das Glas behutsam zurück und nickte Mrs. Bradford zu. »Da Ihr Mann noch beschäftigt ist, muß ich mich an Sie halten, was ich auch gern tue. Wie weit sind Sie eingeweiht?«

»Ich weiß alles.«

»Dann berichten Sie bitte.«

»Worüber?«

Ich schaute in ihre grünen Augen, die einen etwas erstaunten Ausdruck zeigten. »Am besten fangen Sie mit dem Zimmer an. Es muß ja etwas ganz Außergewöhnliches sein, wie ich hörte.«

»Ist es auch, Mr. Sinclair. Ich denke, daß Ihnen die einzelnen chinesischen Dynastien nicht viel sagen werden...«

»Stimmt genau. Außer der Ming-Dynastie ist mir eigentlich keine bekannt.«

Sie wiegte den Kopf. »So weit sind Sie davon nicht entfernt, was die Möbel in dem Zimmer angeht. Sie sind unwahrscheinlich alt, und ich wundere mich, wie es möglich war, daß sie noch so gut erhalten sind. Sie sehen aus, als wären sie soeben restauriert worden, und strahlen eine Schönheit ab, die kaum zu beschreiben ist. Jedes einzelne Teil ist ein Kunstwerk für sich. Man kann nur von ihnen begeistert sein. Ihre Hersteller müssen damals schon etwas von der Zukunft geahnt oder in sie hineingeschaut haben, denn sie sind so zierlich, nein, noch zierlicher als die Möbel des Rokoko. Das Zimmer selbst ist vollständig erhalten, wir fanden es in einem alten Kloster nahe Peking, das sämtliche Kulturrevolutionen überstanden hat. Mein Mann, der sehr gute Beziehungen ins Reich der Mitte pflegt, war hingerissen, als er das Zimmer sah. Er bearbeitete unsere chinesischen Freunde, es uns leihweise zu überlassen. Zuerst zierte man sich, aber mein Gatte war besessen von der Idee, dieses Zimmers originalgetreu wieder aufzubauen, und das in seinem Haus, das ja einem Museum gleicht, denn wir veranstalten auch Führungen, am liebsten mit jungen Menchen, damit sie etwas lernen. Aber ich schweife ab.« Sie feuchtete ihre Lippen mit einem Schluck Sherry an und kam wieder auf das Zimmer zu sprechen. »Bevor wir die chinesischen Freunde überreden konnten, uns dieses Zimmer als Leihgabe zu überlassen, hat man uns gewarnt.«

»Ach ja?«

Sie nickte und sah betrübt aus. »Es hieß, das Zimmer sei nicht geheuer. Wir Europäer würden sagen, daß es verhext ist. In ihm soll sich in grauer Vorzeit ein japanischer Götze namens Pusa versteckt haben, als China und Japan Krieg gegeneinander führten. Man hat diesen Götzen durch chinesische Götter gebannt, so daß er in diesem Zimmer gefangen war. Dann hat man das gesamte Zimmer in einem Kloster versteckt. Das ist praktisch in wenigen Sätzen die ganze Geschichte.«

»Und dieser – Fluch besteht heute noch?«

»Ja, er hat seine Gültigkeit nicht verloren.«

Ich nickte vor mich hin. »Gehen Sie denn davon aus, daß das Verschwinden der drei Männer mit dem Fluch zusammenhängt, der über diesem Zimmer lastet?«

»Ich denke schon, Mr. Sinclair. Doch um das herauszufinden, habe ich Sie gebeten, herzukommen.«

»Dann möchte ich mir das Zimmer einmal genauer ansehen.«

»Natürlich, gern.«

»Wollen Sie mich führen, oder warten wir, bis Ihr Gatte hier erscheint?«

Mrs. Bradford schaute auf die Uhr. »Ich weiß auch nicht, wo er bleibt. Wissen Sie, er ist Broker, also Börsenmakler, er hat sein Büro hier im Haus. Um diese Zeit herrscht immer Terminstreß. Ich denke schon, daß ich Ihnen das Zimmer zeigen kann. Vorausgesetzt, Sie sind damit einverstanden.«

Ich lachte. »Liebe Mrs. Bradford, wie könnte ich mich gegen eine so charmante Begleitung wehren.«

»Oh, ein Polizist, der Komplimente macht.«

»Nur einer, der die Wahrheit sagt.«

Jetzt lachte auch sie und erhob sich. Ich stand ebenfalls auf, drehte mich um und hatte wieder das Gefühl, in dieser großen Halle verloren zu sein. Hier war einfach alles zu groß und zu wuchtig. Ich würde mich in einer derartigen Umgebung nie wohl fühlen können.

»Ich darf dann vorgehen, Mr. Sinclair?«

»Gern.«

Sie rauschte vor mir her. Ich schaute auf ihr Kleid, dessen Taftstoff laut raschelte. Wieder dachte ich, daß sie falsch angezogen war, doch das war allein Elena Bradfords Sache. Für mich war einzig und allein die Besichtigung des Zimmers wichtig. Wenn ich ehrlich gegenüber mir selbst war, dann hatte ich kein gutes Gefühl, sondern das genaue Gegenteil davon…

Suko, der keinen eigenen Wagen besaß, hatte sich ein Taxi genommen, sich aber nicht bis direkt an das Ziel bringen lassen, sondern war vorher ausgestiegen.

Er hatte die letzten Yards zu Fuß zurückgelegt, stand nun vor dem Grundstück, aber nicht vor dem Haus. Um das zu erreichen, mußte er das hohe Tor durchschreiten, das glücklicherweise offenstand und den Zugang zu einem parkähnlichen, mit hohem Baumbestand bedeckten Garten bildete. Wer hier wohnte, brauchte auf den Cent nicht zu achten, wie Suko sehr schnell feststellte, denn der beschäftigte genügend Personal, um den Park in Ordnung halten zu können. Suko entdeckte einen fast perfekten Rasen, auf dem kaum ein Blatt lag. Selbst die Bäume schienen hier gerader zu wachsen als in einem normalen Wald.

Er ging den breiten Weg entlang und überlegte, was er sagen sollte, wenn man ihm öffnete. Sicherlich würde man ihn von oben herab anschauen, aber damit konnte er leben. Er würde das große Interesse für das chinesische Zimmer vorheucheln und hoffte, daß seine schauspielerischen Fähigkeiten ausreichten.

Es war ein schöner Tag. Nicht zu warm, nicht zu kalt. Ein Wetter, um spazierenzugehen ohne großartig dabei zu schwitzen. Suko fühlte sich ziemlich allein in diesem großen Gelände, dennoch drehte er sich des öfteren hastig um, weil er das Gefühl nicht loswurde, verfolgt zu werden. War ihm tatsächlich jemand auf den Fersen, oder hatte er sich alles nur eingebildet?

Immer, wenn er sich gedreht hatte, war nichts zu sehen. Nur die Landschaft lag dann vor ihm und die breite, kiesbestreute Schneise, die sie als Weg durchschnitt.

Blumen brachten Farbe auf die Wiesen, und schon bald sah Suko die Krümmung des Weges. Er lief in einer breiten Auffahrt aus, auf der ein Rolls und ein Jaguar parkten. Weiter von ihnen entfernt stand ein Bentley, auf den Suko nicht besonders achtete, mehr schon auf den Eingang, zu dem eine breite Treppe hochführte.

Er nahm die Stufen locker und leicht, drehte sich wieder um, weil er das Gefühl hatte, zwei bohrende Blicke in seinem Rücken zu spüren.

Doch da war nichts!

Suko runzelte die Stirn. Auch wenn er nichts entdeckt hatte, war er auf keinen Fall beruhigter. Ihm gefiel die gesamte Umgebung nicht. Sie war seiner Ansicht nach in ein lauerndes, abwartendes und düsteres Schweigen gehüllt.

Wenig später interessierte er sich nur für den außen an der Tür angebrachten Klopfer, den er anhob, dann wieder nach vorn schob und den Kontakt auslöste.

Er hörte das Geräusch der Klingel oder Schelle, und wenig später stand Ernest in der geöffneten Tür.

Sein Blick sprach Bände.

Das ist Verachtung, dachte Suko. Die reine Verachtung. So etwas habe ich mir schon gedacht.

»Sie wünschen?« Die Stimme klang so, als hätte der Butler gesagt: »Hau nur schnell ab!«

Suko blieb gelassen. Er war kein Mann, der sich schnell aufregte. »Ich möchte gern Mr. Bradford sprechen. Es kann aber auch Mrs. Bradford sein.«

Der Butler wußte nicht, ob er lachen oder weinen sollte. Dann versteinerte sein Gesicht. Seine Augen nahmen den bösen Blick an. Da er eine Stufe höher stand, konnte er auf Suko hinabschauen, der nach dem Klingeln zurückgetreten war. »Beide sind für Sie nicht zu sprechen, Mister.«

»Das tut mir aber leid.«

»Mir nicht, wie Sie sich bestimmt denken können. Gehen Sie jetzt.« Ernest wollte die Tür zuschlagen, schrak aber zusammen, als Suko vorging und so dicht vor ihm stehenblieb, daß er den Butler beinahe berührte.

»Was – was wollen Sie noch?« Ernest fing an zu stottern.

»Es geht um das Zimmer, das chinesische Zimmer. Sehen Sie mich an. Ich bin Chinese, und deshalb…«

»Hören Sie auf, Mann. Da könnte jeder Chinese kommen und das erzählen.«

»Ich bin eben nicht jeder«, sagte Suko.

»Ich kann Sie nicht ins Haus lassen.« Ernest blieb hartnäckig. »Außerdem haben die Bradfords Besuch. Sie können es ja mal mit einer Voranmeldung versuchen. Bitten Sie schriftlich um einen Termin.« Ernest wollte nicht mehr reden und hämmerte Suko die Tür vor der Nase zu.

Da war für den Besucher nichts zu machen. Man hatte ihn kalt abfahren lassen, und er dachte darüber nach, wie er weiter vorgehen sollte. Das Gespräch mit dem Butler hatte ihm gezeigt, daß er erstens nicht willkommen war und daß zweitens dieses Haus irgend etwas verbarg. Wahrscheinlich wollten die Besitzer nicht, daß etwas an die Öffentlichkeit gelangte. Hier hatten einige Leute etwas zu verbergen. Das chinesische Zimmer war etwas Besonderes, nicht allein von seiner Einrichtung her, in ihm stecke auch etwas anderes, Fremdes. Wahrscheinlich eine unheimliche Kraft, ein Geist, ein Dämon, der seit Jahrhunderten in diesem Zimmer hauste.

Suko drehte sich wieder um. Er glaubte noch, den Schatten zu sehen, der über den Rasen huschte. War es eine Gestalt gewesen, oder war er einem Irrtum erlegen?

Suko wußte es nicht. Er wollte jedoch nicht so ohne weiteres aufgeben. Deshalb ging er die Treppe hinab, um sich an deren Ende sofort scharf nach rechts zu wenden. Lautlos glitt er in den

Schatten der Hausmauer und blieb unterhalb der breiten, vorspringenden Fensterbänke.

Er schaute in den leeren Park hinein. Dort bewegte sich nichts. Der Rasen erinnerte ihn an ein weites grünes Meer, aus dem die kräftigen Stämme der Bäume ragten.

Auf normale Art und Weise ins Haus zu gelangen, war ihm verwehrt worden. Aus guten Gründen möglicherweise, die Suko erst recht hatten neugierig werden lassen.

Er dachte an Hintereingänge und kleinere Türen an der Rückseite des großen Hauses. Deshalb wollte er sich dort umsehen. Als er ging, hielt er sich dicht an der Wand. Der Wind hatte Laub gegen die Wand geweht, manchmal raschelte es unter seinen Schuhsohlen. Hier hätte ein Gärtner mal harken müssen.

Er passierte den abgestellten Rolls-Royce und den Jaguar. Der dritte Wagen stach ihm wieder ins Auge. Es war ein Bentley. Er stand ein Stück entfernt, als hätte sich sein Fahrer nicht getraut, das relativ alte Modell neben die neuesten Nobelkarossen zu stellen.

Suko sah den Wagen, schaute, etwas funkte in seinem Kopf, er blickte wieder hin – und blieb stehen.

Das war es, er hatte sich nicht getäuscht. Das war der Bentley, der seinem Freund John Sinclair gehörte!

Suko war für einen Moment wie vor den Kopf geschlagen. Noch einmal verglich er die Zahlen des Nummernschildes. Ja, es stimmte. Es war phantastich, aber gleichzeitig auch rätselhaft. Wieso stand der Wagen des Geisterjägers hier?

Suko runzelte die Stirn. Es gab nur eine Möglichkeit, und er brauchte auch nicht lange nachzudenken. Von einem Fremden war der Bentley sicherlich nicht hergefahren worden. John Sinclair mußte den Bradfords einen Besuch abgestattet haben, und Suko konnte sich vorstellen, daß John und er am selben Fall arbeiteten. Wenn das kein Zufall oder eine Fügung war.

Jetzt sah die Sache schon ganz anders aus. Suko dachte über sein weiteres Vorgehen nach. Eines stand fest: Das Grundstück hier würde er so schnell nicht mehr verlassen. Er schaute sich wieder um, niemand beobachtete ihn, dann huschte er bis zur Ecke des Gebäudes vor, blieb dort stehen und schob den Kopf vor.

Er hörte jemand pfeifen.

Suko blieb in seiner beobachtenden Haltung. Wenig später sah er einen Mann. Es mußte der Gärtner sein. Er war nicht nur so gekleidet, er schob auch eine mit Säcken beladene Schubkarre vor sich her. Er befand sich auf dem Weg zu irgendeiner Arbeitsstelle im Gelände, was Suko sehr zupaß kam. Er wartete, bis der Mann weit genug entfernt war. Dann huschte Suko um die Ecke und lief an der Rückseite des Hauses entlang. Auch hier wieder unter Fenstern her, zur linken Seite hin gedeckt durch große Büsche. Wie er es sich ausgemalt hatte, so fand er es vor. Es gab eine Hintertür, die längst nicht so kräftig war wie das Portal. Jetzt konnte er nur hoffen, daß der Gärtner nicht zurückkehrte. Suko blickte sich noch einmal um, sah ihn nicht und drückte die Metallklinke nach unten. War die Tür verschlossen oder nicht?

Sie war es nicht.

Suko drückte seine Schulter dagegen. Sie schwang auf. Dabei war kaum ein Geräusch zu hören, und dem Chinesen fiel ein dicker Stein vom Herzen. Was er hier tat, war nicht ganz astrein, aber er wußte seinen Freund John Sinclair hier, und auf ihn konnte er sich immer noch berufen.

Sehr behutsam drückte Suko die Tür wieder zu. Er stand in einem Flur, eingehüllt in eine schwache Düsternis, denn in diesem Teil des schon schloßähnlichen Hauses war es ziemlich finster. Hier hatte man auf jeglichen Prunk verzichtet, und Suko mußte wieder daran denken, daß jedes Ding zwei Seiten hatte.

Das Licht brauchte er nicht einzuschalten. Er fand sich auch so zurecht. Der Flur führte in das Haus hinein. Suko wußte nicht, wo er das chinesische Zimmer fand. Das war im Moment auch nicht wichtig. Er hoffte, auf den Hausherrn und auch auf John Sinclair zu treffen. Da konnte so manches Problem entschärft werden.

Ihm gefiel die Atmosphäre des Hauses nicht. Es lag nicht an den Lichtverhältnissen, sondern an einer gewissen Kühle, die er spürte. Er durchquerte einen leeren Raum und sah dann drei Stufen vor sich, deren Abschluß eine Tür mit Rundbogen bildete.

Wieder mußte Suko stehenbleiben und konnte nur auf sein Glück vertrauen.

Er faßte nach der Klinke, hielt für einen Moment den Atem an – und hatte Glück.

Wieder ließ sich die Tür öffnen.

Nur knarrte sie diesmal, als er sie aufstieß. Er gelangte in einen Teil des Hauses, der anders wirkte, weil er bewohnt war. Suko befand sich in einer kleinen Halle, in der einige Möbel standen, als hätte ein Händler sie ausgestellt. Er hörte das Ticken einer Standuhr und durchquerte mit langen, lautlosen Schritten den Raum, ohne von jemandem gesehen zu werden.

Durch die großen Fenster fiel das Tageslicht und malte lange, helle Streifen auf den Boden. Sie erinnerten Suko an erstarrte Geister, die alles unter Kontrolle hielten. Eine andere Tür stand spaltbreit offen.

Er hatte sie noch nicht erreicht, als er Geräusche hörte.

Suko blieb stehen, um sich auf sie zu konzentrieren. Zuerst konnte er sie nicht deuten. Sie waren ihm irgendwie fremd. Sie paßten nicht in diese Umgebung. Es hörte sich an, als würde jemand mit einer Decke durch die Luft schlagen. Er hörte auch einen krächzenden Schrei, den Suko sich ebenfalls nicht erklären konnte.

Dann war es wieder still.

Der Chinese krauste die Stirn. Etwas stimmte hier nicht. Sein Gefühl signalisierte Gefahr. Eine sehr große Gefahr sogar, eine Gefahr für Leib und Leben.

Er blieb dicht vor der Tür stehen. Durch den Spalt fiel sein Blick in einen sehr großen Raum. Es war mehr eine Halle. Wenn ihn nicht alles täuschte, mußte die Tür, die er sah, die Eingangstür sein. Die Breite zumindest stimmte. Dann war der Raum vor ihm die Eingangshalle. Eine ganz einfache Rechnung.

War sie leer?

Suko hätte darauf nicht gewettet, denn aus ihr hatte er die Geräusche gehört.

Nur sah er niemanden.

Suko zog die Tür so weit auf, daß er hindurchschlüpfen konnte.

Er bemühte sich, so leise wie möglich zu sein. Auf seinem Rücken spürte er das Kribbeln. Auch ein Beweis dafür, wie angespannt er war.

Irgend etwas paßte nicht in diese Halle hinein. Suko war nicht in der Lage, den Grund dafür zu nennen, es entsprach mehr seinem Gefühl, aber er wußte auch, daß er sich selten täuschte.

Langsam ging er weiter, den Kopf nicht starr nach vorn gerichtet. Er bewegte ihn immer wieder, so daß er in die verschiedenen Richtungen schaute.

Dann sah er, was ihn gestört hatte. Er hatte den Kopf nach rechts gedreht und entdeckte den Schatten auf dem Boden. Er lag dicht neben einer halbrunden Couch oder einem Sofa. Der Schatten hatte menschliche Umrisse. Suko huschte mit langen Schritten so lautlos wie möglich an ihn heran. Er blieb neben ihm stehen und bückte sich. Schon zuvor hatte er den Schatten erkannt.

Es war der Buttler, der vor ihm lag.

Suko konnte das Gesicht nicht erkennen, weil der Tote die Arme angezogen und sie vor sein Gesicht gepreßt hatte, so als hätte er sich vor einem Angriff schützen wollen.

Suko bewegte sich vorsichtig. Er faßte die beiden Arme an den Gelenken an und drückte sie zur Seite. Sie fielen nach unten, als wären sie abgestorbene Äste.

Jetzt lag das Gesicht frei!

Suko stockte der Atem. Er wollte nicht glauben, was er sah. Nicht nur die Blutlache schockte ihn, sondern mehr noch die Tatsache, wie sie entstanden war.

Dem Mann fehlten die Augen.

Sie waren ihm ausgehackt worden!

Suko hatte Mühe, sein Entsetzen unter Kontrolle zu halten. Er wußte nicht einmal, ob der Mann noch am Leben war. Man muß mit einer derartigen Verletzung nicht tot sein. Ein Test bewies ihm jedoch, daß der Butler nicht mehr lebte.

Suko dachte nach. Besonders über die Zeit kurz vor der Entdeckung des Toten, denn da hatte er sich dicht vor der Tür zur

Halle befunden. Da waren Geräusche an seine Ohren gedrungen, und er erinnerte sich daran, ein ungewöhnliches Flattern vernommen zu haben.

Es hatte sich angehört, als hätte jemand eine Wolldecke heftig ausgeschlagen. Er hatte sich getäuscht. Wieder blickte er auf die zerstörten Augen des Toten und brachte die Verletzung mit dem seltsamen Geräusch in Verbindung.

Die blutigen Höhlen unter den Brauen sahen aus, als wären dem Mann die Augäpfel von einem Schnabel herausgehackt worden.

Vögel haben Schnäbel.

Daher auch das Flattern.

Eine verrückte Idee, wie Suko fand. Aber nicht so ohne weiteres von der Hand zu weisen. Dieses Flattern hätte nämlich gut zu irgendwelchen Schwingen oder Flügeln gepaßt. Dies wiederum hieß, daß sich in diesem Haus ein großer Vogel – ein Raubvogel – aufhalten mußte, der durch die breiten Gänge flog.

Suko blieb auf dem Fleck stehen, drehte sich dabei und suchte die Halle nach Spuren ab.

Zwar war die Wand durch zahlreiche Fenster unterbrochen, aber das Licht reichte trotzdem nicht aus, um jeden Winkel der Halle auszuleuchten.

Es gab noch düstere Ecken. Genau dort hingen Lampen mit verspielten Schirmen an den Wänden. Suko ließ diese Lichter ausgeschaltet.

Niemand war zu sehen, kein Feind zeigte sich in der Nähe. Dennoch fühlte sich Suko bedroht. Ebenso mußte es dem Butler ergangen sein. Wenn sich ein Vogel in der Nähe aufhielt, wo war er dann hergekommen, und wo hielt er sich jetzt versteckt?

Suko entdeckte keinen weiteren Ausgang, der offen gewesen wäre. War der Vogel – wenn es ihn wirklich gab – noch hier in der Halle?

Suko bewegte sich auf die Hallentür zu. Dort war es heller. Er trat hinein in das Licht und bewegte sich dabei wie ein Schatten durch die Bahnen.

Dem offenen Teil der Halle wandte er seinen Rücken zu, was ihm nicht gefiel, doch Suko hatte keine andere Wahl und ging weiter. Er hatte die Strecke etwa zur Hälfte hinter sich gelassen, als er etwas hörte.

Hinter sich.

Das Flattern.

Ein böses Krächzen.

Suko flog herum.

Inmitten der Halle und aus der Deckung zwischen zwei Möbelstücken stieg ein dunkler Körper in die Höhe. Suko sah heftig flatternde Schwingen, dann reckte sich ein schlanker Kopf mit einem langen gekrümmten Schnabel vor, und plötzlich wurde der Körper schnell.

Wie ein Pfeil raste er auf sein neues Opfer zu, auf Suko!

»Wir befinden uns jetzt in dem Bereich des Hauses, das wir als Museum eingerichtet haben. Wir veranstalten hier Führungen. Mein Mann und ich wechseln uns dabei ab, denn wir sind beide der Ansicht, daß diese Kunstschätze und die Art, wie man vor einigen Jahrhunderten lebte, einem gewissen Teil der Öffentlichkeit zugänglich gemacht werden müssen. So scheuen wir uns nicht, Schulklassen einzuladen und den Schülern ein Beispiel praktischer Geschichte zu geben, was heute ja sehr selten ist.«

»Da haben Sie recht, Mrs. Bradford.«

Wir hatten das Ziel noch nicht erreicht, als sie stehenblieb und mich von der Seite her anschaute. »Sie würden sich hier nicht wohl fühlen, Mr. Sinclair, denke ich.«

Ich lächelte. »Wie kommen Sie darauf?«

»Einfach gefragt, schlicht geantwortet. Ich sehe es Ihnen an. Sie bewegen sich nicht so sicher wie sonst, nehme ich an.«

»Da haben Sie recht. Es ist nicht meine Welt. Wissen Sie, ich bin Polizist und in relativ kleinen Verhältnissen aufgewachsen, wenn ich das mit Ihrer Umgebung vergleiche. Mein Vater ist Anwalt. Er hat keinen Reichtum scheffeln können. Aber ich will mich nicht beklagen, denn uns ging es gut. Ich habe eine Ausbildung erhalten, die sich sehen lassen kann, obwohl mein Vater lieber gesehen hätte, wenn ich in seine Fußstapfen getreten wäre. So aber habe ich mich für den Beruf des Polizisten entschieden und fühle mich recht wohl.«

Für einen Moment senkte sie den Blick und bemerkte dabei: »Es ist schön, wenn man das von sich selbst behaupten kann.«

»Das meine ich auch.«

Sie strich eine Haarsträhne aus der Stirn. »Manchmal wünsche auch ich mich woanders hin. Man kann sich zwar an ein derartiges Haus gewöhnen, aber ich habe schon damit meine Schwierigkeiten, muß ich Ihnen sagen. Ich – ich fühle mich in dieser Leere oft einsam. Man verläuft sich ja hier. Mein Mann hat seine Arbeit. Er ist über seine Apparatur mit der gesamten Welt verbunden, während ich hier die Königin spiele und von einem Raum in den anderen gehe. Deshalb mußte ich einfach etwas tun, und dabei kam mir dieses chinesische Zimmer gerade recht. Ich habe dafür gesorgt, daß es in unserem Haus ausgestellt wurde.«

»Ich möchte Ihnen dazu nicht gratulieren, weil ich weiß, was geschehen ist.«

Sie nickte. »Es ist unerklärlich. Drei Menschen sind verschwunden, als hätten sie sich aufgelöst. Einfach so. Ich – ich kann es wirklich nicht verstehen.«

»Und es hängt wirklich mit dem Zimmer zusammen, meinen Sie?«

»Ja.«

»Wissen Sie, was mich wundert, Mrs. Bradford?«

»Nein, sagen Sie es.«

»Daß Sie trotz allem noch einen Nachtwächter engagiert haben, obwohl Sie ja hier leben.«

»Mein Mann wollte es so. Wir leben in einem anderen Trakt. Die Halle ist praktisch die Trennlinie. Wo wir uns jetzt befinden, ist das Museum. Wir fühlten uns sicherer, wenn es in der Nacht bewacht wurde. Das hat auch immer geklappt, bis dieser Cedric Culp einfach von der Bildfläche verschwand, als hätte es ihn nie gegeben. Man fand nur seine Taschenlampe.« Sie hob die nackten Schultern, auf denen plötzlich eine Gänsehaut schimmerte. »Und er war nicht der erste«, flüsterte sie. »Vor ihm sind noch zwei

Männer verschwunden. Chinesen aus London, die etwas über die Geschichte ihrer Heimat erfahren wollten.«

»Um dies aufzuklären, hat man mich geschickt.«

Sie hob ihre Augenbrauen und sah mich skeptisch an. »Rechnen Sie mit einem Erfolg?«

»Ich weiß es noch nicht.«

Sie berührte meinen Arm. »Dumme Frage von mir, entschuldigen Sie. Dabei haben Sie noch nicht einmal das Zimmer gesehen, dieses Corpus delicti. Folgen Sie mir.«

Wir hatten es nicht mehr weit. Der Gang war breit und ebenfalls geschichtsträchtig, wenn ich mir die großen Bilder anschaute, die an den Wänden hingen und in ihren Motiven ein Stück Vergangenheit zeigten. Es roch nach Staub, aber auch nach Bohnerwachs oder einem Putzmittel. Der Boden war mit Steinplatten ausgelegt, und das Licht spiegelte sich auf ihnen. Wir passierten eine Bank, auf die Mrs. Bradford mit dem abgespreizten Zeigefinger deutete.

»Das war eigentlich der Platz des Nachtwächters, wenn er sich von seinen Runden ausruhte.«

»Da haben Sie ihn nicht gefunden?«

»Nein, sondern hier.« Sie ging von mir fort auf eine Tür zu, die der Bank schräg gegenüberlag. »Sie ist verschlossen, Mr. Sinclair.« Zum Beweis drückte Elena Bradford dreimal die Klinke.

»Wer hat den Schlüssel?«

»Mein Mann und ich.«

»Der Nachtwächter hatte keinen?«

»Nein, er nicht.«

»Weshalb nicht?«

»Bevor er seinen Dienst antrat, schaute sich mein Mann in dem Zimmer um, ob alles in Ordnung war. Bisher hat es nicht die geringsten Unregelmäßigkeiten gegeben, bis eben auf das rätselhafte Verschwinden der beiden Chinesen, und jedesmal war die Zimmertür offen.«

»Hat der Raum Fenster?«

»Ja.«

»Dann kann man…«

»Nein, Mr. Sinclair, kann man nicht. Ich weiß, was Sie sagen wollten. Aber die Scheiben der Fenster bestehen aus Panzerglas. Um sie einzuschlagen, muß man sich schon verdammt anstrengen. Es wäre auch zu hören gewesen, denke ich.«

»Meine ich auch.«

Ich sah zu, wie Mrs. Bradford den Schlüssel ins Schloß steckte und die Tür nach einem zweimaligen Drehen des Schlüssels aufzog. Ich war näher herangetreten und spürte die Wolke, die mir aus dem Raum entgegenwehte.

Es war ein bestimmter Geruch, den ich leider nicht identifizieren konnte. Es roch nach Staub, nach alten Möbeln, vielleicht auch nach Vergänglichkeit, vermischt mit einem Parfümduft, doch der wehte mir von Mrs. Bradford entgegen, die die Haut ihres Halses damit eingetupft hatte.

Ich folgte ihr.

Es war schon ein seltsames Gefühl, den Raum zu betreten, in dem drei Männer spurlos verschwunden waren. Elena Bradford blieb an der Wand stehen und erkundigte sich, ob sie das Licht einschalten sollte.

»Nein, es geht auch ohne.«

Durch das Fenster fiel genügend Licht, so daß ich alles gut erkennen konnte.

Das Zimmer war in zwei Hälften geteit. Man hatte eine Kordel von Wand zu Wand gespannt, denn dort, wo die sehr wertvollen Möbelstücke standen, durfte niemand der Besucher hin. Man sollte sie nur andächtig und staunend betrachten.

Mir fiel die Innenseite der Tür auf, als ich mich umdrehte. Auf ihr, und zwar genau im Mittelpunkt, war eine große Fratze abgebildet. Ein sehr runder Schädel mit gelben Augen und einem offenstehenden Mund mit breitem Gebiß. Der Schädel sah aus wie ein Vollmond, und um ihn herum wanden sich Schlangen mit breiten Mäulern, die auch einem Drachen hätten gehören können.

Mrs. Bradford hatte meinen Blick gesehen. Sie blieb neben mir stehen. »Interessiert?« fragte sie.

Ich nickte.

»Dieser Schädel gehört einem Gott oder einem Götzen. Es ist ein buddhistischer Priestergott. Man sagt, daß er aus Japan stammt und während eines japanisch-chinesischen Krieges in den Kampf eingegriffen hat. Die Chinesen konnten ihn in diesem Zimmer verbannen, speziell in das Futter dieser Tür.«

»Verstehe. Hat er auch einen Namen?«

»Eigentlich zwei. Er heißt Hotei-Osho, wird aber auch Pusa genannt. Irgendwie sieht er lustig aus, oder?«

»Kann ich nicht finden. Zwar hat er einen runden Kopf ohne Haare, irgendwie gleicht er auch Buddha, aber lustig ist für mich etwas anderes. Dieses Maul, die Zähne, dieses Grinsen, das kein Lächeln ist, hat etwas an sich, das mir nicht gefällt.«

»Meinen Sie?«

»Ja.«

Mrs. Bradfords Blick glitt an der Tür hoch. Ich beobachtete sie dabei mehr zufällig und stellte fest, daß sie zusammenzuckte. Sie gab sich auch keine Mühe, ihr Erschrecken vor mir zu verbergen, sondern hob einen Arm an und preßte die Hand vor ihren Mund.

»Was ist los?« fragte ich.

Sie antwortete nicht, schüttelte nur den Kopf. Ihr Gesicht war blaß geworden. Die Frau mußte ein Problem haben, und es hing aller Wahrscheinlichkeit nach mit der Tür zusammen. Sie trat einen Schritt zurück, um sie aus einem anderen Winkel zu betrachten, doch der Gesichtsausdruck blieb. Er war verwirrt, skeptisch und auch verständnislos. Ich hoffte, daß sie mich aufklären würde, und sprach sie wieder auf ihre Reaktion an.

»Was ist denn mit Ihnen, Mrs. Bradford?«

Sie ließ den Arm sinken. Ihre Hand war jetzt zur Faust geballt.

»Über dem Kopf des Götzen Pusa«, flüsterte sie, »da – da fehlt etwas, Mr. Sinclair!«

»Was?«

»Eine mythische Figur, ein Tier, ebenso wie diese Schlangen ja auch Sinnbilder sind. Dort war es keine Schlange, sondern ein Vogel, ein Adler.«

»Und der, meinen Sie, ist weg?«

»Ja, Mr. Sinclair. Das meine ich nicht nur, das ist eine Tatsache. Es gibt ihn nicht mehr.«

»Gab es ihn denn gestern?«

»Ja.«

»Übermalt worden kann er nicht sein – oder?«

»Hören Sie auf zu scherzen. Das ist unmöglich.« Sie starrte mich an und schnappte dabei nach Luft. »Soll ich Ihnen sagen, was ich glaube? Er hat sich aus dem Türblatt gelöst. Er hat seinen Platz einfach verlassen, und zwar aus eigener Kraft. Er ist davongeflogen...« Ihre Stimme versickerte. »Ja, davongeflogen.«

Ich widersprach ihr nicht. Tatsache jedenfalls war – da mußte ich mich auf die Worte der Frau verlassen – daß es einen Vogel hier in der Tür als Intarsienarbeit gegeben hatte. Aber keinen lebendigen Vogel, und nur etwas Lebendiges kann fliegen.

Seltsamerweise glaubte ich ihr alles. Ich war mir selbst nicht klar, wieso das hatte so plötzlich geschehen können. Es mochte auch an der Atmosphäre des Zimmers liegen, die mir von Anfang an nicht behagt hatte. Dieser seltsame Geruch störte mich. Er war innerhalb des Zimmers anders als draußen im Flur, viel intensiver, denn die Luft war durchdrungen von einer Duftmischung, die mich irgendwie an fremde Kräuter erinnerte.

»Sie sagen ja gar nichts, Mr. Sinclair.«

»Es ist auch schwer. Noch einmal die Frage: Dieses Phänomen haben Sie zum erstenmal erlebt?«

»Genauso ist es.«

Ich strich über mein Haar. »Das ist unerklärlich. Dennoch kann ich mir vorstellen, daß, sollten Sie recht behalten, auch andere dieser auf die Tür gemalten Wesen in der Lage sind, ihre Plätze zu verlassen.«

Was ich bewußt etwas umständlich formuliert hatte, ließ die Frau erschrecken. Sie faßte es in schlichtere Worte. »Sie glauben, daß auch die anderen Figuren lebendig werden könnten? Diese Schlangen oder sogar dieser Pusa selbst?«

»Ja!«

Meine klare Antwort schockierte die Frau. Sie trat zurück, als wäre ihr meine Nähe plötzlich unangenehm. »Das ist eine gefährliche Behauptung, Mr. Sinclair. Wenn es stimmt, hätten wir dann die Lösung?«

»Ich weiß es nicht.«

»Ich auch nicht.« Sie schüttelte ihren Kopf. »Können Sie mir denn sagen, was wir tun sollen?«

»Ich möchte mich zunächst einmal im Zimmer umsehen, wenn Sie erlauben.«

»Natürlich, gern.«

Elena Bradford wollte nicht stören, deshalb zog sie sich zurück und stellte sich neben der Tür an die Wand. Ich begann mit meinen Rundgang durch ein Zimmer, das mir alles andere als geheuer war. Der Boden bestand aus Parkett, war aber an einigen Stellen mit Teppichen belegt worden. Chinesische Seidenteppiche mit einer meist blauen Grundfarbe und Motiven von Drachen und Schlangen, die sich in intensiven Farben von dem Blau abhoben.

Mein Blick glitt über die Wände. Sie waren mit kostbaren Seidentapeten bespannt. Sie schimmerten in warmen Beigetönen, zeigten sanfte Streifen, ansonsten aber keine Muster und auch keine weiteren Motive.

Ich ging weiter, bis meine Knie die Kordel berührten.

Dahinter stand das Mobiliar des Zimmers. Hinter mir hörte ich Elenas Stimme. »Es ist alles echt, Mr. Sinclair. Nichts stammt aus der heutigen Zeit. Man hat diese Stücke wunderbar aufgearbeitet.«

»Das glaube ich Ihnen.«

Ich möchte mir die Einzelheiten ersparen, doch was den Besuchern hier geboten wurde, gehörte zur höchsten handwerklichen Kunst aus dem Reich der Mitte.

Ein wenig erinnerten mich die zierlichen Möbel an die Zeit des Rokoko in Europa, diese hier waren teilweise noch verspielter, kleiner, und ich sah Vitrinen, deren Frontseiten fast nur aus kleinen Schublädchen bestanden.

Ein Gitterschrank fiel mir ebenfalls auf. Bilder hingen an den Wänden. Landschaftsgemälde mit Tusche und Federpinsel gezeichnet. Die Farben hatten im Laufe der Jahrhunderte nichts von ihrer Kraft verloren.

Ein sehr niedriger Tisch mit kleinen Beinen und einer rechteckigen Platte zeigte in seiner Mitte die strahlende Sonne, der sogar ein Gesicht eingearbeitet worden war.

Und genau vor dem Tisch lag ein kleiner Gegenstand, der überhaupt nicht in diese altchinesische Möbelsammlung hineinpaßte. Ich hatte ihn nicht sofort gesehen, weil er zur Hälfte unter den Tisch gerutscht war. Deshalb bückte ich mich, legte den Kopf schräg, um diesen glitzernden, fingerlangen Gegenstand besser erkennen zu können.

Schon beim ersten Blick hatte ich geglaubt, ihn zu erkennen. Jetzt erhielt ich die Bestätigung. Es war ein silberner Pfeifenstopfer, der dort auf dem Boden lag.

Ich richtete mich wieder auf und hörte, daß Elena Bradford auf mich zutrat. »Ist etwas, Mr. Sinclair?«

Ich wartete, bis sie neben mir stand, streckte Arm und Finger aus. »Dort, sehen Sie…?«

Die Frau schaute hin. Plötzlich wurde sie blaß. Sie schwankte. Ich griff zu, damit sie nicht fiel. Sie sank rücklings in meine Arme. Ich blickte in ihr Gesicht und sah den irren Ausdruck in ihren Augen. Der Mund stand offen, der Schrei aber war erstickt. Er brach nicht mehr aus der Kehle.

»Was ist mit Ihnen, Mrs. Bradford?«

Sie ächzte nur, Speichel sprühte vor ihren Lippen, ich richtete sie wieder auf und hatte das Gefühl, eine Puppe zu stützen, so steif war sie geworden. Ich mußte ihr einfach etwas Zeit geben, um sich erholen zu können.

»Bitte, was ist los?«

Endlich konnte sie sprechen, auch wenn sie die Worte mehr hervorwürgte, als formulierte. »Der Pfeifenstopfer – er – er liegt dort auf dem Boden…«

»Das habe ich gesehen. Ist das so schlimm?«

Sie nickte zuckend. »Er gehört meinem Mann!«

Verdammt, das war eine Überraschung, und sicherlich keine gute. Ich merkte, wie sich mein Rücken spannte, und gleichzeitig rannten unzählige Ameisen über die Haut hinweg. Die letzte Antwort hatte mir die Sprache verschlagen. Ich war wie vor den Kopf geschlagen und konnte keinen klaren Gedanken fassen.

Mrs. Bradfords Gesicht war so bleich wie eine Kinoleinwand.

Panik flackerte in ihren grünen Augen, sie atmete nur stoßweise, wischte über ihr Gesicht und schaffte es dann, eine Frage an mich zu stellen. »Wissen Sie, was das bedeutet, Mr. Sinclair?«

»Ja…«, sagte ich gedehnt, »ich vermute…«

»Mein Mann – mein Mann – er ist das vierte Opfer geworden! Er ist verschwunden! Von dem Nachtwächter blieb die Taschenlampe zurück, von Henry der Pfeifenstopfer. Die bösen Kräfte machen mit uns, was sie wollen. Und sie zeigen uns, wie mächtig sie sind, indem sie einen Gegenstand des Opfers hinterlassen.«

Ich wollte sie beruhigen. »Mrs. Bradford, noch steht nicht fest, ob ihr Mann hier verschwunden ist. Haben Sie mir nicht selbst gesagt, daß er sich in seinem Büro aufhält?«

»Das hat er gesagt. Er kann es aber verlassen haben, um nachzuschauen. Henry besitzt einen Schlüssel zu diesem Zimmer.«

Ich mußte nachdenken und nutzte die Pause, um mich zu bücken und den Pfeifenstopfer an mich zu nehmen. Ich hielt ihn so, daß Elena ihn sehen konnte. Sie nickte.

Ich steckte den Stopfer ein. »Wir wollen trotzdem im Büro Ihres Mannes nachschauen, denke ich.«

»Nein«, sagte sie mit tonloser Stimme. »Das ist nicht nötig. Was ich hier gesehen habe, reicht aus.«

»Nur dieser Pfeifenstopfer?«

»Ja, Mr. Sinclair. Es sind die Parallelen der Fälle, die es so schlimm machen.«

Hundertprozentig hatte sie mich nicht überzeugen können, obwohl das äußere Bild ihre Theorie bestätigte. Nur gehörte ich zu den Menschen, die sich gern mit eigenen Augen überzeugten, deshalb fragte ich nach dem Weg zu Sir Henrys Büro.

»Sie brauchen nicht hinzugehen, ich habe recht.« Wie eine Betrunkene wankte sie durch das Zimmer und stützte sich schließlich an einer Wand ab.

Sie hatte mich stehenlassen, ich fühle mich auf einmal wie verloren, als würde mich eine Schlinge würgen, die sich immer enger zuzog. Hier war etwas Schreckliches geschehen. Zuerst war der Adler aus der Tür verschwunden, dann hatte dieser Pfeifenreiniger dort gelegen, als wäre er von jemandem achtlos fallengelassen worden.

Kälte kroch in meinen Körper und legte sich wie eine Klammer um den Magen. Ich verspürte eine ziehende Angst, wie oftmals, wenn mich etwas bedrohte, das ich nicht erkennen konnte. Es war dieses verdammte chinesische Zimmer, in dem ein unheilvoller Geist stecken mußte!

Mrs. Bradford weinte leise. Sie bat mich um ein Taschentuch, ich gab es ihr.

Als sie ihre Nase putzte, da glaubte ich, ein weiteres Geräusch zu hören.

Schritte?

Seit Betreten des Zimmers stand ich unter Strom und war höllisch auf der Hut.

So auch jetzt!

Ich wirbelte herum, blickte zur offenstehenden Tür, und in die Öffnung schob sich die mächtige Gestalt eines glatzköpfigen Mannes, der eine kurzläufige Maschinenpistole in der Hand hielt, deren Anblick mich versteinern ließ…

Der Adler war schnell, höllisch schnell sogar, und Suko mußte noch schneller sein.

Er sah den gekrümmten, dennoch spitzen Schnabel, den relativ kleinen Kopf, die funkelnden Augen, in denen eine beinahe erbarmungslose Kälte zu lesen war, und er sah auch das dunkle Blut, das sich auf dem Kopf verteilt hatte.

Suko hechtete zu Boden.

Irrsinnig nah wischte der Vogel an ihm vorbei. Der ihn begleitende Luftstrom wirbelte über Suko hinweg. Der Chinese blieb in Bewegung, drehte sich um die eigene Achse und zog dabei seine Waffe. Dann schnellte er nach vorn. Es sah aus wie eine stolpernde Bewegung, doch aus der Drehung heraus sprang Suko wieder auf die Füße und erwartete den nächsten Angriff des Vogels.

Er schaffte es nicht, einen Schuß abzufeuern, denn der Adler war bereits dicht vor ihm.

Der Schnabel hatte sich in eine mörderische Schere verwandelt, er stand offen, dann hackte er zu.

Suko warf sich zur Seite.

Es erwischte ihn an der linken Schulter. Seine Jacke bot zum Glück genügend Widerstand, der Schnabel drang nicht durch bis auf die Haut, aber die mächtigen Schläge der Schwingen schüttelten Suko durch. Sie waren hart wie Eisen, und er konnte auch jetzt seine Waffe nicht einsetzen, denn er wußte weg aus der unmittelbaren Reichweite der fliegenden Bestie. Für Suko war dies kein normaler Adler, in ihm steckte eine andere, fürchterliche Kraft, die unter der Kontrolle eines mächtigen Dämons stand.

Als Suko sich zur Seite warf, landete er auf einem Tisch. In einem Reflex drückte er ab, konnte nicht erkennen, ob die Kugel getroffen hatte, und rutschte auf der glatten Tischplatte weiter, bis er über den Rand kippte und zu Boden fiel.

Darauf hatte der Adler gewartet.

Er stürzte sich auf den Chinesen.

Suko war etwas unglücklich auf seinen rechten Arm gefallen und hatte ihn praktisch eingeklemmt. Deshalb konnte er die Pistole nicht so schnell hochreißen, er mußte sich anders helfen und packte blitzschnell das Bein eines in der Nähe stehenden Stuhls. Wuchtig schwang er das Sitzmöbel herum.

Damit erwischte er den Adler, bevor dieser mit weit ausgebreiteten Schwingen auf ihm landen konnte. Der Stuhl und der Körper krachten zusammen. Wild bewegte der Vogel seinen Kopf. Ein wütender Schrei drang aus seinem Schnabel. Er schwebte noch immer über Suko, begann jetzt aber wild zuckend zu taumeln und wurde zurückgeschleudert, als Suko ihn mit einem zweiten wuchtigen Hieb traf.

Diesmal hatte er zu fest zugeschlagen und das Stuhlbein nicht hart genug umklammert. Die Wucht des Aufpralls riß ihm den Stuhl aus der Hand. Er krachte auf den Boden, während der Adler in die Höhe wirbelte und beinahe gegen die Decke geprallt wäre.

Suko zielte und schoß.

Er traf nicht, denn genau in dem Augenblick, als er den Finger krümmte, durchtoste ein rötliches Glühen die Gestalt des großen Vogels, und noch in derselben Sekunde war er verschwunden.

Die Kugel jagte in die Decke, wo sie steckenblieb. Kalk rieselte nach unten, das war alles.

Auf dem Rücken blieb Suko liegen. Er gab sich keinen Illusionen hin. Er hatte den Adler nicht vernichtet. Die andere Kraft, wahrscheinlich die eines aus uralter Zeit stammenden Dämons, hatte im letzten Momemt für sein Verschwinden gesorgt. Dieser Vogel konnte sich auflösen und wahrscheinlich auch wieder zusammensetzen, möglicherweise an einem anderen Ort, und von dort aus eine neue Attacke starten. Damit mußte Suko rechnen.

Er rappelte sich auf.

Seine Schulter war von dem harten Schnabelhieb getroffen, aber nicht verletzt worden. Die Polsterung an der Schulter hatte der gekrümmten Spitze zuviel Widerstand entgegengesetzt.

Erst jetzt fiel Suko die Stille in der Halle auf. Sie war bedrückend und hielt ihn umklammert wie ein starker Druck. Er spürte die eigenen Herzschläge überdeutlich, aber gleichzeitig auch das Zittern in seinen Knien.

Dann ging er dorthin, wo der Butler lag. Er hatte den Angriff nicht abwehren können. Für diesen Mann war das Haus zur Leichenhalle geworden. Suko fand diesen Vergleich passend, denn er fühlte sich hier wie in einer Totenhalle.

Er mußte etwas tun, und er dachte dabei an seinen Freund John Sinclair. Daß er dieses Haus betreten hatte, stand für Suko fest. Er fragte sich nur, wo John sich aufhielt und ob er sich überhaupt noch irgendwo aufhalten konnte oder dieses Haus für ihn nicht zu einer tödlichen Falle geworden war.

Auch von den Besitzern, den Bradfords, hatte Suko bisher nichts gesehen. Sie blieben verschwunden, und er fragte sich wieder, ob sie noch lebten.

Das Haus war groß, zu groß, um es schnell durchsuchen zu können. Suko wollte natürlich nicht in der Halle bleiben. Er mußte sich auf seinen Instinkt verlassen. Wichtig für ihn war das chinesische Zimmer, von dem Gerry Chang gesprochen hatte. Wenn er diesen Raum fand, konnte er das Geheimnis möglicherweise aufdecken...

Ich hatte die Arme heben und die Hände hinter dem Kopf verschränken müssen, dann war der Glatzkopf, der ein rotes Band mit gelben Drachenmotiven um seine Stirn geschlungen trug, in das Zimmer getreten und hatte die Tür hinter sich zurückgestoßen. Allerdings war sie nicht ins Schloß gefallen.

Er war Chinese und starrte mich aus seinen kalten Augen an. Für die Frau hatte er kaum einen Blick, weil er davon ausging, daß sie ihm nicht gefährlich werden konnte.

»Du bist ein Bulle«, sagte er in seinem schlechten Englisch. »Ich habe dich erkannt.«

»Und wenn schon.«

Er zielte auf meine Brust. »Ich will wissen, warum du hier bist, Bulle. Suchst du die Verschwundenen?«

»Möglich, die suchen Sie doch auch – oder?«

»Ja, es waren Freunde von mir.«

»Warum sind Sie hier?«

Er grinste breit. »Sagen wir so, Bulle. Dieses Zimmer ist zu schade, um in den Händen eines Langnasigen zu bleiben. Es gehört uns Chinesen, verstehst du?«

»Ja, ich fange an, Sie zu begreifen.«

»Das ist gut. Dann kannst du mir bestimmt sagen, wo meine beiden Freunde geblieben sind.«

»Die suchen wir noch.«

Er glaubte mir nicht. Sein Gesicht sagte mir genug. »Ich warte nicht mehr lange, Bulle. Ich will wissen, was du herausgefunden hast. Erst dann reden wir weiter.«

»Ich kann Ihnen nicht mehr sagen, als daß drei Personen verschwunden sind. Mittlerweile hat sich ein vierter Mann hinzugesellt, denn wir vermissen den Hausherrn, Sir Henry Bradford.«

Mit dieser Antwort hatte ich den Mann wohl überfordert. Mir

glaubte er nicht so recht und wandte sich deshalb an Elena Bradford. »Stimmt das, was er gesagt hat?«

»Ja, er hat recht.«

»Und weiter?«

»Wie weiter?«

»Was habt ihr noch herausgefunden?«

»Nichts!« rief sie mit schrill klingender Stimme. »Gar nichts!« Sie stieß mit zwei Fingern gegen ihre Brust. »Verdammt noch mal, es ist mein Mann, der verschwand. Können Sie denn nicht begreifen, wie es in mir aussieht?«

»Das interessiert mich nicht«, erklärte der Chinese und grinste dabei widerlich. »Ich bin nur als Rückendeckung da, aber ich sehe schon, daß der andere es auch nicht geschafft hat.«

»Welcher andere?«

Der Glatzkopf sah mich an und grinste dabei so wissend und widerlich, daß er mich damit irriterte. Er schien etwas zu wissen, das mir unbekannt war.

»Ihr wollt mir nicht helfen!« stellte er fest, und sein Grinsen verschwand.

»Wir können Ihnen nicht helfen«, sagte ich.

»Bullen lügen immer.«

»Für Sie vielleicht. Was wollen Sie denn tun? Wollen Sie uns hier im Zimmer erschießen?«

Wieder bewegten sich seine Lippen, während er seinen Blick durch das Zimmer schweifen ließ, aber nicht die geringste Spur von seinen verschwundenen Landsleuten entdeckte. »Es wäre nicht das Schlechteste, und ich werde es wohl tun, wenn ich hier keine Lösung finde.«

»Es gibt keine«, erklärte ich. »Wann wollen Sie das endlich begreifen? Wir stehen ebenso vor einem Rätsel wie Sie. Ich weiß nicht, zu wem Sie gehören, doch auch die China-Mafia wird sich daran die Zähne ausbeißen. Das hier ist nicht mit normalen Maßstäben zu messen. Wann geht das in Ihren Schädel?«

»Du willst nicht reden, Bulle!«

»Ich kann nur das sagen, was ich weiß.«

»Zu wenig«, hechelte er, »viel zu wenig.« Er blickte mich

abschätzend an, als wäre er dabei, sich die Stellen auszusuchen, auf die er schießen würde. Er behielt mich auch im Auge, als er sich an Elena Bradford wandte.

Sie stand unbeweglich auf der Stelle, als wäre sie eingefroren. Ihre Augen erinnerten mich an trübes Glas. Sie hatte den Blick auf die Innenseite der Tür gerichtet und zwar dorthin, wo der Adler fehlte. Ihre Lippen zitterten, und sie hatte die Hände zusammengekrampft.

Der Eindringling lachte. »Mir scheint, die Lady hat Angst.«

Ich sprang für sie ein. »Es ist eben nicht jedermanns Sache, in die Mündung einer Waffe zu schauen.«

»Ja, das weiß ich.«

»Was haben Sie jetzt vor?«

»Ich stelle die Fragen. Mit dir habe ich schon geredet, Bulle, aber nicht mit der Frau. Ich bin gespannt, ob sie sich genau so verschlossen zeigt wie du.«

Der Blick der Frau zeigte Furcht. Mrs. Bradford stand da wie paralysiert. Sie hielt den Mund geöffnet und hatte Mühe, den Speichel zu schlucken.

»Reden Sie!«

»Ich – ich kann nichts sagen. Sie sind verschwunden, alle vier. Ich habe nichts gesehen.«

»Sie wohnen hier.«

»Ja, ja, aber…«

Er trat auf sie zu. Die kurzläufige Maschinenpistole lag in seiner Hand wie festgeschmiedet. »Wenn ich meinem Boß berichte, daß ich nichts erreicht habe, wird er mich fertigmachen. Vielleicht sogar töten, denn die Gesetze bei uns sind hart, sehr hart sogar.« Er sah aus, als wollte er sich auf Mrs. Bradford stürzen, die aber hatte für ihn längst keinen Blick mehr. Sie hatte ihren Kopf so weit gedreht, daß sie an seiner Schulter vorbei auf die Tür schauen konnte.

Auch ich blickte hin.

War da etwas?

Wir sahen es zugleich. Es geschah genau an der Stelle, an der eigentlich dieser Vogel hätte sitzen müssen. Dort zeigte sich jedoch etwas.

Im Innern des Türfutters war eine Bewegung. Es war eine besondere Kraft, die ich mir im Moment nicht erklären konnte. Es schien, als hätte sie sich in der Tiefe versteckt gehalten und würde jetzt wieder an die Oberfläche dringen.

Auf dem Holz entstanden Umrisse.

Ein Hals, ein Körper, ein Schnabel, sogar Augen.

Der Adler kehrte zurück.

Umgeben von einem leichten rötlichen Glühen manifestierte er sich innerhalb der Tür.

Der Chinese konnte ihn nicht sehen, weil er ihm den Rücken zudrehte. Allerdings war er ziemlich irritiert, weil sich Blick und Gesichtsausdruck der Elena Bradford verändert hatten. Seine Unsicherheit ließ ihn noch aggressiver werden.

»Verdammt noch mal, was hast du?«

Ich gab die Antwort. »Sie sollten mehr auf die Tür achten, Meister, wirklich.«

»Wieso das?«

»Es hat sich dort etwas verändert!«

Er glaubte mir nicht, wie sein Gesichtsausdruck bewies. »Ihr wollt mich nur ablenken, aber das schafft ihr nicht. Es ist nichts, ich hätte es gemerkt...«

»Doch!« schrie Elena.

Das machte ihn unsicher. Er blieb nicht mehr ruhig, er zitterte, während ich wie auf dem Sprung stand und darauf wartete, daß er einen Fehler beging.

Er traute sich nicht, mir den Rücken zuzudrehen, aber er wußte inzwischen, daß sich hinter ihm etwas tat, denn so gut konnte niemand schauspielern, nicht eine Frau wie Elena Bradford.

»Komm her, Bulle, aber laß die Hände im Nacken!«

»Warum?«

»Herkommen!« brüllte er.

Ich gehorchte. Er hatte etwas vor, ich richtete mich auf alles ein, aber nicht darauf, daß er sich gleichzeitig auf mich zubewegte. Und er war verdammt schnell.

Meine Hände waren hinter dem Nacken verschränkt. Ich konnte mich nicht wehren und schaffte es nicht, dem Schlag auszuweichen, der mich an der Stirn erwischte.

Dort traf mich der Waffenlauf. Vor meinen Augen wirbelten Sterne hoch, die zuckend hineinrasten in eine sie umgebende Dunkelheit. Dort verlöschten sie, und die Finsternis legte sich über mich wie ein unendlicher Schatten.

Meine Knie gaben nach. Selbst in den Knöcheln spürte ich noch den dicken Pudding, und mit einem langen Seufzer auf den Lippen sackte ich zusammen. Ich wurde nicht bewußtlos, aber ich war groggy und zunächst einmal ausgeschaltet.

Mit Schrecken hatte Elena die Tat des Chinesen beobachtet. Sie rechnete damit, daß sie jetzt an der Reihe war, aber der Mann wechselte seine Waffe in die rechte Hand und griff mit der Linken zu.

Er umklammerte hart ihre Schulter, riß sie an sich und keuchte ihr ins Gesicht: »Was hast du gesehen? Rede, zum Teufel! Ich will es wissen!«

»Der – der…«, ihre Stimme erstickte. Sie schaffte es nicht, die Worte auszusprechen.

»Wer ist der?«

»Vogel – Adler…«

»Wie?«

»In der Tür!« schrie sie, und aus ihrem Mund sprühte ein Strom aus kleinen Speichelbläschen in das Gesicht des Mannes, der einen wilden Fluch ausstieß.

Aber er drehte sich um und riß die Frau dabei mit.

Beide schauten auf die Tür.

Beide sahen den Adler.

Und beide sahen, daß sich sein Auge bewegte…

In dem Chinesen mußte etwas vorgehen, was nur als bedrückende Furcht bezeichnet werden konnte. Es war Elena Bradford nicht klar, ob er sich zuvor die Innenseite der Tür genau angesehen hatte. Aber das war nicht wichtig, jetzt zählte nur der Adler, der wie ein lebendiges Gemälde im Holz wirkte und seine Augen bewegte, als wollte er ihnen zuzwinkern, was nicht zu begreifen war.

»Er lebt!« flüsterte die Frau. »Er lebt. Sie – Sie können es sehen.«

»Teufel, ja!« Der Mann schüttelte sich. Es war ihm anzusehen, daß er nach einem Ausweg suchte, nach einer Erklärung, nur fand er keine.

Plötzlich aber stieß er Elenor Bradford so heftig von sich, daß die Frau bis gegen die Kordel stolperte, sich nicht mehr fangen konnte und in das chinesische Zimmer stürzte, wo sie vor den Möbeln zusammenbrach.

Der Chinese aber hob die Waffe an. Er zielte auf den Kopf des Adlers.

Dann drückte er ab!

Die Kugeln hämmerten aus dem Lauf. In einer langen Kette rasten sie der Tür entgegen und fanden mit tödlicher Sicherheit das Ziel. Sie jagten in den Kopf des Adlers hinein. Sie hätten ihn zerstören müssen, ebenso wie den Körper und die ausgebreiteten Flügel. Der Mann hätte sich auch nicht gewundert, wenn Blut auf den Boden getropft wäre, aber das alles trat nicht ein. Die Geschosse zerfetzten nur das Holz, nicht das Tier.

Eine Garbe hatte dem Glatzkopf ausgereicht, um dies zu erkennen. Er ließ seine Waffe sinken. Aus seinem Mund drang ein schweres Stöhnen.

Inzwischen lag Elena nicht mehr am Boden, sie kniete hinter der Absperrung und war genauso überrascht wie der Schießer, denn der Adler befand sich noch am selben Fleck. Sehr langsam drehte sich der Mann um. Er schaute quer durch den Raum. Nein, er glotzte, und seine Augen sahen aus, als wollten sie jeden Augenblick aus den Höhlen rutschen. »Was ist das?« fragte er keuchend.

»Ich weiß es nicht!« jammerte Elena.

»Komm her!«

Sie streckte die Arme aus, doch der Mann schoß. Er jagte die nächste Garbe dicht neben Elena in den Boden, wo das Parkett aufgerissen wurde und einige Querschläger die Möbel beschädigten. Zwei Kugeln fuhren auch in die Tapete, sie hämmerten durch die Seide und trafen die dahinterliegende Wand.

Es war Zufall, daß der Glatzkopf dorthin schaute und nicht zur Tür, denn die wurde sehr langsam aufgestoßen, ohne daß ein Laut dabei entstand. Eine Gestalt erschien dort, ebenfalls ein Chinese. Auf Zehenspitzen bewegte sich Suko in den Raum hinein und stand plötzlich hinter dem Glatzkopf, der die Mündung seiner Waffe zu Boden gerichtet hatte und auf keine Person mehr zielte.

»Wenn du die MPi nicht fallen läßt, schieße ich dir eine Kugel durch den Kopf!« sagte Suko.

Der Glatzkopf röchelte. Er hatte an der Stimme erkannt, wer hinter ihm stand. »Du…?«

»Waffe weg!«

Die MPi polterte auf den Boden. Noch während sie fiel, war Suko zwei Schritte nach vorn gegangen. Er hatte dabei den rechten Arm mit der Pistole angehoben. Im nächsten Moment raste er nach unten, dann wuchtete das Eisen in den Nacken des Glatzkopfs, der nach vorn kippte und seine Waffe unter sich begrub.

Genau in dem Moment brach auch Elena Bradford wieder zusammen. Sie begriff die Welt nicht mehr…

Ich fühlte mich, als würde man mich zwischen zwei Welten hin und her zerren. Zum einen zur realen, zum anderen in einer Traumwelt. Ich wurde zwar nicht bewußtlos, erfaßte aber nicht, was sich in meiner unmittelbaren Umgebung und damit in der Realität abspielte. Jedenfalls war geschossen worden, das hatte ich schon begriffen, auch wenn sich die Abschüsse angehört hatten, als wären sie meilenweit entfernt abgegeben worden. Ich hätte Angst um Elena haben müssen, doch nicht in meinem Zustand, wo das Denken so schwerfiel und im Prinzip gar nicht vorhanden war. Ich lag noch immer auf dem Rücken, ich hielt die Augen offen, schaute in die Höhe und sah die Decke nicht, dafür einen wogenden Nebel, der sich zwischen uns beide gelegt hatte.

Aber ich hörte auch die Stimme.

Sie sagte etwas, und zuerst verstand ich nicht richtig. Bis sie einen zweiten Satz sprach.

Vedammt, das war Suko!

Ein Traum, eine Wahnvorstellung. Vielleicht gaukelten mir meine Phantasien etwas vor, doch das wollte ich nicht glauben. Es mußte einfach mein Freund gewesen sein.

Wenn nur nicht diese verfluchte Leere gewesen wäre. Dieses Dahingleiten zwischen den beiden Zuständen. Ich kämpfte dagegen an und hörte selbst, wie ich mit den Zähnen knirschte. Ich mußte mich zwingen, diesen Zustand zu überwinden, und wieder normal werden.

Es ging nicht.

Die Paralyse war einfach zu stark. Mein Kopf war zu einem Ballon geworden, gefüllt mit Schmerzen, die in alle Richtungen ausstrahlten und bei jedem Gedanken stärker zu werden schienen.

Deshalb blieb ich liegen und konnte nur hoffen, daß das eben Gehörte kein Traum gewesen war.

Sehr schwach hörte ich die Stimme einer Frau. Es war Elena, die gesprochen hatte. »Der Adler hat gelebt. Ich – ich habe es genau gesehen. Er hat gelebt!«

»Das weiß ich.«

Wieder hatte ich Sukos Stimme erkannt. Also war ich doch keinem Irrtum erlegen.

Wenig später fiel ein Schatten über mich. Dann spürte ich Hände an meinen Schultern, die mich aufrichteten, und aus dem Schatten schälte sich Sukos Gesicht hervor. »Ich bin gleich wieder da«, sagte er und nahm mir die Handschellen ab, die ich meistens bei mir trug. Ich hörte das Klicken, als die Ringe einrasteten.

Dann kehrte Suko wieder zurück. »Das sieht dir ähnlich. Anderen die Arbeit überlassen und sich selbst ausruhen.«

»Klar doch«, keuchte ich, »klar doch…«

Suko schleifte mich weg und drückte mich dann auf die Sitzfläche eines Stuhls. In meinem Kopf tobte ein wütender Kampf, noch verstärkt durch die heftigen Bewegungen, die mich durchschüttelten. Noch immer hatte ich unter dem Treffer zu leiden, das ging auch die nächste halbe Stunde so, da aber befand ich mich nicht mehr im chinesischen Zimmer, sondern bereits in der Halle und hatte zwei Tabletten geschluckt, zusammen mit etwas Wasser.

Es ging mir besser. Zwar blieb das dumpfe Brummen im Kopf, aber ich war wieder so klar, daß ich meine Umgebung wahrnehmen und zuhören konnte.

Suko hatte mir von dem toten Butler erzählt. Er hatte die Leiche weggeschafft. Nur noch ein Blutfleck auf dem Boden erinnerte daran, wo der Tote gelegen hatte.

Wie ein Fremdkörper hockte mir gegenüber in einem schmalen Rokokosessel der mit Handschellen gefesselte Glatzkopf. Auch er war noch nicht ganz da, nur die beiden Lehnen bewahrten ihn davor, umzukippen. Ich hatte den Mann heute zum erstenmal gesehen und hatte für sein Erscheinen keine Erklärung. Deshalb fragte ich Suko. »Kennt Mrs. Bradford ihn?«

Sie hatte meine Frage gehört und verneinte schnell. Sie hatte sich gesetzt und hielt ein mit Whisky gefülltes Glas zwischen ihren Händen.

»Aber ich«, sagte Suko.

»Woher denn?«

Er zog einen weiteren Stuhl heran und setzte sich zwischen den Glatzkopf und mich. »Er gehört zu Gerry Changs Leuten.«

Mein Grinsen war säuerlich. »Wie schön, das zu wissen. Aber wer ist Gerry Chang?«

»Ein Bandenchef, denke ich. Einer der Mächtigen aus dem Chinesenviertel hier in London.«

»Begriffen, Suko. Nur – was hast du mit ihm zu tun?«

»Chang hat mich praktisch engagiert.«

Ich schloß die Augen, denn ich glaubte, mich verhört zu haben. »Himmel, wieso hat er…«

»Willst du die Geschichte hören?«

»Darauf kannst du Gift nehmen.«

Er gab mir einen Bericht. Ich verstand ihn besser und auch diesen Gerry Chang, denn es waren zwei seiner Leute gewesen, die sich in diesem Zimmer aufgelöst hatten.

Das alles wollte mir nicht in den Kopf. Vielleicht war ich auch noch zu benommen, um es zu begreifen. Zum Glück hatte Elena

Bradford ihren Schrecken überwunden. Sie hatte uns zugehört und erklärte nun, daß Chang wohl seine beiden Leute geschickt hatte, um nach einer Möglichkeit zu suchen, das Zimmer zu stehlen.

»Haben Sie es denn besichtigt?« fragte ich leise.

»Ja.«

»Dann waren sie weg?«

»Stimmt. Einfach so. Niemand hat es gesehen.«

»Befanden sie sich denn allein dort?«

»Ja.«

»Das haben Sie zugelassen?« wunderte ich mich.

»Nicht ich, mein Mann. Schließlich waren es Chinesen. Er war der Meinung, daß gerade sie ein Recht darauf hatten, sich ein Stück ihrer Kulturgeschichte anzuschauen. Er ist mal kurz weggegangen, und als er zurückkehrte, waren sie nicht mehr da.« Elena preßte ihre Faust gegen die Stirn. »Jetzt ist Henry auch weg.«

Suko schaute mich an, als könnte ich ihm die Lösung nennen. Aber ich wußte auch nicht Bescheid. Ich fragte nur: »Wie war das mit dem Adler? Er hat gelebt?«

»Sogar gemordet, John.«

»Wie kann er leben?«

Suko hob die Schultern und stellte eine ganz andere Frage. »Müssen wir nicht davon ausgehen, daß das gesamte Zimmer verhext oder magisch aufgeladen ist? Daß es lebt, die Wände, die Möbel und natürlich die Tür.«

Ich nickte bedächtig. »Allmählich fange ich an, ebenfalls daran zu glauben.«

»Jemand hat es unter seiner Kontrolle«, sagte Suko. »Ein Dämon, einer aus dem Reich des Ostens.«

»Pusa«, flüstere Elena.

»Wie bitte?« Suko wunderte sich. »Sie kennen ihn?«

»Mein verschwundener Gatte hat mich eingeweiht. Er wollte, daß ich informiert bin.« Sie zog den Schal, den sie über die nackten Schultern gelegt hatte, enger. »Ich hasse sein Gesicht«, flüsterte sie. »Ich hasse es, wenn ich gegen die Tür schaue und die mondköpfige Fratze dort sehe. Ich – ich will ihn nicht mehr vor Augen haben.« Sie schüttelte sich. »Er ist einfach grauenhaft und schrecklich.«

Wir stimmten ihr zu.

Der Glatzkopf rührte sich nicht. Er hing in seinem Sessel und war noch immer wie weggetreten.

»Und dann ist noch eine Leiche in meinem Haus«, flüsterte die Frau.

»Das weiß ich«, sagte Suko.

»Die muß doch weg!« schrie sie.

Ich runzelte die Stirn. »Im Prinzip haben Sie natürlich recht, Mrs. Bradford, aber ich möchte sie trotzdem hierlassen, wenn Sie verstehen.«

»Nein, das verstehe ich nicht.«

»Ganz einfach. Meine Kollegen würden Unruhe in das Haus bringen, und das möchte ich nicht.«

»Ach ja?«

»So ist es. Wir müssen uns dem Schrecken allein stellen, was wir auch tun werden.«

»Und was wollen Sie tun?«

Ich lächelte ihr zu. »Ganz einfach, Mrs. Bradford. Wir werden hier die nächsten Stunden verbringen. Ich möchte die Dunkelheit abwarten, verstehen Sie mich jetzt?«

Sie schaute mich starr an. »Sie wollen – was?«

»Die Dunkelheit abwarten. Dann möchte ich mich in dieses Zimmer zurückziehen, wenn Sie es gestatten.«

Schweigen. Auch Suko sagte kein einziges Wort. Nur Mrs. Bradford blieb nicht mehr an ihrem Platz sitzen. Sie drückte sich langsam in die Höhe. Ihr Gesicht nahm einen leeren Ausdruck an, sie schien durch mich hindurchzusehen. Abwesend nickte sie vor sich hin. Sie schaute zu Boden, leckte über ihre Lippen, ging dann und strich dabei mit ihrer rechten Hand über die Lehnen der Möbel. »Ja«, murmelte sie, »das hatte ich mir schon gedacht…«

»Sind Sie einverstanden?« fragte ich.

Elena drehte sich um. »Muß ich das?«

»Es wäre gut.«

Sie nickte mir zu. »Ja, was soll ich sonst tun?« Sie hob die Schultern. »Ich muß einverstanden sein – oder nicht?« Dann deutete sie auf mich. »Aber Sie werden sich damit Ihr eigenes Grab schaufeln, denke ich. Und das wird keiner von uns abwenden können, Mr. Sinclair…«

Es war noch Zeit bis zum Abend, und diese Stunden nutzte ich.

Zunächst einmal mußten wir uns von einem menschlichen Ballast befreien. Ich sorgte dafür, daß die uniformierten Kollegen den Glatzkopf abholten. Sie sollten ihn auf dem Revier festhalten. Man konnte ihm ein unbefugtes Eindringen in das Haus vorwerfen, das reichte zunächst einmal für eine Nacht in der Zelle. Auch wenn er Zeter und Mordio schrie, mir war es egal.

Die Kollegen zeigten zwar keine große Begeisterung, aber sie nahmen ihn mit, nachdem ich ihnen von dem tätlichen Angriff auf mich berichtet hatte.

Als sie ihn in die Zelle steckten, versprach er mir eine große Rache und tausend Tode, die ich sterben würde.

Es war mir egal, ich wollte nur so schnell wie möglich wieder zurückfahren und tat dies, nachdem alle Formalitäten erledigt waren.

Im Laufe des Tages hatte es sich eingetrübt. Der Himmel war von einer grauen Wolkenschicht bedeckt, die wie dicker Rauch wirkte. Der Park sah sehr verlassen aus, als ich meinen Bentley hindurchlenkte. Das Haus wirkte noch bedrückender auf mich als bei meinem ersten Besuch. Es stand da wie ein grauer Klotz aus vergangenen Zeiten. In seiner Nähe zeigte sich nicht die Spur von Leben.

Den Kasten hätte man mir schenken können, ich hätte mich dort auf keinen Fall wohl gefühlt und wäre schon nach wenigen Tagen wieder ausgezogen.

Diesmal parkte ich mein Fahrzeug neben den beiden anderen Autos, stieg aus, ging die Treppe hoch und betätigte die Mischung aus Klopfer und Klingel. Suko mußte mich gesehen haben, er öffnete sofort.

»Ist alles in Ordnung?« fragte ich beim Eintreten.

»Soweit ja. Und bei dir?«

»Auch. Dein Landsmann hat mir zwar tausend Tode geschworen, aber was soll's?« Ich hob die Schultern.

»Nimm es nicht auf die leichte Schulter. Bei derartigen Typen kann man für nichts garantieren.«

»Meinst du?«

»Ja, sie sind äußerst gefährlich, John. Besonders dann, wenn sie sich zu Banden zusammengeschlossen haben. Du als Polizist wirst ihnen nie etwas nachweisen können. Diese Leute üben zwar einen Terror aus, sie knechten andere Menschen, doch niemand von denen wird jemals bereit sein, den Mund zu öffnen.«

»Meinst du?«

»Immer.«

Ich befreite mich von diesem Gedanken und ging dorthin, wo Mrs. Bradford saß. Sie schaute von ihrem Platz aus hoch, und über ihre Lippen huschte ein Lächeln.

»Wie geht es Ihnen?« fragte ich.

»Nicht gut.«

»Das glaube ich. Aber wir werden diesen Fall aufklären, das verspreche ich Ihnen.«

Obwohl das Tuch ihre Schultern bedeckte, fröstelte sie. »Ich muß immer wieder an den Toten denken, der hier im Haus liegt. Er – er will mir einfach nicht aus dem Sinn. Ich weiß auch nicht, was es ist, aber an so etwas habe ich nie gedacht, verstehen Sie? Ich hätte mir nicht einmal vorstellen können, daß diese Dinge überhaupt existieren.«

»Das ist leider so. Nicht immer läuft das Leben so ab, wie wir es uns vorstellen.«

»Stimmt.« Elena blickte auf, als Suko eintrat. Er hatte sich ein Glas Wasser geholt, hob es nun an, trank einen Schluck und fragte mich, ob es dabei bleiben würde.

»Du meinst die Sache mit dem Zimmer?«

»Sicher. Oder siehst du eine andere Möglichkeit?«

Elena Bradford erschrak. Sie umkrampfte mit beiden Händen die Lehnen des Sessels. »Sie wollen wirklich das Risiko eingehen und in dem chinesischen Zimmer warten?«

»Das habe ich vor.«

»Ist das nicht zu gefährlich, Mr. Sinclair? Mein Mann hat dabei sein Leben gelassen und die drei anderen ebenfalls.«

Ich winkte ab. »Noch steht nicht fest, daß Ihr Mann tot ist.«

»Doch, doch, das weiß ich. Ich werde ihn nie wiedersehen. Zumindest nicht lebend. Wissen Sie, für mich ist es auch deshalb so furchtbar, weil ich nicht einmal seine Leiche gesehen habe. Stellen Sie sich das einmal vor. Er ist weg, er wurde einfach aus meinem Leben gerissen, als hätte es ihn nie gegeben. Damit muß ich fertig werden. Ich habe nicht mehr als eine Erinnerung an ihn. Das ist alles. Ansonsten«, sie hob die Schultern, »ja, gar nichts.«

Da mußten wir ihr recht geben. Wenn jemand Jahre mit einem Menschen zusammengelebt hat und dieser andere dann plötzlich verschwand, war dies einfach nicht zu fassen. Das hinterließ Spuren. Mrs. Bradford war wirklich zu bedauern.

Gläser standen auf einem Tablett bereit, und ich schenkte mir aus der Karaffe nach. Das Wasser war noch kalt, es erfrischte mich, während Mrs. Bradford nichts trank, nur ins Leere starrte und sich ihre Gedanken um den verschwundenen Mann drehten.

»Haben Sie denn schon über meine Erklärung nachgedacht? Falls es für diese Vorgänge überhaupt eine gibt. Wie ist es möglich, daß ein in Holz abgebildeter Vogel plötzlich lebt? Können Sie mir das sagen? Was steckt dahinter?«

»Magie«, sagte ich.

»Das ist mir zu einfach.«

Ich gab ihr recht.

Mrs. Bradford lächelte. »Sind Sie nicht der Fachmann, Mr. Sinclair? Da müßten Sie eigentlich mehr wissen, denke ich.«

Ich schüttelte den Kopf. »Auch wenn ich Sie sehr enttäuschen muß, Mrs. Bradford, aber ich weiß es wirklich nicht. Es tut mir leid, aber irgend etwas ist nicht so gelaufen, wie ich es mir vorgestellt habe.«

»Wie meinen Sie das?«

»Ganz einfach. Ich weiß nicht, wer dahintersteckt, auch mein Freund Suko, selbst Chinese, ist da überfragt. Wir können in diesem Fall nur einen großen Bogen schlagen und landen dann bei diesem Dämon oder Götzen, der hier in Europa Pusa genannt wird.«

»Ja, Pusa«, wiederholte sie flüsternd und schaute für einen Moment nachdenklich in die Halle. Sie suchte nach Worten für ihre nächste Antwort. »Auch mein Mann hat über ihn gesprochen.«

»Wann und wo?«

Sie hob die Schultern. »Es hing mit dem Zimmer zusammen. Wahrscheinlich hat jemand meinen Mann gewarnt, als er das Zimmer von China aus nach Europa schaffte. Er ist mal von einem Mann besucht worden, den er als Mandarin ansah, aber ich bin mir nicht sicher. Jedenfalls hat er bei einem Abendessen einmal zu mir gesagt – es klang wie im Scherz: Stell dir vor, wir haben einen Dämon mit eingekauft.«

»Was taten Sie?« fragte Suko.

»Nichts«, erwiderte Elena Bradford. »Ich habe nur gelacht und mich erkundigt, ob es ein niedlicher kleiner Dämon wäre.« Sie räusperte sich. »Das war er wohl nicht. Weder klein noch niedlich. Mein Mann erklärte mir dann, daß Pusa zu den Verschlingern gehören würde.«

»Wie meinte er das?«

»Nun ja, er konnte Menschen wegzaubern…« Ihre Stimme brach ab, ihr Blick nahm einen harten Glanz an. »Ja, das genau ist es. Er kann die Menschen wegzaubern. Nicht nur das. Er kann sie sogar hervorholen, wie wir das bei dem Adler gesehen haben. Wir müssen umdenken. Was tot ist, das ist nicht tot. Was verschwunden ist, muß nicht unbedingt verschwunden bleiben.«

»Das kann stimmen«, sagte ich.

»Und Pusas Gesicht befindet sich in der Tür«, flüsterte sie. »Ich denke, daß es lebt.«

Ich wandte mich an Suko. »Hast du davon etwas gesehen?«

»Nein, noch nicht, aber ich will die Worte nicht direkt anzweifeln. Da könnte schon mehr dahinterstecken. Vielleicht ist das, das uns Mrs. Bradford gesagt hat, schon ein Teil der Lösung.«

»Denke ich auch.«

Die Frau strich über ihre Stirn. »Je stärker ich darüber nachdenke, um so mehr fällt mir ein. Mein Mann sprach auch von einem Beschützer Pusa. Ein Wesen, das von den Chinesen damals in das Zimmer gebannt wurde und es anschließend nicht mehr verlassen konnte. Man hatte im Reich der Mitte Angst vor diesem Zimmer, das ist mir sehr wohl bekannt. Mein Mann wurde immer wieder gewarnt, aber er hat es hingenommen. Er war besessen davon, das Zimmer hier ausstellen zu können, und ich bin sogar der Meinung, daß er den Chinesen damit einen Gefallen getan hat. Ich denke, daß die sehr froh waren, es los zu sein.«

»Meinen Sie?«

»Ja.«

»Fassen wir zusammen«, sagte Suko. »Pusa ist ein Dämon, der andere Menschen unter seine Kontrolle bringt und sie verschwinden lassen kann. Sehe ich das richtig?«

»Das glaube ich.«

»Gut, Mrs. Bradford. Wenn das alles stimmt, wo befinden sich die vier Verschwundenen?«

»Ich weiß es nicht.«

»Im Zimmer?«

»Dann hätten wir sie doch sehen müssen.«

»Wieso?«

»Ja – sie – sie hätten sich auf den Wänden abmalen müssen, verstehen Sie?«

»Nein – nicht unbedingt.« Suko schaute mich an. »Vielleicht ist es Pusa gelungen, irgendwelche Grenzen zu durchbrechen, denke ich mal.«

Ich runzelte die Stirn. »Grenzen – wohin?«

»In andere Reiche, magische Welten.«

»Klingt phantastisch.«

»Wolltest du dir das Wort nicht abgewöhnen, John?«

»Ja, du hast recht. Vielleicht stimmt alles, was du da gesagt hast. Sicherlich müssen wir umdenken. Aber wenn das alles den Tatsachen entsprechen sollte, können wir Pusa vielleicht hervorlocken.«

»Das schafft keiner«, meldete sich Mrs. Bradford. Sie schüttelte den Kopf. »Dämonen werden doch nicht auf die Befehle irgendwelcher Menschen hören. Soviel weiß ich auch, obwohl ich mich als Laie ansehe.«

»Im Prinzip nicht«, sagte ich. »Es sei denn, uns gelingt es, ihn zu zwingen.«

Elena Bradford schaute uns überrascht an. »Das trauen Sie sich wirklich zu?«

»Ja, ich denke schon.«

»Meine Güte – nein, das ist unmöglich! Sie werden es nicht schaffen, Mr. Sinclair.«

»Es kommt auf einen Versuch an. Hat es noch Sinn, länger hier in der Halle zu sitzen?« wandte ich mich an Suko.

»Meinetwegen nicht.«

»Okay, dann werden wir uns das Zimmer genauer ansehen.« Ich deutete auf die Fenster. »Es wird allmählich dunkel. Genau das haben wir uns ja gewünscht. Ein Abend im chinesischen Zimmer. Das haben wir bisher noch nicht erlebt.«

»In einem chinesischen Restaurant würde ich mich wohler fühlen«, bemerkte Suko.

»Da hast du recht. Das läßt sich nachholen.«

Mrs. Bradford stand auf. Sie wischte wieder eine Strähne aus dem Gesicht. Ich sah sie verwundert an. »Wo wollen Sie hin?«

»Mit Ihnen gehen.«

»Jetzt?«

»Ja.«

Ich hob die Schultern, war nicht begeistert, ebenso wenig wie Suko. Sie aber sagte mit einer Stimme, die wissend und deshalb auch verändert klang: »Ich denke, daß ich Ihnen noch behilflich sein kann.«

»Wie meinen Sie das?«

»Lassen Sie uns gehen, Mr. Sinclair.« Sie sah aus, als wäre in ihr eine Verwandlung vorgegangen. Wie jemand, der sich entschlossen hatte, einen aussichtslosen Kampf aufzunehmen.

Suko und ich verstanden diese Wandlung nicht und konnte nur hoffen, daß sie uns eine Erklärung gab. Sie schlug den Weg zum Zimmer ein, ohne uns noch einmal anzuschauen. Bei jedem Schritt raschelte der Taft des Kleides, und im letzten einfallenden Licht schimmerte die Farbe mehr schwarz als grün. Das über ihren Schultern hängende Tuch sah aus wie ein dunkler Vorhang, der im krassen Gegensatz zum Blond der Haare stand.

An der Tür blieb sie noch einmal stehen und drehte sich um. »Brauchen Sie Licht, meine Herren?«

Hier in der Halle gaben zwar zwei Lampen ihren Schein ab, ansonsten konnten wir auf Helligkeit verzichten, was wir ihr auch sagten. Sie stimmte zu. »Es wird wohl besser sein, wenn wir uns im Dunkeln bewegen. Dämonen sind Geschöpfe der Nacht. Ich glaube, daß Pusa auch zu ihnen zählt. Aber das werden wir sehen.«

Suko warf mir einen bedeutungsvollen Blick zu. Ohne daß wir miteinander sprachen, war ich seiner Meinung. Diese Frau wußte mehr, als sie zugab, und wir würden ihr sehr bald auf den Zahn fühlen, das stand fest.

Sie führte uns durch einen Gang, den wir schon kannten. Wieder umfing uns die stille Welt dieses Teils des Hauses, der mehr einem Museum glich.

Für die Bilder an der Wand hatte ich keinen Blick. Ich konzentrierte mich auf die vor uns liegende Aufgabe und rechnete damit, noch einige Überraschungen zu erleben.

»Wie können wir ihn bekämpfen?« fragte Suko.

Ich hob die Schultern. »Hast du eine Idee?«

»Vielleicht mit magischer Kreide.«

»Nicht schlecht.«

»Hast du sie bei dir?«

»Ja.«

»Dann werde ich versuchen, mich an gewisse Formeln zu erinnern, die ich kenne.«

»Du erstaunst mich.«

»Nun ja, ich habe sie im Kloster gelernt. Meine Erziehung ist eben eine andere gewesen als die deine.«

»Willst du ihn in eine Falle locken?«

Suko lächelte. »Wäre mir am liebsten. Einfach festnageln, so daß er nicht mehr herauskommt.«

»Was ist mit seinen Opfern?«

»Er sollte sie freigeben. Ich würde ihn gern dazu zwingen, aber es wird schwer sein.«

Ich enthielt mich eines Kommentars, weil ich bereits die Zimmertür gesehen hatte, vor der Mrs. Bradford stehengeblieben war. Sie sah uns entgegen und nickte. »Noch können Sie zurück, doch ich denke, daß Sie genau das nicht wollen.«

»Stimmt.«

»Gut, dann werde ich Ihnen noch etwas sagen und auch zeigen.« Wir standen nicht im Dunkeln, denn schräg über uns spendete eine viereckige Lampe etwas Licht. Mrs. Bradford erstaunte uns, als sie ihren Schal zur Seite zog, so daß wir auf ihren Ausschnitt schauen konnten. Das war nicht Sinn der Sache, wie wir schon sehr bald erfuhren, denn sie wollte uns etwas anderes zeigen. Mit dem linken Zeigefinger deutete sie auf das gold- und platinfarbene Schmuckstück, das an einer schmalen Kette um ihren Hals hing.

»Sie erkennen es?« Die Frage hatte Suko gegolten.

»Nein, sorry.«

»Es ist uralt. Ein Kunstwerk. Es ist stilisiert, bitte schauen Sie genau hin.«

Das taten wir, aber wir wußten auch jetzt nicht, was Elena Bradford gemeint hatte. Das erkannte sie an unseren Gesichtern und lächelte. »Moment bitte.« Sie hob die Arme und führte sie hinter dem Nacken zusammen, wo sich der Verschluß der Kette befand. Mit einem geübten Griff hatte sie ihn geöffnet.

Die Kette glitt über den Hals der Frau, und das Schmuckstück landete auf ihrem Handteller. »Ich möchte Ihnen genauer erklären, was ich vorhin andeutete. Ich werde mit einer Frage beginnen. Was können Sie aus diesem Teil erkennen?«

»Nichts«, sagte ich.

Suko stimme mir zu, und beide sahen wir das Lächeln auf den Lippen der Frau. »Meine Antwort wird Sie bestimmt überraschen. Das hier ist Pusa.«

»Nein!«

»Doch, Mr. Sinclair. Es ist eine Abstraktion dieses Götzen. Schauen Sie genau hin, und auch Sie, Suko. Das breite Maul des

Dämons ist der Halbmond. Die grünen Steine entsprechen den Augen. Und wenn Sie sich die Form des Schmuckstücks genau ansehen, ist die Ähnlichkeit mit der wahren Fratze des Pusa gut zu erkennen, finde ich.«

Suko nickte.

Bei mir war es anders. Möglicherweise reichte meine Phantasie nicht aus, jedenfalls mußte ich mich erst daran gewöhnen, daß dieses Medaillon eine Abstraktion des Götzenkopfes darstellte.

»Wer möchte es haben?«

»Ich«, sagte Suko.

»Gut, dann nehmen Sie es. Sie werden es sicherlich brauchen können!« Mrs. Bradford drückte Schmuck und Kette dem immer noch leicht überraschten Suko in die Hand.

Ich dachte einen Schritt weiter. »Woher haben Sie dieses Medaillon, Mrs. Bradford?«

»Mein Mann schenkte es mir.«

»Er brachte es aus China mit?«

»Man gab es ihm. Der Sage nach soll es die Verbindung zwischen Pusa und der menschlichen Welt herstellen. So jedenfalls lautete die altchinesische Version.«

»Wenn das stimmen sollte, haben Sie schon gespürt, daß es so war, Mrs. Bradford?«

Sie senkte den Kopf. In diesem Moment wußte ich, daß sie uns etwas verschwiegen hatte. »Ja«, sagte sie leise. »Ich habe etwas gespürt. Und ich muß Ihnen sagen, daß ich weder freudig noch negativ überrascht war. Es hat funktioniert. Durch dieses Schmuckstück sind Grenzen eingerissen oder miteinander verbunden worden, ich weiß es nicht so genau, aber ich habe einen Kontakt aufnehmen können. Ich spürte plötzlich, daß da etwas vorhanden war.«

»Was genau?«

Sie hob die Schultern. »Ich weiß, daß mein Mann nicht tot im eigentlichen Sinne ist.«

»Sondern?«

Sie drehte sich, und dabei wurde sie bleich. Dann deutete sie auf die Tür. »Er muß sich noch in diesem Zimmer befinden, ebenso wie die anderen drei Vermißten. Nur kann man sie nicht sehen, aber zumindest ihr Geist befindet sich in der Nähe. Ich weiß selbst, daß dies kaum zu begreifen ist, aber Sie müssen mir in diesem Fall schon vertrauen, auch wenn ich es Ihnen etwas spät gesagt habe.« Sie straffte sich wieder. »Ich bin froh, daß ich es loswerde. Nehmen Sie es, und glauben Sie mir, daß es mir schwergefallen ist, mich davon zu trennen.« Sie schluckte einige Male. »Es war die Verbindung für mich zu einem Toten, wenn Sie verstehen. Dieses Schmuckstück…«, sie sprach nicht mehr weiter. In ihren Augen schimmerten Tränen. »Ich möchte es nicht mehr haben, wirklich nicht. Viel Glück zusammen.«

Abrupt drehte sie sich auf der Stelle um und lief den Weg zurück. Sie ließ uns staunend zurück. Suko knetete sein Kinn, er räusperte sich, dann schaute er auf seine rechte Hand.

»Wie fühlt es sich an?« fragte ich.

»Normal.« Er hob die Schultern. »Eine andere Frage. Glaubst du dieser Frau?«

»Ich denke schon.«

»Und weiter?«

»Die richtige Lösung werden wir im Zimmer finden. Dort müßte die Verbindung klappen.«

»Warum hat sie bei ihr nicht geklappt, als sie sich mit uns zusammen im Zimmer befand?«

»Es kann sein, daß sie uns davon bewußt nichts gesagt hat. Das traue ich ihr mittlerweile zu.«

»Gut, John.« Suko räusperte sich. »Es hat keinen Sinn, hier zu stehen und zu reden. Lassen wir den Worten Taten folgen.«

»Wie pathetisch du bist.«

»Ja, so fühle ich mich auch…«

Suko hat das chinesische Zimmer als erster betreten und es mir überlassen, die Tür zu schließen. Ich hatte sie leise ins Schloß gedrückt, als wollte ich keinen stören, der sich sicht- oder unsichtbar im Zimmer aufhielt.

Wir standen nur wenige Schritte voneinander entfernt und spürten beide, daß uns eine fremde Welt umgab. Das war nicht mehr das Haus, wie wir es kannten, dieses Zimmer war für uns eine Insel, über der eine tödliche Gefahr schwebte.

Ich drehte mich um und sah mir die Innenseite der Tür an. Wegen der schlechten Lichtverhältnisse konnte ich die ins Holz eingearbeiten Motive nur schwach erkennen, aber ich sah das runde Vollmondgesicht des Dämons, auch die Schlangen mit den schmalen Drachenmäulern und den über allem schwebenden Adler mit seinem aufgerissenen Schnabel, der aussah, als würde er jeden Augenblick zustoßen.

Im Verhältnis zur Dunkelheit des Zimmers schimmerten diese Wesen heller und hoben sich relativ deutlich vom Holz ab. Das breite Maul des Dämons grinste mich an, darüber sah ich die leuchtenden Augen, und im Maul selbst erkannte ich kräftige Stummelzähne.

Ich wandte mich von der Tür ab und ging auf Suko zu. Er stand da und blickte auf das Schmuckstück in seiner Hand. »Spürst du etwas?« fragte ich ihn.

»Nein, nichts.«

»Wieso?«

»Kein Kontakt. Es ist schwer. Allmählich nimmt es meine Körperwärme an. Auch wenn du enttäuscht bist, John, ich kann dir nichts anderes sagen.«

»Ist schon gut.« Ich trat auf eines der beiden Fenster zu und schaute hinaus. Gedankenverloren klopfte ich gegen das Glas. Elena Bradford hat die Wahrheit gesagt. Die Scheibe bestand tatsächlich aus Panzerglas. Die konnte man selbst mit einem Hammer nicht zerstören.

Die einbrechende Dämmerung hüllte den Garten in ein Schattenmeer, in dem es keine festen Konturen mehr gab. Die nahe Umgebung schien sich allmählich aufzulösen und hineinzutauchen in die Nacht.

Ich drehte mich wieder um.

Suko hielt die magische Kreide in der Hand. Nachdenklich starrte er zu Boden.

»Probleme?« fragte ich.

»Ja.«

»Welcher Art?«

Er hielt die Kreide hoch. »Ich bin kein Fachmann, John, deshalb ist es schwer für mich, den richtigen Gegenzauber zu finden. Ich weiß nicht, auf was ich mich hier einstellen soll.«

»Kann ich helfen?«

»Im Moment nicht.«

»Vielleicht sollten wir umdenken«, flüsterte ich und deutete auf die Innenseite der Tür. »Wie wäre es, wenn du dort deine magischen Striche anbringst? Damit würden wir Pusa möglicherweise an der Wurzel packen, finde ich.«

»Ja, das ist eine Möglichkeit.«

»Was hindert dich daran?«

»Ich weiß nicht, welche Zeichen als Gegenzauber helfen. Verdammt, ich bin überfragt. Ich habe mich lange nicht mehr mit diesen Dingen beschäftigt…«

»Gut, dann tue ich es.«

»Du kennst die Zeichen?«

»Nein, aber ich hoffe auf die Kraft der Kreide.« Ich streckte Suko die Hand entgegen. »Bitte, laß es mich versuchen.«

Überzeugt war er nicht, aber er legte die Kreide auf meine Handfläche. Sie bestand aus bestimmten Materialien, wie zum Beispiel Tierfetten und Kräutern. Sie war nicht so trocken wie normale Kreide und ihre Striche hinterließen einen leichten Fettfilm.

»Ich würde an deiner Stelle achtgeben«, flüsterte Suko. »Mit den alten japanischen Dämonen ist nicht zu spaßen.«

Ich nickte und näherte mich der Tür. Dabei ignorierte ich mein etwas bedrückendes Gefühl, das im Magen wie ein dicker Klumpen lag. Wieder stand ich einem neuen Problem gegenüber, denn hier hatte ich es nicht mit Werwölfen oder Vampiren zu tun, sondern mit einer fremdländischen Magie. Wenn ich überlebte und nicht auch verschwand wie die anderen vier Opfer, dann wollte ich mir die Zeit nehmen, um mich mit den Mythen ferner Länder zu beschäftigen.

Ich blieb vor der Tür stehen. In der rechten Hand hielt ich die Kreide. Das kleine Stück hatte ich zwischen Daumen und Zeigefinger eingeklemmt. Langsam hob ich den Arm an, und mein Blick fiel dabei in das fette Gesicht des Dämons Pusa.

Sein Mund sah jetzt grausam verzogen aus, als würde er mich auslachen. Er vertraute auf seine Stärke, und in seinen Augen sah ich die böse Kraft funkeln.

Ich überlegte noch immer, welche magischen Symbole ich gegen diesen Götzen anwenden sollte. Da reichte ein Pentagramm sicher nicht aus. Ich kannte keinen chinesischen Bannspruch, und wenn, hätte ich ihn nicht schreiben können. Wenn ich keinen Erfolg hatte, würde mir Suko helfen müssen. Zuvor wollte ich nur auf die Magie der Kreide vertrauen und diesen Dämon aus der Reserve locken. Möglicherweise auch etwas ärgern, damit er reagierte.

Über seinem Kopf setzte ich das Ende der Kreide an. Mit einem Ruck bewegte ich meine Hand, und einen Moment später zog sich ein heller Strich quer durch das runde Gesicht.

Nichts tat sich.

Ich atmete auf und setzte die Kreide abermals über seinem Kopf an. Nur an einer anderen Stelle, weil ich die zweite Diagonale quer duch das fette Gesicht ziehen wollte.

Auch das schaffte ich.

Und dann hörte ich das Zischen.

Gleichzeitig einen Fluch, den mein Freund Suko ausgestoßen hatte. Ich kreiselte herum und sah gerade noch, wie er das Medallion zu Boden schleuderte und seine Hand schüttelte, die er sich verbrannt hatte.

»Suko, das ist…«

»Hör auf«, sagte er und deutete auf das Medaillon. Es war auf die Rückseite gefallen. Wir starrten auf das abstrakte Gesicht des Dämons und wußten plötzlich, daß Pusa lebte.

Denn die beiden grünen Augen leuchteten auf!

Keiner von uns war in der Lage, einen Kommentar abzugeben. Wir beobachteten auf das mit dämonischen Kräften aufgeladenen Schmuckstück und spürten beide, daß der Geist des Dämons Pusa dabei war, von diesem Zimmer endgültig und auch sichtbar Besitz zu ergreifen.

Zwar veränderte sich die Einrichtung nicht, aber wir hatten beide den Eindruck, daß es noch dunkler wurde und die Wände nicht mehr so ruhig standen wie zuvor.

Die eigentlich straff gespannten Seidentapeten warfen ein leichtes Wellenmuster, sie sahen aus, als würde Wasser in kleinen, zuckenden Wellen über sie hinwegrinnen.

Ich hielt den Atem an.

Auch Suko wußte im Moment nicht, was er unternehmen sollte. Aber er blickte in meine Richtung, an mir vorbei, auf die Tür, und er zuckte zusammen.

»Was ist los?«

»Dreh dich um, John!«

Mir lief schon eine Gänsehaut über den Rücken, als ich seiner Aufforderung Folge leistete. In der Tür hatte sich einiges verändert. Die beiden diagonalen Striche, gezogen von der magischen Kreide, leuchten in einem intensiven dunklen Rot, als hätten sie sich in Blut verwandelt. Sie gaben der Fratze des Dämons einen noch schlimmeren und böseren Ausdruck. Das Maul war schrecklich verzerrt, ein leises Zischen drang daraus hervor, und wenn mich nicht alles täuschte, bewegte sich dicht hinter den Lippen sogar die Spitze einer klumpigen Zunge.

Das jedoch war sekundär. Mich erschreckte am meisten das Verschwinden der beiden Schlangen und des Vogels. Ohne die Tür aus den Augen zu lassen, fragte ich Suko: »Hast du etwas gesehen?«

»Nein.«

»Und weiter?«

»Nichts weiter, John. Kümmer dich um den Götzen, ich halte dir den Rücken frei. Schau dir die beiden Striche an, sie glühen auf. Vielleicht hat die Magie der Kreide ihm schon einen Teil seiner Kraft genommen, das ist möglich.«

»Das kann ich nur hoffen.«

Ich konzentrierte mich wieder auf Pusas Fratze. Diesem widerlichen, fetten Gesicht hatte ich durch die beiden Striche zwei blutige

Streifen verpaßt. Das widerliche Maul grinste noch immer. Ich achtete nicht darauf, mein Blick galt den Augen.

Dort hat sich etwas getan.

Ich wollte es zunächst nicht glauben, da sperrte sich einiges in meinem Innern, aber ich konnte mich den Tatsachen nicht verschließen.

Es lag an den Augen.

Ein Wahnsinn, denn sie hatten ihren Ausdruck verändert. Das grelle Gelb war zwar noch vorhanden, doch zusehends in den Hintergrund getreten, denn nun schimmerten zwei menschliche Pupillen durch. Mit einem harten, bösen Blick schienen sie mich durchbohren zu wollen.

Wem gehörten die Augen?

Wer verbarg sich in diesem verfluchten Dämon? Anders gefragt: Wen hatte er in seinen Bann gezogen?

»Bei mir ist alles ruhig!« meldete Suko mit einer sehr gespannt klingenden Stimme.

»Gut, ich werde mich auf den anderen konzentrieren. Die Augen haben einen anderen Ausdruck angenommen. Sie sind menschlich geworden. Kannst du dir das erklären?«

»Noch nicht.«

»Das hört sich an, als hättest du einen Verdacht.«

»Möglich, John, aber davon später. Die Schlangen und der Vogel sind verschwunden.«

»Das sehe ich. Hast du bemerkt, wie es geschah?«

Seine Antwort klang zögernd. »Ich hatte den Eindruck, die Schatten zu sehen, die sich aus der Tür lösten. Aber ich kann mich auch geirrt haben.«

»Wo können sie jetzt sein?«

Suko hob die Schultern. Ich sah es deshalb, weil mein Blick zwischen ihm und der Innenseite der Tür hin- und herwandelte. »John, was ich dir sage, klingt unglaublich, aber ich könnte mir vorstellen, daß sie in den Wänden verschwunden sind.«

»In den Tapeten, meinst du?«

»Meinetwegen auch das.«

Es war unglaublich, aber es war nicht unmöglich.

Mein Blick richtete sich wieder auf die Innenseite der Tür. Der Dämon lebte. Nicht nur seine veränderten Augen signalisierten mir das, auch sein Maul zuckte, und es drangen scharfe, zischende Laute aus ihm hervor. Ich wußte nicht, was das zu bedeuten hatte. Vielleicht wollte er mich warnen, aber das konnte ich mir schlecht vorstellen. Irgend etwas hatte er vor. Ich gelangte zu der Überzeugung, daß wir uns schrittweise einem gefährlichen Ziel näherten.

Noch konnten wir nichts Entscheidendes unternehmen. Wir mußten abwarten, die andere Seite war jetzt an der Reihe.

Das heißt, ich würde versuchen, ihn noch mehr zu schwächen, und war in diesem Moment froh, die magische Kreide zu haben. Auf dem Boden lag noch immer das Medaillon. Bevor ich mich wieder um die Tür kümmerte, schaute ich es schnell an.

Keine grünen Augen mehr!

Kleine menschliche Augen zeichneten sich dort ab, und es waren die gleichen Augen, die ich auch im runden Gesicht des Dämons sah, völlig identisch.

Was ging hier vor?

»Kümmere dich um ihn, John! Kümmere dich um ihn!« Sukos Stimme klang erregt. »Ich habe das Gefühl, daß hier jemand das Finale einläuten will. Versuche ihn zu bannen!«

Das war leichter gesagt, als getan. Noch immer klang mir dieses bösartige Zischen entgegen. Ich fürchtete mich zwar nicht davor, es ließ mich jedoch vorsichtiger werden.

Dennoch setzte ich die Kreide an.

Plötzlich hörte ich Sukos gellende Warnung.

»John, weg da!«

Ich flirrte herum.

Vor mir im Zimmer tanzten drei Schatten.

Einer hatte die Form eines Adlers angenommen. Die beiden anderen waren die Schlangen.

Pusa hatte seine Todesboten geschickt, um uns zu vernichten!

Noch taten sie nichts. Sie huschten nur durch den Raum, der Adler bewegte sich dabei in Deckenhöhe, und er war ebenso lautlos wie die Schattenschlangen.

Nichts hörten wir, nicht einmal einen leisen Windzug.

Manchmal sahen die Schatten aus wie gespenstische Scherenschnitte, die sich vor den Wänden und unter der Decke abzeichneten. Die Mäuler der Schlangen bewegten sich, sie bissen ins Leere, dennoch sah es aus wie eine gegen uns gerichtete Drohung.

Mir rann es kalt den Rücken hinab, denn im Moment fühlte ich mich ziemlich hilflos. Suko erging es nicht besser, und beide schraken wir zusammen, als uns das krächzende und böse klingende Lachen erreichte. Und zwar von zwei Seiten gleichzeitig, so daß wir im ersten Moment irritiert waren.

Beim zweiten Hinsehen wußten wir Bescheid!

Der Dämon in der Tür hatte ebenso gelacht wie seine Abstraktion auf dem Medaillon.

Steckten wir in der Falle?

Die letzten Sekunden waren rasend schnell vergangen. Noch immer hatte ich mich nicht so richtig um das Gesicht in der Tür gekümmert, aber ich mußte etwas tun.

Eine Silberkugel aus der Beretta?

Es wäre eine Möglichkeit gewesen. Da riß mich der Krach aus meinen Überlegungen. Im Hintergrund des Zimmers, wo die Möbel hinter der Abtrennung standen, war einer der wertvollen Stühle umgekippt. Und zwar deshalb, weil der Adler seinen Platz an der Decke verlassen und sich blitzschnell in einen festen Körper verwandelt hatte.

Vor uns stand der Vogel.

Und plötzlich waren auch die Schlangen da. Wir hörten das Rascheln, als sie mit ihren Körpern über die Tapete an den Wänden entlangstrichen und dem Boden entgegenglitten.

Dort richteten sie sich auf. Die Mäuler waren weit aufgeklappt, sie erinnerten uns an kleine Drachen, und der stinkende Qualm, der aus ihren Rachen stieg, verstärkte den Eindruck noch.

»Meine Güte«, sagte Suko, wich einen Schritt zurück und zog seine Waffe.

Ich holte meine Beretta hervor.

Zielen, schießen, treffen!

Zwei Schüsse peitschten auf.

Beide Kugeln jagten in die breiten Köpfe der verdammten Schlangen. Noch in der derselben Sekunde zuckten die Körper in die Höhe. Es sah so aus, als tanzten sie. Hatten unsere Kugeln nichts bewirkt? Wollten sie uns zum Narren halten?

Nein, das taten sie nicht. Sie fielen nach vorn, klatschten dabei auf das Parkett, und plötzlich lag ein ungewöhnlicher Schein über den Körpern. Nur die beiden Schlangen waren deutlich zu sehen, und wir erkannten, was unsere Kugeln angerichtet hatten.

Bei ihnen setzte eine Rückverwandlung ein. Sie wurden zu dem, was sie einmal gewesen waren: Menschen.

Zwei Chinesen waren verschwunden, und eben diese beiden Männer kristallisierten sich wieder hervor.

Es war einfach unglaublich!

Die andere Welt hatte sie losgelassen, Pusas Reich konnte sie nicht mehr halten. Wir hatten durch unser Eingreifen dafür gesorgt. Silberkugeln hatten die Schädel der Schlangen zerschmettert und sie damit vernichtet, und das ließ sich nicht mehr rückgängig machen, denn auch die beiden Männer lebten nicht mehr.

Zwei Tote lagen auf dem Parkett. Zwei Männer, die von unseren Kugeln in den Kopf getroffen worden waren.

»Die ersten beiden«, flüsterte Suko. Er drehte sich dabei herum und streckte den rechten Arm aus. Die Mündung seiner Beretta zielte auf den Adler.

Der mächtige Vogel hockte hinter der Absperrung wie ein Gebilde aus Stein. Er rührte sich nicht, auch die kalt wirkenden gelben Augen waren völlig starr.

Er fixierte uns. Sein Schnabel war gekrümmt und scharf wie ein Dolch.

Griff er an?

Suko schoß.

Das Huschen des Mündungsfeuers erinnerte mich an einen fahlen Blitz. Die Kugel jagte in den Körper des Adlers, der plötzlich, wie unter einem Krampf, seine Schwingen ausbreitete. Mit wilden Bewegungen und Reflexen versuchte er, in die Luft zu steigen, was ihm nicht gelang, denn sein Körper war ihm zu schwer geworden. Er fand nicht mehr die Kraft, er schaffte es gerade noch, sich eine Handspanne vom Boden abzuheben, dann sackte er wieder zusammen.

Seinen Schnabel riß er dabei noch weiter auf, und aus ihm gellte uns ein Schrei entgegen!

Kein Vogelschrei, sondern ein Laut, als hätte ein menschliches Wesen seinen Schmerz hinausgebrüllt.

Wir schraken beide zusammen, denn dieser Schrei war wie das Heulen einer Sirene durch das Zimmer gegellt, als wollte er uns akustisch vernichten.

Noch einmal schlug der Vogel wild um sich. Er schaffte es noch, sich nach vorn zu werfen, und Suko wollte schon ein zweitesmal schießen, doch es war nicht mehr nötig.

Der Adler fiel gegen die locker gespannte, durchhängende Kordel. Er drückte sie mit seinem Gewicht noch mehr nach unten, so daß sie zusammen mit seinem Körper den Boden berührte. Noch zeigte er sich in der Gestalt eines Vogels, das aber änderte sich, denn er nahm wieder sein menschliches Aussehen an.

Aus seinen Schwingen wurden Arme. Das Gefieder bildete sich zurück, und abermals war dieses ungewöhnliche Licht da, das ihn umgab. Für uns sah es so aus, als würde es die Gestalt des Vogels einfach aufsaugen und einen normalen Menschen zurücklassen.

Ein Bild, das uns den Atem raubte, denn diesmal blieb kein Chinese zurück, sondern ein Europäer, und wir wußten sofort, um wen es sich dabei handelte.

Es war der verschwundene Nachtwächter, die dritte Person, die diesem Grauen zwischen vier Wänden zum Opfer gefallen war.

»Mein Gott, das ist nicht möglich...«

Suko blickte mich an. »Pusas Welt hat ihn ausgestoßen. Sie kann ihn nicht mehr halten. Der Dämon macht kurzen Prozeß. Er befindet sich auf dem Rückzug.«

»Das denke ich auch.«

Schlaff lag der Nachtwächter auf dem Boden. Auch er lebte nicht mehr. Sukos Kugel hatte ihm den Tod gebracht, nur konnte man es in diesem Fall als eine Erlösung ansehen, denn ohne den Tod durch die Silberkugel wäre er für immer ein dämonisches Ungeheuer geblieben, das gnadenlos tötete.

Als ich ausatmete, kratzte es in meiner Kehle. Ich hatte das Gefühl, einen Kloß im Hals stecken zu haben. So etwas zu sehen, war einfach scheußlich, nur waren wir in unserem Job an ähnliches gewöhnt.

Suko traute sich und ging auf den Toten zu. Er wollte feststellen, ob nicht doch noch Leben in ihm steckte. Als er sich wieder erhob, zuckte er mit den Schultern. Für mich der Beweis, daß der Nachtwächter sein Leben gelassen hatte.

»Noch einer«, sagte Suko leise, und ich wußte sehr genau, wen er damit meinte.

»Sir Henry Bradford, nicht?«

Er nickte.

»Und wo, denkst du?«

»Kannst du dir das nicht vorstellen, John?«

Ich gab ihm die Antwort durch zwei Zeichen. Zum einen deutete ich auf das Medaillon, zum anderen auf die Tür, wo sich Pusas Gesicht mit zwei blutroten Streifen abzeichnete.

»Er hat sich seinen Gönner geholt«, sagte ich. »Er kennt nicht die Spur von Dankbarkeit.«

»Wieso auch? Dämonen sind anders, John, ganz anders.« Suko ging auf das Medaillon zu. Er blieb davor stehen, dann bückte er sich, um es aufzuheben.

Seine Hand zuckte zurück, als vehement die Zimmertür aufgestoßen wurde und Elena Bradford über die Schwelle taumelte. Ihr Gesicht war verzerrt, die Hände hatte sie zu Fäusten geballt, die Arme angewinkelt und erhoben.

»Neiiiinnnn!« kreischte sie wie von Sinnen, blieb stehen und schrie noch einmal: »Neiiiinnnn – ihr dürft ihn nicht töten. Ihr dürft es nicht tun!« Plötzlich drehte sie sich um und griff mich an…

Ich hatte damit nicht gerechnet, und es grenzte schon an ein kleines Wunder, daß es mir gelang, den Kopf zur Seite zu drehen, so daß mich die spitzen Fingernägel der Frau nicht einmal streiften. Wie Krallen wischten die Hände an mir vorbei, und die Frau torkelte ins Leere. Ich drehte mich, griff zu und erwischte sie an der Schulter. Wuchtig schleuderte ich sie herum. Sie kreiselte um die eigene Achse, prallte gegen die Wand und klammerte sich an der Tapete fest. Dann beugte sie ihren Oberkörper vor. Sie stand da wie ein Stier, der das rote Tuch sieht und zu einem Angriff entschlossen ist.

Sie stampfte sogar mit dem rechten Fuß auf. Das Haar hatte sie gelöst, es hing ihr wirr im Gesicht. »Nicht töten!« brüllte sie. »Ihr dürft ihn nicht töten! Es ist Henry, es ist mein Mann! Ich habe es gewußt. Ich habe ihn gespürt! Sein Geist war in diesem Medaillon gefangen, das er aus China mitgebracht hatte. Die anderen drei waren mir egal, aber ihn dürft ihr nicht vernichten!«

»Warum haben Sie mich sonst gerufen, Mrs. Bradford?« fragte sich sie so ruhig wie möglich. »Warum?«

»Ich wollte ihren Tod!« Sie wies auf die beiden Chinesen und den Nachtwächter.

»Den Gefallen haben wir Ihnen getan.«

»Noch nicht ganz«, sagte Suko.

Ich blickte ihn an. Er hob nur die Schultern. Natürlich wußte ich, was er damit hatte sagen wollen. Wir konnten auf Sir Henry Bradford keine Rücksicht nehmen. Wenn wir Pusas Macht brechen wollten, dann nur über Bradford.

»Auch wenn Sie uns für Lumpen und Mörder halten, Mrs. Bradford«, sagte ich sehr ruhig und überaus betont, »aber wir haben leider keine andere Wahl. Ihr Mann hat den falschen Weg gewählt. Er hätte sich nicht mit Pusa einlassen sollen. Und letztendlich sind Sie es gewesen, die mich hergeholt hat.«

»Ja«, kreischte sie, »aber für die anderen, nicht für Henry! Verstehen Sie das nicht?«

»Doch, Mrs. Bradford. Ich verstehe Sie sehr wohl, denn Sie haben Ihren Mann geliebt. Aber ich verstehe nicht, daß Sie nicht auch noch den letzten Schritt gehen wollen.«

Sie schüttelte den Kopf. Dann richtete sie sich auf. Ihre Gestalt straffte sich. »Sie werden es nicht tun!« Blitzschnell löste sie sich von der Wand und huschte auf die Tür zu.

Wie eine Wächterin baute sie sich davor auf, der Innenseite der Tür ihren Rücken zugewandt.

Ich stand Elena Bradford gegenüber.

Beide starrten wir uns an.

In der grauen Dämmerung des Zimmers konnte ich sie ziemlich gut erkennen. Ihr Gesicht war verzerrt. Der Schweiß hatte auf der Haut eine glänzende Schicht gebildet. Sie hatte die Augen weit aufgerissen. Auch der Mund war nicht geschlossen. Scharf und keuchend stieß sie den Atem aus, wobei ihre Zunge ständig vor- und zurückschnellte.

»Gehen Sie von der Tür weg, Mrs. Bradford!«

Die Frau schüttelte den Kopf.

Jemand lachte.

Weder Suko noch ich. Dieses Lachen war aus dem Medaillon gedrungen, das auf dem Parkett lag. Und plötzlich sahen wir, wie es sich bewegte, einmal in die Höhe hüpfte, dann wieder zu Boden fiel, und die Augen hatten jegliches Grün verloren, sie waren jetzt sehr, sehr menschlich geworden.

Das Lachen hatte auch Elena Bradford aufmerksam werden lassen. Sie schaute von ihrem Platz aus auf das Medaillon, und der fratzenhafte Ausdruck aus ihrem Gesicht verschwand.

»Henry«, flüsterte sie mit weicher Stimme, »mein Henry! Das ist er – er ist nicht tot…« Sie sprach ihn jetzt direkt an. »Du darfst nicht tot sein, du bist doch mein Mann, ich liebe dich…«

Ihre Worte gingen uns unter die Haut. Wir steckten in einer Zwickmühle. Konnten wir diese Frau, die sich so stark für ihren Mann einsetzte, enttäuschen?

Ich hatte meine berechtigten Zweifel, denn mit dieser Wendung hatte ich nicht gerechnet. Zuvor hatte ich ihr befohlen, von der Tür wegzugehen. Sie hatte diesen Befehl ignoriert, erst jetzt befolgte sie ihn.

Sie stieß sich mit beiden Händen ab, ging etwas taumelnd auf mich zu, und ich trat zur Seite, bevor sie mich wegsstoßen konnte. Ihr Ziel war das Medaillon.

Da reagierte Suko. Mit zwei Schritten hatte er ihr den Weg versperrt. »Tun Sie es nicht!« warnte er sie.

»Gehen Sie mir aus dem Weg!«

»Nein, Mrs. Bradford! Bitte nicht...«

»Aus dem Weg.« Ihre Stimme klang dunkel, sie war tief aus der Kehle gedrungen und hätte gut einem Mann gehören können.

Suko blieb stehen.

Elena sah dies und griff zum letzten Mittel. Sie holte mit beiden Händen gleichzeitig aus. Dann schlug sie zu.

Aber nicht bei Suko. Er hatte blitzschnell seine Arme hochgerissen und wehrte den Schlag ab.

»Weg!« brüllte sie.

Wieder erklang ein Lachen aus dem Medaillon, aber es hörte sich verflucht böse an.

Ich drehte genau in diesem Moment den Kopf und starrte gegen das runde Gesicht in der Tür.

Auch Pusa hatte gelacht. Seine Mundwinkel zuckten. In den Augen tanzte ein gelbes Feuer. Es schien aus den Pupillen zu lodern, als wolle es das Zimmer in Brand setzen.

Ich hob meine Beretta.

Hinter mir schluchzte die Frau. Ich warf einen Blick zurück. Sie schlug nicht mehr auf Suko ein, sondern war vor ihm auf die Knie gefallen. Dabei rang sie die Hände, sie flehte und bat darum, Henry zu verschonen. »Es ist doch mein Mann!« jammerte sie. »Das – das müssen Sie verstehen. Er hat nichts Schlimmes getan. Er wollte nur die fremde Magie kennenlernen. Aus diesem Grund hat er das Zimmer geholt. Er wollte nicht, daß die anderen sterben. Das alles hat er mir gesagt. Sie müssen es mir glauben! Er ist nicht schlecht...«

Suko schüttelte den Kopf. »John?« fragte er dann, denn er hatte gesehen, was ich vorhatte.

»Ist schon okay.«

Auch Elena Bradford hatte die Antwort gehört und möglicherweise nur darauf gewartet. Sie hatte es verstanden, auf der Welle des Mitleids zu reiten, jedenfalls war es ihr gelungen, meinen Freund Suko von sich abzulenken.

Und sie hatte die entsprechende Position für einen hinterlistigen und raffinierten Angriff, denn mit beiden Händen griff sie nach Sukos Beinen. Die Frau erwischte Suko in Höhe der Waden. Sie riß die Beine mit einem heftigen Ruck nach vorn.

Suko hatte damit nicht gerechnet und wurde völlig überrascht.

Mein Freund kippte nach hinten.

Doch noch im Fallen reagierte er. Er warf sich herum und milderte den Aufprall durch ein Abrollen über die rechte Schulter.

Elena aber hatte erreicht, was sie wollte. Für sie war allein das Medaillon wichtig. Es war die einzige Verbindung zu ihrem Mann, den sie nicht in den endgültigen Tod schicken wollte. Mit beiden Händen griff sie zu. Sie raffte es an sich und preßte es gegen ihre Brust.

Während sich Suko aufrappelte, konzentrierte ich mich auf Elena Bradford. »Lassen Sie es los!« schrie ich sie an. »Werfen Sie es fort! Sie dürfen es nicht tun!«

»Nein!« Sie schüttelte den Kopf. »Nein!« Die Frau war wie von Sinnen. Aber sie erhielt von einer anderen Seite Unterstützung. Sehr deutlich hörte ich das hämisch klingende Lachen in meinem Rücken. Nur der Kopf des Dämons konnte es ausgestoßen haben.

Elena kniete wieder. Ihre Hände hielten das Medaillon verdeckt. Sie hatte die Arme angewinkelt und das wertvolle Kleinod gegen ihre Brust gepreßt. Weit aufgerissen waren die Augen. Die Lippen zuckten, und gleichzeitig zeigten sie ein verzerrtes Lächeln.

Es gab keine andere Möglichkeit für mich. »Behalte sie im Auge, Suko!« rief ich und fuhr herum.

Dann schoß ich.

Ich jagte die Kugeln in das Gesicht. Ich traf die Augen, ich traf den Mund, und in das Dröhnen der Schüsse mischten sich die gellenden Schreie der Frau. Sie konnte nicht anders. Ich sah nicht, daß Suko hinter sie getreten war und seine Hände fest auf ihre Schultern gedrückt hatte.

Mein Blick galt dem Dämon in der Tür.

Pusa war von drei geweihten Geschossen getroffen worden.

Zwei steckten in seinen Augen, die dritte Silberkugel war durch seinen Mund gefahren, und alle drei Geschosse stecken im dicken Holz der Tür, das aber durch eine fremde Magie verändert worden war.

Noch immer zogen sich die beiden dunkelroten Striche der magischen Kreide durch das runde Gesicht. Es sah so aus, als wäre diese häßliche Fratze durchgestrichen worden, doch erst die Kugeln in gemeinsamer Kraft mit der magischen Kreide lösten die Vernichtung dieses Zerrbildes aus.

Der runde Kopf veränderte sich von einer Sekunde auf die andere. Zuerst breitete er sich nach den Seiten hin aus, dann quoll er in die Höhe, um einen Moment später wieder die normale Form anzunehmen, wenn auch nur für kurze Zeit, denn dann wurde er zusammengedrückt wie ein bis zur Hälfte mit Wasser gefüllter Luftballon.

Die Augen dehnten sich zu Schlitzen, das gleiche geschah mit seinem breiten Maul, und die Kreidestriche verwandelten sich in Zickzacklinien, so daß sie mich an erstarrte Blitze erinnerten.

Der Kopf schrie.

Ich hörte die Schreie nicht laut, sondern wie ein fernes Kreischen, als wären sie in einer anderen Dimension aufgeklungen, was durchaus möglich sein konnte.

Doch darüber wollte ich nicht länger nachdenken, für mich ging dieser verdammte Tanz weiter.

Der Kopf verdüsterte sich. Ein grauer Schatten fiel über das runde Mondgesicht, das es noch einmal geschafft hatte, seine alte Form anzunehmen.

In diesen Schatten hinein drängte sich ein furchtbar böser Ausdruck, für den ich keine Worte fand. Es mußte das Urböse sein, das in diesem Dämon steckte, es war der blanke Haß, der mir entgegenstrahlte, und im selben Moment hörte ich auch das Lachen.

Weit, weit weg…

Und weg war auch der Kopf.

Ich hatte kaum hinsehen können, so schnell war es gegangen. Vor mir sah ich die normale Tür, bis auf die drei Kugellöcher, die wohl bleiben würden, und ein paar Schatten.

Vier Umrisse waren auf dem Holz zu sehen wie mit scharzer Kohle gezeichnet.

Einmal Pusas Schädel, zum anderen die beiden Schlangen, zum dritten der Adler.

Hatte ich es geschafft? War Pusa vernichtet? Wahrscheinlich nicht. Ich hatte ihn wohl zurücktreiben können und hoffte, daß er so schnell nicht mehr zurückkehrte in unsere Welt…

Suko hatte seine Haltung nicht verändert. Nach wie vor kniete er hinter der Frau und hielt sie an den Schultern fest. Erst als sie anfing zu wimmern, ließ er sie los.

Das geschah in dem Augenblick, als ich mich drehte. Ich holte meine kleine Leuchte hervor, knipste sie an und richtete den Strahl auf Mrs. Bradford, wobei ich ihr Gesicht ausließ.

Sehr langsam rutschten ihre Hände von der Brust nach unten, so daß ich die Haut in ihrem Ausschnitt sehen konnte.

Ich preßte die Lippen zusammen, denn im Licht der Lampe zeichnete sich die schreckliche Wunde zwischen dem Hals und dem Ansatz der Brüste ab. Das war nicht zu fassen. Ich begriff es nicht – oder begriff ich es doch? Im Prinzip war es einfach, richtig simpel.

Nicht nur das Gesicht des Dämons war vergangen, auch sein Erbe, in dem sein Geist steckte, hatte sich aufgelöst.

Ich ging mit schleppenden Schritten vor. Neben der Frau blieb ich stehen. Sie bewegte sich nicht. Eine gnädige Bewußtlosigkeit hielt sie umfangen.

Ich beugte mich zu ihr hinunter und untersuchte die Wunde. Sie war tief, sie war auch gefährlich, denn das schmelzende Metall hatte sich mit ihrem Blut und der Haut vermischt. Die Frau mußte in ärztliche Behandlung und anschließend zu einem Schönheitschirurgen. Alles andere würde sich dann ergeben.

»Ist es das gewesen?« fragte Suko. Er blickte mich über den Kopf der Frau hinweg an.

Ich nickte. »So einigermaßen.«

»Pusa ist weg.«

»Ja.«

»Aber nicht vernichtet, denke ich.«

Ich hob nur die Schultern. Anschließend faßten wir gemeinsam zu und trugen die Frau aus dem Zimmer. Sie sollte das Grauen in vier Wänden so rasch wie möglich vergessen.

Und das hatten auch wir uns vorgenommen…

ENDE

Das
Mädchen
von
Atlantis
FH 95

Die beiden Frauen trafen sich vor dem Fahrstuhl.

»Jane! Leben Sie auch noch?« rief das blonde Girl mit der Lockenfrisur und den strahlendblauen Augen. »Das gibt es doch nicht. Ich dachte, Sie wären ausgezogen.«

Jane Collins lächelte. Auch sie war freudig überrascht. Sandra Moran gehörte zu den Menschen, mit denen Jane gern zusammen war. Leider ließ es ihre Zeit nicht zu. Obwohl sie beide in einem Haus wohnten, hatten sie sich aus den Augen verloren.

»Sandra!« Die blonde Detektivin reichte ihrer Nachbarin die Hand.

»Jetzt sagen Sie nicht, Sie haben keine Zeit!«

Jane Collins schüttelte den Kopf. »An diesem Abend wollte ich in meiner Wohnung bleiben und mal ausspannen.«

»Dazu kommen Sie nicht mehr. Ich habe einen phantastischen französischen Sekt im Eisschrank. Erstklassig, sage ich Ihnen. Wir sollten die Flasche köpfen. Wenn das kein Grund ist.«

Jane Collins war einverstanden.

Sandra zog die Fahrstuhltür auf. Sie lachte dabei und wiederholte mehrmals, wie sehr sie sich auf den Abend freue.

Dabei ahnte sie nicht, daß sie nur noch eine halbe Stunde zu leben hatte!

Der Lift schoß die beiden Frauen hoch in die achte Etage.

Jane Collins hatte soeben einen Fall erfolgreich abgeschlossen. Der Scheck über ein Honorar von tausend Pfund knisterte in ihrer Handtasche. Für zwei Tage Arbeit ein guter Lohn. Jane war in ihrem Beruf aber auch Spitzenklasse. Sie galt als beste Privatdetektivin Londons und war spezialisiert auf Fälle, die ein gewisses Fingerspitzengefühl verlangten. Ihre männlichen Kollegen gingen oft zu direkt vor und vergaßen manchmal die menschliche Komponente, die Jane Collins nie außer acht ließ.

Von Sandra wußte sie, daß sie in einer Boutique als Erstverkäuferin arbeitete, gut verdiente und ein freies, ungebundenes Leben liebte. Sehr glücklich schien sie allerdings nicht darüber zu sein.

Jane Collins war eine gute Menschenkennerin. Ihr entgingen nicht die tiefen Ringe unter Sandras Augen, die auch die Schminke nicht ganz verdecken konnte.

Sandra schien entweder Sorgen oder schlaflose Nächte zu haben.

Auf jeden Fall spielte sie die Fröhliche. Lachend hielt sie der Detektivin die Lifttür auf.

»Kommen Sie, Jane, ich habe bereits einen trockenen Gaumen.«

Sandra ging vor. Der glockig geschnittene bunte Rock wehte um ihre Beine. Die hohen Absätze ließen die Fußfesseln noch mehr in Erscheinung treten.

Sandra war ein gutaussehendes Mädchen. Es gab zahlreiche Männer, die sie gern zum Altar geführt hätten.

Sie schloß ihre Wohnungstür auf. »Haben Sie auch solch einen Streß?«

»Es geht«, erwiderte Jane.

»Also bei mir…« Sie winkte ab. »Ich komme gar nicht zur Ruhe. Die Modemessen, das Aussuchen der Frühjahrskollektion, die Vorführungen…«

»Arbeiten Sie als Mannequin?«

Sandra öffnete die Tür. »Ja. Nebenbei, wissen Sie. Ich brauche den Laufsteg… aber jetzt kommen Sie erst einmal herein.«

Sandra Moran besaß ein kleines, mit modernen Möbeln eingerichtetes Apartment. An den Wänden hingen Grafiken bekannter Künstler. Die schwarzen Sessel wirkten futuristisch, ebenso das Styling der Stereo-Anlage.

Sandra stellte sofort den Plattenspieler an. »Ich brauche Musik, wissen Sie.«

»Auch Amanda Lear?« fragte Jane.

»Ja. Irgendwie finde ich die irre. Sie nicht?« Sandra deutete auf die rotierende Scheibe.

»Der Geschmack ist verschieden.«

Sandra lachte. »Wem sagen Sie das? Aber setzen Sie sich doch. Es ist egal, wohin. Und ich hole inzwischen den Sekt.«

Sie verschwand in einer winzigen Küche. Jane blickte nachdenklich zu Boden. Sandra kam ihr irgendwie seltsam vor, überdreht und gleichzeitig abgespannt. Hatte sie vielleicht Sorgen?

In der Küche knallte ein Sektkorken. Sekunden später war

Sandra wieder zurück. Der Sekt quoll aus dem offenen Flaschenhals und rann an der Flasche herunter.

Doch Sandra strahlte. »Das muß so sein«, kommentierte sie, stellte die Flasche ab und holte aus einem kleinen Glasschrank zwei Gläser.

Sie goß ein.

»Cheerio, Jane. Auf uns!«

Die beiden Frauen tranken. Der Sekt war wirklich ein Gedicht. Prickelnd lief er durch Janes Kehle. Er war nicht zu herb und auch nicht zu süß, hatte haargenau den Geschmack der beiden Frauen getroffen.

Jane Collins leerte die Hälfte ihres Glases. Sandra trank es ganz aus. Dann stellte sie das Glas auf den kleinen viereckigen Tisch, lehnte sich im Sessel zurück und ließ ihre Arme rechts und links der Lehnen herabhängen.

»Eigentlich können wir von Glück sagen, daß wir uns heute getroffen haben«, sagte sie.

»Wieso?«

Sie wandte den Kopf und lächelte Jane Collins an. »Morgen bin ich vielleicht schon in Frankreich, danach in Griechenland.«

Auf Janes fragenden Blick fügte sie erklärend hinzu: »Wir starten eine Tournee. Unsere Truppe macht eine Vorführtour. Wir wissen nicht einmal genau, wohin. Es ist irre.«

»Und Ihr Job?«

Sandra winkte ab. »Was kümmert mich der! Ich habe mich solange freistellen lassen. Das geht alles. Man muß nur den richtigen Dreh finden.« Sie lachte. »Das Leben ist herrlich.«

Jane konnte ihr da nicht so recht zustimmen. Sie wollte auf keinen Fall mit Sandra Moran tauschen.

Sandra goß nach. »Trinken Sie, Jane, trinken Sie. So jung kommen wir nicht mehr zusammen.«

Jane lachte leise. »Sie tun ja gerade so, als sei dies ein Abschied für immer.«

»Wer weiß, Jane, wer weiß. Der Tod ist oft näher, als man denkt. Haben Sie eigentlich Angst vor ihm?«

Jane Collins wunderte dieser plötzliche Stimmungswechsel.

Sandra fiel von einem Extrem ins andere. »Ja«, erwiderte sie. »Ich habe Angst vor dem Tod.«

»Ich nicht. Und wissen Sie auch, warum?«

»Nein.«

»Ich werde weiterleben im Jenseits. Deshalb fürchte ich mich nicht. Der Tod hat für mich seine Schrecken verloren. Im Gegenteil, er ist sogar etwas Wunderbares.«

»Na, ich weiß nicht.« Jane blieb skeptisch. »Wahrscheinlich haben Sie zu viele Berichte von Totgeglaubten gelesen. Das ist heutzutage ja groß in Mode.«

Sandra schüttelte den Kopf und trank gleichzeitig. Dabei spritzte der Sekt aus dem Glas. Einige Perlen rannen an ihrem Kinn herab. »Nein, Jane, das meine ich nicht. Ich spreche vom Leben als Untote. Von der Aufgabe, die ich zu erfüllen habe nach meinem offiziellen Erdenleben.«

In Jane Collins' Hirn schrillte eine Alarmglocke. Sie war zwar eine modern denkende junge Frau, die nichts so leicht erschüttern konnte. Doch sie hatte schon einige Abenteuer hinter sich, die manchen Menschen an seinem eigenen Verstand zweifeln ließen. Jane wußte, daß es Vampire, Werwölfe, Dämonen und Untote gab. Sie kannte den geheimnisvollen Voodoo-Zauber, wußte von schrecklichen Parallelwelten, die jenseits der unsrigen liegen, wo sich Dämonen und Geister zu einem finsteren Reigen vereinigen. Denn nicht zuletzt war Jane Collins mit einem Mann befreundet, den man den Geisterjäger nannte und der gegen die Mächte der Finsternis ankämpfte.

»Woher wissen Sie das alles, Sandra?« erkundigte sie sich.

Sandras Stimme nahm einen verschwörerischen Ton an. »Weil ER es mir gesagt hat. Und ich glaube IHM.«

»Und wer ist dieser Geheimnisvolle?«

»Das... das... kann ich nicht sagen. Aber wenn Sie ihn kennenlernen wollen, ich besuche Sie nach meinem Tod. Ich führe Sie...«

Sandra verstummte. Ihre Augen wurden plötzlich weit. Die Lippen begannen zu zittern. Die Finger, die das Sektglas hielten, griffen stärker zu.

Das Glas zerbrach. Splitter stachen in das Fleisch ihrer Hand.

Blutstropfen quollen aus den kleinen Wunden. »Es… es ist soweit«, flüsterte Sandra. »Der Tod – er holt mich. Jetzt und hier…«

Jane Collins sprang auf, faßte Sandra an beiden Schultern und rüttelte sie durch. »Was ist mit Ihnen, Sandra? Reden Sie?«

»Der Tod…«, ächzte sie. »Der Schwarze Tod… damals, ich sehe es, die Insel. Untergang… Dämonen…«

Sie stammelte wirres Zeug, brachte alles durcheinander und rutschte immer mehr zusammen.

»Ich hole einen Arzt!« rief Jane. Sie wollte zum Telefon laufen, doch rasch wie eine zustoßende Klapperschlange griff Sandra Moran zu und packte Janes Arm.

»Nicht. Keinen Arzt. Er kann mir nicht helfen. Niemand kann mir helfen. Begreif das. ER ist stärker. ER holt mich… Die Insel. Ich sehe sie. Strahlend hell. Meine Heimat ist Atlantis«, versuchte Sandra mit bebender Stimme zu erklären. Doch Jane hörte diese Worte nicht, sie hatte sich dem Telefon genähert.

Krämpfe durchzuckten den Körper der jungen Frau. Wild schrie sie auf. Die blaßgeschminkten Lippen öffneten sich, bildeten ein Oval. Ein schreckliches Stöhnen erfüllte den Raum. Plötzlich rann grüner Speichel aus ihrem Mund.

Der Schwarze Tod! Ein Name war gefallen, der ihr eine Gänsehaut über den Rücken jagte. Der Schwarze Tod. Inkarnation des Bösen und John Sinclairs Supergegner. Der Dämon, der in die Weltgeschichte eingegriffen hatte, der satanisch lächelnd Kriege vorbereitete und dessen gesamtes Streben auf totales Chaos und Vernichtung ausgerichtet war.

Welche Teufelei hatte er sich nun wieder ausgedacht?

Sandra Moran kämpfte noch immer. Ein dumpfes Stöhnen drang aus ihrem Mund, ausgestoßen von einer Stimme, die nicht zu ihr zu gehören schien. Die Hände hatte sie um die Lehnen gekrallt. Weiß und spitz stachen die Knöchel hervor, wie bei einer skelettierten Hand.

Noch einmal brüllte sie auf.

Dann fiel ihr Körper zusammen.

Sandra Moran war tot, das sah Jane Collins mit einem Blick. Sekundenlang starrte sie die Leiche an. Dann griff sie zum Telefonhörer, um die Polizei zu verständigen.

Ich schaute auf die Tote und sah dann den Arzt an.

»Tot«, diagnostizierte der Doc. »Einwandfrei Herzschlag. Daran gibt es nichts zu rütteln.«

»Und der grüne Schaum auf den Lippen?«

Der Arzt wischte sich über die Stirn. »Ich werde die Leiche obduzieren. Vielleicht finde ich dann eine Erklärung.« Er lächelte wissend. »Sinclair, ich kenne Sie. Sie vermuten wieder irgendeinen Dämon oder was weiß ich hinter diesem Tod. Aber lassen Sie es sich gesagt sein, das war ein normaler Herzschlag.«

»Wobei das eine aber das andere nicht ausschließt«, gab ich zu bedenken.

Der Arzt knurrte etwas von rechthaberisch in seinen nicht vorhandenen Bart und wühlte in seiner Tasche herum. Die Untersuchungen waren abgeschlossen. Zwei Helfer legten die Tote in eine flache Wanne aus Kunststoff. Der Deckel wurde geschlossen. Die Männer im grauen Kittel hoben die Wanne hoch und trugen die Leiche aus dem Zimmer.

Ich fing Janes Blick auf. Die Detektivin hatte mich gerufen. Vom Büro aus war ich geradewegs zu ihr gefahren, um mir die Tote anzusehen. Jane hatte mir auch stichwortartig berichtet, was ihr Sandra vor ihrem Tod noch bruchstückhaft mitgeteilt hatte. Ich war nicht der gleichen Überzeugung wie der gute Doc. Schließlich hatte Sandra einen Namen erwähnt, der selbst für mich wie ein Alptraum war.

Der Schwarze Tod!

Plante dieser Superdämon wieder einen neuen Anschlag? Hatte er bereits seine Fühler ausgestreckt? Für mich war klar, daß ich am Ball bleiben würde.

Jane Collins nickte mir zu. Ich verstand den Wink.

Der Doc sprach mich an. »Soll ich Ihnen eine Kopie des Obduktionsberichtes zuschicken, Sinclair?«

»Ich bitte darum.«

»Okay.«

Meinen Trench hängte ich über den Arm, verabschiedete mich und verließ mit Jane Collins die Wohnung der Toten. Wir mußten zwei Etagen höher fahren. Für den Lift eine Sache von Sekunden. Im Fahrstuhl sprachen wir nicht miteinander.

Von der Seite her blickte ich Jane Collins an. Sie sah wieder einmal phantastisch aus. Locker fiel das blonde Haar auf die Schultern. Sie war dezent geschminkt, und die Farbe von Lippenstift und Fingernägel war haargenau aufeinander abgestimmt. Jane trug rote Stiefel, einen buntbedruckten Rock und eine weitgeschnittene moderne Jacke. Ihre Handtasche sah aus wie eine umgedrehte Fleischwurst. Sie war mal wieder neu.

In der Wohnung erhielt ich einen Whisky. Jane nahm einen Martini und stippte eine Olive hinein.

»Und nun, großer Geisterjäger«, sagte sie und ließ sich in einen Sessel fallen. »Wie siehst du die Lage?«

Ich stand neben der Stereo-Anlage und schaute aus dem Fenster. »Sie hat dir gesagt, daß sie zurückkehren will?«

»Ja.«

»Dann sollte man die Leiche überwachen.«

»Wer? Du?«

Ich schüttelte den Kopf. »Tut mir leid, aber ich kann nicht meine ganze Arbeit ruhen lassen.«

»Willst du Leute abstellen lassen?«

Ich drehte mich um und lachte. »Das bekomme ich nie durch. Außerdem besteht kein begründeter Verdacht.«

»Für dich schon.«

»Sicher, aber mach das mal den anderen klar.«

»Herrjeh«, rief Jane Collins. »Wann endlich werden die Leute mal vernünftig? Du hast doch oft genug bewiesen, daß es Dinge gibt, die mit normalen Maßstäben gar nicht zu messen sind. Irgend jemand muß doch mal wach geworden sein.«

»Du vergißt, daß all die Fälle nicht groß publiziert worden sind.

Die Berichte liegen in den sicheren Archiven des Yard. Nein, Jane, wir müssen wieder allein arbeiten.«

»Ich wüßte schon jemanden für den Job«, sagte sie.

Mein Lächeln bewies ihr, daß wir den gleichen Gedanken hatten. »Suko?«

Jane nickte.

Ich blies den Atem aus. »Der wird sich freuen. Mein lieber Mann. Eine Leiche zu überwachen ist auch nicht das Wahre.«

»Er kann sich ja mit Bill Conolly ablösen.«

»Hast du Sheila vergessen?«

»Sorry, hatte ich ganz vergessen. Sie bekommt ja bald ihr Baby.« Jane trank ihr Glas leer. »Auf jeden Fall bin ich mit von der Partie. Aber wo sollen wir eigentlich einhaken? Sandra sprach von einer Mode-Tournee.«

»Weißt du, wer sie leitet?«

»Das hat sie mir nicht gesagt, ist aber leicht festzustellen.«

Der Meinung war ich auch.

»Diese Aufgabe kann ich übernehmen«, schlug Jane Collins vor. »Ich gehe gleich los.« Jane erhob sich. »Tut mir leid, daß der Abend so enden mußte.«

»Was nicht ist, können wir ja nachholen.«

Jane hauchte mir einen Kuß auf die Lippen. »Und wie?«

Kinder, mir wurde ganz anders. Doch ich riß mich zusammen. Dachte daran, daß Dienst Dienst ist und Schnaps Schnaps.

»Bist du heute abend zu Hause?«

»Ja, du kannst anrufen, Jane.«

»Okay.« Die Detektivin nahm ihre Handtasche. Wir verließen die Wohnung und fuhren gemeinsam nach unten. Zwei ältere Frauen befanden sich ebenfalls im Lift. Sie redeten nur von der Toten. Es schien sich schnell herumgesprochen zu haben.

Auf der Straße verabschiedeten wir uns.

»Bis bald«, sagte Jane.

Ich sah ihr nach, wie sie in ihren Wagen stieg, und ahnte dabei nicht, daß Jane Collins in eine Falle lief…

Frankfurt!

Die Hochzeit war ein rauschendes Fest. Das Ballerlebnis des Jahres. Es war wie ein Traum, wie im Märchen. Schließlich kommt es nicht jeden Tag vor, daß ein echter Graf ein Mannequin ehelicht.

Roland von Rodeneck war blaublütig.

Und seine Frau Karin hatte als Mannequin gearbeitet. Sie feierten mit ihren Gästen in einem Frankfurter Nobelhotel. Je näher Mitternacht heranrückte, um so mehr stieg die Stimmung.

Champagner floß in Strömen. Immer wieder ließen die Freunde des Paares die Hochzeiter hochleben.

Walzermelodien schwangen durch den Raum. Karin lag leicht wie eine Feder in den Armen ihres Mannes. Sie strahlte. Auf ihrem Gesicht spiegelte sich das Glück wider, das sie empfand.

Und auch Roland von Rodeneck war zufrieden. Hatte er es doch gegen die Widerstände seiner Familie geschafft, Karin Schneider zu heiraten. Jetzt hieß sie Karin von Rodeneck.

Wie sich das anhörte!

Karin selbst konnte es noch gar nicht begreifen. Sie befand sich in einem regelrechten Freudentaumel und wünschte sich, daß dieser Tag nie zu Ende gehen würde.

Jeder wollte mit ihr tanzen. Vor allen Dingen Rolands Freunde aus dem Golfclub. Sie rissen sich um einen Tanz.

Der junge Bräutigam stimmte lachend zu. Mit dem Champagnerkelch in der Hand beobachtete er seine Frau.

Sie trug ein phantastisches Hochzeitskleid aus weißer Spitze. Der weitgeschnittene Rock schwang bis hoch zu den Waden, wenn sie sich im Walzer drehte. Das naturrote Haar hatte sie zu einer Lockenfrisur aufgedreht. Der Schleier wurde durch ein kostbares Diadem gehalten.

Sie war eine schöne Braut. Es gab niemanden, der anderer Meinung war. Und Roland war stolz.

Noch eine Viertelstunde bis Mitternacht. Dann wurde der Schleier zerrissen, dann war der große Tag vorbei. Sie würden mit dem Lift in ihr gemeinsames Zimmer fahren, die Nacht dort verbringen und am nächsten Morgen nach Venedig reisen, um dort die Flitterwochen zu verleben.

So sah das Programm aus.

Edler von Rodeneck, Rolands Vater, trat an die Seite seines Sohnes. Auch er hielt ein Champagnerglas in der Hand. Der maßgeschneiderte Smoking saß wie angegossen. Am Ringfinger der linken Hand blitzte ein hochkarätiger Diamant.

Vater und Sohn sahen sich sehr ähnlich. Beide hatten sie die hohe Stirn, das wellige Haar – bei dem Jüngeren blond, bei dem Älteren weiß –, und beide hatten sie auch das eckige, etwas vorspringende Kinn. Die Rodenecks waren Weinhändler. Sie besaßen einige Dutzend Weinberge, und ihre Getränke waren berühmt wegen ihrer Fruchtigkeit und ihres Preises. Ja, keine Flasche mit Originalabfüllung kostete unter zehn DM. Dafür konnte der Käufer jedoch sicher sein, nichts Gepanschtes zu trinken.

»Wie geht es dir, Roland?« Der alte Graf legte seinem Sohn die Hand auf die Schulter.

»Wie dir bei deiner Hochzeit.«

Edler von Rodeneck lachte. »Dann müßtest du aber in Stimmung sein.«

»Bin ich auch.«

»Ich freue mich für dich mit, mein Junge. Ich hoffe, du wirst mit Karin glücklich.«

»Darauf kannst du dich verlassen, Dad.« Roland nannte seinen Vater immer Dad. Eine Angewohnheit aus der Studentenzeit. Er hatte mal zwei Semester in Oxford studiert. »Außerdem versteht Karin etwas vom Weingeschäft. Ich habe ihr viel beigebracht. Ihr macht es Freude. Du wirst sehen, sie geht in den Weinberg und packt mit an.« Er lächelte etwas verächtlich. »Nicht so wie diese Adelsfräulein, die nur schön aussehen können.«

»Verzeih ihnen«, sagte Edler von Rodeneck.

»Sie interessieren mich gar nicht.«

Karin hatte ihren Tanz beendet. Mit hochrotem Kopf lief sie auf die beiden Männer zu und ließ sich in Rolands Arme fallen. »Mein Gott«, japste sie, »war das anstrengend.«

»Dagegen hilft Champagner«, schlug ihr der Schwiegervater vor. Er winkte einen Ober herbei. Der Mann kam sofort. Sein Tablett war gefüllt.

Edler von Rodeneck reichte Karin ein Glas Champagner. »Trink das, Mädchen. Es tut dir gut.«

Karin nickte. Dann leerte sie das Glas mit einem Zug. »Ich bin ja so glücklich«, flüsterte sie und schmiegte sich gegen ihren frisch gebackenen Ehemann.

Lächelnd beobachtete der Graf die Szene. Seine Augen schimmerten feucht. Er wurde an seine eigene Hochzeit erinnert. Und er dachte auch daran, daß er seit drei Jahren Witwer war.

Noch fünf Minuten bis Mitternacht.

Die Kapelle setzte aus. Die nächsten Minuten sollten der Besinnung dienen. Erst um Punkt Mitternacht würde der Schleier fallen.

Die Paare gingen wieder an ihre Plätze.

Roland von Rodeneck saß mit seiner Frau in der Mitte der festlich geschmückten Tafel. Im Hintergrund des Raumes waren dienstbare Geister dabei, ein kaltes Büfett aufzubauen.

Roland legte seinen Arm um Karins Schulter. »Glücklich?« fragte er.

Sie nickte. Ihr Kopf war hochrot. »Sehr.«

Die letzten Minuten vergingen.

Ein Tusch.

Mitternacht.

Klatschen. Ein Sessel wurde in die Mitte der Tanzfläche gestellt. Die Kapelle spielte das alte Lied »Wir winden Dir den Jungfernkranz«. Es war wie in einem schönen Traum.

Arm in Arm schritt das Paar auf die Tanzfläche zu. Die Brautführer erhoben sich ebenfalls von ihren Plätzen.

Gespannte Erwartung…

Fürsorglich rückte Roland von Rodeneck seiner jungen Frau den Stuhl zurecht.

Karin wollte sich setzen, doch mitten in der Bewegung hielt sie inne. Ihr Gesicht verzerrte sich. Die Hand fuhr hoch, umkrallte den Hals. Sie wankte zurück.

Ein, zwei Schritte.

Karin stieß gegen den Stuhl. Er fiel um. Die Musik verstummte. Stille trat ein.

Deshalb klang Rolands Stimme doppelt laut. »Karin, mein Gott, was ist mit dir…?«

»Aaaahhh…« Ein schreckliches Ächzen drang aus ihrem Mund. Wie erstarrt blieben die Menschen stehen.

Jemand schrie: »Einen Arzt, rasch!« Die Stimme kippte über.

»Er kommt. Der Schwarze Tod… ich… ich wußte es. Es ist soweit. Atlantis… und… ich… komme…«

Jeder Gast hörte die Worte, die so klangen, als würden sie von einer Fremden gesprochen.

An den Schultern hielt Roland von Rodeneck seine Frau gepackt. Er sah in ihr leichenblasses Gesicht, in die weit aufgerissenen Augen und entdeckte auch den Schweiß auf ihrer Stirn.

»Tot…«, flüsterte sie. »Ich… ich… sterbe…«

»Neiinnn…!« Rolands Stimme überschlug sich. Eine nie gekannte Angst hielt sein Herz umkrallt. Mit brutaler Deutlichkeit erkannte er das Grausame dieser Situation.

Eine Stimme hinter ihm. »Ich bin Arzt. Rasch, lassen Sie mich. Vielleicht…«

Roland schüttelte den Kopf. Dann flüsterte er: »Zu spät, Doktor. Sie ist tot. Tot… tot…!« Die letzten beiden Worte brüllte er hinaus, während die Tränen wie Sturzbäche aus seinen Augen schossen und über das Gesicht liefen.

Roland von Rodeneck war erst einen halben Tag verheiratet und schon Witwer…

Die Künstler-Agentur lag in der Bond Street. Die Adresse hatte Jane Collins von der Boutique-Besitzerin erfahren, bei der Sandra Moran gearbeitet hatte. Der Leiter der Künstler-Agentur hieß Azarin.

Ein seltsamer, exotisch klingender Name. Jane war auf den Mann regelrecht gespannt.

In der Bond Street herrschte zu dieser frühen Abendstunde noch ein reger Betrieb. Londons große Einkaufsstraße wurde von zahlreichen Touristen bevölkert, die in den Geschäften ihr Geld loswurden. Die deutsche Sprache war am meisten vertreten.

Das Haus, in dem die Agentur lag, erinnerte Jane an Paris. Es war alt, dazu mit viel Stuck überladen und hatte in der ersten sowie in der zweiten Etage zwei große Erker. Sie hatten große Fenster, hinter denen jedoch keine Gardinen hingen. Die Detektivin nahm an, daß sich in der ersten oder zweiten Etage die Agentur befinden mußte.

Sie war in der ersten. Jane las es auf einem Messingschild, das an der Hauswand angebracht war.

Zur Tür führten drei Steinstufen hoch.

Jane fand eine Klingel unter einem zweiten kleineren Schild und drückte den Knopf.

Sofort wurde geöffnet.

Die Detektivin lehnte sich gegen die Tür und betrat einen dunklen Hausflur, in dem das Gitter eines altersschwachen Fahrstuhls im Hintergrund schimmerte.

Es gab auch eine Treppe. Sie erschien Jane Collins sicherer als der Fahrstuhl.

Jane stieg die Stufen hoch. Auf der ersten Etage gab es nur eine Wohnung. Sie wurde von der Künstler-Agentur eingenommen. Eine Tür, eingelassen in eine Glasfront, die von Wand zu Wand reichte, wurde geöffnet.

Jane Collins stand einer Frau gegenüber.

Und was für einer.

Keinem Weib, von dem ein Mann träumen konnte. Eher das Gegenteil war der Fall. Sie war klein, trug das schwarze Haar sehr kurz, hatte ein ebenso dunkles sackartiges Kleid an mit einem ovalen Ausschnitt und trug hochhackige Pumps. Um ihren faltigen Hals hing eine Perlenkette. Sie war echt, das sah Jane sofort. Die Farbe des Gesichts erinnerte Jane Collins an eine Leiche. So bleich und blutleer. Die Haut war faltig, der Mund zu grell geschminkt. Dabei wirkten die Lippen wie eine klaffende Wunde.

»Sie wünschen?«

Jane lächelte. Dann sagte sie mit honigsüßer Stimme. »Es geht um Miß Moran. Sie kannten sie doch – oder?«

»Kann sein.« Die Augen der Frau verengten sich.

»Sie ist tot.«

»Und?«

»Mein Name ist Jane Collins. Ich bin Privatdetektivin und außerdem eine Bekannte der Toten. Darf ich eintreten?«

Die Frau zögerte. Dann sagte sie: »Gut, Miß Collins, treten Sie näher.«

»Darf ich Ihren Namen erfahren?«

Die Frau ließ Jane vorbeigehen. »Ich bin Marga.« Einen Nachnamen gab sie nicht an.

Jane betrat einen langen Flur. Keine Scheinwerfer, keine Helligkeit. Nur an der Decke brannte eine trübe Funzel. Vom Flur zweigten mehrere Türen ab.

Marga führte die Detektivin auf die letzte Tür zu. Sie befand sich am Kopfende des Flures und war schwarz gestrichen.

»Treten Sie ein.«

Jane betrat einen fast kahlen Raum. Leere Wände, keine Möbel, nur ein Laufsteg, der das große Zimmer teilte.

Marga schloß die Tür. Durch die Fenster fiel das Licht einer Reklame. Es malte jedesmal zuckende Kringel auf den Fußboden.

»Was kann ich für Sie tun, Miß Collins?«

»Kurz bevor sie starb, erzählte mir Sandra, daß Sie auf eine Tournee mit den Mädchen gehen würden. Stimmt das?«

»Ja. Ich wüßte allerdings nicht, was das mit ihrem Ableben zu tun hat.«

Und jetzt bluffte Jane. »Sie hat mir noch mehr erzählt…«

»So? Was denn?«

»Können Sie sich das nicht denken, Marga? Es fiel zum Beispiel der Begriff der Schwarze Tod.«

Die Frau hob ihre mageren Schultern. »Damit kann ich nichts anfangen«, erwiderte sie.

»Das war aber nicht alles. Sandra sagte zum Beispiel, daß sie nach ihrem Tod auferstehen würde. Als lebende Leiche.«

Marga lachte auf. Es klang verdammt unecht. »Spinnereien einer Sterbenden, mehr nicht. Haben Sie sonst noch etwas auf dem Herzen, Miß Collins?«

»Ja. Ich hätte gern Mr. Azarin gesprochen.«

»Er ist nicht da.«

»Wirklich nicht?«

»Mißtrauen Sie meiner Antwort?«

Jane Collins lächelte. »Wenn ich ehrlich sein soll – ja.«

»Bitte verlassen Sie das Haus!« forderte Marga.

Jane blieb und fragte weiter. »Wo soll die Tournee denn hingehen? Ich meine, Sie haben sicherlich noch andere Mädchen unter Vertrag. Kann ich eines von ihnen sprechen?«

»Nein.« Demonstrativ ging Marga zur Tür und hielt sie auf. »Ich möchte Sie hier nicht mehr sehen, Miß Collins. Ich weiß nicht, welchen Verdacht Sie gegen mich hegen, doch solange Sie mir nichts beweisen können, haben Sie hier nichts zu suchen.«

Jane lächelte. »Regen Sie sich nicht auf, ich verschwinde schon. Bestellen Sie Mr. Azarin einen schönen Gruß.«

Jane Collins betrat den Gang.

Und da spürte sie die Gefahr. Etwas hatte sich in der Wohnung verändert. Sie sah zwar keine Personen – der Flur lag nach wie vor leer vor ihr, und doch merkte sie den Hauch des Bösen, der unsichtbar in der Luft schwebte.

Sie blieb stehen, wandte sich um.

Im Türrechteck stand Marga. Sie hielt die Hände auf dem Rücken verschränkt, und Jane glaubte ein wissendes Lächeln in ihren Mundwinkeln zu sehen.

Die Detektivin ging weiter. Sie näherte sich bereits dem Ausgang, als sie hinter sich das Knarren einer Tür vernahm.

Eiskalt rieselte es Jane den Rücken hinunter.

Eine Stimme. Leise, akzentuiert und unheimlich. »Ich hörte, Sie wollen mich sprechen, Miß…«

Geh! warnte Jane eine innere Stimme. Geh sofort, oder die Falle schnappt zu.

Doch Jane Collins reagierte gegen die Warnung. Sie wandte sich um und erwiderte: »Ja, ich wollte mit Ihnen reden, Mr. Azarin. So heißen Sie doch – oder?«

Der Mann nickte, und Jane hatte Zeit, ihn genauer zu betrachten.

Er war kein Europäer. Seine Wiege mußte irgendwo in der Levante gestanden haben, aber auch das Blut eines Inders floß durch seine Adern. Der Mann strahlte etwas Geheimnisvolles, Rätselhaftes aus. Vielleicht waren es aber auch die Augen, die Jane in ihren Bann zogen und sie schaudern ließen.

Azarin trug einen dunklen Anzug, dazu ein helles Hemd und eine sorgfältig gebundene Krawatte. Das schwarze Haar lag wellig auf seinem Kopf, das schmale Gesicht hatte etwas Asketisches. Eine Kerbe spaltete das Kinn wie mit einem Messer gezogen.

»Aber treten Sie doch ein, Miß Collins.« Azarin gab den Weg zur Tür frei. »Entschuldigen Sie bitte, daß Marga etwas unhöflich war. Wir werden zu oft von jungen Mädchen belästigt, die immer nur das eine wollen: Karriere machen. Aber Sie sehen mir nicht danach aus, und außerdem sind Sie ja eine Detektivin.« Die letzten Worte klangen spöttisch. Jane entging dieser Unterton nicht.

Sie betrat ein komfortables Zimmer, das sie in diesem Haus nicht vermutet hätte. Wenigstens nicht von der Einrichtung her.

Polstermöbel. Wuchtig und bequem. Ein kristallener Lüster hing an der Decke. Stofftapeten bedeckten die Wände. Sie paßten farblich zu dem Teppichboden und zu den Sitzmöbeln. Vor dem Fenster hing ein Store. Jane schloß daraus, daß der Raum nicht zur Straße hin lag.

»Nehmen Sie doch Platz, Miß Collins«, sagte Azarin.

Jane setzte sich.

»Möchten Sie etwas trinken?«

»Nein, danke.«

Azarin blieb stehen. »Ich habe Teile Ihrer Unterhaltung gehört, Miß Collins. Daher weiß ich Ihren Namen. Sie sind also wegen Sandra Moran hier, wenn ich mich nicht irre.«

»Sie irren sich nicht. Sandra ist tot.«

»Ich weiß. Es mußte auch so sein. Und nicht nur sie ist tot. Auch andere junge Frauen und Mädchen.«

Janes innere Alarmglocke schrillte. Wenn dieser Azarin so offen sprach, dann hatte er etwas mit dem Mord zu tun.

»Sie haben ja gesehen, wie Sandra starb«, sagte Azarin. »Und ich kann Ihnen auch den Grund nennen, das Motiv des Todes.«

»Da bin ich gespannt.«

»Ihr Blut war schuld. Das Blut einer alten Rasse. Das der Atlanter.«

»Was?« Jane Collins riß die Augen auf. »Sie sprechen von dem angeblich versunkenen Kontinent Atlantis?«

»Nicht von dem angeblich versunkenen, sondern von dem versunkenen«, korrigierte sie der Mann. »Diese Mädchen sind Nachfahren des einst so stolzen Volkes, und sie haben in der heutigen Zeit eine besondere Aufgabe zu erfüllen.«

»Welche?«

»Dieses Geheimnis werde ich nicht lüften, aber Sie werden es selbst erleben. Ich nehme Sie mit, Miß Collins.«

»Darf man fragen wohin?«

»Weit weg von hier.«

Jane runzelte die Stirn. »Das ist mir zu ungenau, Mr. Azarin.« Gleichzeitig näherte sich ihre Hand der Waffe, die Jane in der Handtasche versteckt hielt. Sie wußte von der Gefahr, in der sie auf einmal schwebte. Dieser Azarin war nicht umsonst so gesprächig.

»Wir sind fast am Ziel«, sprach Azarin weiter. »Zwei Tage noch müssen wir warten, dann endlich ist es soweit. Wir haben unseren Plan sehr lange vorbereitet und lassen ihn uns jetzt nicht mehr stören. Auch nicht durch Sie, Miß Collins. Ihre Hände können Sie ruhig von der Tasche lassen. Ehe Sie Ihre Waffe herausholen können, wird Marga schießen. Und Sie wollen doch noch leben?«

Steif blieb Jane Collins sitzen und blickte dabei in Azarins lächelndes Gesicht.

»Ich bluffe nicht«, sagte der Mann.

Langsam wandte die Detektivin den Kopf. In der offenen Tür stand Marga.

Und sie hielt eine Pistole in der Hand.

Eine 08. Ihre Hand zitterte nicht. Die Mündung der Pistole zeigte auf Janes Kopf.

»Marga kann mit der Waffe umgehen«, erklärte Azarin. »Machen Sie sich also keine falschen Hoffnungen, und jetzt stehen Sie auf, Miß Collins, und gehen Sie zur Tür! Aber hübsch vorsichtig. Ihre Handtasche können Sie übrigens liegenlassen.«

Jane erhob sich. Die Tasche ließ sie zu Boden rutschen. Azarin nahm sie rasch an sich und warf sie in eine Ecke des Raumes.

Marga trat zur Seite. Sie hielt genau die Entfernung ein, die nötig war, damit Jane keinen plötzlichen Angriff starten konnte. Das Weib mußte vor der blonden Detektivin einen höllischen Respekt haben.

Jane wurde hinaus in den Flur dirigiert. In ihrem Kopf wirbelten Gedanken und Vermutungen durcheinander. Sie versuchte aus den Andeutungen Azarins herauszufinden, was der Mann wirklich wollte.

Der Name eines versunkenen Kontinents war gefallen. Aber auch Sandra hatte kurz vor ihrem Tod die ersten beiden Buchstaben des Begriffs genannt.

Atlantis! Was verband Azarin und Sandra mit diesem versunkenen Erdteil?

Das Blut? Waren sie tatsächlich Träger einer längst vergessenen, untergegangenen Rasse? Hatten sie jetzt vor, sich zu sammeln, um zu versuchen, ein neues Volk zu bilden?

Das alles erschien Jane Collins sehr utopisch. Sie überlegte, was sie über den versunkenen Kontinent wußte. Eigentlich nicht viel. Die heutige Wissenschaft war sich nicht einmal einig, wo Atlantis eigentlich gelegen hat. Die einen vermuteten es im Mittelmeer, die anderen wiederum zwischen Amerika und dem afrikanischen Kontinent. Doch das war im Augenblick sekundär. Jane wußte jedoch, daß es bereits damals im alten Atlantis Schwarze Magie gegeben haben mußte. Man huldigte Dämonen und Geistern, und da auch der Schwarze Tod irgendwie im Hintergrund stand, konnte Jane sich vorstellen, daß er bereits in Atlantis seine Hände mit im Spiel gehabt hatte.

Ja, Jane Collins dachte sogar noch weiter. Konnte es nicht sogar möglich sein, daß sich der Schwarze Tod verantwortlich für den Untergang eines Volkes zeigte? War er derjenige, der Atlantis auf dem Gewissen hatte?

Die Detektivin erschauderte bei diesem Gedanken. Plötzlich boten sich ihr völlig neue Perspektiven. Sie ahnte, daß die jetzige Welt vor großen Veränderungen stand.

Die Warnungen ihres Freundes John Sinclair kamen ihr wieder in den Sinn. Dämonen und Schreckenswesen waren dabei, die

Welt zu unterjochen. Hielt Jane Collins durch Zufall vielleicht den Anfang des Fadens in der Hand? Wenn ja – und alles sah danach aus –, durfte sie nicht zögern, ihre ganze Energie in die Waagschale zu werfen.

Ihr eigenes Leben galt es zu retten!

Sie mußte jetzt aus dieser verdammten Rattenfalle entkommen, mußte Marga angreifen und sie überwältigen. Sonst war es aus.

Vor der Ausgangstür blieb Jane Collins stehen.

»Öffnen!« hörte sie Margas Stimme.

Jane legte ihre Hand auf das kühle Metall der Klinke. Drückte sie nach unten.

»Mach schon!«

Aus den Augenwinkeln sah Jane, daß Marga einen Schritt näher getreten war. Ihre Gesichtsmuskeln zuckten, der Mund war nur noch ein Strich.

Aber ruhig lag die Waffe in ihrer Rechten.

Jane nickte. »Okay, Marga. Regen Sie sich nur nicht auf. Es geht alles klar.«

Jane zog die Tür auf und trat dabei etwas zurück. Jetzt mußte Marga näher an die Detektivin heran, um ihr auf den Fersen zu bleiben.

Das war der kritische Punkt.

Marga näherte sich.

Und Jane handelte. Ihr rechtes Bein schnellte in die Höhe. Marga sah nur einen huschenden Schatten, schrie auf und drückte ab. Noch im selben Sekundenbruchteil wirbelte Janes Fußspitze gegen den Lauf der 08.

Das Blei pfiff in die Decke, riß dort ein faustgroßes Loch und ließ hellen Staub dem Boden entgegenrieseln. Einen zweiten Schuß konnte Marga nicht mehr abgeben. Da war Jane Collins bei ihr. Ihre rechte Handkante schnitt durch die Luft, prallte gegen Margas Waffengelenk und schleuderte ihr die 08 aus den Fingern. Mit einem Tritt fegte Jane der Frau die Beine weg. Marga fiel. Doch genau auf die Waffe. Pech für die blonde Frau.

Und dann war Azarin da.

Jane hörte seine Schritte, zuckte zurück, wollte sich noch zur

Seite werfen, doch da sah sie die Faust schon riesengroß vor ihrem Gesicht auftauchen, und im nächsten Moment explodierte ein Hammer an ihrem Kinn und zerriß jäh den Faden des Bewußtseins.

Jane Collins wurde zu Boden geschleudert. Sie bekam nicht mehr mit, was in den nächsten Minuten geschah, wurde erst wieder wach, als sie auf dem Boden des altersschwachen Aufzugs lag.

Blinzelnd öffnete sie die Augen. Sie hatte das Gefühl, ihr Gesicht wäre auf das Doppelte angeschwollen. Dicht vor sich sah sie die scharfgebügelten Hosenbeine des Mannes, und sie hörte seine Stimme.

»Zieh die Tür zu!«

Sie quietschte in den Angeln, dann knallte sie hart ins Schloß.

»Dieses Biest!« zischte Marga. »Sie hätte es beinahe noch geschafft.«

»Ich habe dir doch gesagt, du sollst achtgeben.« Azarin drückte auf einen Knopf, und der alte Aufzug setzte sich ratternd und rumpelnd in Bewegung.

Jane fühlte sich wieder einigermaßen klar im Kopf. Denken konnte sie, und sie fragte sich, wie die beiden es anstellen wollten, sie aus dem Haus zu schaffen.

Aufgegeben hatte die Detektivin noch längst nicht.

Fäuste rissen sie hoch. Jane blickte in Azarins Gesicht. Und in seine Augen, die sie an dunkle Kohlenschächte erinnerten.

»Mach dir keine Hoffnungen, wir schaffen dich!« zischte er. Er drückte Jane Collins mit dem Rücken gegen das Fahrstuhlgitter.

Die Detektivin preßte die Lippen zusammen. Dann flüsterte sie: »Egal, was geschieht, Ihr Plan wir nicht funktionieren, Azarin. Das sage ich Ihnen.«

Der Mann lachte nur. Und Marga sagte: »Hau ihr doch was aufs Maul!«

Das tat Azarin nicht. Langsam sank der Fahrstuhl nach unten. Jane hatte das Gefühl, als würde er jeden Moment auseinanderbrechen.

Parterre!

Der Fahrstuhl ratterte weiter. In den Keller. Jane ahnte, daß die beiden Verbrecher gar nicht vorhatten, sie aus dem Haus zu schaffen. Wahrscheinlich würden sie sie in irgendein Verließ stecken.

Sie täuschte sich nicht, denn Azarins Erklärung folgte Sekunden später.

»Sie werden noch das Vergnügen haben, für einige Zeit unser Gast zu bleiben. Es müssen alle Voraussetzungen erfüllt sein, erst dann können wir uns unserer eigentlichen Aufgabe zuwenden.«

Es wurde dunkel. Der Fahrstuhl ratterte bis in den Keller hinunter. Ruckartig stoppte er dann.

Azarin packte Janes Arm und bog ihn zurück. »Geh schon vor, Marga«, befahl er, »und mach Licht.«

Marga gehorchte. Im Dunkeln öffnete sie die Fahrstuhltür. Jane hörte wieder, wie die Tür in den rostigen Angeln quietschte. Wenig später glühte eine trübe Deckenbeleuchtung auf. Jane befand sich nun in einem breiten Kellergang, dessen dicke Mauern vor Feuchtigkeit glänzten. Bei genauerem Hinsehen erkannte die Detektivin den Schimmel, der zwischen den Mauerritzen nistete.

Azarin schob Jane Collins aus dem Fahrstuhl. Nach wie vor hielt er ihr Handgelenk umklammert. Es war der berühmt-berüchtigte Polizeigriff, aus dem es so gut wie kein Entkommen gab.

Sie gingen bis zum Ende des Kellerflures. Dort hatte Marga schon eine Tür aufgeschlossen, die zu Janes Gefängnis führte. Die Tür war, im Gegensatz zu dem Keller, ziemlich modern. Harter Stahl machte sie ausbruchsicher. Jane nahm an, daß die Tür nachträglich eingebaut worden war.

Die Frau hatte das Licht in dem Kellerverlies eingeschaltet. Es war etwas heller als das in dem Gang. Ein schmaler Streifen fiel nach draußen.

Hart stieß Azarin die blonde Detektivin in den Kellerraum und knallte sofort die Tür hinter ihr zu. Ein Schlüssel wurde im Schloß gedreht.

Doch das hörte Jane nicht bewußt. Ihre Aufmerksamkeit wurde von vier weißen Särgen gefesselt, die an der gegenüberliegenden Wand nebeneinander standen.

Die Särge waren offen, und nur drei von ihnen leer.

In dem vierten lag eine Leiche.

Ein junges Mädchen!

Jane Collins trat langsam an den Sarg heran. Die Hände zitterten, ihr Herz hämmerte. Sie wollte sich die Tote ansehen, beugte sich über den Sarg…

Sie sah in ein blasses Gesicht mit einer durchscheinenden Haut. Die Augen waren starr, weit geöffnet und etwas verdreht. Die Schönheit des jungen Mädchens blieb selbst noch im Tod erhalten, und auch das einfache Leichenhemd konnte an diesem Zustand nichts ändern.

Gehörte sie ebenfalls zu der Gruppe um Sandra Moran? Aber Sandra hatte gesagt, sie würde nach ihrem Tod zurückkehren. Doch dieses Mädchen hier…

Jane kam nicht mehr dazu, den Gedanken zu Ende zu führen.

Plötzlich hob die Tote ihren Arm, und im nächsten Augenblick umfaßten eiskalte Finger Jane Collins' Handgelenk…

Ich bremste. Schon in der nächsten Sekunde sprangen Suko und ich aus dem Bentley.

Nach Mitternacht hatte das Leben und Treiben auf der Bond Street seinen Höhepunkt bereits überschritten. Vor den exquisiten, teuren Modegeschäften brannten nur noch die Reklamen. Scherengitter versperrten Eingänge und Fenster. Wenige Menschen flanierten auf den Bürgersteigen. Zumeist Pärchen, die sich trotz der späten Stunde noch die Auslagen der Geschäfte ansahen.

Langsam rollte ein Streifenwagen durch die Bond Street, die den Stadtteil Mayfair an der nördlichen Seite begrenzt.

Suko und ich liefen auf das Haus mit den beiden vorspringenden Erkern zu.

Ich war in großer Sorge um Jane Collins. Sie hatte nicht, wie versprochen, angerufen. In ihrer Wohnung war sie auch nicht, und so blieb mir nur noch eine Alternative. Ich mußte bei dieser Agentur nachforschen. Den Namen herauszufinden hatte mich nur einen Anruf gekostet.

Ich hielt Ausschau nach Janes altem VW. Der Wagen mußte auffallen. Er sah immer aus, als würde er gerade seine letzte Fahrt antreten. Auf den Müll. Doch das war Täuschung. Unter der Haube steckte ein starker Motor, und auch sonst war der Käfer so umgebaut, daß er bei hohen Geschwindigkeiten gut mithielt.

»Ihren Wagen sehe ich nicht«, sagte Suko. Er hatte den gleichen Gedanken gehabt.

»Vielleicht steht er in einer ganz anderen Gegend.«

Suko grinste. »Du hast dich aber auf die Agentur versteift, wie?«

Ich hob die Schultern.

Auf einem Messingschild las ich, in welcher Etage sich die Agentur befand.

Ich klingelte.

Nichts rührte sich.

»Keiner da«, kommentierte Suko. Er stand im Hauseingang und beobachtete die Straße.

Ich gab nicht auf und versuchte es ein zweitesmal.

Und tatsächlich, es wurde geöffnet. »Komm«, rief ich Suko zu und lehnte mich gegen die Tür.

Wir betraten einen düsteren Flur und fanden erst einmal keinen Lichtschalter. Suko drehte dann nach einigen Sekunden den Schalter herum. Sehr viel heller wurde es nicht.

»In dem Fahrstuhl komme ich mir vor wie in einer Zelle«, flüsterte mein chinesischer Partner. »Nehmen wir die Treppe.«

»Okay.«

Ich ging vor. So sah ich auch als erster die Frau, die uns erwartete. Sie war vom Äußeren her nicht gerade eine Person, die einen Mann erfreuen konnte. Sie hatte wohl schon geschlafen, das ließ sich an ihrem Gesichtsausdruck ablesen. Ein ehemals roter Morgenmantel umwickelte ihren mageren Körper. Die Lippen wirkten verkniffen und waren nach unten gezogen.

Kaum daß sie uns sah, ging es schon los. »Sind Sie wahnsinnig, hier mitten in der Nacht einzudringen und mich aus dem Bett zu klingeln?« Ihre schrille Stimme hallte durch das Treppenhaus und tat in meinen Ohren weh.

Um allen Mißverständnissen vorzubeugen, zückte ich meinen Ausweis und hielt ihn so, daß die Frau ihn lesen konnte.

Sie beugte ihren Kopf vor wie ein Geier beim Fraß. »Polizei?« murmelte sie.

»Ja. Dürfen wir eintreten?«

Sie zuckte zurück. »Wüßte nicht, was Sie bei mir zu suchen haben.«

»Das möchte ich Ihnen gern in der Wohnung sagen. Braucht ja nicht jeder mitzuhören.«

Sie blieb hart. »Ich habe keine Geheimnisse.« Da wir keinen Durchsuchungsbefehl besaßen, konnte ich nichts machen. Wir stellten unsere Fragen im Treppenhaus.

Dabei erlebten wir die Frau in ihrem Element. Sie redete und sagte trotzdem nichts von Bedeutung. Hinterher waren wir ebenso schlau wie zuvor. Und von einer Jane Collins hatte die Frau nie etwas gehört. Das sagte sie uns jedenfalls. Unverrichteter Dinge zogen wir wieder ab. Hinter uns knallte die Frau ihre Wohnungstür ins Schloß.

»Und jetzt?« fragte Suko. »Willst du die Wohnung durchsuchen?«

Ich lachte hart. »Wollen schon. Aber es liegen keine vernünftigen Verdachtsmomente vor. Zeig mir den Richter, der mir einen Schein gibt.«

»Wie sieht es denn mit einem Notfall aus?«

»Ist es wirklich einer?«

Suko hob die Schultern. »Für mich schon.«

Ich klopfte meinem Freund auf die Schulter. »Laß gut sein. Ich gebe eine Vermißtenmeldung auf und leite eine stille Fahndung nach Jane ein.« Wir hatten die Haustür erreicht und gingen nach draußen. Die kühle Luft tat nach dem muffigen Treppenhausgeruch direkt wohl.

»Wie ist das eigentlich mit der Wache?« fragte Suko. »Hast du den Plan aufgegeben?«

»Nein.«

»Dann soll ich mich also ab morgen abend vor die komische Leichenhalle stellen?«

»Ist doch mal was anderes.«

»Na, du hast Humor. Aber mit mir kannst du es ja machen. Ich glaube nicht daran, daß Sandra wieder lebendig wird. Sie ist doch tot. Der Arzt hat Herzversagen festgestellt. Eindeutig.«

»Dir brauche ich doch nicht zu sagen, was es nicht alles gibt.« Ich schloß die Wagentür auf.

»Okay, okay, ich bin dabei.«

»Brav«, lobte ich ihn.

Wir fuhren zum Yard-Gebäude. Trotz der Nachtstunde brannte noch hinter zahlreichen Fenstern Licht. Bei Scotland Yard wurde auch in der Nacht gearbeitet.

Die Fahndungsabteilung war ebenfalls besetzt. Ich trug dem Kollegen meinen Wunsch vor. Ein Foto von Jane hatte ich bei mir. Es wurde vervielfältigt und dann an alle Polizisten verteilt.

»Die Fahndung läuft aber erst zu Beginn der Morgenschicht an«, erklärte mir mein Kollege.

»Ist klar. Gute Nacht. Oder vielmehr guten Morgen.«

Der Kollege grinste. »Sie haben es gut«, meinte er.

Ich zeigte die Zähne. »Ja«, erwiderte ich. »Jedem das, was ihm zusteht.«

Wenig später lenkte ich den silbermetallicfarbenen Bentley auf meine Wohnung zu. Ein paar Stunden Schlaf wollte ich noch mitnehmen. Wer wußte, was die Zukunft alles brachte…

Jane Collins schrie auf. Sie wollte zurückweichen, doch die Finger umklammerten ihr Gelenk nur noch stärker.

»Warum denn so eilig?« flüsterte die Tote.

Langsam erhob sie sich aus ihrem Sarg. Es sah so makaber aus, wie sie aus ihrer Totenkiste stieg, Jane Collins dabei nicht losließ und sie nur anstarrte.

»Gehörst du auch zu uns?« fragte sie.

Die Detektivin schüttelte den Kopf.

Die Tote zog Jane an sich, umarmte sie. Sie schien Janes Antwort überhaupt nicht verstanden zu haben. Die Detektivin spürte den eiskalten Körper, unter dessen Haut kein Herz schlug. Eine Gänsehaut rieselte über ihren Rücken. Sie versteifte sich.

»Azarin wird auch dich willkommen heißen«, flüsterte die

Stimme dicht an Janes Ohr. »Wir werden alle zurückkehren in unser Reich.«

Jane Collins mußte sich überwinden, um die nächste Frage zu stellen. »Was ist unser Reich?«

Die Tote schob Jane von sich. »Du weißt es nicht?«

Jane trat einen Schritt zurück. »Man... man hat es mir nicht gesagt«, log sie. »Ich würde es schon durch dich erfahren, teilte mir Marga mit. Du wärst...«

»Ja, das stimmt. Wie heißt du eigentlich?«

»Ich bin Jane.«

»Du kommst hier aus London?«

Die Detektivin nickte. Sie hatte ihren ersten Horror überwunden und sich entschlossen, auf das Spiel einzugehen. Nur so konnte sie etwas erfahren und auch richtig handeln.

»Ich heiße Karin und komme aus Deutschland. Der Ruf hat mich während meiner Hochzeitsfeier erreicht. Plötzlich kochte mein Blut. Ich merkte, daß es soweit war, daß die Ahnen mich jetzt zurückhaben wollten. Der Tod war schlimm. Es wurde immer kälter, alles verschwamm vor meinen Augen, aber ganz in der Ferne sah ich plötzlich ein Land, wie es schöner nicht sein konnte. Die Menschen trugen kostbare Gewänder, sie waren glücklich. Atlantis, wir kommen... aber dann...« Karin stockte.

Jane hakte sofort nach. »Was war dann? Erzähl es!«

Die blassen Lippen bewegten sich kaum, als das Mädchen antwortete. »Plötzlich gab es nur den Tod, das Chaos und das Grauen. Ich sah das Feuer, die explodierenden Vulkane, die heiße Lava und das Wasser, das riesige, alles verschlingende Meer, das über die Insel herfiel wie ein Raubtier. Und dann sah ich noch etwas. Es war grauenhaft. Der Dämon lachte... er... freute sich. Es war der, vor dem sich alle fürchteten. Es war der Schwarze Tod! Er hat Atlantis dem Untergang entgegengeführt. Er und seine Vasallen haben die Menschen beherrscht.« Sie schwieg, hatte die Hände ineinander verkrampft.

»Was war noch? Was hast du noch gesehen?«

»Nichts. Dunkelheit. Ende...« Die Tote senkte den Kopf. »Doch der Fluch ist da«, flüsterte sie.

»Welcher Fluch?«

Karin von Rodeneck schwieg. Sie sprach kein Wort mehr über ihre Erfahrungen.

Jane Collins zeigte auf die weißen Särge. »Was geschieht jetzt mit uns?«

»Wir werden weggebracht.«

»Wohin?«

»Ich weiß es nicht genau. Aber es gibt eine Insel, auf der man uns erwartet. Von dort aus wird die Auferstehung einer alten Rasse vorbereitet. Atlantis ist untergegangen, aber nicht verloren. Wenn die Zeit reif ist und die Kräfte des Bösen sich konzentrieren, werden die Atlanter auferstehen und wie damals über die Welt regieren. Denn sie sind die Könige der Menschen.«

»Und der Schwarze Tod?« fragte Jane.

»Wird sein Werk endgültig vollenden!«

Ich weiß nicht, ob Sie schlafen können, wenn einer ihrer Freunde in Lebensgefahr schwebt. Ich für meinen Teil konnte es nicht. Ich lag im Bett und wälzte mich von einer Seite auf die andere. Es war bekannt, daß etwas auf uns zukam, aber ich wußte nicht, von welcher Seite Gefahr drohte.

Der Schwarze Tod!

Sandra hatte seinen Namen erwähnt. Und immer wenn der Begriff auftauchte, wurde ich hellhörig. Der Schwarze Tod war die Reinkarnation des Schreckens. Kein Dämon konnte so schlimm sein wie er. Zum erstenmal hatte ich in Deutschland mit ihm Kontakt gehabt. In einem angeblichen Märchenschloß hatte ich ihm gegenübergestanden. Weitere Begegnungen folgten, und jedesmal ging der Kampf unentschieden aus. Er hatte seine Pläne nie bis zum Ende durchsetzen können, aber mir war es auch nicht gelungen, ihn auszuschalten.

Der Schwarze Tod war zu mächtig!

Schon immer fragte ich mich, woher dieser Dämon eigentlich stammte. Meiner Meinung nach war er so alt wie die Erde. Schon immer gab es Gut und Böse, hatten Licht und Dunkel gegeneinander gekämpft. Einmal war das Gute Sieger geblieben, dann wieder das Böse. Doch zu einer echten Entscheidung war es nie gekommen.

Irgendwann fiel ich in einen unruhigen Schlummer. Als dann pünktlich um sieben Uhr der Wecker summte, da glaubte ich, erst wenige Minuten geschlafen zu haben. Ich stellte den Wecker ab und stieg wie gerädert aus dem Bett.

Ich ging zum Fenster und zog die Vorhänge beiseite. Am Himmel stand eine blasse Aprilsonne. Im Westen ballten sich schon dicke, dunkelgraue Wolkenberge zusammen, die der Wind vor sich hertrieb. Es würde Schnee geben, wie in den vorherigen Tagen. Kurze, weiße Schauer, die mit großer Heftigkeit über London niedergingen und im Nu Straßen und Häuser mit einem weißen Teppich bedeckten, der jedoch rasch wieder wegtaute.

Der Winter holte zu einem letzten Schlag aus.

Wie der Schwarze Tod.

Ich ging unter die Dusche. Wechselbäder trieben mir die größte Müdigkeit aus den Knochen. In ein Badetuch gewickelt, betrat ich die kleine Küche und brühte mir Kaffee auf. Während er durch die Maschine lief, rasierte ich mich und schlüpfte in die Kleidung.

Das Frühstück wollte mir nicht so recht schmecken. Kein Wunder, bei dem, was hinter mir lag. Ich packte das schmutzige Geschirr in die Spülmaschine und fuhr mit dem Lift in die Tiefgarage, wo mein Bentley parkte.

Zwei Hausbewohner begegneten mir unterwegs. Sie grüßten freundlich. Die Menschen hatten sicherlich gut geschlafen. Sie ahnten nichts von der Gefahr, die sich wieder einmal zusammenbraute.

Der Bentley sprang sofort an. Auf ihn konnte ich mich hundertprozentig verlassen. Er wurde auch laufend durchgecheckt. Durch den Morgenverkehr wühlte ich mich in Richtung Scotland Yard.

Glenda Perkins, meine Sekretärin, empfing mich mit einem strahlenden Lächeln.

Die schwarzhaarige Glenda empfand für mich mehr als nur Sympathie. Und auch ich mußte sagen, daß sie ein Girl war, nach dem sich mancher Mann die Finger leckte. Mit ihrer Klassefigur und der strammen Oberweite hätte sie so manchen Filmstar ausgestochen.

»Der Kaffee ist schon bereit«, sagte sie.

Ich blieb neben ihrem Schreibtisch stehen und lächelte. »Sie sind ein Schatz, Glenda. Übrigens, benutzen Sie ein neues Parfüm?«

Sie wurde etwas rot. »Was Sie nicht alles merken!«

»Bei schönen Frauen merke ich mir eben jede Kleinigkeit.« Mit diesen Worten ging ich auf mein Büro zu. Ich ahnte, daß ihr Herz jetzt kräftiger schlagen würde.

Auf meinem Schreibtisch lagen bereits die Berichte über die Verbrechen, die in der vergangenen Nacht passiert waren. Ich las sie durch. Diese morgendliche Pflicht hatte jeder Kollege zu erfüllen. Schon oft hatte es Parallelen zu einem Fall gegeben, an dem man selbst arbeitete und der so gelöst werden konnte.

Doch in der vergangenen Nacht war nichts passiert, was mich in meinen Ermittlungen weitergebracht hätte.

Glenda brachte den Kaffee. Sie trug an diesem Morgen eine hellblaue Hose, dazu eine passende Bluse mit einem Bolero darüber. An der Bluse hatte sie die obersten drei Knöpfe geöffnet. Das war modern, wie ich wußte.

Als sie den Kaffee hinstellte, beugte sie sich so über den Schreibtisch, daß mein Blick zwangsläufig in den Ausschnitt fallen mußte. Und was ich da kurz sah, war nicht von schlechten Eltern.

»Mit zwei Stück Zucker, wie Sie es gewünscht haben, Mr. Sinclair«, sagte sie.

Ich riß mich von dem Anblick los, nickte lobend und fragte: »Ist der Alte im Haus?«

»Ja.«

»Okay, dann werde ich gleich mal zu ihm gehen. Wie ist seine Laune?«

»Nicht besonders. Das Wetter, wissen Sie…«

»Verstehe schon.«

Glenda ging wieder. Natürlich nicht, ohne ihren rasanten Hüftschwung demonstriert zu haben.

Teufel auch, die Kleine konnte einen Mann schon schwach

machen. Ich riß mich zusammen. Liebe im Büro ist ein Spiel mit dem Feuer.

Ich wollte mich sicherheitshalber bei Superintendent Powell, meinem Chef, anmelden. Aber ich kam nicht dazu, weil sich Quälgeist Nummer eins, das Telefon, meldete.

»Ein Gespräch aus Deutschland«, sagte das Girl von der Vermittlung.

Ich runzelte die Stirn. Germany? Wer rief mich denn von dort an? Ich kannte eigentlich nur einen Deutschen, der mich hin und wieder im Büro anrief, Kommissar Mallmann.

Er war es tatsächlich.

»Hallo, John, du alter Geisterfresser!« rief er. Seine Stimme klang so klar, als würde er direkt neben mir stehen.

»Will! Was treibt dich denn zu solch einer frühen Stunde aus dem Bett? Ich dachte immer, deutsche Beamte schliefen länger?«

»Hast du eine Ahnung. Wir sind die einzigen, die noch richtig arbeiten.«

»Dann paß nur auf, daß du ein Rundschreiben nicht zu schnell liest.«

»Wieso?«

»Ich kannte einen, der hat dabei einen Kreislaufkollaps erlitten«, erwiderte ich lachend.

Mallmann lachte auch, doch wurde er sehr schnell ernst. »Leider rufe ich dich nicht zum Vergnügen an, John. Es geht um einen heißen Fall.«

»Erzähle.«

»In einer Boulevardzeitung stand zu lesen, daß aus einer Leichenhalle im Frankfurter Raum eine Tote verschwunden ist. Einfach so. Und ein von den Reportern interviewter Friedhofswärter schwört Stein und Bein, daß er mit eigenen Augen die Tote habe weggehen sehen. Der Mann ist zuverlässig, wie mir scheint. Ich habe ihn selbst angerufen. Du weißt ja, John, seit ich dich kenne, ist mir nichts Menschliches mehr fremd. Es ist durchaus möglich, daß wir es mit einer lebenden Leiche zu tun haben.«

Ich war sofort hellhörig geworden. »Gib mir den Namen der Person.«

»Karin Schneider.« Mallmann räusperte sich. »Nein, John, sie hat ja geheiratet. Sie heißt jetzt Karin von Rodeneck. Sie hatte sich einen Adligen an Land gezogen.«

»Hat man die Tote inzwischen schon gesehen?« fragte ich.

»Keine Spur von ihr.«

»Das ist seltsam.«

»Wieso?« Will Mallmann mußte wohl an meinem Tonfall gehört haben, daß dieser Fall mich brennend interessierte.

Ich weihte meinen Bekannten ein. Auf Mallmann konnte man sich hundertprozentig verlassen. Ich wußte, daß er alles für sich behalten würde und kein Wort von ihm an die Öffentlichkeit drang.

»Na, das ist ein Ding«, sagte er beinahe ehrfürchtig. »Dann könnte es durchaus sein, daß dein Fall und der Vorgang hier in Deutschland miteinander zusammenhängen.«

»Genau, Will. Suko behält bereits die Leichenhalle im Auge. Wenn diese Sandra tatsächlich als lebende Tote die Gegend unsicher machen will, dann haben wir sie schnell.«

»Ich wünsche dir auf jeden Fall viel Glück dabei«, sagte Mallmann. »John, halte mich auf dem laufenden.«

»Mach ich, Will. Sonst noch etwas?«

»Ja. Stell dir vor, ich habe mir einen neuen Wagen bestellt. Einen Manta. Silbergrau, ein Geschoß, sage ich dir. Über hundert PS nach der alten Maßeinheit.«

»Ich dachte immer, du wolltest dir einen Porsche kaufen?«

Mallmann lachte. »Aber nicht bei meinem Gehalt.« Er klopfte auf den Hörer. »So, ich mache Schluß, sonst springen mir die Steuerzahler an die Gurgel.«

»Vielen Dank für die Information«, rief ich. »Bis demnächst.«

»Okay, John. Ciao.«

Ich legte auf. Das war in der Tat eine Überraschung, was Mallmann mir da mitgeteilt hatte.

Sollte es zwischen dem Fall in London und dem in Old Germany einen Zusammenhang geben? War das in Deutschland schon eingetreten, worauf wir hier noch warteten? Möglich. Leider hatten die deutschen Kollegen die Spur dieser Karin nicht mehr gefunden. Niemand wußte also, wo sie sich versteckt hielt.

Um so wichtiger war es, daß Suko die Leichenhalle, in der Sandra aufbewahrt wurde, im Auge behielt.

Ich rief meinen chinesischen Partner sofort an. Da er ab heute abend Wache schieben mußte, lag er sicherlich noch im Bett, um vorzuschlafen. Darauf konnte ich leider keine Rücksicht nehmen.

Suko meldete sich nach dem zweiten Klingeln. Seine Stimme klang frisch und ausgeruht. Was mich überraschte. »Ich dachte, du liegst lang«, sagte ich.

»Warum?«

»Wegen heute abend.«

»Das machen wir doch mit der linken Hand. Was gibt's denn, John?«

Ich berichtete ihm. Und jetzt war Suko überrascht. »Mist«, erwiderte er, »ich wollte dir die Idee mit der Wache schon ausreden. Aber so…«

»Okay, dann bereite dich auf alles vor.«

»Hast du schon eine Spur von Jane?« wollte er wissen.

»Nein.«

»O verdammt.«

»Ich bleibe aber am Ball.« Wir unterbrachen die Verbindung. Dann rief ich bei Superintendent Powell an.

Mein Chef war sauer. »Mit wem haben Sie denn so lange geredet?« knurrte er.

»Mit einer meiner zahllosen Verehrerinnen«, antwortete ich.

»Dann kommen Sie mal zu mir.«

Zwei Minuten später war ich bei Powell. Er zog ein griesgrämiges Gesicht und sah aus wie ein magenkranker Pavian. »Es ist wieder einiges im Busch, wie ich hörte!« begann er.

Ich pflanzte mich auf einen Besucherstuhl und spulte meinen Bericht ab. Powell hörte mir aufmerksam zu. Hin und wieder trank er einen Schluck von seinem Magenwasser und kaute auf einer Tablette. Dann hielt er Jane Collins Foto hoch.

»Das ist auf Ihrem Mist gewachsen, Sinclair?«

»Ja, Sir!«

Powell rieb sich das Gesicht. »Okay, wenn Sie die Großfahndung für richtig gehalten haben, stimme ich Ihnen zu. Welche Verbindungen sehen Sie zwischen Deutschland und London?«

Powell drückte sich ein wenig seltsam aus, aber ich verstand, was er meinte. »Es ist wohl so, daß gewisse Personen sterben, dann durch Schwarze Magie wiederauferstehen, um anschließend einem Treffpunkt zuzustreben. Deshalb lasse ich Suko ja Wache schieben. Diese Sandra ist die einzige Spur, die wir im Augenblick haben.«

»Wollen Sie nicht noch einmal bei der Agentur nachhaken?«

»Die Verdachtsmomente reichen nicht aus, Sir.«

Das sah Powell ein. Auch er wußte von dem Schwarzen Tod. Ihm war bekannt, wie gefährlich dieser Dämon zuschlagen konnte. »Wenn wir nur wüßten, was der Schwarze Tod wieder vorhat«, murmelte Powell.

»Ich werde es schon herausfinden«, entgegnete ich optimistisch.

»Dann halten Sie mich auf dem laufenden, John.« Powell blickte auf seine Uhr. »Ich muß zu einer Besprechung in den kleinen Konferenzraum. Sollte irgend etwas Unvorhergesehenes geschehen, dann rufen Sie mich dort an.«

»Geht in Ordnung, Sir.«

Ich ging zurück in mein Büro, pflanzte mich hinter den Schreibtisch und verfiel ins Grübeln.

Es sah im Augenblick mies für uns aus. Das zuzugeben fiel mir gar nicht schwer. Ich konnte nichts tun. Nur hinter dem Schreibtisch hocken und warten.

Mit jeder Minute, die verging, steigerte sich die Angst um Jane Collins…

Irgendwann in der Nacht betrat Marga das Kellerverlies. Jane kauerte auf dem Boden. Als die Tür aufging, schreckte sie hoch.

Marga trug ein Tablett mit Essen. Aus einer offenen Schüssel dampfte es. Daneben stand ein Becher mit Kaffee.

»Damit du uns nicht verhungerst«, sagte sie und stellte das Tablett zu Boden.

Ehe Jane reagieren konnte, war Marga schon wieder verschwunden. Für die Detektivin ging es zu schnell. Sie war nicht dazu gekommen, Marga zu überwältigen und dann zu verschwinden.

Karin lag wieder im Sarg. Sie hielt die Augen geschlossen und die Hände vor der Brust gefaltet. Kein Atemzug unterbrach die Stille. Die Untote bot einen makabren Anblick.

Jane Collins nahm das Tablett auf. Sie überlegte, ob sie etwas essen sollte, doch dann siegte ihr Verstand. Was nutzte es ihr, wenn sie in diesem Verlies dahinvegetierte und ihre Kräfte immer mehr abnahmen? Gift hatte man ihr wohl nicht in das Essen getan. Dieser Azarin wollte sie lebend.

Hinter ihr richtete sich die Untote auf. »Du ißt?« fragte sie mit schwacher Stimme.

Jane hatte das Tablett auf die Knie gestellt und blickte Karin an. »Ja, warum nicht?«

»Schon gut.«

Jane hob den Deckel ab. In der Schüssel befand sich irgendein Eintopf. Der Löffel steckte. Jane probierte und fand, daß das Essen nicht schlecht schmeckte. Vielleicht trieb es auch nur der Hunger hinein. Das heiße Getränk wärmte sie von innen. Selten hatte Jane ein guter Schluck Kaffee so gutgetan.

Die Detektivin hatte sich mit ihrer Situation abgefunden, so gut es ging. Sie hoffte immer noch auf John Sinclair, der ja ihre Spur finden mußte. Außerdem hatte Azarin nicht vor, so rasch aus dem Haus zu verschwinden. Er wartete noch auf drei weitere Mädchen.

Und das erste kam.

Es war in den frühen Morgenstunden, als Jane Collins draußen auf dem Gang Schritte hörte. Den Geräuschen nach zu urteilen waren es mindestens zwei Personen, die sich ihrem Gefängnis näherten.

Die Tür wurde aufgeschlossen und schwang im nächsten Moment nach innen.

Auch Karin hatte sich aufgerichtet. Wie bei Jane Collins war ihr Blick ebenfalls auf die Tür gerichtet.

Herein trat ein schwarzhaariges Mädchen.

Jane brauchte nur in die Augen des Girls zu sehen, um zu

wissen, daß sie ebenfalls eine Untote vor sich hatte. Der Blick war leer und stumpf, das Girl schien seine Umgebung kaum wahrzunehmen. Wahrscheinlich war es erst vor kurzer Zeit aus dem Todesschlaf erwacht.

Hinter dem Mädchen standen Marga und Azarin. Um Azarins Lippen spielte ein triumphierendes Lächeln. »Fehlen nur noch zwei«, sagte er. »Bald ist das Ziel erreicht.«

Jane sah sich die Untote genau an. Sie war kleiner als die Detektivin, hatte lackschwarzes Haar, eine knabenhafte Figur und ein hübsches Puppengesicht. Ihr langes Leinenhemd hatte einen gelblichen Schimmer.

»Das ist Franca Corelli«, stellte Azarin die Untote vor. »Sie kommt aus Italien zu uns und hat den langen Weg ebenso wie Karin ohne Schwierigkeiten gefunden.«

Jane Collins fragte sich, wie die Untoten dies in ihrem Zustand geschafft hatten.

Karin ging auf Franca zu und umarmte sie. »Willkommen bei uns«, sagte sie. »Das Blut der alten Rasse fließt in deinen Adern. Atlantis wird uns gehören. Du bist dem Lockruf gefolgt.«

Sie lösten sich voneinander und gingen zu den Särgen. »Der ist für dich«, sagte Karin und wies auf den Sarg, der ganz links stand. »Leg dich hinein und ruh dich aus.«

Franca stieg in die Totenkiste. Sie hatte noch kein Wort gesprochen, sondern legte sich sofort auf den Rücken, kreuzte die Hände und starrte die Decke an.

Jane hatte langsam das Gefühl, verrückt zu werden. Sie sah sich den Untoten allein gegenüber, das ging über ihre Nervenkraft.

Azarin merkte, was los war, und lächelte. »Sie sind auch bald an der Reihe, Miß Collins.«

Er war wieder zu einer distanzierten Anrede zurückgekehrt.

»Und was wird mit mir geschehen?« erkundigte sie sich.

Azarin gab keine Antwort. Dafür kicherte Marga. »Soll ich es ihr sagen?«

»Nein, noch nicht.«

Marga hielt die 08 in der Hand. So ganz traute sie Jane Collins nicht. »Es wird mir ein Vergnügen sein, mit ansehen zu können, wenn du stirbst!« zischte sie. »Und auch die Polizei kann dir nicht helfen. Es war einer bei mir. Du kennst ihn gut. Er heißt Sinclair. John Sinclair. Er ahnte wohl, daß du bei mir gewesen bist, konnte es aber nicht beweisen. Unverrichteter Dinge mußte er wieder abziehen. So geht es im Leben. Und jetzt rechne dir mal selbst deine Chancen aus, Jane Collins.«

Ein winziger Hoffnungsfunke flammte in Jane auf. Wenn John tatsächlich diese obskure Agentur aufgesucht hatte, dann hatte er auch Verdacht geschöpft. Und wie sie den Geisterjäger kannte, würde er nicht lockerlassen.

»Schluß jetzt mit dem Gerede!« befahl Azarin. »Wir warten noch auf die beiden anderen, und dann geht es ab.« Ohne Jane noch einen Blick zu gönnen, machte er auf dem Absatz kehrt und verließ das Keller-Gefängnis.

Marga folgte ihm rückwärts gehend. Nach wie vor bedrohte sie mit der Waffe die blonde Detektivin.

Dumpf fiel die Eisentür ins Schloß.

Jane war wieder mit den beiden Untoten allein.

Die nächsten Worte trafen sie hart. »Du bist unsere Feindin!« schrie Karin von Rodeneck. »Ich habe es genau gehört. Du bist eine Gegnerin der alten Rasse. Töten, ich sollte dich töten!«

Ehe sich Jane versah, sprang Karin auf die Detektivin zu. Sie wollte ihr die Finger ins Gesicht stoßen.

Jane bückte sich, unterlief den Stoß, drehte sich dabei, packte die zurückschnellenden Hände und schleuderte die Untote über sich hinweg.

Karin krachte zu Boden.

Blitzschnell stand Jane neben ihr, den Fuß zu einem Karatetritt erhoben, doch die Untote machte keinerlei Anstalten, abermals anzugreifen.

Teuflisch grinsend blickte sie Jane Collins von unten her an. »Du«, knurrte sie, »du kommst auch noch an die Reihe. Verlaß dich darauf. Dann wird der Schwarze Tod dich fressen…«

Es war regelrechtes Horror-Wetter. Der Frühjahrswind trieb dicke Wolkenberge vor sich her und rüttelte an den Zweigen der Trauerweiden. Er bog sie dem Boden entgegen, fegte mit ihnen über den Kies der Wege und schüttelte sie dann wieder zur Seite.

Schneeregen fegte schräg auf die Erde hernieder, prasselte auf Grabsteine, klatschte auf feuchtes, schweres Erdreich und trommelte gegen Fenster und Türen der kleinen Leichenhalle.

Im Schutz dieser Halle lauerte Suko. Er war mit seinem Motorrad hergekommen, einer Harley-Davidson, und trug daher wetterfeste Lederkleidung, einen Helm und eine Brille vor den Augen. Er hatte die Maschine aufgebockt und sie so hingestellt, daß sie nicht gesehen werden konnte.

Aber wer ging um diese Zeit und bei dem Wetter schon auf einen Friedhof? Selbst der Totengräber hatte sich in sein Haus weitab des Friedhofs verzogen und hockte dort hinter dem warmen Ofen.

Suko war sauer. Er sah aber ein, daß es keine andere Möglichkeit gab. Wenn sie am Ball bleiben wollten, mußte die Tote überwacht werden.

Sollte sie tatsächlich wieder ins Leben zurückkehren, so hatte Suko vor, ihr zu folgen. Er wollte sie auf keinen Fall angreifen und zurückhalten.

Kontakt mit mir hielt er durch ein leistungsstarkes Funkgerät. Ein Walkie-talkie, wie es im Fachjargon heißt.

Ich hockte in meinem Büro und war startbereit für eventuelle Einsätze. Für mich war es am besten, erst einmal im Yard-Gebäude zu bleiben. Falls man doch eine Spur von Jane Collins fand, erfuhr ich es so auf die schnellste Weise.

In einer wahren Sintflut rauschte der Regen auf die Erde nieder. Trotz der schützenden Kleidung liefen Suko die Tropfen in den Nacken und rieselten kalt den Rücken hinunter.

Er hatte sein Helmvisier hochgeschoben. Sein Gesicht war klatschnaß. Das Rauschen des Regens erstickte jeden anderen Laut. Suko mußte sich stark konzentrieren, um überhaupt etwas zu hören.

Die Fenster der Leichenhalle waren schmal und ziemlich hoch.

Oben liefen sie spitz zu, bildeten so ein kleines Dach. Suko hatte zwei Steine herbeigeschleppt und sie unter eines der Fenster gelegt. Hin und wieder stieg er auf diese provisorische Treppe und sah in die Halle. Doch er konnte nichts erkennen. Es war unmöglich.

Erstens war es in der Halle dunkel, und zweitens rannen regelrechte Wasserschlieren an der Außenseite der Scheibe herab.

Zum Glück hatte Suko die Geduld seiner Vorväter geerbt. Ihn konnte so leicht nichts aus der Ruhe bringen. Wer ihn sah, dachte sofort an einen Preisringer. Suko war fast so breit wie groß, hatte ein rundes Gesicht und trug das schwarze Haar gescheitelt. Er wirkte zwar gefährlich, doch in Wirklichkeit hatte er ein Herz aus Wachs. Davon konnten besonders Kinder ein Lied singen. Mit ihnen verstand sich Suko bestens.

Er blickte auf die Uhr.

Noch eine halbe Stunde bis Mitternacht. Eine Meldung war wieder fällig.

Er schaltete das Gerät ein, näherte seine Lippen dem eingebauten Mikrofon und sprach das Codewort: »Adler ruft Nest. Adler ruft Nest.«

Suko hatte sofort mit mir Verbindung. »Keine besonderen Vorkommnisse«, meldete er.

»Sind ja noch dreißig Minuten Zeit bis Mitternacht.«

»Und bei dir John? Schon eine Spur von Jane?«

»Nein. Nicht einmal ihr Wagen ist gefunden worden.«

»Verdammt. Okay, ich melde mich wieder, wenn irgend etwas geschieht.« Suko fluchte noch über das Wetter und sagte dann: »Ende.«

Er verstaute das Gerät wieder in der Seitentasche. Es war lausig kalt. Der scharfe Wind zerrte an der Lederkleidung. Der Schneeregen peitschte Suko ins Gesicht. Der Chinese hatte das Gefühl, seine Haut würde aus Eis bestehen.

Bei solch einem Wetter jagte man nicht mal einen Hund vor die Tür.

Suko blies in seine klammen Hände. Über ihm jaulte der Wind in den hohen Bäumen. Blickte er nach rechts, an den vom Sturm gepeitschten Büschen vorbei, so konnte er einen Teil des Hauptweges sehen. Der Kies schimmerte hell. Jenseits des Weges begannen die Grabreihen. Dort lag der alte Teil des Friedhofes. Die Grabsteine und Kreuze waren zum Teil schon verwittert. Zahlreiche Gräber sanken ein. Auch mit Blumen geschmückte Gräber sahen nach einer stürmischen Nacht ebenso kahl und leer aus wie die übrigen Gräber.

Wieder machte Suko seine Runde um die Leichenhalle. Es war ein alter Bau, aus dicken Steinen errichtet. In das Holz der schweren Eingangstür hatte ein Künstler zwei große Kreuze hineingeschnitzt. Die Klinke bestand aus Gußeisen, ebenso wie das Schloß.

Über der Tür befand sich ein kleines halbmondförmiges Fenster mit einer von Spinnweben durchsetzten Scheibe. Darüber wiederum grinste das Gesicht eines Totenschädels. Es erinnerte die Lebenden daran, daß auch ihre Zeit einmal kam.

An der Rückseite der Leichenhalle entdeckte Suko eine schmale Tür. Sie war gerade so breit, daß ein Sarg hindurchpaßte. Von der Tür aus führte ein Pfad im Bogen auf den Hauptweg zu.

Suko war über seine Entdeckung nicht gerade glücklich, mußte er jetzt zwei Eingänge unter Kontrolle halten.

»Verfluchter Mist«, murmelte er.

Die Zeit verrann. Der Regen wurde nicht schwächer, nach wie vor fiel er in nie endenwollenden Bindfäden vom nachtschwarzen Himmel.

Die Tote in der Leichenhalle merkte davon nichts. Starr und kalt lag sie in ihrem schlichten Eichensarg. Der Deckel war hochgehoben und gegen die Wand gestellt worden.

Sandra hielt die Augen geschlossen. Der Leichenwäscher hatte ihr die Augendeckel über die Lider geschoben. Der Sarg stand etwas erhöht auf einem Steinpodest. Längs der beiden Seitenwände standen die für Leichenhallen üblichen Buchsbäume, die typischen Totenraum-Geruch verbreiteten. Es brannte kein Licht, und doch war es nicht stockfinster. Von draußen her fiel sehr schwaches Licht in die Leichenhalle und ließ die Umrisse und Konturen der Gegenstände mehr ahnen als sehen.

Noch fünf Minuten bis Mitternacht!

Die dicken Mauern der Leichenhalle dämpften das Heulen des Sturms. Nur hin und wieder streiften die vom Wind bewegten Zweige der Trauerweiden eines der Fenster und verursachten dabei kratzende, unheimliche Geräusche.

Noch drei Minuten bis zur Tageswende.

Draußen vor der Leichenhalle wuchs Sukos Spannung. Er nahm noch einmal mit mir Verbindung auf und meldete, daß bis jetzt nichts geschehen sei.

Mit fortschreitender Zeit wuchs Sukos Unruhe. Er war plötzlich sicher, daß Sandra Moran aufstehen würde.

Mitternacht!

Im selben Augenblick geschah im Innern der Halle etwas Schreckliches. Es schien, als stünde die Tote mit einem unsichtbaren Befehlsgeber in Verbindung.

Urplötzlich öffnete sie die Augen, verdrehte die Pupillen, so daß das Weiße zu sehen war.

Sekunden vergingen.

Noch blieb Sandra Moran unbeweglich liegen. Dann aber entrang sich ihren Lippen ein grauenvolles Stöhnen. Es drang tief aus ihrer Kehle und hatte als Laut kaum noch etwas Menschliches an sich.

Sandra erwachte.

Der Befehl hatte ihre schon abgestorbenen Gehirnzellen erreicht und sie wieder aktiviert.

Sie hob die Arme. Legte ihre Hände um den Sargrand, klammerte sich regelrecht fest.

Die Fingernägel waren gewachsen. So lang und spitz erinnerten sie an gefährliche Dolche.

Sandra setzte sich auf. Das alles geschah langsam, als fehlte ihr die Kraft, wieder so zu werden wie früher.

Doch der unsichtbare Motor in ihrem Innern ließ sich nicht mehr abstellen. Er bestimmte ihr weiteres Handeln. Sie stemmte sich hoch, winkelte dabei die Arme an und streckte sie wieder.

Die Untote stand in ihrem ausgepolsterten Sarg. Sie streckte beide Arme aus, behielt sie waagrecht in der Luft und fand das Gleichgewicht wieder.

Die Wiedergängerin hob das rechte Bein und streckte es über den Sargrand hinaus. Ihr nackter Fuß berührte den kalten Steinboden der Leichenhalle. Doch sie spürte diese Kälte nicht. Sie war immun gegen Gefühle und menschliche Regungen.

Sandra stieg aus dem Sarg. Sie sah sich um, schien mit ihren Augen die Dunkelheit durchdringen zu können.

Ihr Blick blieb auf der großen Eingangstür haften.

Diese Türe war ihr Ziel.

Langsam, Schritt für Schritt, setzte sie sich in Bewegung, hielt dabei die Arme ausgestreckt und ging wie eine Schlafwandlerin. Ihre Hände streiften über das Holz der Tür, fuhren weiter nach unten, näherten sich der Klinke.

Sie ertasteten einen Schlüssel!

Sandra Moran wußte genau, was sie zu tun hatte. Sie drehte den Schlüssel herum, gehorchte willenlos den Befehlen ihres fremden Lenkers und Meisters.

Sandra drückte die Klinke der jetzt offenen Tür herab. Sie zog die Tür auf. Das Knarren der Angeln ging im Toben des Windes unter. Regen peitschte schräg gegen den Körper der Untoten, durchnäßte ihn.

Es machte Sandra nichts aus.

Kälte, Hitze, Nässe – das alles waren Dinge, die ihr nichts mehr anhaben konnten.

Sie trat durch den Türspalt. Der Wind knallte die Tür wieder zu.

Wie verloren stand Sandra Moran in der stürmischen Nacht. Am Himmel segelten dicke Wolken, der Wind jaulte um die Ecken der Leichenhalle. Es war eine schreckliche Nacht.

Die Nacht des Bösen.

Sandra Moran war das letzte fehlende Glied in einer teuflischen Kette. Erst wenn sie den Tod überwand, konnte das grausame Spiel beginnen.

Doch sie war nicht unbeobachtet.

Suko tauchte hinter der Mauer des Leichenhauses auf. Für einen winzigen Augenblick war sein bleiches Gesichtsoval zu erkennen. Der Chinese hatte genug gesehen.

Hastig zog er sich einen Schritt zurück, so daß er in Deckung war. Dann aktivierte er das Funkgerät.

»Sie hat soeben die Leichenhalle verlassen!«

»Okay, bleib ihr auf den Fersen«, drang meine Stimme aus dem kleinen Lautsprecher.

Suko schaltete ab und verließ die steinerne Deckung. Die schmale Gestalt der Untoten wurde vom Wind geschüttelt. Sandra schwankte, doch unbeirrt ging sie ihren Weg. Klatschnaß klebte das Leichenhemd an ihrem Körper, die nackten Füße patschten durch knöcheltiefe Wasserpfützen und tappten über den glänzenden Kies.

Sie ging langsam. Suko ließ ihr soviel Vorsprung, bis die Gestalt mit der Dunkelheit verschwamm und nur noch als Schemen wahrzunehmen war.

Dann kickte Suko den Ständer seiner Maschine weg und umfaßte mit beiden Händen den Lenker. Der Chinese hielt die schwere Harley, als wäre sie nur ein Fahrrad. Allein daran konnte man erkennen, welche Kräfte in seinem Körper steckten.

Suko schob die Harley weiter. Er rechnete damit, daß Sandra abgeholt wurde und nicht zu Fuß ihrem Ziel entgegensteuerte. Eine Untote irrte nicht allein durch London. Sie konnte zu leicht Aufsehen erregen, und dann war der Plan geplatzt.

Der Regen traf den Chinesen jetzt von vorn, als Suko auf den Hauptweg zuschritt. Der Weg führte direkt zum Haupttor des Friedhofs. Es stammte noch aus den Gründerjahren, war aus Schmiedeeisen gefertigt und fast doppelt so hoch wie ein normaler Mensch. Ein ebenso hoher Zaun zog sich um das gesamte Friedhofsgelände. Auch bei ihm hatte das Eisen längst Rost angesetzt.

Zur linken Hand sah Suko die Umrisse einer schmalen Baracke aus den Regenschleiern auftauchen. Dort hatte der Totengräber seinen Vorratsschuppen.

Die Wiedergängerin passierte den Schuppen. Sie drehte sich kein einziges Mal um. Und doch ließ Suko sich ein wenig zurückfallen. Außerdem war es gar nicht mal so einfach, die schwere Maschine für längere Zeit zu halten.

Knapp fünf Minuten waren verstrichen, seit Sandra die Leichenhalle verlassen hatte. Sie befand sich jetzt nur noch wenige Schritte vom Tor entfernt.

Dann blieb sie stehen.

Sandra legt beide Hände auf die breite Klinke. Dann rüttelte sie an dem Eisentor und zog es auf.

Dicht vor dem Friedhof führte eine Straße vorbei. Jenseits der Straße lag das Gelände eines Gärtners. Der Mann selbst wohnte mit seiner Familie über dem Verkaufsraum. Suko sah noch Licht hinter einem Fenster schimmern.

Die Untote durchschritt das Tor. Sie ließ es hinter sich offen.

Suko ging weiter. Vier, fünf Schritte machte er, als er wie angewurzelt stehenblieb.

Urplötzlich wurde die Dunkelheit von zwei grellen Scheinwerferstrahlen aufgerissen. Die Lichtlanzen geisterten durch den Regenvorhang und fixierten das untote Mädchen.

Jemand war gekommen, um Sandra abzuholen.

Suko war gespannt, wer dieser Unbekannte war. Er ging etwas schneller und konnte erkennen, daß die Beifahrertür des Wagens aufgestoßen wurde. Alles schien normal zu verlaufen. Das Mädchen ging bereits auf den Wagen zu und wollte einsteigen. Da wurde in der beleuchteten Wohnung des Gärtners das Fenster aufgerissen. Eine Gestalt tauchte auf, beugte sich nach draußen.

»He, was ist denn da los?« brüllte die Stimme des Mannes. Und im nächsten Augenblick ein Schrei. »Mein Gott, das ist doch die Tote, die heute eingeliefert worden ist…«

Suko ahnte, daß es Ärger geben würde. Und er sollte sich nicht getäuscht haben…

Nicht nur Suko hatte die Worte des Mannes verstanden, sondern auch die Untote und der Mann im Wagen.

Sandra reagierte. Sie blieb vor der Tür stehen, hatte ihre rechte Hand um den oberen Holm gelegt und drehte den Kopf.

Der Mann am Fenster war verschwunden, tauchte jedoch in der nächsten Sekunde wieder auf.

Mit einer Waffe.

»Geister! Teufelszeug!« brüllte er. »Ich werde euch lehren, hier herumzuspuken. Auf den Pelz brenne…«

Die nächsten Worte gingen im Krachen der Waffe unter.

Selbst bei der schlechten Sicht konnte Suko die armlange Mündungsflamme erkennen, die aus dem Gewehrlauf stach.

Schrotflinte! rekapitulierte er.

Der Typ am Fenster bewies, daß er nicht nur schießen, sondern auch treffen konnte. Trotzdem mußte er die Nerven verloren haben. Welcher normale Mensch schießt ohne Warnung?

Die Ladung erfaßte das Mädchen. Sie schleuderte Sandra von der Tür weg zu Boden. Die anderen Schrotkörner zerbliesen die Scheibe, als wäre sie aus Papier.

»Da hast du's!« brüllte der Mann. Er fuchtelte noch immer mit seinem Schießprügel herum.

Das geschah genau in dem Moment, als Suko seine Harley erreichte. Er kickte hastig den Ständer der Maschine herunter und bockte sie auf. Dann rannte er.

Der Mann am Fenster entdeckte den Chinesen.

»Du auch!« keifte er, riß seine Schrotflinte an die Schulter und drückte wieder ab.

Krachend entlud sich die Waffe, schleuderte aus dem zweiten Lauf die volle Ladung.

Sukos Hechtsprung war zirkusreif. Er federte nach rechts zur Seite weg, prallte auf das nasse glitschige Pflaster und rollte sich vor die Kühlerschnauze des Wagens, in dem der Unbekannte saß.

Dort, wo Suko eben noch gestanden hatte, fetzten die Schrotkörner in den Straßenbelag.

Was weiter geschah, sah der Chinese nicht, da ihm der Wagen die Sicht nahm.

Sandra kam auf die Füße.

Unverletzt!

Die Schrotkugeln hatten zwar ihr Leichenhemd zerfetzt und steckten in ihrem Körper, doch nicht ein Tropfen Blut quoll aus den Wunden.

Sie stand auf, als wäre nichts gewesen.

Der Mann, der sie abholte, beugte sich zur Seite und streckte seine Hand aus der offenen Tür. Er packte das Mädchen am Gelenk und zog es in den Wagen.

Eine Sekunde später heulte der Motor auf.

Für Suko wurde es höchste Zeit. Er mußte zusehen, daß er zu seinem Motorrad kam. Er versuchte einen Blick in den Wagen zu erhaschen, sah zwar schemenhaft das Gesicht des Mannes hinter dem Steuer, konnte ihn aber nicht identifizieren.

Der Wagen fuhr an. Schnell, rasant. Die Hinterreifen schleuderten über den Asphalt. Wasser spritzte hoch und zur Seite weg, übergoß Suko mit einem Sprühregen.

Suko sprang aus seiner gebückten Haltung heraus hoch, kam auf die Füße und lief zurück zum Friedhof, wo seine Harley stand. Der Mann am Fenster war verschwunden. Wahrscheinlich hatte er den Schock fürs Leben erlitten.

Suko schwang sich mit einem Satz in den Sattel der Harley. Er kickte die Maschine an.

Der Motor kam sofort. Satt brummte er auf. Aus dem Auspuffrohr drangen weißgraue Wolken.

Noch immer regnete es. Der breite Strahl des Scheinwerfers riß den Regenvorhang ein wenig auf. Tausende von Tropfen glitzerten wie Diamanten.

Suko fuhr auf das Tor zu. Es stand zum Glück so weit auf, daß er ohne Schwierigkeiten hindurchfahren konnte.

Der Wagen war – vom Friedhof gesehen – nach rechts weggefahren. Suko schwenkte in die gleiche Richtung ein, stoppte aber abrupt, als er den Gärtner mitten auf der Fahrbahn stehen sah.

Der Kerl hielt wieder seine Schrotflinte in den Fäusten. Diesmal hatte er sie jedoch am Lauf gepackt und schwang sie wie eine Keule.

»Verbrecher!« brüllte er und lief auf den Chinesen zu.

Es wäre für Suko ein leichtes gewesen, den Mann kurz anzutippen. Doch er zog die Maschine herum, duckte sich noch mehr im Sattel und tauchte unter dem Kolbenhieb hinweg.

Der Gärtner hatte sehr viel Wucht in den Schlag gelegt. Er konnte seinen eigenen Schwung nicht mehr bremsen, geriet ins Taumeln und kam zu Fall.

Suko sah dies schemenhaft im Rückspiegel. Was hinter ihm lag, war egal. Ihn interessierte nur noch der Wagen mit dem Mädchen und dem Unbekannten am Steuer.

Der Chinese drehte auf. Und jetzt zeigte die Harley, was in ihr steckte. Die Beschleunigung war phänomenal, aber Suko mußte auch rasch wieder abbremsen, denn es war gefährlich, auf der regennassen Fahrbahn zu schnell zu fahren. Wenn die Maschine auf dieser spiegelglatten Fahrbahn ins Schleudern geriet, war sie nur mit Kraft und Glück wieder unter Kontrolle zu bringen.

Der Friedhof lag in dem Londoner Stadtteil Paddington. An der östlichen Grenze, nicht weit vom Hyde Park entfernt. Die schmale Stichstraße führte auf die Bayswater Road, die in die Oxford Street übergeht.

Suko hatte den Ehrgeiz, den Wagen noch vor der Bayswater Road einzuholen. Allerdings war er jetzt in eine fatale Lage gedrängt worden. Der Unbekannte hatte ihn gesehen.

Flach lag der Chinese auf seinem Motorrad, bot dem schneidenden Fahrtwind so wenig Widerstand wie möglich. Er hatte seine Brille wieder vor die Augen gezogen und hätte sich jetzt Scheibenwischer über dem festen Glas gewünscht. Regentropfen klatschten darauf und erschwerten die Sicht.

Suko überholte einen alten Lieferwagen. Das Gefährt rumpelte ganz auf der linken Seite dahin. Es brannte nur ein Rücklicht. Die Straße war schlecht. In zahlreichen Querrillen hatte sich Regenwasser gesammelt, so daß die Gefahr des Aquaplanings bestand. Doch Suko war ein ausgezeichneter Fahrer. Er wußte genau, wann er mit der Geschwindigkeit herunterzugehen hatte und wann er wieder auf die Tube drücken konnte.

Und dann riskierte er noch etwas. Während der Fahrt holte er sein Walkie-talkie aus der Seitentasche, hielt es dicht vor die Lippen und schuf die Verbindung mit mir.

Suko berichtete in knappen Sätzen.

»Verdammt«, hörte er meine Stimme. »Hast du eine Ahnung, wohin sie fahren?«

»Nein, noch nicht.«

»Bond Street?«

»Möglich.«

»Okay, Suko, wenn du merkst, daß die Agentur ihr Ziel ist, dann sage mir Bescheid. Ich fahre vom Yard aus sofort dahin.«

»Geht in Ordnung. Ende.«

Der Chinese verstaute das Gerät wieder in seiner Tasche. Er drückte aufs Tempo. Die Bäume rechts und links der Straße flogen nur so vorbei. Sie wirkten wie vorbeihuschende Schatten in einem Geisterland.

Suko wußte, daß alles von ihm abhing. Wenn er den Faden verlor, dann sah es böse aus.

Eine Kurve.

Langgezogen. Sie schien überhaupt kein Ende zu nehmen. Suko drosselte die Geschwindigkeit. Unter den Reifen der Maschine spritzte das Wasser weg. Die helle Lanze des Scheinwerfers schnitt durch die Dunkelheit und zerfaserte zu einem verwaschenen Fleck inmitten des Regenvorhangs.

Da sah Suko den Wagen.

Er entdeckte die Rücklichter. Die rechteckigen roten Punkte. Dem Chinesen fiel ein Stein vom Herzen. Er hatte den Wagen wiedergefunden.

Rasch rückte er näher. Die Rückleuchten wurden größer, glühten plötzlich auf.

Der Wagen stoppte.

Auch Suko bremste ab.

Zu spät.

Urplötzlich tauchte die Tote vor ihm aus dem Regenschleier auf. Sie stand mitten auf der Straße, hatte die Hände ausgestreckt, als wollte sie die heranfegende Maschine aufhalten.

Suko bremste stärker.

Da rutschte das Hinterrad weg. Glitt auf der nassen Fahrbahn zur Seite. Verzweifelt versuchte Suko, die Harley abzufangen, sie auf der Straße zu halten. Doch eine Querrille machte dieses Vorhaben zunichte. Die schwere Harley glitt Suko unter dem Sattel weg. Er selbst wurde von der Maschine katapultiert und prallte auf die Straße. Er wußte nicht, wo oben und unten war, als er von der ungeheuren Fliehkraft weiterbefördert wurde. Da sah er rasend schnell einen Baumstamm auf sich zukommen.

Der Aufprall erfolgte blitzartig und mit ungeheurer Wucht. Suko spürte ein Reißen in der Körpermitte, hatte das Gefühl, in zwei Teile gesägt zu werden, schrie unwillkürlich laut auf, und dann versank sein Bewußtsein in der endlosen Schwärze.

Seine Harley lag zehn Yards weiter. Sie hatte sich in einem Zaun verfangen. Die Räder drehten sich noch. Der Motor war abgewürgt.

Die Untote aber stieg wieder in den Wagen. Sie lächelte sogar. Als wäre nichts geschehen…

Die Schreibtischlampe war die einzige Lichtquelle in meinem Büro. Draußen trommelte der Regen gegen die Scheiben. Die Heizung war zurückgestuft worden oder auch defekt – ich wußte es nicht. Auf jeden Fall wurde es kalt im Zimmer.

Ich warf mir das Jackett über. Meine Krawatte hing sowieso schon auf halb acht, der Aschenbecher quoll fast über, und in der Warmhaltekanne befand sich kein Schluck Kaffee mehr.

Auch mir behagte der Job nicht. Es war ein verdammter Mist, hier zu sitzen und abzuwarten. Doch eine andere Möglichkeit sah ich nicht. Ich mußte mich jetzt auf Suko verlassen.

Und der hatte sich lange Zeit nicht gemeldet. Vor mir lag das Walkie-talkie. Immer wieder starrte ich das graugrüne Gerät an, als könnte ich es hypnotisieren. Doch es gab keinen Ton von sich.

Die Zeit verrann.

Ich dachte an Jane Collins. Die Vorwürfe kamen automatisch. Hatte ich wirklich alles getan, um sie zu retten? Immer wieder stellte ich mir diese Frage.

Meine Handflächen waren feucht. Zweimal hatte Superintendent Powell angerufen und sich nach dem Ermittlungsstand erkundigt. Meine Antworten fielen nicht gerade optimistisch aus.

Ich hielt es nicht mehr länger aus. Wenn Suko sich nicht meldete, dann wollte ich es eben versuchen. Es war riskant, zugegeben, schließlich wußte ich nicht, in welch einer Situation sich mein chinesischer Freund befand. Aber das lange Warten war ebenso schlimm.

Ich schaltete das Gerät auf Empfang und meldete mich.

Keine Antwort.

»Suko, zum Teufel, was ist los?«

Nichts. Nur Kratzen und Rauschen aus meinem eigenen Sprechgerät. Mir wurde es mulmig zumute. Eine Gänsehaut lief über meinen Rücken und ließ mich frösteln.

Wenn Suko etwas passiert war, wenn mein Plan in die Hose gegangen war und Jane Collins…

Ich dachte gar nicht weiter, packte das Walkie-talkie ein und sprang auf.

Mein Plan stand schon fix und fertig. Ich wollte es auf eigene Faust versuchen und in die Bond Street fahren. Diesmal würde ich mich von dem Weib nicht so leicht abwimmeln lassen.

Ich war schon fast an der Tür, als das Telefon anschlug. Zwei Sekunden überlegte ich, ob ich überhaupt abnehmen sollte, dann siegte das Pflichtbewußtsein.

Powell fragte, wie der Fall stand. Er war bereits zu Hause, trotzdem ließ er nicht locker.

»Immer noch keine Spur von Jane Collins«, erwiderte ich und brachte einen Atemzug danach die nächste Hiobsbotschaft. »Jetzt meldet sich auch Suko nicht mehr.«

Powell unterdrückte nur schwer einen Fluch. »Ihr Plan war wohl nicht der beste, wie?«

Dick lag der Kloß in meinem Magen. Ich hörte sehr deutlich den Vorwurf, der in Powells Worten mitschwang.

Aber, zum Teufel, was sollte ich denn machen?

»Ich tue, was ich kann, Sir«, erwiderte ich bissig.

»Und noch ein wenig mehr, John. Sie haben volle Rückendeckung. Nutzen Sie Ihre Möglichkeiten.«

»Okay, Sir«. In Stichworten erklärte ich ihm mein weiteres Vorgehen. Powell war einverstanden.

Danach hielt mich nichts mehr im Büro. Ich hatte bereits zuviel Zeit vertrödelt.

Jetzt ging es zur Sache!

Azarin fuhr wie der Teufel. Er hockte zusammengekrümmt und mit verbissenem Gesicht hinter dem Steuer des Austins und starrte durch die breite Frontscheibe.

Durch die halbgeöffnete linke Seitenscheibe pfiff der Fahrtwind. Schräg peitschte der Regen in das Innere des Wagens.

Azarin war sauer.

Sie waren ihm bereits auf den Fersen. Dieser verdammte Motorradfahrer, der jetzt im Graben lag, war bestimmt kein Einzelgänger. Wenn er noch etwas retten wollte, dann tat Eile Not.

Er hatte noch Margas Worte im Ohr, wie sie ihm erklärte, daß der Polizist ergebnislos das Haus verließ. Triumphierend hatte Marga gesprochen.

Der Mann jedoch schien kein Dummkopf zu sein. Er ahnte die Zusammenhänge und wußte, wo es langging. Hätte er ihm sonst den Motorradfahrer auf die Fersen gesetzt? Oder war der Motorradfahrer mit diesem Sinclair identisch?

Der Name Sinclair war auch Azarin nicht unbekannt. Er hatte schon einiges über diesen Geisterjäger gehört, nur Marga nichts davon gesagt. Er wollte sie nicht beunruhigen.

Wenn sie nur schon auf der Insel wären…

Die Untote hockte neben ihm. Ihr Unterkörper sah schrecklich aus. Die Schrotkugeln steckten noch im Fleisch. Aber das machte nichts. Sandra spürte keine Schmerzen.

Auf der Oxford Street mußte Azarin die Geschwindigkeit senken. Er wollte keiner Polizeistreife auffallen. Dann war alles verloren.

Hin und wieder warf er Sandra einen Blick zu. Die Untote zuckte mit keinem Muskel.

Es herrschte nicht sehr viel Verkehr. Die Scheinwerfer der entgegenkommenden Wagen verschwammen in der Regenbrühe.

Weiter, nur weiter.

Azarin erreichte den Ortsteil Mayfair. Er wurde von der Bond Street durchschnitten. Der Mann hatte es nicht mehr weit. Er befand sich dicht vor dem Ziel.

Schon tauchte die Einmündung zur Bond Street auf. Azarin

tippte auf die Bremse, der Wagen wurde langsamer. Dann bog er nach rechts ein in die Bond Street.

Wagen parkten dicht an dicht. Der Regen hatte nachgelassen. Die bunten Reklamen spiegelten sich auf dem nassen Asphalt wider. Azarin konnte direkt vor dem Haus parken. Er ließ den Wagen ausrollen, kletterte nach draußen und bedeutete der Untoten, sitzen zu bleiben.

»Wir fahren gleich weiter«, sagte er. Hastig schloß er die Haustür auf. Azarin ging sofort in den Keller. Dort wurde er bereits ungeduldig erwartet. Marga stand vor der verschlossenen Tür und blitzte ihn wütend an. »Wo bleibst du so lange, zum Henker?« Sie paffte an einer filterlosen Zigarette.

Azarin blieb schweratmend stehen.

»Ich habe jetzt keine Zeit für lange Erklärungen. Wir müssen weg.«

»Was?« Der Frau fiel beinahe die Zigarette aus dem Mund. »Wann denn?«

»Jetzt sofort.« Azarin schloß die Tür auf.

»Aber warum? Es ist doch alles glattgegangen.«

Bevor Azarin das Verlies betrat, drehte er sich noch einmal um. »Gar nichts ist glattgegangen. Du hast die anderen unterschätzt. Und vor allem diesen Sinclair.«

»Ich verstehe nicht. Ich…«

»Brauchst du auch nicht, verdammt!«

Azarin betrat den Kellerraum. Franca Corelli und Karin von Rodeneck lagen in ihren Särgen. Sie richteten sich sofort auf, als Azarin den Raum betrat.

Jane Collins lag zusammengekrümmt auf dem Boden. Das lange blonde Haar fiel wie ein Vlies auf die kalten Kellersteine. Die Detektivin schlief. Erschöpfung und Angst hatten ihr hart zugesetzt.

Als Azarin in den Raum polterte, wurde sie wach. Verstört setzte sie sich auf. Im ersten Augenblick wußte sie nicht, wo sie sich befand, doch rasch kehrte die Erinnerung zurück.

»Wir müssen weg. Auf der Stelle!« herrschte Azarin die beiden Untoten an. Er deutete auf Jane. »Und sie nehmen wir mit.« Als die beiden Untoten sich nicht rührten, schrie er: »Los, worauf wartet ihr noch? Packt sie endlich!«

Karin und Franca gehorchten. Ehe Jane sich versah, umkrallten eiskalte Totenhände ihre Oberarme. Die Detektivin versuchte, sich aus dem Griff zu befreien, doch die Finger hielten sie eisern fest.

Azarin wurde es zu bunt. Er schlug Jane Collins ins Gesicht. Ihre Unterlippe platzte dabei auf. Ein dünner Blutfaden sickerte dem Kinn entgegen.

»Weg mit ihr!« Weit riß Azarin die Tür auf. »Und wartet im Flur auf mich.«

»Was geschieht mit mir?« kreischte Marga.

Azarin verzog das Gesicht. »Darüber wollte ich ja gerade reden. Du hältst hier die Stellung!«

Ihr Lächeln war unecht. »Nie. Du machst dich aus dem Staub, und mich läßt du hier allein. Das kommt gar nicht in Frage!«

Azarin lachte häßlich. Er rieb den Daumen und Zeigefinger der linken Hand gegeneinander. »So kann ich dich zerquetschen. Wie eine Laus. Du weißt, wem du Gehorsam geschworen hast. Außerdem ist deine Aufgabe ebenso wichtig wie die meine.«

»Das mußt du mir erklären.«

»Natürlich.« Azarin warf einen Blick den Gang entlang und sah die Frauen um die Ecke verschwinden. Er war zufrieden. »Hör zu, Marga. Ich habe nicht alle Mädchen zusammen. Eins fehlt noch!«

Die Augen der Frau wurden groß. »Wer?«

»Colette. Ich weiß nicht, wann sie eintrifft. Aber ich kann mich nicht mehr um sie kümmern. Sie wird in dieses Haus kommen, und hier erwartest du sie. Okay?«

Marga spie die Zigarette aus und spreizte die Arme. »Aber was soll ich mit ihr machen?«

»Killen!«

Marga krallte ihre rechte Hand um die Kehle. »Aber, unser Plan! Er läßt sich doch nicht mehr durchführen. Wir brauchen doch vier Mädchen.«

»Mit dieser Collins sind wir vollzählig.«

»In ihr fließt aber nicht das Blut der Atlanter.«

»Es muß auch so gehen. Ich werde die Beschwörung ohne das vierte Mädchen durchführen.«

»Dazu müßtest du sie vorher töten. Denk an die alten Riten.«

»Ich weiß.« Er lächelte grausam.

»Und wie soll ich Colette umbringen?« fragte Marga. »Sie ist stärker als ich. Sie wird mir immer überlegen sein.«

»Unsinn.« Azarin winkte ab. »Verbrenne sie. Zünde das ganze Haus an. Steck alles in Brand. Wir brauchen es nicht mehr. Ich fliege mit den anderen. Zum Glück steht die Maschine bereit. In zehn Stunden bin ich auf der Insel.«

»Kann ich nicht nachkommen?« rief Marga.

»Natürlich.« Azarin war schon weg. Das letzte Wort rief er ihr über die Schulter zu.

Eine Minute später stand Marga unbeweglich auf dem Fleck. Dann hatte sie ihre Entscheidung getroffen. Sie holte einen Schlüssel aus der Tasche und ging zu einer anderen Kellertür. Marga schloß auf, machte Licht und fand, was sie suchte.

Zwei mit Benzin gefüllte Kanister.

Die schleppte sie hoch in ihre Wohnung. Dort entfaltete sie eine fieberhafte Tätigkeit. Sie löste die Verschlüsse der Kanister, stellte einen zur Seite, klemmte sich den zweiten unter den Arm und kippte das Benzin aus. Sie ging mit dem Kanister durch alle Zimmer, und als der erste leer war, nahm sie den zweiten. Sie wollte jetzt alles in Brand stecken und nicht erst auf Colette, die vierte Untote, warten.

Da schellte es.

Marga befand sich in Azarins Büro. Sie stellte den Kanister rasch ab und lief zur Tür. Sie fragte sich, wer um diese Zeit noch etwas von ihr wollte.

Marga öffnete.

Vor ihr stand Colette!

HEATHROW

Das Schild des Londoner Großflughafens leuchtete in der Dunkelheit. Es war meilenweit zu sehen, und sein Anblick hob Azarins Laune um einige Stufen.

Der Flughafen war sein Ziel. Dort stand die Maschine bereit. Aufgetankt und startklar.

Azarin hatte sich den Jet vor wenigen Monaten gekauft. Geld spielte bei ihm keine große Rolle. Davon hatte er genug. Für ihn war jetzt das andere wichtig. Er wollte die Macht über die Menschen haben, wollte das Unmögliche vollbringen. Nur deshalb hatte er sich dem Schwarzen Tod angeschlossen.

Jane Collins saß im Fond des Wagens. Die beiden Untoten hatten sie zwischen sich genommen. Immer wenn der Wagen schlingerte, wurden die kalten, totenstarren Körper gegen sie gedrückt.

Keine der Wiedergängerinnen sprach ein Wort. Starr blickten sie geradeaus. Durch die zerstörte Scheibe pfiff Jane der Fahrtwind ins Gesicht und ließ ihre Haare flattern.

Die Detektivin wußte, daß nicht alles nach Plan gelaufen war. Saß John Sinclair diesen verdammten Verbrechern vielleicht schon dicht auf den Fersen?

Jane Collins hoffte es sehr. Doch sie machte sich keine Illusionen. Azarin und seinen untoten Mädchen war die Flucht gelungen. Nie würde John auf den Gedanken kommen, daß sie in Richtung Flughafen gefahren waren.

Azarin bog nach links ab. Er nahm die Straße, die zu dem Teil des Airports führte, auf dem die Privatmaschinen standen.

Rechts und links der Straße war das Gelände eben. Die Lichter des Towers glühten in der Dunkelheit. Es regnete nicht mehr. Der Wind hatte die Straße zum Großteil getrocknet.

Irgendwann stoppten sie vor einem Maschendrahttor. Aus einem barackenähnlichen Flachbau trat ein Uniformierter und blieb vor dem Tor stehen.

Azarin stieg aus. Er zeigte seine Papiere.

Der Uniformierte grüßte, öffnete das Tor, und der Wagen konnte passieren.

Azarin lenkte ihn auf einen kleinen Parkplatz, wo schon andere Privatwagen standen. Dann ließ er die Mädchen aussteigen.

Seine Maschine stand nicht im Hangar. Darauf hatte Azarin

bestanden. Zwei Männer fuhren eine Gangway heran. Ein dritter kontrollierte nochmals die Papiere des Jet-Besitzers.

»Alles klar, Mr. Azarin. Sie können um Starterlaubnis bitten. Und guten Flug wünsche ich Ihnen. Hoffentlich lacht Ihnen am Zielort die Sonne.«

Azarin lachte. »Worauf Sie sich verlassen können.«

Aus der Antwort schloß Jane, daß es in Richtung Süden ging. Natürlich hatte sie an Flucht gedacht, hatte auch mit dem Vorsatz gespielt zu schreien. Doch der Wunsch blieb Vater des Gedankens. Was Jane davon abhielt, war die Messerspitze, die ihr Franca unauffällig gegen den Rücken preßte. Und genau dort, wo das Herz saß.

Da ließ Jane es lieber bleiben.

Sie stiegen in die Maschine. Der Passagierraum war nicht sehr groß. Ungefähr zehn Fluggäste hatten darin Platz. Für die Frauen reichte er allemal.

Jane Collins wurde von Franca fachmännisch angeschnallt. Die Detektivin konnte nicht wissen, daß die schwarzhaarige Italienerin früher als Stewardeß gearbeitet hatte.

Sie hörte, wie Azarin mit dem Tower sprach. Dann startete er die Triebwerke.

Die Zeit verrann.

Jane blickte auf das Rollfeld. In ihren Augen schimmerte es feucht. So wie die Tränen ihre Wangen entlangliefen, so zerrann die Hoffnung auf eine Rettung.

Fünfzehn Minuten später befand sich die Maschine in der Luft. Richtung Süden.

Ziel: Griechenland!

»Adieu, London«, flüsterte Jane Collins. Und dann: »Adieu, John Sinclair…«

Direkt vor dem Haus fand ich keinen Parkplatz. Ich mußte schon zurückfahren, fand nach ungefähr zwanzig Yards eine Lücke und rangierte den Bentley schräg hinein. Anders war es nicht zu machen.

Ich stieg aus.

Wie tot lag die sonst so belebte Bond Street vor mir. Nach Mitternacht war nichts mehr von der Hektik des Tages zu spüren. Nicht einmal die unermüdlichen Touristen und Schaufenstergucker waren noch unterwegs.

Ich ließ den Mantel im Wagen, da es aufgehört hatte zu regnen. Rasch ging ich zu der Agentur zurück. Ich kam an einem Wäschegeschäft vorbei, passierte einen Herrenausstatter, und dann lösten sich zwei Typen aus einer Hausnische, die mir gar nicht gefielen.

Ich ihnen wohl auch nicht. Breitbeinig bauten sie sich auf dem Bürgersteig auf. Lederjacken, Jeans, eng wie Röhren, T-Shirts. Fast eine Berufskleidung. Das Grinsen der Kerle wirkte herausfordernd.

Ich wollte sie nicht noch mehr provozieren, lächelte, ging auf die Straße und schlug so einen Bogen um die beiden.

Sie waren erst überrascht. Dann hörte ich eine Stimme. Die Worte klangen wie ›Feige Sau‹ oder so ähnlich.

Dafür sagte der andere etwas, das ich genau verstand. »Den ziehen wir mit der Schnauze über das Pflaster!«

Ich hörte hinter mir die Schritte. Die Mugger trugen Nägel unter den Absätzen. Sie würden mich in irgendeinen Hauseingang ziehen, zusammenschlagen und berauben.

Ich ließ sie kommen, orientierte mich am Geräusch ihrer Schritte. Dann kreiselte ich herum, zog meine Beretta noch in der Bewegung und ließ die Kerle in die Mündung blicken.

Die Mugger stoppten wie vor einer Wand. Sie hatten Schlagringe über ihre rechten Fäuste gestreift. Ich sah das Metall im Licht der Straßenbeleuchtung blitzen.

Dann zog ich mit der linken Hand meinen Ausweis. Sie standen so nah, daß sie die Buchstaben entziffern konnten. Vielleicht hatten sie schon des öfteren solche amtlichen Papiere gesehen.

»Haut ab!« sagte ich. »Haut ja ab. Wenn ihr mir noch einmal vor die Augen kommt, loche ich euch ein!«

Sie sahen sich an, machten auf den Absätzen kehrt und rannten davon.

Ich steckte die Waffe wieder weg. Mir fehlte leider die Zeit, sonst hätte ich die Kerle zum nächsten Revier geschleppt. Doch mein Fall war vorrangig. Da ging es um mehr.

Ich fand die Haustür offen. In der Agentur schien wohl niemand mit einer ernsthaften Gefahr zu rechnen. Im Haus selbst war es still. Ich knipste das Flurlicht an, huschte auf Zehenspitzen die Treppen hoch und stand vor der Glastür.

In meiner Tasche knisterte ein bereits unterschriebener Hausdurchsuchungsbefehl. Damit hatte ich eine rechtliche Handhabe, in die Wohnung einzudringen.

Ich klingelte.

Überraschend schnell hörte ich Schritte. Wahrscheinlich hatte die Frau noch nicht im Bett gelegen.

Ruckartig wurde die Tür aufgerissen. Im nächsten Moment starrten Marga und ich uns an.

Ihr rotgeschminkter Mund verzog sich. »Sie?« zischte die Frau und wollte die Tür zuschmettern.

Blitzschnell stellte ich meinen Fuß dazwischen.

Die Tür knallte gegen das Hindernis, wurde zurückgeprellt und der Frau aus der Hand gerissen.

»So nicht, Madam«, sagte ich und betrat die Wohnung. Ich drückte Marga zur Seite. Sie begann zu zetern, lief an mir vorbei, blieb stehen und breitete die Arme aus.

»Keinen Schritt weiter!« keifte sie.

Ich blieb stehen.

Schon beim Eintritt war mir der penetrante Benzingeruch aufgefallen, der sich schwer auf die Atemwege legte.

Ein schrecklicher Verdacht keimte in mir hoch.

»Haben Sie Benzin verschüttet?« fragte ich. »Wollen Sie Ihre Wohnung anzünden?«

Marga lachte schrill. »Ideen haben Sie, Bulle. Was wollen Sie überhaupt?«

»Ich suche Jane Collins!«

»Sie ist nicht hier!« Die Frau begleitete die Antwort mit einem triumphierenden Lachen.

»Aber sie war hier«, schloß ich aus ihrer Reaktion.

»Machen Sie, daß Sie rauskommen!«

Ich schüttelte den Kopf. »Der Durchsuchungsbefehl steckt in meiner linken Tasche«, erwiderte ich. »Ich dringe hier also nicht ungesetzlich ein. Diese Wohnung wird von mir durchsucht, egal, ob es Ihnen paßt oder nicht!«

Sie überlegte. Dann sagte sie: »Finden werden Sie nichts, Sinclair.«

»Das lassen Sie mal meine Sorge sein.« Ich drehte mich zur Seite und ging auf eine Tür zu. Da sah ich im Hintergrund des Flurs eine Bewegung. Die letzte Tür am Ende des Ganges wurde geöffnet. Eine Frau trat aus dem dahinter liegenden Zimmer.

Nein, ein Mädchen.

Es trug ein wadenlanges, dunkles Kleid, hatte braunes Haar, und selbst auf diese Entfernung hin sah ich die Blässe ihres Gesichts.

Marga merkte, was hinter ihrem Rücken geschah. Sie hatte wohl meinen mißtrauischen Blick gesehen. Sie drehte sich um.

»Colette!« schrie sie. »Was willst du? Ich habe dir doch gesagt, daß du…«

Ich ging an Marga vorbei, genau auf diese Colette zu. Sie blieb stehen.

Und dann hörte ich Marga hinter mir keifen. »Kill ihn, Colette, Kill diesen verdammten Bastard!«

Suko hörte Stimmen. Fremde Stimmen. Er tauchte auf wie aus einem tiefen Schwimmbecken. Langsam wurde es heller, die Stimmen lauter, und dann öffnete Suko die Augen.

»Bleiben Sie ruhig liegen, Mister!« vernahm er eine Stimme.

»Ach, verdammt!« knurrte Suko. Er drehte ein wenig den Kopf. Autoscheinwerfer blendeten ihn. Sie gehörten zu einem Ambulanzwagen, der schräg auf der Straße stand.

Suko sah auch seine Maschine. Sie schien den Unfall gut überstanden zu haben. Wenigstens konnte er im ersten Augenblick keine Beschädigungen feststellen.

»Verdammtes Glück haben Sie gehabt«, sagte eine etwas rauh

klingende Männerstimme. »Wenn Ihr Helm nicht gewesen wäre…«

Ein Gesicht beugte sich über ihn. Man hatte Suko den Helm abgenommen. Jemand tupfte ihm mit Watte Blut von der Wange. In seinem Schädel spürte Suko einen dumpfen Schmerz. Der Kopf war schon verarztet worden. Der Verband leuchtete weiß in der Dunkelheit.

Uniformierte umstanden ihn. Ein Sergeant stellte die ersten Fragen, wollte wissen, wie der Unfall passiert war.

Suko verzog das Gesicht. »Sie sehen ja die regennasse Straße. Ich bin wohl zu schnell gefahren.«

Der Sergeant zog die Nase hoch. »Ich weiß nicht«, murmelte er. »Sie sehen wie ein vernünftiger Mensch aus. Da war bestimmt noch etwas anderes mit im Spiel«

»Quatsch!« Suko stemmte sich hoch. In seinem Kopf begann es zu kreisen. Schwindel erfaßte ihn. Zwei Polizisten mußten ihn stützen.

»Wir bringen Sie ins Krankenhaus«, sagte der Arzt. »Dort können Sie sich auskurieren.«

Suko lachte gallenbitter. »Von wegen, Krankenhaus. Ich muß zu Scotland Yard, zu Oberinspektor Sinclair. Lassen Sie mich bitte telefonieren.«

»Yard?«, wiederholte der Sergeant. »Was wollen Sie denn da?«

»Das werde ich Ihnen nicht auf die Nase binden«, erwiderte der Chinese.

Colette, die Wiedergängerin, rührte sich nicht. Sie schien den Befehl nicht verstanden zu haben. Ihr starrer Blick ging durch mich hindurch. Kein Muskel zuckte in ihrem leichenblassen Gesicht.

Wenn Colette nicht von dieser Marga abhängig war, dann mußte es mir doch gelingen, einiges von ihr zu erfahren.

Ich packte die Untote an den Schultern, drehte sie dabei um einhundertachtzig Grad, so daß ich auch Marga im Blickfeld hatte. Dann sprach ich sie an.

»Was ist, Colette? Auf wen wartest du hier? Warum bist du gekommen? Und wo wollt ihr hin?«

»Die Insel«, hauchte sie. »Wir suchen die Insel, dort, nur dort, können wir die Seligkeit empfangen.«

Sie sprach von einer Insel? Von welcher? Etwa Atlantis? Der Kontinent war ja eine Insel. Aber er war versunken. Vor Tausenden von Jahren, wenn die Hypothesen stimmten. Sollten sie sich auf einem im Meer versunkenen Kontinent einfinden?

Zu unwahrscheinlich erschien mir die Theorie. Allerdings hatte ich es gelernt, das Wort unwahrscheinlich aus meinem Gedächtnis zu streichen. Zuviel war mir bereits begegnet.

»Wer soll euch zu dieser Insel bringen, Colette? Ist es Azarin? Ist er euer Herr? Oder der Schwarze Tod?«

»Azarin«, antwortete sie mit tonloser Stimme. »Ja, Azarin. Der Schwarze Tod nicht. Er…« Ihr Gesicht verzerrte sich plötzlich. Ich blickte in ihre Augen und sah es darin plötzlich aufleuchten. Vorher waren sie starr gewesen.

Sie stieß ein gefährliches Knurren aus. Tief in den Pupillenschächten begann es zu flimmern. Es war ein kaltes Feuer, verzehrend und von einer bösen Macht getrieben.

»Der Schwarze Tod. Er hat es auf dem Gewissen. Er hat den Untergang gefördert. Er will…« Sie brach ab.

»Colette!« schrie Marga. »Kein Wort mehr. Töte ihn endlich. Töte ihn. Sonst bringt er dich um!«

Breitbeinig stand sie im Flur und hatte die Hände geballt. Trieb die Untote mit haßerfüllter Stimme an, mich zu töten.

Colette gehorchte. Plötzlich riß bei ihr irgendein Faden. Sie sah in meiner Person ihren Feind. Einen Feind, den sie vernichten mußte.

Im nächsten Augenblick schossen die lanzenspitzen Fingernägel auf mein Gesicht zu. Die Finger waren gekrümmt. Die Nägel würden mir die Haut von den Knochen reißen – wenn sie trafen…

Ich duckte mich.

Die Hände verfehlten mein Gesicht, wühlten in meinem Haar, klammerten sich fest.

Ich schrie vor Schmerz auf. In meinen Schrei mischte sich

Margas höhnisches Gelächter. Die Untote besaß genug Kraft, mich in die Knie zu zwingen. Aber noch hatte ich beide Hände frei. Ich legte sie aneinander, stieß sie zwischen den Armen der Untoten hindurch und sprengte den Griff.

Colette ließ los. Blonde Haarbüschel klebten zwischen ihren Fingern. Sie selbst taumelte zurück.

Ich sprang sie an. Es gelang mir, ihren Arm zu packen und ihn herumzudrehen. Ich machte es hart, sehr hart, doch kein Laut des Schmerzes drang aus ihrem Mund.

Sie fühlte nicht mehr wie ein Mensch.

Mit der rechten Hand zog ich meine Beretta, drückte ihr die Mündung gegen den Nacken.

»Diese Pistole ist mit Silberkugeln geladen!« flüsterte ich dicht an ihrem Ohr. »Wenn du nicht tust, was ich dir sage, drücke ich ab. Verstanden?«

Sie rührte sich nicht. Dafür griff Marga wieder ein. Sie war weitaus gefährlicher als Colette. Das bewies sie in den nächsten Sekunden.

Sie sprang plötzlich vor, erreichte eine der Türen, drückte sie auf und war blitzschnell in dem dahinter liegenden Raum verschwunden, noch ehe es mir gelang, etwas dagegen zu unternehmen.

»Zur Hölle schicke ich euch!« brüllte die Frau. »Zur Hölle!«

Da packte mich die Angst. Ich wußte, was sie vorhatte. Die Wohnung war mit Benzin getränkt. Marga brauchte nur ein Zündholz anzustecken. Das Feuer würde sich blitzschnell ausbreiten und die Benzindämpfe explodieren.

Ich ließ die Untote los. Sie hatte damit nicht gerechnet und fiel zu Boden. Blitzschnell jagte ich Marga nach, flog förmlich in das Zimmer hinein, geriet ins Taumeln, konnte mich aber wieder fangen

Sie hatte die Zündhölzer schon in der Hand. In der Linken hielt sie das halbaufgeschobene Kästchen, in der Rechten ein Streichholz. Sie brauchte es nur noch mit dem Kopf über die Reibfläche zu schaben.

»Nein, nicht!« brüllte ich.

Sie lachte nur.

Ich flog auf sie zu. Selten in meinem Leben war mir solch ein gewaltiger Sprung gelungen. Ehe der Streichholzkopf die Reibfläche berührte, prallte ich gegen die Frau. Gemeinsam fielen wir zu Boden.

Marga war wie von Sinnen. Sie schrie, biß und kratzte. Ihre Hände waren überall. Nägel rissen über die Haut meiner Handgelenke, zogen tiefe Furchen. Das Kästchen mit den Zündhölzern lag auf dem Boden. Es war umgekippt. Die Streichhözer lagen malerisch verstreut.

»Laß mich los, du dreckiger Bulle!« keuchte sie. »Laß mich los, verdammt!«

Ich schleuderte sie herum. Schreiend fiel sie gegen einen Wandschrank. Der Geruch des mit Benzin getränkten Teppichs stieg mir in die Nase.

Mir wurde übel.

Wenn ich es nicht schaffte, die Furie aufzuhalten, dann verbrannte ich mit. Ich mußte Marga einfach bewußtlos schlagen.

Sie war schon wieder auf den Beinen, umkreiste mich. Verzerrt war ihr Gesicht. Sie hatte die Zähne gefletscht, wirkte wie ein sprungbereiter Wolf.

»Du kommst hier nicht raus, Bulle. Wir sind stärker. Du wirst vernichtet. Das Feuer wird dich fressen!« Sie lachte irr. Rasch brachte sie einen runden Tisch zwischen uns.

Ich hielt die Pistole in der rechten Hand. Die Mündung zeichnete jede Bewegung der Frau nach.

»Willst du mich erschießen?« schrillte sie. »Damit rettest du auch nichts. Du kommst gegen uns nicht an. Ja, gib es ihm, Colette!«

Ich hechtete zur Seite. Gerade noch rechtzeitig. Der schwere Kerzenleuchter verfehlte mich um Haaresbreite. Colette, die Untote, hielt ihn in der rechten Hand.

Vom eigenen Schwung wurde sie nach vorn geworfen. Aus der Drehung heraus schmetterte ich ihr den angewinkelten Ellbogen gegen den Körper.

Sie fiel gegen einen Stuhl, stolperte darüber und prallte zu

Boden. Schreiend rollte sie sich sofort herum, geriet in die Nähe der Zündhölzer und bekam sie zu fassen.

Ich sah es und erkannte, daß ich kaum noch eine Chance hatte, das Rad des Schicksals herumzudrehen. Was in den nächsten Sekunden geschah, zählte zu den schrecklichsten Ereignissen in meinem wahrhaft nicht gerade langweiligen Leben.

Von vorne her griff mich Marga an. Ich konnte mich nicht mit beiden Frauen gleichzeitig anlegen, mußte aber eine Katastrophe verhindern. Ich wirbelte herum und schoß.

Die Kugel traf die Untote, bevor sie ein Zündholz anreißen konnte. Das geweihte Silber drang ihr mitten in die Brust. Gellend schrie sie auf.

Im selben Moment gab es einen Knall, eine Stichflamme puffte vom Boden hoch, ich hörte einen mörderischen Schrei, und dann war die Hölle los.

Nicht das Streichholz hatte das Benzin zur Explosion gebracht sondern das Mündungsfeuer aus meiner Beretta. Ich hätte daran denken müssen. Jetzt war es zu spät.

Im Nu war das Zimmer in eine Flammenwand gehüllt. Das Feuer breitete sich in Sekundenschnelle aus, züngelte der Spur des verlaufenen Benzins nach, fegte nach draußen in den Flur, leckte an den Wänden hoch und steckte die Tapeten in Brand.

Die Untote glich einer lodernden Fackel. Während ich durch Zurückweichen dem aufpuffenden Brand entgangen war, wurde Colette von den Flammen voll erfaßt.

Im Herumwerfen bekam ich Marga zu packen, riß sie einfach mit auf die Tür zu.

»Nein«, brüllte sie. »Ich will nicht!«

Sie stemmte sich gegen meinen Griff, wollte sich in das Feuer werfen. Ich schlug ihr ins Gesicht.

Ihr Schreien brach ab.

Im selben Augenblick zerplatzte durch die Hitze die einzige Fensterscheibe des Zimmers. Frischer Wind fegte in den Raum, entfachte das Feuer von neuem und schleuderte mir eine Gluthölle entgegen. Meine Haut schien bereits zu kochen und Blasen zu werfen. Die Haare wurden angesengt. Ich keuchte und hustete.

Rauch füllte meine Atemwege. Ich kriegte kaum noch Luft. Meine Kleidung schwelte. Wenige Sekunden später würde auch sie in Flammen stehen.

Wir mußten hier raus. Zögerten wir, bedeutete das unseren Tod. Ich sprang über die verbrannte Untote hinweg, zog die tobende Marga hinter mir her, erreichte den Korridor und stand einer einzigen glutheißen Hölle gegenüber.

War das das Ende?

Marga zerrte an meiner rechten Hand. Sie wollte mich zurückreißen. Ich gab nicht auf, aktivierte meinen Lebenswillen. Ich mußte durch dieses lodernde Flammenmeer, egal was geschah.

Atmen konnte ich schon längst nicht mehr. Der Gluthauch hätte mir die Lungen versengt.

Dann riskierte ich es.

Ich sprang mit Marga in den Flur hinein, prallte vor die gegenüberliegende Wand, wurde von tanzenden Flammen erfaßt und schrie auf.

Auch Marga brüllte hinter mir. Ich konnte mich nicht weiter um sie kümmern, riß sie mit fort.

Die verdammten Flammen griffen nach mir, leckten mit langen, gierigen Zungen über meine Kleidung, glitten an mir hoch, wollten mich erfassen und vernichten.

Ich kämpfte. Schrie wie ein Wahnsinniger, bekam keine Luft mehr. Meine Lungen drohten zu zerplatzen. Auf einmal war die Angst da, daß ich es nicht schaffen konnte.

Es war die Hölle!

Ich sah nur noch das lodernde Feuer, nichts weiter. Aber dann tauchte die Tür mit der großen Glaseinfassung auf. Sie hatte bisher dem Feuer noch standgehalten.

Ich warf mich vor. Legte alles, was noch in mir steckte, in diesen verzweifelten Sprung.

Wie ein Felsbrocken durchbrach ich die Scheibe. Ich merkte kaum, daß ich Marga noch immer fest umklammert hielt, fiel in das Treppenhaus hinein, spürte die kühlere Luft und sah die Treppe dicht vor mir.

Ich konnte nicht mehr bremsen. Kopfüber flog ich die Stufen

hinab. Ich stieß mir den Rücken, die Seite, prellte meine Arme, den Kopf – einfach alles.

Dann war es vorbei.

Ich lag auf dem Treppenabsatz, hörte Stimmen, verstand aber nicht, was gesagt wurde. Dann wurde eine schwere, tropfnasse Decke über mich geworfen.

Flammen verzischten. Rauch stieg von meiner Kleidung hoch. Irgendwo in der Ferne hörte ich das Heulen der Feuerwehrsirenen. Kräftige Hände packten mich, trugen mich die Treppe hinunter.

Langsam sah ich wieder klarer. Auf der Treppe begegneten mir die Feuerwehrleute. Ich wurde nach draußen getragen, saugte die kühle klare Nachtluft in die mißhandelten Lungen, hustete und keuchte. Mir war schlecht, hundeelend.

Aber ich lebte. Und das war die Hauptsache.

Ich sah mich nach Marga um. Sie wurde soeben aus dem Haus getragen. Die Frau schrie zum Steinerweichen. Um sie war ebenfalls eine Decke gewickelt worden. Ich konnte Teile ihres Körpers sehen und blickte sofort weg.

Marga sah grauenhaft aus. Es stellte sich die Frage, ob ihr überhaupt noch zu helfen war.

Ein Weißkittel eilte auf sie zu, nahm ihren Arm und schüttelte den Kopf und sagte: »Mein Gott.« Dann gab er ihr eine Spritze.

Jemand reichte mir ein Glas mit Wasser. Durstig trank ich es leer. Drei, vier Feuerwehrwagen rasten heran. Ich wurde mitsamt der Trage von der Hauswand weggeschoben und konnte sehen, wie die langen Flammenzungen aus den Fenstern loderten.

Leitern fuhren hoch. Aus armdicken Rohren schossen weiße Schaumstrahlen in die Flammen. Die Bond Street war teilweise abgesperrt worden. Polizeiwagen standen auf der breiten Straße. Geisterhaft glitt ihr Blaulicht über die Fassaden der Häuser.

Ich strich über mein Haar. An der Stirn war es weggebrannt. Das andere fühlte sich an wie Stroh. Obwohl hinter mir eine regelrechte Hölle lag, fühlte ich mich nicht so schlapp, daß ich unbedingt liegen bleiben mußte.

Ich stand von der Trage auf. Ein Sanitäter wollte mich zurückhalten, doch ich pfiff ihn an. Hastig trat er zur Seite.

Ich glaubte, in meinen Knien Pudding zu haben. Im ersten Moment wurde mir schwindlig, und fast wäre ich zurück auf die Trage gefallen, doch der eiserne Wille hielt mich aufrecht. Ich konnte es mir nicht leisten, schlappzumachen. Zuviel stand auf dem Spiel. Ich hatte immer noch nicht herausgefunden, wo sich Jane Collins befand und was dieser Azarin tatsächlich vorhatte.

Das sollte mir Marga sagen. Ich mußte mit der Frau reden. Es ging kein Weg daran vorbei, wenn andere Menschenleben gerettet werden sollten.

Meine Kleidung war völlig verbrannt. Sie hing nur noch in Fetzen von meinem Körper. Die Härchen auf der Haut hatte das Feuer weggeschmort, ebenso einen Teil der Augenbrauen. Ruß bedeckte mein Gesicht, aber Hautverbrennungen hatte ich nicht. Ich war wohl gerade noch gerettet worden, im Gegensatz zu Marga. Zu ihrer Rettung waren die Helfer einige Sekunden zu spät gekommen.

Die Frau war mit der Trage in einen Krankenwagen geschoben worden. Er stand etwas abseits. Die hinteren Türen waren geschlossen. Als ich auf den Wagen zutrat, verwehrte mir ein Uniformierter den Zutritt.

»Tut mir leid, Sir, aber Doc Hanson ist nicht zu sprechen.«

Ich schaute den Mann an. Er handelte in gutem Glauben. Auf eine große Diskussion ließ ich mich nicht erst lange ein, sondern tat das, was ich sonst lieber vermied.

Ich zeigte ihm meinen Sonderausweis.

Dieses Dokument ist vom Innenminister persönlich ausgestellt worden. Es gab mir zahlreiche Vollmachten, öffnete mir Tür und Tor.

Der Polizist sah den Ausweis, wurde blaß, sah mich an und gab mir das Papier zurück. »Bitte, Sir.«

Der Polizist öffnete mir die Tür. Hastig drehte Doc Hanson den Kopf. »Ich habe Ihnen doch gesagt, daß ich niemanden hier sehen will!« schimpfte er. »Verschwinden Sie, Mister.«

Ich tat das Gegenteil und schloß die Tür von innen.

Der Arzt sah mich groß an. »Sind Sie wahnsinnig Mister?« keuchte er.

»Ich muß mit der Frau reden!«

»Raus!« brüllte der Doc.

Er war der Typ Militärarzt. Hartes, scharfgeschnittenes Gesicht, graues Haar und einen roten Kopf.

Wieder zeigte ich meinen Ausweis vor.

Er warf ihn in die Ecke.

Ich begann zu kochen. Und dann schrie ich ihn an. »Jetzt hören Sie mir mal zu, Doc. Wenn ich nicht mehr mit der Verletzten sprechen kann, dann passiert ein Unglück. Und das ist wörtlich zu nehmen. Dann werden mehr Menschen sterben, als Sie in Ihrem Leben vor dem Tod bewahrt haben. Glauben Sie vielleicht, ich komme hier zum Vergnügen in den Wagen? Bestimmt nicht!«

Hanson verstand die Sprache. »Okay«, sagte er. »Sie können mit der Patientin sprechen. Ich habe ihr eine Spritze gegeben. Die ersten Schmerzen ist sie los.« Der Arzt setzte sich auf einen kleinen Klappstuhl und überließ mir seinen Platz.

Ich beugte mich über die Frau. Von ihrem Gesicht war kaum etwas zu erkennen. Eingesalbte Tücher verdeckten die schrecklichen Brandwunden. Nur die Sinnesorgane lagen frei.

Marga war bei Bewußtsein, und ein Funke des Erkennens blitzte in ihren Augen auf, als sie mich sah.

»Ich bin es«, sagte ich leise.

Ihre Lippen formten Worte. »Muß… muß ich jetzt sterben?«

»Nein.«

»Sie lügen. Ich spüre es, wenn der Tod kommt. Ich spüre es sehr deutlich. Ich habe verflucht gelebt und sterbe auch verflucht. Das wollte ich Ihnen noch sagen.«

»Ich möchte aber noch mehr wissen.«

»Das kann ich mir denken.«

»Wollen Sie mir helfen?«

Sie gab keine Antwort.

»Helfen Sie mir«, bat ich. »Jetzt, in der Stunde Ihres Todes können Sie vielleicht vieles wiedergutmachen.«

»Sie… Sie haben gewonnen. Also los. Fragen Sie. Aber beeilen Sie sich. Viel Zeit habe ich nicht mehr.«

»Wo befindet sich Jane Collins jetzt? Hat Azarin sie entführt?«

»Ja. Auf… auf…« Die Frau röchelte. »Geben Sie mir etwas zu trinken, bitte…«

Der Arzt hatte schon ein Glas Wasser parat. Strafend sah er mich an. Er setzte das Glas der Schwerverletzten an die Lippen. Sie trank langsam. Dann schloß sie den Mund.

»Griechenland«, flüsterte sie. »In Athen. Sie sind nach Athen geflogen. Privatmaschine. Und von dort fahren sie zu den Insel.«

»Wie heißt die Insel?«

»Delos. Niemand hat sie auf irgendeiner Karte eingezeichnet. Es gibt sie offiziell gar nicht. Und doch ist sie da. Ein Boot… es bringt sie rüber. In… in… Athen gibt es einen Mann. Er heißt Kiriakis. Ihn müssen Sie fragen.«

»Was haben Azarin und seine Gehilfinnen auf der Insel vor? Sagen Sie mir das noch!«

»Die Statuen. Sie wollen zu den Statuen. Man muß sie zum Leben erwecken. Es sind ehemalige Bürger von Atlantis.«

»Wie sind sie zu dem geworden?« wollte ich wissen.

Die Frau atmete schwer. »Ich habe keine Ahnung. Ich glaube, es waren Magierinnen. Wenn sie aus ihrem Schlaf erweckt werden, kann Atlantis wieder das werden, was es schon einmal war. Aber dieses Erwecken ist sehr kompliziert. Es müssen Beschwörungen durchgeführt und bestimmte Gesetze eingehalten werden. Erst dann wird es gelingen, Atlantis…« Sie stöhnte auf. Ich sah in ihre Augen und entdeckte darin den fiebrigen Glanz.

Oder war es bereits der Schleier des Todes, der die Pupillen überzogen hatte?

»Lassen Sie die Verletzte in Ruhe«, sagte der Arzt. »Sie sehen doch, sie schafft es nicht mehr.«

»Doch«, flüsterte Marga. »Ich schaffe es noch. Kommen Sie näher, Sinclair, ich… ich… will Ihnen noch etwas sagen.«

Ich legte mein Ohr dicht an ihre Lippen. »Die Magierinnen waren nicht schlecht. Als der Schwarze Tod kam, hat er sie auf seine Seite gezogen. Vorher dienten sie der Weißen Magie.«

Ich hatte noch zahlreiche Fragen auf dem Herzen. Vor allen Dingen interessierte mich Jane Collins' Schicksal. Ich wollte wissen, was die anderen mit ihr vorhatten.

Ich fragte nach Jane.

Mit der Antwort, die ich erhielt, hatte ich zwar gerechnet, trotzdem traf sie mich hart.

»Man wird sie töten!«

»Warum?« Ich schrie das Wort fast. »Sie hat niemandem etwas getan!«

»Wenn Sie als Untote wiederaufersteht, könnte die Beschwörung vielleicht noch gelingen. Azarin brauchte ein viertes Mädchen. Colette ist ja nicht mehr da.«

»Gibt es noch eine Chance, sie zu retten?« fragte ich. »Sagen Sie es mir. Welche Gegenbeschwörung muß ich anstellen, um ans Ziel zu gelangen?«

»Davon verstehe ich nichts«, gab sie flüsternd zurück. »Nur Azarin weiß es.«

»Was ist Azarin für ein Mensch? Oder ist er ein Dämon? Fließt auch in ihm das Blut der alten Rasse?«

»Nein. Aber er ist Mensch und Teufel gleichzeitig. Sie sollten sich vorsehen, Sinclair. Azarin ist sehr gefährlich. Und fragen Sie Kiriakis. Er kennt vielleicht…« Sie bäumte sich auf und verstummte. »Es brennt so!« brüllte Marga. »Ich…«

Doc Hanson zog mich an der Schulter zurück. »Jetzt ist Schluß, verdammt!« zischt er mir ins Ohr. »Sie haben die Frau zu Tode gequält.«

Ich machte den Platz frei, öffnete die Tür und sprang nach draußen. Am liebsten hätte ich mich in ein Bett gelegt, doch ich wußte, daß dies nicht ging.

Überall am Körper spürte ich Schmerzen. Ich hatte das Gefühl, mit zahlreichen Reibbürsten bearbeitet worden zu sein. Alles brannte und stach.

Die Löscharbeiten waren noch im Gange. Drei Feuerwehrwagen waren vorgefahren. Aus sechs Schläuchen spritzte der Schaum durch die Fenster. Dort schlugen bereits keine Flammen mehr heraus, sondern dichte, schwarzgraue Rauchwolken. Die Männer von der Brandbekämpfung hatten ein Übergreifen des Feuers verhindert.

Doc Hanson verließ ebenfalls den Krankenwagen. Er blieb neben mir stehen. »Sie ist tot«, sagte er, ohne mich anzuschauen.

»Geben Sie mir die Schuld?«

»Nein. Sie haben ja alles versucht. Sie hat es mir in den letzten Sekunden ihres Lebens noch gesagt. Tut mir leid, wie ich vorhin reagiert habe.«

»Vergessen, Doc.«

»Hat die Frau Sie denn weitergebracht? Ich habe Teile des Dialogs gehört. Worum geht es eigentlich?«

Ich lächelte mager. »Ihnen das jetzt zu erklären würde eine Menge kostbare Zeit in Anspruch nehmen. Außerdem würden sie mir nicht glauben.«

»Sie haben von Atlantis gesprochen?« Der Arzt ließ nicht locker.

Ein Konstabler rettete mich vor einer Brüskierung des Arztes. Der gute Mann kam auf uns zugelaufen und winkte mit beiden Armen. »Telefon für Sie, Sir.«

Ich ging dem Konstabler entgegen.

»Wo?«

»Im Einsatzwagen. Kommen Sie. Es scheint dringend zu sein.«

»Und wer verlangt mich da zu sprechen?«

»Ich weiß den Namen nicht, Sir.«

Ich klemmte mich auf den Beifahrersitz und nahm den Hörer des Autotelefons.

»Alles klar, John?« hörte ich Sukos vertraute Stimme.

Mir fiel ein Stein vom Herzen. Suko hatte ich in dem ganzen Trubel völlig vergessen. Und dabei war er das auslösende Moment gewesen. Hätte er sich gemeldet…

»Was ist denn geschehen, Suko? Wo bist du überhaupt?«

»In deinem Büro. Powell ist auch hier. Er erwartet dich.«

Ich warf einen schnellen Blick auf die Uhr. Bereits zwei Stunden nach Mitternacht. »Okay, ich komme«, erwiderte ich. »Vorher fahre ich noch bei mir zu Hause vorbei und ziehe mich um. Ich sehe wie gegrillt aus. Dann sag Powell, er soll zwei Plätze für die nächste Maschine nach Athen buchen. Es ist brandeilig. Verstanden?«

»Alles klar, John. Bring mir auch Kleidung mit. Ich bin leicht über eine Straße gerutscht.«

»Mache ich. Bis gleich.« Ich hängte ein, bedankte mich mit einem Nicken bei den Kollegen und rannte zu meinem Bentley.

Jetzt zählte jede Sekunde…

Fünfundvierzig Minuten später hockte ich in meinem Büro. Frisch geduscht und eingekleidet, zwei Tassen Kaffee im Magen. Fit fühlte ich mich trotzdem nicht. In meinem Hals hatte ich einen Geschmack, der von gekautem Sandpapier stammen konnte.

Suko hatten die Medizinmänner verpflastert. Er trug keinen Verband mehr um den Kopf. In Topform präsentierte auch er sich nicht gerade. Stichwortartig erstattete er mir Bericht.

Superintendent Powell wußte schon Bescheid. Er hatte wieder seine bittere Miene aufgesetzt und nippte hin und wieder an seinem Magenwasser.

»Ich habe in Heathrow nachfragen lassen«, berichtete er. »Die Maschine ist längst weg. Keine Chance mehr für uns.«

»Und in Athen?« fragte Suko. »Sie könnten doch der griechischen Polizei einen Wink geben, Sir. Azarin würde mit seinen Begleiterinnen nach der Ankunft dort verhaftet.«

Ich schüttelte den Kopf. »Das ist zu gefährlich. Dieser Mann würde sich nicht scheuen, Jane Collins umzubringen. Und wenn er es nicht schafft, dann tun es die Wiedergängerinnen. Es ist zu riskant für uns.«

»Bleibt nur eine Möglichkeit«, meinte Powell.

Ich nickte. »Wir fliegen selbst hin.«

Mein Chef war einverstanden. »Die nächste Maschine startet erst in einigen Stunden.«

»Das ist verdammt spät.«

Powell blickte mich an. »Zu spät?«

»Ja.«

Mein Chef lächelte, was bei ihm selten vorkam. »Ich habe mir so etwas fast gedacht. Aus dem Grund steht auch eine Kuriermaschine für Sie bereit, John. Ein schneller Jet, der Sie und Suko nach

Athen schafft. Sie landen dort auf dem Militärflughafen. Ich habe meine Beziehungen spielen lassen und führende Leute in Griechenland eingeweiht. Sie werden keinerlei Schwierigkeiten bekommen, das hat man mir versichert.«

»Ich danke Ihnen, Sir«, erwiderte ich.

»Holen Sie Jane raus«, gab Powell zurück. »Außerdem reagiere ich mittlerweile allergisch, wenn ich ›Schwarzer Tod‹ höre. Dieser Bursche hat schon zuviel Unheil angerichtet.«

»Bursche ist gut«, sagte Suko.

Powell erhob sich. »Ein Wagen steht für Sie bereit. Der Fahrer wird Sie zum Flughafen bringen. Viel Glück.«

Wieder einmal mußte ich mich über meinen Chef wundern. Wer ihn nicht kannte, hielt ihn für einen Komiker. Das permanente Magenleiden, die Brille mit den dicken Gläsern und den eulenhaft wirkenden Augen dahinter und das meist schmerzlich verzogene Gesicht.

Doch Powell war ein glänzender Stratege, das hatte er in den letzten Minuten bewiesen. Er dachte nicht nur mit, sondern auch im voraus.

So etwas findet man selten.

Ich leerte den Pappbecher mit der Automatenbrühe, klopfte Suko auf die Schulter und sagte: »Komm!«

Mein chinesischer Partner hatte sich bereits im Waschraum umgezogen. Unser Driver wartete in der Fahrbereitschaft. Er legte seine Zeitung weg, als wir den Raum betraten.

Mich kannte er, aber Suko noch nicht.

»Keine Angst«, sagte ich grinsend. »Der frißt Sie nicht. Suko ist harmlos.«

»Nur wenn man mich nicht reizt«, erwiderte mein Freund und verdrehte die Augen…

Griechenland empfing uns mit einem Postkartenhimmel. Strahlendes Blau, keine Wolke und eine Fernsicht, die phänomenal war. Wir konnten weit nach Süden sehen, auf das Meer hinaus und die vielfältige Inselwelt der Ägäis.

Irgendwo dort mußte die Insel Delos liegen. Dieses Eiland, das unser Ziel sein sollte.

Der kleine Jet hatte bereits Landeerlaubnis erhalten. Er flog noch eine Schleife über dem Flughafen und ging dann tiefer.

Suko und ich hatten geschlafen und waren erst vor wenigen Minuten wach geworden.

Ich fühlte mich wesentlich besser als in London, aber vielleicht war auch das Wetter daran schuld.

Linde Frühlingsluft, eine frische, vom Meer her wehende Brise. Und kein Regen und Schnee wie in London.

Die Formalitäten verliefen ohne Zwischenfälle. Powell hatte wirklich großartige Vorarbeit geleistet. Wir wurden von zwei hohen Beamten empfangen, die unsere Papiere kontrollierten. Dann durften wir gehen.

Ich hatte einen Namen. Kiriakis. Mir wurde gesagt, daß dieser Name nicht gerade selten vorkam. Wie sollte ich also unseren Kiriakis herausfinden?

Und wieder half mir die Polizei. Als ich dem zuständigen Präfekten in dessen Büro gegenübersaß, griff er zum Telefon, schnatterte zwei Minuten lang in den Hörer und grinste dann zufrieden von Ohr zu Ohr.

»Schaffen wir spielend«, sagt er in seinem harten Englisch. »Wir haben überall gute Leute.«

Nickend zwirbelte er an seinem gewaltigen Schnauzer.

Ich war gespannt, mußte jedoch dreißig Minuten warten, bis ein Uniformierter das Büro des Präfekten betrat. Der Mann war klein und dick. Das Koppel spannte sich nur so um seinen tonnenartigen Bauch.

Er rasselte eine Meldung herunter, und danach sprachen die beiden Beamten.

Ich verstand immer nur Bahnhof.

Schließlich übersetzte der Präfekt. Er strahlte dabei wie ein dreiarmiger Leuchter. »Wir haben es geschafft, Kollege. Da sagt man immer, unsere Polizei taugt nichts. Von wegen.« Er stand auf und wanderte im Büro herum. »Also«, dozierte er. »Der Kiriakis, von dem Sie sprechen, wohnt in der Altstadt. Er gilt als Zauberer,

Beschwörer und Wunderheiler. Die einfachen Menschen gehen zu ihm, wenn sie Probleme haben. Man sagt, Kiriakis habe schon mehrere Male gelebt. Aber das ist sicher Schwindel.«

»Na, phantastisch«, rief ich. »Geben Sie mir die genaue Adresse.«

Er schrieb sie mir sogar auf. Der Präfekt klopfte mir auf die Schulter. »Sagen Sie Bescheid, wenn Sie Erfolg gehabt haben, Herr Kollege?«

»Natürlich. Ich bin Ihnen schließlich sehr dankbar.«

Der Grieche winkte ab. »Ist doch selbstverständlich«, lachte er. Für meinen Begriff lachte er zuviel. Solche Typen hatten immer noch einen Trumpf in der Hinterhand.

Ich verschwand aus dem Polizeipräsidium. Mit dem Taxi ließ ich mich zu unserem Hotel fahren, wo Suko bereits in meinem Zimmer wartete. Das Hotel war ein Glaspalast, erst zwei Jahre alt, auch für englische Verhältnisse recht teuer. Doch auf die schnelle hatten wir keine andere Bleibe finden können.

»Ich habe die Adresse«, rief ich und hielt den Zettel hoch.

Suko schwang die Beine vom Bett und schlüpfte in seine Schuhe. »Worauf warten wir noch?« rief er.

»Moment.« Ich ging zu einem kleinen Tisch, auf dem neben dem Telefon auch noch das Fernsprechbuch von Athen lag. »Vielleicht kann man den Knaben erreichen?«

Ich blätterte den Wälzer auf. Es gab zahlreiche Kiriakis, aber keiner war unter der Adresse vermerkt, die man mir gegeben hatte.

»Bestellen wir eben ein Taxi«, sagte Suko und griff an meiner Stelle zum Telefonhörer.

Drei Minuten später war der Wagen da.

Für uns begann eine Fahrt ins Ungewisse.

Die Gischt der Bugwelle spritzte über die flachen Aufbauten des Bootes und perlte in Tausenden von blitzenden Tropfen gegen die Gesichter der Frauen.

Drei Untote und Jane Collins.

Jane war gefesselt. Sie hatten sie mit Stricken an die Sitzbank im Heck des Bootes gebunden, damit sie nicht in letzter Sekunde einen Fluchtversuch unternahm.

Es war alles perfekt vorbereitet. Ein Vertrauter hatte Azarin mit seinen Begleiterinnen erwartet und sie zum Hafen gebracht, wo das Boot lag.

Azarin selbst übernahm die Führung. Jane mußte sich eingestehen, daß er etwas vom Bootfahren verstand. Geschickt wich er querlaufenden Wellen aus, hielt das Boot in einer möglichst geraden Lage.

Die drei Untoten standen neben Jane und ließen sie trotz der Fesseln nicht aus den Augen. Sie wirkten wie Statuen aus einer anderen Welt. Kalt und bleich. Kein Muskel regte sich in ihren Gesichtern. Starr und abweisend war der Blick.

Aus Gesprächen hatte Jane Collins erfahren, daß die geheimnisvolle Insel Delos hieß. Sie lag inmitten der Ägäis, in dieser malerischen Inselwelt. Dort würde sich das Rätsel lösen, das Jane Collins schon seit langem beschäftigte.

War Delos das Verbindungsglied zu diesem geheimnisvollen Kontinent Atlantis?

Jane fühlte ihre innere Ungeduld. Sie hatte nicht nur Angst, sondern war auch neugierig. Vielleicht lag es an ihrem Beruf, daß sie die Gefahr nicht mehr so klar und deutlich erkannte.

Das Meer lag als grünblaue wellige Fläche vor ihr. Ein leichter Dunstschleier schwebte über dem Wasser. Er konzentrierte sich besonders auf die zahlreichen Inseln, die weit verstreut in der Weite der Ägäis lagen.

Es waren zahlreiche Schiffe unterwegs. Schneeweiße Privatyachten, meist im Besitz reicher Europäer. Kreuzfahrtschiffe, die sich – vollbeladen mit Touristen – ihren Weg durch die Inselwelt suchten.

Wie eine feurige Orange stand die Sonne am Himmel. Ihre Strahlen dampften auch die letzten Nebelreste über dem Wasser fort und brachen sich dann glitzernd auf den Kämmen der langen Dünung.

Backbord sah Jane Collins ein felsiges Eiland aus dem Wasser ragen. Das braune Gestein zeigte tiefe Risse und Kerben. Zeichen, die vom Wind und Wetter herrührten. Das Boot umrundete die Insel. An ihrem felsigen Ufer brach sich schäumend die Brandung.

Azarin lenkte das Boot jetzt an der Ostseite der Insel entlang. Vor dem Bug lag wieder das offene Meer, dessen Fläche mit dem Horizont verschwamm.

Noch eine Stunde waren sie unterwegs, als Azarin den Motor drosselte.

Jane Collins, die in einen unruhigen Schlummer gefallen war, hob den Blick.

Im ersten Augenblick erschrak sie. Am Bug des Bootes schlug die Brandung hoch. Das Wasser klatschte gegen die nackten Felsen und wurde fontänenartig zurückgeworfen. Jane hatte das Gefühl, das Boot würde geradewegs auf die Insel zufahren und am Gestein zerschellen.

Das war nicht der Fall. Urplötzlich wurde die See ruhiger. Eine Art Rinne tat sich auf. Sie führte zwischen gezackten und rauhen Riffen direkt auf die Insel zu.

Azarin drehte sich hastig um. »Löst ihr die Fesseln!« rief er.

Geschickt trennten die Untoten die Stricke durch, während Azarin noch mehr mit der Geschwindigkeit herunterging.

Links und rechts zischte und gurgelte das beinahe kristallklare Wasser um die Klippen. Strömungen bildeten sich, schäumende Kreisel. Doch Azarin verstand etwas von der Seefahrt. Sicher lenkte er das Boot zwischen den gefährlichen Klippen hindurch und ließ es auf einen kleinen schneeweißen Sandstreifen auslaufen.

Der Bug schabte über den feinkörnigen Sand, während die Heckschraube noch Wasserberührung hatte.

Die Untoten wußten, was sie zu tun hatten. Sandra und Franca packten Jane Collins an den Ellenbogen und zogen sie hoch. Sie machten es rauh und warfen sie in den Sand.

Azarin war ebenfalls aus dem Boot gestiegen. Er deutete nach vorn. »Folgt mir!«

Rasch ging er vor. Sandra und Franca hatten Jane in ihre Mitte genommen und schleiften die Detektivin hinter dem Anführer her. Sie gingen geradewegs auf einen bräunlich schimmernden Felsen zu, der wie eine überdimensionale Hand in den strahlendblauen Himmel wuchs. Die Felswand sah aus, als wäre dort kein Durchkommen, doch als Jane näher kam, erkannte sie den Spalt, der das Gestein teilte. Er war ziemlich schmal. Menschen konnten nur hintereinander gehen.

Sie nahmen Jane Collins in die Mitte. Sandra ging vor, Franca hielt sich hinter ihr. Es folgte noch die dritte im Bunde, Karin von Rodeneck.

Jane Collins schien es, als hätte sie eine andere Welt betreten. Das Rauschen des Meeres blieb zurück, war nur noch als unterschwelliges Brausen zu hören. Sah Jane nach oben, stiegen die engen Wände wie ein Schornstein in die Höhe. Sie wuchsen zusammen, denn das Blau des Himmels war verschwunden.

Eine düstere, fremdartige Welt. Eine Welt voller Stille. Jane sah kein Insekt, kein Tier, das auf dieser Insel lebte. Nur den nackten Fels, über den sie jetzt schritten.

Es wurde dunkel und wenig später regelrecht finster. Jane war mit den Untoten zwischen die Felsen gegangen. Sie fühlte sich wie in einem riesigen Grab.

An ihrem Rücken spürte sie Francas kalte Totenhand. Die Wiedergängerin wollte ihr Opfer nicht verlieren.

Jane wußte nicht, wie lange sie in der Dunkelheit gegangen waren, als sie plötzlich den schwachen blauen Lichtschein bemerkte.

Er schien sehr weit entfernt zu sein, doch das stellte sich bald als eine optische Täuschung heraus. Schon nach wenigen Schritten wurde der Schein intensiver, und Jane konnte wieder ihre Umgebung erkennen.

Sie befanden sich nicht mehr in diesem schmalen Gang, sondern in einer gewaltigen Höhle. Der blaue Schein pulsierte in der Luft, leuchtete die Höhle mit seinem magischen Licht aus.

Jane Collins interessierte sich für diese Lichtquelle, ging einige Schritte vor und blieb abrupt stehen.

Was sie sah, verschlug ihr den Atem!

Kiriakis hauste in einem Keller. Eine schmale Steintreppe führte zu seiner Bude.

Wir befanden uns mitten in der Altstadt. Enge Gassen, schmale, schiefe Häuserfronten, dazwischen Straßen, die den Namen gar nicht verdienten, und winklige Gassen.

Der Taxifahrer hatte uns nicht bis zum Ziel gefahren. Die Gasse war zu eng für seinen alten Chevrolet. Dafür hatte der Fahrer uns den weiteren Weg erklärt.

Und jetzt standen wir vor Kiriakis' Bleibe.

Wir wurden angestarrt, als kämen wir vom Mond. Aus Fenster- und Türlöchern beobachtete man uns. Manchmal versteckt, dann wieder ganz offen.

Von irgendwoher erklang eine wehmütige Melodie.

Kinder starrten auf uns herab. Als wir hochblickten, streckten sie uns ihre Zungen heraus.

»Hoffentlich versteht Kiriakis unsere Sprache«, flüsterte Suko.

Ich hob nur die Schultern. Mittlerweile war es mir schon zu warm. Das Hemd klebte unter den Achselhöhlen.

Kiriakis' Wohnung hatte keine Tür. Wir mußten einen alten Vorhang zur Seite schieben, der schon mehr an einen großen Sack erinnerte.

Dämmerlicht schlug uns entgegen. Nach der Helligkeit des Mittags hatten es unsere Augen schwer, sich an die Dunkelheit zu gewöhnen.

»Kommt näher«, hörten wir eine melodisch dunkle Stimme aus der Finsternis. »Ich habe euch erwartet.«

»Der spricht tatsächlich englisch«, raunte Suko.

»Sieh mal an.«

Wir mußten uns ducken, um in die Wohnung zu gelangen. Eine seltsame Duftmischung kitzelte unsere Geruchsorgane. Es roch nach scharfem Essen, nach Weihrauch. Auch ein Hauch von Jasmin und Oleander schwebte dazwischen.

Allmählich konnten wir Konturen erkennen, und ich sah auch Kiriakis.

Er winkte mit der Hand.

»Sie haben uns erwartet?« fragte ich.

»Ja. Ich wußte, daß ihr kommen würdet. Das Buch des Schicksals ist vielfältig und rätselhaft. Auch ihr seid darin verzeichnet, als Retter und Kämpfer des Lichts. Aber genug der Worte. Ich will euch ansehen, meine Freunde.«

Über seinem Kopf leuchtete ein geisterhaftes, fahlrotes Licht auf. Wir konnten den geheimnisvollen Kiriakis besser erkennen.

Er war schon ein ungewöhnlicher Mann. Steif saß er auf dem Stuhl mit der hohen Lehne, die über seine Schultern reichte. Er hatte die Arme auf die Lehnen gelegt und den mageren Oberkörper ein wenig vorgebeugt. Sein Gesicht war schmal. Durch das rote Licht wirkte es wie mit Blut übergossen. Die Lippen waren in der faltigen Haut kaum zu erkennen. Wie eine Kante sprang die gebogene Nase aus dem Gesicht. Das graue Haar hing weit über die Ohren.

Kiriakis trug ein Gewand, das mit Stickereien abgesetzt war. Seine Füße steckten in Riemensandalen, der magere Hals schaute aus dem grünlich schillernden Gewand hervor wie der eines Geiers.

Dicht vor ihm blieben wir stehen. Von der Außenwelt war nichts mehr zu hören. Wir hatten hier eine andere Welt und Zeit betreten.

Der Raum selbst glich einer Rumpelkammer. Ich sah ausgestopfte Tiere, alte Kisten und Sitzbänke. Tiegel, Tongefäße, Mörser, Glasflaschen. Wie die Hexenküche eines mittelalterlichen Alchimisten hatte sich der gute Kiriakis eingerichtet.

War er ein Scharlatan oder ein echter Verbündeter? Ich hoffte, auf diese Frage in den nächsten Minuten eine Antwort zu erhalten.

»Die Stunde der Entscheidung ist nah, meine Freunde«, sagte er mit leiser, kaum zu verstehender Stimme. »Die Wiedergeburt einer alten Kultur, einer alten Rasse und eines glanzvollen Kontinents steht dicht bevor. Ich spüre und fühle es sehr deutlich. Delos, die alte Steininsel, wird zum Zentrum der Umwandlung. Aber es droht Gefahr. Finstere Mächte haben ihre Hand im Spiel. Böse, magische Kräfte wollen mit allen Mitteln versuchen, die Kreise des Lichts zu stören. Die Bösen sind schon weit, sehr weit...«

Er verstummte und holte tief Atem. Sein Blick haftete dabei auf mir.

Ich fühlte mich unbehaglich, denn die Augen des Alten schienen meine Seele zu durchforsten. »Woher kennen Sie mich?« fragte ich ihn.

Er lächelte unergründlich. »Ich bin ein alter weiser Mann. Und ich lebe nicht zum erstenmal. Mehrere Male wurde ich wiedergeboren. Mein erstes Leben aber war in…«

»Atlantis?« flüsterte ich fragend.

»Ja.« Er nickte. »Ich gehörte zu den Weisen, die versucht haben, alles zu retten. Wir wollten den Kontinent, wollten unsere Welt vor dem Untergang bewahren, doch die anderen waren stärker.«

»Wer sind diese anderen?«

»Ihr nennt sie Dämonen. Wir nannten sie die Wächter der Finsternis. Ihr Anführer war Satans rechte Hand. Er hat wie viele von ihnen die Zeiten überdauert, wartet auf eine Rückkehr, um seine Schreckensherrschaft auch in der sichtbaren Welt zu stärken.«

»Ist es der Schwarze Tod?«

»Du hast recht, mein Freund. Es ist der mächtigste aller Dämonen. Der Pestbringer, der Meister des Chaos', der grausame Tyrann. Er kennt keine Gnade. In Atlantis hat er gewütet. Wir waren nicht stark genug, er hat uns alle überrollt. Auch gab es Verräter in unseren Reihen. Schon damals strebten die Menschen nach Macht und Reichtum. Und dafür waren sie bereit, ihre Freunde zu opfern. Atlantis ging unter. Es wurde von Urgewalten zerstört, noch bevor der Schwarze Tod es fest in seine Hand bekommen konnte. Aber er hat nie aufgegeben. Er hat eine kaum zu begreifende Geduld. In der letzten Zeit mehrten sich Anzeichen für eine Erstarkung dieses Dämons. Ich habe alles genau verfolgen können. Ich weiß, daß du, John Sinclair, und deine Freunde gegen ihn gekämpft habt. Ich weiß um die Schrecken, die ihr erlebt habt, und die Teilniederlagen, die ihr dem Schwarzen Tod beibrachtet. Er ist nie richtig zum Durchbruch gekommen. Bis zum heutigen Tag…«

»Und jetzt?« fragte ich. »Wenn du alles weißt, Kiriakis, dann ist dir auch bekannt, daß wir zu dieser Insel wollen.« Ich duzte ihn jetzt auch.

Er nickte.

»Wirst du uns führen?« fragte ich hoffnungsvoll.

»Ich bin zu alt. Außerdem ist es ein weiter Weg. Wir haben nicht mehr die Zeit.«

Ein dicker Kloß hing mir plötzlich im Hals. Wie sollte ich Jane Collins jemals retten können, wenn dieser Weise schon sagte, daß die Zeit vertan war?

»Gibt es noch eine Chance?«

Kiriakis ließ sich Zeit mit seiner Antwort. Ich war ungeduldig, auch Suko neben mir atmete schneller.

Kiriakis bemerkte unsere Spannung und Ungeduld. »Keine Angst«, sagte er mit einer Stimme, die beruhigend klang. »Ich weiß einen Weg, wie wir gefahrlos nach Delos gelangen.«

»Und welchen?«

»Warte ab, John Sinclair. Ungeduld war nie die Stärke eines Mannes. Ich kenne dich. Es geht dir um eine junge Frau namens Jane Collins. Sie befindet sich in den Händen eines Teufels, aber sei gewiß, wir werden sie retten.«

»Welche Rolle spielen die untoten Frauen und Mädchen?« wollte ich wissen. »Warum hat man sie erst sterben lassen, um sie dann wiederauferstehen zu lassen?«

»Das«, und jetzt klang die Stimme des Alten sehr ernst, »ist das große Geheimnis der Insel. Es liegt in den Ursprüngen des Kontinents Atlantis begründet. All die Mädchen, die Azarin auf die Insel geschafft hat, haben bereits einmal gelebt.«

»Auch Jane Collins?«

Jetzt lächelte Kiriakis wieder. »Nein, sie nicht. Und das ist deine Chance. Azarin braucht vier Mädchen, doch drei hat er nur. Er muß aber mit der Beschwörung beginnen, sonst ist alles aus.«

»Dann muß er versuchen, Jane in den magischen Vorgang zu integrieren?«

»Etwas vornehm ausgedrückt, aber so ist es.«

»Könnte er es schaffen?« bohrte ich weiter.

»Möglich, aber dazu müßte Jane Collins erst sterben!«

Mir gab es einen Stich. Jane befand sich in höchster Gefahr, und wir standen hier herum und redeten.

Ich mußte etwas unternehmen.

Kiriakis merkte, welche Gefühle in meinem Innern tobten. Beruhigend hob er die rechte Hand. »Du brauchst keine Angst zu haben, John Sinclair. Wir werden sie retten.«

»Dann laß uns gehen!« rief Suko.

Der Alte nickte. Er erhob sich. »Folgt mir«, sagte er.

In der Mitte des Raumes zog er einen alten Teppich zur Seite und deutete auf ein im Boden eingelassenes Steinviereck. »Es ist der Einstieg zur magischen Höhle!« flüsterte er. »Kaum jemand kennt mein Geheimnis. Ihr gehört nun zu den Auserwählten. Zeigt euch dieser Ehre würdig.«

Trotz seiner geschraubten Sprache wirkte dieser Mann nicht lächerlich. Im Gegenteil. Eine andere Redeweise würde gar nicht zu ihm passen.

Er berührte den Stein an vier bestimmten Stellen. Neigte den Kopf etwas und murmelte Worte, die Suko und ich nicht verstanden.

Die Wirkung der Sätze war verblüffend.

Der Stein begann sich zu bewegen. Es knirschte in den Fassungen, dann sackte der Stein tiefer und rutschte einfach zur Seite. So, als würde er in der Luft schweben.

Kiriakis trat zur Seite und holte eine alte Öllampe. Er schraubte den Docht höher und deutete auf eine Steintreppe, die in die Tiefe eines Kellers führte. »Wir gehen dort hinunter«, sagte er. »Folgt mir und sprecht kein einziges Wort. Es würde die Magie des Augenblicks stören.«

Durch meinen Kopf schossen zahlreiche Gedanken. Es war unerklärlich, was ich hier in diesem alten Haus erlebte. Durch Zufall waren wir einem Geheimnis auf die Spur gekommen, das uns mit einer Welt konfrontierte, die ich nur aus Sagen kannte. Suko erging es sicherlich nicht viel anders.

Wir stiegen hinab. Die Stufen mußten uralt sein. An den Ecken war der Stein bereits abgebröckelt. Stickige Luft empfing uns. Ihr

Sauerstoffgehalt war gering. Die Kerzenflamme begann zu flackern, brannte jedoch weiter.

Der Keller war nur halb so groß wie die Wohnung. Und mit einer noch tiefer gezogenen Decke. Suko und ich konnten nicht aufrecht stehen. Auch Kiriakis mußte sich bücken.

Die rußende Flamme erhellte den Keller nur spärlich. Doch was uns auffiel, war das Pentagramm. Mit roter Farbe war es auf den Boden gezeichnet. Genau in der Mitte zeigte es einen strahlenden Stern, und an den Schnittpunkten des Pentagramms las ich magische Worte aus der Kabbala.

»Das ist die uralte Sprache!« wisperte mir der Alte ins Ohr. »Schon in Atlantis war sie bekannt. Die Magier und Zauberer bedienten sich ihrer.«

Ich sah mich um, betrachtete aufmerksam alle Gegenstände. Die Wände waren nackt und leer. Wenn das Licht in einem richtigen Winkel darauf fiel, glänzten sie feucht. An der Stirnseite des Kellers standen kleine flache Tonschalen. Sie waren mit Kräutern gefüllt, die einen betörenden Duft verbreiteten.

Und doch war es mir, als lauere irgendwo eine Gefahr. Eine nicht sichtbare oder erklärbare – dennoch, ich war auf der Hut.

Flüsternd erzählte ich Suko von meinem Verdacht.

»Wir werden aufpassen«, antwortete mein chinesischer Partner.

Kiriakis hatte mitbekommen, worüber wir uns unterhielten. »Ja«, sagte er. »Die Kräfte der Finsternis haben sich konzentriert. Wir müssen uns beeilen. Helft mit. Die Zeit drängt. Ich wußte nicht, daß es schon soweit ist. Die im Schattenreich gefangenen Geister beginnen sich zu lösen. Kurz bevor Atlantis versank, haben wir sie durch Beschwörungen unschädlich machen können. Doch jetzt formieren sie sich zum Angriff. Ich spüre es. Auf der Insel läuft bereits das Ritual ab. Schnell, die Kräuter.« Mit zitternder Hand deutete der Alte auf die Schalen.

Kiriakis stand inmitten des Pentagramms. Suko und ich machten uns an die Arbeit. Reichten ihm Schale auf Schale.

Plötzlich hörte ich über mir ein Geräusch.

Ich hob den Blick.

Der schwebende Stein glitt zurück in die Fassung.

»Da!« rief ich. »Der Stein – er…«

Die nächsten Ereignisse rissen mir die Worte förmlich von den Lippen. Auf einmal strahlten die Wände in einem intensiven Blau. Es war so grell, daß es mich und Suko blendete. Schützend rissen wir unsere Arme vor die Augen.

Trotz dieses Lichtes sah ich die schrecklichen Gestalten. Sie quollen aus dem grellen Schleier, waren bewaffnet und stürzten auf uns zu…

Inmitten der Höhle standen vier Statuen!

Makellose, bläulich schimmernde Modelle, von denen das intensive Licht ausging. Sie standen in einem Halbkreis zueinander, und Jane, die schon viel erlebt hatte, war sprachlos.

Die Statuen glichen haargenau den Untoten!

Rechts von Jane, also ganz außen, stand Karin von Rodeneck. Ihr Körper war gestreckt. Sie hatte die Arme erhoben und die Finger gespreizt. Auf ihrem glatten Gesicht lag ein hintergründiges Lächeln.

Janes Blick wanderte hin zur zweiten Figur. Sie sah das getreue Ebenbild der Sandra Moran. Selbst die zahlreichen Locken waren nachgebildet worden. Die Figur hielt die rechte Hand ausgestreckt, als würde sie auf irgend etwas deuten. Auch auf ihrem Gesicht lag dieses wissende und geheimnisvolle Lächeln.

Die nächste Statue zeigte Franca Corelli. Sie war kleiner als die anderen. Mit jugendlichen Brüsten, schlanken Schenkeln und dem hübschen Puppengesicht.

Die vierte Frau kannte Jane vom Ansehen her nicht. Aber das mußte Colette sein. Doch sie lächelte nicht. Im Gegenteil. Ihre Gesichtszüge waren vor Schmerzen entstellt und der Körper gekrümmt. Von den Fingerspitzen hatten sich kleine Steine gelöst und waren zu Boden gefallen. Colette sah aus, als würde sie jeden Moment stürzen. Sie strahlte auch als einzige nicht in diesem so intensiven Blau.

Etwas war mit ihr geschehen. Jane begann sich Gedanken darüber zu machen. Vielleicht lebte die untote Colette nicht mehr.

Hatte John Sinclair es geschafft, sie in London zu vernichten? Machte sich der Tod der Wiedergängerin hier an dieser glatten Statue bemerkbar?

Vier Mädchen brauchte Azarin für seine Beschwörungen.

Drei hatte er nur noch zur Verfügung.

Und Jane Collins…

Azarins Stimme unterbrach ihre Gedanken. »Du siehst es selbst, Jane Collins, Colette gehört nicht mehr zu uns. Dieser Sinclair wird es geschafft haben. Aber er kann uns nicht ausschalten. Wir haben dich, und ich werde die Dämonen anflehen, damit sie dich akzeptieren. In dieser Höhle wohnt die Schwarze Magie eines uralten Kontinents. Vier Mädchen dienten damals dem Schwarzen Tod, bevor sie durch den Fluch der Weißen Magie kurz vor dem Ende zu Stein wurden. Es war die letzte Rache der Priester des Lichts, aber die war nicht für eine Ewigkeit geschaffen. In ferner Zukunft, so schrieben es die magischen Tafeln, sollte dieser Fluch aufgehoben werden. Und der Zeitpunkt ist nun gekommen. Was das Dämonenauge uns zeigte, wird nun eintreffen. Die Grausamen von Atlantis kehren zurück, und du, Jane Collins, wirst uns dabei helfen!«

Obwohl Jane Collins Angst hatte, bot sie Azarin die Stirn. »Niemals«, erwiderte sie, »niemals werde ich bei diesem verruchten Plan helfen. Ich werde nicht zu Ihrem Handlanger! Lieber sterbe ich!«

Da lachte Azarin auf. »Sterben wirst du ohnehin, Jane Collins. Du mußt sterben, damit durch deine Seele die Statue der Colette zum Leben erweckt wird. So schreibt es das Ritual vor. Die Seelen der anderen sind gefangen im Dämonenauge. Dieses Relikt ist noch älter als der Kontinent Atlantis. Es hält die Seelen der Untoten fest. Aber es verspricht auch Rettung. Wenn jemand das Auge findet und es zerstört, dann können die Seelen durch Raum und Zeit wieder in die Körper zurückwandern und ihn zum Leben erwecken. Aber niemand – und nicht einmal ich – weiß, wo sich das geheimnisvolle Auge befindet. Ich weiß nur, daß es alles sieht und speichert. Für den Schwarzen Tod ist es so wichtig wie der Satan persönlich. Aber genug der langen Rede. Laßt uns beginnen. Sandra!« rief Azarin.

Die Untote setzte sich in Bewegung. Sie ging auf ihr Ebenbild zu. In ihrem Gesicht zuckte kein Muskel, es glich dem der Statue.

Janes Lage war hoffnungslos. Und doch gab die Detektivin nicht auf. Sie dachte an den Weg, den sie genommen hatten. Wenn es ihr gelang, zurückzulaufen und sich das Boot zu kapern, dann gab es vielleicht noch eine Chance zur Flucht.

Unauffällig blickte sich Jane Collins um.

Karin und Franca beachteten sie nicht. Sie hatten nur Augen für die Statuen. Und auch Azarin verfolgte mit gebanntem Blick den Weg der jungen Sandra.

Das war ihre Chance!

Jane warf sich auf dem Absatz herum, sprintete mit langen Schritten auf den Gang zu, der zwischen den Felsen hindurch in die Freiheit führte, hörte hinter sich Azarins überraschten Ruf und dann sein gellendes Lachen.

Im nächsten Augenblick erkannte sie den Grund.

Der Gang war verschlossen!

Zugewachsen mit bläulich schimmerndem Fels. Obwohl Jane die Gefahr im letzten Augenblick erkannte, konnte sie nicht rechtzeitig stoppen und prallte gegen das Gestein.

Sie schrie auf.

Azarin lachte weiter. »Du bist dumm, Jane Collins!« Seine Stimme gellte in ihren Ohren, wurde von den Höhlenwänden noch verstärkt. »Ich habe dir doch gesagt, daß hier die Schwarze Magie regiert. Eine Flucht ist unmöglich. Sieh das endlich ein!«

Jane sah es ein. Sie hatte auf einmal keine Kraft mehr und konnte sich nicht auf den Beinen halten. Langsam sackte sie an der rauhen Felswand zu Boden.

Azarin hatte gewonnen!

»Wir stören ihre Kreise!« schrie Kiriakis. »Rasch, beeilt euch, sie sind sonst schneller!«

Ich hörte die Worte kaum. Das blau-weiße Licht hüllte uns ein, stand wie eine Wand in der Höhle.

Monster, halb Mensch, halb Tier. Riesige Schlangen, mörderische Echsen, Ghouls, Vampire, Werwölfe, sie alle vereinigten sich zu einem höllischen Reigen.

Sie umtanzten uns, stießen – so paradox es klingt – lautlose Schreie aus und demonstrierten uns ihre Macht.

Wahrhaftig, die Hölle hatte all ihre Pforten geöffnet. Und wir waren der Mittelpunkt, konnten nicht mehr entrinnen.

Hände griffen nach mir. Lange, gekrümmte Finger wollten mich fassen. Ich wollte zurückweichen, um diesen gierigen Armen zu entgehen, doch da schlang sich ein tentakelartiges Geschöpf um meine Kehle und drückte eisenhart zu.

Ich hob die Arme, wollte den Tentakel umklammern, doch meine Hand faßte durch ihn hindurch.

Für mich war er nicht existent. Ich aber für ihn.

Diese Erkenntnis war grausam. Überschüttete mich mit Angst. Die Luft wurde mir knapp.

Dicht vor meinen Augen sah ich ein fratzenhaftes Gebilde auftauchen. Es glich einer riesigen Kugel. Darauf saß ein häßlicher behaarter Schädel. Das Monster hielt ein langes Messer in der Hand.

Alpträume wurden für mich wahr.

In einer letzten verzweifelten Aktion riß ich meine mit geweihten Silberkugeln geladene Beretta aus der Halfter. Ich wußte nicht, ob es Zweck hatte zu schießen, ich wollte aber nicht tatenlos herumstehen.

Ich feuerte, drehte dabei den Arm. Die erste Kugel setzte ich in das Gesicht des Monsters. Es verzerrte sich. Das zweite Geschoß jagte ich einem anderen Geschöpf in den häßlich aufgerissenen Rachen, und dann verfeuerte ich alle anderen Kugeln mit rasender Geschwindigkeit.

Der Druck an meinem Hals lockerte sich, war einen Lidschlag später ganz verflogen.

Ich konnte wieder atmen.

Frei und unbeschwert.

Hatten die Silberkugeln gewirkt? Die Schwäche trieb mich dem Boden entgegen. Neben mir tauchte plötzlich eine hünenhafte Gestalt auf.

Suko!

Ich sah ihn wie durch einen blinden Spiegel.

Er packte mich an den Schultern, schrie in mein linkes Ohr. »Hoch mit dir! Los!«

Suko warf mich einfach vor, auf einen Rauchvorhang zu und dann hinein in das Pentagramm. Auf Händen und Knien blieb ich hocken.

Suko streckte die rechte Hand aus. Ich ergriff sie und ließ mich von dem Chinesen auf die Beine ziehen.

Jetzt sah ich nur noch Kiriakis. Mit angewinkelten Beinen hockte er auf dem Boden. Er hatte die Arme vorgestreckt und die Finger gespreizt. Er saß genau in der Mitte des Sterns.

»Es wird schwer sein«, hörten wir seine Stimme. »Sehr schwer sogar. Die Mächte der Finsternis haben sich gesammelt, sie sind stark geworden und schon bei mir eingedrungen. Aber ich habe es vorausgesehen. Ich wußte es. Es mußte so kommen. Der Kampf ist nun nicht mehr zu vermeiden. Gut und Böse prallen aufeinander. Der Schwarze Tod ist mächtig, und auch Azarin ist stark. Ich allein trage die Schuld. Ich allein…«

Ich faßte nach seiner Schulter. »Warum du? Warum machst du dir Vorwürfe, mein Freund?«

»Ich hätte Azarin nicht gehen lassen sollen.«

Überrascht blickten Suko und ich uns an. »Du kennst ihn?« fragte ich leise.

»Ja, sogar sehr gut.« Er nickte bei diesen Worten. Wir ließen ihm Zeit zu einer Erklärung. Ich ahnte, daß Kiriakis uns ein Geheimnis offenbaren wollte.

Ich täuschte mich nicht.

Nach einer Minute des Schweigens rückte er damit heraus. Weit riß er den Mund auf. Und dann schrie er: »Azarin ist mein Sohn! Er ist mein leiblicher Sohn!«

Mich traf es wie ein Schock.

Neben mir flüsterte Suko: »Mein Gott…«

»Er darf es nicht schaffen!« brüllte Kiriakis. »Er darf es nicht! Wir müssen es verhindern. Versprecht es mir! Wir müssen…«

Plötzlich verstummte seine Stimme.

Im selben Augenblick zuckte ein Lichtblitz in die Höhe, hüllte uns ein, der Boden versank, wir fielen und fielen…

Der Schacht der Dimensionen hatte uns gefangen…

Jane kam auf die Füße. Ihr Fluchtversuch hatte die Handlungen der untoten Mädchen gestoppt. Sandra Moran stand drei Schritte von ihrem Ebenbild und wartete auf weitere Anordnungen.

»Geh weiter!« befahl Azarin. Er blieb jetzt neben Jane stehen, um sie immer im Auge haben zu können. Er wollte nicht noch einmal eine Unterbrechung des magischen Schauspiels riskieren.

Gehorsam setzte sich Sandra in Bewegung, begleitet von den fiebernden Blicken der anderen beiden Wiedergängerinnen. In deren Augen war so etwas wie Leben gekommen. Sie wachten auf, jetzt, wo die Stunde der Entscheidung dicht bevorstand.

Sandra erreichte ihr Ebenbild.

Totenstill war es in der Höhle geworden. Man hätte die berühmte Stecknadel fallen hören können. Würde die Symbiose gelingen? Würde die perfekt nachmodellierte Statue sich mit der untoten Sandra Moran vereinigen?

Sandra hob die Hände. Mit den Innenflächen modellierte sie den glatten Körper der Statue nach, preßte sich dann eng an dieses kalte Gebilde, und ein tiefes Stöhnen drang aus ihrem weitgeöffneten Mund.

Plötzlich begann das blaue Licht zu sprühen und zu zischen. Jane Collins drehte den Kopf zur Seite, so sehr wurde sie geblendet.

Neben sich hörte sie Azarin heftig atmen. Und seine rauhe flüsternde Stimme.

»Es gelingt. Ja, es gelingt. Ich habe es geschafft, ich ganz allein!«

Stille. So rasch, wie es aufgeklungen war, hörte das Prasseln auch wieder auf.

Vorsichtig wandte Jane den Kopf. Ihr Blick konzentrierte sich auf die Statue.

Jane hielt den Atem an.

Sandra Moran war verschwunden!

Sie und die Statue waren zu einer Person geworden. Die magische Symbiose hatte geklappt!

»Erreicht! Es ist erreicht!« keuchte Azarin. »Jetzt kann uns niemand mehr aufhalten!« Er preßte seine Hand um Janes Arm, so fest, daß die Detektivin vor Schmerz aufschrie.

»Karin!« rief Azarin. »Jetzt bist du an der Reihe!«

Karin von Rodeneck schritt auf ihr Ebenbild zu. Jane sah gar nicht hin. Sie beobachtete statt dessen Sandra Moran oder die Figur, die einmal Sandra gewesen war.

Bei ihr war das blaue Licht verschwunden. Kalt und glatt, dabei gelblichweiß schimmernd stand die Figur in der Höhle.

War sie tot? Lebte sie?

Jane schaute genauer hin.

Nein, sie lebte. Sie sah es an den Augen, an den Pupillen, die seltsam blau leuchteten.

Eine lebende Statue stand vor Jane Collins.

Wieder wurde sie geblendet. Diesmal vollzog sich die magische Symbiose bei Karin von Rodeneck.

Sekunden später war auch sie eins geworden mit ihrem steinernen Ebenbild.

»Franca Corelli!« rief Azarin.

Die schwarzhaarige Untote ging los. Sie lief schneller als die beiden ersten, als könne sie den Zeitpunkt gar nicht mehr erwarten.

Abermals geschah das Unfaßbare, das Unglaubliche. Jane fand keine Erklärung. Sie forschte auch erst gar nicht danach.

Drei Untote waren eins geworden mit den Statuen. Mit den starren Körpern, die aus einer archaischen Zeit stammten und die ein Fluch zu dem gemacht hatte, was sie waren.

Sechs bläulich schimmernde Augen starrten Jane Collins an. Die lebenden Figuren warteten auf sie, lauerten auf die endgültige Erlösung.

Das Licht war schwächer geworden. Die Statuen strahlten nicht mehr. Doch an den Wänden schimmerte der blaue Schein.

Tief atmete Jane ein. Sie wußte, was kam.

Und hatte sich nicht getäuscht.

»Nun du«, sagte Azarin neben ihr. »Geh! Geh zu der vierten Figur und umarme sie. Ich will, daß auch diesmal die Symbiose gelingt.«

Jane Collins zögerte, doch Azarin hatte keine Geduld mehr. Er zerrte Jane vor. »Geh, verdammt, oder muß ich dich hinschleifen?«

Die Detektivin zögerte.

Der erste Schritt, der zweite…

Ihr Herz hämmerte zum Zerspringen. Hinter sich hörte sie Azarin heftig atmen.

Was hatte er gesagt? Sie mußte erst sterben, um die Symbiose einzugehen.

Aber noch lebte sie.

Jane bemerkte nicht, was hinter ihrem Rücken geschah. Sie sah nicht, daß Azarin unter seine Jacke griff und einen Gegenstand hervorholte, der an einen vorn zugespitzten Schraubenzieher erinnerte. Er hatte einen Holzgriff und einen langen Eisenstiel. Der Stahl schimmerte bläulich.

»Sterben!« flüsterte Azarin. »Sie muß sterben, erst dann kann es geschehen…«

Er fixierte Jane Collins' Rücken. Und dort die Stelle unterhalb des linken Schulterblattes.

Jane ging wie in Trance.

Immer deutlicher sah sie die Figur. Sie konnte ihren Körper bereits mit geschlossenen Augen nachmodellieren.

Da hörte sie hinter sich die Schritte. Und dann den gellenden Schrei. »Stirb, Verfluchte…!«

Katzenhaft federte Jane Collins herum. Durch den Schrei hatte sich Azarin selbst verraten, aber er war sich seiner Sache zu sicher.

Der Arm mit der mörderischen Waffe raste herab. Die Spitze zielte schräg auf Janes Hals. Gedankenschnell kreuzte die Detektivin die Hände, riß sie hoch und wehrte den heimtückischen Stoß ab.

Der Unterarm des Mannes prallte gegen ihren kreuzförmigen Abwehrgriff.

Azarin wurde aus dem Konzept gebracht. Er sprang zurück. Janes Tritt fegte an seiner Brust vorbei ins Leere.

Und dann erfolgte Azarins Angriff.

Nicht erkennbar im Ansatz und mit ungeheurer Wucht. Jane sah die Waffe auf sich zusausen, hatte eine zu lange Schrecksekunde und ließ sich dann einfach in die Knie fallen.

Etwas riß ihr die Schulter auf. Ein siedender Schmerz raste durch ihren Körper, der Mann prallte gegen sie. Sie wurde zu Boden gedrückt, hörte einen Fluch, und dann geschah das Schreckliche.

Jane Collins sah es, als sie sich zur Seite wälzte.

Die Waffe hatte ihre Schulter gestreift, doch es lag noch so viel Wucht hinter dem Stoß, daß die Spitze in Karin von Rodenecks Statue hineingedrungen war.

Wie durch Butter.

Das Material war nicht fest, sondern weich wie Körperhaut.

Blut sprudelte plötzlich aus der Einstichstelle oberhalb der Hüfte. Die Figur begann zu wanken, ein röhrender Schrei drang aus ihrem Mund, und dann fiel Karin Rodeneck um.

Genau auf Jane Collins zu.

Die Detektivin konnte nicht mehr ausweichen, die Zeit war zu knapp. Karin von Rodeneck begrub Jane Collins unter sich.

Azarin lachte auf. Jetzt hatte er seine Gegnerin soweit, wie er sie haben wollte.

Ein Arm der Statue hatte Jane am Kopf getroffen. Die Haut war aufgeplatzt, und Blut rieselte aus der Wunde. Jane war für Sekunden weggetreten. Als sie wieder bei Bewußtsein war, fühlte sie harte Hände über ihren Körper tasten. Azarin riß sie unter der gefallenen Statue hinweg, aus deren Wunde immer noch das Blut quoll und bereits eine große Lache auf dem Boden gebildet hatte.

Azarin drückte die halbbewußtlose Jane Collins auf den Rücken, preßte ihre Handgelenke mit der Linken zusammen und hob dann den rechten Arm.

»Jetzt hilft dir nichts mehr!« schrie er…

Zeitreisen!

Nicht zum erstenmal hatte ich einen Zeitsprung gemacht. Ich kannte das Gefühl des Schwebens. Man meint, der Körper löst sich in all seine Atome auf.

Alles verschwamm…

Plötzlich war es vorbei.

Ich sah das Licht, die Helligkeit, die zuerst schmerzhaft meine Augen traf, an die ich mich erst noch gewöhnen mußte.

Ich riß mich zusammen, sah eine Höhle, mehrere Statuen und Figuren. Dann entdeckte ich Jane Collins!

Sie lag auf dem Boden. Über ihr kniete ein Mann.

Azarin!

Einen messerähnlichen Gegenstand hatte er zum Stoß erhoben. Er würde im nächsten Atemzug zustechen und Jane die Waffe in den Leib rammen.

»Neiiinnn!« brüllte ich.

Azarins Kopf ruckte herum.

Sekundenlang war er sprachlos, hockte bewegungsunfähig da.

Ich schnellte hoch, hetzte auf ihn zu und riß im Laufen meine Pistole hervor.

»Du Hund!« schrie Azarin.

Hund… Hund… Schaurig hallten die Stimmen von den Wänden wider.

Dann stieß Azarin zu. Er war vom Wahnsinn befallen, wollte morden, um sein Ziel zu erreichen.

Ich schoß.

Zwei-, dreimal…

Klick, machte es. Und wieder klick…

Vielleicht waren diese Bruchteile von Sekunden die schrecklichsten meines Lebens. Mit aller Brutalität wurde mir bewußt, daß ich mich verschossen hatte. Ich hatte einfach nicht daran gedacht, nachzuladen.

Dann sah ich rot.

Ja, ich verlor zum erstenmal in meinem Leben die Beherrschung. Die Höhle, die Umgebung, alles verschwamm vor meinen Augen.

Ich sah nur noch das Gesicht dieses Mannes, der mir durch den feigen Mord das genommen hatte, was ich liebte.

Jane Collins!

Ich raste heran.

Selbst Azarin erschrak vor meinem Gesichtsausdruck. Für ihn mußte ich wie der Rachegott persönlich aussehen. Er riß in einer verzweifelten Aktion das Messer aus Janes Körper, wollte mich damit angreifen, doch da war ich über ihm.

Aus vollem Lauf schmetterte ich ihm die Pistole gegen den Kopf. Seine Gesichtshaut platzte auf. Weit riß er die Augen auf. Blut strömte aus der Nase. Er fiel zurück, hob abwehrend die Arme. Mit einem zweiten Schlag fegte ich ihm die Deckung zur Seite.

»Mörder! Du dreckiger Mörder!« brüllte ich und gab keinen Pardon. Ich weiß nicht, welch ein Rausch über mich gekommen war, ich wollte plötzlich diesen Mann tot sehen.

»John!« Nur ganz schwach vernahm ich den Schrei. »Hör auf, John! Du darfst das nicht tun…«

Ich kochte vor Wut.

Dann rissen mich harte Fäuste zurück, bogen meinen Oberkörper nach hinten. Die Waffe wurde mir aus den Fingern gewunden.

»Laßt mich!« schrie ich. »Laßt mich los…«

Eine Faust detonierte an meinem Kinn. Ich sah plötzlich Sterne vor meinen Augen aufplatzen, wurde zurückgeschleudert, weg von dem Mörder Azarin.

Vielleicht war es auch der Faustschlag, der mich zur Besinnung gebracht hatte. Plötzlich sah ich wieder klarer.

Suko stand neben mir und blickte auf mich herab. Er hatte noch die Hand zur Faust geballt. Mein chinesischer Partner hatte mich vor der größten Dummheit meines Lebens bewahrt.

Ernst blickte er mich an.

»Entschuldige!« flüsterte ich. »Aber ich… ich…«

»Schon gut, John!«

Mein Blick wanderte zu Azarin. Er lag auf der Seite. Meine Schläge hatten ihn arg getroffen, aber er war nicht bewußtlos, stemmte sich sogar hoch.

Aus dem Hintergrund der Höhle näherte sich Kiriakis. Langsam und mit gemessenen Schritten.

Und dann sah ich Jane. Auf allen vieren kroch ich zu ihr. Das Messer hatte sie in die Brust getrofffen. Dort, wo die Einstichstelle war, befand sich ein kleiner Blutfleck, nicht größer als die Kuppe eines Fingers.

Ich traute mich nicht, nach ihrem Herzschlag zu fühlen, doch ich sah an ihrem Hals eine Ader zucken.

Jane lebte.

Im ersten Augenblick fiel mir ein Stein vom Herzen. Aber wie lange würde sie noch leben? Diese mörderische Waffe war tief in ihren Körper eingedrungen. Ich wußte nicht, welche Organe verletzt waren. Es war grausam.

Ich hob den Blick und sah vier Puppen. Eine war umgestürzt und lag inmitten einer Blutlache auf dem felsigen Boden.

Stammte das Blut von ihr?

Suko gab mir meine Pistole zurück. Automatisch lud ich sie nach. Ein Ersatzmagazin trug ich immer bei mir.

Dann begann Kiriakis zu sprechen. Jeder hörte ihm zu, lauschte seinen Worten, denn er lüftete einen großen Teil des Geheimnisses, das über dieser Höhle lag.

»Dies sollte die Geburtsstätte des Kontinents Atlantis werden«, berichtete er. »Die vier Statuen waren die vier Dienerinnen des Schwarzen Todes. Sie haben ihm damals die Treue gehalten, doch wir konnten sie durch einen Fluch bannen. Leider wirkte der Fluch nicht ewig. Die vier Untoten sollten ihn wieder aufheben, doch nur drei sind gekommen. Jane Collins sollte die Funktion der vierten übernehmen, deshalb sollte sie sterben, damit die Mächte der Finsternis dieses Opfer annahmen und reagieren konnten. So war es doch mein, Sohn – oder?«

Azarin hob den Kopf. »Ja, Vater!« keuchte er. »Du hast recht. Ich habe viel von dir gelernt.«

»Leider hast du es nicht zu deinem Vorteil verwendet!«

Jetzt lachte Azarin auf. »O doch, Vater. Ich habe mich mit dem Schwarzen Tod verbündet, denn er ist mächtiger als ihr zusammen. Dieses Mädchen dort ist tot. Sie wird den Kreis schließen.«

»Nein!« schrie ich. »Sie ist nicht tot. Wir werden sie retten!«

Azarin zuckte zusammen, blickte mich an. Dann stand er langsam auf. »Ihr werdet diese Höhle nicht lebend verlassen!« flüsterte er, und seine Worte klangen wie ein Schwur. »Der Schwarze Tod sieht alles. Er besitzt das Dämonenauge, das ihm die Möglichkeit gibt, in das Schicksal der Menschheit einzugreifen und alles zu beobachten. Ihr könnt mich töten, doch damit habt ihr nichts erreicht. Es wird alles von vorn beginnen. Seht euch die Statuen an. Sie leben. Schaut in die Augen. Durch sie kann der Schwarze Tod euch erkennen. Er wird es nicht hinnehmen, daß ihr den Fluch von Atlantis unwirksam macht. Er…«

Azarin verstummte.

Im nächsten Augenblick sahen wir den Grund.

Die Puppen setzten sich in Bewegung. Zwei waren es, die auf uns zukamen.

Sandra Moran und Franca Corelli!

Sie gingen steif und ungelenk. Doch zielsicher. Ich wich zurück, sah, daß Suko eine Angriffsposition einnahm, doch ich gab ihm einen Wink, so daß er sich zurückhielt.

Denn ich sah etwas anderes!

Die Puppen wollten nicht uns töten, sondern – Azarin!

Ich wußte auch den Grund. Azarin hatte versagt. Sein Plan war fehlgeschlagen. Er hatte den Fluch von Atlantis nicht tilgen können. Und der Schwarze Tod duldete keine Versager unter seinen Vasallen. Er räumte auf.

Eiskalt, ohne Pardon!

Ich war mir sicher, daß die beiden Puppen nur durch seine unheimlichen Kräfte gesteuert wurden und jetzt ihren ehemaligen Herrn und Meister angingen.

Suko versuchte es noch einmal, doch ich hielt ihn zurück. Diese beiden Monster wollte ich erledigen.

Kühl lag die Beretta in meiner Hand. Sie war geladen. Sechs geweihte Silberkugeln steckten im Magazin.

Fast hatte die kleinere Puppe Azarin erreicht. Sie drängte ihn zurück, bis er mit dem Rücken gegen die Felswand stieß. Sie brauchte nur noch ihren Arm auszustrecken…

Ich drückte ab.

Donnernd brach sich das Echo des Schusses in der weiten Felsenhöhle. Das geweihte Silbergeschoß zerschmetterte den Schädel der Statue. Der Kopf platzte förmlich auseinander. Teile flogen nach allen Seiten.

Dann fiel die Puppe um.

Plötzlich begann Azarin zu schreien. Erst jetzt wurde ihm wohl bewußt, daß der Schwarze Tod ihn fallenließ.

Das Böse in ihm kam voll zum Durchbruch. Mit einem Fluch auf den Lippen sprang er zur Seite, hetzte auf seine schreckliche Waffe zu und hob sie auf.

»Azarin! Nicht!« brüllte ich.

Suko jagte auf ihn zu.

Zu spät!

Er hielt die Waffe schon umklammert. Und dann jagte er sich den Stahl durch die Kehle.

Es war ein grauenhafter Anblick, der uns den Blutfluß in den Adern stocken ließ. Azarin sackte zusammen, seine Gestalt wurde kleiner, er fiel.

Wir fanden den Ausgang. Durch die Zerstörung der Schwarzen Magie war wieder alles so wie vorher.

Ich trug Jane zum Schiff. Kiriakis hielt seinen Sohn in den Armen. Es tat gut, die frische Seeluft zu spüren, den Wind, der uns seinen salzigen Atem in die Gesichter blies. Hinter uns lagen schreckliche Ereignisse. Doch vor uns lag eine Hölle.

Ein Begriff war gefallen.

Das Dämonenauge.

Für uns galt es nun, dieses Auge zu finden, um dem Schwarzen Tod eine seiner stärksten Waffen zu nehmen.

Wir stiegen auf das Boot. Suko steuerte es. Mit schäumender Bugwelle schoß es davon. Hinter uns blieb die Insel zurück.

Ich saß mit unbewegtem Gesicht auf der Bank am Heck. Über meinen Knien lag die leblose Jane Collins. Ihr Herzschlag wurde schwächer, war kaum noch zu spüren. Wenn wir nicht bald einen Arzt fanden, dann starb mir Jane Collins unter den Händen weg.

Suko gab sein Bestes. Mit einer Geschwindigkeit, die gerade noch zu verantworten war, jagte er das Boot dem Festland entgegen. Würde die Zeit reichen, um Jane Collins zu retten?

Meine Hoffnung sank. Ich strich über ihr Gesicht, wischte eine Haarsträhne aus ihrer Stirn. Fühlte sich die Haut nicht schon kälter an? Griff der Tod bereits mit seinen knochigen Händen nach ihr?

Ich konnte nicht vermeiden, daß es in meinen Augen feucht schimmerte. Und in einer impulsiven Geste faltete ich die Hände. Es war das einzige, was ich noch für Jane Collins tun konnte…

ENDE

Das
Dämonenauge

Jane Collins kämpfte mit dem Tod!

Ich hatte sie auf eine Liege gebettet. Janes Gesicht war noch blasser als das weiße Tuch, auf dem sie lag. Der Mullverband auf der Wunde war blutdurchtränkt, die Lippen schimmerten bleich.

Würde sie es schaffen und mit dem Leben davonkommen?

Ich kniete neben der Liege, sah nur ihr Gesicht, die eingefallenen Wangen. Meine Augen brannten. Die Angst um Jane schnürte mir die Kehle zu.

Zwei Öllichter brannten am Kopfende der Liege. Ihr Licht erfüllte den Raum mit einem verschwommenen Dämmerschein. Mein Blick wanderte zu den Lampen hin. Ich hatte plötzlich das Gefühl, als würden sie sich einander nähern, einen furiosen Feuerwirbel bilden, aus dem sich dann die Bilder der Vergangenheit schälten.

Hinter mir stand Suko, mein Freund und Partner. Er hielt die Hände gegeneinandergepreßt. Hin und wieder hörte ich ihn schwer atmen.

Suko und ich befanden uns mit Jane in Kiriakis' Wohnung, in einem Kellerraum, der in der Altstadt lag. Dort, wo die Gassen noch schmal und verwinkelt waren, wo kaum ein Tourist hinkam und die Menschen ihr eigenes Leben lebten.

Kiriakis selbst war nicht da. Er hatte sich verabschiedet und wollte etwas besorgen. Was, das hatte er nicht gesagt.

Ich wischte mir über die Stirn und atmete ein. Dann blickte ich wieder in Janes Gesicht, versuchte ein Lebenszeichen bei ihr zu erkennen.

Wie tot lag sie auf der Liege. Ich strich mit den Fingerspitzen über ihre Wangen. Fühlten sie sich schon kälter an? Hatte sich die Todesstarre bereits ihres Körpers bemächtigt?

»Jane!« flüsterte ich. »Mein Gott…«

Schwer legte sich eine Hand auf meine Schulter. »Es wird schon alles gut werden«, sagte Suko leise hinter mir.

Ich zuckte mit den Schultern. »Man ist so hilflos«, erwiderte ich. »Man kann nichts tun, sich nicht wehren, sich…« Ich verstummte.

»Janes Schicksal liegt in der Hand eines anderen, John!«

»Ja.«

Ich erhob mich, sah das auf den Boden gezeichnete Pentagramm mit dem Stern in der Mitte und den magischen Symbolen an den Schnittflächen.

Dieses Pentagramm hatte uns im letzten Augenblick gerettet, als die Höllenmeute aus einer anderen Dimension in diesen Raum eingefallen war. Und noch immer klangen mir Kiriakis' Worte in den Ohren, als er sagte: »Azarin ist mein leiblicher Sohn!«

Wie grauenhaft mußte es für ihn gewesen sein, zu erfahren, daß sein eigener Sohn sich den Mächten der Finsternis verschrieben hatte. Ja, es war kein leichtes Schicksal, das wir zu tragen hatten.

In meiner Schulterhalfter spürte ich den Druck der Pistole. Wäre sie geladen gewesen, läge Jane jetzt nicht hier. Aber meine Waffe war leergeschossen, als Azarin zustach. Ich hatte noch nicht nachladen können. In der Hektik hatte ich nicht an das Ersatzmagazin in meiner Tasche gedacht.

»Wo er so lange bleibt?« fragte ich ungeduldig.

»Er wird schon rechtzeitig zurückkehren«, erwiderte Suko.

Mein chinesischer Partner hatte zu Kiriakis festes Vertrauen. So etwas geschieht bei einem Menschen wie Suko sehr selten.

Ich empfand die Luft in diesem Kellerraum als drückend. Meine Nerven vibrierten. Ich wollte hier raus, etwas tun.

Aber es war unmöglich, ich mußte warten.

Auf Janes Tod – oder auf eine Rettung.

Die Geräusche der Altstadt drangen nur sehr schwach bis zu uns. Manchmal fühlte ich mich wie in einer Gruft.

Wieder sah ich Jane an. Ihre Haltung, ihr Ausdruck auf dem Gesicht hatte sich nicht verändert. Still und bleich lag sie auf dem provisorischen Bett.

Ich hatte sie zu einem Arzt bringen wollen. In ein modernes Krankenhaus, dessen Geräte auf dem neuesten Stand der Technik standen. Doch Kiriakis hatte dagegengesprochen. Seine Worte schwangen mir noch im Ohr nach, wie er sagte: »Ich werde bald zurücksein und etwas mitbringen, das Jane Collins heilen kann.«

Seltsamerweise stand Suko auf seiner Seite. Der Chinese ist selbst in einem Land geboren, in dem die Menschen den Glauben an die Kraft des Geistes und der Magie nicht verloren haben.

Er vertraute Kiriakis.

Und ich?

Wie oft schon war ich in meiner Laufbahn mit Dingen konfrontiert worden, die der normale Verstand nicht erklären konnte! Aber ich weigerte mich zu glauben, daß der Grieche Jane Collins wirklich helfen konnte.

»Er kommt«, sagte Suko und unterbrach damit meine pessimistischen Gedanken.

Suko hatte das bessere Gehör. Tatsächlich verdunkelte sich wenige Sekunden später der Eingang.

Ein Mann betrat den Raum.

Es war Kiriakis!

Der Grieche hielt eine flache Schale in der Hand. Sie war mit einem Tuch bedeckt, so daß ich nicht erkennen konnte, was sich in der Schale befand.

Ich lief auf Kiriakis zu. »Endlich!« rief ich.

Der Grieche lächelte. »Du sollst nicht so ungeduldig sein, John Sinclair. Eile schadet selbst dem weisesten Mann.«

Es war seine Art, so zu sprechen. Etwas geschraubt und manchmal unverständlich. Dann versteckte er seine Bitten in Gleichnisse. Für Suko und mich war es nicht einfach, ihn immer zu verstehen.

»Sie lebt noch, nicht wahr?« fragte der Grieche.

»Ja.«

»Das ist gut. Ich habe es gewußt. Er hat es mir gesagt.« Der Grieche ging auf Janes Liegestatt zu.

»Wer hat es dir gesagt?« wollte ich wissen.

Kiriakis blieb auf halbem Weg stehen und wandte den Kopf. Er blickte mich nachdenklich an. Dabei zauberte er ein Lächeln auf sein faltiges Gesicht. »Bezähme deine Neugierde. Du wirst ihn sicherlich noch kennenlernen. Denn er kann dir den Weg zum Dämonenauge ebnen.«

Da war der Begriff wieder gefallen.

Dämonenauge!

Was hatte dieses Auge mit Atlantis, der Insel Delos und Jane Collins zu tun?

Ich fühlte den Schweiß auf meinen Handflächen. Ich war nervös wie selten. Es war aber auch die schwüle Luft, die mir schwer zu schaffen machte. Die Decke des Raumes war niedrig. Ich konnte nur gebückt stehen.

Kiriakis ging zu Jane Collins' Liege hinüber. Rasch trat ich an seine Seite.

Janes Anblick zerschnitt mir fast das Herz. Ich hatte das Gefühl, daß ihre Haut noch blasser und durchscheinender geworden war. Reglos lag sie da.

Atmete sie überhaupt noch?

Wenn sie starb, dann mußte ich mir die Schuld geben, obwohl... Ich schüttelte den Kopf, versuchte die schrecklichen Gedanken zu vertreiben, doch es wollte mir einfach nicht gelingen.

Ich hätte sie retten können.

Hätte... hätte...

Aber ich würde denjenigen unerbittlich jagen, der im Hintergrund die Fäden zog. Und dann – wenn ich ihn hatte – würde ich meinen Job aufgeben. Vielleicht würde ich diesen Kampf nicht überleben – es war mir in diesen grausamen Minuten egal.

Kiriakis zog das Tuch von der Schale. Ein grüner und stark riechender Brei füllte die Tonschale. Er war noch warm. Hitzeschwaden faserten der niedrigen Decke entgegen.

»Diese Salbe wird die Wunde schließen!« sagte Kiriakis.

Ich räusperte mich.

Ein kleines Lächeln huschte über die schmalen Lippen des Griechen. »Du glaubst mir nicht?«

»Zumindest habe ich starke Zweifel.«

»Die bald aus der Welt geschafft sind, mein Freund. Jane Collins wird leben.«

Seine Zuversicht steckte mich an. Ja, plötzlich war ich sicher, daß Jane es schaffen würde.

»Nimm ihr vorsichtig den Notverband ab«, sagte Kiriakis.

Er trat einen Schritt nach hinten, damit ich an die Liege herankonnte. Ich strich über Janes Wangen und über das lange, seidig blonde Haar.

Unendlich behutsam löste ich den Verband. Meine Finger zitterten dabei. Ich riß mich zusammen, zwang mich selbst zur Ruhe.

Dann sah ich die Wunde. Sie war nicht groß, hatte den Durchmesser einer Fingernagelhälfte. An den Rändern hatte das Blut schon eine Kruste gebildet. Sie war allerdings noch nicht so fest, daß ich sie beim Lösen des Verbandes mit abriß.

Meine tastende Hand glitt zur linken Seite ihres Körpers. Ich fühlte in Höhe des Herzens, wollte den Schlag verfolgen, auch wenn er noch so schwach war.

Die Finger fanden die richtige Stelle. Jetzt mußte ich den Herzschlag spüren.

Der Schweiß sammelte sich auf meiner Stirn. Ich atmete mit offenem Mund. Wie ein grausamer Schock traf mich die Erkenntnis. Ich wollte sie abschütteln, hinwegwischen, doch die tastenden Finger trogen mich nicht.

Janes Herz hatte aufgehört zu schlagen! Die Detektivin war klinisch tot!

Jane Collins sah noch John Sinclair in die Felsenhalle stürmen, sie spürte den Hoffnungsfunken, der in ihr aufloderte, und dann schaute sie in Azarins verzerrtes Gesicht.

Sein Arm sauste herab. Kurz blitzte die Klinge vor ihren Augen auf, dann folgten der alles verzehrende Schmerz und die Dunkelheit.

Die Zeit verging. Jane Collins wußte nicht, ob es Stunden oder nur Minuten waren. Sie war nicht tot, spürte aber auch keine Empfindungen mehr. Sie bemerkte nicht, wie sie auf das Boot getragen wurde, wie ich zitternd und mit gefalteten Händen neben ihr stand, wie sie in Kiriakis' Haus gebracht wurde.

Irgendwann jedoch lichtete sich die absolute Schwärze. Janes Geist verließ den tiefen Schacht der Bewußtlosigkeit, tauchte auf, wurde an die Oberfläche gespült – und…

Plötzlich war alles anders.

Jane spürte rasende Schmerzen in ihrer Brust. Genau dort, wo die Waffe sie getroffen hatte. Ihr Herz hämmerte schwer. Wie Glockenschläge dröhnte es durch ihren Kopf. Sie wollte sich bemerkbar machen, wollte rufen, schreien – es ging nicht.

Spaltbreit öffnete sie die Augen. Es dauerte eine Zeit, bis sie etwas erkennen konnte.

Sie lag in einem ihr unbekannten Raum. Die Gegenstände um sie herum verschwammen wie bei einem Film, über den Wasser lief. Sie sah Menschen, die sich vorsichtig bewegten. Sie schienen zu schweben.

Dann trat eine Gestalt in ihre Nähe.

Es war ein Mann, das konnte sie jetzt erkennen.

Und sie kannte ihn. Sehr gut sogar.

Es war – John Sinclair!

Jane Collins wollte im ersten Augenblick laut aufschreien. Sie hatte vor, John Sinclair die Hand entgegenzustrecken, um sich von ihm hochhelfen zu lassen.

Doch Jane war gelähmt. Keinen Finger konnte sie bewegen. Ein grausames Schicksal hielt sie gefesselt. Und dabei war die Rettung doch so nahe. John stand bei ihr.

Warum sagte er denn nichts? Warum sprach er nicht mit ihr, machte ihr Hoffnung?

Jetzt kniete er sich neben das Bett. Seine Hand strich über ihre Wange. Sie spürte die Berührung, das sanfte Streicheln, in dem alle Zärtlichkeit lag, die John Sinclair für sie empfand. Seine Lippen bewegten sich, formten Worte.

Welche Worte?

Jane verstand sie nicht. Ihr Wille bäumte sich plötzlich auf. Warum hilft er mir denn nicht? Warum läßt John mich hier liegen?

Ein anderer Mann trat neben den Geisterjäger. Es war Suko, Johns chinesischer Partner. Er legte dem Geisterjäger die Hand auf die Schulter, sprach mit ihm. Wiederum verstand Jane Collins nichts.

John Sinclair erhob sich, ging weg von ihr. Seine Gestalt verschwamm.

Warum geht er? schrie es in Jane. Warum bleibt er nicht da? John, bitte, bleib bei mir. Ich flehe dich an!

Jane glaubte zu schreien, doch kein Wort drang über ihre Lippen.

Die Detektivin blieb stumm.

Die Bilder verwischten. Etwas geschah mit ihr, das ihre Sinne und Reaktionen beeinträchtigte. Plötzlich begann ihr Herz rasend zu hämmern. Jane vermeinte, ihre Brust würde im nächsten Augenblick zerspringen. Gleichzeitig spürte sie von den Füßen her eine eisige Kälte langsam aufwärtskriechen.

So kündigte sich der Tod an!

Tief in ihrem Unterbewußtsein dachte sie über die Geschichten der Sterbenden nach. Wenn sie davon berichteten, daß zuerst die grausame Kälte kam, die sich langsam aber stetig dem Herzen näherte, es einschnürte und dann zum Stillstand brachte.

Doch Sekunden bevor der Tod eintrat, da bäumte sich das Herz noch einmal auf. Es kämpfte gegen den grausamen, endgültigen Stillstand an, wollte die Zeit anhalten…

So hilf mir doch, John! Bitte… bitte…

Janes Gedanken formten die Schreie. Doch John konnte nicht helfen. Obwohl er so nah bei ihr stand, war er weiter entfernt denn je.

Plötzlich sah Jane wieder glasklar. Ein Mann hatte den Raum betreten. Er hielt etwas in der Hand. Deutlich erkannte Jane sein faltenreiches Gesicht, die scharf hervorspringende Nase, die hellwachen Augen und das lange graue Haar, das die Schultern berührte. Sie glaubte, diesen Mann schon einmal gesehen zu haben, wußte jedoch nicht wo. Ihr Gedächtnis und ihre Erinnerung ließen sie im Stich.

Der Mann trat zusammen mit John Sinclair an ihr Bett, sagte etwas.

In diesem Moment spürte Jane einen rasenden Schmerz in Höhe des Herzens. Sie hatte das Gefühl, auseinandergerissen zu werden, doch dann war auf einmal alles vorbei.

Kein Herzschlag mehr – nichts.

Dafür eine gewisse Leichtigkeit, ein Überschwang, wie aus einer Sektlaune geboren.

Jane hätte tanzen können, schweben…

Schweben?

Ja, sie schwebte. Oder war es ihr Geist?

Sie befand sich jetzt unsichtbar über der Liegestatt, glitt der Decke entgegen.

Keine Einzelheit entging Jane Collins. Und sie hörte die Männer sogar miteinander reden. Verstand Worte.

»Tot, sie ist tot!« John Sinclair sagte es. Sie sah, wie er zusammenbrach, vor ihrem Bett auf die Knie fiel und sein Gesicht in beide Hände vergrub.

John Sinclair weinte.

Auch Suko wischte sich über die Augen.

Aber ich bin doch gar nicht tot! wollte Jane mitteilen. Ich bin hier. Seht her. Mir geht es ausgezeichnet. Ich freue mich sogar, kommt, tanzt mit mir…

Sie hörten nicht.

Statt dessen sah Jane, daß der fremde Mann etwas Brei aus dem Tongefäß nahm und ihn auf die Wunde schmierte. Suko drückte John Sinclair zur Seite.

»Du störst jetzt«, sagte er.

Jane wollte protestieren, doch sie konnte nicht reden. Sie schaffte es nur, ihre Gedanken mitzuteilen, aber die wurde nicht gehört.

Was Suko an ihrem Körper tat, konnte sie nicht verfolgen. Sein breiter Rücken verdeckte ihr die Sicht. Sie nahm aber an, daß er sich mit einer Herzmassage beschäftigte.

Aber wieso? Ihr ging es doch gut, blendend sogar. Sie wollte gar nicht mehr zurück in ihren Körper. Selten hatte sie sich so frei gefühlt. Sie schwebte, hätte jubilieren können, singen…

Auf einmal entfernten sich die Gestalten, wurden kleiner und verschwammen.

Jane Collins entfernte sich aus dem Zimmer. Mauern und Wände lösten sich vor ihren Augen auf, waren verschwunden, nicht mehr existent.

Eine andere, niemals zuvor gesehene Welt tat sich vor Jane Collins auf.

Sie durchschwebte einen langen, unendlichen Gang. Die Wände schimmerten pastellfarben, flossen ineinander und bildeten immer neue Muster.

Sie wurden getragen, immer weiter fort. Sie sah plötzlich das Ende des Ganges, konnte weiterschauen und hineinsehen in einen blühenden Garten. Noch nie hatten ihre Augen so etwas Schönes gesehen. Kristallklare Seen, prächtige Bäume mit ihr unbekannten Blüten, Menschen, die sich versammelt hatten, miteinander sprachen und tanzten. Nie hatte sie so glückliche Leute gesehen.

Jane wollte rasch zu ihnen eilen. Sie bewegte die Beine, hatte jedenfalls das Gefühl, dies zu tun, doch sie trat auf der Stelle. Es sah so aus, als würde sie gegen ein schnell laufendes Fließband anrennen. Sie kam nicht von der Stelle.

Plötzlich löste sich eine weißgekleidete Gestalt aus dem Reigen der tanzenden Menschen. Es war eine Frau. Sie hatte graues Haar und ein feingeschnittenes Gesicht, auf dem ein verklärtes Lächeln lag.

»Mutter!« flüsterte Jane ergriffen.

Sie konnte es nicht glauben. Vor ihr stand ihre Mutter, die vor sechs Jahren gestorben war.

Wie sehr hatte sie damals gelitten. Doch jetzt stand sie glücklich lächelnd vor ihr. Ja, sie war glücklich.

Ihre Lippen formten unhörbare Worte. Jane meinte, ihren Namen ablesen zu können. Ihre Mutter rief sie. Warum kam sie denn nicht näher? Sie streckte ihre Hand aus, wollte die Finger der Tochter greifen, um sie hinüber zu ziehen.

Wohin?

Ins Jenseits! War dort, wo ihre Mutter stand, das Jenseits? Das Paradies? Der Himmel? Erlebte Jane das, was sie in zahlreichen Büchern gelesen hatte, jetzt selbst? Die Berichte aus dem Jenseits, aus der Dimension zwischen dem Leben und dem Tod? Menschen, die einmal dort waren, wollten nicht mehr zurückkehren. Zu schön, zu phantastisch waren die Eindrücke, die ihnen dort geboten wurden.

Das Paradies lockte mit all seiner Pracht.

Aber warum schaffe ich es nicht, dorthin zu kommen? fragte sich Jane. Warum geht es nicht weiter? Der Gang ist doch zu Ende. Was hält mich zurück?

Jane Collins schaute nach unten.

Sie erschrak.

Sie sah direkt vor sich eine gebogene Brücke, die eine unendliche Schlucht überspannte. Eine Schlucht, deren Grund nicht mehr zu erkennen war. Dunkle Nebel wallten dort. Arme und Hände stiegen aus diesem wabernden Brei. Die Nebelschleier wurden durcheinandergewirbelt, verformten sich. Sie bildeten Gesichter, Fratzen und Alptraum-Gestalten.

Jane verspürte Angst.

Sie wollte einen Blick in die schöne, herrliche Welt werfen, doch die rückte immer weiter fort. Nur noch klein sah sie ihre Mutter. Sie hatte beide Arme ausgestreckt, als wolle sie ihre Tochter an sich ziehen und wie früher als kleines Kind an ihre Brust drücken.

Dann verschwamm das herrliche Paradies.

Zurück blieb – das Grauen!

Der Nebel schien zu brodeln, bildete Wirbel, die immer höher stiegen, deren Ausläufer Jane Collins umspielten.

Als der Schrecken keine Grenzen mehr kannte, sah sie eine Gestalt aus der Nebelsuppe auftauchen.

Nein, keine Gestalt, nur ein Gesicht.

Riesengroß, mit einer dunkelbraunen, wie aus Leder gegerbten Haut. Eine breite Nase, ein offener Mund und zwei Augen, aus denen gelbrote Flammenlanzen schossen, an Jane Collins vorbeiglitten und sich hinter ihr vereinigten.

Jane Collins konnte sich nicht mehr rühren. Sie war gezwungen, in das Gesicht zu schauen. In eine Fratze, in der die Augen zusammenwuchsen und sich zu einem einzigen vereinigten.

Jane Collins sah in das Dämonenauge!

Sie wußte nicht, was es mit dem Dämonenauge auf sich hatte, sie starrte nur gebannt in diese riesige Pupille, in der sie Dinge wie auf einem Fernsehschirm sah.

Vorgänge und Ereignisse liefen ab.

Vergangenes. Zukünftiges.

Letzteres jedoch verschwommen, verwischt. Sie schaute auf Menschen, entdeckte eine Stadt mit hohen Häusern und tiefen Schluchten.

New York!

Ein Wagen fuhr durch die Straßen. Pechschwarz. Die Gestalt hinter dem Lenkrad war kaum zu erkennen. Eine dunkle Kapuze verdeckte das Gesicht. Nur die Augenschlitze schimmerten hell. Entsetzt flohen die Menschen vor dem heranrasenden Wagen, auf dessen Dach ein riesiger Sarg stand.

Nur ein Mann blieb mitten auf der Fahrbahn stehen. Ein blonder, hochgewachsener Mensch. Er hielt eine Waffe in der Hand, feuerte auf das heranrasende Ungetüm.

Der Mann war – John Sinclair!

Doch er konnte den Wagen nicht aufhalten. Blitzschnell war der schwarze Todesbote heran – und…

Das Bild verwischte, wich einem neuen.

Ein altes Dorf, eingebettet in einer unheimlichen Landschaft. Nebel, Moor, eine gespenstische Atmosphäre.

Und eine Mühle!

Die riesigen Flügel wirkten wie Skelette. Eine rothaarige Frau mit langen Vampirzähnen trat aus der Mühle. Sie zog eine andere Frau hinter sich her.

Sheila Conolly!

Dann zeigte die Rothaarige auf einen Mühlenflügel. Ein Mann war dort an das Gestänge gebunden worden.

John Sinclair!

Wieder verschwamm das Bild. Zurück blieb das Auge. Die Pupille zeigte nichts mehr, nur ein stumpfes Grau. Dann floß das Auge auseinander, teilte sich.

Im nächsten Moment sah Jane Collins wieder in das Gesicht mit den beiden Augen.

Der Mund in der Fratze bewegte sich. Er schien Jane Collins zuzulächeln, zu locken…

Abwehrend riß Jane beide Hände vor das Gesicht. Sie wollte diese Fratze nicht mehr sehen, deren Gehirn die Zukunft und die Vergangenheit gespeichert hatte und die Zeit zu einem Absurdum werden ließ.

Doch die Schrecken nahmen kein Ende.

Hinter dem Gesicht tauchte eine überdimensionale Gestalt auf. Ein Skelett mit schwarzem Totenschädel und einem wehenden schwarzen Umhang. In den Augenhöhlen leuchtete es weiß. Aber Jane glaubte auch, einen gelbroten Schimmer darin zu erkennen.

Vor ihr stand der Schwarze Tod!

Er war die Reinkarnation des Bösen, präsentierte die Macht der Hölle und kannte nur den reinen Haß.

Besonders ein Mann war ihm zuwider.

John Sinclair!

Er und der Schwarze Tod waren Erzfeinde. Der Schwarze Tod wollte die Vernichtung, das Chaos – John kämpfte für die Rettung der Menschen. Bisher hatte der Geisterjäger diesem Dämon trotzen können, doch immer wieder tauchte er wie ein Gespenst auf und säte Tod und Verderben.

Über dem Kopf schwang er eine Sense, als wolle er damit zuschlagen. Eine Geste des Triumphes, des Hohns… Jane fühlte sich von ihm angezogen, wollte auf ihn zugehen, plötzlich verspürte sie einen beißenden Schmerz in ihrem Innern. Der Geist zerfaserte, löste sich auf, der Schwarze Tod verschwand, weggewischt war die Schlucht, aus der die Nebel stiegen – nur Dunkelheit, Finsternis…

Der Schmerz wollte nicht aufhören. Etwas hämmerte in ihrem Körper. Schlug wie ein Metronom.

Luft! Jane brauchte Luft. Sie drohte zu ersticken.

Ein pfeifender, saugender Atemzug.

Weit riß Jane die Augen auf.

Johns Stimme. »Mein Gott, sie lebt!«

Ich sah in Janes Gesicht, beobachtete ihre geöffneten Augen, und die Freude drohte mich zu übermannen.

Wir hatten es geschafft. Nein, Kiriakis hatte es geschafft. Ich konnte nicht sagen, wie dankbar ich ihm war. Er hatte Jane Collins ins Leben zurückgeholt.

Und die Wunde war geschlossen!

Etwas Höheres hatte hier geholfen, wollte das Böse nicht triumphieren lassen.

»John?« Das Wort war nur ein Hauch, das aus Janes Lippen wehte. »John, wie…«

Ich lächelte. »Bitte, Jane, sei ruhig, du darfst jetzt nichts sagen.«

»Doch, John.« Sie streckte ihren Arm aus, und die Finger umkrallten meinen Arm. Ich wunderte mich, welch eine Kraft in der Hand steckte, nach alldem, was Jane durchgemacht hatte. Aber hier durfte man nicht mit dem normalen Menschenverstand messen. Dieser Raum schien verzaubert zu sein, ein anderer Ausdruck fiel mir nicht ein.

»Ich habe dich gesehen, John. Vorhin, als ich…« Sie hielt inne. »Als ich tot war…«

Ich saugte die Luft durch die Nase ein. Kiriakis und Suko flankierten mich. Auch sie hatten Janes Worte gehört.

»Ja, John, ich war drüben – im Jenseits…«

Ich schüttelte den Kopf, doch Kiriakis beseitigte meine Zweifel. »Jane Collins war bereits klinisch tot«, erklärte er.

»Natürlich.« Die Geschichten fielen mir ein, die man von Menschen hörte, die schon einmal ›drüben‹ waren. Es waren wundersame Berichte. Die Zurückgekehrten sprachen von blühenden Gärten in paradiesischer Schönheit. Sie sagten immer, daß sie dort ihre verstorbenen Verwandten getroffen hatten. Ihren Vater – oder die Mutter.

»Es war schön, John«, berichtete Jane Collins leise. Sie löste den Griff und legte beide Arme flach auf die Liege. »Ich schritt, nein, ich schwebte durch einen langen Gang, konnte einen Blick ins Paradies werfen, sah sogar meine Mutter, wollte zu ihr, doch irgend etwas hinderte mich daran. Ich konnte auf einmal nicht mehr weiter. Dann sah ich vor mir eine Brücke, die eine Schlucht überspannte. Es war eine tiefe, angsteinflößende Schlucht mit Nebelwänden. Ich hatte Angst, die Brücke zu überqueren. Dann aber tauchte aus dem Nebel ein scheußliches Gesicht auf. Die beiden Augen wuchsen plötzlich zusammen, wurden eins…«

Jane berichtete, was sie erlebt hatte, beschrieb das Gesicht sehr genau.

»Und ich sah dich, John. In New York und danach gefesselt auf dem Flügel einer Mühle. Es waren Blicke in die Zukunft. Ich konnte durch das Auge in die Zukunft sehen. Klar und deutlich sah ich alles vor mir. Es war wie im Alptraum. Ich habe Angst, John.«

Ich streichelte ihre Hand. »Die brauchst du nicht zu haben, Jane. Ich bin bei dir.«

»Trotzdem, alles war unheimlich. Sogar der Schwarze Tod tauchte wie ein Gespenst aus dem Nebel auf. Furchtbar…«

Ich biß die Zähne aufeinander. Da war der Name wieder gefallen. Der Schwarze Tod! Mein Erzfeind, Satans Erster Diener, der bereits so lange lebte, wie die Welt existierte.

»Begreifst du die Zusammenhänge?« fragte Kiriakis dicht neben mir mit leiser Stimme.

»Fast.« Ich wandte mich wieder der Privatdetektivin zu. »Erzähle bitte weiter, Jane. Was hast du noch gesehen?«

»Sonst nichts.«

»Hat dich der Schwarze Tod angegriffen?«

»Nein. Aber er wollte es. Er hat es nur nicht geschafft. Er wollte nach mir fassen, doch da war alles vorbei. Die Umgebung veränderte sich. Ich spürte einen Schmerz in der Herzgegend und erwachte hier.«

»Das war der Moment, als die Massage Erfolg hatte«, kommentierte Kiriakis.

Jane Collins blickte die Männer erstaunt an. »Dann… dann habt ihr mich also zurück ins Leben geholt?«

»So ist es«, erwiderte John.

Jane lächelte. »Und dabei war es zuerst so schön«, erzählte sie. »Nie hätte ich wieder zurückgewollt. Ich fühlte mich einfach wohl, wißt ihr. Euch wäre es sicherlich nicht anders gegangen.« Sie setzte sich plötzlich auf.

Ich wollte sie noch zurückhalten, reagierte jedoch zu spät. Jane merkte erst jetzt, daß ihre Brust nicht bedeckt war, und wurde rot.

Ich gab ihr ihre Bluse. »Zu schämen brauchst du dich aber wirklich nicht«, sagte ich.

Sie zog die Bluse über. »Bei dir kann man nie wissen, John.« Dann wurde sie wieder ernst. »Seltsam, die Wunde. Ich spüre sie gar nicht mehr. Sie ist geschlossen. Nur noch ein leichtes Ziehen, das ist alles. Wie ist das nur möglich?«

Ich zeigte auf den Griechen. »Das hast du Kiriakis zu verdanken, liebe Jane.«

Die Detektivin runzelte die Stirn. »Wer sind Sie? Vorhin war mir, als hätte ich Sie schon einmal gesehen.«

»Ich bin ein Freund«, erwiderte der Grieche. »Das sollte Ihnen vorerst genügen.«

»Und wie haben Sie mich geheilt?«

Kiriakis legte beide Hände gegeneinander. »Es gibt viele Geheimnisse in unserer Welt. Ich bin der Meinung, daß sie auch Geheimnisse bleiben sollen. Deshalb werde ich Ihnen nichts sagen, Miß Collins. Vielleicht erfahren Sie dieses kleine Wunder irgendwann einmal. Ich kann Ihnen jedoch versichern, daß die Wunde völlig geheilt ist. Sie werden keine Schmerzen mehr verspüren. Glauben Sie mir.«

»Ja, Mr. Kiriakis, ich glaube Ihnen.«

»Lassen Sie das ›Mister‹ weg. Wir sind Freunde und sollten es bleiben.«

»Zweifeln Sie daran?« fragte ich.

Kiriakis hob die mageren Schultern. »Wer weiß, was sich der Schwarze Tod noch alles ausgedacht hat.«

»Was ist mit dem Dämonenauge?« fragte ich.

»Darauf wollte ich kommen.« Kiriakis setzte sich. »Wir werden es schwer haben, das Auge zu zerstören. Es ist ebenso alt wie der Schwarze Tod. Durch dieses Auge kann der schreckliche Dämon in die Zukunft und in die Vergangenheit blicken.«

»Er sieht alles?« fragte ich staunend.

»Nein, nicht alles.«

»Ich verstehe nicht…«

»Ich will es euch erklären. Als der Kontinent Atlantis damals unterging, war es zwar das Ende der Bevölkerung, aber nicht der Tod des Bösen. Schon zur Blütezeit dieser Kultur hat es das Böse gegeben. Es war sehr stark vertreten. Schwarze Priester und Magier fanden zahlreiche Diener. Durch Höllenspuk und Zauberei hielten sie die Menschen bei der Stange. Aber auch die Dämonen bekriegten sich gegenseitig. Der Schwarze Tod, der sich bereits damals als Herrscher aufschwingen wollte, hatte es schwer. Sein Gegner war Myxin, der Magier. Und er besaß das Dämonenauge. Doch der Schwarze Tod schaffte es, ihm das Auge zu entreißen. Danach wollte er Myxin töten. Es gelang ihm jedoch nicht. Er konnte ihn nur in einen zehntausendjährigen Schlaf versetzen. Durch Schwarze Magie gelang es ihm, einem seiner Diener das Auge einzupflanzen. Es ist der Mann, dessen Gesicht du gesehen hast, Jane Collins. Will der Schwarze Tod also bestimmte Ereignisse sehen, so schaut er eben durch dieses Auge. Er sieht jedoch nur das Böse, den Schrecken, das Chaos. All das, was er selbst verteidigt. Es ist ja auch logisch, denn das Auge gehörte ebenfalls einem Diener der Finsternis. Das ist die Geschichte des Dämonenauges.«

»Und wie kommen wir an das Auge heran?« wollte Suko wissen.

»Durch Myxin, den Magier.«

Suko und ich blickten uns an. »Das geht wirklich?« fragte ich mit leiser Stimme.

»Ja.«

»Dann sag uns den Weg.«

Kiriakis zog ein sehr nachdenkliches Gesicht. Prüfend sah er uns dann der Reihe nach an. »Ich kenne euch zwar noch nicht sehr lange, doch ich bin von eurer Lauterkeit überzeugt. Trotzdem verlangt ihr sehr viel von mir, wenn ihr den Weg wissen wollt, um das Dämonenauge zu finden. Ohne Hilfe können wir das Auge nicht zerstören. Wir brauchen eine mächtige Unterstützung. Und die kann uns nur einer geben. Myxin, der Magier!«

»Aber der schläft doch«, sagte Jane Collins.

»Dann erwecken wir ihn.«

»Ist er nicht auch ein Diener der Finsternis?« fragte Suko.

Kiriakis nickte. »Trotzdem muß es uns gelingen, ihn auf unsere Seite zu ziehen.«

»Das hieße, den Teufel mit dem Beelzebub austreiben«, sagte ich.

»Du hast es erfaßt, John«, gab Kiriakis zu.

»Fragt sich nur, ob Myxin so ohne weiteres bereit sein wird, uns zu helfen.«

Der Grieche sah mich an. »Das ist das große Risiko. Andererseits müßte er uns dankbar sein, daß wir ihn erwecken. So gleicht sich das aus.«

Ich lachte auf. »Dankbarkeit von einem Dämon? Das gibt es nicht und wird es auch nicht geben.«

»Wenn wir gerissen und vorsichtig taktieren – schon«, meinte Suko. »Wir müssen seine niederen Instinkte wecken. Rachegefühle gegen den Schwarzen Tod. Myxin soll für uns das Dämonenauge holen. Dann können wir es zerstören.«

»Ein gewagter Plan«, murmelte ich. »Aber die einzige Möglichkeit, die uns bleibt.«

»Es wäre wirklich die Krönung meines Lebens, wenn wir das Dämonenauge zerstören könnten«, sagte Kiriakis. »Ich will euch nun sagen, wo wir ihn finden können. Er liegt in einer Höhle auf dem Meeresgrund, gar nicht weit von Delos entfernt. Ich kenne die ungefähre Lage und kann euch führen. Das Tauchen müssen John und Suko übernehmen. Ich bin zu alt.«

»Ehrensache«, sagte der Chinese.

Ich pflichtete ihm bei.

»Und ich bin ebenfalls mit von der Partie«, mischte sich Jane ein.

Suko und ich waren dagegen, doch Jane Collins ließ sich nicht von ihrem Vorsatz abbringen. Und bisher hatte sie noch immer ihren Kopf durchgesetzt.

Der Mann in der Telefonzelle trug einen dunkelgrauen Anzug mit feinen Nadelstreifen. Vom Typ her glich der Knabe einem Bullen. Breit in den Schultern, Stiernacken und Pranken, in denen der Hörer fast verschwand. Eine große Sonnenbrille verdeckte fast die Hälfte seines Gesichts, und der bauschige Schnauzer wuchs sichelförmig zu beiden Seiten der Mundwinkel.

Der Mann hieß Konstantin Hereos. In der Athener Unterwelt war er ebenso bekannt wie bei der Polizei. Hereos kaufte und verkaufte fast alles. Er war ein Hehler. Aber einer von der brutalen Sorte. Wenn er es für nötig hielt, nahm er die Kanone in die Hand und räumte auf. Fünf Morde hatte er bereits auf dem Gewissen. Doch das störte ihn nicht weiter.

Im Augenblick telefonierte er mit einem Kunden, der ihm alte phönizische Goldmünzen besorgen wollte.

»Nein, den Preis zahle ich nie!« zischte Hereos.

»Dann tut es mir leid. In der Türkei habe ich auch phantastische Abnehmer. Die reißen sich um meine Ware. Außerdem möchte ich auch einmal das große Geld machen. Ich trage schließlich ein Risiko, das nicht von schlechten Eltern ist.«

Hereos überlegte. Der Hundesohn wollte das Geld nicht in Drachmen ausgezahlt haben, sondern in Dollars.

Fünftausend verlangte er.

Natürlich waren die Münzen das Dreifache wert, aber das spielte nur für Hereos eine Rolle und hatte den Kerl am anderen Ende der Leitung nicht zu interessieren.

»Wie ist es, Hereos, zahlst du den Preis?« Der Verkäufer drängte.

Der Hehler entschied sich jetzt sehr schnell. »Gut, du Halsabschneider, ich zahle.«

»Na wunderbar. Wo treffen wir uns?«

»Bei mir!«

Jetzt lachte der Verkäufer. »Ist nicht drin, Hereos.«

»Dann mach einen anderen Vorschlag.«

»Treffpunkt auf dem Meer. Folgende Koordinaten gebe ich dir durch. Wie ich weiß, bist du ein recht guter Seemann.«

Hereos erklärte sich überraschend schnell einverstanden. Das hätte den anderen eigentlich stutzig machen sollen, doch der merkte nichts. Er gab die Position an, wo das Treffen stattfinden sollte, und legte auch eine Uhrzeit fest. »Heute nachmittag um drei Uhr.«

Hereos wiederholte noch einmal die Worte und hängte dann ein. »Dieser Schweinehund wird sich wundern«, flüsterte er. Er drückte die Tür der Zelle auf. Sein Gesicht war schweißbedeckt. Im Innern des Häuschens war es verdammt stickig gewesen. Mit einem Taschentuch wischte sich Hereos den Schweiß von der Stirn.

Sein Cadillac parkte ein paar Meter weiter am Straßenrand. Im Wagen saßen zwei Männer.

Hereos' Leibwächter.

Typen, die kleinen Kindern Angst machen konnten. Ehemalige Ringer, die auch heute noch vor Kraft kaum laufen konnten. Sie trugen beide helle Jeans-Anzüge, deren Nähte von den Fleischmassen fast aufgerissen wurden.

Der Kerl am Steuer hieß Konos. Sein breitflächiges Gesicht hatte die Spuren zahlreicher Schlägereien nicht verdaut. Die rechte Augenbraue fehlte völlig. Nach einem Messerstich wuchs dort einfach nichts mehr.

Auf dem Beifahrersitz hockte Liri. Der Mann stammte aus der Türkei und hatte wie sein Kumpan das Gemüt eines Fleischerhundes. Liri war glatzköpfig. Die Augen verschwanden fast völlig hinter Fettpolstern, und die Nase war kaum zu sehen.

Als Liri seinen Boß ankommen sah, verließ er den Wagen und öffnete Hereos die hintere Tür.

Schwer ließ sich der Hehler in den Fond fallen.

Konos drehte den Kopf. »Wie ist es gelaufen, Boß?«

»Fahr los!«

Konos nickte. Er wartete, bis Liri den Caddy geentert hatte, und gab dann Gas. Die beiden Gorillas wußten, daß sie ihren Boß jetzt nicht ansprechen durften. Schweigend hockte Hereos im Fond und hing seinen Gedanken nach.

Und die waren nicht gerade erfreulich. Der Kunde wollte ihn übers Ohr hauen, dieser dreckige Levantiner, wie Hereos ihn immer bezeichnete. Aber diesmal hatte er sich getäuscht. Er würde sich noch wundern.

Hereos hatte seinen Laden in der Innenstadt von Athen. Nach außen hin gab er sich als Antiquitätenhändler. Er verkaufte nur solche Dinge, die von den zuständigen Behörden auch zum Verkauf freigegeben waren. Das geschah nicht mit allen Sachen, denn Schätze, die auf dem Grund des Meeres lagen, durften nicht mehr ausgeführt und verkauft werden. Der Schaden, der durch unseriöse Geschäftemacher entstanden war, ging weit in die Millionen. Man hatte Raubbau betrieben mit den Zeugen der Vergangenheit. Jetzt griff die Polizei hart durch, wenn sie einen dieser Exporteure erwischte. Hohe Gefängnisstrafen waren an der Tagesordnung. Das hielt Hereos jedoch nicht davon ab, es immer wieder zu versuchen. Seine Kunden saßen in der ganzen Welt verstreut und zahlten hohe Preise.

Zwei normale Angestellte sorgten im Laden dafür, daß das Geschäft auch lief, wenn Hereos einmal nicht da war. Von den schmutzigen Geschäften ihres Brötchengebers ahnten die biederen Leute nichts.

Hereos ließ sich auf den Hof hinter seinen Laden fahren. Dort rollte der Caddy in eine Garage.

»Kommt mit in die Wohnung!« befahl der Hehler seinen beiden Leibwächtern.

Hintereinander schritten die drei Männer die verwinkelte Treppe hoch. In seinem Arbeitszimmer nahm Hereos hinter dem Schreibtisch Platz. Die Gorillas blieben stehen.

Der Hehler erklärte seinen Männern mit ein paar Worten die Lage.

Synchron nickten sie. Dann fragte Konos: »Und wie haben Sie sich entschieden?«

Hereos blickte die Männer lauernd an. »Wir werden ein Exempel durchführen«, erwiderte er. »Geht los, und ölt eure Kanonen. Den Hundesohn schießen wir zusammen…«

Wenn das Sprichwort ›Ein gutes Gewissen ist ein sanftes Ruhekissen‹ zutrifft, dann mußten Jane, Suko und ich wirklich ein gutes Gewissen haben.

Wir schliefen wie die Toten.

Ich wachte gegen acht Uhr am anderen Morgen ziemlich schlaftrunken auf und hatte Mühe, aus dem Bett zu steigen. Auch die Toilette dauerte länger als gewöhnlich, und so war es nicht verwunderlich, daß ich als letzter am Frühstückstisch eintraf.

Die Bemerkungen waren dementsprechend.

In diesem internationalen Hotel gab es das internationale Einheitsfrühstück. Der Toast war zäh wie Leder. Suko aß meine Scheiben gleich mit. Er bestellte sogar noch nach, was selbst den Ober verwunderte.

Jane hielt sich an Orangensaft, ich ließ mir als Extraportion zwei Eier braten.

Kiriakis hatte uns versprochen, gegen neun Uhr einzutreffen. Er wollte noch einige Besorgungen machen. Zum Beispiel Neoprenanzüge kaufen, Preßluftflaschen, Unterwasserlampen und einiges mehr. Das Geld dafür hatte ich ihm am gestrigen Abend gegeben.

Ich erhielt meine Eier. Fast hatte ich es erwartet. Sie waren nicht nur versalzen, sondern auch verpfeffert. Mit Todesverachtung schlang ich den Fraß hinunter und spülte anschließend mit Kaffee und Saft nach.

Ich wollte mir gerade eine Verdauungszigarette gönnen, als wir Besuch erhielten.

Ein Offizier der griechischen Polizei durchmaß mit forschen Schritten den elegant eingerichteten Frühstücksraum, wobei er von mißtrauischen Blicken der Angestellten begleitet wurde. Er blieb neben unserem Tisch stehen.

Vor Jane deutete er eine knappe Verbeugung an. Er hatte die Mütze unter den Arm geklemmt. Sein lackschwarzes, nach hinten gekämmtes Haar glänzte.

Zuviel Pomade, dachte ich.

»Sie gestatten, daß ich mich vorstelle! Mein Name ist Leutnant Pamperis!«

Ich übernahm die Gesprächsführung. »Bitte, setzen Sie sich, Herr Leutnant.«

»Danke.« Der Polizist nahm Platz.

Ich ahnte zwar nichts Schlimmes, aber die Anwesenheit der heimischen Polizei behagte mir nicht. Superintendent Powell hatte seine Beziehungen spielen lassen und unseren Besuch offiziell angekündet. Trotzdem blieb bei den Griechen ein Rest von Mißtrauen. Ich hatte ihn auch auf der Polizeipräfektur schon gespürt.

»Haben Sie Erfolg gehabt?« fragte der Leutnant.

»Ja.«

Der Polizist verzog das Gesicht. Er hatte wohl eine ausführlichere Antwort erwartet. In seinen dunklen Augen leuchtete der Unwillen. »Dann darf ich Sie vielleicht um einen Bericht bitten. Sie wissen ja, das Beamtentum verlangt es. Außerdem muß alles seine Richtigkeit haben.«

Ich lächelte ihn entwaffnend an. »Aber sicher erhalten Sie Ihren Bericht. Nur nicht heute. Wissen Sie, Ihr Land ist so reizvoll und das Wetter so prächtig, daß meine Freunde und ich es uns erlaubt haben, noch einige Tage Urlaub zu machen. Den Bericht schreibe ich morgen oder übermorgen.«

Der gute Leutnant war zufriedengestellt. »Sie bleiben in diesem Hotel wohnen?«

»Natürlich.«

Ehe ich jedoch weiterreden konnte, mischte sich Jane Collins ein. Sie entwickelte einen Charme, dem der Polizist nicht widerstehen konnte.

Sacht legte Jane ihre Finger auf seinen Unterarm. »Sehen Sie, Herr Leutnant, wir möchten das Wetter genießen und mit dem Boot hinausfahren. Ist das verboten?«

Der Leutnant wurde rot. »Natürlich nicht.«

»Sie können uns ja begleiten«, schlug Jane vor und schenkte dem Mann einen Blick, der ihm den Kragen eng werden ließ.

»Es tut mir leid, aber ich habe heute Dienst.«

»Schade.« Janes Stimme klang sehr bedauernd.

Leutnant Pamperis stand auf, zog sich den Uniformrock glatt, deutete abermals eine Verbeugung an und sagte: »Dann bleibt mir nichts anderes übrig, als Ihnen viel Vergnügen zu wünschen.«

»Danke«, sagten wir wie aus einem Mund.

Der Polizist verschwand, wie er gekommen war. Zackig und schneidig. Das Personal atmete auf.

Wir aber lachten.

»Den hast du aber auflaufen lassen«, sagte Suko. »Gratuliere.«

»Eine meiner leichtesten Übungen«, erwiderte Jane.

Ich drückte ihr einen Kuß auf die Wange. »Okay, Blondie, dann wollen wir mal ›Urlaub‹ machen.«

»Nenn mich nicht Blondie. Ich bin keine Comic-Figur!« zischte Jane.

Ich mußte lachen. Sie meinte es nicht böse.

Kiriakis war pünktlich. Er saß in der Halle in einem Korbsessel und blätterte in der Zeitung. Als er uns sah, überzog sein Gesicht ein Lächeln. Er legte die Zeitung zur Seite und stand auf.

»Ich hoffe, ihr habt eine ruhige Nacht verbracht«, sagte er, sah Jane an und meinte: »Du bist nicht wiederzuerkennen. Schade, daß ich keine dreißig Jahre jünger bin. Dann hättest du dich vorsehen müssen, John Sinclair.«

»Endlich jemand, der mich zu schätzen weiß«, sagte Jane.

Kiriakis hatte nicht übertrieben. Jane Collins sah hinreißend aus. Sie trug enge, helle Röhrenjeans, ein knallrotes T-Shirt und darüber eine knappe Jacke. Das Haar hatte sie hochgesteckt, dabei aber zwei Korkenzieherlocken vor den Ohren herabhängen lassen. Schminke brauchte sie nicht. Sie sah auch ohne das kosmetische Zeug mehr als reizend aus.

»Hast du alles besorgt?« erkundigte ich mich bei dem Griechen.

»Ja. Wir können starten.«

»Worauf warten wir dann noch?« Suko rieb sich tatendurstig die breiten Hände.

Kiriakis lächelte. »Das Wetter sieht gut aus. Wir werden wohl kaum Schwierigkeiten bekommen. Wenigstens nicht von dieser Seite.«

»Und der Schwarze Tod?« fragte ich.

Kiriakis hob nur die Schultern.

Sofort war die Stimmung futsch. Ich hatte den Namen des Erzfeindes erwähnt, und ich nahm auch Janes Blick wahr, mit dem sie mich betrachtete. Die Privatdetektivin hatte ihren Ausflug ins ›Jenseits‹ noch längst nicht vergessen.

Beruhigend legte ich einen Arm um ihre Schulter. »Keine Angst, es geht schon alles gut.«

Mit einem Taxi ließen wir uns zum Hafen fahren. Kiriakis hatte die beiden Taucherausrüstungen bereits ins Boot schaffen lassen. Es war der Kahn, mit dem Jane Collins schon einmal als Gefangene zur Insel Delos gefahren war.

Das Boot gehörte jetzt Kiriakis, da Azarin, sein Sohn, nicht mehr lebte. Ich sah mir den Kahn an. Soweit ich feststellen konnte, war er gut in Schuß.

An der Mole standen einige Burschen und beobachteten uns neiderfüllt. Vor allen Dingen an Jane klebten ihre Blicke. Sicher hätte jeder von ihnen gern mit ihr eine Bootsfahrt gemacht.

Kiriakis hatte jemand gefunden, der während unserer Abwesenheit auf das Boot achtgab. Ich entlohnte den Mann mit ein paar Münzen. Er verbeugte sich mehrere Male.

»Wer übernimmt das Steuer?« fragte der Grieche.

Suko meldete sich. »Das ist mein Spezialgebiet«, meinte er grinsend.

Wir waren einverstanden.

Da aufgetankt war, stand einer Abfahrt nichts mehr im Wege. Doch Kiriakis verzögerte das Auslaufen. Er schleppte noch eine Kiste heran und stellte sie neben dem Steuerhaus ab.

Auf Janes Frage, welchen Inhalt die Kiste barg, schüttelte er nur den Kopf und meinte geheimnisvoll: »Zu gegebener Zeit werde ich den Deckel öffnen.«

Wir mußten uns damit zufrieden geben.

Die beiden starken Diesel-Motoren brummten satt, als Suko sie anließ. Geschickt manövrierte er das Boot aus dem kleinen, künstlich angelegten Hafen. Eine weiße Heckwelle hinter uns herziehend, rauschten wir dann auf die offene kristallklare See hinaus.

Hereos' Boot lag im Yachthafen von Athen. Es reihte sich goldrichtig in die Reihe der schnittigen Yachten und Hochseekreuzer ein, die griechische Millionäre ihr eigen nannten.

Hereos konnte sein Yacht zwar nicht mit denen der steinreichen Reeder vergleichen, er brauchte sich aber auch nicht zu verstecken. Das schneeweiße Boot mit dem vorn spitz zulaufenden Bug und dem sinnigen Namen SEA ARROW dümpelte am Kai. Rhythmisch klatschten die Wellen gegen die Bordwände, wiegten die hier festgetäuten Yachten in einem ewigen Gleichklang.

Kein Boot war unbewacht. Als Millionär und Besitzer einer großen Yacht leistete man sich eine Mannschaft. Und auch Hereos hatte einen Mann in seinem Dienst, der das Schmuckstück bewachte.

Der Knabe war ein Faktotum. Ein ehemaliger Skipper, der alle sieben Weltmeere kannte und den es in Piräus an Land gespült hatte. Hier war er hängengeblieben und froh gewesen, einen Job bei Hereos bekommen zu haben.

Der Grieche hatte seine Ankunft vorher angekündet. Er wollte Klarschiff vorfinden, und wenn der Boß etwas sagte, dann spurte sein Mann auch.

Als der Hehler mit seinen beiden Gorillas aus dem Wagen stieg, meldete der alte Seemann: »Schiff klar zum Auslaufen!« Er hob sogar die Hand zum Gruß und tippte an den Schirm seiner alten Seemannsmütze.

»Okay, Carlos, du kannst gehen!« Hereos winkte hastig ab.

»Kommen Sie heute noch zurück?« fragte Carlos.

»Wahrscheinlich.«

Hinter Hereos betraten seine Leibwächter das Deck. Da Carlos ihnen im Wege stand, schoben sie den alten Mann rücksichtslos zur Seite. »Mach Platz, du Affe!«

Carlos wehrte sich nicht. Gegen diese beiden kam er nicht an. Konos und Liri schleppten Koffer aufs Boot und brachten das Gepäck sofort nach ihrer Ankunft unter Deck.

Hier – in einem eleganten mahagonigetäfelten Salon – packten sie die Koffer aus.

Nicht Kleidungsstücke kamen zum Vorschein, sondern Waffen. Vier Maschinenpistolen. Zwei davon der Marke UZI, die anderen beiden vom Typ Beretta. Schließlich hatte der Chef klare Anweisungen gegeben.

Auch Hereos betrat den Salon. Er trug noch immer seine Sonnenbrille, und zwischen den Lippen qualmte ein Zigarillo. Zufrieden nickend blickte er auf seine beiden Männer.

»Ich sehe schon, ihr faßt den neuen Job richtig auf«, lobte er die Gorillas.

»Und wie machen wir es?« wollte Liri wissen.

»Auf alle Fälle übernehmen wir erst die Münzen. Wenn die Kiste bei uns an Bord ist, schießt die anderen zusammen.«

Die Kerle nickten. Ihnen bedeutete ein Menschenleben nichts. Sie waren abgestumpft und schlimmer noch als Tiere.

Konos packte vorsichtig einige Handgranaten aus. Grinsend wog er die Hölleneier in den Händen. »Damit blasen wir den Kahn bis zu Allah«, meinte er.

»Laß ihn aus dem Spiel«, regte sich Liri auf. Sein Gesicht lief dunkelrot an.

»Ja, ja, schon gut.«

Hereos warf die Zigarillokippe in einen Messingascher. »Redet nicht lange herum, wir starten. Ich will am Abend wieder zurück sein. Die Kunden warten bereits auf die Ware.«

Er drehte sich um und verließ den elegant eingerichteten Salon. Wenig später brummten die schweren Motoren auf.

Die Sonne erinnerte mich an eine riesige glühende Orange. Ihre Strahlen trafen das Boot schräg von der Seite und flimmerten über das Deck.

Zum Glück wehte eine frische Brise. Sie strich über unsere erhitzten Gesichter und drückte mein Hemd eng gegen den Körper.

Jane Collins hatte ihre Haarpracht gelöst. Wie eine Fahne flatterte die blonde Mähne im Fahrtwind. Auch hatte sie ihre Jacke ausgezogen. Nur mit T-Shirt und Hose bekleidet, sonnte sie sich auf dem Deck und trank eisgekühlten Orangensaft aus dem Bordkühlschrank.

Ich ging zu ihr, lehnte mich an die Reling. »So könnte dir das Leben schon gefallen, wie?«

Jane hob den Kopf. Sie lächelte mich an und faßte nach meiner Hand. »Und ob mir das Leben so gefallen könnte. Du glaubst gar nicht, wie wohl ich mich plötzlich wieder fühle. Die Vergangenheit«, sie schüttelte den Kopf, »habe ich wieder vergessen. Ich sehne mich auch nicht mehr nach dem Jenseits zurück, John. Ich weiß auch nicht…«

Neben Jane ging ich in die Knie, streichelte ihr Gesicht, als sie mir den Kopf zuwandte.

»Küß mich!« flüsterte sie. »Bitte… ich möchte spüren, daß ich lebe, und ich möchte dich spüren.«

Den Gefallen tat ich ihr gern. Um so etwas hat mich noch nie eine Frau lange zu bitten brauchen.

Warm spürte ich Janes Lippen auf meinem Mund. Ich schmeckte den leicht salzigen Geschmack auf ihren Lippen, fühlte ihren weichen, anschmiegsamen Körper und verfluchte innerlich den Umstand, daß wir uns auf einem Schiff befanden und nicht bei mir zu Hause.

Ein verlegenes Räuspern trieb uns auseinander.

Kiriakis stand vor uns.

»Entschuldigt, daß ich störe, doch ich würde vorschlagen, John, daß du die Taucherausrüstungen überprüfst. Nicht mehr lange, und wir haben unser Ziel erreicht.«

Ich stand auf. »Okay, die Pflicht ruft. Dienst ist eben Dienst…«

»… Und Whisky ist Whisky«, vollendete Jane Collins. Auch für sie war der Zauber des Augenblicks verflogen. Wir mußten beide in die Zukunft sehen, und die konnte verdammt hart werden, dessen waren wir uns sicher.

Die beiden Taucherausrüstungen lagen am Heck des Bootes. Kiriakis hatte gelbe Neoprenanzüge gekauft. Die Preßluftflaschen waren von hellblauer Farbe. Der Grieche hatte auch für breite Tauchermesser gesorgt sowie für lichtstarke Lampen, Netze und Seile.

Ich überprüfte die Ventile. Der Druck stimmte überall. Ich machte so etwas nicht zum erstenmal und kannte mich aus.

Mein Blick glitt über die Reling hinweg und streifte das grünblau wogende Meer mit seiner langen Dünung. Das Sonnenlicht zauberte blitzende Reflexe auf die Wasseroberfläche, und die farbigen Segel der Boote wirkten wie bunte Tupfer.

»Bald werden wir kaum noch Boote sehen können«, sagte Kiriakis. Lautlos war er hinter mich getreten. Das Geräusch der sich drehenden Heckschraube hatte seine Schritte übertönt.

Ich wandte den Kopf. »Wieso?«

»Wo wir hinfahren, gibt es viele Klippen und Strudel. Wer das Meer nicht genau kennt, meidet diese Stelle.«

»Dann wird es für Suko gefährlich. Er ist zwar ein guter Steuermann, aber…«

Kiriakis winkte ab. »Keine Sorge. Ich werde bald das Steuer übernehmen. Ich stehe nicht zum erstenmal auf Decksplanken.«

Dieser alte Mann verwunderte mich immer wieder. Ich hatte geglaubt, ihn zu kennen, doch je länger ich mit ihm zusammen war, um so mehr Geheimnisse entdeckte ich an ihm. Außerdem interessierte es mich brennend, was er in der Kiste verbarg. Ich wollte jedoch meine Neugierde nicht zu offen zeigen und hielt deshalb meinen Mund.

Kiriakis hatte sich umgezogen. Er trug nicht mehr den langen, mantelähnlichen Umhang, sondern eine ausgestellte Hose, ein kariertes Hemd und darüber eine dunkle Lederjacke. Das lange graue Haar flatterte im Wind.

»Soviel mir bekannt ist, liegt Myxin in einem goldenen Sarg verborgen«, berichtete Kiriakis. »Und ihr müßt aufpassen, denn er wird bewacht.«

»Von wem?«

»Das weiß ich nicht. Es kann ein Monster sein, eine Seeschlange oder auch ein Rochen. Möglich wäre ein magisches Kraftfeld, aber das müßt ihr herausfinden.«

Ich deutete auf die Messer. »Sollen wir uns damit verteidigen?«

»Nein, ich habe etwas Besseres. Warte.«

Kiriakis ging einige Schritte zur Seite und hob die Plane von seiner geheimnisvollen Kiste ab. Er winkte mir, näher zu kommen, und ich tat es.

Kiriakis öffnete den Deckel.

Ich schaute dem Griechen über die Schulter, konnte jedoch nichts erkennen, außer einer ziemlich farblosen, verwaschenen Decke. Vorsichtig hob Kiriakis die Decke aus der Kiste, dann drehte er sich um.

Er legte die Decke auf die Planken und zupfte sie auseinander.

Etwas blendete mich, und ich schloß die Augen. Es war kein weißer Lichtstrahl, sondern ein Blitz, der in allen Farben schillerte und mich die Augen schließen ließ.

Spaltbreit öffnete ich sie wieder.

Auf Kiriakis' rechtem Handteller lag ein Stein. Fast so groß wie seine Hand, oval geformt und glatt.

»Dieser Stein«, so berichtete der Grieche, »stammt aus Atlantis. Er soll einmal Myxin gehört haben, und er wird für euch der Schlüssel zum Sarg des Magiers sein. Nimm ihn mit in die Tiefe, John Sinclair, und gib gut auf ihn acht. Er wird dir helfen, die Schwierigkeiten zu überwinden, denn seine Magie ist sehr stark.« Kiriakis streckte den Arm aus und reichte mir den Stein. »Nimm ihn!«

Ich faßte ihn an. Er war seltsam warm und schien mit meiner Hand zu verschmelzen. Ich fühlte ein Kribbeln unter der Haut, aber es war kein unangenehmes Gefühl.

Jane Collins hatte uns beobachtet und trat zu uns.

Ich blickte ihr fragend ins Gesicht.

Jane nickte. »Ich habe alles gehört«, sagte sie. »Ich hoffe, daß der Stein dir hilft.«

Kiriakis lächelte zuversichtlich.

»Du brauchst keine Angst zu haben. Dieser Stein ist unsere Trumpfkarte. Wenn Myxin ihn sieht, wird er uns gehorchen, denn er möchte ihn wiederhaben.«

»Willst du ihm den Stein nicht geben?« fragte ich.

»Nur unter bestimmten Voraussetzungen.«

Ich konnte mir denken, was dieser alte Fuchs plante. Und

wieder einmal war ich froh, einen Mann wie Kiriakis zum Freund zu haben.

Der Grieche schlug mir auf die Schulter und bewegte sich in Richtung Steuerhaus.

Jane Collins machte sich Sorgen. »Hoffentlich passiert dir nichts«, sagte sie.

Ich winkte ab. »Wird schon schiefgehen.« Gelassen schlüpfte ich aus meiner Kleidung. Die neue Badehose hatte ich bereits übergestreift. Dann tauchte auch Suko auf. Er grinste mich an. »Stark siehst du aus. So als Muskelprotz.«

»Oh, vielen Dank.« Ich hob den Neoprenanzug hoch und versuchte, mich hineinzuwinden. Das war gar nicht so einfach. Der Kunststoff wollte nicht rutschen. Suko und Jane halfen mir schließlich. Als ich dann die Haube überzog, sah ich wirklich aus wie ein Froschmann.

Kiriakis hatte den Kurs etwas geändert. Wir fuhren nun in Richtung Osten. Seine Voraussage bewahrheitete sich. Die Segelboote wurden tatsächlich weniger. Nur in der Ferne sah ich eine Inselfähre vorbeigleiten.

Manchmal ragten regelrechte Felsen aus dem Meer. Dann wieder sah ich Inseln, die jedoch ebenso rasch verschwanden, wie sie auftauchten.

Kiriakis hatte an Geschwindigkeit zugelegt. Die Bugwelle schwappte hoch. Silberne Tropfen wischten über Bord und bespritzten unsere Gesichter.

Suko quälte sich in den Neoprenanzug. Diesmal konnte ich lachen. Ich half ihm aber dabei. Dann schnallte ich ihm die beiden Preßluftflaschen auf den Rücken. Suko blies durch das Mundstück und nickte zufrieden.

»Meinetwegen kann es losgehen«, sagte er.

Ich hob die Schulter und warf mir die Luftflaschen über. Jane prüfte genau nach, ob die Flaschen mit dem lebenswichtigen Sauerstoff auch fest saßen.

Vom Steuerhaus her winkte uns Kiriakis. Wenn ich das Zeichen richtig verstand, dann hatte er die Stelle bald erreicht. Tatsächlich, er drosselte die Geschwindigkeit. Fuhr dann einen großen Bogen, stellte den Motor ab und ließ das Boot auslaufen.

Er trat auf uns zu. »Hier ungefähr muß es sein«, sagte er und deutete an der Backbordseite über die Reling.

Ich nickte. »Okay, dann wollen wir mal.«

Noch einmal überprüften Suko und ich gegenseitig unsere Ausrüstungen. Lampen, Seile, Messer, es war alles vorhanden. Eigentlich konnte nichts schiefgehen.

Das Wasser war an dieser Stelle kristallklar. Wenn ich hineinblickte, konnte ich dicht unter der Oberfläche einen grauen Schimmer sehen. Als ich Kiriakis darauf ansprach, erwiderte er: »Es sind Riffe. Ziemlich gefährliche sogar. Die können einem Boot schon den Bauch aufschlitzen.«

»Hauptsache uns nicht«, meinte Suko.

»Vergiß den Stein nicht«, erinnerte mich Kiriakis.

»Teufel, du hast recht. Den hätte ich tatsächlich vergessen«, sagte ich.

Der Grieche reichte mir den Stein. Mit zwei, drei Sätzen erklärte ich Suko die Funktion. Dann setzten wir unsere Brillen auf, steckten die Mundstücke zwischen die Lippen und kletterten auf die Reling.

Jane Collins gab mir und Suko einen Schlag auf die Schulter. Danach ließen wir uns gleichzeitig vornüber fallen, und im nächsten Moment schlugen die Wellen der Ägäis über uns zusammen.

Ich spürte das warme Wasser, das mich einbettete und wieder der Oberfläche entgegentragen wollte. Doch mit kräftigen Beinstößen glitt ich tiefer.

Suko schwamm ein paar Armlängen neben mir. Er gab mir mit der Hand ein Zeichen, daß alles okay sei.

Das Wasser um uns herum schillerte grünblau. Noch sahen wir die helle Oberfläche, auf der sich das Sonnenlicht brach, doch schon bald wurde es dunkler um uns.

Die Farben verwischten, zerliefen zu einem Grün, das seltsam undurchsichtig war. Suko war jetzt näher an mich herangeschwommen. Er hatte seine Unterwasserlampe eingeschaltet.

Erschreckt huschten einige Fische davon. Es gab aber auch welche, die sich in unserer Nähe aufhielten und in das Licht starrten. Ich hätte sie mit der Hand greifen können, so nahe waren sie mir.

Wir glitten vorbei.

Unsere Bewegungen waren harmonischer geworden. Wir hatten uns der Umgebung besser angepaßt. Leicht tauchten wir dem Meeresgrund entgegen. Ich fühlte mich frei und empfand diese Unterwasserwelt als faszinierendes Erlebnis.

Wir schwammen an bizarren Korallenbänken vorbei. Exotisch aussehende Blumen wiegten ihre Kelche im Wasser. Die Pflanzen schienen an der Korallenbank zu kleben. Fische – kaum größer als ein Fingernagel – wischten wie silberne Tropfen vor unseren Tauchermasken vorbei und folgten den quirlenden Luftperlen der Oberfläche entgegen.

Diese schweigende Unterwasserwelt mit ihrer schillernden Farbenpracht der Korallen war faszinierend.

Je tiefer wir kamen, um so düsterer wurde es um uns. Das Sonnenlicht reichte längst nicht mehr aus, um bis hierher vorzudringen. Kiriakis hatte mir erklärt, daß es auf dem Meeresgrund Gebirge geben sollte, regelrechte Schluchten, Täler und Berge. Das Gestein sollte von zahlreichen Höhlen durchsetzt sein, und in einer dieser Höhlen würden wir Myxin, den schlafenden Magier, finden.

Wenn wir Glück hatten.

Es wurde kälter, je tiefer wir tauchten. Sukos Unterwasserlampe hat es schwer, die grüne Düsterheit zu durchleuchten, denn Plankton und Algen verschlechterten die Sicht.

Plötzlich hob Suko seine linke Hand.

Sofort stoppte ich meine Schwimmbewegungen.

Mein chinesischer Partner deutete auf die Umrisse einer Korallenwand, die vor uns aus dem Wasser hochwuchs. Auch ich schaltete meine Lampe ein, und behutsam schwammen wir näher.

Die Wand war von zahlreichen Spalten und Höhlen durchsetzt. Algen hatten eine dicke Schicht auf das Gestein gelegt. Leuchteten wir in die Risse hinein, so glotzten uns Fische entgegen, die aber dann blitzschnell kehrtmachen und in die Deckung der schützenden Höhlendunkelheit verschwanden.

Suko zeigte mit der Hand dem Meeresgrund entgegen. Hinter der Maske sahen seine Augen seltsam groß aus.

Ich nickte zustimmend.

Nebeneinander schwammen wir dem Grund entgegen. Dabei leuchteten wir mit unseren Lampen die Felswand ab, immer auf der Suche nach einem großen Höhleneingang.

Große Hoffnung setzte ich auf den Stein. Kiriakis hatte gemeint, er würde uns unter Umständen den Weg weisen, denn wenn er sich erwärmte, war unser Ziel nicht mehr weit entfernt.

Der Stein befand sich in einem Netz. Das wiederum hing an meinem Gürtel, rechts neben dem Tauchermesser.

Und dann erreichten wir den Meeresgrund. Gleichzeitig spürten wir die Tiefenströmung, die uns nach Westen abtreiben wollte. Wir schwammen dagegen, gerieten in die Nähe eines Unterwasserstrudels und sahen den feinen Sand, der vom Boden hochgewirbelt wurde und eine regelrechte Wolke bildete.

Wir hatten beschlossen, dicht zusammenzubleiben. Es war viel zu gefährlich, allein zu schwimmen.

Dicht über dem Grund glitten wir dahin. Links neben uns türmte sich die Felswand hoch. Das poröse Gestein wirkte wie ein Schwamm, in dessen Poren Algen, kleine Fische und andere winzige Lebewesen ihr Dasein fristeten.

Dreißig Minuten hielten wir uns bereits unter Wasser auf. Jeder von uns hatte für zwei Stunden Luft. In den verbleibenden anderthalb Stunden mußten wir die Höhle finden und den Magier an die Oberfläche schaffen. Kein leichtes Unterfangen.

Immer wieder suchten unsere Blicke die Felswand ab. Mal trat sie etwas zurück, dann stach sie wieder vor.

Die Minuten verrannen.

Spalten und Risse sahen wir genug. Manche waren so breit, daß ein Taucher – wenn er sich quer legte – hineinschwimmen konnte. Doch Kiriakis hatte von einem Höhleneingang gesprochen. Und den hatte wir noch nicht entdeckt.

Bis Suko plötzlich aufgeregt mit der linken Hand ein Zeichen machte. Mein Partner schwamm eine Körperlänge voraus. Mit einer Armbewegung war ich bei ihm und sah, was Suko entdeckt hatte.

Es war der Eingang zu einer Höhle.

Bogenförmig tat er sich vor uns auf. An beiden Seiten bildete das Wasser Wirbel, die in die Höhle hineinströmten und zahlreiche kleine Fische mit sich zogen.

Waren wir am Ziel?

Suko deutete auf den Eingang.

Ich nickte.

Langsam glitten wir in die Höhle hinein. Unsere Körper lagen wie zwei Pfeile im Wasser, mit ausgestreckten Armen. Wir bewegten nur die Füße, ließen uns von der Strömung in die Höhle hineinziehen.

Die Umgebung war rabenschwarz. In diese Tiefe drang nie ein Sonnenstrahl, hier war ewige Nacht.

Etwas fiel uns auf.

Kein Fisch schwamm vor unseren hellen Scheinwerferlanzen davon. Es gab hier keine.

Spürten die Fische vielleicht die Aura des Bösen, des Unheimlichen, die in dieser Höhle gegenwärtig war?

Das konnte durchaus sein. Ich erlebte nicht zum erstenmal, daß Tiere sich von einem Platz fernhielten. Sie besitzen ein besseres Warnsystem als wir Menschen.

Aber auch ich spürte, daß von dieser Höhle etwas Bedrohliches ausging. Es war nicht nur die Stille, die uns umgab, nein, ich hatte das Gefühl, in eine Falle zu schwimmen.

Ich entfernte mich etwas von Suko, schwamm nach rechts weg und geriet in die Nähe der Höhlenwand.

Mit der Lampe leuchtete ich sie ab.

Rauh und rissig war das Gestein. Das Seewasser hatte Spalten und Ritze ausgewaschen. Doch bei genauerem Hinsehen entgingen mir nicht die seltsamen Zeichen, die eine unbekannte Hand in das Gestein gemeißelt hatte.

Seltsamerweise waren die Symbole noch gut sichtbar. Das Wasser hatte ihnen nicht viel getan.

Für mich waren diese Schriftzeichen der untrügliche Beweis, daß ich mich auf der richtigen Fährte befand.

Suko hatte mich beobachtet und abgewartet. Als ich ihm zuwinkte, schwamm er auf mich zu. Mit der linken Hand deutete ich auf die Schriftzeichen und hob dabei in einer verständnislosen Geste die Schulter.

Suko sah sich die Symbole an. Sie mußten einer uralten Kultur entstammen. Eine entfernte Ähnlichkeit mit der Schrift der alten Ägypter war vorhanden.

Doch auch Suko wußte nicht weiter. Ich brauchte nur seinen verständnislosen Blick hinter der Taucherbrille zu sehen, um erkennen zu können, woran ich war.

In regelmäßigen Abständen perlten kleine Luftbläschen der Höhlendecke entgegen, quirlten dort auseinander und zerplatzten.

Mit dem Arm deutete Suko nach vorn.

Seite an Seite schwammen wir tiefer in die Unterwasserhöhle hinein. Dann wurde sie enger. Bald konnten wir nicht mehr nebeneinander schwimmen. Ich glitt vor und übernahm die Führung.

Wir befanden uns in einem engen Felsenschlauch. Ich durfte gar nicht daran denken, wie gefährlich dieser Ausflug war. Wir brauchten uns nur an den rauhen Wänden den Luftschlauch aufzureißen, dann war es aus. Wir würden elendig ersticken.

Auf einmal ging es nicht mehr weiter. Der Strahl meiner Unterwasserlampe traf auf eine querstehende Wand.

Hatten wir uns geirrt? War dies der falsche Weg, den wir eingeschlagen hatten?

Da berührte Suko meine Schulter. Ich drehte den Kopf und sah den Finger meines Partners, der in die Höhle wies.

Ich schaute nach oben, hob gleichzeitig die Lampe an. Die beiden Lichtstrahlen vereinigten sich, erhellten die trübe Brühe so weit, daß wir den Schacht erkennen konnten, der senkrecht in die Höhe stieg.

Das also war unser weiterer Weg!

Suko nickte und schwamm voran. Er bewegte nur die Beine und glitt so den Schacht hoch.

Unwillkürlich atmete ich schneller, spürte die Nervosität, die sich meiner bemächtigt hatte. Wir befanden uns dicht vor dem Ziel. Würden wir den schlafenden Magier finden?

Zehn Sekunden später erwartete uns eine Überraschung, mit der wir nie gerechnet hätten.

Sukos Kopf durchbrach die Wasseroberfläche.

Einen Herzschlag später konnte auch ich ohne Sauerstoffgerät atmen. Ich drehte das Ventil ab, nahm den Schnorchel aus dem Mund, trat Wasser und sagte staunend: »Das ist ein Ding.«

Suko hob den Arm und ließ den Lampenstrahl kreisen.

Der Schein glitt über tropfnasse Wände, erfaßte die Decke dieses Luftlochs und blieb schließlich an einem vorspringenden Fels hängen, auf dem das Ziel unserer abenteuerlichen Schwimmreise stand.

Der goldene Sarg!

»Geschafft«, flüsterte ich Suko zu und schwamm los. Drei Schwimmstöße nur brachten mich an den Sarg heran. Ich erkletterte den Felsen, streckte den Arm aus und half Suko hoch.

Der Platz war breit genug, daß wir sogar um den Sarg herumgehen konnten.

Das Gold hatte im Laufe der Zeit gelitten und Patina angesetzt. Und doch war zu erkennen, wie ungeheuer wertvoll dieser Sarg war. Ich spürte, daß sich der Stein an meinem Körper erwärmt hatte, etwas pulsierte durch meine Adern. Die Magie wurde stärker.

Suko zog sein Messer und kratzte mit der Klinge etwas von der Patina ab.

Reines Gold leuchtete uns entgegen. Wir sahen auch die fratzenhaften Gesichter, die den Deckel des Sargs zierten. Gräßliche Monstergestalten boten sich unseren Blicken. Höllenwesen, die nicht von dieser Welt stammten und den schlafenden Magier in seinem prunkvollen Sarg bannen sollten.

»Okay«, sagte Suko, »dann wollen wir mal den Deckel öffnen. Hoffentlich schaffen wir es.«

Er wollte sich schon an die Arbeit machen, doch ich hielt ihn mit einer Handbewegung zurück.

»Was ist?« fragte Suko.

»Etwas stimmt hier nicht«, gab ich zurück und blickte mich vorsichtig um. »Denk an Kiriakis' Worte und daran, daß der Sarg bewacht wird…«

»Vorsicht, John!« gellte Sukos Warnschrei.

Ich warf mich zur Seite, verlor das Gleichgewicht und fiel in das Wasser. Vielleicht war es meine Rettung, denn durch diese schnelle Bewegung verfehlte mich der Kopf des Monsters.

Und doch hatte ich das Gefühl, mein Herz würde stehenbleiben. Was dort so plötzlich und unerwartet aus der Tiefe auftauchte, war nichts anderes als eine Seeschlange. Eines dieser legendären Ungeheuer, die es eigentlich nicht mehr gibt.

Wir waren vom Gegenteil überzeugt worden, und in den nächsten Sekunden begann ein Kampf auf Leben und Tod…

Konstantin Hereos stand auf der Brücke, hielt das Glas gegen die Augen gepreßt und suchte die See ab. Seit einigen Minuten bewegte er sich nicht, starrte stumm auf eine Stelle im Meer.

Dann ließ er das Glas sinken und zischte einen gemeinen Fluch durch die Zähne.

»Was ist los?« fragte ihn Konos.

»Dort, wo wir uns treffen wollen, liegt eine Yacht.«

»Die von dem Kunden?«

»Quatsch. Eine fremde.«

»Haben Sie erkennen können, wer sich auf Deck befindet?«

»Nein, zum Henker.«

»Die werden schon wieder verschwinden.«

»Nichts werden sie«, erwiderte Hereos knirschend. »Die haben was vor. Oder kannst du mir einen Touristen nennen, der seinen Kahn dorthin steuert? Ich nicht. Nein, wer dort ankert, hat einen besonderen Grund, das kannst du mir glauben.«

»Polizei?«

Hereos schüttelte den Kopf. »Kaum. Die Kerle halten sich zwar immer für sehr schlau, aber getarnt haben sie sich noch nie.«

»Ist denn von dem anderen Schiff schon etwas zu sehen?« wollte Konos wissen.

»Bis jetzt noch nicht. Aber der Kunde müßte bald auftauchen.«

»Wir können ihm ein Zeichen geben, daß wir uns einen anderen Treffpunkt ausgesucht haben«, schlug Konos vor.

Hereos schüttelte den Kopf. »Dann wird der Kerl mißtrauisch und denkt, wir könnten ihn in eine Falle locken.«

»Also machen wir das Geschäft vor Zeugen.«

»Ja.« Hereos grinste und wandte den Kopf. »Aber danach wird es keine Zeugen mehr geben.«

»Wir sollen die anderen auch umlegen?«

»Genau. Übernimm du das Ruder und fahr mal näher ran. Ich muß unbedingt wissen, wie viele Personen sich auf dem Kahn befinden.«

»Aye, aye, Sir.«

Mit halber Kraft lief die SEA ARROW ihrem Ziel zu. Der scharfe Bug durchschnitt das Wasser wie ein Messer die Butter. Am Heck knatterte die griechische Fahne im Wind.

Die Minuten vergingen. Immer wieder preßte Hereos das Glas gegen die Augen.

Auch Konos war neugierig. »Können Sie schon etwas erkennen, Chef?«

»Bald.« Hereos räusperte sich. »Wir wollen die Typen dort drüben nicht auf uns aufmerksam machen. Nimm mal etwas Dampf weg.«

»Okay, Chef.«

Plötzlich pfiff Hereos durch die Zähne. Dann flüsterte er: »Mensch, das ist ein Ding.«

»Was ist los?«

»Auf dem Kahn ist eine Puppe. Blond, sagenhaft gewachsen. Genau meine Kragenweite.«

Und auch meine, wollte Konos sagen, doch er verkniff sich die

Bemerkung, denn was der Chef für sich ausgesucht hatte, das war für die anderen tabu.

»Ist die Kleine allein?« fragte Konos.

»Nein – oder? Nein, doch nicht. Jetzt sehe ich ihn. Muß ein ziemlich alter Knacker sein, der auf dem Deck rumturnt.«

Konos kicherte. »Alt und jung, wie sinnig.«

»Halts Maul!« Hereos blickte noch immer durch das Glas. »Mist, jetzt haben sie uns gesehen. Der Alte hat die Kleine soeben auf unseren Kahn aufmerksam gemacht.«

»Und? Legen wir sie sofort um?«

»Tja, ich weiß nicht so recht…« Hereos zögerte noch. Allerdings nicht aus Menschenfreundlichkeit, sondern aus einem anderen Grund. Von Osten her sah er ein Boot auf den Treffpunkt zulaufen. Der Kahn war zwar noch klein, fuhr jedoch mit hoher Geschwindigkeit und wurde rasch größer.

»Wir müssen es verschieben«, sagte Hereos. »Unser Freund kommt. Los, Konos, lauf unter Deck und sag Liri Bescheid. Und dann nehmt die Kanonen. Besprochen haben wir ja alles.«

»Geht in Ordnung, Chef.« Konos rieb sich die Hände. »Endlich wird es wieder spannend…«

Jane Collins saß auf dem Deck und rauchte. Der Wind wehte ihr den Qualm von den Lippen und zerfaserte ihn. Hin und wieder drehte die Detektivin den Kopf und sah zu der Stelle hin, an der John und Suko getaucht waren.

Jane machte sich große Sorgen um ihre beiden Freunde. Und die teilte sie dem Griechen auch mit.

»Wenn jemand es schafft, dann sind die beiden es«, erwiderte Kiriakis zuversichtlich.

Jane nickte. »Ja, wenn ich an John Sinclair denke…« Sie schüttelte den Kopf. »Weißt du eigentlich, daß John bereits lebendig begraben war?«

»Nein.«

Die Detektivin erzählte Kiriakis von dem Abenteuer, an dem auch sie nicht unbeteiligt gewesen war. »Es war grausam«, flüsterte sie, »wenn ich daran zurückdenke.« Ihre Stirn legte sich in Falten. »Dann ist mir noch etwas unklar«, sagte sie.

»Schütte dein Herz ruhig aus«, sprach Kiriakis.

»Wie du das sagst.« Jane Collins zog die Beine an und schlang beide Hände um ihre Knie. »Als ich diesen Trip ins Jenseits machte« begann sie, »da hatte ich auf der anderen Seite plötzlich Visionen. Ich habe dir bereits davon erzählt. Ich sah dieses schwarze Taxi, dann die Mühle, und immer wieder spielte John Sinclair die Hauptrolle. Ich frage mich die ganze Zeit über, habe ich tatsächlich einen Blick in die Zukunft getan?«

Kiriakis schaute Jane ernst an.

»Sag mir die Wahrheit. Halte nicht damit hinter dem Berg«, bat die Detektivin.

Der Grieche nickte. »Ja, Jane, du hast einen Blick in die Zukunft geworfen.«

Jane löste ihre rechte Hand vom Knie und preßte sie gegen die vollen Lippen. »Mein Gott, dann muß John gewarnt werden. Er darf doch nicht in sein Verderben laufen…«

Kiriakis lächelte wissend. »Willst du die Zukunft ändern, mein Kind? Das kann niemand.«

»Aber man muß doch was tun!«

»Du darfst nicht vergessen, John Sinclair hat einen Job, der ihn ausfüllt. Er wird noch oft in lebensgefährliche Situationen geraten, aber er wird sich immer wieder befreien.«

»Bis es einmal schiefgeht«, sagte Jane leise.

Kiriakis hob die Schultern. Er fragte: »Sag ehrlich, liebst du John so sehr?«

»Ich… ich glaube – ja.« Jane konnte nicht vermeiden, daß sie rot wurde. »Und John hat auch etwas für mich übrig. Er hat es mir nie so deutlich und direkt gesagt, aber ich spüre so etwas. Als Frau habe ich dafür eine Antenne.«

Der Blick des Griechen wanderte über die graugrüne See, deren lange Dünung das Boot hin und her wiegte. »Es wird schwer für euch sein, eine Ehe zu führen. John hat einen gefährlichen Job und du ebenfalls. Eine Heirat ist für euch beide ein großes Risiko. Glaube einem alten lebenserfahrenen Mann, Jane Collins.«

»Ich danke dir«, erwiderte die Detektivin.

Abrupt wechselte Kiriakis das Thema. »Schätze, wir bekommen Besuch«, sagte er.

»Wo?«

Kiriakis deutete nach Süden. »Dort hinten, die Yacht, sie hält genau auf uns zu. Das kann ich sogar ohne Glas erkennen.«

»Du mußt Augen wie ein Falke haben.« Jane erhob sich und schaute in die angegebene Richtung. »Ja, jetzt sehe ich es auch.«

»Seltsam«, murmelte Kiriakis. »Normalerweise wird diese Gegend von Schiffen gemieden. Zu viele Riffe und Klippen. Es sei denn, der Kapitän kennt sich hier besonders gut aus.«

»Schmuggel?« folgerte Jane.

Kiriakis hob die Schultern. »Möglich.«

Und da entdeckte Jane das andere Boot. Aufgeregt tippte sie Kiriakis an. »Da, noch ein Kahn. Im Osten. Jetzt blinkt der sogar. Und vom anderen Schiff wird geantwortet. Ich glaube, da bahnt sich was an.«

»Das Gefühl habe ich auch«, erwiderte Kiriakis. Wohl war ihm bei der ganzen Sache nicht…

Ich tauchte unter. Geriet in die eiskalte undurchsichtige Brühe, schloß den Mund nicht rasch genug und bekam ihn voll Wasser.

Es rann mir in die Kehle, reizte zum Husten.

Im selben Augenblick umklammerte etwas Glitschiges, Hartes meine Beine, drückte mit aller Macht zu, und ich hatte das Gefühl, meine Knochen würden brechen.

Die mörderische Seeschlange hielt mich gepackt.

Weit hielt ich die Augen auf, sah ihren baumstammdicken Leib im Wasser hin und her wischen, schlug verzweifelt mit den Armen um mich und wurde in die Tiefe gerissen.

Noch gelang es mir, die Panik in Grenzen zu halten, sie sogar zu unterdrücken.

Ich zog mein Messer. Wieder sah ich den Leib vor mir auftauchen und stieß die breite, beidseitig geschliffene Klinge wuchtig in das Fleisch des Monsters. Dann zog ich das Messer nach unten, brachte der Bestie so einen tiefen Schnitt bei.

Tintiges, schwarzes Sekret umfloß mich in der nächsten Sekunde, hüllte mich ein wie eine Wolke.

Wieder stach ich zu, traf aber nicht, da ich nichts sehen konnte.

Mir wurde plötzlich die Luft knapp.

Der Druck um meine Beine hatte sich um keinen Deut verringert. Trotz der Wunde, die ich der Schlange zugefügt hatte, lebte sie weiter.

Ich bekam es mit der Angst zu tun.

In Gedanken schrie ich um Hilfe. Suko! Mein Gott, warum kam er nicht? Wild stach ich um mich. Die Lungen drohten mir zu platzen. Der Hustenreiz wurde übermächtig. Wenn ich mich in den nächsten Sekunden nicht befreien konnte, dann war ich verloren.

Da blitzte etwas dicht vor meinem Gesicht. Instinktiv griff ich mit der freien Hand danach.

Es war das Mundstück!

Die Rettung?

Sofort preßte ich es zwischen meine Zähne, würgte und saugte die Luft in die Lungen. Ich schaffte es sogar, den Hustenreiz zu unterdrücken. In der Stunde der Gefahr ist der Mensch wirklich zu enormen Leistungen fähig.

Da wand sich der verdammte Schlangenkörper um meinen Leib. Ich hatte das Gefühl, in der Mitte durchzubrechen.

Hastig hackte ich mit dem Messer nach dem Fleisch der Bestie, brachte ihr Wunden bei.

Wild peitschte der Kopf der Schlange das Wasser. Ich wurde hin und her geworfen, wußte manchmal nicht, wo oben und unten war. Doch ich konnte mich nicht aus der gnadenlosen Umklammerung lösen.

Sollte das mein Ende sein?

Meine Hände fuhren nach unten, fühlten trotz der Wasserkälte etwas Warmes.

Der magische Stein!

Ich riß ihn aus dem Netz. Jetzt mußte es sich zeigen, ob er mir in der Stunde der Not half.

Hart preßte ich ihn gegen die nasse Schlangenhaut. Und was ich kaum für möglich gehalten hatte, geschah. Der Druck dieses Monsterkörpers löste sich.

Der magische Stein brannte sich förmlich durch den Körper der Bestie hindurch, zerstörte ihn mit den Kräften des Lichts.

Ich riß die Hand mit dem Stein zurück und konnte mich wieder frei bewegen.

Mit zwei Beinstößen erreichte ich die Oberfläche, rollte mich auf das Felsplateau, riß mir das Mundstück zwischen den Lippen hervor und blieb keuchend liegen.

Ich hob den Kopf.

Das Wasser brodelte und kochte. Die Seeschlange lag in den letzten Zuckungen. Die Kraft des magischen Steins hatte sie in zwei Hälften geteilt. Beide Körperteile zuckten, als ob sie unter Strom stünden, quollen an die Oberfläche und sanken wieder in die Tiefe.

Sekundenlang sah ich den häßlichen Rachen, ein weit aufgerissenes Maul mit langen, nadelspitzen Zähnen. Damit hätte mir dieses Biest den Kopf abbeißen können.

Dann war die Schlange verschwunden. Leblos sanken die Körperhälften dem Grund entgegen.

Ich blickte mich um. Siedendheiß fiel mir Suko ein. Himmel, ihn hatte ich in der Aufregung des Kampfes vergessen. Aber wo steckte mein Freund? Ich sah ihn nirgends.

Doch! Da…

Sein Körper schwebte dicht unter der Wasseroberfläche. Leblos trieb er dahin.

»Suko!« Mein Schrei gellte durch die Höhle, obwohl ich wußte, daß es sinnlos war zu rufen. Ich mußte handeln. Hechtete im nächsten Augenblick von dem schützenden Felsen ins Wasser hinein und bekam den Chinesen zu packen.

Ich legte ihn auf den Rücken, hob den Kopf an, damit sich sein Mund über der Wasseroberfläche befand. Dann schleppte ich meinen Freund aufs Trockene.

Atmete er noch?

Ich beugte mich über Suko. Meine brennende Lampe hatte ich

am Gürtel festgehakt. Im Lichtschein sah ich seine blauen Lippen und das kalkige Gesicht.

Wieder hatte ich Angst. Gleichzeitig begann ich mit verzweifelten Wiederbelebungsversuchen, bewegte Sukos Arme vorschriftsmäßig auf und nieder und pumpte ihm Wasser aus den Lungen.

Im Schwall spie Suko es aus.

Dann begann er zu husten und zu keuchen, seine Lider flatterten, er öffnete die Augen, sah mich an und grinste.

Ich lächelte ebenfalls. »Von den Toten wieder zurück?« fragte ich.

»Ja, dank deiner Hilfe.« Suko stieß die Worte abgehackt hervor, wurde immer durch Hustenanfälle unterbrochen.

»Was ist eigentlich passiert?« fragte ich.

»Nicht viel«, erwiderte Suko. »Ich sah plötzlich das verdammte Biest aus dem Wasser schießen, schrie dir noch eine Warnung zu, die du ja auch befolgt hast. Dann aber traf mich der Hammer. Klatsch, und dann ging bei mir das Licht aus. Ich habe gar nicht mehr gemerkt, daß ich in die Brühe gefallen bin.«

Ich grinste. »Dann haben wir uns ja gegenseitig das Leben gerettet.«

»So ungefähr.«

Ich deutete auf das Wasser. »Liegt deine Lampe etwa da unten?«

»Wahrscheinlich.«

»Weißt du, Suko, ich kann immer noch nicht begreifen, wo dieses verdammte Biest hergekommen ist. Wir hätten die Schlange doch sehen müssen, zum Teufel.«

»Die hat auf dem Grund gelauert«, meinte mein chinesischer Partner. »Der Körper war mit Sand und Schlick bedeckt, und dann sag du mir, wie du solch ein Biest finden und erkennen willst.«

»Stimmt auch wieder«, gab ich zu.

»Hoffentlich müssen wir nicht mit noch mehr Überraschungen rechnen«, sagte Suko und sah sich suchend um.

Auch ich ließ meine Blicke durch die Höhle schweifen, sah die Kuppeldecke aus rauhem, rissigem Gestein, doch eine Gefahr für uns konnte ich nicht entdecken.

»Vielleicht haben wir Glück«, sagte ich und wandte mich dem goldenen Sarg zu.

Geheimnisvoll schimmerte das Metall. Welch ungeheures Rätsel mußte dieser Sarg verbergen? Zehntausend Jahre alt sollte Myxin, der Magier, sein.

Stimmte es?

Suko nickte mir zu. »Komm«, sagte er, »laß uns den Sarg öffnen.« Seine Stimme klang rauh vor Erregung, und das sollte bei Suko schon was heißen, wo er sonst ziemlich beherrscht war.

Langsam schritten wir um den Sarg herum, blickten ihn genau an. Er hatte die Form eines Sarkophargs, war ziemlich hoch, und der Deckel schloß gut mit dem Unterteil ab.

Suko schüttelte den Kopf. »Den kriegen wir gemeinsam nie hoch«, kommentierte er.

Die Befürchtung hatte ich auch. Aber ich besaß noch den magischen Stein. Und der sollte mir auch diesmal helfen.

Ich hatte ihn wieder in das Netz gesteckt und nahm ihn jetzt hervor. Seine Wärme hatte er beibehalten.

»Versuch es«, sagte Suko.

Behutsam legte ich den Stein auf den Sargdeckel. Ich wußte nicht, wie ich es sonst anstellen sollte.

Zuerst geschah nichts. Ruhig blieb der Stein liegen. Doch dann – Sekunden später – veränderte er sich. Seine Vielfarbigkeit wich. Er wurde strahlend weiß, begann zu leuchten und wurde durchsichtig.

Ein gleißender Kristall lag plötzlich auf dem Sargdeckel. Das Licht füllte das Gewölbe aus, ließ unsere Gesichter kalkig und bleich erscheinen.

Doch das Licht blendete nicht. Statt dessen sammelte es sich, bildete einen Bogen, der sich wie ein Schleier auf den Deckel des Sarges legte.

Und dann geschah das Unwahrscheinliche.

Der Sargdeckel glitt in die Höhe, löste sich von seinem Unterteil und schwebte.

Ein zischendes Geräusch drang aus den Spalten zwischen Deckel und Unterteil, als hätte jemand Luft ausgestoßen.

Suko und ich waren unwillkürlich zurückgewichen. Gespannt beobachteten wir die nächsten Vorgänge.

Der Sargdeckel glitt höher, der Decke entgegen, erstrahlte dort in einem hellen Licht und löste sich auf.

Von einer Sekunde zur anderen war er verschwunden.

Unglaublich...

Staunend beobachteten wir diesen Vorgang. Welche unbekannte, grenzenlose Magie trat hier in Aktion? Ein Zauber, der die Jahrtausende überdauert und doch von seiner Wirkung nichts verloren hatte. Suko und ich, Menschen aus einer anderen, moderneren Zeit, konnten nur noch zusehen und staunen.

Fast synchron senkten wir unser Blicke, um in den Sarg hineinschauen zu können. Wir fühlten uns wie Statisten, die irgendwann mal ihren Auftritt hatten.

Ich hielt den Atem an. Schloß meine Hände zu Fäusten und spürte die Nägel, die in die Haut drangen.

Es war so, wie Kiriakis es vorausgesagt hatte.

Im Sarg lag Myxin, der Magier!

Ich stand am Fußende, so daß ich das Gesicht des Magiers sehen konnte. Es war schmal und hohlwangig, von einer grünen, ungesunden Farbe. Tief in den Höhlen lagen Augen, die wie weiße Glasmurmeln aussahen. Hell, weiß und kalt. Sein Kopf lief seltsam spitz zu, die Ohren waren normal groß, nur die Gestalt kam mir klein vor.

Der Magier war von zwergenhaftem Wuchs. Die Füße lagen knapp hinter der Mitte des Sarges. Myxin trug ein dunkelgrünes Gewand, das die lange Zeit überstanden hatte, ohne Schaden zu nehmen. Die Arme hatte er vor der Brust gekreuzt. Ich sah lange Finger, die mich an Spinnenbeine erinnerten.

Auf dem Kopf trug Myxin eine Art Kappe, die sein Haar verdeckte. Die Kappe war aus schwarzem Stoff und mit Goldfäden durchwebt. Dies also war einer der mächtigsten Männer von Atlantis.

Sukos und mein Blick trafen sich. Der Chinese hob die Schultern. Auf seinem Gesicht stand ein Fragezeichen. Auch er wußte nicht, wie er sich zu verhalten hatte.

Wir mußten abwarten und darauf hoffen, daß Myxin etwas unternahm. Noch sah es so aus, als schliefe er. Ich war jedoch sicher, daß er sich bald erheben würde.

Der Magier enttäuschte uns nicht.

Seine Augen bewegten sich, die Pupillen rollten wie zwei Kreisel, blickten mich an. Ein stöhnendes Geräusch drang aus dem lippenlosen Mund, danach ein langgestreckter Seufzer.

Suko und ich hielten den Atem an.

Dann begann Myxin zu sprechen. Und er redete in unserer Sprache. Wieder ein Phänomen, das ich nicht begriff.

»Atlantis ist vergangen. Schwer lastete auf mir der Fluch des Schwarzen Todes. Doch die Rückkehr aus den Dimensionen des langen Schlafs ist nicht aufzuhalten. Ihr habt mich in die Welt der Lebenden geholt. Nehmt meinen Dank!«

Er hatte das letzte Wort kaum ausgesprochen, als er seine Hände auf den Sargrand legte und sich aufstützte. Fast schwerelos – so schien es mir jedenfalls – glitt er höher, kletterte er aus dem Sarg und blieb zwischen Suko und mir stehen.

Gedankenverloren schaute er auf das Wasser. »Ihr habt die Schlange besiegt«, murmelte er, »aber die Schlacht ist noch nicht gewonnen. Der Schwarze Tod wird nicht aufgeben. Wir müssen weg hier.«

Obwohl mir zahlreiche Fragen nach seiner Herkunft auf der Zunge brannten, erkundigte ich mich nach einem zweiten Ausgang.

»Nein, den gibt es nicht!« Er sah uns an. »Ich kenne euch nicht, habe euch auch noch nie im Traum gesehen. Wer seid ihr? Woher kommt ihr?«

»Ich werde dir die Fragen später beantworten«, erwiderte ich. »Sieh uns einfach als deine Retter an.«

»Und was verlangt ihr dafür?«

»Wir wollen das Dämonenauge zerstören. Nur du kannst uns dabei helfen?«

Jetzt war es heraus, und ich wartete voller Spannung, wie Myxin reagieren würde.

Er ließ sich Zeit mit seiner Antwort und wich aus, indem er sagte: »Ich möchte eure Namen wissen.«

Suko sagte sie ihm.

»Ihr gehört zu den Kämpfern des Lichts, wie ich sehe. Eigentlich seid ihr meine Feinde. Ich müßte euch bekämpfen, aber ihr habt mich erweckt, und deshalb will ich mich nicht undankbar zeigen. Ja, ich führe euch zu dem Dämonenauge, aber es wird ein schwerer und dornenreicher Weg.«

»Damit haben wir gerechnet«, sagte ich leise.

»Wenn das Dämonenauge nicht mehr existiert, ist dem Schwarzen Tod eine starke Waffe genommen worden. Er wird schwächer, und ich werde mächtiger.« Plötzlich zeigte sein Gesicht ein hintergründiges Lächeln. »Wenn ich die alte Kraft wiedererlangt haben, werdet ihr euch entscheiden müssen. Entweder steht ihr auf meiner Seite, oder ihr kämpft gegen mich. Noch habt ihr eine Frist.«

Ich hütete mich, ihm unsere Ansichten und Meinungen mitzuteilen. Für mich stand fest, daß ich nicht auf seiner Seite kämpfen würde. Er war ein Geschöpf der Finsternis, das uns nur deshalb half, damit wir seinem Feind, dem Schwarzen Tod, eins auswischen konnten. Nach dem Motto: Wenn zwei sich streiten, freut sich der dritte.

Ja, ich wollte Myxin und den Schwarzen Tod gegeneinander ausspielen. Sie würden sich bis aufs Messer bekämpfen und sich gegenseitig schwächen. Dann hatte ich vielleicht eine Chance, meinen mächtigen Erzfeind zu besiegen.

Aber das waren noch Theorien.

Der Sargdeckel und der magische Stein hatten sich aufgelöst. Nichts war mehr von ihnen zu sehen, dafür jedoch drohte eine andere Gefahr. Ich spürte förmlich die Aura des Bösen, die sich in diesem unterirdischen Gewölbe breitmachte. Mein sechster Sinn kündigte Gefahr an. Schlug der Schwarze Tod bereits zu?

Aber Suko hatte etwas gemerkt. Ich sah es an seinem Blick.

»Kannst du ins Wasser?« fragte ich Myxin.

»Ob Wasser, Feuer oder Luft – mir ist es egal«, antwortete er.

»Ich bin unbesiegbar, nachdem der magische Bann gebrochen worden ist.«

»Wirklich?« dröhnte da eine Stimme auf.

Ich zuckte zusammen. Die Stimme hörte ich nicht zum erstenmal. Derjenige, der dort sprach, war der Schwarze Tod.

»Myxin, du Wurm!« höhnte er. »Auch deine Befreiung wird dir nichts nützen. Ich werde dich vernichten, aber diesmal für immer.«

Über uns begann es zu knirschen. Kleine Steine fielen von der Decke, und ich sah einen schwarzen, häßlichen Totenschädel in der Luft schweben.

Dieses Bild währte nur Bruchteile von Sekunden, denn im nächsten Augenblick krachte die Decke der Höhle zusammen.

Und dann war im wahrsten Sinne des Wortes der Teufel los...

Der Türke besaß einen alten Lastensegler. Und nicht nur Konstantin Hereos wußte, daß sich dahinter Tarnung verbarg. In Wirklichkeit hatte das Schiff einen hochmodernen Motor, der den Kahn schnell machte und auch manchem Polizeiboot davonrauschte.

Ein altes, schon oft geflicktes Segel wurde vom Wind gebauscht und trieb den Kahn voran. Müde klatschten die Wellen gegen die farblose Bordwand. Der Türke stand am Heck des Bootes. Er sah wie ein Freibeuter aus alten Tagen aus. Trug ein bauschiges Hemd, eine alte ausgebeulte Hose, um den Leib einen breiten Gürtel, und sein langes Haar wurde von einem Stirnband zusammengehalten. Im Gürtel hatte der Türke eine russische Pistole stecken.

Gegen Hereos' Yacht wirkte der Kahn des Türken wie ein Spielzeugschiff. Doch der Mann, der dieses Boot steuerte, war ein Meister seines Fachs. Geschickt ging er längsseits, während der Türke ein Tau zur Yacht rüberwarf, das Konos auffing und um die Reling wickelte.

Jetzt dümpelten die beiden Boote nebeneinander. Hin und wieder stießen die Bordwände aneinander. Es gab jedesmal ein reibendes Geräusch.

Möwen umschwirrten die beiden Schiffe. Ihr Gekrächze erfüllte die klare Luft.

Konstantin Hereos trat an die Reling und winkte seinem Kunden. »Komm rüber, Azmir!«

Der Türke lachte mit blitzenden Zähnen. »Tut mir leid, Hereos, aber du mußt dir die Ware schon selbst holen. Und bring das Geld mit, du Halsabschneider.«

Hereos lachte. »Seit wann mißtraust du mir?«

»Schon immer.«

Aus dem primitiven Steuerhaus des Kahns trat Azmirs Gehilfe. Der Mann war schon älter. Er ging gebeugt und hatte eine Haut, die an gegerbtes Leder erinnerte.

Die Kiste mit den Goldstücken trug er in beiden Händen.

Hereos überlegte nicht lange. »Gut, Azmir, ich komme. Aber ich will die Ware vorher sehen.«

»Kannst du.«

Konstantin Hereos drehte sich kurz um und kniff seinen beiden Männern ein Auge zu. Liri und Konos hatten sich so aufgestellt, daß sie Azmir sehen konnten. Die Maschinenpistolen lagen griffbereit.

Der Grieche kletterte über die Reling und sprang auf den Kahn des Türken.

Mißtrauisch wurde er von Azmir gemustert.

»Was ist los?« fragte Hereos.

Azmir deutete nach Westen. »Da liegt ein Boot. Ist das einer von deinen Tricks?«

»Nein, zum Teufel.«

»Ich kann aber keine Zeugen gebrauchen. Oder hast du mir die Polizei auf den Hals gehetzt?«

Hereos lachte. »Die Polizei? Sag mal, bist du noch normal? Ich bin froh, wenn ich keinen Schnüffler sehe.«

»Wem gehört der Kahn dann?«

»Weiß ich nicht.«

»Beim nächsten Geschäft machen wir es anders«, sagte der Türke.

Das wird es für dich nicht mehr geben, dachte Hereos schadenfroh, sagte aber nichts.

Azmir gab seinem Steuermann ein Zeichen. »Bring die Kiste her!«

Der alte Mann trabte an. Er keuchte unter der Last und stellte die Kiste aufatmend ab.

»Öffne sie!« forderte Hereos.

Azmir gab dem Gehilfen einen Wink. Der Seemann zog ein Messer hervor und knackte den Deckel.

Hereos entdeckte keine Goldmünzen, sondern rostbraunes Ölpapier. »Wo sind die Münzen?«

»Sei doch nicht so nervös!« Azmir bückte sich und räumte das Papier zur Seite.

Wenige Sekunden später sah Hereos die Münzen. Sein Blick wurde für einen Moment starr. Nervös huschte die Zungenspitze über seine Lippen. Was dort in der Kiste lag, war ein Vermögen. Und das für nur fünftausend Dollar. Nein, für ein paar Kugeln, verbesserte sich der Grieche rasch.

Er bückte sich und nahm eine Münze in die Hand. Geschickt ließ er sie zwischen den Fingern wandern.

»Die sind echt«, sagte Azmir.

»Man wird sich ja wohl noch überzeugen dürfen.«

»Meinetwegen.«

Hereos nahm eine zweite Münze und auch eine dritte. Sie waren noch nicht überarbeitet worden, sondern sahen stumpf und unscheinbar aus. Mindestens zweitausendfünfhundert Jahre hatten sie auf dem Meeresgrund gelegen. Die Zeit hinterließ Spuren.

»Okay, Azmir, die Münzen sind echt.«

»Sag' ich doch.« Azmir tippte Hereos gegen die Brust. »Wo ist das Geld?«

Der Grieche griff in die Innentasche seines Blazers und holte das Geld hervor.

»Fünftausend Dollar«, sagte er, »schon abgezählt.«

Azmirs Augen hatte sich mit einem gierigen Glanz überzogen. Er grabschte nach den Scheinen, zählte sie trotzdem noch durch, achtete dabei aber nicht auf seine Umgebung.

Hereos trat etwas zur Seite, damit er aus dem Schußfeld kam. Er wollte nicht in Gefahr laufen, von einem Querschläger getroffen zu werden.

»Alles klar?« fragte er.

»Ich zähle noch«, erwiderte der Türke, ohne aufzublicken.

Hereos grinste. Er warf einen Blick auf den Steuermann, aber auch der alte Knabe sah nicht auf, sondern schaute nur die Scheine an.

Eine günstigere Gelegenheit gab es nicht.

Der Grieche hob den Arm.

Das Zeichen!

Plötzlich waren an der Reling der SEA ARROW Konos und Liri zu sehen. Sie hatten die Maschinenpistolen im Anschlag, senkten die Waffen und zielten auf den Türken und seinen Kumpan.

Azmir schien einen sechsten Sinn für Gefahr zu besitzen. Urplötzlich hob er den Kopf, erblickte die beiden Männer und schaltete im Bruchteil einer Sekunde.

»Du Hund!« brüllte er, ließ das Dollarpaket fallen und griff nach seiner Pistole.

Er brachte sie nicht einmal halb aus dem Gürtel.

Die Maschinenpistolen spien Feuer, hämmerten ihre tödliche Melodie und ließen Azmir keine Chance.

Die Geschosse warfen ihn quer über das Deck. Dann schwenkten die eiskalten Killer ihre Waffen um eine Idee nach rechts.

Der alte Mann starb mit hochgerissenen Armen und einem Blick in den Augen, der Verständnislosigkeit zeigte. Steif kippte er zur Seite und blieb tot auf den Planken liegen.

Die Echos der Schüsse verstummten.

»Erledigt!« rief Konos. »Zufrieden, Chef?«

»Und wie!«

Hereos ging zu dem Dollarpäckchen hin und hob es auf. Er glättete die Scheine und verstaute sie in seiner Innentasche. Für die Toten hatte er keinen Blick.

Konos und Liri kletterten über Bord. Sie beeilten sich, auf das Deck des alten Kahns zu gelangen. Gemeinsam stemmten sie die Kiste hoch und wuchteten sie dann auf die SEA ARROW.

Konstantin Hereos interessierte die Arbeit seiner Männer nicht.

Ihm machte das andere Schiff Sorgen, das gar nicht weit entfernt auf dem Meer dümpelte.

Ob die Frau und der Alte dort an Bord das Verbrechen beobachtet hatten?

Sie fuhren nicht weg, aber Hereos glaubte zu erkennen, daß sie sich an der Steuerbordseite aufhielten und zu den beiden Kähnen herüberschauten.

»Sollen wir den Pott hier versenken?« fragte Konos.

Hereos drehte sich um. »Ja. Aber später. Erst müssen wir noch etwas anderes erledigen.«

»Sie meinen die Puppe mit dem Alten?«

»Genau.«

Konos lachte. »Die Kleine wird sich wundern. Ich an Ihrer Stelle würde sie mitnehmen, Chef!«

Hereos blickte seinen Mann an. »Die Idee ist gar nicht mal schlecht«, sagte er. »Solch ein Schmuckstück hat mir noch in meiner Sammlung gefehlt. Los, wir dampfen ab.«

Der Grieche beeilte sich. Gewandt kletterte er an Bord der SEA ARROW. Er hatte es plötzlich sehr eilig. Schließlich hatte man nicht alle Tage solch einen Goldfisch an die Angel. Die beiden Toten bedachte der brutale Gangster mit keinem Blick mehr. Sie hatte er schon längst vergessen.

Jetzt zählte nur noch die blonde Frau…

Janes Hände umklammerten die Reling so hart, daß die Knöchel weiß hervortraten. Scharf sog sie den Atem ein.

»Ich glaub, ich spinne«, murmelte sie. »Das… das darf doch nicht wahr sein.«

»Was ist denn?« fragte Kiriakis. Er trat neben Jane, kniff leicht die Augen zusammen und starrte über die See.

»Dort drüben liegen doch die beiden Schiffe nebeneinander. Auf dem größeren Kahn laufen zwei Typen mit Maschinenpistolen herum.«

»Hast du dich auch nicht getäuscht?«

»Nein, ich habe es genau gesehen!« Jane wischte sich aufgeregt über die Stirn. »Wußte doch, daß da etwas faul war. Wer trifft sich schon mitten auf See. Da kann doch ein Blinder dran fühlen.«

Gespannt beobachteten Jane Collins und Kiriakis das weitere Geschehen. Sie sahen, wie vom größeren Schiff einer der Männer auf das Deck des kleineren sprang. Was der Mann dann genau tat, konnten Jane und Kiriakis nicht erkennen.

Eine Minute später glaubten Jane und der Grieche, die Fassung zu verlieren. Sie sahen, wie zwei Männer auf dem kleineren Boot unter den Kugeleinschlägen über das Deck taumelten und dann zusammenbrachen.

»Mord!« flüsterte Jane erstickt. »Das war eiskalter Mord!«

Neben ihr stieß Kiriakis pfeifend den Atem aus. Schweiß perlte plötzlich auf seiner Stirn. »Unmöglich«, keuchte er. »Diese verdammten Bestien.«

Die blonde Detektivin war bleich geworden. Nervös biß sie sich auf die Unterlippe. Sie sah, daß die Männer wieder an Bord des größeren Schiffes kletterten und eine Kiste hochtrugen.

»Was machen wir jetzt?« fragte Kiriakis. »Glaub mir, die werden bemerkt haben, daß ihr Verbrechen nicht ohne Zeugen geblieben ist.«

Jane Collins nickte. »Wenn nur John hier wäre«, stöhnte sie.

»Flüchten können wir auch nicht«, sagte Kiriakis. »Wir müssen auf John und Suko warten.«

»Vielleicht dampfen sie doch ab«, hoffte Jane.

»Kaum...«

Sie behielten weiterhin die Yacht im Auge. Kiriakis schaute durch ein Fernglas. Er preßte sich dabei eng gegen das Steuerhaus, so daß er vom anderen Schiff aus nicht gesehen werden konnte.

»Jetzt kappen sie das Tau!« rief er quer über Deck.

Jane gab keine Antwort. Sie sah selbst, wie das größere Schiff ablegte, einen kleinen Bogen fuhr und...

Jane ballte die Hände zu Fäusten.

»Sie kommen!« schrie Kiriakis. »Diese Hundesöhne haben gesehen, daß wir alles beobachteten. Verdammt!«

Kiriakis war nervös. Jane konnte es gut verstehen. Auch sie wußte nicht, was sie tun sollte. Das andere Schiff war schnell.

Flucht hatte keinen Sinn. Außerdem mußten sie noch auf John und Suko warten. Sollte sie sich also in das Schicksal fügen?

»Hast du eine Waffe?« fragte Kiriakis.

»Nein, nicht hier. Aber ich kann Johns Beretta nehmen.«

Der Grieche winkte ab. »Wir wollen nichts provozieren. Die... die Leute können, nein, sie dürfen uns nicht so einfach abknallen.« Seine Stimme zitterte.

Hast du eine Ahnung, dachte Jane. Der gute Kiriakis hatte noch nichts mit Gangstern zu tun gehabt. Jane Collins aber, die Privatdetektivin, kannte die Unterwelt.

Mit schäumender Bugwelle rauschte die schwere Yacht näher. Jane sah die Aufbauten der Brücke. Das Sonnenlicht spiegelte sich in den breiten Scheiben. Sie konnte keine Leute mehr auf Deck sehen, auch nicht auf der Brücke.

»Es sind Landsleute von mir«, sagte Kiriakis. »Die griechische Fahne ist gehißt.«

Die Yacht wurde jetzt langsamer, mußte es zwangsläufig werden, wenn sie längsseits gehen wollte.

Die lange Dünung trieb das schneeweiße Schiff näher, brachte sie an Janes und Kiriakis' Boot heran.

Jemand warf ein Tau. Es war ein glatzköpfiger Kerl, der Jane Collins sofort Angst einflößte.

Zwei Minuten später war alles erledigt. Konstantin Hereos konnte das kleinere Schiff entern.

Er kam jedoch nicht allein.

Konos und Liri begleiteten ihn. Beide hielten ihre Maschinenpistolen schußbereit.

Jane Collins und Kiriakis konnten sich vorstellen, was die Stunde geschlagen hatte...

Eiskalt fühlte sich der Körper des Magiers an, als ich ihn packte und mich mit ihm in das kalte Wasser warf. Aus den Augenwinkeln sah ich, daß Suko ebenfalls kopfüber in das kühle Naß hechtete.

Bevor ich eintauchte, drückte ich mir noch das Mundstück zwischen die Lippen. Dabei schaffte ich es tatsächlich, Myxin festzuhalten.

Die Brühe schwappte über uns zusammen. Im nächsten Moment klatschten die ersten Felstrümmer ins Wasser. Wie ein Pfeil stieß ich der Tiefe entgegen, den Schacht hinunter.

Meine Lampe erhellte die Dunkelheit nur dürftig. Ich hatte nur einen Gedanken.

Weg! Weg von hier, bevor mich die herabstürzenden Felstrümmer begruben.

Etwas traf mich am Bein. Nur das Mundstück hinderte mich, laut aufzuschreien.

Dann erreichte ich den schmalen Höhlengang, in dem wir nur hintereinander schwimmen konnten.

Ich riskierte es und sah mich nach Suko um. Mein Freund folgte mir. Auch ihm war nichts passiert.

Mit Myxin im Arm glitt ich den schmalen Spalt entlang. Ich gelangte in die Höhle, durchschwamm sie und erreichte als erster das offene Wasser.

Einen Herzschlag später war Suko da. An der Schulter wies sein Neoprenanzug einen Riß auf. Dort hatte ein Riff den Anzug aufgefetzt und eine blutende Wunde hinterlassen.

Doch Suko war verdammt hart im Nehmen. Er mußte wohl meinen besorgten Blick bemerkt haben und winkte ab.

Halb so schlimm, bedeutete die Geste.

Myxin wand sich aus meinem Griff. Auf dem Meeresgrund blieb der Magier stehen. Das Wasser konnte ihm nichts anhaben. Seine grün schimmernde Gestalt wogte in der Unterwasserdünung wie ein Schilfrohr im Wind hin und her.

Für mich war dieser Myxin ein Phänomen. Atmete er? Ich hatte es nicht feststellen können. Lebte er überhaupt noch? Oder war er ein Untoter?

Ich konnte mir keine großen Gedanken darüber machen, denn Myxin hob die Hand und deutete nach oben.

Gleichzeitig verdunkelte sich das Wasser über uns.

Hastig legte ich den Kopf in den Nacken und sah den Grund.

Ein riesiger Teufelsrochen bewegte sich auf uns zu. Und auf diesem Monstertier hockte – der Schwarze Tod!

Jane Collins wußte gut, wie man sich in solchen Situationen zu verhalten hatte.

Sie trat zurück und hob die Arme.

Hereos grinste. Er sagte etwas in seiner Landessprache, was Jane nicht verstand. Seine beiden Gorillas gingen blitzschnell in Stellung. Die Mündungen der Waffen pendelten sich auf Jane und Kiriakis ein.

Der Gangsterboß trat vor, ging dann auf Jane zu und blieb dicht vor ihr stehen. Zwei Finger legte er unter ihr Kinn und hob den Kopf leicht an.

Jane Collins hätte dem Kerl am liebsten ins Gesicht gespuckt, aber sie beherrschte sich. Wenn der Typ durchdrehte, dann war ihr Leben keinen Shilling mehr wert.

Hereos sprach Jane an.

»Was wollen Sie?« fragte die Detektivin auf englisch.

Jetzt redete Hereos auch Janes Sprache. »Du gefällst mir, Süße«, sagte er. »Sehr sogar. So etwas wie du fehlt mir noch in meiner Sammlung. Ich habe beschlossen, dich mitzunehmen.«

»Dazu gehören immer zwei.«

»Zickig bist du auch noch, wie?«

»Verschwinden Sie! Was Sie hier machen, ist Freiheitsberaubung. Gehen Sie von Bord!«

Der Grieche atmete tief ein. »Ich glaube, ich muß dich zähmen, du Biest«, zischte er und hob die rechte Hand. Er wollte sie in Janes Haar krallen, doch blitzschnell stieß die Detektivin die gestreckten Finger vor.

Sie traf hart.

Hereos krümmte sich. Im nächsten Augenblick sprang jedoch Liri vor. Er hatte den Finger schon am Abzug. Schreckensstarr starrte Jane in die Mündung und in das Gesicht des Mannes. Sie wußte plötzlich, daß der Kerl schießen würde.

Doch da griff Hereos ein.

»Nicht, verdammt!« brüllte er. Er sprach die Worte auf englisch und griechisch.

Liri senkte die MPi. Er stotterte irgend etwas, zeigte auf Jane und dann auf seine Kanone.

Barsch winkte Hereos ab. Liri verzog sich wieder nach hinten. Aus sicherer Entfernung hielt er die Detektivin in Schach.

Konstantin Hereos wischte sich über das Gesicht. Dann zog er eine Pistole aus dem Hosenbund. Langsam senkte sich sein rechter Arm, und die Mündung zeigte auf Jane.

»Ich könnte dich töten, Mädchen«, sagte Hereos. »Daß ich es nicht tue, hast du nur einzig und allein deiner Schönheit zu verdanken. Eine Frau wie dich sollte man nicht töten, sondern…«

»Was in Ihrem Fall auf das gleiche herauskäme«, unterbrach Jane Collins wütend.

Hereos kicherte. Dann steckte er die Waffe weg. »Mut hast du, Süße, das muß man dir lassen. Ich möchte mich gern mit dir unterhalten. Komm, wir setzen uns.«

Jane hob die Schultern. Hereos faßte nach ihrem Arm. Sie schritten auf das Heck zu und ließen sich dort auf einer Bank nieder. Konstantin Hereos rückte eng an Jane heran, so daß er eine direkte Körperberührung spürte.

Die Detektivin ekelte sich vor dem Kerl. Außerdem roch der Mann nicht gerade angenehm. Aber selbst eine Dusche hätte bei ihm nicht viel genutzt. Manche Kerle sind eben von Grund auf schmutzig.

Hereos legte seine linke Hand auf Janes rechtes Knie. Der Grieche hatte Wurstfinger. Die Detektivin sah die zahlreichen kleinen dunklen Härchen darauf. Es wunderte sie, daß der Kerl keine Ringe trug. In seine Augen hatte sie bisher noch nicht sehen können. Diese lagen versteckt hinter den Gläsern einer Sonnenbrille.

»Sind Sie allein an Bord?« fragte er plötzlich.

»Das sehen Sie doch«, erwiderte Jane spröde.

»Verkaufen Sie mich nicht für dumm!« zischte der Grieche. »Ich habe Augen im Kopf. Wem gehören die Sachen, die hier auf Deck liegen?«

Die Detektivin erschrak. Himmel, daran hatte sie nicht mehr gedacht. John und Sukos Kleidung lag wohlgefaltet auf dem Deck des Bootes. Jane hatte sie noch wegschaffen wollen, es aber dann völlig verschwitzt. Jetzt mußte sie sich eine verdammt gute Ausrede einfallen lassen.

»Ich warte«, sagte Hereos.

»Die Kleidung gehört meinem Freund!«

»Dem Alten?«

»Ja.«

Hereos grinste gemein. »Wenn ich ihm eine Kugel in das Bein jage, bleibst du dann immer noch bei deiner Behauptung?«

Jane Collins schwieg.

»Antworte. Oder ich lasse den Alten vor deinen Augen zusammenschießen!«

Die blonde Detektivin hatte die Brutalität dieses Mannes zur Genüge kennengelernt. Sie glaubte ihm aufs Wort, daß er seine Drohung wahrmachen würde. Um Kiriakis' Leben zu retten, sagte sie schließlich die Wahrheit.

»Es sind noch zwei Freunde von mir unter Wasser!«

»Na, bitte, warum nicht gleich so? Und wann werden sie auftauchen?«

»Das weiß ich nicht.«

»Du weißt ja, lügen...«

»Aber ich weiß es wirklich nicht«, beteuerte Jane. »Sie müssen mir glauben.«

Hereos schnippte mit den Fingern. »Wann sind die beiden getaucht?« fragte er.

»Vor einer Stunde vielleicht. Ich habe nicht auf die Uhr gesehen.«

»Wie lange reicht der Sauerstoff in den Flaschen?«

Hereos war schlau. Wenn Jane ihm den genauen Inhalt der Flaschen angab, dann konnte er sich ausrechnen, wann die beiden Männer spätestens wieder auftauchen würden. Aber sich hier mit einer Lüge herausreden zu wollen hatte keinen Sinn. Der Grieche neben ihr war kein Anfänger. Sicher wußte er, daß Taucher, wenn sie länger unter Wasser bleiben, für mindestens zwei Stunden Luft hatten.

Und das sagte Jane auch.

Hereos nickte. »Dann haben wir also noch sechzig Minuten Zeit.«

»Was wollen Sie mit meinen Freunden machen?« fragte Jane.

»Abknallen natürlich. Was denkst du denn, Süße? Nur dich nehme ich mit. Du gefällst mir.«

Janes Herz machte einen nahezu schmerzhaften Sprung. Ihr wurde plötzlich schwindlig. John und Suko würden ahnungslos auftauchen, an Bord klettern und dann…

Hereos erriet Janes Gedanken. »Ja«, sagte er, »sieht nicht gut für dich und deine Freunde aus. Und der Alte da, der macht sich jetzt schon vor Angst in die Hose.«

Jane Collins warf einen Blick auf Kiriakis. Die beiden Männer hatten ihn bis an die Wand des kleinen Steuerhauses dirigiert. Dort stand er jetzt mit erhobenen Händen.

»Ich brauche nur mit dem Finger zu zeigen, und er ist hin!« flüsterte Hereos. »Es ist gut, wenn man Macht hat.«

»Sie kommen sich wohl sehr schlau vor, wie?« höhnte Jane. »In Wirklichkeit sind Sie nur ein kleiner mieser Gangster, der gerne ein großer Boß sein will.«

»Für diese Bemerkung würde ich einen Mann totschlagen!« zischte Konstantin Hereos. »Dich aber kriege ich anders. Damit wir es gleich nur noch mit zwei Gegnern zu tun haben, wird der Alte erschossen.«

»Nein!« schrie Jane. »Bitte nicht.«

»Halts Maul!«

»Was hat er Ihnen denn getan?«

Hereos ging nicht auf Janes Bemerkung ein. Statt dessen schrie er: »Konos!«

Einer der Bewaffneten drehte den Kopf und trabte heran. Der Kerl hatte schwarzes Haar, stechende Augen und zog Jane bereits mit seinen Blicken aus.

Die Detektivin fröstelte.

Hereos sprach mit dem Mann in seiner Landessprache. Hin und wieder deutete er auf das Wasser. Jane konnte sich denken, worüber die beiden redeten.

Grauenhaft...

Ich muß etwas tun! hämmerte es in Janes Kopf. Ich muß sie warnen oder retten. Auch Kiriakis darf nicht erschossen werden. Er hat am allerwenigsten mit der Sache zu tun.

Hereos hatte seinem Mann alles erklärt. Konos nickte wie ein Automat. Ein dünnes Grinsen umspielte seine Lippen.

Ja, er würde töten, dessen war sich Jane Collins sicher.

Sie erhielt auch gleich die Bestätigung, denn Hereos sagte: »Der Alte wird jetzt erschossen. Und dann warten wir auf die anderen beiden.« Der Grieche lachte und sah Konos nach, der drei Schritte von Kiriakis entfernt stehengeblieben war und jetzt die Maschinenpistole hob.

Kiriakis ahnte, was ihn erwartete. Jane sah den Schrecken auf seinem Gesicht, die Angst...

Sie warf einen Blick nach rechts. Hereos beachtete sie nicht, er konzentrierte sich in diesen Augenblicken voll auf die beiden Männer. Sein Blazer war in der Mitte auseinandergeklafft. Jane sah die Pistole in Hereos' Gürtel.

Ihre Chance!

Ihr Arm schnellte nach rechts. Blitzschnell umklammerten die Finger den Knauf der Waffe. Jane riß die Pistole hervor, und noch ehe Hereos reagieren konnte, preßte sie ihm die Mündung gegen die Schläfe.

Der Grieche saß wie erstarrt.

»Pfeif deine Gorillas zurück!« schrie Jane. »Oder, bei Gott, es gibt ein Unglück...«

Es war ein schauriges Bild, wie der Schwarze Tod auf dem Teufelsrochen hockte. Er schwebte, saß drohend auf diesem riesigen Untier und schwang eine feurige Lanze.

Was wir hier unten erlebten, war der Horror schlechthin!

Weit hatte der Teufelsrochen seine Flossen ausgebreitet. Sie erinnerten mich an die Flügel einer Fledermaus. Lautlos glitt er tiefer und steuerte uns an.

Sekunden blieben uns noch!

Ich sah Suko. Er versuchte in Deckung zu schwimmen. Ich selbst glitt auch zur Seite weg, wollte den Magier mitziehen, doch er blieb stehen und hob beide Arme.

Da schleuderte der Schwarze Tod die Lanze.

Der feurige Schweif wischte durch das Wasser, fegte auf Myxin zu und hätte dessen Brust durchbohrt – wenn…

Ja, wenn nicht ein ungeheurer Gegenzauber gewirkt hätte.

Myxin streckte seine Hand aus, und zum erstenmal präsentierte er uns seine Macht.

Kurz bevor die feurige Lanze ihr Ziel erreichte, zerplatzte sie mitten im Flug. Sie zersprang in zahlreiche Stücke, die wie glühende Perlen durch das Wasser zischten und sich auflösten.

Wie Suko duckte ich mich. Etwa einen Yard über mir glitt der Teufelsrochen hinweg. Pfeilschnell stieß er der Oberfläche entgegen, schwamm eine Kurve und war verschwunden.

Hatte sich von einer Sekunde zur anderen aufgelöst.

Suko und ich erhoben uns. Mein chinesischer Freund hatte seine Hand auf die Schulterwunde gepreßt. Ich sah sein verzerrtes Gesicht hinter der Maske. Suko mußte Schmerzen haben, denn das Salzwasser war in die Wunde gedrungen.

Hielt der Schwarze Tod noch andere Überraschungen für uns parat?

»Mit solchen Dingen kann er mich nicht beeindrucken«, hörte ich eine Stimme in meinem Kopf.

Myxin sprach zu mir. Er redete kraft seiner Gedanken. Unvorstellbar, aber eine Tatsache. Zum erstenmal wurde mir richtig bewußt, welch eine Macht die Magier im alten Atlantis besessen hatten. Sie beherrschten das, wovon die heutigen Menschen nur träumen.

Telepathie, Telekinese und vielleicht die Teleportation.

»Glaubst du, daß er aufgegeben hat?« fragte ich wiederum in Gedanken zurück.

»Kaum, wir werden noch von ihm hören und sehen.«

Ich schwamm an Myxin vorbei und gesellte mich zu Suko. Ich deutete auf seine Schulterwunde.

Er schüttelte den Kopf. Halb so schlimm, sollte das wohl heißen. Doch ich traute dem Braten nicht. Ich sah mir die Wunde genauer an. Das scharfe Gestein hatte eine tiefe Furche in Sukos Oberarm gezogen. Zum Glück war kein Knochen verletzt. Ich beschloß, beim Auftauchen dicht bei ihm zu bleiben.

Dann hörte ich wieder die Gedanken in meinem Gehirn.

»Ich werde mich jetzt verabschieden. Wenn ihr mich braucht, bin ich zur Stelle. Denkt intensiv an mich. Und das Versprechen werde ich einhalten.«

Ich wollte auf Myxin zuschwimmen, hielt jedoch überrascht inne. Die Gestalt des Magiers wurde plötzlich durchscheinend, nahm dann die Farbe der Tiefsee an und löste sich auf wie der Nebel in den Sonnenstrahlen.

Wir waren allein. Hilflos, wenn der Schwarze Tod angriff. Er brauchte uns nur die Atemgeräte aus dem Mund zu ziehen, und wir waren verloren. Hier unten hielt uns nichts mehr. Unsere Aufgabe hatten wir erfüllt. Myxin war zum Leben erweckt worden. Jetzt konnten wir uns anderen Dingen widmen.

Langsam stiegen wir der Oberfläche entgegen. Dabei hielt ich immer Ausschau nach anderen Gefahren, doch zu sehen war nichts.

Das Wasser wurde heller. Suko schwamm über mir. Mit kräftigen Beinstößen stieß er sich ab.

Ich war froh, aus dieser schweigenden Welt zu gelangen. Sie hatte zwar etwas Faszinierendes an sich, aber die Bedrohung empfand ich als stärker.

Allerdings ahnten wir nicht, was uns an Bord des Schiffes erwartete. Und so schwammen wir beide ahnungslos in die Falle…

Konstantin Hereos erstarrte. Er spürte den kalten Druck der Mündung an seiner Schläfe, und er wußte, daß diese Frau neben ihm nicht bluffte.

Zu hart, zu entschlossen hatte ihre Stimme geklungen.

»Wenn dein Kumpan schießt, bist du ebenfalls tot!« flüsterte Jane Collins rauh.

Hereos war in der Gosse groß geworden. Er hatte sich hochgearbeitet. Nicht zum erstenmal befand er sich in solch einer Situation. Er reagierte entsprechend profihaft.

Hereos befahl Konos, die Waffe wegzuwerfen.

»Der andere soll seine Bleischleuder auch fallen lassen!« zischte die Detektivin.

Hereos gab den entsprechenden Befehl. Zwei Maschinenpistolen polterten auf die Planken.

Jane lachte leise. »So verstehen wir uns schon besser.«

»Und jetzt?« fragte Hereos. »Wie soll es weitergehen? Du hast keine Chance, Süße. Glaub mir!«

»Abwarten.« Ohne den Druck der Mündung zu lindern, rief sie Kiriakis zu: »Sammle die Maschinenpistolen auf. Nimm eine und halte damit die Burschen in Schach.«

Kiriakis gehorchte. Seine Hände zitterten, als er die MPi hochhob. Er ging einige Schritte zur Seite, so daß er Konos und Liri im Schußfeld hatte.

Jane atmete erst einmal auf. Der Grieche hatte recht gehabt. Sie wußte tatsächlich noch nicht, wie es weitergehen sollte.

Aber da hatte Kiriakis eine Idee. »Laß die Hundesöhne ins Meer springen!« schrie er.

Jane lächelte. Der Gedanke war gut, barg aber auch Gefahren in sich. Die Kerle konnten das Schiff leicht umschwimmen und dann an der Steuerbordseite die größere Yacht entern. Die würden unbemerkt auf das Boot gelangen. Sicherlich gab es dort auf dem Schiff noch weitere Waffen. Nein, dieses Vorhaben war undurchführbar.

»Es ist zu riskant«, rief Jane Collins.

Konstantin Hereos hatte sich wieder gefangen. Er lachte sogar. »Jetzt stehst du dumm da, wie?«

»Keineswegs. Ich habe Sie als Pfand. Und mein Freund paßt auf Ihre Gorillas auf.«

»Der Alte kann doch nie und nimmer mit einer Maschinenpistole umgehen«, spottete Hereos.

»Wollen Sie es darauf ankommen lassen?«

Da schwieg der Grieche.

Ohne die Leibwächter aus den Augen zu lassen, fragte Kiriakis: »Wie soll es weitergehen?«

»Wir warten, bis John und Suko kommen!«

»Das haltet ihr nicht aus«, meinte Hereos.

»Ich bin schon mit anderen Burschen fertig geworden«, konterte Jane Collins.

»Wohl 'ne Superfrau?«

»Nein, aber Privatdetektivin.«

Jetzt war Hereos überrascht. Hart preßte er die Lippen zusammen. Zwei Sekunden später versetzte Jane Collins ihm den nächsten Schock. »Mein Freund John, von dem wir immer gesprochen haben, ist übrigens Polizist. Und wir bewegen uns mit dem Einverständnis Ihrer Polizei in diesen Gewässern. Ist das nicht prächtig? Raten Sie mal, wie Ihre Chancen jetzt noch stehen.«

»Ich drehe dir den Hals um, du Kröte.«

»Keine leeren Versprechungen, bitte.«

Hereos kochte vor Wut. Das war ihm deutlich anzumerken. Seine Gesichtsmuskeln zuckten. Steif lagen die Finger auf seinen Knien. Die feinen Härchen darauf zitterten.

Er würde nicht so einfach aufgeben, dessen war sich Jane Collins sicher.

Die Minuten verrannen. Auch Konos und Liri wagten sich nicht zu bewegen. Wenn ihre Blicke hätten töten können, wäre Jane schon längst gestorben.

Die Detektivin spürte, daß ihr die Hand mit der Waffe schwer wurde. Wie lange konnte sie nervlich und auch körperlich noch durchhalten?

Auch Kiriakis war nicht der geborene Killerzähmer. Zusätzlich kam sein Alter hinzu. Wahrscheinlich hatte er noch nie in seinem Leben eine Maschinenpistole in den Händen gehalten. Aber mit solch einer Waffe konnte auch ein Kind schießen. Diese Bleischleudern hatten eine verheerende Wirkung.

Und die Spannung wuchs.

Schweiß hatte sich auf Hereos' Gesicht gesammelt. Die Tropfen lösten sich auf und liefen als kleine Rinnsale über die großporige Haut des Griechen.

Niemand sprach ein Wort. Das Reiben der Bootskörper aneinander und das Klatschen der Wellen gegen die Bordwand waren die einzigen zu hörenden Geräusche. Die Dünung bewegte die Boote leicht. Jane Collins war froh über die Windstille, denn sonst hätten die Wellen das kleinere Boot zu sehr geschaukelt und dem Zufall Tür und Tor geöffnet.

Innerlich betete Jane, daß John und Suko endlich auftauchen würden. Sie schwammen irgendwo auf dem Meeresgrund und ahnten von nichts. Drei gefährliche Killer in Schach zu halten, so etwas hatte Jane Collins nicht einmal in London erlebt.

Immer schwerer wurde die Hand. Die Mündung rutschte etwas nach unten, ohne daß Jane etwas dagegen unternehmen konnte.

Hereos merkte es und lächelte dünn.

»Rechnen Sie sich nur nichts aus!« zischte die Detektivin.

Heiß brannte die Sonne vom Himmel. Sie goß ihre sengenden Strahlen auf die Boote und ließ die Luft über den Decks vor Hitze flimmern.

Janes Augen begannen zu brennen. Sie traute sich kaum mit den Wimpern zu zucken, aus Angst, abgelenkt zu werden.

Motorengebrumm ließ alle Anwesenden aufhorchen. Unwillkürlich zuckten die Blicke der Menschen zum Himmel. Direkt aus der Sonne schien sich eine kleine Sportmaschine zu lösen. Das Licht warf Reflexe auf die glänzenden Tragflächen.

Auch Kiriakis hatte zum Himmel gesehen. Für den Bruchteil einer Sekunde war er abgelenkt.

Eiskalt nutzten Konos und Liri ihre Chance. Blitzschnell sprangen sie in verschiedene Richtungen. Liri hechtete auf die Maschinenpistole zu, und als Janes Warnschrei Kiriakis' Ohren erreichte, hatte der Killer die MPi bereits umfaßt.

Das geschah genau in dem Augenblick, als wir auftauchten…

Dann überstürzten sich die Ereignisse. Alles ging so schnell, daß es kaum zu registrieren war. Liri riß die Maschinenpistole an sich, rollte sich mit der Waffe im Anschlag auf dem Deck herum, zielte und richtete die Mündung auf Kiriakis.

Jane Collins erschoß Hereos nicht. So etwas brachte sie einfach nicht fertig. Sie sprang aber auf und legte auf den am Boden liegenden Liri an.

Auch Kiriakis schoß. In einer instinktiven Bewegung krallte er den Finger um den Stecher, zog ihn durch, und die Maschinenpistole spie ihre höllische Ladung.

Doch Kiriakis hatte zu hoch gehalten. Über Liri wischte das Blei hinweg und sägte in die Bordwand der SEA ARROW, wo es Löcher riß.

Jetzt schoß auch Jane Collins. Eine grellweiße Flamme platzte vor der Mündung auf. Jane hatte auf Liri gezielt, damit er Kiriakis nicht umlegen konnte.

Und Jane konnte schießen.

Liri zuckte unter den beiden Einschlägen der Geschosse zusammen. Brüllend wälzte er sich auf die Seite. Die MPi ließ er fallen. Statt dessen preßte er beide Hände auf die Einschußlöcher.

Die Detektivin hatte nur Augen für die beiden gefährlichen Killer. Auf Hereos konnte sie nicht achten.

Und der sprang sie an.

Er kam von der Seite, prallte ungeheuer wuchtig gegen Jane Collins und schmetterte sie zu Boden.

Zwischen der Frau und dem Mann entspann sich ein harter Kampf.

Kiriakis aber rannte mit schußbereiter Maschinenpistole über das Deck. Er suchte Konos, den zweiten Killer.

Da tauchte der Grieche hinter den Decksaufbauten hervor. Genau in Kiriakis' Rücken.

Konos hatte ein Messer. Er grinste teuflisch, hielt die Klinge zwischen Daumen und Zeigefinger der rechten Hand, visierte den ahnungslosen Kiriakis an und schleuderte den Stahl.

Das Messer flirrte durch die Luft, traf mit tödlicher Präszision sein Ziel.

Kiriakis erhielt einen mörderischen Stoß. Es hob ihn auf die Zehenspitzen. Er ließ die Maschinenpistole fallen und knickte nach vorn. Kiriakis wollte sich noch abstützen, doch seine Hände gaben nach. Flach fiel er auf den Bauch und blieb liegen. Aus seinem Rücken ragte der Knauf des Messers.

Konos aber hetzte über das Deck. Er rannte auf die Maschinenpistole zu, die auf dem Boden lag.

Inzwischen kämpfte Jane Collins verzweifelt gegen den Griechen. Hereos hatte seine Sonnenbrille verloren. Zerbrochen lag sie neben den beiden Gegnern. Keiner gab auf. Jeder wollte gewinnen. Dem Mann war es gelungen, Janes Handgelenk zu packen. Verzweifelt versuchte er es auf die Seite zu drehen, um Jane so zu zwingen, die Pistole loszulassen.

Jane Collins stemmte sich gegen den Griff. Dicht vor sich sah sie das Gesicht des Griechen, und zum erstenmal blickte sie in seine Augen. Sie vermeinte in kohlrabenschwarze Schächte zu sehen. Doch jetzt flimmerte der Haß darin und der pure Wille zum Töten.

Suko und ich durchstießen wie zwei Torpedos die Wasseroberfläche. Im selben Moment hörte ich die Schüsse, sah das zweite Schiff und reimte mir einiges zusammen.

Hart riß ich das Mundstück zwischen den Lippen hervor. Ich brüllte Suko eine Warnung zu, die jedoch im Donner der Schüsse unterging.

Wir waren zum Glück nicht weit von der Bordwand unseres Schiffes aufgetaucht. Ich legte mich auf den Bauch und kraulte auf die Leiter am Heck des Bootes zu.

Nach Suko sah ich mich nicht um. Mein chinesischer Partner würde auch ohne meine Hilfe zurechtkommen, dessen war ich mir sicher. Ich war zwar nie ein Schwimm-As gewesen, doch immer noch besser als der Durchschnitt. Mein Körper durchpflügte das Wasser der Ägäis. Die Schwimmflossen an den Füßen machten es mir leicht.

Schon tauchte die Leiter vor mir auf. Einen Kraulstoß noch, dann konnte ich nach einer Sprosse fassen.

Da sah ich den Kerl über mir an Deck. Er hielt eine MPi in der Hand, entdeckte mich im selben Moment und begann zu feuern.

Noch nie im Leben war ich so rasch wieder untergetaucht. Ich schoß förmlich in die Tiefe, während haarscharf neben mir die Bleigarbe in das Wasser klatschte.

Ich sah, wie die Projektive durchs Wasser zischten. Hastig zog ich die Beine an, um nicht doch noch getroffen zu werden, drehte einen Salto, schwamm unter Wasser an der Bordwand entlang und riskierte es dann, kurz aufzutauchen.

Von dem Gangster sah ich nicht die Spur.

Er feuerte aber wieder. Steuerbord waren die Schüsse aufgeklungen. Wahrscheinlich hatte der Kerl Suko entdeckt.

Ich befand mich an der Backbordseite, sah hoch vor mir den Bug der Yacht aufragen und hatte plötzlich die Idee, wie ich ziemlich gefahrlos auf unser Schiff gelangen konnte.

Ich ging wieder auf Tauchstation und glitt unter dem Kiel der Yacht hinweg. Mit kräftigen Schwimmstößen bewegte ich mich voran, tauchte an der anderen Seite wieder auf und war jetzt zu unserem Boot hin durch das große Schiff gedeckt.

In diesem Fall hatte ich bisher soviel Pech gehabt, aber jetzt kam mir das Glück zu Hilfe.

Am Heck der Yacht entdeckte ich ebenfalls eine Leiter. Die untere Hälfte war zwar zusammengeklappt, aber wenn ich mich wuchtig aus dem Wasser stieß, mußte ich es schaffen.

Ich schnellte hoch. Wie ein Delphin, der im Becken eines Zoos nach dem Futter schnappt.

Ich jedoch schnappte nach der untersten Sprosse und schaffte es, sie mit den Fingern der rechten Hand zu fassen.

Hart packte ich zu. Sammelte alle Kraft. Ein Klimmzug mit einer Hand. Ich hatte es geschafft. Mit den Schwimmflossen an den Füßen kletterte ich die Leiter hoch. Jetzt erwiesen sich diese Dinger als verdammt hinderlich.

Abstreifen konnte ich sie nur auf dem Deck. Hinter den Aufbauten der Brücke duckte ich mich. Dann peilte ich vorsichtig auf unser Boot.

Was ich sah, beschleunigte meinen Herzschlag.

Jane Collins kämpfte mit einem Kerl, der mindestens doppelt so schwer war wie sie. Der Typ, der mich mit Blei beharkt hatte, lief mit schußbereiter MPi von Bordwand zu Bordwand und suchte seine Gegner. Wahrscheinlich schlug ihm Suko dauernd ein Schnippchen. Auf die Idee, daß ich auf der Yacht stecken konnte, kam er wohl nicht.

Mein Magen zog sich zusammen, als ich den alten Kiriakis liegensah. Selbst von meiner Position aus war der Knauf des Messers zu erkennen, der aus seinem Rücken ragte.

Ein zweiter Mann lag ebenfalls auf Deck und rührte sich nicht mehr.

Ich sah mich nach einer Waffe um. Wenn ich eingriff, dann mußte alles schnell gehen.

Die Schiebetür zur Brücke stand einen Spaltbreit offen. Ich drückte sie weiter auf und huschte ins Innere. Radarkonsole, Funkgerät, Standkompaß waren Dinge, die mich im Moment nicht interessierten. Ich suchte nach einer Waffe.

Ich sah in den eingebauten Holzkonsolen zahlreiche Schubläden. Der Reihe nach zog ich sie auf. Und hatte wieder einmal das Glück des Tüchtigen. In der zweituntersten Schublade fand ich eine Pistole. Es war eine Bernadelli.

Ich überprüfte sie rasch.

Sie war geladen. Sechs Kugeln steckten im Magazin.

So vorsichtig, wie ich sie betreten hatte, so behutsam verließ ich die Brücke wieder. Ich warf einen Blick zu unserem Schiff hinüber.

Der Gangster schoß. Feuerte eine Garbe über die Bordwand. Und Jane befand sich noch immer im Clinch mit dem schwergewichtigen Kerl.

Ich verlor keine Sekunde mehr, nahm mir nur noch die Zeit, um Schwimmflossen und Preßluftflasche abzustreifen.

Dann hetzte ich geduckt über das Deck der Yacht.

Der MPi-Gangster hatte mich noch nicht gesehen. Ich gelangte bis an die Reling.

Der Mann wandte mir den Rücken zu.

Ich rief ihn an. »Waffe weg!«

Der Typ verstand nicht, oder er wollte nicht hören. Er drehte sich um, langsam, zögernd.

Ich schoß nicht, obwohl er seine Waffe noch in der Hand hielt.

Dann aber warf sich der Killer zur Seite, schrie auf, riß die MPi herum und feuerte.

Ich ließ mich im selben Moment auf die Knie fallen und zog zweimal den Stecher der Waffe durch. Während seine Garbe über mir in den Himmel fegte, traf ich besser.

Der Bursche brüllte auf, taumelte noch zwei Schritte weiter und fiel hin. Steif blieb er liegen.

Mein Schrei und die darauffolgenden Schüsse hatten den Mann aufmerksam gemacht, der mit Jane Collins kämpfte. Er wandte den Kopf. Jane nutzte ihre Chance, zog beide Beine an und hebelte den Burschen über sich hinweg.

Da sprang ich schon mit einem gewaltigen Satz auf das Deck des Bootes.

Hereos jagte wieder hoch. Mit einem Wutschrei auf den Lippen stürzte er auf mich zu.

Voll ließ ich ihn auflaufen. Er wurde zurückgeschleudert, ruderte mit den Armen und präsentierte mir sein deckungsloses Kinn.

Ich konnte einfach nicht widerstehen und hämmerte ihm meine Faust genau auf den Punkt.

Das vertrug auch dieser schwere Kerl nicht. Bewußtlos krachte er auf die Planken. Er konnte froh sein, so billig weggekommen zu sein.

Ich wischte mir über das Gesicht.

Jane lief mit ausgebreiteten Armen auf mich zu. Unendliche Erleichterung spiegelte sich auf ihrem Gesicht wider.

Soeben kletterte Suko über die Reling. »Verdammt«, sagte er schweratmend, »du hast mich ganz schön warten lassen. Ich bin doch kein Fisch, zum Teufel!«

Jane schmiegte sich an mich. Ich spürte ihre Lippen auf meinem Mund. »Was hat es gegeben?« flüsterte sie.

»Später«, erwiderte ich. Während Suko den bewußtlosen Hereos verschnürte, gingen wir zu unserem Freund Kiriakis. Auch Jane sah, daß es mit ihm zu Ende ging. Er würde den feigen Messerwurf nicht überleben. Wir drehten ihn auf die Seite.

Er faßte nach meiner Hand. »Bleibt bei mir«, sagte er, »ich weiß, daß ich sterben muß, aber ich habe euch noch viel zu sagen. Und bitte, hört mir genau zu…«

»Moment noch.« Jane Collins entfernte sich, sammelte meine Kleidung auf und faltete die Jacke zusammen.

Fragend blickte ich die Detektivin an. Sie hob die Schultern und deponierte die Kleidung unter Kiriakis' Kopf.

Der alte Mann lächelte ihr dankbar zu. Dann verzog sich sein Gesicht wieder vor Schmerzen. »Dieses verdammte Messer«, flüsterte er. »Ich… ich habe es nicht mehr geschafft. Aber ich konnte doch nicht einfach schießen…«

»Nein, das konntest du nicht«, erwiderte Jane. »Du hast recht gehandelt, Kiriakis.«

Er bat um einen Schluck zu trinken. Ich besorgte ihm Orangensaft. Vielleicht war es falsch, aber mein Gott, Kiriakis hatte sowieso nicht mehr lange zu leben, und warum sollte ich ihm nicht einen letzten Wunsch erfüllen?

Suko hatte die beiden toten Männer inzwischen mit einer Plane bedeckt. Hereos hatte er Handschellen angelegt. Die stählernen Ringe trug der Chinese immer bei sich.

Ich setzte Kiriakis das Glas an die spröden Lippen. Dankbar blickte er mich an und trank mit kleinen langsamen Schlucken. »Ja«, flüsterte er, »das tat gut. Und jetzt hört gut zu. Auch wenn ihr das Dämonenauge gefunden habt, ist der Fall noch nicht beendet.«

Jane und ich sahen uns an.

»Ihr glaubt mir nicht, wie?« Kiriakis hustete. Dann erzählte er uns seine Lebensgeschichte, und ich mußte zugeben, daß mich selten etwas so gepackt hatte wie diese Erzählung.

»Vor über siebzig Jahren bin ich auf Mykonos geboren«, berichtete er, »und es war eine herrliche, wunderbare Insel damals. Schon seit frühester Jugend habe ich mich für Geschichte, Legenden und Sagen interessiert. Ich las, was ich in die Hände bekommen konnte. Neue Bücher, alte Bücher. Allein ging ich oft spazieren, wanderte stundenlang über die Insel und lernte, als ich fünfzehn Jahre alt war, einen Einsiedler kennen. Obwohl der Mann allein leben wollte, freundete ich mich mit ihm an. Er beschäftigte sich mit den gleichen Gebieten wie ich, nur hatte er noch ein weiteres Hobby. Er glaubte an die Magie. Am achten Tag führte er mich in seine Höhle. Und dort kam ich aus dem Staunen nicht mehr heraus. Was ich da an Büchern sah, das war schon sagenhaft. Es waren alte Schriften, regelrechte Folianten. Der Einsiedler hatte sie gesammelt, und besonders stachen mir die Werke über den versunkenen Kontinent Atlantis ins Auge. Ich hatte einige über Atlantis gelesen, aber das waren Publikationen neuerer Art. Der Einsiedler jedoch besaß Bücher, die aus dem späten Mittelalter stammten. Von Griechen oder Türken geschrieben, die sich mit dem Thema ihr Leben lang auseinandergesetzt hatten. Was niemand durfte, mir gestattete der Einsiedler es. Ich konnte in den alten Büchern lesen. Und ich tat es, vergaß dabei die Zeit, las Tag und Nacht, wurde gefangen von der Geschichte des versunkenen Kontinents.«

Kiriakis legte eine Pause ein und bat um einen Schluck Orangensaft. Ich ließ ihn trinken.

Dann erzählte der alte Grieche weiter. »Aus diesen Büchern erfuhr ich zum erstenmal von der Existenz des Schwarzen Tods. Das war dieser Superdämon, der die Zeiten überdauerte und die Geschicke der Welt lenkte. Ich hörte von dem Grauen, das er verbreitet hatte, und daß er an Atlantis' Untergang kräftig mitgewirkt hatte. Der Einsiedler lehrte mich, das Böse zu hassen und das Gute zu lieben. Ich hörte auf seine Worte, denn er hatte mir im Laufe der Zeit alles gegeben. Er lehrte mich die Taten des Guten und führte mich dann in die Geheimnisse der Weißen Magie ein. Ich lernte den Zauber der Alchimisten, hörte etwas über die Totenbücher der alten Ägypter und beschäftigte mich mit den Schriften König Salomons. Es war faszinierend für einen jungen Menschen wie mich, diese doch so fremde Welt kennenzulernen, ihre Geheimnisse zu ergründen und sie auszuloten. Der Einsiedler brachte mir alles bei, vor allen Dingen Lebensweisheit. Dann, urplötzlich, starb er. Ich stand allein, war gerade siebzehn Jahre geworden. Meine leiblichen Eltern waren auch gestorben. Ich hatte niemand, kannte niemand und mußte mich nun so durchschlagen. Und doch besaß ich etwas, was mehr wert war als alles Geld dieser Welt. Das war mein Wissen. Ich verließ Mykonos, nahm die Schriften und Bücher des Einsiedlers mit und ging nach Athen. Ich hatte inzwischen soviel Wissen, daß es mir ohne Mühe gelang, eine Universität zu besuchen. Dort studierte ich Geschichte, Philosophie und Psychologie. Wir hatten einen alten Professor, der sich bereits damals mit dem heute so umstrittenen Gebiet der Parapsychologie beschäftigte. Ich wurde sein gelehrigster Schüler und zog ihn schon bald in mein Vertrauen. Ich erzählte ihm meine bisherige Lebensgeschichte. Der Mann war begeistert. Wir begannen gemeinsam zu forschen und vollzogen die uralten Rituale und Beschwörungen nach. Ich erinnere mich noch genau, wie wir mit Hilfe eines jungen Mediums den Geist eines längst Verstorbenen beschworen. Dieser Vorgang brachte einen großen Einschnitt in mein Leben. Die Magie ließ mich nicht mehr los. Ich lernte magische Zeichen und Formeln, beschäftigte mich intensiv mit diesem Gebiet und reifte bald zu einem Könner heran.«

Kiriakis hustete. Schweiß sammelte sich auf seiner Stirn. Besorgt sahen Jane und ich uns an. Der Grieche bemerkte den Blick. Ein schmales Lächeln umspielte seine Lippen. »Keine Angst, ich widerstehe dem Tod noch. Erst muß ich meine Geschichte loswerden.«

Ich nickte. »Ja, Kiriakis, berichte weiter.«

»Bei jeder Beschwörung war auch das Medium zugegen. Ich bekam Kontakt mit dem Geisterreich, konnte Verstorbene sprechen und hatte aber auch Einblick in eine grausame, furchtbare Welt. In die Welt der Dämonen und bösen Mächte. Ich sah in das Reich zwischen dem Diesseits und dem Jenseits, wo das Grauen wohnt und sich alle Schrecken vereinigt hatten. Es war schlimm, was ich dort zu sehen bekam, und manchmal stockte mir sogar der Atem. Aber ich lernte hinzu, und es gelang mir, das Böse zu beherrschen. Als ich fünfundzwanzig Jahre alt war, starb der Professor. Das Medium und ich standen allein da. Wir heirateten und waren in den ersten Jahren überglücklich. An die Magie dachten wir nicht mehr, wir hatten andere Dinge im Kopf.«

Kiriakis lächelte, und wir alle wußten, was er mit den anderen Dingen meinte. Suko hatte sich inzwischen zu uns gesellt und hörte ebenfalls gespannt zu.

»Dann wurde unsere Tochter geboren. Wir gaben ihr den Namen Elena. Sie war ein wunderschönes Mädchen mit langen roten Haaren und unser ganzer Stolz. Elena wuchs heran. Als sie fünf war, kam unser Sohn auf die Welt. Azarin, ihr kennt ihn ja. Aber ich will von Elena erzählen. Wir sorgten dafür, daß sie ganz normal aufwuchs, daß das Wort Magie für sie ein Fremdwort blieb. Sie wußte nichts von unseren Experimenten und wurde erst damit konfrontiert, als sie achtzehn Jahre alt war. Da schlugen die Mächte der Finsternis grausam zurück. Sie verziehen es nicht, daß wir uns gegen sie gestellt hatten. Sie nahmen grausame Rache. Eines Nachts tauchte ein Vampir in ihrem Zimmer auf und entführte Elena. Ich wurde zu spät wach und sah ihn nur noch als riesige Fledermaus, mit Elena in den Krallen, davonfliegen. Er hat sie zum Vampir gemacht. Seit der Stunde habe ich nie mehr mit meiner Tochter gesprochen, ich weiß jedoch, daß sie noch lebt. Ich habe sie gesehen. Und zwar bei einer Beschwörung. Wir wollten wissen, was mit ihr geschehen war, nahmen mit den Mächten der Finsternis Kontakt auf und sahen plötzlich das Dämonenauge. Es schwebte im Raum, und wir konnten hineinschauen wie auf eine Leinwand. Ich sah Elena. Sie lebte inmitten zahlreicher Frauen, fühlte sich glücklich und war zu einem ausgewachsenen weiblichen Vampir geworden. Sie wohnte in einer alten Mühle. Dort lockte sie ihre Opfer hin, um ihnen das Blut auszusaugen.«

Ich hörte Jane Collins hastig atmen. »Die Mühle, John«, flüsterte sie, »ich habe sie gesehen. Mein Gott…«

»Und deshalb tut mir einen Gefallen, Freunde«, sagte der Grieche. »Findet die Mühle und findet Elena. Ich bitte euch darum. Befreit sie von ihrem unseligen Fluch. Tötet sie, damit auch sie ihren Frieden hat. Das müßt ihr mir versprechen, ja?«

»Ja, Kiriakis«, erwiderte Jane und ich wie aus einem Mund. »Wir versprechen es dir.«

Der alte Mann tastete nach unseren Händen. Als er sie gefunden hatte, drückte er sie fest.

»Es war schlimm«, fuhr er leise fort. »Meine Frau starb, sie konnte den Schock nicht überwinden. Mein Sohn wandte sich von mir ab. Was mit ihm geschehen ist, habt ihr ja erlebt. Ich aber wurde selbst zum Einsiedler, lebte mitten in Athen für mich allein und beschäftigte mich nur mit meinen Studien. Ich lernte es, Salben und Pasten herzustellen, die eine wundersame Heilwirkung hatten. Du hast es ja selbst erlebt, Jane Collins.«

Die Detektivin nickte. Ich sah, wie ihre Wangenmuskeln zuckten. Sie hatte Kiriakis in ihr Herz geschlossen und mußte nun zusehen, wie sein Lebensfaden immer dünner wurde. Den Kräften der Schwarzen Magie hatte er getrotzt, doch einem Messerstich konnte er nichts entgegensetzen.

»Weißt du, wo die Mühle ist?« fragte ich Kiriakis.

»Nicht genau«, erwiderte er. »Aber weit von hier, auf unheiligem Boden. Ich glaube, in Schottland oder Irland. Auf jeden Fall nicht in Südeuropa. Und noch eine Warnung will ich aussprechen. Ihr habt Myxin, den Magier, erweckt. Gebt sehr genau acht. Er ist nicht euer Freund. Er will nur den Schwarzen Tod vernichten, um sich selbst an die Spitze setzen zu können. Ihr müßt schlau sein und ihn erst einmal für eure Zwecke einspannen. Dann wird er euch helfen, das Dämonenauge zu vernichten. Ich selbst…«

Kiriakis sprach nicht mehr weiter. Plötzlich riß er die Augen auf. Auch sein Mund öffnete sich. Von einer Sekunde zur anderen wurde sein Gesicht wächsern.

»Der Tod«, flüsterte er. »Ich sehe ihn schon. Es ist so dunkel. Licht, ich will Licht sehen. Nein, nein…!«

Kiriakis stöhnte. Fest hielt er meine Hand umklammert. Seine Nägel gruben sich in mein Fleisch. »Ich komme zu dir, Frau, ich komme…«

Das waren seine letzten Worte. Noch ein keuchender, lang gezogener Atemzug, und Kiriakis war tot.

Jane schluchzte. Die Tränen liefen über ihre Wangen.

Ich konnte sie so gut verstehen.

Behutsam drückte Jane dem Toten die Augen zu. Es war der letzte Dienst, den sie ihm noch erweisen konnte.

Schwarzgrauer Nebel wallte in der Todesschlucht. Die Wolken wogten hin und her. Tief in der Schlucht glühte ein dunkelrotes, leicht violett schimmerndes Licht auf, das langsam der Oberfläche entgegenstieg und den Nebel mit seiner farbigen Aura umhüllte.

Kein Himmel bedeckte die Welt. Es gab keine Sonne, keinen Mond und auch keine Sterne.

Diese Welt war unheilvoll. Sie lag zwischen dem Diesseits und dem Jenseits und war der Vorhof zur Hölle. Was danach folgte, gehörte dem Satan oder Asmodis, oder dem Scheitan, je nachdem, wie man das absolut Böse bezeichnete.

Die Zwischenwelt aber wurde von einem Tyrannen beherrscht.

Vom Schwarzen Tod!

Dies hier war seine Welt, und hier ließ er keinen Fremdling eindringen, wenn er nicht wollte.

Sein Reich war riesig, grenzenlos. Es gab keine Himmelsrichtungen, kein Norden, Süden, Osten oder Westen.

Selbstverständlich hatte der Schwarze Tod Helfer. Heerscharen von Dämonen, ganze Armeen von Monstern standen ihm zur Verfügung. Sie unterstützten ihn im Kampf gegen seine Feinde. Denn auch im Reich der Dämonen existierte Haß, Neid und Mißgunst, gab es grausame Machtkämpfe, denn jeder, der wenig Macht besaß, wollte aufsteigen und den Platz hinter Asmodis einnehmen. Seit unendlichen Jahren schon nahm der Schwarze Tod diesen Platz ein. Bisher hatte er es geschafft, sich gegen jeden Widersacher zu behaupten, doch nun war etwas eingetreten, was ihm überhaupt nicht behagte.

Myxin, der Magier aus Atlantis, war erwacht!

Myxins Reich in der Jenseitswelt hatte der Schwarze Tod kurzerhand annektiert. Er hatte es einfach seinem Reich angegliedert. Niemand hatte etwas dagegen, denn wer die Macht besaß, der war auch im Recht. Natürlich hatten andere Dämonen versucht, dem

Schwarzen Tod an den Kragen zu gehen, doch der Superdämon hatte sich jeweils als der Stärkere erwiesen. Alle Angriffe waren von ihm abgeschmettert worden, und seine Gegner hatte er grausam bestraft. Sie waren qualvoll eingegangen, er hatte sie Bilder sehen lassen, die ihren unheilvollen Leben ein Ende setzten.

Myxin, der Magier!

Immer wieder dachte der Schwarze Tod an diesen seinen Gegner. Er mußte erfahren, was er plante, um jetzt schon die Gegenmaßnahmen einleiten zu können.

Höher und höher stieg das violette Licht. Es fetzte den Nebel auseinander, bildete Wirbel und Strömungen, die wiederum ein Gesicht freigaben.

Dunkelbraune Haut, ein weit offenstehender Mund, zwei Augen, aus denen Feuerlohen schossen und die sich langsam zu einem Auge vereinigten.

Zum Dämonenauge!

Mit seinen Skelettfingern umspannte der Schwarze Tod das Gesicht. Er richtete den Blick aus seinen hell schillernden Augenhöhlen auf das Dämonenauge.

Zuerst wurde die Pupille trübe, dann plötzlich wandelte sie sich zu einem glasklaren Bild. Und dieses Bild zeigte ein Schiff. Ein Motorboot. Winzig klein waren die Personen, die das Deck bevölkerten. Doch der Schwarze Tod konnte seinen Erzfeind John Sinclair deutlich erkennen. Er stieß ein tiefes Knurren aus, so sehr überwältigte ihn der Haß. Oberinspektor Sinclair war für ihn ein rotes Tuch. Er hatte dem Schwarzen Tod bereits mehr Niederlagen beigebracht, als er überhaupt zugeben wollte. Und obwohl Sinclair schon in seiner Welt hier gefangen gewesen war, hatte er es geschafft, dieser Hölle zu entrinnen.

Im nächsten Augenblick jedoch änderte sich das Bild. Das Boot mit den Menschen verschwand, dafür sah der Schwarze Tod eine andere Gestalt, die er ebenso haßte wie den Geisterjäger.

Es war Myxin!

Klein von Statur, eingehüllt in einen langen giftgrünen Mantel. Auch die Haut schimmerte grünlich, und die weißen Pupillen schienen direkt in die Seele des Schwarzen Todes zu blicken. Vorausgesetzt, er hatte überhaupt so etwas.

Myxin hob den rechten Arm und spreizte die spinnenartigen Finger. »So leicht mache ich es dir nicht mehr«, sagte er. Seine Stimme drang durch Zeit und Raum zu dem Schwarzen Tod. »Als du mich besiegtest, habe ich dir ewige Rache geschworen. Töten konntest du mich nicht, und du wußtest auch, daß eines Tages der Zeitpunkt kommen würde, an dem ich wieder erwache. Nun, ich bin da und fordere das zurück, was du mir genommen hast. Zuerst bekomme ich mein Reich wieder, und dann verlange ich in Asmodis' Angesicht von dir Genugtuung. Du wirst vor mir kriechen, so wie deine Feinde vor dir im Staub liegen. Ich aber werde auf dich treten.«

»Hör auf, Myxin, du machst dich lächerlich«, rief der Schwarze Tod. »Nichts davon wird eintreten, denn ich allein habe die Macht. Ich werde dich zum zweitenmal besiegen, aber dann für immer. Glaub mir, du Wurm.«

Myxin lachte nur. Und dann war seine Gestalt verschwunden. Lange noch klang das Gelächter nach. Obwohl der Schwarze Tod so angegeben hatte, konnte er doch nicht vermeiden, daß es ihm etwas komisch zumute war. Er durfte diesen Myxin auf keinen Fall unterschätzen…

Suko und ich hatten die toten Gangster auf die Yacht geschafft und ihre Waffen eingesammelt. Noch konnten wir uns keinen Reim auf ihr Verhalten machen. Jane hatte mir zwar berichtet, daß diese Männer die Besatzung des Bootes, das weiter draußen lag, ermordet hatten, doch über das Motiv herrschte weiterhin Unklarheit.

Kiriakis hatten wir auf dem Deck liegenlassen. Ich trug jetzt die Verantwortung, und mir war klar, daß ich die griechische Polizei einschalten mußte.

Doch das schob ich auf. Ich wollte erst den immer noch bewußtlosen Gangster verhören.

Suko und ich hatten uns inzwischen umgezogen. An Bord

herrschte eine gedrückte Stimmung. Es war nicht gerade alltäglich, einige Leichen in der Nähe zu wissen.

Von Myxin hatten wir noch nichts wieder gehört. Suko sprach ich darauf an. »Ob er uns im Stich gelassen hat?«

Mein chinesischer Freund hob die breiten Schultern. »Ich glaube es eigentlich nicht.«

Skeptisch blickte ich ihn an. »Nenne mir den Grund.«

»Haß. Er haßt den Schwarzen Tod. Und er weiß, daß wir ebenfalls Erzfeinde dieses Dämons sind. Nein, er wird sich irgendwann zeigen und mit uns kämpfen.«

»Hoffentlich läßt er sich nicht zuviel Zeit.« Ich griff nach den Zigaretten und zündete mir ein Stäbchen an. Jane kam auf mich zu. »Das könnte ich auch vertragen«, sagte sie. Ihre Augen waren noch stark gerötet. Sie hatte geweint, Kiriakis' Tod hatte sie schwer erschüttert.

»Er war ein guter Mensch«, sagte Jane. »So etwas findet man in der heutigen Zeit selten.«

Da konnten Suko und ich ihr nur zustimmen.

»Bin nur gespannt, was unser spezieller Freund mit der Sache zu tun hatte«, sagte Suko und deutete auf den bewußtlosen Griechen. »Wie heißt der eigentlich?«

Suko hatte Jane bei der Frage angesehen, doch die Detektivin schüttelte den Kopf. »Keine Ahnung. Er hat es nicht für nötig gehalten, sich mir vorzustellen.«

»Kipp ihm mal Wasser über den Kopf. Vielleicht kommt er dann schneller zu sich«, sagte ich.

»Okay.« Suko besorgte einen Eimer und schöpfte Wasser aus dem Meer. Dann goß er die Ladung über den Schädel des Griechen.

Der Mörderboß kam tatsächlich zu sich. Schnaufend und prustend spie er Tropfen von sich. Danach öffnete er verwirrt die Augen. Als er uns sah, wußte er sofort, was die Glocke geschlagen hatte. Fest preßte er die Lippen zusammen.

Suko zog ihn am Kragen hoch, schleifte ihn über das halbe Deck und warf ihn auf einen Stuhl. »So, mein Freund, jetzt spiele nicht den Halbtoten. Die Rolle nehmen wir dir nämlich nicht ab.«

Der Grieche wischte sich über die Stirn. »Ich… ich weiß überhaupt nicht, was ihr von mir wollt.«

»Die Leichen reden aber eine deutliche Sprache«, erwiderte ich.

Stöhnend faßte der Grieche nach seiner Beule. »Was Sie hier machen, ist Freiheitsberaubung.«

»Immer noch besser als Mord!« konterte Jane. »Ihre Leute haben den alten Mann auf dem Gewissen, der ihnen nichts getan hat. Seien Sie froh, daß wir zivilisierte Menschen sind, sonst würden wir mit gleicher Münze zurückzahlen.«

»Sie haben doch meine Männer erschossen!« schrie er plötzlich. »Gut, ich habe die anderen umgelegt. Lassen wir es dabei. Ich gehe auf mein Schiff und verschwinde. Und Sie können auch abhauen. Wir werden uns nie mehr begegnen. Okay?«

Jane lächelte süffisant. »Haben Sie eigentlich vergessen, daß Mr. Sinclair Polizist ist? Ich habe es Ihnen deutlich genug zu verstehen gegeben.«

»Nein, ich habe es nicht vergessen. Nur – Sie sind Engländer, Mister, und haben hier nichts zu sagen.«

»Sie haben sich eines Verbrechens schuldig gemacht«, sagte ich. »Ob in England, Griechenland oder Indien. Verbrechen sind an allen Orten der Welt schlimm und werden auch überall geahndet. Wir arbeiten mit der griechischen Polizei zusammen. Und wir werden alles tun, Sie nicht laufenzulassen.«

»Das kommt vielleicht auf die Umstände an«, sagte der Grieche.

»Und die wären?« fragte ich.

»Ich bin kein armer Mann. Mister. Nicht so arm wie ein Polizist. Ich könnte Ihnen von meinem Reichtum etwas abgeben.«

»Also Bestechung.«

»Nennen Sie es nicht so. Ich hasse das Wort.« Der Grieche versuchte ein Lächeln. »Sagen wir, ich gebe Ihnen eine kleine Abfindung. Einverstanden?«

»Wie heißen Sie eigentlich?« fragte ich.

»Spielt das eine Rolle?«

»Für Geschäftspartner schon.«

Der Mann verengte die Augen. »Sie sind verdammt raffiniert.

Aber gut, ich sage Ihnen, wie ich heiße. Hereos. Konstantin Hereos. Zufrieden?«

»Und weshalb haben Sie die beiden Männer auf dem anderen Schiff killen lassen?«

»Sie wollten mich übers Ohr hauen!«

Ich lächelte verächtlich. Hereos konnte mir viel erzählen, denn tote Zeugen redeten nicht.

»Sie haben doch eine Kiste an Bord schaffen lassen«, mischte sich Jane Collins ein. »Was befindet sich in der Kiste?«

»Alte Münzen.«

Ich wußte Bescheid. Es ging um den Schmuggel von Altertümern. Und daß bei diesem Geschäft mit verdammt harten Bandagen gefochten wurde, das wußte ich nicht erst seit heute. Außerdem war die Polizei hinter den Bossen und Hehlern her wie der Teufel hinter der Seele. Wurden die Schmuggler gefaßt, so erwarteten sie hohe Strafen. Das wußte auch Hereos. Deshalb wollte er sich auf einem anderen Weg einigen, denn sonst war er bis an sein Lebensende erledigt.

»Wieviel also?« fragte er.

»Gar nichts«, erwiderte ich hart. »Wie übergeben Sie der Polizei. Oder haben Sie sich etwa eingebildet, daß ich mit Mördern Geschäfte mache, Mister?«

Hereos' Gesicht verzog sich. »Du Hund, du verdammter!«

Suko hob die Hand. »Soll ich?«

Ich winkte ab. »Laß diesen kläffenden Köter. Der ist sowieso am Ende.«

Hereos wand sich auf seinem Stuhl hin und her. Suko hatte ihn mit einem Tau festgebunden und seine Bewegungsfreiheit so eingeschränkt. »Das werdet ihr noch bereuen, daß ihr auf meinen Vorschlag nicht eingegangen seid. Es kommt die Zeit, da...«

Suko war es leid. Auf den Planken fand er einen alten ausgebeulten Hut. Er nahm ihn auf, setzte ihn Hereos auf den Kopf und zog ihn dann über beide Ohren des Mannes.

»Wenn du jetzt nicht dein Maul hältst, dann mache ich es wie Bud Spencer im Kino. Einmal mit der Faust auf deinen dummen Schädel, und du schwebst durchs All und siehst lauter Sterne.«

Hereos hielt den Mund. Wahrscheinlich hatte er Bud Spencer auf der Leinwand schon einmal in Aktion gesehen.

»Und was machen wir jetzt?« fragte Jane.

»Wir haben doch ein Funkgerät an Bord. Damit können wir die Polizei rufen.«

»Himmel, an das Ding habe ich gar nicht mehr gedacht«, flüsterte Jane. »Wir hätten ja Hilfe herbeiholen können.«

»Sicher. Aber genutzt hätte es nicht viel«, erwiderte ich. »Die Zeit war zu kurz. Kiriakis wäre bestimmt nicht mehr zu retten gewesen.«

»Das fürchte ich auch«, sagte Jane Collins.

Ich war schon auf dem Weg zum Ruderhaus, als plötzlich die Luft am Bug des Schiffes zu flimmern begann.

Abrupt blieb ich stehen.

Ein grünliches Schimmern lag über dem Deck, wie eine dicke Wolke, die aus funkelnden Partikeln bestand. Das Flimmern wurde stärker und blendete.

Hastig hielt ich die Hand vor meine Augen.

Ich hörte Jane rufen: »John, was ist das?«

Eine Antwort gab ich ihr nicht, das besorgte ein anderer.

»Ich habe euch doch gesagt, daß ich euch nicht im Stich lasse und wiederkomme.«

Der Mann, der die Worte gesprochen hatte, war der Magier Myxin!

Ich nahm die Hand wieder von meinen Augen. Das Flimmern hatte aufgehört. Dafür sah ich jetzt eine Gestalt auf dem Schiff stehen.

Langer grüner Mantel, grünlich schillernde Haut, kalte weiße Augen, das war Myxin.

Jane Collins faßte nach meinem Arm. »Ist er das?« wisperte sie.

»Ja.«

Der Hehler begann zu schreien. Er hatte sich den Hut wieder nach oben geschoben. »Das ist Teufelsspuk, was ihr da vorhabt!« zeterte er. »Wo kommt dieser Kerl her?«

Niemand gab ihm Antwort. Myxin wanderte gelassen über das Deck. Es schien, als ob er sich hier zu Hause fühlte. Jeden sah er an. Zuerst mich, dann Suko, der sich ein Grinsen nicht verkneifen konnte. Zum Schluß fixierten seine Augen Jane Collins.

Vor der Detektivin blieb er stehen. »An ihr wird der Schwarze Tod besonderen Spaß haben«, sagte er.

»Das glaube ich kaum«, erwiderte Jane. »Ehe ich mich mit ihm einlasse, begehe ich Selbstmord!«

Myxin lachte nur. »Wer ist das?« fragte er und deutete auf Hereos.

Ich erklärte es ihm. »Aber hast du uns denn nicht aus deinem Reich beobachtet?«

»Nein, ich habe etwas anderes zu tun gehabt.«

Myxin ging auf Hereos zu. Der Hehler sah wieder Land. Vielleicht war hier jemand gekommen, den er für seine Zwecke ausnutzen konnte. »Hör zu, Mann«, sagte er, »ich weiß nicht, wer du bist und woher du kommst, aber ich habe gesehen, daß die anderen hier dich mit ziemlichem Respekt behandeln. Wir machen ein Geschäft. Du hilfst mir hier aus der Klemme, und ich werde dich fürstlich belohnen.«

Abwartend und hoffnungsvoll blickte Hereos den Magier an. Myxin verzog nicht einmal das Gesicht, als er fragte: »Wer ist dieser Schwätzer?«

»Ein Killerboß«, erklärte ich.

»Was ist das?«

Ich erklärte es ihm.

Myxin lächelte. »Nicht schlecht«, kommentierte er. »Das Böse scheint auf der Erde noch nicht ausgerottet zu sein. Wie ich sehe, werde ich Unterstützung bekommen. Die Menschen haben sich nicht geändert. Das ist gut. Sie sind immer noch auf Geld und Macht aus. Wollen den Reichtum scheffeln.« Myxin rieb sich die Hände, dann wandte er sich an den Hehler. »Tut mir leid, aber im Augenblick kann ich nichts für dich tun, mein Freund. Ich stehe bei den anderen im Wort.«

»Vergiß es!«

»Nein, sie haben mich aus dem Schlaf der Rache befreit. Als

Gegenleistung werde ich sie zum Dämonenauge führen. Ich komme jedoch wieder auf dich zurück.«

»Hoffentlich.« Der Hehler hielt seine gefesselten Hände hoch. »Befreie mich davon«, bat er.

Myxin zögerte.

Ich griff ein. »Nein, laß ihn«, sagte ich scharf.

Myxin breitete beide Arme aus. »Gut, ich lasse ihn in Ruhe. Erst werde ich mein Versprechen einlösen.«

Ich wechselte das Thema. »Wo finden wir das Dämonenauge?« fragte ich den Magier.

»Wieso wir?«

»Meine Freunde und ich.«

»Nein, John Sinclair. Du allein wirst mich begleiten. Deine Freunde können hier warten.«

»Aber warum?«

Myxin lächelte. »Du bist der Feind des Schwarzen Todes. Du wolltest das Auge zerstören, und nur du allein sollst diese Chance erhalten. Ich werde dich mitnehmen in ein Reich, das dein Auge noch nie gesehen hat.«

»Doch«, hielt ich ihm entgegen. »Schon einmal hat mich der Schwarze Tod in seine Welt verschleppt.«

Myxin war überrascht. »Und du hast es mit eigener Kraft geschafft, diese Welt wieder zu verlassen?«

Ich nickte und sah in Myxins Augen so etwas wie Achtung aufleuchten. »Nie hätte ich gedacht, daß ich einmal einem normalen Menschen so etwas wie Respekt zollen würde«, sagte er.

»Es war Glückssache«, spielte ich den Vorfall herunter.

»Wie dem auch sei«, meinte Myxin. »Wir müssen uns beeilen. Noch ahnt der Schwarze Tod nichts von dem, was du vorhast. Aber er kann es sehr schnell erfahren.«

Jane trat auf mich zu und klammerte sich an mich. »Gib auf dich acht, John«, flüsterte sie. »Ich… ich habe große Angst.«

Ich lächelte ihr beruhigend zu. »Wird schon schiefgehen.«

Ganz wohl war mir nicht in meiner Haut. Aber ich hatte mich nun einmal entschlossen und konnte nicht mehr zurück.

Die Sonne war inzwischen weitergewandert. Sie bewegte sich in

Richtung Westen und bedeckte das Meer mit ihrem Strahlenteppich. Die Schaumkronen glitzerten und blitzten. Wellen klatschten gegen den Bootsrumpf. Möwen umkreisten das Schiff in geringer Höhe.

»Aber auch ihr sollt nicht ganz schutzlos zurückbleiben«, sagte Myxin. Meine Magie wird euch schützen.« Er holte Kreide unter seinem Gewand hervor, bückte sich und malte einen Kreis auf das Deck.

Dort, wo die Kreide die Planken berührte, begann es zu leuchten. Dann zog er zwei diagonale Striche durch den Kreis. Er hatte jetzt vier Dreiecke geschaffen. In jedes Dreieck schrieb er ein Wort. Wir hatten es noch nie gelesen. Außerdem war es eine so komplizierte Aneinanderreihung von Buchstaben, daß wir das Wort kaum aussprechen konnten.

»Sollte euch der Schwarze Tod angreifen, so stellt euch in eines der Dreiecke«, erklärte Myxin. »Dieser Zauber ist so stark, daß der Schwarze Tod ihn nicht durchbrechen kann. Wenigstens nicht im ersten Anlauf. Er muß schon Zeit haben, um eine Gegenbeschwörung vorzunehmen. Das dauert lange. In der Zwischenzeit jedoch wird John Sinclair das Dämonenauge zerstört und damit dem Schwarzen Tod eines seiner wichtigsten Hilfsmittel rauben.«

Ich sah Suko an.

»Du schaffst es, John«, sagte mein chinesischer Freund und Partner.

Auch Jane Collins nickte mir zu. Sie hatte die Lippen fest zusammengepreßt. Ich sah ihr an, daß sie mit den Tränen kämpfte.

»Komm jetzt, John Sinclair«, sagte Myxin. »Die Zeit drängt.«

Er ging vor mir in den Kreis. Wie schon bei Kiriakis würden wir einen Zeitsprung versuchen. Da waren wir gerade rechtzeitig erschienen, um Azarin das Handwerk zu legen.

Was würde jetzt geschehen? Sollte Myxin recht behalten? Konnte ich ihm trauen?

Zahlreiche Gedanken schossen mir in diesen Momenten durch den Kopf. Dieser Myxin stand nur auf meiner Seite, weil er mich benutzen wollte, um dem Schwarzen Tod eins auszuwischen. Und ich brauchte ebenfalls seine Hilfe.

Eine verdammt brüchige Allianz, die wir da eingegangen waren. Aber mir blieb keine Wahl.

Myxin hatte den Kreis schon betreten. Meine mit Silberkugeln geladene Beretta hatte ich eingesteckt. Auch hing das geweihte Silberkreuz vor meiner Brust.

Würden diese relativ schwachen Mittel mir helfen, die Schrecken einer anderen, grausamen Welt zu überwinden?

Es war mehr als fraglich.

Ich überschritt die Grenze, trat ein in den magischen Kreis.

Augenblicklich überfiel mich eine seltsame Kälte. Dabei hatte ich das Gefühl, von den Füßen her würde mein Blut einfrieren. Mühsam drehte ich den Kopf und blickte Myxin an.

Ich sah sein hintergründiges Lächeln. Dann sagte er: »Jetzt bist du mir ausgeliefert, John Sinclair!«

Im nächsten Moment verschwamm alles vor meinen Augen, Jane, Suko, das Schiff – alles ging unter in einem tosenden Wirbel. Ich fühlte einen ungeheuren Druck, der mich hochheben und herabziehen wollte zur selben Zeit.

Dann wußte ich nichts mehr…

»Er ist weg«, sagte Jane Collins. Sie flüsterte die Worte, stand immer noch unter dem Eindruck des unerklärlichen Geschehens. Leer lag der Kreis vor ihr. Suko hatte seinen Arm um Janes Schulter gelegt. Der Chinese gab ihr etwas Halt. »Warum sind wir nur nicht mitgegangen?« flüsterte sie.

»Dann hätte John keine Chance gehabt«, erwiderte Suko. »Nein, so ist es schon besser.«

»Glaubst du, daß er es schafft?« fragte sie.

»Ja. Wenn es einer schafft, dann ist es John. Erinnere dich daran, welche Niederlagen er den Mächten der Finsternis schon beigebracht hat. Bisher ist John Sinclair immer Sieger geblieben.«

»Aber jede Serie hat einmal ein Ende.«

»Hast du das Vertrauen in John verloren?« erkundigte sich Suko.

»Nein, aber ich kenne kaum jemand auf der Welt, der gegen so mächtige Gegner zu kämpfen hat. Das ist es.«

Suko warf einen Blick über das Deck. Dabei sah er auch zwangsläufig den Hehler Hereos an. Der Gangster hockte auf seinem Stuhl. Er war kreidebleich und begriff nichts.

Suko konnte ihn gut verstehen.

Mit den gefesselten Händen wischte sich Hereos über die schweißnasse Stirn. »Zauberspuk«, sagte er. »Ich habe das Gefühl, ihr steht mit dem Satan im Bunde.«

»Umgekehrt ist es«, meinte Suko.

»Verdammt, wie ist das möglich? Wie können zwei Leute so mir nichts dir nichts verschwinden?« Hereos schüttelte den Kopf. »Ich begreife nichts mehr.«

»Ist auch nicht nötig«, erwiderte Suko.

»Wer war denn dieser grünhäutige Kerl?« wollte der Hehler wissen.

»Ein Magier!«

»Aus dem Zirkus?«

»Nein, aus Atlantis.«

Jetzt blieb Hereos vor Staunen der Mund offen stehen. »Ich glaub, ich spinne«, keuchte er. »Wollt ihr mich auf den Arm nehmen? Und wer ist der Schwarze Tod?«

»Ich wünsche Ihnen nicht, daß Sie ihn kennenlernen.«

»Was geschieht denn jetzt mit mir? Wollen Sie immer noch die Polizei holen?«

»Sicher, aber erst, wenn John Sinclair wieder zurück ist.«

»Ich hoffe, daß er verreckt!« zischte der Gangster.

»Das haben sich schon andere vergeblich gewünscht«, konterte der Chinese.

Auf einmal wurde Hereos' Blick lauernd. »Wie war das denn mit eurem komischen Magier?« sagte er. »Er wollte doch mit mir ein Geschäft machen, wenn ich richtig verstanden habe.«

»Zu dem Geschäft wird es nicht kommen«, erwiderte Suko. »Weil man Sie vorher einlocht.«

Hereos lachte meckernd. »Da bin ich gar nicht mal so sicher. Ich habe selbst gesehen, welch eine Macht dieser Magier besitzt. Nein, den können auch keine Gitter aufhalten.«

Die Befürchtung hatte Suko ebenfalls, er sprach sie aber nicht aus.

»Es wäre für euch wirklich besser, wenn ihr euch auf meine Seite schlagen würdet. Ich bin der bessere Partner.«

»Hör nicht auf den Schwätzer«, sagte Jane Collins. »Der hat doch nur Angst.«

»Süße, du bist dumm. Bei mir fährst du wirklich besser. Ich kann dir alles bieten.«

»Wenn du jetzt dein Maul nicht hältst, verdammter Killer, spürst du meine Faust!« zischte Suko.

Da schwieg Hereos. Sein Lächeln zeigte an, daß er sich auf der Siegerstraße sah.

Doch das Grinsen gefror dem Hehler, und daran waren die nächsten Ereignisse schuld.

Urplötzlich verdunkelte sich der Himmel. Aus dem Nichts entstanden dicke, schwarze Wolken, trieben vor die Sonne und absorbierten ihre Strahlen. Es wurde kalt. Ein scharfer Wind pfiff über die See, peitschte das Wasser und warf es zu Wellen hoch, die hart gegen die Bordwand klatschten.

Suko ahnte die Gefahr. Er reagierte als erster. »Vorsicht!« rief er Jane Collins zu. »Das ist ein Angriff des Schwarzen Todes!«

Wie recht Suko mit seiner Behauptung hatte, bewiesen die nächsten Sekunden. Aus den tief dahinwirbelnden Wolken lösten sich riesige Ungetüme, die mit enormer Geschwindigkeit auf das kleine Boot zurasten.

In Bruchteilen von Sekunden nahmen Jane, Suko und auch der Hehler den Anblick der Horror-Gestalten in sich auf.

Es waren plattgesichtige Monster. Sie saßen auf skelettierten Pferden, preschten aus den Wolken hervor und schwangen feurige Lassos. Vier, fünf dieser schrecklichen Höllenboten zählte Suko und Jane.

Die Detektivin hielt sich am Bug des Bootes auf. Sie hatte die weiteste Entfernung bis zum schützenden Kreis zurückzulegen.

»Lauf, Jane!« brüllte Suko. »Mein Gott, lauf!«

Die Reiter griffen an!

Sie kamen von der Backbordseite, wirbelten ihre brennenden Lassos durch die Luft und schleuderten sie dem Deck entgegen.

Jane Collins sprintete los.

Sie rannte über das Deck auf den rettenden magischen Kreis zu.

Der Hehler begann zu schreien. Er sah das Grauen kommen und konnte nichts dagegen tun. Mit einem wilden, verzweifelten Kraftakt versuchte er aufzuspringen, reckte die gefesselten Hände gegen den Himmel und brüllte. »Ich bin nicht euer Feind! Ich gehöre zu Myxin, versteht ihr? Ich bin nicht euer Feind!«

Der Hehler ahnte nicht, daß er mit diesen Worten genau das Falsche sagte. Denn diese reitenden Skelette gehörten zu dem Schwarzen Tod, Myxins Todfeind.

Suko befand sich in einer Zwickmühle. Er, der dem rettenden Kreis am nächsten stand, konnte nur einer Person helfen.

Und für ihn war es Jane Collins.

Außerdem hatte sich Hereos selbst in die Misere geritten. Er hatte durch seine Worte das eigene Todesurteil gesprochen.

Die plattgesichtigen Monster wirbelten auf das Deck zu. Sie hatten die Worte des Gangsters genau vernommen, änderten ihren Kurs und hetzten auf Hereos zu.

Überdeutlich sah er die Schreckensgestalten heranjagen. Diese Wesen mit der violetten Haut, den eiförmigen Köpfen und den Fratzen ohne Nasen und Ohren.

»Neinnn!« Hereos brüllte und riß beide Hände gegen sein Gesicht, um sich zu schützen.

Da waren die Reiter heran.

Drei feurige Lassos kreisten durch die Luft, fanden mit gnadenloser Präszision ihr Ziel.

Suko sprintete auf Jane zu. Sie begegneten sich etwa in der Mitte des Schiffs.

Der Chinese riß die Detektivin kurzerhand hoch, warf sie über seine Schulter und jagte zurück. Genau auf den Kreis zu.

Einer der Reiter entdeckte sie.

Mit einem fauchenden Laut auf den Lippen kreiselte er herum, schwang das Lasso und ließ es einen Atemzug später fliegen.

Suko sah dem brennenden Kreisel entgegen und reagierte im Bruchteil einer Sekunde.

Er duckte sich, driftete gleichzeitig zur Seite und ließ das Lasso über sich und Jane Collins hinwegfliegen. Suko spürte noch den tödlichen Gluthauch, dann war die Gefahr gebannt.

Sofort rannte der Chinese weiter. Jane krallte sich an seiner Kleidung fest. Dann erreichte Suko mit einem gewaltigen Sprung den rettenden magischen Kreis.

Er und Jane waren in Sicherheit.

Doch die Horror-Reiter hatten ihr Opfer.

Konstantin Hereos.

Er hing in den feurigen Lassos, wurde von seinem Stuhl gerissen und befand sich im nächsten Atemzug hoch in der Luft. Mit Höllentempo jagten die Reiter den dunklen Wolken entgegen, wurden immer kleiner und waren verschwunden.

Hereos' Schrei gellte Jane und Suko noch lange in den Ohren. Für ihn gab es keine Rettung mehr.

Die Wolken verflüchtigten sich. Verschwanden ebenso rasch, wie sie aufgetaucht waren. Sekunden später lag der Himmel wieder in seinem strahlenden Blau. Nichts mehr wies auf den Überfall der grausamen Reiter aus der anderen Dimension hin. Es war, als hätte es sie nie gegeben.

Doch Jane und Suko wußten es besser.

Die Detektivin zitterte. Wieder einmal war sie nur knapp mit dem Leben davongekommen.

»Mein Gott«, sagte sie nur.

Nicht zum erstenmal machte ich einen Dimensionssprung mit. Diese Reise durch Zeit und Raum, bei der ich immer das Gefühl hatte, Seele und Körper würden voneinander getrennt.

Oft war ich bei diesem Reisen durch ein Farbenspektrum gewirbelt. Hier aber war nichts.

Nur Schwärze und Dunkelheit.

In meinem Kopf fühlte ich ein Brausen und seltsames Pochen. Etwas pfiff um mich herum. Ich wollte die Augen aufreißen, um das Ding zu sehen, aber ich schaffte es nicht. Etwas schien wie ein Bleiguß auf mir zu liegen und mich einzuwickeln.

Hilflos war ich. Wie ein Baby. Wenn mich jetzt der Schwarze Tod zu fassen bekam, dann war es aus…

Ein schmerzhafter Ruck schien meinen Körper spalten zu wollen. Auf einmal konnte ich wieder meine Augen öffnen, Arme und Beine bewegen, konnte sprechen, lachen, mich verteidigen…

Ich blickte mich um.

Eine andere Welt tat sich vor meinen Augen auf.

Düster, drohend, unheimlich…

Nebel umwallte mich. Schwer und grau. Ich lag auf einem schwarzen Gesteinsboden, spürte den feuchten klebrigen Nebel auf meiner Stirn und fragte mich, wo ich hier gelandet war.

Bruchstücke einer Erzählung streiften durch mein Hirn. Ich mußte an Janes Worte denken, als sie von ihrem Ausflug in die Jenseitswelt sprach. Sie hatte eine Brücke gesehen, die einen Abgrund überspannte. Eine Schlucht, in der die grauschwarze Nebel wallten und wogten.

Sollte ich auf dem Grund dieser Schlucht gelandet sein?

Ich wunderte mich darüber, daß ich trotz Nebel frei atmen konnte. Normalerweise durfte ich keine Luft bekommen, aber im Reich der Dämonen waren die Gesetze meist auf den Kopf gestellt. Hier lief alles anders als bei uns.

Doch wo war Myxin?

Ich richtete mich auf, versuchte den Magier irgendwo zu entdecken, doch aufquellende Wolken hüllten mich ein. Von dem Magier sah ich keine Spur.

Hatte er mich verlassen? Wollte er, daß ich – nur auf mich allein gestellt – das Dämonenauge fand und zerstörte? Oder wollte er mich dem Schwarzen Tod in die Krallen laufen lassen?

Ich mußte mit beiden Möglichkeiten rechnen und beschloß, doppelt vorsichtig zu sein.

Ich tastete meinen Körper ab. Fühlte nach meiner Beretta und dem Kreuz.

Es war noch alles vorhanden. Das geweihte Metall des Kreuzes hatte sich erwärmt. Für mich ein untrügliches Zeichen, daß das Böse irgendwo in der Nähe lauerte.

Auf dem Fleck stehenbleiben konnte ich nicht. Also setzte ich mich in Bewegung, schritt hinein in die verfluchte Nebelbrühe.

Nichts war zu hören. Nicht einmal meine Schritte. Der Nebel schluckte jedes Geräusch. Die Stille war so bedrückend, daß mich ein komisches Gefühl beschlich. Ich konnte meinen eigenen Herzschlag hören.

Kein Himmel über mir. Nur dieses wallende Grauschwarz.

Auf welch einer Welt war ich gelandet? Stand ich bereits am Tor zum Jenseits? Wenn wenigstens eine Sonne geschienen hätte, die die Nebelwand aufriß.

Aber nichts.

Nur das verdammte wallende grauschwarze Einerlei. Natürlich rechnete ich mit einem überraschenden Angriff. Daß irgendwelche Monster plötzlich aus der Nebelbrühe auftauchten und mich attackierten.

Ich zog die Beretta.

Ich kam mir vor wie ein Mann, der ausgeschickt worden war, um eine Armee aufzuhalten.

Sicher, schon einmal hatte mich der Schwarze Tod in sein Reich gelockt. Da war ich aber entkommen. Es gab in dieser Welt transzendentale Tore, durch die man in die Welt des Sichtbaren gelangen konnte. Damals war dies ein Brunnen gewesen, der mich gerettet hatte.

Aber hier sah ich nichts.

Nur den undurchdringlichen Dampf.

Der Boden unter mir war rissig. Oft taten sich Spalten auf von unterschiedlicher Länge und Breite. Ich mußte achtgeben, daß ich nicht stolperte, denn die Unebenheiten waren wie Fallen.

Auch aus den Spalten drangen Dampf und Qualm. Heiß oft und atemraubend.

Wie bei einem Vulkan.

Sicher, das war es. Ich war in einer Vulkan-Gegend gelandet, wie es sie auf der Erde ebenfalls gab. Der Boden arbeitete noch, er gärte, und sicherlich würde es irgendwann in nächster Zeit wieder einen Ausbruch geben.

Ich hoffte, daß ich dann schon weg war.

Manchmal hatte ich das Gefühl, der Boden unter mir wäre weicher geworden.

Ich bückte mich und tastete ihn mit den Fingern der freien linken Hand ab.

Tatsächlich. Der Untergrund hatte längst nicht mehr die Härte wie am Anfang.

Ich traute mich gar nicht mehr weiter.

Meine Überlegungen führten dahin, daß ich mich irgendwann einem noch nicht völlig erkalteten Lavafeld näherte. Dieser grauschwarzen Masse, die dann wie ein Sumpf wirkte und mich einsinken ließ.

Hatte ich die falsche Richtung eingeschlagen, oder hatte mich Myxin genarrt? Ja, an die zweite Möglichkeit mußte ich auch denken, denn trauen konnte man dem Magier nicht. Er war schließlich ein Dämon und verkörperte das Böse. Im Augenblick stand er zwar auf meiner Seite, doch die Bedingungen konnten sich im Laufe der Zeit ohne mein Wissen geändert haben.

Was geschah, wenn sich Myxin und der Schwarze Tod geeinigt hatten? Dann stand ich zwei übermächtigen Gegnern gegenüber und hatte die gleiche Chance wie ein Schneeball in der Sonne.

Ich würde nicht überleben.

Menschen, die sagen, sie hätten keine Angst, habe ich noch nie begreifen können. Ich hatte Angst! Sogar sehr große. Es bestand durchaus die Möglichkeit, daß ich dieses Reich nicht mehr verlassen konnte.

Vorsichtig ging ich weiter, näherte mich Schritt für Schritt dem unbekannten Ziel. Es war eine anstrengende Sache. Der Untergrund um mich herum blubberte und warf dicke Blasen, die mit schmatzenden Geräuschen zerplatzten.

Meine Augen begannen zu tränen, weil ich dauernd in den Nebel starrte und unbedingt etwas sehen wollte.

Ich sah auch was.

Ein Licht.

Violett schimmerte es durch das Grau des Nebels. War dort, wo das Licht aufflammte, mein Ziel?

Ich ging weiter.

Jedesmal, wenn ich einen Fuß hochhob, schmatzte es unter mir. Der Sumpf wurde tiefer – und auch gefährlicher.

Das violette Licht war mein Ziel. Hatte Jane nicht auch davon gesprochen? Ich überlegte scharf, doch ich wußte es nicht mehr genau.

Noch immer umwallte mich die Nebelwand, schwang hin und her, bildete Wirbel und rotierte.

Dicht vor mir zischte etwas auf.

Ich blieb stehen.

Ein heißer, heller Strahl sprang aus dem Boden, bildete eine Fontäne und klatschte auf das Gestein, wo er zischend zwischen Spalten und Ritzen verschwand.

Langsam verließ mich mein Mut. Wenn das so weiterging, würde ich mein Ziel nie erreichen.

Doch dann erhielt ich Hilfe.

Myxin, der Magier, war plötzlich da.

Er kam aus dem Nichts, stand vor mir, lächelte hintergründig und reichte mir die Hand.

Ich ergriff sie. Was sollte ich sonst machen?

Myxin legte einen Finger auf seine Lippen. Ich verstand die Geste und sagte kein Wort.

Es war logisch, daß wir uns vorsichtig bewegen mußten. Schließlich befanden wir uns beide auf feindlichem Territorium.

Myxin trat dicht an mich heran und wisperte die nächsten Worte in mein Ohr.

»Dort, wo du das Licht siehst, befindet sich das Dämonenauge. Geh hin und zerstöre es.«

»Aber wie?« Ich deutete zu Boden. »Es ist gefährlich, über nicht erkaltete Lava zu gehen. Sie würde mich verschlingen.«

Da lachte Myxin. »Sieh mal vor deine Füße.«

Ich schaute nach unten und stieß vor Überraschung einen heiseren Laut aus.

Ein Steg führte haargenau auf das Dämonenauge zu. Er flimmerte an den Seiten, verwischte manchmal, blieb aber vorhanden.

»Es ist die einzige Hilfe, die ich dir geben kann«, sagte Myxin. »Das Auge mußt du allein zerstören.«

»Sag mir, wie ich es schaffe!«

Statt einer Antwort griff der Magier unter seinen Umhang. Als seine Hand wieder hervorkam, hielt er einen kleinen Spiegel zwischen den Fingern.

»Damit?« fragte ich erstaunt.

»Täusche dich nicht, mein Freund. In diesem kleinen Spiegel ist die Kraft eines versunkenen Kontinents vereinigt. Er ist uralt. Verwahre ihn gut, und benutze ihn, wenn du vor dem Dämonenauge stehst. Mehr Hilfe kann ich dir nicht geben.«

Ich nickte, wollte Myxin aber noch auf die Probe stellen. »Warum müssen wir Feinde sein?«

Der grünhäutige Magier lächelte. »Willst du, daß ich auf deiner Seite kämpfe?«

»Ja.«

»Es geht nicht. Obwohl ich dir Respekt zollen muß, John Sinclair. Auch in meiner Heimat Atlantis habe ich noch nie jemanden kennengelernt, der so konsequent gegen seine Feinde kämpft. Der sich auch durch Niederlagen nicht erschüttern läßt. Das gleiche gilt übrigens auch für deine Freunde. Schade, daß wir in verschiedenen Lagern stehen.«

»Und daran ist nichts zu ändern?«

»Nein, John Sinclair!«

Fest sah ich ihn an. Er hob noch einmal die Hand, trat einige Schritte zurück und wurde von der Nebelwand verschluckt.

Ich war wieder allein.

In der linken Hand fühlte ich den Spiegel, in der rechten lag meine Beretta.

Zögernd betrat ich den Steg. Ich hatte Angst, daß er brechen würde, doch zu meiner Überraschung hielt er stand. Schritt für

Schritt ging ich weiter. Der Steg schwankte, erzitterte unter meinen Schuhsohlen.

Ich ging wie ein Seiltänzer, schwenkte beide Arme zur Seite aus, um so die Balance zu halten. Links und rechts neben mir gurgelte und schmatzte es.

Lavasumpf. Einen anderen Begriff fand ich nicht dafür. Blasen blubberten auf, zerplatzten mit satten Geräuschen. Kleine Spritzer trafen meine Hosenbeine.

Sie waren scharf wie Säure. Ätzten sich durch, drangen jedoch zum Glück nicht bis an die Haut.

Wie ein Film lag mir der Schweiß auf der Stirn. Dieses Balancehalten zerrte an meinen Nerven. Und dabei war es gar nicht sicher, ob ich es überhaupt schaffte. Das Licht schien nicht näher zu rücken, aber der verdammte Nebel verwischte und verzerrte die Entfernungen.

Je weiter ich ging, um so schrecklicher wurden die Geräusche neben mir.

Schreien, Stöhnen und Ächzen.

»Hilfe!« raunte eine Stimme. »So hilf mir doch… ahhh…«

Ich drehte den Kopf. Sah einen Mann. Er versuchte aus dem Lavasumpf zu kriechen, doch zwei schuppige Hände hielten ihn fest und zogen ihn wieder hinein.

So sah die Rache des Schwarzen Todes aus. Für die Menschen, die hier gefangengehalten wurden, gab es keine Chance mehr. Sie waren der ewigen Verdammnis preisgegeben.

Licht und Schatten, wie dicht lagen sie doch oft nebeneinander.

Ich sah zwei blutjunge Mädchen. Sie wurden von zotteligen Monstern festgehalten, deren Klauenhände über die nackten Körper glitten. Zu gern wäre ich den Mädchen zu Hilfe geeilt, aber ich konnte nicht in den Sumpf springen.

Ich sah die Qual auf ihren Gesichtern.

Da schoß ich.

Feuerte auf die Monster, jagte beide Silbergeschosse in ihre Schädel. Die Monster kippten zurück, versanken im Lavasumpf.

Die Mädchen, die ich gerettet hatte, lachten nur. Schamlos stellten sie sich zur Schau und zeigten dann ihre gefährlichen Vampirgebisse.

Verdammt, ich hatte mich reinlegen lassen.

Weiter ging ich.

Hände tauchten aus dem Sumpf auf, griffen nach mir. Doch bevor ich zupacken konnte, zuckten sie wieder zurück. Mich schützte eine unsichtbare Barriere, die Magie des großen Myxin.

Noch zahlreiche Schrecken wurden mir vorgegaukelt, doch ich hielt durch, ließ mich von meinem einmal eingeschlagenen Weg nicht abbringen.

Dann wurde der Nebel lichter. Er trat zur Seite, wie vom Sturm gepeitscht.

Frei lag das violette Licht vor mir. Noch zehn Schritte, dann hatte ich es geschafft.

Mein Ziel war erreicht.

Ich hatte das Dämonenauge gefunden!

Wir starrten uns an!

Ich sah in ein Gesicht, das über dem Boden schwebte. Riesengroß kam mir die Physiognomie vor. Dunkelbraune Haut, ein Mund wie eine große Wunde, zwei Augen – nicht eins.

Fest hielt ich den Spiegel umklammert. Würde er mir tatsächlich helfen?

Das violette Licht umschwebte das große Gesicht, hüllte es ein in seine farbige Aura. Dahinter erblickte ich wieder eine graue Nebelwand.

Im Sumpf neben mir heulten und jaulten die Verdammten des Dämonenreichs. Wehklagende Stimmen trafen meine Ohren, Flüche und Schreie.

Niemand sprach.

Eine Gänsehaut nach der anderen lief über meinen Rücken. Es war ein stummes Ringen, das das Gesicht und ich uns lieferten.

Wer würde zuerst angreifen?

Behutsam hob ich den rechten Arm, wollte mich mit keiner zu hastigen Bewegung verdächtig machen.

Doch das Gesicht reagierte. Flammenzungen leckten aus den Augen, wirbelten auf mich zu.

Instinktiv zuckte ich zurück, doch die feurigen Lanzen teilten sich dicht vor meinem Gesicht und umkreisten meinen Kopf.

Ich war Gefangener des Dämonenauges.

Dann sah ich die Verwandlung. Die beiden Augen schoben sich aufeinander zu, rückten immer näher, berührten sich schon an den Winkeln und schmolzen zu einem Auge zusammen.

Die Pupillen veränderten sich, waren plötzlich nicht mehr da, und ich sah auf eine hellgraue Fläche, die jedoch rasch verschwand und spiegelndem Glanz Platz machte.

Ich schaute hinein in das Auge, sah ihn, meinen Erzfeind.

Der Schwarze Tod blickte mir aus dem Dämonenauge entgegen. Er grinste teuflisch, verzog dabei das Knochengesicht.

Mich packte eine ungeheure Wut.

Heftig riß ich den Arm hoch, hielt dem Dämonenauge den Spiegel entgegen.

Zuerst geschah nichts.

Dann aber überstürzten sich die Ereignisse. Das Gesicht des Schwarzen Todes zerfloß. Ich erkannte noch den ungeheuren Haß, der mir entgegenstrahlte, dann war das Bild verschwunden.

Und das Dämonenauge zerbrach.

Es zeigte Risse wie ein Spinnennetz. Verschwunden war die glühende Flammenzunge.

Starr und steif stand ich da und hielt den Spiegel hoch.

Dann unterbrach eine Stimme meine Gedanken.

»Lauf auf das Auge zu!«

Myxin sprach zu mir.

Ich warf alle Bedenken fort und folgte seinem Rat. Näherte mich mit langen Schritten dem Auge, preßte den Spiegel mitten hinein, spürte den mörderischen Sog, der mich in das Auge hineinzog, hörte einen gellenden Schrei – und dann nichts mehr…

Zwei blaue, besorgte Augen blickten mich an. Eine warme Hand strich über meine Stirn.

Ich lächelte, als ich in das Gesicht von Jane Collins schaute.

»Alles klar?« fragte sie.

»Ja.«

Jane deutete auf meine Hand. »Was hast du da?«

»Einen Spiegel.«

»Und?«

»Erzähle ich dir später.« Ich erhob mich ächzend. Suko reichte mir die Hand.

»Du hast es geschafft?« fragte er.

Ich nickte. »Das Dämonenauge ist zerstört. Myxin hat sein Versprechen gehalten und mir geholfen.«

»Die Polizei wird gleich hier sein«, klärte mich Suko auf. »Wir müssen uns noch eine gute Ausrede einfallen lassen.« Er räusperte sich. »Hereos ist nämlich nicht mehr da.«

Mein chinesischer Freund erzählte mir die Geschichte.

»Dann sagen wir einfach, er wäre ertrunken«, schlug ich vor. »Was tatsächlich passiert ist, nimmt uns sowieso kein Mensch ab.«

»Das fürchte ich auch.«

Jane hakte sich bei mir unter. »Ich bin so froh, John, daß du wieder da bist. Jetzt ist alles vorbei.«

Ich dämpfte ihren Optimismus. »Nein, Jane, wir haben Kiriakis versprochen, seine Tochter zu finden. Und dieses Versprechen werden wir einlösen. Zur Ruhe kommen wir nie…«

ENDE

Die
Hexen-
mühle

»Ich glaube, wir haben uns verlaufen!« Kitty Lavall blieb stehen. Sie hob den Kopf und blickte sich achselzuckend um. »Du hättest dich vorher besser informieren sollen, Paul.«

Paul Maurer stöhnte. Er legte den schweren Rucksack ab und setzte sich darauf. »Ich habe dir doch gesagt, daß diese Wanderungen nicht einfach sind.«

Kitty blickte ihren Freund von der Seite an. Sie setzte die dunkle Brille auf, da die tiefstehende Sonne blendete. »Bis Langery sollten es doch nur zehn Meilen sein, hast du gesagt. Meiner Schätzung nach sind wir die Strecke längst gelaufen. Und siehst du was von dem Ort?«

»Nein.«

»Na bitte«, sagte sie spöttisch. »Außerdem tun mir meine Füße weh. Trip durch die Highlands. Nie mehr lasse ich mich darauf ein.«

»Daß es mit dir Ärger geben würde, habe ich mir gedacht. Ich hatte dich vorher gewarnt. Aber die gute Kitty konnte nicht hören. Sie wußte alles besser. Ich denke, du bist Schottin?«

»Ja, aber aus Glasgow.« Kitty wurde wütend. »Und du kommst aus Köln. Kennst du dich in Ostfriesland aus?«

Paul Maurer grinste. »Von Ostfriesland weiß ich nur, daß sie dort die Lampen noch mit Steinen auswerfen.«

»Wie witzig.«

Paul behielt sein Grinsen bei. Er war eine Frohnatur. Er hatte sich von seinem Studium für ein Jahr befreien lassen, um die Britischen Inseln kennenzulernen. Er studierte Anglistik und Geschichte. Über das Thema Schottland wollte er hinterher promovieren. Paul war dreiundzwanzig Jahre alt, kräftig gebaut, hatte dunkles Haar, einen etwas mädchenhaft wirkenden Mund und braune Augen. Er sah aus wie ein lieber Junge. Doch wer Paul näher kennenlernte, mußte bald einsehen, daß Paul kein Baby war. Er wußte genau, was er wollte. Herumkommandieren ließ er sich nicht.

Auch nicht von seiner Freundin Kitty Lavall. Er hatte sie im Londoner Hyde Park auf einer Bank gesehen. Kitty hatte Tauben gefüttert, und Paul half ihr dabei. Sie kamen ins Gespräch und stellten bald fest, daß sie gemeinsame Interessen hatten. Kitty studierte ebenfalls Geschichte. Sie erzählte viel von Schottland. Da hatte Paul die Idee, mit Kitty durch Schottland zu wandern.

Nun waren sie schon zwei Wochen unterwegs.

»Was machen wir jetzt?« fragte Kitty.

»Ich sehe mal auf der Karte nach.«

»Aber beeil dich, bald wird es dunkel.«

»Ja doch.« Paul kramte in der Außentasche des Rucksacks herum. Kitty sah sich inzwischen die Landschaft an.

Im Nordwesten hatte die untergehende Sonne einen feurigen Ring um die Grate der Mountains gelegt. Die sanft gewellten Hügel mit den langen dunkelgrünen Grasmatten lagen vor den Bergen. Und zwischen den Hügeln eingebettet glitzerten die kleinen, zahlreichen Seen im Sonnenlicht. Diese klaren Gewässer, die so unendlich tief und geheimnisvoll waren. Um die sich Geschichten und Legenden rankten, wobei nicht zuletzt das Monster von Loch Ness zu einer weltweiten Berühmtheit gelangt war.

Straßen gab es wenige in dieser Gegend. Nur schmale Feldwege, die von Wanderern und Schäfern benutzt wurden. Es war eine wilde, romantische Gegend, in der zahlreiche Schlösser und Burgen von einer wechselvollen Geschichte erzählten. Auch lebte bei den Einwohnern der wenigen Dörfer der Gespensterglaube. Viele alte Häuser hatten ihr eigenes Gespenst.

Schottland – ein Land der Geheimnisse und der Rätsel; im Norden, Westen und Osten von der wilden Atlantikküste umspielt, drückten Wind und Wetter diesem Land ihren rauhen Stempel auf.

»Weißt du jetzt, wo wir sind?« drängte Kitty.

Paul atmete schnaufend aus. »Laß mich doch mal in Ruhe nachsehen, zum Teufel.«

Pauls Finger wanderte die Karte entlang. Sie befanden sich südlich der Grampian Mountains, dieser hohen Gebirgskette, die Schottland von Westen nach Osten durchzog. Über dreitausend Fuß waren die Berge hoch, und Paßstraßen gab es kaum.

»Den Loch Tay haben wir hinter uns«, murmelte Paul. »Wir sind nach Norden gelaufen und müßten eigentlich…« Er stockte.

»Was ist mit eigentlich?« wollte Kitty wissen.

Paul Maurer hob den Kopf und grinste jungenhaft. »Tut mir leid, Kitty, aber einen größeren Ort gibt es nicht in der unmittelbaren Nähe.«

»Und was ist mit einem kleineren Ort?«

Paul hob die Schultern.

»Shit«, sagte Kitty ganz undamenhaft.

Im nächsten Augenblick besserte sich ihre Laune jedoch, als Paul sagte: »Hier ist ein Dorf eingezeichnet.«

»Wie weit noch?«

»Vielleicht drei Meilen Luftlinie.«

»Dann ist der Fußweg doppelt so weit.«

Kitty strich sich über die Stirn. Sie war ein hübsches Mädchen, hatte braunes, kurzgeschnittenes Haar, eine schlanke Figur und ein rundes Gesicht, in dem die beiden Grübchen rechts und links der Wangen besonders auffielen. Kitty trug Jeans, T-Shirt und darüber eine Windjacke. Paul war fast ebenso gekleidet, nur trug er statt Jeans eine Cordhose.

»Worauf wartest du noch?« fragte Kitty. »Los, schwing die Hufe, Junge. Laramie wartet.«

»Spaßvogel.« Paul erhob sich stöhnend und schwang den Rucksack auf seinen Rücken.

Kitty prüfte die Riemen, nickte zufrieden und nahm dann ihre Umhängetasche auf. »Los geht's«, sagte sie.

Sie schritten den schmalen, steinigen Pfad weiter, der sich über einen bogenförmigen Hügel hinwegwand, serpentinenartig dem Tal entgegenlief und dann wieder anstieg.

Rechts von ihnen lag der See. Vom Westen her war leichter Abendwind aufgekommen und kräuselte die Oberfläche des Wassers.

Stille und Einsamkeit hielten die beiden jungen Wanderer gefangen.

Kitty ging zwei Schritte hinter ihrem Freund. »Wenn wir das Dorf bis zum Anbruch der Dunkelheit nicht gefunden haben, dann müssen wir im Freien übernachten – oder?«

Ohne sich umzudrehen, erwiderte Paul: »Bleibt uns nichts anderes übrig.«

»Klasse.«

»Sei nicht ironisch. Freu dich über die Stille und die herrliche Landschaft.«

»Ein Bett wäre mir lieber.«

»Du bist eben von der Zivilisation verwöhnt«, stellte Paul fest. Er ging einen Schritt schneller und hakte beide Daumen unter die Tragegurte des Rucksacks.

Schon bald hatten sie den Hügel überquert, gelangten in das kleine Tal und stiegen über eine sanft ansteigende Weide der nächsten Erhebung entgegen.

»Von der Kuppe müßten wir das Dorf eigentlich sehen können«, sagte Paul.

»Bin gespannt.«

Nach einem Fußmarsch von fünfzehn Minuten hatten sie nur noch ein paar Yards zu gehen, um den höchsten Punkt zu erreichen. Die Sonne war noch tiefer gesunken. Weit im Westen schien sie im Atlantik zu versinken. Nur noch vereinzelte Sonnenstrahlen drangen vor bis in die kleinen Täler.

Plötzlich blieb Paul Maurer stehen.

Kitty wollte schon fragen, was los war, da sah sie es selbst.

Auf der Hügelkuppe stand eine Frau!

In einer tausendmal geübten Steigung zog der Pilot den schweren Düsenclipper von der Landebahn des Athener Flughafens hoch in den strahlendblauen Sommerhimmel.

Ein verdammt heißes Abenteuer lag hinter Jane Collins, Suko und mir.

Unser Fall in Griechenland war wirklich haarig gewesen. Dabei hatte ich dem Schwarzen Tod, meinem Supergegner, eine schwere Niederlage beibringen können.

Ich hatte das Dämonenauge zerstört!

Durch das Auge hatte er einen Teil der Zukunft überblicken

können. Danach plante er seine schrecklichen Aktionen, aber jetzt war ihm dieser Trumpf genommen.

Allerdings konnte ich das nicht allein auf meine Kappe buchen. Es gab jemand, der kräftig mitgeholfen hatte.

Myxin, der Magier!

Suko und ich hatten ihn aus einem zehntausendjährigen Schlaf erweckt. Myxin und der Schwarze Tod hatten sich damals im alten Atlantis schon bekriegt. Der Schwarze Tod gewann den Kampf, konnte Myxin jedoch nicht töten, sondern nur in einen langen Schlaf versetzen. Und wir hatten ihn erweckt.

Myxin zeigte sich dankbar und gab mir einen Spiegel zum Geschenk. Damit hatte ich das Dämonenauge zerstören können.

Ich wandte den Kopf nach links. Neben mir saß Jane Collins. Sie war eingeschlafen. Ihr Kopf ruhte an der Nackenstütze, das blonde Haar hatte sich wie ein Vlies ausgebreitet. Sie atmete ruhig und lächelte sogar ein wenig.

Ich gönnte ihr den Schlaf. Jane hatte genügend durchgemacht in den letzten Tagen.

Nicht zuletzt hatten uns die Verhöre der griechischen Polizei ziemlich geschlaucht, obwohl wir mit offizieller Unterstützung unseres Innenministeriums nach Griechenland gereist waren. Doch vor Ort sah eben vieles anders aus.

Eine Stewardeß schritt durch den Gang. Sie hatte ein hübsches Gesicht und kohlrabenschwarze Augen. Lächelnd beugte sie sich zu mir herab.

»Möchten Sie etwas trinken, Sir?«

»Einen Saft, bitte.«

»Sofort.«

Die Stewardeß verschwand. Ihr Lächeln behielt sie bei.

Suko saß hinter mir. Auch er hielt die Augen geschlossen und holte Schlaf nach. Nur mir wollte es einfach nicht gelingen, mich in Morpheus' Arme zu begeben. Zuviel spukte mir noch im Kopf herum.

Ich dachte an Kiriakis, an den Griechen, der uns zu einem wahren Freund geworden war. Leider hatte ein heimtückischer Messerstich seinem Leben ein Ende gesetzt.

Kiriakis hatte uns viel gegeben. Er verfügte über ein ungeheures Wissen, beschäftigte sich schon seit frühester Jugend mit der Weißen Magie. Er war es, der uns den Schlüssel zur Lösung des Falles gereicht hatte. Doch bevor er gestorben war, hatte er uns etwas anvertraut.

Er hatte eine Tochter, Elena hieß sie. Als junges Mädchen war sie von einem Vampir geraubt worden, sollte selbst zu einer Blutsaugerin geworden sein und irgendwo in einer alten Mühle hoch oben in Schottland leben. Kiriakis bat uns, seine Tochter zu finden und ihrem unseligen Leben ein Ende zu bereiten. Wir versprachen es ihm in die Hand. Somit stand unser nächster Fall bereits fest.

Wir mußten die Mühle finden!

Suko und ich würden nach Schottland reisen. Jane wollte in London bleiben und dort einige Tage ausspannen. Niemand konnte es ihr verdenken, nach dem, was hinter ihr lag.

Die Stewardeß brachte den Saft.

Ich bedankte mich, und sie warf mir einen Blick zu, der mir ganz schön unter die Haut fuhr.

Der Saft war kühl, schmeckte ein wenig bitter, aber er erfrischte mich.

Ich leerte das Glas, lehnte mich zurück und versuchte, ein wenig zu schlafen.

Die Unterhaltungen der übrigen Passagiere um mich herum wurden leiser. Bald hörte ich sie wie aus weiter Ferne. Ich war dicht davor, einzuschlafen.

Da vernahm ich plötzlich die Stimme.

Sie klang in meinem Hirn auf und schien unendlich weit weg zu sein. »Gratuliere, John Sinclair. Du hast es geschafft. Der Schwarze Tod tobt und schwört Rache.«

Die Stimme, die mich da anrief, gehörte Myxin, dem Magier. Über Zeit und Raum hinweg setzte er sich mit mir in Verbindung. Und ich hatte ihn bereits abgeschrieben. Was wollte er von mir? Ich war mehr als gespannt darauf.

»Weshalb rufst du mich?« formulierte ich in Gedanken.

»Weil ich dir helfen will.«

»Du mir helfen? Ich habe gedacht, wir wären Feinde. Das jedenfalls hast du mir klar und deutlich zu verstehen gegeben.«

»Wie sagt man doch bei euch? Das eine schließt das andere nicht aus, Sinclair. Ich mache mein Spiel, und dabei habe ich dich als Joker ausersehen. Ist das nichts?«

»Ich fühle mich geehrt.«

»Laß den Spott. Er steht dir nicht. Dafür ist die Sache viel zu ernst. Auch ich habe in das Dämonenauge blicken können, bevor du es zerstört hast, und eine alte Mühle gesehen. Du bist doch auf der Suche nach dem Gebäude.«

»Ich kann es nicht leugnen.«

»Gut, dann will ich dir sagen, wo du die Mühle finden kannst.« Myxin legte eine kleine Pause ein. Er wollte wohl die Spannung in mir erhöhen. »Sie liegt in Schottland. In der Nähe eines kleinen Dorfes mit dem Namen Bullstone. Merke ihn dir gut, diesen Namen. Wenn du zwei Meilen in westliche Richtung gehst, wirst du die Mühle finden.«

Ich zögerte mit meiner Antwort. Was Myxin mir da erzählte, stimmte sicherlich. Aber warum teilte er mir das mit?

Ich fragte ihn.

Der Magier lachte hintergründig.

»Warum ich dir das erzähle, John Sinclair?« hörte ich dann wieder seine Stimme. »Die Mühle ist ein Dämonenstützpunkt. Und kein Sterblicher, der sie bisher betreten hat, konnte sie jemals wieder lebend verlassen. Ich hoffe, daß es auch für dich das Ende sein wird.«

Schluß. Er sprach nicht mehr.

Ich war wieder hellwach. Dieser Myxin entpuppte sich tatsächlich als ein Widerling. Er schickte mich eiskalt in eine lebensgefährliche Falle.

Ich begann zu überlegen.

Zu der Mühle wollten wir sowieso. Eigentlich mußte ich Myxin dankbar sein, daß er mir den Tip gegeben hatte. Und auch die Warnung konnte ich in einem positiven Licht sehen, denn eine erkannte Gefahr ist bekanntlich nur eine halbe Gefahr. Trotzdem mußte sich Myxin sehr sicher sein, daß ich die Mühle nur noch als Toter verlassen würde.

Abwarten.

Suko tippte mir auf die Schulter. Ich drehte mich um.

»Hast du geschlafen oder Selbstgespräche geführt?« erkundigte er sich.

»Woher weißt du?«

»Ich habe dich eben beobachtet.«

»Und ich dachte, du schläfst.«

»Tja, das ist der Irrtum.«

Flüsternd berichtete ich Suko von meinem Zwiegespräch mit Myxin.

Der Chinese war optimistischer als ich. Er rieb sich schon die Hände. »Na, dann können wir da ja aufräumen.«

»Denk an Myxins Worte.«

»Unsinn. Ich bin schon wieder in Form.« Sukos Pfannkuchengesicht verzog sich zu einem Lächeln. »Mit Vampirinnen habe ich es schon immer gern aufgenommen. Die verspeise ich meistens zum Frühstück.«

»Dann paß nur auf, daß du dir den Magen nicht verdirbst«, erwiderte ich.

»Ich glaub', mich tritt ein Pferd«, sagte Paul Maurer erstaunt. Er blieb stehen, als ob er gegen eine Wand gelaufen wäre. Seine Freundin paßte nicht auf und prallte gegen ihn.

»Komm, krieg dich wieder ein!« zischte sie böse.

Paul schluckte. Das Mädchen, das dort oben auf der Hügelkuppe stand, war eine Schönheit. Rotes Haar, zu zahlreichen Locken gedreht, umspielte ihren Kopf. Sie trug ein langes weißes Kleid. Ihr Gesicht war ebenmäßig, und Paul mochte wetten, daß die großen Augen leuchtend grün waren.

Einen Schritt vor ihr blieb er stehen. »Wie kommst du hierher?« fragte er.

Das Mädchen lächelte. »Ich wohne hier in der Nähe.«

»In dem Dorf?«

»Frag doch nicht so neugierig«, flüsterte Kitty scharf. Sie sah in der Rothaarigen schon eine Rivalin. Typisch Weib, dachte Paul.

Das fremde Mädchen ging nicht auf Kittys Bemerkung ein. »Nein, ich lebe in der Mühle. Und wo wollt ihr hin?« Die Rothaarige schaute Paul Maurer bei der Frage an. Und Paul – ob er wollte oder nicht – mußte einfach die Wahrheit sagen.

»Wir sind unterwegs zum nächsten Dorf und suchen dort ein Lager für die Nacht.«

»Ja, und wir gehen jetzt auch«, sagte Kitty. Sie wollte Paul mit sich ziehen, der junge Student jedoch stemmte sich gegen den Griff.

»Warte doch noch.«

Kitty blieb stehen. Der Blick, mit dem sie die Fremde bedachte, sprach Bände.

»Bis zum nächsten Dorf ist es weit«, bemerkte das Mädchen. »Ich hätte einen besseren Vorschlag.«

»Und der wäre?« erkundigte sich Paul.

»Ihr könnt bei uns die Nacht verbringen.«

»Wo ist das?«

»Wir wohnen in einer alten Mühle. Meine Freundinnen und ich. Mein Name ist übrigens Elena.«

Paul Maurer streckte die Hand aus, die Elena ergriff. Im ersten Augenblick schauderte der junge Mann. Die Hand des Mädchens fühlte sich seltsam kalt an.

Wie bei einer Toten…

»Ich heiße Paul, und das ist meine Freundin Kitty. Was meinst du, Darling? Sollen wir das Angebot annehmen?«

»Ich weiß nicht so recht.«

»Ihr braucht natürlich nichts zu bezahlen«, sagte Elena schnell. »Wir sind alle Brüder und Schwestern…«

»Trotzdem«, meinte Kitty leise. Irgend etwas störte sie an der Rothaarigen. Sie konnte es nicht erklären, aber von diesem Mädchen ging ein Hauch aus, der ihr nicht behagte.

»Überlegt es euch nicht zu lange«, sagte Elena.

Paul ließ die Hand wieder los. »Sei kein Frosch, Kitty. Stell dich nicht so an. Sag ja.«

»Okay. Meinetwegen.« Kitty nickte. »Wir gehen mit.«

Elena lächelte. »Phantastisch. Wir werden eine wunderbare Nacht verbringen. Es wird euch sicherlich gefallen. Meine Schwestern und ich leben ziemlich einsam. Wir sind froh, wenn wir etwas aus der weiten Welt erfahren.«

»Habt ihr denn kein Radio?«

Elena lachte. »Nein, so etwas gibt es bei uns nicht.«

»Das wäre mir zu langweilig«, erwiderte der junge Student. »Ich brauche auch mal etwas Rummel.«

»Ihr werdet sehen.«

Elena ging in der Mitte. Paul und Kitty hakten ihre neue Bekannte unter. Dabei entging ihnen das siegessichere Lächeln, das die Lippen der Rothaarigen umspielte.

Elena plauderte den Weg über. Sie erzählte von ihrer Mühle.

»Die Mühle ist phantastisch. Ihr werdet es ja erleben. Wir haben es uns so richtig gemütlich gemacht. Schlafplätze gibt es genug. Wir können plaudern und uns mit Spielen die Zeit vertreiben. Es ist einfach herrlich.«

Langsam schwanden auch Kittys Bedenken. Die Natürlichkeit des rothaarigen Mädchens nahm sie gefangen.

Vor ihnen öffnete sich ein weit geschwungenes Tal, das von einem Bach durchschnitten wurde. Das Wasser glänzte im allerletzten Licht der Sonnenstrahlen.

Elena blieb stehen. Mit dem Kopf deutete sie auf den Bach. »Das ist der Mühlbach«, erklärte sie. »Wir haben es nicht mehr sehr weit.«

»Sind wir vor Anbruch der Dunkelheit da?« fragte Paul.

»Ja, das schaffen wir.«

Er spürte an seiner rechten Seite den Mädchenkörper. Hin und wieder berührte er mit dem Ellbogen Elenas straffe Brust und konnte feststellen, daß das Girl keinen BH trug.

Doch seltsam, eine Körperwärme war nicht vorhanden. Die Haut war ebenso kalt wie die Hand.

»Wovon lebt ihr eigentlich?« fragte Kitty. Sie wollte immer alles genau wissen.

»Wir haben einen kleinen Garten. Dort bauen wir Gemüse an.

Milch bekommen wir von den Schafen. Habt ihr schon einmal Schafsmilch getrunken?«

Paul schüttelte den Kopf.

»Ich nicht.«

»Ich aber«, erwiderte Kitty.

»Und?«

»Ich denke nur noch mit Schrecken daran.«

»Ist eben Geschmackssache.«

Bisher waren sie über einen schmalen, kaum handtuchbreiten Pfad gegangen. Jetzt verließen sie den engen Weg und liefen quer über eine sattgrüne Wiese. Sie näherten sich dabei dem Bach und sahen das kristallklare Wasser über die Steine spritzen.

»Das kann man noch trinken«, meinte Elena.

Sie hakte sich bei den jungen Leuten aus, sprang über das schmale Bachbett und lief übermütig am anderen Ufer entlang.

»Eine rätselhafte Person«, meinte Kitty.

»Wieso?«

Kitty sah Paul an. »Ist dir nicht aufgefallen, daß ihr Körper kalt war?«

»Doch.«

»Und was schließt du daraus?«

»Keine Ahnung. Hast du denn einen Verdacht?«

Kitty hob die Schultern.

Elena stand am anderen Ufer. Sie winkte mit beiden Armen. Das weiße Kleid umflatterte ihren schlanken Körper. Deutlich waren ihre langen Beine zu sehen.

Paul Maurer atmete schneller…

Kitty merkte, was in ihrem Freund vorging. »Sieh dich ja vor«, sagte sie. »Ich weiß, daß dieses Weib Männer verrückt machen kann…«

»Ach, was du nur hast.« Paul winkte ab und übersprang den Bach. Widerwillig folgte Kitty ihm.

Elena lief ihnen entgegen. Sie faßte Paul und Kitty an den Händen. »Los, kommt mit, da vorn ist die Mühle schon.«

Kitty und Paul folgten ihr. Kitty ging langsam, aus Protest. Sie hatte es nicht gern, wenn ein anderer den Ton angab.

Sie liefen um eine kleine Bodenerhebung herum und sahen die Mühle vor sich.

Im ersten Moment erschraken Kitty und ihr Freund heftig.

Die Mühle sah baufällig aus. Man hatte das Gefühl, sie würde jeden Augenblick einstürzen. Die Flügel waren zerfetzt. Lose hingen die Holzsparren an den Längsstreben oder waren gar nicht mehr vorhanden. Das Gemäuer wirkte grau und brüchig. Moos wuchs in zahlreichen tiefen Spalten und Rissen, füllte sie aus wie ein Schwamm.

Der Bach floß an der Mühle vorbei. Kitty und Paul konnten ein altes Mühlrad erkennen, dessen Holzschaufeln vermodert waren.

»Und da sollen wir wohnen?« flüsterte Kitty.

Elena lachte. »Ja. Warum nicht?«

»Die kracht doch gleich zusammen. Was meinst du, Paul?«

Der junge Student nickte.

Elena jedoch schüttelte den Kopf. »Unsinn, da kracht nichts zusammen. Die Mühle steht schon vierhundert Jahre, und sie wird auch noch die nächsten vierhundert Jahre überdauern.«

»Hoffentlich die folgende Nacht«, meinte Kitty spöttisch.

Ein Trampelpfad zielte auf die alte Mühle zu. Er teilte einen kleinen Gemüsegarten und führte über eine gebogene steinerne Brücke, die den Bach überspannte.

Gemüsegarten war eine Übertreibung. Was da traurig die Köpfe hängen ließ, konnte man im günstigsten Fall als Unkrautgemüse bezeichnen. Fehlt nur noch, daß sie Brennesseln kauen, dachte Kitty.

In das runde Mauerwerk der Mühle war eine schmale Tür eingelassen. Die beiden Seiten liefen oben spitz aufeinander zu und bildeten ein kleines Dach. Über der Tür war die Jahreszahl der Erbauung in den Stein eingemeißelt.

1620 – lasen Kitty und Paul.

»Ganz schön alt«, meinte das Mädchen.

Elena lachte. »Ja, wir wohnen historisch.« Die Tür war nicht abgeschlossen. Elena lehnte sich dagegen und drückte sie auf.

»Tretet ein und seid uns herzlich willkommen«, rief sie überschwenglich.

Mit einem etwas flauen Gefühl in der Magengegend betraten Kitty und Paul das alte Bauwerk.

Es war dunkel. Durch die schmalen Fenster fiel bei Tag schon kaum Licht. Und erst recht nicht in der Dämmerung. Was den beiden jungen Leuten sofort auffiel, war der muffige Geruch. Aber muffig war nicht der richtige Ausdruck. Es roch anders.

Irgendwie modrig.

In der Dunkelheit suchte Kitty Lavall Pauls Blick. Doch Paul schaute an ihr vorbei.

»Wartet, ich mache Licht!« hörten die beiden hinter sich Elenas Stimme.

Das rothaarige Mädchen huschte leise an Kitty und Paul vorbei. Elena schien bester Laune zu sein. Ein Zündholz ratschte über eine Reibfläche. Schon bald flackerte die gelbrote Flamme des Streichholzes auf. Elena schirmte sie mit der Hand ab und zündete mehrere Kerzen an. Sie summte ein Lied dabei.

Kitty und Paul sahen sich um.

Der Raum war ziemlich geräumig. Der Fußboden war mit rotbraunen Kacheln ausgelegt und nur im Hintergrund unterbrochen, da sich dort eine Falltür befand, die in den Keller führte.

Eine geländerlose Stiege führte nach oben in die höhere Etage. Kitty und Paul sahen einen alten Schrank, einen gemauerten Herd, über dem an einem Eisengestell ein Topf hing. Vor einem einfachen Holztisch standen zwei Stühle.

Rechts neben der Stiege lagen zahlreiche Matratzen. Dort würden auch Kitty und Paul ihr Lager finden.

Aufatmend löste Paul Maurer den Rucksack von seinem Rücken. »Ist das eine Wohltat«, sagte er und reckte sich.

Elena hatte inzwischen alle Kerzen in bereitstehende Halter und Ständer gesteckt. »Macht es euch gemütlich«, sagte sie.

Paul wollte wissen, ob die Mühle noch funktioniere.

»Wir haben es noch nicht ausprobiert«, erwiderte Elena.

»Nehmen wir auch den anderen nicht ihre Plätze weg?« fragte Kitty Lavall.

»Nein, da könnt ihr ganz beruhigt sein.«

»Wo sind sie überhaupt?«

»Wer?«

»Na, die anderen.«

»Ach so.« Elena winkte ab. »Die sind sicher noch unterwegs. Werden aber bald zurück sein.«

»Wie viele Mädchen leben denn hier?«

»Mit mir sind es drei«, erwiderte Elena.

»Und du bist der Boß, nicht wahr?« Die Frage hatte Paul gestellt.

»Nein, Paul. Bei uns gibt es keinen Chef. Aber lassen wir das Thema. Ihr werdet Durst haben. Wir haben Landwein geschenkt bekommen. Er schmeckt wirklich wunderbar. Laßt uns ein Gläschen trinken.«

»Ja, Durst habe ich auch«, sagte Paul. Und sogar Kitty hatte nichts dagegen.

Sie nahmen auf den Matratzen Platz. Die beiden Wanderer waren froh, ihre Beine ausstrecken zu können.

»Das tut gut nach dem langen Weg«, stöhnte Paul. Er grinste jungenhaft, legte sich zurück und verschränkte beide Hände hinter seinem Kopf.

Elena werkelte auf dem alten Herd herum. Kitty und Paul hörten etwas plätschern, dann trat Elena mit drei Tongläsern zu ihnen. Sie balancierte die Gefäße geschickt. Jedem reichte sie ein Glas. Auch sie selbst trank.

»Cheers«, sagte sie, »auf gute Freundschaft.« Sie sah Kitty und Paul in die Augen. Das Kerzenlicht huschte über ihr Gesicht und zauberte Schatten darauf. Paul fand diese Frau einfach faszinierend. Er mußte sich zusammenreißen, um sie nicht dauernd anzustarren. Kitty wäre sonst fuchsteufelswild geworden.

Der rote Landwein schmeckte etwas harzig und war wohltuend kühl. Er rann herrlich die Kehle hinunter.

»Na, wie ist er?« fragte Elena. Sie setzte sich neben Paul, was Kitty mißbilligend bemerkte.

»Mir schmeckt er gut«, gab der junge Student zu. »Und dir, Kitty?«

»Ich finde, er ist ein wenig bitter.«

Elena winkte ab. »Das ist nur beim ersten Glas. Du wirst sehen, das zweite schmeckt besser.«

»Falls ich das noch trinke«, sagte Kitty.

»Wieso?« Paul wunderte sich.

»Ich bin auf einmal…« Ein Gähnen erstickte die nächsten Worte. »So müde.« Kitty ließ sich nach hinten fallen. »Entschuldigt mich, Kinder, aber ich weiß auch nicht, was…«

Sie war schon eingeschlafen.

Paul Maurer schüttelte den Kopf. »Das verstehe ich nicht«, murmelte er. »Sie ist doch sonst anders.« Er schaute Elena an. »Oder hast du ihr…?«

Das rothaarige Mädchen lächelte wissend. Es war schon dabei, die beiden obersten Knöpfe des Kleides zu lösen. »Ja, Paul, ich habe ihr ein Schlafmittel in den Wein gestreut. Schlimm?«

Paul Maurer räusperte sich. »Nein… nein…«

»Na siehst du.« Elenas Finger streichelten bereits seinen Nacken. »Und nun zu uns beiden«, hauchte sie…

London!

Zwar zeigte der Himmel über der Millionenstadt an der Themse nicht das gleiche strahlende Blau wie in Griechenland, doch die Londoner Farbe konnte sich auch sehen lassen. Es war kaum eine Wolke zu sehen, die den Sommerhimmel trübte, die Sonne leuchtete in voller Pracht.

Der Mai schien das wettmachen zu wollen, was der April hatte vermissen lassen.

Die Maschine zog noch eine Schleife, flog dann in den Wartekorridor und setzte zur Landung an.

Jane hatte ich wachrütteln müssen. »Himmel, wie sehe ich denn aus!« lautete ihr erster Ausruf.

Zurechtmachen konnte sie sich nicht mehr. Wir mußten angeschnallt auf unseren Plätzen bleiben.

»Warum hast du mich denn nicht früher geweckt?« erntete ich die vorwurfsvolle Frage.

»Wer selig schläft, der sündigt nicht«, deklamierte ich.

»Ach!« zischte sie. »Du bist unausstehlich, John Sinclair!« Sie drehte ihren Kopf und blickte in eine andere Richtung.

Hinter mir hörte ich Suko schadenfroh lachen.

»Warte, wenn ich erst im Büro bin, dann wird sich die schwarzhaarige Glenda freuen.« Ich schoß den kleinen Rachepfeil auf Jane ab, doch sie zeigte sich nicht getroffen. Wenigstens tat sie so.

Im Büro freute sich Glenda tatsächlich. Sie sah mich an. Stumm, leuchtend, wie ein Kind den Weihnachtsmann. Nachdem ich sie aus den Klauen des schwarzen Henkers befreit hatte, war ich für sie der Größte.

»Daß Sie wieder da sind«, hauchte Glenda.

Ich zog mein Jackett aus, hängte es über die Stuhllehne und lockerte den Krawattenknoten.

»Sie haben mich also vermißt«, stellte ich fest.

Glenda nickte und wurde tatsächlich rot dabei.

»Und ich habe mich nach Ihrem Kaffee gesehnt«, erklärte ich.

»Oh, entschuldigen Sie.« Glenda preßte die Hand auf den Mund. »Den Kaffee hätte ich bald vergessen.« Schnell lief sie aus dem Zimmer.

Ich pflanzte mich grinsend hinter meinen Schreibtisch. Suko war bereits nach Hause gefahren. Er wohnte im selben Apartmenthaus wie ich, hatte seine Wohnung sogar auf derselben Etage. Jane Collins hatte es ebenfalls vorgezogen, sich in ihre kleine Wohnung zu begeben. Nur ich hing mal wieder im Büro.

Mit der flachen Hand schlug ich auf die Akten, die auf meinem Schreibtisch lagen. Es wallte kein Staub hoch, demnach waren die Hefter neu. Pflichtlektüre.

Ich begann sie durchzublättern. Irgendwann in der nächsten Zeit würde ich Superintendent Powell aufsuchen. Momentan leitete er eine interne Konferenz. Ich wollte mit ihm reden, sobald er zurück war.

Zuerst erschien Glenda mit dem Kaffee. Allein der Duft ließ mir schon das Wasser im Mund zusammenlaufen. Glenda setzte das Tablett ab. Dabei streichelte ein Teil ihrer Haarfülle meine Wange.

Ich legte Glenda meine Hand auf den Arm. »Danke«, sagte ich.

Glenda bekam eine Gänsehaut, das konnte ich sehen. Zum Teufel noch mal, sie sah wieder zum Anbeißen aus.

Eine duftige Sommerbluse mit modernen Pumpärmeln. Der

Tropfenausschnitt, durch ein Bändchen nur nachlässig verknotet, ein weit fallender Rock, der sich jedoch beim Gehen eng an ihre Beine schmiegte, und ein Hinterteil, das sich manch eine Tänzerin gewünscht hätte.

Ich stöhnte innerlich auf.

Wenn da nicht Jane Collins gewesen wäre…

Als Junggeselle hat man's schwer. Ich probierte den Kaffee.

»Schmeckt er?« fragte Glenda.

»Soll ich darauf eine Antwort geben?«

Glenda ging zur Tür.

»Danke«, rief ich ihr nach. »Bis später dann.«

Das Studium der Akten hielt mich nur eine halbe Stunde auf. Dann hatte ich den Kram durchgelesen. Es handelte sich um Routineberichte der Londoner Polizei. Jeder Inspektor war bei uns angehalten, diese Berichte zu lesen. Oft ließen sich dabei Parallelen zu eigenen Fällen finden.

Ich mußte ständig an die Mühle denken, die unser nächstes Ziel war.

Wie hieß der Ort noch, den Myxin mir mitgeteilt hatte?

Bullstone.

Ich holte einen Atlas.

Mein Zeigefinger wanderte quer durch Schottland, doch einen Ort mit dem Namen Bullstone fand ich nicht.

Aber es gab noch andere Karten. Und die lagen im Archiv. Deshalb fuhr ich in den Keller, ließ mir von einem Kollegen entsprechende Karten heraussuchen, breitete sie auf einem Tisch aus und begann zu suchen.

Ich fand den Ort.

Selbst auf dieser Generalstabskarte war er nur als winziges Nest eingetragen. Dort oben waren sicherlich nicht nur die Hunde, sondern auch die Katzen begraben.

Bullstone lag südlich der Grampian Mountains. In das Gebiet hatte mich der Fall des schwarzen Henkers geführt. Ich kannte die Strecke, die ich zu fahren hatte.

Ich faltete die Karte wieder zusammen, nachdem ich mir von

der Gegend um Bullstone eine Kopie gemacht hatte, und fuhr wieder nach oben.

Glenda empfing mich aufgeregt. Sie hatte rote Flecken auf beiden Wangen. »Der Chef hat schon zweimal nach Ihnen gefragt«, sagte sie.

Ich grinste. »Na und? Ist doch kein Grund, so aufgeregt zu sein.«

»Es klang aber ziemlich brummig.«

»Ist der immer.«

Glenda hatte eine Heidenangst vor Superintendent Powell. Wer ihn nicht näher kannte, mußte ihn in der Tat für einen griesgrämigen Despoten halten. Ich kam mit ihm sehr gut aus. Von seiner schlechten Laune ließ ich mich nicht anstecken.

Powell saß diesmal nicht hinter seinem Schreibtisch, sondern stand am Fenster, als ich eintrat.

»Hallo, Großmeister, da bin ich«, sagte ich zur Begrüßung.

Powell drehte sich um. »Bitte mehr Respekt.«

Ich hob die Schultern. »Das Wetter, Sir, wissen Sie. Es macht mich immer so…«

Powell winkte ab. »Ihre Frühlingsgefühle interessieren mich nicht. Ich habe hier ein Schreiben der griechischen Polizei. Sie scheinen sich mal wieder unmöglich benommen zu haben. Also, was hat es dort gegeben?«

Ich spulte meinen Bericht ab. Beschönigte nichts und ließ auch nichts weg.

»Hm«, brummte Powell danach. »Da haben Sie noch mal Glück gehabt. Ich weiß gar nicht, was die Knaben da unten wollen. Na ja, ich regle das schon.«

»Danke, Sir!«

Powell faltete die Hände vor seinem kleinen Bauch. Hinter den dicken Brillengläsern sahen seine Augen eulenhaft groß aus. »Wie ich Sie kenne, John, wollen Sie hoch nach Schottland?«

»Genau.«

»Okay, meinen Segen haben Sie. Und noch etwas. Wenn Sie den Fall abgeschlossen haben, verlange ich einen ausführlichen Bericht. Diesen Myxin müssen wir im Auge behalten.«

»Geht in Ordnung.«

Ich winkte mit der Hand und verschwand. Danach beschloß ich, Feierabend zu machen. In der Nacht wollte ich noch los, aber vorher das nachholen, wozu ich in letzter Zeit nicht gekommen war.

Mal richtig schlafen.

Elena bot sämtliche Verführungskünste auf, die sie im Laufe der Zeit gelernt hatte.

Und Paul wurde schwach.

Er konnte den tastenden Händen des rothaarigen Mädchens nicht widerstehen. Nahezu widerstandslos ließ er sich zurücksinken und auf die Matratze fallen.

»Ja«, schnurrte Elena. »So ist es gut.« Sie beugte sich über ihn. Ihr Kleid hatte sie aufgeknöpft. Paul konnte die hellen Halbkugeln der Brüste sehen.

Feuchte Lippen näherten sich seinem Mund. Tief atmete Paul ein. Seine linke Hand glitt zur Seite. Die Finger berührten einen Körper.

Kittys Körper...

Paul Maurer durchzuckte es wie ein Stromstoß. Diese Berührung hatte ihn zurückgebracht in die Wirklichkeit. Nein, was er da tun wollte, war eine Schweinerei. Er konnte sich nicht einfach einer anderen Frau hingeben, wenn seine Freundin neben ihm lag. Auch wenn die andere ein rassiges Weib war.

Das ging ihm gegen den Strich.

Abrupt setzte er sich auf. Gab dabei nicht acht und stieß seinen Becher um. Der rote Wein floß über den Boden. Er sah aus wie Blut.

Paul Maurer drückte Elena zur Seite. Das Gesicht des Mädchens zeigte einen überraschten Ausdruck. »Was ist denn in dich gefahren?« fragte Elena erstaunt.

»Tut mir leid«, erwiderte Paul schweratmend. »Aber ich... ich kann wirklich nicht. Meine Freundin...«

Elena lachte leise. »Ich verstehe schon. Ist auch nicht jedermanns

Sache.« Sie tunkte den Finger in die Weinlache. Dabei beugte sie sich vor. Paul erhielt einen tiefen Einblick in ihren Ausschnitt. Wieder begann sein Blut schneller durch die Adern zu rasen.

Kitty Lavall schlief tief und fest. Sie merkte von Elenas Verführungskünsten nichts. Diese Rothaarige ist schon ein verdammtes Biest, dachte Paul. Ein Weib, das einem Mann das Weiße aus den Augen holen konnte.

»Es können auch gleich die anderen kommen«, gab der junge Student zu bedenken.

Elena nahm ihren Zeigefinger aus der Lache und putzte ihn am Kleid trocken. Ein roter Streifen blieb zurück. »Aufgehoben ist ja nicht aufgeschoben«, sagte sie und faßte nach Pauls Hand. Ihr Zeigefinger kreiste auf seinem Handrücken.

Paul Maurer wurde wieder schwach. »Hier möchte ich es wirklich nicht, Elena.«

Sie hob den Blick. »Sondern?«

»Vielleicht woanders«, erwiderte Paul zögernd.

Die Augen der Rothaarigen leuchteten auf. »Dann bist du doch nicht aus Stein?«

Paul lachte auf. »Bestimmt nicht.«

»Okay, mein starker Freund. Ich verspreche dir, du wirst die Nacht deines Lebens haben. Komm mit.« Sie stand schon auf, doch Paul blieb noch sitzen.

»Willst du nach draußen gehen?« fragte er.

Sie wiegte den Kopf. »Der Gedanke würde mich schon reizen. So in der freien Natur. Aber ich weiß einen besseren Platz.«

»Der wäre?«

»Die Mühle hat einen großen Keller. Du hast sicherlich die Falltür gesehen. Das ist der Einstieg.«

Paul Maurer zögerte.

»Willst du nicht?« Die Frage klang lauernd.

Paul merkte nichts. »Ich weiß nicht so recht.«

»Da sind wir aber ungestört.«

»Okay.« Paul gab nach. Die junge rothaarige Hexe hatte ihn in ihren Bann gezogen. Er konnte einfach nicht mehr widerstehen.

Das junge Mädchen mit der Traumfigur hatte ihn regelrecht verzaubert. An ein böses Erwachen dachte er nicht.

Paul ließ sich von ihr hochziehen. Wie in Trance schritt er mit Elena auf die Falltür zu. Er warf noch einen Blick auf Kitty Lavall. Sie schlief tief und fest. Regelmäßige Atemzüge hoben und senkten ihre Brust. Kitty war sehr erschöpft.

Sekundenlang peinigte Paul das schlechte Gewissen, doch dann sagte er sich, daß er mit Kitty ja nicht verheiratet war und er eigentlich tun und lassen konnte, was er wollte.

Elena öffnete die Falltür. An einem Eisengriff zog sie sie hoch.

Paul Maurer war überrascht. Er hatte damit gerechnet, in einen finsteren Keller steigen zu müssen, statt dessen sah er das Gewölbe in einen anheimelnden Lichtschein getaucht. Feucht glänzten die Stufen einer Treppe, die nach unten führte.

»Dort scheint es wirklich gemütlich zu sein«, bemerkte Paul.

»Und ob. Warte, ich gehe vor.«

Elena drückte sich an Paul vorbei. Sie vergaß nicht, ihn so dabei zu berühren, daß ihm ein Schauer über den Rücken lief. Langsam schritt Elena die Stufen hinunter. Paul Maurer folgte ihr. Er konnte nicht verhindern, daß seine Knie zitterten.

Elena stand schon am Fuß der Treppe. Sie winkte Paul. »Na, komm schon, ich beiße nicht.«

Paul ging schneller.

Dann stand er im Keller der Mühle. Öllampen brannten. Ihr Licht legte einen gelbroten Schein auf die dicken, uralten Wände. Paul war etwas enttäuscht. Er hatte erwartet, hier unten ein regelrechtes Liebesnest zu finden. Statt dessen spürte er nur den kalten, nackten Boden unter seinen Füßen.

»Ich habe es mir hier aber gemütlicher vorgestellt«, sagte er.

Elena lachte. »Komm, ich will dir etwas zeigen.«

»Und was?«

»Du wolltest doch meine Freundinnen kennenlernen. Oder nicht?«

»Ja, natürlich.«

»Siehst du.« Elena faßte den jungen Mann an der Hand und zog ihn mit sich. Sie gingen in den Hintergrund des Kellers, dorthin, wo es nicht mehr ganz so hell war. Allerdings reichte das Licht aus, um die drei Steinsärge erkennen zu können, die nebeneinander standen.

»Dort schlafen meine Schwestern«, flüsterte Elena und begann im selben Augenblick teuflisch zu lachen...

Paul Maurer war entsetzt!

Aus schockgeweiteten Augen starrte er die drei Särge an. Sie waren offen. In zwei Särgen lag jeweils ein junges Mädchen. Der Sarg in der Mitte war leer. Paul konnte sich jedoch vorstellen, daß dies Elenas Schlafstätte war.

Das Lachen hinter ihm brach ab.

Paul spürte, wie ihm der Schweiß aus sämtlichen Poren trat. Tausend Gedanken wirbelten durch seinen Kopf. Was er hier sah, gehörte in einen Horrorfilm, aber nicht in die Wirklichkeit. Und doch war es die grausame Realität, mit der Paul Maurer konfrontiert wurde.

»Tritt ruhig näher, und sieh sie dir an!« vernahm er Elenas zischende Stimme. »Meine Schwestern freuen sich schon auf dich. Sie haben lange keinen Mann mehr gehabt. Im Dorf sind alle jungen Männer geflüchtet. Die Angst steckt zu tief.«

Sie gab Paul einen Stoß in den Rücken, der ihn vorantaumeln ließ. Genau auf die Steinsärge zu.

In dieser irren Situation fiel ihm der Titel eines alten Filmes ein. Dracula, so hatte der Streifen geheißen. Und dort hatten auch Mädchen in Steinsärgen gelegen.

Sie waren Vampire.

Und hier?

Paul ging noch näher.

Da stockte ihm der Atem!

Die beiden Mädchen in den Särgen – so hübsch sie auch aussahen – waren Vampire!

Untote, Wiedergängerinnen, Blutsauger!

Ihre Lippen standen offen. Paul Maurer sah die weißen, schimmernden Zähne und...

»Nein«, ächzte er, »das… das kann nicht wahr sein…«

Die Eckzähne der Mädchen standen vor. Sogar so weit, daß sie mit ihren Spitzen die Unterlippen berührten.

Es gab keinen Zweifel mehr. Die beiden Mädchen in den Särgen waren weibliche Vampire!

»Verstehst du nun?« hörte er hinter sich Elenas Stimme.

Paul nickte, obwohl er es gar nicht wollte.

»Eine herrliche Nacht, wie du sie noch nie erlebt hast, habe ich dir versprochen. Und das Versprechen werde ich halten«, flüsterte Elena. »Glaub mir.«

Paul Maurer konnte seinen Blick noch immer nicht von den Vampirinnen wenden.

Das rechts von ihm liegende Mädchen hatte blondes langes Haar. Die Hände waren auf der Brust verschränkt. Die Haut schimmerte gelblich bleich, und die nackten Füße schauten unter dem Kleid hervor.

Das zweite Mädchen hatte schwarzes Haar. Es war kurz geschnitten. Das Gesicht erinnerte Paul an eine Puppe. Auch diese Untote trug ein langes weißes Kleid.

Paul Maurer las auch die beiden Namen an den Särgen. Die Blondhaarige hieß Bella, die schwarzhaarige Marion.

Und Elena gehörte der Sarg in der Mitte. Er war etwas größer, wirkte repräsentativer.

»Um Mitternacht erwachen sie«, erklärte Elena. »Dann steigen sie aus den Särgen, um sich endlich ihre Nahrung zu holen, damit sie weiterleben können. Du und deine Freundin, ihr habt uns gefehlt. Schon bald werdet ihr zu uns gehören und selbst auf die Jagd nach Blut gehen.«

Paul Maurer überlegte. Mitternacht, hatte Elena gesagt. Bis dahin waren noch fast zwei Stunden Zeit. Somit hatten Kitty und er es nur mit einer Gegnerin zu tun.

Tief atmete Paul ein.

Sein Entschluß stand fest.

So einfach würde er nicht aufgeben. Und vor allen Dingen nicht kampflos.

Leider sah Paul Maurer nicht, daß Elena hinter ihm stand und einen Spaten umklammert hielt. Sie schwang ihn hoch, um in der nächsten Sekunde mit der stumpfen Seite zuzuschlagen…

Kitty Lavall bemerkte von den ersten Vorgängen nichts. Sie schlief wirklich wie eine Tote, sah nicht, wie Elena versuchte, ihren Freund zu verführen.

Doch der Stachel der Eifersucht saß bereits zu tief. In ihrem Unterbewußtsein spürte sie, daß etwas nicht stimmte, und dieses Gefühl wurde von Minute zu Minute stärker, trieb ihr Bewußtsein hoch aus dem Schacht des Tiefschlafs.

Kitty wachte auf.

Völlig benommen war sie, öffnete die Augen, zwinkerte und fand sich zuerst nicht zurecht.

Sie setzte sich auf.

»Paul?« Ihre Lippen hauchten den Namen, doch eine Antwort erhielt Kitty nicht.

»Paul!« Diesmal rief sie den Namen lauter. Wenn er im Raum war, mußte er den Ruf doch hören.

Nichts rührte sich.

Kitty fröstelte. Die Kälte kam auch von innen, und man konnte sie mit dem Begriff Angst beschreiben. Ja, Kitty hatte Angst. Wenn nur das verdammte dumpfe Gefühl im Kopf nicht gewesen wäre, dieser Schlafdruck, der das Denken erschwerte. Kitty fragte sich, warum sie plötzlich eingeschlafen war. Paul und Elena schliefen ja nicht. Oder sollte Elena etwa…?

Diese falsche Schlange! Kitty stöhnte vor kaum unterdrückter Wut auf. Sicher hatte Elena ihr ein Schlafmittel in den Wein getan. Sie verteilte ja auch so bestimmt die Becher. Und ich Trottel bin eingeschlafen, dachte Kitty. Bestimmt trieb sie sich jetzt mit Paul irgendwo draußen herum, um im Gras…

Sie wagte gar nicht weiterzudenken, sondern stand auf.

Heftiges Schwindelgefühl überflutete sie. Kitty mußte ein paarmal tief durchatmen, dann war das Gefühl vorbei. Sie rieb sich über die heiße Stirn. Naßgeschwitzt war sie. Na, die beiden sollten etwas erleben, das nahm Kitty sich vor. Und wenn sie mit Paul Schluß machte, ihr war alles egal.

Kitty Lavall wollte sich schon der Tür zuwenden, als sie die Öffnung im Boden bemerkte.

Die Falltür stand offen!

Sollten Elena und Paul etwa…?

»Diese Mistbiene!« flüsterte sie rauh. »Wenn ich die in die Finger kriege, dann setzt es was.«

Entschlossen schritt Kitty auf die Falltür zu. Dicht davor jedoch verharrte sie.

Ein komisches Gefühl hatte sich ihrer bemächtigt. War es ein sechster Sinn, der Gefahr ankündigte?

Kitty beschloß, noch mehr aufzupassen.

Behutsam setzte sie den Fuß auf die erste Stufe. Es war eine alte Holztreppe, und das Material sah nicht viel besser aus als das der Mühlenflügel. Trotzdem wagte sie es, weiter vorzudringen.

Die zweite Stufe, die dritte.

Auf Zehenspitzen schlich sie weiter, hörte Stimmen.

Die von Elena und die ihres Freundes. Demnach waren die beiden doch unten im Keller.

Was sie miteinander sprachen, konnte Kitty nicht verstehen. Sie flüsterten nur, schienen ihre Umgebung völlig vergessen zu haben.

»Euch werde ich die Suppe schon versalzen«, zischte Kitty Lavall. »Wartet nur.«

Sie nahm jetzt keine Rücksicht mehr, bemühte sich nicht, vorsichtig zu sein, schritt rasch die letzten Stufen hinunter.

Das war genau der Moment, in dem Elena den schweren Spaten packte und damit ausholte.

Blitzschnell überwand Kitty Lavall ihre Schrecksekunde.

Sie stieß einen gellenden Schrei aus!

Der Schrei hallte durch den Keller, brach sich an den kahlen Wänden und warnte Paul Maurer.

Blitzschnell kreiselte der junge Mann herum.

In Bruchteilen von Sekunden nahm er das Bild in sich auf. Er sah Elenas verzerrtes Gesicht, schaute auf den Spaten in ihren Händen, sah in die weit aufgerissenen Augen und in den geöffneten Mund, aus dem zwei Vampirzähne spitz und hart hervorstachen.

Elena schlug zu.

Das Spatenblatt pfiff durch die Luft, hätte Paul voll am Kopf getroffen, wenn er nicht in derselben Sekunde zurückgesprungen wäre.

Die mörderische Waffe fegte an seinem Gesicht vorbei. Elena hatte viel Schwung und Kraft in den Schlag gelegt, konnte nicht mehr stoppen, fiel nach vorn und rasierte mit dem Spatenblatt über den felsigen Boden, daß Funken aufstoben.

Paul Maurer aber griff zu. Er packte die Untote an der Hüfte und schleuderte sie herum.

Elena schrie vor Wut auf. Sie wollte beide Arme hochreißen, um Paul den Spaten doch noch über den Kopf zu schmettern, doch der junge Mann hielt sie fest umklammert.

Kitty Lavall stand auf der Treppe. Aus angstgeweiteten Augen sah sie dem Kampf zu. Sie hatte auch die Särge entdeckt, in denen die beiden anderen Vampirinnen lagen. Wenn sie erwachten und in den Kampf eingriffen, waren Kitty und Paul chancenlos.

Am liebsten wäre Kitty davongelaufen, doch sie brachte es einfach nicht fertig, Paul allein zu lassen. Im stillen leistete sie ihm Abbitte.

Paul Maurer merkte, daß seine Kräfte erlahmten. Die Untote war verflucht stark.

Paul keuchte. Jetzt erst fiel ihm auf, daß Elena nicht atmete. Nicht einmal Anstrengung verzerrte ihr Gesicht. Sie war ein regelrechtes Monster.

Im Film hatte Paul gesehen, daß Vampire gepfählt wurden, damit sie zu Staub zerfielen. Er hatte solch eine Waffe nicht und mußte sich auf die Fäuste verlassen.

Mit einem Ruck sprengte Elena Pauls Griff. Der junge Mann flog zurück.

»Paul!« schrie Kitty auf.

Der Student ruderte mit den Armen und konnte sich fangen, bevor er zu Fall kam und Elena ausgeliefert war.

Wütend griff sie an. Den Spaten hielt sie vor sich wie ein Ritter seine Lanze.

Sie rannte auf Paul zu.

Maurer wich aus. Er war ein guter Turner, und die Bewegung verlangte von ihm nur einen eleganten Sidestep.

»Paul, komm!« rief Kitty Lavall. »Laß dich auf nichts mehr ein. Wir müssen fliehen!«

Kitty hatte rasende Angst. Ihr Herz schlug wie verrückt. Wenn Paul es nicht schaffte... mein Gott, sie durfte gar nicht daran denken.

Paul Maurer riß seinen rechten Fuß hoch. Die Spitze traf Elena in die Hüfte. Der Tritt, mit dem sie nicht gerechnet hatte, schleuderte sie zurück. Fast bis an die drei Särge.

Paul Maurer hatte wertvolle Sekunden gewonnen. Mit langen Sätzen hetzte er auf die Treppe zu. »Renn weg, Kitty! Los, die Treppe rauf!«

Und Kitty lief. Sie jagte die Stufen hoch, stolperte jedoch und fiel hin.

Paul riß sie wieder auf die Beine. Er nahm sich auch die Zeit, sich umzuschauen.

Elena hatte sich erhoben. Sie rannte bereits auf die Treppe zu. Die Arme hatte sie hochgerissen, ihr Gesicht war eine völlig entstellte Grimasse aus Wut und Haß.

Paul Maurer war jetzt alles egal. Er sah, daß Kitty und er es nicht mehr schafften, rechtzeitig nach oben zu gelangen. Deshalb packte er Kitty, schleuderte sie aus der offenstehenden Falltür und stellte sich selbst der Blutsaugerin zum Kampf.

Elena lachte gellend auf.

»Hab' ich dich!« kreischte sie. »Hab' ich dich, du...!«

Da trat Paul Maurer voll zu. Und Elena, die drei Stufen unter ihm stand, konnte nicht mehr ausweichen. Der Tritt traf sie genau unter dem Kinn, riß ihr den Kopf in den Nacken und schleuderte sie die Treppe wieder hinunter.

Elena überschlug sich mehrere Male und blieb erst einmal liegen. Jetzt hatten die beiden jungen Leute Zeit zur Flucht.

Kitty reichte ihrem Freund die Hand.

Hastig zog sich Paul Maurer hoch, warf sich dann auf dem Absatz herum und drosch die Falltür zu.

»Geschafft!« keuchte Kitty.

»Nein, noch nicht. Erst einmal raus hier.« Paul Maurer rannte in Richtung Tür.

»Glaubst du, daß sie uns verfolgen?« fragte Kitty angstvoll.

»Sicher. Die geben nicht auf. Darauf kannst du dich verlassen.« Paul riß die Tür auf.

Kühle Nachtluft traf die erhitzten Gesichter der beiden Menschen. Wie eine helle Scheibe stand der Mond am Himmel. Fahl war sein Licht, das er auf die Erde streute.

»Den gleichen Weg zurück?«

Paul blickte seine Freundin an. »Nein, wir laufen hinter der Mühle entlang.«

»Und dann?«

»Ins Dorf.«

»Falls wir es finden.«

Paul Maurer gab darauf keine Antwort. Er rannte bereits vor. Und Kitty, von Panik getrieben, hielt mit ihm Schritt.

Das junge Mädchen hatte schreckliche Minuten hinter sich. Kitty fragte sich, wie sie diese Zeit überhaupt überstanden hatte. Aber noch war die Gefahr nicht vorbei. Noch mußten sie zittern und bangen. Denn einen Vampir wie Elena konnte man so einfach nicht aufhalten. Wozu sie in ihrer Wut fähig war, hatte sie bewiesen.

Paul übersprang mit einem gewaltigen Satz den Mühlbach. Dann drehte er sich um, stemmte die Hacken in das weiche Erdreich und streckte beide Arme aus.

»Spring, Kitty!«

Kitty Lavall sprang in Pauls Arme. »Sofort weiter!« forderte der junge Student.

Er warf noch einen Blick auf das Eingangstor der Mühle. Es blieb verschlossen. Das besagte jedoch nichts. Paul konnte sich durchaus vorstellen, daß die Mühle noch einen zweiten Ausgang hatte, durch den Elena sie verlassen konnte.

Neben ihnen rauschte der Bach an dem alten Mühlrad vorbei.

Das junge Paar befand sich hinter der Mühle, auf einem sumpfig wirkenden Gelände. Blattlose Bäume streckten ihre kahlen Äste dem Mond entgegen. Dahinter führte ein Weg bergauf. Der Hügel war mit Gesträuch bewachsen.

Paul Maurer zeigte auf den Hügel. »Dort müssen wir hinauf«, sagte er. »Vielleicht können wir von dort die Lichter des Dorfes sehen.«

Kitty nickte heftig. Sie hatte die Lippen zusammengepreßt und mußte achtgeben, daß sie nicht anfing zu weinen. Während sie neben Paul Maurer herlief, warf sie immer wieder einen hastigen Blick zurück.

Nie hätte Kitty gedacht, daß es Vampire tatsächlich gab. Sie hatte immer geglaubt, daß diese blutsaugenden Wesen eine Erfindung der Horrorautoren waren. Am eigenen Leibe war Kitty Lavall nun eines Besseren belehrt worden.

Sie liefen, was ihre Beine hergaben. Und dann, als sie glaubten, es schon geschafft zu haben, gellte hinter ihnen Elenas Stimme auf.

»Wir kriegen euch noch!« brüllte sie. »Euer süßes Blut lassen wir uns nicht entgehen. Das schwöre ich!«

Ich bremste!

Suko wurde nach vorn geschleudert, knurrte einen Fluch durch die Zähne und blieb im Gurt hängen.

Mitten auf der Straße stand eine Gestalt.

Sie winkte mit beiden Armen, wurde vom weißen Licht der Scheinwerfer erfaßt und kniff die Augen zusammen, da die Helligkeit blendete.

Ich schaltete das Standlicht ein.

Die Gestalt war ein Mann. Ziemlich alt schon. Der Knabe trug Klamotten, die ich hin und wieder bei Vogelscheuchen sah, hatte einen verfilzten Bart und einen Hut, dessen Krempe nach oben gebogen war.

Ich öffnete die Tür.

»Soll ich mit aussteigen?« fragte Suko.

»Nein. Deck mir lieber den Rücken. Ich glaube zwar nicht, daß der Knabe gefährlich ist, aber sicher ist sicher.«

»Okay.«

Gelassen schwang ich mich aus dem Bentley. Wir hatten eine lange Fahrt hinter uns. Mit Tücken und Hindernissen. Der Ort Bullstone lag sehr versteckt. Außerdem waren die Straßen hierher kaum als solche zu bezeichnen. Sie glichen vielmehr ausgebauten Trampelpfaden.

Der Alte war etwas zur Seite getreten, stand jetzt dicht am Straßengraben.

»Hallo«, grüßte ich. »Stehen Sie immer hier herum, oder hatten Sie einen besonderen Grund?«

Unser Anhalter legte den Kopf in den Nacken, um mich ansehen zu können. Sein Gesicht war wettergegerbt und mit unzähligen kleinen Falten durchzogen. Ich konnte nicht sagen, daß mir der Mann unsympathisch war. Er schniefte durch seine Knollennase. »Ich heiße Paddy«, stellte er sich vor.

»Und ich bin John. Der Mann im Wagen ist mein Freund Suko. Jetzt kennst du unsere Namen.«

Paddy nickte. »Ihr seid nicht von hier, wie?«

»Nein, wir kommen aus London.«

»Dann fahrt wieder dorthin zurück. So schnell es geht. Hört auf meinen Rat.«

Ich lächelte. »Warum?«

»Weil es für einen Fremden gefährlich ist, in dieser Gegend zu sein«, flüsterte Paddy.

Ich griff nach den Zigaretten und bot Paddy ein Stäbchen an. Er nahm gleich zwei. Einen Glimmstengel steckte er sich hinter das rechte Ohr. Ich reichte Paddy das Feuerzeug. »Warum, zum Teufel, ist es denn hier so gefährlich? Willst du mir das nicht sagen?«

Der Rauch faserte vor seinem Gesicht hoch. »Die Menschen hier haben Angst vor den Vampiren.« Paddy flüsterte den Satz, ging einen Schritt zurück und blickte mich abwartend an.

Obwohl mich seine Worte elektrisierten – zeigten sie mir doch, daß wir auf der richtigen Spur waren –, winkte ich gelassen ab. »Vampire! Wer glaubt denn schon daran?«

»Sag das nicht, John. Es gibt sie. Mir haben sie vor Jahren meine Frau geraubt, und ich habe geschworen, mich zu rächen. Ich ziehe durch die Gegend, aber das hier habe ich immer bei mir.« Er griff unter seine Jacke, holte einen angespitzten Holzpflock hervor und hielt ihn mir vor das Gesicht. Seine Augen leuchteten, als er sagte: »Damit, John, werde ich sie pfählen. Einen habe ich schon geschafft, aber ich kriege sie alle. So, jetzt habe ich alles gesagt. Fahrt zurück, schnell, ehe sie euch schnappen. Heute nacht ist Vollmond, das ist ihre Zeit.«

Ich ging auf seinen Vorschlag nicht ein, sondern erkundigte mich nach der Mühle.

Paddy schlug hastig ein Kreuzzeichen. »Nie dürfen normale Menschen dorthin«, gab er flüsternd zur Auskunft. »In der Mühle hausen sie doch, John. Sie werden…«

Ich klopfte dem Alten auf die Schulter. »Schon gut, Paddy«, sagte ich. »Wir suchen erst einmal ein Quartier für die Nacht und sehen dann weiter. Vielen Dank auch für deine Warnung. Sollen wir dich ein Stück mitnehmen?«

Paddy schüttelte den Kopf. »Nein, nein«, erwiderte er hastig. »Ich wollte euch nur helfen. Das war es. Aber wenn ihr nicht auf mich hört, Gott sei euren Seelen gnädig.« Er schaute mir noch einmal ins Gesicht, drehte sich dann auf dem Absatz um und verschwand in der Dunkelheit.

Ich ging zu meinem Wagen zurück.

»Was war?« fragte Suko.

»Ein komischer Kauz, dieser Alte. Heißt Paddy und hat uns vor Vampiren gewarnt.«

»Erzähl mal.«

Ich spulte die Geschichte ab. Mein chinesischer Partner blickte mich dabei nachdenklich an.

»Wir sollten die Warnung des Alten nicht so einfach in den Wind schlagen«, meinte er.

Ich stimmte ihm zu. »Aber jetzt laß uns fahren, sonst ist es gleich Mitternacht, und wir sind noch immer nicht in Bullstone.«

Der Alte war verschwunden. Auch als ich voll aufblendete, konnte ich ihn nicht mehr sehen. Ich war jedoch davon überzeugt, daß er uns irgendwann wieder über den Weg laufen würde.

Wir waren in den frühen Morgenstunden aus London abgefahren. Ein Verkehrsstau hatte uns aufgehalten, und in Mittelengland ging durch ein gesperrtes Straßenstück ebenfalls noch eine Stunde verloren. Aus diesem Grunde fuhren wir in der Dunkelheit durch das schottische Hochland und suchten nach dem Ziel.

Die Mühle gab es also tatsächlich. Sie jetzt noch zu suchen hatte keinen Zweck. Ich sprach mit Suko darüber, und auch er war der Meinung, diesem Gemäuer erst am nächsten Tag einen Besuch abzustatten. Wenn dort wirklich Vampire hausten, dann schliefen sie tagsüber und waren dann leichter zu überwältigen.

Die Spezialpistole, die Eichenbolzen verschoß, trug Suko im Gürtel. Schon mehr als einmal hatte sie uns gegen die Vampirbrut gute Dienste geleistet.

Stoßdämpfer und Federung meines Wagens wurden arg strapaziert. Doch der Bentley hielt einiges aus. Zudem war er ausgezeichnet in Schuß. Manchmal mahlten die breiten Reifen über die Grasstreifen am Rand des schmalen Wegs. Suko saß neben mir auf dem Beifahrersitz, kaute Pfefferminzbonbons und hatte die Kopie der Generalstabskarte vor sich auf den Knien liegen.

»Ist nicht mehr weit«, sagte er.

»Das erzählst du mir schon seit zwei Stunden«, erwiderte ich.

»Ich will dir schließlich nicht die Hoffnung rauben.«

»Aber diesmal könntest du recht haben.«

Wir rollten durch eine wildromantische Gegend. Das silberne Mondlicht umrahmte die Hügel mit seinem fahlen Glanz. Es war eine helle Frühsommernacht, dazu lau und windstill.

Plötzlich zischte Suko auf.

»Was ist?« fragte ich.

Er legte seine Hand auf meinen Arm. »Halt doch mal an.«

Ich bremste.

Suko zeigte mit dem Mittelfinger auf die breite Frontscheibe. »Schau dir nur den Mond an.«

Ich tat es. »Und? Der Knabe ist rund und scheint ruhig vor sich hin.«

»Da fliegt doch was. Jetzt wieder!«

Ich strengte meine Augen an. Suko hatte recht. Ein großer, schwarzer Körper segelte lautlos durch die Luft, breitete seine Schwingen aus und flog eine Schleife.

»Sieht aus wie eine Fledermaus«, kommentierte Suko.

»Das sieht nicht nur so aus, das ist auch eine«, bemerkte ich. »Und eine verdammt große sogar.«

»Wir denken beide das gleiche?«

Ich drückte bereits die Wagentür auf. »Genau, mein Freund. Vampire!«

Suko stieg ebenfalls aus dem Bentley. Über die Kühlerschnauze hinweg sah ich, wie er die Bolzenpistole zog.

Der Chinese grinste. »Wenn's hart auf hart geht, ich bin gerüstet.«

Beide beobachteten wir die Fledermaus. Selbst auf die große Entfernung hinweg konnten wir erkennen, daß es sich um ein riesiges Tier handelte. So groß war keine normale Fledermaus. Es mußte sich um einen Vampir handeln.

Wir warteten ab.

Immer wieder flog die Fledermaus dem Mond entgegen. Mir schien es, als würde sie das Licht trinken. Und so war es tatsächlich. Mondlicht gilt als Balsam für Vampire, während das Licht der Sonne sie zerstört.

Das Tier flog jetzt eine große Schleife und wurde eins mit der Dunkelheit. Wir lauerten darauf, daß es sich wieder zeigen würde, doch den Gefallen tat es uns nicht.

Nach fünfminütiger Wartezeit hob Suko enttäuscht die breiten Schultern. »Sorry«, sagte er, »aber heute ist mir wohl kein Schuß vergönnt.« Er steckte die Bolzenpistole wieder weg.

Im nächsten Augenblick schon bereute er es.

Urplötzlich schoß die Fledermaus auf uns zu. Sie war dunkler als die Nacht, warf einen langen Schatten, und wir hörten das Rauschen der Schwingen.

Das Biest hatte sich Suko ausgesucht. Ich saß schon halb im Wagen.

»Vorsicht!« schrie ich.

Mein chinesischer Freund und Partner ließ sich auf die Knie fallen. Das war sein Glück. Haarscharf fegte die riesige Fledermaus über ihn hinweg, streifte noch das Autodach und war verschwunden.

Suko rappelte sich wieder hoch. Mit Pistole. »Zum Teufel noch mal«, keuchte er, »das war knapp.«

Auch ich hatte meine Beretta gezogen. Wenn das Tier noch einmal auftauchte, würden wir dem Blutsauger einen entsprechenden Empfang bereiten.

Die Fledermaus tat uns den Gefallen nicht. Sie blieb verschwunden. Wir stiegen wieder in den Wagen und konnten diesmal unbehelligt abfahren.

»Der Alte war gar nicht dumm«, bemerkte ich.

Suko nickte nur. Er beobachtete die Umgebung. Sah nach vorn, nach rechts und nach links. »Wahrscheinlich mag man uns in dieser Gegend nicht«, sagte er.

»Kein Wunder, wenn sie dich sehen«, grinste ich.

Suko schaute mich kurz an. »Ich bin zwar nicht so schön wie du, dafür aber interessant.«

Ich nickte. »Immerhin etwas.«

Die nächsten Minuten verliefen schweigend. Während ich mich auf die Straße konzentrierte, suchte Suko während der Fahrt die Umgebung ab. »Nichts zu sehen«, brummte er.

Ich lenkte den Bentley in eine weitgeschwungene Kurve. Linker Hand wuchs ein Hügel in die Höhe, während ich auf der rechten Seite das Wasser eines Bachs im Mondlicht glitzern sah.

Ich umfuhr den Hügel.

»Da liegt schon das Dorf«, sagte Suko.

Mein Freund hatte recht. Vor uns, in einer Senke, lagen ein paar Häuser. Der Mond stand so günstig, daß sich die Umrisse des Dorfes wie bei einem Scherenschnitt abhoben.

Ich sah eine Kirche, auf deren Turm das Kreuz fehlte. Und dies gab mir zu denken.

»Hoffentlich haben die auch ein Gasthaus«, bemerkte Suko.

»Wird wohl.«

Ich ließ den silbermetallicfarbenen Bentley wieder sacht anrollen. Der Weg führte jetzt bergab. Er bestand aus zwei Fahrrillen. Zwischen den beiden Spuren wuchs das Gras knöchelhoch.

Der Bentley schaukelte uns durch. Die beiden Scheinwerferaugen hüpften auf und nieder.

Und dann war die Fledermaus wieder da.

Im Innenspiegel sah ich sie heranfliegen. Das Biest wollte uns von hinten angreifen und hockte sich auf den Kofferraum.

Deutlich erkannte ich das nadelspitze Gebiß mit den beiden vorstehenden Eckzähnen, die rot umränderten Augen und die großen Flügel.

Suko löste den Sicherheitsgurt, drehte sich auf dem Sitz um und rief: »Die knall ich ab!«

»Nicht durch die Scheibe. Ich stoppe!«

Vollbremsung. Der Bentley stand. Suko huschte aus dem Wagen und schoß noch in der Bewegung.

Es gab ein zischendes Geräusch, als der Bolzen die Waffe verließ. Suko hatte auf das Herz des Blutsaugers gezielt, doch die Fledermaus schien etwas geahnt zu haben. Sie hob sich just in dem Augenblick vom Kofferraum ab.

Der Bolzen ritzte nur ihren Flügel.

Wie ein Pfeil schwirrte die Fledermaus davon. Dabei stieß sie krächzende und fauchende Laute aus.

Ich ließ meine Beretta sinken. Es hatte keinen Zweck. Der Blutsauger war im Schutz der Nacht untergetaucht.

Achselzuckend nahmen wir wieder im Wagen Platz. »Ein drittes Mal wird sie es wohl nicht versuchen«, meinte Suko.

»Kaum.«

Unbehelligt erreichten wir das Dorf. Die ersten Gehöfte tauchten auf. Im Mondlicht wirkten die Gebäude gespenstisch. Überall sahen wir den Verfall. Türen hingen schief in den Angeln. Eggen und Pflüge rosteten vor sich hin. Auf manchen Dächern fehlten Ziegel.

»Ob hier überhaupt Menschen wohnen?« Sukos Frage klang zweifelnd.

Ein gefleckter Köter huschte über den Weg. Als die Scheinwerfer ihn blendeten, blieb er stehen. Dann bellte er und jagte davon.

Wir fuhren auf die Dorfmitte zu. Hier standen die Häuser eng beieinander. Hinter einigen Fenstern brannte noch Licht. Schattenhaft waren die Bewohner zu erkennen.

»Ich glaube, da vorn auf der rechten Seite ist ein Pub«, sagte Suko. »Stopp mal.«

Ich tat ihm den Gefallen.

Das Gasthaus erwies sich als langgestrecktes Gebäude. Es erinnerte mich mehr an einen Kuhstall.

»Sehen wir uns den Laden an«, schlug Suko vor.

Ein grünes Tor entpuppte sich als Eingangstür. Über dem Tor hing eine Laterne. Das Glas war so verdreckt, daß es kaum Licht durchließ. Das Gasthaus selbst schien leer zu sein. Jedenfalls brannte hinter den Scheiben kein Licht. Und auch Stimmen waren nicht zu hören.

Ich fand einen eisernen Klopfer. Er hatte die Form eines Löwenkopfes. Mit dem Klopfer hämmerte ich gegen das Holz.

Nichts rührte sich.

»Notfalls übernachten wir im Wagen«, sagte ich.

Suko hob die Schultern. »Mir egal.« Er blickte sich suchend um. »Hier ist wirklich das Ende der Welt.«

»Vergiß nicht, daß es Nacht ist.« Abermals schlug ich gegen die Tür. Was ich nicht zu hoffen gewagt hatte, trat ein. Schlurfende Schritte näherten sich. Von innen schwang eine Guckklappe hoch. Prüfend und mißtrauisch wurden wir gemustert.

»Was wollt ihr?«

Ich setzte ein Sonntagslächeln auf. »Ein Nachtlager, mehr nicht.«

»Wir sind besetzt. Fahren Sie weg. Schnell.«

Wieder diese Warnung. Langsam wurde mir die Sache zu bunt. Ich holte meinen Ausweis hervor und hielt ihn dicht gegen die Klappe. »Lesen können Sie doch – oder?«

Der Mann hinter der Tür schniefte. »Sie sind von der Polizei?«

»Genau. Und jetzt öffnen Sie bitte.« Ich steckte den Ausweis wieder weg.

Tatsächlich wurde die Tür quietschend nach innen gezogen. Dann stand der Wirt vor uns.

Es gibt wirklich dünne Menschen, und ich hatte auch schon viele gesehen, aber der Knabe konnte sich hinter einem Laternenpfahl noch ausziehen.

Himmel, war das ein Gestell.

Auch das Gesicht des Mannes sah merkwürdig aus. Tiefe Ringe unter den Augen, ein schmallippiger Mund und eine lange Nase mit messerscharfem Rücken. Zwei breite, grüne Hosenträger hielten die abgeschabte Cordhose. Und das Hemd hatte auch schon bessere Zeiten erlebt.

Suko holte unsere beiden Koffer, während ich mit dem Mann verhandelte.

»Sie sind also der Wirt«, stellte ich fest.

»Ja.«

Ich stellte mich und Suko vor. Auch der Wirt sagte seinen Namen. Er hieß Horace Hiller. Natürlich hatte er freie Zimmer. Mehr als genug sogar.

Wir konnten uns das beste davon aussuchen.

»Erdgeschoß reicht«, sagte ich.

»Dann folgen Sie mir bitte.«

Im Augenblick befanden wir uns in einem breiten Gang. Links und rechts waren weißgetünchte Mauern. Eine breite Tür führte nach hinten in den Hof. Der Boden war mit roten Fliesen ausgelegt. An der Decke schaukelte eine Segeltuchlampe. Daß Strom vorhanden war, sah ich an den Leitungen, die über dem Putz an der Wand entlangliefen.

Wir wandten uns nach links, mußten zwei Stufen hochsteigen, drückten eine Tür auf, die mit zwei Querbalken verziert war, und standen in einem Flur.

Links zweigten Türen ab.

»Hier liegen die Zimmer«, sagte Hiller.

»Und die Gaststube?« fragte ich.

»Befindet sich rechts vom Eingang. Soll ich Ihnen Ihr Zimmer einmal zeigen?«

»Wir bitten darum.«

Der Raum hinter der ersten Tür war sehr einfach eingerichtet, aber – und das überraschte mich – peinlich sauber.

»Ihr Freund kann das Zimmer nebenan haben. Die Möblierung ist die gleiche.«

Ich zog die Nase hoch. »Hier riecht es nach Knoblauch«, stellte ich fest.

Der Wirt nickte und senkte den Blick. »Das stimmt, Sir.« Er hob die knochigen Schultern. »Wir hängen oft Knoblauchstauden auf.«

»Warum?«

»Ein alter Brauch.«

Ich lachte gekünstelt. »Und ich dachte schon, wegen der Vampire.«

Horace Hiller zuckte zusammen. Ihm lag eine Frage auf den Lippen, doch er schluckte sie hinunter.

Ich wechselte das Thema. »Bewirtschaften Sie das Gasthaus allein?«

»Nein. Meine Frau hilft. Die Tochter ist leider tot.«

»Unfall?«

»So ungefähr.« Der Wirt ließ sich jedoch auf keine nähere Erklärung ein, wünschte uns eine gute Nacht und verschwand. Leise drückte er die Tür ins Schloß.

Suko ließ sich auf einen primitiven Holzstuhl nieder und stemmte beide Ellenbogen auf den Tisch. »Na, Geisterjäger, was hältst du von der Sache?«

Ich trat ans Fenster und blickte in die Nacht hinaus. »Die Menschen hier haben Angst vor den Vampiren. Sie leiden unter ihrem Terror. Wer weiß, wie groß die Anzahl der Opfer ist, die diese verdammten Blutsauger schon gefunden haben.«

»Dann müßten wir in der Mühle ja ein regelrechtes Vampirnest finden«, folgerte Suko.

»Vielleicht.«

»Na ja.« Suko stand auf. »Ich gehe mal rüber in meine Suite.

Heute nacht passiert wahrscheinlich nichts mehr. Bei Tageslicht sieht alles schon viel anders aus.«

Mein Partner verschwand.

Ich rauchte noch eine Zigarette. Still war es im Zimmer. So ruhig, daß ich das Ticken meiner Armbanduhr hörte. Während ich den blaugrauen Rauchwolken nachschaute, drehten sich meine Gedanken um den Fall.

Kiriakis hatte uns auf die Spur gebracht, und von Myxin, dem Magier, hatte ich weitere Informationen erhalten. Er aber wollte, daß ich in die Falle lief. Und Myxin kannte mich. Er wußte, daß ich nicht so leicht aufgab. Schließlich hatte ich das Dämonenauge zerstört. Demnach mußte diese Mühle ein verdammt heißes Pflaster sein.

Ich war gewarnt und beschloß, vorsichtig zu sein.

Fließendes Wasser gab es in diesem Zimmer nicht. Dafür stand eine Kanne auf der kleinen Kommode. Die Waschschüssel entdeckte ich in dem halbhohen Schrank.

Der Wirt kam noch einmal zurück und schleppte frisches Wasser herbei. »Von der Quelle«, sagte er voller Stolz. Dann goß er das Wasser aus dem Eimer in die Schüssel.

Horace Hiller wich meinem Blick aus. Sicherlich hatte er Angst, ich würde ihn auf die Vampire ansprechen.

Als er verschwunden war und in Sukos Zimmer ging, holte ich aus dem Reiseproviant meine kleine Whiskyflasche hervor und nahm einen Schlaftrunk. Den hatte ich mir nach der langen Fahrt redlich verdient.

Wieder wurde es still.

Ich öffnete das Fenster, beugte mich hinaus, um die kühle Nachtluft einzuatmen.

Und da hörte ich den Schrei!

Völlig erschöpft ließ sich Kitty Lavall in das weiche Gras fallen. Sie senkte den Kopf und barg ihn in beide Hände. »Ich… ich… kann nicht mehr«, japste sie und rang nach Atem. »Laß uns eine Pause einlegen, Paul.«

Maurer war ebenfalls am Ende seiner Kräfte. Auf Händen und Füßen hockte er sich neben seine Freundin. Weit hatte er den Mund aufgerissen und pumpte die Nachtluft in seine strapazierten Lungen. Dann ließ er sich einfach zur Seite fallen und blieb so liegen.

Kitty rollte auf den Rücken. Ihre Brust hob und senkte sich unter den schweren, keuchenden Atemzügen. Minutenlang sprachen die beiden nicht. Ruhten sich nur aus. Kitty mußte hin und wieder würgen. Der Lauf hatte sie überanstrengt.

Paul Maurer fing sich als erster. »Kitty«, drängte er, »wir müssen weiter. Komm, steh auf.«

»Nur noch… ein… paar Minuten.«

Paul schlug mit der Faust auf den Boden. Er erstickte fast an seiner eigenen Hilflosigkeit. Nein, so schwach hatte er sich noch nie gefühlt. Und er hatte Angst. Höllische Angst vor Elena und ihren Blutsaugerinnen, die sie als ihre Schwestern bezeichnet hatte.

Paul Maurer stand auf. Er stützte beide Hände in die Hüften und sah sich um.

Das sanft gewellte Land ließ keinen weiten Blick zu.

»Am liebsten möchte ich hier liegenbleiben!« stöhnte Kitty Lavall. »Nur noch schlafen…«

»Komm endlich hoch, bitte!« Paul bückte sich, um Kitty die Hand zu reichen.

Das Mädchen reagierte nicht. »Eine Minute noch«, bettelte sie. »Bitte, Paul…«

Der Student ließ sich erweichen. Er war jedoch auf der Hut. Ließ seine Blicke in die Höhe streifen und entdeckte den schwarzen Punkt, der dicht an der Scheibe des Mondes vorbeizusegeln schien.

Paul Maurer wurde mißtrauisch.

Ein Tier?

Der Punkt wurde größer, flatterte auseinander, breitete ein riesiges Flügelpaar aus.

Vampire sind Fledermäuse! schoß es Paul Maurer durch den Kopf.

Und das war eine Fledermaus!

»Kitty!« schrie er. »Hoch mit dir!«

»Was ist los?«

»Elena ist da!«

Dieser Satz alarmierte das junge Mädchen. Hastig sprang es auf, sah sich um. »Wo?«

»Dort.« Paul Maurer zeigte zum Himmel. »Die Fledermaus. Sicherlich hat sich Elena in eine Fledermaus verwandelt.«

»O mein Gott!« Kittys Augen wurden groß vor Angst.

Paul Maurer ließ seiner Freundin keine Zeit, über irgend etwas nachzudenken. Er faßte sie bei der Hand und riß sie einfach mit sich fort. Wenn die Fledermaus sie bisher nicht entdeckt hatte, dann hatten sie noch eine Chance. War aber das Gegenteil der Fall, gab es kein Entrinnen mehr. Die fliegende Bestie war immer schneller, als Menschen rennen konnten.

Zum Glück trugen die beiden jungen Leute feste Wanderschuhe, in denen sie gut laufen konnten. Das Gelände vor ihnen war mit Buschinseln bewachsen, die auf dem vom Mondlicht beschienenen Land wie dunkle Höcker aussahen.

Immer wieder gingen Kitty und Paul hinter diesen Buschinseln in Deckung, um einigermaßen sicher vor der scharfäugigen Fledermaus zu sein.

Dann – wenn es ihnen ratsam erschien – jagten sie weiter bis zum nächsten Busch.

Als sie über einen Höhenrücken hetzten, sahen sie das Dorf Bullstone in einer Senke liegen. Endlich. Und der Weg bis zum Ort war frei. Doch es gab keine Deckungsmöglichkeit mehr!

»Mist, verdammter!« fluchte der junge Mann.

Kitty klammerte sich an Paul. »Was sollen wir jetzt tun?« flüsterte sie angsterfüllt.

»Erst mal die Ruhe behalten.« Paul warf einen Blick zum Himmel, sah die Fledermaus jedoch nicht. Er war einigermaßen beruhigt.

»Ich glaube, sie ist verschwunden«, meinte er aufatmend.

In einer impulsiven Geste wandte Kitty Lavall den Kopf. Im selben Atemzug schrie sie auf.

»Paul, hinter uns!«

Maurer wirbelte herum. Da sah auch er das verdammte Höllenbiest. Es war zwar noch weit entfernt, doch es gab keinen Zweifel, daß die Fledermaus ihre Opfer erspäht hatte.

Sie nahm Kurs auf Kitty und Paul.

Gleichzeitig begannen die beiden jungen Leute zu rennen. Noch einmal holten sie alles aus ihren Körpern heraus. Ihre Beine schienen kaum den Boden zu berühren. Wenn einer von ihnen stolperte oder in einen Maulwurfshügel trat, dann war ihr Schicksal besiegelt.

Doch das Glück stand ihnen bei.

»Dreh dich nicht um!« brüllte Paul während des Laufs. »Dort vorn ist das Dorf!«

Und sie hetzten weiter.

Schneller, immer schneller.

Aber die Fledermaus folgte ihnen. Der düstere Todesbote segelte lautlos durch die Nacht. Er ließ sich vom Wind tragen, brauchte die Flügel nicht zu bewegen.

Die ersten Gehöfte tauchten auf.

Kitty und Paul rannten an ihnen vorbei. Beide hatten die Köpfe in den Nacken geworfen. Die Beine bewegten sich automatisch. Die Gesichter waren vor Angst und Anstrengung verzerrt.

Würden sie es schaffen?

Nein – die Fledermaus war schneller.

Urplötzlich war die blutsaugende Bestie über ihnen, breitete die Flügel aus und bedeckte Kitty und Paul wie mit einem übergroßen Mantel.

Die beiden Flüchtigen warfen sich zu Boden. Paul riß Kitty kurzerhand mit sich.

Als das junge Mädchen dicht über sich das schreckliche Gesicht der Fledermaus sah, entlud sich all ihre Angst in einem gellenden Hilfeschrei…

Ich sprang aus dem offenen Fenster, über die Bank hinweg und pendelte meine Blicke auf den Dorfeingang ein.

Meine Beretta hatte ich zum Glück noch bei mir. Sie steckte in der Schulterhalfter. Ich nahm die Pistole in die Hand und begann zu laufen.

Niemand sonst kümmerte sich um die Person, die um Hilfe gerufen hatte. Während ich an den Häusern vorbeihetzte, sah ich manchmal ängstliche Gesichter hinter den Scheiben. Niemand traute sich auf die Straße. Keinen ging das Schicksal des anderen etwas an. Typisch für Menschen, die Angst haben. Da will jeder seine eigene Haut retten, höchstens noch die der Familie.

Nur gut, daß Vollmond war. Deshalb sah ich die verdammte Fledermaus schon aus relativ großer Entfernung.

Ungefähr dreißig Yards trennten uns.

Ich hörte bereits das gräßliche Fauchen der höllischen Blutbestie. Sie schlug wild und unkontrolliert mit ihren Flügeln. Obwohl der verdammte Vampir mit seiner Größe fast die gesamte Straßenbreite einnahm, erkannte ich, daß sich zwei Menschen mit aller Kraft gegen dieses Monster wehrten.

Der Vampir hatte schon Opfer gefunden.

Ich mußte näher heran, um einen gezielten Schuß anzubringen.

Wieder klang der schrille Schrei auf. Ein junges Mädchen versuchte, sich vom Boden zu erheben, wurde jedoch von den Krallen niedergedrückt.

Dann war ich am Ort des Kampfes.

Der Vampir bemerkte mich, hob seinen Oberkörper hoch und starrte mich aus den rötlich schimmernden Augen an.

Es war ein schauriges Bild, als der Blutsauger mit seinen ausgebreiteten Schwingen vor mir stand. Die Zähne glänzten. Deutlich konnte ich die blutsaugenden Hacker sehen.

Neben dem Vampir lagen ein junges Mädchen und ein ebenfalls noch junger Mann. Beide rührten sich nicht.

War ich zu spät gekommen?

Die Fledermaus fauchte. In der nächsten Sekunde würde sie sich auf mich stürzen.

»Stirb, verdammter Blutsauger!« brüllte ich.

Zweimal zog ich den Stecher durch. Vor der Mündung platzten Feuerblumen auf. Ich hatte genau gezielt, wollte die geweihten Geschosse dorthin setzen, wo dieses Wesen das Herz hatte.

Ich traf mein Ziel.

Die Einschläge der Kugeln schüttelten das Monster durch, trieben es in den Staub der Straße.

Die Fledermaus fiel.

Im nächsten Augenblick begann ihr Kampf mit dem nahenden Tod, den sie jedoch nicht aufhalten konnte, denn das geweihte Silber tat seine Wirkung.

Es zerstörte diesen untoten Körper, löste ihn rasch auf.

Die wie Leder wirkende Haut schrumpfte, wurde graugelb, löchrig und brüchig. Aus dem häßlichen Vampirmaul drangen schaurige Klagelaute, die in der Nacht verklangen.

Immer weniger wurde die Bestie. Und dann – sekundenlang – sah ich das Bild eines blondhaarigen Mädchens. Doch schnell verzerrte sich das Gesicht, und auch der übrige Körper zerfiel.

Zurück blieb – Staub! Asche – graue Asche, die der Nachtwind durcheinanderwirbelte und davontrug.

Ich hatte einen ersten Sieg errungen!

Mit einer mechanischen Bewegung steckte ich die Beretta weg. Jetzt mußte ich mich um die beiden jungen Menschen kümmern.

Hinter mir hörte ich Schritte. Ich drehte mich um. Suko rannte auf mich zu. Die Schüsse hatten ihn aufgeschreckt.

»Wenn du kommst, ist alles vorbei!« rief ich ihm entgegen.

Ich verstand Sukos Antwort nicht, da ich bereits dabei war, den jungen Leuten auf die Beine zu helfen.

»Danke, Mister«, hauchte das Mädchen. »Ohne Sie…« Dann begann sie zu weinen.

Auch der junge Mann wirkte unsicher auf den Füßen. Er hatte mehr abbekommen als das Mädchen. Die Krallen der Fledermaus hatten einen Teil seiner Kleidung aufgerissen.

Suko kümmerte sich um das Mädchen. Es erschrak, als es den Chinesen sah.

Ich beruhigte es. »Keine Angst, Suko ist mein Freund. Er hätte Sie ebenso gerettet wie ich.«

Da ich Sukos Namen schon genannt hatte, stellten wir uns gegenseitig vor.

Mein Freund und ich erfuhren, daß die jungen Leute Kitty Lavall und Paul Maurer hießen.

Ich schlug vor, ins Gasthaus zu gehen. »Dort können wir uns dann in Ruhe unterhalten«, sagte ich.

Wir mußten Kitty und Paul auf dem Weg dorthin stützen. Die beiden waren zu erschöpft.

Unser Gang durch den Ort glich einem Spießrutenlaufen. Die Schüsse und Schreie hatten die Bewohner aufgeschreckt. Hinter den Fensterscheiben sahen wir die Umrisse von blassen Gesichtern.

»Wahrscheinlich haben sie sich schon vor Angst in die Hose gemacht«, knurrte Suko. »Ich drehe immer durch, wenn ich solche Feiglinge sehe.«

Ich verteidigte die Menschen. »Du weißt nicht, was sie alles hinter sich haben.«

»Trotzdem.«

»Dann hätten wir von keinem Hilfe zu erwarten gehabt?« fragte mich Paul Maurer.

»So ungefähr.«

»Mein Gott«, flüsterte der junge Mann. »Nie hätte ich damit gerechnet, daß es so etwas noch gibt. Das ist ja schlimmer als im Mittelalter. Aber wie schaffen Sie es, sich gegen diese Monster zu wehren? Sie haben geschossen und die verdammte Fledermaus getötet. Was ich über Vampire weiß, ist wenig. Man kann sie nicht mit normalen Kugeln töten.«

»Ich habe mit geweihten Silberkugeln gefeuert«, erklärte ich.

»Dann sind Sie nicht zufällig hier?«

»Nein.«

Wir hatten inzwischen das Gasthaus erreicht. Horace Hiller mußte uns gesehen haben, denn er öffnete sofort die Tür.

Der Wirt sah noch bleicher aus. In seinen Augen flackerte es unstet. Nervös huschte seine Zungenspitze über die trockenen Lippen.

»Wir brauchen noch ein Zimmer für die jungen Herrschaften hier«, sagte ich.

Der Wirt schüttelte den Kopf. »Das geht nicht.«

»Darf ich den Grund erfahren?« Meine Stimme klang scharf.

»Die beiden«, er zeigte auf Kitty und Paul, »werden von Vampiren gejagt. Die Blutsauger wollen sie haben. Sie lassen ihre Opfer nicht aus den Augen und verfolgen sie überall hin. Wenn die Verfolgten bleiben, habe ich die Untoten im Haus.«

»Wir sorgen schon dafür, daß Ihnen niemand etwas tut.«

Der Wirt blieb bei seinem Nein.

Ich blickte ihn fest an. »Sie werden diesen jungen Menschen Unterschlupf gewähren. Oder ich klage Sie wegen unterlassener Hilfeleistung an. Haben wir uns verstanden?«

Er nickte.

»Und?«

»Kommen Sie rein.«

Hiller gab den Weg frei.

Mit scheuen Blicken folgten Kitty und Paul uns ins Haus. Ich blieb noch einmal stehen und wandte mich an den Wirt. »Geben Sie uns etwas zu trinken. Am besten ist eine Flasche Whisky. Die haben Sie doch?«

»Natürlich.« Er verschwand.

Wir aber gingen in mein Zimmer. Erschöpft legte sich Kitty auf das Bett, während ihr Freund auf dem Stuhl Platz nahm. Zum Glück waren beide nicht verletzt. Sie trugen strapazierfähige Kleidung, die den Krallen der Fledermaus standgehalten hatte.

Paul Maurer hatte sein Gesicht in beide Hände vergraben. Manchmal schüttelte er den Kopf, als könne er seine und Kittys Rettung selbst noch nicht begreifen.

Niemand sprach ein Wort. Wir warteten darauf, daß der Wirt uns den Whisky brachte.

Schüchtern klopfte Hiller an die Tür. Er trat ein und brachte eine Flasche Scotch mit vier Gläsern. Schweigend stellte er das Tablett auf den Tisch.

Ich hielt den Mann am Arm fest. »Nichts für ungut, Mr. Hiller«, sagte ich.

»Ja, danke.«

Auch Kitty nahm einen Schluck. Ich blieb bei ihr auf der Bettkante sitzen, als sie trank. Über den Rand des Glases hinweg schaute sie mich an. In ihren Augen flackerte immer noch die Angst. Tapfer schluckte sie den hochprozentigen Schnaps hinunter. Sie hustete und stellte das Glas weg. Auch Paul Maurer hatte den Whisky getrunken.

»Ich glaube, jetzt können wir uns in Ruhe unterhalten«, sagte ich. »Am besten, Sie berichten von vorn.«

Paul Maurer nickte. »Okay«, flüsterte er. »Aber wer sind Sie eigentlich?«

Ich klärte ihn über Sukos und meine Identität auf.

»Da haben wir ja riesiges Glück gehabt«, stöhnte Paul.

Ich lächelte. »So ungefähr.«

Da begann der junge Mann zu berichten. Noch während er redete, schlief seine Freundin ein. Es war das beste, was ihr passieren konnte.

Nach fünfzehn Minuten war Paul Maurer mit seiner Zusammenfassung fertig.

Suko und ich tauschten einen Blick.

»Was meinst du?« fragte der Chinese. »Sollen wir noch in der Nacht dort aufräumen?«

Ich schüttelte den Kopf. »Nein, bei Tageslicht haben wir es leichter. Ich schätze, daß sie uns in den nächsten Stunden in Ruhe lassen werden. Sobald die Sonne aufgegangen ist, geht's rund. Außerdem haben wir es jetzt nur noch mit zwei Vampiren zu tun.«

Suko winkte ab. »Kleinigkeit. Ein Vampir für dich, ein Vampir für mich. Das schaffen wir mit links.«

Selten in seinem Leben hatte sich mein bester Freund so geirrt…

Alma Hiller hatte das graue Haar straff zurückgekämmt und es im Nacken zu einem Knoten gebunden. Sie trug noch ihr gelblichweißes Nachthemd, als ihr Mann das kleine Schlafzimmer betrat. Über die Schultern hatte Alma sich eine Strickjacke gehängt.

Vor den beiden kleinen Fenstern baumelten Knoblauchstauden. An der Wand über dem Bett hing ein großes Holzkreuz. Darunter war ein Tongefäß mit Weihwasser befestigt. Tief steckte den Menschen die Angst vor den Vampiren im Blut.

Horace Hiller schloß sacht die Tür. Er blieb stehen, ließ die Arme hängen und schaute seine Frau mit leeren Blicken an.

»Und?« fragte Alma.

Hiller schüttelte nur den Kopf. Er strich sich über die Stirn und nahm auf der Bettkante Platz. »Es ist Vollmond«, berichtete er. »Sie sind wieder im Ort.«

»Mein Gott.« Alma schlug hastig ein Kreuzzeichen. Sie sah verlebt aus. Ihre Wangen waren eingefallen, spitz trat die Nase aus dem Gesicht hervor. Der dünnlippige Mund zeigte einen Zug nach unten. Hinter den Gläsern der Brille schimmerten die Pupillen in einem verwaschenen Grau. Almas Hände waren abgearbeitet, die Haut zeigte tiefe Furchen. Mrs. Hiller hatte in ihrem Leben mehr die Schattenseiten kennengelernt.

»Sie waren hinter zwei jungen Leuten her«, berichtete Horace mit tonloser Stimme: »Haben sie aber nicht töten können. Die neuen Gäste sind plötzlich aufgetaucht und haben den Vampir vernichtet.«

»Umgebracht?« fragte Alma erstaunt.

»Ja.«

»Aber es ist doch nicht möglich. Man kann Vampire… es sei denn… sie sind…«

»Du denkst schon richtig, Frau«, erwiderte Horace. »Es sind Spezialisten. Auf einem Aufkleber habe ich gelesen, daß sie aus London stammen. Da steht: ›London grüßt den Rest der Welt‹.«

»Dann hat der Terror ja bald ein Ende«, flüsterte Alma hoffnungsvoll.

»Möglich.«

Die Frau begann zu weinen. »Daß ich das noch erleben darf. Unsere Tochter wird gerächt sein und ihren Seelenfrieden zurückerhalten. Ich bin ganz sicher.«

»Dieser Sinclair müßte sie auch töten.«

»Ich würde es sogar selbst tun!«

»Sag nicht so etwas!«

»O doch, Horace. In all den Jahren habe ich mich nie damit

abfinden können, was mit Marion passiert ist. Und wir waren hilflos, konnten nichts machen, weil diese verdammte Brut das Dorf terrorisierte. Wo sind wir denn gelandet? Die Menschen verlassen Bullstone, die Jüngeren ziehen fort – nur die Älteren bleiben hier, weil sie keine Chance mehr haben. Aber in mir ist das Feuer der Rache nie erloschen. Es brennt weiter. Und zwar heller denn je.«

»Auch die beiden Londoner werden die Mühle nicht mehr lebend verlassen«, sagte Hiller.

»Doch, sie schaffen es. Ich werde mit ihnen reden. Kann ihnen Tips und Hinweise geben.«

»Gar nichts wirst du«, unterbrach Hiller seine Frau barsch. »Du bleibst hier. Und damit basta.«

Alma hatte es im Laufe ihrer Ehejahre gelernt, nicht aufzumucken. Deshalb gab sie auch kein Widerwort.

»Willst du dich nicht hinlegen?« fragte sie ihren Mann.

Der Wirt schüttelte den Kopf. »Kannst du denn schlafen?«

»Nein.«

»Na eben.« Er stand auf, holte aus der Nachttischschublade Pfeife und Tabak. Dann begann er, den Pfeifenkopf zu stopfen. Er rauchte im Schlafzimmer. Seit Jahren hatte Horace so etwas nicht mehr getan. Das machte er nur, wenn er sehr nervös war.

Auf und ab schritt Horace Hiller. Dabei paffte er graue Wolken der niedrigen Decke entgegen. Seine Frau blickte ihn schweigend an. Sie wußte genau, daß sich Horace Sorgen um die gemeinsame Tochter machte, auch wenn er sich noch starrköpfig gab. Irgendwann würde bei ihm ein Damm brechen, dann würde er sich auflehnen gegen den Terror der Blutsauger.

Die Zeit verging. Es wurde still. Nicht einmal das Ticken einer Uhr war zu vernehmen. Hinter dem Haus raschelten die Blätter eines Lindenbaums. Der Nachtwind hatte sie bewegt.

Das Ehepaar Hiller hing seinen Gedanken nach. Alma wurde schließlich so müde, daß sie im Sitzen einschlief. Das Kinn sank ihr auf die Brust. Horace legte seine Frau auf das Bett. »Schlaf du ruhig«, sagte er leise, »du hast es verdient.«

Er selbst wollte wach bleiben, er hätte in dieser Nacht sowieso keine Ruhe mehr gefunden.

Plötzlich hörte er das Kratzen.

Hillers Kopf flog herum. Seine Blicke saugten sich an der Fensterscheibe fest.

Er sah die Hand!

Fast hätte er aufgeschrien, so sehr erschreckte ihn der Anblick. Doch er fing sich schnell.

Die Hand gehörte einer Frau. Jetzt tauchte auch ein Gesicht auf, ein schönes Gesicht, ebenmäßig und glatt. Rote Haare waren zu Locken gedreht.

Hillers Herz pochte schneller. Er kannte das Wesen, das draußen in seinem Garten lauerte.

Es war Elena, der Vampir!

Wollte sie ihn jetzt zur Ader lassen? Unwillkürlich tastete Hiller seinen Hals ab. Die Kehle war plötzlich rauh und trocken.

Elena krümmte den Zeigefinger und winkte Hiller heran.

Er wollte erst nicht, doch er näherte sich dem Fenster, gegen seinen Willen.

Nur die Scheibe trennte die beiden Gesichter. Der Wirt sah, daß Elena den Mund verzog und zwei spitze Vampirzähne präsentierte.

Hiller wollte um Hilfe schreien, doch seine Kehle war wie zugeschnürt.

Die Untote bewegte den Mund.

Öffnen! las Hiller von ihren Lippen ab.

Sollte er dieses Wesen freiwillig in den Raum lassen? Sie würde über ihn herfallen und ihm das Blut aussaugen.

Hiller las weitere Worte von den Lippen ab. Er war erstaunt. Die Untote wollte mit ihm reden, ihn nicht töten.

Der Wirt riskierte es. Er drehte am Hebel und ruckte das klemmende Fenster spaltbreit auf.

Jetzt konnten sie sprechen.

»Laß mich ins Zimmer!« flüsterte Elena. Sie trat ein paar Schritte zurück, weil der Knoblauchgeruch zu intensiv wurde.

»Was willst du?«

»Sprechen, und zwar mit dir.«

»Aber meine Frau...«

»Schläft sie nicht?«

»Schon…«

»Nimm die Knoblauchzehen weg, und dann laß mich eintreten. Und entferne auch das Kreuz von der Wand. Es bereitet mir körperliche Schmerzen.«

»Nein«, erwiderte Hiller. »Bleib weg von mir.«

»Du bist dumm, Wirt. Sehr dumm. Bis jetzt haben wir dich verschont, doch solltest du Ärger machen, holen wir dich und deine Frau. Ich habe dir wirklich einen guten Vorschlag zu unterbreiten. Du wirst zufrieden sein. Glaub mir.«

Die Drohung der Wiedergängerin hatte bei Horace Hiller gefruchtet. »Gut«, sagte er, »komm.«

»Erst den Knoblauch und das Kreuz weg!« zischte Elena. Sie hatte sich geduckt und die Hände vor das Gesicht gepreßt.

Horace Hiller tat, was die Untote verlangte. Er schaffte alles aus dem Zimmer und bewegte sich dabei auf Zehenspitzen, um seine Frau nicht zu wecken.

Dann war der Weg für Elena frei.

Geschickt schwang sich die Blutsaugerin über die Fensterbank, sprang lautlos zu Boden und blieb mit gefletschten Zähnen stehen.

Jetzt bekam es der Wirt doch mit der Angst zu tun.

Elena merkte wohl, was mit ihm los war.

»Und nun zu uns beiden, Partner«, flüsterte sie gefährlich leise…

Suko und ich schleppten das Bett aus dem Zimmer des Chinesen in meinen Raum.

»So, da können Sie sich hinlegen«, sagte ich zu Paul Maurer.

Der junge Mann der soviel Schreckliches durchgemacht hatte, bedankte sich. »Wie kann ich das wiedergutmachen, was Sie für mich getan haben?«

Ich winkte ab. »Das ist selbstverständlich.«

Paul Maurer setzte sich hin und verschränkte die Arme unter dem Kopf. Er konnte noch nicht einschlafen und begann von seiner Heimat, Deutschland zu sprechen. Ich ließ ihn reden, so dachte er wenigstens nicht mehr an die vergangenen Ereignisse.

»Geboren bin ich im Ruhrgebiet«, erzählte Paul Maurer, »und mit zehn Jahren nach Köln gekommen.« Er berichtete von seiner Studentenzeit und von seinen Hobbies.

Nach zehn Minuten fielen ihm die Augen zu.

»Und was fangen wir mit der angebrochenen Nacht an?« erkundigte sich Suko.

»Wir schlafen ebenfalls.«

»Auf dem Boden?«

»Warum nicht.«

Suko grinste. »Dann ziehe ich einen Stuhl vor.« Er sprach nicht mehr weiter, setzte sich hin, legte die Beine auf den Tisch und war sofort eingeschlafen.

Diese Nerven hätte ich auch gern gehabt.

Ich hockte mich ebenfalls auf einen Stuhl. Bei mir dauerte es allerdings länger, bis mich Morpheus, der Gott des Schlafes, in seine Arme nahm.

Niemand von uns hörte wenig später die Schritte, die sich unserer Zimmertür näherten.

Und so nahm das Verhängnis seinen Lauf…

Das Weihwasserbecken hatte Horace Hiller nicht entfernt. Er ging zurück bis an die rechte Betthälfte. Im Notfall konnte er so besser an das kleine Tongefäß gelangen und das geweihte Wasser der Untoten ins Gesicht schleudern.

Elena hob die Hand. »Du brauchst vor mir keine Angst zu haben, Horace Hiller. Ich tue dir nichts.«

Hiller wartete ab. Er war noch immer mißtrauisch. Gut, daß seine Frau von all dem nichts bemerkte. Sie schlief den Schlaf der Gerechten.

»Nachdem die Fronten also klar sind«, sagte Elena, »können wir ja zur Sache kommen.«

»Bitte.«

»Ich brauche deine Hilfe, Horace Hiller.«

Der Wirt glaubte, sich verhört zu haben. Sprachlos starrte er die Blutsaugerin an. Er konnte nicht fassen, was sie ihm hier sagte. Das war unmöglich. Der Vampir nahm die Hilfe eines Menschen in Anspruch? So etwas hatte es noch nie gegeben.

»Willst du mich auf den Arm nehmen?« fragte Horace Hiller heiser.

»Nein. Ich benötige wirklich deine Hilfe. Und die der anderen Menschen in Bullstone.«

Hiller räusperte sich. Seine Angst schwand langsam. Und er stellte fest, daß seine Position gar nicht mal so schlecht war. »Okay«, sagte er, »dann mal heraus mit der Sprache.«

»Ich will diesen blondhaarigen Mann und dessen Begleiter haben. Außerdem das Pärchen.«

»Sie schlafen im Anbau. Du brauchst nur hinzugehen und sie zu beißen. Dann hast du sie.«

»Das ist das große Problem«, erwiderte Elena. »Sinclair hat Bella getötet, eine meiner Schwestern. Er weiß, wie man so etwas macht. Er ist ein Profi, das zeigt sich schon daran, daß er eine Waffe besitzt, die mit geweihten Silberkugeln geladen ist. Und dieser Chinese hat eine Druckluftpistole. Sie verschießt höllisch spitze Eichenbolzen. Auch nicht gerade angenehm für uns.«

»Und vor den beiden habt ihr Angst«, stellte der Wirt fest.

»Das nicht gerade, aber sie stören uns«, gab die Blutsaugerin zu.

Die beiden ungleichen Geschöpfe fixierten sich. Horace Hiller roch den Fäulnis- und Modergeruch, der von Elena ausging. Er dachte daran, was diese Blutsauger ihnen schon alles angetan hatten, wie sehr sie das Dorf terrorisierten, und sein Entschluß stand fest.

»Ich werde dir nicht helfen«, sagte er.

»Dein letztes Wort, Horace Hiller?«

»Ja.«

»Dann muß ich dich dazu zwingen!«

Hiller zuckte zusammen. Seine rechte Hand näherte sich dem kleinen Tongefäß mit Weihwasser. Er machte sich jetzt schwere Vorwürfe, daß er auf den Vorschlag der Untoten eingegangen war.

Er hatte geglaubt, Elena überlisten zu können. Doch sie hatte den Spieß umgedreht.

»Laß die Finger von dem Wasser!« zischte die Vampirin. »Und hör mir genau zu.«

Hiller ließ die Hand wieder sinken.

»Ich habe dir erzählt, daß Bella Stanford getötet worden ist. Sie war nicht die einzige, die mir zur Seite gestanden hat. Noch lebt eine meiner Schwestern. Willst du den Namen wissen?«

Elena sah Hiller lauernd an. Dem großen knochigen Mann standen die Schweißperlen auf der Stirn. Er konnte sich denken, was folgen würde. Und er hatte sich nicht getäuscht.

»Meine zweite Schwester heißt Marion. Marion Hiller. Sie fühlt sich sehr wohl bei mir in der Mühle. Nachts, wenn der Vollmond scheint, geht sie auf Beutezug. Wir sagen dazu Blutpatrouille. Was glaubst du, wie viele Einwohner aus eurem Dorf sie schon besucht hat? Junge Männer sind ihr am liebsten. Noch hat sie euch, ihre leiblichen Eltern, verschont. Wir haben sogar Rücksicht auf euer Dorf genommen. Wenn es nach mir gegangen wäre, gäbe es keinen normalen Menschen mehr hier. Aber das kann sich leicht ändern, Horace Hiller. Solltest du auf mein Angebot nicht eingehen, fallen wir über euch her. Irgendwann. Morgen oder übermorgen oder in drei Monaten. Ihr habt keine Chance. Da nutzt auch kein Knoblauch oder ein geweihtes Kreuz. Wir kriegen euch doch, denn wir haben Zeit, im Gegensatz zu euch. Das alles würde natürlich nicht passieren, wenn du uns die beiden aus London in die Hände spielst. Und auch dieses junge Pärchen, dem die Flucht gelungen ist. Überleg es dir. Spielst du mit – oder…?«

Die nächsten Worte ließ Elena unausgesprochen, doch Hiller wußte auch so, was gemeint war. Diese Untote hatte tatsächlich die besseren Karten in der Hand.

Er mußte sich beugen, wollte er seine Freunde retten. Und was gingen ihn schließlich die Fremden an? Sie hätten gar nicht herzukommen brauchen.

»Überlege nicht zu lange«, unterbrach Elenas Stimme seine Gedanken.

»Gut«, erwiderte Horace Hiller. »Ich tue es. Ich gehe auf deine Bedingungen ein.«

»Wußte doch, daß du vernünftig bist.«

»Aber allein habe ich keine Chance gegen die Männer. Sie können sich ihrer Haut wehren, das habe ich gesehen.«

»Weiß ich alles, Horace Hiller. Sie allein zu überwältigen, würde ich nicht einmal von mir verlangen. Nein, es gibt genügend Menschen hier im Dorf mit dem gleichen Problem. Sie sollen dir helfen, die anderen zu überwältigen. Wenn du ihnen die Lage begreiflich machst, werden sie sicherlich keinen Augenblick zögern. Fesselt sie, und bringt sie mir zur Mühle. Ich erwarte euch dort kurz vor Sonnenaufgang. Ihr habt Zeit genug. Und jetzt geh und trommle die anderen zusammen.« Sie selbst drehte sich um und schritt zum Fenster. Dort blieb sie noch einmal stehen, wandte den Kopf und zeigte ihre Zähne. »Solltest du aber versuchen, mich hereinzulegen, wird es schlimm für euch alle. Denn auch euer Blut ist beileibe nicht zu verachten. Denk immer daran, Horace Hiller!«

Nach diesen Worten schwang sich Elena auf die Fensterbank und war Sekunden später in der Dunkelheit des Gartens verschwunden.

Horace Hiller senkte den Kopf. Als er auf seine Hände sah, bemerkte er, daß sie zitterten.

Nach außen hin wirkte der Ort still und verschlafen. Wie tausend andere Dörfer auch um diese Zeit.

Doch der äußere Eindruck täuschte. Tatsächlich brodelte es unter der Oberfläche. Die Menschen hatten beobachtet, was sich auf der Straße abspielte, hatten dem Kampf des blondhaarigen Fremden gegen die Riesenfledermaus zugesehen und aufgeatmet, als das Tier getötet worden war. Doch ins Bett ging niemand. Zu aufgeputscht waren die Nerven der Dorfbewohner. Die Nacht war noch lang, und passieren konnte viel.

Horace Hiller spürte sofort, daß es eine trügerische Ruhe war, die ihn umgab, als er sein Haus verließ. Er wußte, daß seine Mitbewohner hinter den Fenstern lauerten und nach draußen starrten.

Langsam ging der Wirt die Straße entlang. Der Mond stand immer noch voll und klar am samtblauen Nachthimmel, umrahmt von einem funkelnden Sternenmeer. Deutlich stach die Spitze des Kirchturms in den Himmel. Wie zum Hohn hockte eine riesige Fledermaus auf dem Turm.

»Verdammtes Biest«, flüsterte der Wirt. »Irgendwann kriegen wir dich doch.«

Er ging weiter. Überquerte die Fahrbahn und stand vor dem Haus seines Schwagers.

Simon Patrick war Bürgermeister in Bullstone. Er hatte hinter dem Fenster gestanden und die Ankunft seines Verwandten beobachtet. Rasch öffnete er die Tür.

»Komm rein, Horace.«

Hiller schlüpfte ins Haus.

Patrick war nicht allein. Mehrere Männer hatten sich in der großen Wohnstube versammelt. Der Tabakqualm hing wie eine Nebelwand im Zimmer.

Horace kannte sie alle.

Die Männer gehörten zum Gemeinderat. Sie hatten über das Wohl des Dorfes zu entscheiden. Es waren einfache Bauern, die mit Egge und Pflug besser umgehen konnten als mit Paragraphen und Verordnungen.

Horace begrüßte die fünf Leute per Handschlag. Eine Frau war nicht dabei. Was es zu besprechen galt, war Männersache. Mit Horace Hiller und seinem Schwager waren insgesamt sieben Männer versammelt. Die müßten reichen, dachte der Wirt.

»Wir haben uns gedacht, daß du kommst«, sagte Simon Patrick.

»Wieso?«

»Nun, die Leute aus London übernachten bei dir. Und jeder von uns hat gesehen, wie dieser Mann die Riesenfledermaus gekillt hat. Wir hoffen alle auf Rettung.«

Der Wirt lachte innerlich bitter auf. Rettung ja, darauf hatte er auch gehofft. Doch die Untote hatte den Spieß umgedreht. Und jetzt saß Hiller in der Zwickmühle.

Patrick reichte ihm ein Glas Whisky. »Hier, trink, Horace«, sagte er. »Ich sehe, du hast Sorgen und kannst einen Schluck vertragen.«

»Ja. Danke.« Hiller trank ex. Er stellte das Glas zur Seite, wischte sich über den Mund und sagte: »Es sieht böse für uns aus, meine Freunde.«

»Wieso?« fragte Patrick.

»Laß es mich erklären.« Schwer setzte sich Hiller auf einen Stuhl. Er senkte den Kopf und berichtete mit leiser, nahezu tonloser Stimme. Jeder lauschte seinen Worten. Deutlich waren auf den Gesichtern der Männer das Entsetzen und der Unglaube abzulesen, die die Worte des Wirts hervorriefen.

»Aber das ist ja grauenhaft«, flüsterte Simon Patrick, als Hiller seinen Bericht beendet hatte.

»Du sagst es, Simon.«

Auch die anderen Männer redeten wild durcheinander, bis Patrick mit lauter Stimme nach Ruhe verlangte.

Der große, dunkelhaarige Bürgermeister war blaß geworden. Er war ein Kerl wie ein Kleiderschrank, den nichts erschüttern konnte. Doch nun fehlten ihm einfach die Worte.

Ein paarmal atmete er tief durch, bevor er überhaupt sprechen konnte. »Männer«, sagte er, »ihr habt gehört, was uns Horace gesagt hat und was ihm widerfahren ist. Wir müssen uns entscheiden. Und zwar schnell. Wir alle haben erlebt, was dieser Sinclair für ein Mann ist, was er leistet. Meiner Meinung nach würde er es mit seinem Freund zusammen schaffen, mit der verdammten Vampirbrut aufzuräumen. Aber das wissen die Blutsauger auch. Sie würden sich zurückziehen, warten, bis die Männer aus London verschwunden sind. Dann würden sie über unser Dorf mit aller Grausamkeit herfallen. Können wir das riskieren, meine Freunde?«

»Nein!« lautete die einstimmige Antwort.

»Dann würdet ihr also mithelfen, diesen Sinclair zu überwältigen? Natürlich auch seine Freunde.«

Betretenes Schweigen.

»Ihr wißt«, fuhr Patrick fort, »daß ihr euch mit dieser Aktion mitschuldig macht. Euch gewissermaßen gegen das Gesetz stellt und vier Menschen den verdammten Blutsaugern ausliefert.«

Wieder erhielt der Bürgermeister keine Antwort.

»Oh, verdammt«, fluchte er und schlug die rechte Faust in die linke offene Handfläche. »Ich habe mich noch nie in meinem ganzen Leben so mies gefühlt. Was machen wir nur?«

Keiner wußte Rat.

Schließlich sagte Horace Hiller: »Wir können ja abstimmen, und zwar geheim.«

Der Bürgermeister hob den Blick, schaute seinen Schwager an. »Ja, Horace, die Idee ist gut. Wie auch jeder abstimmt, er muß es mit seinem Gewissen vereinbaren. Hat einer einen anderen Vorschlag?«

Kopfschütteln.

»Gut«, sagte Simon Patrick. »Ich hole dann Papier und Bleistift. Der Herr möge uns beistehen«, flüsterte er.

Simon Patrick ging hinaus. Er ließ seine schweigenden Mitbewohner zurück.

Am unwohlsten fühlte sich Horace Hiller. »Was hättet denn ihr an meiner Stelle getan?« fragte er krächzend. »Wie hättet ihr gehandelt? Los, sagt es mir. Ich will es wissen!«

Morton Grove antwortete für alle. »Wir hätten ebenso gehandelt, Horace. Du brauchst dir keine Sorgen zu machen.«

»Danke.«

Simon Patrick kehrte zurück. Er gab jedem einen Bleistift und ein Stück Papier. »Noch ist es Zeit, Leute«, sagte der Bürgermeister. »Wer nicht abstimmen will, kann den Raum jetzt verlassen. Ich würde ihn nicht als Feigling ansehen.«

Keiner ging hinaus.

»Ich danke euch, Freunde.«

Jeder hatte seinen Zettel erhalten. Die Männer stellten sich so auf, daß keiner dem anderen auf das Papier sehen konnte.

Horace Hiller ging zum Fenster. Er legte den Zettel auf die schmale Fensterbank, atmete tief durch und schrieb sein Ja auf das Papier.

Dann faltete er den Zettel zusammen.

Auch die anderen hatten inzwischen ihre Stimme abgegeben. Simon Patrick ging mit einem Hut herum und sammelte die Zettel ein. Als er seinen Schwager erreichte, schaute er Hiller fest in die Augen.

»Und du hast es dir genau überlegt, Horace?«

»Ja.«

»Gut.«

Horace Hiller warf seine Stimme in den Hut. Der Bürgermeister schlug seinem Schwager auf die Schulter und ging dann zum Tisch.

Die Zettel flatterten aus dem Hut auf die Tischplatte.

Die Männer traten näher. Fast körperlich war die Spannung zu spüren, die über dem Raum lag.

»All right«, sagte Simon Patrick mit schwerer Stimme. »Fangen wir mit der Auszählung an.«

Die Männer beobachteten jede seiner Bewegungen. Der Bürgermeister griff nach dem ersten Zettel, faltete ihn auseinander.

»Nein.«

Der zweite Zettel.

»Ja.«

Aufstöhnen. Einer strich sich ununterbrochen über sein Kinn. Die Bartstoppeln gaben ein schabendes Geräusch ab.

Sieben Stimmen standen zur Verfügung. Und sieben Zettel lagen nach einer Minute ausgebreitet auf dem Tisch.

Jeder konnte das Ergebnis mit eigenen Augen sehen. Und doch gab der Bürgermeister es offiziell bekannt.

»Sieben Wähler anwesend. Sieben Stimmen abgegeben. Ungültig – keine. Mit Nein stimmten zwei Wähler. Mit Ja stimmten fünf Wähler. Die Wahl ist angenommen.«

»Ich habe damit gerechnet«, sagte Horace Hiller.

»Und wie stellen wir es an?« fragte der Bürgermeister.

»Jeder von uns hat doch ein Gewehr.« Die Antwort gab Morton Grove.

Erschrocken blickten die Männer ihn an.

»Aber wir können nicht auf einen Polizisten schießen«, gab ein noch jüngerer Mitbürger zu verstehen.

»Sie werden sich bestimmt nicht wehren«, erwiderte Grove.

»Nicht bei der Übermacht«, schlug auch Simon Patrick in seine Kerbe. Damit waren die Weichen gestellt. Hatte die Antwort des

Bürgermeisters doch bewiesen, daß er auf den Vorschlag positiv reagierte.

»Vielleicht gelingt es uns, sie doch noch zu befreien«, meinte Horace Hiller. »Ich meine, hinterher. Wäre doch nicht schlecht, den Vampiren ein Schnippchen zu schlagen.«

»Unter Umständen ja«, meinte Patrick.

Dann wurde ein Plan ausgeklügelt. Die Männer verschwanden, gingen in ihre Häuser, um die Waffen zu holen. Fast jeder hatte hier ein Gewehr. Einige besaßen noch aus dem letzten Krieg Sturmgewehre, Beutewaffen von den Deutschen.

Eine Viertelstunde später trafen sich die sieben Männer wieder im Haus des Bürgermeisters.

Simon Patrick mahnte sie noch einmal. »Auf keinen Fall schießen«, sagte er. »Wir müssen es auch anders schaffen.«

Jeder versprach es dem Bürgermeister in die Hand. Dann verließen die Männer das Haus. Wie Diebe in der Nacht schlichen sie auf das Gasthaus zu.

Auf dem Kirchturm hockte noch immer die riesige Fledermaus. Sie hatte das Maul aufgerissen und zeigte die Zähne. Ein siegessicheres, höhnisches Kichern drang aus ihrem Rachen.

Sinclair und seine Freunde würden sich wundern...

Normalerweise schlafe ich tief und fest. Meistens auch traumlos. Aber dann liege ich in einem Bett und hocke nicht auf einem unbequemen Stuhl, auf dessen Sitzfläche man sich Blasen am Hintern holen kann. Folglich war es mit meinem Schlaf nicht weit her. Er glich mehr einem leichten Dahinduseln. Hin und wieder schreckte ich hoch. Die anderen ratzten, wie man so schön sagt.

Suko war außer Konkurrenz. Er gehörte zu den Typen, die sogar auf einem fliegenden Düsenjäger schlafen könnten.

Paul Maurer und Kitty gönnte ich die Ruhe. Schließlich hatten sie einiges hinter sich.

Ich freute mich auf die Stunde, in der wir das miese Nest hier wieder verlassen konnten. In diesem Dorf fühlte ich mich wirklich mehr als unwohl.

Der Schlaf übermannte mich mal wieder. Ich vergrub den Kopf in beide Hände und stützte die Ellenbogen auf die Tischplatte.

Wieder plagten mich Träume. Fetzen vergangener Abenteuer schossen mir durch den Kopf. Ich sah mich wieder unter Wasser gegen die Seeschlange kämpfen, dann in eine andere Welt verschwinden und vor dem Dämonenauge stehen.

Myxin tauchte wieder auf. Grinsend und triumphierend. Und hinter ihm stand drohend der Schwarze Tod.

Er hob seine Skeletthand, krümmte die Finger und schlug damit nach meinem Kopf.

Etwas polterte.

Ich erwachte.

Das Poltern hatte ich nicht in meinem Traum gehört. Die Tür war hart aufgerissen worden und mit der Klinke gegen die Wand geprallt.

Für Bruchteile von Sekunden war ich nicht ganz da. Und diese Zeit reichte den Männern.

Wie Ameisen quollen sie ins Zimmer. Ehe ich mich versah, spürte ich eine kalte Gewehrmündung im Nacken.

Ich zuckte unter der Berührung zusammen. Der Mann, der mich bedrohte, war Horace Hiller, unser Wirt.

Flach legte ich die Hände auf den Tisch und rührte mich nicht. Ich beobachtete nur.

Suko war ebenfalls aus dem Schlaf hochgefahren. Und er reagierte schneller, zog blitzschnell seine rechte Faust hoch und schlug sie einem Mann ins Gesicht.

Der Kerl flog zu Boden, doch ein anderer drosch Suko den Gewehrlauf in den Nacken.

Mein Freund stöhnte auf, seine Augen wurden glasig, und er fiel bewußtlos zu Boden. Der Schlag hätte auch einen Ochsen gefällt.

Paul Maurer und Kitty Lavall zu überwältigen, war keine große Kunst. Sie wurden erst richtig wach, als bereits Fesseln ihre Hand- und Fußgelenke verschnürten.

Vor dem Tisch standen zwei weitere Männer und richteten die Mündungen ihrer Gewehre auf mich. Der Mann, den Suko niedergeschlagen hatte, erhob sich. Er blutete aus der Nase.

»Es tut mir leid«, hörte ich Hillers Stimme dicht neben meinem rechten Ohr. »Aber wir können nicht anders handeln.«

»Darf ich denn wenigstens um eine Erklärung bitten?« fragte ich.

Ein schwarzhaariger, breitschultriger Mann drängte sich in den Vordergrund.

»Mein Name ist Simon Patrick«, sagte er, »ich bin hier der Bürgermeister.«

»Wie schön für Sie«, erwiderte ich sarkastisch. Ich war sauer, verflucht sauer sogar.

»Was wir hier tun mußten, paßt uns selbst nicht«, fuhr er fort, »man hat uns dazu gezwungen.«

»Wer? Die Blutsauger?«

Patrick nickte.

Ich lächelte schmal. »Ich habe schon zahlreiche Fälle in meiner langjährigen Praxis gelöst«, erklärte ich. »Und immer wieder stellten sich Menschen auf die Seite der Dämonen, paktierten mit den Mächten der Finsternis. Jedesmal haben sie den kürzeren gezogen. Die anderen benutzten sie als Werkzeug und warfen sie dann weg wie ein altes, schmutziges Kleidungsstück.«

»Bei uns wird es nicht für immer sein«, erhielt ich zur Antwort.

»Glauben Sie, daß die Mächte der Finsternis anders reagieren?«

Keine Antwort.

Ich versuchte es anders. »Wissen Sie eigentlich, daß ich von Scotland Yard bin?«

»Ja.«

»Dann ist Ihnen doch auch klar, daß Sie sich eines schweren Verbrechens zusätzlich schuldig machen. Sie behindern einen Polizeibeamten im Dienst.«

»Es ist uns bekannt, Mr. Sinclair. Und seien Sie versichert, wir tun es nicht gern.«

»Davon haben meine Freunde und ich nichts. Sagen Sie, was wollen Sie eigentlich?«

»Wir schaffen Sie zur Mühle.«

Ein heißer Schreck durchfuhr mich. »Zu den Vampiren?«

»Ja.«

Verdammt, jetzt wurde es gefährlich. Wenn Suko und ich uns einmal in den Klauen der Blutsaugerinnen befanden, dann sah es mies aus. Suko hatte keine Chance mehr, aber ich, ich war noch nicht gefesselt und mußte es einfach versuchen.

Die Männer vor mir waren keine Profis. Sie hatten ja mehr Angst als ich. Das war ihnen deutlich anzumerken. Und die Waffe, die Hiller hielt, zitterte in seinen Händen. Ich konnte es deutlich spüren.

»Nimm ihm seine Pistole ab, Horace!« befahl der Bürgermeister. »Wir wollen kein Risiko eingehen.«

Die Mündung verschwand von meinem Hals. Dafür spürte ich Hillers Hand über meine Schulter gleiten und sich der Halfter nähern. Er beugte sich vor, um an die Beretta zu gelangen, geriet dabei in die Schußlinie der zwei Gewehre.

Ich ließ mich etwas zusammensinken, spannte aber gleichzeitig unter dem Tisch die Beinmuskeln an.

Hillers Finger faßten nach dem Griff der Pistole. Wenn ich noch eine Chance hatte, dann jetzt.

Ich wagte es, wurde von einer Sekunde zur anderen zu einem explosiven Geschoß…

Blitzschnell riß ich den Tisch hoch. Er kippte um und knallte dem Gewehrträger gegen den Bauch. Ich hatte viel Wucht hinter diesen Angriff gelegt. Die Tischkante traf den Mann in den Magen, und er ging röchelnd zu Boden.

Mit dem angewinkelten Arm hämmerte ich nach rechts.

Ich traf Horace Hiller und hatte erst einmal Ruhe vor ihm.

Das alles hatte nicht mehr als ein, zwei Sekunden gedauert. Eine Zeitspanne, die für mich günstig, für meine Gegner jedoch überraschend kurz war.

Die Leute mußten sich erst formieren.

Ich war wie ein Torpedo bei ihnen. Den Weg zur Tür mußte ich mir freikämpfen, und das tat ich im wahrsten Sinne des Wortes. Meine Waffe wollte ich nicht ziehen. Der erste Schuß hätte ein Blutbad auslösen können. Außerdem hatte ich richtig kalkuliert.

Auch die Männer aus dem Dorf trauten sich nicht zu schießen. Es waren schließlich keine Verbrecher, sondern normale Bauern und Handwerker.

Mein alter Trainer hätte seine Freude an mir gehabt, hätte er mich jetzt in Aktion gesehen. Auf der Matte und im Ring war ich ihm nie wild genug, was er mir allerdings in diesem Kampf gegen die Übermacht nicht hätte vorwerfen können.

Den ersten, den ich erwischen konnte, packte ich an den Hüften, hob ihn hoch und schleuderte ihn nach links zur Seite. Daß er dabei zwei seiner Freunde mit umriß, war von mir beabsichtigt.

Eine Faust raste auf mich zu. Riesengroß erschien sie mir. Ich zog den Kopf ein und spürte noch den Luftzug, als die Hand über meinen Schädel hinwegfegte.

Ich konterte. Dem Schläger ging die Luft aus. Er wurde grün im Gesicht und taumelte.

Meine Arme wirbelten wie Dreschflegel. Ich mußte selbst Schläge, Pfiffe und Tritte einstecken. In dem kleinen Raum war der Teufel los. Suko war noch immer bewußtlos. Er lag unter einem Körper begraben.

Ich näherte mich der Tür. Aber immer noch waren es verflucht viele Gegner, die sich mir in den Weg stellten. Und jetzt griffen sie auch zu den Gewehren. Sie schossen nicht, nein, sie benutzten die Dinger als Knüppel.

Quer wollte mir jemand einen Gewehrlauf durchs Gesicht ziehen. Ich blockte mit der Handkante ab. Der Kerl schrie auf, ließ das Gewehr fallen, schlenkerte seinen Arm und brüllte. Mit einem Rundschlag räumte ich den nächsten Gegner zur Seite.

Dann stand plötzlich ein Hüne vor mir. Später erfuhr ich, daß der Mann Morton Grove hieß. Seine Linke traf mich voll. Meine Zähne klackerten aufeinander, mir wurde es für einen Moment schwarz vor Augen. Ich wurde zurückgetrieben, von harten Fäusten wieder vorgestoßen und sah schräg von der Seite her den Gewehrkolben auf mich zurasen.

Meine Reflexe waren nicht mehr die besten. Ich versuchte noch auszuweichen.

Ohne Erfolg.

Etwas traf mich ungeheuer hart an der rechten Schläfe, und dann gingen für mich sämtliche Lichter aus. Die Männer verschwammen vor meinen Augen, wurden zu Gummipuppen.

Ich merkte nicht mehr, wie ich zu Boden fiel. Die Übermacht hatte mich geschafft.

Nachdem ich erst einmal abgetreten war, erfüllte minutenlang Stöhnen und Keuchen das Zimmer. Die Männer schnappten nach Luft. Jeder hatte etwas abgekriegt. Ich hatte mich ganz schön gewehrt.

Hiller hielt sich seinen Kopf, während Simon Patrick Probleme mit dem Magen hatte. Er würgte und war noch immer grün im Gesicht. Nur Morton Grove hatte kaum Blessuren. Wie ein Feldherr stand er über mir und hielt mit beiden Händen das Gewehr umklammert, bereit, bei jeder Bewegung sofort zuzuschlagen.

»Fesselt ihn!« rasselte er.

Zwei Männer legten mir die Stricke an. Morton Grove prüfte nach, ob die Fesseln auch saßen. Er nickte zufrieden und kommentierte grinsend: »Die würde nicht einmal ein Ochse lösen können. Geschweige denn dieser Städter.«

»Der aber besser kämpfen konnte als ein Ochse«, gab Simon Patrick zu verstehen.

Und Horace Hiller nickte. »Ja, das kann ich nachfühlen.«

Ein anderer hielt sich sein Taschentuch vor die blutende Nase. Er fragte: »Wann schaffen wir sie zur Mühle?«

»Sofort«, erwiderte Patrick.

»Sollen wir sie tragen?«

»Unsinn, wir nehmen einen Wagen.« Patrick wandte sich an Hiller. »Du hast doch einen Wagen, soviel ich weiß.«

Der Wirt nickte. »Steht auf dem Hof.«

»Okay. Die Gäule besorgt Cal.«

»Ein Pferd reicht«, meinte der Angesprochene.

»Du mußt es wissen.«

Die beiden Männer verschwanden. Hiller, um den Wagen zu besorgen, und Cal, um sein Pferd zu holen.

Plötzlich wurde die Tür aufgestoßen. »Was ist denn hier los?« fragte eine weibliche Stimme.

Rasch trat Simon Patrick vor. »Bitte geh, Alma«, sagte er. »Das hier ist Männersache.«

Alma Hiller ließ sich nicht beirren. Sie war von dem Krach wach geworden. Energisch drückte sie Patrick zur Seite, der nur einen hilflosen Blick in Richtung seiner Freunde werfen konnte.

»Ihr seid verrückt!« flüsterte Alma Hiller und preßte beide Hände gegen ihre Wangen. »Was habt ihr da nur angestellt?«

»Alma, so laß dir doch erklären.«

»Nein, zum Henker.« Die Frau wirbelte zu Simon Patrick herum. »Wißt ihr eigentlich, wer diese Männer dort sind? Ich meine, die beiden Bewußtlosen.«

»Ja.«

»Anscheinend nicht. Denn normale Menschen schlagen Polizisten nicht zusammen. Und gefesselt habt ihr sie auch. Wozu?«

Simon Patrick schwieg. Und auch die anderen sagten kein Wort.

Alma Hillers Zeigefinger stach vor. »Und du, Morton, du hast doch sonst immer die große Klappe. Was hast du hier zu sagen? Raus mit der Sprache.«

Morton Grove schwieg.

»Feiglinge seid ihr!« zischte die Frau. »Elende Feiglinge. Eure Gegner im Schlaf überraschen, das könnt ihr. Mein Gott, und ich habe euch immer für Kerle gehalten. Mein Horace ist natürlich auch dabei. Wie hätte es auch anders sein können.« Sie stemmte beide Fäuste in die Hüften. Dann zeigte sie mit dem Kopf auf Kitty und Paul. »Haben die beiden jungen Leute nicht genug durchgemacht? Nehmt ihnen sofort die Fesseln ab!«

»Nein!« erwiderte Simon Patrick.

Alma holte tief Luft. »Was sagst du?«

»Nein!«

Der Schlag kam unerwartet. Almas flache Hand klatschte gegen die rechte Wange des Bürgermeisters. »So«, sagte die Frau. »Ich glaube, das hast du verdient.«

Simon Patrick lief nicht nur wegen der getroffenen Wange rot an. Noch nie hatte ihn eine Frau geschlagen. Und das noch vor

Zeugen. »Sei froh, daß du nicht mein Weib bist«, preßte er hervor. »Ich hätte…«

»Ja, ich weiß, was Feiglinge tun«, erwiderte Alma hart. »Du hättest zurückgeschlagen.«

»Alma, verlasse das Zimmer«, forderte Morton Grove.

Mrs. Hiller holte tief Luft. »Was sagst du da? Ich soll aus meiner eigenen Wohnung verschwinden? Und du willst mich rauswerfen, du Mistkerl? Ich höre wohl nicht recht. Ihr macht, daß ihr hier wegkommt. Raus mit euch!«

»Nein, wir bleiben.«

»Muß ich euch erst zwingen?« fragte Mrs. Hiller leise.

»Hier braucht niemand gezwungen zu werden.« Der Mann, der das Zimmer betrat, war Horace Hiller. »Alma, verschwinde«, sagte er.

»Du hängst natürlich auch mit drin!« zischte die Frau. »Ich hätte es mir denken können.«

»Mach jetzt keinen Ärger, Alma.«

»Den hast du schon gemacht. Ihr habt Polizisten niedergeschlagen. Ihr seid Verbrecher, Horace.«

Hiller war es leid. Hart faßte er seine Frau am Arm und zog sie aus dem Raum. Als er zurückkehrte, zeichnete ein zufriedenes Lächeln sein Gesicht. »Die wären wir los«, sagte er.

»Wo ist sie?« fragte Patrick.

»Ich habe sie eingeschlossen.«

»Deine Alte hat vielleicht einen Schlag.«

»Wieso?«

Simon Patrick berichtete, wie Alma die Hand ausgerutscht war.

»Da siehst du, was ich zu leiden habe«, meinte Horace Hiller grinsend. Dann wurde er wieder ernst. »Der Wagen steht bereit. Jetzt brauchen wir nur noch auf Cal und seinen Gaul zu warten.«

»Bin schon da«, meldete sich der Mann.

»Okay.« Hiller und die anderen waren zufrieden. »Schaffen wir zuerst das Pärchen auf den Karren.«

»Gut.« Morton Grove und Cal setzten sich in Bewegung.

Kitty und Paul blickten den Männern ängstlich entgegen. Nicht erst seit dieser Minute wußten sie, daß sie vom Regen in die Traufe geraten waren.

»Was haben Sie mit uns vor?« flüsterte Kitty ängstlich.

»Sorry, Miß«, sagte Morton Grove. »Aber es geht nicht anders. Sie hätten sich einen anderen Ort aussuchen sollen. Uns macht es auch keinen Spaß, glauben Sie mir.«

»Dann lassen Sie es doch sein«, forderte Paul Maurer.

Darauf gaben sie ihm keine Antwort.

Die gefesselte Kitty wurde aus dem Zimmer getragen. Mit Paul Maurer geschah das gleiche. Nur packten diesmal zwei andere Männer zu.

Das war der Zeitpunkt, da ich aus meiner Bewußtlosigkeit erwachte. Meine Kopfschmerzen waren gräßlich. Ich vermeinte, mein Schädel würde jeden Augenblick platzen.

Ich riskierte einen Blick auf Suko. Mein Freund und Partner blinzelte mir zu. Demnach war auch er wieder wach. Gespannt war ich, wie es jetzt weitergehen würde. Sicher, ich wußte, daß man uns zur Mühle schaffen wollte. Wenn es eben ging, wollte ich versuchen, meine Fesseln zu lösen. Die Beretta hatte man mir abgenommen. Nur noch das Kreuz baumelte vor meiner Brust. Es war durch das Hemd verdeckt.

Ich versuchte meine Hände zu bewegen. Es ging nicht. Die verdammten Stricke saßen zu fest. Da hätte sich höchstens der große Houdini, seines Zeichens Entfesselungskünstler, selbst befreien können. Ich aber kannte die Tricks nicht.

Die Männer kehrten zurück. »So«, sagte Hiller, »jetzt die beiden. Ach, die sind ja wieder wach.« Hiller blieb vor mir stehen.

Aus meiner Froschperspektive blickte ich ihn an. »Wollen Sie es sich nicht noch einmal überlegen?« fragte ich. »Noch ist Zeit genug. Wir könnten gemeinsam nach einer Lösung suchen.«

»Nichts da«, antwortete Hiller. »Die Würfel sind gefallen, und zwar endgultig.«

»Denken Sie daran, was ich Ihnen gesagt habe. Mit den Mächten der Finsternis ist kein Bund zu flechten.«

Der Wirt winkte nur ab.

Suko wurde inzwischen von zwei kräftigen Männern aus dem

Raum getragen. Er war ebenfalls verschnürt wie ein Paket. Er grinste mir noch einmal zu.

Dann hob man mich hoch. Augenblicklich hatte ich das Gefühl, mein Schädel würde zerspringen. Vor meinen Augen verschwammen die Gesichter der Männer. Übelkeit würgte vom Magen her hoch. Ich fühlte mich verflucht elend.

Und ich dachte an die Worte des Magiers. Myxin hatte uns nicht umsonst den Weg hierher gewiesen. Hatte er gewußt, was uns in der Mühle erwartete? Mein Optimismus war verflogen. Kein Wunder, bei dem, was die Kerle mit uns vorhatten.

Ich dachte über unsere Chancen nach. Sie sanken immer mehr. Was Dämonen und Geister nicht geschafft hatten, brachten einige Dörfler fertig. Sie überwältigten uns – und…

Ach, verdammt, ich hätte mich selbst irgendwohin beißen können. Aber selbst das erlaubte die Fesselung nicht.

Wir erreichten das Freie.

Sternklarer Himmel lag über dem Ort. Ein fahlgelber Mond, dessen Licht die Nacht aufhellte. Ideales Vampirwetter. Tief saugte ich die würzige Luft in meine Lungen. Es ging mir sogar besser.

Dann sah ich den Wagen. Ein Pferd war davorgespannt. Ungeduldig scharrte es mit den Hufen, schnaubte und stieß den dampfenden Atem durch die Nüstern.

Auf der Ladefläche des Wagens stank es nach Schweinemist. Hier hatte noch nie jemand saubergemacht. Es war ein sogenannter Gatterwagen. Die Stäbe befanden sich dicht nebeneinander, wie bei einer Gefängniszelle. Vom Boden her liefen sie schräg nach oben. Nur die Ladeklappe hinten stand offen.

Wie ein Sack Kartoffeln wurde ich auf die Ladefläche geworfen. Dicht neben Suko blieb ich liegen. Wir konnten uns in die Gesichter sehen.

Der Chinese grinste. »Hallo, Partner«, sagte er. »Auch hier?«

Ich rollte mich etwas herum. »Nein, nur mein Geist.«

Mit einem harten Geräusch wurde die Ladeklappe geschlossen. Ich konnte durch die Zwischenräume der Holzstäbe schauen. Die

Männer gingen alle mit. Einer von ihnen kletterte auf den Bock, schwang die Peitsche und brachte das Pferd in Bewegung.

Der Wagen ruckte an.

Damit begann unsere Reise zur Mühle der Vampire!

Horace Hiller hatte seine Frau in die Speisekammer gesperrt. Alma hörte, wie der Schlüssel herumgedreht wurde. Dann entfernten sich die Schritte ihres Mannes.

Eigentlich war es zum Lachen. Sie hockte zwischen Räucherwürsten und Schinken in absoluter Dunkelheit. Mancher Dieb hätte sich gefreut wie ein Schneekönig, doch Alma war gefangen.

Luft bekam sie durch einen Schacht. Verhungern würde sie auch nicht. Nur hinaus konnte sie nicht.

Horace hatte sie ausgeschaltet. Was hatte er vor? Wenn er wirklich diese unschuldigen Menschen den Blutsaugerinnen opfern wollte, dann machten er und die anderen sich eines schweren Verbrechens schuldig. Alma konnte für ihren Mann kein Verständnis aufbringen.

Sollte es ihr gelingen, sich aus dem Vorratsraum zu befreien, würde sie ihrem Mann Lebewohl sagen. Für immer. Das hatte sie sich fest vorgenommen.

Alma setzte sich auf den kleinen Schemel. Sie versuchte zu lauschen, um herauszufinden, was die Männer draußen vor dem Haus taten. Doch nicht ein Geräusch drang an ihre Ohren. Die Speisekammer schloß schalldicht.

Alma wartete. Tränen der Wut und Hilflosigkeit liefen an ihren Wangen hinab. Automatisch schlossen sich die Hände der frommen Frau zum Gebet.

Noch hatte sie die Hoffnung nicht aufgegeben. Auch wenn es nur ein winziger Strohhalm war, an den sie sich klammerte.

Zahlreiche Dorfbewohner hatten unseren Abtransport beobachtet. Aber es gab noch jemand, der sich in einer schmalen Gasse versteckt hielt und den Wagen nicht aus den Augen ließ.

Dieser Jemand war Paddy, der Mann mit dem angespitzten Eichenpfahl. Der Mann, der den Blutsaugerinnen den Tod geschworen hatte.

Paddys Augen glühten, sein Herz schlug schneller, in seinem Innern tobte der Haß. Die rechte Hand hatte er unter seine alte Jacke geschoben. Die Finger umklammerten den Eichenpfahl.

Er hatte es gerochen, daß in dieser Nacht etwas geschehen würde. Wie schon oft, war er auch in dieser Vollmondnacht unterwegs auf der Suche und der Jagd nach den Geschöpfen der Dunkelheit. Er hatte einige Vampire erledigt, aber nie war er an Elena herangekommen, die Anführerin dieser verdammten Blutsauger.

Doch die Entscheidung war nahe, das spürte er.

Paddy hatte auch beobachtet, daß dieser Fremde einen Vampir erledigte. Vor Freude wäre der Alte bald in die Luft gesprungen. Wieder einer weniger.

Aber jetzt hatte man die Fremden gefesselt und auf einen alten Leiterwagen geschafft. Wußten die hirnverbrannten Idioten aus dem Dorf denn nicht, was sie sich selbst damit antaten? Daß sie ihre eigenen Chancen, dem Terror der Blutsauger zu entgehen, damit vernichteten?

Paddy konnte es nicht begreifen.

Er beobachtete, sah den Wagen abfahren, schaute nach, ob die Luft rein war, und huschte dann über die Straße.

Sein Ziel war Hillers Gasthaus.

Mit Horace Hiller verstand er sich nicht sehr gut, dafür jedoch mit Alma.

Sie und er hatten die gleichen Interessen. Auch Alma verfolgte die Blutsauger mit glühendem Haß. Schließlich hatten sie ihr die Tochter geraubt.

Paddy wußte, daß er in Alma eine Verbündete fand. Er lief um das Haus herum, näherte sich dem Gebäude von der Rückseite. Niemand sollte ihn sehen. Die anderen Feiglinge würden doch nur dummes Zeug reden.

Kein Licht brannte im Haus. Die Dunkelheit nistete hinter den Scheiben.

Paddy kannte die Raumaufteilung. Er wußte, wo Küche, Wohnstube und Schlafzimmer lagen. Sicher war Alma noch auf. Vielleicht saß sie im dunklen Wohnzimmer.

Paddy klopfte gegen die Scheibe.

Nichts rührte sich.

Er probierte es an den anderen Fenstern. Auch hier keine Reaktion.

Der Alte biß sich auf die Lippen. Sollte Alma nicht im Haus sein? Ziemlich unwahrscheinlich, denn er hatte sie nicht herauskommen sehen.

Wieder klopfte er. Diesmal lauter als zuvor.

Er rief auch Almas Namen. Mehrere Male hintereinander.

Dann lauschte er.

Da erhielt er Antwort.

Schwach nur, aber doch zu hören. Und es war Almas Stimme, wie er erkannte.

Sie rief um Hilfe.

Paddy überlegte. Dann hatte er einen Entschluß gefaßt. Er suchte einen Stein und schlug damit die Scheibe zum Wohnraum ein. Das Klirren ging ihm an die Nerven. Er hoffte jedoch, daß es nicht gehört worden war.

Vorsichtig entfernte Paddy die Splitter aus dem Rahmen, damit er sich beim Einsteigen nicht verletzte. Seine Knochen waren noch gelenkig. Es bereitete Paddy keine Schwierigkeiten, in das Haus zu gelangen.

»Alma?« rief er.

»In der Speisekammer!«

Paddy kannte sich aus. Nicht zum erstenmal befand er sich bei den Hillers.

Der Schlüssel steckte von außen. Paddy öffnete rasch die Tür. Im nächsten Augenblick fiel ihm Alma entgegen.

»Paddy«, sagte sie, »ein Glück, daß du da bist!«

»Was ist denn geschehen?«

»Gleich, komm erst mal in die Wohnstube.«

Dort gab sie Paddy einen doppelten Whisky. Genußvoll schlürfte er das Getränk.

»Noch einen?«

Paddy schüttelte den Kopf. »Ich muß nüchtern bleiben.«

»Ist auch besser.«

»Dann erzähle mal, Alma. Ich weiß nicht, was gespielt wird.« Und Alma redete. Sie fügte auch noch ihre eigenen Schlußfolgerungen bei, und der alte Paddy war haargenau ihrer Meinung.

»Ja«, sagte er, »du hast recht. Sie wollen die Leute sicherlich opfern.«

Alma rang die Hände. »Aber was können wir dagegen machen?«

»Ich gehe zur Mühle.«

»Aber nicht allein.«

Paddy winkte energisch ab. »Alma, das ist für dich viel zu gefährlich.«

»Nein, ich will dabeisein, wenn mein Mann sich eines schweren Verbrechens schuldig macht. Und ich will ihm in die Augen sehen.«

Paddy sah ein, daß er die Frau nicht umstimmen konnte, und gab schließlich schweren Herzens nach. »Aber eine Waffe habe ich nicht für dich«, sagte er.

»Brauchst du auch nicht. Ich nehme das Kreuz. Ich habe mein ganzes Leben lang auf die Kraft des Kreuzes vertraut. Es wird mich auch diesmal nicht im Stich lassen.«

Die Frau sprach so überzeugend, daß Paddy ihr zustimmte. Wenige Minuten später hatten sie das Haus verlassen.

Zwei mutige Menschen, die sich entschlossen hatten, den Mächten der Finsternis entgegenzutreten. Sie glaubten noch an die Macht des Guten und an die alten Überlieferungen. Sie verkrochen sich nicht in den Häusern wie die anderen Einwohner von Bullstone.

Schon bald hatte die Dunkelheit Paddy und Alma verschluckt…

Ich fühlte mich ins Mittelalter versetzt. Auf ähnlichen Karren waren auch die Hexen zu ihren Richtplätzen gefahren worden. Nur standen die Frauen aufrecht und waren den höhnischen Blicken der Menge freigegeben. Wir hingegen lagen gefesselt auf dem Boden des Leiterwagens und spürten jede Unebenheit auf dem Fahrweg.

Jede Bodenwelle, jede Querrinne schüttelte uns durch. Die hohen Räder quietschten erbärmlich. Sie schrien nach Schmierfett.

Ich hatte mich so hingelegt, daß ich Suko ansehen konnte. Wir lagen jetzt Gesicht an Gesicht.

»Feine Aussichten«, grinste mein Partner.

»Und wie.«

»Hast du dir schon Gedanken darüber gemacht, wie wir hier heil wieder rauskommen?«

Ich zeigte die Zähne. »Ja. Wir nehmen unsere Tarnkappen und verwandeln uns in Luftgeister.«

»Phantastisch«, rief Suko. »So einfach ist das also.«

Meine Antwort hatte ihm gezeigt, daß ich in Wirklichkeit keine Chance für uns sah. Die Lage sah mehr als mies aus. Ich zerrte und zurrte an den Fesseln, doch die Stricke gaben um keinen Millimeter nach. Es war wie verhext.

Nun, wir gaben die Hoffnung trotzdem nicht auf. Im Laufe der Zeit hatten wir schon viel durchgemacht, waren auch in lebensgefährliche Situationen hineingeraten, hatten uns aber immer befreien können.

Wesentlich schlechter ging es Paul Maurer und Kitty Lavall.

Das Mädchen weinte. Ihr Schluchzen übertönte deutlich das Quietschen der Räder.

Paul Maurer versuchte, seine Freundin zu trösten, doch es wurde nur ein schwacher Trost. Dem jungen Mann fehlten die passenden Worte.

Paul Maurer hatte die beste Stellung von uns allen. Halb aufgerichtet saß er mit dem Rücken am Gatter.

»Wir sind verloren, nicht wahr?« fragte er mich.

Ich drehte mich so, daß ich den jungen Mann ansehen konnte. »Man soll die Flinte nicht vorzeitig ins Korn werfen, Paul.«

»Leere Sprüche.«

»Nein. Eine Chance gibt es immer.«

»Ich kann daran nicht mehr glauben.«

Was sollte ich dem jungen Studenten auch antworten? Er war

froh gewesen, einer Hölle entronnen zu sein, doch seine Freundin und er waren auf dem Weg in eine noch schlimmere Hölle.

Eine verdammte Welt!

Längst hatten wir das Dorf verlassen. Der Weg wurde noch schlechter. Die hohen Räder wühlten sich durch tiefe Furchen. Staub wallte hoch. Der Mann auf dem Bock wurde ebenso durchgeschüttelt wie wir. Manchmal ließ er seine Peitsche knallen, schlug sie dem Pferd um die Ohren.

Die übrigen sechs Bewacher gingen neben dem Wagen her. Drei auf jeder Seite. Die Männer sprachen kein Wort. Eisern waren ihre Mienen. Die Gewehre hielten sie fest umklammert.

Die rumpelnden Stöße warfen uns hoch. Den Schlag hatte ich noch immer nicht völlig verdaut, und bei jedem neuen Stoß schossen die Schmerzen hoch bis in meinen letzten Gehirnwinkel. Hinzu kam die Übelkeit, die sich vom Magen her ausbreitete. Alles in allem war ich nicht zu beneiden.

»Scheiß Fesseln!« knurrte Suko. »Die Dinger schneiden immer mehr ein.«

»Das haben Stricke nun mal so an sich«, erwiderte ich bissig.

Einer der Männer faßte durch zwei Gitterstäbe und berührte mich an der Schulter.

»Was wollen Sie?«

Der Mann lachte. Daran erkannte ich Horace Hiller. »Bald haben Sie es hinter sich, Sinclair.«

»Ja«, sagte ich. »Sie und sechs Ihrer Freunde haben sich dann eines vierfachen Mordes schuldig gemacht. Mit dem Gewissen möchte ich nicht leben.«

»Brauchen Sie auch nicht, Sinclair. Aber für uns steht mehr auf dem Spiel.«

»Was denn?«

»Okay, Sinclair, ich will es Ihnen erklären. Wenn wir euch opfern, werden uns die Blutsauger in Ruhe lassen.«

»Das habe ich schon einmal gehört.«

»Dann brauchen wir ja nicht mehr weiterzusprechen.« Hiller entfernte sich wieder. Schweigend schritt er hinter seinem Vordermann her.

»Das sind doch sture Tölpel«, sagte Suko. »Denen kannst du erzählen, was du willst. Die hören nicht auf Argumente.«

»Ja«, erwiderte ich, »Fanatismus ist schlimm.«

Paul Maurer meldete sich wieder. »Ich habe doch gesagt, daß es keine Chance mehr für uns gibt. Diese weiblichen Vampire sind schlimm. Für mich ist es jetzt noch ein Wunder, daß wir mit heiler Haut aus der Mühle fliehen konnten.«

Ich gab dem jungen Mann keine Antwort mehr. Es hatte keinen Zweck. Ich sah hinauf zum Nachthimmel. Dunkelblau wölbte er sich über dem Hochland. Der Weg führte auf einer Hügelkuppe entlang. In der Ferne sah ich die Oberfläche eines Sees glitzern.

Die Zeit verstrich. Hin und wieder schnaubte das Pferd. Die Räder des Wagens rumpelten eintönig. Diese monotonen Geräusche waren unsere einzige Begleitmusik.

Dann vernahmen wir das Rauschen eines Bachs.

Auch Paul Maurer hatte es gehört. »Das ist der Mühlbach«, erklärte er mit erstickter Stimme. »Wir… wir sind gleich da. O Gott, sei uns gnädig.«

Der Weg ging jetzt bergab. Der Kutscher mußte den Gaul zügeln, damit er nicht zu schnell lief.

Ich verrenkte mir den Hals und versuchte, nach vorn hin etwas zu erkennen.

Noch sah ich nichts, aber dann, als der Wagen in eine sanfte Kurve zog, erblickte ich die Mühle.

Sie war groß. Ich sah die vier Mühlenflügel, die stillstanden, jedoch nicht in die Form eines Kreuzes gerückt waren.

Das hatten die Blutsauger bewußt unterlassen.

Der Wagen rumpelte querfeldein. Fuhr am Mühlbach entlang, dessen Wasser murmelnd und rauschend über die blankgewaschenen Steine schäumte.

Immer näher rückte die Mühle. Der Mond stand hinter dem Gebäude. Sein Licht zeichnete die Konturen genau nach.

Noch war keine der Blutsaugerinnen zu sehen, doch ich war sicher, daß diese Bestien nicht mehr lange auf sich warten lassen würden.

Kitty Lavall weinte wieder.

Ihr Freund Paul murmelte sinnlose Worte. Sein Angstgestammel war verständlich.

Der Kutscher gab einen scharfen Befehl an sein Pferd weiter. Es stand sofort still.

Auch unsere sechs Begleiter hatten gestoppt. Simon Patrick machte sich an der Ladeklappe zu schaffen. Sein Gesicht leuchtete in der Dunkelheit.

Die Klappe fiel.

Tief atmete ich ein.

»Zuerst das Mädchen«, sagte Patrick.

»Okay.« Morton Grove gab die Antwort. Er und Cal beugten sich auf den Wagen, streckten ihre Arme aus und umfaßten Kittys Schultern.

»Nein!« kreischte Kitty Lavall. »Fassen Sie mich nicht an. Ich will nicht. Ich will...«

Sie wurde vom Wagen gezerrt. »Mach doch keinen Unsinn!« rief Morton Grove. »Es geht nicht anders.«

»Ihr Schweine!« brüllte Paul los. »Ihr dreckigen Schweine. In der Hölle noch sollt ihr verflucht sein. Ich werde dafür sorgen...«

Horace Hiller beugte sich vor und hob drohend den Gewehrkolben. »Ein Wort noch, und es passiert etwas!«

»Ja! Schlag doch zu. Drisch einen Wehrlosen zusammen. Was anderes könnt ihr doch nicht.«

»Sei ruhig, Paul!« rief ich.

Auf mich hörte der junge Mann. Er senkte den Kopf und war stumm. Horace Hiller trat zurück.

Zwei weitere Männer holten Paul Maurer vom Wagen. Wie schon zuvor seine Freundin, so wurde auch er in das knöchelhohe Gras gelegt.

Dann war Suko an der Reihe. Er lag auf dem Rücken und blickte den Männern gelassen entgegen. »Paßt nur auf, daß ihr euch keinen Bruch hebt«, meinte er.

»Humor, wie?«

»Wenn ich euch sehe – immer.«

Hart wurde Suko angefaßt. Sie schleiften ihn vom Wagen wie ein Stück totes Vieh.

Ich war noch übrig. Horace Hiller und Simon Patrick machten sich die Mühe. Hiller faßte meine Füße, Patrick legte seine Hände unter meine Schultern.

Ich wurde angehoben und vom Wagen getragen. Neben Suko ließ man mich fallen. Die Kerle gingen nicht gerade sanft mit mir um.

Die sieben Männer standen um uns herum. Wir blickten in die Mündungen der Gewehre. Anscheinend hatte man Angst, wir könnten uns im letzten Moment noch befreien.

Von den Vampirinnen war nichts zu sehen. Sie ließen sich Zeit, wollten die Minuten auskosten.

Kitty und Paul hatten sich beruhigt. Auch Suko lag still. Er war ebenfalls so verschnürt wie ich. Alle – auch wir als Gefangene – starrten auf die Tür der Mühle. Doch dort tat sich nichts. Niemand verließ das alte Gebäude.

Die beiden Untoten tauchten ganz woanders auf.

Jeder von uns hörte plötzlich das Rauschen der Schwingen. Sieben Köpfe wurden gereckt.

Da waren sie schon über uns. Zwei Riesenfledermäuse. Sie flogen an der Mühle vorbei, falteten ihre Schwingen zusammen und setzten zur Landung an.

Bei einer Fledermaus geschah die Verwandlung sofort. Die Flügel schrumpften, die lederartige Haut trat zurück, das Gesicht schimmerte plötzlich hell, und innerhalb von Sekunden stand eine andere Gestalt vor uns.

Eine Frau. Rothaarig.

Es war Elena!

So also sah Kiriakis' Tochter aus!

Sie trug ein langes, bis zum Boden reichendes, gelbweißes Kleid, das in der Höhe der Taille von einem Gürtel gehalten wurde. Die roten, lockigen Haare paßten zu der Farbe des Kleides. Das Gesicht war ebenmäßig. Elena hätte eine tolle Frau sein können, wenn nur nicht ihre häßlichen Zähne gewesen wären. Die Frau hatte die Lippen zurückgezogen, so daß ich ihre Beißer sehen mußte.

Die andere Fledermaus hatte sich nicht verwandelt. Geräuschlos war sie wieder in die Höhe geflogen und hatte auf dem Dach der Mühle Platz genommen. Aus tückischen, blutunterlaufenen Augen beobachtete sie das weitere Geschehen.

Horace Hiller deutete auf uns. »Da sind sie. Wir haben unser Versprechen erfüllt!«

Elena nickte. »Das sehe ich.« Mehr sprach sie nicht. Sie hatte nur Augen für mich.

Sie trat einen Schritt näher. »Myxin hat mir von dir erzählt, John Sinclair. Ich weiß auch, daß du mit meinem Vater zusammen warst. Doch er ist tot, seine Macht wurde gebrochen. Und deine eingeschränkt. Wie fühlt man sich, wenn man so hilflos ist wie du, großer Geisterjäger?«

Natürlich hatte ich Angst. Aber die wollte ich nicht zur Schau stellen. »Ein bißchen feucht ist der Untergrund schon«, erwiderte ich trocken.

Die Vampirin stieß einen Zischlaut aus. »Diese dreckigen Bemerkungen werden dir noch vergehen, Sinclair. Wir beschäftigen uns gleich miteinander.« Sie wandte sich an die sieben Männer. »Ihr könnt jetzt verschwinden. Wir brauchen euch nicht mehr.«

Horace Hiller fragte: »Und das Versprechen?«

»Keine Angst. Es gilt.«

»Laßt euch doch nichts erzählen«, unterbrach ich den Dialog. »Nie werden diese Blutsauger ihr Versprechen halten. Wer mit den Dienern der Hölle paktiert, ist verloren!«

»Halt den Mund!« kreischte Elena.

»Ist es wahr, was er sagt?« fragte Hiller.

»Nein, es stimmt nicht.«

Hiller machte einen tiefen Atemzug. »Wie können wir uns davon überzeugen?«

»Ihr müßt euch schon auf mein Wort verlassen.«

Die Männer sahen sich an. An den Blicken erkannte ich, daß sie sich verdammt unwohl in ihrer Haut fühlten. Sie hatten sich da auf eine Sache eingelassen, die sie nicht überblicken konnten.

»Zwei von euch brauche ich noch«, sagte Elena. »Die anderen können nach Hause gehen. Euch und den anderen Familien im Dorf wird nichts passieren. Vor mir und meiner Schwester braucht ihr euch nicht zu fürchten.«

Die Dörfler redeten miteinander. Flüsternd und raunend. Morton Grove machte sich zum Sprecher der Gruppe.

»Gut, wir vertrauen dir und gehen jetzt. Wer bleibt zurück?«

»Er und er.« Die Untote zeigte auf Simon Patrick und Horace Hiller.

»Was habt ihr denn mit den beiden vor?«

»Sie werden mir ein wenig zur Hand gehen. Keine Bange, ich will ihr Blut nicht. Dafür habe ich Sinclair, seinen Freund und dieses süße Pärchen.«

Morton Grove schaute Hiller an. »Sollen wir?«

»Ja«, sagte der Wirt.

Die fünf Männer machten sich davon. Das Pferd und den Wagen nahmen sie mit.

Schweigend sahen die anderen beiden ihnen nach. Bald verklang der Hufschlag auf dem weichen Grasboden.

»So«, sagte Elena, »und nun zu uns. Ich bat euch zu bleiben, weil ihr mir helfen sollt, Sinclair zu binden.«

»Aber er ist gefesselt«, widersprach Hiller.

»Ja, das schon. Ihr aber sollt ihn an einen Mühlenflügel binden. Ihn will ich mir als letzten vornehmen. Er soll hören und sehen, wenn wir seine Freunde aussaugen. Packt ihn!«

Elena brauchte den Befehl nicht zu wiederholen. Mit diebischer Freude beobachtete sie, wie mich die Männer hochhoben. Stricke lagen schon bereit.

Ich hätte mich sträuben können, aber es hatte keinen Zweck.

Sie preßten mich gegen die Sparren des Mühlrades. Meine Füße fanden auf einer querstehenden Strebe Halt. Meine Hände wurden an die äußeren Längsstreben gebunden.

Während Hiller mich festhielt und sich befleißigte, meinem Blick auszuweichen, wickelte Simon Patrick das Seil um meinen Körper.

Er zog es verdammt eng, die Stricke preßten sich hart in den Stoff meiner Kleidung.

»Ausgezeichnet machst du das!«, kommentierte Elena. »Nie wird er sich befreien können.« Sie lachte häßlich.

Simon Patrick schnürte noch einen Knoten und trat dann zufrieden nickend zurück. »Fertig!«

Bewegungsunfähig hing ich an dem Mühlenflügel. Nicht einmal den Kopf konnte ich drehen, weil ein Strick genau vor meinem Hals entlanglief.

Elena berührte meinen Körper mit ihren kalten Totenfingern. Die spitzen Fingernägel strichen über meine Haut, und ein Schauer lief mir über den Rücken. Wenn sie jetzt zubiß, war ich verloren. Doch sie wollte meine Qualen verlängern. »So hat es Myxin gesagt«, flüsterte sie. »Und so habe ich dich immer schon haben wollen, verfluchter Geisterjäger...«

Paddy konnte kaum Schritt halten, so schnell ging Alma Hiller durch die Nacht. Das große Kreuz hielt sie mit beiden Händen umklammert. Sie trug es vor sich her wie eine Standarte. Es gab ihr Kraft, Mut und Ausdauer.

»Kannst du nicht langsamer gehen?« keuchte Paddy.

»Wir dürfen keine Zeit verlieren«, lautete die Antwort. Alma hatte einen langen Mantel übergezogen, ihn jedoch nicht zugeknöpft. Der Wind bauschte ihn auf und ließ ihn wehen wie eine Fahne.

Paddy blickte auf den Rücken der Frau und dachte daran, wie sehr Alma die Blutsauger hassen mußte. Er fragte sich, warum er nicht schon früher daran gedacht hatte, sich mit Alma zu verbünden. Gemeinsam waren sie stärker.

Plötzlich blieb Alma stehen.

Sofort war Paddy bei ihr. »Was ist?«

»Ich höre Stimmen. Sei mal ruhig.«

Die beiden lauschten. Tatsächlich waren Männerstimmen zu vernehmen. Allerdings entfernten sie sich nicht, sondern wurden von Sekunde zu Sekunde lauter. Noch verbarg ein Hügelrücken die Männer.

»Sie kommen zurück!« flüsterte der alte Paddy.

Alma nickte. »Nichts wie in Deckung.«

»Und wo?«

»Da vorn. In das Gebüsch. Los, beweg mal deine morschen Knochen und zeig, was in dir steckt.«

Sie liefen Seite an Seite und hatten gerade noch Zeit, sich hinter dem Busch in Deckung zu werfen.

Da tauchten die Männer auf dem Hügelrücken auf. Sie schritten neben dem Wagen her. Cal hockte wieder auf dem Bock und hielt die Zügel des Pferdes.

Paddy zählte murmelnd. »Das sind nur fünf!«

Alma nickte. »Habe ich auch schon gesehen.«

»Dein Mann und Simon Patrick fehlen. Ob sie…?«

»Halt doch mal deinen Mund, verdammt.«

Paddy schwieg erschrocken.

Die fünf Dörfler hatten keinen Blick für das Gelände rechts und links von ihnen. So schnell es ging, strebten sie dem nahen Dorf zu.

»Die haben es aber eilig.« Paddy sprach die Worte, und Alma nickte bestätigend.

»Das schlechte Gewissen treibt sie zurück, diese Angsthasen und Verbrecher.«

»So darfst du nicht reden.«

»Nimmst du sie jetzt auch noch in Schutz?«

Paddy schwieg.

»Und mein Mann ist nicht dabei«, fuhr Alma leise fort. »Wer weiß, was mit ihm geschehen ist.«

»Meinst du, die Blutsaugerinnen hätten ihn umgebracht?«

»Das auf keinen Fall. Aber er wird ihnen sicherlich helfen, dieser verfluchte Feigling und Drückeberger.« Sie stieß Paddy an. »Komm, die Kerle sind verschwunden.«

Alma nahm das Kreuz wieder an sich, dann krochen die beiden Vampirjäger hinter dem Gebüsch hervor. Im Schatten des Hügels liefen sie weiter. Es war hier fast völlig dunkel. Das Mondlicht streute nicht bis zu dieser Stelle.

Sie sahen das glitzernde Band des Mühlbachs und wußten beide, daß ihr Ziel nun nicht mehr weit entfernt lag.

Alma streckte die Hand aus. »Vorsichtig jetzt«, flüsterte sie. »Die brauchen uns nicht unbedingt zu sehen.«

Geduckt schlichen sie weiter. Und wieder einmal bewies Alma ihre gute Kondition.

Sie bewegten sich parallel zum Mühlbach. Das Gelände war etwas sumpfig. Bei Regen trat der Bach über seine Ufer, und so etwas hinterließ Spuren.

Alma Hiller schlug noch einen Bogen. Sie wollte sich der Mühle nicht von vorn nähern, sondern von der Seite her. Noch ein paar Yards, und sie konnten die Mühle und den Platz davor übersehen.

Plötzlich blieb Alma stehen. »Lieber Himmel«, flüsterte sie.

»Was ist denn?«

»Da – Sinclair. Sie haben ihn auf einen Mühlenflügel gebunden. Und die anderen…«

»Und schau mal nach oben!« zischte der Alte.

Alma hob den Blick. Jetzt sah auch sie die riesige furchteinflößende Fledermaus, die auf dem Dach der Mühle hockte.

Im selben Augenblick stieß sich die Fledermaus vom Dach ab und segelte dem Boden entgegen…

Mein Kreislauf – sowieso nicht der beste – wurde noch mehr strapaziert. Die Stricke klemmten mich verdammt ein. Sie saßen über der Brust so fest, daß sie mir das Atmen erschwerten. Und eine Chance zur Flucht sah ich nicht.

Paul Maurer gefesselt, Kitty verschnürt, und auch Suko, der mich schon oft aus lebensbedrohlichen Situationen gerettet hatte, war bewegungsunfähig.

Elena hielt alle Trümpfe in der Hand.

Und sie hatte Helfer gefunden. Simon Patrick und Horace Hiller. Diese beiden Männer waren verblendet. Sie glaubten dem weiblichen Vampir und ahnten nicht, in welch eine Misere sie sich hineinritten.

Elena schritt auf und ab wie ein Feldherr. Die Hände hatte sie auf dem Rücken verschränkt.

Das war ihre Stunde. Endlich hatte sie es geschafft. Ihre Gegner waren besiegt.

Vor mir blieb sie stehen. »Nun, Sinclair, wie fühlst du dich?« fragte sie höhnisch.

Ich gab keine Antwort, sondern grinste verzerrt.

Sie lachte. »Hat dir wohl die Sprache verschlagen, wie?« Elena kam näher. Sie berührte mich.

Ich ekelte mich vor diesen widerlich kalten Leichenfingern, vor den spitzen Fingernägeln und vor dem Grabgeruch, den die Untote permanent ausströmte.

Zudem machte mich das Gefühl, hier hilflos angebunden zu sein, noch halb wahnsinnig. Es trieb meine Wut hoch, fast bis zur Explosion.

Elena spielte mit mir. Sie weidete sich an meiner chancenlosen Lage. Immer wieder mußte sie mich berühren, abtasten.

»Was willst du eigentlich?« fragte ich krächzend.

»Dein Blut, John Sinclair.«

»Dann nimm es dir doch!«

Ihre Augen leuchteten auf. Der Mund wurde noch breiter, die Zähne fuhren dadurch weiter hervor.

»Okay, wenn du es mir schon freiwillig geben willst…« Sie lachte. »Aber ich werde dich quälen. Dich nicht sofort aussaugen, sondern langsam und mir sehr viel Zeit lassen. Denn du sollst noch miterleben, wie es deinen Freunden ergeht. Sie werden zuerst ihren Lebenssaft verlieren.«

Ihre Arme fuhren hoch. Die Finger öffneten die Knöpfe an meinem Hemd. Elena wollte, daß mein Hals freilag.

Ich merkte, wie der Nachtwind über meine verschwitzte Brust fuhr und mir auch den Schweiß auf der Stirn trocknete.

»Bald… bald werde ich deinen Lebenssaft kosten«, flüsterte sie, »und er wird mir besonders gut munden.«

Der Vollmond war direkt über uns, beleuchtete die Szene mit seinem fahlen, makaber wirkenden Licht.

Die anderen sahen gebannt zu. Horace Hiller stand leicht vornübergebeugt. Selbst in der Dunkelheit sah ich den Schweiß auf seinem Gesicht glänzen.

Simon Patrick hatte die Hände zu Fäusten geballt. Auch er hielt sich steif. Wohl noch nie war er mit einer direkten Vampirtaufe – so nennt man den Vorgang, wenn jemand zum Untoten gemacht wird – konfrontiert worden.

Aber ich stand beileibe nicht das erstemal einer Untoten gegenüber, die mir ans Fell wollte. Aber noch nie war ich so hilflos gewesen.

Ich konnte ja nicht einmal den kleinen Finger bewegen, geschweige denn eine Hand.

Elena knöpfte mein Hemd weiter auf. Den dritten Knopf, den vierten. Sie faßte den Hemdkragen mit spitzen Fingern, sorgte dafür, daß mein Hals freilag.

Ich atmete schneller.

Verdammt, warum half mir denn niemand? Sollte diese Bestie mir so einfach das Blut aussaugen können? Mein Herz hämmerte zum Zerspringen. Pfeifend saugte ich die Luft ein.

Ich versuchte den Kopf zu drehen, um der Untoten ins Gesicht zu schauen, doch der Strick vor meinem Hals hielt mich fest.

Elena kam sehr dicht an mich heran Unsere Köpfe berührten sich. Ich spürte wieder die grausame Kälte, die von ihr ausging.

Jetzt… jetzt mußte es geschehen!

Elena fetzte mit einem Ruck mein Hemd auseinander, wollte mit ihren blutgierigen Zähnen an meinen Hals, da fuhr sie mit einem irren Schrei auf den Lippen zurück.

Sie riß beide Arme hoch, deckte ihr Gesicht ab, trampelte auf dem Boden herum und schrie markerschütternd.

Als ich meine Blicke senkte, sah ich den Grund.

Es war das Kreuz auf meiner Brust.

Hell brach sich das Mondlicht auf dem silbernen geweihten Metall. Elena mußte dieser Anblick zur Raserei gebracht haben. Sie schlug um sich und fluchte. »Nehmt es weg! Nehmt es weg, verdammt!«

Der Befehl galt den beiden Männern. Sie rannten gleichzeitig auf mich zu.

Horace Hiller erreichte mich als erster. Er packte das Kreuz.

»Tun Sie's nicht!« zischte ich.

»Doch!« brüllte er und riß an der Kette. Er fetzte sie förmlich entzwei. Das Kreuz fiel ihm in die Hand, doch er ließ es fallen wie ein Stück glühendes Eisen.

War er schon so verbohrt?

In diesem Augenblick sah ich den Schatten der zweiten Fledermaus. Das Riesentier segelte vom Dach der Mühle hinunter, erreichte die Erde und setzte neben uns auf.

Sofort begann die Verwandlung.

Alle beobachteten wir den Vorgang. Auch Horace Hiller. Seine Augen quollen ihm fast aus den Höhlen, als er auf die Frau stierte, die plötzlich vor uns stand.

Es war ein schwarzhaariges Wesen mit etwas hochstehenden Wangenknochen und herrlichen, dunklen Augen. Doch auch dieses Mädchen hatte spitze Vampirzähne.

Sie grinste uns an.

Plötzlich stöhnte Horace Hiller auf. »Marion!« ächzte er. »Meine Tochter… ich…« Er konnte nicht mehr weitersprechen, und im nächsten Augenblick überstürzten sich die Ereignisse…

Alma Hiller atmete heftig. Sie hatte beobachtet, wic ihr Mann diesen Sinclair angriff, und sie hatte auch gesehen, wie die Fledermaus landete.

»Schrecklich«, hauchte der alte Paddy neben ihr.

Alma hörte ihn gar nicht. Sie hatte nur Augen für die Mühle und den Platz davor.

Und sie sah die Metamorphose der Fledermaus, sah, wie sie sich veränderte und aus ihr ein junges Mädchen wurde.

Ein Mädchen, das Alma kannte.

Sehr gut sogar.

Denn Marion war ihre Tochter.

Sie stöhnte auf, umklammerte das Kreuz noch fester. Tränen verschleierten ihren Blick. »Marion«, flüsterte sie erstickt. »Marion…«

»Was willst du jetzt machen?« fragte Paddy.

Alma warf ihm einen Blick zu. »Hast du den Pflock bereit?« wollte sie wissen. Ihre Stimme hatte jetzt einen metallenen, entschlossenen Unterton.

»Ja, hier ist er.«

»Dann weißt du ja, was ich tun werde.«

»Aber es ist deine Tochter, Alma.«

»Sie ist ein Vampir, ein Blutsauger, ein Geschöpf der Nacht. Versteh doch endlich!«

»Schon gut.« Paddy hatte die Augen weit aufgerissen, um besser sehen zu können. »Sollen wir denn nicht eingreifen?«

»Moment noch!«

Die beiden alten Leute hatten sich in eine Bodenvertiefung gedruckt. Normalerweise konnten sie nicht gesehen werden.

»Achtung, Paddy! Jetzt!«

Alma hatte das letzte Wort kaum ausgesprochen, da spritzte sie aus ihrer Deckung hoch. Sie rannte auf die Mühle zu wie ein Racheengel. Das Kreuz hielt sie vor sich. Weit öffnete sie den Mund und schrie die Worte hinaus.

»Ihr verdammten Blutsauger! Wartet nur, ich komme jetzt. Ich hole euch und bereite eurem verdammten, unseligen Leben ein Ende. Die Macht des Guten wird euch niederringen!«

Paddy konnte kaum Schritt halten, so rasch lief die alte Frau voran.

Elena, Marion, Horace Hiller und auch Simon Patrick drehten wie an der Schnur gezogen die Köpfe. Und jeder von ihnen sah die Frau mit dem Kreuz heranhetzen.

Horace Hiller fing sich zuerst.

»Alma!« brüllte er. »Bist du verrückt?«

Simon Patrick sagte gar nichts. Er war wie gelähmt.

Dafür geriet Elena in Rage. »Stoppt die Furie!« kreischte sie. »Los, stopp sie, Hiller!«

Und auch Marion fauchte. Sie wich zurück bis zum Eingang. Ebenso wie Elena. Denn das Kreuz war für sie ein schlimmer Anblick. Berührten sie es, so verbrannte die Haut. Aus der Entfernung gesehen, bereitete es ihnen nur Schmerzen.

Wir waren nur Statisten. Was hätte ich darum gegeben, jetzt eingreifen zu können. Doch ich hing gefesselt an diesem verfluchten Mühlenflügel.

Auch mein Freund Suko lag hilflos auf dem Boden. Wir mußten uns ganz auf den Mut und auf die Entschlossenheit einer älteren Frau verlassen.

So etwas hatte ich noch nie erlebt.

Horace Hiller hatte den Befehl gehört. Und er gehorchte. Er glaubte noch an den Vampir.

Er lief seiner Frau entgegen.

»Halt!« schrie er. »Keinen Schritt!« Drohend hob er das Gewehr an die Hüfte!

Alma blieb tatsächlich stehen. »Du wagst es wirklich?« Ihre Augen weiteten sich ungläubig. »Du willst tatsächlich auf mich schießen? Auf deine Frau, die dir über zwanzig Jahre lang treu zur Seite gestanden hat, die mit dir durch dick und dünn gegangen ist?« Sie schüttelte den Kopf. »Das kann nicht dein Ernst sein, Horace.«

»Doch, es ist mir ernst!«

»Willst du denn nicht, daß die Vampirbrut vernichtet wird?«

»Ja.«

»Dann laß mich gehen!«

»Nein!« heulte Horace Hiller. »Du schaffst es nicht, Alma. Sie sind stärker. Wir haben ihnen nichts entgegenzusetzen. Sie bringen uns dann alle um. Töten jeden im Dorf!« Er atmete schwer. »Alma, wirf das Kreuz weg!«

»Nur über meine Leiche«, erwiderte Alma entschlossen.

»Hiller!« rief ich. »Seien Sie doch vernünftig. Machen Sie keinen Unsinn!«

Er wandte rasch den Kopf. »Halten Sie sich raus, Sinclair. Wie stark Sie sind, das sehen wir ja!«

Der Mann war nicht zu belehren. Mir wurde angst und bange. Himmel, was konnte ich noch tun?

Da hörte ich hinter mir eine flüsternde Stimme. »Ganz ruhig, Mister. Ich habe hier ein Messer. Ich schneide die verdammten Stricke durch. Rühren Sie sich nicht!«

Die Stimme! Mein Gott, woher kannte ich sie? Ich überlegte fieberhaft. Da fiel es mir wieder ein. Der alte Paddy war es, der hinter mir stand und an den Stricken herumsäbelte. Seine Hände zitterten. Er schnitt auch in meine Handgelenke, aber das war mir in diesem Moment egal. Hauptsache, er zerschnitt die Fesseln.

Doch die Zeit wurde knapp.

Noch immer standen sich Horace Hiller und seine Frau gegenüber. Obwohl die Distanz nur wenige Schritte betrug, trennten die beiden doch Welten.

»Ich gebe dir zehn Sekunden«, sagte der Wirt. »Wenn du dann nicht das Kreuz fallen gelassen hast, schieße ich.«

Und nun begann ein Wettlauf mit der Zeit…

Ich spannte die Muskeln, wollte mithelfen, die verdammten Stricke zu sprengen.

Paddy säbelte verbissen an den Fesseln. Er fluchte leise vor sich hin.

Aber die Stricke lockerten sich. Endlich!

Niemand beobachtete uns. Die anderen waren von dem Geschehen vor der Mühle gefesselt.

»Noch fünf Sekunden!«

»Beeil dich, Paddy!« zischte ich. »Himmel noch mal…«

Paddy tat sein Bestes.

»Aus, Alma! Jetzt mußt du dich entscheiden.«

Da fiel der letzte Strick.

»Ich habe mich bereits entschieden, Horace! Ich stelle mich nicht auf die Seite der Hölle!«

»Dann stirb.«

Ich hechtete aus dem Stand heraus nach vorn. Erreichen konnte ich den Kerl nicht. Ihn aber ablenken.

»Hiller!« gellte meine Stimme.

Der Wirt zögerte mit dem Schuß. Dann kreiselte er herum. Sah mich, seine Augen wurden groß, und er feuerte.

Ich sah die Mündungsflamme aufblaffen, warf mich zur Seite und die Kugel jaulte vorbei. Etwa einen Yard neben mir pflügte sie das Erdreich auf.

Zum Glück war Hiller kein guter Schütze. Im Normalfall hätte ich ihm schon längst die Waffe entwunden. Doch die Blutzirkulation spielte nicht mit. Ich war noch steif und ungelenk, rollte mich über den Boden, denn Hiller hatte zum zweitenmal auf mich angelegt.

Da griff seine Frau ein.

Und auch Paddy tat das, was er für richtig hielt. Ungesehen hatte er sich Hiller von der Seite genähert. Blitzschnell sprang er ihn an. Hiller taumelte. Die zweite Kugel pfiff in den Nachthimmel. Dann fiel der Schütze zu Boden.

Zwischen den beiden Männern entspann sich ein harter Kampf. Paddy versuchte, dem Wirt das Gewehr zu entreißen, doch Hiller wollte nicht loslassen. Er gab um keinen Deut nach, war zudem noch kräftiger und jünger als Paddy. Normalerweise mußte er Sieger bleiben.

»John!« Sukos Warnschrei riß mich in die Höhe. Ziemlich taumelig rappelte ich mich auf die Beine.

Die beiden Untoten versuchten, die Gunst der Stunde auszunutzen. Elena hatte sich Kitty Lavall geschnappt. Sie lief bereits mit dem gefesselten Mädchen auf die Mühle zu und riß das Eingangstor auf.

Marion, der zweite Vampir, wurde von ihrer Mutter abgelenkt. Mrs. Hiller hatte sie in die Defensive gedrängt. Während Paul Maurer nach seiner Freundin schrie und verzweifelt an seinen Fesseln zerrte, brüllte ich Simon Patrick an.

»Los, schneiden Sie die Stricke durch, und kümmern Sie sich um Ihren Freund Hiller. Schlagen Sie ihn bewußtlos!«

Ich wartete nicht ab, ob er meinen Befehl ausführte. Mich interessierte Marion.

Mrs. Hiller hatte ihre Tochter zurückgedrängt. Die Frau hielt das

Kreuz in den Fäusten. Mutig schritt sie vor. Marion stolperte immer weiter. Sie schrie und fauchte, hatte beide Hände vor das Gesicht gerissen.

»Nimm es weg! Los, nimm es weg!«

»Nein, du Bestie! Sterben sollst du. Verfaulen, um einzugehen. Ich will, daß deine Seele endlich Frieden findet. Weiche. Weiche von mir, du Blutsaugerin.«

Ich erreichte Mrs. Hiller.

»Lassen Sie mich!« forderte ich.

»Nein, das ist meine Sache!«

Mrs. Hiller stellte es sehr geschickt an. Sie trieb ihre Tochter an der Mühle vorbei, genau auf den Bach zu.

Und fließendes Wasser ist für Vampire tödlich!

Marion schlug mit den Armen um sich. Sie wußte genau, welch ein Verhängnis sich anbahnte, doch ausweichen konnte sie nicht mehr. Ich war bereits zur Stelle.

Waffenlos griff ich die Untote an. Hart packte ich ihr rechtes Handgelenk, drehte den Arm schwungvoll herum, so daß mir Marion ihren Rücken zuwandte, und gab ihr einen kräftigen Stoß.

Sie wurde förmlich auf den Bach zukatapultiert.

Ihr Körper durchbrach einen niedrigen Busch. Marion wollte sich noch festhalten, drehte sich dabei, doch ihre Hände rutschten an den biegsamen Zweigen ab.

Für den Bruchteil einer Sekunde sah ich ihr entsetztes Gesicht, dann fiel die Untote in den Bach.

Das Verhängnis war nicht mehr aufzuhalten.

Das schnell fließende Wasser des Mühlbachs schäumte über den Körper der Untoten, gurgelte, schmatzte.

Marion wollte sich erheben, doch sie rutschte auf einem glatten Stein aus und fiel wieder hin.

Mrs. Hiller war das Kreuz aus den Händen geglitten. Sie stand da, die Hände zu Fäusten geballt, die Augen weit aufgerissen und starrte auf ihre Tochter, deren endgültiger Tod nicht mehr aufzuhalten war.

Ich legte Alma Hiller einen Arm auf die Schulter. »Kommen Sie, es ist für Ihre Tochter vorbei...«

»Aaahhh…« Ein schauriger Schrei durchbrach die Stille. Marion hatte sich halb aufgerichtet. Sie schlug mit den Händen auf die Wasseroberfläche. Ein Teil ihres Körpers begann sich bereits aufzulösen. Die blanken Knochen schimmerten durch das kristallklare Wasser.

Marion konnte dem hier reißenden Mühlbach keinen Widerstand mehr entgegensetzen. Sie wurde mitgerissen. Ihr Körper drehte sich, der Kopf tauchte unter.

Wie eine Puppe schwemmte die Strömung sie davon.

Wir sahen sie nicht mehr.

»Marion!« flüsterte die Frau unter Tränen. »Ich…«

»Jetzt hat sie ihre Ruhe«, sagte ich leise.

Alma Hiller nickte. Obwohl sie lange auf diese Stunde gewartet hatte, war es für sie doch sehr schwer. Und niemand konnte sie besser verstehen als ich.

Aber für mich gab es andere Aufgaben, denn Elena war noch da. Und die war gefährlicher als Marion.

Soeben sprengte Suko seine letzten Fesseln. Simon Patrick stand neben ihm. Unbewegt war sein Gesicht.

Auch Paul Maurers Stricke waren gelöst worden. Der junge Mann tobte.

»Ich will zu ihr!« schrie er. »Ich will Kitty sehen!«

Er rannte auf die Mühle zu, stolpernd und taumelnd. Doch Suko war schneller.

Er warf sich Paul Maurer in den Weg. Seine Hände umklammerten Maurers Knöchel. Suko riß den jungen Mann zu Boden.

»Lassen Sie mich!« rief Paul immer wieder. »Ich will zu ihr, Kitty ist…«

Ich kümmerte mich nicht um den jungen Mann. Er war bei Suko in besten Händen.

Dafür machten mir andere Sorgen. Paddy und Horace Hiller. Wie tot lag der alte Mann am Boden. Hiller stand über ihm. Gebückt und schwer atmend. Nach wie vor hielt er das Gewehr umklammert. Als wir auf ihn zurannten, starrte er uns benommen an. Er schien durch uns hindurchzusehen.

Ich nahm ihm das Gewehr ab. Widerstandslos ließ er es über sich ergehen.

»Ich wollte doch nur unser Bestes«, flüsterte er.

Hatte er Paddy getötet?

Ein heißer Schreck durchfuhr mich, als ich mich zu dem alten Mann hinunterbeugte.

Paddy lebte, und mir fiel ein Stein vom Herzen. Der Alte war nur bewußtlos. Am Kinn schwoll eine Beule an.

Meine Hände fuhren unter sein Jackett. Ich holte den Eichenpfahl hervor, die einzige Waffe, die uns noch blieb, da unsere Pistolen im Dorf zurückgeblieben waren.

»Sinclair!« gellte da die Stimme der Untoten auf. »Ich will, daß ihr von hier verschwindet. Wenn nicht, werde ich der Kleinen hier das Blut aussaugen. Hörst du mich, Sinclair?«

»Ja.«

»Wie hast du dich entschieden?«

»Was ist, wenn wir gehen?«

»Dann gebe ich auch die Kleine zurück. Mein Wort darauf!«

Ich lachte hart auf. »Auf das Wort einer Untoten habe ich mich noch nie verlassen!«

»Deine Sache. Ich höre!«

Zweimal atmete ich tief ein. Dann rief ich zurück. »Okay, Elena, wir verschwinden!«

Suko warf mir einen verständnislosen Blick zu.

Ich jedoch lächelte hart. So einfach würde ich es Elena nicht machen. Ich wollte nur die Zeugen aus dem Weg haben. Danach konnten wir weitersehen…

»Sie wollen tatsächlich aufgeben?« fragte mich Alma Hiller erstaunt und erschreckt zugleich.

»Ja«, erwiderte ich und sah nicht ein, weshalb ich ihr die Wahrheit sagen sollte. »Gehen Sie mit den beiden Männern zurück ins Dorf. Nehmen Sie Paul Maurer mit.«

»Ich habe Sie für…« Ihr fehlten die Worte.

»Sie meinen, man kann einem Vampir nicht trauen?«

»Das haben Sie selbst gesagt.«

»Ich habe keine andere Möglichkeit. Bitte gehen Sie jetzt.«

»Was ist mit Paddy?«

Teufel, den hatte ich ganz vergessen.

»Wir legen ihn in ein Gebüsch«, schlug Suko vor, und ich war einverstanden.

Wir hatten uns schon zurückgezogen. Hinter einer Baumgruppe fanden wir die Deckung, um von der Mühle aus nicht gesehen zu werden. Wir aber konnten das Gebäude beobachten.

»Hast du einen Plan?«

Ich nickte. »Wir werden Elena aus ihrer Höhle herauslocken. Die Zeit arbeitet für uns.«

»Mit anderen Worten, du willst warten, bis sie die Mühle verläßt.«

»Genau.«

»Aber ist das für Kitty nicht zu gefährlich? Außerdem«, Suko deutete zum Himmel, »geht die Sonne bald auf. Und da verkriechen sich die Blutsauger.«

Jetzt lächelte ich. »Darauf baue ich ja gerade meinen Plan. Denk doch mal nach. Elena kann es nicht riskieren, sich irgendwo während des Tages in der Mühle zu verstecken. Sie weiß, daß sie dann hilflos ist und daß wir sie leicht überwältigen könnten. Verstanden?«

»Schon. Du meinst also, daß sie noch vor dem Hellwerden mit ihrem Opfer die Mühle verläßt, um sich anderswo zu verstecken?«

»Genau.«

Suko lachte. »John, du bist...«

»Ich weiß, was du sagen willst, trage es aber mit Fassung.«

Während unseres Gesprächs hatten wir nie den Eingang der Mühle aus den Augen gelassen. Suko hatte dann die gute Idee. »Ich schleiche mich zur Rückseite hin. Wenn es einen zweiten Ausgang gibt, gucken wir dumm aus der Wäsche, wenn wir hier stehenbleiben.«

»Aber du bist waffenlos.«

Suko winkte ab. »Unsinn. Ich werde dich schon rufen. Bis du da bist, kann ich mir das Untier schon vom Hals halten.«

»Meinen Segen hast du.«

In diesen hellen Sommernächten brach der Tag oft sehr rasch an, fast ohne großen Übergang. Und das mußte auch Elena wissen. Wenn meine Vermutung richtig war, dann tauchte die Bestie sicherlich bald auf.

Ich sah, wie die Tür der Mühle behutsam geöffnet wurde. Sie knarrte in den Angeln. Das Geräusch war bis zu meinem Standort gut zu hören.

Zoll für Zoll wurde die Tür weiter aufgedrückt.

Ich vibrierte innerlich. Hart umspannten die Finger meiner rechten Hand den Eichenpflock des alten Paddy. Suko eine Warnung zuzurufen hatte keinen Sinn. Ich hätte mich nur verraten.

Jetzt sah ich Elena. Ihr weißes Kleid schimmerte im verwaschenen Grau der Dämmerung.

Aber wo war Kitty?

Ich entdeckte sie einige Sekunden später. Die Blutsaugerin hielt das Mädchen umklammert. Soweit ich sehen konnte, machte Kitty einen apathischen Eindruck.

War sie bereits infiziert worden?

Meine Magenmuskeln verkrampften sich, wenn ich daran dachte. Sollte das der Fall sein, dann hatte ich es mit zwei Gegnern zu tun.

Doch ich konzentrierte mich auf das Naheliegende, ließ meine Gedanken nicht mehr abschweifen.

Elena verließ jetzt die Mühle. Vorsichtig blickte sie sich um, witternd wie ein Jagdhund, der die Beute bereits in der Nähe weiß. Doch ich würde keine leichte Beute für die Untote sein.

Sie hatte dem Mädchen die Fesseln abgenommen. Hielt es mit der rechten Hand am Gelenk fest und zog es jetzt weiter.

Sie schritten auf den Bach zu. Ihr Ziel war die kleine Brücke, die das Gewässer überspannte.

Ich löste mich aus meiner Deckung. Keine der Frauen schaute in meine Richtung. Geduckt huschte ich durch das Gras. Näherte mich der Brücke von der anderen Seite des Bachbettes her und preßte mich dann flach auf den Boden.

Ich vernahm bereits Elenas Stimme. »Keiner ist hier«, sagte sie kichernd. »Nicht dein Freund und auch nicht dieser Sinclair. Sie alle haben Angst. Wir beide werden uns prächtig verstehen.«

»Was… was haben Sie mit mir vor?« schluchzte Kitty.

»Kannst du dir das nicht denken?«

Ich warf einen vorsichtigen Blick um den Brückenpfeiler, konnte die beiden Frauen sehen.

Sie standen bereits mitten auf der Brücke.

»Keiner ist da«, sagte Elena abermals triumphierend und schob Kitty weiter.

»Du irrst«, sagte ich und sprang im nächsten Moment aus meiner Deckung…

»Sinclair!«

Elena heulte meinen Namen regelrecht hervor. In diesem einzigen Wort schwang all der Haß mit, den sie für mich empfand.

Ich ließ sie nicht zur Besinnung kommen. Blitzschnell sprang ich vor, packte die überraschte Kitty, riß sie der Untoten aus den Klauen und schleuderte sie hinter mich.

Elena hatte sie vor Schreck losgelassen. Jetzt aber sah sie den Eichenpflock in meiner Hand.

Grenzenlose Angst zeichnete auf einmal ihr Gesicht.

Und dann floh sie. Sie warf sich auf dem Absatz herum und hetzte auf die Mühle zu.

»Suko!«

Meine Stimme hallte durch die Stille. Sekunden später schon tauchte der Chinese wie ein rächender Geist auf und schnitt Elena den Weg ab.

Sie saß in der Klemme.

Vor ihr Suko, und ich hing ihr im Nacken.

Breitbeinig stand mein Freund da. Ein hartes Grinsen kerbte sein Gesicht. »Du entkommst uns nicht!« zischte er.

Da griff Elena zum letzten Mittel.

Ehe ich sie erreichte, begann sie mit ihrer Metamorphose. Sie wurde zur Fledermaus!

Riesige Schwingen wuchsen an Stelle der Arme, der Kopf veränderte sich, die Beine verwandelten sich zu Klauen.

Sie breitete die Schwingen aus.

Ich federte mich ab.

Und auch Suko rannte.

Aus den Augenwinkeln sah ich ihn zum Mühlenflügel hetzen. Mit einem gewaltigen Sprung schnellte er in die Höhe, konnte den untersten Flügel packen und hängte sich mit seinem gesamten Gewicht daran.

Die riesigen Flügel gerieten in Bewegung, drehten sich nach rechts. Und zwar so weit, bis ein gewaltiges Kreuz entstanden war. Dann sprang Suko zu Boden.

Doch Suko war noch nicht fertig. Plötzlich hielt er ein Zündholz in der Hand. Das Material – pulvertrocken – wurde von den Flammen sofort erfaßt. Innerhalb weniger Sekunden schoß die erste Feuerlohe hoch, erreichte bald den zweiten Mühlenflügel, den dritten – den vierten...

Hoch loderten die Flammen und bildeten ein brennendes Kreuz!

Es war ein gewaltiger, aber auch schauriger Anblick. Das brennende Kreuz mußte meilenweit zu sehen sein.

Ich war gegen Elena geprallt, holte mit dem Eichenpflock aus, um ihrem Leben ein Ende zu setzen.

Ich traf nur die Schwingen.

Dann hackte sie mit ihren Zähnen nach mir, fauchte und schrie. Ich mußte mich in Deckung rollen. So hatte die Fledermaus Zeit, ihre Schwingen auszubreiten und in die Höhe zu steigen.

Doch der Anblick des brennenden Kreuzes traf sie mit voller Wucht. Ihre Kräfte erlahmten. Sie schaffte es nicht mehr, sich in die Höhe zu schwingen, fiel dem Boden entgegen.

Und dort stand ich.

Mit meinem Eichenpflock!

Elena lief mir genau in den Stoß. Wuchtig drang ihr das Eichenholz mitten ins Herz. Ein grünschwarzer Strahl schoß aus der Wunde. Gleichzeitig stieß Elena einen gellenden Todesschrei aus.

Ich wandte mich ab. Oft schon hatte ich Vampire sterben sehen.

Suko lief mir entgegen. Seine Augen leuchteten. »Geschafft?« rief er und drückte mir die Hand.

»Ja«, erwiderte ich. »Myxin, der Magier, hat sich diesmal geirrt!«

Wir brachten Kitty zurück ins Dorf.

Sämtliche Bewohner standen auf der Straße. Alle hatten sie das brennende Kreuz gesehen. Paddy – inzwischen aus seiner Bewußtlosigkeit erwacht – hatte sich vor dem Dorf von uns getrennt.

»Ich gehe woanders hin«, sagte er.

Wir ließen ihn gehen, nachdem ich mich noch einmal bei ihm bedankt hatte.

Langsam schritten wir über die Hauptstraße von Bullstone. Die Menschen senkten die Köpfe.

Plötzlich löste sich ein junger Mann aus der Zuschauermenge. Es war Paul Maurer.

»Kitty!« schrie er und lief mit ausgebreiteten Armen auf seine Freundin zu.

Das Wiedersehen war herzzerreißend.

Alma Hiller bedankte sich. Ihr Mann suchte vergeblich nach einer Entschuldigung.

Ich reichte ihm die Hand. »Vergessen wir es!«

Vier Stunden später fuhren wir zurück nach London, Kitty und Paul saßen eng aneinandergeschmiegt im Fond. Sie hatten von Schottland die Nase voll.

Wer konnte es ihnen verdenken?

Irgendwann auf halber Strecke meldete sich eine Stimme in meinem Gehirn. Es war Myxin, der zu mir sprach.

»Gratuliere, Sinclair. Du hast es tatsächlich geschafft. Leider kann ich mich im Augenblick nicht um dich kümmern. Aber wir hören noch voneinander. Das verspreche ich dir.«

Ich glaubte ihm aufs Wort. Er und der Schwarze Tod würden nicht eher ruhen, bis auch ich tot war.

Doch ich war fest entschlossen, diesen Zeitpunkt so lange wie möglich hinauszuschieben…

E N D E

Das Horror-Taxi
von New York
TAXI
0 15742

Jeff Denver starrte so gebannt in den Ausschnitt der Bardame, daß ihm die Augen weit aus den Höhlen traten und fast die Brillengläser berührten.

»Ohhh«, sagte er nur und schluckte.

Denver war nicht mehr nüchtern. Er hatte – wie er immer sagte – eine Beule hinter sich. Einen Bummel durch die New Yorker Nachtlokale. Mit allem, was dazugehört. Er hatte gebechert bis zum Geht-nicht-mehr und war schließlich in einem Schuppen gelandet, dessen Namen er noch nie gehört hatte.

Dort erkannte ihn Tim Morley, ein alter Bekannter. Tim war ebenfalls in Form. Er schlug Jeff so heftig auf die Schulter, daß dieser über die Theke rutschte und an der ›Theke‹ der Bardame Halt suchte.

Die Blondine wich kreischend zurück. Zum Glück war von ihrer Fülle nichts herausgerutscht. Es befand sich noch alles unter dem roséfarbenen Kleid.

Der Schlag hatte Denver wieder etwas ernüchtert. Unwillig drehte er sich um.

»Was ist los, he?«

Tim Morley grinste von Ohr zu Ohr. »Jetzt sag bloß, du bist schon so breit, daß du deinen alten Freund Tim nicht mehr erkennst.«

Denver wischte sich über das Gesicht. Kniff erst das linke Auge zu, dann das rechte. Daß er Tim Morley nicht sofort erkannt hatte, schrieb er der Beleuchtung zu. Keineswegs seinem Zustand.

Doch dann grinste er. »Tim«, krächzte er, »du alter Hengst. Gibt es dich auch noch?« Er wollte automatisch zu seinem Whiskyglas greifen, doch das hatte er bei seinem unfreiwilligen Rutsch über den Tresen zur Seite geschoben. Die Finger faßten ins Leere. »Zwei… zwei Manhattan! Für mich und meinen Freund«, rief er. »Laß jucken, Blondie, ich hab' einen Brand.«

Blondie war einem guten Geschäft nicht abgeneigt, sie hätte Denver auch mit auf ihr Zimmer genommen. Aber jetzt, wo der Freund da war, sah sie ihre Aktien sinken. Und plötzlich hatte sie etwas gegen Betrunkene.

»Hör zu, Wuschelkopf«, sagte sie mit ihrer rauchigen Barstimme, »du hast genug geschluckt. Mach 'ne Fliege.«

Jeff Denver strich über sein Lockenhaar. »Du hast mich gemeint, Baby?«

»Ja, Mann.«

Wütend drosch Denver mit der flachen Hand auf den Tresen. Dann schrie er: »Ich habe zwei Whisky bestellt, Süße. Her damit!«

Die anderen Gäste drehten sich um.

Tim Morley ahnte den Ärger. Er kannte sich in den New Yorker Bars und Amüsierschuppen aus. »Komm, wir gehen!«

Denver blieb stur. »Nein. Erst will ich die Whiskys.«

»Du kriegst aber keine«, zischte die Bardame.

Denver faßte nach ihr. Das war sein Fehler. Die beiden Muskelmänner standen plötzlich hinter ihm.

Jeff Denver hatte das Gefühl, ein Schraubstock würde seine Handgelenke umklammern. Einer der Rausschmeißer hatte zugepackt, während der andere Tim Morley im Auge behielt.

Denver stöhnte auf. Er stemmte sich gegen den Griff. Ohne Erfolg. Sein Oberkörper wurde immer weiter nach hinten gebogen. Jeff Denver sah noch das Grinsen der Bardame, dann kippte er vom Hocker. Hart fiel er zu Boden. Über sich sah er das kreisende Deckenlicht. Es schleuderte seine roten Reflexe in alle Ecken und Winkel der Bar. Tim Morley, auch nicht gerade schwach gebaut, hütete sich, einzugreifen. Der zweite Rausschmeißer hatte ihm die Spitze eines Stiletts dicht über die Gürtellinie gesetzt. Dabei grinste der Kerl Tim frech ins Gesicht.

»Du machst doch keinen Ärger, nicht?«

Morley schüttelte den Kopf. Er schielte auf Jeff Denver. Noch immer hielt der zweite Schläger dessen Gelenk umklammert. »Willst du noch einen Schluck?«

Denver verdrehte die Augen. »Nein, zum Teufel!«

»Dann geh schön brav nach Hause. Leg dich zu Mami ins Bett. Wenn wir dich hier noch einmal sehen, verarbeiten wir dich zu Hackfleisch. Was hat er zu zahlen?«

Blondie nannte die Summe. »Genau hundert.«

Denver durfte aufstehen und wurde sein Geld los. Bestimmt

hatte er nur für fünfzig Dollar getrunken, aber sich jetzt noch aufzuregen war zwecklos.

Er umklammerte mit beiden Händen den Haltegriff. »Shit«, murmelte er, drehte sich um und wurde von seinem Freund Tim Morley in Richtung Ausgang geführt. Die Schläger blieben dicht hinter ihnen.

»Wenn ich nicht so voll gewesen wäre, Tim, dann hätte ich…«

»Hör auf. Nichts hättest du. Die beiden dreschen dich zusammen, daß du kein Land mehr siehst.« Morley drückte die Schwingtür auf. Er ließ seinen Freund vorgehen.

Das Lokal befand sich in Manhattan Midtown, nicht weit vom Broadway entfernt. Der Verkehr war jedoch nur schwach zu hören. Die dicht belaubten Bäume eines Vorgartens dämpften den Straßenlärm. Unter den Bäumen parkten Autos. Das Licht zweier Laternen spiegelte sich auf dem Lack.

Jeff Denver blieb stehen. Er sog genußvoll die Nachtluft in seine Lungen und suchte dann nach den Zigaretten.

Er fand keine.

»Hast du noch ein Stäbchen?« fragte er Morley.

»Nichtraucher, weißt du doch.«

»Stimmt ja.« Jeff Denver zog die Nase hoch und rückte seine Brille zurecht. Sie hatte die kleine Auseinandersetzung zum Glück gut überstanden. »Mann, Tim, habe ich gesoffen!« Jeff schüttelte den Kopf. »Vor fünf Jahren noch hätte mir das nichts ausgemacht. Aber, zum Teufel, ich bin älter geworden.«

»Wohnst du immer noch am Central Park?«

»Ja.«

»Okay, dann besorge ich uns ein Taxi und laß dich nach Hause fahren.«

Jeff Denver hatte Einwände. »Sollen wir nicht noch 'ne kleine Sause machen?«

»Ein anderes Mal.«

»Du bist ein Freund.«

»Sei froh, daß ich dich nach Hause schaffen lasse.«

»Mensch, Tim, die Blonde. Die wäre mit mir ins Bett gegangen. Wirklich, die war scharf auf mich.«

»Und auf dein Geld.«

»Ach, Shit. Du weißt doch, daß ich für was Dralles schwärme. Da hat man wenigstens was im Arm. Die war genau meine Kragenweite.«

Tim und Jeff gingen über den Parkplatz. Während Jeff noch redete, reckte Tim den Hals. Er suchte ein Taxi. Dann sah er einen Wagen die schmale Einfahrt einbiegen. Das Schild ›Taxi‹ leuchtete auf dem vorderen Teil des Daches.

»Da ist ein Taxi«, rief Tim. »Na also! Wer zuerst kommt, mahlt zuerst.« Tim ließ seinen Freund los. Er lief dem Wagen entgegen, winkte dabei mit beiden Armen.

Plötzlich blendeten die Scheinwerfer des Taxis auf. Geblendet schloß Tim für einen Augenblick die Augen.

»Ist der verrückt?« hörte er die Stimme seines Freundes.

Der Motor des Wagens heulte auf, bewegte sich in den hohen Drehzahlbereichen.

Der Fahrer gab Gas!

Wie ein Ungeheuer schoß der Wagen heran.

Zum Glück hatte Morley nicht viel getrunken. Seine Reflexe waren noch in Ordnung.

Er hechtete nach rechts weg, flog durch die Luft, spürte einen harten Stoß an der Hüfte und prallte auf das Pflaster. Hart stieß er mit der Stirn auf. Sein Bewußtsein begann zu schwinden, wurde wie in einen Wattebausch getaucht. Tim nahm die folgenden Ereignisse kaum wahr.

Der Wagen schleuderte.

Die Reifen radierten über den Asphalt, zogen lange schwarze Streifen. Es stank nach verbranntem Gummi.

Die Fahrertür des Taxis flog auf.

Jeff Denver war zurückgewichen, als der Wagen auf Tim zuraste. Trotz seines umnebelten Gehirns erfaßte er die Situation klar und deutlich. Sein erster Gedanke war: Gangster. In dem Wagen mußten Killer sitzen, die es auf die Bar abgesehen hatten. So etwas passierte in New York alle Tage.

Aber Denver sollte sich geirrt haben. Nicht Gangster erwarteten ihn, sondern die Hölle.

Kaum war die Tür geöffnet, entstieg eine Gestalt dem Taxi. Wie aus einem Alptraum geboren.

Eine lange dunkle Kutte, die bis zu den Füßen reichte. Die Kapuze hochgezogen, und das Gesicht war – nicht vorhanden.

Der Unheimliche hatte kein Gesicht.

Er war ein Schatten…

Jeff Denver stöhnte auf.

Hatte er Halluzinationen? Narrte ihn der Spuk? Bildete er sich das alles nur ein?

Nein, das Bild blieb.

Grauenhafter als zuvor. Der Schatten griff unter seine Kutte und holte eine silbern schimmernde Kette hervor.

»Komm«, klang eine dumpfe Stimme auf, »steig ein. Das Horror-Taxi wartet…«

Der Schatten sprach dumpf, und die Worte hallten Jeff Denver wie Paukenschläge entgegen.

Jeff war völlig konfus. Er konnte nicht einmal den Wagentyp des Taxis erkennen.

Das Grauen ließ ihn nicht mehr los.

Schritt für Schritt näherte sich die Gestalt. Jeff Denvers Augen waren weit aufgerissen, ebenso sein Mund. Schweiß sammelte sich auf seinem Gesicht, rann am Hals entlang und tropfte in den Hemdkragen. So etwas hatte er noch nicht erlebt. Das durfte es nicht geben. Das war nicht…

»Weg!« keuchte er. »Geh weg!«

Der Unheimliche lachte. »Du gehörst jetzt zu mir. Ich will dich ins Paradies entführen. In mein Paradies…«

Jeff Denver zitterte vor Angst. »Wer… wer bist du?«

Höhnisches Kichern. Dann wieder die Stimme. »Was nützt es dir, wenn ich dir meinen richtigen Namen sage? Du könntest ihn doch nicht behalten. Für dich bin ich der Spuk. Merk ihn dir gut, diesen Namen. Der Spuk wird von nun an dein Leben bestimmen. Aber jetzt ist genug Zeit vertrödelt. Ich will dich!«

»Neinnnn!«

Jeff Denver schrie das Wort. Er warf sich auf dem Absatz herum und begann zu rennen, um diesen unheimlichen Ort schnell zu verlassen. Die Angst vor dem Spuk beflügelte Jeffs Lauftempo. Höchstens zehn Schritte schaffte Jeff Denver. Der Schatten bewegte sich blitzschnell und schlangengleich. Im nächsten Augenblick wirbelte die Kette durch die Luft und wand sich mit rasender Geschwindigkeit um Denvers Hals.

Ein Ruck – Denver fiel.

Er wurde auf die Erde geschleudert und spürte den harten Aufprall bis in die Haarspitzen hinein. Denver keuchte, fluchte und rang nach Luft.

Erbarmungslos zog der Spuk die Kettenklammer zu.

Denvers Hände fuhren in die Höhe. Seine Finger krallten sich hilfesuchend um die Kettenglieder. Er packte sie und versuchte, die Kette auseinanderzureißen oder den Druck zu lösen.

Jeff Denver kämpfte vergebens. Zu groß war der Druck. Jeffs Hals saß wie in einer Zange.

Der Spuk zerrte ihn über den Boden. Jeff Denver stemmte die Absätze ein, wehrte sich.

Er konnte gegen die Kraft nichts ausrichten. Unaufhaltsam wurde er auf das Horror-Taxi zugeschleift. Jeff Denver drehte sich, lag jetzt auf der Seite und konnte den gelben Wagen sehen.

Und er sah den Sarg auf dem Dach!

Schwarz und drohend stand er dort. Wie von Geisterhand öffnete sich der Deckel.

Eine dunkle Wolke quoll aus dem Sarg, hüllte den Spuk und Jeff Denver ein.

Jeff hatte das Gefühl, von Hunderten von Händen berührt zu werden. Plötzlich schwebte er in der Luft, wurde weitergetragen, auf den Sarg zu, und… Er wollte schreien, seine Not hinausrufen.

Kein Ton drang aus seiner Kehle.

Statt dessen fiel er in den Sarg.

Dumpf schlug der Deckel zu.

Wie durch einen Filter hörte Jeff das grausame Lachen des Unheimlichen.

Tim Morley kämpfte verzweifelt gegen die Wellen der Ohnmacht. Er wollte nicht bewußtlos werden. Er redete sich ein, daß er und sein Freund dann verloren waren.

Der Boden unter ihm schien sich in Wellen zu bewegen und immer wieder auf ihn zuzurasen. Manchmal hatte er das Gefühl, von dem Asphalt angesaugt zu werden, dann wieder war der Boden meilenweit weg. Wie aus der Ferne vernahm er die Schreie, die Hilferufe seines Freundes. Er wollte Jeff helfen, doch seine Glieder gehorchten ihm nicht. Beine und Arme schienen mit Blei gefüllt zu sein.

Morley atmete tief durch. Er schnappte nach Sauerstoff, sog ihn in die Lungen. Langsam ging es ihm besser. Auch der Boden schwankte nicht mehr. Morley konnte wieder Richtungen erkennen. Er wußte nun, wo rechts und links war.

Er stemmte sich hoch und drückte dabei die Handflächen auf den Boden. Morley krümmte den Rücken wie eine Katze. Verdammt, er war doch keine Memme oder ein Schwächling. Er mußte es schaffen. Wäre doch gelacht.

Tim Morley zog die Beine an, gab sich genügend Schwung und stand.

Nun torkelte er wie ein Betrunkener hin und her und versuchte erst einmal, das Gleichgewicht zu finden. Er schaffte es mit Mühe.

Nichts hörte er mehr von den Schreien. Dafür fiel mit einem dumpfen Geräusch die Wagentür ins Schloß.

Dann mahlte ein Anlasser. Der Motor sprang an.

Halt, wollte Morley schreien. Halt…

Er taumelte auf den Wagen zu. Es war eine irrsinnige Geste, doch Tim merkte in diesen Augenblicken nichts davon.

Der Wagen fuhr an.

Raste direkt auf das Nachtlokal zu.

Morleys Augen weiteten sich vor Entsetzen. Noch zehn, zwanzig Yards, dann mußte das Taxi in den gläsernen Eingang krachen. Bremsen hatte keinen Zweck mehr. Zu groß war die Geschwindigkeit.

Jetzt, jetzt mußte es passieren.

Tim Morley riß die Hände vor sein Gesicht. Er wollte das

Unglück nicht mit ansehen. Wollte die Katastrophe nicht miterleben, wenn dieses Taxi mit dem Sarg auf dem Dach in das Lokal raste.

Doch der Knall blieb aus.

Morley schielte zwischen seinen Fingern hindurch. Normalerweise hätte das Glas längst zersplittern müssen, doch das Taxi war nicht mehr zu sehen.

Es war verschwunden.

Von einer Sekunde zur anderen.

Morley schluchzte. »Ich... ich werde verrückt..., ich bin nicht mehr normal...« Er begann zu kreischen und zu lachen. »Das ist Wahnsinn, das ist irre...«

Dann erschienen die beiden Rausschmeißer vor dem Lokal. Vielleicht hatten sie das Geschrei gehört, oder sie wollten nur nachsehen, ob die beiden Gäste wirklich verschwunden waren. Auf jeden Fall sahen sie Morley, stutzten einen Moment, blickten sich an und gingen auf ihn zu.

Tim Morley lachte und kreischte noch immer.

Einer der Schläger riß Tim Morley an der Schulter herum. »Sag mal, bist du nicht mehr ganz dicht?«

Morley blickte ihn an. »Das Taxi«, sagte er. »Es ist auf das Lokal zugefahren und dann verschwunden.

»Der gehört in eine Klapsmühle.«

»Glaube ich auch.«

»Mach ihm Beine, Spencer!«

Spencer hieß der Kerl, der Tim festhielt. Er schleifte ihn über den Parkplatz und warf ihn kurzerhand auf die Straße. Wortlos ging Spencer zu seinem Kumpan zurück. »Der war bestimmt high«, kommentierte er.

»Möglich. Was es für Spinner gibt.«

Spencer nickte. »Da sind wir ja noch normal.«

»Sollen wir dem Boß davon erzählen?«

Spencer winkte ab. »Der hat genug Ärger mit der Mafia. Lassen wir es lieber bleiben.«

Damit war für die beiden Männer der Fall erledigt.

Nicht aber für Tim Morley. Er rappelte sich ächzend hoch und schüttelte sich wie ein begossener Pudel. Er kümmerte sich nicht um die amüsierten Blicke, die ihm die Passanten zuwarfen.

Morley ging nach Hause. Das Geld für ein Taxi wollte er sich sparen.

Immer wieder dachte er bei seinem Fußmarsch über den Fall nach. Auch dann noch, als er in seiner Wohnung saß und einen alten Bourbon durch die Kehle rinnen ließ.

Und plötzlich hatte er eine Idee.

Tim Morley – von Beruf Reporter – war vor einem Jahr während einer Studienreise in London gewesen. Dort hatte er mit einem Mann namens Bill Conolly Freundschaft geschlossen.

Bill hatte Tim von John Sinclair erzählt, dem Oberinspektor von Scotland Yard. Sinclair beschäftigte sich mit Fällen, die ins Übersinnliche gingen. Tim erinnerte sich noch daran, wie er damals über Sinclair gelacht hatte. Doch heute dachte er anders darüber. Tim blätterte in seinem Notizbuch und suchte Bill Conollys Namen.

Eine Minute später wählte er Bill Conollys Nummer…

Ich schaute auf meine Uhr.

»Dein Freund scheint sich zu verspäten, Bill«, bemerkte ich spöttisch. »Schon eine halbe Stunde über die Zeit.«

Bill nahm einen Schluck Whisky und strich dann über sein dunkles Haar. »Er kommt aus New York. Was sind dreißig Minuten Verspätung bei der Entfernung?«

Ich hob die Schultern. »Sorry. Normalerweise muß ich um diese Zeit im Büro hocken.«

»Der Fall ist bestimmt interessant für dich, warte bitte!«

»Weißt du denn bereits alles?«

»Nein.« Bill lächelte wie ein Schuljunge. »Aber ich kenne meinen alten Kumpel Tim Morley.«

»Na ja. Hoffentlich behältst du recht.«

Wir saßen auf der Terrasse. Es war ein herrliches Sommerwetter. Der breite Sonnenschirm schützte vor den Sonnenstrahlen.

Bill war hier zu Hause. Dementsprechend hatte er sich angezogen. Shorts, T-Shirt, Sandaletten an den Füßen. Von seinem Platz aus konnte er in den Pool hechten. Bill griff zur Sodaflasche und verlängerte seinen Whisky. Ich hielt mich an den Orangensaft. Im Glas klirrten die Eiswürfel aneinander.

Die Ruhe tat gut. Mir vor allen Dingen. Wenn ich da an die letzten Fälle dachte, die hinter mir lagen, konnte ich nur mit dem Kopf schütteln.

Für mich war es immer noch ein Rätsel, daß ich die Kämpfe gegen den Schwarzen Tod und Myxin, den Magier, lebend überstanden hatte. Wenn ich es recht bedachte, war ich noch einmal knapp mit dem Leben davongekommen. In der letzten Zeit griffen fast alle Fälle ineinander. Man brauchte kein großer Denker zu sein, um erkennen zu können, daß dahinter System steckte. Es gab Lenker, die zum Großangriff ansetzten. Mir traten nicht mehr nur einzelne Widersacher entgegen, sondern die geballte Macht des Bösen. Allerdings waren sich einige Gegner nicht grün. Der Schwarze Tod und Myxin bekämpften sich gegenseitig. Rangen um die Vorherrschaft im Reich der Dämonen. Und wenn zwei sich streiten, freut sich der Dritte. Das hoffte ich in diesem Falle zu sein.

»Willst du noch einen Schluck?« unterbrach Bills Stimme meine Gedanken.

»Nein, danke, ich habe noch.« Ich deutete auf das Glas mit Orangensaft. Es war noch halbvoll.

Und dann kam Sheila, Bills Frau. Sie war in Umständen. Es konnte sich nur noch um Tage handeln, dann würde sie ihr Kind zur Welt bringen. Bill hoffte auf einen Jungen. Er sollte John heißen. Ich war schon als Taufpate bestimmt.

Beide drehten wir die Köpfe. Bill sprang auf und rückte seiner Frau einen bequemen Stuhl zurecht.

Sheila setzte sich. Sie war noch schöner geworden. Auf ihren Gesichtszügen lag ein Lächeln, das ihre innere Freude widerspiegelte, die sie empfand. Ja, Sheila Conolly freute sich auf ihr Kind. Das blonde Haar hatte sie hochgesteckt. Um ihren schmalen Hals lag eine silbern schimmernde Kette.

»Möchtest du etwas trinken, Darling?« fragte Bill.

»Nein, danke.« Sheila sah mich an und lächelte.

Der Türsummer meldete sich.

Bill sprang auf. »Das ist Tim.« Er ging ins Haus, um zu öffnen. Als Besucher mußte man den großen Vorgarten durchqueren. Auf dem künstlich angeschütteten Gelände wechselten sich gepflegte Rasenflächen mit Buschgruppen ab.

Ich war gespannt auf Tim Morley. Wie Bill berichtete, hatte er etwas Unglaubliches erlebt. Ein Taxi sollte sich plötzlich in Luft aufgelöst haben. Von einem Augenblick zum anderen. Die Geschichte hörte sich unwahrscheinlich an, doch ich war bereit, sie zu überprüfen. Ich habe schon so viele unglaubliche Abenteuer erlebt, daß Außenstehende nur staunen können.

Plötzlich schlug ich mir gegen die Stirn. Ich Idiot. Das Taxi. Natürlich, jetzt hatte ich es. Jane Collins, deren Bewußtsein einen Ausflug in die Jenseitswelt unternommen hatte, berichtete mir davon. Sie hatte durch das Dämonenauge in die Zukunft sehen können. Sah mich einmal an einen Mühlenflügel gefesselt und zum zweiten vor einem Taxi stehen, das auf mich zuraste. Und Tim Morley hatte ein Taxi gesehen. Wahrscheinlich war es die Hitze, die mein Erinnerungsvermögen verlangsamt hatte. Plötzlich sah ich Tim Morley mit ganz anderen Augen an.

»Ist etwas, John?« fragte mich Sheila, die wohl bemerkt hatte, daß meine Gedanken ganz woanders waren.

»Nein, nein, alles klar.«

Ehe Sheila weiterfragen konnte, wurden wir von Bills und Tims Ankunft unterbrochen.

Tim Morley war in unserem Alter. Er trug einen hellen Sommeranzug und hatte das Jackett unter den Arm geklemmt. Sein Hemd zeigte große Schwitzflecken. In der linken Hand hielt er eine Reisetasche. Das rotblonde Haar war kaum zu bändigen. Der Blick seiner Augen strahlte Klarheit und Ehrlichkeit aus.

Bill stellte seinen Freund vor.

»Sie sind John Sinclair«, stellte Tim erleichtert fest, als er mir die Hand gab. »Es freut mich, Sie kennenzulernen, John.«

»Ganz meinerseits, Tim.«

»Willst du dich erst frischmachen?« fragte Bill.

Morley nickte. »Ja, eine Dusche täte mir gut.«

»Okay, komm mit.«

Die Männer gingen ins Haus.

Ich griff nach den Zigaretten und zündete mir ein Stäbchen an. Sheila erzählte mir, wie es ihr in den letzten Wochen ergangen war. Wir hatten uns lange nicht mehr gesehen. Die nahe Vergangenheit hatte mich so ausgefüllt, daß ich nicht einmal die Zeit fand, anzurufen. Ich berichtete Sheila von meinen Abenteuern.

»Willst du den Job nicht an den Nagel hängen, John?« fragte sie ehrlich besorgt.

»Warum?«

»John, du bist noch jung. Es ist viel zu gefährlich. Du stehst immer mit einem Bein im Grab. Als sie dich in den Sarg gepackt hatten, ich... ich bin bald wahnsinnig geworden, solch eine Angst hatte ich.«

»Oh, danke.«

»Du solltest nicht so leichtfertig darüber hinweggehen. Bill habe ich auch bekehrt. Und, ehrlich gesagt, John, ich bin froh, daß er dich nicht mehr bei deinen Kämpfen begleitet.«

»Kann ich verstehen, schließlich ist Bill bald Familienvater. Aber ich, Sheila, habe nicht nur einen Job, sondern eine Lebensaufgabe. Ich kann nicht mehr aussteigen, mein Gewissen verbietet es mir. Ich kenne die Gefahr, in der die Menschheit schwebt. Die Kräfte des Bösen haben zum Angriff geblasen. Wir müssen diesen Angriff abzuwehren versuchen oder in Grenzen halten. Wenn du es von der Seite betrachtest, müßtest du mir eigentlich recht geben.«

»Ja, John.« Sheila nickte. »Aber versteh bitte, daß ich Angst um dich habe.«

Ich drückte Sheila die Hand. »Lieb von dir.«

Bill kehrte zurück. Schnaufend ließ er sich in den Korbstuhl fallen. »Tim ist ziemlich fertig«, erzählte er.

Ich sah ihn fragend an.

»Du wirst es ja gleich hören.«

Das ›gleich‹ dauerte zwei Minuten. Dann erschien Tim Morley. Seine Haare waren naß. Er hatte sich ein frisches Hemd übergezogen. Es leuchtete wie eine reife Tomate.

Morley trank ein Glas Sodawasser in einem Zug leer. »Das tat gut«, sagte er und lehnte sich behaglich zurück. »Hier ist die Hitze ja noch auszuhalten, aber in den Straßenschluchten von New York...«

New York war das Stichwort. Tim Morley berichtete haarklein, was er erlebt hatte. Nur die Zeit seiner Fast-Bewußtlosigkeit konnte er schwerlich rekonstruieren, aber über das Verschwinden des Taxis gab er einen genauen Bericht.

Ich hörte gespannt zu, und auch Bill war die Aufmerksamkeit in Person.

»Das ist alles«, sagte Tim Morley zum Schluß. »Ich war bei der Polizei, aber da hat mir keiner geglaubt. Verständlich, die Geschichte ist auch zu unwahrscheinlich.« Der Reporter blickte mich an. »Was halten Sie davon, John?«

»Ich glaube Ihnen.«

Morley zog ein zweifelndes Gesicht. »So ohne weiteres? Keine Fragen?«

»Nein.«

»Das ist wirklich eine Überraschung.«

Ich konnte Morleys Reaktion begreifen. Aber er wußte ja nicht, was Jane Collins bei ihrem Jenseitsausflug gesehen hatte. Und da einiges bereits eingetroffen war, glaubte ich auch an den Rest.

»Dann können wir ja gemeinsam nach New York fliegen«, schlug Morley vor.

»Ja.«

»Und wann?«

Ich schaute Bill in die Augen. »Heute schaffe ich es nicht mehr. Aber morgen früh. Gleich mit der ersten Maschine. Das müßte gehen.«

Tim Morley strahlte. Bill rutschte unruhig auf seinem Stuhl hin und her.

Sheila merkte, was mit ihrem Mann los war. »Dein Platz ist hier«, sagte sie. »Schließlich möchte unser Kind einen gesunden Vater haben.«

»Natürlich«, erwiderte Bill Conolly und hauchte seiner hübschen Frau einen Kuß auf die Wange.

New York empfing uns nicht gerade mit strahlend blauem Himmel. Es war schwül. Dunst vernebelte die Sicht. Am Himmel stand eine blasse Sonne.

»Jetzt kocht es zwischen den Wolkenkratzern«, sagte Tim Morley. »Vor allen Dingen in Harlem und in der Bronx nehmen die Gewalttaten bei diesem Wetter sprunghaft zu.«

»Ist New York wirklich so schlimm?« fragte ich.

Morley blickte mich an. »Schlimmer, John.«

Ich selbst hatte New York schon dreimal besucht und immer einen angenehmen Eindruck von dieser Stadt gehabt. Als Tourist mied ich die Slumviertel.

Die Paßformalitäten verliefen ohne Schwierigkeiten. Ein Hotel hatte ich in weiser Voraussicht von London aus angerufen und mir ein Zimmer reservieren lassen.

Suko war in London zurückgeblieben. Er hatte zwar protestiert, doch ich wollte einen Mann zu Hause haben, der dort die Augen offenhielt. Sollte sich in London oder in New York etwas ereignen, was auf eine Aktivität des Schwarzen Tods schließen ließ, würden wir uns gegenseitig sofort benachrichtigen.

Ich schüttelte den Kopf. »Sorry, Tim, aber ich möchte lieber in mein Hotel und mich etwas erfrischen.«

»Okay. Wir nehmen ein Lufttaxi.«

»Den Hubschrauber?«

»Ja.« Er grinste säuerlich. »Seit mir dieses Horror-Taxi begegnet ist, habe ich eine gewisse Abneigung gegen diese Wagen.«

»Selbstverständlich.«

»Außerdem«, so fuhr Tim fort, »ist der Weg durch die Luft schneller und kürzer.«

Wir hatten Glück. Es waren noch zwei Plätze in dem Lufttaxi frei. Langsam hob der Hubschrauber ab. Wir saßen eingekeilt zwischen Geschäftsreisenden aus Europa. Die meisten wühlten in ihrem Papierkram, doch ich wollte mir das New Yorker Luftpanorama nicht entgehen lassen.

Wir flogen nach Nordwesten, auf die Halbinsel Manhattan zu, hinein in die Dunstwolke. Der Smog hüllte wie ein Schleier die Wolkenkratzer ein und drang tief in die steilen Straßenschluchten.

Ich sah das Empire State Building und die beiden Türme des World Trade Centre.

»Wo landen wir eigentlich?« fragte ich Tim Morley.

»Auf dem Pan Am Building.«

Ich grinste. »Von dort kann ich dann zu Fuß zum Plaza Hotel gehen?«

»Nein, Sie können sich ein Taxi nehmen.«

»Wie nett.« Meine Antwort klang sarkastisch.

»Sie brauchen doch keine Angst vor diesem Gefährt zu haben«, meinte Morley. »Ich muß erst noch in die Redaktion. Wir können uns ja am Abend treffen.«

»Und wo?«

»Ich komme ins Plaza.«

»Okay.«

Inzwischen hatten wir Manhattan erreicht. Der Hubschrauberpilot flog auf das grüne Rechteck des Central Parks zu, drehte bei, zog noch eine Schleife und visierte die Landeplattform auf dem Pan Am Building an.

Der Platz wurde von funkelnden Positionslichtern eingerahmt. Weich setzte die Maschine auf. Die Rotoren liefen aus, und wir konnten den Hubschrauber verlassen.

Der Wind zerzauste unsere Haare. Rasch schritten wir auf den Expreßlift zu, der uns nach unten in die große Halle schoß.

Ich sah viel Glas, bunte Blumen und bewaffnete Wächter, die ihre Kanonen tief geschnallt hatten. Diese privaten Sicherheitstruppen bewachten viele wichtige Gebäude in New York.

Tim Morley verabschiedete sich von mir. »Gegen neunzehn Uhr bin ich im Plaza. Warten Sie in der Hotelbar.«

Ich nickte. Dann trennten wir uns.

Die Luft war kaum zu atmen. Sie stand in den Straßenschluchten. Im Nu war ich schweißgebadet, obwohl ich nur dastand und nach einem Taxi Ausschau hielt.

Menschen hasteten vorbei. Ein buntes Völkergemisch rahmte mich ein.

Dicht vor mir strich eine heißblütige Mulattin vorbei. Sie trug eine Schalbluse, die nur zur Hälfte die Brüste verdeckte. Die langen Beine steckten in abgeschnittenen Jeans, und was ich in ihren kirschrunden Augen las, war schon mehr als Verlockung.

Aber deshalb war ich nicht nach New York geflogen. Ich schenkte dem Rasseweib ein freundliches Lächeln, hob die Schultern und steuerte ein Taxi an, das soeben am Straßenrand ausrollte.

Es war ein alter Chevrolet. Ich fragte mich, was bei ihm überwog. Die Roststellen oder die Beulen. Wahrscheinlich hielt sich beides die Waage.

Der Fahrer sah aus wie ein Bilderbuch-Mexikaner. Sein Englisch war kaum zu verstehen, als er mich nach meinem Fahrtziel fragte.

»Plaza Hotel.«

Der Driver düste los. Vielleicht fuhr er Umwege, ich wußte es nicht genau. Es dauerte fast dreißig Minuten, ehe wir unser Ziel erreichten.

Die Rezeption des großen Hotels glich einem Ameisenhaufen. Soeben waren Touristen eingetroffen, und die fünf Männer hinter der langen Theke hatten alle Hände voll zu tun.

Ich schaute mir inzwischen die Auslagen der Hotelshops an.

Nach zehn Minuten hatte sich der Trubel gelegt, und ich erhielt meinen Schlüssel. Mein Zimmer lag im vierten Stock. Der Lift brachte mich hoch. Ich sah einen langen Flur, rechts und links Türen und fand auch mein Zimmer.

Drei Schlösser mußte ich öffnen, bevor ich eintreten konnte.

Besonders froh war ich über die Klimaanlage und die Dusche.

Schon bald prasselten die kalten Wasserstrahlen auf meinen verschwitzten Körper.

Wenig später schlüpfte ich in saubere Kleidung, steckte einige Spezialwaffen ein und fuhr hinunter in die Bar.

Bis zu meinem Treffen mit Tim Morley hatte ich noch Zeit. Nach einem trockenen Martini nahm ich die Gelegenheit wahr und sah mir ein wenig die Stadt an.

Doch die Schatten, die sich bereits an meine Fersen geheftet hatten, sah ich nicht…

Tim Morley hatte plötzlich keine Lust mehr, noch einmal bei seiner Arbeitsstelle vorbeizufahren. Er hatte Urlaub. Sollten die ihn doch kreuzweise.

Er nannte die U-Bahn und stieg am Columbus Circle aus. Bis zu seiner Wohnung in der 60. Straße West ging er zu Fuß.

Immer wieder fragte er sich, ob es richtig gewesen war, John Sinclair zu alarmieren. Normalerweise hätte er aus dieser Geschichte eine sagenhafte Story machen müssen, aber die Angst saß doch zu tief. Wenn er ehrlich war, dann fürchtete er sich sogar davor, seine leere Wohnung zu betreten. Das Schicksal seines Freundes ging ihm nicht mehr aus dem Kopf. Was mochte mit Jeff Denver geschehen sein? Wo befand sich Jeff jetzt?

Tim wischte sich über das schweißnasse Gesicht. Er ließ sich im Strom der Passanten treiben. Die Rush-hour hatte eingesetzt. Auf den Straßen nahm der Verkehr zu. Die Wagen fuhren Stoßstange an Stoßstange. Noch dicker wurde der Smog. Blei- und Schwefelgehalt überstiegen zulässige Höchstwerte.

Tim erreichte sein Haus.

Acht Parteien wohnten dort. Die Gegend konnte man als bürgerlich bezeichnen. Die Häuser waren zwar schon älter, aber gepflegt. Zu den Haustüren führten breite Treppen hoch.

Die Kühle des Hausflurs tat Tim Morley gut. Da kein Aufzug vorhanden war, mußte er die Treppen hochsteigen. Er nahm langsam Stufe für Stufe und gelangte in die zweite Etage.

Tim öffnete die beiden Schlösser. Aus der Wohnung schlug ihm muffige, drückende Luft entgegen. Es wurde Zeit, daß mal jemand lüftete. Eine Putzfrau beschäftigte Tim nicht. Die letzte hatte ihm zuviel gestohlen.

Die Räume zeichneten sich durch Großzügigkeit und hohe Decken aus. Tim hatte die Wände weiß gestrichen, sich schwarze Möbel gekauft und eine Super-Stereoanlage, die er in der Mitte des Living-rooms aufgebaut hatte.

Tim zog die Jalousien hoch, gönnte sich einen Drink und schleuderte die Schuhe von seinen Füßen. Die Treter zeigten von innen dicke Schweißflecke.

Auch das Hemd klebte auf seiner Haut. Mit der Unterwäsche war es nicht besser.

Nackt schritt Tim Morley auf die Duschkabine zu. Das Wasser war lauwarm. Er ließ es einige Zeit laufen, bevor er sich unter die Strahlen stellte.

Morley seifte sich gründlich ein. Dabei legte er sich einen Plan zurecht. Er wollte mit Sinclair die Bar aufsuchen, in der er Jeff Denver getroffen hatte. Dort konnten sie vielleicht eine Spur aufnehmen. Einen anderen Anhaltspunkt wußte Morley nicht.

Erfrischt drehte er die Brause ab, wickelte sich ein Handtuch um die Hüften und ging zurück in den Living-room.

Er hatte kaum die Schwelle überschritten, als er wie angewurzelt stehenblieb.

Im Sessel hockte ein Mann.

Jeff Denver!

Tim Morley begann zu zittern. Er hatte plötzlich das Gefühl, Pudding in den Knien zu haben. Er kniff die Augen zusammen, öffnete sie wieder, doch das Bild blieb.

Jeff Denver saß ihm tatsächlich gegenüber.

Lächelnd hob Denver die linke Hand. Er trug die gleiche Kleidung wie in der Bar. Ein blaues Hemd und einen beigen Leinenanzug.

»Du... du...?« stöhnte Morley.

»Ja. Warum auch nicht? Tritt doch näher, Tim. Oder hast du Angst, daß ich beiße?«

»Nein, nicht... ich...« Morley ging auf einen Sessel zu und ließ sich hineinfallen. »Ich bin völlig durcheinander.«

»Das kann ich verstehen.« Denver stand auf. Ein gefülltes Glas stand schon bereit. Er reichte es Tim. »Hier, trink das. Es wird dich aufmöbeln.«

Gehorsam schluckte Tim den Whisky. Er hatte seinen Blick erhoben, schaute Jeff an.

Nichts war an ihm verändert. Das war Jeff Denver, wie er leibte und lebte. Tim stellte das Glas zur Seite. »Hast du eine Erklärung für dein Verschwinden?« fragte er. »Du warst immerhin drei Tage weg. Und so plötzlich...«

Jeff Denver setzte sich wieder. »Ja, es ist viel geschehen«, philosophierte er.

»Aber was, zum Teufel?«

Denver lächelte. »Du bist sehr nervös, Tim. Zu nervös. In solch einem Zustand macht man Fehler.«

»Willst du mir vorwerfen, daß...«

»Ja, Tim.«

Morley atmete tief ein. »Okay, dann rede. Sag mir, was dir nicht an mir paßt.«

»Zieh dich erst an.«

Tim überlegte. Dann nickte er. »Okay, Jeff, auch das.« Hastig schlüpfte er in frische Kleidung. »Und jetzt raus mit der Sprache, Jeff. Erst will ich wissen, was mit dir geschehen ist.«

»Ich habe eine Reise gemacht.«

Tim lachte höhnisch auf. »Das habe ich gesehen. Und wohin?«

»In eine andere Welt.«

Morley starrte Denver ungläubig an. »In eine – wohin?«

»In ein Land, in dem es mir besser gefällt als hier. Ich gehöre jetzt dazu. Auch du sollst dort Bürger werden.«

»Du bist verrückt.«

»Nein, Tim, ich bin völlig normal. Ich denke nur anders als du. Ich habe dich dazu ausersehen, ebenfalls eine Reise mit dem Taxi zu machen.«

Tim Morley schluckte. »Jeff, du bist wahnsinnig, wirklich. Was hat deinen Geist verwirrt? Sag es mir. Los, sprich dich aus. Ich bin dein Freund, Jeff. Mir kannst du vertrauen. Außerdem stehe ich nicht allein. Es ist jemand in der Stadt, der uns helfen kann. Dir und mir. Du mußt mir nur vertrauen.«

»Du sprichst von John Sinclair.«

Morleys Augen wurden groß. »Ja. Aber woher...?«

»Wir wissen das. Oder fast alles. Sinclair wird bereits beobachtet. Er kann keinen Schritt tun, ohne daß wir darüber informiert sind. Wir haben unsere Späher überall. Und die Schatten – sie sind unsichtbar, Tim.«

Morley überlegte, wie er Jeff Denver aus der Wohnung bekommen konnte. Freiwillig würde er nicht gehen, das war ihm klar. Und mit Gewalt? Tim schätzte die Chancen ab. Es war fraglich, ob er überhaupt gegen Denver eine Chance hatte.

Jeffs Stimme unterbrach seine Gedanken. »Sag mir, was Sinclair vorhat. Ich meine, wir finden es auch so heraus, aber wenn du redest, vereinfacht das die Sache gewaltig.«

»Ich weiß es nicht.«

Denver schüttelte den Kopf. »Warum lügst du, Tim? Ihr habt doch irgend etwas abgesprochen, kann ich mir vorstellen. Rede schon.«

Tim Morley stand auf. Er hatte seinen Entschluß gefaßt. Reden wollte er nicht. Die Gefahr wäre zu groß geworden. Er mußte aber Jeff Denver aus der Wohnung schaffen.

Vielleicht mit Gewalt? So harmlos und unauffällig wie möglich schlenderte Tim Morley auf den Barschrank zu. Sein Glas nahm er mit. Er hielt es mit der linken Hand, mit der rechten umfaßte er eine Whiskyflasche, nahm sich ein Glas und drehte sich um.

»Gesetzt den Fall, ich tue, was du verlangst«, sagte er. »Was springt für mich dabei heraus?«

»Viel, Tim, sehr viel.«

Morley ging einen Schritt auf Jeff Denver zu. Dabei goß er Whisky in das Glas.

»Genauer, Jeff.«

»Du wirst ein anderer. Uns kann niemand mehr etwas anhaben. Deine körperliche Struktur wird verändert. Du entwickelst dich zu einem Schatten.«

»Was ist das?« Morley atmete schneller. Er stand jetzt dicht vor Jeff Denver. Seine letzte Chance mußte er nutzen.

Er führte das Glas zum Mund. Mit Gewalt unterdrückte er seine innere Spannung.

Dann schlug er zu.

Die Flasche beschrieb einen Bogen, raste genau auf Jeff Denvers Schädel zu.

Sie mußte treffen, da Denver sitzenblieb.

Doch die Flasche fegte durch ihn hindurch. So, als wäre Denver nur ein Nebelstreif. Tim Morley wurde von der Wucht des eigenen Schlages nach vorn geschleudert, verlor das Gleichgewicht und hämmerte die Flasche auf die Sessellehne. Der Whisky gluckerte aus der Öffnung. Tim riß den Sessel mit um und landete neben dem Möbelstück auf dem Boden.

Wie betäubt blieb er zwei, drei Sekunden liegen. Ein schluchzender Laut drang aus seiner Kehle.

Dann hörte er Denvers Stimme. »Ich habe dir doch gesagt, Tim, daß wir Schatten sind. Du kannst uns nicht besiegen!«

Tim wandte den Kopf.

Jeff Denver stand vor ihm. Lässig grinsend. Beide Hände in die Hüften gestützt, die Augenbrauen leicht hochgezogen. »Steh auf!« forderte er. »Hoch mit dir!«

Tim quälte sich auf die Beine. Dabei wich er zurück, bis er die Wand im Rücken spürte. Sein Mund stand halb offen. In seinen Augen lag das Nichtbegreifen. Speichel rann von den Lippen und an seinem Kinn herab. Tim zitterte wie Espenlaub. Die Flasche war nicht zerbrochen. Der ausgelaufene Whisky wurde vom Teppich aufgesaugt.

Jeff Denver streckte ihm die Hand entgegen. »Laß uns diese dumme Szene vergessen, Tim.«

Morley schüttelte den Kopf. »Geh weg!« keuchte er. »Weg von hier. Du bist kein Mensch. Du bist ein Ungeheuer, ein Untier. Ich will dich nicht mehr sehen, du…«

»Aber Tim…« Jeff Denver spielte noch immer den Nachsichtigen. Dann ging er auf Tim zu. Die rechte Hand hielt er weiterhin ausgestreckt.

»Faß mich nicht an!« kreischte Tim Morley. »Faß mich nicht an, du Bestie…«

Jeff Denver lachte nur.

»Aus ist es, Tim. Du wolltest nicht. Jetzt hast du die Folgen zu tragen.«

Da schlug die Türklingel an.

Ich ging allein durch eine fremde Stadt.

Menschen um mich. Trubel, Betrieb, Hektik. Autos hupten, Polizeisirenen jaulten. Passanten hasteten an mir vorbei, stießen mich an, murmelten eine Verwünschung, wenn sie nicht rasch genug weiterkamen.

Alle hatten es eilig.

Rush-hour…

Selten hatte ich mich so einsam und verlassen gefühlt. Trotz dieser nervenaufreibenden Hektik. Aber die Menschen hatten keinen Blick füreinander. Es zählte nur das Geschäft.

Eigentlich schlimm.

Und dann die drückende Hitze. Aus Gesprächsfetzen entnahm ich, daß ein jeder auf das erlösende Gewitter wartete, auf einen Regenguß, der Abkühlung brachte.

Es geschah nichts dergleichen.

Weiterschwitzen und weiterfluchen unter dieser verdammten Smogglocke. Schon ärgerte ich mich darüber, nicht im Hotel geblieben zu sein, doch dann sah ich vor mir den Grüngürtel des Central Parks. Am Tage New Yorks Oase, doch nachts eine Stätte tödlicher Gefahr, wie ich wußte. Rockerbanden machten dann den Park unsicher. Dealer und Fixer gaben sich ein Stelldichein, und nicht selten fand man morgens mehrere Leichen in diesem riesigen Areal. Es gab Seen und Teiche, einsame Bänke und Spielplätze, Restaurants und Coffee-Shops.

Und Jugendliche.

Sie lagen auf den Wiesen und kampierten. Manche hatten sich sogar ganz ausgezogen und liebten sich ungeniert.

Niemand nahm daran Anstoß.

Ich schlenderte im Schatten hoher Ulmen weiter. Die Laubkronen dämpften die Geräusche der Straße. Es wurde ruhiger. Nur die Stimmen der Menschen und das Lachen der Kinder waren noch zu hören.

Meine Gedanken beschäftigten sich wieder mit dem Fall. Selten hatte ich einen so schwachen Anhaltspunkt gehabt. Auch Tim Morley, mein Informant, wußte nicht viel.

Die Frage war, wo wir ansetzen sollten. In London hätte alles anders ausgesehen. Da saßen meine Informanten.

Aber hier…

Ich bereute es schon, Suko nicht mitgenommen zu haben. Himmel, manchmal ist man auch borniert.

Der Weg führte an einer weiten Rasenfläche vorbei. Jugendliche führten dort ein Theaterstück auf. Um sie herum hatte sich ein Zuschauerwall gebildet. Ich vernahm den Beifall bis zu mir hin.

Dann mußte ich eine Treppe hinuntergehen. Links schimmerte die glatte Fläche eines kleinen Teichs. Selbst die Enten hatten keine Lust, bei dieser Hitze zu schwimmen.

Ich beschloß, bei einem der zahlreichen Verkaufsstände eine Flasche Mineralwasser zu trinken und dann zum Hotel zurückzukehren.

Auf der Treppenhälfte spürte ich das Ziehen im Nacken.

Gefahr!

Ich kannte dieses Anzeichen, hatte im Laufe der Zeit dafür einen sechsten Sinn entwickelt. Irgend etwas lag in der Luft. Etwas Bedrohliches, Gefährliches…

Ich blieb stehen, drehte mich um.

Nichts Verdächtiges war zu sehen.

Nur Spaziergänger. Mütter, die mit ihren Kindern ausgingen. Ein paar junge Mädchen hatten sich untergehakt und lutschten Kojak-Lollis. Zwei Penner hockten im Gras und leerten gemeinsam eine Flasche Rotwein.

Und doch konnte ich mich auf mein Gefühl verlassen. Etwas lag in der Luft, bedrohte mich.

Ich trug trotz Hitze ein Jackett. So wurde meine mit geweihten Silberkugeln geladene Beretta verdeckt. Die Jacke hatte ich geöffnet, so daß ich blitzschnell die Pistole hervorholen konnte, wenn es nötig war.

Den Frieden empfand ich als trügerisch. Das Böse war da, lauerte im verborgenen, im Unsichtbaren.

Langsam ging ich Stufe für Stufe die Treppe hinab und war dabei gespannt wie ein Bogen.

Wann greifen sie an?

Immer wieder wanderten meine Blicke über die Menschen. Ich wußte, ein Dämon konnte jede Maske annehmen, sogar die eines

Kindes. Und das machte sie so gefährlich. Gnadenlos schlugen sie zu, ehe man sich versah. Meistens war es dann zu spät.

Ich ließ die Treppe hinter mir, und es passierte nichts. Unangefochten konnte ich weitergehen.

Hatte ich mich getäuscht?

Jetzt wollte ich es genau wissen. Um eine Konfrontation heraufzubeschwören, bog ich in einen schmalen Seitenweg ein. Soweit ich erkennen konnte, war ich der einzige Spaziergänger. Der Weg verlief nicht gerade, sondern in Kehren, und schon bald war ich vom Hauptweg aus nicht mehr zu sehen.

Blütenpracht und Stille umgaben mich. Den Lärm hatte ich hinter mir gelassen. Nur als schwaches Brausen waren die Verkehrsgeräusche zu vernehmen.

Ich ging noch einige Yards vor und duckte mich dann unter die Zweige eines besonders weit hervorstehenden Jasminstrauches.

Nun wartete ich ab.

Wenn sich tatsächlich irgendwelche Verfolger an meine Fersen geheftet hatten, dann mußten sie bald auftauchen.

Doch den Gefallen taten sie mir nicht. Alles blieb still. Keine Menschenseele ließ sich auf dem Weg sehen.

Dafür vernahm ich hinter mir ein Rascheln.

Zuerst dachte ich an ein Tier, wirbelte aber trotzdem herum.

Zwei grausame Geschöpfe stampften durch das Buschwerk. Monster, wie sie nur die Hölle ausspeien konnte. Sie hatten eckige, ziemlich große Köpfe, eine bleiche, fast blutleere Haut, Hände wie Schaufeln und weiße Augen, die von rötlichen Äderchen durchzogen waren.

Ich hörte sie flüstern.

»Das ist er.«

»Machen wir ihn fertig!«

»Töten wir ihn!«

Sie bewegten sich mit einer spielerischen Leichtigkeit. Ihre Körper schienen Zweige und Äste kaum zu berühren. Ich hatte das Gefühl, zwei Geistwesen vor mir zu haben.

Ich sprang zurück. Wollte meine Beretta ziehen, um mich verteidigen zu können, da waren die beiden plötzlich verschwunden.

Von einer Sekunde zur anderen sah ich sie nicht mehr.

Oder?

Ich strengte meine Augen an, blinzelte, sah die Umrisse der Monster. Sie flirrten, wie mit Licht übergossen.

Gehetzt schaute ich mich um. Mein rechter Arm beschrieb kreisende Bewegungen.

Verdammt, ich sah kein Ziel mehr. Narrte mich der Spuk?

Da spürte ich die kalte Hand im Nacken und den mörderischen Druck, der mich dem Boden entgegenpreßte…

Jeff Denver stoppte unmittelbar in der Bewegung. Die Finger verharrten nur wenige Zoll vor Morleys Hals.

Tim verdrehte die Augen. Ein Hoffnungsfunke blitzte in ihm auf. Wer auch geschellt hatte, er war diesem Jemand ungeheuer dankbar. Hatte er ihm doch eine Galgenfrist gegeben.

»Wer ist das?« zischte Denver.

Tim Morley hob die Schultern. Eine Antwort gab er nicht.

Wieder klingelte es. Diesmal fordernder, aggressiver. Dann eine helle, aber auch zugleich wütende Mädchenstimme: »Mach endlich auf, Tim! Ich weiß, daß du da bist. Eine Nachbarin hat dich ins Haus gehen sehen.«

»Wer ist die Kleine?« fuhr Jeff Denver Tim Morley an.

»Laurie Ball. Eine Kollegin.«

»Und was will sie?«

»Weiß ich nicht.«

Jeff Denver überlegte. Die Frau oder das Mädchen wußte, daß Tim Morley in seiner Wohnung war. Wenn er nicht öffnete, machte er sich verdächtig. Wer konnte wissen, wie die Frau reagierte? Vielleicht war sie hysterisch und würde die Tür eintreten?

»Mach endlich auf, Tim!«

Morley warf Denver einen fragenden Blick zu.

Jeff nickte. »Okay, du kannst öffnen. Laß die Kleine herein. Aber keine Dummheiten! Spiele den Harmlosen. Und sieh zu, daß die Puppe rasch wieder verschwindet.«

Tim Morley nickte.

Langsam ging er zur Tür, öffnete.

»Endlich!« stöhnte Laurie. »Sag mal, bist du schwerhörig?« Sie schob sich an Tim vorbei. Unter den Arm hatte sie einen Schnellhefter geklemmt.

Tim schloß die Tür.

Im Living-room blieb Laurie stehen. »Du hast Besuch?« fragte sie erstaunt.

Denver deutete eine Verbeugung an. »Ich heiße Jeff Denver und bin ein alter Freund von Tim.«

»Hm.« Laurie wandte den Kopf. »Von ihm hast du mir aber nie etwas erzählt, Tim.«

»Ich hab's vergessen.«

Laurie krauste die Stirn. »Was ist los mit dir, Tim? Du bist so nervös.«

Morley lächelte verlegen. »Wieso?«

»Ihm macht die Hitze zu schaffen«, mischte sich Jeff Denver ein. »Sie ist ja auch wirklich schlimm.«

Laurie ließ sich in einen Sessel fallen und legte den Schnellhefter auf den Tisch. Sie war ein burschikoser Typ, trug das blonde Haar kurz geschnitten, hatte Hosen an, die bis zu den runden Knien reichten, und eine weit fallende Bluse bedeckte den Oberkörper. Lauries Gesicht war mit Sommersprossen bedeckt. Wenn sie jemand darauf ansprach, pflegte sie immer zu sagen: »Ein Gesicht ohne Sommersprossen ist wie ein Himmel ohne Sterne.«

Laurie stand dem Leben positiv gegenüber. Das merkte man an ihrer ganzen Art.

»Ihr sitzt hier wie zwei Trauerklöße«, sagte sie. »Gib mir einen Drink, Tim.«

»Natürlich.«

»Wie war's eigentlich in London?« fragte Laurie. »Hast du Erfolg gehabt?« Ehe Tim eine Antwort geben konnte, wechselte sie das Thema. »Übrigens stinkt es hier regelrecht nach Whisky. Wie in einer Schnapsfabrik. Habt ihr gefeiert?«

Jeff Denver lächelte verlegen. »Sorry, Miß Laurie, aber uns ist eine Flasche Whisky zu Boden gefallen. Leider war sie noch fast voll.«

Laurie lachte.

»Der gute Stoff«, meinte sie. Dann nahm sie ihren Drink entgegen. Sie schaute Tim an. »Deine Hände zittern ja«, stellte sie fest, als sie das Glas entgegennahm.

»Tim ist nervös«, sagte Jeff rasch. »Der Flug hat ihn doch sehr angestrengt.«

Laurie nahm einen Schluck und nickte dann. »Ich will euch auch nicht lange aufhalten.« Sie stellte das Glas weg und zeigte auf den Schnellhefter. »Ich habe dir hier einen Bericht mitgebracht, Tim. Bitte sei so gut und lies ihn dir durch. Es ist meine erste große Reportage. Sie dreht sich um die Frauenclubs in unserer Stadt. Ab der nächsten Woche soll der Bericht in Fortsetzungen erscheinen, und ich will mich nicht blamieren. Tust du mir den Gefallen?«

Tim nickte.

»Ich danke dir.« Laurie stand auf, drückte Morley einen Kuß auf die Wange. »Dann will ich nicht länger stören. Sehen wir uns noch in naher Zukunft?«

»Was meinst du damit?«

Laurie lachte. »Heute abend.« Sie wischte sich über die Stirn. »Himmel, ich glaube, ich habe schon einen sitzen. Man sollte eben bei diesem Wetter keinen Alkohol trinken.«

Tim Morley legte seinen Arm um Lauries Schulter. »Ich bringe dich noch zur Tür.«

»Okay.«

»Nein, bleib hier!« sagte Jeff Denver plötzlich scharf. »Ich will noch etwas mit dir besprechen.«

Laurie drehte sich verwundert um. »Es dauert ja nur ein paar Sekunden, Mister.«

Denver stand auf. »Sie können allein gehen.«

Laurie tippte sich gegen die Stirn. »Hat dein Freund sie nicht mehr alle, Tim?«

Morley atmete tief ein. Dann packte er die überraschte Laurie und stieß sie in Richtung Tür. »Verschwinde!« rief er. »Los, hau ab und alarmiere die Polizei. Sag auch John Sinclair Bescheid, er wohnt im Plaza Hotel. Schnell, beeil dich!«

Laurie Ball verstand nicht. »Aber Tim, was ist...«

»Weg, verdammt!«

Tim Morley kümmerte sich nicht mehr um das Mädchen, denn Jeff Denver nahm seine ganze Aufmerksamkeit in Anspruch. Der hatte natürlich erfaßt, was los war, ließ alle Rücksicht fahren und stürzte auf Tim zu.

Morley warf sich ihm mit dem Mute der Verzweiflung entgegen. Diesmal war Jeff Denver kein Schatten mehr. Sein Körper hatte wieder stoffliche Formen angenommen. Er konnte es sich nicht leisten, im Moment die Verfolgung des Mädchens aufzunehmen, denn dann hätte er Morley allein lassen müssen, und das war gefährlich.

Die beiden ›Freunde‹ prallten gegeneinander.

Obwohl Morley kräftiger gebaut war als Jeff Denver, hatte er dessen Kräften nicht viel entgegenzusetzen. Morley erhielt einen Schlag, der ihm die Luft aus den Lungen trieb und ihn zurückschleuderte. Mit dem Rücken prallte er gegen die Türkante.

Sofort setzte Denver nach. Haßverzerrt war sein Gesicht. »Du hältst mich nicht auf!« knirschte er. »Du nicht!«

Beide Fäuste hatte er gegeneinandergelegt.

Im letzten Moment riß Morley die Arme hoch, blockte den Schlag ab und nahm ihm den größten Teil der Wirkung. Trotzdem wurde er zu Boden geschleudert.

Und dann war Denver über ihm.

Wie Lanzen schnellten die Hände vor. Morley sah die drohenden Hände dicht vor seinem Gesicht auftauchen und spürte den Druck um seinen Hals.

Augenblicklich wurde ihm die Luft knapp.

Gleichzeitig schoß Panik wie eine Flamme in ihm hoch. Tim hatte Angst.

Er versuchte sich zu befreien, wollte den Druck lösen; er schaffte es nicht.

Denver war stärker.

Schon wirbelten die roten Kreise vor seinen Augen, kündigten das Nahen der Bewußtlosigkeit an. Tims Abwehrbewegungen wurden schwächer. Sein letzter Gedanke galt Laurie Ball. Er hoffte nur, daß sie es schaffen würde, dann wußte er nichts mehr.

Jeff Denver löste seine Hände von Tims Hals. Der Mann war wütend. Es klappte nicht so, wie er sich es vorgestellt hatte. Jetzt wußte auch die Frau zuviel.

Er mußte sie finden.

Jeff Denver ging zur Tür, blickte in den Hausflur. Die Luft war rein. Die Auseinandersetzung war von keinem der Nachbarn bemerkt worden.

Jeff Denver grinste triumphierend. Morley hatte sich verraten, weil er sagte, wohin das Mädchen laufen sollte.

Ins Plaza Hotel.

Dort wohnte John Sinclair. Jeff Denver grinste, als er an den Geisterjäger dachte. Wahrscheinlich war Sinclair schon nicht mehr am Leben, denn die beiden Geschöpfe, die sich an seine Fersen geheftet hatten, galten als unbesiegbar. Wenigstens für Menschen. Denver war eigentlich ganz zufrieden und sah deshalb beruhigt in die Zukunft.

Weniger beruhigt war Laurie Ball.

Sie hatte – als Tim sie aus der Wohnung stieß – einfach abgeschaltet. Sie wußte wohl, daß etwas Schreckliches passiert war, aber was genau, das war ihr egal.

Auf jeden Fall hatte das Mädchen den Namen des Hotels behalten. Das Plaza. Sie kannte den Bau sogar, hatte in der Halle mal einen Filmstar interviewt und sich hinterher gegen dessen Zudringlichkeit wehren müssen.

Noch nie in ihrem Leben war Laurie Ball so schnell mehrere Treppen hinuntergelaufen. Drei, vier Stufen nahm sie auf einmal, kam einmal mit dem Ballen falsch auf und wunderte sich, daß sie sich nichts dabei verstaucht hatte.

Dann stand sie draußen. Kinder drängten die Eingangsstufen hoch. Laurie gebrauchte die Arme, um sich Durchlaß zu verschaffen. Es war sonst nicht ihre Art, aber die Angst spielte mit.

Sie sprang auf den Bürgersteig, blieb für wenige Sekunden stehen und warf einen Blick an der Fassade hoch.

Keine Scheibe splitterte – es war ruhig im Hause.

Laurie schluckte. Dann begann sie zu laufen. Rannte, so schnell es ging. Sie schleuderte die Schuhe von den Füßen – diese Dinger mit den hohen Korkabsätzen –, nahm sie in die Hand und hetzte barfuß weiter.

Ein Straßenköter wetzte hinter ihr her, sprang sie an. Laurie gab ihm einen Tritt. Er verzog sich jaulend.

Eine Kreuzung. Laurie keuchte, blickte sich oft um. Keiner verfolgte sie. Nur ungläubig blickende Passanten sah sie. Zwei Jeans-Typen wollten sie festhalten. Laurie reagierte schnell, drosch mit einem Rundschlag den Kerlen ihre Schuhe in die Gesichter.

Sie hatten genug.

In Höhe der Kreuzung standen die beiden Taxis. Nebeneinander in sorgfältig abgetrennten Parktaschen.

Neugierig blickten ihr die Driver entgegen. Sie saßen auf der Kühlerhaube des ersten Wagens und feixten.

Keuchend blieb Laurie stehen.

»Wohin denn, Süße?«

Sie holte erst tief Luft.

»Plaza Hotel, aber rasch!«

Laurie hatte sich an den älteren der beiden Fahrer gewandt. Er erschien ihr vertrauenswürdig.

»Okay. Steigen Sie ein.«

Laurie warf sich in den Fond. Die dünne Bluse klebte am Körper. Deutlich schimmerten die Brustwarzen durch den weißen Stoff.

Ein erregender Anblick.

Der zweite Fahrer grinste draußen vor der Scheibe,

»So beeilen Sie sich doch!« rief Laurie. »Ich habe keine Zeit.«

Der Wagen fuhr an. Laurie blickte sich um, sah die Straße hinab, über die sie gelaufen war.

Keine Spur von diesem Denver.

Das Mädchen atmete auf. Ihr Herz raste, klopfte hoch bis zum Hals. Wie eine Schicht lag der Schweiß auf ihrem Körper. Laurie dachte an Tim. Was mochte mit ihm geschehen sein? Sollte dieser Denver ihn etwa…

Sie wagte nicht, den Gedanken zu Ende zu führen. Zu schrecklich war alles gewesen.

Der Fahrer beobachtete sie im Rückspiegel. »Ärger, Miß?«

Laurie schwieg.

Sie fuhren weiter. Ampelstops. Das kostete Zeit. Und Zeit hatte Laurie nicht. Sie ballte die Hände zu Fäusten, spürte die Nägel am Fleisch der Ballen.

Wie lange dauerte das denn noch?

Endlich waren sie da. Doppelt, nein dreifach so lang war Laurie der Weg vorgekommen.

Sie zahlte, stieg aus und rannte unter dem gespannten Baldachin auf die Eingangstür des Hotels zu.

Die klimatisierte Halle tat wohl. Laurie hastete zur Rezeption. Fragende Blicke.

»Mister Sinclair«, keuchte sie, »ich muß mit Mister Sinclair sprechen.«

Ein Lächeln. Höflich, aber bedauernd. »Sorry, Miß, aber Mister Sinclair hat unser Hotel vor mehr als einer Stunde verlassen. Es tut mir leid. Wenn Sie warten wollen…«

Laurie Ball hörte die Worte nicht mehr. Sie hatte das Gefühl, in einen endlosen Abgrund zu stürzen.

Die Kraft dieses Monsters war ungeheuer. Ich wurde dem Boden entgegengedrückt und konnte nichts dagegen tun. Wie eine Stahlpresse lag die Klaue um meinen Hals.

Mit der linken Hand versuchte ich mich abzustützen. Für wenige Augenblicke konnte ich dem Horrorwesen Widerstand entgegensetzen. Vor mir sah ich den zweiten Höllenboten auftauchen. Das eckige Gesicht war zu einem häßlichen Grinsen verzogen. Zwischen beiden Händen hielt das Monster eine silbern schimmernde Kette. Die Glieder klirrten leise gegeneinander.

Ich schoß.

Es blieb mir keine andere Wahl. Schräg fuhr die Kugel in den Körper des Untiers, fegte hindurch und blieb in einem Baumstamm stecken.

Dann knallte ich zu Boden.

Über mir vernahm ich ein triumphierendes Heulen. Starke Hände wälzten mich herum, drehten mich auf den Rücken.

Der Unheimliche mit der Kette tauchte wieder auf.

In meiner Verzweiflung feuerte ich auf den anderen.

Und diesmal hatte ich Glück. Das Silbergeschoß blieb in seiner Brust stecken. Es begann von innen heraus zu leuchten und fraß sich in Sekundenschnelle weiter.

Das zweite Monster wich heulend zurück.

Ich konnte endlich frei atmen, sog die Luft in die Lungen und gelangte auf die Füße.

Alles ging viel zu langsam, ein schnellerer Gegner hätte mich fertigmachen können, doch das Monster mit der Silberkette dachte nicht daran.

Es war bis an den Wegrand zurückgewichen, starrte mich noch einmal an, wurde durchscheinend und war verschwunden.

Übrig blieb Monster Nummer eins.

Vergeblich kämpfte es gegen die Macht des geweihten Silbers an. Sein Körper wurde zerstört.

Zurück blieb – nichts.

Ich schüttelte den Kopf, konnte nicht begreifen und suchte nach einer Erklärung.

Eins stand jedoch fest. Mein unbekannter Gegner wußte, daß ich mich in New York aufhielt.

Warum hatte meine Kugel das erste Monster nicht zerstört? Ich zermarterte mir den Kopf. Gelangte dann auch zu einem Ergebnis. Diese beiden Wesen konnten zweierlei Gestalt annehmen. Einmal die normale stoffliche Bindung, bei der sie verwundbar waren, und zum zweiten die Struktur eines Geistwesens.

Verrückt, aber wahr.

Nur allmählich beruhigte ich mich wieder, normalisierte sich mein Atem.

Von den Monstern war nichts mehr zu sehen. Nicht einmal Staub war von der Bestie zurückgeblieben, die ich mit meiner Kugel getroffen hatte. Sie war eingegangen in das Dämonenreich. Aber in welches? Es gab derer viele. Davon konnte besonders ich ein Lied singen. Auch fragte ich mich, wer in diesem neuen Fall mein Gegner war. Steckte vielleicht wieder der Schwarze Tod dahinter? Oder Myxin, der Magier?

Ich glaubte nicht daran. Beide Dämonen hätten es schlauer angefangen, es nicht auf die plumpe Tour versucht.

Auf jeden Fall war ich froh, glimpflich davongekommen zu sein. Ich ging den Weg wieder zurück. Die Luft war noch stickiger und drückender geworden. Auch schien die Sonne nicht mehr. Sie hatte sich hinter Dunstwolken versteckt. Wenn ich atmete, schmeckte ich den aufgewirbelten Staub auf meinen Lippen. Meine Kehle war trocken. Die Zunge fühlte sich an wie ein dicker Schwamm. Ich hätte schon wieder eine Dusche vertragen können.

Als ich den breiten Weg erreichte, strömten die meisten Menschen bereits den Ausgängen des Parks zu. Jeder erwartete das erlösende Gewitter, aber noch ließ sich die Natur Zeit mit der Entladung.

Ich klopfte mir den Staub aus der Kleidung. Hemd, Jackett und Hose sahen ziemlich ramponiert aus. Kein Wunder.

Auf einer Reklametafel entdeckte ich die Werbung für Hertz-Rent-a-Car. Die Filiale lag ganz in der Nähe.

Dort wurde ich wegen meiner Aufmachung dumm angesehen, doch für gute Dollars gaben sie mir einen Wagen. Ich entschied mich für einen Golf. Der Wagen ist zwar relativ klein, aber spritzig und paßt oft in die kleinste Parklücke.

Mit dem Golf fuhr ich zum Hotel zurück. Ein Schild führte mich zum Garagenkomplex.

Langsam rollte der grüne Wagen die Rampe hinunter. Ein Hotelangestellter wies mir eine Box zu.

Mit dem Lift konnte ich hochfahren. An der Rezeption stieg ich aus. Vielleicht hatte Morley eine Nachricht für mich hinterlassen, oder es war angerufen worden. Erkundigen wollte ich mich jedenfalls.

Tim Morley war zwar nicht da, dafür wartete eine junge Frau auf mich. Sie hockte in einem der großen Ledersessel, wirkte irgendwie verloren, wie sie da saß und von ihrem Tonicwater trank.

»Diese junge Dame möchte Sie unbedingt sprechen«, erklärte mir einer der Portiers.

Ich bedankte mich und ging auf die Kleine zu.

»Mister Sinclair?« fragte sie.

»Ja.«

»Können Sie sich ausweisen?«

»Natürlich. Hier.« Ich holte meinen Paß aus der Tasche.

»Entschuldigen Sie, aber ich muß mißtrauisch sein. Sie werden es verstehen, wenn ich Ihnen erzählt habe…«

»Schon gut.«

Sie gab mir den Ausweis wieder.

»Und worum geht es?« fragte ich.

»Um Tim Morley.«

Sofort war ich hellwach. »Ist was mit ihm?« Ich setzte mich und ließ mir von dem Ober ebenfalls ein Tonic bringen.

Plötzlich schimmerten Tränen in ihren Augen. »Ich heiße Laurie Ball, Mister Sinclair, und bin eine Kollegin von Tim. Ich war vorhin in seiner Wohnung…«

Und dann sprudelte es aus Laurie nur so heraus. Sie redete sich alles von der Seele. Ich hörte ihr geduldig zu.

Zum Schluß sagte sie: »Er hat ausgerechnet Ihren Namen genannt, Mister Sinclair.« Sie zog die Nase hoch. »Ich bin so rasch gekommen, wie ich konnte.«

Mein Blick traf ihre Figur. Sie hatte einen biegsamen Körper, war der Typ Kumpel, mit dem man Pferde stehlen konnte. Dann sah ich auf ihre schmutzigen Füße.

»Ich bin barfuß gelaufen«, erklärte sie mir. »Mein Gott, ich weiß nicht mehr, was ich tun soll.«

Ich stand auf. »Kommen Sie, Laurie.«

»Und wohin?«

»Wir müssen zu Tim. Sie kennen den Weg?«

»Ja – aber…«

»Was?«

»Wenn er nun…«

Ich lächelte. »Wir wollen es doch nicht hoffen.«

Sie nickte entschlossen. »Ja, Mister Sinclair. Es ist die einzige Möglichkeit.«

Zahlreiche Blicke folgten uns, als wir auf den Lift zuschritten. Wir mußten warten. Laurie fingerte nach Zigaretten.

Ich legte meine Hand auf ihr Handgelenk. »Lassen Sie. In der Tiefgarage ist Rauchen verboten.«

»Sorry.«

Der Motor des Golfs war noch warm. Ich scherte den kleinen Wagen aus der Parktasche und steuerte ihn die Rampe hoch. Das rotweiße Gitter trudelte nach oben.

Wir fuhren weiter.

Laurie rauchte nervös. Nach jedem Zug aus der Zigarette biß sie sich auf die Unterlippe. Beim viertenmal sah ich einen kleinen Blutstropfen schimmern.

Mit leiser Stimme gab sie ihre Anweisungen. Sie beschrieb mir den Weg gut. Leider gerieten wir in die Rush-hour, und die zahlreichen Einbahnstraßen waren ebenfalls nicht dazu angetan, die Fahrtzeit zu verkürzen.

Dann erreichten wir die Straße, in der Tim Morley wohnte. Selbstverständlich fand ich keinen Parkplatz. Ich parkte den Golf neben einem Lieferwagen, dessen Fahrer von seiner Tour nach Hause gekommen war und von Frau und Kindern überschwenglich begrüßt wurde. Er würde sicherlich in den nächsten Minuten nicht wegfahren.

»Kommen Sie.«

Wir fanden die Haustür offen. Laurie Ball hielt sich hinter mir. Rasch stiegen wir die Treppe hoch.

Dann standen wir vor der Wohnungstür. Sie war verglast. Doch eine Gardine verwehrte den Durchblick.

»Haben Sie einen Schlüssel?« fragte ich Laurie.

Sie schüttelte den Kopf.

»Ich schelle mal.«

Nach dem dritten Versuch hatte er noch immer nicht geöffnet.

»Gibt es hier einen Hausmeister?«

»Soviel ich weiß – nicht«, erwiderte Laurie.

»Okay, dann müssen wir es so versuchen.« Ich trug immer ein Spezialbesteck bei mir. Es ist von Scotland Yard entwickelt worden und so klein, daß es sogar in eine Geldbörse paßt. Mit diesem Besteck kann man fast jede Tür öffnen.

Für mich lag hier ein Notstand vor. Ich mußte wissen, was mit Tim Morley geschehen war.

Das Schloß sprang auf. Ich drückte die Tür nach innen.

»Im Living-room haben wir gesessen«, flüsterte Laurie. Sie hielt meinen Arm. Wahrscheinlich gab ihr die Berührung Schutz und Sicherheit.

Ich erreichte als erster den Raum.

Laurie sah mir über die Schulter.

Ich wollte sie noch warnen.

Da stieß sie bereits einen gellenden Schrei aus. »Tim!« brüllte sie, rannte auf die leblos am Boden liegende Gestalt zu und fiel neben ihr auf die Knie.

Ich brauchte nur in die gebrochenen Augen zu schauen, um erkennen zu können, daß Tim Morley tot war.

Ich ließ Laurie weinen. Es war das beste für sie. Dann – nach Minuten – zog ich sie zur Seite.

»Kommen Sie«, sagte ich. »Sie können ihm nicht mehr helfen.«

Laurie barg ihren Kopf an meiner Schulter. »Aber ich bin schuld«, flüsterte sie. »Wäre ich dageblieben, würde er vielleicht noch leben.«

»Oder Sie wären jetzt auch tot«, erwiderte ich. »Nein, Laurie, es war schon richtig, was Sie getan haben.

Ich schaute mir die Leiche an. Tim Morley war erwürgt worden, das sah man deutlich. Hart sog ich die Luft ein. Auch mir war der Mord auf den Magen geschlagen. Ich hatte Tim zwar nur kurze Zeit gekannt, ihn jedoch als sympathischen Burschen eingestuft.

»Was… was machen wir denn jetzt?« fragte Laurie.

Ich gab ihr ein Taschentuch. Während sie sich die Nase schneuzte, erklärte ich ihr meinen Plan.

»Wir werden rasch von hier verschwinden.«

»Aber die Polizei. Wir müssen doch Bescheid sagen…«

»Keine Angst«, beruhigte ich sie. »Die Polizei rufen wir an. Von der Telefonzelle aus. Ich möchte nur nicht, daß wir unser Inkognito aufgeben. Es hat nichts damit zu tun, daß ich mit der New

Yorker Polizei nicht zusammenarbeiten will, aber in diesem Fall ist jede Sekunde wichtig. Lange Verhöre würden uns nur aufhalten, und dann kann es zu spät sein. Die unbekannten Gegner haben bereits zugeschlagen.«

»Sie wollen allein kämpfen?« fragte Laurie erstaunt.

»Ja.«

»Aber das ist gefährlich.«

Ich begann damit, unsere Fingerabdrücke abzuwischen. Komisch kam ich mir schon dabei vor, aber was soll's? Für mich gab es keine Alternative, wenn ich den Fall aufklären wollte.

Dann verließen wir die Wohnung.

An der nächsten Straßenecke fanden wir eine Telefonhaube. Ich steckte meinen Kopf darunter und tippte die Nummer der Polizei in die Tastatur. Rasch gab ich die Meldung durch. Dann hängte ich auf.

Laurie sah mir ängstlich entgegen. »Alles glattgegangen?« fragte sie.

»Natürlich.« Ich lächelte.

»Und jetzt?«

»Fahren wir zu Jeff Denvers Wohnung.«

»Aber ich weiß nicht, wo er wohnt.«

»Sicher hat er Telefon.«

»Bestimmt sogar.«

Wir hielten vor einem Coffee-Shop. Ich bestellte starken Kaffee. Ein wirklicher Durstlöscher bei dieser Hitze. Dann lieh ich mir eines der Telefonbücher aus, in dem die Namen mit dem Buchstaben D standen.

Es gab zahlreiche Denver. Auch mehrere Jeffs. Doch durch die Berufsangabe hinter den Namen fand ich seine Adresse. Er wohnte gar nicht mal weit weg. Östlich vom Central Park. In der 66. Straße East.

Ich schrieb die Adresse auf eine Serviette. Laurie schaute mir über die Schulter.

»Was hoffen Sie dort zu finden?«

»Entweder Jeff Denver oder zumindest einen Anhaltspunkt über seine Tätigkeit, wenn ich es mal so ausdrücken darf.«

»Ich möchte Sie begleiten.«

Zuerst steckte ich die Serviette weg. Dann sah ich das Mädchen an und schüttelte den Kopf. »Nein, Laurie, es ist zu gefährlich.«

»Sie werden mich nicht mehr los. Ich kann verflucht dickköpfig sein. Meine irischen Vorfahren haben mir das vererbt. Wenn Sie mich nicht mitnehmen, fahre ich auf eigene Faust hin. Die Adresse kenne ich ja.«

Ich gab mich geschlagen. Zähneknirschend. Laurie hatte mich tatsächlich überlistet. Ein raffiniertes Biest.

Wir tranken unsere Tassen leer.

»Wie haben Sie sich entschieden, John?« Sie sagte jetzt John. Mir war das recht.

»Okay, Laurie. Ich nehme Sie mit.«

»Danke.« Sie schluckte und lächelte dann. »Wissen Sie, John, ich hatte zwar nie ein Verhältnis mit Tim Morley, aber wir haben uns ausgezeichnet verstanden. Er war ein Kumpel, ein dufter Kollege. Mit ihm konnte man Pferde stehlen, und er ist mir nie zu nahegetreten. Ich möchte, daß sein Mörder gefunden wird.«

Ich nickte. »Darauf können Sie sich verlassen, Laurie.« Ich gab mich zuversichtlich, doch dieser Optimismus war nur Schau. Wenn wir in Jeff Denvers Wohnung keinen Anhaltspunkt fanden, standen wir da wie der Ochse vor dem Berg.

Nur sagte ich das Laurie Ball nicht. Ich wollte nicht ihre Hoffnung zerstören.

Ich zahlte die Getränke.

Neunzehn Uhr war schon vorüber, als wir die Straße betraten. Die Luft war schwer. So etwas von Schwüle und Smog hatte ich noch nicht erlebt. Wir haben in London auch Nebel, okay, doch dabei ist es nicht so heiß.

Laurie Ball schnupperte. »Die Luft riecht nach Mord und Gewalt«, sagte sie. »Jetzt ist in Harlem und in der Bronx die Hölle los.«

»Da wollen wir ja nicht hin.«

Der Verkehr hatte etwas nachgelassen. Viele New Yorker waren noch in die Außenbezirke gefahren, vor allen Dingen in Richtung Meer. Da war die Luft frischer.

Im Wagen stand die Luft ebenfalls. Ich schaltete das Gebläse auf die höchste Stufe. Viel änderte sich trotzdem nicht.

Laurie Ball kannte sich in New York gut aus. Wir fuhren die Lexington Ave hoch, ließen dabei die Ostseite des Central Parks links liegen und konnten, nachdem wir einmal um den Block gefahren waren, in die 66. Straße einbiegen.

Es war eine gepflegte Gegend. Es gab zahlreiche Geschäfte und Lokale. Manche Namen klangen deutsch. Sogar einen bayerischen Bierkeller sah ich. Dort stürmte – als wir vorbeifuhren – eine Gruppe Touristen hinein.

»Hier wohnen deutschstämmige Amerikaner«, meinte Laurie.

Ich nickte.

Dann hatten wir unser Ziel erreicht. Das Haus hatte einen kleinen Vorgarten. Es war vierstöckig mit buntbemalter Fassade. Die Fenster waren ziemlich hoch. Die Haustür stand wegen der Wärme offen. Zwei Männer saßen auf den Treppenstufen und tranken Bier. Sie schauten uns an, als wir auf sie zugingen, sagten aber kein Wort.

Ich sprach sie an. »Wohnt ein Jeff Denver hier?«

Nicken.

»Ist er zu Hause?«

Schulterzucken.

»Sie haben ihn also nicht ins Haus gehen sehen?« hakte ich bei den Stummen nach.

»Nein.« Jetzt endlich gaben sie uns eine Antwort.

»Danke.« Wir gingen an den Männern vorbei und betraten den etwas kühleren Flur. Als ich mich einmal umdrehte, sah ich, daß die beiden uns nachschauten.

»Seltsame Typen«, murmelte Laurie Ball. »Die können einem richtig Angst einjagen.«

Es war mir gar nicht recht, daß wir unter Umständen vor verschlossenen Türen standen. Laurie hatte ja Angst gehabt, daß Jeff Denver uns verfolgen würde, aber ich hatte nichts bemerkt, obwohl ich auf Verfolger geachtet hatte.

»Und was machen wir, wenn er nicht da ist?« fragte Laurie.

»Warten.«

»Aber Sie haben doch Ihr Besteck.«

»Das ich nur in Notfällen einsetzen darf. Hier liegt kein Notfall vor.«

»Sie nehmen es aber mit den Gesetzen genau.«

»Dafür bin ich Polizist.«

»Bei uns ist das manchmal nicht so«, sagte sie.

»Ich weiß.«

Wir hatten inzwischen die zweite Etage erreicht und standen vor der gelbgrün gestrichenen Eingangstür. Neben uns war das Flurfenster offen.

Wir konnten in einen Hinterhof sehen. An einer Leine hingen zwei bunte Wäschestücke. Die Fenster der Häuser waren weit geöffnet. Fernsehapparate liefen, und Radios dudelten.

Feierabendstimmung.

Doch irgend etwas störte mich. Ich wußte nicht genau, was es war, vielleicht die Ruhe in diesem Haus, die unnatürliche Ruhe.

Ja, das war es.

»Ist was?« fragte mich Laurie.

Ich hob die Schultern, ging zwei Schritte zur Seite und blickte über das Geländer hinweg in den Treppenschacht hinunter.

Mit einem Knall fiel unten die Haustür zu. Das plötzliche Geräusch ließ mich zusammenzucken. Verdammt, ich war schon übernervös.

»Sollten wir nicht besser gehen?« fragte Laurie leise. »Mir gefällt es hier nicht.« Sie schüttelte sich, als würde ihr ein Frostschauer über den Rücken laufen.

»Wenn wir schon hier sind, sollten wir es wenigstens versuchen«, antwortete ich und betätigte den Klingelknopf.

Hinter der Tür ertönte ein Summer.

Dann hörten wir Schritte.

Laurie trat etwas zurück.

Mit einem Ruck wurde die Tür aufgezogen. Der Mann, der sie öffnete, behielt die Klinke in der Hand.

Es war Jeff Denver!

Laurie stieß einen erstickten Ruf aus. Ich fühlte ihre Hände an meinem Arm und brauchte nur in die Augen des Mannes zu sehen, um zu wissen, daß hier ein Mörder vor mir stand. Doch ein Gefühl ist kein Beweis.

»Mister Denver?« fragte ich.

»Ja.«

»Wir hätten Sie gern für einige Minuten gesprochen. Dürfen wir eintreten?«

»Bitte.« Er gab den Weg frei.

Ich hatte das Gefühl, bewußt in eine Falle zu gehen. Aber wer A sagt, muß auch B sagen. Mit keinem Wimpernzucken gab Jeff Denver zu verstehen, daß er Laurie Ball erkannt hatte.

»Der spielt Theater«, flüsterte das Mädchen mir zu.

»Glaube ich auch«, raunte ich zurück. Ich fragte mich die ganze Zeit, ob wir es hier mit einem Menschen zu tun hatten. Nach außen hin erweckte Jeff Denver nicht den Eindruck eines Dämons, aber ich wußte, daß die Diener der Finsternis in zahlreichen Verkleidungen auftreten konnten. Sie verstellten sich perfekt.

Denver führte uns in seinen kombinierten Wohn-Schlafraum. Die Bilder an den Wänden fielen auf. Moderne Graphiken, oft Strichzeichnungen und sehr wirkungsvoll in Szene gesetzt.

Er bot uns keine Plätze an. Das war auch nicht nötig. Ich wollte es kurz und schmerzlos machen.

»Sie wissen sicherlich, weshalb wir Sie aufgesucht haben?« fragte ich.

Er lächelte falsch, nahm seine Brille ab, hielt sie etwas von den Augen ab, schaute hindurch und sagte: »Keine Ahnung.«

»Dann will ich es Ihnen erklären. Sie kennen doch Tim Morley.«

Er setzte die Brille wieder auf. »Natürlich.«

»Morley ist tot.«

Jetzt sah er mich an. »Ich weiß«, erwiderte er. »Ich habe ihn schließlich umgebracht.«

Mit allem hatte ich gerechnet, nur nicht mit diesem offenen Mordgeständnis.

Auch Laurie war schockiert. »Mörder!« schrie sie. »Dreckiger Mörder!« Sie war hochrot im Gesicht, wollte sich auf ihn stürzen, doch ich hielt sie fest.

Jeff Denver machte eine abwehrende Handbewegung. »Es war

Ihr Fehler, daß Sie gekommen sind. Denn jetzt gibt es kein Entrinnen mehr. Sehen Sie mal aus dem Fenster, Sinclair.«

Ich tat ihm den Gefallen.

Durch die Scheibe konnte ich in den Hof schauen. Und da traf es mich wie ein Schlag.

Unten stand – das Horror-Taxi.

Es bot einen traurigen Anblick. Ein gelber Cadillac mit verhangenen Scheiben. Schwarz waren die Reifen und die Felgen. Doch das Schaurigste war der Sarg, der auf dem Dach des Wagens stand. Er war riesig, nahm fast die ganze Fläche ein und stand hinten noch etwas über.

Der gesamte Wagen war eine einzige Drohung.

Einen Fahrer sah ich nicht hinter der Frontscheibe, aber ich war sicher, daß der Caddy auf neue Fahrgäste wartete.

Auf uns!

Langsam drehte ich mich um.

Jeff Denver lächelte triumphierend. »Das Taxi hatten Sie doch sicher sehen wollen – oder?«

Ich nickte.

Laurie Ball blickte mich an. Ich las die Angst in ihren Augen. Die Mundwinkel zuckten. Laurie stand dicht davor, die Beherrschung zu verlieren.

»Nun, Sinclair?« höhnte Jeff Denver. »Ausgespielt.«

Ich schüttelte den Kopf. »Kaum. Ich glaube, Sie überschätzen sich. Es wird Ihnen wohl kaum gelingen, uns in den Wagen zu locken. Im Gegenteil, ich werde Sie hier rausholen.«

»Sie sind allein.«

»Sie nicht?«

Er schüttelte den Kopf. »Nein. Dieses Haus ist für Sie eine Rattenfalle. Jeder Bewohner steht auf meiner Seite. Sie alle gehören zu den Schatten. Der Spuk hat sie in seinen Bann gezogen.«

Ich hatte so etwas geahnt, blieb jedoch gelassen. »Wer ist der Spuk?« drängte ich auf eine Antwort.

»Ein Dämon. Unser Meister. Er kann sich auflösen und durch

Wände gehen. Für ihn gibt es keine Mauern, denn dort, wo er herkommt, zählt Materie nicht.«

»Und ihm gehört das Taxi?«

»Ja. Nachts fährt er damit durch die Straßen und sucht seine Opfer. Wenn er sie hat, legt er sie in den Sarg, und dort werden Kräfte wirksam, die alle irdischen Gesetze auf den Kopf stellen. Ich will Ihnen eine Kostprobe geben.« Er trat einen Schritt vor. »Versuchen Sie einmal, mich anzufassen.« Denver streckte den rechten Arm aus.

Ich zögerte.

»Los, greifen Sie schon zu.«

Ich faßte nach ihm und durch ihn hindurch. Es war das gleiche Phänomen, mit dem ich schon im Central Park Bekanntschaft gemacht hatte. Aber hatte sich Denver verändert?

Scharf und genau blickte ich hin.

Ja, jetzt sah ich es. Die Umrisse seines Körpers waren nicht so scharf und klar wie sonst. Ich hatte das Gefühl, daß sie leicht flimmerten. Die einzelnen Atome mußten sich in einem Umwandlungsprozeß befinden. Es war die erste Stufe der Auflösung. Etwas, von dem Wissenschaftler träumen.

Doch durch Schwarze Magie ist es zu erreichen!

»Überrascht?« fragte mich Denver.

Selbst wenn ich es gewesen wäre, hätte ich es nicht zugegeben. »Kaum«, erwiderte ich. »Ich weiß, wozu Dämonen fähig sind.«

Das Flimmern verschwand. Völlig normal stand Jeff Denver wieder vor mir.

»Es war nur eine geringe Kostprobe unserer Macht, John Sinclair. Außerdem bin ich nur ein kleines Rädchen im Dämonengetriebe. Wir haben uns angeschickt, New York zu erobern. Wir wollen aus Manhattan eine Stadt der lebenden Toten machen.«

»Dann sind Sie vorher schon gestorben?« fragte ich.

»So ähnlich. Ich und all die anderen haben uns dem Spuk angeschlossen. Er hat uns geimpft, hat den dämonischen Keim in unsere Körper gepflanzt und unserem Leben einen anderen Sinn gegeben. Menschen sind wir nur äußerlich. Im Innern jedoch…«

Er verstummte, weil von draußen ein Geräusch durch die Tür drang. Auch Laurie und ich lauschten.

Wir hörten Schritte.

Monoton und dumpf. Ich kannte die Geräusche. Mehrere Personen stiegen die Treppe hoch.

»Das sind meine Freunde!« klärte Jeff uns auf.

»John, wir müssen fliehen!« Laurie meldete sich. Ihre Stimme klang schrill. Laurie lief auf mich zu und blieb neben mir stehen. »Sag, gibt es noch einen Ausweg?«

Die Frage war an mich gerichtet, doch Antwort gab Denver. »Nein, für euch nicht.«

Ich hatte vorher in den Hof sehen können und dabei nicht nur das Taxi beobachtet, sondern auch den schmalen Sims entdeckt, der sich dicht unter dem Fenster an der Rückseite des Hauses entlangzog. Der Sims führte geradewegs auf die alte Feuerleiter zu. Wenn wir sie erreichten und dann nach oben auf das Dach kletterten, hatten wir vielleicht eine Chance zu entkommen.

Sie war allerdings winzig.

Wäre ich allein gewesen, hätte ich versucht, durchzubrechen. So aber mußte ich auf Laurie Rücksicht nehmen. Ich fühlte mich für sie verantwortlich.

Jeff Denver ahnte, welche fieberhaften Gedanken sich in meinem Hirn abspielten.

»Sie wollen fliehen?« fragte er spöttisch.

»Lauf zum Fenster, Laurie!« befahl ich. »Und öffne es!«

Sie gehorchte.

Jeff Denver ließ Laurie in Ruhe. Er fühlte sich sehr sicher. Kurz nachdem Laurie das Fenster geöffnet hatte, dröhnten die ersten Schläge gegen die Tür.

»Siehst du den Sims?« fragte ich.

»Ja.«

»Dann klettere hinaus auf den Rand.«

»John, ich…« Ihre Stimme bebte.

»Mach schon, verdammt!«

Aus den Augenwinkeln sah ich, daß Laurie Ball meinen Anweisungen Folge leistete.

Ich aber kümmerte mich um Jeff Denver. Er hatte vor, Laurie den Weg abzuschneiden.

Schnell sprang ich dazwischen. Ich erkannte, daß er sich in seinem Normalzustand befand, also verwundbar war. Rasch zog ich die Beretta und tat gleichzeitig noch etwas anderes. Ich riß mein Hemd auf, so daß das silberne Kreuz zu sehen war, das vor meiner Brust baumelte.

Jeff Denver stoppte. Er spreizte Arme und Finger, verzog das Gesicht und wich zurück.

Ein Dämon – gleich welcher Art – vertrug den Blick auf das geweihte Kreuz nicht.

So hatte Laurie Gelegenheit, aus dem Fenster zu klettern. Ich hoffte, daß sie es schaffte. Ein Fehltritt hätte für sie den Sturz in die Tiefe bedeutet.

Jeff Denver knurrte wie ein Wolf. Das Gesicht hielt er abgewandt. »Das wird Ihnen nicht helfen, Sinclair. Niemals.«

Ich enthielt mich einer Antwort. Abermals dröhnten die schweren Schläge gegen die Wohnungstür. Sie würde sicherlich nicht mehr lange standhalten.

Nach wenigen Sekunden war es soweit. Die Tür brach aus der Fassung, und die Menschen stürmten in die Wohnung.

Mit einem Sprung erreichte ich Jeff Denver, packte ihn, und als die ersten in das Zimmer drängten, warf ich ihnen Denver entgegen.

Sie wurden überrascht. Denver war nicht gerade ein Leichtgewicht. Er riß eine Lücke in den Menschenpulk. Zwei Frauen und ein Mann fielen hin, fluchten. Andere stolperten.

Ich aber war bereits am Fenster.

So wie Laurie Ball stieg ich auf die Fensterbank, schwang das rechte Bein nach draußen, hielt mich mit beiden Händen am Fensterrahmen fest und zog das linke Bein nach. Die Pistole steckte ich weg.

Ich nahm mir noch die Zeit und riskierte einen Blick in das Zimmer. Die Verfolger hatten sich von ihrem ersten Schrecken erholt. Sie rappelten sich bereits auf. Und nicht nur Frauen und Männer waren dabei, nein, auch Kinder.

Das trieb meine Wut bis zum Siedepunkt. Diese verdammten Bestien machten nicht einmal vor Kindern halt. Wieder einmal bewahrheitete sich, daß es für Dämonen keinerlei Grenzen gibt.

Die Verfolger waren bewaffnet. Die Männer hielten Knüppel oder Messer in den Händen. Ihre Augen zeigten die leeren, leblosen Blicke, die ich schon oft bei von Dämonen Besessenen gesehen hatte.

Jeff Denver trieb die Menschen an. »Packt ihn!« geiferte er. »Los, holt ihn vom Fenster weg!«

Für mich wurde es höchste Eisenbahn. Ich tauchte unter, streckte die Beine aus und stand dann auf dem schmalen Sims. Der Halt war nur als provisorisch zu bezeichnen.

Ein Blick nach rechts.

Wie eine Fliege klebte Laurie Ball an der Wand. Zoll für Zoll schob sie sich weiter. In ihren Augen flackerten Angst und Panik.

»Nicht in den Hof sehen!« rief ich ihr zu. »Blicken Sie nur die Wand an!«

Ich wußte nicht, ob sie mich verstanden hatte. Überzeugen konnte ich mich nicht davon, denn meine Aufmerksamkeit galt jetzt den Verfolgern.

Zwei Männer streckten ihre Köpfe durch das Fenster.

Dann kletterten sie ebenfalls auf den Sims.

Jetzt wurde es kritisch.

Ich hätte ihnen leicht entkommen können, da mein Vorsprung groß genug war, doch Laurie Ball konnte sich nicht so schnell bewegen. Und sie stand mir im Weg.

Ich mußte jetzt schneller werden, sonst schnappten mich die Verfolger noch weit vor der Feuerleiter. Es waren zwei wüst aussehende Kerle, die mir da folgten. Der erste hatte große Hände und einen Körper wie ein Ringer. Der Mann besaß Kraft, das stand außer Zweifel.

Meine Füße fanden zwar einigermaßen Halt, doch der Sims war nicht so breit wie meine Schuhe. Ich mußte das Gewicht auf die Ballen verlagern.

Die Arme hatte ich hochgestreckt. Meine Handteller lagen flach am Mauerwerk. Die gespreizten Finger versuchten, jeden Riß, jede Spalte und Unebenheit auszuforschen.

Der Schweiß strömte mir in wahren Bächen von Gesicht und Körper. Meine Kleidung war so feucht, daß ich sie hätte auswringen können. Unter mir begann es zu bröckeln. Ich hatte das Gefühl, mein Herz würde stehenbleiben, hielt für einige Sekunden die Luft an, zog meinen linken Fuß rasch weiter. Noch hielt der Sims.

Ich konnte weitergehen.

Laurie hörte ich flüstern. Sinnlose Worte stammelte sie, während sie sich näher auf die Feuerleiter zuschob. Was mußte das Mädchen für eine Angst haben! Ich verstand es sehr gut. Auch mir war nicht gerade wohl, denn die Verfolger holten auf. Eine Armlänge nur waren sie noch von mir entfernt.

Auch Laurie sah es. »Ich springe!« rief sie. »Dann hast wenigstens du noch eine Chance!«

Das hatte mir gerade noch gefehlt, daß Laurie Ball jetzt durchdrehte.

»Bist du wahnsinnig?« schrie ich zurück. »Geh um Himmels willen weiter! Wir schaffen es!«

Das Girl schüttelte den Kopf.

»Laurie!« Ich brüllte sie an. »Reiß dich zusammen!«

Mein Schreien half. Sie glitt weiter. Hatte den Kopf in den Nacken geworfen. Tränen rannen über ihre Wangen. Ich betete innerlich, daß sie das Gleichgewicht behielt.

Wie weit war die rettende Feuerleiter noch weg?

Fünf Yards? Vier Yards?

Der Schweiß rann mir in die Augen. Sie begannen zu brennen. Mein Atem flog. Ich keuchte wie eine Dampflok am Berg.

Der erste Verfolger streckte bereits seinen Arm nach mir aus. Er hatte sich leicht geduckt und fletschte die Zähne. Ich sah das Weiße in seinen Augen.

Dieser Mensch war eine Maschine.

Die Hand mit den gespreizten Fingern glitt an der Mauer auf mich zu. Es waren dicke, knotige Finger, in denen viel Kraft steckte. Wenn sie mich packten, dann…

Ich bog den Oberkörper etwas nach rechts.

Die Hand griff vorbei. Die Fingerspitzen streiften zwar noch den Stoff meines Jacketts, aber zupacken konnten sie nicht mehr.

Der Besessene heulte vor Wut auf.

Und wir hatten wieder eine kleine Galgenfrist.

Trotzdem würden wir die Feuerleiter nicht ungeschoren erreichen. Laurie war einfach zu langsam. Ich stellte mich langsam darauf ein, daß ich auf diesem Sims einen Kampf auf Leben und Tod führen mußte.

Sicher, zwei Stockwerke waren nicht sehr tief, aber wenn ich vom Sims fiel, würde ich unten mit gebrochenen Knochen liegenbleiben. Und dann hatten sie mich.

Der Besessene holte auf.

Ich war bereits dicht an Laurie heran, blickte in ihr tränennasses Gesicht.

»Wir… wir schaffen es nicht…!«

»Doch, Laurie!«

Die nächsten Sekunden belehrten mich eines Besseren. Plötzlich war die Hand da, wollte zugreifen.

Ich löste meinen linken Arm von der Mauer, schlug die gekrümmte Hand nach unten und traf das Gelenk.

Der Kerl fluchte und zog den Arm schnell zurück. Das Gleichgewicht hatten wir beide nicht verloren. Aber diese Attacke war nur ein Versuch gewesen, das stand für mich fest.

Der nächste Angriff würde härter sein.

Er folgte schon wenige Sekunden später.

Diesmal riskierte mein Verfolger mehr. Er legte sämtliche Kraft hinter seinen Stoß, wollte mich vom Sims stürzen.

Schnell löste ich die linke Hand vom Mauerwerk, bekam wirklich nur durch einen Zufall sein Gelenk zu fassen und drehte es herum.

Der Besessene keuchte. Er wollte sich losreißen. Ich drückte noch nach, und da geschah es.

Der Mann verlor das Gleichgewicht. Er kippte nach hinten. Ich ließ seine Hand los, um nicht mitgerissen zu werden. Er versuchte, die Balance zu halten, doch seine tastenden Finger rutschten ab.

Der Besessene fiel in die Tiefe.

Er überschlug sich einmal und prallte zu Boden. Bewegungslos blieb er liegen.

Aber auch ich hatte Mühe, die Balance zu halten. Meine Füße wollten wegrutschen. Ich schwankte, fuhr mit der Hand hastig über die Mauer, suchte einen kleinen Spalt oder Vorsprung, an dem ich mich festhalten konnte, hörte Lauries entsetzten Schrei und spürte im nächsten Moment ihre Hand an meiner Schulter.

Laurie drückte mich weiter zurück.

Ich hatte es geschafft. Wenn sie nicht gewesen wäre, dann hätte es übel für mich ausgesehen.

»Danke!« keuchte ich.

Laurie lächelte mir zu.

Als ich an ihr vorbeischielte, konnte ich sehen, daß sie die Feuerleiter schon fast erreicht hatte. Nur noch ein paar winzige Schritte, und die größte Gefahr war gebannt.

Allerdings nicht für mich, denn noch lauerte der zweite Kerl auf seine Chance.

Und er versuchte es mit einem neuen Trick. Er hob das rechte Bein vom Sims weg und wollte treten. Bestimmt hätte er mich getroffen, doch ich durchschaute den Plan.

Ich bog den Oberkörper etwas nach rechts, ließ den Tritt an mir vorbeizischen und hakte meine Fußspitze unter das zurückschnellende Bein.

Damit hatte der Kerl nie gerechnet. Sofort geriet er aus dem Gleichgewicht. Sein Standbein knickte weg, der Oberkörper erhielt einen Drall nach hinten, und einen Atemzug später verschwand mein zweiter Verfolger in der Tiefe. Sein Schrei brach abrupt ab, als er auf den schmutzigen Hinterhof prallte.

Der Rest war ein Kinderspiel. Laurie hatte die Plattform bereits erreicht und streckte mir die Hand entgegen. Ich ergriff sie und ließ mich von dem Mädchen auf die rettende Metallinsel ziehen.

»Geschafft!« stöhnte Laurie und preßte sich an mich.

Ich lächelte. Laurie hatte ihren Optimismus wiedergefunden. Ich war nicht so froh, denn ich brauchte nur einen Blick nach unten in den Hof zu werfen, dann verging mir das Lachen.

Mindestens zehn Gegner warteten auf uns. Die beiden Abgestürzten lagen auf dem Boden. Niemand kümmerte sich um sie. Uns blieb also nur die Möglichkeit, auf das Dach zu klettern.

Auch Laurie Ball hatte es bemerkt. »Schaffen wir es?« fragte sie. Ihre Stimme zitterte dabei.

»Das wollen wir doch schwer hoffen«, erwiderte ich und trat an den Rand der kleinen Feuerleiter-Plattform. Ein Geländer schirmte die Plattform ab. Ich legte beide Hände auf den eisernen Streifen und schaute in den Hof.

Die Besessenen starrten zu uns hoch. Sie hatten sich jetzt um das Taxi geschart, das nach wie vor wie eine finstere Drohung auf dem Hof parkte.

Und dann wurde die Fahrertür des Wagens aufgestoßen. Eine Gestalt schob sich aus dem Caddy, richtete sich auf und blickte in unsere Richtung.

»Mein Gott«, flüsterte Laurie neben mir, »das ist er.«

Auch mir rann eine Gänsehaut über den Rücken, als ich den Unheimlichen ansah.

Ich sah keine Hände und auch keine Füße. Nur eine lange schwarze Kutte und eine Kapuze darüber. Die Kleidung schwebte in der Luft, eine Handbreit über dem Boden.

Dann begann der Dämon zu sprechen. »John Sinclair, ich weiß, wer du bist. Du bist sehr bekannt, und ich muß zugeben, daß du schon einige Erfolge errungen hast. Der Schwarze Tod hat einen brennenden Haß auf dich. Er will dir heimzahlen, daß du sein Dämonenauge zerstört hast. Aber dazu wird es wohl nicht kommen, denn jetzt bist du in meiner Gewalt. Du und das Mädchen dort.«

»Okay, Unbekannter!« rief ich zurück. »Woher nimmst du das Recht, so große Töne zu spucken?«

»Ich bin der Spuk!«

»Und?«

»Hast du noch nie von mir gehört?«

»Nein«, erwiderte ich laut und provozierend. »Dämonen der untersten Stufe interessieren mich nicht!«

Der Spuk lachte gellend. »Ich werde dir beweisen, auf welcher

Stufe ich stehe. In der nächsten halben Stunde befindest du dich in meiner Gewalt. Darauf gehe ich jede Wette ein. Ich lasse mir meinen Plan nicht zerstören. New York wird unter meiner Knute zittern, darauf kannst du dich verlassen.«

Ich wußte, daß der Spuk nicht scherzte. Aber mir war auch nicht nach Späßen zumute. Wir mußten weg. Und zwar sofort.

Ich gab dem Mädchen ein Zeichen. »Steig die Leiter hoch, Laurie!« zischte ich.

Sie nickte und begann mit dem Aufstieg.

Die Feuerleiter war zum Glück noch intakt. Ich kenne Bauten, da hängt sie in rostigen Ösen und droht jeden Augenblick zusammenzubrechen. Bevor ich Laurie nachstieg, warf ich noch einen Blick auf den Hof. Der Spuk und seine Helfer standen unbeweglich auf dem Fleck.

Das gefiel mir gar nicht. Schließlich sahen sie, daß wir fliehen wollten, doch sie unternahmen nichts. Wahrscheinlich hatten sie einen dicken Trumpf in der Hinterhand.

Ich kletterte hinter Laurie her. Zwar knirschten die Stufen unter meinem Gewicht, doch sie hielten, und das war die Hauptsache. Unangefochten erreichten wir die Plattform der dritten Etage.

Hier fehlte das Geländer an der rechten Seite. Es war abgerissen.

»Paß auf, Laurie!« warnte ich das Girl.

Inzwischen brach die Dämmerung an. Eine dunkle Wand schob sich über den Himmel. Kein Lufthauch regte sich. Die schwüle Luft drückte. Blickte ich nach rechts, so sah ich über den Dächern bereits das erste Wetterleuchten. Sicher ließ das erlösende Gewitter nicht mehr lange auf sich warten.

»Kannst du noch?« fragte ich Laurie.

Sie lachte bitter. »Ich muß.«

»Okay, dann haben wir es gleich geschafft!«

Sie drehte den Kopf etwas und schaute auf mich herunter. »Und dann? Wie geht es weiter?«

»Wir fliehen über die Dächer.«

»Wenn sie uns lassen.«

Ich gab keine Antwort mehr. Wir hatten beide miterlebt, wie mächtig der Spuk war. Er mußte dieses Viertel unter Kontrolle haben, denn kein Anwohner hatte die Polizei gerufen. Die Jagd auf uns war eröffnet, und alle beteiligten sich daran.

Eine teuflische Situation.

Wir erreichten die Plattform zur vierten Etage. Jetzt hatten wir nur noch eine Stiege bis zum Dach vor uns.

Ich dankte dem Erbauer des Hauses, daß er es mit einem Flachdach ausgerüstet hatte. Bei einer Spitzdachbauweise wären wir verloren gewesen.

Wir schafften die letzten Stufen, blieben dann schwer atmend stehen und blickten uns an.

Kamine und Fernsehantennen wechselten sich ab. Erstere boten gute Deckungsmöglichkeiten. Sie waren gemauert und durch den hervorquellenden Ruß im Laufe der Zeit geschwärzt worden.

Das Haus rechts vor uns hatte ebenfalls ein Flachdach. Das linke jedoch nicht. Also nach rechts.

Ich faßte Laurie am Arm. »Komm rasch!« Laurie nickte. Sie sah schlecht aus. In ihrem Gesicht spiegelte sich die Anstrengung wider. Ich warf keinen Blick mehr nach unten, es hätte zuviel Zeit gekostet.

Wir liefen auf den Seitenrand zu, ich einen Schritt voraus. Ich blieb stehen, als ich sah, daß das nächste Haus von unserem mindestens drei Yards entfernt war.

»Nein!« schluchzte Laurie auf und begann zu weinen. Die Enttäuschung war zu groß.

Ich munterte sie auf. »Keine Angst, das schaffen wir schon. Ich springe zuerst.«

Sie sah mich aus tränennassen Augen an. »Und dann?«

»Fange ich dich auf!«

Laurie Ball nickte.

Ich ging ein paar Schritte zurück, nahm einen Anlauf, sprintete auf den Dachrand zu und stieß mich ab.

Sicher flog ich über die ›Schlucht‹ und landete auf dem anderen Hausdach.

Ich drehte mich um und winkte Laurie. »Schnell!« rief ich. »Und nimm einen genügend langen Anlauf.«

Die Antwort verstand ich nicht. Laurie ging aber zurück.

Die Spannung stieg. Ich drückte dem Mädchen beide Daumen, ging leicht in die Knie, schob die Arme vor und machte mich bereit, Laurie aufzufangen.

Sie lief los.

Zögernd erst, mit viel zu kurzen Schritten.

Mein Herz begann zu hämmern. Mein Gott, wenn sie so weiterlief, schaffte sie es nicht.

»Laurie!« Ich rief ihren Namen. Sie hörte mich nicht, erreichte den Dachrand, stieß sich ab…

Am liebsten hätte ich die Augen geschlossen.

Wie in Zeitlupe liefen die nächsten Sekunden ab. Ich sah Laurie auf mich zufliegen, sah in ihr vor Angst verzerrtes Gesicht.

Dann war sie da.

Sie berührte mit dem rechten Fuß den Dachrand, knickte weg, fiel nach hinten.

Ich packte zu. Laurie schrie, doch meine Hände umklammerten ihr linkes Handgelenk wie Stahlringe. Mit einem Ruck zog ich Laurie auf das sichere Dach.

Weinend warf sie sich in meine Arme, barg ihren Kopf an meiner Brust. Ich streichelte ihr Haar. »Okay, Laurie, es ist alles gut!«

Sie gab keine Antwort. So leid es mir tat, aber ich konnte ihr keine Erholungspause gönnen. Wir mußten weiter.

Mit Laurie Ball im Arm drehte ich mich um.

Es traf mich wie ein Schock.

Vor uns stand der Spuk!

Am liebsten hätte ich mich in diesen Sekunden in ein Mauseloch verkrochen, so mies war mir. Alles umsonst, die Flucht, die Gefahren, die wir auf uns genommen hatten.

Der Spuk war Sieger geblieben!

Und Laurie Ball?

Weit und entsetzt hatte sie die Augen aufgerissen, starrte den Unheimlichen an.

Auch ich fixierte den Spuk, als er vor mir stand. Ich erkannte, daß sich unter der Kapuze kein leerer Raum befand. Wo normalerweise das Gesicht eines Menschen sitzt, war Luft. Sie flimmerte in einem Oval. Hin und wieder sah ich winzige helle Punkte aufblitzen, die die Umrisse einer Physiognomie nachmodellierten.

»Ich habe dir doch gesagt, daß du mir nicht entkommst, John Sinclair!« stellte der Spuk mit tonloser Stimme fest. »Und das da«, er wies auf das Kreuz auf meiner Brust, »nützt dir nichts. Ihr hättet euch sofort ergeben sollen. Jetzt wird es schlimmer.«

Ich schluckte und sagte: »Laß wenigstens das Mädchen laufen. Es hat dir nichts getan.« Ich erkannte meine eigene Stimme kaum wieder.

Doch der Spuk lachte mich aus. »Jedes Leben zählt«, erwiderte er. »Ich brauche Diener, um meinen Plan durchführen zu können.«

Laurie faßte nach meiner Hand. Ihre Finger zitterten, sie waren feucht.

Und ich konnte nichts für sie tun. Ich war hilflos, konnte gegen die magische Überlegenheit meines Gegners nichts ausrichten.

Der Spuk war nicht allein. Er hatte seine Helfer mitgebracht. Auf seinen Befehl hin tauchten sie hinter den Kaminen hervor. An der Spitze Jeff Denver.

Er grinste höhnisch, als er auf mich zutrat.

Fieberhaft suchte ich nach einem Ausweg. Es gab keinen. Nicht in diesem Augenblick.

Die Männer kreisten uns ein, zogen die Mauer aus Körpern immer dichter.

Laurie Ball preßte sich angstvoll gegen mich. Sie schrie auf, als die ersten Hände nach ihr griffen.

Ich hatte zwar verloren, aber leicht wollte ich es den Typen nicht machen. Ich wehrte mich. Warf mich hinein in den Kreis der Gestalten. Mit der rechten Hand hielt ich das Kreuz hoch.

Schreie, Flüche. Ich schnappte nach Luft, drehte mich und schlug auch mit beiden Fäusten zu.

Ich traf. Hart sogar. Dann bahnte ich mir einen Weg zu Laurie Ball. Zwei Kerle hielten sie fest.

Dem linken drückte ich das geweihte Kreuz vor die Brust. Seine

Kleidung begann zu schmoren. Er selbst brüllte und ließ das Mädchen los.

Mit der linken Hand riß ich Laurie aus den Klauen des zweiten Besessenen. Ich warf mich mit ihr herum und wollte zu einem schmalen Dachfenster eilen. Doch der Spuk war schneller.

Urplötzlich tauchte er vor uns auf. Er hielt etwas in der Hand, das ich nicht erkennen konnte.

Ich spürte einen starken Schmerz am Kopf, hörte Lauries Schrei und dann nichts mehr.

Ich war ohnmächtig.

Ich kam wieder zu mir und stellte als erstes fest, daß ich gefesselt war. Und zwar mit dünnen Nylonschnüren, die tief in mein Fleisch schnitten. Die Füße hatte ich frei, aber gut bewegen konnte ich mich trotzdem nicht.

Außerdem war mir schlecht.

Mein Magen schien innerhalb des Körpers höher zu wandern, um der Kehle entgegenzustreben. Ich schluckte Luft, atmete tief durch und merkte, daß es mir besser ging.

Dann blickte ich mich suchend um. Es war inzwischen fast dunkel geworden, und ich lag auf einer einsamen Straße. Unter mir spürte ich den harten Asphalt. Rechts und links der Straße standen Bäume mit hohen Kronen, so daß ich das Gefühl hatte, in einem grünen Tunnel zu liegen.

Still war es um mich herum. Ich lag auf dem Rücken, hob mühsam den Kopf und blickte die Straße hinunter. Vor mir – wo das Grau des Asphalts in die Dunkelheit hineinfuhr – sah ich die Umrisse des Horror-Taxis.

Es war also noch da. Ich hatte die vergangenen Erlebnisse nicht geträumt, das stand fest.

Ich ließ mich wieder zurücksinken und achtete darauf, daß ich mit dem Hinterkopf nicht zu fest aufschlug. Das würgende Gefühl hing noch immer in Magennähe, aber es beeinträchtigte mein Gedächtnis nicht.

Was war mit Laurie Ball geschehen? Die Frage quälte mich.

Wenn der Spuk ihr etwas angetan hatte, dann fühlte ich mich schuldig. An meine eigene Situation dachte ich dabei nicht so sehr, mir ging es nur um das Mädchen.

Ich sollte bald eine Antwort erhalten.

Daß im Wagen jemand saß, merkte ich daran, daß der Motor aufbrummte. Dann fuhr der Wagen an.

Genau auf mich zu.

Im ersten Augenblick erschrak ich, rollte mich zur Seite, wollte weg von der Fahrbahn.

Es war nicht nötig. Außerdem wäre ich viel zu langsam gewesen. Das Taxi stoppte dicht vor meinen Füßen. Riesengroß erschien mir der Wagen. Ich schielte nach oben und konnte das Vorderteil des Sarges auf dem Wagendach sehen.

Hatte man Laurie dort eingesperrt?

Dieser Gedanke bereitete mir Angst. Ich wußte, wie einem Menschen zumute war, wenn er lebendig begraben wurde. Ich hatte es bereits am eigenen Leibe erfahren. Das Klappen einer Tür unterbrach meine Gedanken.

Es war Jeff Denver.

Breitbeinig blieb er vor mir stehen, schaute triumphierend auf mich herab und hielt in der rechten Hand meine eigene Beretta. Jetzt senkte er den Arm, ließ mich in die Mündung sehen und fletschte die Zähne wie ein zubeißender Wolf.

»Das wäre doch was«, flüsterte er. »John Sinclair wird mit der eigenen Waffe erschossen.«

Es war kein angenehmes Gefühl, in die Mündung schauen zu müssen. Trotzdem dachte ich in diesem Augenblick weniger an mich als an Laurie Ball.

»Was habt ihr mit dem Mädchen gemacht?«

Jeff Denver ließ den Arm mit der Waffe sinken. »Noch nichts«, erwiderte er. »Du sollst selbst miterleben, was mit ihr geschieht. Und dann bist du an der Reihe. Soviel darf ich dir schon verraten.«

»Wollt ihr sie töten?«

»Abwarten.«

Ich versuchte, ihn zu provozieren. »Allein kannst du wohl nichts entscheiden? Keine normale Antwort geben – nichts. Ich wette, du bringst es nicht einmal fertig, mir eine Kugel zu verpassen. Nicht aus eigenem Antrieb. Du mußt immer erst fragen.«

Er blickte mich an. Stumm, drohend und kalt. Dann drehte er sich auf dem Absatz um und ging zurück. Kommentarlos.

Mit dieser Masche kam ich also auch nicht weiter.

Dieser Fall war wirklich von Beginn an verrückt. Erst die Jagd über das Dach, dann der Kampf, meine Überwältigung, und jetzt lag ich auf irgendeiner einsamen Straße.

Wofür das alles? Was hatte dieser Dämon, der sich Spuk nannte, überhaupt vor? Er hatte mir erklärt, er wolle Manhattan in seine Gewalt bringen, um einen Stützpunkt der Dämonen zu schaffen. Dieser Plan war nicht einmal absurd. Schon des öfteren hatte ich erlebt, daß sich die Mächte der Finsternis hier auf der Erde ihre eigenen Horte schafften, um schnell und gnadenlos zuschlagen zu können, falls es erforderlich war.

Meine Gegner boten nun wirklich alles auf. Früher hatte ich es mit Dämonen der niederen Kategorien zu tun gehabt. Die oberen beachteten mich gar nicht. Doch inzwischen war ihnen meine Nadelstichpolitik verdammt unangenehm geworden. Ich hatte Siege errungen, ihre Diener ausgeschaltet und es auch geschafft, an sie heranzukommen. Mehr als einmal hatte ich dem Schwarzen Tod gegenübergestanden. Ich hatte ihn nicht endgültig erledigen können, aber auch er hatte mich nicht besiegt.

Ich stellte mir die Frage, wo man mich hingeschafft hatte. Immerhin war das Risiko groß, daß ein fremder Wagen vorbeifuhr und der Fahrer mich entdeckte. Aber wahrscheinlich lag ich auf irgendeiner abgelegenen Strecke, auf der nicht einmal Ratten liefen.

Jeff Denver stieg wieder in den Wagen. Hart knallte er die Tür zu.

Es wurde still. Da kein Nachtwind herrschte, rauschte es auch nicht in den Baumkronen.

Die Hitze des Tages hatte kaum nachgelassen. Die Dunkelheit schien noch drückender zu sein als sonst.

Etwas wischte durch mein Gesicht und blieb kleben. Spinnenweben, die in der Luft schaukelten.

Doch dann wurde die trügerische Ruhe unterbrochen. Abermals verließ jemand den Wagen.

Diesmal war es der Spuk.

Aber er war nicht allein.

Ein Mädchen war bei ihm. Laurie!

Was hatte dieser Dämon mit ihr angestellt? Eine silberne Kette hing um ihren Hals. Der Spuk stand hinter ihr und hielt sie an beiden Enden fest.

Für Laurie gab es keine Chance.

»Sieh sie dir noch einmal an, John Sinclair«, sagte der Spuk. »Bald gehört sie mir. Sie wird in den Sarg gelegt, und dort beginnt der Umwandlungsprozeß.«

Laurie sah mich mit einem verstörten Blick an, den ich nie im Leben vergessen werde. Darin lag alles, was sie in diesen für uns schrecklichen Minuten empfand.

Resignation, Schmerz und Leid.

Eine Lohe der Wut schoß in mir hoch. Und auch der Haß machte sich breit. Ja, ich haßte diesen verdammten Dämon, dessen Tun und Streben allein auf Vernichtung ausgerichtet war.

Etwas gegen ihn unternehmen konnte ich nicht. An den Händen gefesselt lag ich auf dem staubigen Boden.

Trotzdem versuchte ich zu lächeln. Ich wollte Laurie Mut machen. Doch aus dem Lächeln wurde nur eine Grimasse, das spürte ich.

»Sie werde ich mitnehmen, Sinclair«, sagte der Spuk. »Doch du wirst sterben. Ich gehe keine Kompromisse mehr ein. Und für dich habe ich mir etwas Besonderes einfallen lassen. Das Taxi wird dich überrollen!«

Da stand das Bild wieder vor meinen Augen.

Jane Collins hatte es gesehen. Ich stand auf einer Straße, und ein Taxi raste auf mich zu. Wie es weiterging, das hatte Jane Collins nicht mehr gesehen.

Nur trug ich in ihrer Erzählung eine Waffe, aber jetzt war ich gefesselt.

»Wenn du versuchen solltest zu fliehen, während das Mädchen

zu einer der Unseren wird, erschießt Jeff Denver dich. Denk immer daran, Sinclair!«

»Fahr zur Hölle!« knirschte ich.

Er lachte. »Da komme ich her.«

Denver tauchte wieder auf. Nach wie vor hielt er meine Beretta schußbereit in der rechten Hand. Schräg vor mir baute er sich auf, bereit, mir bei der geringsten verdächtigen Bewegung eine Kugel zu verpassen.

Der Spuk hatte genug geredet. Er wandte sich ab, schleifte das Mädchen mit sich und ging zum Wagen zurück.

Ich konnte aus meiner Froschperspektive alles genau beobachten. Und es waren gespenstische Szenen, die ich sah.

Aus dem Nichts tauchte eine Wolke auf. Sie ballte sich zusammen, kreiste über dem Wagen und sank dann auf die entsetzt dastehende Laurie Ball hernieder.

Blitzschnell nahm die Wolke das Mädchen gefangen.

Der Spuk hatte sein Opfer losgelassen. Ich aber konnte durch die Wolke schauen, sah, wie sich Laurie wand und wehrte. Sie schlug mit ihren Armen, trat und strampelte, doch es hatte keinen Zweck. Die magische Wolke war stärker.

Sie hob Laurie an. Langsam schwebte das Mädchen vom Boden hoch. Wie von selbst glitten ihre hochgerissenen Arme herunter, blieben zu beiden Seiten des Körpers hängen.

Laurie Ball wurde steif.

Die Magie dieser Wolke hatte Lauries Widerstand zum völligen Erliegen gebracht. Laurie Ball war nur noch eine Puppe in der Hand des Spuks.

Auch ich fühlte mich nicht anders. Und nicht zum erstenmal mußte ich mir eingestehen, daß ich diesen Gegner unterschätzt hatte.

Langsam schwebte das Mädchen innerhalb der Wolke in die Höhe. Laurie sah so steif und starr aus, daß ich befürchtete, ihre Lebensfunktionen wären erloschen. Schon befand sie sich in Höhe des Sarges. Dort blieb sie stehen.

Gebannt beobachtete ich die weiteren Vorgänge.

Der Sargdeckel schwang hoch. Lautlos stellte er sich in die Senkrechte, tauchte ebenfalls ein in die magische Wolke und blieb in dieser Stellung.

Jetzt setzte sich der Spuk in Bewegung. Der Stoff des Umhangs schlug Wellen, die Kette klirrte leise, und der Spuk wurde eins mit der dunklen Wolke.

Weiter konnte ich ihn nicht beobachten. Ehe ich mich versah, war er völlig verschwunden.

In den nächsten Sekunden geschah nichts.

Es war eine schlimme Zeit, die ich durchlitt. Dabei versuchte ich, die Fesseln zu lockern, doch die verdammten Nylonschnüre hielten. Sie preßten sich sogar noch tiefer in mein Fleisch. Die Hundesöhne hatten genau gewußt, weshalb sie mich mit diesen Stricken gefesselt hatten.

Und dann packte mich das nackte Entsetzen.

Eine Hand schob sich aus dem Sarg.

Eine grüne, schuppige Hand mit gekrümmten Fingern. Riesengroß erschien sie mir. Die Finger bewegten sich, winkten dem starr dastehenden Mädchen.

Und Laurie gehorchte.

Sie schwebte auf den Sarg zu und gehorchte dem stummen Befehl. Wie vom Band gezogen bewegte sich Laurie auf das Sargende zu. Sie blieb dort einen Moment stehen und kippte dann nach hinten.

Kein Geräusch. Nicht der leiseste Laut entstand dabei. Der Vorgang geschah in einer beängstigenden Stille.

Ich hielt den Atem an.

Die Hand packte Laurie in Höhe der Taille. Ich fragte mich, wem diese schuppige Hand gehörte. Wahrscheinlich dem Spuk. Vielleicht sah so seine richtige Gestalt aus.

Laurie fiel in den Sarg. Gleichzeitig senkte sich der Deckel und schloß den Sarg luftdicht ab.

Dann verschwand die Wolke. Sie löste sich so schnell auf, daß ich den Vorgang kaum verfolgen konnte.

Ich hätte wer weiß was drum gegeben, um zu wissen, was sich in dem Sarg abspielte. Der Spuk verwandelte Laurie in seine Dienerin, aber auf welch teuflische Weise, das wußte ich nicht.

Ich wandte meinen Blick nach links und schaute Jeff Denver an. Er stand unbeweglich wie ein Denkmal. Um seine Lippen spielte ein grausames Lächeln. Die Augen hinter der Brille waren kaum zu erkennen, dafür sah ich immer in die Mündung der Beretta. Eine tödliche Drohung.

Ich beschloß, die Zeit zu nutzen.

»Wo sind wir hier eigentlich?« fragte ich Denver.

»Nicht weit von New York weg.«

»Das habe ich mir gedacht. Aber habt ihr keine Angst, daß ein Wagen vorbeikommt?«

Er schüttelte den Kopf. »Kaum. Diese Straße ist erstens zu abgelegen, und zweitens haben wir sie gesperrt. Sie führt übrigens zu einem ganz in der Nähe liegenden Steinbruch, und dorthin verliert sich nicht einmal ein Liebespaar. Es ist für alles gesorgt, Sinclair. Du wirst Amerika als Leiche verlassen, wenn überhaupt.«

Die Befürchtung hatte ich auch. Mein einziger Vorteil bestand darin, daß sie mir die Beine nicht gefesselt hatten. Und damit mir die nicht einschliefen und unbeweglich wurden, machte ich Gymnastik. Das heißt, ich bewegte meine Zehen, um den Kreislauf wenigstens einigermaßen in Gang zu halten.

Der Boden unter mir war noch warm. Er hatte die Hitze des Tages gespeichert und gab sie jetzt ab. In Form fühlte ich mich wirklich nicht. Solch ein Wetter schaffte auch mich, obwohl meine Kondition besser war als die der meisten Menschen.

Die Minuten verrannen. Kein Laut, kein Geräusch drang aus dem Innern des Sargs.

Ich wurde von Sekunde zu Sekunde nervöser. In meiner Phantasie malte ich mir die schrecklichsten Dinge aus, die mit dem Girl geschehen würden.

Und Jeff Denver stand dabei. Er genoß seinen Sieg. Für ihn war ich schon gestorben.

Dann klappte der Sargdeckel hoch.

Ich hielt den Atem an.

Zuerst geschah nichts. Die Zeit wurde mir noch länger. Himmel, Laurie mußte den Sarg doch wieder verlassen!

Sie tat mir den Gefallen.

Zoll für Zoll schob sie sich aus dem Sarg. Stand dann aufrecht und schaute auf mich herab. Ihr Gesicht leuchtete in der Dunkelheit als blasses Oval. Ich wußte nicht, ob sie mich ansah, nahm es aber an. Äußerlich hatte sich an ihr nichts verändert, da war sie die alte geblieben, aber wie war ihre Psyche beeinflußt worden? Oder hatte sie der Spuk zu einer lebenden Toten gemacht?

Sie kletterte plötzlich aus dem Sarg, stieg über die Kühlerhaube des Horror-Taxis und sprang auf die Erde.

Kein Geräusch war dabei zu vernehmen.

Alles vollzog sich in einer lautlosen gespenstischen Atmosphäre.

Laurie Ball hielt auf mich zu, und hinter ihr tauchte wie ein Geist aus einer anderen Welt der Spuk auf.

Beide blieben vor mir stehen.

Lauries und meine Blicke trafen sich.

Jetzt konnte ich erkennen, daß Laurie kein normaler Mensch mehr war. Ich sah es ihren Augen an. Sie wirkten kalt und leblos, wie zwei Glasmurmeln.

Fast körperlich spürte ich die Kälte, die mir von ihr aus entgegenströmte, und mir war klar, daß ich von diesem Mädchen keine Gnade erwarten durfte.

Das gab mir auch der Spuk laut und deutlich zu verstehen. »Sie wird dich töten«, sagte er. »Sie wird den Wagen fahren, der dich überrollt. Dein Leben ist beendet, John Sinclair! In wenigen Minuten wird sich dein Tod im Reich der Dämonen herumgesprochen haben. Ich allein bin der Mann, dem die Ehre zuteil wird, von deinem Tod als erster berichten zu dürfen.«

Er drehte sich um, gab Laurie einen Wink und ging zum Wagen.

Jeff Denver schloß sich ihm an. Er grinste mir noch einmal ins Gesicht.

Sie öffneten die Wagentür. Einen Atemzug später fiel sie ins Schloß.

Dann brummte der Motor.

Und mich packte die Angst. Hilflos lag ich vor den breiten Rädern. Hatte keine Chance zu fliehen. Der Wagen würde anfahren und mich langsam überrollen.

Ein grausamer Tod.

Schnell und hastig ging mein Atem. Die breite Kühlerfront des Taxis hatte Ähnlichkeit mit einem mordenden Ungeheuer. Verzweifelt zerrte ich an meinen Fesseln. Sie saßen zu stramm.

Laurie schaltete die Scheinwerfer ein. Sie übergossen mich mit ihrem grellweißen Licht, blendeten mich.

Ich schloß die Augen, wollte wenigstens nicht mit ansehen müssen, wie ich überrollt wurde.

Dann fuhr der Wagen an.

Jetzt muß es geschehen. Noch eine, höchstens zwei Sekunden Galgenfrist, dann hatte es den Geisterjäger John Sinclair gegeben.

Mein Körper verkrampfte sich. Brechreiz machte sich breit. Mir wurde übel.

Die Zeit verrann. Ich hätte schon längst tot sein müssen. Warum lebte ich denn noch?

Ich riß die Augen auf.

Das Horror-Taxi fuhr nicht vor, sondern zurück!

Im ersten Moment fiel mir ein riesiger Stein vom Herzen. Ich hätte aufschreien können vor Freude, doch dann wurde mir das Teuflische des Plans bewußt.

Dieses Ungeheuer auf vier Rädern rollte bewußt zurück, um mich dann mit Vollgas zu überrollen.

Ein grausames Spiel.

Die Scheinwerfer blendeten mich nicht mehr so sehr. Der Wagen war schon zu weit weg. Das Licht hatte vor mir auf die Straße einen hellen Teppich gelegt, der sich jetzt nicht mehr veränderte.

Folglich war das Taxi stehengeblieben.

In diesem Augenblick packte mich ein ungeheurer Lebenswille.

Nein, ich wollte nicht sterben, nicht auf diese unmenschliche und grausame Weise.

Ich wollte leben!

Fernlicht!

Wieder blendeten mich die verdammten Scheinwerfer. Aber jetzt kämpfte ich. Man hatte mir die Füße nicht gefesselt. Das konnte meine einzige Chance sein.

Ich richtete mich in eine sitzende Stellung auf.

Da heulte der Motor auf. Reifen radierten über den Apshalt.

Das Horror-Taxi raste los.

Ich saß noch, gab mir jetzt genug Schwung und gelangte auf die Knie. Es ging um Sekunden. Vielleicht um Bruchteile davon.

Hupen! Grell und grausam. Hart schnitt mir dieses Geräusch ins Ohr. Es sollte meinen Tod ankündigen.

Riesengroß tauchte der Wagen vor mir auf. Ich sah nur in die blendenden, grellen Lichter, sammelte noch einmal all meine Kraft und stieß mich auf der zum Glück trockenen Straße ab.

Waagerecht flog ich durch die Luft. Noch nie im Leben war ich so verzweifelt gesprungen. Ich erwartete jeden Moment den mörderischen Schlag des Kotflügels, spürte statt dessen nur einen reißenden Luftzug, zog den Kopf in den Nacken, streckte die Schulter vor, und dann spürte ich den Aufprall.

Die Schmerzwelle drang bis in die Zehen. Zum Glück hatte ich mich gut abgerollt, und auch der weiche Boden dämpfte den Fall. Ich war neben der Straße im Graben gelandet.

Mein Gesicht wühlte sich in den Dreck. Ich hatte den Mund nicht rasch genug geschlossen und hörte den Dreck zwischen den Zähnen knirschen.

Aber ich lebte.

Ein häßliches, kreischendes Geräusch riß mich aus meinen Jubelträumen. Ich kannte diese Laute. Sie entstanden beim Bremsen.

Der Wagen wendete!

Ich mußte weg. So rasch wie möglich. Wenn ich gefunden wurde, hatte ich mit gefesselten Händen kaum eine Chance.

Wie ein Maulwurf wühlte ich mich aus dem Dreck. Es war gar nicht so einfach, mich aufzurichten.

Dann rannte ich. Stürmte förmlich hinein in ein mir unbekanntes Gebiet. Ich brach durch Buschwerk und Unterholz, riß mir die Kleidung auf, zog mir Kratzer und Hautabschürfungen zu. Das alles störte mich nicht. Hauptsache, ich konnte fliehen.

Dann wurde mir die verdammte Dunkelheit zum Verhängnis. Ich sah das Loch nicht vor mir im Boden und stampfte genau mit dem rechten Fuß hinein.

Bis zum Knie versank ich im schlammigen Wasser. Der überraschte Schrei auf meinen Lippen erstickte. Das schmutzige Wasser spritzte mir bis ins Gesicht.

Mit den gefesselten Händen hatte ich mich instinktiv an einem Strauch festgehalten. Ich zog die Beine an, gab meinem Oberkörper Schwung und konnte mich aus dem Loch befreien.

Doch diese Aktion hatte mich verdammt viel Kraft gekostet. Hinzu kam noch der lange Lauf.

Völlig ausgepumpt blieb ich liegen. Mir war jetzt alles egal. Um weiterlaufen zu können, mußte ich erst einmal wieder Kraft sammeln.

Ich atmete durch den offenen Mund und wälzte mich mühsam auf die Seite, um zurückzuschauen.

Noch sah ich von meinen Verfolgern nichts. Ich hatte jedoch keinen Grund zum Jubeln. Daß sie nicht aufgeben würden, konnte ich mir leicht vorstellen.

An meinen Gelenken fühlte ich es warm herablaufen. Die Nylonstricke hatten die Haut aufgescheuert, und aus den kleinen Wunden rann das Blut.

Bitter lachte ich auf. Diese Teufel hatten mich geschafft. Und ich war voller Optimismus in dieser Stadt gelandet. Der Kampf wurde von Tag zu Tag härter und gnadenloser.

Über mir sah ich den Nachthimmel. Kein Stern funkelte. Nicht einmal die Scheibe des Mondes war zu sehen. Wolken verdeckten die Gestirne. Zum Glück war etwas Wind aufgekommen. Er strich über mein schweißfeuchtes, erhitztes Gesicht, brachte etwas Kühlung. Der Geruch von Gras und Laub lag in der Luft.

Dicht vor meinem Gesicht krabbelten einige fingergroße Käfer vorbei. Ehe sie auf meinen Mund einschwenken konnten, setzte ich mich mit einem Ruck auf.

Noch immer fühlte ich mich schwach und ausgepumpt, mehr tot als lebendig, aber in meinem Innern brannte wieder eine kleine Hoffnungsflamme. War ich meinen Verfolgern entwischt?

Nein, ich war es nicht!

Plötzlich hörte ich Stimmen, erkannte die des Spuks.

»Wir schlagen einen Kreis!« rief er. »Wer ihn findet, tötet ihn sofort!«

Es ging also weiter. Wie hatte ich nur denken können, es geschafft zu haben!

Mühsam rappelte ich mich hoch und taumelte wieder in die Dunkelheit hinein. Ich stolperte wie ein Betrunkener durch das mir unbekannte Gelände. Ich atmete mit offenem Mund, hatte den Kopf in den Nacken geworfen, und die reine Angst trieb mich voran.

Ich fragte mich, wieviel ein Mensch aushalten konnte, bis der endgültige Zusammenbruch erfolgte. Der Spuk hatte es einfach. Er konnte mit Leichtigkeit überall sein, hatte die Gabe, sich auflösen zu können, und würde mich schneller finden als die anderen.

Ich lief und lief…

Meine Beine führten die Bewegungen automatisch durch, wie Roboter, die nicht zu meinem Körper gehörten.

Noch hatten sie mich nicht. Noch…

Da trat ich ins Leere. Ich schrie auf, ohne es zu wollen, verlor das Gleichgewicht und fiel, fiel, fiel…

Aus, vorbei! Dann erhielt ich einen Schlag gegen den Kopf, und aus dem Fall wurde ein wundersames Schweben. Hinein in die Tiefe der Bewußtlosigkeit…

Zum zweitenmal innerhalb kurzer Zeit erwachte ich aus einer tiefen Ohnmacht.

Diesmal hockten die Schmerzen in meinem Kopf. Ich mußte mit der Stirn gegen irgend etwas Hartes geprallt sein, denn an der rechten Schläfe spürte ich klebriges Blut.

Aber ich lebte.

Sofort standen vor meinem geistigen Auge wieder die Ereignisse der Vergangenheit. Ich sah mich rennen, hörte die Stimmen, und dann folgte der Fall.

Aber wo, zum Teufel, war ich gelandet? Und wie lange lag ich schon hier?

Ich drehte mich um. Unter mir tönte es dumpf. Ein paar Steine rutschten weg. Und da wußte ich, wo ich gelandet war.

In dem verlassenen Steinbruch, von dem Jeff Denver gesprochen hatte. Ich war in eine Kiesgrube gestürzt und hatte noch Glück im Unglück gehabt, denn ich lag unter einer vorspringenden Felsnase.

Ziemlich geschützt vor neugierigen Blicken. Letzteres erinnerte mich wieder an meine Verfolger.

Wo mochten sie jetzt stecken? Hatten sie meine Spur verloren, oder waren sie mir auf den Fersen geblieben? Ich wollte es feststellen, richtete mich auf und begann sofort zu rutschen. Hastig schränkte ich jede Bewegung ein, doch es war schon zu spät. Eingehüllt in eine Kiesladung schlitterte ich den Hang hinunter. Zahlreiche nachrutschende Steine tickten mir noch gegen den Kopf und Körper und brachten mir viele blaue Flecke bei.

Doch noch größere Sorgen bereiteten mir die Geräusche, die meine Rutschpartie begleitet hatten. Sie mußten weit zu hören gewesen sein. Und vielleicht waren auch meine Häscher aufmerksam geworden. Denn daran, daß sie die Suche aufgegeben hatten, glaubte ich nicht.

Auf dem Bauch blieb ich liegen.

Nichts geschah. Vorerst blieb alles ruhig. Ich atmete auf. Langsam hatten sich meine Augen an die herrschenden Lichtverhältnisse gewöhnt. Ich konnte meine Umgebung besser erkennen.

Ich lag in einer Mulde. Sie war ziemlich groß, und an den Schatten sah ich, daß nach allen Seiten steile Hänge hochstiegen. Schwere Truckreifen hatten breite Spuren in den Boden gezeichnet, und wenn ich die Zeichen verfolgte, konnte ich einen Weg sehen, der aus dieser Mulde hinausführte.

Etwas drang spitz und scharf gegen meinen Rücken. Ich schob mich ein wenig vor und tastete mit den Händen danach.

Ein Stein.

Zwischen meinen Fingern fühlte ich einen Stein. Und er hatte verdammt scharfe Kanten.

Eine Blitzidee durchzuckte mein Gehirn. Wenn dieser Stein wirklich so scharfe Kanten hatte, mußte es mir unter Umständen möglich sein, damit die Nylonschnüre aufzuscheuern.

Ich versuchte es. Ignorierte die Schmerzen in meinem Kopf und konzentrierte mich völlig auf meine Arbeit. Ich drehte mich in die richtige Lage, bewegte meine Finger hin und her und konnte den Stein fassen. Allerdings lag er ungünstig. Ich mußte ihn erst in die von mir gewünschte Richtung drehen.

Auch das schaffte ich, hatte allerdings als Folge einen blutenden Zeigefinger. Doch das war das kleinste Übel. Immer wieder lauschte ich. Von meinen Verfolgern war nichts zu sehen oder zu hören. Das gab mir die nötige Beruhigung.

Verbissen begann ich mit meiner Arbeit. Es wurde verdammt hart.

Die Stricke saßen so fest und tief, daß ich mir erst die Haut aufschnitt, ehe ich sie anritzen konnte. Immer wieder mußte ich Pausen einlegen. Meine Finger wurden steif, gefühllos sogar. Ich versuchte, sie zu bewegen, um die Blutzirkulation in Gang zu bringen.

Und weiter bemühte ich mich.

Zwischendurch hielt ich nach meinen Verfolgern Ausschau, denn ich war sicher, daß sie nicht aufgegeben hatten. So leicht ließen sie ihre Beute nicht aus den Klauen.

Dämonen waren ehrgeizig.

Ich wollte an etwas anderes denken, um die ziehenden Schmerzen in meinen Gelenken damit zu übertünchen. Es gelang mir sogar.

Dann fiel der erste Strick.

Wenig später der zweite.

Ich hätte aufschreien können vor Freude, doch ich setzte meine Bemühungen fort. Verbissen, unnachgiebig.

Wieder fiel ein Strick.

Dann der vierte.

Und schon konnte ich meine linke Hand aus der Schlinge ziehen. Ja, sie war frei.

Ich hörte den Stein förmlich poltern, der mir vom Herzen fiel. Schnell streifte ich die Fesseln der rechten Hand auch ab und hatte beide Hände frei.

Aber wie sahen sie aus! Aus zahlreichen kleinen Wunden rann

das Blut. Ich holte mein Taschentuch hervor und band es mir um die linke Hand. Dort hatte es mich besonders schlimm erwischt.

Dann stand ich auf.

Ich war verflixt wacklig auf den Beinen und schwankte im ersten Moment wie ein Grashalm im Wind. Durch tiefes Atmen allerdings schaffte ich es, daß sich mein Gleichgewicht wieder normalisierte.

Ein paar zögernde, tastende Schritte versuchte ich, wie ein Baby, das Laufen lernt.

Ich wurde langsam sicherer auf den Beinen. Mein eisenhartes Training zahlte sich aus. Ich ging einige Yards vor, streckte und reckte mich. Mein Kreislauf wurde wieder in Schwung gebracht. Auch die Schmerzen in meinem Kopf ebbten langsam ab. Der Aufprall war wohl nicht so wuchtig gewesen.

Jetzt erst blickte ich mich um.

In der Tat befand ich mich in einer großen Mulde, die von drei Seiten durch Kies- und Steinhänge eingeschlossen war. Gespenstisch ragten die kahlen Stahlskelette der Kräne und Bagger in den nachtschwarzen Himmel.

Rechts von mir öffnete sich die Schlucht wie ein riesiges Maul. Dorthin führten auch die Reifenspuren der Laster. Ich folgte den Spuren und konnte erkennen, daß das Land hinter der Kiesgrube ziemlich eben war.

In der Ferne sah ich eine winzige Lichterkette. Dort mußte ein Highway vorbeiführen.

Es war wohl das beste, wenn ich auf den Highway zuhielt. Vielleicht nahm mich jemand mit. Leider hatte ich keinen Spiegel dabei. Wenn ich dort hineingeschaut hätte, wäre mir klar geworden, daß mich niemals ein Fahrer in seinen Wagen gelassen hätte.

Und dann blitzte es rechts von mir auf. Im nächsten Moment zerschnitt der Strahl einer starken Taschenlampe die Dunkelheit.

Ich tauchte sofort weg. Lief zurück und suchte hinter einem Bagger Deckung.

Geräuschlos war das nicht vor sich gegangen. Ich hörte den Spuk gellend lachen. Sie hatten mich wieder.

»Los, holt ihn aus der Grube, Jeff!« befahl der Spuk. »Wir haben nicht viel Zeit. Ich will in dieser Nacht noch zuschlagen.«

Zuschlagen? Was meinte er damit? Wollte er ein Verbrechen begehen? Höchstwahrscheinlich. Seine Diener hatte er ja schon um sich gesammelt. Jetzt konnte er zuschlagen.

Ich mußte zugeben, daß mir der Gedanke daran nicht gerade Wohlbehagen bereitete. Wenn es eben ging, mußte ich das Verbrechen verhindern. Die Frage war nur wie.

Obwohl ich die Fesseln abgestreift hatte, war meine Situation nicht besonders glücklich. Ich saß in dieser verdammten Mulde fest und hatte bis auf das Kreuz keine Waffe. Das heißt, ich konnte nicht angreifen.

Jeff rutschte den Hang herunter. Der Lichtstrahl tanzte hin und her. Auch Denver hatte Mühe, das Gleichgewicht zu behalten.

Dann stand er in der Mulde.

Kreisförmig bewegte er seinen Arm. Der Lichtstrahl huschte über die Kieshänge, tanzte auf dem unebenen Boden und glitt auch über das verrostete Metall des Baggers, hinter dem ich hockte.

Ich hütete mich, auch nur eine Haarspitze von mir zu zeigen. Dieser Denver sollte in eine Falle laufen. Diesmal befand ich mich in der besseren Position. Ich wußte, wo er war. Er ahnte jedoch nicht, wo ich mich aufhielt.

Ich wunderte mich nur, daß der Spuk nicht eingriff. Für ihn hätte es doch ein leichtes sein müssen, mich zu überwältigen. Der Spuk beherrschte die Schwarze Magie, konnte seine Gestalt verändern, und es gab für ihn keinerlei Hindernisse. Wenigstens nicht die, die normalen Menschen Schwierigkeiten bereiteten.

Ich hockte hinter dem Bagger. Ein rostiger Schienenstrang lief rechts von mir auf den Kieshang zu. Neben dem Gleis sah ich eine Eisenstange liegen.

Ich bückte mich und hob die Stange auf. Schwer lag sie in meiner Hand.

Damit würde ich Jeff Denver eine höllische Überraschung bereiten.

Und er näherte sich. Unter seinen Füßen knirschte es. Kleinere Steine und Dreckklumpen wurden zertreten.

»Ich weiß, daß du hier irgendwo steckst«, vernahm ich seine Stimme. »Zeig dich, Sinclair.« Den Gefallen tat ich ihm nicht, wartete statt dessen weiter.

Jeff Denver hatte den Bagger erreicht. Ich hörte es an den Geräuschen. Er stand an der linken Seite des Geräts. Der Lampenstrahl fiel als helles Oval auf den Boden.

Noch zwei Schritte…

Ich hob die Eisenstange mit der rechten Hand.

Denver kam. Der Lichtfinger wanderte weiter, ein Schatten tauchte auf. Er hatte die rechte Hand vorgestreckt. Sie hielt meine mit geweihten Kugeln geladene Beretta.

Da schlug ich zu.

Hart und genau.

Ich traf die Waffenhand des völlig überraschten Jeff Denver. Der Kerl konnte nicht anders, er mußte die Pistole einfach fallen lassen. Sie landete zwischen den Schienen, während Denver einen heiseren Schrei ausstieß.

Ich ließ die Stange fallen, bückte mich und faßte nach meiner Pistole.

Der Tritt traf mich, bevor ich die Waffe packen konnte. Ich hatte das Gefühl, meine linke Schulter wäre zersprungen. Dann wurde ich zurückgeworfen und fiel auf den Rücken. Über mir sah ich einen Schatten, hörte Denver fluchen, und dann stürzte er sich auf mich. Ich wollte mich gerade aufrappeln, doch die Wucht des Anpralls warf mich wieder zurück.

Jeff Denver wollte mich erwürgen.

Er hatte seine Struktur nicht verändert, war zwar ein Dämon, aber von menschlicher Gestalt. Er war also verwundbar.

Ich sprengte seinen Griff. Die Arme wischten auseinander. Gleichzeitig stieß ich den Kopf vor, traf Denver in Brusthöhe und konnte für wenige Sekunden Luft schnappen.

Denver ruderte mit den Armen, um das Gleichgewicht zu behalten. Meine rechte Faust warf ihn zurück. Er fiel hin, genau neben die Beretta.

Diese Chance ließ sich der Kerl nicht entgehen. Obwohl er seine Brille verloren hatte, war er längst noch nicht kampfunfähig. Er packte die Waffe und warf sich mit ihr im Anschlag herum.

Ich schnellte zur Seite. Gleichzeitig fegte mein Bein hoch, und mein Karatetritt traf im selben Augenblick, als er abdrückte.

Der Schuß zerriß die Stille. Die Kugel fauchte an meinem Kopf vorbei und fegte in den Nachthimmel. Einen zweiten Schuß ließ ich Denver nicht mehr abfeuern. Blitzschnell streifte ich mein Kreuz von der Brust und drückte es Denver mitten ins Gesicht.

Das war sein Ende.

Ein gellender Schrei verließ seine Kehle. Der Besessene versuchte noch seine Struktur zu verändern, doch die Macht des geweihten Silbers hinderte ihn daran.

Langsam kippte er zur Seite und fiel hin. Im Licht der auf dem Boden liegenden Taschenlampe sah ich das Brandzeichen auf der Stirn.

Das Mal des Kreuzes.

Es befand sich genau zwischen seinen gebrochenen Augen.

Jeff Denver war tot.

Ich steckte die Beretta ein und blieb in kniender Stellung. Seinen Tod hatte ich nicht gewollt. Ich rechnete damit, daß ihn das Kreuz nur lähmen würde, doch das Böse mußte schon zu tief in ihm stecken, als daß es für ihn noch eine Rettung gegeben hätte. Oder aber der Spuk hatte eingegriffen und für den Tod seines Dieners gesorgt, weil er keine Chance mehr sah, daß Denver mir entkam.

Ich stand auf, war noch ziemlich wacklig auf den Beinen und stützte mich am Bagger ab. Tief atmete ich die kühle Nachtluft ein. Erst jetzt erfolgte die Reaktion auf die vergangenen Stunden. Ein Zittern durchlief meinen Körper, das Herz schlug rasend schnell, vor meinen Augen drehte es sich.

Der Kampf hatte mich geschlaucht. Ich war auch nur ein Mensch mit vielen Schwächen.

Aber ich hatte einen Teilsieg errungen. Und das war wichtig. Lange ausruhen konnte ich mich trotzdem nicht. Der Spuk hatte in dieser Nacht noch etwas vor. Er wollte mit seinen Dienern losschlagen. Deutlich klangen mir seine Worte noch in den Ohren.

Was es war, wußte ich nicht. Aber daß ich es verhindern mußte, stand für mich fest.

Nur – wie kam ich in die Stadt? In einem Steinbruch war ich gelandet. Zu Manhattan gehörte dieses Gelände bestimmt nicht mehr. Es war zum Verrücktwerden.

Ich blickte auf meine Uhr. Noch ein paar Minuten bis zur Tageswende. Die Nacht hatte kaum Kühlung gebracht. Diese drückende Schwüle konnte einen Menschen schon zum Wahnsinn treiben. Ich hob die Lampe und machte mich auf den Weg. Den Toten mußte ich liegenlassen, wollte aber der Polizei später eine Erklärung geben. Während ich ging, hielt ich Ausschau nach dem Spuk. Doch von dem Dämon war weder etwas zu hören noch zu sehen. Er hatte das Weite gesucht.

Warum?

Ich dachte wieder an seinen Plan. Wahrscheinlich saß ihm die Zeit im Nacken. Am Rande des Kiesabhangs ging ich vorbei. Wenn ich dort hochschaute, lief mir nachträglich noch ein Schauer über den Rücken. Ich hatte doch eine ganz schöne Strecke auf dem Steilhang zurückgelegt. Es hätte auch anders enden können.

Wenn es eine absolute Stille gab, dann hielt sie mich umfangen. Nur meine eigenen Schritte waren zu hören. Weit vor mir sah ich die Lichter des Highway schimmern.

Und dort war mein Ziel.

Ich wußte aber auch, wie sehr die Entfernungen in der Dunkelheit täuschen konnten. Man ging und ging und hatte das Gefühl, daß das Ziel nicht näher rückte.

Meine Füße wirbelten Staub auf, der sich auf die Schleimhäute setzte. Ich mußte niesen.

Dann hatte ich den Steinbruch hinter mir gelassen. Flach wie ein Teppich lag die Ebene vor mir, zog sich hin bis zum Highway.

Gras raschelte unter meinen Schuhsohlen. Jetzt, auf dem freien Gelände, merkte ich, daß ein leichter Wind über das Land strich. Er brachte ein wenig Kühlung. In der Ferne wetterleuchtete es noch immer. Es sah aus, als würden lautlose Lichtexplosionen am Himmel stattfinden.

Hin und wieder schaltete ich die Lampe ein, leuchtete den Weg vor mir ab und ging dann wieder im Dunkeln weiter.

Die Zeit verstrich.

Schon dreißig Minuten war ich unterwegs. Der große Zeiger meiner Uhr wanderte bereits auf die Zwölf zu, als ich den Highway endlich erreichte.

Vierspurig präsentierte sich jede Seite. Glatt war der Asphalt. Hin und wieder wischte ein Wagen vorbei. Die Autos fuhren meist auf der linken Spur, die Fahrer bemerkten mich gar nicht.

Hier konnte ich lange stehen.

In welche Richtung sollte ich laufen? Dem Gefühl nach entschied ich mich für die rechte Seite, denn ich sah in der Ferne zahlreiche Lichter funkeln.

Das konnte Manhattan sein.

Ich marschierte auf der Straße. Autos rauschten vorbei. Reifen sangen auf dem Asphalt.

Und die Zeit verstrich.

In dieser Nacht wollte der Spuk zuschlagen. Konnte ich den Plan überhaupt noch vereiteln?

Ich glaubte selbst nicht mehr daran.

Hin und wieder sah ich mich um, blieb stehen und hob die rechte Hand. Es waren resignierende Gesten.

Und doch hielt jemand an.

Mit Rotlicht kündigte sich ein Wagen an.

Highway-Police!

Der Wagen bremste neben mir. Türen klappten auf, und im nächsten Augenblick wurde ich von einem Uniformierten an der Schulter gepackt.

»Welches Vögelchen haben wir denn da?« quetschte er im breitesten Slang hervor. »Du siehst ja aus, als hättest du im Dreck gebadet. Okay, Freundchen, umdrehen! An den Kotflügel und die Hände aufstützen.«

Ich hatte die Prozedur oft genug selbst durchgeführt und auch in zahlreichen amerikanischen Filmen gesehen. Geschickte Hände tasteten mich ab. Auf dem Dach des Wagens kreiste das Rotlicht. Es übergoß uns und den Straßenbelag mit seinem blutigen Schein.

»Eine Kanone hat der Kerl auch, sieh an!« Der Polizist hatte meine Beretta gefunden.

Dann beschäftigte er sich mit meiner Brieftasche. Plötzlich stieß er einen Pfiff durch die Zähne. »Hal, sieh dir das an.« Aus den Augenwinkeln sah ich, wie er seinem Kollegen die Brieftasche zuwarf.

Der zweite Highway-Cop lachte glucksend. »Großer Gott, ein Kollege aus Merry Old England. Ist es denn die Möglichkeit.«

»Darf ich mich bequemer hinstellen?« fragte ich.

»Sicher, Mann.«

Ich drehte mich um. Cop Nummer eins stand vor mir. Er war ein breitschultriger Bursche mit Schnauzbart. Sein Kollege steckte den Kopf durch das offene Fenster.

»Dann steigen Sie mal ein, Sinclair. Wir sind gespannt, was Sie uns zu berichten haben.«

»Eine Frage noch«, sagte ich. »Wo befinden wir uns hier eigentlich?«

»Wir sind in Queens. Auf dem Long Island Expreßway.«

»Und der führt nach Manhattan?«

»Ja.« Sie gaben mir meine Papiere zurück.

»Okay, dann bringen Sie mich so rasch wie möglich dorthin. Ich muß eine Katastrophe verhindern…«

Das Horror-Taxi rollte wieder!

Wie ein Schatten jagte es über den Highway. Ziel war die Halbinsel Manhattan.

Der Spuk saß hinter dem Lenkrad. Doch von dem Fahrer waren nur die Augen zu sehen. Zwei gelblichrot schimmernde Lichter, die in der Luft zu stehen schienen.

Die breiten Reifen sangen über den Asphalt. Die langen Lichtlanzen der beiden Scheinwerfer stachen durch die Dunkelheit. Der Wagen überholte, fuhr nur links, und der Fahrer scherte sich auch nicht um Geschwindigkeitsbegrenzungen.

Um Manhattan zu erreichen, wollte der Spuk über die Queensborough Bridge fahren. War er einmal drüben, hatte er es nicht mehr weit.

Der Straßenbelag huschte unter dem Wagen weg. Der Spuk überholte. Die wenigen Fahrzeuge, die sich um diese Zeit noch auf dem Highway befanden, wurden von dem Horror-Taxi zur Seite gedrängt.

Nur ein Porsche wollte nicht weichen. Im Gegenteil. Als der Fahrer des Sportflitzers sah, daß ihn jemand überholen wollte, trat er das Gaspedal durch.

Aber der Spuk ging mit der Geschwindigkeit hoch. Und er tat noch etwas.

Er blendete.

Schleuderte die gleißende Lichtfülle der starken Scheinwerfer auf den vor ihm rasenden Porsche, leuchtete den kleinen Wagen förmlich aus und blendete den Fahrer mit seinem Licht im Innenspiegel.

Fast hätte es eine eine Katastrophe gegeben.

Der Porschefahrer – so gut wie blind – reagierte im letzten Augenblick. Er zog seinen Wagen nach rechts, entging so dem Licht, verringerte gleichzeitig die Geschwindigkeit.

Das Horror-Taxi raste vorbei.

Wie ein Schemen tauchte es ein in die Dunkelheit. Der Fahrer des Porsche versuchte, einen Blick in das Innere des Taxis zu werfen. Er schaffte es nicht.

Der Caddy war schneller. Der Mann in dem Porsche reagierte sich durch Flüche ab. Das einzige, was er tun konnte.

Und das rollende Ungeheuer fegte weiter über die glatte Bahn des Highways.

Manhattan lockte. Der große Plan sollte endlich durchgeführt werden. Zuviel Zeit war verloren gegangen. Deshalb hatte sich der Spuk auch nicht um Jeff Denver gekümmert. Er würde schon allein mit dem Geisterjäger fertigwerden. Schließlich handelte Denver genau nach seinen Anweisungen.

Der Spuk hockte nicht allein in seinem rollenden Ungeheuer. Im Fond lag noch jemand.

Eine Frau.

Laurie Ball.

Sie verhielt sich ruhig und vertraute von nun an nur noch ihrem Herrn und Meister. Der Spuk hatte sie unter Kontrolle. Die Zeit im Sarg hatte gereicht, um das Böse in dem Mädchen aufkeimen zu lassen. Äußerlich sah sie normal aus, nur wer in ihre Augen blickte, konnte den stumpfen, unmenschlichen Ausdruck darin erkennen.

Laurie war eine andere. Ein dämonischer Roboter.

Hin und wieder blickte sie aus dem Fenster. Sie sah in der Ferne Lichter leuchten. Sah hohe Häuser und Straßen, die durch Peitschenleuchten angestrahlt wurden.

Dort, wo Licht brannte, da gab es Leben. Und Leben wollte sie zerstören.

Danach fieberte nicht nur der Spuk, sondern auch das Mädchen. Wer nicht für sie war, war eben gegen sie. Dann gab es keinen Pardon. Sie würden Manhattan zu einem Stützpunkt der Dämonen machen, zu einer Geisterstadt, wie sie die Welt noch nie gesehen hatte.

Und weiter raste der Spuk.

Doch der Wagen fiel auf. Oft lauerten an den Abfahrten Polizeiposten. Einer Streifenwagenbesatzung sprang der mit überhöhter Geschwindigkeit fahrende Caddy ins Auge.

»Hinterher«, sagte der Cop auf dem Beifahrersitz.

»Hast du das Ding auf dem Dach gesehen?« flüsterte sein Kollege, während er Gas gab.

»Sah aus wie ein Sarg.«

»Du spinnst.«

»Warte es ab.«

Der Wagen der Highway-Police zeigte, was in ihm steckte. Sein Fahrer scheuchte den Motor bis in die höchsten Drehzahlbereiche, und er hatte Erfolg damit.

Der Caddy rückte näher.

Jetzt rotierte das Rotlicht auf dem Dach des Wagens. Es zuckte über die Straße und hellte mit seiner gespenstischen Farbe die Dunkelheit auf.

»Den kriegen wir!« knirschte der Fahrer. »Und zwar noch vor der Brücke.«

Doch die Cops sollten sich täuschen.

Während sie dem Wagen näher rückten und beide den Sarg auf dem Dach sahen, griff der Spuk zu den Mitteln der Schwarzen Magie.

Urplötzlich war der Wagen in eine Wolke gehüllt und im nächsten Moment verschwunden.

Der Streifenwagen raste in die Wolke hinein.

»Bremsen!« brüllte der Cop auf dem Beifahrersitz.

Da hatten sie schon die Wolke durchquert. Der Caddy aber blieb verschwunden.

Völlig entnervt fuhren die Cops an den Randstreifen. Ihre Gesichter waren blaß, die Hände zitterten. Und als ihre stockende Meldung durch den Äther ging, mußten die anderen Kollegen sie eigentlich für verrückt halten…

Captain Don Hamilton wurde von seinen Untergebenen ›Bulle‹ genannt. Das aber nur, wenn der Captain nicht in der Nähe war. Dabei sah Hamilton wirklich aus wie ein Bulle.

Er hatte einen Stiernacken, ein enorm breites Kreuz, einen kantigen Schädel, schwarzgraues, kurzgeschnittenes Haar und Oberarme, die den Stoff des Hemdes fast sprengten.

Mich blickte er aus seinen harten blaugrauen Augen prüfend an. Ich hielt dem Blick stand. Meine Geschichte hatte ich bereits zum besten gegeben und wartete nun auf eine Antwort.

Don Hamilton spielte mit einem Kugelschreiber. In seinen Händen wirkte er klein wie ein Streichholz.

Ich hatte mich etwas frischmachen können und auch meine Kleidung notdürftig gereinigt. Trotzdem war ich bereits wieder in Schweiß gebadet. Im Büro war es stickig. Der müde Ventilator unter der Decke verteilte die Luft nur, Kühlung brachte er nicht. Die Einrichtung des Raumes konnte man als spartanisch bezeichnen. Ein Schreibtisch, Aktenregale, zwei Besucherstühle und mehrere Telefone. Die Wände waren grün getüncht. Dekoriert wurden sie von der amerikanischen Flagge und von einem Bild des Präsidenten.

Vor dem Büro des Captains befand sich der Hauptraum des Reviers. Hier arbeiteten die Cops rund um die Uhr. Und die Jungs hatten zu tun. Vor allen Dingen in den heißen Nächten. Da stiegen die Tötungsdelikte an. Messerstechereien, Schlägereien, wildes Killen; die Hitze trieb die Aggressionen hoch.

Captain Hamilton war nicht gerade guter Laune. Er zündete ein bleistiftdünnes Zigarillo an. »Gesetzt den Fall, Sie säßen an meiner Stelle, Sinclair, und ich würde Ihnen diese Geschichte auftischen, würden Sie mir glauben?«

Ich antwortete ehrlich. »Nein, wahrscheinlich nicht.«

»Sehen Sie.«

Ich lächelte. »Bei mir liegt der Fall jedoch anders. Ich habe Ihnen über meinen Job bei Scotland Yard erzählt. Ich werde mit Fällen konfrontiert, die über das normale Begriffsvermögen eines Menschen hinausgehen. Ich kämpfe gegen Vampire und Dämonen. Glauben Sie mir, Sie können auch in London anrufen. Dort wird man meine Angaben bestätigen.«

Hamilton stieß den Rauch durch die Nase aus. »Ich glaube Ihnen ja auch, Sinclair. Wenigstens das, was Ihren Job angeht. Nur an Ihrem komischen Horror-Taxi zweifle ich. In New York ist alles möglich. Hier drehen die Menschen schneller durch als anderswo. Wir haben es oft mit Verrückten zu tun. Es gibt spiritistische Zirkel und Satanskulte, aber echte Geister – daran glaube ich nicht.«

Mir war klar, daß ich auf Unverständnis stoßen würde. Ich hätte vielleicht nicht anders reagiert. Aber, zum Teufel noch mal, ich hatte es eilig. Mir saß die Zeit im Nacken. Und dieses verdammte Horror-Taxi existierte.

»Dann muß ich mich ohne Unterstützung durchschlagen, Captain«, sagte ich.

Hamilton verzog die Mundwinkel. »Offiziell ist uns Ihr Kommen nicht mitgeteilt worden«, meinte er. »Ich müßte Sie normalerweise als Zeuge dabehalten. Sie waren es doch, der den Mord an Tim Morley gemeldet hatte. Warum sind Sie danach verschwunden?«

»Weil ich keine Zeit hatte.«

»Das zählt nicht.« Hamilton grinste sauer. »Aber ich will nicht so sein. Sie können Ihren Fall verfolgen. Nur Hilfe dürfen Sie von uns nicht erwarten.« Er deutete auf die Tür. »Sie haben ja selbst gesehen, was draußen los ist.«

Ich nickte. »Vielen Dank, Captain, damit ist mir schon viel geholfen.«

Der Captain erhob sich, und ich stand ebenfalls auf. Hamilton reichte mir die Hand. »Wir sehen uns ja noch«, sagte er.

»Ganz bestimmt, Captain.«

Ich wollte mich gerade abwenden und zur Tür gehen, da wurde diese, ohne daß jemand vorher angeklopft hätte, aufgestoßen. Der Desk-Sergeant stürmte in das Büro. Er war hochrot im Gesicht und schwenkte einen Zettel in der rechten Hand.

»Eine Unverschämtheit«, knurrte er und klatschte den Zettel auf Hamiltons Schreibtisch.

Normalerweise wäre ich schon weggewesen, doch irgendein Gefühl ließ mich warten.

Captain Hamilton nahm den Zettel auf, las die Worte und schüttelte den Kopf. »Das gibt es doch nicht«, flüsterte er.

Ich trat näher. Jetzt blickte mich der Captain an. »Wir müssen uns noch einmal unterhalten, Sinclair.« Und zu dem Desk-Sergeant sagte er: »Sie können gehen.«

Der Beamte verschwand.

Ich deutete auf den Bericht. »Ärger?«

»Wahrscheinlich. Hier, lesen Sie.« Der Captain übergab mir die Meldung.

Sie war von dem Führer eines Streifenwagens der Highway-Patrol abgefaßt worden. Der Inhalt drehte sich um ein Taxi, das die Beamten verfolgt hatten. Als sie dicht aufschließen wollten, war der Wagen plötzlich von der Fahrbahn verschwunden.

Ich ließ den Zettel sinken. Fest blickte ich Hamilton an. »Glauben Sie mir nun, Captain?«

Don Hamilton zerdrückte sein Zigarillo im Aschenbecher. »So schwer es mir fällt, aber ich glaube Ihnen. Die Meldung haben alle Reviere erhalten. Die meisten werden sie grinsend abheften und die Beobachtungen der Hitze zuschreiben. Wenn Sie nicht gewesen wären, Sinclair, dann hätte ich auch…«

»Wir dürfen keine Zeit mehr verlieren«, drängte ich. »Es sieht wirklich böse aus. Falls es nicht schon zu spät ist.«

»Okay. Sie haben mich überzeugt. Und dabei habe ich kaum Leute zur Verfügung. Das ist ein Elend.«

»Ich werde schon vorfahren«, sagte ich. »Die Adresse habe ich Ihnen genannt, Captain.«

»Ja. 66. Straße.« Hamilton griff zum Telefon. »Sie können mit einem Streifenwagen fahren. Ich gebe nur die entsprechende Order.«

Mir fiel ein Stein vom Herzen. Mit den Cops im Rücken rechnete ich mir größere Chancen aus.

Sie hatten sich im Hinterhof der 66. Straße East versammelt. Eine Armee der Willenlosen, gesteuert von einem Geist.

Vom Spuk.

Schweigend standen die Menschen und warteten. Männer, Frauen und Kinder. Ihre Blicke waren leer. Die Farbe der Augen wirkte stumpf und grau. Sie warteten auf das Zeichen ihres Meisters. Dann würden sie auf die Straßen gehen, in die Häuser einbrechen und den Keim des Bösen säen. Alle waren mit einer furchtbaren Waffe ausgerüstet. Sie trugen sie nicht äußerlich sichtbar, sondern tief in ihrem Innern.

Ihre Zellenstruktur hatte sich verändert. Die Viren des Bösen breiteten sich aus, hatten von diesen Menschen Besitz egriffen und lenkten ihren Willen. Jeder Virus war ein Teil des Spuks. Und jeder Keim band sie fester an ihren Meister.

Alle hatten die grausame Umwandlung erfahren müssen. Sie fand im Sarg statt, in dieser Totenkiste, die ein grauenvolles Geheimnis barg. Wer es gesehen hatte, der schwieg, denn freiwillig würde niemand in den Sarg klettern.

Noch waren die Einwohner Manhattans ahnungslos. Keiner wußte, was in den frühen Morgenstunden geschehen sollte. Sobald die Stadt zwischen Tag und Traum lag, wollten die Grausamen zuschlagen. Sie würden die Menschen im Schlaf überraschen, und ehe sich die Ahnungslosen versahen, gehörten sie selbst zur Gruppe der Willenlosen.

Fast schwarz war der Himmel über New York. Es hatte sich ein wenig abgekühlt, doch in den tiefen Straßenschluchten merkte man nichts davon. Dort lastete weiterhin die Schwüle. Aus zahlreichen Gullys dampfte es, stieg Feuchtigkeit auf und bildete einen Nebelring.

Viel war in der Nacht geschehen. Verbrechen, Mord, Überfälle, Vergewaltigungen und Einbrüche. Jetzt kam New York zur Ruhe.

Die Stunde der Willenlosen war da.

Langsam rollte das Horror-Taxi durch die 66. Straße East. Niemand sah den Wagen, kein Gesicht zeigte sich an einem der Fenster der zahlreichen Wohnhäuser. Es schien, als hätten sich die Bewohner bewußt in ihre Zimmer verkrochen.

Das Taxi stoppte. Die Tür schwang auf. Wie ein Schemen, so verließ der Spuk den Wagen. Und hinter ihm ging Laurie Ball. Ihre Schritte waren steif und ungelenk, die Augen starr nach vorn gerichtet. Auch für sie würde bald die große Stunde anbrechen.

Durch eine Einfahrt gelangte der Spuk in den Hinterhof. Schweigend wichen seine Diener vor ihm zurück, bildeten eine Gasse, durch die er gehen konnte.

Gesprochen wurde nichts. Wozu auch? Jedes Wort wäre zuviel gewesen. Jeder wußte, was er zu tun hatte.

Der Spuk blieb so stehen, daß er seine Diener ansehen konnte. Sie hatten einen Halbkreis gebildet. Auch Laurie Ball hatte sich in die Menge eingereiht. Ihre Blicke hingen an der unheimlichen Gestalt.

»Es ist soweit«, sagte der Spuk dann. »Unsere Stunde naht. Wir werden in Richtung Park Avenue gehen und die Menschen, die uns unterwegs begegnen, zu unseren Getreuen machen. Nichts kann uns mehr aufhalten. Manhattan wird bald in unserer Hand sein.«

Die Augen des Spuks leuchteten. Noch einmal sah er seine Diener an. Dann sagte er: »Geht und legt die Saat des Teufels!«

Jeweils zu zweit drangen sie in die Häuser ein!

Türen wurden aufgebrochen, Fenster eingeschlagen, Menschen im Schlaf überrascht.

Ehe die New Yorker etwas unternehmen konnten, standen die Willenlosen schon in den Zimmern.

Sie brauchten die Menschen nur zu berühren, um den Keim des Bösen weiterzugeben.

Aber nicht überall klappte es so gut. In einem Haus gelang es einer Frau, die Notrufnummer der Polizei zu wählen.

»Hilfe!« kreischte sie. »Kommen Sie schnell, wir werden überfallen. 66. Straße…«

Da wurde sie gepackt. Eine Hand legte sich über ihr Gesicht. Der Körper der Frau wurde steif, fiel zurück aufs Bett. Aus dem Hörer drang die ungeduldige Stimme des Polizisten. »Melden Sie sich. Was ist los? Warum reden Sie nicht?«

Die Frau selbst war es, die den Hörer nahm und ihn auf die Gabel legte. Sie hatte jetzt kein Interesse mehr, mit dem Beamten zu sprechen. Sie diente einem anderen. Wie ein Roboter erhob sie sich vom Bett, verließ das Zimmer und schloß sich den anderen an.

So erging es zahlreichen Menschen. Die Boten des Spuks waren schneller, als ihre Opfer reagieren konnten.

Von Minute zu Minute wurden es mehr Opfer. Das Geschehen lief fast lautlos ab. Es brauchten auch keine Fensterscheiben mehr eingeschlagen oder Türen aufgetreten werden. Der Spuk spielte seine Magie voll aus. Ohne daß seine Diener es bemerkten, hatte er eine magische Glocke über das gesamte Viertel gelegt. Mit einem Schlag wurde es stockdunkel. Keine Lichter brannten mehr, keine elektrische Uhr tickte.

Blackout!

Und die Armee der Willenlosen ging weiter. Sie näherte sich bereits der breiten Park Avenue…

Im E-Werk Manhattan Mitte registrierten die verantwortlichen Techniker den Stromausfall sofort.

»Shit!« fluchte Jim Alvarez. »Wieder Blackout!«

»In ganz New York?« fragte sein Kollege.

»Nein, nur im Bezirk fünf.«

»Das ist doch nicht drin.«

»Wenn ich es dir sage.« Alvarez griff bereits zum Telefon. Er glaubte an einen technischen Defekt und alarmierte den Störtrupp.

Rasch machten sich die Männer auf den Weg. Vier Techniker fuhren in die 66. Straße East, denn dort stand der große Verteiler für das Gebiet, das die Fachleute Bezirk fünf nannten.

Plötzlich waren die Techniker umringt. Hände streckten sich nach dem Wagen aus. Die Türen wurden aufgerissen. Die Elektriker konnten nicht einmal mehr einen telefonischen Hilferuf aussenden. Ehe sie sich versahen, gehörten sie zu den Dienern des Spuks.

Durch nichts war seine Armee mehr aufzuhalten. Manhattan schien verloren…

Ich rauchte nervös. Hockte hinten im Streifenwagen und hoffte auf das berühmte Wunder.

Es kam nicht. Das Sprechgerät im Wagen blieb still. Keine Meldung, daß alles in Ordnung war.

Die beiden Cops waren abgeklärte Burschen. Das jedenfalls hatte mir der Captain gesagt. Wir bildeten die Vorhut. Andere Einsatzwagen würden folgen.

Wir rauschten über die Park Avenue. Die Einmündungen der Querstraßen flogen vorbei.

55. Straße… 56. Straße…

Herr im Himmel, wie lange dauerte das denn noch? Ich zündete mir die dritte Zigarette an.

Der Cop auf dem Beifahrersitz drehte sich um. »Sie sind nervös, wie?«

»Ja.«

»Keine Angst, wir sind schon mit ganz anderen Sachen fertig geworden. Das können Sie uns glauben. Es gab da mal einen Fall…« Er erzählte von einem wahnsinnigen Mörder. Ich hörte nicht hin.

Ampelstop.

Bald hatten wir es geschafft. Der Cop griff zum Mikrophon. Meldete, daß wir unser Ziel in zwei Minuten erreichen würden.

»Bisher alles ruhig«, sagte er.

Dann erreichte er die Einmündung zur 66sten. Runter vom Gas. Zurückschalten. Stopp an der Kreuzung.

»Biegen Sie in die 66ste«, sagte ich. Vorgebeugt hockte ich auf dem Rücksitz, starrte zwischen den beiden Vordersitzen durch die breite Frontscheibe.

Die Cops blieben ruhig. »Hatte ich sowieso vor«, antwortete der Fahrer.

Langsam bog der Streifenwagen um die Ecke. Die Scheinwerfer warfen ihre hellen Spuren durch die Dunkelheit, leuchteten die Fahrbahn vor dem Wagen aus.

Ich fieberte innerlich.

Hatten wir noch eine Chance? Würden wir rechtzeitig eintreffen, um den Spuk mit seiner Meute zu stoppen?

Wir schafften es nicht.

Urplötzlich trat der Fahrer auf die Bremse. »Verdammt!« fluchte er. Sein Kollege wollte die Tür aufreißen und den Wagen verlassen. Ich griff über die Lehne und packte den Mann an der Schulter.

»Bleiben Sie im Wagen!«

Er gehorchte.

Jetzt erst konnte ich sehen, was die beiden Cops so erschreckt hatte. Und auch mir jagte der Anblick einen kalten Schauer über den Rücken.

Ein Menschenwall stand auf der Straße. Dicht gedrängt sperrte er die Fahrbahn ab. Sie qollen aus den Häusern. Im Licht der Scheinwerfer sahen sie fast alle gleich aus, trotz ihrer unterschiedlichen Kleidung. Viele trugen nur Nachthemden. Manche hatten sich in aller Hast und Eile Morgenmäntel oder Schlafröcke übergeworfen.

Ich sah Männer, Frauen und Kinder. Alle hatten sie etwas gemeinsam. Den leeren, stumpfen Blick in ihren Augen.

Und die Armee der Willenlosen traf Anstalten, den Streifenwagen zu stürmen.

Uns blieb nicht mehr viel Zeit. In wenigen Augenblicken würden die menschlichen Roboter den Wagen erreicht haben und uns herausholen.

Die Cops drehten durch. Sie rissen die Revolver aus den Halftern. Der Beifahrer versuchte verzweifelt, seine Zentrale zu erreichen.

Doch nur ein Rauschen drang aus dem Gerät.

»Gestört!« schrie er beinahe hysterisch. »Was machen wir denn jetzt?«

»Verriegelt die Türen!« rief ich. »Das schafft für einen Augenblick Luft.«

»Und Sie?«

»Ich weiß mir schon zu helfen«, erwiderte ich optimistisch und verließ den Wagen.

»Wir können auch zurück…« Der Fahrer hatte sich umgedreht. »Nein!« schrie er. »Jetzt nicht mehr! Sie sperren bereits die Straße ab!«

Ich wandte den Kopf und sah, daß der Beamte recht hatte. Jetzt wurde es wirklich ernst. Zwei Männer wollten mich packen und in ihren Kreis aufnehmen.

Ich war schneller. Sprang auf das Heck des Streifenwagens und kletterte von dort auf das Dach.

Breitbeinig blieb ich stehen. In der rechten Hand hielt ich meine Beretta, in der linken mein geweihtes Kreuz!

Die Besessenen blieben stehen. Der Anblick fuhr ihnen durch Mark und Bein. Dieses Kreuz, das in meiner Hand zu strahlen begann, legte einen Schutzschild um mich. Keiner wollte mit diesem Zeichen des Guten in Berührung kommen.

Sekunden verstrichen.

Atemlose Stille herrschte. Es war grotesk. Ich stand allein. Gegen eine hundertfache Übermacht. Eigentlich war es nur eine Frage der Zeit, wann sie mich besiegten. Sie brauchten nur den Wagen umzukippen, dann war es um mich geschehen. Doch auf den Gedanken kam niemand.

Noch nicht…

»Zurück!« unterbrach ich mit scharfer Stimme das lastende

Schweigen. »Geht zurück! Gehorcht nicht den Wahnsinnsbefehlen eures Meisters. Er hat ausgespielt. Die Macht des Guten ist stärker!«

Gelächter. Grell, höhnisch.

Hände wurden geballt. Drohungen trafen meine Ohren. Fäuste schlugen auf die Kühlerschnauze des Polizeiwagens. Das Auto geriet ins Schwanken. Ich hatte Mühe, oben auf dem Dach das Gleichgewicht zu bewahren.

Ich feuerte in die Luft. Riskierte eine meiner wertvollen Silberkugeln und hoffte darauf, daß der Schuß sie zur Vernunft bringen würde.

Das tat er auch.

Die Besessenen ließen von dem Streifenwagen ab. Sie traten zurück, reihten sich ein in den Kreis ihrer Mitläufer.

Laut rief ich: »Es ist mir bekannt, daß sich der Spuk hier in der Nähe aufhält. Wenn er nicht zu feige ist, dann soll er sich zeigen. Ich will ihn sehen und gegen ihn kämpfen! Sagt ihm das!«

Sie brauchten es ihm nicht mitzuteilen. Der Spuk erschien auch so. Er hatte mich längst gesehen, den verhaßten Gegner.

Die Menschen öffneten eine Gasse. Gerade breit genug, damit ein Wagen hindurchfahren konnte.

Es war das Horror-Taxi!

Die ersten Regentropfen trafen mein Gesicht, doch ich spürte sie nicht. Ich hatte nur Augen für den Wagen mit dem Sarg auf dem Dach. Etwa fünf Yards vor dem Patrol Car blieb das Taxi stehen.

Atemlose Spannung ringsum.

Ich spürte mein Herz klopfen. Meine Handflächen wurden feucht. Schweiß sammelte sich im Nacken und rann den Rücken hinab.

Donnern in der Ferne. Grollend und dumpf. Sollte das Gewitter das Finale einläuten? Vielleicht sogar meinen Tod?

Hart preßte ich die Lippen zusammen und wartete auf die folgenden Ereignisse. Meine Blicke glitten über den pechschwarzen

Wagen. Dann wurde die Fahrertür geöffnet, und heraus trat – der Spuk.

Er baute sich vor der Motorhaube auf. Ein Schemen mit funkelnden Augen. Unter der Kapuze sah ich kein Gesicht, keine Schulter hielt den langen Umhang, keine Füße berührten den Boden. Nur die Augen waren zu erkennen.

Der Spuk bot einen schaurigen Anblick.

Er paßte zu dem nachtschwarzen Wagen wie die berühmte Faust aufs Auge.

»Du willst mich aufhalten, John Sinclair?« fragte er höhnisch. »Du hättest dich verkriechen sollen. Es wäre besser gewesen.«

Ich lachte spöttisch, wollte ihn reizen. »Wundert es dich nicht, daß dein Diener Jeff Denver es nicht geschafft hat?«

»Nein. Ich weiß, daß du ein sehr starker Gegner bist. Leider hatte ich keine Zeit, dich zu erledigen. Aber das werde ich jetzt nachholen.«

»Du spuckst große Töne, Spuk. Erkundige dich mal beim Schwarzen Tod. Auch er hat versucht, mich umzubringen. Immer und immer wieder. Bisher ohne Erfolg.«

Der Spuk winkte ab. Dabei bewegte sich nur der Ärmel des Umhangs. »Der Schwarze Tod interessiert mich nicht. Wir kommen uns nicht ins Gehege. Mein Reich ist ganz woanders. Ich bin der Fürst der Schatten, habe zu bestimmen über die Ausgestoßenen, über die Abtrünnigen. Nur wollte ich auch einmal auf die Erde und mit den Menschen spielen. Wenn ich will, kann ich jeden von ihnen zu einem Schatten machen. Es wäre dann die endgültige Vernichtung.«

Jetzt forderte ich ihn heraus. »Dann fang bei mir an!«

»Nein, John Sinclair. Dich überlasse ich den anderen. Sie werden dich töten. Du mußt ausradiert werden. Ich habe den Plan aufgegeben, dich zu einem der Unseren zu machen.« Der Regen war stärker geworden, der Wind hatte aufgefrischt. Er pfiff durch die Straße, wirbelte Papier hoch und schob leere Konservendosen mit blechernem Geräusch über die Gehsteige.

»Aber einen Gefallen werde ich dir noch tun, John Sinclair. Du sollst mein wahres Gesicht sehen, so wie die Menschen, die in meinen Sarg steigen.«

Der Spuk begann sich zu verwandeln.

Der leere Raum unter seinem langen Mantel wurde ausgefüllt von einer grün schillernden Masse. Gelenke wuchsen. Arme, Beine und Hände.

Diese Pranken hatte ich schon einmal gesehen. Sie hatten Laurie in den Sarg geholt.

Unwillkürlich hielt ich den Atem an. Der Spuk war in Wirklichkeit ein gräßliches Ungeheuer. Aber er hatte kein Gesicht. Die Augen klebten in dieser Masse. Nach wie vor waren die Blicke starr auf mich gerichtet.

»Nun weißt du, wie ich aussehe, John Sinclair!« tönte es dumpf aus der Mundöffnung. »So zeige ich mich meinen Freunden im Reich der Schatten. Aber wer mich jemals in diesem Zustand gesehen hat, ist verloren. Dann gehört er zu mir. Du weißt, was das bedeutet, John Sinclair?«

»Ja.«

»Dann ist es gut.«

In diesem Augenblick ritt mich der Teufel. Ich sprang auf die Kühlerhaube des Streifenwagens und ließ den Spuk in die Mündung meiner Beretta sehen.

»Okay, Spuk«, sagte ich hart. »Jetzt bist du für Silberkugeln empfänglich.« Ich lachte hart. »Ich brauche nur abzudrücken, und es hat dich gegeben.«

Der Spuk war überrascht. Ich merkte es daran, daß er unsicher einen Schritt zurückging. Er hatte sich überschätzt. Es war ihm wie vielen Dämonen gegangen. Sie waren in ihrem Bereich die absoluten Herrscher, doch wenn ein menschlicher Gegner vor ihnen stand, dann trauten sie sich mehr zu, als sie in Wirklichkeit brachten.

Und ich beging den Fehler, nicht sofort zu schießen. Okay, er war ein Dämon, in ihm manifestierte sich das absolut Böse, aber direkt angegriffen hatte er mich nicht. Es war also keine Notwehrsituation. Daher mein Zögern.

Der Spuk nutzte die Situation sofort aus.

Ich weiß nicht, wem oder ob er überhaupt ein Zeichen gegeben hatte, plötzlich spürte ich einen harten Schlag gegen den rechten Arm, fiel zur Seite, verlor das Gleichgewicht und rutschte von der Kühlerschnauze.

Im Nu war die Hölle los!

»Packt ihn!« gellte die Stimme des Spuks, der sofort zu seinem Wagen rannte und durch die Körper seiner Diener gedeckt wurde.

Ich hätte Unschuldige getroffen. Die Hand mit der Waffe sank nach unten.

Zum Glück war ich nicht hingefallen. Mir blieben noch Sekunden, bevor mich die ersten Besessenen erreichten. Der Stein, der mich am Arm getroffen hatte, lag neben mir auf dem Boden.

Ich schnellte aus der knienden Haltung hoch. Aus den Augenwinkeln sah ich die verzerrten Gesichter der beiden Polizisten hinter der Frontscheibe des Patrol Cars. Deutlich las ich die Angst in ihren Zügen. Kümmern konnte ich mich nicht um sie. Jetzt galt es, den Spuk zu stellen.

Schon brummte der Motor des Horror-Taxis auf.

Dann schoß der Wagen los.

Genau auf mich zu.

Wie schon einmal in dieser Nacht lief ich Gefahr, von den breiten Reifen zermalmt zu werden.

Und wieder hechtete ich zur Seite, kam hart auf, rollte einmal um die eigene Achse, stand aber blitzschnell wieder auf den Füßen und rannte hinter dem Wagen her.

Alles ging so schnell, daß die Diener des Spuks gar nicht erst eingreifen konnten. Ich hatte Glück, daß der Spuk nicht direkt geradeaus fahren konnte, da ihm der Streifenwagen im Weg stand. Er mußte abbremsen, das Lenkrad nach rechts reißen und um den Streifenwagen herumfahren.

Ich gewann Sekunden.

Jagte auf das Horror-Taxi zu.

Da gab der Spuk Gas. Der Wagen machte einen Satz nach vorn. Für den Bruchteil einer Sekunde hatte ich Angst, der Wagen würde mir entwischen. Von der Seite her sah ich schon die Besessenen auf mich zurennen. Ihre Hände wollten nach mir greifen, wollten mich zu Boden ziehen, um mich unter ihren Körpern zu begraben.

Ich legte alle meine verfügbare Kraft in einen gewaltigen, alles entscheidenden Sprung.

Halbhoch flog ich durch die Luft. Mein Körper war gestreckt. Und ich schaffte es tatsächlich.

Meine Hände klammerten sich um den Gestellrahmen, auf dem der Sarg stand.

Da hatte der Spuk freie Bahn. Er drückte auf das Gaspedal.

Ich spürte den Ruck bis in meine Schultergelenke. Für einen Moment wurde es mir schwarz vor den Augen, aber, zum Teufel noch mal, ich ließ nicht los. Klammerte mich weiterhin eisern fest. Meine Beine lagen auf der breiten Kofferraumhaube. Ich hatte sie etwas angezogen, um eine bessere Lage einzunehmen. Der Regen war stärker geworden. Von der Seite her peitschte er mir gegen den Körper.

Der Wagen jagte auf die Einmündung zur Park Avenue zu. Und meine Horror-Fahrt durch New York begann!

Ich sah im Vorbeijagen die Streifenwagen. Zu mehreren waren sie aufgefahren. Ihr Rotlicht zuckte. Cops hatten eine Sperre gebaut. In ihren Händen funkelten Waffen.

Doch die Beamten schossen nicht. Das Risiko, mich zu treffen, war zu groß.

Ich hing auf dem Taxi wie eine Fliege an der Scheibe. Der Regen hatte mich völlig durchnäßt. Mit einer wilden Schlingerbewegung schleuderte das Taxi in die Kurve, jagte auf die Park Avenue und fuhr dort mit Vollgas hinunter.

Für den Bruchteil einer Sekunde sah ich Captain Don Hamilton. Er fuchtelte mit beiden Armen, schrie mir etwas zu, was ich nicht verstand.

Dann war ich vorbei.

Sicher würden die Cops mit den Besessenen zusammentreffen. Ich hoffte nur, daß es keine Toten gab.

Und das Taxi raste weiter.

Leer war um diese Stunde die Park Avenue. Jetzt schüttete der Himmel gewaltige Wassermassen auf die Erde. Der noch warme Asphalt dampfte unter dem kühlen Regen. Dunstfetzen hingen wie Schleier auf der Straße. Blitze zuckten vom Himmel. Krachende Donner folgten im nächsten Atemzug.

Über New York tobte die Gewitterhölle. Die aufgeladenen Naturgewalten entfesselten ein wahres Inferno.

Ich mußte den Spuk irgendwie zwingen, daß er stoppte. Denn die rasende Fahrt war für mich ein höllisches Risiko. Wie leicht konnte ich abrutschen. Der Regen ließ die Oberfläche des Blechs glitschig wie Schmierseife werden.

An der Halterung zog ich mich weiter hoch. Ich wollte nach vorn, um dem Spuk den Blick durch die Frontscheibe zu verwehren.

Es war eine Wahnsinnsarbeit, eine regelrechte Quälerei. Immer wieder geriet ich in Gefahr, abzurutschen, doch dann gelang es mir, mich an der Kante des Sarges festzuklammern.

Langsam zog ich die Beine nach, griff mit den Händen weiter nach vorn und rutschte Stück für Stück über den Sarg. Dann lag ich auf der Totenkiste. Erschöpft, außer Atem.

Der Regen klatschte mir auf den Rücken. Über die Park Avenue fegten lange Wasserschleier. Sie sahen aus wie graue Wände, die vom Wind hin- und herbewegt wurden.

Knöchelhoch stand das Wasser. Die Gullys konnten die Regenmassen kaum fassen. Manche quollen über, und es bildeten sich in ihrer Nähe gurgelnde Strudel.

Immer wieder wurde der Himmel vom Zucken der Blitze erhellt. Sie spalteten für wenige Augenblicke die Dunkelheit, fuhren im Zickzack dem Boden entgegen und wurden von Antennen und Blitzableitern aufgesaugt.

Noch immer fuhr der Spuk ein zu großes Tempo. Wenn er es weiter beibehielt, sah ich schwarz. Irgendwann würde der schwere Wagen zu schlingern beginnen und an einer Wand zerschellen. Ich brauchte kein großer Prophet zu sein, um voraussagen zu können, was dann von mir noch übrigblieb.

Hin und wieder begegneten uns andere Fahrzeuge. Die Karosserien sah ich kaum, nur die durch den Regenvorhang verwaschen wirkenden Scheinwerfer.

Wieder wurde ich durch einen krachenden Donnerschlag fast taub. Dann blendete der nächste Blitz. Unwillkürlich zuckte ich zusammen. Und weiter trommelten die Wassermassen auf meinen Rücken. Ich lag jetzt flach auf dem Sarg, doch diese Position konnte ich nicht ewig beibehalten. Ich mußte mir etwas einfallen lassen. Und zwar auf die Schnelle.

An der linken Seite rutschte ich vorsichtig hinunter. Zum Glück war der Sarg nicht so breit, daß er die gesamte Dachfläche einnahm. Zu beiden Seiten befanden sich noch Zwischenräume.

In den linken klemmte ich mich.

Mit einer Hand hielt ich mich am Dachträger fest, streckte meine Beine und versuchte, aus meinem Jackett zu schlüpfen.

Es war unvorstellbar schwer.

Ich lag auf dem Dach eines dahinrasenden Wagens, mein Jackett war klatschnaß, es klebte am Körper. Verzweifelt versuchte ich, es abzustreifen.

Ich fühlte mich wie eine Schlangentänzerin, wobei die es besser hatte. Sie brauchte sich nicht auf so beengtem Raum zu bewegen wie ich.

Doch ich schaffte es. Irgendwann hielt ich den nassen Fetzen in meinen Händen.

Noch immer goß es wie aus Eimern. Manchmal kam ich mir vor wie unter einer Brause. Ich hatte sogar Schwierigkeiten, zu atmen.

Donner, Blitz, Donner…

Sie lösten sich ab in rasendem Wechsel. Wie weit wir schon gefahren waren, wußte ich nicht. Es war mir auch egal. Nur ein Gedanke bewegte mich: Du mußt das Taxi stoppen!

Manchmal schlingerte der schwere Wagen. Dann hatte ich jedesmal das Gefühl, vom Dach geschleudert zu werden, aber es ging gut.

Ich drückte meinen Körper noch etwas vor. Mit der rechten Hand hielt ich das Jackett am Kragen gepackt, die linke Hand hatte ich weiterhin um die vordere Stange des Dachträgers geklammert.

Ich schleuderte das Jackett über die Vorderseite des Daches hinweg. Es wurde vom Wind erfaßt und flatterte sekundenlang wie eine Fahne. Rasch nahm ich die andere Hand zu Hilfe.

Dann klatschte ich das Jackett gegen die Frontscheibe.

Mit einer Hand hielt ich es fest, platzte fast vor Nervosität, denn ich war mir nicht sicher, wie der Spuk reagieren würde.

Normalerweise konnte er jetzt nichts mehr sehen, er mußte…

Radikal wurden meine Gedanken unterbrochen. Der Wagen begann zu schlingern. Er rutschte nach rechts auf die Straßenmitte zu. Die Fliehkraft packte mich. Vor Angst schrie ich auf, doch es gelang mir, mich auf dem Dach zu halten.

Hupen! Grell, schneidend.

Ein Wagen kam entgegen, genau auf uns zu.

Der Spuk riß das Lenkrad herum. Wir rasten vorbei, entgingen einer Kollision.

Warum bremste der Dämon denn nicht? Warum fuhren wir weiter in diesem Höllentempo?

Das konnte nicht gutgehen.

Wieder schlingerte das Taxi. Diesmal stärker. Das Heck brach aus. Im nächsten Moment drehte sich der Wagen. Plötzlich wurde er zu einem Kreisel. Glitt über die nasse Straße, als wäre der Belag aus Schmierseife.

Ich hatte das Gefühl, in einem Karussell zu sitzen, verlor die Übersicht, die Fliehkräfte wurden stärker. Ich konnte nicht anders, ich mußte loslassen.

Da bremste der Spuk.

Ich flog vom Dach.

Urplötzlich erhielt ich einen gewaltigen Stoß. Er schleuderte mich über die Kante hinweg. Ich wollte mich noch festhalten, doch meine Finger rutschten ab.

Der Boden raste näher. Dann klatschte ich in eine riesige Wasserpfütze. Noch während des Falls hörte ich einen Krach und dann splitternde Geräusche. Scheiben gingen zu Bruch.

Ich prallte hart auf, rutschte weiter über die nasse Fahrbahn, überschlug mich, zog instinktiv den Kopf ein, bewegte mich wie ein Judoka, und mir passierte nichts.

Mitten auf der Park Avenue blieb ich liegen. Ein dumpfes Hämmern im Kopf.

Ich riß mich zusammen, gelangte auf die Beine. Schwankend zwar, aber ich stand. Automatisch zog ich die Beretta. Ich hatte sie in den Hosenbund geklemmt. Von der Waffe rann das Wasser, aber das machte ihr nichts. Ich lief auf den Wagen zu.

Das Horror-Taxi stand auf der gegenüberliegenden Seite der Straße. Die breite Kühlerschnauze hatte eine Telefonzelle und zwei Glasvitrinen gerammt. Von allen drei Dingen war nicht mehr viel übriggeblieben. Ich sah nur noch verbeultes Blech und zerborstenes Glas, wobei die kleinen Splitter schon vom Regen weggespült wurden.

Doch der Spuk lebte noch.

Die Tür wurde aufgestoßen, und dann kroch er aus seinem Wagen. Er hatte sich nicht verändert, zeigte nach wie vor sein wahres Dämonengesicht, diese häßliche, grün schimmernde Fratze.

Er sah mich und blieb stehen.

Auch ich ging nicht mehr weiter.

Im strömenden Regen standen wir uns gegenüber. Blitze spalteten den dunklen Himmel, Donner grollte, die Natur tobte. New York erlebte eine Hölle.

Und ich stand mittendrin.

In Sturzbächen rann mir das Wasser über den Körper. Breitbeinig hatte ich mich aufgebaut, in der rechten Hand lag schußbereit meine mit Silberkugeln geladene Beretta.

Geduckt stand mir der Spuk gegenüber. Diesmal hatte er keine Helfer. Es gab nur ihn und mich.

»Aus!« schrie ich ihm entgegen und ging gleichzeitig vor.

Da griff der Spuk zum letzten Mittel.

Er verwandelte sich.

Schemenhaft erkannte ich, daß die grüne Masse sich auflöste. Dieser Vorgang lief blitzschnell ab.

Ich feuerte.

Fehlte...

Schoß noch einmal. Lief dabei auf den Spuk zu. Ich hatte zu

hoch gehalten. Die Kugel fegte dorthin, wo sich die Masse bereits in der Auflösung befand. Noch ein drittesmal wollte ich schießen.

Da geschah etwas, was ich nur mit Zufall oder höherer Gewalt erklären konnte. Etwas Helles, Blendendes raste aus dem dunklen Himmel auf die Straße nieder.

Ein Blitz! Und er traf.

Gellend hörte ich den Spuk schreien, warf mich selbst zu Boden, wartete einige Herzschläge lang ab und rappelte mich dann hoch. Nur noch das Rauschen des Regens war zu hören.

Den Spuk gab es nicht mehr. Er war verschwunden. Der Blitz hatte ihn getroffen. Etwas Dunkles lag auf dem Boden. Die Kleidung des Spuks. Ich trat mit dem Fuß die nassen Lappen auseinander. Meine Gedanken drehten sich um die letzten Sekunden. Hatte der Blitzstrahl den Spuk tatsächlich vernichtet? Konnte ein Blitz einen Schatten töten?

Ich zweifelte daran, war mir plötzlich sicher, daß ich noch von dem Spuk hören würde. New York hatte auf jeden Fall vor ihm Ruhe. Die erste Gefahr war gebannt worden.

Eine Stadt konnte aufatmen.

Und ich ebenfalls.

In eine Decke gehüllt hockte ich im Einsatzwagen der Polizei. Wie oft ich schon geniest hatte, hatte ich nicht gezählt. Aber die Cops hatten Erbarmen. Sie spendierten Whisky. Und nach drei langen Schlucken fühlte ich mich wohler. Es hatte aufgehört zu regnen. Ein frischer Wind strich durch die Straßenschluchten. Sterne glänzten am Himmel. Der fahle Mond leuchtete. Schon bald würde von dem Unwetter nichts mehr zu sehen sein. Und doch hatte es viel Ärger gegeben. Noch immer waren sämtliche Feuerwehrwagen unterwegs. Keller mußten leergepumpt werden, und auch aus den Wohnungen holte man Wasser, Schlamm und Dreck. Auf manchen tiefer gelegenen Straßen stand das Wasser kniehoch. Der Regen war so stark gewesen, daß die Gullys die Wassermassen nicht mehr fassen konnten.

Captain Hamilton saß mir gegenüber.

Es hat keinen Toten gegeben. Mir war ein Stein vom Herzen gefallen.

Die Besessenen hatten die Cops nicht angegriffen, sondern abgewartet. Da sie jedoch keinen neuen Befehl erhielten, wußten sie nicht, was sie tun sollten.

»Und dann war auf einmal alles vorbei«, erzählte Captain Hamilton. »Von einer Sekunde auf die andere wurden die Menschen wieder normal. Das habe ich noch nicht erlebt. Verstehen Sie das?«

Ich nahm einen Schluck und nickte. »Sicher. Das muß der Augenblick gewesen sein, in dem der Spuk von der Erde verschwand.«

»Wenn Sie das sagen.«

Hamilton war noch immer skeptisch. Ich konnte es ihm nicht verdenken. Das Taxi war sichergestellt worden. Es hatte nur noch Schrottwert. Und auch der Sarg war auseinandergeplatzt. Es gab nichts, was er verborgen hätte.

Dann wollte ich ein Mädchen sprechen. Laurie Ball.

Sie wußte nicht so recht, was sie sagen sollte. Ich tröstete sie. »Vergiß das alles, Laurie. Das ist am besten.«

Sie nickte. »Ich… Ich habe Gedächtnisschwund. Ich weiß auch nicht, wie das gekommen ist.« Eine Erklärung gab ich ihr nicht. Der Morgen graute, als ich in meinem Hotel eintraf. Bevor ich mich ins Bett legte, um den verlorenen Schlaf nachzuholen, meldete ich ein Gespräch nach London an.

Ich bekam Suko an die Strippe.

»Alles klar?« fragte ich.

»Hi, John«, rief mein chinesischer Partner. »Ich dachte schon, du lebst nicht mehr. Was macht dein Fall?«

»Schon vergessen.«

»Dann war er ja nicht so schlimm.«

»Nein«, erwiderte ich nachdenklich. »Er war überhaupt nicht schlimm. Aber weißt du was, Suko? Ich freue mich trotzdem wieder auf London. Auch wenn dort sicherlich die schlimmen Fälle auf mich warten…«

ENDE

Voodoo-
Liebe
FF95

Welcher Teufel mich geritten hatte, gerade in diese Kneipe zu gehen, ich wußte es nicht. Vielleicht hatte es am Streß gelegen, der hinter mir lag, denn die letzten Fälle waren doch an die Substanz gegangen.

Das Dämonenauge, Myxin, der Magier, die Hexenmühle, das Erscheinen des Spuks – das alles hatte mich ziemlich aus dem Gleichgewicht gebracht.

Da mußte der Mensch mal ausbrechen, eine Pause einlegen, um nachdenken zu können. Ich war einfach losgefahren und hatte die City of London hinter mir gelassen. An einer Kneipe im Nordosten der Stadt hatte ich angehalten, weil mich das Licht in Form eines ausgestreckten Arms in der Dunkelheit irritiert hatte.

Der Gag war gut. Die Beleuchtung war wirklich ein Arm gewesen, der von der Hauswand abstand. Zumindest hatte er bei mir seinen Reklamezweck erreicht, ich war in die verräucherte Bude gegangen und hatte mich an die halbleere Theke gesetzt.

Zu der Sorte von Leuten, die sich vollaufen lassen, wenn sie Probleme haben, gehörte ich nicht. Deshalb trank ich auch keinen Alkohol, sondern hielt mich an Wasser. Die wenigen Gäste störten sich nicht daran. Sie waren mit sich selbst beschäftigt oder hockten an den wenigen Tischen und unterhielten sich.

Der Keeper oder Wirt war ein fetter Mann mit einer Halbglatze und stark aufgeworfenen Lippen. Er trug ein Hemd mit kurzen Armen. Seine Arme glichen dicken Würsten, auf denen dunkle Haare so dicht wuchsen, daß es wie ein Fell aussah. Dazwischen schimmerten nackte Frauenkörper als dunkelrote, häßliche Tätowierungen.

Er hatte alles gut im Blick und war sicher in der Lage, für Ruhe zu sorgen, wenn es Streit gab.

Ich hatte mich an das eine Ende des halbrunden Tresens gesetzt. Die Wand mit den alten Fotografien befand sich direkt neben mir. Auf den Bildern war der Wirt als Boxer zu sehen. Nur in Gewinnerpose. Zumeist hing ein Kranz um seinem Hals.

Ich nuckelte an meinem Wasser und beschäftigte mich gedanklich mit der Zukunft. Durch Myxins Erweckung war etwas in Bewegung geraten, das ich noch nicht erkennen konnte. Es hielt sich im Hintergrund verborgen, unsichtbare Strömungen oder Wellen, die sich mir bestimmt irgendwann nähern würden. Als großer Joker schwebte noch der Schwarze Tod im Hintergrund, der ein Todfeind des von mir erweckten Magiers war. Über dessen Rolle war ich mir auch nicht im klaren, es stand längst nicht fest, daß er mir eine große Dankbarkeit entgegenbringen würde. Der kochte sicherlich sein eigenes Süppchen und würde sich bestimmt nicht von einem Fremden hineinrühren lassen.

Hin und wieder dachte ich an Sheila, die Frau meines Freundes Bill Conolly. Sie war hochschwanger und würde sehr bald gebären. Sie wünschte sich einen Jungen, und ich drückte den Conollys beide Daumen, daß sie damit Glück hatten.

Das waren nicht meine persönlichen Probleme. Da gab es andere Dinge, um die ich mich kümmern mußte, und ich war froh, nicht mehr allein zu stehen und einen Freund wie Suko an meiner Seite zu wissen. Der Mann aus China kannte keine Angst. Er war für mich zu einem echten Freund geworden. Es war ein guter Griff gewesen, ihn auf meine Seite zu ziehen, er hätte auch sicherlich etwas zu meinen momentanen Problemen sagen können, ich aber wollte doch lieber allein sein und später mit ihm sprechen.

Das heißt, allein war ich nicht, höchstens innerlich. Ansonsten saß ein bunt gemischtes Publikum an der zu einem Drittel gefüllten Theke, in der Regel Männer, aber auch zwei Frauen.

Eine war mir gleich aufgefallen. Eine Exotin und dabei sehr hübsch. Sie hatte eine wunderbare samtene Haut von einer Farbe, die mich an Milchkaffee erinnerte. Hinzu kam das dunkle Haar. Sehr dicht, halblang und kraus wuchs es auf ihrem Kopf. Ein rundes Gesicht, in dem die großen, schönen, dunklen Augen ebenso auffielen wie der herrlich geschwungene Mund mit den weichen Lippen, die an den Rändern mit einem flimmernden Goldpuder bestrichen waren. Ihre Nase war nicht zu breit, eigentlich schön gewachsen, und auch die hochstehenden Wangenknochen gefielen mir. Die Frau trank viel, aber sie betrank sich nicht. Der Wirt mixte ihr den Drink immer. Was er da in das Glas schüttete, sah ich nicht. Das Ergebnis jedenfalls war eine milchig-trübe Flüssigkeit, die dem weiblichen Gast gut zu schmecken schien.

Für mich sah sie aus wie jemand, der auf dem Sprung stand, denn sie hatte den hellen Staubmantel nicht ausgezogen. Sie trug ihn offen. Hin und wieder sah ich das Schimmern eines grünen Kleiderstoffs, und an ihrem Hals klirrten zwei Ketten aus Modeschmuck gegeneinander, wenn sie sich bewegte. Die Frau sprach mit keinem an der Theke. Sie wurde auch nicht angemacht, obwohl sich einige Typen unter den Gästen befanden, bei denen es mich wunderte, daß sie es nicht taten. Hin und wieder ein scheuer oder forschender Blick, das war alles.

Es kam mir ungewöhnlich vor, denn wie eine Aussätzige brauchte die Person nicht behandelt zu werden. Von ihr ging auch keine unnahbare Kühle aus, sie gab sich weder arrogant noch hochnäsig, und trotzdem schien sie von einer Aura umgeben zu sein, die andere Menschen davon abhielten, mit ihr zu sprechen.

Sie hätte mich vielleicht mehr interessiert, wenn ich nicht meine eigenen Probleme gehabt hätte, so aber hatte ich sie nur hin und wieder mit Blicken gestreift und mich dann mit meinem Getränk beschäftigt.

Eine Jukebox dudelte. Karibische Klänge drangen aus dem Lautsprecher. Es war so, als wollte jemand der Frau einen Gefallen damit tun.

Als der Wirt einige Gläser mit Whisky füllte, schnippte ich mit den Fingern.

»Ja…?«

»Ich nehme auch einen.«

»Doppelt oder…«

»Ein einfacher reicht mir. Ich muß noch fahren.«

»Stimmt, in diese Gegend verliert sich kaum jemand ohne Fahrzeug. Ist auch verflucht einsam hier, und die alten Bahnlinien auf dem Damm machen die Umgebung auch nicht freundlicher.« Er schob mir den Whisky zu. »Waren Sie schon mal an der Brücke?«

Ich schüttelte den Kopf. »An welcher?«

»Es ist eine Eisenbahnbrücke nicht weit von hier. Ideal für Selbstmörder.«

»Wie kommen Sie denn darauf?«

Der Keeper packte die letzten Gläser auf das Tablett. »Weil sich dort schon einige Leute auf die Schienen gelegt haben.« Er grinste schief. »Wenn der Zug dann vorbei war, waren Körper und Kopf voneinander getrennt. Das ist schon viermal passiert.« Er lachte, nahm das Tablett hoch und verließ seinen Platz hinter der Theke.

Ich schaute ihm nach und stellte dabei durch einen Seitenblick fest, daß die exotische Schöne das Gespräch mitgehört hatte. Unsere Blicke trafen sich für einen winzigen Moment. Als sie es sah, blickte sie sofort zur Seite.

Der Wirt bediente die Gäste und kam danach zurück. Er hatte seinen Platz kaum wieder eingenommen, als die Frau in ihre Manteltasche griff und einen Geldschein hervorholte.

»Zahlen«, sagte sie mit rauher und gleichzeitig ängstlicher Stimme.

Der Keeper sah sie an. »Jetzt schon, Dolores?«

»Ja.« Sie legte einen Schein hin und rutschte mit etwas unsicher wirkenden Bewegungen vom Hocker.

Dann ging sie zur Tür.

Der Keeper rief ihr einen Satz nach. »Wo willst du denn hin, Dolores?«

Die Frau drehte sich kurz um. »Ich gehe sterben!« erwiderte sie.

Ich war entsetzt.

Alle Gäste hatten die Antwort gehört, aber keiner kümmerte sich darum. Es sah so aus, als gingen sie bewußt darüber hinweg, um sich nur nicht näher damit beschäftigen zu müssen. Sie schienen sich sogar vor dieser Frau zu ducken oder zu fürchten.

Die Tür schwang zu, weg war sie.

Ihr Verschwinden hatte eine ungewöhnliche Stille hinterlassen, und ich dachte zwangsläufig an die Worte des Keepers, der von dieser Selbstmordbrücke gesprochen hatte.

Nun hatte ein Gast die Kneipe verlassen, um zu sterben. Spaß oder makabrer Ernst?

Da der Wirt im Moment nichts zu tun hatte, winkte ich ihn heran. »Sie kennen die Frau?«

»Ja, Dolores.«

»Und?«

»Wieso?«

»Na ja«, sagte ich und hob meine Schultern dabei hektisch. »Das ist doch nicht normal, daß sich ein Gast so verabschiedet. Da muß man doch etwas tun, denke ich.«

»Was denn?«

»Sie sind gut! Sie retten oder so.«

Aus den dunklen Augen traf mich ein scharfer Blick. »Retten oder so, wie?«

»Ja, das habe ich gemeint.«

»Nein, kommt nicht in die Tüte. Wer will dieses verdammte Weib denn schon retten?«

»Das hört sich seltsam an.«

»Ist es aber nicht, wenn Sie Bescheid wüßten. Haben Sie sich die Männer hier mal genau angesehen, Mister?«

»Ich hatte Zeit genug.«

»Eben.« Er hob den rechten Zeigefinger und senkte ihn nach vorn. »Dann müßte Ihnen doch aufgefallen sein, daß da etwas nicht stimmt. Ein Weib wie dieses allein in einer Kneipe? Danach lecken sich die Typen die Finger, die würden sich um die Kleine prügeln. Nichts dergleichen haben sie getan. Dolores war für sie Luft, einfach Luft.«

»Das sah ich und wunderte mich.«

»Selbst Sie, ein Fremder, haben nicht versucht, die Kleine anzumachen.«

»Ich habe eigene Probleme.«

»Gut gesagt, Mister, sehr gut. Und um Probleme geht es nämlich. Meine Gäste wollen sich keine Probleme auf den HAls laden. Sie wollen ihr Bier trinken und sich unterhalten, mehr nicht.«

»Und mit Dolores hätten sie Probleme bekommen?«

»Klar, große sogar.«

»Weshalb denn?«

»Weil Dolores zwar toll aussieht, tatsächlich aber steckt der Teufel in ihr. Dolores ist eine verdammte Hexe, eine Voodoo-Hexe!« Er fügte noch einen Fluch hinzu und nickte. Dann füllte er zwei Gläser mit dunklem Bier.

Ich trank meinen Whisky. Er schmeckte nicht einmal schlecht. Als ich das Glas abstellte, war der Keeper wieder da. Er hatte die beiden Gläser zu den Gästen gebracht. Natürlich war er neugierig auf meine Reaktion und fragte: »Was sagen Sie dazu, Mister?«

»Eine Hexe?« dehnte ich.

»Ja, eine richtige Hexe.«

»Die es nur im Märchen gibt. Diese hier hat keinen Buckel und kein häßliches Gesicht. Auch keine Warzen auf der Nase. Sie holt sich keine Kinder, um sie in den Ofen zu stecken…«

»Du nimmst mich nicht ernst, Mister!«

Ich lächelte. »Was soll ich tun?«

»Mir glauben und deinen Augen trauen.« Er war vertraulich geworden. »Noch einmal, Mister. Denk daran, wie sie hier gesessen hat, umgeben von Typen, die wirklich nichts anbrennen lassen. Sie haben sich zurückgehalten. Niemand hat versucht, sich an die Frau ranzuschmeißen. Im Gegenteil, sie haben Angst vor ihr gehabt. Manche sind sogar gegangen, als sie kam. Die hatten einfach Schiß.«

»Okay, ich bin hier fremd. Ihr werdet vielleicht recht haben. Nur kann ich mir nicht vorstellen, daß sie eine Hexe ist. Du weißt selbst, daß Hexen anders aussehen.«

Der Wirt schüttelte den Kopf. »Nicht die, die hier gesessen hat. Sie heißt Dolores, sie kommt aus der Karibik. Sie kennt diesen verfluchten Zauber.« Bisher hatte er normal laut gesprochen, nun aber senkte der Keeper die Stimme. »Dolores verhext Menschen. Man sagt ihr sogar nach, daß sie die Toten liebt.«

Ich starrte den Wirt ungläubig an. »Was soll sie?«

Der Mann hinter der Theke wiederholte den Satz.

Ich konnte ihm noch immer nicht glauben. »Deshalb ging sie auch los, um zu sterben, wie?«

»Weiß ich nicht. Möglich ist alles, Mister. Man muß da schon verdammt aufpassen.« Er schlug mit der Hand auf den Tisch. »Außerdem hat mir dein Spott nicht gefallen.«

»Sorry. Es ist alles so ungewöhnlich.«

»Das ist es für die meisten.«

Mich interessierte diese Dolores natürlich. Die Aussagen des Mannes hatten mich wirklich neugierig gemacht. Vielleicht hätte ich ihn fragen sollen, wo ich sie finden konnte, aber das hätte sein

Mißtrauen geweckt. So wollte ich nur wissen, was ich zu zahlen hatte.

Viel war es nicht. Ich rundete die Summe auf und rutschte vom Hocker. Der ehemalige Boxer griff über die Theke hinweg und umfaßte mein Handgelenk. Seine Finger hatten einen sehr harten, knochigen Griff. »Was hast du denn jetzt vor, Meister?«

»Ich gehe lieber.«

»Angst bekommen?«

»Nicht direkt. Aber mit Hexen möchte ich nicht unbedingt etwas zu tun haben.«

Er lachte, gab mir recht und ließ mich gehen. Außerdem mußte er sich um die anderen Gäste kümmern.

Mein Ziel stand fest. Ich würde auf Hexensuche gehen. So unwahrscheinlich die Erzählungen des Keepers auch geklungen hatten, mich konnte nach den letzten Fällen eigentlich nichts mehr erschüttern. Selbst Hexen nicht, die Tote liebten.

Nur wollte ich darüber gern mehr wissen…

Eine sehr betriebsame Umgebung war es nicht, in der das Lokal lag. Einsam, wenig schön. Gebaut worden war hier kaum, dafür schimmerten nicht weit entfernt mehrere Silberstreifen im schwachen Schein des Mondes, der am Himmel klebte.

Die Silberstreifen entpuppten sich bei näherem Hinsehen als die Oberflächen zweier Gleise, die hier aus verschiedenen Richtungen zusammenliefen und nebeneinander auf die Brücke zuführten, die der Keeper als Selbstmörder-Brücke bezeichnet hatte.

Es war windig, etwas kühl, und es roch nach Regen. Der Mond schimmerte wie ein blindes Auge hinter einem Wolkenberg. In der Ferne sah ich den schwachen Glanz einer in den Himmel ragenden Lichtglocke. Dort lag die Innenstadt, die auch um diese nachtschlafende Zeit nicht zur Ruhe kam.

Mein Wagen stand neben dem Haus. Der Bentley war von keiner fremden Hand angerührt worden. Ich stieg noch nicht ein, obwohl ich die Tür schon aufgeschlossen hatte. Mein Blick glitt durch die Dunkelheit, denn die Worte des Wirtes gingen mir nicht aus dem Sinn. Meine Gedanken drehten sich um diese Dolores, die angeblich eine Hexe war und natürlich auch Hexenkräfte haben sollte.

Ich sah sie nicht.

Bis auf den Damm, über den die beiden Schienenpaare liefen, war die Gegend sehr flach. Die Gestalt der Frau hätte sich abzeichnen müssen. Ich sah keine Silhouette. Mit einem Wagen war sie meiner Ansicht nach nicht weggefahren, aber sie hatte davon gesprochen, in den Tod zu gehen, und keiner der Gäste hatte auch nur den Versuch unternommen, sie davon abzuhalten.

Ich übrigens auch nicht, aber für mich war es erstens sehr überraschend gekommen, und zweitens war mir die Frau fremd. Ich hatte auch nicht erkennen können, ob es ernst oder spaßig gemeint war. Allmählich ging ich davon aus, daß sie es schon ernst meinte, und ich spürte im Magen ein gewisses Kribbeln. Ein Vorbote dessen, daß irgend etwas in der Luft lag.

Ich stieg in den Bentley. Wohin ich fahren wollte, hatte ich mir zuvor angesehen. Ich würde Kurs auf die Brücke nehmen. Zwar konnte ich den Wagen nicht auf den Damm lenken, parallel zu ihm gab es jedoch einen Weg. Er war teilweise gepflastert, ansonsten bestand er nur aus lehmiger Erde.

Ich startete, lauschte auf den Motor, blickte in den Innenspiegel und setzte zurück. Ich hatte die Scheinwerfer eingeschaltet, die einen hellen Lichtsee vor dem Wagen auf die Straße warfen.

Sehr langsam fuhr ich an, schlug einen Bogen und rollte an der linken Seite vom Parkplatz, vorbei an einem dort abgestellten und ausgeschlachteten Wagen, der vor sich hinrostete und einfach vergessen worden war.

Der schmale Weg erwies sich als Holperstrecke. Mulden und Buckel wechselten einander ab, der Wind hatte Laub und kleine Äste hingefegt, die unter den Reifen zersprangen.

In einer Gegend wie dieser blendete ich keinen anderen Autofahrer mit meinem Fernlicht. Es tanzte im Rhythmus der stark strapazierten Stoßdämpfer und half mir bei der Suche nach Dolores, über die ich gern mehr gewußt hätte.

Sie interessierte mich brennend. Je länger und intensiver ich über sie nachdachte, um so mehr gelangte ich zu dem Schluß, daß sie nicht gelogen hatte.

Sie wollte sich das Leben nehmen. Das taten leider viele Menschen. Den Aussagen des Keepers nach zu urteilen war sie jedoch eine Voodoo-Hexe, und Voodoo, das wußte ich zur Genüge, hatte etwas mit lebenden Toten, den Zombies, zu tun.

Wenn ich daran dachte, verspürte ich stets ein leichtes Magendrücken. Mein erster großer Fall hatte mich in diese Richtung geführt. Da waren die Leichen eines gesamten Friedhofs auferstanden, um sich an den Lebenden zu rächen. Seit dieser Zeit, da war ich ehrlich, hatte ich einiges gegen Zombies.

Eine Voodoo-Hexe!

War diese Dolores vielleicht eine große Zauberin, die es schaffte, Leichen als untote Lebende aus den Gräbern zu holen? Befand sie sich auf der Suche nach einem Friedhof, wo sie dies in die Tat umsetzen konnte, oder lief alles in eine ganz andere Richtung?

John, du denkst schon zu weit vor, dachte ich und konzentrierte mich mehr auf die Fahrerei.

Der Damm lag an der rechten Seite. Noch so flach, daß ich die Schienen sehen konnte. Das würde sich bald ändern, denn ich entdeckte bereits den Schatten vor mir, wo der Damm in einem flachen Winkel zur Brücke hinauf anstieg. Den Aufbau konnte ich bereits schwach erkennen. Als leicht schimmerndes, dunkles, mächtiges Bogengerüst erhob er sich in die Dunkelheit. Sehr wuchtig, unbeweglich, von keiner Laterne beleuchtet.

Ich fuhr schneller.

Der Bentley bewies mir, daß seine Stoßdämpfer noch in Ordnung waren. Ich schaukelte durch die Löcher, das Fernlicht tanzte mit, und ich näherte mich allmählich der Brücke.

Plötzlich sah ich die Frau.

Nur für einen kurzen Moment zeichnete sich die laufende Gestalt auf dem Damm ab. Ich hatte den Oberkörper nur etwa bis zur Hälfte gesehen, dann war die Frau für mich verschwunden, weil der Damm zu stark anstieg.

Und ich hatte noch etwas erkannt. Sie war schon ziemlich nahe an der Brücke gewesen. Wie weit sie noch zu gehen hatte, konnte ich nicht sagen, aber wenn ich vor Dolores dort sein wollte, mußte ich mich beeilen. Deshalb gab ich Gas.

Die Strecke verschlechterte sich zusehends. Die Reifen rutschten jetzt über Schotter hinweg, und ich mußte das Lenkrad hart umklammern, um den Bentley in der Spur zu halten.

Ob ich die Frau bereits überholt hatte, wußte ich nicht. Ich ging mal davon aus und stoppte den Wagen dort, wo der Weg in einer Rechtskurve von der Brücke wegführte und später in eine normale schmale Straße mündete.

Licht weg, aussteigen. Die Tür so leicht wie möglich ins Schloß drücken.

Einen kurzen Moment wartete ich ab. Vor mir sah ich die dunkle Fläche des Hangs wie ein graues, schräggestelltes Brett in die Höhe steigen.

Die Gleise sah ich nicht, ich hörte auch keine Schritte oder das Knirschen der Schottersteine, wenn sie von jemandem, der darüber hinweglief, bewegt wurden.

Es blieb still.

Ich probierte es trotzdem, weil ich mir nicht vorstellen konnte, daß Dolores ihr Vorhaben aufgegeben hatte. Rechts von mir lag die Brücke. Aus der Nähe gesehen wirkte sie sehr mächtig und bedrückend. Ein dunkel glänzendes Stahlgerüst, das einen Bogen über ein kleines Tal schlug, durch das die schmale Straße führte, in die der Dammweg mündete.

Die Brücke war nicht still. Ich hatte den Eindruck, als wollte sie sich bemerkbar machen. Sie ›redete‹ auf ihre Weise. Ich hörte ein leises Summen, dazwischen ein Knacken, als würden sich die Träger und Streben ausdehnen und recken.

Der Damm war steiler, als ich gedacht hatte. Besonders auf der letzten Hälfte. Da hatte ich Mühe, hinaufzusteigen. Ich kippte immer wieder nach vorn, so daß ich gezwungen war, mich mit den Händen abzustützen. Letztendlich packte ich es doch.

Ein kurzer Schritt noch, dann sah ich das blanke Metall der Schienen vor mir.

Ich balancierte über den Schotter und blickte nach links über die

Gleise hinweg, weil ich damit rechnete, dort die Frau zu sehen. Ich wurde enttäuscht. Sie war nicht da.

Etwas ärgerlich runzelte ich die Stirn. Hatte sie mich überholt, war sie schneller gewesen, oder hatte sie etwas gemerkt, sich das richtige dabei gedacht und den Bahndamm auf der anderen Seite verlassen? Ich ging über die Gleise zum anderen Rand des Damms und schaute den Hang hinunter. Von Dolores war nichts zu sehen.

Blieb die Brücke.

Langsam drehte ich mich um. Während ich das tat, wurde mir klar, daß ich diesmal richtig lag. Es war einfach nur ein Gefühl, aber die Frau selbst sah ich nicht.

Direkt vor mir lag das Bauwerk. Ich stand zwischen den beiden Schienenpaaren, spürte unter den Sohlen den Druck des unebenen Schotters und verfolgte die schwachen Silberstreifen, die über die Brücke hinwegliefen, flankiert von den beiden Metallbögen, die auch noch in der Dunkelheit Schatten warfen.

Sie war nicht da, sie hatte sich versteckt. Vielleicht war sie schon über das Geländer geklettert und in die Tiefe gesprungen, obwohl diese nicht unbedingt lebensgefährlich war, denn so tief lag die Straße nicht. Da konnte sie sich wohl etwas brechen, aber tot brauchte sie nicht zu sein.

Ich hätte mit meiner Lampe in die Tiefe leuchten und nachschauen können, das wiederum ließ ich bleiben, weil mir mein Instinkt sagte, daß es stimmte.

Fuhr überhaupt um diese Zeit noch ein Zug? In der Nacht war der Bahnverkehr sehr stark reduziert. Daß die Strecke befahren war, sah ich anhand der Schienen. Nur Gleise, die oft benutzt wurden, glänzten in diesem silbrigen Licht.

Ich ging einfach davon aus, daß sich die Dolores irgendwo auf der Brücke versteckt hielt, denn Schatten waren genug vorhanden. Kein Licht leuchtete die Brücke an. Ich betrat sie und hatte das Gefühl, als würde ich in einen düsteren Tunnel hineinschreiten, der an den Seiten nicht von Wänden, sondern von den Gerippen uralter Saurier flankiert wurde. Es war kein Ort, um sich wohlzufühlen. Ich roch das Metall, das einen seltsamen Geruch abgab.

Vielleicht war es der Rost, den ich an einigen Stellen sah, jedenfalls war dieser Geruch für mich fremd.

Sehr bald hatte ich meinen Gehrhythmus gefunden. Ich setzte die Füße stets auf eine Schwelle. Nach wenigen Yards holte ich meine kleine Lampe aus der Tasche.

Der Strahl wanderte über Schwellen, Schotter und Schienen. Er verlieh dem Metall einen noch stärkeren Glanz, erhellte die Stellen zwischen den Schwellen, in denen manchmal Unrat lag.

Etwa auf der Hälfte der Brücke lag der Stein auf den Schienen. Für mich sah er wie ein Stein aus. Ziemlich kompakt, leicht gerundet, ein unförmiger Brocken, der jetzt vom Licht der Lampe getroffen wurde.

Genau in dem Augenblick erwachte der ›Brocken‹ zum Leben. Er bewegte sich, die Rundung verschwand, und noch im Liegen streckte er sich aus, bevor er sich aufrichtete und sich dabei in einen weiblichen Menschen verwandelte.

Dolores stand vor mir.

Ich hatte die Lampe nicht ausgeschaltet, der Strahl traf ihr Gesicht, er blendete sie, und sie zwinkerte einige Male.

Ich blieb stehen. Es war geschafft. In mir spürte ich etwas wie Erleichterung. Mit etwas lahm klingender Stimme sagte ich: »Hallo…«

Sie gab auch Antwort, nur gefiel mir die nicht besonders. »Hauen Sie ab, Mann…«

Aus ihrer Sicht hatte sie bestimmt recht, doch ich dachte gar nicht daran, zu verschwinden. Ich war nun mal ein neugieriger Mensch. In diesem Fall besonders, und so schüttelte ich nur den Kopf, senkte die Leuchte allerdings, weil ich Dolores nicht mehr blenden wollte.

»Verschwinden Sie!« wiederholte sie.

»Nein!«

Sie hatte meine Antwort gehört und war wohl überrascht, weil sie darauf zunächst nicht reagierte. Das gab mir Gelegenheit, wieder zwei Bahnschwellen weiter zu gehen. Ich wollte möglichst nahe an sie heran, um sie vor einer Dummheit, welche auch immer, bewahren zu können.

»Es könnte tödlich für dich sein, Mann.«

Ich schickte ihr ein leises Lachen entgegen und erwiderte: »Tödlich? Kann sein, aber nicht für mich. Sie sind es doch, die sich das Leben nehmen will.«

»Das wissen Sie?«

»Ja.«

Sie warf den Kopf zurück. Etwas trotzig. Dann fiel sie wieder in den kumpelhaften Tonfall. »Klar, ich habe dich in der Kneipe gesehen. Du hast an der Theke gehockt.«

»Stimmt.«

»Und du bist fremd hier.«

»Das stimmt auch.«

»Sehr gut für dich, Mann. Denn weil du fremd bist, möchte ich dir eine Chance geben. Du kennst dich hier nicht aus, du weißt nicht, auf was du dich eingelassen hast. Hau jetzt ab.«

Ich blieb, und ich fragte weiter: »Warum wollen Sie sich töten, Dolores? Sie sind jung, Sie haben Ihr Leben noch vor sich. Was soll das also, daß Sie sich von der Brücke stürzen oder von einem Zug überrollen lassen wollen?«

»Das verstehst du nicht!«

»Sie könnten mir auf die Sprünge helfen.«

»Ich will nicht.«

»Das ist schade«, murmelte ich. »Das ist wirklich schade. Es würde mir sehr helfen, denn ich mag es nicht, wenn sich schöne Frauen das Leben nehmen.«

»Rede nicht herum wie in einem Kitschroman. Ich werde mir das Leben nicht nehmen.«

»Wunderbar«, frohlockte ich. »Dann können wir ja gemeinsam zurückfahren und irgendwo noch einen Drink nehmen.« Ich streckte ihr die Hand entgegen.

Dolores ignorierte die Geste. »Du hast noch immer nicht begriffen, Mann. Für dich wird es zwar so aussehen, als würde ich mir das Leben nehmen wollen, aber dem ist nicht so. Ich werde eingehen in ein anderes Reich, ich werde bei *ihm* sein. Das ist es, was ich will. Für mich das allerhöchste Glück.«

»Schön, aber wer ist er?«

»Das hat dich nicht zu interessieren.«

Aus ihrer Sicht mochte sie recht haben, aus meiner allerdings nicht. Ich dachte anders darüber, denn diese Person verhielt sich nicht normal. Die Frau hing einem gefährlichen Hirngespinst nach. Sie wollte ihr Leben wegen eines anderen wegwerfen. Kein Mensch der Welt war es wert, daß man so etwas tat.

»Ich denke, da befinden Sie sich auf dem falschen Gleis, meine Liebe. Es hat wirklich keinen Sinn, wenn Sie das versuchen. Man hat nur ein Leben, es ist zu wertvoll, um es einfach zu verschleudern. Das müßten Sie wissen.«

»Hör auf, zu moralisieren!« pfiff sie mich an. »Hier geht es um ganz andere Dinge.«

»Um welche?«

»Die verstehst du nicht.«

Ich würde sie schon verstehen. Ob ich sie allerdings akzeptierte, stand auf einem anderen Blatt. Eine Schweigepause entstand. Ich lauschte dem Wind, der über die Brücke fuhr, die Träger und Streben berührte, wodurch ein leises Heulen entstand, das wirklich nur von den Personen zu hören war, die in unmittelbarer Nähe standen. Es schien mir, als würde der Wind eine leise Todesmelodie pfeifen.

Ich wartete nicht länger. Bevor sich die Lage zuspitzen konnte, wollte ich sie unter Kontrolle haben. Für mich war wichtig, daß ich die Lebensmüde von der Brücke herunterholte. Als ich vorlief, bewegte ich mich so schnell, daß ich Dolores damit überraschte. Sie wollte mich noch abwehren, da aber hatte ich sie schon erreicht und meinen Arm ausgestreckt. Die Lampe hatte ich in die Tasche gesteckt, ich brauchte Bewegungsfreiheit. Es wunderte mich, daß sie sich nicht wehrte, denn ich hatte meine Hand auf ihre Schulter legen können.

In diesem Moment drehte sie blitzschnell den Kopf und stieß ihn gleichzeitig nach unten. Ich sah ihre Zähne schimmern, dann versuchte sie es mit einem Biß in meinen Handrücken.

Hastig zog ich die Hand zurück. Dolores schaffte den Biß nicht ganz, ihre Zähne schrammten über meine Haut hinweg wie die Zinken eines Kamms. Ich fluchte und sprang zurück, was die Frau natürlich ausnutzte. Sie warf sich herum und rannte weg.

Sehr schnell hatte sie einen Vorsprung gewonnen. Ich glaubte, daß sie auf das Ende der Brücke zulaufen würde, doch den Gefallen tat sie mir nicht. Sie lief nach rechts auf das Geländer zu. Ihre Absicht war klar. Sie würde auf den Rand klettern und sich von dort aus in die Tiefe stürzen.

Ich jagte hinter dem flatternden Schatten her. Flatternd deshalb, weil ihr Mantel beim Laufen aufschwang und sie wie zwei Fahnenhälften begleitete.

Dolores geriet in den Schatten des Stahlbogens und des Quergestänges. Es war eine alte Brücke. Die halbrunden Enden der Nieten schimmerten wie winzige Köpfe ohne Haare.

Dolores schrie nicht. Sie fluchte, während sie lief. Mochte der Teufel wissen, welche Götter sie anrief, jedenfalls nicht die, die auf meiner Seite standen.

Ich jagte ihr nach, aber sie war schnell und wendig. Leider tat sie mir nicht den Gefallen, auszurutschen, Leichtfüßig überwand sie die Hindernisse und hatte vor mir das Geländer erreicht.

Es war relativ hoch. Um sich hinabzustürzen, mußte sie schon daraufsteigen. Das kostete Zeit, doch auch dabei bewegte sie sich verdammt flink.

Sie schaffte es.

Ihr Mantel bauschte sich im Windstoß auf wie ein Fallschirm. Sie lachte schrill in die dunkle Tiefe hinein – und ließ sich nach vorn fallen.

In diesem Moment hatte ich sie erreicht. Mein rechter Arm schnellte vor, ich griff hart zu, bekam leider ihren Körper nicht zu fassen, sondern nur den Mantel.

Für einen mir sehr lang erscheinenden Moment fror die Szene regelrecht ein. Da stand Dolores auf der Brüstung, beide Arme nach vorn gestreckt, sie schwankte dabei, schrie in die Leere hinein. Ich zerrte sie zurück, während sie versuchte, sich aus dem Mantel zu winden. Dabei bewegte sie sich schlangenhaft geschmeidig, schlug ihre Arme auf und nieder und versuchte dabei noch, sich mit einer Hand an der vorspringenden Kante eines Trägers festzuhalten.

Ich war stärker. Eisern hielt ich fest, und ich zerrte die Frau in meine Richtung.

Dolores, die noch immer auf dem Rand stand, verlor das Gleichgewicht und fiel.

Allerdings nicht nach vorn über das Geländer hinweg, sondern entgegengesetzt, in meine Richtung. Sie flatterte mir praktisch in die Arme und prallte hart gegen mich.

Ich konnte dem Druck nicht standhalten. Mit ihr zusammen taumelte ich zurück, wobei ich leider die Schiene übersah und ins Stolpern geriet.

Ich kippte nach hinten und stürzte.

Der Aufprall war verdammt hart. Die Schiene drückte böse in meinen Rücken, der von Schmerzen durchflutet wurde.

Ich schlug mit dem Kopf im Zwischenraum der Schienen auf und spürte den kantigen Schotter im Nacken wie die Spitzen kleiner Messer. Dolores lag auf mir, ich umschlang sie mit beiden Armen, weil ich sie auf keinen Fall loslassen wollte.

Die Frau strampelte mit den Beinen. Sie schlug auch mit den Armen um sich, traf aber nur die Schienen und den Schotter. Nur ab und zu hämmerten ihre Hacken gegen meine Beine, was für mich nicht eben ein Vergnügen war.

Sie knurrte wie ein Tier. Zwischendurch keuchte und heulte sie. Dolores hatte sich in eine Furie verwandelt. Sie wollte nicht mehr leben, sie wollte in den Tod, und sie versuchte, dies mit allen Mitteln zu erreichen.

Ohne mich.

Ich holte tief Luft und entschied mich zu einer blitzartigen Aktion. Meinen und ihren Körper wuchtete ich nach links. Wir rollten von den Schienen weg und landeten in dem schmalen Raum zwischen dem Gleiskörper und den eisernen Metallstreben der Brücke.

Jetzt lag sie auf dem Bauch, ich über ihr. Die Lage behagte ihr nicht. Mein Gewicht nagelte sie gegen den Boden und erstickte ihre Bewegungen. Zwar versuchte sie, mich durch Hochbocken von sich abzuschütteln, das schaffte sie jedoch nicht, denn ich zog das rechte Bein an und drückte ihr mein Knie sehr hart in den Rücken.

Sie stöhnte und gab auf – vorerst…

»Reicht das?« fragte ich keuchend neben ihrem Ohr. »Geben Sie auf, Dolores?«

»Hundesohn, verdammter! Du wirst krepieren!«

»Das hatte ich nicht vor.«

»Doch!«

»Bestimmt nicht durch Sie! Seien Sie ruhig, und hören Sie endlich mit diesem Theater auf.«

Sie lachte glucksend. Mir war klar, daß sie nicht aufgeben würde. Diese Frau war zäh wie eine Katze, so leicht gab sie einen Kampf nicht verloren.

Ich behielt den starken Druck bei und ließ ihr keine Chance, sich zu befreien. Ich blickte dabei auf ihren Kopf. Sie hatte ihn tiefer gesenkt, ihr Gesicht lag auf dem Boden, und für eine Weile verhielt sie sich ruhig.

Die Gelegenheit mußte ich ausnutzen. Mit der linken Hand hakte ich das Handschellenpaar von meinem Gürtel. Es klappte nicht lautlos, das Metall schlug klirrend gegeneinander, und dieser Laut schreckte sie auf. Dolores bäumte sich wieder hoch, sie wollte mich mit dieser Bewegung von ihrem Rücken stoßen und hätte es beinahe geschafft, denn ich geriet ins Schwanken.

Sie bockte wie ein wildes Pferd.

Ich packte ihren rechten Arm am Gelenk, bog ihn über den Körper hinweg und nahm ihn in den Polizeigriff. Der stechende Schmerz wühlte hoch bis in ihre Schulter, er mußte brennen wie Feuer, und es gab nur eine Möglichkeit, ihm zu entgehen und einen Armbruch zu vermeiden.

Ganz ruhig bleiben…

Das tat sie dann auch. Es war einfach für mich, das Handgelenk mit der einen Schelle zu umschließen. Ich hielt den Arm in dieser gebogenen Lage fest und beschäftigte mich mit dem linken.

Auch ihn bog ich in die Höhe und schloß dann die andere Hälfte um das Gelenk.

Fertig, ich hatte es geschafft.

Als ich sie losließ, stöhnte sie auf. Mit auf dem Rücken gefesselten Händen wälzte sich Dolores zur Seite, als wollte sie sich in die Lücke zwischen den Metallstreben zwängen und versuchen, sich durch das Eisen zu beißen.

Ich war von ihrem Rücken gerutscht und kniete neben ihr. »Lassen Sie jeden Widerstand sein, es hat keinen Sinn.«

Sie zischte einen Fluch.

Ich stand auf.

Mit dem rechten Fuß berührte ich eine Schiene und hatte den Eindruck, als würde die leicht vibrieren. Ich achtete nicht darauf, sondern kümmerte mich um die Frau. Da sie von allein nicht aufstehen wollte, blieb mir nichts anderes übrig, als sie in die Höhe zu zerren.

Ihre Hände waren zwar gefesselt, die Füße nicht. Damit trat sie aus wie ein störrischer Esel. Ich paßte nicht auf, erhielt einen Tritt gegen das Schienbein, der verdammt schmerzhaft war und mir beinahe das Wasser in die Augen getrieben hätte.

»Ich glaube, wir müssen mal andere Saiten aufziehen.« Wieder bückte ich mich und blickte dabei nach vorn.

Da sah ich das Licht!

Ein helles Glotzauge, das über den Schienen schwebte, die wie ein Lineal in das Land hineinstachen und jenseits der Brücke von der schwarzen Dunkelheit aufgesogen wurden.

Ein Licht hatte ich bisher nicht gesehen.

Ich hatte auch kein Stampfen gehört und das leichte Zittern der Schienen nicht beachtet.

Diese drei Dinge zusammen konnten nur eines bedeuten: Ein Zug näherte sich.

Verdammt auch, damit hatte ich rechnen müssen.

Dolores hatte es auch bemerkt. Sie lag vor mir auf dem Bauch, nur den Kopf hatte sie etwas angehoben, um ebenfalls das über den Schienen schwebende Licht zu sehen.

»Der letzte Zug, der Güterzug! Er wird mich überrollen, er wird dich als klumpige Masse zurücklassen, Hundesohn, verdammter!«

Leider hatte sie damit recht. Damit dies nicht geschah, mußte ich etwas unternehmen, und zwar so schnell wie möglich. Ich wußte nicht, wie viel Zeit mir noch blieb, denn in der Dunkelheit war es schwer, Entfernungen zu schätzen. Ich wußte, daß der Zug heranrollte, aber das Licht vergrößerte sich nicht. Es schien auf der Stelle zu stehen.

Ein Irrtum, denn nun hörte ich ihn auch. Der Wind wehte uns die rumpelnden Geräusche entgegen, die sich mit dem donnernden Rollen vereinten, als sich diese tonnenschwere Schlange der Brücke näherte. Wenn der Zug darüber hinwegrollte, würde sie vibrieren, zittern, stöhnen und ächzen, so wie ich, als ich Dolores hochriß, die sich wild wehrte, sich aber nirgendwo festklammern konnte, denn ich hielt die Kette zwischen den Handschellen gepackt.

Durch meinen harten Druck mußte der Stahl tief in ihr Fleisch drücken, aber das störte sie nicht. Dolores war so darauf fixiert, ihr Leben zu beenden, daß sie alles andere einfach hinnahm.

Und dann war der Zug da.

Die Lok tauchte wie ein monströses Ungeheuer vor mir auf. Ein mächtiger, kompakter Schatten mit nur einem Auge, dessen Licht uns voll erfaßte. In seinem Schein mußten wir uns für den Lokführer wie künstliche Figuren abmalen, ein Scherenschnitt, der plötzlich in Bewegung geriet, denn bevor der Zug auf die Brücke fahren konnte, wuchtete ich Dolores nach rechts, und ich warf mich im selben Moment ebenfalls zur Seite.

Wir flogen wie Puppen weg. Beide prallten wir gegen das harte Geländer. Dolores hatte den Mund aufgerissen. Ich glaubte, sie schreien zu hören. Wenn es stimmte, dann ging dieser Schrei jedoch in den tosenden und donnernden Geräuschen unter, mit denen der Zug an uns vorbeiraste.

Der Wind zerrte an uns wie mit tausend Händen. Fremde Geräusche umgaben uns. Ich preßte mich gegen das Geländer und umklammerte dabei mit einem Arm die Frau, damit sie sich nicht noch im letzten Augenblick gegen die Güterwagen warf, die an uns vorbeirollten.

Der lange Zug hatte sich in ein fauchendes, wütendes Gespenst verwandelt, das aus der Hölle entlassen worden war und kein Ende zu nehmen schien.

Ich konnte keine einzelnen Wagen erkennen. Die Zwischenräume verschwammen.

Neben uns raste eine donnernde Schlange entlang, eingehüllt in einen Wirbel aus Wind, der uns mit gewaltigen Flügeln umtoste, als wollte er uns durch das Geländer der Brücke pressen.

Ich schaffte es trotz allem. Die Frau war ruhiger geworden. Sie hatte den Kopf gesenkt und das Gesicht gegen mich gepreßt. So wirkten wir beinahe wie ein Liebespaar und nicht wie zwei Menschen, die auf verschiedenen Seiten standen.

Es war ein sehr langer Güterzug, der kein Ende nehmen wollte. Unzählige offene und geschlossene Waggons rumpelten an uns vorbei. Der Zug schien die Brücke zum Leben zu erwecken, ihr eisernes Unterteil bewegte sich stöhnend und schrill, als wären Hunderte von Seelen in diesem Metall gefangen, die nun ihre Not hinausschreien mußten.

Auch ein langer Güterzug hat ein Ende. Hier war es nicht anders. Als ich nach rechts blickte, sah ich schon den letzten Waggon, denn hinter ihm fiel die normale Dunkelheit wieder zusammen.

Mit einem wütenden Fauchen raste auch dieser Waggon vorbei, und die Geräuschkulisse ebbte ab, als hätte der Dirigent seinen Taktstock einfach fallen lassen.

Es wurde nicht still, aber das Rumpeln und Donnern verschwand allmählich in der Ferne. Die Echos verteilten sich in der Nachtluft. Nach einem letzten, weich klingenden Brausen trat eine derartige Ruhe ein, daß selbst unser keuchender Atem wieder zu hören war.

Wir blieben hocken. Ich war nicht fertig, aber ein Zittern konnte ich nicht unterdrücken.

Dolores saß noch immer dicht neben mir. Ich spürte den Druck ihrer Stirn an meiner Schulter und hörte dann ein böses, nahezu haßerfüllt klingendes Geräusch, das mir zeigte, daß sie noch nicht aufgegeben hatte.

Ich nahm das Schlimmste an und ging davon aus, bisher nur ein Vorspiel erlebt zu haben. Der wahre Horror würde noch folgen.

»Sie sind okay?« fragte ich.

Ruckartig hob sie den Kopf. Ihr Gesicht befand sich dicht vor dem meinen. Ich konnte ihren eigenartigen Geruch wahrnehmen und wußte nicht, welches Parfüm sie benutzte, oder ob dieser Duft aus einem Sud bestimmter Kräuter und Essenzen bestand.

»Was geht dich das an, verdammt?«

»Nun ja, schließlich habe ich Ihnen das Leben gerettet. Ich möchte darauf zwar nicht herumreiten, eine Tatsache bleibt es immerhin. Dazu bin ich jemand, der sich auch danach noch um seinen Schützling kümmert.«

»Um mich braucht sich niemand zu kümmern, verdammt!«

»Ich denke da anders.«

»Verschwinde!«

»Ja, das werde ich. Allerdings nur mit Ihnen zusammen, Dolores. Ich denke, daß Sie mir noch viel zu sagen haben.«

»Tatsächlich?« höhnte sie.

»Bestimmt.«

»Da wirst du dich noch wundern.«

»Kann sein, aber an Wunder bin ich gewohnt.« Ich blieb nicht mehr länger auf der kalten Erde hocken, sondern stand auf. Einige blaue Flecken würden schon an meinem Körper zurückbleiben, denn beim Aufstehen spürte ich, daß gewisse Stellen beim Aufprall doch etwas abgekriegt hatten, und auch mein Kreuz war nicht so in Ordnung, wie ich es gern gehabt hätte. Es schmerzte dicht über dem Steißbein.

Ich blieb neben ihr stehen. »Stehen Sie schon auf.«

Dolores starrte mich an. Ihr Gesicht war wieder glatt geworden. Kein Ausdruck des Hasses, eher einer des Spotts. In ihren Augen stand ein Leuchten, das mich irritierte. Sie zeigte mir ihre Zungenspitze, mit der sie den Schwung der Lippen nachzog. Versuchte sie es jetzt auf die andere Tour, die verführerische?

»Helfen Sie mir doch!« Ihre Stimme klang normal.

Ich bückte mich und schob eine Hand in ihre Achselhöhle. So schaffte sie es dann auf die Füße. Zwar schwankend, und ich mußte sie auch weiterhin stützen, aber sie stand schließlich.

»Wunderbar«, sagte ich.

Dolores reckte ihr Kinn vor. »Was ist denn so wunderbar daran?« höhnte sie.

»Daß wir noch leben.«

Sie antwortete mit einem girrenden und gleichzeitig harten Lachen. »Noch leben?« Dann schüttelte sie den Kopf. »Nein, Hundesohn, wir leben nur irgendwie...«

»Kommen Sie mit.«

»Du bist schon tot. Du weißt es nur noch nicht! Du bist jetzt schon eine Leiche, die sich durch eine fremde Welt bewegt.«

Ich sagte nichts, hakte sie nur unter, und so verließen wir die Selbstmörder-Brücke...

Im Bentley hatte ich Dolores mit einer Handschelle an den Haltegriff gekettet. Sie hockte links neben mir, die rechte Hand hatte sie frei und auf ihren Oberschenkel gelegt. Sie bewegte leicht die Finger und ließ die Kuppen auf der straffen Haut tanzen.

Gesprochen hatte sie nicht. Ich aber wollte wissen, wie es weiterging, bevor ich startete, nur mußte ich ihren eisigen Schweigepanzer erst einmal brechen.

Ich versuchte es auf die banale Art und Weise. »Möchten Sie eine Zigarette?«

»Ha, und dann?«

»Ich habe Sie nur gefragt, ob Sie eine Zigarette möchten. Nicht mehr und nicht weniger.«

Sie drehte den Kopf und starrte mich an. »Wo ist dabei der Trick?«

»Es gibt keinen.«

Sie war anderer Meinung. »Du willst mich wohl weichkochen, wie?«

»Nein, das habe ich nicht vor. Ich denke nur, daß wir uns unterhalten sollten wie zwei vernünftige Menschen.«

»Es liegt an dir.«

»Tatsächlich?«

»Ja.«

Ich blickte durch die breite Scheibe nach draußen. Die Brücke bildete mit ihrem Gestänge in der Dunkelheit einen mächtigen starren Schatten. Sie lag jetzt wieder in absoluter Ruhe vor uns, als hätte sie ausgeatmet und würde darauf warten, daß es bald ein neues Erwachen gab.

Ich holte meine Zigaretten hervor. Aus dem Augenwinkel sah ich, daß Dolores auf die Schachtel schielte. »Möchten Sie doch eine?« fragte ich.

Sie zögerte noch. Dann lächelte sie. Ob falsch oder echt, wußte ich nicht. »Ja, geben Sie her.«

Sie nahm sich das Stäbchen mit ihrer freien Hand selbst und steckte es zwischen die Lippen. Ich gab ihr Feuer. Die Seitenscheibe hatte ich einen Spalt breit geöffnet. Der Wind fuhr in den Wagen hinein, erfaßte die Flamme und ließ sie tanzen.

Die Spitze der Zigarette glühte auf, Dolores paffte die ersten Wolken. Ich rauchte ebenfalls an und ließ meine Hände sinken. Der Rauch zog in trägen, blassen Wolken dem Fensterausschnitt entgegen und verlor sich in der Nacht.

»Warum wollten Sie sich umbringen, Dolores?« Mit sehr ruhiger Stimme hatte ich die Frage gestellt.

»Jeder Tod bedeutet Leben.«

Die Antwort überraschte mich. »Das stimmt. So sagen es die Religionen, aber ich traue Ihnen nicht so recht, Dolores. Ich bin da etwas in Zweifel. Ich glaube nicht, daß Sie Selbstmord verüben wollten, denn Sie sind eine Christin. Obwohl in einigen Teilen Mittelamerikas Kirche und Mystik Verbindungen eingegangen sind.«

Sie hob nur die Schultern.

»Wollen Sie nicht darüber sprechen? Vielleicht kann ich etwas Neues erfahren.«

Sie zog an ihrer Zigarette und blies die Rauchwolke durch die Nase aus. Die beiden Ströme quollen auseinander, bevor sie sich vor der Scheibe wieder vereinten. »Du würdest es nicht verstehen.«

»Es käme auf den Versuch an.«

»Unsinn, du bist fremd. Mein Tod wäre kein Tod gewesen.« Sie streifte Asche ab.

»Wer von den Rädern eines Zugs überrollt wird, hat wohl kaum die Chance, wieder zurückzukehren, das denke ich mal.«

»So wäre es nicht gelaufen.«

»Wie dann?«

»Ich hätte mich von der Brücke gestürzt.«

Ich konnte ein leises Lachen nicht unterdrücken. »Die nicht so hoch ist, daß ein Tod garantiert wäre.«

»Das könnte stimmen. Ich aber wäre hoch in das Gestänge geklettert. Von dort ist die Entfernung groß genug.«

»Das stimmt.«

»Na bitte, dann...« Sie schwieg.

»Okay«, sagte ich. »Gesetzt der Fall, es wäre so geschehen. Wie wäre es dann weitergegangen?«

»Keine Ahnung.«

»Oh, Sie nehmen den Tod hin, sprechen von einem neuen Leben und wollen nicht wissen, wie dieses neue Leben ausgesehen hätte? Das glaube ich Ihnen nicht.«

Dolores gab mir keine Antwort. Statt dessen beugte sie sich zur Seite und dem Aschenbecher entgegen. Sie hatte ihren rechten Arm ausgestreckt, um die Asche von der Zigarettenspitze abzutippen. Dabei drehte sie leicht den Kopf, damit sie mich beobachten konnte.

Ihr Blick gefiel mir nicht.

Blitzschnell schoß ihr Arm zur Seite, und die glühende Kippe der Zigarette zielte auf mein Gesicht.

Mich hatte ihr Blick gewarnt. Deshalb reagierte ich sehr schnell.

Ich zuckte mit dem Kopf zurück, erweiterte die Distanz zwischen uns, und die glühende Zigarette traf nicht genau. Sie streifte noch mein Kinn, verbrannte dort etwas Haut. Gleichzeitig schlug ich mit der rechten Hand nach unten. Der Zigarettenrest wurde ihr aus der Hand gewirbelt, er prallte zu Boden und sprühte dort wie eine rote Wunderkerze auf, während Dolores fluchte.

Ich trat die Glut aus, zurück blieb ein Loch im Teppich. Meinen

Glimmstengel drückte ich in den Ascher und fuhr dann an meinem Kinn entlang, wo die Glut eine kleine Brandwunde hinterlassen hatte.

»Okay«, flüsterte ich Dolores zu. »Das ist mal wieder daneben gegangen. Pech.«

Sie hatte sich so weit wie möglich zurückgesetzt und drückte ihren Körper gegen die Beifahrertür. Wahrscheinlich erwartete sie, daß ich sie schlagen würde, denn sie hatte einen Arm zur Abwehr vor ihr Gesicht gehoben. Ich aber schüttelte den Kopf und sagte: »Nein, es wäre mir zu billig, mich auf diese Art und Weise rächen zu wollen. Das ist nicht mein Stil.«

»Fuck you...«

»Abwarten, Dolores. Immer der Reihe nach.« Ich lächelte breit. »Wie Sie sich vorstellen können, habe ich Zeit, eine Menge Zeit sogar. Auf mich wartet niemand.«

Zuerst musterte sie mich eine Weile. Dann senkte sie ihren Blick und sah dabei sehr nachdenklich aus. Sie schien zu überlegen, wie es weitergehen sollte, die Lippen hielt sie zusammengepreßt, auf ihrer hohen Stirn lag ein dünner Schweißfilm. »Fahren Sie«, sagte sie plötzlich.

»Gern. Und wohin?«

Sie nickte, verzog dabei ihr Gesicht. »Verdammt noch mal, du sollst fahren!«

»Ins Blaue hinein?«

»Nein, zu mir.«

»Oh, das ist nett. Ich bedanke mich für das Angebot, gehe aber davon aus, daß dort noch weitere Überraschungen auf mich warten.«

Dolores ließ sich Zeit mit der Antwort. Sie schien nachzudenken, was ich ihr allerdings nicht abnahm. »Ja, es kann sein, daß dich dort eine Überraschung erwartet.«

»Danke. Da ich von Natur aus ein neugieriger Mensch bin, möchte ich dich fragen, welche es sein wird.«

Das sagte sie mir nicht. Statt dessen fragte sie: »Wie heißt du eigentlich?«

»Pardon, daß ich mich noch nicht vorgestellt habe. Ein Lebensretter sollte schließlich seinen Namen sagen. Ich heiße Sinclair, John Sinclair, um es genau zu sagen.«

Dolores bedachte mich mit einem spöttischen Blick. »Das hat sich angehört, als würde sich ein gewisser James Bond vorstellen.«

»Ich bin ein Fan der Filme.«

»So ist das.«

»Bleiben wir doch beim Thema, Dolores. Sie haben vorgeschlagen, mit mir zu Ihnen zu fahren, wo ich dann eine Überraschung erleben soll. Ist das so?«

»Genau. Ich heiße übrigens Sirc mit Hausnamen.«

»Gut. Wohin soll ich fahren?«

»Ich sage dir den Weg.«

»Sie wohnen in London?«

»Ja, verdammt!«

Meine Hand umfaßte bereits den Zündschlüssel. »Und über die Überraschung wollen Sie mir nichts sagen?«

»Nein.«

»Nicht eine Kleinigkeit?«

Durch den Mund holte sie hörbar Luft. »Du wirst dort einen Mann kennenlernen.«

»Gefällt mir gar nicht.«

Irgendwie schaffte sie es, schmutzig zu lachen. »Hört sich an, als wärst du eifersüchtig, Hundesohn.«

»Danke für den Hundesohn, nur bin ich das nicht. Ich möchte nur immer wissen, woran ich bin.«

»Das wirst du erleben.« Ihr Kopf ruckte zu mir herum. »Willst du nun fahren oder nicht?«

»Okay«, erwiderte ich, »wir können starten.«

»Wunderbar«, murmelte sie und lächelte dabei. Doch dieses Lächeln gefiel mir ganz und gar nicht…

Es war knapp eine halbe Stunde vor Mitternacht, als wir unser Ziel fast erreicht hatten. Der Weg hatte uns in eine Gegend geführt, die nicht eben zu den Touristenattraktionen der Stadt zählte, denn die

Umgebung hier war grau, trist, slumartig und düster. Selbst im hellen Tageslicht des Sommers lag über ihr ein Schatten.

Hier im Osten der Stadt roch es nach Armut, nach Hoffnungslosigkeit und Vergessen.

Hier lebten die Einwanderer zwischen den Illegalen aus den Ländern der Dritten Welt. Hier waren die Menschen farbig und von der Welt der Weißen wieder einmal enttäuscht worden, denn von den offiziellen Stellen wurden sie im Stich gelassen.

Selbst die wenigen Lichter der Laternen schienen hier trüber als anderswo. Trotz der nicht eben günstigen und warmen Witterung hatten sich nicht alle Bewohner in ihre Häuser zurückgezogen. Viele von ihnen vertrieben sich die Zeit lieber auf der Straße. Sie hockten auf Stühlen oder Bänken vor ihren Häusern, starrten ins Leere, sprachen miteinander, diskutierten und tranken.

Alles Fremde wurde von ihnen mißtrauisch beobachtet, natürlich auch ein Wagen wie mein Bentley, den ich langsam durch die engen Straßen lenkte.

Diese Gegend war wie eine gewaltige Falle, in die ich freiwillig hineintappte. Noch war sie nicht zugeschnappt. Ich hätte das Viertel im Osten und damit den Dunstkreis der Themse verlassen können, doch den Gefallen wollte ich meiner Begleiterin nicht tun. Ich blieb nach außen hin gelassen, obwohl es mir nicht leicht fiel.

»Es geht dir nicht gut, wie?«

»Warum sollte es das?«

»Ich habe es gemerkt. Du bist so ruhig geworden. Deine Augen bewegen sich hektischer, und dein Blick ist auch ein anderer geworden. Er hat an Souveränität verloren.«

»Meinen Sie?«

»Ich weiß das. Du kannst mir nichts vorspielen. Du überlegst, wann die Falle zuschnappt, aber ich kann dir versprechen, daß es keine ist. Du bist weiß, Sinclair, und ihr Weißen tragt die Verantwortung für das, was du hier siehst. Die verdammte Verelendung, das Warten auf Arbeit, ein Dasein im Ghetto, nein, das ist nicht gut. Da wird selbst der Kaltblüter nach einer Weile zum Heißblüter, dessen Blut dann überkocht.«

»In dieser Nacht auch?«

»Ich weiß es nicht.«

Vor einer engen Kreuzung ließ ich den Bentley ausrollen. »Wohin jetzt? Nach rechts oder nach links?«

»Nimm die linke Seite.«

»Okay.«

Laternen gab es hier ebenso wenig wie Bäume oder Sträucher. Dafür ragten die Schatten mächtiger Wohnblocks in den Himmel. Sie waren allerdings mehr breit als hoch, sogenannte Wohnkasernen und hier zu Slum-Containern verkommen.

»Lebst du in einem dieser Häuser?«

»Auch wenn es dir nicht paßt – ja.«

»Ist schon okay.«

Diese Slumkaserne, auf die ich zusteuerte, war ein Viertel oder ein Bereich für sich. Ebenso wie die anderen Gebäude, die zwar zusammenhingen, jedoch durch verschiedene Einfahrten zugänglich waren, denn jenseits der Fassaden lagen die Hinterhöfe, in denen sich der größte Teil des Lebens abspielte.

Dolores hatte mich durch eine Einfahrt hindurchgelenkt. Das Licht der Scheinwerfer stach in die Leere des Hinterhofs, es verbreitete eine kalte Atmosphäre, und ich sah in diesem Licht die Umrisse zahlreicher Gestalten, die aussahen wie ein extra für uns herbeigerufenes Empfangskomitee.

Sie hatten sich nicht der Reihe nach aufgestellt, sondern hockten verteilt auf Stühlen oder Kisten. Sogar ein Feuer brannte, aber es herrschte keine fröhliche Atmosphäre. Nicht ein Musikfetzen erreichte uns. Das südländische Karibik-Temperament war eingefroren.

»Wo kann ich meinen Wagen abstellen?«

Dolores zeigte es mir mit ihrer freien Hand. »Fahr bis dicht an die Wand.«

Damit meinte sie eine kahle Häusermauer. Dort saßen keine Menschen. Vielleicht war es eine zu zugige Ecke.

Ich stoppte, löschte das Licht der Scheinwerfer und stellte den Motor ab. Stille umgab uns, die schließlich von Dolores' Stimme unterbrochen wurde.

»Soll ich mir den Arm abreißen, wenn ich aussteigen will, Sinclair?«

»Nein, das ist nicht nötig.« Ich holte den Schlüssel hervor und beugte mich schräg über sie.

Dabei waren wir uns zwangsläufig sehr nahe. Ich sah wieder in ihr Gesicht und in die großen, dunklen Augen, deren Pupillen im Dämmerlicht des Fahrzeugs geheimnisvoll schimmerten.

Diese Frau hatte noch nicht aufgegeben. Sie hatte sich nur den Regeln des neuen Spiels angepaßt, in dem sie allerdings den Regisseur mimen wollte. Ich befreite sie von der Handschelle. Ihr linker Arm sank langsam nach unten. Während ich die Handschelle wegsteckte, rieb sie ihr Gelenk. »Es war kein Vergnügen, Sinclair.«

»Kann ich mir denken. Aber ist es meine Schuld? Sie hätten sich anders verhalten sollen.«

»Wie denn?« höhnte sie. »Durch einen Kniefall vor der Person, die alles versaut hat?«

»So schlimm wird es wohl nicht gewesen sein.«

»Du wirst dich wundern.«

Sie wollte aussteigen, ich hielt sie fest. »Wo wohnen Sie?« fragte ich. »Wo müssen wir hin?«

»Wir stehen beinahe am Eingang«, erwiderte sie, riß sich los und stieg aus.

Auch ich verließ den Wagen, schloß ihn sorgfältig ab und blickte über das Dach hinweg auf Dolores Sirc. Sie hatte sich gedreht und zeigte mir ihr Profil. Dabei wirkte sie nur wie ein Schattenriß und nicht wie ein lebendiger Mensch, aber dieser Umriß erfüllte sich mit Leben, denn sie bewegte sich einen Schritt vor.

Auch ich ging mit. Am Heck des Bentleys trafen wir wieder zusammen. Wir standen dicht beieinander, Dolores blickte mich an, die Lippen zu einem Lächeln verzogen. »Jetzt sind wir da«, sagte sie.

Daß wir da waren und ich mich in einer sehr fremden und ungemütlichen Umgebung befand, erkannte ich an den Schatten und den Geräuschen, die sich uns zugleich näherten.

Natürlich war unsere Ankunft sehr genau registriert worden. Mir war auch klar, daß ich hier im Gegensatz zu dieser Frau keinen einzigen Freund hatte. Alle standen auf ihrer Seite, und sie würden sich auf ihren Befehl hin sicherlich auf mich stürzen. Mir war nicht entgangen, wie Dolores an Sicherheit gewonnen hatte. Hier lebte sie, und hier konnte sie sich auf alle verlassen.

Sie näherten sich in breiter Front. Sie gingen nicht schnell. Langsam, mit schlurfenden Schritten, schoben sie sich auf ihr Ziel zu. Sie waren nicht genau zu erkennen, in der Dunkelheit des Hofes wirkten sie blaß und verschwommen. Selbst der Widerschein des Feuers erreichte sie nicht. Es waren nur Männer, zumindest hatte ich bisher noch keine Frau unter ihnen entdeckt. Ihre Gesichter waren wie bleicher Teig, selbst ihre dunkle Hautfarbe schimmerte hier heller.

»Wenn das ein Angriff werden soll, möchte ich Ihnen sagen, Dolores, daß ich mich wehren werde.«

»Ich weiß, daß du bewaffnet bist.«

»Dann ist es ja gut.«

»Nicht gut. Du würdest gegen meine Freunde den kürzeren ziehen, Sinclair. Es sind zu viele.«

»Vielleicht, aber einige von ihnen würde ich mit in die Hölle nehmen.«

Sie räusperte sich, sah mich an, dann lächelte sie. »Okay, ich glaube dir sogar.«

»Danke.«

Die Männer waren stehengeblieben. Sie bildeten eine Mauer aus Menschenleibern, von denen ein bestimmter Geruch ausging. Er erreichte meine Nase. Sie rochen nach Schweiß und nach dem Rauch des Feuers. Einige von ihnen hatten um die Flammen gesessen. Auch der Geruch von scharf gebranntem Schnaps wehte mir entgegen. Und zudem etwas, das ich nur fühlen konnte.

Gefahr und Gewalt…

Diese Menschen hier hatten nichts zu verlieren. Sie waren Außenseiter der Gesellschaft, sie waren Geknechtete, sie hatten es gelernt, nur für sich zu sein, sie haßten ihre Außenwelt, die sie so schäbig behandelt hatte. Das alles bestimmte ihr Verhalten und würde sich, wenn es explodierte, auf mich auswirken. Es ist nicht übertrieben, wenn ich sage, daß ich mit einem Bein im Grab stand.

Ein kräftiger Mann löste sich aus der Reihe und trat zwei Schritte vor. Als er stehenblieb, atmete er scharf aus. Er trug eine dunkle Strickjacke und eine Hose mit ausgestellten Beinen. Auf seinem Kopf lag eine flache Mütze wie der Deckel auf einem Topf.

»Probleme?«

Dolores hob die Schultern.

Der Mann deutete auf mich. Seine Augen leuchteten weiß. »Wir können sie dir abnehmen, Dolores.« Er sprach in einem harten Englisch.

Sie gab ihm eine Antwort. Leider nicht in dieser Sprache, sondern in einem schnell gesprochenen Spanisch. Es hörte sich an, als jage eine MPi-Salve aus ihrem Mund. Ihre Augen leuchteten dabei, die Hände hatte sie zu Fäusten geballt.

Da ich so gut wie nichts verstand – von einigen gängigen Vokabeln mal abgesehen –, mußte ich mich anhand des Tonfalls orientieren und stellte fest, daß er nicht sehr aggressiv klang.

Der Mann, der von Dolores angesprochen wurde, unterbrach sie mit keinem Wort. Hin und wieder nickte er, drehte sich dann um und gab den anderen zu verstehen, daß sich die Lage entspannt hatte. Die Männer reagierten auf seine Handbewegung, denn sie zogen sich zurück.

Dolores sprach mich an, während mir ein mittelschwerer Stein vom Herzen gefallen war. »Jetzt sind wir quitt«, erklärte sie.

»Ach ja?«

»Sicher. Du hast mir das Leben gerettet, ich rettete deines. Die hätten dich nämlich umgelegt.« Mein skeptischer Blick schien ihr nicht zu gefallen, denn sie fragte: »Du glaubst mir nicht?«

»Bringt man hier so einfach Menschen um?«

»Es gibt hier eine Gemeinschaft, wo jeder für den anderen da ist. Wenn die nicht funktioniert und eine Störung erfährt, dann schließt man sich zusammen. Wir haben hier nichts zu verlieren, Sinclair. Aber was rede ich? Mein Vorschlag gilt noch immer. Komm mit, ich möchte dir noch etwas zeigen.«

Bei ihrem letzten Vorschlag hatte sie hintergründig gelächelt. Wohl war mir nicht bei der Sache, aber kneifen wollte ich auch nicht. Deshalb blieb ich an ihrer Seite, als wir auf eine dunkle, rechteckige Öffnung in der Wand zugingen.

Ich blickte noch einmal zurück. Die Männer hatten sich wieder um das Feuer gesellt. Sie sahen aus wie Figuren, die nur darauf warteten, im nächsten Augenblick zum Leben erweckt zu werden. Ansonsten tat sich bei ihnen nichts. Sie verhielten sich friedlich.

Ich schaute gegen den Rücken der Frau, als ich mich wieder umgedreht hatte. Dolores war schon in das Haus hineingegangen, und es sah so aus, als würde die Dunkelheit des Flurs sie allmählich verschlucken.

»Angst, Hundesohn?«

»Nein.«

Sie lachte mich aus. Es war ein düsteres Gelächter, das durch den Flur hallte. Licht machte sie nicht. Dolores schien sehen zu können wie eine Katze. Sie führte mich auf eine Treppe zu, die ich selbst nicht erkannte. Nur an den Bewegungen der vor mir hergehenden Frau stellte ich fest, daß sie Stufen hinauf stieg.

Ich hielt mich dicht hinter ihr, hatte einen Handlauf als Stütze gefunden und hob meine Beine immer weit genug an, um nicht zu stolpern.

Bei meiner Ankunft hatte ich die Anzahl der Stockwerke genau zählen können. Vier waren es zumindest, und ich wollte wissen, ob wir bis nach ganz oben steigen mußten.

»Leider ja«, sagte sie.

Je höher wir gingen, um so schlechter wurde die Luft. Welche Gerüche durch das Treppenhaus wehten, fand ich nicht heraus. Jedenfalls schlugen sie mir auf die Atemwege und auf den Magen. Zudem irritierte mich die hier zwischen den Wänden nistende Wärme, die überhaupt nicht zu der kühlen Nachtluft draußen paßte.

In der letzten Etage fiel mir nicht nur der scharfe Geruch auf, ein anderer wehte mir ebenfalls in die Nase. Es roch so, als wäre Fleisch verbrannt worden.

Ich schluckte meinen Speichel und auch einen Kommentar herunter. Zu erkennen war nichts. Hier brannte nirgendwo ein Feuer, das den scharfen Geruch hätte abgeben können.

Nach zwei weiteren Stufen lag die düstere Treppe mit den hohen Stufen hinter mir. Dolores Sirc hatte sich bereits nach links gedreht und war in einen Flur hineingegangen. Ich sah sie nur sehr undeutlich. Sie bewegte ihren Arm nach rechts und schleifte mit der Handfläche über einen Kippschalter.

Licht fiel in den Flur. Nicht, daß es den ganzen Gang erhellt hätte, dafür war es einfach zu schwach. Weit vor uns brannte eine trübe Leuchte. Fliegendreck verschmierte die Lampe. Das Licht erreichte den Boden, wo es vom Schmutz aufgesaugt wurde.

Dolores war stehengeblieben. Mit einer lässigen Bewegung drehte sie sich um, und ebenso lässig ließ sie ihren Mantel von den Schultern gleiten. Sie lächelte mich dabei an. Mein Gesicht blieb ernst, denn für mich gab es hier nichts zu lachen.

»Wir sind da«, sagte sie nickend und deutete auf eine der zahlreichen Türnischen.

Mir war schon beim Hochgehen aufgefallen, daß sich niemand der Bewohner innerhalb des Hauses gezeigt hatte. Man war uns nicht gefolgt, es hatte sich keine Tür geöffnet, obwohl es sich doch bestimmt herumgesprochen hatte, daß Dolores einen Fremden mitgebracht hatte.

Sie trat in die Nische hinein, und ich folgte ihr. Den Schlüssel suchte sie in der Manteltasche. Dabei hatte sie sich halb gedreht und sah mich an.

»Neugierig, Sinclair?«

Ich hob die Schultern. »Es hält sich in Grenzen.«

»Wir werden sehen«, sagte sie. Vorsichtig schob sie den Schlüssel in das Schloß.

Ich hörte ihn bei der Drehung kratzen und ging schon vor, weil ich damit rechnete, daß Dolores die Tür aufstoßen würde. Aufgeschlossen hatte sie das Hindernis, aber sie blieb stehen und drehte sich so heftig um, daß wir beide uns unfreiwillig berührten.

Den Mantel hielt sie mit der linken Hand fest. Er baumelte bis zum Boden hinab. Zum erstenmal sah ich ihr Kleid genauer. Es war nicht unbedingt grün, sondern schimmerte mehr türkisfarben. Das Kleid war sehr weit ausgeschnitten, hatte handbreite Träger und lag sehr eng an. Es endete ziemlich hoch an den Oberschenkeln. In diesem Moment sah ich Dolores Sirc zum erstenmal seit unserer Begegnung als Frau, und ich spürte ihren knisternden Sex, vielleicht auch deshalb, weil sie sich – beabsichtigt oder nicht – an mich gelehnt hatte. Ihre harten, kirschähnlichen Brustwarzen spürte ich durch den Stoff hindurch.

Dolores hatte die Veränderung meines Blicks bemerkt. Aus ihrem Mund drang ein wissendes, gurrendes Lachen, wobei sie sich bewußt bewegte und auf der Stelle stehenblieb, den Kontakt mit mir allerdings nicht verlor.

»Ist was, Sinclair?« fragte sie.

Ich räusperte mich. »Wollten wir nicht in Ihre Wohnung gehen?«

»Ja, natürlich«, murmelte sie nachdenklich, traf allerdings keinerlei Anstalten, die Tür aufzustoßen. »Da wäre nur noch eine Kleinigkeit«, murmelte sie.

»Und welche?«

»Es geht um meinen Geliebten. Ich hoffe, daß es dich nicht stört, wenn du ihn bei mir antriffst.«

»Nein, warum sollte es mich stören?«

Sie strich mit der Spitze ihres Zeigefingers über meine Wange. »Du scheinst mich mit anderen Augen zu sehen, Sinclair. Sehr menschlich und auch männlich, würde ich sagen.«

»Bleiben wir beim Thema.«

»Gern.« Noch einmal lächelte sie mich an, dann drückte sie die Tür endlich nach innen.

Freie Bahn, leider nicht für mich, denn sie streckte ihren Arm seitlich aus und stoppte mich. »Noch einen Augenblick, bitte…«

Ich wartete. Allerdings in der Wohnung, in einem kleinen Flur, in dem es wieder so seltsam nach verbranntem Fleisch roch. Der Gestank widerte mich an.

Dolores ging auf eine Tür zu, die direkt vor ihr lag. Sie drückte sie auf und schlüpfte in einen dunklen Raum. Ich konnte nichts sehen, weil sie kein Licht eingeschaltet hatte, nur ihr Gesicht zeichnete sich ab, als sie sich umdrehte und durch den Spalt zurückschaute. »Noch eine Weile Geduld, Sinclair.«

»Ist schon okay…«

Sie schloß die Tür. Ich hörte nichts, obwohl ich meine Ohren anstrengte. Sie hatte von ihrem Geliebten gesprochen, und ich hatte damit gerechnet, daß sie sich mit ihm unterhalten und ihm dabei gewisse Tatsachen erklären würde, doch nicht einmal das zischelnde Flüstern von Stimmen drang bis zu mir hin.

Die Zeit verstrich. Ich wollte nicht unbedingt im Dunkeln stehenbleiben, holte mein Feuerzeug hervor und sah mich in dessen Flammenschein um.

Das Licht tanzte über graue Wände ohne Tapeten. Diese Wohnung hatte die Gemütlichkeit einer Zuchthauszelle. Es hätte mich nicht gewundert, vergitterte Fenster vorzufinden.

Sie öffnete von innen. Ihr Gesicht erschien, diesmal umrahmt vom Licht brennender Kerzen. Ich sah das Leuchten in ihren dunklen Augen und hörte ihre Stimme, deren Worte mir weich entgegenflossen. »Jetzt kannst du kommen, Sinclair…«

Als ich den ersten Schritt getan hatte, öffnete sie die Tür ganz. Ich war überrascht von der Fülle brennender Kerzen, deren Licht das Zimmer bis in den letzten Winkel ausfüllte. Es war ein großer Raum. Die Möbel waren bis an die Wände gerückt worden, so daß in der Mitte ein freier Platz war.

»Tritt ruhig ein«, sagte sie, als sie feststellte, daß ich zögerte. »Es ist nicht schlimm.«

Für sie mochte es nicht schlimm sein, mich aber schockte der Anblick, denn auf der freien Fläche in der Zimmermitte stand ein pechschwarzer Sarg mit goldenen Griffen…

Ich ging noch weiter vor. Das warme Licht der Kerzenflammen hüllte mich ein. Die Luft roch nach Rauch und Gewürzen. Wahrscheinlich waren die Kerzen damit getränkt worden. Aber das war mir in diesem Moment egal. Mich widerte der Geruch schlichtweg an.

Etwa zwei Schritte vom Sarg entfernt blieb ich stehen. Dolores hielt sich im Hintergrund auf. Sie hatte ganze Arbeit geleistet und eine Reihe von Kerzendochten angezündet.

Acht Kerzen rahmten den Sarg ein. Zwei standen am Kopf-,

zwei am Fußende, je zwei an den Seiten. Die dunklen Kerzen steckten in ebenfalls dunklen Leuchtern. Beide waren nur bei genauem Hinsehen zu erkennen, so daß die Flammen aussahen, als würden sie in der Luft schweben, ohne daß sie Kontakt zu den Dochten hatten.

Dolores räusperte sich. Ein Zeichen, daß sie etwas sagen wollte. So war es auch. »Nun, Sinclair, was sagst du dazu?«

Ich erwiderte erst einmal nichts und wartete darauf, daß die Gänsehaut auf meinem Rücken verschwand, was allerdings nicht geschah. Sie blieb wie eine zweite Haut darauf liegen, denn die Überraschung war einfach zu groß gewesen.

»Hast du nicht damit gerechnet?«

»Nein.«

Ihr Lachen klang hämisch. »Du hirnverbrannter Idiot. Ich habe dir doch gesagt, daß ich einen Geliebten habe.«

»Ja, schon. Aber was soll der Sarg?«

Sie trat etwas näher, damit das Kerzenlicht sie erfaßte. Als die Frau den Arm ausstreckte, bildete dieser einen Schatten, der sich wie ein Balken an der Wand abzeichnete. Sie bog einen Finger nach unten und deutete auf die Totenkiste. »Manche legen sich in ein Bett, aber es gibt auch Menschen, die bevorzugen Särge.«

»Wie Ihr Freund, nicht?«

»So ist es.«

Ich dachte plötzlich an meinen bisher schrecklichsten Fall, als ich lebendig begraben worden war. Ich wußte, welche Qualen ein Mensch durchstehen mußte, dem dies passierte, und dieser seltsame Geliebte der Frau schien sich tatsächlich freiwillig in einen Sarg begeben zu haben, um darin zu wohnen.

Das war – das war unglaublich.

Ich hatte den Sarg nicht genau angesehen und deshalb die Luftlöcher nicht entdeckt. Mein Unbehagen wuchs mit jeder verstreichenden Sekunde. Ich fand mich mit den Tatsachen hier nicht zurecht und versuchte, meinen Blick durch den Raum wandern zu lassen.

An den Wänden entdeckte ich einige Schatten. Ich blickte genauer hin und identifizierte sie als Masken, die dort hingen. In den Schlitzen der leeren Augenhöhlen verfing sich der Kerzenschein und füllte sie mit einem zuckenden Zwielicht aus.

Wie hatte der Keeper Dolores Sirc noch genannt? Eine Voodoo-Hexe. Wenn ich mich so umsah, dann traf das haargenau zu. Diese Zutaten paßten zu dem verfluchten Zauber, der in Afrika seinen Ursprung hatte und mit den Sklaven hinüber nach Amerika transportiert worden war. Vor allen Dingen in den westindischen Staaten hatte er seine zweite Heimat gefunden und sich dort mit der christlichen Religion vermischt. Ich war in einer Art von Vorhölle gelandet, das spürte ich mit jeder Faser meines Körpers.

Und Dolores Sirc triumphierte. Sie hatte ihren Spaß und ihre Freude. Ihr Lächeln sagte mir genug. Mit breiten Lippen grinste sie mich über die Totenkiste hinweg an, in den Pupillen tanzte der Widerschein zahlreicher Flammen. Sie vereinigten sich dort zu zuckenden Punkten und gaben den Augen ein unheimliches Leben. Auf mich wirkte diese Frau auf einmal sehr, sehr fremd.

»Genug gesehen?« fragte sie.

Ich hob die Schultern. »Im Prinzip schon. Nur gebe ich mich ungern mit einem reinen Anblick zufrieden. Ich möchte immer wissen, was dahintersteckt.«

»Dahinter ist falsch. Du mußt sagen, was *in* diesem Sarg steckt. Oder wer darin liegt.«

»Ihr Geliebter, denke ich.«

Sie nickte. »Das ist richtig. Ihm gehört meine ganze Liebe. Mit den anderen mache ich nur Sex.« Dabei sah sie mich so lasziv an, daß ich auch ohne Worte Bescheid wußte.

»Nun gut, ich möchte ihn sehen.«

»Darauf habe ich gewartet. Zuvor noch eine Frage, Sinclair. Du hast gute Nerven?«

»Bisher schon.«

»Die brauchst du auch«, sagte sie und näherte sich dem Sarg. Sie schlängelte sich zwischen zwei Kerzen hindurch, aber die Nähe der Flammen paßte ihr trotzdem nicht, deshalb stellte sie mit zwei Handbewegungen die beiden Ständer zur Seite.

Anschließend ging sie in die Hocke und faßte zuerst nach den

Griffen. Ihre Hände rutschten von ihnen ab und beschäftigten sich mit den Schlössern.

Zweimal hörte ich ein Schnacken.

»Jetzt ist der Sarg offen«, kommentierte sie.

»Ich habe es gehört.«

Sie grinste mich an. »Du flüsterst ja, Sinclair. Deine Stimme klingt verdammt rauh...«

»Das muß an der Luft hier liegen. Sie paßt mir nicht. Das bin ich nicht gewöhnt.«

»Wenn du länger bei mir bleibst, wirst du dich daran gewöhnen.« Nach diesem Kommentar öffnete sie den Sarg. Mit einem Ruck drückte sie den Deckel in die Höhe. Er kippte zu meiner Seite hin, so daß er mir die Sicht auf das Sarginnere nahm.

Zwei Scharniere hielten den Sargdeckel fest. Er konnte nicht abgehoben werden.

Dolores winkte mir zu. »Komm rüber zu mir, Sinclair. Komm schon her, du sollst nicht länger warten...«

Ich ging mit leisen Schritten und wich den im Weg stehenden Kerzenständern aus.

Vor dem offenen Sarg stehend, erwartete mich Dolores Sirc. Als ich sie erreichte, sprach sie mich an, deutete auf die Gestalt im Sarg und sagte: »Das ist mein Geliebter...«

Auf den ersten Blick sah ich, daß der Mann tot war.

Mein Gott, die Frau liebt einen Toten!

Dieser Gedanke schoß mir heiß durch den Kopf, und ich verstand die Welt nicht mehr. Im Moment glaubte ich, im Zentrum eines Kreisels zu stecken, ich drehte mich, die Umgebung drehte sich ebenfalls, und der Boden unter meinen Füßen hatte sich in einen Sumpf verwandelt, in dem ich mit beiden Beinen bis hoch zu den Knien steckte. Es war für mich nicht zu fassen.

Ich blieb trotzdem ruhig. Vielleicht auch deshalb, weil ich keine andere Wahl hatte.

Ihr Geliebter – ihr Geliebter war ein Toter, denn der Mann im Sarg rührte sich nicht. Er lag so still wie ein Brett, kein Atem floß über seine Lippen, nicht das geringste Flattern seiner Augenwimpern sah ich, da war einfach kein Leben mehr. Man hätte ihn nehmen und begraben sollen, statt ihn hier aufzubahren.

Nein, er blieb im Sarg liegen. Er war sogar angezogen, und Dolores liebte ihn noch immer.

Sie stand am Kopfende des Sargs. Von dort aus schaute sie in das Gesicht des Toten. Ich hörte sie tief atmen.

Dies wiederum veranlaßte mich, den Kopf anzuheben. Ich wollte ihr Gesicht sehen und an ihrer Reaktion erkennen, ob es wirklich den Tatsachen entsprach, daß diese Frau die Leiche liebte.

Sie lächelte. In ihren Augen lag ein wunderbarer Glanz. Ich wußte nicht, ob das Lächeln echt war, es konnte auch sein, daß ich durch das Licht und den Schatten getäuscht wurde, zuzutrauen allerdings war es ihr schon.

»Nun?«

Mehr sagte sie nicht. Sie hatte nicht mehr so hart gesprochen. Ihre Stimme hatte einen weichen Klang angenommen.

Ich schüttelte den Kopf. Durch die Bewegung löste sich eine Schweißperle von meinem Nacken und glitt in einer langen kalten Bahn meinen Rücken hinab. »Ich begreife es nicht.«

»Daß ich ihn liebe?«

»Ja.«

»Er ist ein wunderbarer Mensch. Er ist mein ein und alles. Er hat mich viele Dinge gelehrt…«

Ich wunderte mich darüber, daß sie zu ihm sprach wie zu einem Lebenden, aber das stellte ich mal hinten an. »Jetzt ist er tot«, erklärte ich. »Und sie lieben ihn noch immer. Sie waren sogar bereit, ihm in den Tod zu folgen, wie ich selbst erleben konnte.«

»Auch das ist richtig.«

»Warum wollten Sie Ihr Leben wegwerfen, verdammt? Sie sind jung. Das Leben liegt vor Ihnen. Ich will diesen Toten nicht unbedingt als alt bezeichnen, ein Jüngling aber ist er nicht mehr. Er würde kaum zu Ihnen passen, Dolores.«

»Das mußt du mir schon selbst überlassen!« Ihre Stimme klang scharf und wütend. »Für mich ist er der schönste Mann der Welt. Er ist einfach wunderbar.«

Die Geschmäcker sind eben verschieden. Ich konnte an diesem Toten nichts Wunderbares feststellen. Im Licht der Kerzen war er gut zu erkennen. Sein breites Gesicht auf dem hellen Kissen sah aus wie ein dunkler Pudding. Die Haare waren verdeckt. Er trug eine Mütze auf dem Kopf, die Ähnlichkeit mit der eines Kochs hatte, sie war etwas aufgebauscht und oben eingedrückt. Die negroiden Züge des Toten hatten eine gewisse Ähnlichkeit mit denen der Frau, nur waren sie bei dem Mann viel unförmiger. Seine Lippen standen vor, als wollte er jeden Moment ein Lied pfeifen.

Ein blaues Gewand umhüllte seinen Körper. Es hatte ungefähr die gleiche Farbe wie das Kleid der Dolores Sirc.

Und noch etwas sah ich.

Die Finger seiner rechten Hand sahen anders aus als die der linken. Sie waren viel länger, die Nägel spitzer, aber sie waren nicht aus einer Laune der Natur heraus so gewachsen, sie mußten künstlich verlängert worden sein. Die langen spitzen Kuppen hatten etwas zu bedeuten.

Ich hob den Kopf wieder an und blickte in das Gesicht der jungen Frau. »Tut mir leid, ich kann Sie nicht begreifen. Der Mann ist tot, er gehört nicht mehr hierher. Sie hätten ihn schon längst unter die Erde schaffen müssen.«

»Einen Menschen, den ich liebe?«

Ich sah sie an, und sie merkte, daß ich ihr nicht zustimmen konnte. Unter meinem Blick fühlte sie sich unbehaglich, denn sie drehte den Kopf zur Seite. »Man kann einen Toten lieben, Dolores, das weiß ich. Aber man liebt ihn nicht so, verstehen Sie? Man kann sein Andenken ehren. Man kann die Erinnerung an ihn in seinem Herzen aufbewahren, auch wenn dies kitschig klingt, aber mit richtiger Liebe hat dies nichts zu tun.«

»Davon hast du keine Ahnung!« fauchte sie mich an.

»Wie heißt er denn?«

»Ist das wichtig?«

»Ich möchte gern seinen Namen erfahren.«

»Gut.« Sie nickte. »Du kannst ihn erfahren. Er heißt Bebelle. Nicht mehr und nicht weniger.«

Ich runzelte die Stirn und hörte ihr Kichern. »Jetzt denkst du über den Namen nach.«

»In der Tat. Er ist seltsam, er klingt französisch, denke ich.«

»Das ist richtig.« Sie strich mit zwei Fingern über den Rand des Sargs. »Er stammt nicht von hier. Er hat im Süden der Staaten gelebt, in der Nähe von New Orleans. Da ist er geboren. Seine Vorfahren waren französischer Abstammung, deshalb.«

»Warum kam er zu uns?«

»Weil er hier sein neues Reich aufbauen wollte«, flüsterte Dolores, und ihr Blick wurde dabei schwärmerisch. »Ja, hier wollte er alles wieder von vorn beginnen. Sein Reich sollte auch die englische Insel umfassen. Ist das nicht herrlich?«

»Nicht für mich und auch nicht für Sie!«

»Wie können Sie das sagen?«

Ich hob die Schultern. »Das ist ganz einfach. Dieser Mann ist tot, begreifen Sie das nicht? Er lebt nicht mehr. Und Sie sollten sich damit abfinden.«

»Ich habe mich damit abgefunden!«

»Gut, dann lassen Sie ihn auf einen Friedhof schaffen und in ein Grab legen.«

Dolores schnappte nach Luft, als hätte ich ihr etwas Schreckliches mitgeteilt. Der Ausdruck in ihrem Gesicht veränderte sich. Sie sah aus, als wollte sie anfangen zu weinen. »Verdammt noch mal, was sagst du mir da?« geiferte sie. »Was, zum Henker, hast du mir gesagt, du Bastard? Ich soll ihn begraben?«

»Das macht man mit Toten so allgemein.«

»Nein, nicht ich!« schrie sie. »Nicht mit ihm! Ich werde ihm folgen…«

»Noch immer?«

»Ja, noch immer.«

»Okay, Dolores, regen Sie sich nicht auf. Es ist Ihr Leben. Nur werden Sie davon nichts mehr haben, wenn Sie tot sind. Das müßte Ihnen doch klar sein.«

Sie richtete sich auf. Es schien mir als hätte sie sich auf die Zehenspitzen gestellt. Dann schnappte sie einige Male nach Luft, bis sie sich gefangen hatte. »Wie kannst du so etwas nur sagen, du Hundesohn? Wie kannst du nur?«

»Wieso? Was habe ich Falsches gesagt? Ich habe nur meine Eindrücke wiedergegeben und die entsprechenden Folgerungen. Das ist alles.«

»Nicht bei mir.«

»Was sollte bei Ihnen anders sein?«

»Ich wäre wieder zurückgekehrt, verdammt! Er hätte mich zu sich geholt, verstehst du?«

»Nein. Oder soll ich fragen, ob er Sie in das Reich der Toten geholt hätte?«

»Nein«, hauchte sie, »das nicht. Oder nicht ganz. Kannst du dir vorstellen, daß es ein Zwischenreich gibt? Nicht ganz tot, aber auch nicht lebendig? Ein Grenzland…«

»Kann ich nicht.«

»Es ist aber so. Ich wäre zu dem geworden, was ich schon immer sein wollte. Ich hätte meine Liebe erfüllt gesehen, meine Voodoo-Liebe. Ich wäre eine lebende Tote geworden, eine Person, die man nicht mehr töten kann.« Sie hatte geflüstert, sie war jetzt sehr erregt, und vor ihren Lippen sprühten Schaumbläschen.

Als ihre letzten Worte versickert waren, sah ich sie an und dachte gleichzeitig über ihre Worte nach. Da war einiges, das mich sehr gestört hatte. Auf meinem Rücken glaubte ich, eine dünne Eisschicht zu spüren, denn ich begann gewisse Zusammenhänge zu begreifen. Plötzlich war ich nicht mehr sicher, daß die Gestalt im Sarg so absolut tot war, wie es jeder normale Mensch gewesen wäre. Das Innere meiner Kehle hatte sich verengt und schien aus rauhem Sandpapier zu bestehen. Es fiel mir schwer, einen Ton hervorzubringen.

»Hast du verstanden?«

»Ich denke schon.«

»Und was denkst du?«

»Daß dieser Mensch gar nicht tot ist, wie es den Anschein hat«, flüsterte ich.

Sie schwieg. Dann senkte sie den Blick, als wollte sie sich noch einmal alle Einzelheiten genau einprägen, und legte die Stirn in

Falten. Es war die reine Schau, denn sie spielte mir hier etwas vor. Dolores wußte Bescheid.

Mit einer liebevollen Geste streckte sie ihren rechten Arm aus und strich ebenso liebevoll über die dunkle Haut an der linken Seite der Wange. »Kannst du mir das genauer erklären?« fragte sie.

»Ja, ich kann es.«

»Dann schnell!«

»Er ist ein Zombie, ein lebender Toter.«

Wieder hatte ich den Eindruck, als hätte sich die Frau auf die Zehenspitzen gestellt, damit sie mir besser ins Gesicht sehen konnte. Sie gab keinen Kommentar ab, nur ihr Blick veränderte sich. Er blieb so dunkel, gleichzeitig aber strahlte er tiefe Zufriedenheit aus.

»Stimmt es?«

»Sinclair, du bist zwar ein Bastard, aber du begreifst schneller als die anderen Menschen.«

Wäre die Lage nicht so ernst gewesen, ich hätte sicherlich gelacht, denn Dolores wußte schließlich nicht, mit welchen Fällen ich mich beschäftigte. Aber sie würde es sehr bald erfahren, das hatte ich mir vorgenommen.

»Hast du gehört, Sinclair?«

»Ja, das habe ich.«

»Was sagst du dazu?«

»Darf ich zusammenfassen?«

»Bitte«, sagte sie großzügig. »Du darfst alles. Du bist schließlich mein Lebensretter«, fügte sie voller Spott hinzu. Sie lauerte darauf, daß ich sprach, daß ich Entsetzen zeigte oder mit den Tatsachen nicht mehr fertig wurde. Doch da hatte sie sich geirrt, denn ich blieb sehr ruhig. Nur meine Stirn legte ich in Falten. »Er ist nicht tot, er lebt nicht. Er befindet sich in einem Zwischenreich.«

»Er hat den Tod überwunden!« fiel sie mir ins Wort.

»Nein, so nicht.«

»Doch, ich...«

Mit einer heftigen Handbewegung schnitt ich ihr das Wort ab. Eine Kerzenflamme fing an zu flackern durch den Windzug, aber sie richtete sich wieder auf. »Wer als Untoter existiert, gehört weder zu der einen noch zu der anderen Seite. In ihm steckt ein Trieb, in ihm manifestiert sich das Böse in einer abgewandelten Form. Man kann ihn nicht mehr als einen Menschen bezeichnen, er ist eine Bestie, ein widerliches Monster, das nicht auf die Menschheit losgelassen werden darf. Man muß diese Wesen, die nach Menschenfleisch gieren, vernichten – töten!«

Dolores Sirc hatte mir zugehört. Und sie hatte sich dabei gewandelt. Ihr Gesicht hatte zunächst Erstaunen über mein Wissen gezeigt, bei den letzten Sätzen aber war er umgeschlagen in blanken Haß. Dolores konnte es nicht fassen. »Was hast du da gesagt, du verfluchter Hundesohn? Was muß ich mir anhören?«

»Die Wahrheit!«

»Du – du...«, sie konnte es noch immer nicht fassen, »... du willst ihn töten?«

»Er muß getötet werden. Wenn ich es nicht tue, dann wird es ein anderer übernehmen. Eines steht fest. Er muß vernichtet werden, hast du gehört, Dolores?«

Sie hatte mich gehört, sie hatte alles verstanden und auch begriffen, aber sie schüttelte den Kopf. Sehr langsam und bedächtig, als hätte sie sich jede Bewegung zuvor genau überlegt. »Nein, Hundesohn, nein! Das ist nicht möglich. Du kannst ihn nicht töten, denn er ist schon tot. Nimm ein Messer, nimm eine Lanze oder einen Kerzenständer und versuche, ihn mit diesen Waffen umzubringen. Ich sage dir jetzt schon, daß es dir nicht gelingen wird. Er hat den Tod überwunden...«

»Es gibt eine Möglichkeit. Man müßte ihm den Kopf abschlagen. Hast du gehört?«

Sie zuckte zusammen. Ich hatte ins Schwarze getroffen. Dann nickte sie. »Stimmt, so könnte es gehen.«

»Ich werde es nicht tun«, beruhigte ich sie zunächst.

Dolores lachte mich scharf an. »Du hättest auch keine Möglichkeit, Sinclair.«

Ich hob die Schultern. »Ohne Schwert sicherlich nicht, da gebe ich dir recht.«

»Na bitte.«

»Aber es gibt noch andere Möglichkeiten.« Nach diesen Worten zog ich mit einer glatten Bewegung die Beretta, und es war kein Zufall, daß Dolores genau in die Mündung blickte, was sie allerdings nicht beeindruckte. Zuerst war sie etwas erschreckt, doch das legte sich schnell.

»Nein, Sinclair, das ist unmöglich. Du wirst ihn nicht töten können, auch nicht mit einer Kugel.«

»Im Prinzip stimmt das«, gab ich ihr recht. »Aber es gibt nicht nur Kugeln aus Blei.« Ich veränderte die Ziellinie der Waffe und richtete die Mündung auf den Kopf des Zombies. »Wie gesagt«, murmelte ich, »es gibt nicht nur Kugeln aus Blei, sondern auch welche, die aus geweihtem Silber hergestellt wurden, und solche Kugeln befinden sich im Magazin meiner Waffe. Das heißt, sie ist mit geweihtem Silber geladen, das für einen Zombie tödlich ist. Ich brauche nur abzudrücken und ihm eine Kugel in den häßlichen Schädel zu jagen…«

Diesmal hatte ich die Überraschung auf meiner Seite. Dolores Sirc stand bewegungslos. Sie sah aus, als könnte sie sich nicht entscheiden, ob sie mir glauben sollte oder nicht. Sie gab keinen Kommentar ab, ich hörte sie nur stöhnen und sah, wie sie langsam den Kopf schüttelte. Aus ihrem Mund drang die Luft wie ein warmer Strom. Sie wußte nicht, wohin sie blicken sollte, auf die Waffe oder auf ihren Geliebten im Sarg.

»Du bluffst!« preßte sie hervor.

Ich schüttelte den Kopf.

Diese Geste mußte für sie wohl sehr überzeugend gewesen sein, denn sie fragte mich: »Wie ist das möglich? Warum hast du deine Waffe mit geweihten Kugeln aus Silber geladen?«

»Das will ich Ihnen gern sagen, Dolores. Sie haben den falschen Mann getroffen. Zufall oder Fügung, ich weiß es nicht. Jedenfalls bin ich jemand, der sich mit Fällen beschäftigt, die jenseits der normalen liegen. Ich fange dort an, wo die Erklärungen der anderen versagen. Alles klar?«

»Nein, nicht genau.« Sie schnappte nach Luft und hatte Schwierigkeiten, das Einatmen und Sprechen zu koordinieren. »Das hört sich an, als wärst du ein Bulle!«

Ich hob die Schultern. »Du wirst es kaum für möglich halten, meine Liebe, aber ich bin tatsächlich Polizist. John Sinclair ist mein wirklicher Name, und ich bin Inspektor bei Scotland Yard. Sie haben leider Pech gehabt und sind an den Falschen – oder aber an den Richtigen – geraten, so genau kann ich das nicht beurteilen. Jedenfalls stehen wir beide auf sehr verschiedenen Seiten, das sollten Sie einsehen. Nehmen Sie es als Schicksal hin, Dolores, als positives Schicksal, denn ich schwöre Ihnen, daß diese Zombie-Bestie Sie nicht länger in den Klauen halten wird.«

Dolores Sirc war sprachlos. Ich hatte ihr ein großes Stück Hoffnung geraubt. Nicht, daß ich keine Angst vor ihrem Herrn und Meister zeigte, ich würde mich sogar nicht davor scheuen, ihn zu vernichten, und das wollte nicht in ihren Kopf. Sie war einfach nicht fähig, die neue Lage zu begreifen.

»Das wirst du nicht tun, Bastard!«

»Wer sollte mich daran hindern?«

»Du tust es nicht!«

»Ich muß es tun, Dolores. Und ich muß mich auf deine Worte verlassen und gleichzeitig auf mein Gefühl. Ich hoffe, daß du mich nicht angelogen hast. Aber Bebelle sieht mir nicht so aus, als würde er nur schlafen.«

»Es ist ein besonderer Schlaf, aus dem er wieder erwachen wird, das sage ich dir.«

»Nein, nicht mehr.«

Ich war bereit zu schießen. Das hatte nichts mit einem vorsätzlichen Mord zu tun, denn Tote oder Untote konnte man nicht noch einmal umbringen. Eine Kugel würde sie nur erlösen und eine große Gefahr von den normalen Menschen abwenden.

Ich sah noch einmal hin. Die Mündung deutete jetzt auf die Stirn des Zombies, genau zwischen die Augen.

Da geschah es.

Plötzlich öffnete der ›Tote‹ die Augen und starrte mich mit kaltem Blick an…

Nein, das war kein normaler Blick, darin war schon eine Leere und Kälte, die mich erschreckte, die mir für einen Moment das Gefühl gab, allmählich zu vereisen.

Dieser Ausdruck allein flößte mir Unbehagen ein, weil da überhaupt nichts Menschliches mehr in den Augen zu lesen war. Man hätte die Höhlen ebensogut mit flachen Kieselsteinen füllen können.

Eben weil der »Tote« seine Augen geöffnet hatte, war für mich Beweis genug, daß er sich tatsächlich im Stadium zwischen tot und lebendig befand.

Nicht nur ich hatte die Veränderung bemerkt, auch Dolores war sie nicht entgangen, obwohl sie hinter ihm stand und von oben her auf ihn hinabblickte.

»Bebelle!« keuchte sie. »Meister – ich – ich liebe dich…« Sie wirkte theatralisch, aber ich glaubte ihr, daß die Gefühle nicht gespielt waren. Sie liebte diesen Zombie tatsächlich, der ihre Stimme gehört hatte und genau wußte, wer gesprochen hatte, denn er verdrehte die Augen, um in die Höhe zu schauen.

Dolores hatte sich etwas vorgebeugt. So konnte sie geradewegs in sein grobschlächtiges Gesicht blicken, in dem sich nichts weiter bewegte als die Augen.

Sie beugte sich noch tiefer, und ich beging in diesem Augenblick einen Fehler. Ich hätte sie wegstoßen sollen, statt dessen geriet sie in meine Schußbahn.

»Verschwinden Sie, Dolores!«

»Nein!« geiferte sie. Beide Hände legte sie auf die teigigen Wangen der Gestalt. »Ich werde nicht gehen. Wenn du ihn erschießen willst, mußt du auch mich töten!«

»Okay«, sagte ich, aber damit meinte ich nicht sie. »Ich werde ihn woanders treffen. Die Wirkung wird die gleiche bleiben. Ich schieße ihm in die Brust, wo sein Herz schlägt.«

»Nein!« kreischte die Frau. »Niemals wirst du dies…«

»Doch!«

Dolores schnellte hoch. Ich war überrascht. Es sah so aus, als ob sie aufgeben wollte, denn sie verließ ihren Platz am Kopfende des Sargs und näherte sich mir.

Doch sie stand unter Strom und war bereit, alles auf eine Karte zu setzen und mich trotz der gezogenen Waffe anzugreifen.

»Verschwinden Sie!« zischte ich.

Dolores lachte kreischend. Sie schüttelte den Kopf und fuchtelte gleichzeitig mit den Armen. »Du komischer Lebensretter! Du widerliches Stück...«

Das Fuchteln blieb, und sie traf.

Der Kerzenständer neben mir verwandelte sich in ein Fluginstrument, als er von der flachen Hand getroffen wurde. Er wirbelte auf mich zu. So überraschend für mich, daß ich ihm nicht mehr ausweichen konnte. Ich wurde am Arm und an der Schulter getroffen. Meine Pistole geriet dabei aus der Schußrichtung, und ich dachte noch daran, daß ich dieses verdammte Weibsstück unterschätzt hatte.

Sie warf sich vor.

Und sie duckte sich dabei.

Ihren Kopf rammte sie in meinen Magen. Ich traute mich nicht, abzudrücken, zu leicht hätte ich Dolores treffen können. Die Luft entwich pfeifend meinem Mund. Ich mußte zurück und prallte gegen die Wand direkt neben der Tür.

Sie blieb an mir dran.

Dolores entwickelte sich zur Furie. Mit einem Schlag auf den Kopf wollte ich sie ausschalten. Ich riß den rechten Arm hoch, das aber hatte sie wohl genau gewollt, denn mein Handgelenk war in die Nähe ihres Mundes gelangt.

Mit ihren kräftigen Zähnen biß sie zu.

Und sie hatte verdammt gut gezielt, denn ihre Zähne gruben sich in die Haut an meinem rechten Handgelenk. Sie preßte die Kiefer fest zusammen, und mein Gelenk steckte wie in einer Klammer. Der böse Schmerz durchflutete meine Hand, ich öffnete die Faust automatisch. Die Beretta rutschte hervor. Sie fiel zu Boden, und ein unbeabsichtigter Tritt meinerseits traf sie.

Die Pistole rutschte quer durch das Zimmer und verschwand irgendwo in der Dunkelheit.

Dolores lachte und schrie in einem. Sie stürzte sich auf mich wie ein Raubtier auf ihr Opfer. Ihre Augen hatten sich in glühende

Kohlestücke verwandelt, die weißen Zähne waren an den Vorderseiten von meinem Blut verschmiert, als sie diese ›Waffen‹ abermals einsetzte, um in meinen Hals zu beißen wie ein Vampir.

Ich schlug nach ihr. Meine Hand klatschte in ihr Gesicht, katapultierte sie von mir weg. Sie prallte frontal gegen die Wand. Dabei zuckte sie, und es sah im Widerschein von Licht und Schatten so aus, als wollte sie ihre Finger in die Wand krallen, um sich dort festzuhalten.

Ich lief auf Dolores zu. Zwei Schritte brauchte ich. Um den Zombie kümmerte ich mich nicht, zuerst wollte ich sie ausschalten. Ich schlug meine Hand auf die rechte Schulter der Frau, damit ich sie herum- und von der Wand wegzerren konnte.

Es ging leichter, als ich dachte. Zu leicht, denn darauf hatte Dolores nur gewartet.

Sie selbst hatte sich den nötigen Schwung für eine harte Drehbewegung gegeben. Und sie wußte, wie man sich wehren konnte. Ihr Arm war gestreckt, die Hand halb gekrümmt. Ihren Schwung ausnutzend, schlug sie heftig zu.

Sie traf mich mit ungeheurer Wucht an Kinn und Hals. Ich flog diesmal zurück, ich sah Sterne, die Umgebung verwandelte sich in ein Stück Weltall, und über mir schien die Decke plötzlich auseinanderzufliegen.

In diesem Zustand konnte ich gegen eine zu allem entschlossene Furie nicht gewinnen. Dolores war sofort bei mir und erwischte mich mit einem wuchtigen Tritt.

Irgendwo am Kopf traf mich der Schuh.

Zwar hatte ich im letzten Augenblick die Arme hochgerissen, um mich zu schützen, aber das brachte nichts. Mir war, als hätte man alle Lampen zugleich ausgeknipst, und ich meldete mich zunächst einmal ab…

Vornübergebeugt stand Dolores da, hatte die Handflächen auf ihre Knie gepreßt und atmete tief durch. Ihre Nerven lagen bloß, sie vibrierten. Dieser plötzliche Kampf hatte sie angestrengt, und sie hätte nie gedacht, es schaffen zu können.

Ein Irrtum, den sie gern in Kauf nahm, denn nun lag der Hundesohn reglos vor ihr. Der letzte Treffer hatte ihn in die Tiefen der Bewußtlosigkeit geschleudert.

Gewonnen zu haben, Siegerin zu sein, an dieses Gefühl mußte sie sich erst einmal gewöhnen, denn sie hatte trotz ihres attraktiven Aussehens eigentlich ständig auf der Verliererstraße gestanden und war dabei immer tiefer nach unten gerutscht.

Bis sie Bebelle kennengelernt hatte.

Sie konnte sich noch sehr gut an diesen Tag erinnern. Es war schon dunkel gewesen, und sie hatte neben einer dieser Exotik-Bars gestanden, die es in Soho zu Dutzenden gab. Sie brauchte Geld, das sie durch eine bestimmte Arbeit verdiente. Die Touristen vom Festland standen auf exotische Frauen. Diese Männer mochten ihre andere Hautfarbe, sie zahlten gut dafür, aber das Geschäft war einfach zu dreckig. Sie hatte sich auch unter einer gewissen Kontrolle, denn Dolores ging nur dann auf den Strich, wenn sie Geld brauchte.

An diesem bewußten Abend hatte sie Geld gebraucht, und plötzlich war er erschienen.

Wie aus dem Nichts kommend war er vor ihr stehengeblieben und hatte sie nur angesehen. Schon damals hatte er diesen langen blauen Umhang getragen, eine Kutte, die er nie ablegen wollte, und Dolores hatte ihn fragen wollen, was er zu zahlen beabsichtigte, als ihr der Blick seiner Augen aufgefallen war.

Nein, so durchdringend sahen die Freier sie sonst nicht an. Sie war unter dem Blick zusammengeschaudert und ganz klein geworden.

»Willst du mitkommen?« hatte er gefragt.

Sie hatte genickt.

Dann waren sie gegangen. Er hatte ihre Hand genommen, wie ein Vater die Hand seiner Tochter nimmt, und beide waren gegangen. Weg aus dem Viertel mit dem falschen künstlichen Licht, raus aus diesem verfluchten Sumpf der Illusionen und hineingetaucht in eine andere Welt, in der fremde Gesetze herrschten.

Er hatte sie mit in seine Hütte genommen. So jedenfalls nannte er sein Zuhause, das er sich in einer Gartenlaube eingerichtet hatte und für nicht eingeweihte Besucher wie eine fremde Welt von einem anderen Stern wirkte.

Auch Dolores war es so ergangen. Sie hatte sich einfach nicht zurechtfinden können. Alles war ihr fremd gewesen. Die Lichter, die Essenzen, die Gewürze, die bleichen Knochen, die Fetische, die fremd riechenden Öle und das geheimnisvolle Feuer, dessen Flammen grünlich schimmerten. Aber auch die Tänze, die er ihr schon in der ersten Nacht vorführte, und die geheimnisvollen, beschwörenden Gesänge, die immer wieder aus seiner Kehle drangen, als wollte er die finsteren Götter darum bitten, ihre Reiche zu verlassen und auf die normale Welt zu kommen.

Später hatte er sie dann in Ruhe gelassen, und sie hatte mehr als zwei Tage geschlafen.

Nach dem Erwachen hatte er sich mit ihr zusammengesetzt. Es war nur geredet worden, und Dolores hatte gemerkt, daß ihr eigener Wille immer mehr in den anderen überging. Er nahm von ihr Besitz, sie ließ alles mit sich geschehen, sie gab sich ihm hin, und sie erlebte dabei Ekstasen, die sie zuvor nie für möglich gehalten hatte. Drogen hatten dies ermöglicht, aber sie hatte sich dabei immer gut gefühlt.

Die Zeit interessierte Dolores nicht mehr. Ob nun Tage oder Wochen vergingen, war ihr egal, und sie begann damit, sich immer stärker auf seine Seite zu schlagen.

Fasziniert lauschte sie seinen Worten, wenn er von anderen Reichen berichtete. Zuerst von der Welt der Lebenden, dann von der der Toten, aber auch von einer Welt, die zwischen den beiden lag. Er malte ihr diese in den herrlichsten Farben aus, und er fragte sie jedesmal, ob sie bereit war, ihm in diese Welt zu folgen, die er verlassen hatte.

Dolores war dafür gewesen.

»Das heißt sterben«, hatte er ihr gesagt.

»Ja, ich will es.«

»Dann wirst du so sein wie ich.«

»Tot und nicht tot?«

»So ist es.«

»Und wann soll ich dir folgen, Geliebter?«

»Wann immer du bereit bist.«

»Das bin ich schon jetzt!« hatte sie geflüstert.

Er war dagegen und schüttelte den Kopf. »Nein, so schnell nicht. Noch zwei Nächte müssen vergehen, dann wirst du endgültig mein. Ich habe noch Vorbereitungen zu treffen, denn ich glaube daran, daß wir hier nicht mehr sicher sind. Es wird Ärger geben, ich habe gewisse Dinge gespürt, die mir nicht gefallen, aber bevor wir den Ort wechseln, wirst du mein. Ich lasse dich allein, später werde ich zurückkehren, doch es kann dauern. Aber in der dritten Nacht bin ich bei dir.« Er hatte sie umarmt und sie gefragt, ob sie warten wollte.

»Ja, ich warte.«

»Dann ist es gut.«

Bebelle war gegangen und hatte Dolores allein gelassen. Zum erstenmal hatte sie gespürt, was Einsamkeit bedeutete und wie quälend langsam die Zeit verstreichen konnte.

Sie hockte in der Laube, deren Fenster dunkel gestrichen waren, so daß sie nicht einmal feststellen konnte, ob es Tag oder Nacht war. Jede Minute des Wartens war ihr zur Qual geworden, und manchmal hatte sie daran gedacht, das Gartenhaus zu verlassen und dorthin zu gehen, wo Bebelle seine zweite Wohnung hatte. Da er sie in sein Vertrauen gezogen hatte, wußte sie genau Bescheid, aber sie überwand ihren Drang und blieb in der Laube zurück, zwischen all diesen für sie nicht mehr fremden, mystischen Gegenständen – den alten Totenmasken, den Kerzen aus mit Gewürzen vermischtem Leichenfett, den Schwertern, den Fetischen und Gebeinen.

In der zweiten Nacht war es dann passiert.

Nicht Bebelle war zurückgekehrt, sondern die Menschen, vor denen er sie gewarnt hatte, waren gekommen.

Eine brutale Bande von Rockern hatte sich die Gartenanlage als Plünderungsstätte ausgesucht und sie sehr schnell gefunden. Sie waren in die Laube eingebrochen wie ein Sturmwind. Die Tür hatte ihnen ebenso wenig standhalten können wie die Fenster. Plötzlich waren drei Männer und eine Frau vor ihr gewesen, vier andere lauerten draußen, und Dolores hatte sich nicht wehren können.

Die Rocker, selbst die zu ihnen gehörenden Frauen, hatten sich mit ihr ›beschäftigt‹, und als sie schließlich am nächsten Tag abzogen, war nichts mehr, wie es zuvor gewesen war.

Zurück blieb eine gebrochene Dolores Sirc, die lange gebraucht hatte, um sich von dieser furchtbaren Pein zu erholen. Irgendwann war sie dann gegangen, einfach weggelaufen, ziellos, und sie hatte sich schließlich verkrochen, um nachzudenken.

Sie wußte, daß sie verloren war. Sie hatte einen Fehler begangen, Bebelle würde nie verstehen können, was mit ihr geschehen war, und sie hatte nicht gewußt, was sie tun sollte.

Irgendwann hatte sie sich dann dorthin getraut, wo seine Wohnung lag. Keine fremde Umgebung für sie, denn dort lebten Menschen, die ihre Hautfarbe hatten.

Sehr vorsichtig hatte sie sich nach Bebelle erkundigt und war auf Angst und Schrecken gestoßen. Dolores hatte trotzdem herausgefunden, daß Bebelle der eigentliche Chef und Führer in diesem Viertel war. Alle hörten auf sein Kommando, denn alle fürchteten ihn wegen seiner übernatürlichen Kräfte. In seine Wohnung traute sich niemand hinein, und es hatte auch gedauert, bis sie es wagte.

Sie hatte ihn gefunden. Er lag in einem Sarg. Er hatte sie willkommen geheißen und keine Fragen gestellt. Er hatte ihr nur geraten, zu sterben, ihr einen Schlüssel gegeben, damit sie das Schloß nicht mehr mit einer Haarnadel zu öffnen brauchte.

»Stirb, meine Liebe. Stirb für mich! Erst dann werden wir wieder vereint sein.«

Sie war gegangen, und sie hatte es sich einfacher vorgestellt, als es tatsächlich war. Immer wieder hatte sie einen Anlauf genommen, sie hatte sich Mut angetrunken, aber den allerletzten Schritt zu wagen fiel ihr doch schwer.

Bis zu dem Abend, als sie auf die Brücke gegangen war. Doch auch hier hatte es das Schicksal nicht ›gut‹ mit ihr gemeint. Jemand war plötzlich aufgetaucht und hatte sie gerettet.

Nun aber lag dieser Mann bewußtlos vor ihr, und der lange, oft in die Irre führende Weg hatte sie endlich zum Ziel geführt. Jetzt konnte sie niemand mehr aufhalten.

Die Gedanken an die Vergangenheit hatten die Frau zwar aufgewühlt, aber sie fühlte sich jetzt besser als zuvor. Sie hatte diesen Abschnitt ihres Lebens aufarbeiten müssen, und sie wußte, daß in dieser Wohnung das geschehen würde, wozu eigentlich die Laube auserwählt worden war.

Mit einer langsamen Bewegung richtete sich Dolores wieder auf. Der Umriß des Mannes vor ihren Füßen verwandelte sich in einen Schatten, gegen den sie mit voller Wucht trat.

Sinclair zuckte zusammen, ein Reflex, mehr geschah nicht.

»Laß es, Liebste. Er kann uns nicht mehr gefährlich werden. Mit ihm können wir uns später beschäftigen. Komm her, die Süße des Todes wartet auf dich.«

Die Frau drehte sich langsam um. Bebelle lag nicht mehr in seinem Sarg, er hatte sich aufgesetzt, auf seinen Lippen lag ein breites Grinsen. Die Augen funkelten wie dunkle Spiegelscherben. Sie spiegelten etwas von der Kraft wider, die ihn erfüllte.

Dolores war glücklich, weil sie seine Macht spürte. Sie erreichte die Frau wie ein Windhauch, der sie erstarken ließ. Mit etwas steifen Schritten ging sie auf den Sarg zu. Beim Kampf mit Sinclair waren zwei Kerzen verloschen, deshalb hatte die Dunkelheit zugenommen. Von der linken Seite her fiel ein Schatten auf das breite Gesicht des Voodoo-Königs, der nicht mehr zu atmen brauchte, um zu leben, denn er war zu einem schwarzmagischen Phänomen geworden.

Als die Frau nahe genug an seine makabre Liegestatt herangetreten war, streckte Bebelle seinen Arm aus und bewegte die Finger der Hand. Er gab ihr das Zeichen, daß er aus dem Sarg klettern wollte, und Dolores legte ihre schweißfeuchte Hand in die kalte Totenklaue des Zombies. Für einen Moment erschauderte sie, dann hatte sie sich daran gewöhnt, lächelte und sah zu, wie sich der Untote aufrichtete.

Er blickte sie aus seinen starren Augen an. »Es wird alles so werden, wie wir es uns vorgestellt haben«, sagte er und lächelte. Er gehörte zu den wenigen Untoten, die sich verständigen konnten. Er war nicht so tumb und grauenhaft wie die anderen, obwohl das Töten bei ihm ebenfalls an der ersten Stelle stand.

Er kletterte aus dem Sarg.

Vor Dolores blieb er stehen. Sein Gewand reichte beinahe bis zum Boden, das Gesicht glänzte, als läge ein dünner Ölfilm auf seiner alten, lappigen Haut.

Er sprach kein Wort.

Beide verstanden sich auch so, und als er nickte, da fühlte sich Dolores beschämt. Er wußte alles, das merkte sie genau. Er hatte mit seinen blicklosen Augen trotzdem auf den Grund ihrer Seele geschaut, und sie hoffte, daß er ihr verzeihen würde.

»Du hast vieles erlebt, meine Liebe, aber du hast mich gefunden. Und du bist auf dem Weg geblieben, deshalb sehe ich dich als eine würdige Geliebte für mich an.«

Sie wollte lächeln. Ihre Lippen zuckten schon, aber sie schaffte nur ein Schluchzen und warf sich in die starken Arme ihres Geliebten. Beide standen für eine Weile bewegungslos. Der Körper des Voodoo-Königs war kalt und steif, das aber bemerkte die Frau kaum. Keinen auf der Welt liebte sie so sehr wie ihn.

»Dein Tod wird uns zusammenführen!« flüsterte er nahe an ihrem Ohr. »Bist du bereit?«

»Ich habe darauf gewartet«, erwiderte sie mit zitternder Stimme. »Ich – ich will es.«

»Dann sollten wir nicht länger warten. Dein Tod wird wunderbar sein. Ich habe alles vorbereitet, weil ich wußte, daß du zu mir zurückkehren würdest.«

»Aber der Mann hier – der Polizist…«

»Ich werde ihn umbringen. Damit werde ich dich rächen. Ich nehme das große Messer und werde ihn zerhacken.«

»Ja, ja«, stöhnte sie, »das ist gut. Das ist – das ist einfach wunderbar, Bebelle.«

Er war zufrieden, daß diese Frau so dachte, und sein großer Plan nahm allmählich Gestalt an.

Er kam aus einer anderen Welt, wobei er die Welt der Toten einmal außer acht ließ. Er dachte mehr an seine eigentliche Herkunft, die für ihn zwar nicht im Dunkeln lag, ihn aber in die düsteren Mysterien des Südens geführt hatte, wo der Voodoo-Zauber lebendig war und noch vollzogen wurde.

Die Karibik, aber auch der Staat Lousiana hatte auf seinem Lebensweg eine große Rolle gespielt. Er träumte von einem Voodoo-Reich, er träumte sich an die Spitze, und mit einer Frau wollte er den Anfang machen. Er hatte die Staaten bewußt verlassen, um in die fremde, kalte Welt hineinzutreten. Hier waren die Menschen noch nicht vorbereitet, sie würden ihren Schock erleiden, wenn sich zwischen ihnen plötzlich lebende Tote bewegten.

Bisher war er der einzige gewesen, das aber würde sich ändern. Dolores sollte die erste sein, und sie fieberte danach, das andere Reich kennenzulernen.

»Bitte«, sagte sie, »bitte…«

»Es ist gut!« hauchte er. »Ich habe alles vorbereitet. Du brauchst keine Furcht zu haben…«

»Das habe ich auch nicht.«

Er schob sie langsam von sich. Seine kalten Totenhände lagen auf dem gewölbten Stoff über ihren Brüsten. Sie schauderte zusammen, doch sie hatte sich schnell wieder gefangen, trat einen Schritt zurück und wurde von ihm um den Sarg herum geleitet, bis sie im Licht der Kerzen stand, das ein Schattenmuster auf ihrer Gestalt bildete und diese aussehen ließ wie eine verschwommene Landkarte.

Bebelle ließ sie stehen. Er ging dorthin, wo es sehr düster war und eine alte Kommode stand, über der in einer Schräglage seine Waffe hing, eine Machete mit einer blanken Klinge. Das Licht spiegelte sich darauf als unruhige Reflexe, als wechselten Seelen aus dem Totenreich in die Welt der Lebenden.

Bebelle verengte die Augen, als er die Machete betrachtete. Sie hatte bereits viel, viel Blut gesehen, und sie würde bald noch mehr Blut sehen, doch alles der Reihe nach. Zuvor mußte noch etwas sehr Wichtiges erledigt werden.

Der Voodoo-Priester bückte sich und öffnete die beiden Klapptüren der Kommode. Mit beiden Händen griff er hinein und fand zielsicher, was er suchte.

Es war der Becher aus grünem Ton, den er jetzt mit der rechten

Hand umklammerte. Noch schützte ein Deckel den Inhalt, und Bebelle nahm ihn erst ab, als der Becher seinen Platz auf der Kommode gefunden hatte. Vorsichtig legte er ihn neben den Becher, bevor er seinen Kopf senkte und an der Flüssigkeit roch.

Es war ein Aroma, das schlecht einzuordnen war. Da strömten ihm ein Duft und ein Gestank gleichzeitig entgegen. Der Duft schien von verblühten Blumen zu stammen, der Gestank aber von süßlichem Fleisch, längst schon vermodert und vermischt mit dem frischen Blut eines Menschen. Die Flüssigkeit schimmerte dunkel, und auf ihrer Oberfläche hatte sich ein schwacher Spiegel gebildet. Die Umrisse seines Gesichts zeichneten sich darin ab, und es sah aus, als würden dort Schatten schwimmen, die einen Gruß aus dem Totenreich schickten.

Bebelle hielt den Becher in der rechten Hand, als er sich würdevoll umdrehte.

Seine Geliebte hatte sich nicht gerührt. Sie stand neben dem Sarg und erwartete ihn zitternd. Die Augen weit geöffnet, den Mund nur leicht, wie zu einem Kuß. Sie fieberte dem Ende und gleichzeitig dem Neuanfang entgegen und hätte ihn gern gedrängt, doch schneller zu handeln, aber der Zombie nahm sich Zeit.

Vor ihr blieb er stehen. Mit dem Zeigefinger der linken Hand deutete er über den Rand des Bechers hinweg und wies hinein.

»Das ist der Trank«, sagte er. »Das ist der Schritt in den Tod und in das Leben…«

Dolores nickte nur. Sprechen konnte sie nicht mehr, ihre Kehle war wie zugeschnürt. Eisenbänder schienen sie zu umklammern. Unsichtbar drückten sie in ihre Haut.

»Gib ihn mir…«

Bebelle lächelte. »Keine Sorge, du wirst ihn gleich genießen.«

Er wechselte den Becher in die linke Hand und hob seine rechte an.

Als er die Hand auf den Kopf der Frau preßte, zuckte diese zusammen, als hätte sie einen Schlag erhalten.

Sie zitterte, Lippen und Nasenflügel vibrierten, sie spürte den leichten Druck der Hand und folgte ihm willig, indem sie ihren Kopf zurücklegte.

»Ja, so ist es gut, meine Liebe, so ist es gut.« Er veränderte die Haltung der Hand, so daß die langen, goldenen Fingerspitzen bis zu ihrem Ohr reichten. Die Handfläche selbst bedeckte die Stirn und die Augen der Frau.

Den Mund hielt Dolores offen. In ihrem Innern erlebte sie ein Toben, wie sie es in ihrem Leben bisher nicht durchgemacht hatte. Da kochte das Blut, während sie den Trank erwartete, der kühl über ihre Lippen in den Mund fließen, sie aus diesem Leben herausreißen und ihr ein neues, anderes und besseres ermöglichen würde.

Als sie den Rand des Bechers an der Unterlippe spürte, da zitterte sie nicht mehr, sondern stand starr wie eine Statue. Der große Augenblick war nahe, sie stand dicht, sehr dicht an der Schwelle. In den folgenden Sekunden würde alles anders werden, und sie spürte sogar den Ruck, als Bebelle den Becher kippte.

Der Trank, zäh wie Öl, konnte endlich über den Rand hinweg in ihren Mund rinnen.

Er berührte die Innenseite der Lippe. Sie spürte ihn auf der Zunge, sie konnte ihn schmecken, und sie hatte das Gefühl, daß ihr Mund mit einem modrigen Blumenduft ausgefüllt war.

Dolores wußte nicht, aus welchen Ingredienzen Bebelle den Trank zusammengemixt hatte. Sie vertraute ihm voll und ganz, und sie wußte mit Bestimmtheit, daß er dieses Vertrauen nicht enttäuschen würde.

Der Sirup rann in ihre Kehle. Sie trank ihn, sie leerte den Schierlingsbecher, und sie würde den Inhalt bis zum letzten Tropfen genießen, so dachte sie.

Es kam anders.

Der Trank war nicht so, wie sie sich ihn vorgestellt hatte. Er brannte plötzlich wie feurige Nesseln, und ihre Kehle schien auseinanderfliegen zu wollen. Das ungewöhnliche Feuer wanderte weiter. Es füllte jede Ader und jede Faser in ihrem Körper aus, es rann dem Magen entgegen, und sie kriegte keine Luft mehr.

Keine Luft!

Angst peitschte in ihr hoch. Eine kalte, böse Furcht, die sich mit der Hitze des Todestranks vermischte, sie gurgelte auf, und es hörte sich an, als wollte sie einen Teil des Tranks wieder ausspucken. Bisher hatte sie Bebelle vertraut, in dieser Lage aber wurde ihr plötzlich klar, welchen Schritt sie getan hatte.

Der Tod war…

Sie wollte sich wehren.

Bebelle war gnadenlos.

Er hielt ihr die Nase zu. So war Dolores gezwungen, weiter zu trinken, was sie auch tat, denn sie leerte den Becher bis zum letzten Tropfen. Erst dann nahm der Voodoo-King ihn von ihrem Mund weg und warf ihn in den offenen Sarg.

Die Frau zuckte. Sie war zu einem Roboter geworden.

Sie hob die Schultern, ließ sich wieder fallen, ihr Körper wand und drehte sich, sie taumelte durch das Zimmer, stieß dabei einen Kerzenständer um, die kleine Flamme erlosch, und mit nach vorn gebeugten Kopf prallte Dolores gegen die Wand.

Den Treffer spürte sie noch. Das aber war nichts gegen den Strudel, der sie kurze Zeit später erfaßte.

Er riß und zerrte an ihr. Es war nicht mehr auszuhalten, wieder wurde ihr die Luft geraubt, und einen Moment später gaben ihre Beine nach. Sie knickte ein und fiel schwer zu Boden.

Dolores Sirc war tot…

Dolores rührte sich nicht mehr. Stille breitete sich im Zimmer aus, denn auch Bebelle war erstarrt.

Er stand einfach nur da, wußte, daß es geklappt hatte, und genoß seinen Triumph.

Ja, er hatte es geschafft. Es war alles so wunderbar verlaufen, es hatte keinen Ärger gegeben. Mit dieser Frau hatte er den Anfang gemacht, andere würden folgen, viele andere, denn in dieser Gegend lebten Menschen, die froh waren, wenn jemand ihnen die Hand reichte, um sie aus diesem Slum herauszuführen.

Der Zombie kannte die Wirkung seines Tranks. Er mußte sich jetzt einige Minuten Zeit lassen, und er überlegte, ob er den anderen Mann schon jetzt töten sollte.

Bisher hatte er sich nicht gerührt. Aber Bebelle wollte sicher sein, ging zu ihm und musterte ihn.

Nichts war zu sehen, kein Anzeichen wies darauf hin, daß er im Begriff war, zu erwachen. Die Chance war günstig. Der Zombie drehte den Kopf und schielte auf die Machete über der Kommode.

Sie hing dort unbeweglich, aber im Schein der Kerzen sah es aus, als würde sie an ihrem Platz umherwandern, ohne ihn allerdings zu verlassen.

Sie nehmen, zuschlagen – es war so leicht.

Da hörte er das Stöhnen!

Bebelle zuckte zusammen. Das Geräusch irritierte ihn. Nur eine Person konnte so gestöhnt haben, und zwar seine Geliebte.

Er wandte sich von dem bewußtlosen Mann ab und ging zu ihr, noch immer darüber verwundert, daß sie so schnell aus ihrem Zustand erwacht war. Sie hatte die Reise ins Jenseits angetreten, sie mußte einen Blick in das Grenzland geworfen haben, aber wieso war sie schon zurück? Hatte man sie dort nicht haben wollen? War der Trunk möglicherweise nicht stark genug gewesen?

Viele Theorien schossen ihm durch den Kopf, doch alles stimmte irgendwie nicht. Es war am besten, wenn er sich selbst vom Zustand der Frau überzeugte.

Neben ihr blieb er stehen. Er hatte einen Kerzenständer mitgenommen, um mehr Licht zu haben. Sie bewegte sich nicht, aber sie stöhnte, und diese Laute drangen aus dem offenen Mund.

Atmete sie auch?

Für Bebelle war es ungemein wichtig, eine Antwort auf diese Frage zu erhalten. Sollte sie noch atmen, dann hatte er es nicht geschafft, wenn nicht, hatte der Trank seine Pflicht getan.

Deshalb bückte er sich ihr entgegen, um sie aus der Nähe betrachten zu können.

Dolores lag halb auf dem Rücken und halb auf der Seite. Ihr Gesicht war ihm zugewandt. Es würde kein Problem sein, ihre Atmung zu kontrollieren. Schon wenig später huschte über die dicken, farblosen Lippen ein Lächeln. Er war zufrieden, sie atmete nicht. Kein Hauch wehte aus ihrem Mund, und auch durch die Nase strömte keine Atemluft.

Er ging trotzdem auf Nummer Sicher. Die Aorta lag so still unter der Haut, als wäre sie eingefroren. Kein Fünkchen Leben steckte mehr in dieser Person, der Trank hatte ganze ›Arbeit‹ geleistet und seinen Zweck wunderbar erfüllt.

Er war zufrieden, drückte die Frau auf den Rücken und sprach sie mit murmelnder Stimme an. Er redete gegen ihr Gesicht, und er legte einen Unterton in seine Stimme, die wie ein drängender Strom das andere Gehirn erreichen mußte.

Bebelle wußte, daß es zwischen ihm und seiner Geliebten jetzt ein Band gab, das der Tod geflochten hatte und nicht so leicht zu zerreißen war.

Er beugte seinen Kopf noch weiter vor und preßte seine Lippen auf die ihren, als wollte er ihr den fauligen Geruch des Todes in die Lunge pressen.

Sie zuckte. Ihre Hände bewegten sich. Die Finger vollzogen eine Krümmung. Mit den Nägeln kratzten sie über den Fußboden, und auch die Füße blieben nicht mehr still.

Dolores hob sie an. Sie trommelte mit den Hacken auf dem Boden. Bebelle lauschte den Echos, denn es tat ihm gut, dieses Geräusch zu hören. In die Frau war Leben eingekehrt, aber ein anderes Leben als das, das der Schöpfer ihr einmal eingehaucht hatte.

»Komm, meine Geliebte. Komm und steh auf…« Er hatte die Worte beschwörend gesprochen, denn sie und der Drang seiner Stimme sollte seine Geliebte aus ihrem Zustand hervorholen.

Und sie ›gehorchte‹.

Zuerst hob sie den Kopf an. Erst als dieser den Kontakt mit dem Boden verloren hatte, schaffte sie es, den Oberkörper in die Höhe zu wuchten. Bebelle unterstützte sie dabei, indem er seine Hand gegen ihren Rücken legte.

Dolores saß.

Der Voodoo-King wollte sie nicht auf die Beine stellen, sondern erst einmal abwarten.

Die Frau starrte ins Leere. Sie bewegte den Kopf ein wenig zur

Seite, dann stöhnte sie auf und preßte die Handflächen rechts und links gegen die Wangen.

Aus ihrem Mund drang ein tiefes Stöhnen. Sie bewegte zuerst die Zunge nahe der Lippen, dann streckte sie sie hervor, als wollte sie Schweißperlen ablecken. Ein Zittern rann durch ihren Körper. Der Druck im Kopf nahm zu, und sie sprach flüsternd davon, denn sie hatte Angst davor, daß ihr Schädel zerspringen könnte.

»Das geht vorbei«, erwiderte ihr Herr und Meister. »Du wirst dich schnell an dein neues Leben gewöhnt haben.«

Dolores Sirc nickte, ohne davon überzeugt zu sein. Sie wartete das Zittern ihres Körpers ab und flüsterte dann mit tonloser Stimme: »Ich – ich bin so leer. Ich spüre nichts mehr. Es fließt kein Blut, es schlägt kein Herz...«

»Aber du lebst!« keuchte der Mann. In ihm steckte ein böser Triumph. Er freute sich irrsinnig darüber, es geschafft zu haben. Für ihn war alles wunderbar gelaufen.

»Ja, ich lebe...«

»Du kannst dich bewegen. Du wirst laufen können. Du wirst unsere Sache verteidigen und weiterbringen, und du wirst jeden vernichten, der sich uns in den Weg stellen will.«

Dolores nickte. Wie sie das tat, zeigte ihre Schwäche an. Der Kopf fiel haltlos nach vorn, als wollte er sich vom Hals lösen und zu Boden fallen.

Dann schwankte sie. Die Kraft hatte sie noch immer nicht so ausgefüllt, wie Bebelle es sich vorgestellt hatte. Sie glich stark einer Puppe, und der Voodoo-King betrachtete sie mit einiger Sorge. Er verlor trotzdem seinen Optimismus nicht und entschloß sich dazu, die Frau aus dem Zimmer zu bringen. Er wußte auch schon, wo er sie zunächst verstecken wollte.

Am Ende des Ganges befand sich eine schmale Tür. Sie war grau gestrichen, bestand aus Metall. Dahinter lag eine mit Putzmitteln und Toilettenpapier gefüllte Abstellkammer, die als ideales Versteck dienen konnte.

Von allein konnte die Untote nicht aufstehen. Bebelle mußte sie in die Höhe stemmen und anschließend dafür sorgen, daß sie auf den Beinen blieb.

»Du wirst gehen können!« versprach er ihr. »Ich weiß das. Du brauchst nur deine Beine zu bewegen, und alles wird in Ordnung sein, das kannst du mir glauben…«

Sie versuchte es. Der Instinkt, einen Fuß vor den anderen zu setzen, um sich bewegen zu können, der steckte noch in ihr. Das hatte sie von ihrem ersten Leben her übernommen, und so ging sie weiter, immer gestützt von ihrem Begleiter.

Sie durchquerten das Todeszimmer und näherten sich der Tür. Bevor die beiden sie erreicht hatten, meldete die Frau sich. »Wo – wo – wo bringst du mich hin…?«

»In ein Versteck.«

»Nein, ich…«

»Noch bist du zu schwach, ich werde dich schon holen. Gleich, wenn ich fertig bin.«

»Womit fertig?«

»Ich muß noch etwas erledigen«, sagte er und dachte dabei an den bewußtlosen Polizisten.

Dolores fragte nicht mehr weiter. Sie ergab sich in ihr Schicksal, das einzig und allein in den Händen ihres unheimlichen Geliebten lag. Er wußte, was gut oder nicht gut für sie war. Ihm allein konnte sie sich anvertrauen.

Bevor er Dolores durch die Tür nach draußen in den Gang zog, blieb er stehen und lauschte.

Wie meistens, war hier oben nichts zu hören. Zwar lebten Menschen in den Wohnungen, aber sie bewegten sich nur auf Zehenspitzen, denn sie waren darüber informiert, wer hier seine Behausung gefunden hatte. Ihre Angst vor Bebelle war gewaltig, denn ein jeder wußte, daß er zu den bösen Voodoo-Priestern gehörte.

Auch jetzt waren die beiden allein im Gang. Sie durchquerten das Licht der trüben Leuchte und blieben dann vor der schmalen Tür stehen, die nie verschlossen war, auch jetzt nicht.

Sie klemmte etwas. Bebelle strengte sich an, bis er sie offen hatte. Den Geruch, der ihm entgegenwehte, nahm er nicht wahr. Er sah nur die Lücke, die groß genug für seinen Schützling war.

Dolores ließ sich in die kleine Kammer hineinschieben, ohne auch nur den Versuch eines Protests wagen. Sie sank zusammen, als sie Bebelles Halt nicht mehr spürte. Dabei drehte sie sich, stieß gegen Putzgerät, das aneinander schepperte.

»Ich lasse dich jetzt hier«, sagte er zum Abschied. »Aber ich werde zurückkehren. Bis dahin kannst du genügend Kraft sammeln, um für immer an meiner Seite zu bleiben.«

Sie saß jetzt auf dem Boden und nickte nur.

Bebelle lächelte. Selten zuvor hatte er sich so gut gefühlt. Dieser Tag war besser abgelaufen, als er es sich gedacht hatte. Nur eine Kleinigkeit mußte noch erledigt werden. Es war dieser Polizist, der ihn gestört hatte.

Kein Problem mehr, denn seiner Machete war bisher noch niemand entgangen.

Er schloß die Tür und begab sich mit dieser Gewißheit auf den Rückweg…

Irgendwie schwammen die kleinen Würmer immer dichter an mich heran. Sie wanden sich aus einer absolut finsteren Ferne wie fingerlange Folterknechte auf mich zu und krallten sich an meinem Kopf fest. Sie durchwühlten das Haar, sie stachen durch die Haut, sie bohrten, drückten, hämmerten und malträtierten mich blindwütig.

Schmerzen…

Sie tobten, sie peinigten mich, ich wollte sie nicht mehr spüren, aber ich konnte ihnen nicht entgehen, und letztendlich hatten sie auch etwas für sich.

Sie zerrten mich hoch aus dem tiefen, dunklen Schacht der Bewußtlosigkeit.

Ich wurde wach.

Nein, nicht so ganz.

Irgendwie schwamm ich fort, obwohl ich auf der Stelle liegenblieb. Zumindest hatte ich das Gefühl, wegzutreiben, und die Schmerzen in meinem Kopf begleiteten mich.

Allerdings war ich schon so weit, daß ich sie zumindest lokalisieren konnte. Meine untere Kopfhälfte fühlte sich dumpf und schmerzerfüllt an, während durch das Gehirn nur Stiche zuckten.

Das wiederum erlaubte mir, nachzudenken, und ich überlegte, wie ich in diese verfluchte Lage hineingeraten war.

Was war geschehen?

Da war doch eine Frau gewesen? Eine schöne Frau mit kaffeebrauner Haut. Ich hatte ihr das Leben gerettet, der Zug war an uns vorbeigerast, wir waren dann gefahren und…

Es fiel mir wieder ein.

Ja, plötzlich wußte ich Bescheid. Ich erinnerte mich an die makabren Szenen in einem Zimmer. An den Sarg, an die Kerzen und an den verfluchten Zombie in der Totenkiste.

Himmel, und ich lag in diesem Raum!

Ich hatte meine Augen geöffnet und stellte nun fest, daß die Dunkelheit, die mich umgab, doch noch nicht so dicht war, wie es den Anschein gehabt hatte.

Flackernde Lichtinseln erhellten sie an gewissen Stellen, so daß die Umrisse der sich im Zimmer befindlichen Gegenstände deutlicher hervortraten.

Aus meiner liegenden Position konnte ich nicht viel erkennen, doch den Sarg identifizierte ich schon, und das erinnerte mich an den Zombie im blauen Umhang.

Lag er noch im Sarg?

Ich hatte meine Zweifel, denn es war totenstill. Nun war es für einen lebenden Toten leicht, sich so zu verhalten, aber auch Dolores Sirc sah ich nicht mehr.

Es stand zwar nicht hundertprozentig fest, doch ich ging davon aus, daß die beiden den Raum verlassen hatten.

Das gab mir eine Chance.

Meine Waffe trug ich nicht mehr. Als ich hinfaßte und ins Leere griff, da schrak ich zusammen. Sehr intensiv dachte ich über den Grund nach. Schließlich fiel mir ein, auf welche Art und Weise ich sie verloren hatte. Ich selbst hatte ihr noch einen Tritt gegeben. Dadurch war sie in die Dunkelheit des Zimmers geschlittert.

Ich mußte hier raus.

Vorsichtig, nur nichts überstürzen. Ich kannte die Folgen, wenn ich mich nach einer Bewußtlosigkeit zu schnell bewegte. Da konnte der Kreislauf leicht zusammenbrechen.

Ich setzte mich auf.

Sofort war der Schwindel da und trieb mir den Schweiß aus allen Poren.

In dieser Stellung blieb ich zunächst einmal hocken und versuchte, die Schwankungen auszugleichen. Vorsichtig, langsam – nur nichts überstürzen. Ich bewegte den Kopf. Es klappte einigermaßen, der Schädel zersprang mir zum Glück nicht.

Ich mußte einen Halt finden, wo ich mich abstützen konnte, wenn ich aufstand.

Dieser Halt war die Wand.

Nicht weit von mir entfernt ragte sie als düsterer Schatten in die Höhe. Meinen Arm hatte ich schon ausgestreckt, als ich mitten in der Bewegung anhielt.

Ich hatte etwas gehört – Schritte!

Aber nicht im Zimmer, sondern draußen vor der Tür.

Nun können Trittgeräusche alles mögliche bedeuten, auch harmlos sein. In diesem Fall jedoch glaubte ich nicht daran. Dieser verdammte Höllenritt würde seine Fortsetzung finden, weil der Zombie es sich einfach nicht leisten konnte, mich am Leben zu lassen. Ich war ein Zeuge, der über ihn Bescheid wußte.

Er drückte die Tür auf.

Ich hörte es kaum, spürte nur den leichten Luftstrom, der über mein Gesicht strich. Im letzten Augenblick hatte ich gehandelt und mich wieder hingelegt.

Ich wollte weiterhin den Bewußtlosen spielen. Es war besser, wenn ich mich wehrlos stellte, um so eher konnte ich den anderen durch eine Gegenreaktion überraschen.

Bebelle schloß die Tür. Auch dabei entstand so gut wie kein Geräusch. Er verstand es wirklich, sich wie auf Samtpfötchen zu bewegen, und das bei einem derartig schweren Körper.

Abwarten, nicht die Nerven verlieren!

Das sagte sich so einfach. Ich spürte schon das innere Fieber, das sogar die Schmerzen in meinem Kopf überdeckte.

Bebelle bemühte sich nicht mehr, sich leise zu bewegen. Bis auf einen schmalen Spalt hielt ich die Augen geschlossen. Ich rechnete fest damit, daß er auf mich zugehen würde, aber diesen Weg schlug er nicht ein, sondern wandte sich von mir ab.

Was war sein Ziel?

Ich lauschte ihm nach. Die Trittgeräusche entfernten sich von mir. Aber wohin? Wollte er zu seinem Sarg? Wenn ja, was wollte er dort?

Dann verstummten die Geräusche. Trotz meiner ungünstigen Position konnte ich den Sarg erkennen. Dort malte sich kein Schatten ab, also hielt sich der Untote nicht in der Nähe auf.

Etwas schleifte über die Wand oder über den Boden. So genau war es nicht zu deuten. Danach war es für einen Moment still. Dann raschelte der Stoff des Umhangs. Anschließend hörte ich einen gurgelnden Laut. Sofort darauf wieder die Echos der Tritte.

Diesmal besonders gut, denn ich mußte leider feststellen, daß sich der Zombie in meine Richtung bewegte. Und er kam immer näher. Dabei trat er sehr fest auf, wie jemand, der entschlossen war, alles zu Ende zu bringen.

Ich lag auf dem Rücken. Aber es war mir gelungen, die Schmerzen zu vergessen und mich ausschließlich auf den Gegner zu konzentrieren. Wenn es sein mußte, konnte ich ihn mit einem Sprung angreifen.

Ich erkannte seine Gestalt, und ich sah, daß er die linke Hand ausstreckte, die den Schaft eines Kerzenleuchters umschloß. Er hievte ihn an, die Flamme geriet in flackernde Bewegungen und beleuchtete sein breites, böses Gesicht mit den Augen, die kein Gefühl zeigten.

Etwas schwang vor und wieder zurück, und zwar von seiner anderen Hand bewegt.

Dabei schimmerte es auf, es waren blitzende Reflexe, und schon beim ersten Hinsehen glaubte ich, es erkannt zu haben.

Das Ding war eine Waffe.

Kein Schwert, auch kein Degen, aber etwas mit einer breiten, mörderischen Klinge.

Ich erinnerte mich daran, über einer Kommode am anderen Ende des Zimmers eine Machete gesehen zu haben.

Sie mußte der Untote von der Wand genommen haben. Jetzt

wußte ich, wie er mich umbringen wollte. Er würde mich regelrecht zerstückeln.

Ich atmete noch einmal tief ein.

Der Zombie stellte den Kerzenleuchter ab, weil er meine Gestalt im Licht haben wollte. Ich überlegte noch, in welche Richtung ich meine Beretta getreten hatte, als Bebelle den Griff der Machete mit beiden Händen umfaßte, tief aufstöhnte und die Waffe im nächsten Moment mit einer sehr langsam wirkenden Bewegung über den Kopf hob.

Ich maß durch die Lidspalten die Entfernung ab.

Sie war günstig.

Er bog seinen Oberkörper zurück. Die Machete verschwand weit hinter ihm und aus meinem Blickfeld.

Einen Moment später wuchtete er sie nach vorn und schlug zu!

Hätte die Machete getroffen, so hätte sie meinen Körper in der Mitte erwischt und in zwei Hälften geteilt.

Aber er traf nicht!

Wie schon erwähnt, war die Entfernung zwischen mir und dem Untoten günstig gewesen. Sehr günstig für einen Tritt. Und den führte ich mit beiden Füßen zugleich aus.

Ich erwischte die Beine des Zombies in dem Augenblick, als sich die Waffe noch nicht auf dem Weg nach unten befand. Der Voodoo-King hielt sie noch über dem Kopf. Durch meinen Tritt geriet er ins Stolpern. Er stand auf seinen Füßen, tanzte komischerweise und geriet aus dem Gleichgewicht, als ich mich nach rechts rollte.

Noch war ich waffenlos und mußte zusehen, daß ich der Klinge entging. Eines stand fest. Aufgeben würde diese Gestalt nicht. Sie war praktisch darauf programmiert, zu töten. Vernichten, zerhacken, sie wollte Blut sehen, sie war nicht zu bremsen, und sie würde nie kraftlos werden.

Das Fauchen der Klinge, als sie von oben nach unten schnitt, bildete ich mir wohl nur ein, nicht aber das wuchtige und dumpfe Geräusch, mit dem sie in den Boden hackte.

Ich war auf die Füße gelangt. Ich hätte jetzt wirbeln können, ja, wenn ich in normaler Form gewesen wäre. Doch als ich mich aufgerafft hatte, da schwankte das Zimmer wieder vor meinen Augen. Die Wände fingen an zu tanzen. Sie waren allerdings nicht weich. Ich merkte es spätestens in dem Augenblick, als ich gegen eine Wand prallte. Glücklicherweise mit der Schulter und nicht mit dem Kopf.

Ich drehte mich sofort.

Es brannten noch genügend Kerzen, um den Raum nicht ganz in Dunkelheit versinken zu lassen. Die Flammen tanzten auf den Dochten, sie bewegten sich, sie schienen das Zimmer mit immer neuen Bildern zu erfüllen. Schatten entstanden, huschten über die Wände und über den Boden, aber ein Schatten bewegte sich in diesen Momenten nicht. Er stand starr und wartete ab.

Auch auf die blanke Klinge hatte das wenige Feuer seinen Widerschein gelegt. An manchen Stellen schien sie zu glühen. Der Zombie drehte den Kopf.

Er suchte mich.

Ich wußte nicht, ob der Untote im Dunkeln sehen konnte, rechnen jedenfalls mußte ich damit. Es war besser, wenn ich den Platz an der Wand verließ. Mit einem großen Schritt war ich an der Tür. Ich hätte jetzt die Chance zur Flucht gehabt, aber an kneifen dachte ich nicht, deshalb duckte ich mich und huschte weiter.

Ich bemühte mich, möglichst außerhalb der Lichtflecken zu blei ben. Es reichte schon aus, wenn er mich hörte, da ich nicht lautlos gehen konnte, aber er reagierte noch nicht.

Ich hatte nicht vergessen, in welche Richtung ich die Beretta gestoßen hatte. Sie war meine einzige Rettung, denn die Machete konnte ich dem Zombie kaum entwinden, bei dessen Kräften war das ein Ding der Unmöglichkeit.

Er hörte mich.

Mit einer sehr schnellen Drehung fuhr er herum. Sein langes Gewand hinterließ einen Luftstrom, der die Flammen aufflackern ließ. Ich ging trotzdem meinen Weg weiter und bückte mich, als ein leichter Schmerz meinen linken Fuß durchzuckte. Mit der

Spitze war ich gegen einen der eisernen Ständer geprallt. Das wiederum brachte mich auf die Idee, ihn als Waffe zu nehmen.

Mir fiel Dolores Sirc ein. Von ihr hatte ich nichts gesehen. Ich wußte nicht, was mit ihr geschehen war. Es konnte durchaus sein, daß der Zombie sie inzwischen zu einem Opfer gemacht hatte, was natürlich fatal gewesen wäre und mir gar nicht gefiel.

Ich hob den Kerzenleuchter an. Er war ziemlich lang, zwar dünn, aber er bestand aus Eisen, und das allein zählte, denn mit ihm konnte ich die Machetenhiebe des Zombies abwehren.

Uns trennte der Sarg. Wie eine makabre Demarkationslinie stand er zwischen uns. Auf der einen Seite bewegte sich der Untote, ihm gegenüber hielt ich mich auf, den Leuchter in beiden Händen.

Unter dem Treffer hatte ich noch immer zu leiden. Manchmal fühlte sich mein Kopf an, als wäre er mit Pudding gefüllt, die Schmerzen zogen weiterhin ihre Kreise.

Derartige Probleme kannte Bebelle nicht. Als lebende Leiche blutete er nicht, verspürte er keine Schmerzen, er hatte eine ewige Kondition, vorausgesetzt, man schlug ihm nicht den Kopf ab oder schoß ihm eine Silberkugel zwischen die Augen.

Mit einer lässig anmutenden Bewegung schlug er über den Sarg hinweg zu. Ich sah, wie die Klinge blitzte, und brachte gedankenschnell den Leuchter in die Schlaglinie.

Beide Metallteile klirrten gegeneinander. Die helle Melodie wehte als Echo durch den Raum, und ich sprang zurück.

Der Treffer war nicht einfach zu parieren gewesen. Sehr wuchtig geschlagen, hätte er mir beinahe die Abwehrwaffe aus der Hand geschmettert. Ich wußte, was auf mich zukam, und stellte mich darauf ein. Mit ziemlich großen Schritten setzte sich der Zombie in Bewegung. Er war ein Brocken, ein mächtiger Fleischkloß. Ich hatte von seinem Körper noch nichts gesehen, konnte mir allerdings vorstellen, daß sich unter dem Stoff ein aufgedunsener Körper befand, der sicherlich schon stank und die Farbe von blauem Fleisch aufwies.

Diesmal ging ich nicht zurück. Ich mußte an ihm vorbei, wie

auch immer, denn der Platz, an der ich meine Beretta finden konnte, lag hinter ihm.

Wir trafen zusammen, und alles ging blitzschnell.

Die Machete fuhr wuchtig von oben nach unten. Diesmal allerdings etwas schräg, und sie hätte mich wieder voll erwischt, wäre ich nicht geschickter als Bebelle gewesen.

Ich hatte den Leuchter hochgerissen und hielt ihn an beiden Enden mit den Händen fest. So schräg, wie der Zombie schlug, wuchtete ich ihm das Eisenstück entgegen, und wieder prallte Metall auf Metall.

Ein schrilles Geräusch erklang, als hätte ein Tier seine Not hinausgeschrien. Die Machetenklinge rutschte an dem schräg gehaltenen Kerzenleuchter ab.

Der Voodoo-Mann hatte den Kopf gedreht. Er sah platt aus, als hätte ihm jemand ins Gesicht geschlagen. Der Mund stand offen, ich hätte gern hineingeschlagen, aber es reichte nur für einen Tritt, und der traf seinen Körper.

Wuchtig geführt, brachte er Bewegung in diese massige Gestalt, die nach hinten taumelte. Der Zombie hatte Mühe, sich zu fangen, er schaffte es nicht und taumelte zurück.

Ich setzte nach.

Mit einem Sprung hatte ich ihn erreicht. Sein rechter Arm war nicht mehr zum Schlag erhoben, sondern nach unten gesunken. Ich holte noch im Sprung aus.

Der Leuchter erwischte das Gesicht in der vollen Breite. Einen Menschen hätte der Schlag sicherlich getötet, bei Bebelle, der schon tot war, war das nicht möglich.

Zwar platzte Haut auf, ich hörte auch ein Knacken, als Knochen brachen, aber die Gestalt sackte weder tot noch bewußtlos zusammen. In ihrem Gesicht hatte sich nur etwas verschoben.

Ich setzte nicht nach, sondern lief dorthin, wo es am dunkelsten war, in der Hoffnung, meine Waffe zu finden oder mit dem Fuß gegen sie zu stoßen.

Viel Zeit konnte ich mir nicht lassen. Der Untote brauchte sich nicht erst zu erholen. Er würde sich nur neu orientieren müssen. Bevor das geschah, mußte ich meine Beretta gefunden haben.

Ich bückte mich.

Es war ein verzweifeltes und blindes Tasten, denn ich konnte den Zombie dabei nicht aus den Augen lassen, und ich hatte den Kopf deshalb gedreht.

Bebelle hatte sich von seiner Überraschung erholt. Er stieß ein Geräusch aus, das sich anhörte wie ein tiefes Knurren, und er stampfte wieder auf mich zu. Seine Machete schwang bei jedem Schritt mit. Die Klinge sollte Blut sehen, und er würde dafür sorgen, daß dies so schnell wie möglich geschah.

Ich wich zurück, noch immer in der Hocke. Dabei bewegte ich den Leuchter und schabte mit ihm über den Boden. Vielleicht traf das Ende gegen die Waffe, ich mußte einfach mal wieder Glück haben.

Ich hatte es nicht.

Bebelle war schneller und schlug mit Brachialgewalt zu. Wieder fegte ein langer, fahler Blitz von oben nach unten, um mich zu spalten, aber ich gelangte durch eine Drehung aus der Schlagrichtung. Wieder verfehlte mich die Klinge.

Ich sprang hoch und rammte den Leuchter in den speckigen Körper der untoten Gestalt, trieb sie so wieder zurück, aber nicht weit genug, als daß ich mir hätte Zeit nehmen können.

Sie griff wieder an.

Diesmal war ich schneller.

Bevor sie den rechten Arm zum Schlag anheben konnte, drosch ich mit dem Leuchter zu. Ich traf ihn am Kopf, dann an der Schulter und auch am Arm.

Er knickte zusammen. Wie ein schwerer Koloß fiel er nach links, er prallte auf den Boden, und dabei hatte er Pech. Irgendwie schlug er falsch mit der rechten Faust auf, die er um den Griff der Machete gekrampft hatte. Deshalb knickte die Hand weg, und bei dieser Bewegung löste sich die Machete aus seiner Hand.

Durch den Sturz, der nicht mehr zu stoppen war, schob er sie sogar noch auf mich zu.

Zwar griff er sofort nach, um die Waffe an sich zu reißen, doch ich war schneller.

Mit einer gedankenschnellen Bewegung hatte ich die Waffe an mich genommen.

Jetzt konnte ich auf den Leuchter verzichten, denn die Machete brachte mich auf die Siegerstraße, falls es ihm nicht gelang, sie mir wieder abzunehmen. Ob er Furcht verspürte, daran wollte ich nicht glauben. Gefühle waren einer lebenden Leiche fremd. Aber es geschah etwas anderes. Der Voodoo-Mann änderte seine Taktik. Er glitt jetzt zurück, ließ mich dabei jedoch nicht aus den Augen.

Hinter ihm stand der Sarg, daneben ein Ständer mit brennender Kerze. Ziemlich nahe geriet er an die Flamme heran, die über den alten Stoff strich.

Plötzlich lag ein anderer Geruch in der Luft, denn das Feuer schmorte den Stoff ein. Rauch stieg an seinem Arm hoch und kroch auf die Schulter zu. Er hatte den Kopf gedreht, begriff es nicht, zuckte aber von der Flamme weg.

Das alles geschah in sehr kurzer Zeit, in der ich nicht untätig blieb. Bei seiner letzten Bewegung wuchtete ich die Machete vor. Ich erwischte die Brust. Mit einem dumpfen Laut hieb die Waffe in den Körper hinein. Der Zombie schrie nicht. Mir schien es, als würde er mich für einen Moment anglotzen. Er fand plötzlich keinen Halt mehr und fiel zurück.

Der Sarg wartete auf ihn. In ihm hatte er gelegen, und er nahm ihn jetzt wieder auf.

Schräg kippte die massige Gestalt hinein. Das Holz knirschte, bog sich, aber es hielt und brach nicht unter dem mächtigen Gewicht zusammen.

Schräg landete er in der Totenkiste. Er klammerte sich mit beiden Händen an den Rändern fest, stemmte sich wieder hoch. Natürlich auch seinen Schädel.

Darauf hatte ich gewartet.

Die Klinge befand sich bereits auf dem Weg. Ich hatte zuerst die Augen schließen wollen, ließ sie jedoch offen und schaute zu, wie exakt ich traf.

Der Stahl war scharf geschliffen. So scharf, daß ein Hals keine Chance hatte zu widerstehen.

Ich trennte ihm den Kopf vom Körper.

Der Torso sank zurück, der Schädel wirbelte durch die Luft und landete auf der Brust des durch mich erlösten Untoten.

Er blieb sogar dort liegen, das Gesicht so gedreht, daß mich die Augen anglotzten. Ich spürte Übelkeit in mir hochsteigen und wandte mich so rasch wie möglich ab. Ich wollte einfach nicht hinschauen. Die Machete rutschte mir aus der schweißnassen Hand. Mit schweren, schleppenden Schritten bewegte ich mich dorthin, wo ich meine Waffe vermutete. Diesmal nahm ich die kleine Lampe zu Hilfe, leuchtete den Boden aus und sah das Schimmern des Metalls.

Ich bückte mich, überwand den dabei entstehenden Schwindel und nahm die Beretta an mich.

Ich war ziemlich fertig, fast groggy, aber ich konnte mich nicht ausruhen. Durch meinen Kopf zuckten zahlreiche Gedanken wie Irrlichter, keiner half mir auf den Sprung, deshalb mußte ich den normalen Weg einschreiten. Ich würde meine Kollegen anrufen, damit sie die Leiche hier abtransportierten.

Sehr müde und mich mit einer Hand an der Wand abstützend durchquerte ich das Zimmer und verließ es schließlich. Im Flur lehnte ich mich gegen die Wand. Er war nach wie vor leer, niemand aus diesem Haus ließ sich blicken. Die Mieter wußten wohl, wer sich hier oben eingenistet hatte, und hielten sich aus allem heraus.

Ich ging zur Treppe. Der Schwindel kehrte zurück. In meinem Mund lag der Geschmack von Asche. Ich sehnte mich nach einem Schluck Wasser. Zuvor aber benötigte ich ein Telefon. Hier oben würde ich kaum eines finden, doch irgendwo im Haus mußte es schließlich einen Apparat geben.

Sehr vorsichtig stieg ich die Stufen der Treppe hinab. Es war gut, daß ich mich am Geländer abstützen konnte.

Und irgendwo tief in meinem Gehirnkasten dachte ich an eine gewisse Dolores Sirc…

Die aber hockte in diesem kleinen Raum, der nicht größer als ein Schrank war.

Sie war kein Mensch, sie war keine Tote – sie war eine lebende

Untote, ein Zombie, ein Unding, Geschaffen durch einen mörderischen Trank, den der große Bebelle in dieses Land mitgebracht hatte, um die Menschen seinem Willen zu unterwerfen.

Dolores fühlte nichts mehr. Das allerdings erschreckte sie nicht, denn sie hatte sich mit ihrer neuen Lage abgefunden. Sie nahm es mit einer gewissen Lethargie hin. Mit angezogenen Knien hockte sie auf dem Boden. Die Hände hatte sie gegen ihre Kniescheiben gelegt. Ihr Blick war ins Leere gerichtet, und die Unterlippe hatte sie nach vorn geschoben. Die dumpfe Luft in der Kammer kümmerte sie nicht, denn sie brauchte keinen Atem mehr, um zu existieren.

Ihr Sinnen und Trachten war jetzt auf andere Dinge gerichtet, auf böse, grausame Taten, die sie sich wirklich gern vorgestellt hätte, aber der Blick in die nahe Zukunft blieb ihr versagt.

Etwas störte sie.

Es war eine Ahnung, falls man überhaupt bei ihr davon sprechen konnte. Vielleicht auch eine Warnung, eine Unruhe oder eine Botschaft, die sie erreichte.

Gefahr?

Dolores Sirc hob den Kopf. Die lebende Tote wußte nicht, ob sie eine Warnung erhalten oder sich selbst eine Frage gestellt hatte. Jedenfalls fühlte sie sich nicht mehr so wie sonst. Etwas war da falsch gelaufen, anders geworden.

Warum?

Ihre Augen waren weit geöffnet. Sie stierte nach vorn, konnte aber nichts anderes erkennen als den schwachen Umriß der Tür dicht vor sich. Es war der Weg nach draußen, aber Bebelle hatte ihr befohlen, ihn nicht zu gehen.

Bebelle – sie liebte ihn – sie war ihm hörig, falls ein Zombie überhaupt Gefühle entwickeln konnte. Aber die Verbindung zu ihm – die geistige – war längst nicht mehr so klar, wie sie es sich gewünscht hätte. Da gab es etwas, das sie störte. Einen Riß oder eine…

Sie stand auf.

Aus einem Zwang heraus schob sie sich in die Höhe. Ihr war, als hätte sie ein Schicksalsschlag getroffen, mit dem sie nicht fertig werden konnte. Jedenfalls blieb sie auf den Füßen stehen und starrte gegen die verschwommene Tür.

Dann kippte sie vor, stemmte die Hände gegen das Metall, bevor sie nach unten rutschten. Eine blieb auf der Klinke liegen. Sie spürte nicht die feuchte Kühle des Griffs, aber sie drückte ihn nach unten und stieß die Tür auf.

Dolores schaute in den Flur.

Er war leer.

Kein Mensch in der Nähe. Kein Opfer für sie, denn der perverse Drang, Menschen zu töten, beherrschte sie plötzlich, er war hochgeschossen wie eine Flamme. Aber Dolores hielt sich an die Regeln, denn sie wußte genau, wer ihr Herr und Meister war.

Ihn mußte sie finden.

Dolores wuchtete ihren etwas steif wirkenden Körper nach rechts. Nicht weit entfernt hing die nackte Glühbirne von der Decke. Das von ihr abgestrahlte schmutzige Licht erreichte kaum den Boden. Es schwebte über ihm.

Sie ging mit tappenden Schritten weiter. Einen Arm zur Seite gestreckt, um an der Wand einen Halt zu finden. Es tat ihr gut, endlich gehen zu können, und sie tappte tiefer in den langen, sehr grau wirkenden Flur hinein.

Schatten umfingen sie. Sie waren überall, vergleichbar mit weichen Händen, die über ihr Gesicht und den Körper hinwegglitten, ohne daß sie sie spürte.

Auf ihrem Gesicht lag ein glatter Ausdruck vergleichbar mit einem flachen Stück Teig, in dem die Konturen kaum auffielen.

So tappte sie dem Zimmer entgegen, in dem ihr Herr und Meister auf sie wartete.

Es war ruhig hier oben. Nur aus den unteren Etagen hörte sie Geräusche. Sie klangen zu unscharf hoch, um sie genau identifizieren zu können. Dolores unterschied Stimmen und lautes Knallen, wenn Türen zugeschleudert wurden.

Diese Laute allerdings interessierten sie nicht, wichtig war einzig und allein Bebelle. In seinen Schutz wollte sie sich begeben, er würde dafür sorgen, daß es ihr besser ging, denn bald würde er seine großen Pläne in die Tat umsetzen.

Der seelenlose Körper näherte sich seinem Ziel. Die Tür lag auf der linken Seite. Dolores passierte einige andere, bis sie vor dem Zimmer stehenblieb.

Diese Tür war nicht geschlossen.

Es war schon seltsam, aber in ihr passierte etwas, was es bei einem normalen Zombie, der lange Zeit im kühlen Grab gelegen hatte, nicht gab. Sie schaffte es, zu denken. Sie konnte differenzieren. Daß die Tür offenstand, mußte einen Grund haben, und der wiederum gefiel ihr überhaupt nicht.

Um ihren Mund zuckte es. Das Licht war nur sehr schwach. Es floß über die Schwelle, ohne die Umgebung zu erhellen. Sie drückte die Tür noch weiter auf, bevor sie sich in das Zimmer hineinschob, in dem Bebelle sein mußte.

Er und der tote Polizist.

Den Blonden sah sie nicht. Er hätte auf dem Boden liegen müssen, doch keine Gestalt zeichnete sich dort ab.

Sie tappte weiter.

Eine einzelne Kerze leuchtete neben dem Sarg. Ihr Licht fiel von oben herab gegen die offene Totenkiste, die wieder besetzt war. Bebelle hatte sich in den Sarg gelegt, um auf sie zu warten.

Den wahren Grund entdeckte Dolores Sirc wenig später. Sie starrte gegen den Kopf, der auf der Brust des ehemaligen Untoten lag wie ein verirrter Fußball.

Sie schrie nicht, sie weinte nicht. Sie wußte nur, daß sie hier nicht länger bleiben konnte.

Dolores floh.

Ein Gedanke allerdings peitschte in ihr hoch, als sie über eine Hintertreppe durch das große Haus schritt.

Sinclair!

Es war schon beinahe Mittag, als ich unter der Dusche stand und mir noch einmal alles durch den Kopf gehen ließ, besonders die Dinge, die geschehen waren, als ich ein Telefon gesucht hatte.

Man hatte mich nicht eben unterstützt, ich hatte deutlich werden müssen. Schließlich hatte jemand ein Einsehen gehabt und mich zu einem Apparat geführt, vielleicht auch nur deshalb, weil ich Polizist war.

Der Rest war Routine gewesen. Die Kollegen erschienen, sie begannen mit der Spurensicherung, die mich nicht interessierte, denn ich hatte andere Sorgen.

Ich vermißte Dolores Sirc.

Was mit ihr geschehen war, wußte ich nicht, dafür war ich einfach zu lange bewußtlos gewesen. Jedenfalls war sie nicht da, und dies bereitete mir Sorgen.

Ich war im Haus mittlerweile bekannt und konnte deshalb mit einigen Bewohnern reden, ohne gleich angegangen zu werden. Dolores hatte niemand gesehen.

Ob ich den Aussagen trauen durfte oder nicht, das war mir nicht klar, ich nahm sie jedenfalls hin. Ein Junge zeigte mir noch Schlupfwege, die eine Person wie Dolores genommen haben könnte.

Das sah nicht gut aus.

Die Kollegen wollten meine Aussagen protokollieren. Ich gab nur Stichworte, nahm alles auf meine Kappe, und der Arzt wunderte sich darüber, daß bei meiner Aktion kein Blut geflossen war.

»Erklärung, Sinclair?«

»Nehmen Sie mir die ab?«

»Ich weiß noch nicht.«

Meine Lippen verzogen sich zu einem bitteren Lächeln. Es gab bei mir ein Problem. Die ›normalen‹ Kollegen konnten noch immer nicht so recht akzeptieren, daß ich mich mit Fällen beschäftigte, bei denen rationale Erklärungen schwerfielen. Und es fiel ihnen außerdem schwer, meine Sondervollmachten zu akzeptieren.

»Reden Sie doch, Inspektor.« Der Doktor blieb hartnäckig.

»Ich habe dieser Gestalt den Kopf abgeschlagen. Sie sieht zwar aus wie ein Mensch, doch sie ist keiner. Der Mann war ein Zombie, verstehen Sie? Ein Untoter. Und Untote haben es so an sich, daß sie nicht bluten. Das ist wie bei normalen Toten.«

Der Arzt schaute mich an. »Aha«, sagte er nur und drehte sich dann zur Seite.

Ob er mir glaubte oder nicht, war mir egal. Ich wollte sowieso nicht lange bleiben, ich war müde, kaputt, hatte Kopfschmerzen, sehnte mich nach Schlaf und nach einer Flasche Bier, um endlich den schlechten Geschmack im Mund wegzuspülen.

Man brauchte mich hier nicht mehr, man schien sogar froh zu sein, mich loszuwerden. Was folgte, war Bürokram, aber auch den würde ich überstehen.

Ich stellte die Dusche ab. Es war müßig, wenn ich mich mit Vergangenheit beschäftigte. Nur die Zukunft war wichtig, denn ein As fehlte in meinem Blatt.

Das wußte auch Suko, den ich informiert hatte. Er war mit diesen Informationen zum Yard gefahren, weil auch der Superintendent eingeweiht werden mußte.

Der dumpfe Druck in meinem Kopf ließ sich ertragen. Topfit fühlte ich mich zwar nach dieser Dusche noch immer nicht, aber im Laufe des Tages würde sich das hoffentlich legen.

Glenda Perkins, ein schwarzhaariges Wesen und gleichzeitig meine Sekretärin, empfing mich mit den Worten: »Spät kommt er, aber er erscheint ja doch.«

»Die Pflicht ruft eben.«

»Sie sehen lädiert aus.«

»So fühle ich mich auch.«

»Und weiter?«

Ich hob die Schultern. »Nichts weiter. Ach so, wie geht es Sheila Conolly? Haben Sie etwas von ihr gehört?«

»Leider nicht.«

»Okay, ich werde Bill bei Gelegenheit mal anrufen.« Ich schnupperte. »Ha, der Kaffee ist fertig.«

»Nehmen Sie eine Tasse mit ins Büro. Dort wartet übrigens Ihr neuer Schatten auf Sie.«

»Suko?«

»Wer sonst?«

Ich lächelte Glenda an. »Seien Sie froh, daß ich nicht Jane Collins als meinen Schatten ansehe.«

»Ha, ha.«

Mit der gefüllten Tasse balancierte ich in mein Büro, wo Suko auf einem Stuhl hockte und ins Leere schaute. Als ich eintrat, drehte er den Kopf und nickte. »Alles klar?«

Ich stellte die Tasse ab. Bisher hatte ich es geschafft, jetzt aber schwappte etwas von der braunen Brühe über. Ich fluchte. »Ja, es ist alles klar.«

»Das hörte sich nicht gut an.«

»So gut ist es auch nicht.« Ich schlürfte den Kaffee. »Deshalb frage ich dich. Hat die Fahndung etwas ergeben?«

Suko hob die Schultern. »Was willst du, John? Ich gehöre nicht zum Yard. Mir wird man kaum etwas offiziell sagen. Aber dein Chef war da. Er will dich sprechen, und ich glaube, daß es keinen großen Erfolg gegeben hat. Leider.«

»Das dachte ich mir.«

»Diese Frau ist ein Rätsel, John. Zumindest für mich. Aber wie stufst du sie ein?«

»Keine Ahnung. Ich war weggetreten, als ihr die Flucht gelang. Sie kann sich überall versteckt haben. Dolores Sirc ist die berühmte Stecknadel im Heuhaufen, wenn du verstehst.«

»Hast du keinen Hinweis?«

»Im Prinzip nicht, aber…«

Jemand öffnete die Tür, ohne zuvor anzuklopfen. Es war James Powell, mein Boß. Hinter den dicken Gläsern der Brille bewegten sich seine Augen. Es war nicht zu erkennen, ob er sauer war oder nicht. Er würde allerdings länger bleiben, denn er setzte sich nicht nur, Glenda brachte ihm auch ein frisch gefülltes Glas mit kohlesäurefreiem Wasser, für das sich der Superintendent mit einem Nicken bedankte.

»Nun?«

Ich leerte die Tasse mit einem letzten Schluck. »Da die Fahndung nichts ergeben hat, sieht es nicht gut aus.«

»Das dachte ich mir.«

»Tut mir leid«, sagte ich, »denn ich kann mir beim besten Willen nicht vorstellen, wohin Dolores sich gewandt haben könnte.«

»Denken Sie doch mal nach.«

»Das habe ich schon.«

»Wohl nicht gut genug. Ach so, fühlen Sie sich überhaupt wohl?«

»Es läßt sich aushalten.«

»Gut, weiter im Text. Wir wissen nicht, wo sich diese Person versteckt hält, aber ich könnte mir vorstellen, daß sie ihren, sagen wir, Dunstkreis nicht verläßt.«

»Hm.« Ich überlegte, weil ich mit der Bemerkung nicht so recht etwas anfangen konnte, im Gegensatz zu Suko, der hinzufügte: »Sie meinen, daß sie wieder dorthin zurückgekehrt ist, wo sie herkam. Zu ihren Landsleuten gewissermaßen.«

»Das ziehe ich ins Kalkül. Sollten Sie auch, John.«

Ich hob die Schultern. »Anscheinend bin ich noch etwas lädiert. Die letzte Nacht war nicht eben super.«

»Wollen Sie nach Hause fahren und sich wieder hinlegen? Einen Tag kommen wir auch ohne Sie zurecht.«

»Nein, ich bleibe. Es ist doch egal, wo ich mich aufhalte, denke ich. Wichtig ist die Frau.«

»Was glauben Sie?«

»Wie meinen Sie das?«

James Powell legte die Stirn in Falten. »Ich möchte wissen, ob sie noch ein normaler Mensch ist. Könnten Sie sich vorstellen, daß sie bereits zu einem Zombie...«

Ich ließ meinen Chef nicht ausreden. »Ja, alles ist möglich. Ich weiß einfach zu wenig. Ich lag im Zimmer und – na ja, der Schlag gegen den Kopf.«

»Daß Ihnen das immer zur unrechten Zeit passieren muß...« Powell schüttelte den Kopf. »Aber lassen wir das. Gehen wir einmal davon aus, daß diese Person, wie auch immer und als was auch immer, überlebt hat. Vielleicht ist sie ein Zombie, und sie wird wissen, daß Sie ihren Geliebten getötet haben.«

»Ich nehme es an.«

Der Superintendent trank von seinem Labberwasser. »Was folgern Sie daraus?«

Ich lächelte. »Das gleiche wie Sie. Wenn Dolores erfährt, was mit ihrem Herrn und Meister geschehen ist, dreht sie durch. Dann wird sie den Schuldigen suchen.«

»Und das sind Sie, John.«

»Genau.«

Wir schwiegen, hingen dabei unseren Gedanken nach, aber mir war klar, daß wir alle das gleiche dachten. Ich befand mich in Gefahr, weil mir eine Mörderin auf den Fersen war und ich mit heimtückischen und lebensgefährlichen Angriffen rechnen mußte.

»Wollen Sie Schutz haben, John?«

Mit beiden Händen winkte ich ab. »Um Himmels willen, nein, ich komme schon allein zurecht.«

»Hoffentlich«, sagte James Powell. »Jedenfalls läuft die Fahndung noch. Erfolgsgarantien wird es keine geben, denn ich rechne damit, daß diese Person verdammt gute Verstecke kennt.«

»Da haben Sie recht.«

Sir James schaute mich an. »Sie gefallen mir nicht, John. Sie sehen erschöpft und matt aus. Ich weiß nicht, ob Sie in der Lage sind, einen Zombie-Angriff abzuwehren…«

»Sie trauen mir auch gar nichts zu.«

»Das hat damit nichts zu tun, John. Sie haben bisher einiges überstanden, ich gehe jedoch davon aus, daß Sie sich auf andere Gegner konzentrieren sollten als auf irgendwelche lebende Tote. Denken Sie an den Schwarzen Tod, an diesen Myxin ebenfalls, da ist es schon gut, wenn Sie den Kopf frei haben.«

»Worauf wollen Sie hinaus, Mr. Powell?«

Mein Chef deutete auf Suko. »Er spielt eine große Rolle in meiner Planung.«

»Warum?«

»Suko wird Ihnen den Rücken freihalten. Er wohnt nebenan. Sie können sich zu zweit besser wehren.«

Ich sah Sukos Grinsen und fühlte mich plötzlich wie ein Kind, das in Schwierigkeiten geraten war. James Powell, das wußte ich, würde sich nicht beirren lassen, und ich konnte mich nicht dagegen stemmen. »Gut, ich denke auch so. Sie haben mich überzeugt.«

»Das glaube ich Ihnen zwar nicht, ist aber egal. Noch etwas. Ich werde Sie jetzt untersuchen lassen. Gehen Sie zu unserem Arzt, suchen Sie sich einen aus, und fahren Sie dann nach Hause. Ein Tag Bettruhe kann nicht schaden.«

»Was ist mit Suko?«

»Der kann an Ihrem Bett sitzen und Wache halten. Das ist alles.«

Eigentlich hätte ich protestieren müssen, aber mein Chef hatte recht. Fit fühlte ich mich nicht. Mein Schädel brummte noch immer leicht, und es war auch für mich nicht einfach, gegen einen lebenden Toten zu bestehen.

Ich stand auf. »Wir sehen uns dann morgen, Mr. Powell.«

»Ja, das meine ich auch.« Seine Stimme klang zufrieden wie die eines Siegers...

War sie ein Zombie, war sie Mensch?

Dolores Sirc wußte es selbst nicht genau. Als Zombie hätte sie nicht denken und auch nicht handeln können, sie aber war tatsächlich in der Lage, Pläne zu schmieden.

Zwar fiel es ihr nicht so leicht wie früher, aber das Denken funktionierte einigermaßen, und darüber war sie froh. Dolores hatte versucht, sich in die Rolle der Polizei hineinzudenken, und war zu dem Schluß gelangt, daß gewisse Dinge vorausgesehen werden konnten. Und deshalb wollte sie entgegengesetzt handeln, als man von ihr erwarten würde.

Nicht wieder zurückgehen in ihre normale Wohnumgebung, sondern an einen anderen Ort.

Zwei standen zur Auswahl. Sie hätte sich in dem von den Rockern halb zerstörten Gartenhaus verstecken können oder aber dorthin gehen, wo sie den Blonden kennengelernt hatte.

In die Kneipe. Je länger sie darüber nachdachte, um so besser fühlte sie sich. Ja, das Denken fiel ihr viel leichter. Es konnte auch damit zusammenhängen, daß sich ihre Pläne um diesen Sinclair drehten. Wie dem auch sei, sie hatte sich entschieden.

Sich seine Telefonnummer zu besorgen, fiel ihr nicht schwer. Bei Scotland Yard wollte sie nicht anrufen, diesen Mann mußte sie privat erwischen.

Er wohnte am Rande von Soho und würde eine ziemliche Strecke fahren müssen, um den Treffpunkt zu erreichen.

Dolores schlüpfte in eine Zelle. Geld hatte sie, nicht viel, aber es würde für sie in den nächsten Tagen reichen. Als sie die einzelnen Zahlen der Nummer wählte, verzerrte sich ihr Gesicht.

Sie wollte Sinclair vernichten. Er sollte einen Tod sterben, für den es keine Worte gab.

Dann schrak selbst sie als lebender Leichnam zusammen, als sie die Stimme des Verhaßten hörte…

Sollte ich – sollte ich nicht?

Ich hatte hin und her überlegt und mich dann entschlossen, es doch zu tun.

Und zwar allein, ohne Suko Bescheid zu geben. Das hier war ein Fall, der im Prinzip nur mich etwas anging, denn ich war rein zufällig in ihn hineingeraten. Deshalb zögerte ich auch nur kurz, bevor ich mich entschied, diese einsam liegende Kneipe mit dem ausgestreckten Arm als Gag einen Besuch abzustatten.

Im Hellen fuhr ich los, und noch im Hellen erreichte ich die menschenleere Gegend. Zu einem Arzt war ich nicht gegangen. Zwar fühlte ich mich nicht super, aber immerhin so fit, daß ich auf eine Behandlung gut und gern hatte verzichten können.

Bei Tageslicht sah die Gegend ebenso trübe aus wie in der Nacht. Da war kaum ein Unterschied festzustellen. Ich erkannte den Bahndamm wieder, ich sah auch das mächtige Gestänge der Brücke und stellte meinen Wagen später auf dem gleichen Platz ab wie schon einmal.

Dann stieg ich aus.

Schon auf der Fahrt hatte ich mich umgesehen, weil ich damit rechnete, möglicherweise Dolores Sirc zu sehen. Das war nicht der Fall gewesen, und auch jetzt sah ich sie nicht.

Überhaupt standen nur zwei andere Autos auf dem buckligen Wiesenparkplatz. Sie sahen so alt aus, daß selbst ein Gebrauchtwagenhändler sie kaum genommen hätte.

Unter dem starren Arm ging ich hinweg und blieb vor dem Eingang stehen. Ich warf einen Blick zurück in die anbrechende Dämmerung, die die Umgebung noch einmal schärfer hervortreten ließ. Wenig später würde sie alles verschleiern.

Ich drückte die Tür auf.

Drei Gäste waren da.

Einer saß an der Theke, die beiden anderen hockten an einem Tisch und gossen Bier in sich hinein.

Der Keeper – an seinem Aussehen und der Kleidung hatte sich nichts verändert – riß die Augen auf, als er mich sah. Beinahe wäre ihm ein Glas aus der Hand gerutscht.

»Sie – Mister?«

Ich schloß die Tür und ging dem staunenden Gesicht des Keepers entgegen. »Ja, Sie sehen richtig, ich bin es.«

Er konnte es noch immer nicht begreifen und schüttelte den Kopf. »Das ist nicht zu fassen.«

Ich blieb vor der Theke stehen und legte meine Hände auf den Handlauf. »Ich weiß nicht, ob das so schlimm ist. Ich jedenfalls finde das nicht.«

Der Wirt dachte anders darüber. Er sagte zwar nichts, doch sein Gesichtsausdruck sprach Bände. In ihm las ich die Feindseligkeit, die er mir gegenüber empfand. »Was ist los, verdammt? Sie passen nicht zu uns! Was wollen Sie hier?«

»Ein Bier trinken.«

Er strich über seine Nase. »Okay, das können Sie haben. Ein Bier, und dann verschwinden Sie wieder.«

Ich blieb gelassen. »Warum?«

»Das habe ich Ihnen schon gesagt.« Er stand am Zapfhahn und schaute zu, wie die braune Brühe in den Krug rann. »Sie sind anders als meine Gäste.« Er stellte den Krug vor mich. »So, und jetzt...«

»Was jetzt?«

Scharf fixierte er mich. »Wollen Sie die Wahrheit wissen, Mister?«

»Ja – gern...« Ich trank, wurde dabei genau beobachtet, dann nickte der Keeper und räusperte sich gleichzeitig.

»Also gut. Ich habe hier zwar kein Bombengeschäft, aber mein Blick für Menschen hat sich im Laufe der Zeit geschärft.« Er schaltete das Licht an, und drei Lampen über der Theke gaben ihren Schein ab.

»Was hat das mit mir zu tun?«

»Ganz einfach. Sie sind genau der Typ, der in ein gewisses Schema hineinpaßt.«

»Toll – in welches denn?«

Er spitzte die Lippen und sagte leise, aber für mich verständlich: »Bulle…«

Ich gab ihm keine Antwort und trank. Als die Hälfte des Krugs leer war, entschloß ich mich, ihm die Wahrheit zu sagen. »Ja, kann sein. Wäre das so schlimm?«

»Ich mag keine Bullen.«

»Hat das einen Grund?«

»Ja.«

»Reden Sie.«

»Nein, das liegt lange zurück. Trinken Sie Ihr Bier aus, Mister.«

Ich ließ den Krug stehen, zündete mir eine Zigarette an und sagte wie nebenbei: »Das Mädchen – Dolores heißt es wohl – ist nicht tot.«

Der Keeper zuckte herum. »Was soll das heißen?«

»Erinnern Sie sich nicht? Die Kleine ist doch gegangen und hat erklärt, daß sie sterben wollte. Ich fuhr ihr nach und habe sie tatsächlich retten können.«

»Ach nee…«, er staunte und schüttelte den Kopf. »Retten können? Wo denn?«

»Von der Brücke.«

»Und dann?«

Ich hob die Schultern. »Sie haben sie nicht zufällig heute schon gesehen?«

»Nein, sie war nicht hier.«

Ich hatte den Wirt beobachtet und festgestellt, daß er mich nicht anlog. »Schade, dabei bat sie mich, hier in Ihrem Lokal auf sie zu warten. Na ja, vielleicht kommt sie noch.«

Der Mann hinter der Theke wollte etwas sagen, doch gerade jetzt wurde die Tür von außen aufgestoßen. Auch ich hörte das Geräusch und rechnete damit, daß Dolores die Kneipe betreten würde, aber in einen Jungen mit blonden Haaren konnte sie sich nicht verwandelt haben, denn er war es, der auftauchte.

Ich wußte sofort, daß sein Erscheinen etwas mit mir zu tun hatte, und drehte der Theke auch weiterhin den Rücken zu. Der Junge war verunsichert, in der rechten Hand hielt er einen schmalen Briefumschlag. Er ging noch einen Schritt weiter und sagte: »Ich suche einen John Sinclair, bitte…«

Ich hob den Arm. »Das bin ich.«

Der Junge war erleichtert, mich gefunden zu haben. Er trat auf mich zu und gab mir den Umschlag. »Den soll ich Ihnen geben, Mister.«

»Von wem?«

»Von einer Frau.«

»War sie dunkelhäutig?«

»Ja.«

»Wo hast du sie getroffen?«

»Sie kam zu uns auf den Hof. Wir – wir wohnen hier in der Nähe und züchten Kühe.«

»Das stimmt«, sagte der Wirt.

»Kann ich jetzt gehen?« fragte mich der Kleine.

»Okay, danke.« Ich drückte ihm eine Münze in die Hand und öffnete den Umschlag.

Der Wirt hielt sich zurück. Er versuchte auch nicht, über meine Schulter zu schauen, während ich die hastig auf das Papier gekritzelte Nachricht las.

KOMM ZUR BRÜCKE!

Nicht mehr und nicht weniger stand auf dem Zettel, den ich einsteckte.

»Zufrieden?« fragte mich der Wirt.

»Ja«, sagte ich, drehte mich um und legte Geld auf den Tisch. »Kann sein, daß ich noch mal zurückkomme.«

Dann verließ ich die Kneipe…

Draußen war es fast dunkel geworden. Ich nahm nicht den Bentley sondern ging den Weg zu Fuß. Diese Nachricht bereitete mir Kopfzerbrechen. Nicht wegen der drei Worte, die waren schon okay, mich beschäftigte vielmehr die Tatsache, daß sie von Dolores Sirc geschrieben worden waren.

Von einem Zombie!

Genau das wollte mir nicht in den Kopf. Ich war sicher, daß sie eine lebende Leiche war. Noch nie hatte ich davon gehört, daß diese Untoten in der Lage waren, zu schreiben. Das wollte mir einfach nicht in den Kopf. Da stimmte irgend etwas nicht. Entweder hatte sie die Nachricht von jemandem schreiben lassen, oder aber sie war eine besondere Gattung von lebender Leiche und Wiedergängerin.

Diese beiden Vermutungen sorgten nicht eben dafür, daß meine Zuversicht wuchs.

An der Brücke wollte sie sein. Genau an dem Platz, wo alles begonnen hatte.

Diesmal würde ich ihr Leben nicht mehr retten müssen. Ich mußte vielmehr achtgeben, daß sie mich nicht tötete, denn darauf würde es meiner Ansicht nach hinauslaufen. Sie würde sich einen Ort aussuchen, wo sie aus dem Hinterhalt zuschlagen konnte. Die Dunkelheit gab ihr die entsprechende Deckung.

Ich hatte mich von der Kneipe schon ziemlich weit entfernt. Als ich mich umdrehte, sah ich den hellen Arm nur noch als einen verschwommenen Lichtfleck.

Mir wollte nicht in den Kopf, daß jemand in einer so einsamen Gegend ein Lokal führen und davon leben konnte. Nur wenige Gäste verirrten sich hierher, aber die brachten sicherlich Durst mit, ähnlich wie bei dem Wirt, der in der Wüste ein Lokal hatte. Da kam nur einmal im Jahr ein Gast vorbei, aber der hatte dann einen immensen Durst und trank die Fässer leer.

Etwas rauschte ratternd und brausend aus der Ferne hinter mir heran. Als ich mich umdrehte, sah ich den breiten Schatten über den Damm huschen. Ein Zug fuhr vorbei. Er war schnell und glitt wie eine Schlange mit zwei hellen Augen durch die Finsternis.

Ich blieb unten am Damm stehen, sah hinauf und blickte dem Schatten nach, der über mir vorbeihuschte. Es war ein Personenzug. Hinter den Wagenfenstern brannte Licht. Wegen der hohen Geschwindigkeit liefen die einzelnen hellen Flecken ineinander, und es sah so aus, als wäre der Zug an dieser Seite mit einem hellen Lichtstreifen versehen. Ich befand mich bereits nahe der Brücke und hörte, wie der Zug über die Eisenkonstruktion hinwegratterte.

Ich ging weiter.

Wind wühlte meine Haar auf. Er legte sich wieder, als der Zug vorüber war. Die Brücke ragte vor mir auf. Dunkel, mächtig, irgendwie drohend. Ich blieb stehen und überlegte, ob ich auf der Dammseite hochklettern und mich auf die Gleise stellen sollte.

An der Brücke wollte mich meine ›Freundin‹ erwarten.

Ich ging davon aus, daß sie mich bereits jetzt beobachtete. Die Dunkelheit schützte sie gut, sie konnte sich katzengewandt bewegen, aber ich bemühte mich ebenfalls, so lautlos wie möglich zu gehen. Für mich war es schon jetzt ein gegenseitiges Belauern, wobei ich mich in der schwächeren Position befand. Ein wenig bedauerte ich es jetzt, Suko nicht mitgenommen zu haben.

Unsinn, es mußte auch ohne ihn gehen. Er war schließlich nicht mein Kindermädchen.

Es gab keinen anderen Weg. Um auf die Brücke zu gelangen, mußte ich den Dammhang hochklettern. Das Spiel kannte ich schon. Die Böschung war nahe der Brücke relativ steil, und mit dichtem Gras bewachsen.

Dann sah ich den Schatten.

Er stand über mir.

Ich hatte meinen Kopf in den Nacken gelegt und die Gestalt im letzten Augenblick gesehen.

Dolores war da.

Und sie bewegte sich.

Etwas flog auf mich zu. Es war dick, dunkel und rund. Ich wußte nicht genau, was es war, ich wollte noch den Kopf einziehen, aber es war leider zu spät.

So richtig erwischte mich der Stein nicht, er streifte schmerzhaft an meinem linken Ohr entlang und brachte mich aus dem Konzept. Instinktiv schnellte ich hoch und zur Seite.

Auf ebenem Boden wäre alles kein Problem gewesen. Aber der Damm war einfach zu steil.

Ich verlor das Gleichgewicht. Fangen konnte ich mich nicht mehr, ich kippte zurück, landete auf dem Rücken, und ab ging die Rutschpartie nach unten.

Während ich mich überschlug, hörte ich die wütenden Schreie der Frau. Sie folgte mir. Für einen kurzen Moment sah ich, wie elegant sie den Hang hinabglitt, da war sie mir überlegen.

Wir waren ungefähr gleich schnell. Während ich mich noch überschlug, schnellte Dolores auf mich zu und stoppte mich.

Bevor ich handeln konnte, lag ich auf dem Rücken, und sie hockte auf mir.

Sie starrte mich an.

Ich aber konzentrierte mich nicht auf ihr Gesicht, sondern einzig und allein auf die rechte Hand.

Drei ihrer Finger waren mit den gleichen langen goldenen Spitzen versehen, die über Bebelles Finger gestreift gewesen waren. Sie hatte sie ihm abgenommen, und wie drei Messerspitzen berührten sie nun meine Kehle…

Wenn sie jetzt zustieß, war es vorbei!

Das schoß mir durch den Kopf. Deshalb blieb ich still liegen, um Dolores nur nicht zu provozieren. Mein Chef hatte recht behalten. Ich hätte ein »Kindermädchen« mitnehmen sollen, doch ich war wieder einmal zu stolz gewesen.

Sie starrte mich an.

War das noch ihr Gesicht?

Ja, es stimmte, aber es hatte sich in eine Maske verwandelt. Es war leblos, kein Atem wehte aus ihrem Mund. Nicht ein Stückchen Haut zuckte, auch die Lippen bewegten sich nicht. Sie blieb wie eine Statue auf und über mir hocken.

Ein weiblicher Zombie also…

Wirklich ein Zombie? Ich war mir nicht sicher. Obwohl sie nicht atmete, wollte ich nicht daran glauben. Da war etwas, das mit dem reinen Zombie-Dasein nicht viel zu tun hatte. Ich erinnerte mich an meinen ersten großen Fall, als ich mit dem Hexer zusammengetroffen war. Er hatte die Toten aus den Gräbern geholt, die aber hatten anders ausgesehen und reagiert.

Okay, die hatten schon jahrelang in den feuchten Löchern gelegen, aber im Prinzip mußten sie einfach gleich mit Dolores Sirc sein.

Sie waren es nicht.

»Kannst du reden?« fragte ich.

»Ja.«

Kein Atem, aber eine Antwort. »Gut«, sagte ich, »du solltest mir etwas verraten, Dolores.«

»Was?«

»Bist du ein Zombie?«

Sie hatte wohl damit gerechnet, daß ich um mein Leben bettelte. Da dies nicht eingetreten war, zeigte sie sich irritiert und wollte wissen, was die Frage bedeutete.

»Bist du eine lebende Leiche? Fühlst du noch menschlich, oder ist jegliches Gefühl in dir erloschen?«

»Ich gehöre zu ihm, aber er ist nicht mehr.«

»Ja, das weiß ich. Und er hat bei dir für diese Veränderung gesorgt, nicht wahr?«

»Ich wollte es so.«

Allmählich tastete ich mich an die Sache heran. Es fiel mir nicht leicht, ruhig zu bleiben, doch sie schien kooperativ zu sein, denn auch auf meine nächste Frage antwortete sie. »Was hat er mit dir gemacht?«

»Er liebt mich.«

»Weiter, Dolores. Was tat er mit dir?«

»Er gab mir den Trank als Zeichen seiner Liebe. Ja, er reichte mir den Becher.«

»Womit war er gefüllt?«

»Es war gleichzeitig der Liebestrank und der Todestrank, der mir ein neues Leben eröffnete, das ich nun lebe und mit dem ich hochzufrieden bin.«

»Nur den Trank?« fragte ich.

»Ja.«

»Das war ein Gift!«

»Nein, das war Leben.«

»Du bist nicht tot gewesen!« sagte ich mit beschwörend klingender Stimme. »Bitte, Dolores, du mußt mir glauben. Er hat dich nicht getötet, um dich als lebende Leiche zurückkehren zu lassen. Vielleicht ist er ein echter Zombie gewesen, aber du bist es nicht. Du lebst, Dolores. Der Trank hat dich nur verändert, aber du bist nicht als leblose Hülle aus dem Reich der Schatten zurückgekehrt. Sonst hättest du anders, ganz anders reagiert, das mußt du mir glauben.«

Sie lachte böse und schrill. »Du hast Angst, Hundesohn! Du hast Angst wie jeder Mörder, der vor seinem Henker steht. Ich brauche deinen Tod, ich fühle mich dann besser, wenn du nicht mehr lebst. Ich werde dir den Hals aufreißen und zusehen, wie dein Blut aus den Wunden sprudelt…«

»Ja, Blut, das ist es«, sagte ich und unterbrach damit ihren hastigen Redeschwall.

»Wieso? Was soll das?«

»Wir müssen es versuchen! Du willst doch auch wissen, wer du wirklich bist.«

»Mit Blut?«

»Durch dein Blut, Dolores!«

»Hör auf!« schrie sie. »Ich – ich will und kann es nicht mehr hören! Sei still!«

Sie war erregt. Ich sah einen Glanz in ihren Augen, der zwar gefährlich war, aber trotzdem nicht zu einem Zombie paßte. Der war schon wieder menschlich.

Sie wollte den Mord.

Ich aber wollte leben.

Noch hockte sie auf mir. Je mehr Zeit verstrich, um so stärker spürte ich ihr Gewicht. Sie war sich ihrer Sache sehr sicher, auch deshalb, weil ich mich bisher nicht gerührt hatte. Meine Arme lagen frei, aber schon das geringste Zucken der Hände würde ausreichen, um sie falsch reagieren zu lassen.

Ich mußte es trotzdem probieren.

Die rechte Hand hatte ich etwas angehoben. Dabei versuche ich, Dolores abzulenken. Ich hatte gequält Luft geholt und fing nun an, um mein Leben zu betteln. »Bitte, laß uns darüber reden! Ich habe dir das Leben gerettet, ich habe…«

»Du hast Bebelle getötet!«

»Er wollte mich killen.«

»Ja, ja, ja!« brüllte sie. »Nicht ohne Grund, denn du hättest uns alles ka…«

Ich schlug zu.

Es war eine wischende und kaum erkennbare Handbewegung, mit der ich ihr Gelenk zur Seite drosch. Etwas ratschte von links nach rechts hart, schmerzhaft und heiß über die dünne Haut meiner Kehle hinweg. Es würden Wunden zurückbleiben, die aber störten mich nicht. Ich wuchtete meinen Körper einen winzigen Moment später in die Höhe, und Dolores Sirc flog von mir, als hätte ich ihr einen Schlag mit einer Stange versetzt.

Sie prallte rücklings ins Gras, überrollte sich, sprang auf, keuchte – und lief in einen weiteren Schlag hinein.

Ihr Kopf zitterte, als der Berettalauf ihn traf. Ich hatte sie genau an der Schläfe erwischt, und ich hatte bewußt so zugeschlagen. War sie ein echter Zombie, würde sie hinfallen und wieder aufstehen. Wenn nicht, dann mußte sie einfach bewußtlos werden.

Dolores torkelte. Der Treffer hatte ihren Schwung gebremst. Sie wankte weder vor noch zurück. Sie blieb auf der Stelle stehen, schwankte aber wie ein dünner Baum im Wind.

Dann brach sie in die Knie, fiel auf den Boden, faltete sich dort regelrecht zusammen und rührte sich nicht mehr.

Ich beugte mich über sie.

Dolores Sirc war tatsächlich bewußtlos geworden. Vor mir lag keine lebende Leiche. Der Stein, der mir dabei vom Herzen fiel, den hörte ich deutlich plumpsen.

Ich fesselte sie sicherheitshalber, nahm sie hoch und trug sie zu meinem Wagen. In die Kneipe ging ich nicht mehr. Ich startete so schnell wie möglich und brachte die Frau zu einem Krankenhaus. Mit Sirene und Rotlicht fuhr ich, weil ich das Gefühl hatte, daß es auf jede Sekunde ankam.

In der Notaufnahme nahm man mir die Frau ab. Ein Arzt wollte mit mir sprechen, um sich die entsprechenden Informationen zu holen. Ich stand da ziemlich dumm im Flur und konnte nur die Schultern heben. »Tut mir leid, Doc, aber ich weiß nur, daß die Frau Gift getrunken hat.«

»Welches und wann?«

Ich konnte ihm nur die ungefähre Zeit andeuten. Sein Gesicht verschloß sich. »Das sieht nicht gut aus. Das Zeug wird längst in der Blutbahn sein, fürchte ich.«

»Versuchen Sie es trotzdem.«

»Ja, aber wir müssen auch den Schlag gegen ihren Kopf berücksichtigen.« Ich hob nur die Schultern. Wie immer in einem Krankenhaus fühlte ich mich hilflos, denn hier konnte ich nichts tun und nur darauf hoffen, daß andere keine Fehler begingen.

Warten, nur warten…

Und wenn es Stunden dauerte, ich wollte nicht eher gehen, bis ich Bescheid wußte.

Irgendwann kam der Arzt. Er sah so übermüdet aus wie ich, blieb vor mir stehen und hob die Schultern.

»Tot« fragte ich.

»Nein.«

»Aber?«

»Sie können gehen. Es wird Tage dauern. Vielleicht ist sie scheintot, vielleicht hat man sie vergiftet und…« Er winkte ab. »Wir müssen jedenfalls einige Experimente durchführen und halten sie dabei künstlich am Leben.«

»Danke, Doc. Ach, eines noch…«

»Bitte?«

»Ein Zombie, eine lebende Leiche, ist sie nicht – oder?«

Er sah mich an, als wäre ich durchgedreht. »Wie kommen Sie denn darauf, Inspektor?«

Ich lachte. »Nichts für ungut, danke.« Dann verließ ich den Bau. Zum erstenmal seit langem ging es mir wieder richtig gut…

ENDE

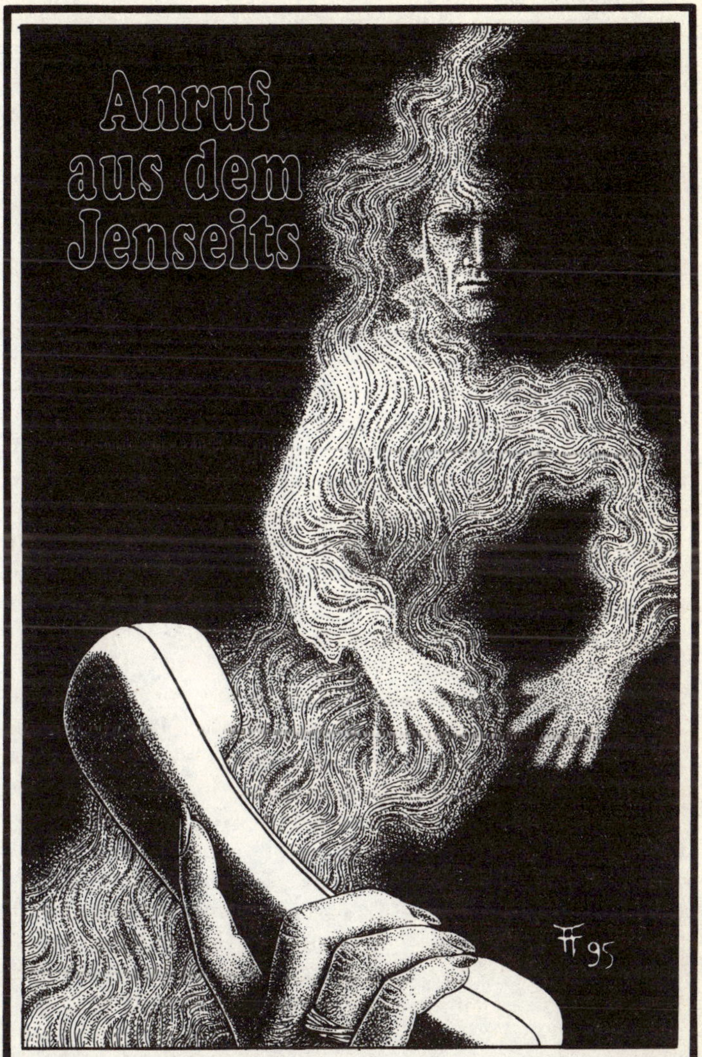
Anruf
aus dem
Jenseits
95

Grell durchschnitt das Schrillen des Telefons die Stille der Nacht. Ruckartig setzte sich Martha Ilforld in ihrem Bett auf.

»Ja?« hauchte sie verschlafen in die Muschel.

»Martha?« fragte eine Männerstimme.

»Am Apparat«, sagte sie automatisch.

»Kennst du mich nicht mehr, Martha?«

Plötzlich fühlte Martha ihren Herzschlag am Hals. Die Stimme, der Mann – mein Gott, das durfte nicht wahr sein…

»Larry?« flüsterte sie erstickt.

»Endlich, Martha. Ich bin es tatsächlich. Du hast mich vermißt, nicht wahr?«

»Neinnn…«, röchelte Martha Ilford. Der Hörer fiel ihr aus der Hand.

Martha Ilford hatte mit ihrem Mann gesprochen. Aber Larry war seit einem Jahr tot.

Der Telefonhörer baumelte dicht über dem Boden, schwang wie ein Metronom hin und her. Das Besetztzeichen tönte aus der Muschel. Sonst kein Geräusch.

Kein Atmen, keine Stimme…

Und doch hatte jemand mit Martha Ilford gesprochen. Ihr Mann. Vor genau dreizehn Monaten war er gestorben. Martha sah alles so deutlich vor sich, als wäre es erst gestern geschehen.

Larry befand sich auf dem Rückweg von einem Kunden. Es war Nacht. Die Dunkelheit hatte einen strahlenden Sommertag abgelöst. Doch plötzlich aus dem Nichts ein Gewitterregen. Im Nu waren die Straßen spiegelglatt. Und Larry Ilford fuhr viel zu schnell. Sein Wagen geriet ins Schleudern, krachte frontal gegen einen Baum.

Das Fahrzeug war total zertrümmert. Der Fahrer starb an der Unfallstelle. Larry hatte sich nicht angeschnallt und war mit dem Kopf durch die Frontscheibe geschleudert worden.

Ein schrecklicher Anblick.

Martha Ilford hatte der Tod ihres Mannes hart getroffen. Sie stand allein, war hilflos, denn Larry hatte immer alles für sie geregelt. Über finanzielle Dinge wußte Martha überhaupt nicht Bescheid, und es dauerte ein halbes Jahr, bis sie sich halbwegs zurechtfand. Zum Glück hatte Larry ihr eine hohe Lebensversicherung hinterlassen. Von dem Geld konnte sie gut leben. Sie brauchte das Geld, denn mit vierzig Lenzen war es schwer, eine Anstellung zu finden. Gerade in der heutigen Zeit.

Das Tuten riß sie aus ihren Gedanken. Martha faßte nach dem Hörer und legte ihn vorsichtig auf die Gabel. Dabei sah sie, wie sehr ihre Finger zitterten. Der Anruf hatte sie völlig verwirrt.

Aber wer verbarg sich hinter dieser Stimme? Wer wollte sie in den Wahnsinn treiben? Wen hatte sie sich zum Feind gemacht? Und vor allen Dingen – wer konnte Larrys Stimme so gut imitieren?

Daß es nicht ihr Mann war, mit dem sie gesprochen hatte, daran zweifelte sie keinen Augenblick. Tote können nicht reden. Und an Geister und Gespenster glaubte sie nicht, obwohl in letzter Zeit viel über Gespräche aus dem Jenseits geschrieben und gesprochen worden war. Für Martha Ilford war das jedoch kalter Kaffee. Sie war eine Realistin.

Sie stand auf und ging in die kleine Garderobe. Dort lagen die Zigaretten. Mit zitternden Fingern zündete sie sich ein Stäbchen an. Dabei fiel ihr Blick in den Spiegel.

Alt sah sie aus, wirklich alt. Das braune Lockenhaar wirkte stumpf. Die Mundwinkel wurden von zwei scharfen Falten umrahmt. Unter den Augen zeigten sich Krähenfüße, die Haut hatte einen gelblichen Schimmer. Das violette Nachthemd fiel wie ein Vorhang zu Boden und schwang glockenförmig auf, als Martha Ilford in den Living-room zurückkehrte.

Die Bar befand sich in einem großen Globus. Larry hatte ihn noch kurz vor seinem Tod gekauft.

Martha wählte einen alten französischen Cognac. Zwei Fingerbreit goß sie ins Glas und leerte es in drei Zügen.

Rasch breitete sich die Wärme des Getränks im Magen aus. Martha ging es gleich wieder besser, und sie redete sich selbst ein, daß dieser Anruf nur ein böser Scherz gewesen war. Jemand wollte sie auf miese Art und Weise hochnehmen.

Schon über zwanzig Minuten waren seit dem Anruf vergangen.

Das Telefon klingelte, riß sie aus ihren Gedanken.

»Nein«, stöhnte Martha, »nicht schon wieder. Bitte nicht…«

Unbarmherzig rasselte der Kasten weiter. Martha ballte die Hände zu Fäusten, hielt sich die Ohren zu, doch das Klingeln drang auch durch diesen Schutz.

Dann hielt sie es nicht mehr aus. Sie sprang auf, schnappte sich den Hörer, preßte ihn gegen das rechte Ohr und schrie: »Laßt mich doch in Ruhe!«

Wieder die Stimme. Leise, kaum zu verstehen.

»Martha, Darling… ich brauche Hilfe… Hilfe… es quält mich so. Ich kann nicht mehr… so hilf mir doch… die Geister… sie sind überall. Es ist so schrecklich… so grausam…!«

Die Stimme verwehte, war zuletzt nur noch ein Hauch, der Martha Ilfords Ohr traf.

Stille.

Dann das Besetztzeichen. Monoton, für Martha überlaut.

Sie sank auf der schmalen Couch zusammen, vergrub das Gesicht in beide Hände und schluchzte. Der Hörer lag auf ihren Knien.

»Ich kann nicht mehr«, weinte sie. »Ich kann nicht…«

Die beiden Anrufe innerhalb kurzer Zeit hatten die Frau nervlich ruiniert. Ihr Rücken verkrampfte sich. Das Schluchzen schüttelte ihren Körper. Martha Ilford war aufgeregt wie nie in ihrem Leben.

Irgendwann legte sie den Telefonhörer auf. Sie tat dies mit einer mechanischen roboterhaften Geste. Hinter ihrer Stirn pochte es. Kopfschmerzen. Sie wurden von Minute zu Minute stärker. Martha nahm eine Tablette, löste sie in Wasser auf und trank.

Dann folgte die Angst. Noch weitere dieser Anrufe, und sie würde einen Herzschlag bekommen. Plötzlich haßte sie das Telefon. Haßte diesen graugrünen Apparat, der sie höhnisch anzugrinsen schien. Wutentbrannt lief sie auf ihn zu, hob ihn hoch und wollte ihn gegen die Wand schmettern.

Im letzten Augenblick hielt sie inne. Sie begriff, wie absurd diese Reaktion wäre.

Sollte sie die Polizei anrufen? Martha Ilford wählte ohne zu zögern die Nummer des nächsten Polizeireviers. Dabei ahnte sie nicht, daß sie bereits die dritte Anruferin war. Die beiden vor ihr hatten das gleiche Problem.

Das Jenseits tauchte aus dem Nebel auf und meldete sich. Und niemand ahnte, daß dies erst der Beginn eines unglaublichen, geisterhaften Falles war…

Moderne Kunststoffjalousien filterten das grelle Sonnenlicht. Trotzdem war es warm in dem großen Living-room der Conollys. Die Hitze lastete bereits seit Tagen über London und machte Mensch und Tier schwer zu schaffen.

Sheila litt besonders unter den Temperaturen. Sie war in Umständen und rechnete jeden Augenblick mit dem Eintreten der ersten Wehen.

Sheila lag auf einer bequemen Liege, während Bill, ihr Mann, wie ein gereizter Tiger im Raum hin und her lief.

Die blondhaarige Frau lächelte. »Nun sei doch nicht so nervös, Darling. Ich bekomme das Kind, nicht du.«

Bill blieb stehen und rang in komischer Verzweiflung die Hände. »Das ist es ja gerade. Wenn ich das Kind bekommen würde, wäre alles gar nicht so schlimm. Aber du glaubst nicht, wie ich leide. Wenn ich mir vorstelle, daß du im Krankenhaus…«

»Bill!« In Sheilas Stimme schwang ein liebevoller Vorwurf mit. »Es wird schon gutgehen, glaube mir. Außerdem ist Professor Harris eine Kapazität auf seinem Gebiet. Er hat mich im Laufe der Schwangerschaft immer wieder untersucht. Und er sagt, ich sei völlig gesund. Besser könnte es gar nicht sein.«

»Trotzdem.« Bill schüttelte den Kopf.

»Komm mal her.« Sheila streckte die Arme aus.

Bill ging auf sie zu. Wie ein Schulbub zu seiner Mutter, um die schlechten Zensuren zu beichten.

Sheila nahm das Gesicht ihres Mannes in beide Hände. Sie hauchte einen Kuß auf Bills Lippen. »Ich bin so froh, daß du bei mir bist«, flüsterte sie, »und glaube mir, ich liebe dich so innig wie am ersten Tag.«

Bill nickte. Sprechen konnte er nicht. Er sah seine Frau an.

Sheila war eine Schönheit und in den letzten Monaten vielleicht noch mehr aufgeblüht. Ihr langes Haar hatte sie der Hitze wegen hochgesteckt. Sie trug nur etwas Rouge auf den Wangen, und ihre herrlichen blauen Augen wirkten wie klare Bergseen. Wenn sie lächelte, hatte Bill immer das Gefühl, auf ihrem Gesicht würde die Sonne aufgehen.

»Hast du den Koffer gepackt?« fragte Sheila.

»Ja.«

»Ich wußte gar nicht, daß du so ernst sein kannst«, flüsterte die junge Frau. »Warum lachst du nicht? Freust du dich nicht auf unser Kind?«

»Doch. Aber ich mache mir deinetwegen Sorgen.«

Sheila schüttelte den Kopf. Dann streckte sie den rechten Arm aus. »Komm, hilf mir doch. Ich möchte ein paar Schritte laufen.«

Bill hob seine Frau behutsam an. Sheila machte ein paar zögernde Schritte. Sie ging zum Fenster, drückte zwei Lamellen mit Daumen und Zeigefinger auseinander und schaute in den prächtigen Garten. Das Sonnenlicht brach sich blitzend auf der Oberfläche des Schwimmbeckens. Es war windstill.

»An diesem Anblick erfreue ich mich immer wieder«, sagte Sheila. »Unser Kind wird sich hier austoben können.«

Bill trat neben sie und legte einen Arm über ihre Schulter. »Ja, es wird sicherlich Spaß daran haben.«

In den letzten Wochen war es ruhig geworden im Hause der Conollys. Mit seinem Freund John Sinclair hatte sich Bill auf kein Abenteuer mehr eingelassen. Er wollte Sheila nicht unnötig aufregen. Sie machte sich sowieso immer zuviel Sorgen um ihren Mann. Sheila hatte eine permanente Angst um Bill. Seit ihrer Hochzeit achtete sie darauf, daß ihr Mann möglichst zu Hause blieb und dort seine Berichte schrieb. Vor der Heirat war er in die Welt gezogen, hatte von seinen Erlebnissen berichtet und war zu einem wahren Starreporter herangereift. Oft hatte er mit John Sinclair, dem Geisterjäger, gemeinsam gekämpft, und mehr als einmal war er buchstäblich im letzten Moment dem Tod von der Schippe gesprungen.

Sheila hatte seinen Tatendrang gebremst. Und Bill fügte sich.

Nur manchmal, da brach er aus, da mußte er wieder hinaus in die Welt und sich anderen Wind um die Nase wehen lassen.

»Möchtest du dich nicht wieder hinlegen?« fragte er.

»Nein, nein, Darling. Bewegung tut gut. Außerdem ist es hier nicht so heiß wie draußen.«

Sheila strich sich über ihr Gesicht. »Ich gehe ins Bad, Bill, und mache mich etwas frisch.«

»Okay.«

Sheila verließ den Living-room, der in seiner Größe schon mehr einer Halle glich.

Bill tat Eiswürfel in ein Glas und goß Orangensaft darüber. In kleinen Schlucken trank er das erfrischende Getränk.

Da klingelte das Telefon.

Rasch setzte Bill das Glas ab und meldete sich.

Rauschen. Mehr nicht.

»Hallo!« Bill räusperte sich. »Hallo, melden Sie sich! Wer sind Sie?«

Plötzlich hörte Bill eine Stimme. Sie schien vom Ende der Welt zu kommen. Bill preßte den Hörer dicht an sein Ohr, um die Stimme überhaupt verstehen zu können.

»Helft mir… das Jenseits ruft euch… ich bin Gefangener… es ist schlimm. Sheila… ich…«

Bill rann eine Gänsehaut über den Rücken. Von einer Sekunde zur anderen wurde sein Gesicht weiß. Er kannte die Stimme, hatte sie schon gehört, wußte jedoch nicht, wo er sie unterbringen sollte.

»Reden Sie lauter. Melden Sie sich doch!« rief er in den Hörer. »Was ist denn los?«

»Ich… ich… kann nicht. Es ist so schwer…«

Bill trat der Schweiß aus allen Poren. Er faßte den Anruf nicht als Scherz auf.

»Wie können wir Ihnen helfen?«

»Der Seelenhändler… ihr müßt den Seelenhändler…« Die Stimme war weg. Nur noch das Rauschen lag in der Leitung.

Bill Conolly hielt den Hörer noch ein paar Sekunden in der Hand. Als er hörte, daß Sheila die Tür zum Bad aufzog, ließ er ihn rasch auf die Gabel sinken.

Sheila erschien in der offenen Tür. »Hat da nicht eben das Telefon geläutet?«

»Ja.«

Sheila trat näher. »Und? Wer hat angerufen?«

Bill wollte seiner Frau auf keinen Fall die Wahrheit sagen und suchte fieberhaft nach einer Ausrede. »Die Zeitung«, sagte er. »Es ist von der Zeitung angerufen worden.«

Prüfend blickte Sheila ihrem Mann ins Gesicht. »Stimmt das auch?«

Bill versuchte zu lächeln. »Warum nicht? Du weißt doch, daß ich oft angerufen werde.«

»Okay, wenn du das sagst.« Sheila wollte noch etwas hinzufügen, doch dann verzerrte sich ihr Gesicht.

»Was ist?« fragte Bill hastig.

»Die Wehen, Bill.« Sheila ging unsicher zu einem Sessel. »Ich glaube, es ist soweit, Bill, ich...« Sie ließ sich in den Sessel fallen und preßte die Hände gegen den gewölbten Bauch. »Ruf in der Klinik an, Bill. Wir müssen hinfahren.«

»Ja, ja, sofort.« Bill Conolly wurde nervös. Den Anruf hatte er bereits vergessen. Jetzt zählte nur noch Sheila. Die Nummer des Krankenhauses hatte er auswendig gelernt. Als er sie in die Tastatur drückte, zitterten seine Finger.

Eine freundliche Frauenstimme meldete sich.

»Hier Conolly. Sie wissen wahrscheinlich Bescheid. Die Wehen haben bei meiner Frau eingesetzt. Also, wir...«

Bill war durcheinander. Sheila beobachtete ihn mit einem leichten Lächeln auf den Lippen.

»Immer mit der Ruhe, Mr. Conolly. Sollen wir Ihnen einen Wagen schicken, der Ihre Frau abholt?«

»Nein, nein, ich will sie selber bringen. Das schaffe ich schon.«

»Ist recht. Bis gleich dann.«

Bill legte auf. Sheilas Koffer war bereits gepackt. Er stand in der Garage. Bill hatte den Beifahrersitz des Porsche so gestellt, daß Sheila mehr lag als saß.

Der Reporter half seiner Frau beim Einsteigen. »Fühlst du dich gut?« fragte er.

»Ja.« Sheilas angespanntes Gesicht strafte ihre Antwort Lügen.

Vorsichtig fuhr Bill den Weg zum Tor hinunter, das er mit der Fernbedienung öffnete. Trotz der Sorgen, die Bill Conolly quälten, hatte er den geheimnisvollen Anruf nicht vergessen. Er beschloß, von der Privatklinik aus seinen Freund John Sinclair aufzusuchen. Der würde ihm sicherlich weiterhelfen.

Ich hockte vor meiner Schreibmaschine. Keiner elektrischen, sondern einem über zehn Jahren alten Hackkasten mit verschmierten Typen und ausgeleierten Federn.

Ich spielte Adler. Der Zeigefinger kreiste über der Tastatur, um dann blitzschnell niederzustoßen, wenn er den richtigen Buchstaben gefunden hatte.

Warum ich vor der Maschine saß? Ich mußte einen Vierteljahresbericht schreiben.

Draußen war herrliches Sommerwetter. An Dämonen und Geister wollte ich jetzt nicht denken, ich hoffte auf eine gute Fee, die mich von der schrecklichen Schreibtischarbeit erlöste.

Die gute Fee erschien.

Und zwar in Gestalt von Glenda Perkins.

Sagenhaft, wie meine Sekretärin wieder aussah. Ein buntes Sommerkleid trug sie. Weich und fließend war der Stoff, und da Glenda die drei obersten Knöpfe geöffnet hatte, konnte ich sehen, daß sie auch unterhalb des Halses sonnenbraun war.

Sie duftete nach frischem Frühlingswind. Klar, daß ich keinen Blick für die Akte in ihrer rechten Hand, sondern nur Augen für dieses schwarzhaarige Girl mit der Klassefigur hatte.

Glenda strahlte mich an. Das tat sie immer, aber seit unserem gemeinsam durchstandenen Abenteuer in Schottland lächelte sie noch eine Spur freundlicher.

Ich schoß ein vages Kompliment ab, weil mir nichts anderes einfiel. »Hübsch sehen Sie aus, Glenda.«

Sie wurde wieder rot. Fast wie immer, wenn ich mit ihr sprach. »O danke.«

»Ist das Kleid neu?«

»Ja.« Sie drehte sich etwas in den Hüften.

»Steht Ihnen gut.«

»Danke.«

»Und was bringen Sie mir Schönes?« fragte ich und lehnte mich im Stuhl zurück.

»Erst einmal die Grüße von Superintendent Powell. Der Bericht kann warten, hat er gesagt.«

Ich jubelte innerlich. »Was noch?« Glenda reichte mir die Akte herüber. Dabei beugte sie sich etwas vor. Sogar weiter, als es nötig war, hatte ich das Gefühl. Der Ausschnitt klaffte noch mehr auseinander.

Mir wurde es warm, denn was ich sah, war wirklich nicht von schlechten Eltern. Ich registrierte, daß Glenda keinen BH trug und keinen nötig hatte.

Sie ging wieder in die Senkrechte.

»Das war's.«

Ich räusperte mich. »Okay, Glenda, und vielen Dank.«

Sie schenkte mir noch ein unter die Haut gehendes Lächeln und schritt zur Tür. Wie sie dies tat, war schon eine Augenweide.

Irgendwann wurde ich bestimmt einmal schwach.

Unsinn, redete ich mir ein. Denk an deinen Job, John Sinclair. Ich dachte daran, räumte die Maschine weg, damit ich Platz hatte, trank den Rest aus der Mineralwasserflasche, zündete mir eine Zigarette an und begann den Bericht zu lesen.

Die Akte bestand aus mehreren Protokollen. Drei Anruferinnen waren telefonisch belästigt worden. Die Stimmen ihrer längst verstorbenen Verwandten hatten sie über Raum und Zeit hinweg durch den Telefonhörer vernommen. Die Polizisten, die die Fälle untersuchten, nahmen die Anrufe nicht ernst. Es gab genügend Leute, die sich einen Scherz daraus machten, ihre Mitmenschen hochzunehmen. Ich kannte auch Spanner, die alleinstehende Frauen anriefen und sie mit Obszönitäten überschütteten. Superintendent Powell war auf die Sache aufmerksam geworden. Er vermutete mehr hinter diesen Anrufen.

Ich merkte mir die Namen der Frauen. Sie hießen:

Ellen Wayne, Liz Manner und Martha Ilford.

Einen großen Fall sah ich nicht. Doch ich wollte die Damen interviewen. Es war immerhin besser, als hier zu sitzen und den dämlichen Bericht zu schreiben.

Da es sowieso schon auf den Mittag zuging, beschloß ich, erst einmal essen zu gehen.

Nur keine Hetze bei der Hitze.

Mit dem Lift fuhr ich hinunter in unsere Kantine. Das Essen schmeckte sogar, und ich war mit mir und der Welt zufrieden.

Einige Stunden später sollte es nicht mehr so sein. Doch das konnte ich zu diesem Zeitpunkt noch nicht ahnen…

Professor Harris' Privatklinik lag in einem Park. Es gab zwar keinen Zaun rund um das Gelände, aber ein Portier am Eingang der Klinik sorgte dafür, daß kein Unbefugter das Gelände betreten konnte.

Über Sheilas und Bills Ankunft war er vorher informiert worden. Sheila wurde von zwei Schwestern auf eine Trage gebettet und weggefahren.

»He«, rief Bill, »darf ich meine Frau wenigstens noch einmal sehen, bevor sie…«

Professor Harris hatte die letzten Worte des Reporters gehört. Mit elastischen Schritten kam er die Treppe herunter. »Aber sicher dürfen Sie, Mr. Conolly. Ich werde Ihnen gleich das Zimmer Ihrer Frau zeigen.« Er reichte Bill die Rechte.

Sein Händedruck war kräftig und ließ etwas von der Energie ahnen, die in diesem Mann steckte. Der Professor trug einen blütenweißen Kittel und trotz der Hitze eine korrekt gebundene Krawatte. Sein schwarzes Haar war links gescheitelt, und sein Gesicht hatte die Urlaubsbräune, die bei einigen Menschen das ganze Jahr über nicht verschwindet und andere neidisch werden läßt.

»Die Wehen haben bereits eingesetzt«, erklärte Bill. »Professor, Sie müssen…« Der Reporter war aufgeregt.

Harris lächelte beruhigend. »Keine Angst, Mr. Conolly, ich werde Ihre Frau gleich untersuchen. Wenn Sie mir bitte folgen wollen.«

»Natürlich.«

Sie betraten das klimatisierte Gebäude. Die Halle war hell und freundlich. Ein weißer Anstrich, pastellfarbene Bilder, eine lindgrüne Sitzgarnitur auf dem Terrazzoboden und viel Glas. Die Patienten genossen einen Blick in den herrlichen Park.

»Hier läßt es sich aushalten«, meinte Bill.

Der Professor lachte. »Ja, der Meinung sind alle unsere Patienten.« Sie gingen auf einen der drei Fahrstühle zu. Der Professor öffnete die Tür.

In der ersten Etage stiegen sie aus. Eine zweiflügelige Glastür schirmte diesen Verwaltungstrakt von der Krankenstation ab.

In einem kleinen Anbau mußte Bill auf Professor Harris warten, der Sheila untersuchte.

Zwanzig Minuten später war er wieder da. Auf seinem Gesicht lag ein strahlendes Lächeln.

»Ich gratuliere Ihnen zu Ihrer Frau, Mr. Conolly.«

»Wieso?«

»Sie ist physisch völlig in Ordnung. Soweit ich es beurteilen kann, wird es bei der Geburt keinerlei Komplikationen geben.«

Bill fiel ein Stein vom Herzen. »Da bin ich beruhigt«, sagte er aufatmend.

»Jetzt können sie mit Ihrer Frau ein paar Worte wechseln.«

Sie gingen zu Sheilas Einbettzimmer.

Es war geräumig. Sitzecke und Einbauschränke bestanden aus warmem Kirschbaumholz. Radio, Fernsehgerät, Telefon, Dusche und Bad waren vorhanden. Zusätzlich hatte man im Bad noch eine Sitzwanne in den Boden gelassen.

Bill setzte sich auf die Bettkante. Auch von hier aus hatte er durch das große Fenster einen herrlichen Blick in den Park hinaus. Der Reporter faßte nach Sheilas Hand.

»Der Professor sagt, es ist alles in Ordnung.«

»Na, siehst du.« Sheila streichelte Bills Arm. »Und dabei hast du dir Sorgen gemacht.«

»Wann wird es soweit sein?«

»Der Professor meint, einige Stunden könnte es noch dauern. Vielleicht in der Nacht.«

»Ich bleibe am Telefon sitzen«, versprach Bill Conolly.

»Wünschst du dir denn immer noch einen Jungen?« wollte Sheila wissen.

»Mehr denn je.«

»Es wird auch einer.«

»Woher weißt du das?«

»Ich habe es im Gefühl. Du bekommst deinen kleinen John. Und wenn du den großen John anrufst, grüß ihn bitte von mir – ja?«

»Mach ich. Ich fahre heute beim Yard vorbei.«

Sheilas Augenbrauen zogen sich zusammen. »Bill«, sagte sie vorwurfsvoll, »du wirst doch nicht etwa…«

»Nein, nein. Ich bleibe zu Hause.«

»Dann ist es gut.«

Zehn Minuten gab ihnen Professor Harris noch. Dann mußte Bill das Krankenzimmer verlassen. Von der Tür warf er noch einen Blick auf seine Frau.

Bleich lag sie in den Kissen. Bills Herz krampfte sich zusammen. Er verspürte plötzlich eine unerklärliche Angst. Er wußte nicht, weshalb. Vielleicht hing es auch mit dem geheimnisvollen Telefongespräch zusammen.

Leise schloß sich die Tür hinter dem Reporter. In Gedanken versunken ging er die breiten Stufen hinunter, stieg in seinen Wagen und fuhr ab.

Das Angstgefühl hatte sich nicht gelegt.

Ich war schon auf dem Sprung, als Bill mein Büro betrat.

»Hallo, John«, sagte er.

»Da hast du aber Glück gehabt«, empfing ich ihn. »Ich wollte gerade weg.«

Bill setzte sich. »Ist es sehr dringend?«

»Nein. Es gibt Freunde, die sieht man jeden Tag, und man freut sich darüber. Du aber hast dich in letzter Zeit ziemlich rar gemacht, alter Junge.«

»Sheila, sie ist…«

Ich schlug mir gegen die Stirn. »Natürlich, ich vergaß. Himmel, wie geht's ihr denn? Es muß doch bald soweit sein.«

»Ich habe Sheila eben in die Klinik gefahren.«

Ich schlug meinem Freund auf die Schulter. »Mensch, Bill, es freut mich, daß du gekommen bist, um mir das zu sagen.«

Bills Gesicht wurde ernst. »Nicht nur das wollte ich dir sagen. Eigentlich führt mich ein ganz anderer Grund zu dir.«

»Und der wäre?«

Bill erzählte von dem geheimnisvollen Telefonanruf, den er erhalten hatte. Je länger er sprach, desto nachdenklicher wurde mein Gesicht.

»Ich bin ganz sicher, John, daß ich die Stimme schon einmal gehört habe.«

»Ein Verwandter vielleicht?«

Bill wiegte den Kopf und verzog zweifelnd das Gesicht.

»Möglich, John.«

»Bist du denn die Reihe schon einmal durchgegangen? Ich meine Eltern, Großeltern, was weiß ich alles...?«

Bill nickte hastig.

»Ja, aber herausgekommen ist dabei nichts.«

»Und von Sheilas Seite?«

»Keine Ahnung. Ich habe ihr gar nicht gesagt, wer angerufen hat. Konnte ich doch auch nicht. Ich habe gesagt, jemand von der Zeitung wollte mich sprechen.«

»Hat sie es geglaubt?«

»Nicht so ganz. Aber was sagst du dazu, John? War es richtig, daß ich zu dir gekommen bin, oder wollte sich vielleicht nur jemand einen Scherz mit mir erlauben?«

»Glaube ich nicht, Bill.« Ich wies auf die Akte. »Bevor du kamst, habe ich diese Protokolle hier auf dem Schreibtisch gelesen. Sie beschäftigen sich samt und sonders mit geheimnisvollen Anrufen. Drei Frauen sind belästigt worden. Sie haben die Stimmen ihrer verstorbenen Verwandten erkannt. Da steckt mehr hinter, als wir bisher annehmen. Ich lese dir die Namen einmal vor: Ellen Wayne, Liz Manner und Martha Ilford. Kennst du diese Frauen?«

»Nein, nicht daß ich wüßte.«

»Denk genau nach.«

»Wirklich nicht, John.«

»Okay.« Ich legte die Mappe wieder zur Seite und stützte das Kinn in beide Handflächen. »Nehmen wir einmal an, diese drei Frauen haben tatsächlich mit ihren verstorbenen Verwandten gesprochen. Die Frage ist nun: Gab es zwischen den dreien eine Verbindung, oder sind sie nur willkürlich ausgesucht worden? Immer noch unterstellt, daß diese Anrufe kein Scherz waren.«

»Nein, daran glaube ich nicht, John. Bei mir hat der Mann von einem Seelenhändler gesprochen. Wir sollen den Seelenhändler suchen. Was ist das für ein Typ? Was hat es mit dem auf sich? Ist es ein Dämon? Ein Geist? Ein Mensch? Hast du jemals von ihm etwas gehört?«

»Nein, habe ich nicht.«

»Aber es muß ihn geben.«

Ich malte Kringel auf ein Stück Papier. »Ja, Bill, es muß ihn geben. Und es ist die einzige Spur, die ich habe. Ich werde die Frauen aufsuchen und mich nach diesem Seelenhändler erkundigen. Vielleicht finde ich bei ihnen einen Anhaltspunkt.«

Bill zeigte ein zerknirschtes Gesicht. »Ich wäre gerne dabei.«

»Nichts da.« Ich schüttelte demonstrativ den Kopf. »Denk an Sheila! Wenn du nicht zu Hause zu erreichen bist, bricht für sie eine Welt zusammen.«

»Ja, ich weiß.«

Ich schlüpfte in ein leichtes Sommerjackett. Bill war schon an der Tür. »Auf jeden Fall halte ich dich auf dem laufenden«, versprach ich ihm.

Bill nickte. »Das ist nett von dir, John.« Unerwartet legte er mir seine Hand auf die Schulter. »Dir kann ich es ja sagen, John. Ich habe Angst um Sheila.«

»Wieso?«

»Dieser Anruf kam nicht von ungefähr. Ich glaube, es wird noch etwas Schreckliches passieren.«

Ellen Wayne wohnte in Southwark, nicht weit von der Themse entfernt. Es war keine Renommiergegend. Die Menschen, die hier wohnten, mußten für ihr tägliches Brot hart arbeiten. Ich fuhr mit dem silbermetallicfarbenen Bentley die Auffahrt zur Waterloo Bridge hoch. Dort geriet ich in einen Verkehrsstau und fuhr nur im Schrittempo über die Themse.

Ellen Wayne wohnte in einer schmalen Straße. Zum Glück fand ich in der Nähe einen bewachten Parkplatz, auf dem ich meinen Wagen abstellen konnte.

In dieser Gegend wohnt ein buntes Völkergemisch. Ich sah viele Asiaten und Schwarze. Manche Augen musterten mich feindselig.

Ich nahm das nicht zur Kenntnis und fand schließlich das Haus, in dem Ellen Wayne wohnte.

Es war ein barackenähnlicher Bau, ziemlich alt und aus ehemals roten Backsteinen errichtet. Das einzig Moderne war die Fernsehantenne auf dem flachen Dach.

Die Haustür stand offen. Der Flur dahinter lag im Zwielicht. Die Düfte, die mir entgegenströmten, waren nicht zu beschreiben. Fremdländisch rochen sie.

Ich traf auch einen Engländer. Er hockte im Flur auf dem Boden und rauchte einen Zigarrenstummel.

»Zu Ellen Wayne möchte ich«, sagte ich freundlich.

Er blickte mich nur stumpf an. Der Bart umrahmte fast das gesamte Gesicht.

Ein paar Münzen ließen den Mann gesprächiger werden. »Die ist nicht da.«

»Wo finde ich sie?«

Ich erhielt keine Antwort und mußte erst wieder Geld opfern, damit er den Mund aufmachte.

»Sie arbeitet im Golden Shilling«, erklärte er mir. »Das ist ein Lokal. Gleich um die Ecke.«

Ich bedankte mich. Er kicherte nur, stand auf und verschwand im diffusen Licht des Hausflurs.

Ich ging wieder zurück. Um die Ecke, hatte der Knabe gemeint. Fragt sich nur, welche.

Rechts endete die Straße auf einem Platz. Was dort herumlag, fand man auch auf jeder Müllhalde. Ich ging nach links, gelangte an eine schmale Seitengasse, in der die Häuser schiefer standen als der Turm von Pisa, und dann sah ich ein schwaches Licht.

Die Reklame vom Golden Shilling.

Von außen erweckte das Lokal keinen guten Eindruck. Wegen des schönen Wetters hatte man drei Tische hinausgestellt. Auf den Platten klebte Fliegendreck. Die Stühle hatten auch schon bessere Zeiten erlebt, und ich wunderte mich, daß sie mein Gewicht verkrafteten.

Die Tür zum Golden Shilling stand offen. Aus der Musikbox dröhnte Tom Jones' markige Stimme, und dazwischen hörte ich das Keifen einer Frau und das grölende Lachen eines Kerls.

Die Menschen auf der Straße starrten mich an wie einen Marsmenschen. Ich paßte in meiner Kluft nicht in das Milieu. An den anderen beiden Tischen saß niemand. Dafür stauten sich die Gäste im Schankraum. Durch die Rauchwolken sah ich schemenhaft ihre Gestalten. Als sich nach fünfminütiger Wartezeit noch keine Bedienung sehen ließ, war ich es leid und betrat den Golden Shilling.

Ein Duft strömte mir entgegen, der so manchen Menschen auf die Bretter gehauen hätte. Eine Mischung aus schalem Bier, menschlichen Ausdünstungen und Qualm.

Das Lokal war schmal wie ein Schlauch. So schmal, daß gar keine Tische mehr aufgestellt werden konnten. Dafür war die Theke sehr lang.

Von einer Bedienung sah ich nichts. Erst als es mir gelang, einen Blick über die Köpfe der an der Theke versammelten Gäste zu werfen, entdeckte ich die Frau.

Sie bediente zusammen mit einem Mann, der aussah wie Kojak. Nur schleppte dieser Kerl hundert Pfund mehr mit sich herum. Gesicht und Glatze glänzten schweißnaß.

Ich fixierte Ellen Wayne.

Aus dem Protokoll wußte ich, daß sie dreißig Jahre alt war. Sie wirkte aber wesentlich älter. Dabei hatte sie eine passable Figur, doch das Gesicht sah verlebt aus.

Ich hatte mich in ihr Revier gestellt. Sie sah mich und fragte nach meinem Wünschen. Ziemlich höflich sogar. Vielleicht merkte sie, daß ich mich ›verlaufen‹ hatte.

Ich zeigte ihr meinen Ausweis. Und zwar so, daß die anderen ihn nicht sehen konnten.

»Kommen Sie wegen des Anrufs?«

»Ja. Wann und wo kann ich Sie sprechen?«

»Ich habe in zehn Minuten Feierabend. Dann gehen wir zu mir. Da haben wir mehr Ruhe.«

»Okay. Bringen Sie mir eine Cola.«

Sie gab mir die Flasche. »Bei den Gläsern kann ich für nichts garantieren«, erklärte mir Ellen Wayne.

»Danke.« Ich lächelte.

Ich verdrückte mich in die Ecke und trank aus der Flasche. Zum Glück nahm niemand von mir Notiz, und genau zwölf Minuten später konnten wir das Lokal verlassen.

Ellen Wayne hatte nur ihre Schürze abgenommen. »Sie wundern sich wohl, daß ich in solch einem Bums arbeite?« sagte sie.

»Nein. Jeder muß sein Geld verdienen.«

»Aber ich bin nicht abgerutscht«, meinte sie. »Ich laß mich von keinem der Kerle anfassen. Schon allein wegen Peter.«

»Wer ist Peter?«

»Mein achtjähriger Sohn.«

Wenig später betraten wir den Barackenbau. Durch einen engen Flur gelangten wir zu Ellen Waynes Wohnung. Die Tür war mit drei Schlössern versehen. »Hier ist eine alleinstehende Frau Freiwild«, klärte sie mich über die Sicherheitsmaßnahmen auf. Ellen Wayne ließ mich vorgehen.

Die Wohnung war überraschend sauber. Zwei geräumige Zimmer, eine freundliche Tapete an den Wänden und schon ältere, aber gepflegte Möbel.

Das erste Zimmer diente als Wohnzimmer.

»Bitte, setzen Sie sich«, sagte Ellen Wayne und schlenkerte ihre Schuhe von den Füßen. Dann ließ sie sich aufatmend in einen hochlehnigen Sessel fallen.

Für einen Moment schloß sie die Augen. Ich hatte Muße, sie zu betrachten.

Sie trug ein schlichtes rotes Kleid mit einem spitzen Ausschnitt. Das schwarze Haar fiel glatt bis auf die Schultern. Die Hüften waren stark ausgeprägt, und insgesamt gesehen wog sie einige Pfunde zuviel.

Ellen Wayne strich über ihr Gesicht. »So, Sir, was wollen Sie wissen? Die Uniformierten haben mich ausgelacht.«

»Erzählen Sie mir die Geschichte.«

»Es war kurz nach Mitternacht«, berichtete sie. »Ich hatte schon geschlafen. Sie können sich nicht vorstellen, wie fertig ich war, als ich die Stimme meines verstorbenen Mannes hörte.«

»Was hat er gesagt?«

»Daß es ihm schlecht geht, daß er sich vertan hat, und daß er es nicht noch einmal tun will.«

»Was will er nicht noch einmal tun?«

»Einen Pakt schließen.«

»Mit wem?«

Ellen Wayne drückte die Zigarette aus. »Das weiß ich nicht. Ich habe auch nicht danach gefragt. Ich war so durcheinander, daß ich daran nicht gedacht habe.«

Ich fragte sie nach dem Seelenhändler. Ellen Wayne schüttelte den Kopf. »Nein, Sir, den Namen habe ich noch nie gehört.«

»Hat Ihr Mann zu Lebzeiten Kontakt zu Personen gehabt, die sich mit Magie oder Okkultismus beschäftigten?« wollte ich wissen.

Sie blickte mich erstaunt an. »Nicht daß ich wüßte.«

»Überlegen Sie bitte genau. Ist Ihnen etwas aufgefallen?«

»Peter war ruhig. Mehr in sich gekehrt. Wir haben eine glückliche Ehe geführt.« Ihre Stimme wurde leiser. Die Erinnerung überwältigte sie wieder. »Er... er ist überfahren worden. von einem Lastwagen. Fahrerflucht. Wir haben nie gehört, wer dieser Mann war. Nun ja, das ist zwei Jahre her. Ich mußte mich durchschlagen, konnte die Wohnung nicht mehr halten und habe diese miese Stelle angenommen. Wissen Sie was?« Sie hob den Kopf und sah mir ins Gesicht. »Irgendwann ist auch der letzte Rest von Ehre weg. Dann ist dem Menschen alles egal.« Sie begann zu weinen.

Ich ließ ihr Zeit. »So dürfen Sie nicht reden, Mrs. Wayne«, sagte ich dann.

Sie schluckte zweimal, hob den Kopf und entschuldigte sich.

»Es tut gut, wenn man mit jemandem über seine Probleme reden kann«, erwiderte ich, »aber um noch einmal auf Ihren Mann zurückzukommen. Hatte er keinen Club, in den er ging, keine Hobbys, keine Freunde, mit denen er sich traf? Bitte, Mrs. Wayne, überlegen Sie jetzt sehr genau, es ist sehr wichtig.«

Sie dachte nach, stützte den Kopf in beide Hände. Ich sah förmlich, wie es hinter ihrer Stirn arbeitete. Dann nickte sie. »Da war tatsächlich etwas. Aber das ist so unbedeutend...«

»Erzählen Sie es.«

»Einmal im Monat traf sich Peter mit Freunden auf einem alten Hausboot.«

»Im Themsehafen?« fragte ich.

»Ja.«

»Kennen Sie den Namen des Schiffes?«

»Moment, er hat es mir gesagt.« Sie überlegte wieder. Dann wußte sie den Namen. »Dark Cloud heißt das Schiff.«

»Dunkle Wolke«, wiederholte ich. »Sie wissen nicht zufällig, wer der Eigner des Kahns ist?«

»Nein, das hat er mir nie gesagt. Ich habe auch gar nicht danach gefragt.«

Ich kam wieder auf die Anrufe zurück. »Haben sich die Telefonate wiederholt?«

»Nein, bis jetzt nicht.«

»Und eine Botschaft hat Ihnen Ihr verstorbener Mann auch nicht hinterlassen?«

Sie schüttelte den Kopf. »Sagen Sie mir eins, Sir, glauben Sie daran, daß es wirklich mein verstorbener Mann war, der mich angerufen hat?« In ihrer Stimme schwang ein ängstliches Zittern mit.

»Ja, Mrs. Wayne.«

»Wie ist das möglich?«

Ich hob die Schultern. »Eine Erklärung kann ich Ihnen auch nicht geben. Wenigstens jetzt noch nicht.«

»Er… er hat noch etwas gesagt«, flüsterte sie.

»So?«

»Peter sagte, er… er will mich besuchen. Ich soll auf ihn warten.«

»Und wann will er Sie besuchen?«

Ellen Wayne zögerte mit der Antwort. Schließlich sagte sie kaum hörbar: »Heute.«

Sheila Conolly hatte selten freundlicheres Personal kennengelernt als in dieser Privatklinik. Die Schwestern taten alles für sie. Vor allen Dingen bei der kleinen Koreanerin Clou hatte die blondhaarige Sheila einen Stein im Brett.

»Haben Sie noch einen Wunsch, Mrs. Sheila?« wurde sie immer wieder gefragt. »Möchten Sie etwas zu lesen haben oder was trinken?«

»Nein, danke, wirklich nicht.«

Die Schwester zupfte das Bett zurecht. Sie hatte ein Puppengesicht mit Mandelaugen und ein ewiges Lächeln auf den vollen Lippen.

»Wenn Sie etwas möchten, Mrs. Sheila, nur klingeln. Wir sind immer für Sie da.«

»Ich danke Ihnen, Schwester.«

Die Koreanerin winkte noch mit einem letzten Lächeln und schloß dann sacht die Tür.

Sheila lag auf dem Rücken. Die Wehen hatten noch nicht wieder eingesetzt. Ich hätte doch noch zu Hause bleiben sollen, dachte sie. Das Abendessen hatte sie hinter sich. Eine leichte, gut verdauliche Kost, mit zahlreichen Vitaminen angereichert.

Die Sonne wanderte bereits in Richtung Westen, um sich von der Dunkelheit ablösen zu lassen. Aber noch fielen die tiefstehenden Strahlen durch das Fenster und übergossen den Teppichboden des Zimmers mit ihrem hellen Schein. Sheila wollte nicht, daß die Jalousien vorgezogen wurden. Die Natur zu beobachten, das erschien ihr wichtiger.

Ein kleiner Vogel hockte auf der Fensterbank, lugte durch die Scheibe und flatterte davon.

Das Telefon summte. Sheila brauchte nur die Hand auszustrecken, um den Hörer zu erreichen.

Bill, ihr Mann, war am Apparat.

»Wie geht es dir, Darling?« fragte er.

»Ach, Bill.« Sheila lachte leise. »Gut geht es mir. Wirklich gut. Ich vermisse nur eines. Dich.«

Bill räusperte sich. Er sagte seiner Frau Dinge, die er ihr lange Zeit nicht mitgeteilt hatte. Und Sheila freute sich. Sie wurde sogar rot.

Dann wurde das Gespräch wieder sachlicher. »Hast du John Bescheid gesagt?« fragte Sheila.

»Ja, er läßt dich übrigens grüßen und wünscht dir alles, alles Gute.«

»Grüß ihn zurück.«

»Und es geht dir wirklich gut?«

»Wieso, Bill? Ist etwas? Es geht mir prächtig, und das sagt auch Professor Harris. Du hast doch etwas, Bill.«

»Nein, nein, ich bin nur besorgt um dich.«

»Dann ist es gut.«

Mit dem Versprechen, bald wieder anzurufen, beendete Bill Conolly das Gespräch.

Sheila ließ den Hörer auf den Apparat sinken. Sie fühlte sich plötzlich müde, und ohne daß sie es eigentlich wollte, fielen ihr die Augen zu. Schon bald verrieten ruhige Atemzüge, daß Sheila Conolly schlief.

Irgendwann schreckte sie hoch. Lange konnte sie nicht geschlafen haben, denn im Zimmer war es noch hell.

Aber was hatte sie geweckt?

Ja, das Telefon.

Sheilas Mund verzog sich zu einem Lächeln.

»Der gute Bill«, flüsterte sie. »Er kann es nicht lassen.«

»Hallo«, meldete sie sich.

Rauschen in der Leitung. Dann eine Stimme. Sehr weit entfernt. »Sheila?«

Die junge Frau schluckte. »Ja?«

»Kennst du mich nicht mehr, Sheila?«

Plötzlich schlug Sheilas Herz rasend schnell. Ihre Augen weiteten sich in Panik.

»Sheila, Liebling so höre doch…«

»Nein«, krächzte Sheila Conolly. »Nein…«

Dann wieder die Stimme. »Bitte, hör mich an…«

Der Hörer entglitt Sheilas Hand. Aus ihrem Mund drang ein Schrei, formte sich zu einem Wort.

»Vater!«

Plötzlich wurde die Wohnungstür aufgerissen. Ich wirbelte auf dem Sessel herum, wollte schon hochspringen, doch ich ließ mich wieder zurücksinken.

Ein Junge betrat das Zimmer.

»Hallo, Mum«, sagte er. Mich blickte er mißtrauisch an.

Der Junge hatte ebenso schwarzes Haar wie seine Mutter. Er trug abgeschnittene, bis zu den Knien reichende Jeans, ein fleckiges T-Shirt und hielt in der rechten Hand einen Ball, den er jetzt in die Ecke kickte.

»Das ist Peter, mein Sohn«, stellte Ellen Wayne vor.

»Hallo, Peter«, sagte ich und reichte ihm die Hand.

Der Junge drehte sich zu mir um. Er zögerte, mich zu begrüßen. Dafür starrte er mich an.

Aber wie.

In seinen Augen sah ich einen merkwürdigen metallischen Glanz. Sie waren tückisch verengt, und in mir klingelte sofort eine Alarmglocke. Ich kannte diesen Blick. Nicht zum erstenmal wurde ich so angesehen. Aber immer von Menschen, die vom Dämon besessen waren.

Ich war also gewarnt.

»Magst du mich nicht leiden?« erkundigte ich mich mit neutraler Stimme. »Oder warum gibst du mir nicht die Hand?«

Peter wandte sich an seine Mutter. »Er soll gehen!« stieß er haßerfüllt hervor.

Ellen Wayne sprang auf und faßte ihren Sohn an der Schulter. »Was ist denn in dich gefahren, Peter? So kenne ich dich gar nicht.« Sie hob den Arm, um ihren Sohn zu schlagen.

Ich sprang rasch dazwischen und fing die Hand am Gelenk ab. »Nicht, lassen Sie, Mrs. Wayne.«

Peter rieß sich los. Nach wie vor sah er uns böse und haßerfüllt an. »Dieser Mann soll gehen!« knurrte er tief in der Kehle. »Ich will ihn nicht mehr sehen.«

Ellen Wayne war blaß geworden. »Ich verstehe das nicht«, flüsterte sie. »So ist Peter doch sonst nicht.« Dann schrie sie: »Willst du wohl vernünftig sein?«

Der Achtjährige lachte nur.

Und dann sprang er mich an. Wußte der Teufel, was in ihn gefahren war. Er hechtete förmlich auf mich zu, wollte schlagen, treten und beißen.

Ich hatte ein Kind vor mir und hütete mich, so zu reagieren wie bei einem Erwachsenen. Es gelang mir, seine Handgelenke abzufangen.

Er trat aus, traf zweimal meine Schienbeine. Ich verbiß den Schmerz und drückte den Jungen in den Sessel.

Er schlug nach mir, wollte mich kratzen und versuchte auch zu beißen. Mit einer Hand hielt ich ihn fest, mit der anderen öffnete ich mein Hemd und präsentierte ihm das Silberkreuz, das vor meiner Brust hing.

Im selben Augenblick erlahmte sein Widerstand. Der Junge sackte im Sessel zusammen, sein Blick heftete sich auf das Kreuz. Er begann am ganzen Körper zu zittern. Leichenblaß wurde sein Gesicht, und ein Wehlaut entrang sich seinen Lippen.

»Peter!« Ellen Wayne lief vor und wollte sich auf ihren Sohn stürzen. Ich riß sie zurück.

»Nicht!«

Es war gut, daß Ellen Wayne ihren Sohn nicht erreichen konnte. Denn etwas Schreckliches geschah mit ihm. Er hatte den Mund weit aufgerissen, und zwischen seinen Lippen drang ein feinsprühender Nebel hervor, der sich in der Luft verdichtete und zu einem Gebilde formte.

Zu einem Menschen.

Deutlich erkannte ich die Umrisse eines Mannes. Aber die Gestalt blieb durchscheinend und damit eine Geistererscheinung.

Der achtjährige Peter lag leichenblaß im Sessel. Er schien ohnmächtig zu sein. Der geisterhafte Vorgang war über seine Kräfte gegangen.

Wie spitze Eisenstäbe, so hart krallte Ellen Wayne die Finger in meinen rechten Arm.

»Mein Mann«, schluchzte sie, »es ist mein Mann… Mein Gott!«

Auch mir rann eine Gänsehaut über den Rücken. Ich konnte meinen Blick einfach nicht von der Geistererscheinung losreißen. Etwa handhoch schwebte sie über dem Boden, wuchs bis zur Decke und war in permanenter Bewegung. Die Arme schlenkerten, als wären sie aus Gummi, das Gesicht nahm laufend andere Formen an.

Jetzt öffnete sich der Mund. Der Geist wollte eine Botschaft loswerden. Das fühlte ich.

Ich hatte mich nicht getäuscht.

»Ellen, Liebste«, raunte er. »Ich… ich bin verflucht. Bin zwischen den Dimensionen gefangen. Ich kann keine Ruhe finden.«

»Warum nicht?« Ich stellte die Frage, da Ellen Wayne dazu nicht in der Lage war.

»Damals habe ich mich mit ihm verbündet. Da glaubte ich seinen Versprechungen, aber im Jenseits hat er sie nicht gehalten. Es ist so schrecklich.«

»Wer ist ER?«

»Der Seelenfänger. Er lebt mitten unter euch und hat sein Netz ausgebreitet. Er ist stark. Ihr müßt ihn stoppen. Sonst wird er viele Menschen vernichten.«

»Sag uns den Namen.«

»Harris heißt er. Er führt ein Doppelleben. Er ist unter euch, und ihr wißt es nicht. Aber er ist gefährlich, hält keine Versprechungen. Seid auf der Hut, denn er kennt keine Gnade. Wer sich an ihn verkauft, ist verloren. Traut seinen Versprechungen nicht. Traut ihm nicht. Er lockt…«

Weiter sprach die Geistererscheinung nicht. Urplötzlich fegte ein

Windstoß durch das Zimmer, packte die Spukgestalt, wirbelte sie hin und her und löste sie auf. Nur noch ein letztes Wort war zu hören. »Warnen…«

Sekundenlang blieb es still.

Dann vernahm ich neben mir einen gequälten Seufzer. Ich drehte mich um und konnte die ohnmächtige Ellen Wayne gerade noch auffangen, bevor sie zu Boden fiel.

Peter aber sprang aus seinem Sessel. »Mummy!« rief er und stürzte auf seine Mutter zu. Über sein Gesicht rannen Tränen. Der Junge war wieder völlig normal.

»Sheila! Sheila! Warum gibst du keine Antwort? Warum hörst du denn nicht? Melde dich doch!«

Schwach klang die Stimme aus dem Hörer. Er lag auf der Bettdecke. Sheila hatte ihre linke Hand darum gekrallt, die Augen jedoch waren weit aufgerissen. Ihr Blick schweifte in eine unendliche Ferne. Die Gedanken wanderten zurück bis in die Vergangenheit, und vor ihrem geistigen Auge formte sich ein Bild.

Sir Gerald Hopkins, so lautete der Name ihres Vaters. Er war einer der mächtigsten Industriekapitäne Englands. War Herr über mehrere chemische Werke und besaß Beteiligungen an zahlreichen anderen Firmen. Und er hatte eine Tochter namens Sheila.

Dann schlug das Schicksal grausam und unerbittlich zu. Dämonische Kräfte griffen in das Spiel ein. Gerald Hopkins und Sheila konnten sich nicht wehren. Hopkins starb. Er erwachte wieder in seinem Sarg. Er war zu einer lebenden Leiche geworden, und er hatte morden wollen.

Sheila wäre verloren gewesen, wenn damals nicht zwei mutige Männer rettend eingegriffen hätten.

John Sinclair und Bill Conolly!

Sinclair gelang es, den Dämon namens Sakuro zu vernichten, doch Gerald Hopkins konnte nicht mehr gerettet werden.

Er starb endgültig.

Bei Sheila und Bill war es Liebe auf den ersten Blick. Sie verlobten sich und heirateten wenig später.

Und jetzt meldete sich Sheilas Vater. Oder war es nur ein Scharlatan? Ein Mensch, der Sheila einen Schrecken einjagen wollte?

Wieder drang der Ruf aus dem Hörer.

Sheilas Geist kehrte von dem Ausflug zurück. Langsam hob sie den Hörer und preßte ihn gegen das Ohr.

»Ja?«

»Ich bin es, dein Vater, Sheila.« Die Stimme klang ängstlich und drängend zugleich.

»Was willst du?« fragte Sheila tonlos. Sie hatte in diesen Augenblicken abgeschaltet, hatte ihre Gefühle zurückgesteckt, und nur ihr Gehirn arbeitete.

»Ich will dich warnen, Sheila. Ich liebe dich doch. Jemand will dir Böses. Du mußt weg aus der Klinik.«

»Ja, Vater.«

»Versprichst du mir das?«

Jetzt nickte Sheila. »Warum hast du mich nicht schon vorher angerufen?« wollte sie wissen.

»Habe ich doch. Bill war am Apparat.«

»Er hat mir nichts gesagt.«

»Bestimmt wollte er dich nicht aufregen.«

»Das wird es wohl sein.« Sheila sprach wie ein Roboter. Sie gab die Antworten automatisch. Ihre Lippen bewegten sich kaum beim Sprechen.

»Ich kann jetzt nicht mehr reden, Sheila. Ich wünsche dir alles, alles Gute. Mein Kind…«

Dann war die Stimme weg.

Ein schwerer Seufzer drang über Sheila Conollys Lippen. Sie blinzelte, starrte auf den Hörer, den sie jetzt wieder hatte sinken lassen, und überlegte. Dieser Anruf, hatte er tatsächlich stattgefunden, oder war es nur ein böser Traum?

Ihr Vater wollte sie warnen. Vor einer Gefahr. Hier in der Klinik drohte ihr Gefahr.

Sheila überlegte weiter. Ihr gesamtes Fühlen und Streben war nur darauf ausgerichtet, daß dem Kind nichts passierte. Alles andere war ihr egal.

Das Kind mußte sicher zur Welt kommen.

Und Sheila Conolly entwickelte einen Plan. Sie ahnte jedoch nicht, daß ihre Gegner auch nicht untätig waren…

Der Schlag war im Ansatz kaum zu erkennen. Er hätte dem dunkelhäutigen Kämpfer das Gesicht zerschmettert, doch Suko stoppte den Angriff im rechten Moment.

Der Trainer der Sparringskämpfer blies auf der Trillerpfeife. Die Gegner trennten sich und drückten sich die Hände. Dann lösten sie Kopf und Mundschutz.

Beide Kämpfer waren in Schweiß gebadet. Suko warf sich einen Bademantel über, damit er sich keine Erkältung holte. Er sprang aus dem Ringviereck und ging in Richtung der Duschen.

Um ihn herum wurde gekämpft und Konditionstraining betrieben. Ein weißblonder Hüne bearbeitete einen Sandsack mit solcher Konzentration, daß er für die Umgebung keine Augen mehr hatte. Ein anderer wiederum sprang Seil. Ununterbrochen. Als würde er dafür bezahlt.

Suko trainierte hart, aber für diesen Fanatismus hatte er nichts übrig als ein Kopfschütteln. Diese Typen konzentrierten sich nur auf ein Ziel. Alles andere ließen sie verkümmern.

Ein faltengesichtiger Landsmann stellte sich Suko in den Weg. Der Chinese war schon älter, bestimmt an die siebzig Jahre. Er hatte einen Narren an Suko gefressen und war hier im Trainingscamp als Mädchen für alles angestellt.

»Gut warst du heute, mein Junge, gut. Du mußt nur noch mehr Wucht hinter die Konterschläge legen, dann ist alles klar. Da kann dich so leicht keiner mehr schlagen.«

Suko schüttelte den Kopf. »Weißt du, den Ehrgeiz habe ich nicht.«

»Schade.« Die Augen des Mannes verdunkelten sich. »Warum denn? Du bist jung, dir steht die Welt offen.«

Sukos Hand lag schon auf der Türklinke. »Du sagst es, mir steht die Welt offen. Aber nicht, wenn ich mich so herumprügele. Mach's gut.«

Suko zog die Tür auf und verschwand im dahinterliegenden Gang. Fast wäre er gegen einen blondhaarigen Mann geprallt.

Der Mann war ich.

Suko stutzte, blieb stehen und verdrehte in komischer Verzweiflung die Augen.

Ich drückte mich von der Wand ab. »Pack deine Siebensachen und komm mit. Ich warte draußen auf dich.«

Suko blieb stehen. »Was ist los?«

»Erzähl ich dir später. Beeil dich.«

Ich ging zum Ausgang, während sich Suko achselzuckend den Duschräumen zuwandte.

Draußen knallte eine heiße Junisonne vom Himmel. Ein paar weiße Wolken störten das Blau des Himmels. Der Wind wehte aus Südwest und brachte noch mehr Wärme mit.

Meinen Bentley hatte ich im Schatten der Parkplatzmauer abgestellt. Die Türen standen offen, damit wenigstens der Durchzug etwas Kühlung brachte.

Ich setzte mich auf den Fahrersitz, ließ die Beine nach draußen baumeln und rauchte eine Zigarette. Dabei dachte ich über den Fall nach. Er sah wieder ziemlich kompliziert aus. Verstorbene hatten sich gemeldet. Nach ihren Worten mußten sie im Jenseits leiden. Ich konnte mir gut vorstellen, daß sie in einem Zwischenreich existierten, in einer Parallelwelt. Es gibt mehr als eine dieser Welten, das ist mir inzwischen hinreichend bekannt. Schließlich leben meine beiden großen Gegner, der Schwarze Tod und Myxin, der Magier, in diesen Dimensionen.

Aber wer war der Seelenhändler, von dem die Verstorbenen gesprochen hatten? Ein Mann namens Harris? Diesen Namen gab es in London mehr als tausendmal. Es würde schwierig sein, die betreffende Person herauszufinden.

Ich hatte mich mit dem Hafenamt in Verbindung gesetzt. Das Schiff Dark Cloud gehörte diesem Harris. Mehr war jedoch nicht zu erfahren. Die Adresse des Typs fand ich ebenfalls nicht heraus.

Zusammen mit Suko wollte ich den Kahn aufsuchen, weil jetzt keine unmittelbare Gefahr für Liz Manner und Martha Ilford bestand. Die Geisterstimmen hatten sie nur warnen wollen.

Suko verließ das flache Trainingsgebäude. Er trug eine Sporttasche und wirkte wie ein Ringer.

Mein Partner war ein breitschultriger Kerl. Er hatte nur wenige Haare auf dem Kopf, die jedoch sorgfältig gekämmt waren. Bestimmt sehnten sich viele Schwerathleten nach Sukos muskulösem Körper. Wo Suko hinschlug, da wuchs bekanntlich kein Gras mehr. Als Freund konnte man sich auf ihn hundertprozentig verlassen, als Feind hätte ich ihn nicht haben mögen.

Suko nahm auf dem Beifahrersitz Platz, und ich informierte ihn stichwortartig.

»Scheint ja wieder etwas auf uns zuzukommen«, kommentierte er. »Und du weißt, wo der Kahn liegt?«

»Ja.«

»Worauf warten wir dann noch? Vielleicht treffen wir diesen Harris auf dem Schiff.«

Ich schlug die Tür zu, startete.

Wir wühlten uns durch den Londoner Nachmittagsverkehr. Über die Lambeth Bridge fuhren wir auf die richtige Seite und hielten uns nördlich. Schon bald lagen die Hafenanlagen vor uns. Es herrschte noch Hochbetrieb auf den Piers. Ladekräne quietschten. Die riesigen stählernen Arme hoben tonnenschwere Lasten hoch, schwenkten sie, als wären es Pappschachteln. Es herrschte reger Lastwagenbetrieb. Die Trucks brachten die importierten Waren ins Landesinnerc.

Die Dark Cloud lag nicht im Yachthafen, sondern in einem Seitenarm der Themse.

Ich lenkte den schweren Bentley durch ein Gewirr von engen Straßen und Gassen. Vorbei an langen und hohen Lagerhäusern, über die Schienen der Hafenbahnen und unter Stahlbrücken her, auf denen Transportbänder liefen.

Die einzelnen Piers stachen als lange, dicke Finger in den Fluß. Wir ließen sie hinter uns und näherten uns langsam den zahlreichen toten Seitenarmen der Themse.

Sie waren nie lang, höchstens dreihundert Yards. Dort schaukelten Hausboote und ausgemusterte Kähne auf den Wellen. Man fühlte sich manchmal nach Amsterdam versetzt.

Mit dem Wagen konnten wir nicht bis direkt an das Ufer fahren. Ich mußte ihn vorher abstellen. In dieser Gegend war es vernünftig, die Alarmanlage einzuschalten. Zuviel lichtscheues Gesindel trieb sich herum.

Ich fand einen günstigen Parkplatz, der nicht weit vom Ufer entfernt lag. Eine holprige Stichstraße führte dorthin.

Das Pflaster war zum Teil aufgerissen. Die Steine lagen verstreut herum. Die Menschen, die uns begegneten, waren entweder Lebenskünstler oder vegetierten an der Grenze zum Existenzminimum. Vor allen Dingen fielen die jungen Leute auf. Sie hockten an den Mauervorsprüngen. Die Sonnenstrahlen schienen auf ihre nackten Oberkörper. Hier kümmerte sich niemand darum, ob die Girls oben ohne in der Sonne lagen.

Der Wind trug uns den Geruch von brackigem Wasser entgegen. Ein paar Möwen segelten lustlos durch die Luft. Träge ließen sie sich dann auf den eisernen Pollern nieder.

Wir blieben stehen.

Vor uns lag ein freier Platz. Er war nicht groß, und da die Sonne stark brannte, fast leer. Nur ein alter Mini rostete still vor sich hin. Die Reifen waren abmontiert.

Der Seitenarm wurde von einem mit grüner Patina überzogenen Eisengeländer abgetrennt. Hinter dem Geländer lagen die Schiffe.

Es waren interessante Kähne.

Meist abgewrackte Container, die nur noch vom Rost zusammengehalten wurden und nun als Hausboote dienten. Vor uns lag einer dieser Container. Das Ruderhaus war frisch gestrichen. Es glänzte himmelblau. Am Heck des Bootes hatte man Weizen gepflanzt.

Sachen gab's…

Die Dark Cloud sahen wir nicht, wußten aber, daß sie hier irgendwo liegen sollte.

Als wir uns näher an das ›Getreideschiff‹ heranwagten, sprang hinter einem rostigen Ölfaß ein Köter hervor, dem man den Bastard schon auf eine Meile Entfernung ansah. Sein Fell war struppig und bildete wahrscheinlich eine Wohngemeinschaft für

Läuse. Der Köter wetzte quer über den Kahn und blieb kläffend vor uns stehen.

Sein Gebell riß den jetzigen Besitzer des Schiffes aus süßen Träumen. Verschlafen tauchte er aus einer Ladeluke auf. Er trug nur einen Poncho und einen Sombrero auf dem Kopf. Seine nackten Beine schauten wie zwei zu lang geratene Streichhölzer unter dem Poncho hervor. Das Gesicht lag im Schatten des Hutes.

»He, Meister!« rief ich. »Wir suchen die Dark Cloud. Können Sie uns sagen, wo wir sie finden?«

»Dann sucht mal weiter«, gab er grunzend zur Antwort.

Ich wedelte mit einem kleinen Geldschein. Jetzt schob der Bursche seinen Sombrero zurück und trat näher.

»Sollen wir noch immer weitersuchen?«

Er grinste. »Nicht nötig. Geht da entlang.« Er deutete nach rechts. »Von hier aus gesehen das achte Schiff.«

Die Note wechselte den Besitzer. Der Knabe lachte. »Aber vorher macht euer Testament«, riet er uns.

»Weshalb?«

»Auf dem Kahn spukt's.«

»Keine Bange«, sagte Suko. »Mein Vater war der Klabautermann.«

Wir gingen weiter. Vorbei an verrotteten, abgewrackten Kähnen, die doch noch ihre Liebhaber gefunden hatten. Auf den Decks lagen Männchen und Weibchen in der Sonne. Sie kümmerten sich weder um Gott noch um die Welt.

»So gut müßte man es auch mal haben«, beschwerte sich Suko.

»Kannst du doch.«

»Und was machst du ohne mich?«

»Mir ginge es gut. Ich brauchte wenigstens nicht auf dich achtzugeben.«

Suko lachte. »Ist wohl eher umgekehrt.«

Lautlos zählte ich die Schiffe mit. Dann standen wir vor der Dark Cloud.

Der Name war nicht übertrieben. Das Schiff hatte einen schwarzen Anstrich, auf dem jetzt allerdings der Dreck der Jahre mehr als fingerdick lag. Kein Lebewesen regte sich auf dem Kahn. Die

Sonne brannte ungehindert auf die Planken und heizte sie auf. Zwischen dem nächsten Schiff und der Dark Cloud befand sich ein ziemlich großer Zwischenraum.

Wir blieben stehen.

»Sieht nicht gerade einladend aus, der Kahn«, meinte Suko.

Ich hob die Schultern und blickte nach links. Dort rauschte die Themse vorbei. Die Wellen zeigten gleißende, glitzernde Schaumkronen. Schlepper zogen vollbeladene Containerschiffe durch die Fluten. Tief lagen die Kähne im Wasser.

Im Gegensatz zur Dark Cloud. Da rührte sich nichts auf dem flachen Deck. Es gab nicht einmal Aufbauten. Nur eben die glatten Decksplatten.

Suko nickte mir zu. »Dann wollen wir mal«, sagte er und flankte über das Eisengeländer.

Ein weiterer Schritt brachte ihn auf das tiefer als die Kaimauer liegende Deck.

Ich folgte meinem Partner.

Es war, als hätten wir eine andere Welt betreten. Obwohl um uns herum reges Leben herrschte, glaubten wir, auf einer Insel gelandet zu sein. Die Luft war plötzlich nicht mehr die gleiche, sie schmeckte anders. Ich blickte zum gegenüberliegenden Ufer, sah die Pärchen auf den Bänken sitzen, entdeckte die Vögel in den Bäumen, hörte Stimmen und Verkehrsgeräusche. Es lief alles normal.

Und doch war da dieses ungute Gefühl, die Angst, in eine Falle geraten zu sein.

»Hier stimmt etwas nicht«, stellte ich fest.

Suko nickte. »Dann hast du es auch bemerkt.«

Ich gab keine Antwort, sondern schritt über das Deck dem Bug des Schiffes zu. Auf dem gemauerten Kai fuhren zwei Jungen vorbei. Sie hockten auf ihren Rädern und starrten zur Dark Cloud herüber. Eigentlich hätten sie mich sehen müssen.

Ihre Blicke glitten an mir vorbei, als wäre ich nicht vorhanden.

Ich rief.

Keine Reaktion. Die Jungen fuhren weiter.

Automatisch fuhr ich mit der Hand über die Augen. Langsam

wurde es mir doch unheimlich zumute. Dieses Schiff lag inmitten der normalen Welt, doch waren Menschen darauf unsichtbar. Welches Rätsel umgab diesen Kahn?

Ich drehte mich um. Vielleicht wußte mein chinesischer Freund und Partner einen Rat.

Noch in der Drehung stockte ich.

Suko war verschwunden.

Normalerweise rauchte Bill Conolly nicht viel, aber in der Wartezeit wurde er zum Kettenraucher. Er fraß die Zigaretten förmlich und wanderte in seinem Haus umher wie ein gereizter Stier.

Dieser Anruf hatte ihn völlig verwirrt. Es war ein Hilferuf aus dem Jenseits, soviel stand für Bill Conolly fest. Und der Anrufer hatte den Namen seiner Frau erwähnt.

Drohte Sheila vielleicht Gefahr? Ausgerechnet jetzt, wo sie jeden Augenblick ihre Niederkunft haben konnte?

Bill zog scharf die Luft durch beide Nasenlöcher. »Ich werde noch verrückt!« keuchte er. »Das hält ja kein Mensch aus.« Er schnappte das Telefon und wählte Scotland Yard an. Er wollte mich sprechen, bekam aber nur Glenda Perkins an den Apparat.

»Hat John gesagt, wann er zurückkommt?« wollte Bill wissen.

»Nein, Mr. Conolly.«

»Und eine Nachricht hat er auch nicht hinterlassen?«

»Tut mir leid.«

»Schon gut, Miß Perkins. Danke.« Bill legte den Hörer wieder auf. Abermals begann das Nervenspiel. Er überlegte, ob er seine Frau anrufen sollte. Aber Sheila schien bemerkt zu haben, daß mit ihm einiges nicht stimmte. Jetzt noch ein Anruf, und sie würde Fragen stellen. Unangenehme Fragen, denen Bill nur schlecht ausweichen konnte. Sheila merkte genau, wenn er log.

Bill Conolly leerte auch die dritte Flasche Orangensaft. Er schwitzte.

Zum zweitenmal an diesem Tag ging er unter die Dusche. Hier ließ er sich die Ereignisse der jüngsten Vergangenheit noch einmal durch den Kopf gehen. Gut, John Sinclair war alarmiert worden.

Aber John konnte nicht überall sein. Bill spürte, daß seiner über alles geliebten Frau Gefahr drohte.

Er *mußte* sie schützen!

Der Reporter drehte die Dusche ab und rieb sich hastig trocken. Dann schlüpfte er in seine Kleidung. Zum Schluß zog er seine Nachttischlade auf.

Das brünierte Metall einer Luger schimmerte ihm entgegen.

Die Waffe war geladen. Bill checkte sie durch, bevor er sie einsteckte.

Dann verließ er das Haus.

Der Porsche stand in der Garage. Diesmal fuhr Bill Conolly nicht so behäbig in Richtung Tor. Er hatte es eilig und drehte auf. Die breiten Reifen schleuderten den Kies nach allen Seiten. Bill hatte die Seitenscheibe heruntergekurbelt. Der Fahrtwind schnitt in den Wagen. Er fuhr durch Bills Haarschopf, zerzauste die Frisur.

In Bills Gesicht konnte man ablesen, welche Gedanken den Reporter quälten. Frohe waren es nicht.

Bill war die Strecke zur Klinik schon mehrere Male gefahren. Das kam ihm jetzt zugute. Er mied die Hauptstraßen und näherte sich der Klinik auf Schleichwegen.

Bill wußte auch, wo er seinen Wagen abstellen konnte, so daß er vom Sanatorium aus nicht gesehen werden konnte.

Neben dem Spazierweg befanden sich ein paar Parktaschen. Ein grüner Austin stand dort. Die vierköpfige Familie, die aus dem Wagen stieg, verschwand im nahen Wald.

Bill Conolly schlug sich ebenfalls in die Büsche. Schon bald stand er vor dem Schild, das auf die Klinik hinwies. Er sah die Front des Gebäudes durch die Baumkronen schimmern.

Der Reporter umging das Gelände. Er wollte nicht unbedingt einem Bekannten in die Finger laufen. Und beileibe nicht dem Professor persönlich.

Ungesehen erreichte Bill die Rückfront. Eine Anfahrt führte zu einer breiten Tür, durch die auch ein Krankenwagen paßte. Im toten Winkel des Gebäudes standen die Wagen der Ärzte und Krankenschwestern.

Bills Blicke tasteten die nähere Umgebung ab. Er suchte einen

Platz, von dem aus er das Haus ungestört beobachten konnte. Dann fiel ihm ein, daß es besser war, Sheilas Zimmer im Augenschein zu behalten. Aber das lag nach vorn hinaus.

Der Reporter schlich den Weg wieder zurück. Er war schweißnaß. Die Luft zwischen den Bäumen hier drückte. Sie erschwerte das Atmen. Es war schwül. Die Mücken tanzten dicht über dem Boden.

Bill – nicht gerade arm an Kraft und Kondition – suchte sich einen Baum aus, auf den er klettern konnte. Er fand einen, der günstig stand und dessen Äste so tief hingen, daß er den untersten mit einem Sprung erreichen konnte.

Geschickt schwang Bill sich hoch. Er richtete vorsichtig seinen Oberkörper in die Senkrechte und griff mit der rechten Hand nach dem nächsten Ast.

Prüfend glitten seine Blicke durch das Blätterwerk. Dann sah er, was er suchte. Eine Astgabel, auf der er es sich bequem machen konnte.

Bill balancierte vor, erreichte die Gabel, stützte sich dort mit beiden Füßen ab und lehnte sich mit dem Rücken gegen den Baumstamm. Kleinere, dicht belaubte Zweige verwehrten ihm die freie Sicht auf das Sanatorium.

Bill riß einen Zweig ab und ließ ihn zu Boden fallen. Jetzt konnte er sogar das Fenster sehen, das zu Sheilas Zimmer gehörte.

Der Reporter war zufrieden.

Er griff in die Innentasche seiner Jacke und holte ein kleines, aber leistungsstarkes Opernglas hervor.

Greifbar nahe erschien die Front der Klinik. Bill tastete die Fenster ab, verharrte an Sheilas und schickte einen ärgerlichen Fluch auf die Reise, da sich die Sonne in der Scheibe spiegelte und ein Hindurchschauen so gut wie unmöglich machte.

Dafür sah Bill etwas anderes.

Oberhalb der Dachrinne befanden sich noch kleinere, viereckige Mansardenfenster.

Und dort blitzte es auf.

Wenn dort jemand saß und ihn entdeckte…

Der Reporter schaffte es nicht, den Gedanken fortzuführen. Er hörte keinen Knall, kein Abschußgeräusch – nichts. Dafür spürte er einen harten Schlag an der Stirn, wurde nach hinten gedrückt, konnte sich nicht mehr halten, sah das Grün der Blätter in einem blutroten Nebel verschwinden, verlor das Gleichgewicht und fiel.

Als er auf den Boden prallte, hielt ihn längst Bewußtlosigkeit umfangen.

Ich blieb stocksteif stehen, mußte mich erst mit der neuen Situation anfreunden.

Suko hatte sich hinter mir befunden, war am Heck des Kahns stehengeblieben. Nur für wenige Augenblicke hatte ich ihm den Rücken zugewandt, und doch war er völlig lautlos verschwunden.

Hexerei? Oder steckte dahinter ein realer Grund? Eine Klappe oder eine Luke, durch die Suko gefallen war?

Mir wurde es mulmig.

Ich warf einen Blick zu beiden Ufern. Normaler Betrieb, kein Anzeichen dafür, daß sich etwas anderes abspielte. Verdammt, hier wollte mich jemand zum Narren halten. Ich ging zielstrebig weiter. Die Decksplatten ächzten.

Und da stand ich vor der Öffnung.

Also doch eine natürliche Ursache. Suko war in eine Luke gefallen. Ein kleiner Stein fiel mir schon mal vom Herzen. Ich blieb am Rand der Luke stehen und starrte in die Tiefe.

Finsternis.

Ich rief Sukos Namen.

Keine Antwort.

Jetzt dachte ich nach. Wahrscheinlich war Suko nicht freiwillig in den Bauch des Schiffes geklettert. Jemand hatte nachgeholfen.

Wir waren nicht allein. Wenn ich ehrlich war, bereitete mir der Gedanke daran einiges Unbehagen.

Nicht ein Laut drang zu mir hoch. Aber ich wollte es jetzt wissen, holte meine Bleistiftlampe hervor und knipste sie an. Wie eine helle, lange Nadel, so stach der Strahl durch die Dunkelheit. Ich sah Staubpartikel tanzen und entdeckte den runden Fleck genau dort, wo der Strahl den Boden traf.

Nur von Suko sah ich nichts.

Aber er konnte sich nicht in Luft aufgelöst haben. Wahrscheinlich hatte man ihn verschleppt. Um einen bärenstarken Kerl wie Suko lautlos wegzuschaffen, dazu gehörte schon was.

Mir blieb keine andere Möglichkeit, als in den Bauch des Schiffes zu klettern.

Die Bleistiftlampe klemmte ich mir zwischen die Zähne, ging in die Hocke, drehte mich um und schwang ein Bein in die Tiefe. Mit dem anderen kniete ich noch auf den Decksplanken.

Da spürte ich den Griff um mein Fußgelenk.

Wie unter einem Stromstoß zuckte ich zusammen. Mein unbekannter Feind setzte seine Kraft ein, er riß mich nach hinten.

Ich kippte. Gleichzeitig schnellten meine Arme in einer Reflexbewegung vor. Meine Hände klammerten sich an den Lukenrand fest. Verzweifelt hing ich dort und trat mit dem linken Bein aus.

Ich spürte Widerstand, hörte ein zischendes Geräusch, und dann fiel ich doch.

Aber ich war auf den Fall vorbereitet. Ich wußte, wie tief es etwa in den Bauch des Schiffes hineinging, und landete unversehrt. Ich ließ mich nach hinten fallen und rollte mich ab. Sofort war ich wieder auf den Beinen, wechselte sofort meine Position.

Mit einem Krach fiel die Luke über mir zu.

Dunkelheit und Stille umfingen mich.

Weit hielt ich den rechten Arm von meinem Körper ab. Dann knipste ich die Lampe an.

Wieder schnitt der feine weißgelbe Strahl durch die Dunkelheit. Ich bewegte den Arm kreisförmig, wollte eine möglichst große Fläche ausleuchten und sah den Lichtstrahl über eine Wand tanzen.

Von meinem unbekannten Gegner entdeckte ich nichts.

»Suko?« Zischend rief ich seinen Namen.

Er antwortete nicht. Dafür brandete plötzlich ein Gelächter auf, das mir einen Schauer über den Rücken trieb. Ich duckte mich unwillkürlich und ging schnell einen Schritt zur Seite.

So rasch, wie es aufgeklungen war, so abrupt endete das höllische Lachen.

Es wurde wieder still.

In der Stille hörten sich meine Schritte doppelt so laut an, als ich mich tiefer in den Schiffsrumpf hineinbewegte. Unter meinen Sohlen knirschte der Dreck. Bei jedem Geräusch verzog ich die Mundwinkel. Die Lampe knipste ich sporadisch an. Das Licht reichte, um eine Doppeltür zu erkennen.

Sie war zu.

Einen Yard davor blieb ich stehen, leuchtete die Tür an. Ich sah den weißen Totenkopf schimmern, der genau in der Mitte der Tür aufgemalt war. Die beiden Türen teilten den Totenkopf in zwei Hälften.

Die Augen in dem Schädel leuchteten wie gelber Phosphor. Das Maul war weit aufgerissen. Wäre der Schädel schwarz gewesen, hätte ich in ihm ein Abbild des Schwarzen Todes vermutet. War Suko durch diese Tür verschwunden?

Ich wollte es herausfinden. Ehe ich jedoch prüfen konnte, ob sie sich öffnen ließ, schwangen die beiden Türhälften zurück. Jämmerlich ächzten sie in den Angeln, gaben den Weg frei in einen tiefen, mir unbekannten Raum. Ich zog meine Waffe.

Der Raum hinter der Totenkopftür war nicht dunkel. Ein grünlich-weißes Licht verbreitete gerade so viel Helligkeit, daß Konturen und Umrisse zu erkennen waren.

Ich betrat den unheimlichen Raum.

Stimmen drangen an meine Ohren. Wispernd und raunend. Sie kamen von überall her, lullten mich ein.

Drei, vier Schritte machte ich, dann blieb ich stehen. Meine Blicke fraßen sich durch das Dämmerlicht, ich wollte sehen, wer mich erwartete.

Und da stockte mir der Atem!

Es dauerte eine Weile, bis Sheila den Schock des Anrufs überwunden hatte. Sie hatte sich in dieser Klinik sicher gefühlt. Das Vertrauen in Professor Harris war groß, und nun diese Ernüchterung.

Eines war Sheila Conolly klar.

Diesen Coup hatten ihre Gegner seit langem vorbereitet. So

etwas geschah nicht von heute auf morgen. Die andere Seite wollte ihr Unglück und das Kind!

Eine grausame Vorstellung, aber Dämonen kennen nur die Worte Haß und Vernichtung. Alles andere ist ihnen fremd. Sheila und ihr Mann waren mit John Sinclair befreundet. Dafür mußten sie nun zahlen.

Sheila hatte versucht, den Ring zu durchbrechen. Sie wollte nicht mehr, daß sie und Bill mitkämpften, doch in diesen Minuten mußte sie sich eingestehen, daß sie dies nicht geschafft hatte. Die Vergangenheit hatte sie schon zu tief hineingeritten.

Sheila spürte ihr Kind. Sie fühlte, wie es sich bewegte. Nicht mehr lange, dann war die Stunde da.

Aber welche Teufelei hatten die Dämonen vor?

Intensiv dachte Sheila an Bill und ihren Vater. Diese beiden Menschen standen ihr wirklich sehr nahe, und der Gedanke daran gab ihr wieder Kraft.

Sie würde kämpfen, sich mit allen Mitteln gegen das Schicksal stemmen.

Zaghaft klopfte jemand an die Tür.

Auf Sheilas »Herein« betrat die kleine, freundliche Koreanerin das Zimmer. Wie immer lag auf ihrem Gesicht ein bezauberndes Lächeln. Aber war das Lächeln nicht falsch? Gehörte die Asiatin nicht auch zu dieser Dämonenclique?

Sheila Conolly versteifte sich, als die Koreanerin an ihr Bett trat.

»Fühlen Sie sich nicht wohl, Mrs. Conolly?« fragte Clou.

Sheila versuchte ebenfalls zu lächeln. Es fiel kläglich aus. »Doch, doch, es geht mir gut.«

Die Koreanerin zupfte die Bettdecke zurecht. »Der Professor wird bald kommen«, sagte sie, »das wollte ich Ihnen sagen.«

»Danke.«

Clou ging wieder. Leise zog sie die Tür hinter sich zu.

Sheila griff sofort zum Telefon. Sie mußte Bill informieren, ihn um Rat bitten. Und wenn alle Stricke rissen, dann mußte er sie mit Johns Hilfe hier herausholen. Ja, das war wohl die beste Möglichkeit.

Sheila drückte den Hörer gegen ihr Ohr und tippte die Rufnummer auf der Tastatur.

Beim dritten Wählen fiel ihr auf, daß die Leitung tot war. Sie schlug auf die Kontakte, versuchte es wieder – keine Reaktion.

Das Telefon war gestört. Und das war sicherlich kein Zufall.

Sheila wurde es heiß und kalt zugleich. Angst stieg in ihr hoch, Angst vor unbekannten Gegnern.

Plötzlich war sie aufgeregt, nervös. Sie fühlte sich wie in einem Gefängnis, eingekesselt von Feinden.

Da ging die Tür auf. Professor Harris erschien. Drei Ärzte begleiteten ihn.

Freundliche Gesichter hatten alle aufgesetzt.

»Ihr könnt mich nicht täuschen«, flüsterte Sheila, »ihr nicht.«

Professor Harris beugte sich über sie. »Haben sie etwas gesagt, Mrs. Conolly?«

»Nein, schon gut.«

Der Professor begann mit der Untersuchung. Dabei gab er einige Fachkommentare ab, von denen Sheila Conolly kein einziges Wort verstand. Sie lag da und hatte die Augen halb geschlossen, ließ alles über sich ergehen.

»In einigen Stunden wird es wohl soweit sein, Mrs. Conolly«, sagte der Professor. »Wir werden Sie in ein anderes Zimmer legen – näher an den Kreißsaal.«

»Warum?«

Harris lächelte beruhigend. »Nur zu Ihrer Sicherheit, Mrs. Conolly.«

Sheila nickte. »Okay, Doc.«

»Wir sehen uns später«, sagte der Arzt und verließ mit seinem Troß das Zimmer.

Ich soll also verlegt werden, dachte Sheila. Ein wahrlich gemeiner Trick. Vielleicht hatten die anderen Angst, daß sie aus diesem Zimmer floh. Wenn das stimmte, dann mußte sie sich beeilen.

Sheila schwang die Beine aus dem Bett. Es bereitete ihr Mühe, nachdem sie so lange gelegen hatte. Sie ließ sich Zeit und überstürzte nichts. Den Koffer hatte die Koreanerin ausgepackt und die

Kleidung sorgfältig in den Wandschrank gehängt. Ihren leichten Staubmantel zog Sheila über.

Sie schlüpfte in bequeme Hausschuhe und wandte sich dann der Tür zu. Behutsam drückte sie die Klinke nach unten. Lautlos schwang die Doppeltür auf.

Sheila lugte in den Gang.

Leer lag er vor ihr. Nur die Notbeleuchtung brannte. Sie verbreitete einen trüben Schein. Von irgendwoher war das Klappern von Geschirr zu hören, sonst war es still.

Sheila riskierte es. Sie verließ das Zimmer. Den Weg, den sie gekommen war, hatte sie sich gemerkt. Sie hoffte nur, daß die Tür unten nicht abgeschlossen war.

Im letzten Augenblick nahm sie am Ende des Ganges eine Bewegung wahr. Sheila konnte gerade noch in ihr Zimmer verschwinden, ehe die beiden Personen sie entdeckten.

Sheila ließ die Tür spaltbreit offen, so daß sie auf den Gang sehen konnte.

Die Männer schoben eine Trage vor sich her. Sie näherten sich. Sheila hörte ihre Stimmen. Die beiden Pfleger unterhielten sich und lachten dabei. Die Gestalt auf der Trage war nicht völlig zugedeckt. Der Kopf lag frei.

Jetzt passierten die Pfleger Sheilas Zimmertür. Die junge Frau konnte einen Blick auf den auf der Trage liegenden Mann werfen. Sie sah das Blut an seiner rechten Kopfhälfte und hatte das Gefühl, der Boden unter ihr würde sich auftun und sie verschlingen.

Der Mann auf der Bahre war – Bill!

Plötzlich war ich nicht mehr allein. Vor mir – dicht unter der Decke – erschienen drei Gesichter. Zuerst sah ich nur Schemen, formlose Nebelgebilde, aber dann nahmen diese Geistererscheinungen Konturen an.

Drei Gesichter.

Von Männern!

Sie schwebten vor mir wie Ballons. Ich sah die Qualen auf ihren Gesichtszügen, bemerkte die Ansätze zu Hilferufen, schaute auf die Lippen, die sich öffneten und schlossen, und hatte das Gefühl, diese Gesichter würden lautlose Schreie ausstoßen.

Waren es Angstschreie?

Ich wollte fragen, doch die Gesichter kamen mir zuvor. Im Flüsterton setzten sie sich mit mir in Verbindung.

»Weißt du, wer wir sind?« erkundigten sie sich.

Ich nickte. Ja, ich konnte mir denken, daß ich hier die Gatten der drei Frauen vor mir hatte. Wayne, Manner und Ilford, so lauteten die Namen.

Ich sagte es ihnen.

»Du hast recht.« Ich erfuhr auch, welche Namen zu den Gesichtern paßten.

Ilford war wohl der Anführer. »Wer immer du auch bist, Fremder, wir danken dir, daß du zu uns gekommen bist. Vielleicht kannst du uns helfen.«

Ehe sie mir einen Vorschlag machen konnten, war ich an der Reihe. Schließlich brannten mir eine Menge Fragen auf der Seele, und auch Sukos Verschwinden wollte ich geklärt wissen.

»Wie ist es möglich, daß ihr in diesem Zustand dahinvegetiert?« fragte ich.

Ich erhielt zuerst ein deprimierendes Lachen zur Antwort. Ilford hatte es ausgestoßen. »Wir sind Gefangene, weil wir uns auf ihn verlassen haben.«

»Sprichst du von dem Seelenhändler?«

»Ja, so nennt er sich.«

»Ist er ein Dämon?«

Diese Frage wurde ebenfalls bejaht. »Aber ein sehr schlauer«, sagte Ilford. »Er hat sich dieser Welt hier angepaßt, und niemand weiß, wer sich hinter dieser Maske verbirgt.«

»Aber ihr seid doch zu ihm gegangen.«

»Da haben wir auch nur sein falsches Gesicht gesehen. Hier auf dem Schiff hauste er. Hier war sein Reich, und in diesem Verlies hat er uns in das verwandelt, was wir nun sind. Hätten wir doch nicht auf ihn gehört.« Der letzte Satz wurde qual- und vorwurfsvoll ausgestoßen.

»Erzähl mir, wie es dazu gekommen ist«, forderte ich Ilford auf.

»Er hat uns angesprochen. Mich in einem Pub, die anderen auf der Straße. Er hat gefragt, ob wir etwas Außergewöhnliches erleben wollten. Wir haben nicht nein gesagt, und als er uns versprach, wir würden Reichtum und Macht erlangen, da waren wir sofort Feuer und Flamme. Wir trafen uns auf diesem Schiff. Er erzählte vom Jenseits und von Welten, die in anderen Dimensionen lagen. Er berichtete so plastisch und ausführlich, daß wir zustimmten. Wie gesagt, wir sollten reich werden, doch zuvor mußten wir unsere Seelen verkaufen. Das war die einzige Bedingung. Wir haben nicht lange überlegt, sondern waren einverstanden. Seele verkaufen, wer von uns wußte schon, was wir uns damit antaten? Ich hatte zwar als Kind ein Märchen darüber gelesen, aber viel wußte ich über dieses Thema nicht zu erzählen. Oh, wir waren vom Reichtum geblendet, wir Narren – und wir stimmten zu.«

»Hat er euch Geld gegeben? Sind die Versprechen eingelöst worden?«

»Nein. Nach einer finsteren Beschwörung, deren Einzelheiten so grausam und schrecklich sind, daß ich sie gar nicht aufzählen kann, wurden wir entlassen. Ich sehe den Seelenhändler noch lächeln, als er sich von uns verabschiedete. Seine letzten Worte klingen mir noch in den Ohren. Asmodis wird sich freuen. Wir freuten uns damals genau drei Tage. Dann starben wir, und damit begann das Verhängnis. Wir gerieten nicht ins Jenseits, sondern wurden zu Wanderern zwischen den Welten. Wir gelangten in Reiche, deren Schrecken unermeßlich sind. Und überall waren wir die Ausgestoßenen. Niemand wollte uns haben. Wir erlitten Qualen, fanden keine Ruhe und bereuten alles. Dann gerieten wir an einen weisen Mann. Er nannte sich Myxin, und er unterbreitete uns einen Vorschlag.«

Ich horchte auf. Meine Erinnerung an Myxin war geteilt. Suko und ich hatten ihn aus einem zehntausendjährigen Schlaf erweckt, damit er mit uns zusammen gegen den Schwarzen Tod kämpfte. Doch Myxin war ein Magier, er diente schon damals in Atlantis dem Bösen, und er stellte sich nicht auf unsere Seite. Im Gegenteil, er lockte Suko und mich in die Hexenmühle, wo unser Schicksal besiegelt werden sollte. Wir entkamen, doch Myxin lauerte weiterhin auf seine Chance. Diesmal hatte er also wieder in den Kampf eingegriffen. Und zwar zugunsten der Schwächeren. Ich wurde aus dem Magier nicht schlau.

»Dann hat Myxin euch den Weg gezeigt, wie ihr euch mit der normalen Welt in Verbindung setzen könnt«, folgerte ich.

»So war es«, erwiderte Ilford. »Er sprach von dem Telefon. Wir konnten allerdings nur mit der Person in Kontakt treten, die uns im damaligen Leben am nächsten gestanden hatte. Sie mußten wir dazu bringen, einzugreifen.«

Die Gesichter der drei veränderten sich, wurden durchscheinend. Es bereitete Ilford Mühe zu sprechen. Gepreßt drangen die nächsten Worte an mein Ohr. »Etwas macht uns zu schaffen«, keuchte er. »Kräfte aus einer anderen Welt. Sie... sie sind stark, so unendlich stark. Ich weiß nicht, was sie wollen, aber wir werden zurückgerufen.«

»Noch eine Frage«, sagte ich schnell. »Was ist mit meinem Partner? Er hat vor mir den Bauch des Schiffes betreten, nein, er ist hineingezogen worden, wie ich. Wer befindet sich noch auf dem Kahn? Sagt es mir, schnell.«

Die Gesichter verblaßten. »Vorsicht!« hörte ich noch die Stimme des Toten. »Gefahr von unten...«

Dann verstand ich nichts mehr. Ich sah auch keine Gesichter mehr. Allein und verlassen stand ich in diesem unheimlichen Raum.

Es war finster geworden. Kein Leuchten, kein Flimmern – nichts. Nicht einmal die Hand vor Augen konnte ich sehen. Die Schwärze war wie ein gefräßiges Tier.

Noch immer hielt ich meine Beretta umklammert. Sie war mit geweihten Silberkugeln geladen und bot mir gegen Dämonen der unteren Rangstufen Schutz. Bei Dämonen höherer Klassen jedoch waren die geweihten Kugeln nicht die richtige Waffe. Allerdings hatte ich im Laufe der letzten Zeit die Erfahrung gemacht, daß mein Kreuz, das ich vor der Brust trug, immer mehr zu einem schützenden Mantel wurde. Diesem Zeichen des absolut Guten hatten die Mächte der Finsternis oft nichts entgegenzusetzen. Es war ihnen bisher nicht gelungen, die Macht des Kreuzes zu brechen.

Ich wagte kaum zu atmen, konzentrierte mich auf jedes Geräusch. Doch um mich herum blieb es still.

Wieder griff ich zu meiner Stablampe. Ich hielt sie von meinem Körper weg und schaltete sie ein.

Der Strahl bohrte ein Loch in die Dunkelheit. Ich ließ ihn umherwandern, durchsuchte dieses Verlies in der Hoffnung, meinen Partner zu finden.

Nichts.

Ich befand mich mutterseelenallein im Bauch des Schiffes. Ich ging durch das Verlies, drei Schritte nach rechts, drei Schritte nach links, das gleiche nach vorn und...

Plötzlich spürte ich eine Wand im Rücken. Ich stutzte. Das war doch unmöglich. Die Wand hätte weiter entfernt sein müssen.

Es sei denn...

Ein schrecklicher Verdacht keimte in mir auf. Ich streckte meine linke Hand aus, berührte die rauhe Holzwand.

Jetzt wußte ich es genau.

Und die Erkenntnis trieb mir das Blut in den Kopf.

Die Wände in diesem Verlies bewegten sich auf mich zu. Es war nur noch eine Frage der Zeit, wann sie mich erdrücken würden...

Die Welt begann sich vor Sheilas Augen zu drehen. Die junge Frau merkte nicht, wie sie zurücktaumelte und an der Wand langsam zu Boden rutschte.

Nur eine Szene fraß sich in ihrem Gehirn fest.

Sie sah Bill, ihren Mann, auf der Trage liegen.

Ein grausames Bild. Ein Schock, den Sheila sicherlich nicht so rasch überwinden konnte. Nicht in ihrem Zustand.

Lebte Bill überhaupt noch? Sie hatte das Blut an seinem Kopf gesehen, das leichenblasse Gesicht – all dies sprach für seinen Tod.

Sheilas Entsetzen kannte keine Grenzen mehr. Sie drückte sich an der Wand hoch und taumelte zu ihrem Bett. Später wußte sie nicht einmal zu sagen, wie sie hineingefallen war. Auf dem

Rücken blieb sie liegen. Ihre schönen Augen schimmerten hinter Tränen. Wie gläserne Perlen rannen sie an ihren Wangen entlang und versickerten im Kragen des Mantels.

Müdigkeit überfiel Sheila Conolly. Sie wurde erst aufgeschreckt, als das Telefon summte.

Zuerst wollte Sheila nicht abheben, doch dann griff sie nach dem Hörer.

»Sheila!« Wieder hörte sie die Stimme ihres Vaters. Er sprach aus der Unendlichkeit zu ihr, aus dem Reich der Toten...

»Dad!« Es war ein Aufschrei, der über Sheilas Lippen drang.

»Es tut mir so leid, mein Kind. Aber ich kann dir nicht helfen. Nicht von hier aus.«

»Daddy«, flüsterte Sheila, »ich... ich... habe ihn gesehen. Bill... Sein Kopf... er war blutig...« Sheila sog tief Luft ein. »Ich habe Angst, daß er... daß er...«

»Nein, mein Kind. Er ist nicht tot. Ich wüßte es. Er wäre sonst bei uns. Bill lebt!«

»Wirklich?« hauchte Sheila mit bebenden Lippen.

»Ja.«

»Aber... aber was soll ich jetzt tun? Ich bin so allein. Ich wollte anrufen, doch das Telefon...« Sheila flehte ihren Vater an. »Bitte, Dad, gib du mir einen Rat. Ich kann hier nicht länger bleiben. Ich möchte ein Kind zur Welt bringen. Ein gesundes Kind. Und niemand hilft mir. Auch John Sinclair nicht. Ich kann ihn nicht erreichen. Er ist so fern.«

»Du wirst dein Kind zur Welt bringen, Sheila«, hörte sie die Antwort. »Du mußt nur achtgeben und genau tun, was ich dir sage. Erstens kannst du nicht...«

Die Stimme verstummte. War auf einmal weg. Wie abgeschnitten.

»Dad!« rief Sheila verzweifelt. »Bitte, Dad, so melde dich doch. Sag etwas!«

Keine Reaktion. Die Leitung war und blieb tot. Nicht einmal atmosphärische Geräusche waren zu hören.

Sheila Conolly rutschte der Hörer aus der Hand. Er fiel direkt auf den flachen, viereckigen Telefonkasten. Mit leerem Blick starrte Sheila auf das große Fenster. Die Sonne war inzwischen untergegangen. Die Dämmerung löste einen heißen Sommertag ab. Es war ein ewiger Kreislauf, und Sheila fragte sich, wie sie die Nacht überstehen sollte.

Das Klopfen an der Tür überhörte sie, und so trat die koreanische Krankenschwester, ohne eine Antwort abzuwarten, in das Zimmer. Sheila schreckte erst hoch, als Clou dicht vor ihrem Bett stand.

»Mein Gott, Sie?«

Clou lächelte. »Wer sonst, Mrs. Conolly?« Dann wurde ihr Blick erstaunt. »Sie liegen im Mantel im Bett? Wollten Sie spazierengehen?«

Jetzt mußte Sheila sich entscheiden, wie sie sich aus der Affäre ziehen wollte.

Sie blickte in das Gesicht der Krankenschwester, in dem das Lächeln festgewachsen zu sein schien. Ja, Clou hatte gute Augen. Sheila beschloß, sie ins Vertrauen zu ziehen.

»Setzen Sie sich zu mir«, sagte sie.

»Natürlich.«

Dann begann Sheila Conolly zu erzählen. Sie nahm kein Blatt vor den Mund. Clou war die einzige, zu der sie Vertrauen hatte, und sie merkte, wie die Koreanerin immer blasser wurde, wie aber auch Verständnis in ihren Augen aufkeimte.

»Und deshalb muß ich weg«, sagte Sheila zum Schluß.

Clou nickte nur. »Es fällt mir schwer, das zu glauben. Professor Harris ein Dämon? Er war immer so nett und zuvorkommend zu uns.«

Sheila lachte bitter. »Verstellen können sie sich gut, glauben Sie mir.« Sie faßte nach Clous Hand. »Wollen Sie mir helfen, Schwester?«

»Ja.«

Sheila fiel ein Stein vom Herzen. Sie dachte jedoch nicht nur an sich, sondern auch an Bill. »Wo können sie ihn hingebracht haben?« erkundigte sie sich. »Gibt es hier einen Keller, ein Verlies oder etwas in der Richtung?«

»Der Leichenkeller.«

Sheila schauderte.

Trotzdem fragte sie: »Können wir dort hineinkommen?«

»Nein. Ich habe keinen Schlüssel. Außerdem ist es nicht sicher, ob Ihr Mann überhaupt dort liegt. Vielleicht ist es besser, wenn wir zur Polizei gehen. Außerdem müssen Sie, Sheila, sofort in ein anderes Krankenhaus. Die Wehen können jeden Augenblick einsetzen. Sie wissen selbst, was dann passiert.«

»Ja, ich weiß«, erwiderte Sheila flüsternd.

Mit einem Tuch wischte Clou Sheila Conolly den Schweiß aus dem Gesicht. »Es wird schon alles gut werden«, behauptete sie optimistisch. »Keine Angst.«

»Das sagen Sie so leicht, Clou. Erst einmal müssen wir aus dieser Klinik. Haben Sie schon einen Plan?«

»Vielleicht«, entgegnete die Koreanerin, reichte Sheila die Hand und zog sie vom Bett hoch.

Die verdammten Wände rückten tatsächlich näher. Und zwar von allen vier Seiten.

Ich stand genau in der Mitte. Dunkelheit, pechschwarze Finsternis. Und Angst schoß in mir hoch, denn wenn es mir in den nächsten Minuten nicht gelang, einen Ausweg zu finden, war ich verloren.

Ein für allemal.

Ich lief vor und zurück. Streckte die Arme aus, glitt mit beiden Händen an den Wänden entlang, suchte verzweifelt nach einer Öffnung oder einem Mechanismus, der dieses Höllenwerk stoppen konnte.

Ich fand nichts.

Grausam war diese Falle zugeschnappt. Diesmal hatten sie mich. Die Wände waren so dick, daß ich sie auch nicht durchschießen konnte. Ich steckte die Beretta weg, trommelte mit den Fäusten gegen das Holz. Ein sinnloses Unterfangen, nur aus der reinen Panik geboren.

Die Wände rückten noch enger zusammen. Ich konnte sie bereits berühren, wenn ich nur die Arme ausstreckte. Dann rutschten meine Fingerspitzen über das rauhe Holz.

Unwillkürlich begann ich zu rechnen, wie lange ich das noch aushalten konnte. Die Luft wurde zusammengedrückt, entwich aber irgendwo mit leichtem Pfeifen.

Die Stelle war unter mir.

Ich kniete am Boden, suchte nach einem Spalt, nahm dabei die Lampe zu Hilfe, arbeitete wie ein Wahnsinniger, und dabei rückten die Wände weiter auf mich zu.

Nur nach oben hin hatte ich Platz. Ich stand wieder auf, drehte mich im Kreis, trat einen halben Schritt zurück, spürte den Widerstand im Rücken und wurde nach vorn gepreßt…

Mein Ende nahte…

Ich begann zu schreien. Rief um Hilfe, doch da war niemand, der mich hörte oder hören wollte. Auch nicht das Wesen, das meinen Fuß gepackt und mich in den Schiffsbauch gezogen hatte.

Sekunden noch, dann war alles vorbei.

Im letzten Augenblick entdeckte ich den Unhold, der sich in der Dunkelheit versteckt gehalten hatte. Eine Gestalt von zwergenhaftem Wuchs, mit einem überdurchschnittlich großen Kopf und Armen, die bald bis zum Boden reichten. Ich sah die Klauenhände und entdeckte das häßliche Lachen auf seinem Gesicht.

Dann drückte etwas gegen meine rechte Schulter, warf mich nach links, wo ich sofort Widerstand spürte. Die Gestalt verschwand, löste sich auf wie ein Nebelstreif in der Vormittagssonne.

Ich drehte mich um, zog meine Beine an, stemmte die Füße gegen die Wand, um den tödlichen Mechanismus zu stoppen.

Meine Chance war gleich Null.

Ich konnte gegen die mörderische Kraft nichts ausrichten, mußte nachgeben, da sonst meine Gelenke ausgekugelt wurden, rutschte zu Boden, wurde weiter vorgeschoben, spürte jetzt schon den Widerstand an meinen Knien, dann an den Schultern und plötzlich überall.

Noch ein letzter verzweifelter Atemzug, ein Schrei…

Jetzt mußten mich die Wände zermalmen.

In Bills Kopf tobten tausend kleine Teufel. Jedenfalls hatte der Reporter dieses Gefühl. Er öffnete die Augen und stellte fest, daß sein linkes verklebt war. Nur der rechte Augendeckel ließ sich heben.

Bill blinzelte.

Licht schien ihm in die Pupille. Obwohl es nicht grell war, schmerzte Bill die Helligkeit. Er schloß die Augen und versuchte trotz der bohrenden Kopfschmerzen, seine Gedanken zu ordnen.

Deutlich erinnerte er sich an die Ereignisse der jüngsten Vergangenheit.

Er hatte auf einem Baum gesessen, um Sheilas Zimmer beobachten zu können, dann hatte er plötzlich den ungeheuren Schlag gegen die Schläfe gespürt, und aus war der Traum.

Jetzt lag er hier. Aber wo?

Zum zweitenmal öffnete Bill sein Auge. Diesmal ging es etwas besser. Sie mußten ihn in einen Keller geschafft haben. Oder war es eine Waschküche? Auf jeden Fall fielen Bill die gelben Kacheln an den Wänden auf. Gekachelt war auch der Boden, wie der Reporter mit einem Blick feststellte. Dabei bemerkte er, daß er ziemlich hoch lag. Höher als in einem Bett.

Eine Trage! Du liegst auf einer Trage. Dann hatten sie ihn sicherlich in die Klinik geschafft, so folgerte Bill. Wie sollte es weitergehen? Er war gespannt darauf, was man von ihm wollte.

Der Gedanke an Sheila kam automatisch. Und dabei wurde Bill von der Angst gepackt. Sheila befand sich auch in dieser verdammten Klinik. Sie war hoch in Umständen, und Bills Überzeugung wuchs, daß all die Dinge, die sich ereignet hatten, zu einem abgekarteten Spiel gehörten. Man wollte Sheila und ihn ausschalten. Und zwar auf eine grausame, heimtückische Art und Weise.

Doch ein Mann wie Bill Conolly gab nicht so leicht auf. Er war zwar angeschlagen, aber nicht geschlagen. Das würde diese verdammte Brut bald spüren.

Bill versuchte aufzustehen.

Er schwang seine Beine nach rechts und kletterte von der Trage. Ziemlich wacklig stand er auf dem Boden. Jetzt fühlte er nach seiner Stirn. Das Blut war schon getrocknet und hatte eine Kruste gebildet. Deutlich tastete Bills Finger über die lange Schramme an der Schläfe. Einen Zoll tiefer, und es hätte ihn gegeben.

Bill schüttelte die trüben Gedanken daran ab und begann damit, sein Gefängnis zu untersuchen. Alle vier Wände waren gekachelt. Nur dort, wo sich die ausbruchssichere Eisentür befand, hatte man die Kachelreihe unterbrochen.

Der Reporter besah sich die Tür. Da war nichts zu machen. Absolut ausbruchssicher.

Verloren stand die fahrbare Trage inmitten des Raumes. Wo Bills Kopf gelegen hatte, zeigten sich rote Flecken auf dem weißen Laken. Um überhaupt etwas zu tun, klopfte er die Wände nach einem Geheimgang oder einen verborgenen Mechanismus ab, der ihm den Weg in die Freiheit verschaffte.

Bill wurde enttäuscht. Er fand nichts, erhielt jedoch jetzt Besuch.

Mit einem saugenden Geräusch wurde die Tür aufgestoßen. Bill, der genau gegenüberstand, drehte sich um.

Drei Männer hatten sein Gefängnis betreten.

Alle drei trugen weiße Kittel. Der Mann in der Mitte war Professor Harris. Begleitet wurde er von zwei Spezis, die in jedem Catcherzelt auftreten konnten. Muskulöse Körper, dicke Arme und stark wie Bären. Bill traute sich ja einiges zu, aber gegen diese beiden hatte er keine Chance.

Sie blieben an der Tür stehen und ließen den Reporter nicht aus den Augen.

Professor Harris verschränkte gelassen die Arme vor der Brust. »So sehen wir uns also wieder, Mr. Conolly«, stellte er fest.

Harris lachte spöttisch. Er wirkte nach wie vor sehr gepflegt. Kein Stäubchen lag auf seinem Kittel, sein Haar war sorgfältig gekämmt und die Krawatte exakt gebunden. Er machte den Eindruck eines Gentlemans, doch nicht nur Bill wußte, daß sich hinter der glatten Fassade ein wahrer Teufel verbarg.

»Was wollen Sie von mir?« stieß Bill krächzend hervor.

»Überlegen Sie doch einmal, Mr. Conolly«, ging er auf Bills Bemerkung ein, »wir halten Sie nicht aus Spaß hier fest. Sie und Ihre Freunde haben uns genug Ärger bereitet. Bis jetzt weiß noch keiner, was sich hinter der glatten Fassade der Klinik verbirgt. Sie sind der erste. Und Wissen ist oft tödlich. Auch für Sie, Mr. Conolly.«

»Und ich habe Sie für einen Ehrenmann gehalten«, sagte der Reporter bitter.

Harris lachte nur. »Was blieb Ihnen anderes übrig? Es war alles wunderbar eingefädelt, und ohne es zu merken, ist Ihre Frau beeinflußt worden. Wir haben dafür gesorgt, daß sie sich für diese Klinik entschied. Alles ist phantastisch gelaufen.«

»Wer ist wir?« fragte Bill.

»Jetzt stellen Sie sich ein Armutszeugnis aus, Mr. Conolly. Sie selbst haben schon oft genug gegen meine Freunde gekämpft. Ihnen ist auch sicherlich der Schwarze Tod ein Begriff. Für ihn arbeiten wir, um es mal mit Ihren Worten auszudrücken. Hat Ihnen Ihr Freund John Sinclair nicht von den Stützpunkten erzählt, die wir überall in der Welt eingerichtet haben? Dieses Haus ist einer davon. Es werden täglich mehr. Die Invasion ist nicht mehr zu stoppen. Die Unterwanderung der Menschheit hat begonnen. Niemand wird uns den Sieg mehr streitig machen können. Dieses Haus ist nur ein kleines Rädchen im großen Dämonengetriebe, aber es erfüllt seinen Dienst. Wir sind dafür verantwortlich, daß gewisse Leute auf Nimmerwiedersehen verschwinden. Ihnen und Ihren Freunden wird es nicht anders ergehen. Von einem John Sinclair, zum Beispiel, bleibt dann nur noch Asche zurück.«

Bill schluckte. »Was haben Sie vor?« Seine Stimme klang heiser.

»Wir werden Sie verbrennen!«

Bill atmete tief ein. Er ballte die Hände zu Fäusten. Rote Schleier tanzten vor seinen Augen. Die nächste Frage drang nur stockend über seine Lippen.

»Und was geschieht mit meiner Frau?«

»Sie wird ihr Kind zur Welt bringen!«

»Und dann?«

»Können Sie sich das nicht denken, Mr. Conolly?«

Da drehte Bill durch. Er konnte einfach nicht anders. Urplötzlich rannte er los, schnellte auf Harris zu, um ihm beide Fäuste in das kalte, lächelnde Gesicht zu schlagen.

Doch die beiden Aufpasser reagierten blitzschnell. Sie fingen Bill ab, konterten hart und trafen auch.

Der Reporter brach in die Knie. Riesengroß tauchte plötzlich eine Faust vor seinem Gesicht auf. Dann hatte er das Gefühl, von einem Hammer am Kinn getroffen zu werden, und danach wußte er nichts mehr. Zum zweitenmal an diesem Tag nahm ihn der Schacht der Bewußtlosigkeit auf.

Professor Harris blickte angewidert auf Bill Conolly hinab. Seine Mundwinkel hatten sich verzogen. Er stieß den gekrümmten Körper mit der Fußspitze an.

Nahezu hündisch ergeben schauten die Leibwächter zu ihrem Chef hoch. Sie hatten sich schon gebückt, um Bill wegzutragen. »Sollen wir ihn jetzt in das Feuer werfen?«

Professor Harris schüttelte den Kopf. »Nein, ich will erst alle zusammen haben.« Er strich sich über den langen Nasenrücken. »Schafft ihn aber weg. Ihr wißt ja, wohin.«

Die Kerle nickten. Sie waren schon an der Tür, als Harris ihnen noch nachrief: »Kommt danach zurück. Ihr werdet mich zu der Frau begleiten.«

Die Gorillas ließen Harris allein. Der Professor zündete sich ein dünnes Zigarillo an. Nachdenklich wanderte er auf und ab.

Er war mit sich zufrieden. Sein Plan, den er in mühevoller Arbeit durchgeführt hatte, schien aufzugehen. Bill Conolly in seiner Hand, Sheila ebenfalls, und die anderen beiden würden auch keine Schwierigkeiten mehr machen. Nicht umsonst hatten sie das Schiff besucht. Der Kahn barg manche höllische Überraschung. Es war nur schade, daß er die Seelen seiner Feinde nicht bekommen konnte. Aber sicher war sicher. Lieber alles vernichten, dann konnte nichts mehr schieflaufen. Seelen konnte er sich noch genug holen. Die Menschen waren habgierig. Er brauchte nur mit seinen normalen Patienten zu sprechen, um zu wissen, was die Menschen bedrückte und wonach sie sich sehnten. Sie öffneten Harris ihr Herz, vertrauten sich ihm an und ahnten dabei nicht, wie teuflisch sie hintergangen wurden.

Die Leibwächter kehrten zurück.

»Alles erledigt«, meldeten sie.

»Okay. Kümmern wir uns um die Frau.« Harris und die beiden Männer verließen den kahlen Raum und fuhren mit dem Lift nach oben. Auf dem Weg zu Sheilas Zimmer begegneten ihnen Patienten. Harris hatte wieder sein optimistisches Lächeln aufgesetzt. Eine rothaarige Mittvierzigerin begrüßte er sogar mit Handkuß. Die Gute ahnte nicht, daß sie soeben ein wahrer Teufel geküßt hatte.

Für jeden hatte Harris ein nettes Wort. Doch als er mit seinen Männern wieder allein war, verdüsterte sich seine Miene. Dann standen sie vor Sheilas Zimmer.

Ein rascher Rundblick. Nein, sie wurden nicht beobachtet.

»Okay, holt sie her!« befahl Harris.

Die Pfleger stürmten in das Krankenzimmer. Langsam folgte Professor Harris ihnen. Ein siegessicheres Lächeln umspielte seine Mundwinkel, zerbrach aber plötzlich, als er drei Schritte in den Raum gegangen war.

Das Bett war leer!

•

Ich wollte meine Gedanken ausschalten, mich nicht auf das unweigerlich Kommende konzentrieren, doch es ging nicht. Ich lauerte förmlich darauf, daß mich die Wände zermalmten, daß der alles verzehrende Schmerz mir das Bewußtsein raubte.

Das geschah nicht.

Ich konnte immer noch atmen, obwohl ich doch längst hätte tot sein müssen. Dafür zerrte eine Kraft an meinen Beinen, glitt höher über den Körper, riß daran und wollte mich packen.

Ich wehrte mich, konnte plötzlich um mich schlagen, hatte freie Bahn, und ich sah das helle Licht, das mich umstrahlte.

Ja, ich war eingebettet in eine Aura des Lichts.

Und dieses Licht hatte seine Quelle in dem Kreuz, das um meinen Hals hing. Das Kreuz, mein Kreuz, hatte mich gerettet, von einem ungeheuren Alpdruck befreit.

Ich konnte wieder Luft holen, sog sie in meine Lungen, riß weit die Augen auf, hörte um mich herum das Klatschen von Wellen, dann einen berstenden Knall, und plötzlich geriet ich in tiefes Wasser.

Automatisch machte ich Schwimmbewegungen. Ich tauchte erst durch eine trübe Brühe und glitt dicht über dem Grund in die Höhe. Kräftige Beinbewegungen stießen mich der Oberfläche entgegen. Ich schoß aus dem Wasser, fiel wieder zurück, spuckte die schmutzige Brühe aus und schwamm dem Ufer zu.

Dort herrschte große Aufregung. In Scharen liefen die Menschen heran und starrten dorthin, wo eben noch ein Schiff im Wasser gelegen hatte.

Jetzt war es verschwunden.

Gesunken?

Ich kraulte auf die Stelle zu. Dort hatte ich eine Leiter gesehen, die hoch zum Pier führte.

Die Stimmen der Neugierigen wurden lauter, je näher ich kam. Die meisten waren der Meinung, daß das Boot gesunken sei, doch ich konnte mir auch einen anderen Grund für das Verschwinden vorstellen.

Auf dem Boot herrschte die Schwarze Magie. Sie hatte ich aufgehoben. Die gegensätzlichen Kräfte waren aufeinandergeprallt, und ich hatte gewonnen.

Das war alles.

Leider wußte ich noch immer nicht, was mit Suko, meinem Freund und Partner, geschehen war. Daß er auf dem Grund lag, daran wollte ich nicht glauben. Dämonen machen es sich nicht so einfach. Aber ich mußte Suko finden.

Ich kletterte die Leiter hoch.

Helfende Hände streckten sich mir entgegen, doch ich schaffte es allein. Als ich auf dem Kai stand, mußte ich mir einen Weg mit dem Ellenbogen bahnen, so dicht standen die Menschen. Fragen prasselten mir entgegen. Ich zuckte nur mit den Schultern und sagte immer wieder: »Es tut mir leid, Leute, aber gesehen habe ich auch nichts.«

Ich wollte so rasch wie möglich zu meinem Wagen, doch daraus wurde vorerst nichts.

Zwei Polizisten stellten sich mir in den Weg. »Augenblick mal, Mister«, wurde ich angesprochen.

Zähneknirschend blieb ich stehen. Jetzt schoben sich die Gaffer wieder näher an mich heran.

»Das ist der Mann«, hörte ich eine Stimme. »Der kann bestimmt mehr zu dem Unglück sagen.«

»Ein Terrorist!« schrie ein anderer.

Die Bobbys wurden noch mißtrauischer. Ich stand da wie ein begossener Pudel. Das schmutzige Hafenwasser tropfte aus meiner Kleidung. Neben mir bildeten sich zwei Lachen.

Die Polizisten rahmten mich ein. »Was war da los?« wurde ich gefragt. »Was hat es mit dem Schiff auf sich?«

»Es ist explodiert!« schrie jemand.

»Kann ich Sie irgendwo in Ruhe sprechen?« fragte ich.

Sie erklärten sich sofort einverstanden.

Wir gingen ein paar Schritte zur Seite, und ich präsentierte den wackeren Gesetzeshütern meinen Ausweis.

»Sorry, Sir«, begannen sie zu stottern. »Wir dachten nicht, daß Sie von…«

Ich winkte ab. »Schon gut.«

Einer blieb hartnäckig. »Und was hat es mit dem versunkenen Schiff auf sich?«

Ich wischte mir eine feuchte Haarsträhne aus der Stirn. »Der Vorgang muß noch genau untersucht werden. Ich lasse die Spezialisten vom Yard kommen. Sie brauchen sich darum nicht zu kümmern.«

Die Beamten salutierten und begannen dann, die Neugierigen zu zerstreuen. Ich steuerte meinen Bentley an. Dort griff ich zum Telefon.

Über die Zentrale ließ ich mich mit Superintendent Powell verbinden.

»Ach«, sagte er sarkastisch, »gibt's Sie auch noch, Sinclair?«

»Ja«, erwiderte ich fröhlich. »Aber bald hätte es mich nicht mehr gegeben.«

Powell stieß ein undefinierbares Geräusch aus. »Dann berichten Sie mal.«

Das tat ich.

Der Superintendent war knurrig. »Und Sie haben nichts davon bemerkt, daß in unserer Stadt dieser – wie heißt er doch noch?«

»Seelenhändler, Sir.«

»Ja, dieser Seelenhändler aktiv ist?«

»Nein, Sir.«

Powell schnaubte. »Damit stellen Sie sich ein Armutszeugnis aus, Sinclair. Sie sind schon so lange im Geschäft und müßten über dämonische Aktivitäten innerhalb Londons informiert sein.«

Der Chef hatte heute seinen beißenden ironischen Tag. Und ich war auch nicht gerade bester Laune. Schließlich hatte ich einiges hinter mir, fror in meinen nassen Klamotten, trotz der Wärme, und die Stimmung war eisig.

»Wissen Sie, was sie mich können, Sir?«

Wieder schnaubte Powell.

»Nicht leiden«, sagte ich, hängte den Hörer ein und mußte zweimal niesen.

Meine Laune war nahe am Gefrierpunkt. Bisher hatte ich eine Niederlage nach der anderen einstecken müssen. Kein erhebendes Gefühl, ohne Erfolgserlebnis durch den Tag zu laufen.

Ich fuhr zu meiner Wohnung. Unterwegs klapperte ich ein paarmal mit den Zähnen. Die Sonne stand schon tief. Sie blendete mich. Zum Schutz setzte ich meine dunkle Brille auf.

Die Sorgen um Suko wuchsen. War er ertrunken? Hatte man ihn verschleppt? Ich war nahe daran, eine Suchaktion einzuleiten. Vielleicht fanden ihn die Taucher auf dem Grund des toten Themsearms. Doch ich nahm davon Abstand. Mein Gefühl sagte mir einfach, daß mit Suko etwas anderes geschehen war. Und, so komisch es klingt, auf meine Gefühle oder meinen sechsten Sinn kann ich mich verlassen.

Ich brauchte über dreißig Minuten, um das Apartmenthaus zu erreichen, in dem ich wohnte.

Den Bentley lenkte ich in die Tiefgarage. Ein unangenehmer Geruch strömte aus meiner feuchten Kleidung. Die Sachen klebten mir am Körper wie angeleimt.

Ich freute mich auf eine Dusche. Nur wie es weiterging, das wußte ich noch nicht.

Zwei Aufzüge standen zur Verfügung. Einer war unterwegs. Ich nahm den zweiten und ließ mich nach oben schießen. Als ich ihn verließ, sah ich gerade noch ein blondhaariges Wesen um die Gangecke verschwinden.

Ich kannte diese aufregende Rückenpartie genauer. Sie gehörte Jane Collins.

Vor meiner Wohnungstür trafen wir dann zusammen.

»Ach, du läßt dich auch mal sehen«, grüßte mich Jane, sah mich dann genauer an und schüttelte den Kopf. »Wie siehst du denn aus? Und der Gestank, der von dir ausgeht!«

»Widerlich, nicht?« Ich suchte nach den Schlüsseln, schloß auf und ließ Jane vorgehen.

»Alle habe ich angerufen. Ich versuchte, dich im Büro zu erreichen. Bekam aber nur die spitze Antwort deiner Sekretärin, daß du leider nicht zu erreichen bist. Suko auch nicht, und bei den Conollys meldet sich ebenfalls niemand.«

Ich schlüpfte aus meinem nassen Jackett. »Und was treibt dich so in unsere Nähe?«

Jane hatte sich in einen Sessel gesetzt. Für mich war sie die hübscheste Privatdetektivin Londons. Auch jetzt sah sie wieder zum Anbeißen aus.

Janes Lippen kräuselten sich zu einem Lächeln. »Schließlich ist es bald soweit«, erwiderte sie.

Ich zog mir das Hemd über den Kopf. »Was ist soweit?«

»Typisch Mann.« Jane schlug sich gegen die Stirn. »Sheila wird Mutter, und Bill hofft auf Vaterfreuden. Verstehst du nun?«

»Sorry, aber das hatte ich vergessen.«

»Ärger?« fragte sie.

»Gar kein Ausdruck.«

»Erzähl mal.«

»Ich möchte erst duschen.«

»Okay. Ich sehe mal im Kühlschrank nach. Du hast doch bestimmt was Alkoholfreies da.«

»Bestimmt. Und gieß mir auch ein Glas ein.« Die Dusche war

eine Wohltat. Leider konnte ich mir mit den Wasserstrahlen nicht die Sorgen vom Leib spülen. In ein langes Badetuch gewickelt, ging ich nach der Erfrischung wieder zu Jane in den Living-room.

Die kühlen Getränke standen bereit. Wir prosteten uns zu. Dann erzählte ich Jane die Geschichte.

Sie wurde blaß unter der sommerlich sonnenbraunen Haut. »Mein Gott, das ist ja schrecklich«, hauchte sie. »Siehst du denn noch eine Chance für Suko?«

Ich trank mein Glas leer. »Immer, Jane. Solange er nicht tot ist, gibt es Hoffnung. Wenn ich nur wüßte, wo ich in diesem Fall ansetzen soll.«

»Rechnest du damit, daß Suko in eine andere Welt verschleppt worden ist? So, wie man es mit dir schon gemacht hat?«

Ich nickte.

»Und dieser Seelenfänger. Weißt du nicht, wer sich dahinter verbirgt?«

»Ich kenne nur seinen Namen. So heißen tausend Leute in London. Ein Allerweltsname. Harris.«

Jane Collins zog die Stirn kraus. »Harris?« echote sie.

»Ja. Wieso? Ist was damit?«

»Den Namen habe ich doch vor kurzem noch gehört. Wo war das denn nur?« Jane Collins preßte ihren Handballen gegen die Stirn. »Verflixt noch mal…«

Ich zündete mir eine Zigarette an. Ich war auf die nächsten Minuten gespannt und ließ Jane in Ruhe überlegen.

Dann hellte sich ihr Gesicht auf. »Jetzt habe ich es wieder«, rief sie. »Sheila hat mir den Namen gesagt. Und nur gut über den Mann gesprochen. Harris! Professor Harris ist derjenige, der die Klinik leitet, in der sie liegt.«

Behutsam drückte die Koreanerin die Tür ins Schloß. Dann legte sie ihren Zeigefinger auf die Lippen.

»Kein Laut jetzt«, wisperte sie. »Hier trägt der Schall ziemlich weit.«

Sheila nickte. Eine Gänsehaut lief über ihren Körper. Sie spürte die Angst und preßte die Hände auf den Leib. Ihre Lippen formten lautlose Worte, sie betete. Für sich und vor allen Dingen für Bill und das Kind.

»Wo sind wir hier?« raunte sie.

»Auf der Nottreppe. Sie führt zu einem Ausgang. Er liegt an der Seite und ist ziemlich gedeckt. Wir müßten es eigentlich schaffen, ungesehen aus dem Haus zu gelangen.«

Sheila nickte. »Das hoffe ich von ganzem Herzen.«

Clou ging vor. Die Steintreppe führte wendelförmig in die Tiefe.

Sheila hoffte, daß ihr Verschwinden noch nicht bemerkt worden war. Wenn es Professor Harris und seinen Helfern gelang, sie einzufangen, dann war auch die Krankenschwester verloren.

Besorgt führte Clou ihren Schützling. Immer wieder munterte sie Sheila mit leisen, optimistischen Worten auf. »Wir schaffen es sicher. Sie müssen nur fest daran glauben.«

»Was mir schwerfällt.«

Sie gingen weiter. Mußten langsam voranschreiten, damit es Sheila nicht schwindlig wurde. In ihrem Zustand war ein Sturz höllisch gefährlich. Im Mund spürte die werdende Mutter einen faden Geschmack. Überdeutlich fühlte sie ihr Herz klopfen. Kalter Schweiß bedeckte ihre Stirn. Die Angst saß fest in ihrem Innern.

An der Decke brannte eine trübe Notbeleuchtung. Hin und wieder flackerten die Birnen. Es war ein wechselvolles Spiel zwischen Licht und Schatten.

»Wo führt die Treppe eigentlich hin?« fragte Sheila.

»Wir erreichen erst einmal den Keller«, erklärte Clou.

»Den Leichenkeller?«

Clou nickte.

»O Gott.«

Sheila schloß für zwei Sekunden die Augen. Nahm dieser Schrecken denn gar kein Ende? Wurde sie weiterhin mit grausamen Tatsachen konfrontiert?

»Sie müssen sich noch einmal zusammenreißen«, flüsterte die Krankenschwester.

»Ich versuche es.«

Clou schenkte Sheila ein aufmunterndes Lächeln. Bills Frau

bewunderte den Mut und die Entschlossenheit der kleinen Koreanerin. In ihr mußte eine ungeheure Kraft stecken.

Sie erreichten den Keller. Durch eine offene Tür gelangten sie in einen breiten Gang. Rauhputz bedeckte die Wände. Leuchtstoffröhren spendeten kaltes Licht. Nischen waren in unregelmäßigen Abständen in die Wände eingelassen. Dort standen Aluminiumcontainer, die all den Schmutz und Unrat aufnahmen, der in dieser Klinik anfiel.

Dann erreichten sie die Leichenhalle. Die Tür dazu war abgeschlossen.

Clou besaß jedoch einen Schlüssel.

»Werden dahinter die Toten aufgebahrt?« fragte Sheila.

»Ich weiß es nicht genau.« Clou steckte behutsam den Schlüssel ins Schloß. »Wenn ja, dann sehen Sie am besten gar nicht hin. Ihr Mann ist bestimmt nicht dabei.«

Sheila nickte krampfhaft.

Die Koreanerin bewegte einen großen Hebel und drückte ihn nach unten. Dann zog sie die schwere Tür auf und betrat die Leichenkammer.

Sie machte Licht, drehte den Kopf und bedeutete Sheila, ihr zu folgen.

Hand in Hand durchquerten die beiden Frauen den makabren Raum. Es waren zwei Leichen aufgebahrt. Sie lagen auf einem tischähnlichen Gestell und waren nicht abgedeckt. Die Toten hatten eine wächserne Hautfarbe, die Lippen standen offen, die Finger waren ineinander verschlungen.

An der linken Seite standen zwei große Waschtröge. Darüber gab es ein Regal mit zahlreichen Flaschen.

Es roch nach scharfen Desinfektionsmitteln.

Sheila blickte stur geradeaus, visierte die Tür an, die sie in die Freiheit führen sollte. Trotz allem hatte sie einen Blick auf die beiden Leichen geworfen. Bill war nicht darunter.

In der Leichenkammer gab es keine Fenster. Dafür hörte Sheila das monotone Summen einer Klimaanlage.

»Wir haben es gleich geschafft«, sagte die Krankenschwester und lächelte.

Sie drückte eine weitere Tür auf. Dahinter lag ein quadratischer Flur. Zwei Bahren standen nebeneinander. Sheila las das Wort Ausgang. Mit roter Farbe war es an die Wand gemalt worden.

Mit einem Schlüssel öffnete Clou die Schiebetür. Jedoch nur so weit, daß die beiden Frauen gerade hindurchschlüpfen konnten.

Längst hatte die Dämmerung ihren grauen Kegel über den Park gelegt. Die Umrisse der Bäume und Sträucher verwischten.

Hier und da flirrte ein Glühwürmchen durch die Luft. Es roch nach wilden Rosen. Der Duft legte sich schwer auf die Atemwege. Ein gewundener, von Sträuchern umsäumter Kiesweg führte tiefer in den Park hinein. Im Zickzack flog ein Schmetterling dicht an Sheilas Gesicht vorbei.

»Ich glaube, wir haben es geschafft«, flüsterte die Koreanerin.

Sheila war da weniger optimistisch. Geduckt schlich sie hinter Clou her.

Das Gehen bereitete ihr Schwierigkeiten. Die Schwester merkte es und verlangsamte ihr Tempo.

Alles blieb ruhig. Zu ruhig, fand Sheila. Das dicke Ende würde bestimmt noch folgen.

Rechterhand lag ein kleines Gebäude mit einem runden, kuppelartigen Dach. Der Bau selbst war ebenfalls rund und schien keine Fenster zu haben.

»Was ist das?« fragte Sheila.

»Ich weiß es nicht. Diesen Bau durften wir nie betreten.«

»Und aus welchem Grund?«

»Gesagt hat man uns keinen.«

Im selben Augenblick blieb die Koreanerin stehen. Zwei gleißende Scheinwerfer warfen vom Dach des Klinikgebäudes ihre Lichtfülle in den Park. Rissen Bäume und Sträucher aus dem Halbdunkel und verhinderten ein unbemerktes Durchqueren des Geländes.

»Jetzt haben sie uns!« rief Sheila erstickt.

Clou drückte Sheila etwas zurück, so daß sie im Schatten eines hochgewachsenen Buschs stand.

»Noch nicht, Mrs. Conolly.«

»Aber wo wollen Sie denn hin?« fragte Sheila verzweifelt.

Die Koreanerin deutete auf das verbotene Gebäude. »Dort hinein«, sagte sie...

Janes Worte trafen mich wie ein Faustschlag. Gleichzeitig wich das Blut aus meinem Gesicht. Ich wurde leichenblaß.

»Sag das noch mal«, forderte ich die blondhaarige Detektivin auf.

»Harris heißt der Professor, in dessen Behandlung sich Sheila begeben hat.«

Ich fuhr mir durchs Gesicht. Und ehrlich gesagt, mir wurde ganz anders. Ich, nein, wir hatten uns täuschen lassen. Während Suko und ich uns auf das Schiff konzentrierten, schlug unser Gegner ganz woanders zu. Und das mit grausamer Härte.

Sie schreckten nicht einmal davor zurück, eine schwangere Frau...

Ich durfte den Gedanken gar nicht weiterführen, sonst drehte ich noch durch. Wie aus weiter Ferne vernahm ich Janes Stimme. »Jetzt ist mir auch klar, warum bei den Conollys niemand abhebt. Die haben nicht nur Sheila, sondern auch Bill.«

Ich stand auf. »Weißt du, Jane, wo diese verdammte Klinik ist?« meine Stimme erkannte ich kaum selbst wieder. Sie schien mir fremd.

»Ja, Sheila hat mir davon erzählt. Sie sprach sogar begeistert über die Klinik, und auch Professor Harris war in ihren Augen ein Mann, zu dem sie unbedingtes Vertrauen hatte.«

Noch immer hatte ich das Badetuch um den Körper geschlungen. Meine Haut war inzwischen trocken. Ich lief in den Schlafraum und zog mich um. Benötigte nicht einmal eine Minute, um in die trockenen Sachen zu schlüpfen.

»Hast du deinen Koffer?« fragte Jane, als ich wieder zurück war.

»Im Wagen.«

Dann griff ich zum Telefon.

»Wen rufst du an?«

»Powell.«

Der alte Griesgram war nicht in seinem Büro. Dafür bekam ich Glenda Perkins an die Strippe. An meiner Stimme erkannte sie, daß ich für Scherze keine Zeit hatte, und sie wurde deshalb auch sofort sachlich.

»Was kann ich für Sie tun?«

»Stenographieren Sie bitte mit, Glenda.« In Stichworten faßte ich zusammen, wie meine nächsten Schritte aussehen würden. Zum Schluß sagte ich: »Sobald Superintendent Powell eintrifft, geben Sie ihm den Bericht, Glenda. Er soll eine Einheit Bereitschaftspolizei in Reserve halten und auf meinen Anruf oder eine Nachricht warten. Ich will es erst im Alleingang versuchen. Sonst riskiere ich Sheilas und Bills Leben.«

Glenda Perkins verstand. Sie hatte im Laufe der Zeit gelernt, worauf es ankam. Ich wußte meinen Auftrag bei ihr in sicheren Händen.

Jane tippte mir auf die Schulter. »Von wegen Alleingang, mein Bester. Ich komme mit. Schließlich bin ich es gewesen, der dich auf die Spur gebracht hat.«

Ich war einverstanden.

Jede Sekunde zählte.

Der breite Lichtkegel fiel links von ihnen in den Park. Wenn sie geradeaus liefen, dann mußten sie an ihm vorbei.

Sie hörten Stimmen und Rufe. Patienten waren aufgeschreckt worden, und Professor Harris versuchte, sie zu beruhigen.

»Schnell, ehe das Licht wandert«, sagte Clou.

Und Sheila lief mit. Trotz ihres Zustandes. Sie entging dem Lichtschein um Haaresbreite, denn als sie die Hälfte des Weges hinter sich hatte, begann er zu wandern.

Fast hätte er sie gestreift.

Außer Atem preßten sie sich gegen die rauhe Mauer des Hauses. Clou wischte sich eine Haarsträhne aus der Stirn. »Mein Gott«, keuchte sie, »das war knapp.«

Sheila nickte nur. Sprechen konnte sie nicht. Dafür war sie viel zu erschöpft.

Eine Reihe Sträucher deckte sie gut gegen den Park hin ab. Die Koreanerin ging einen Schritt vor und hob ein paar Zweige zur Seite. Jetzt hatten sie besseres Blickfeld.

»Was ist?« fragte Sheila.

Clou stand gebückt. Ohne sich umzudrehen, erwiderte sie: »Sie suchen den Park ab.«

»Wie viele?« Sheilas Stimme zitterte.

»Ich sehe vier.«

»Ist Professor Harris auch darunter?«

»Nein.« Clou kehrte wieder zu Sheila zurück. Trotz der schlechten Lichtverhältnisse bemerkte die werdende Mutter den besorgten Ausdruck in den Augen der Krankenschwester. »Hier können wir auf keinen Fall bleiben«, sagte Clou. »Früher oder später werden sie uns entdecken.«

»Dann müssen wir uns eben durchschlagen«, meinte Sheila. Ihr war jetzt alles egal.

»Das geht nicht. Nie kommen wir ungeschoren durch das Licht.«

»Also ins Haus?«

»Ja, Mrs. Conolly.«

Sheila hatte einen Horror davor, das Gebäude zu betreten. Sie wußte zwar nicht, was sich hinter den runden Mauern verbarg, doch Clous Worte vorhin hatten ihr gereicht. Aus welchem Grunde sollte das Personal das Gebäude nicht betreten? Da mußte etwas dahinterstecken. Daran gab es nichts zu deuteln.

Die ›Jäger‹ verständigten sich durch Rufe. Noch hielten sie sich an der gegenüberliegenden Seite des Geländes auf, aber einer von ihnen lauerte irgendwo im Schatten, und der Mann würde sie sehen, wenn sie das Versteck verließen.

»Suchen wir den Eingang«, schlug die Koreanerin flüsternd vor. Sie machte wieder den Anfang, wollte Sheila mit ihrer Tatkraft anstecken und ihr zeigen, daß sie nicht aufgeben sollte. Das Mauerwerk war rissig. Aus zahlreichen Spalten und Kerben quoll eine dicke Moosschicht. Käfer und kleine Kriechtiere krabbelten am Mauerwerk entlang.

Plötzlich blieb die Krankenschwester stehen.

»Was ist?«

Stumm deutete Clou nach vorn. Neben der Mauer führte eine gewundene alte Steintreppe in die Tiefe. Sie endete vor einer Tür. Diese lag etwa zweieinhalb Yards unter der Bodenhöhe.

»Das ist der Eingang!« flüsterte Clou.

Sheila erschauderte. »Ich habe Angst.«

»Brauchen Sie nicht. Rasch jetzt. Die kommen immer näher. Wir müssen verschwinden.«

Wiederum ließ sich Sheila von der Koreanerin führen. Die Tür war von außen mit Eisen beschlagen.

Eine gebogene schwere Klinke lud dazu ein, eine Hand darauf zu legen. Clou drückte die Klinke herunter.

Sie fand die Tür offen.

Damit hatte sie kaum gerechnet, nachdem man ihr gesagt hatte, daß sie dieses Gebäude nicht betreten durfte.

Sie berichtete Sheila von ihrer Überraschung.

»Dann will man uns sicher in eine Falle locken«, sagte die werdende Mutter.

»Möglich. Aber was bleibt uns übrig?«

»Okay, dann hinein. Schlimmer kann es gar nicht mehr kommen«, preßte Sheila hervor. »Vertrauen wir einfach auf unser Glück.«

Die beiden Frauen schlüpften in das Innere dieses geheimnisumwitterten Gebäudes. Dunkelheit – schwarz und wattig – hüllte sie ein. Clou hatte die Tür zugezogen.

Sekundenlang hatten die Frauen die Luft angehalten. Jetzt atmete Sheila aus.

»Bleiben wir hier stehen?« wisperte sie.

»Nein. Wir müssen uns verstecken.«

»Gibt es hier kein Licht?«

»Mal sehen.«

Sheila hörte schabende Geräusche. Clous Hand fuhr über die Wand. Sie suchte nach einem Schalter.

Vergeblich.

»Hier wird man wahnsinnig…«

»Lassen Sie uns weitergehen.«

Sheila Conolly fügte sich. Wäre sie in einem normalen Zustand gewesen, sie hätte versucht, den Lichtkegel draußen zu durchbrechen. Aber so mußte sie Rücksicht auf das Kind nehmen.

Die Koreanerin ging wieder vor. Schritt für Schritt wagten sich die beiden mutigen Frauen tiefer in die Dunkelheit hinein.

Urplötzlich schrie Sheila auf.

Etwas Kaltes hatte ihren Nacken berührt.

Es war eine Hand!

Suko hatte eine magische Zeitreise hinter sich.

Wach wurde er wegen der Kälte, die durch seine dünne sommerliche Kleidung drang. Er erinnerte sich sofort, daß er mit John das Schiff betreten hatte. Dann war er von irgend etwas unter Deck gezerrt worden. Er hatte noch eine kalte Hand an der Kehle gespürt und dann das Bewußtsein verloren.

Schmerzen verspürte Suko nicht, und so bereitete es ihm keine Mühe, sich wieder in der Wirklichkeit zurechtzufinden.

Er öffnete die Augen.

Über ihm wölbte sich eine schwarze Kuppel. Sie war mit gräßlichen Fratzen bemalt, die allesamt Gestalten aus dem Dämonenreich darstellten.

Suko sah fischgesichtige Bestien, Ungeheuer mit riesigen Menschenköpfen und saugartigen Rüsseln als Arme und Beine. Rattenwesen, Wertiger, Vampire – sie alle streckten die Arme oder Klauen aus, um nach Suko zu greifen.

Die Bilder waren so plastisch gemalt, daß Suko das Gefühl hatte, die Figuren würden leben und sich gleich auf ihn stürzen.

Er zwang sich zur Ruhe. Das fiel ihm als Chinese nicht schwer. Er konnte sich in sein Schicksal fügen, abwarten, dann aber blitzschnell reagieren, wenn es die Situation erforderte.

In seiner Lage wartete er erst einmal ab.

Suko war kein Neuling in dem Geschäft, und es war ihm auch bewußt, daß er eine Zeitreise hinter sich hatte. Ausgelöst durch die Schwarze Magie. Er wunderte sich schon gar nicht mehr darüber, denn so etwas war schon fast alltäglich.

Nur, wo war er gelandet?

Vielleicht in einer anderen Welt? In einem Paralleluniversum?

Suko wollte nicht so recht daran glauben, denn wenn es stimmte, dann wären die Fratzen und Monster unter dem Kuppeldach lebendig gewesen.

Er lag auf dem Rücken und spürte unter sich eine harte Fläche.

Suko drehte den Kopf nach rechts. Eine dunkle Wand. Hin und wieder unterbrochen von hellen Lichtpunkten. Suko nahm an, daß Vorhänge die Wände abdeckten und daß sich hinter dem Stoff die Lichtquellen befanden.

Arme und Beine konnte er bewegen. Sie hatten ihn nicht gefesselt.

Das hieß, er lag in einem Gefängnis, das ausbruchsicher war.

Suko zog beide Beine an und setzte sich auf. Kein Schwindelgefühl, keine Übelkeit. Er hatte die Dimensionsreise wirklich phantastisch überstanden.

Er streckte die Arme aus, fühlte mit den Händen nach allen vier Seiten und faßte ins Leere.

Er lag erhöht.

Der Chinese blieb die Ruhe selbst. Aus der Hosentasche zog er eine Schachtel Zündhölzer hervor und rieb ein Hölzchen an.

Die Flamme zuckte auf, wurde klein, erhielt jedoch neue Nahrung und wuchs fast daumenhoch. Ruhig leuchtete Suko seine Umgebung aus. Viel sehen konnte er auch jetzt nicht. Der Schein reichte nicht einmal bis zu den Wänden.

Suko opferte noch einige Zündhölzer. Er fand heraus, daß er auf einer viereckigen schwarzen Steinplatte lag. Getragen wurde die Platte von einer ebenfalls dunklen Säule, die in der Mitte eines Kreises im Boden verankert war.

Als Suko sein fünftes Streichholz abbrannte und sich dabei weiter über die Platte beugte, wurde sein Verdacht zur Gewißheit.

Er hatte schon vorher die Bewegungen innerhalb des Kreises gesehen. Jetzt sah er genau hin.

Dort wimmelte es von Schlangen!

Das Zündholz verlöschte.

Suko zündete ein neues an und war froh, daß er eine so gut gefühlte Schachtel bei sich trug.

Die Schlangen wimmelten nicht nur durcheinander, sondern begannen jetzt, an der rissigen Säule hochzugleiten.

Suko blies das Streichholz aus, setzte sich hin, stützte sich mit beiden Handballen an der Kante der Platte ab und wollte über die Schlangen hinwegspringen.

Doch eine magische Falle hielt ihn fest.

Und die Schlangen krochen immer weiter die Säule herauf…

Der Mann stand im Licht der Bentleyscheinwerfer und winkte mit beiden Armen.

Ich trat auf die Bremse.

»Endstation«, sagte Jane Collins neben mir.

In der Dämmerung hatten wir endlich das Sanatorium erreicht.

»Sieht mir aber wenig nach einem Sanatorium aus«, meinte Jane. »Der Knabe da ist nicht allein, ich sehe noch drei andere. Die spielen bestimmt nicht Verstecken.«

»Bleib du sitzen«, sagte ich und stieg aus dem Auto.

Der Typ, der gewunken hatte, baute sich drohend vor mir auf.

»Hier ist Privatgelände«, sagte er barsch.

»Ich weiß.«

»Dann verschwinden Sie.«

Die anderen drei lauerten im Hintergrund.

»Ich möchte zu Professor Harris«, unternahm ich den nächsten Versuch und griff gleichzeitig in die Tasche, um meinen Ausweis hervorzuholen.

Der Typ, der vor mir stand, verstand die Geste falsch. Er sprang vor und schoß beide Fäuste auf mein Kinn ab.

Blitzschnell nahm ich den Kopf zur Seite, hakte meinen rechten Fuß um seine linke Wade, zog, und einen Atemzug später lag der Knabe am Boden.

Jetzt rückten seine Kumpane an. In geschlossener Formation. Ich wollte mich auf keinen Streit einlassen und rief deshalb scharf: »Scotland Yard!«

Das wirkte. Sie blieben stehen, sahen sich unschlüssig an. Es war niemand da, der bei ihnen die Verantwortung übernahm. Mein Ausweis verschaffte mir zusätzlichen Respekt. Ich steckte die Legitimation wieder weg und forderte sie auf, ihrem Chef Bescheid zu sagen.

Einer machte sich auf den Weg, um Professor Harris zu holen.

Vom Haus konnte ich nicht viel sehen, da mich die auf dem Dach installierten Scheinwerfer blendeten. Schon längst hatte ich mir die Frage gestellt, warum diese Dinger brannten. Das Ganze erinnerte mich an eine Suchaktion.

War jemand verschwunden?

Vielleicht Bill oder Sheila?

Der Professor erschien ziemlich rasch. Ich sah ihn an diesem Abend zum ersten Mal, und auch auf mich machte er einen gepflegten, vertrauenerweckenden Eindruck. Er trat so dicht an mich heran, daß ich in seine Augen sehen konnte. Und darin sah ich Mißtrauen schimmern.

»Sie sind von Scotland Yard?« fragte er.

»Ja, mein Name ist Sinclair.«

»Und was verschafft mir die Ehre Ihres Besuches?«

»Ich hätte gern mit Mrs. Conolly gesprochen. Sie liegt als Patientin bei Ihnen.«

Er lächelte dünn. »Ich weiß. Einem Gespräch kann ich leider nicht zustimmen. Es wäre völlig falsch, sie in ihrem Zustand aufzuregen. Mrs. Conolly steht kurz vor der Niederkunft. Außerdem hat es Komplikationen gegeben. Ich hätte gar nicht von ihr weggehen dürfen. Sollte etwas passieren, sind Sie schuld.«

»Sie lassen mich also nicht zu ihr?«

»Nein«, der Professor schüttelte demonstrativ den Kopf. »Ich frage mich, welch einen Grund Sie haben, hier am frühen Abend herzukommen...«

Ich ließ den Mann nicht ausreden, stoppte ihn mit einer Lüge. »Ich arbeite an einem Fall, bei dem ich dringend die Aussage Ihrer Patientin benötige, Professor. Das ist es.«

»Sorry, aber ich kann Ihnen nicht helfen. War das alles?«

»Nicht ganz.«

Er funkelte mich an. »Meine Zeit ist begrenzt.«

»Meine ebenfalls. Ich frag mich nur, weshalb Sie die Scheinwerfer eingeschaltet haben. Starten Sie hier eine Suchaktion? Sind Ihre Patienten geflohen?«

»Ich nehme an, daß dieses Gespräch kein Verhör ist, Mr. Sinclair. Und deshalb kann ich auf eine Antwort Ihnen gegenüber verzichten. Das wär's dann wohl. Gute Nacht.« Er drehte sich auf dem Absatz und ging davon.

Ich ärgerte mich, daß ich keinen Durchsuchungsbefehl bei mir hatte.

Zähneknirschend ging ich zum Bentley zurück.

»Was ist?« fragte Jane, als ich in den Wagen stieg.

Ich zog die Tür ins Schloß. »Da stimmt einiges nicht. Aber ich kann nichts beweisen.«

»Und jetzt? Gibst du auf?«

Ich schaute sie schräg von der Seite an. »Sehe ich so aus?«

»Eigentlich nicht.«

Der Bentley rollte zurück. »Na, eben.«

Die Pfleger starrten dem Wagen nach. Sie hielten hier nicht zu ihrem Vergnügen Wache.

Wo der Weg etwas breiter war, gelang es mir, den Bentley zu wenden. Der Himmel hatte inzwischen ein dunkles Grau angenommen. Die ersten Sterne funkelten. Nur ganz im Westen war noch ein lachsroter Schimmer zu sehen. Dort verschwand die Sonne.

Ein heißer Tag ging zu Ende. Eine heiße Nacht stand uns bevor. Dessen war ich mir sicher.

Durch die offene Seitenscheibe wehte der laue Nachtwind in den Wagen. Ich fuhr im Schrittempo, suchte dabei nach einem schmalen Weg oder einer Einbuchtung, wo ich den Wagen abstellen konnte.

»Da könnte es gehen«, sagte Jane plötzlich.

Ich tippte die Bremse an.

»John, da steht ja noch ein Wagen!« rief sie überrascht. »Warte mal, das ist doch...«

Auch ich hatte das Fahrzeug gesehen. Es war ein Porsche. Bill Conollys Wagen.

Ich rangierte den Bentley direkt daneben.

Jane Collins stieg aus. Sie bückte sich, preßte ihr Gesicht gegen die Seitenscheibe des Porsche und lugte in das Innere.

»Leer!« stellte sie fest.

Ich trat neben sie. »Hast du etwas anderes erwartet?«

Die Privatdetektivin sah mich von unten herauf an. »Das würde bedeuten, daß Bill sich in der Klinik aufhält.«

Ich nickte. »Und bestimmt nicht freiwillig.«

»Was machen wir jetzt?«

Fest entschlossen erwiderte ich: »Wir holen sie raus. Beide. Koste es, was es wolle...«

Sheila Conolly blieb stocksteif stehen.

Ihr Herz schlug plötzlich doppelt so schnell. Ein undefinierbarer Laut entrang sich ihrer Kehle. Der kalte Händedruck im Nacken ließ nicht nach. Clou merkte erst jetzt, was los war.

»Sheila!« flüsterte die Koreanerin in der Dunkelheit.

Bills Frau gab keine Antwort.

Aber sie und Clou hörten das hämische Lachen. Und dann wurde es heller.

Das Licht drang aus einer nicht zu erkennenden Quelle irgendwo über ihnen. Es schimmerte bläulich und ließ die Gesichter der beiden Frauen kalt und irgendwie leichenartig erscheinen.

Aber noch ein anderes Gesicht war zu sehen.

Das eines Dämons!

Sheila Conolly erschrak bis ins Mark. Die Gestalt vor ihr war eine Ausgeburt an Häßlichkeit. Übergroß präsentierte sich der Kopf. Er saß auf einem zwergenhaften Körper wie festgeleimt. Die Arme hingen lang herunter, die ausgestreckten Fingerspitzen schleiften fast über den Boden. Der breite Mund war zu einem häßlichen Grinsen verzogen. Aus dem Oberkiefer ragten zahlreiche spitze Zähne hervor, die wie kleine Dolche wirkten.

»Auf euch habe ich gewartet!« zischte der häßliche Kerl.

»Wer… wer sind Sie?« flüsterte Sheila.

Plötzlich veränderte sich die Stimme des Zwergs. »Kennt ihr mich nicht?«

Die Koreanerin wankte zurück. »Das… das darf nicht wahr sein«, ächzte sie. »Professor Harris!«

»Genau!«

Sheila wurde es schwindlig. Clou merkte es und stützte sie. Sheila wäre sonst gefallen.

»Danke«, hauchte die werdende Mutter. Dann starrte sie den Zwerg an. »Wie… wie ist das möglich?«

»Ich bin der Professor, und ich bin es nicht«, erklärte Harris schadenfroh. »Das, was ihr jetzt seht, ist meine wahre Gestalt. Schließlich kann ich mich nicht in meiner Urform präsentieren. Aber alle, die mich so gesehen haben, können nichts mehr erzählen. Sie sind ausgelöscht worden, es sei denn, sie gehörten zu mir. Aber das ist bei euch ja nicht der Fall. Ihr seid in die Falle gelaufen. Ich dachte mir, daß ihr euch hier verstecken würdet. Es war ein Fehler. Ihr hättet ruhig in Richtung Straße laufen sollen. Dann wäre euch sicherlich ein gewisser John Sinclair…«

»John!« rief Sheila verzweifelt.

»Ja, er war hier. Hat wohl eine Spur entdeckt. Allerdings mußte er wieder fahren. Unverrichteter Dinge.«

»Aber er wird zurückkommen«, hielt Sheila dem Dämon entgegen.

»Sicher. Von euch wird er aber keine Spur mehr finden. Ich hatte euch doch etwas versprochen. Die Flammen werden euch vernichten, und ich nehme mir eure Seelen, die ich einschicken kann in das Reich des Schwarzen Todes. So einfach ist das. Lange war der Plan schon vorbereitet. Jetzt endlich kann die Falle zuschnappen.«

»Sie sind eine Bestie!« zischte Sheila.

Der Zwerg hob die mageren Schultern. »Was soll's? Aber jetzt kommt. Ich habe nicht mehr viel Zeit. In dieser Nacht will ich alles erledigen und dann meine Zelte hier abbrechen.«

Es war inzwischen so hell geworden, daß Sheila und die Krankenschwester erkennen konnten, wo sie sich befanden.

Der Raum war ziemlich groß. Das Licht wurde von Sekunde zu Sekunde intensiver.

Den beiden Frauen stockte der Atem.

Ihre Blicke waren auf einen großen, bis zur Decke reichenden eisernen Ofen gefallen. Er hatte eine Feuerklappe, groß wie das Maul eines Nilpferdes.

Doch nicht allein der Ofen versetzte Sheila und Clou den Schock.

Vor dem Ofen lag ein Mann.

Er war gefesselt und rührte sich nicht.

Der Mann war kein anderer als Bill Conolly!

Für Suko wurde die Lage langsam kritisch. Er hatte versucht, die Platte auf der anderen Seite zu verlassen, doch auch dort hielt die verdammte Sperre.

Er war gefangen!

Und doch verfiel der Chinese nicht in Panik. Er war einfach nicht der Typ dazu. Ruhig, beinahe kalt wartete er die nächsten Ereignisse ab. Suko besaß sogar noch die Nerven, über den Rand der Platte hinwegzuschielen.

Unter dem ›Tisch‹ wimmelte es von Schlangen.

Lautlos glitten sie an dem langen Stein hoch. Licht, das aus Ritzen und Spalten drang, erhellte die makabre Szene.

Die Schlangen waren gierig. Die Magie des Tisches zog sie an. Sie waren darauf programmiert, ihre Opfer zu töten.

Bestimmt waren die meisten von ihnen giftig. Suko konnte in dem herrschenden Zwielicht die Arten nicht so genau unterscheiden, glaubte aber, Kobras und Schwarze Mambas erkannt zu haben. Und die reichten!

Der Chinese stand auf. Abermals trat er an den Rand der Platte, um mit einem gewaltigen Satz über das Schlangennest hinwegzuspringen.

Er wurde wieder gestoppt.

Wie von einem elektrischen Zaun. Die unsichtbare Barriere hielt ihn zurück.

In der Mitte der Platte blieb Suko stehen. Seine Muskeln waren angespannt. Jede Sekunde erwartete er die Invasion der Dämonenschlangen.

Suko erkannte zwei Kobras.

Ein anderer in seiner Lage hätte geschrien und wäre vor Angst vergangen – nicht Suko.

Er ging etwas vor, hob den Fuß, zielte und zertrat mit einem blitzschnellen Tritt den Kopf der Schlange.

Wieder trat Suko zu. Und traf.

Er schleuderte die Kadaver von der Platte, drehte sich instinktiv um und sah sich der dritten Schlange gegenüber.

Diesmal einer Klapperschlange.

Er hörte das häßliche Rasseln. Die Schlange hatte den Vorderkörper aufgerichtet, wiegte ihren Kopf hin und her und war bereit, jeden Moment zuzustoßen.

Suko bewies gedankenschnelle Reaktion.

Es war kaum mit Blicken zu verfolgen, so rasch zuckte seine Hand vor. Er packte die Schlange unterhalb des Kopfes, riß sie herum, stieß einen Kampfschrei aus und schmetterte das dämonische Biest auf die Steinplatte.

Suko konnte sich nicht lange seines Sieges freuen. Er vernichtete auch eine vierte Schlange und dann eine fünfte. Doch die Übermacht wuchs von Sekunde zu Sekunde.

Lautlos krochen sie über die Platte, waren darauf trainiert, sich in seinem Fleisch zu verbeißen.

Schweißnaß war der Chinese. Aber er gab nicht auf, fightete weiter gegen die höllische Übermacht.

Seine Füße arbeiteten wie Präzisionswerkzeuge. Traten, stießen und zermalmten. Zum Glück hatte Suko feste Sohlen unter den Schuhen, sonst hätte es schon schlimmer für ihn ausgesehen.

Er kämpfte.

Verzweifelt, bis zur Erschöpfung. Für jede Schlange, die er tötete, tauchten drei neue auf.

Die Übermacht wurde immer größer.

Zu groß für Suko.

Von allen Seiten schlängelten sie auf ihn zu, und es war nicht einmal eine Sache von Minuten, bis das tödliche Gift in Sukos Kreislauf drang…

Ich preßte mich eng gegen den Boden, hielt den Atem an.

Der Pfleger im weißen Kittel kam genau auf mich zu. Und er trug ein Gewehr in der Hand.

Die nächsten Sekunden würden entscheidend sein.

Mit Jane Collins war ich zurückgelaufen. Wie Indianer hatten wir uns herangepirscht, dann aber Pech gehabt, da der Aufpasser genau unseren Weg kreuzte.

Im letzten Augenblick ging ich auf Tauchstation, während sich Jane noch hinter einem Baumstamm verstecken konnte.

Die Schritte des Mannes klangen dumpf auf dem Boden. Moos dämpfte die Geräusche. Mich kitzelte ein Grashalm an der Nase. Nur mit Mühe behielt ich die Ruhe.

Zwei, drei Sekunden vergingen.

Jetzt mußte mich der Typ sehen.

Da blieb er stehen.

Er hüstelte und räusperte sich dann, führte Selbstgespräche, die ich nicht verstand. Ich nutzte jedoch die Situation. Wenn der Kerl durch seine Rederei abgelenkt war, so vergrößerte sich meine Chance.

Ich schnellte hoch, baute mich vor dem Mann auf wie ein Geist aus der Unterwelt.

Weit riß er vor Überraschung die Augen auf. Auch sein Mund öffnete sich, um einen Warnschrei abzugeben. Gleichzeitig schwenkte er den Gewehrlauf in meine Richtung.

Ich schlug genau und präzise zu. Mit der Linken traf ich das helle Oval seines Gesichts. Ich hatte keine andere Möglichkeit, wollten wir Bill und Sheila retten.

Mein Schlag trieb den Mann nach hinten. Er verlor das Gleichgewicht und krachte in ein Gebüsch. Die Zweige knickten unter seinem Gewicht wie Streichhölzer.

Ich hechtete hinterher, bereit, ihn mit dem zweiten Schlag ins Reich der Träume zu schicken.

Es war nicht mehr nötig. Der Mann war schon bewußtlos.

Ich entwand ihm das Gewehr und stand auf.

Jane trat hinter dem Baumstamm hervor. Fragend blickte sie mich an.

Ich grinste: »Alles okay.«

Sie deutete auf den im Gebüsch liegenden Pfleger. »Hast du ihn hart erwischt?«

»Mittelprächtig.«

»Dann schläft er für dreißig Minuten.« Die Privatdetektivin kannte meinen Punch genau.

Ich sah mir die nähere Umgebung an, konnte jedoch keine unmittelbare Gefahr für uns feststellen. Von Professor Harris und den anderen drei Pflegern war nichts zu sehen.

»Ich nehme das Gewehr«, sagte Jane.

»Okay, gib aber acht, daß du dir kein Auge damit herausschießt.«

»Ich habe ja noch immer ein zweites.«

Wir flachsten etwas herum, um unsere Nervenanspannung abzubauen. Jeder war mit seinen Gedanken bei Sheila und ihrem Baby. Himmel, wenn beiden etwas geschah…

Ich preßte die Lippen hart zusammen. Unser weiteres Vorgehen hatten wir schon überlegt. Wir wollten versuchen, unbemerkt in die Klinik einzudringen, um Sheila und vielleicht auch Bill dort herauszuholen.

Auch die Sorgen um Suko waren bei mir keinesfalls gesunken. Ich fragte mich immer wieder, wo man ihn hingeschleppt hatte.

Zum Haus hin war das Gebäude ziemlich frei.

Leider.

Wir mußten von Baumstamm zu Baumstamm huschen, um unser Ziel zu erreichen.

Doch dazu sollte es gar nicht kommen. Pfleger Nummer zwei nahm unsere Aufmerksamkeit voll in Anspruch. Wir sahen ihn mit wehendem Kittel auf einen dunklen, kuppelartigen Bau zulaufen.

»Da sind sie drin« sagte Jane spontan.

Auch ich war ihrer Meinung, und wir änderten die Richtung. Jane lief neben mir. Leicht, federnd. Auch sie hatte eine ausgezeichnete Kondition und machte so leicht nicht schlapp. Schon manch stärkerer männlicher Gegner hatte sich in ihr getäuscht. Jane Collins beherrschte mehrere Arten der Selbstverteidigung.

Wir kamen gut voran, wurden auch nicht entdeckt. Der zweite Pfleger dachte gar nicht daran, sich umzudrehen.

Ich sah eine Treppe, die neben dem Gebäude in die Tiefe führte, rechnete damit, daß der Kerl die Stufen hinuntergehen würde, täuschte mich jedoch, denn der Bursche lief vorbei.

Wollte er einfach woandershin verschwinden? Bevor ich mich darüber ärgern konnte, blieb er stehen.

Sofort zogen wir uns zurück.

Aus sicherer Deckung sahen wir, wie der Kerl eine schmale, sich vom dunklen Mauerwerk kaum abhebende Tür aufschloß und dann in dem Gebäude verschwand.

Mir fiel ein Stein vom Herzen. Auch Jane Collins schnaufte zufrieden. »Den holen wir uns«, sagte sie.

»Und wie.«

Der Kerl würde uns schon sagen, wo es langging.

Weitere Aufpasser entdeckten wir nicht. Der Weg war frei. Ich stieß Jane an. »Komm!« zischte ich.

Rasch überquerten wir die freie Fläche bis zu dem kuppelartigen Bau. Dann standen wir vor der Tür.

Sie war offen.

Ich betrat als erster das Gebäude. Jane blieb dicht hinter mir. Nach wie vor trug sie das Gewehr.

Dunkelheit umfing uns. Wie konnte es auch anders sein? Aber irgendwo mußte der Pfleger ja hingegangen sein. Wir blieben stehen, lauschten, hörten jedoch nichts.

Dann spürte ich Janes Lippen dicht an meinem linken Ohr. »Siehst du den Schimmer?« wisperte sie. »Rechts von dir. Nur ein schmaler, hauchdünner Streifen.«

Ich blickte in die angegebene Richtung. Die Privatdetektivin hatte recht.

Auf Zehenspitzen näherten wir uns diesem Lichtschein. Dann standen wir vor einer Tür.

Ich bückte mich und preßte mein rechtes Ohr gegen das Holz. Ich hörte eine Männerstimme, doch was gesagt wurde, konnte ich nicht verstehen.

»Was ist?« raunte Jane.

»Keine Ahnung.«

Es war zwar ein Schlüsselloch vorhanden, doch da konnte ich leider nicht hindurchschauen.

Jetzt zog ich meine Beretta. Kühl und beruhigend lag die Waffe in meiner Hand.

Beide hörten wir das Gelächter hinter der Tür. Und auch die Stimme, die rief: »Krepieren wirst du gelbhäutiger Bastard. Darauf kannst du dich verlassen. Niemand kommt gegen den Seelenfänger an. Auch nicht du, du Hund!«

Wieder das Lachen.

Uns aber hatten die diskriminierenden Worte alarmiert. Mit dem gelbhäutigen Bastard konnte eigentlich nur Suko gemeint sein.

Er war also hier!

Ich wollte es genau wissen, fand die Klinke, drückte sie hinunter und rammte die Tür auf.

Wie ein Torpedo flog ich in den hinter der Tür liegenden Raum. Im nächsten Moment stockte mir der Atem!

Suko, mein Freund und Partner, befand sich in größter Lebensgefahr. Er stand auf einem tischähnlichen Gebilde, umringt von zahlreichen Giftschlangen, und wehrte sich mit dem Mute der Verzweiflung. Sein Gesicht war verzerrt, es glänzte schweißnaß, das sah ich trotz des diffusen Lichts.

Der Pfleger stand drei Schritte vor dem Tisch. Als Jane und ich in den Raum stürmten, wirbelte er herum.

Schreckgeweitet waren seine Augen. Mit dieser Überraschung hatte er nicht gerechnet.

»Spring, Suko!« brüllte ich.

»Nein!« schrie er zurück. »Geht nicht. Eine magische Sperre!«

Ich verstand ihn nicht richtig, denn im selben Moment stürmte der Pfleger schreiend auf mich zu.

Er trug keine sichtbare Waffe, aber dafür war er ein Meister des Faustkampfes. Während Suko verbissen um sein Leben kämpfte und Jane Collins in die Schlangenleiber hineinfeuerte, rang ich mit dem Pfleger.

Ich mußte zwei Schläge einstecken. Sie warfen mich zurück. Ich fing mich jedoch wieder und konterte. Jetzt zeigte ich dem Kerl, was ich auf der Polizeischule gelernt hatte.

Ich versuchte einen Kopfstoß. An den Haaren bekam ich ihn zu packen und riß ihn zur Seite. Er stolperte und fiel.

Sofort setzte ich nach.

Doch da hatte der verflixte Kerl ein Messer in der Hand. Unterarmlang die Klinge und höllisch gefährlich. Durch eine rasche Drehung zur Seite konnte ich dem ersten Hieb ausweichen. Mein Fußtritt prallte gegen sein Handgelenk. Die Klinge flog ihm aus der Hand.

Für einen Moment paßte er nicht auf. Mein Gegenstoß erfolgte pfeilschnell.

Der Pfleger war bärenstark, aber von einer Kampftechnik hatte er wohl noch nie etwas gehört. Er mußte den Schlag voll nehmen, verdrehte die Augen, stieß ein seltsam dumpfes Geräusch aus und fiel bewußtlos zur Seite.

Ich sprang sofort auf, nahm wieder meine Beretta – ich hatte sie während des Fights fallen gelassen – und feuerte in die Schlangenleiber.

Sie platzten wie Nußschalen.

Suko stand ganz am äußersten Rand des Tisches. Aber warum, zum Teufel, sprang er nicht?

»Mach doch!« rief ich.

»Es geht nicht. Die magische Sperre!«

Ich warf Jane einen Blick zu. Sie hatte das Gewehr an die Schulter gerissen und jagte die Kugeln in die zuckenden Schlangenleiber. Aber auf diese Art wurden wir nie Herr über die Brut und retteten Suko auch nicht.

Dann hatte ich die Idee.

Ich riß mein Kreuz von der Brust, drehte mich halb und schleuderte das geweihte Kleinod auf die Tischplatte.

Die Wirkung war frappierend.

Das Kreuz hatte kaum den Stein berührt, als es anfing zu zischen und zu brodeln. Rasch zeigte der Tisch Risse. Die Schlangen zerplatzten. Eine Rauchwolke quoll der Decke entgegen, hüllte Tisch und Suko ein. Brechen und Bersten.

Ich rannte auf den Tisch zu. Schattenhaft sah ich Suko, packte ihn und riß ihn aus der Gefahrenzone. Suko war schwer. Gemeinsam fielen wir zu Boden, blieben einige Zeit liegen, bis Janes Stimme erklang.

»Wollt ihr euch ausruhen?«

»Nein«, keuchte ich. Wir rappelten uns hoch.

Suko sah mich an. Dann reichte er mir die Hand. Und in diesem Händedruck lag alles, was er versprechen konnte. Er würde sein Leben ebenso für mich in die Waagschale werfen wie ich das meine für ihn.

Es tut gut, wenn man sich auf einen Partner verlassen kann.

Der Tisch mit der magischen Sperre war zerbrochen. In der Mitte geteilt, wie durch einen Axthieb.

Von den Schlangen war nichts mehr zu sehen. Das Kreuz hatte sie vernichtet.

Es blinkte mir entgegen. Lag auf der rechten Tischhälfte. Ich nahm es an mich.

»Es hat uns gerettet«, sagte ich.

Suko nickte. Er enthielt sich jeden Kommentars, obwohl er wußte, worauf ich anspielte. Suko hielt nicht viel von meinem Kreuz. Er war nicht im christlichen Glauben erzogen worden, kannte, wie er immer sagte, stärkere Dämonenbanner aus seiner Heimat. Irgendwann wollte Suko dorthin und sie holen.

Was inzwischen geschehen war, berichteten wir uns gegenseitig in Stichworten.

»Und wie geht es weiter?« fragte Jane. »Wir müssen schließlich Bill und Sheila finden. Weißt du, wo sie sind, Suko?«

Der Chinese schüttelte den Kopf. »Aber warum fragen wir nicht ihn?« Er deutete auf den Bewußtlosen.

»Das hatte ich gerade vor«, erwiderte ich.

Ich tätschelte die Wange des Mannes. »Los, komm zu dir, Junge«, sagte ich. »Mach schon.«

Der Mann regte sich tatsächlich. Benommen setzte er sich auf. Ich hockte vor ihm und hielt ihn an den Kragenenden seines Kittels gepackt. Suko und Jane flankierten mich.

»Du weißt, wie es um dich steht«, begann ich das Verhör. »Es ist aus. Für dich auf alle Fälle. Du hast nur noch eine Chance, wenn du dich auf unsere Seite stellst.«

Er starrte an mir vorbei, mußte wohl Sukos drohenden Blick bemerkt haben und zog den Kopf ein. »Okay, was wollen Sie wissen?«

»Alles. Vor allen Dingen wirst du erzählen, wo wir Sheila Conolly und ihren Mann finden.«

»Ihr habt keine Chance.«

»Das überlasse uns. Also, wo sind sie?«

»Hier im Bau.«

»Wo genau?«

Er schluckte und knetete seine breiten Hände. »Wahrscheinlich in der Verbrennungskammer«, kam es stockend über seine Lippen.

Ich sog pfeifend die Luft ein. »Wo sind sie?« fragte ich mit leiser Stimme.

Er wiederholte seine Antwort.

Und jetzt wußten wir alle drei, was mit Sheila und Bill geschehen sollte.

Noch nie in meinem Leben hatte ich mich so mies gefühlt.

Hinter einer dicken, feuerfesten Glaswand waberten die Flammen. Ihre langen Zungen bewegten sich gierig hin und her und warteten auf neue Nahrung.

Der Zwerg kicherte. Dann zeigte er auf den Ofen. »Ist es nicht phantastisch, dieses Feuerchen? Feuer vernichtet alles. Es hinterläßt keine Spuren, höchstens Asche.«

»Es vernichtet aber auch Dämonen«, sagte Sheila mit kratziger Stimme.

Sie und Clou hatten sich an die Wand stellen müssen. Zwar nicht mit erhobenen Händen, jedoch so, daß sie von Harris immer im Auge behalten werden konnten.

Bill war noch bewußtlos. Aber es konnte nicht mehr lange dauern, bis er erwachte. Sheila und die Koreanerin hörten hin und wieder sein Stöhnen.

Harris wartete noch ab. Süffisant lächelnd betrachtete er die beiden Frauen. An Clou blieb sein Blick länger haften. »Du hättest dir dein Schicksal ersparen können. Warum hast du mit ihr einen Pakt geschlossen?«

»Weil sie mir leid tat.«

»Leid? Was ist das schon?«

»Für Sie vielleicht nichts. Für mich bedeutet es viel. Ich schätze Moral und Nächstenliebe.«

Der Häßliche kicherte.

»Das könnt auch nur ihr Menschen sagen. Nur zählt es nicht.«

»Ich glaube daran«, erwiderte die Koreanerin trotzig.

»Die letzten paar Minuten lasse ich dir deinen Spaß noch«, sagte Harris. »Dann ist es sowieso aus.«

»Mit John Sinclair rechnen Sie wohl gar nicht – wie?« fragte Sheila. Es kostete sie ungeheure Energie, sich auf den Beinen zu halten. Intervallweise packte sie ein Schwindelgefühl, aber Sheila spürte auch die Trotzreaktion, die in ihr hochstieg. Jetzt erst recht nicht, sagte sie sich. Es muß doch noch eine Chance geben. Und sie setzte all ihre Hoffnungen auf John Sinclair. Er war in der Nähe, und er hatte schon mehr als einmal das Unmögliche möglich gemacht. Vielleicht würde er auch diesmal rechtzeitig auftauchen…

Aber es sah nicht danach aus. Die Zeit verrann, und John ließ sich nicht blicken.

Das kalte, bläulich schimmernde Licht, das die Wände ausströmten, ließ die Gesichter der Anwesenden totenblaß erscheinen. Eigentlich zeigten nur die Bewegungen der Augen, daß sie noch lebten.

Und durch all ihre Angst drang plötzlich ein Hoffnungsfunke. Sheila hörte die Stimme.

Es war ihr Vater!

Über Zeit und Raum setzte er sich mit seiner Tochter in Verbindung. Seine Worte kamen schwach an, doch Sheila verstand die Botschaft aus dem Jenseits.

»Verliere den Mut nicht, mein Kind. Du mußt hoffen. Noch hat dieser Dämon nicht gewonnen.«

»Danke, Vater«, flüsterte Sheila die Antwort.

»Ich kann leider nicht zu dir. Aber ich bete für dich und dein Kind. Das Böse darf nicht triumphieren. Das Gute muß stärker sein. Glaube fest daran.«

»Ja, Vater.«

Harris trat einen Schritt vor, starrte Sheila Conolly an. »Mit wem redest du da?«

Sheila blickte in sein häßliches Gesicht. »Mit meinem Retter«, behauptete sie fest.

Harris räusperte sich. »Mit John Sinclair? Hast du telepathischen Kontakt mit ihm?«

»Nein.« Jetzt lächelte Sheila, denn sie spürte die Unsicherheit des Dämons.

»Wer ist es dann?«

»Das sage ich nicht.«

»Dann werde ich dich dazu zwingen!« schrie Harris.

Ehe er jedoch sein Vorhaben durchführen konnte, wurde er abgelenkt. Bill Conolly erwachte aus seiner Bewußtlosigkeit. Er hatte bisher auf der Seite gelegen, nun wälzte er sich mühsam auf den Rücken.

Harris ließ von Sheila ab und war sofort bei ihm. Am Kragen zog er Bill hoch, schleifte ihn zur Wand und setzte ihn so hin, daß er mit dem Rücken gegen die Mauer fiel.

»Bill«, hauchte Sheila.

Der Reporter drehte den Kopf. Er hatte die Stimme gehört, doch sein Gehirn war noch umnebelt. Er benötigte einige Zeit, bis er sich zurechtfand.

Bald war Bill bei vollem Bewußtsein.

»Sheila?« Er hauchte das Wort.

Die werdende Mutter nickte unter Tränen.

Der Dämon lachte, und die koreanische Krankenschwester schluchzte auf.

»Mein Gott, was ist geschehen, Sheila? Du solltest doch längst schon im…«

»Jetzt ist sie hier.« Die schneidende Stimme des Dämons unterbrach Bills Satz.

Der Reporter verzog das Gesicht. Man konnte förmlich sehen, wie es hinter seiner Stirn arbeitete, wie er versuchte, die Gedanken zu ordnen.

»Und Sie? Wer sind Sie?« fragte Bill.

Der Zwerg lachte. »Kennst du mich nicht, Conolly? Dann gib einmal acht.«

Harris streckte die kurzen Arme aus, legte dann die Hände gegeneinander und murmelte ein paar für die Anwesenden unverständliche Worte.

Seine Gestalt veränderte sich. Der Körper wurde durchscheinend. Knochen und Muskeln zeigten sich, veränderten ihre Form, streckten sich, bildeten sich um.

Ein neuer Mensch entstand – ein alter Bekannter.

Professor Harris!

Er weidete sich an der Überraschung der anderen. Harris trug wieder seinen strahlend weißen Kittel. Sein Haar war sorgfältig gekämmt und die Krawatte exakt gebunden.

Ein Arzt wie aus dem Bilderbuch. Ein Mann, der Vertrauen erwecken konnte.

Doch in seinen Augen loderte der Haß. Haß auf alles, was gut war.

Bill Conolly schluckte. »Harris also«, flüsterte er rauh. »Wie ich es mir gedacht habe.« Er spie zu Boden.

»Das hilft dir auch nichts mehr.«

Plötzlich zuckte der Professor zusammen. Er hatte etwas gehört, das ihn irritierte.

Schüsse!

Fern zwar und nur gedämpft, aber dennoch zu vernehmen. Unsicher blickte Harris die Frauen und Bill Conolly an.

Sheila gab ihm die Antwort. »Ja, das waren Schüsse. John Sinclair wird auf dem Weg hierher sein.«

Jetzt begann Harris zu lachen. »Er war es wohl«, zischte er. »Wenn mich nicht alles täuscht, waren es Gewehrschüsse. Und mit Gewehren sind meine Männer ausgerüstet. Sie werden Sinclair gekillt haben.« Er lachte wieder.

Sheila senkte den Kopf. Mit dieser Vermutung konnte Harris recht haben. Aber sie wollte einfach nicht daran glauben.

Bill Conolly kämpfte verzweifelt gegen seine Fesseln an. Er versuchte, die Stricke zu lösen. Vergeblich scheuerte er sie an dem Mauerwerk. Doch es war nicht rauh genug, um die Fesseln zu zerfetzen.

Einige Minuten tropften dahin.

Harris starrte auf die Tür. Er wartete auf seine Helfer und rechnete jeden Augenblick mit ihrem Erscheinen.

Sheila nutzte die Gunst des Augenblicks. Zoll für Zoll bewegte sie sich auf ihren Mann zu, während die Koreanerin die beiden mit weit aufgerissenen Augen beobachtete. Für sie waren die letzten Minuten einfach zuviel gewesen.

Aber Sheila hatte wieder Mut gefunden. Ihr Vater war mit ihr in Kontakt getreten, hatte ihr neue Hoffnung gegeben. Und sie setzte alles auf eine Karte.

Bills Fesseln mußten fallen.

Professor Harris war abgelenkt. Er hatte plötzlich Sorgen, war nicht sicher, ob auch alles so lief, wie er es geplant hatte. Denn die Schüsse konnten viel bedeuten.

Sheila zwinkerte ihrem Mann zu.

Bill wußte genau, was Sheila wollte. Er schob sich ihr entgegen. Drehte sich ein wenig zur Seite, damit Sheila besser an seine gefesselten Hände gelangen konnte.

Sie bückte sich.

Auf den Gesichtern der Conollys stand die Anspannung zu lesen. Würde Sheila es schaffen, die Fesseln zu lösen?

Ihre Finger tasteten über die rauhen Stricke. Sie suchte nach einem Knoten.

Da wirbelte der Professor herum. Er hatte Sheila aus den Augenwinkeln beobachtet, sah, was sie vorhatte. Mit zwei langen Schritten war er bei ihr.

Sheila schrie, als sich seine Hand in das Fleisch ihrer Schultern grub. Hart riß der Mann die Frau zurück. »Du Biest!« zischte er. »Mich hintergehen zu wollen…« Er wollte sie schlagen, doch Bills Schrei hielt ihn zurück.

»Nein!« brüllte der Reporter.

Harris fuhr herum, sah Bill, sein Gesicht verzerrte sich, und es war klar, daß er seine Wut jetzt an dem Reporter auslassen wollte.

Doch er kam nicht mehr dazu.

Die Tür wurde aufgestoßen.

Ein Hoffnungsschimmer durchflutete Sheilas Hirn. Wenn es John war, der…

Es war nicht John Sinclair.

Zwei Pfleger stürmten in den Raum. Die Männer waren mit Gewehren bewaffnet. Der letzte von ihnen drosch die Tür hinter sich zu.

»Habt ihr geschossen?« fragte Harris. Er hatte von Bill abgelassen, das andere war jetzt wichtiger.

»Nein.«

Harris runzelte die Stirn. Für einige Sekunden war er tatsächlich sprachlos. »Dann waren es also die beiden anderen.«

»Wir haben nichts gehört.«

Die Augen des satanischen Professors verengten sich. »Und ihr habt keinen Fremden auf dem Gelände gesehen?«

»Nein.«

Harris wurde unsicher. Er blickte auf die Uhr. »Eigentlich müßten sie bereits hier sein.« Er sah die beiden Neuankömmlinge wieder an. »Welchen Eingang habt ihr genommen? Den an der Treppe?«

»Ja.«

»Verdammt.« Hastig blickte Harris sich um. Dann nickte er. »Egal, was geschehen ist. Bringen wir es hinter uns.« Er trat an den Ofen und drückte den Riegel des dickwandigen gläsernen Sichtfensters nach oben.

Die beiden Pfleger stellten ihre Gewehre weg.

»Wir fangen an!« befahl der menschliche Teufel. Er deutete auf die Koreanerin. »Erst die da!«

Wie zwei Roboter setzten sich die Pfleger in Bewegung…

Suko hatte dem Burschen mit zwei zurechtgedrehten Taschentüchern die Hände gefesselt. Er trug jetzt das Gewehr. Die Mündung drückte er dem Pfleger in den Rücken.

»Solltest du irgendeinen Trick versuchen, schieße ich!« drohte der Chinese.

Der Mann nickte.

Jane Collins stieß mich an. »Haben wir noch eine Chance?« fragte sie zweifelnd.

»Ich gebe die Hoffnung nie auf.« Die Antwort klang optimistisch, und dabei ahnte ich, zu welchen Grausamkeiten dieser Professor fähig war. Aber das kannte ich ja von dieser verfluchten Dämonenbrut.

Es gab Kollegen, die stumpften im Laufe ihrer Dienstjahre ab. Wenigstens behaupteten sie das. Mir war das nie in den Sinn gekommen, so etwas zu sagen.

Meine Gedanken wurden unterbrochen, als wir vor einer Tür stehenblieben.

Der Pfleger zog sie auf.

Dunkel war der Gang, der vor uns lag.

»Hast du eine Lampe, John?« hörte ich Suko fragen.

»Ja.« Ich ging zwei Schritte vor und knipste die Kugelschreiberlampe an.

Der Bau war ein Labyrinth. Quergänge, Nischen, Längsgänge, sie wechselten sich ab. Allein hätten wir uns sicher nicht zurechtgefunden.

Suko schien den gleichen Gedanken zu haben wie ich. »Wenn du uns reinlegen willst«, drohte er dem Pfleger, »hast du deinen letzten Schrei getan.«

Der Mann knurrte etwas, was ich nicht verstand.

»Wie weit ist es noch?« zischte ich.

»Wir sind gleich da.«

»Und wo liegt der Raum?«

»Unten.«

»Was?« rief Suko.

»Ja«, antwortete der Mann. »Ein Stockwerk tiefer. Man muß von außen die Treppe hinuntergehen, wenn man ihn betreten will.«

»Und wie kommen wir in den Raum hinein?« wollte ich wissen.

»Es gibt eine Klappe über der Decke.«

Uns fiel ein Stein vom Herzen. Weiter schlichen wir durch das Labyrinth. Nur unsere Schritte waren zu hören. Die Spannung wuchs von Sekunde zu Sekunde. Suko trieb den Kerl an.

»Schneller!«

Wir betraten einen Seitengang. Er endete vor einer Mauer. »Das ist der Kamin!« erklärte der Pfleger.

»Für den Ofen?« fragte Jane mit zitternder Stimme.

»Ja.«

Gepreßt atmete ich aus. Auf meinen Handflächen sammelte sich der Schweiß. Auch auf der Stirn lag die Feuchtigkeit. Trotz aller guten Vorsätze konnte ich das Zittern meiner Hände nicht vermeiden. Überdeutlich wurde mir der Schrecken des Augenblicks bewußt.

Da blieb der Pfleger stehen. »Hier ist es«, erklärte er.

Zusammen mit mir ging Jane Collins in die Knie. Jetzt sahen wir die im Boden eingelassene Falltür. Der Staub der Jahre bedeckte fingerhoch das Holz. Wir sahen auch den Ring, an dem die Falltür hochgezogen werden konnte.

Es war geschafft.

Schattenhaft nur sah ich Sukos Armbewegung. Hörte danach einen erstickten Laut, und im nächsten Augenblick sank der Pfleger zu Boden. »Sorry«, sagte Suko trocken, »aber er hätte uns nur gestört. Ich habe ihm eine Spezialkopfnuß verpaßt.«

Ich nickte.

Meine Hände krallten sich um den Griff. Noch einmal atmete ich tief ein, riß dann die Falltür mit aller Wucht hoch.

Im nächsten Moment hörte ich einen gellenden Schrei.

Die Pfleger näherten sich der wehrlosen Koreanerin. Ihre Gesichter waren ausdruckslos, stupide.

Sheila hielt es nicht mehr aus. »Laßt sie in Ruhe!« schrie sie. »Sie hat euch nichts getan!«

Auch Bill fluchte und brüllte. Er verdammte seine eigene Hilflosigkeit. Er hing in den Fesseln und konnte sich nicht rühren.

Sheila wankte auf die beiden zu, wollte sie aufhalten, doch Harris riß sie hart zurück.

Clou war zusammengebrochen. Wimmernd hockte sie am Boden.

Harris lachte teuflisch. Mit einem Ruck zog er die Ofenklappe auf. Eine Hitzewelle, die direkt aus der Hölle zu kommen schien, fuhr in das Verlies. Die Flammen leckten gierig aus der Öffnung.

Sheila drehte den Kopf zur Seite. Der Feuerschein blendete sie. Und die Hitze strich über die Haut.

Clou versuchte es noch einmal. Sie wollte davonkriechen, doch sie schaffte nicht einmal mehr zwei Schritte.

Da sah sie die vier Beine ihrer Henker vor sich!

Sie brach zusammen.

Ohnmächtig blieb die koreanische Krankenschwester liegen. Ihre Nerven hatten nicht mehr mitgespielt.

Bill drehte durch.

Mit einer gewaltigen Kraftanstrengung bäumte er seinen Körper auf, zog die Beine an und ließ sie vorschnellen. Er traf einen der Pfleger an den Oberschenkeln. Der Kerl hatte nicht mit dem Angriff gerechnet, wurde nach vorn gestoßen.

Genau auf den Ofen zu.

Im letzten Moment konnte er sich fangen. Kurz bevor die Flammen über ihn strichen, wirbelte er herum. Feuerrot war sein Gesicht, und der Haß auf Bill blitzte in seinen Augen.

Der Pfleger rannte auf sein Gewehr zu, packte es am Lauf und stürzte auf Bill zu.

Sheila schrie markerschütternd auf.

Bills Bein schnellte wieder vor. Er traf auch, konnte sich aber nicht weiter um den Kerl kümmern, denn im selben Augenblick wurde an der Decke die Falltür aufgerissen, und einen Atemzug später war die Hölle los…

Suko stand an dem Rand der Falltür. Auch er hatte den Schrei vernommen und handelte impulsiv, reaktionsschnell und gekonnt.

Mit einem Kampfschrei auf den Lippen ließ er sich durch die viereckige Öffnung fallen.

Suko schoß wie ein Torpedo heran. Er schien vom Himmel zu fallen, änderte noch im Flug seine Richtung und fiel genau auf den Kerl mit dem Gewehr.

Der Mann ging zu Boden.

Auch ich sprang nach unten. Wie ein Wirbelwind war ich zwischen ihnen, sah für Bruchteile einer Sekunde die überraschten und hoffnungsvollen Gesichter meiner Freunde und mußte mich dann um den Pfleger Nummer zwei kümmern.

Der Mann war ungeheuer schnell. Er flog auf sein Gewehr zu, bekam es zu fassen, wirbelte mit der Waffe herum und schoß in der Drehung.

Hautnah jaulte das Blei an meiner linken Wange vorbei.

Wieder feuerte der Kerl.

Ich lag schon am Boden, hatte meine Beretta gezogen, und bevor der Mann einen dritten Schuß abgeben konnte, drückte ich ab.

Die Silberkugel traf ihn dicht über dem Nabel. Sein Gesicht zeigte einen erstaunten Ausdruck, er ging einen torkelnden Schritt nach vorn und brach dann zusammen.

Ein Schrei.

Hinter mir.

Ich fegte herum.

Harris hatte in den Kampf eingegriffen. Jetzt hielt er das zweite Gewehr in der Hand. Mit dem Kolben hatte er Sukos Kopf getroffen. Der Chinese ging in die Knie. Blut rann über seinen Schädel. Trotz der Verletzung stieß er den Lauf hoch, so daß Harris es nicht mehr schaffte, abzudrücken.

Dann brach Suko zusammen.

In seinem wahnsinnigen Haß zielte Harris auf Sheila Conolly. Sein Gesicht war entstellt. Der zuckende Feuerschein warf Schatten über diese häßliche Fratze.

»Dann stirbst du eben durch eine Kugel!« brüllte er Sheila an.

Ich feuerte.

Jane Collins schoß mit dem Beutegewehr schräg von oben. Wir mußten es tun, sonst wäre Sheila verloren gewesen.

Und beide Kugeln trafen.

Sie stießen Harris zur Seite, und durch den Aufprall der Kugeln verriß er den Schuß.

Dicht über Sheilas Kopf klatschte das Blei in die Wand.

Eine zweite Kugel konnte Harris nicht mehr aus dem Lauf jagen. Ich sprang ihn an. Legte meine ganze Kraft hinter diesen pantherhaften Sprung. Harris flog zur Wand zurück. Das Gewehr fiel zu Boden. Aber er war nicht tot. Auch zwei Kugeln konnten ihm nichts anhaben.

Wo ihn mein Silbergeschoß getroffen hatte, zeigte sich ein großer schwarzer Fleck.

Janes Kugel hatte zwar eine Wunde hinterlassen, doch kein Blut strömte hervor.

Der Mann war ein Dämon.

Aus den Augenwinkeln sah ich, wie sich Suko erhob. Gleichzeitig mit ihm stand Harris auf.

Er war angeschlagen, das erkannte ich sofort. Das geweihte Silber machte ihm zu schaffen. Aus blutunterlaufenen Augen stierte er mich an. Dann begann die Verwandlung.

Und plötzlich sah ich die Gestalt vor mir, die mir auf dem Schiff bereits begegnet war.

Übergroßer Kopf, lange Arme, der zwergenhafte Wuchs.

Das war der Dämon Harris!

»Okay«, zischte ich. »Du hast verloren, Dämon. Für dich ist es vorbei!« Ich zielte mit der Pistole auf seinen Kopf.

Harris heulte auf. Sein Maul öffnete sich. Die spitzen Zähne funkelten mir entgegen.

»Der Teufel!« schrie er. »Irgendwann wird dich der Teufel

holen, Sinclair, das verspreche ich!« Urplötzlich drehte er sich um. Und ehe ich oder Suko eingreifen konnten, stieß er sich vom Boden ab und hechtete auf die offenstehende Klappe des Ofens zu.

Ein markerschütternder Schrei hallte in unseren Ohren nach. Sekundenlang sah ich ihn noch mit den Armen rudern, sah das verzerrte häßliche Gesicht, das mich aus der Feuerhölle anstarrte, dann war es vorbei.

Ich ging hin und schloß die Klappe.

Suko schaute mich an. Blut lief über sein Gesicht. Aber, verdammt noch mal, er lächelte.

Und ich spürte ein Würgen im Halse.

»Wir haben es geschafft«, sagte ich kratzig.

Mehr nicht. Aber in diesen Worten lag alles, was ich momentan empfand.

Fünfzehn Minuten später hockte ich wieder hinter dem Steuer. Mein Bentley raste durch die Stadt.

Sheila lag auf dem Rücksitz. Die Wehen hatten eingesetzt. Wieder zählte jede Sekunde. Ich mußte die nächste Klinik erreichen.

»Halte noch aus, Mädchen«, sagte ich immer wieder. »Halte aus.«

Bill saß neben mir. Er hatte den Kopf gedreht und seine Hände zu Fäusten geballt. Er zitterte und hoffte.

Telefonisch hatte ich schon in der Klinik Bescheid gegeben. Dort war alles vorbereitet, als wir eintrafen.

Um Sheila brauchte ich mich nicht mehr zu kümmern. Bill blieb bei seiner Frau.

Ich aber fuhr zurück.

Auf dem Gelände der Klinik wimmelte es inzwischen von Polizisten. Ich hatte die Beamten alarmiert. Am meisten hatten die Leute damit zu tun, die verstörten Patienten zu beruhigen.

Ich setzte mein erstes Protokoll auf. Jane und Suko saßen neben mir.

Die Detektivin trank einen Cognac. Sukos Stirn zierte ein großes Pflaster.

Superintendent Powell wußte ebenfalls Bescheid. Er erschien persönlich. In der Klinik lagen einige Prominente, die Powell kannten und wohl nur von ihm zu beruhigen waren.

Ich sprach kurz mit ihm.

»Ich erwarte dann morgen mittag Ihren ausführlichen Bericht«, sagte Powell, kniff ein Auge zu und schlug mir auf die Schulter.

Es war das höchste Lob, das er zu vergeben hatte.

Schlaf fand ich in dieser Nacht nicht. Es war schon längst hell, als ich Jane nach Hause fuhr. Sie schlief neben mir ein.

Suko und ich saßen noch in meiner Wohnung zusammen und sprachen den Fall durch.

Kaffee hielt uns auf den Beinen.

Um mich zu erfrischen, hüpfte ich unter die Dusche. Und – wie konnte es anders sein? – das Telefon klingelte.

Suko nahm ab. Er rief dann: »Für dich, John!«

»Wer ist es denn?«

»Weiß ich nicht.«

Patschnaß, ein Handtuch um die Hüften, ging ich in den Livingroom.

Bill hatte angerufen. »Mann, Bill!« rief ich, während Suko neben mir stand und grinste. »Was ist?«

Bill Conolly jubelte, schrie und lachte in einem. »Rede schon!«

»Ein…« Bill machte es spannend.

»Mädchen?« fragte ich.

»Nein, ein Junge. John, ein Junge. Gesund und munter. Ich könnte die ganze Welt umarmen.«

Jetzt schrie ich auch los. Wir benahmen uns wie die Kinder. »Wie soll er heißen?« fragte ich nach einer kleinen Atempause.

»John! John Conolly! Und du bist der Patenonkel.«

Darüber hatten wir schon vor neun Monaten gesprochen. Ich wuchs direkt um drei Zoll. Wir verabredeten uns für die nächste Stunde. Ich legte auf. Dann gab Suko seinen Kommentar. »Wenn der Junge so wird, wie ihr beide sein müßtet, dann wird er ein toller Hecht!«

Leider hatte ich kein Wurfgeschoß in der Nähe, sonst hätte sich Suko an der anderen Kopfseite auch noch eine Beule eingefangen.

Auf den Zehenspitzen betraten wir das Krankenzimmer. Sheila blickte uns entgegen. Erschöpft, aber glücklich. »Na, du junge Mutter«, sagte ich betont fröhlich.

Sie faßte nach meiner Hand. Plötzlich schimmerten Tränen in ihren Augen. »Ich danke dir, John. Danke dir für alles. Wenn du nicht gewesen wärst...«

»Komm, hör auf«, erwiderte ich. »Du kannst dich ja revanchieren. Bei der Taufe.«

Sheila schaute mich an. »Darauf kannst du dich verlassen, John. Das wird ein Fest.«

Erst einmal feierten Bill und ich. Ich rief Powell an und nahm mir einen Tag Urlaub. Suko luden wir auch ein. Und das war gut so. Denn er war es, der uns hinterher nach Hause schleppte.

ENDE

Das
Horror-
Spielzeug

Es war mitten in der Nacht, als die drei Jungen in den Schlafsaal eindrangen und zielsicher auf das erste Bett in der rechten Reihe zuschlichen.

Schon beim Öffnen der Tür hatte Mickey Mayer gewußt, daß ihm der Besuch galt. Er hatte noch versucht, die Bettdecke über seinen Kopf zu ziehen – zu spät, sie waren bereits bei ihm. Ihre gierigen Hände waren wie kleine Zangen, er hörte ihr Keuchen, ihr kicherndes, wildes Lachen, und spürte den Ruck, als die Decke zur Seite gerissen wurde.

Für ihn verlangsamte sich die Zeit. Die Decke flog weg. Er sah sie langsam in die Höhe driften wie ein flatterndes Tuch, als wäre ein Engel davongeflogen. Er hörte das Kichern, er sah ihre kleinen Gestalten, sie waren nicht größer als er, aber sie waren böse, sehr böse, zu böse.

Schon immer, seit Monaten, seit er…

Seine Gedanken brachen ab.

Zwei Hände legten sich um seinen Hals. Ihr Druck war sehr stark und hinderte ihn am Schreien. Mickey hatte seine Angst laut hervorrufen wollen, um eine der Schwestern aus dem Schlaf zu reißen, aber die bösen Buben waren schneller gewesen.

Nur ein Gurgeln drang über seine Lippen. Ein zweiter Körper warf sich schräg auf ihn, der dritte Junge stand da und starrte auf ihn nieder. Er wartete auf eine weitere Bewegung, mit der sich Mickey wehren würde, um dann einzugreifen, aber Mickey blieb liegen.

Starr, steif – tot!

Ja, ich bin tot, dachte er. Ich bin tot, und alles ist gar nicht so schlimm.

Er war nicht tot. Er hörte die Geräusche in seiner Umgebung, und er vernahm vor allen Dingen den keuchenden Atem der drei Jungen, der sein Gesicht streifte.

»Du bist doch ruhig, nicht?«

Mickey versuchte ein Nicken. Es gelang ihm nicht, weil er auf dem Rücken lag. Er deutete es zumindest an, was die drei kleinen Hundesöhne zufrieden registrierten.

Deshalb lockerte sich der Druck um seinem Hals, so daß er wieder atmen konnte.

»Stehst du auf?«

»Warum?«

»Frag nicht so dumm.« Der Sprecher hieß Hank. Er war blond und trug das Haar ziemlich lang. Die Schwestern und das Personal ärgerten sich darüber, man hatte schon gedroht, es ihm abzuschneiden, aber Hank hatte sich erfolgreich dagegen gewehrt. Es war so etwas wie ein Anführer in diesem Waisenhaus. Was er sagte, wurde getan.

Mitgebracht hatte er Tommy und Sugar.

Sugar, ein etwas dicker Junge mit einem pausbäckigen Gesicht, war schon immer so genannt worden. Weil er so süß und harmlos aussah, war er der Liebling der Schwester, doch keine wußte, was sich hinter dieser Fassade verbarg. Sugar war gemein, hinterlistig, falsch-freundlich. Durch seine Freundlichkeit schaffte er es, die Frauen um den Finger zu wickeln, und er war zudem in der Lage, alle möglichen und unmöglichen Dinge zu besorgen.

Blieb noch Tommy.

Tommy, der Boxer, das kleine Kraftpaket. Der Stärkste aus der Jungenriege im Heim. Der hielt sich meist in Hanks Nähe auf und deckte ihm den Rücken, denn hin und wieder gab es Ärger, und dann trat eben der dunkelhäutige Junge auf den Plan, dessen Eltern aus irgendeiner ehemaligen britischen Kolonie stammten und den Jungen im Alter von zwei Jahren einfach an den Rand der Autobahn gesetzt und vergessen hatten.

»Willst du schreien?« fragte Hank.

Sugar kicherte. »Wenn er das tut, drehen wir ihm den Hals um und stopfen ihm Dornen in die Nasenlöcher.« Bei dieser Vorstellung kicherte er. Um das Lachen zu unterdrücken, preßte er seine Hand gegen die Lippen.

»Ich schreie nicht«, flüsterte Mickey Mayer mit heiserer Stimme.

»Das ist gut.« Hank hatte sich auf die Bettkante gesetzt und weit nach vorn gebeugt. Sein Gesicht schwebte jetzt über dem des liegenden Jungen, und Mickey hatte das Gefühl, in die Augen eines

Erwachsenen zu blicken. Sie kamen ihm plötzlich so kalt, alt und gleichzeitig auch wissend vor.

Mickey Mayer stellte sich dümmer, als er war. Er wußte natürlich, weshalb sie hier waren, trotzdem fragte er: »Was wollt ihr eigentlich von mir?«

Hank grinste breit. »So blöd bist du doch nicht, daß du es nicht weißt. Hast du denn noch nichts von unserer Mutprobe gehört, mein Kleiner…?«

Ja, die kannte Mickey. Eine Mutprobe mußte jeder ablegen. Eingeführt worden war sie von diesem Trio. Es hatte sich auch herumgesprochen, aber die Nonnen und Schwestern kümmerten sich nicht um diese Jungenstreiche, wie sie die Mutproben nannten. Das sollten die Kinder unter sich selbst ausmachen. Auch im richtigen Leben gab es Hackordnungen. Je früher sie es am eigenen Leib verspürten, um so besser waren sie für das Leben vorbereitet.

Sekunden verstrichen. Sie taten den vier Jungen gut, die sich zunächst einmal erholen mußten. Allmählich normalisierte sich ihr Atem, sie keuchten nicht mehr so stark, aber die Tücke auf ihren Gesichtern blieb dennoch.

Es war nie ganz finster im Schlafsaal. Nahe der Tür brannte immer ein Licht. Eine weiße Kugellampe, die über der Tür an der Wand angebracht war, gab die matte Helligkeit ab. Zumindest diejenigen, die nahe der Tür lagen, konnten das Zifferblatt ihrer Uhr erkennen. Manche schafften es sogar, zu lesen.

Mickey erkannte die Gesichter seiner drei ›Freunde‹. Es waren immer noch die gleichen, dennoch sahen sie irgendwie anders aus. Nicht verzerrter, sondern glatter, und in ihren Augen lag ein kalter Glanz, vermischt mit einer gewissen Vorfreude.

Sie wußten über den Plan Bescheid, im Gegensatz zu Mickey. Der konnte nicht einmal ahnen, was ihn erwartete. Er hatte natürlich von den Mutproben gehört, aber sie waren eben immer verschieden gewesen. Da hatte ein Junge stundenlang in einem Kellerloch gehockt. Das wäre nicht einmal so schlimm gewesen, aber seine Mitbewohner waren Ratten gewesen, und der Junge hatte wochenlang noch schwere Alpträume gehabt.

Einen anderen hatten sie auf die Schienen gelegt und ihn erst dann zurückgezogen, als die Lok des Zugs sehr nahe herangewesen war.

Einen dritten hatten sie in kaltes Wasser gelegt, ihn hin und wieder untergetaucht und die Nacht so zu einer beinahe endlosen Qual für ihn werden lassen.

Schlimme Dinge waren geschehen. Wie zum Beispiel die Sache bei den Klippen – so wurde das Gebiet um den alten Steinbruch genannt. Sie hatten einen Jungen hinabgestoßen, und erst im letzten Moment, kurz vor dem Aufprall, hatte sich das Seil gestrafft.

Die Erzieher hatten nichts erfahren. Sie waren sowieso überbeschäftigt und deshalb froh, sich nicht um die Jungen kümmern zu müssen. Sie sollten selbst damit fertig werden.

Jeder war mal an der Reihe.

Auch Mickey Mayer.

Der hatte Angst. Ihm war durch den Kopf geschossen, was sie alles mit den anderen Jungen angestellt hatte, und natürlich überlegte er auch, welche Gemeinheit sie sich für ihn ausgedacht hatten, doch er hatte keine Vorstellung davon.

Sugar griff in die Tasche und zog aus ihr eine Kleberolle hervor. Er zerrte noch keinen Streifen ab und fragte nur: »Soll ich sie dir über das Maul kleben?«

»Nein.«

»Dann wirst du ruhig sein?«

»Ja.«

»Brav, brav«, lobte Hank. »Ich freue mich, daß du so brav bist, mein Kleiner.«

Mickey schwieg. Er wollte nicht brav sein. Er wäre am liebsten aufgesprungen und hätte ihnen die Augen ausgekratzt, doch gegen drei stand er von vornherein auf verlorenem Posten.

Von den anderen Jungen im Saal konnte er keine Hilfe erwarten. Zwar taten sie so, als würden sie schlafen, aber das stimmte nicht. Sie waren wach, warteten mit angehaltenem Atem und waren froh, daß der Kelch an ihnen vorbeigegangen war. Mickey kannte das, bei anderen Mutproben hatte er ähnlich reagiert.

»Dann ist ja alles klar!« stellte Hank fest.

Mickey schwieg. Er wartete. Aber sie ließen sich Zeit und sahen sich zunächst einmal an.

Bis Tommy mit dem Zeigefinger winkte. Die eine Bewegung reichte aus, um Mickey erkennen zu lassen, daß er sich aufrichten sollte. Er tat es langsam, stemmte sein Gewicht auf die angewinkelten Arme und drückte sich dann höher.

Als er saß, umklammerte Sugar seine Beine. Er schwang sie nach rechts aus dem Bett. Dort stand der kleine Nachttisch. Neben ihm waren zwei Haken in die Wand geschlagen, an denen die Kleidung des Jungen hing. Er wollte danach greifen, aber Tommys Hand war schneller. Sie umklammerte sein Gelenk, und er hörte den Jungen flüstern: »Nein, mein Kleiner, das laß mal bleiben.«

Mickey erschrak. »Ich darf mich nicht anziehen?«

»Richtig.«

»Aber draußen ist es kalt.«

»Wissen wir. Willst du ein Mann werden oder nicht? Ein Mann muß auch Kälte vertragen können, hörst du?«

Mickey nickte. Wohl war ihm nicht. Schon jetzt überliefen ihn Schauer. Er trug nur einen Schlafanzug, den er so haßte, weil er gestreift war. Er hatte mal einem kleinen Erwachsenen gehört, und der Stoff schien tatsächlich ewig zu halten.

Mickey stand auf.

Sofort hielten sie ihn von zwei Seiten fest. Hank baute sich vor ihm auf. Er stemmte die Arme in die Hüften und wippte auf den Fußsohlen wie einer der Westernhelden aus dem Kino. Er beobachtete Mickey genau. Dann grinste er. »Soll ich dich jetzt fragen, ob du schon die Hose voll hast, Kleiner?«

»Nein.«

»Sie ist leer, wie?«

»Ja, aber...«, Mickey brach hilflos ab. Er empfand derartige Gespräche als peinlich, doch er wußte, daß er sich in der schlechteren Position befand. Er konnte nichts tun und mußte dieser verfluchten Brut eben gehorchen.

»Geh mal zur Tür!«

Die Aufforderung galt Sugar. Er setzte sich in Bewegung und öffnete leise. Durch den Spalt blickte er in den leeren Gang. Er ließ sich Zeit dabei, nickte, als er nichts sehen konnte, und drehte sich wieder um. »Wir können.«

»Wunderbar.«

Tommy lachte. »War auch nur ein Rat.« Er schob den ›Gefangenen‹ auf die Tür zu.

Mickey drehte noch einmal den Kopf. Er schaute zurück in den großen Schlafsaal, in dem es so unnatürlich ruhig war. Diese Ruhe entstand nur dann, wenn sie einen holten. Ansonsten war es lauter, denn da atmeten die Schlafenden anders. Hier hörte es sich an, als würden sie die Luft zunächst anhalten und sie dann langsam ausfließen lassen. Sugar zog die Tür auf. Leer lag der Gang vor ihnen. Genau da, wo die breite Steintreppe begann, brannte eine Lampe. Sie gab sehr helles Licht ab, das sich auf dem Steinboden spiegelte.

»Wir gehen«, sagte Hank.

Mickey wurde nach vorn gestoßen. Er bewegte seine Beine automatisch. Er war bedrückt, und er hatte Angst.

Wo würde es enden…?

Die Kälte war böse, die Kälte war Gift. Sie blieb nicht nur auf Mickeys Füße beschränkt, sie stieg langsam höher, bis sie seine Beine, die Knie und auch die Oberschenkel überwunden hatte, die Rippen erreichte und sich dann noch mehr ausbreitete. Dabei stand er nur bis zu den Knien im kalten, schlammigen und trüben Wasser, aber er fühlte sich, als würde er in einem dicken Panzer aus Eis stecken.

Über ihm lag die Freiheit. Hoch über ihm, zu hoch, denn wenn er in die Höhe blickte, sah er die runde Öffnung des Brunnenschachts so weit entfernt, daß er schon ein Stabhochspringer hätte sein müssen, um ihn zu erreichen. Er würde es nicht schaffen.

Mickey hatte geweint.

Natürlich erst, als die anderen weg waren, keiner hatte seine Tränen sehen sollen. Sie waren sehr schnell verschwunden, nachdem sie ihn in dieses Loch gesteckt hatten.

Um seine Hüften trug er noch immer den Strick. An ihm hing

ein dicker Haken. An ihm war das andere Seil befestigt gewesen, an dem sie ihn in den Brunnenschacht hinuntergelassen hatten. Was hatte er nur für eine Furcht verspürt, als er ruckweise in das Dunkel gefallen war. Tief hinein in den Schoß der Erde, vielleicht sogar bis durch zum Mittelpunkt, wo schreckliche Monster lauern sollten, wie er in einem Buch von Jules Verne gelesen hatte, wo es auch kochend heiß war. Aber das Gegenteil war hier der Fall. Die eisige Kälte des Wassers, das etwas mehr als kniehoch den Grund des Brunnens bedeckt, begann ihn allmählich zu lähmen.

Nach dieser Tat hatten sich die drei neben den Einstieg gekniet und nach unten geschaut. Er hatte ihre Gesichter nicht genau erkennen können, war aber davon ausgegangen, daß sie grinsten und sich diebisch über ihre neue Tat freuten.

Alle hatten sie zum Abschied gesprochen.

Zuerst Hank, wie es sich gehörte. »Wenn du frierst, kannst du dir ja warme Gedanken machen.«

»Klar!« hatte Tommy gerufen. »Sollte dir dabei zu heiß werden, kannst du sie ja mit Wasser kühlen.«

»Und wenn es dir nicht schmeckt, denke einfach, es wäre Cola!« hatte Sugar hinzugefügt.

Dann hatten sie gelacht.

Ihr Gelächter war wie eine schaurige Botschaft in den Brunnenschacht gefallen und hatte seine Ohren vollgedröhnt. Er wußte nicht, wie es weitergehen sollte, aber er hatte sich schließlich getraut, eine Frage zu stellen.

»Wann holt ihr mich hier wieder raus?«

Abermals Lachen. Erst als es abgeklungen war, hatte er eine Antwort erhalten. »Vielleicht morgen, vielleicht nie. Wir werden sehen.« Hank hatte die Antwort gegeben und sich dabei köstlich amüsiert. Dann waren sie verschwunden.

Die Kälte war nicht aufzuhalten, sie stieg höher, und sie begann, die Erinnerungen an die kurz zurückliegende Vergangenheit zu verdrängen. Der Junge war allein, und nicht nur das, er fühlte sich schrecklich einsam und verlassen.

Niemand würde hier nach ihm suchen. Die ganze Welt hatte sich gegen ihn verschworen. Es war eine Mutprobe der schlimmsten Sorte. Er würde es aus eigener Kraft niemals schaffen, dieses Loch zu verlassen, und war auf die Gnade der anderen angewiesen. Ob sie ihn überhaupt herausholen wollten, war mehr als fraglich. Aber sie konnten ihn nicht sterben lassen. Es würde auffallen, wenn er nicht am nächsten Morgen beim Frühstück saß. Zu viele Jungen waren Zeugen gewesen, wie er abgeholt worden war. Aber würden sie etwas sagen?

Er glaubte nicht so recht daran. Alle hatten eine tiefe Angst vor diesen drei Jungen, denn sie waren die Anführer. Was sie sagten, das mußte getan werden.

Es verging Zeit. Mickey Mayer wußte nicht, wie spät es war. Die Uhr lag in seiner Nachttischschublade, und er überlegte, daß es vor Mitternacht gewesen war, als man ihn geholt hatte.

Sie waren dann aus dem Haus geschlichen. Durch einen Hinterausgang hatten sie es verlassen. In der Dunkelheit hatten sich ihre Gestalten kaum von den flachen Feldern abgehoben, die sie überquert hatten. Wenig später waren sie in den dichten Wald eingetaucht. So hatten sie den Weg zum Steinbruch hin abgekürzt.

Es war nicht der einzige Brunnen, den es dort gab. Immer wieder sammelte sich in diesen tiefen Sprenglöchern Grundwasser, und wenn es regnete, stieg es schnell hoch. Mit Regen war zum Glück nicht zu rechnen. In einem gefüllten Schacht hätte Mickey leicht ertrinken können.

Diese Visionen stiegen immer wieder in ihm hoch, zusammen mit anderen, sehr irrealen, die aus einer Welt stammten, die es eigentlich gar nicht gab. Höchstens in gewissen Träumen, aber darüber wollte er nicht nachdenken.

Leider konnte er die Gedanken nicht verbannen, denn Mickey war ein Junge, der Phantasie hatte. Er las gern, er ließ sich durch seine Bücher entführen. Lesen war für ihn Fernsehen oder Kino im Kopf. Da konnte er mit seinen Helden auf Reisen gehen, er stellte sich fremde Länder und Welten vor, er malte sich aus, was er getan hätte und wie er dann zu einem Helden wurde, der die Mädchen rettete.

Es hatte ihm immer gutgetan, mit Hilfe seiner Bücher dem tristen Alltag zu entfliehen. Die Bücher waren seine einzigen

Freunde, und die Schwestern im Waisenhaus freuten sich, daß er so gern las, das erlebten sie in Zeiten des Fernsehens nicht oft.

So seltsam es klang, aber er vermißte seine Bücher. Er hätte gern das eine oder andere bei sich gehabt, sich in die Geschichte vertieft und die verdammte Kälte vergessen.

Leider schaffte er das nicht.

Das Wasser umklammerte ihn. Seine Füße standen auf schlammigem Grund, der jeden Moment nachgeben und einsacken wollte, aber das stimmte nicht, denn noch hatte er Halt und sank nicht tiefer ein.

Seine Füße waren bis zu den Waden im Schlamm verschwunden. Beim Herablassen hatte er sich manchmal in ein schwingendes Pendel verwandelt und war des öfteren gegen die Wände des Schachts gestoßen, die sehr glitschig und schmutzig waren. Das Zeug klebte nun als feuchte Schicht an seinem Schlafanzug.

Mickey Mayer fror erbärmlich. Er zitterte. Seine Zähne schlugen aufeinander. Er lauschte den dabei entstehenden klappernden Geräuschen und hatte den Eindruck, als würde ein Skelett neben ihm stehen, dessen Knochen klapperten.

Hilfe konnte er nicht erwarten.

Wenn jemand in der Nacht den Steinbruch betrat oder befuhr, dann waren es höchstens Liebespaare, die für sich sein wollten und kein Interesse an irgendwelchen Schächten oder Brunnen hatten. Es hatte keinen Sinn, zu schreien, denn bisher hatte der Junge noch kein Motorgeräusch gehört.

Er hatte es trotzdem versucht. Die Wände des engen Schachts hatten jedoch das Echo seiner Stimme teilweise verschluckt, und er war sich nicht einmal sicher, ob der eine oder andere Laut überhaupt den Brunnenrand erreicht hatte.

Mickey schrie nicht mehr.

Er blieb still, er konzentrierte sich auf die Kälte und konnte trotzdem nichts dagegen tun. Sie kroch höher, sein Körper wurde zu Eis, und wenn sie ihn tatsächlich herausholten, dann würde er eingefroren sein, sich eine Lungenentzündung geholt haben oder noch etwas Schlimmeres. Er konnte auch sterben.

Als Mickey daran dachte, fing er wieder an zu weinen. Der Tod war für ihn etwas Schreckliches, Unheimliches, obwohl er äußerlich gar nicht so schlimm aussah.

Er brauchte nur an die tote Leiterin des Waisenhauses zu denken. Ungefähr vor sechs Wochen war sie gestorben, und alle Kinder hatten sich an ihrem Sarg versammeln und sie ansehen müssen.

Es war ein schlimmer Abschied gewesen. Vielleicht hatte Mickey den Anblick dieses weißen, starren Gesichts auch nur deshalb als so schrecklich empfunden, weil der alten Frau der Mund nicht geschlossen worden war. Noch als Tote hatte sie ausgesehen, als wollte sie noch einmal richtig nach Luft schnappen.

Dieses Bild hatte ihn tagelang in seinen Träumen verfolgt. Es war schlimmer gewesen als die Bilder der Nachrichten, wenn Reporter von den Schauplätzen des Schreckens berichtete.

Wenn jemand erfriert, so dachte Mickey, wird er dann ebenso aussehen wie die Schwester Oberin?

Es gefiel ihm nicht, daß er sich gedanklich damit beschäftigte, nur konnte er nicht anders. Das Bild der Toten stieg immer wieder in ihm hoch, und er fragte sich, ob jemand, der in kaltem Wasser erfroren war, ebenso aussehen würde.

Nein, sicherlich anders. Blauer im Gesicht, noch starrer und ekliger.

Er mußte sich schütteln und zog die Schultern hoch. Die Arme hatte er vor der Brust verschränkt, als könnte er sich auf diese Art und Weise selbst wärmen. Doch in seinem Körper befand sich nicht mehr viel Wärme, er war ziemlich unterkühlt, und auch wenn er sich bewegte, half das nicht viel. Ab und zu hatte er die Beine angezogen, sie wieder ausgestreckt und es mit Wassertreten versucht, nur brachte es nichts.

Die Kälte war stärker.

Und die Zeit verging so quälend langsam.

Sein Nacken schmerzte bereits, weil er zu oft in die Höhe zum Ausgang des Schachts hochgestarrt hatte. Ein hellerer Ring zeichnete sich dort ab. Er wußte nicht einmal, ob die Nacht richtig dunkel war, es reichte ihm, daß er die Öffnung sah.

Dort bewegte sich etwas.

Mickey hatte soeben wieder hochgeschaut. Er hatte die Bewegung noch bemerkt, kurz bevor er den Kopf wieder senkte, das aber war alles gewesen. Ein Schatten nur, ein Tier – oder?

Mickey dachte nach.

Es fiel ihm nicht leicht. Die Kälte steckte bereits in seinem Gehirn. Wie dünne Spinnweben war sie von verschiedenen Seiten eingedrungen, aber er schaffte es trotzdem, zu denken.

Wieso war das ein Schatten gewesen? Waren seine ›Freunde‹ zurückgekehrt, um ihn aus dem Loch zu holen? Würden sie letztendlich doch von Gewissensbissen geplagt?

Das wäre normal gewesen, denn über weitere Stunden hätte er diese Folter nicht aushalten können. Schon jetzt haßte er die drei Typen für diese fürchterliche Tat, und er würde nie wieder normal mit ihnen sprechen und spielen können.

Mickey blickte wieder hoch.

Da war nichts. Er hatte sich geirrt. Kein Schatten am Rand, der sich bewegt hätte.

Der Junge lachte leise. Es klang deprimiert, denn er hatte tatsächlich für einen Moment die Hoffnung gehegt, daß sich da etwas veränderte. Leider nicht.

Also doch ein Irrtum, eine Wunschvorstellung, so intensiv, daß er sie sogar wahrgenommen hatte.

Er schaute noch einmal in die Höhe. Vorerst zum letztenmal, wie er sich vorgenommen hatte.

Da sah er die Gestalt!

Mickey hatte es gehofft, trotzdem war er wie vor dem Kopf geschlagen, als er die Gestalt dort sah. Seine Knie wurden weich, in seinem Kopf rauschte plötzlich das Blut, und als er Luft holte, hatte er das Gefühl, als wäre seine Kehle zugeschnürt.

Wer saß da?

War es ein Mensch, war es ein großes Tier, das dort Platz genommen hatte?

Mickeys Kehle fühlte sich so eng an. Der Klumpen darin schien sie völlig auszufüllen, er rang nach Luft, spürte die Schmerzen in seinem Nacken nicht mehr und blickte nur gegen diese fremde Person, die sich jetzt bewegte. Sie rutschte ein Stück zur Seite und starrte zu ihm herab. Der Junge hatte sich mit dem Rücken gegen die feuchte Wand des Brunnenschachts gestemmt. Er sah, daß kein Tier, sondern ein Mensch dort oben hockte. Er konnte die Umrisse der Gestalt ziemlich deutlich erkennen. Die Person saß nicht, sondern kniete am Rand des Brunnens. Sie hielt den Kopf gesenkt, sie schaute in die Tiefe, und sicherlich erkannte sie ihn trotz der Dunkelheit.

Er sah sogar ihr Gesicht.

Der Vergleich mit einem bleichen Stück Fett fiel ihm ein. Der helle Fleck schwebte irgendwo zwischen ihm und dem Ende und schien an einem Faden zu hängen.

Mickey zwinkerte. Er wußte nicht, ob es tatsächlich stimmte oder nur ein Wunschtraum war.

Die Gestalt blieb.

Sie konnte sogar reden.

Und sie flüsterte die Botschaft in den Schacht hinein, aber so laut, daß Mickey sie verstehen konnte. »Keine Angst, mein Junge, wir beide werden es schon schaffen...«

Mickey Mayer erstarrte.

Zu ihm hatte eine Frau gesprochen!

Wäre der Schacht breit genug gewesen, hätte es ihn umgehauen. So aber blieb er an der Wand gelehnt im kalten Wasser stehen, spürte selbst, wie stark er zitterte, und drückte den Kopf so weit zurück, daß er in die Höhe schauen konnte.

Dabei dachte er über die Stimme nach. Sie hatte sich nicht jung angehört, sondern eher alt, vielleicht sogar schon brüchig. Mickey kannte sich darin aus, denn so ähnlich wie diese Stimme sprachen auch manche der Schwestern im Waisenhaus. Vor allen Dingen die älteren Schwestern, die von ihnen Grufties genannt wurden.

So sehr er sich auch bemühte, es gelang ihm nicht, die Stimme zu identifizieren. Das mußte eine Fremde sein, die den Weg zum Brunnenschacht gefunden hatte.

»Hast du mich gehört?«

Mickey nickte. Antworten konnte er nicht, denn er stand noch immer unter dem fremden und so unerwarteten Eindruck des plötzlichen Erscheinens dieser Frau.

»Gib Antwort, bitte. Oder bist du stumm?«

»Nein.« Herrjeh, das war viel zu leise, sagte sich Mickey. Er holte Luft und versuchte es erneut. »Nein, ich bin nicht stumm.«

»Wunderbar, mein Kleiner, es klappt doch.« Die Frau nickte.

Mickey hatte sich mittlerweile an ihren Anblick gewöhnt und festgestellt, daß ihr Kopf ungewöhnlich aussah. Zumindest vorn war er flacher als normale Köpfe. Als wäre das Gesicht der Frau von einem Schlag mit einem Brett deformiert worden.

Über diesen Vergleich mußte er grinsen, aber das verschwand schnell, als die Frau über ihm wieder sprach. »Du mußt mir dabei helfen«, erklärte sie. »Schaffst du das?«

»Was – was – soll ich denn tun?«

»Es ist ganz einfach. »Ich lasse dir ein Seil hinab, du hakst es bei dir fest. Gut?«

»Ja, gut«, murmelte er und wunderte sich darüber, woher die Frau wußte, daß er ein Seil an seinem Gürtel festhaken konnte. Sie schien wirklich allwissend zu sein. Doch er war bereit, nach jedem Strohhalm zu greifen.

Die fremde Frau am Brunnenrand bewegte sich. Sie tat es sehr ruhig, sie überstürzte nichts, denn jetzt kam es nicht mehr auf die eine oder andere Minute an.

Der Junge merkte, daß die Kälte seinen Körper verließ. Er fror längst nicht mehr so stark, denn in seinem Innern hatte sich ein Feuer gebildet, das sich schnell ausbreitete. Es hatte ihn wie ein Fieber gepackt. Er hoffte nur, daß die Frau Kraft genug hatte, um ihn in die Höhe ziehen zu können, und daß das Seil dabei nicht riß.

Es flatterte nach unten. Es schwang hin und her. Ein dunkler Schatten, der einer zitternden Schlange glich, die sich ihm immer mehr näherte.

Mit offenem Mund starrte er in die Höhe. Sein Körper zitterte. Er war voller Erwartung, denn er wußte, daß dieses Seil die Rettung bedeutete.

Beide Hände streckte er ihm entgegen. Dabei spürte er das

Reißen in seinen Achselhöhlen, so stark hatte er sich verkrampft. Ein Glücksgefühl durchströmte ihn, als das Seil zum erstenmal gegen seine Hände klatschte.

Blitzschnell faßte er nach, hielt es fest, während die Frau es Hand über Hand weiter in die Tiefe gleiten ließ, bis es lang genug war, daß Mickey es an sich festhaken konnte.

Trotz der schlechten Sicht entdeckte er die Schlinge. Die Frau hatte sie gut verknotet.

»Schaffst du es, Junge?«

Er nickte.

»Gib Antwort. Schaffst du es?«

Erst jetzt fiel ihn ein, daß sie sein Nicken vielleicht gar nicht hatte sehen können, und er rief mit Zitterstimme hoch: »Ja, ja, das klappt sogar sehr gut.«

»Wunderbar«, freute sie sich.

Der Haken an Mickeys Gürtel war groß genug, um die Schlinge daran befestigen zu können. Er prüfte noch einmal den Sitz und rief sein ›Okay‹ hoch.

»Dann gib acht!«

Die Frau zögerte nicht länger. Mickey spürte den Ruck nicht nur an den Hüften. Er wühlte sich durch den Körper. Einen Moment später verloren seine Füße den Kontakt mit dem weichen, schlammigen Untergrund.

Er glitt höher.

Die Frau zog.

Mickey bewunderte ihre Kräfte. Die anfänglichen Befürchtungen, daß sie es nicht schaffen könnte, waren schnell verschwunden. Er hatte das Wasser längst verlassen und pendelte über der Oberfläche. Sein Körper trieb mal nach rechts, dann wieder nach links, er tickte mit den Füßen und den Knien gegen die Schachtwand, rutschte manchmal darüber hinweg, aber das alles war nicht weiter tragisch. Für ihn zählte allein, daß er in die Höhe glitt und damit der Freiheit entgegen, nach der er sich so gesehnt hatte.

Es war ein wunderbares Gefühl, und die Frau über ihm war für ihn wie ein Engel, der aus dem Himmel gestiegen war, um ihn zu retten. Ein Schutzengel, sein Schutzengel vielleicht.

Immer höher wurde er gezogen. Es machte ihm auch nichts aus, daß er sich dabei drehte. Der Stoff des Schlafanzugs klebte als feuchter Lappen an seiner Haut, er fror, zweimal mußte er niesen, aber das alles nahm er bewußt kaum wahr.

Er würde diesem Schacht entkommen, und er stellte sich schon jetzt die Gesichter der anderen Jungen vor, wenn sie am Morgen erschienen, um nach ihm zu sehen.

Nichts würden sie vorfinden.

Nur Wasser...

Und sie würden darüber rätseln, sich die Köpfe heiß diskutieren, wie er es wohl geschafft hatte, aus dem Schacht zu entwischen, denn das war nach menschlichem Ermessen kaum möglich.

Er aber schaffte es.

Die Frau zog ihn höher. Er konnte sie jetzt besser sehen. Sie kniete neben dem Brunnenrand, und sie trug eine dunkle Kleidung, die bis an die Füße reichte, auf ihren Kopf hatte sie eine flache, ebenfalls dunkle Haube gedrückt, die allerdings am vorderen Rand einen helleren Streifen zeigte.

Fast wie bei den Schwestern im Waisenhaus.

Aber er kannte sie nicht, sie war ihm fremd. Ebenfalls die Stimme, die leise und beruhigend auf ihn einsprach. »Wir haben es bald geschafft, sehr bald. Nur noch ein kurzes Stück, mein Junge, dann bist du endlich frei.«

Nicht einmal Anstrengung war aus ihrer Stimme herauszuhören. Mickey hatte den Kopf zurückgelegt. Durch diese Haltung blickte er in das Gesicht seiner Retterin. In der oberen Hälfte entdeckte er ein ihn irritierendes Funkeln. Zuerst wußte er nicht, was es war, bis er feststellte, daß dieses Funkeln vom Metallgestell einer Brille ausging. Die Frau war alt, eine Oma.

Wieso das?

Seine Vorstellungen von Omas brachen innerhalb weniger Sekunden zusammen. Er hatte nie das Glück gehabt, eine Oma gehabt zu haben, aber er hatte sie sich vorgestellt. Alt, klapprig, in einem Sessel sitzend, mit einem Kissen auf dem Schoß, wo sie ihr Strickzeug abgelegt hatte, und mit einem Buch in den Händen, aus dem sie den um sie herumsitzenden Kindern etwas vorlas.

Diese Oma war ganz anders. Obwohl er sie toll fand, löste sie in ihm einen kalten Schauer aus, den er sich nicht erklären konnte. Seine Gedanken brachen ab, als er den Kopf ins Freie streckte.

»Und noch einmal!«

Wieder spürte er den Ruck, winkelte ein Bein an und stemmte sich auf den Rand.

Der Rest war ein Kinderspiel. Auf allen vieren kroch er weiter, bis er stoppte, sich drehte und auf dem Rücken liegenblieb. Er sah den dunklen Himmel endlich über sich und nicht mehr nur als einen schmalen runden Ausschnitt.

Er war gerettet!

Sie hatte ihn gerettet, die Frau, die Oma, die sich auf ihn zubewegte und das Seil loshakte.

Erst dann schaffte es der Junge, sich aufzurichten. Er blickte in das Gesicht der Frau, die sich über ihn gebeugt hatte. Auch wenn ihn der Teufel persönlich angeschaut hätte, er hätte ihn umarmt, denn diese Frau war wirklich einmalig. Für ihn war sie ein Engel.

Nach einer Weile spürte er die Berührung an seiner Wange. Finger strichen über sein Gesicht, und Mickey schauderte zusammen. Er konnte sich kaum daran erinnern, wann er zum letztenmal zärtlich gestreichelt worden war. Ja, als er krank das Bett hatte hüten müssen, da war eine der Schwestern so ›gütig‹ gewesen.

Wieder durchlebte er dieses Glücksgefühl, daß sich eine andere Person um ihn sorgte.

Es war so wunderbar.

»Willst du aufstehen?«

»Erst setzen.«

»Warte, ich helfe dir.«

Sie half ihm tatsächlich. Der Schock hatte sich bei Mickey gelegt. Die Kälte kehrte zurück. Er zitterte so heftig, wie er es selbst unten im Brunnenschacht nicht getan hatte. Mit den Schneidezähnen biß er auf seine Lippe, und er ärgerte sich über den Zustand, doch dagegen konnte er nichts tun.

Die Frau hielt ihn fest. Sie wärmte ihn, denn sie trug eine dicke Kleidung. Immer wieder strich sie mit der Handfläche über sein Haar und murmelte Worte der Beruhigung.

Mickey Mayer glitt in einen Zustand hinein, der zwischen Schlafen und Wachsein lag. Am liebsten hätte er die Augen geschlossen, doch das ließ die Frau nicht zu.

»Wir müssen etwas für dich tun, Kleiner.«

»Was denn?« sprach er in die Kleidung hinein, denn sein Kopf ruhte an ihrer Schulter.

»Wie heißt du?«

»Mickey.«

»Mehr nicht?«

»Doch, Mayer.«

Die Frau lachte. »Den Namen kann man nicht vergessen. Du kannst mich übrigens Agathe nennen.«

Mickey zog seinen Kopf von der Frau weg. Er schaute hoch. Gütige Augen blinzelten hinter der Brille. »Agathe?« flüsterte er…

»Ja, gefällt dir der Name?«

»Ich weiß nicht. Der ist etwas komisch. Kann ich dich nicht Grandma Agathe nennen?«

Sie hob die Schultern. »Wenn es dir Spaß macht, bitte.«

»Ja, dann sage ich das.« Mickey mußte schlucken. »Du – du hast mich gerettet.«

»Das stimmt.«

»Warum?«

»Hätte ich dich erfrieren lassen sollen?«

Mickey umkreiste mit der Zunge seine Lippen, die ebenfalls kalt geworden waren. In seiner Phantasie stellte er sie sich wie zwei blaue Schläuche vor.

»Komm, steh auf, bitte«, bat sie ihn.

Mickey wollte noch nicht. »Was ist denn, wenn ich aufstehe? Wohin sollen wir dann gehen?«

»Steh erst einmal auf!«

»Zurück ins Waisenhaus?« Er schüttelte den Kopf. »Zu den anderen, den Nonnen und zu meinen Freunden, die keine sind und nur so tun, als ob sie welche wären?«

»Habe ich das gesagt?« fragte Agathe mit sanfter Stimme.

»Nein, aber…«

Sie verschloß ihm den Mund, indem sie ihm einen Finger auf die

Lippen legte. »Nicht ins Waisenhaus, mein Junge. Zunächst nicht. Du hast lange im Wasser gestanden. Ich werde dich woanders hinbringen.«

»Wohin denn?«

Agathe trat einen Schritt zurück und blickte ihn an. »Wie wäre es mit einem Krankenhaus?«

Mickey erschrak so tief, daß er noch bleicher wurde. Er ballte die Hände zu Fäusten und bohrte seine Fingernägel in das Fleisch. Krankenhäuser hatte er noch nie gemocht, ebenso wie Waisenhäuser. Nur konnte er dem einen entwischen, dem anderen aber nicht.

»Es ist ja nicht für immer«, sagte Agathe, die das Erschrecken des Jungen natürlich bemerkt hatte. »Nur für ein, zwei oder auch drei Tage. Sie werden dich beobachten. Solltest du dir eine Lungenentzündung geholt haben, kann man dort sofort eingreifen. Das wirst du doch sicherlich verstehen, Mickey.«

Er verstand es, doch er wollte es nicht. Dennoch nickte er. »Ja, ich habe mich damit abgefunden.«

Lachend drückte Agathe den Jungen an sich. »So darfst du nicht denken. Du mußt mir vertrauen, denn es wird alles zu deinem Besten sein, was ich mit dir unternehme. Ich möchte deine Freundin sein, und du wirst mein Freund sein. Ob das wohl möglich ist?«

Der Junge überlegte einen Moment, dann sagte er: »Wir können es ja mal versuchen. Du hast mich schließlich gerettet.«

»Toll. Wie alt bist du eigentlich?«

»Ich bin knapp dreizehn…«

»Also zwölf«, hakte Agathe nach, die sich mit der Psyche von Kindern wohl auskannte.

»In der nächsten Woche habe ich Geburtstag.«

»Wie schön für dich.«

»Nein, das ist nie schön im Waisenhaus.«

Sie strich wieder über sein Haar. »So habe ich das auch nicht gemeint, mein Junge. Aber es ist gut, daß du es mir gesagt hast. Ich werde dir morgen schon ein Geschenk bringen. Ein kleines Spielzeug zu deinem Geburtstag. Es ist etwas Besonderes.«

»O – was denn?«

»Wenn ich dir das sage, ist es ja nichts Besonderes mehr. Du mußt dich schon noch gedulden. Jetzt aber komm, wir werden so schnell wie möglich zu einem Krankenhaus fahren.«

Mickey war erstaunt. »Fahren? Ja, wieso denn? Hast du ein Auto, Grandma Agathe?«

Sie lachte. »Du wirst dich wundern, mein Junge, was die alte Agathe alles hat. Du wirst dich noch wundern«, fügte sie in einem wesentlich härteren Tonfall hinzu, faßte nach Mickeys Hand und ging mit ihm fort.

Für einen Beobachter sah es so aus, als würden sich die beiden schon jahrelang kennen...

Aus der Dunkelheit schob sich die flache Seite eines Vierecks in den Nachthimmel. Sie wirkte gewaltig und sah aus wie eine große Wand, die an verschiedenen Stellen mit bleichen Lichtern gespickt worden war. Das aber war sie nicht, denn sie bildete einfach nur die Nordfront eines Krankenhauses, vor dem Agathe und der Junge standen.

Mickey fühlte sich nicht nur etwas verloren, er spürte gleichzeitig eine innere Angst vor diesem Koloß. Er dachte an die Geschichten, die er gelesen hatte, und sehr oft hatten Krankenhäuser darin eine große Rolle gespielt. Sie waren dort immer als regelrechte Bazillen-Buden beschrieben worden. Eben diese Horror-Visionen hatten sich bei Mickey Mayer festgesetzt. Das änderte sich auch nicht, als sie das Krankenhaus betraten und sich dorthin wandten, wo sich die Aufnahme befand, zusammen mit der Notaufnahme, doch ein Notfall war er nicht.

Um diese Zeit war es still wie in einer Gruft. Es gab keine Hektik, nur eben diesen beklemmenden fremden Frieden, der seinen Schatten über die Flure mit dem grünen Anstrich gelegt hatte und sich auch auf dem Steinboden wiederfand, der aus hellgrauen und schwarzen Fliesen bestand.

Scheu blickte sich der Junge um. Der Nachtportier hatte ihnen nachgeschaut und sich nicht einmal über die Kleidung des Jungen gewundert, er war einiges gewöhnt.

In der Notaufnahme saß eine junge Ärztin zusammen mit einem dunkelhäutigen Pfleger. Beide tranken Kaffee. Sie unterbrachen ihre Unterhaltung, als die Tür geöffnet wurde und das ungleiche Paar den schmalen Raum betrat. Die Ärztin stand auf, sie rückte ihren Kittel zurecht und erkundigte sich, ob es einen Unfall gegeben hätte.

»Nicht im eigentlichen Sinne«, sagte die Frau.

»Sondern?«

»Ich habe ihn auf der Straße aufgelesen.«

Alles, was gesagt wurde, hatten die beiden während der Fahrt abgesprochen, und der Junge hatte sich fest vorgenommen, die Spielregeln einzuhalten.

»Wieso auf der Straße?«

»Ich hatte mich verlaufen. Ich bin in einen Graben gefallen und...« Mickey erzählte die Geschichte sehr glaubhaft. Agathe sprach von einer Unterkühlung und daß er doch besser für zwei Tage bleiben sollte, um von den Ärzten beobachtet zu werden.

»Gut, gut.« Die Ärztin war einverstanden. »Dann werden wir dir ein Bett geben, und du wirst Besuch von einer Schwester erhalten, die deine Personalien aufnimmt. Wir werden deine Kleidung trocknen und reinigen, und du schläfst dich erst einmal aus.«

»Mehr stellen Sie nicht mit mir an?« staunte der Junge.

»Doch, ich werde dich kurz durchchecken, ob nicht schon eine Lungenentzündung im Anmarsch ist.« Sie wandte sich an Agathe. »Sie sind sicherlich eine Verwandte?«

»Nicht direkt.«

»Aber Sie wissen Bescheid?«

»Das glaube ich schon.«

»Wunderbar.« Die Ärztin deutete auf eine Liege, deren harte Polsterung mit einem Streifen Endlos-Papier bedeckt war.

Mickey wollte erst nicht. Agathe mußte schon zweimal nicken, bevor er sich in Bewegung setzte und seinen Platz auf der Liege fand, wo er die Beine ausstreckte.

Die Ärztin begann lächelnd mit der Untersuchung. Bis auf die Unterhose zog sich der Junge aus. Nach wenigen Minuten schon stand das Ergebnis fest.

Er war etwas unterkühlt, aber eine Lungenentzündung hatte er sich wohl nicht geholt.

»Aber wir behalten dich zur Sicherheit noch hier«, sagte die Ärztin und lächelte wieder, wobei sie ihre Brille mit dem dunklen Gestell abnahm. »Du wirst im dritten Stock liegen.«

Mickey war auf der einen Seite froh, zunächst nicht ins Waisenhaus zurück zu müssen. Wenn er morgen früh fehlte, würde es Ärger geben. Er hatte es schon bei anderen erlebt, die nachts über weggeblieben waren. Dann würden Fragen gestellt werden, und das Bauwerk dieser Mutprobe würde wie ein Kartenhaus zusammenbrechen.

Sie verließen das Zimmer.

Der Pfleger ging mit und Grandma Agathe auch. Die dunkle Hand des Pflegers lag auf Mickeys Schultern, als wollte der Mann dafür sorgen, daß sein kleiner Patient nicht entwischte.

Er hörte hinter sich die Schritte seiner Retterin. Als sie vor dem Lift stehenblieben, verstummten sie.

Mickey drehte sich um, weil er von Grandma Agathe Abschied nehmen sollte.

Sie war nicht mehr da.

Wie ein Spuk hatte sie sich aufgelöst. Sie war nicht weggelaufen, dann hätte er ihre Schritte hören müssen. Und fliegen konnte sie wohl nicht, aber da war er sich in diesem Moment selbst nicht sicher.

»Sie ist weg!« flüsterte er stockend.

»Wer?« fragte der Pfleger.

»Meine Grandma…«

Der Mann war brummig, weil man ihn gestört hatte. »Komm, Junge, mach jetzt kein Theater und steig in den Fahrstuhl.« Der Mann drückte Mickey hinein. Ängstlich preßte sich der Junge gegen die Rückwand. Er sah zu, wie sich die beiden Türhälften schlossen.

Und wieder hatte er das Gefühl, in einem verdammten Gefängnis zu stecken…

Sheila Conolly, die junge Mutter, hatte die Klinik gewechselt. Kein Wunder, nach den Dingen, die in dem privaten Krankenhaus des Professor Harris geschehen waren, denn er selbst hatte sich letztendlich als ein Helfer des Schwarzen Todes entpuppt.

Sheila lag nun in einem normalen Krankenhaus in der Ersten Klasse und konnte es natürlich nicht abwarten, nach Hause entlassen zu werden. Aber eine Geburt ist nun mal kein Kinderspiel, einige Tage mußte sie schon noch bleiben, wobei die Freunde ihr versprochen hatten, sie immer wieder zu besuchen. Auch ich gehörte zu ihren Freunden, und ich freute mich jetzt schon auf die Taufe des kleinen Sohnes, der mein Patenkind werden würde. Mir zu Ehren wollte Sheila ihn Johnny nennen.

Hätte ich mir auch nicht träumen lassen.

Dienstlich lag zum Glück nicht viel an, so daß ich mich hin und wieder verdrücken konnte.

Bei einem dieser Besuche fand ich Sheila sogar allein vor, denn ihr Mann Bill war zuvor zwei Stunden bei ihr gewesen. Johnny lag nicht neben ihr, er schlief in einem Kinderbett zwei Räume weiter. Ich nahm auf der Bettkante Platz und hatte diesmal nur eine Flasche Saft mitgenommen, denn Platz für Blumen gab es so gut wie keinen mehr.

Sheila strahlte mich an. Sie saß im Bett, begrüßte mich mit zwei Wangenküssen und klatschte in die Hände.

»Was freut dich so?«

»Ich werde morgen entlassen.«

»Toll, herrlich. Wann denn?«

»Am späten Vormittag, denke ich.«

»Da kann man nur gratulieren. Und sonst ist bei dir alles okay? Keine Schmerzen mehr oder so...?«

»Nein, nichts mehr.«

»Finde ich stark.«

»Was läuft denn so bei dir? Sind alle Geister noch gefangen? Oder hast du sie wieder laufenlassen müssen?«

»Noch halten sie sich zurück.«

»Finde ich prima. Ein Mensch muß auch mal ein Privatleben

haben. Er kann nicht nur von der Arbeit leben und von einem Fall zum anderen rennen.«

Ich zog ein bekümmertes Gesicht. »Da hast du im Prinzip recht, Sheila, aber manchmal steckt man nicht drin. Ich kann ja nicht entscheiden, was ich morgen tun werde oder nicht. Das mußt du schon begreifen. Ich bin von den anderen abhängig. Ob es mir gut oder schlecht geht, bestimmen die Kräfte, an die die meisten der Menschen gar nicht erst glauben wollen. Das ist es doch.«

Sie nickte, und ihr Gesicht blieb dabei betrübt. »So ähnlich hat Bill es auch ausgedrückt.«

»Damit hat er recht.«

»Vielleicht«, gab sie zu. »Nur möchte ich nicht, daß es ihm so ergeht wie dir. Immer auf Achse, immer Angst um sein Leben haben zu müssen. So etwas gehört sich nicht für einen Familienvater, und das ist Bill nun mal.«

»Ich weiß.«

»Deshalb soll er etwas langsamer treten.«

Ich lächelte die blondhaarige Frau an. »Hast du ihm das schon gesagt, Sheila?«

»Ja - aber mehr durch die Blume.«

»Was sagte er?«

»Nichts.«

»Empfindest du das als gut oder als schlecht?«

Sheila hob die Schultern. »So genau kann ich dir das nicht sagen, John, da muß ich erst mal abwarten. Ich weiß natürlich, daß ich Bill nicht einsperren kann. Ich möchte ihn doch nur um etwas mehr Vorsicht bitten, das ist alles.«

»Okay, wie du meinst.«

Wir sprachen nur einige Minuten miteinander, und besonders Sheila redete über die Zukunft und natürlich immer wieder über ihren Sohn Johnny. An ihm hatte sie einen regelrechten Narren gefressen, was ich verstand, denn er war wirklich ein süßer Wonneproppen. Als sie merkte, daß sie sich dabei zu sehr hineinsteigerte, lachte sie und legte mir ihre Hand auf den Arm. »Das ist nichts für Männerohren, John, sorry, aber ich bin einfach glücklich.«

»Das Recht hast du auch.«

»Wirst du Bill heute noch sehen?« fragte sie.

»Wieso?«

»Du hättest ihm etwas bestellen können und…«

»Ich kann ja bei ihm vorbeifahren.«

Sheila schüttelte den Kopf. »Nein, das ist nicht nötig, John. Ich werde ihn anrufen.« Sie deutete auf das Telefon. »Diesmal wird es kein Anruf aus dem Jenseits.«

»Das hoffe ich auch.«

Sheila lud mich noch zu einer Geburtsparty zu sich nach Hause ein, dann verabschiedeten wir uns.

Ich war froh, daß letztendlich alles so gut verlaufen war. Es hätte auch anders ausgehen können.

Gemächlich schlenderte ich über den Flur, denn eilig hatte ich es nicht. Ich wollte auch nicht den Fahrstuhl nehmen, sondern ging lieber die Treppe hinab. Bewegung war immer besser.

Das Treppenhaus war breit, ziemlich leer, und durch die Fenster schien das Licht einer blassen Sonne. Die Wolken hatten sich etwas zurückgezogen, sie bedeckten den Himmel nur noch als dünne, nebelhafte Schleier.

Auf jeder Etage gab es nahe der Treppe kleine Sitzecken. Dort hockten oft die Patienten mit ihren Besuchern zusammen, redeten oder schauten hin und wieder in die Glotze, denn die TV-Apparate standen dort wie viereckige große Augen.

Ich hatte die dritte Etage erreicht und wollte schon weitergehen, als mir etwas auffiel.

In einer Ecke und vor einem braunen Tisch saßen zwei sehr unterschiedliche Menschen zusammen.

Es war eine ältere Frau und ein Kind, das vom Alter her auf der Schwelle zum Jugendlichen stand. Ich blieb deshalb stehen, weil mich die Kleidung der Frau zwar nicht gerade störte, mir trotzdem etwas wunderlich erschien.

Eine dunkle Jacke, schon mehr ein Mantel, ein dunkler Rock aus den gleichen Stoff, der die Verlängerung bildete. Eine Art flache Mütze mit einem weißen Rand dicht über die Stirn verdeckte das

Haar, und aus den Ärmellöchern schauten schmale, sehr helle Hände hervor, beinahe schon vergleichbar mit Totenfingern.

Mit diesen Fingern hielt die Frau etwas fest. Sie sprach dabei auf den Jungen ein, der in einen Bademantel gehüllt war. Ein viel zu großes Kleidungsstück, wie ich erkannte. Er hatte die Ärmel ein paarmal umkrempeln müssen. Das dunkle Haar trug der Junge mit Mittelscheitel, zu beiden Seiten fiel es gleichlang hinab.

Großmutter und Enkel, so sah es beim ersten Hinsehen aus. Zudem hatte die Großmutter dem Jungen etwas mitgebracht, denn was sie da festhielt, war ein Spielzeug. Es sah aus wie ein Tier. Ich konnte nicht erkennen, aus welchem Material es bestand, doch das Tier selbst gefiel mir gar nicht.

Einen Namen hätte ich dafür nicht finden können. Es war eine Mischung aus Pferd und Monstrum, es war knochig, hatte einen großen kugelartigen Kopf mit einem Maul, bei dessen Anblick sich alles in mir zusammenzog.

Es war in der Tat ein widerliches Maul, sehr breit, und es stand halb offen, so daß ich unterschiedlich breite und hohe Zähne sehen konnte.

Mit einem derartigen Geschenk erschreckte man Kinder, man erfreute sie aber nicht damit.

Ich hatte wohl etwas zu lange auf dem Fleck gestanden, jedenfalls drehte sich die Frau plötzlich um und verdeckte dabei mit ihrem Körper dieses seltsame Tier.

Böse starrte sie mir ins Gesicht. Hinter den runden Gläsern der Brille funkelten die Augen, als wären sie auf den Oberflächen scharf geschliffen.

Anfreunden würde ich mich mit dieser Frau niemals.

Ich lächelte trotzdem.

»Kennen wir uns?« fragte sie.

»Nein.«

»Was stehen Sie dann hier herum und beobachten uns?«

Ich hob die Schultern. »Pardon, ich war nur auf dem Weg nach unten. Bin schon so gut wie weg. Aber ein ungewöhnliches Spielzeug halten Sie da fest, Madam.«

»Das geht Sie nichts an.«

»Ist es ein Monster?«

War die Person bei meiner Frage zusammengezuckt oder war sie es nicht? So genau wußte ich es nicht, aber sie sah aus, als wollte sie mir jeden Augenblick an die Kehle springen und mich erwürgen. »Gehen Sie endlich, verdammt!«

»Ja, ich bin schon weg.«

Ich drehte mich um. Der Junge hatte bisher nichts gesagt, sondern mich nur aus seinen dunklen Augen angesehen. An der Treppe konnte ich nicht anders und mußte noch einmal zurückblicken.

Die alte Frau flüsterte auf den Jungen ein, und sie schaute ihn dabei beschwörend an.

Das war nicht mein Bier, nur fand ich das Verhalten der beiden sehr seltsam.

Eine junge Schwester kam mir entgegen. Sie hatte eine Stupsnase, einen breiten Mund, der immer nur zu lächeln schien, und unter den rechten Arm geklemmt trug sie ein kleines Paket.

Einer Intuition folgend sprach ich die Schwester an. »Pardon, aber kennen Sie sich auf der Station hinter mir aus?«

Sie blieb stehen. »Das kann man wohl sagen.«

»Ich weiß auch nicht, aber ich glaube, dort im Flur einen Bekannten gesehen zu haben.«

»Ich kann Ihnen keine Auskünfte geben, Mister.«

»Brauchen Sie auch nicht.« Ich legte ihr die Hand auf die Schulter, weil sie weitergehen wollte. »Es geht mir um den Jungen. Ist das nicht Harry Limes?«

»Wie bitte?«

»Harry Limes.«

»Nein, das ist Mickey Mayer.«

Ich lächelte. »Heißt der wirklich so?«

»Ja, kein Pseudonym.«

»Und die alte Frau ist wohl seine Großmutter, denke ich.«

»Kann sein, muß aber nicht. Ich weiß nur, daß der Junge aus einem Waisenhaus kommt und heute entlassen wird. Einen schönen Tag wünsche ich Ihnen noch, Mister.«

»Ja…«, murmelte ich gedehnt, »danke sehr. Das gleiche wünsche ich Ihnen auch, Schwester.«

Ich ging zwei Stufen nach unten und dachte über das nach, was mir die Schwester gesagt hatte. Bildete ich mir etwas ein, sah ich in jeder an und für sich normalen Begegnung schon etwas Verdächtiges? Konnte ich mich von meinem Job nicht mehr lösen? Oder warum machte ich mir diese Gedanken über das ungleiche Paar?

Es mußte einen Grund gehabt haben. Möglicherweise hatte es an dem Spielzeug gelegen, dessen Anblick mir so sauer aufgestoßen war. Ein regelrechtes Horror-Spielzeug. So etwas würde ich meinem neuen Patenkind Johnny niemals schenken.

Der Junge stammte aus einem Waisenhaus. Möglich, daß er von seiner Großmutter besucht worden war, das mußte man als normal ansehen. Aber welche Großmutter schenkte ihrem Enkel schon ein derartiges Spielzeug, wie ich es noch in keinem Laden gesehen hatte? Nun war ich kein Maßstab, trotzdem empfand ich den Anblick dieses Tiers oder Untiers als ekelerregend. Wer so etwas verschenkte, verstand von Kindern wirklich nichts. Das war ein Spielzeug, vor dem man sich fürchten mußte, das keinesfalls eine beruhigende Wirkung ausübte.

Noch im Bentley dachte ich darüber nach, und mir fiel dabei wieder der Name des Jungen ein.

Mickey Mayer.

Leicht zu behalten…

Mickey war trotz seiner Jugend ein Mensch, der sehr wohl unterscheiden konnte, ob jemand ihm Sympathie oder Antipathie entgegenbrachte.

Bisher hatte er von seiner Leihoma nur den sympathischen Zug kennengelernt, das hatte sich in der letzten Minute geändert. Wie sie mit diesem Mann geredet hatte, war schon komisch gewesen. Sie hatte ihn regelrecht angefahren, und sie hatte sich dabei verändert. Besonders im Gesicht. Da schien alles steif geworden zu sein, ähnlich wie ein heller Pudding, der in einem Eisfach gelegen hatte.

Und dann ihre Augen.

Hinter den Gläsern hatten sie ausgesehen wie kalte Blöcke. Nein, so kannte er sie nicht. Auch als der Mann mit seinen bohrenden Fragen endlich verschwunden war, fiel es ihr schwer, sich zu beruhigen. »So ein Idiot«, zischelte sie.

»Warum sagst du das?«

»Was wollte er von uns?«

Mickey hob die Schultern.

»Das«, sagte Agathe und streckte ihren Finger aus.

Mickey war dem Wink gefolgt. »Mein Spielzeug, denkst du?«

»Genau.«

Er schaute es sich so genau an, als würde er es zum ersten Mal sehen. Dabei hatte Grandma Agathe es ihm schon im Krankenzimmer gezeigt. Sie hatten den Raum dann schnell verlassen, weil die anderen Patienten das Ding nicht hatten sehen sollen.

Es war wirklich außergewöhnlich und auch kein Kuscheltier im eigentlichen Sinne, denn es war ein Monster.

Den Körper eines Pferdes wies es auf. Es bestand aus Plastik oder zumindest aus einem ähnlichen Material, das konnte der Junge nicht genau feststellen. Bis dahin war alles normal, dann fing es an.

Es begann mit den Beinen.

Sie sahen so dünn und knochig aus wie die Beine eines sehr großen Insekts. Zudem waren sie in der Mitte, wo sich die Gelenke befanden, eingeknickt. Es sah aus, als würde das Tier, wenn man es hinstellte, jeden Augenblick zusammenbrechen.

Das tat es aber nicht, und es kippte ebenfalls nicht nach vorn, weil der Kopf von der Proportion auch nicht zum Körper paßte. Er war viel zu groß, und er war auch kein normaler Pferdekopf, sondern ein kantiger Monsterschädel mit einer sehr lang nach vorn gezogenen Schnauze, die halb offenstand, so daß die unterschiedlich großen Reißzähne zu sehen waren.

Zuerst hatte sich Mickey gefürchtet, wenig später gewundert, doch nun hatte er sich an das Mitbringsel seiner neuen Großmutter gewöhnt, ohne es jedoch schon ins Herz geschlossen zu haben, wie es die Großmutter verlangt hatte.

Da war Agathe sehr konsequent gewesen. Sie hatte darauf

bestanden, daß er es annahm, es sollte gewissermaßen die Gegenleistung für die Rettung aus dem Schacht sein.

Die Frau hatte den langen Blick des Jungen bemerkt, mit dem er das Spielzeug betrachtete. Es bestand praktisch aus zwei Farben: Blau und ein seltsames Grün. Beide Farben liefen ineinander und wurden irgendwo am Körper zu einem Mischmasch.

»Warum schaust du es so an?« fragte sie.

Mickey hob die Schultern. »Ich weiß es nicht genau. Es ist – es ist so komisch.«

»Ach«, wunderte sich Agathe, »auf einmal?«

»Wie meinst du das?«

»Du hast doch vorher nicht so reagiert. Oder liegt es vielleicht an dem Mann?«

Mickey war froh, daß Agathe die Sprache auf ihn gebracht hatte. »Der war schon komisch – oder?«

»Nicht nur das.«

»Was denn noch?«

»Auch gefährlich«, erklärte sie. »Solltest du ihm noch einmal begegnen, sei auf der Hut.«

»Das glaube ich nicht.« Mickey schüttelte den Kopf. »Wieso war der denn gefährlich? Das habe ich nicht so gesehen.«

Die alte Frau lächelte und strich dem Jungen über das Gesicht. »Manchmal sehen Erwachsene eben mehr als Kinder. Das hat etwas mit dem Alter und natürlich auch mit der Erfahrung zu tun. Du mußt dich nur auf mich verlassen.«

Beinahe bittend blickte er in das Gesicht der Frau. »Ich weiß nicht, ob ich das kann«, murmelte er.

»Warum denn nicht?«

»Ich – ich...« Er senkte den Kopf. »Ich bin allein, Agathe. Du bist nicht bei mir. Ich gehe wieder zurück ins Heim. Da sind dann die Schwestern und die anderen Kinder, auch die, die mich in das Loch gesteckt haben. Ich weiß nicht, was sie sich noch ausgedacht haben. Sie mögen mich nicht, deshalb werden sie irgendwas tun. Die denken sich böse Scherze aus und sind immer wieder...«

Agathe hatte sich vorgebeugt und einen Finger auf seine Lippen gelegt. »Nein, mein Kleiner, das alles solltest du nicht sagen. Das mußt du vergessen.«

»Warum denn?«

»Weil es nicht mehr so sein wird. Für dich hat sich vieles verändert, mein Junge. Nichts wird mehr so sein, wie es gewesen ist. Die Nacht im Schacht hat dein Leben verändert, denn ich bin hineingetreten, verstehst du?«

Mickey Mayer überlegte. Schon als er in seinem Krankenbett gelegen hatte, war ihm die Frage immer wieder durch den Kopf geschossen, was diese fremde Frau eigentlich von ihm wollte. Wieso war sie überhaupt bei diesem Brunnen gewesen? Wieso hatte sie ihn finden können, und weshalb kümmerte sie sich so stark um ihn?

Fragen, die ihn quälten, auf die er keine Antworten wußte. Zudem war er einfach zu feige, sie danach zu fragen, aus Angst, daß er damit alles wieder kaputtmachen würde. Er hatte sich schon mehrmals selbst gekniffen, um zu beweisen, daß er keinen Traum erlebte.

»Nie mehr wirst du allein sein«, flüsterte Agathe, »nie mehr. Ich werde an deiner Seite sein, auch wenn es nicht so aussieht. Ich werde dich begleiten, denn ich bin so etwas wie ein Schutz für dich, auch wenn du mich nicht siehst. Aber wir werden in Verbindung bleiben, denn es gibt etwas, das eine Brücke zwischen uns baut.«

Der Junge schaute hoch. »Wirklich?«

Lächelnd nickte Agathe. Sie schob ihre Brille zurück, die zu weit nach vorn gerutscht war. »Ich habe dir etwas mitgebracht. Es ist ein Tier, das weißt du. Niemand kann genau sagen, wie das Tier heißt. Auch ich nicht. Du solltest ihm aber einen Namen geben, mein Kleiner. Und du solltest immer daran denken, daß dieses Tier ein Bindeglied zwischen uns beiden ist. Und nicht nur das. Es ist noch mehr, verstehst du? Das Tier bin ich, ich bin das Tier.«

Der Junge hörte erstaunt zu. Nicht einmal bei den letzten Worten hatte er sich erschreckt. Er konnte damit nichts anfangen, runzelte die Stirn und lächelte schließlich, um seine Verlegenheit zu überbrücken. Das Spielzeug stand in seiner Nähe. Es glotzte ihn an, als er frontal gegen die eckige Schnauze blickte. Er überlegte, welchen Eindruck es machte, und gelangte zu dem Schluß, daß es kein nettes Tier war. Es war eher böse. Die Augen sahen dunkel aus. Sie waren zudem starr und wirkten trotzdem so, als würde Leben in ihnen stecken. Ein anderes Leben als ein menschliches. Ein Leben, das er nicht kannte, das jenseits des normalen lag.

Zurück, weit zurück...

Er blinzelte und erschrak heftig, als er die fremde Stimme der Schwester hörte.

»So, mein Junge, du kannst wieder zurück zu deinen vielen Freunden. Toll, nicht?«

Mickey Mayer war verwirrt. Er fühlte sich so, als wäre er soeben aus einem tiefen Schlaf erwacht. Er blickte in das lächelnde Gesicht der Schwester, die ebenfalls verwundert darüber war, wie wenig Freude der junge Patient zeigte.

»Nun...?«

»Wo ist sie?« flüsterte der Junge.

»Wen meinst du?«

»Agathe. Grandma Agathe...«

Die Schwester runzelte die Stirn. Sie hatte die Frage nicht begriffen und überlegte. Anscheinend meinte der Junge eine ältere Person, die ihn besucht hatte. Er saß auf seinem Stuhl, hielt das ungewöhnliche Spielzeugtier umklammert und drehte den Kopf, aber diese Agathe war nicht zu sehen.

»Bitte, Mickey, es ist niemand hier. Ich habe keine Grandma Agathe gesehen. Du mußt von ihr geträumt haben, denke ich. Du hast hier allein gesessen, niemand ist bei dir gewesen. Ich bin hier, um dich abzuholen, denn unten wartet man auf dich.«

»Aber ich habe mit ihr gesprochen«, stotterte der Junge. »Sie hat mir soviel erzählt. Sie hat auch davon gesprochen, daß ich keine Angst mehr zu haben brauche.«

»Das brauchst du sowieso nicht. Niemand sollte Angst haben, mein Junge, niemand.«

»Doch, ich...«

»Nein, Mickey. Mit dir ist nichts passiert. Du bist gesund, wir haben dich untersucht. Ist das nicht toll?« Sie nahm seine Hand und wollte ihn vom Stuhl hochziehen, aber Mickey zeigte sich störrisch und machte sich schwer.

»Erst will ich wissen, wo Agathe geblieben ist.«

»Sie war nicht hier.«

»Doch!« schrie er. »Doch!« Mickey trampelte mit den Füßen. »Ich gehe nicht eher weg, bis ich weiß, was mit Agathe geschehen ist! Hast du gehört?«

Die Schwester war verzweifelt. Sie wußte nicht, was sie dem Jungen noch sagen sollte. Wahrscheinlich hatte er eine blühende Phantasie, sonst würde er nicht so reden. Sie hatte nichts gesehen, keine Agathe, keine andere Frau, keine Großmutter. Das mußte sich der Junge eingebildet haben. Er war ein hochsensibles Kind, seine Phantasie sprühte über, doch wenn sie ihm ins Gesicht blickte, dachte sie anders darüber.

Es wirkte irgendwie hart und verschlagen. Hinter seinem Blick lag eine gewisse Bösartigkeit, doch wer konnte das schon so genau wissen? Die Schwester wollte es nicht. Ihr Job war stressig genug. Personalmangel im Kankenhaus ließ es nicht zu, daß man sich intensiv um die Patienten kümmerte. Leider nicht, wie sie fand.

Der Junge saß da wie auf dem Sprung. Sein böser Blick nagelte sie fest. Da war etwas in den Augen des Jungen, das ihr Angst einflößte. Zudem umklammerte er sein seltsames Spielzeug wie einen Rettungsanker, als wäre es das Wichtigste überhaupt für ihn. Die Schwester mochte das Tier nicht. Für sie war es kein Tier, sondern nur ein widerliches Monsturm, und sie fragte sich, wie man so etwas überhaupt herstellen konnte. Die spinnendünnen Beine paßten nicht zu dem kompakten Oberkörper, und ebenso verhielt es sich mit dem kantigen Kopf und dem widerlichen Maul, das halb offenstand, so daß sie das Weiß der spitzen Zähne schimmern sah.

Auf einmal entspannte sich der Junge. Er lächelte sogar und nickte. »Gut, dann gehe ich mit.« Mickey stand auf.

Die Schwester konnte sich diesen plötzlichen Sinneswandel nicht erklären. Wie hätte sie das auch können? Sie schaute nicht in die Seele des Jungen hinein, denn er hätte ihr die Erklärung seines Stimmungsumschwungs geben können.

Nur er hatte die Stimme gehört, und sie hatte ihm gesagt, daß er tun sollte, was die Schwester verlangte. Zuerst war auch er erschrocken darüber, bis er feststellte, daß er die Stimme kannte, denn sie gehörte Grandma Agathe.

Aber die war nicht hier.

Sie war verschwunden, als hätte sie sich in Luft aufgelöst. Einfach so, blitzschnell war sie weg gewesen. Wieso hörte er nun ihre Stimme? Er wußte Bescheid, als er auf das Gesicht seines Spielzeugs schaute. Obwohl es das Maul nicht bewegte, wußte er plötzlich, daß das kleine Monster mit ihm gesprochen hatte.

Mit Agathes Stimme!

Er sagte nichts, er behielt alles für sich, aber die Worte seines Spielzeugs hatten ihn beruhigt. Er würde mit der Schwester gehen. Man würde ihn abholen, er würde wieder zurück in das Waisenhaus gehen, das ihm so verhaßt war.

Aber er hatte jetzt einen Freund.

Alles wird gut – alles…

Mickey glaubte fest daran. Keiner konnte ihm mehr etwas antun. Er war derjenige, der durchhielt. Da mochten die anderen sich noch so an ihm reiben.

Als Mickey zusammen mit der Schwester nach unten fuhr, lächelte er sie an, sie lächelte zurück, ohne zu ahnen, welche Gedanken sich hinter der Stirn des Jungen formierten.

Hank, Tommy und Sugar!

Drei Namen standen wie aus glühendem Metall geschmiedet vor seinem geistigen Auge.

Er war auf die Begegnung mit ihnen gespannt. Er wußte genau, daß sie vor Angst vergehen würden. Nichts anderes wollte er. Wenn er berichtete, was sie mit ihm angestellt hatten, würden sie schweren Ärger kriegen. Arrest war noch das mindeste.

Doch er würde nichts sagen. Er wollte sie in ihrer Angst schmoren lassen. Es war sein Spiel, es war seine Zeit, die jetzt vor ihm lag. Wenn sie reif war, würde er zuschlagen.

Schwester Lucia erwartete ihn. Er wunderte sich darüber, denn sie hatte im Waisenhaus etwas zu sagen. Sie war die Vertreterin der hohen Chefin.

Sie blickte ihn lächelnd und gleichzeitig streng an. »Da ist ja unser kleiner Ausreißer.«

»Ja, Sie haben ihn zurück. Er ist völlig in Ordnung.«

»Danke, meine Liebe.« Lucia streckte die Hand aus. »Komm, Mickey«, sagte sie und schaute auf das Spielzeug. »Was hast du denn da?«

»Es gehört mir.«

Lucia schrak bei dem Klang der Stimme zusammen. »Natürlich gehört es dir. Ich hatte auch nicht vor, es dir wegzunehmen.« Sie schüttelte den Kopf. »Ich habe so etwas nur noch nie gesehen. Wer hat es dir denn gegeben? Jemand aus dem Krankenhaus hier?«

Mickey Mayer nickte.

»Gut, dann nimm es mit.«

Sie verließen das Gebäude und gingen dorthin, wo der dunkelgraue Heimwagen parkte. Ein Kombi mit großer Ladefläche. Es wurde vom Hausmeister gefahren.

Mickey senkte den Kopf.

Er schaute gegen die Augen seines Spielzeugs.

Lächelte es? Lebte es…?

Mickey wußte es nicht. In ihm lag plötzlich eine große Ruhe. Er wußte, daß ihm nichts mehr passieren konnte. Jetzt nicht mehr. Doch die anderen, die mußten sich vorsehen…

Es mochte daran liegen, daß mich zur Zeit keine anderen Probleme belasteten, deshalb wohl ging mir die Begegnung mit dem ungleichen Paar und diesem Monsterding nicht aus dem Kopf.

Ein Spielzeug nur, mehr nicht. Harmlos, vielleicht nur in diesen Spezialläden zu kaufen, wo es auch künstliche Schlangen, Spinnen und allerlei anderes Getier gab, dennoch war ich von diesem Anblick seltsam berührt worden.

Eigentlich hätte ich diesem Spielzeug als Erwachsener neutral gegenüber stehen müssen. Dem aber war nicht so gewesen. Es hatte mich etwas an ihm gestört. Wenn ich bei mir selbst nachforschte und überlegte, was es wohl gewesen sein könnte, war ich leider nicht in der Lage, mir darauf eine Antwort zu geben.

Es war einfach zu ungewöhnlich gewesen. Da hatten die Proportionen nicht gepaßt, ich erinnerte mich auch an das schon widerliche Maul, doch das war nicht alles gewesen. Hinzu kam eine Ausstrahlung, die mir ebenfalls nicht gefallen hatte. Schutz ging von diesem Wesen nicht aus. Das war einfach unmöglich, und so hatte es meiner Ansicht nach den Zweck eines Spielzeugs verfehlt.

Der Junge hieß Mickey Mayer. Er war wohl elternlos, weil er in einem Waisenhaus lebte.

Soweit war alles klar. Aber wer war die ältere Frau gewesen? Seine Großmutter möglicherweise? Das konnte stimmen, mußte aber nicht so sein. Seltsamerweise hatten die beiden auf mich nicht den Eindruck gemacht, als wären sie Verwandte. Was mich daran gestört hatte, wußte ich selbst nicht zu sagen. Ich hatte eher das Gefühl, als hätte die eine Person die andere gesucht und auch gefunden.

Selbst im Büro gingen mir diese Erlebnisse nicht aus dem Kopf. Es war ein ruhiger Tag, ich konnte nachdenken. Glenda Perkins war ebenfalls nicht da, ich hatte mir den Kaffee nicht gekocht, sondern aus dem Automaten geholt. So schmeckte er auch. Ich hockte vor meinem Schreibtisch, das Kinn gegen die Handballen gestützt, grübelte und faßte schließlich den Entschluß, mich reinzuhängen, obwohl mich die Sache eigentlich nichts anging.

Nun gehört Neugierde zu meinem Beruf. Ohne sie hätte ich den Job an den Nagel hängen können.

Scotland Yard ist eine große Organisation. Wenn es Probleme gibt, können sie schnell gelöst werden. Ich arbeitete dort nicht allein, rief die entsprechenden Mitarbeiter an und bat um eine Liste der Londoner Waisenhäuser.

»Noch was?« wurde ich gefragt.

»Das ist alles.«

»Danke.«

»Wofür?«

»Daß es diesmal so wenig ist.«

Ich mußte lachen. »Schafft ihr es denn?«

»Wir werden uns zumindest Mühe geben.«

»Das ist nett.«

Ich erklärte noch, daß ich in meinem Büro zu erreichen war, leerte den Rest der braunen Brühe aus dem Becher und knüllte ihn zusammen, bevor ich ihn in den Papierkorb warf. Die Geräusche hörten sich an, als würden Knochen splittern, und ich hob die Beine an, um sie auf den Schreibtisch zu legen.

Die Tür zum Vorzimmer war nicht geschlossen. Ich konnte in das Vorzimmer sehen, das ohne die dunkelhaarige Glenda so leer wirkte. Ich fühlte mich ziemlich einsam. Eine nahezu bedrückende Stille herrschte vor. Meine Gedanken streiften hin zu Suko. Es wäre toll gewesen, wenn auch er einen Job beim Yard bekommen hätte, aber einige Statuten sprachen nun mal dagegen. Im Laufe der Zeit würde sich bestimmt daran etwas ändern, doch so lange mußte ich eben noch warten.

Das Telefon meldete sich. Der Kollege hatte schnell reagiert und die Waisenhäuser herausgefunden. »Soll ich die Namen und Anschriften schriftlich hochreichen, oder reicht es, wenn ich telefonisch…«

»Telefonisch«, sagte ich und hatte schon auf den Knopf des Kugelschreibers gedrückt.

Es waren nicht viele, sieben insgesamt. Allerdings gehörten sie nur zu London, das nähere Umfeld der Stadt hatte der Kollege ausgelassen.

»Okay, das wird reichen - danke. Ich werde mich darum kümmern.«

»Immer gern zu Diensten, John.«

»Das glaube ich euch nicht.«

Ich schaute auf die Adressen. Dabei dachte ich nach. Lief ich einem Phantom nach, oder lohnte es sich tatsächlich, wenn ich anrief und mich nach einem Jungen namens Mickey Mayer erkundigte?

Wie dem auch sei, ich hatte an diesem Tag einen Anfall von Arbeitswut, zudem war mir im Büro langweilig, und so fing ich damit an, zu telefonieren.

Bei den ersten beiden Waisenhäusern hatte ich Pech. Man wollte mir nur ungern Auskünfte geben. Ich mußte schon sehr beteuern, daß ich Polizeibeamter war, doch einen Mickey Mayer führten sie nicht in ihrer Liste.

Das dritte auf meiner Liste war das St. George Waisenhaus. Eine sanfte Frauenstimme meldete sich, und ich rechnete damit, bei ihr auf keine Schwierigkeiten zu stoßen, was jedoch ein Irrtum war. Diese Frau wußte genau, was sie wollte. Sie dachte gar nicht daran, mir Auskünfte zu geben, und es bedurfte all meiner Überredungskunst, sie zumindest zu einem Rückruf zu bewegen.

»Warum sollte ich zurückrufen?«

»Bitte, es geht mir da um eine Auskunft.«

»Nun ja, warten Sie.«

Ich verdrehte die Augen und übte mich in Geduld. In der Tat mußte ich Geduld aufbringen, denn die Nonne ließ mich schmoren. Ich konnte mir vorstellen, daß sie es bewußt tat, und so verging eine Viertelstunde, bis das Telefon läutete.

Es war die Schwester. Bevor sie sprach, räusperte sie sich. »Nun ja, da haben Sie mich nicht angelogen.«

»Haben Sie damit gerechnet, Schwester?«

»Ja.«

»Warum?«

»Weil immer wieder Menschen versuchen, an die Kinder heranzukommen. Dies aus den unterschiedlichsten Gründen. Wir müssen da vorsichtig sein, Oberinspektor.«

»Wenn das so ist, sehe ich es natürlich ein.«

»Gut, Oberinspektor. Somit sind alle Unklarheiten beseitigt.« Die Stimme blieb sanft, klang gleichzeitig forsch. »Was kann ich jetzt für Sie tun?«

Ich holte tief Atem. »Es geht um einen Jungen, der wohl in Ihrem Waisenhaus lebt.«

»Sie sagten es beim ersten Anruf schon. Mickey Mayer.«

»Richtig.«

»Er lebt bei uns, Mr. Sinclair.«

Über mein Gesicht huschte ein Lächeln. Ich wollte nicht sagen, daß mich ein gewisser Triumph durchströmte, doch es tat einfach gut, ins Schwarze getroffen zu haben. Etwas kribbelte in mir. Ein

Zeichen, daß ich mich auf einer heißen Spur befand, doch ich hütete mich, die Euphorie zu hoch zu schrauben.

»War er auch im Krankenhaus?«

»Ja, er ist heute zurückgekehrt.«

»Wunderbar, Schwester, ich…«

»Moment mal, Mr. Sinclair. Darf ich fragen, warum gerade Sie sich für den Jungen interessieren?«

Auf diese Frage hatte ich gewartet. Dennoch war mir bisher keine Antwort eingefallen, aber diese nahm mir die Schwester indirekt vorweg. »Hängt es mit seinem nächtlichen Ausflug zusammen?«

Ich stimmte schnell zu.

»Nun, darüber wissen wir auch noch nichts Genaues.«

»Was hat er denn gesagt?«

»Daß er hatte spazierengehen wollen, das ist alles, Mr. Sinclair. Er konnte nicht schlafen, wollte sich umsehen und hatte das Pech, in einen Brunnenschacht zu fallen.«

»Aus dem er befreit wurde?«

»Stimmt.«

»Von wem?«

»Mickey sagte uns, daß es eine ältere Frau gewesen ist. Das halten wir, gelinde gesagt, für eine Ausrede. Wir können daran einfach nicht glauben, Oberinspektor.«

»Ich kenne die Frau.«

»Bitte…?«

»Ich habe sie gesehen, Schwester, und zwar zusammen mit Mickey im Krankenhaus, in dem er lag. Die Frau hat ihn hingebracht. Sie ist kein Phantom.«

Schweigen. Ich konnte mir ein Lächeln nicht verkneifen, denn damit hatte ich die Schwester überrascht. »Und Sie sind sicher, daß Sie sich nicht geirrt haben, Oberinspektor?«

»Das bin ich.«

»Hm.« Sie überlegte kurz und fragte dann: »Können Sie mir die Frau möglicherweise beschreiben?«

»Wenn Sie wollen?«

»Bitte.«

Ich kramte in meinem Gedächtnis und gab ihr die Beschreibung. Die Schwester hörte mir zu, sie unterbrach mich nicht, und als ich geendet hatte, blieb sie stumm. Nach einigen Sekunden des Schweigens hakte ich nach. »He, Schwester, sind Sie noch da? Habe ich vielleicht etwas Falsches gesagt?«

»Nein, das haben Sie nicht.«

»Da bin ich aber froh.«

Sie räusperte sich. »Nun ja, damit haben Sie dem Jungen einen Gefallen getan, denn wir alle hier haben geglaubt, daß er sich ein Märchen zurechtgesponnen hat. Sie sind nun der beste Zeuge, den man sich denken kann.«

»Das finde ich auch. Aber was ist mit der Frau, die ja schon an die Siebzig gewesen sein muß? Kommt sie Ihnen bekannt vor? Oder kennen Sie die Person vielleicht?«

»Nein!«

Die Antwort erfolgte mir zu schnell, um sie als Wahrheit akzeptieren zu können. Vor allen Dingen deshalb nicht, weil die Schwester bei dem übrigen Gespräch stets gezögert hatte, wenn sie Antworten auf meine Fragen hatte geben sollen.

»Sind Sie sicher?« hakte ich noch einmal nach.

»Das bin ich, Oberinspektor. Ich müßte mich wohl am besten auskennen, denke ich.«

»Natürlich.«

»Damit wäre dann unser Gespräch beendet. Ich wünsche Ihnen noch einen schönen Tag, Mr. Sinclair.«

»Danke, ebenfalls«, murmelte ich und ließ die Hand mit dem Hörer langsam sinken.

Das war nicht gut, das war überhaupt nicht gut, was ich hier gehört hatte. Bei mir schrillte die innere Alarmglocke. Ich hatte in etwas herumgerührt, das eigentlich nicht aufgewühlt werden sollte. Ich hatte die Schwester nervös gemacht, besonders mit dem letzten Teil unseres Gesprächs. Da war etwas gesagt worden, das sie auf keinen Fall akzeptieren konnte. Meiner Ansicht nach mußte es mit dieser seltsamen Frau zusammenhängen, der Oma, die ihr wohl nicht fremd war, auch wenn sie das Gegenteil behauptet hatte. Ich ging davon aus, daß sie die Person kannte.

Woher und warum?

Dann dachte ich an den Jungen. Er hatte in einem Schacht gesteckt. Ich konnte mir vorstellen, daß er dort nicht freiwillig hineingesprungen war. Man hatte ihn herausgeholt und in ein Krankenhaus gebracht. Es war das beste gewesen, was hatte getan werden können. Da hatte die fremde Person Umsicht gezeigt.

Sie tauchte auf, sie verschwand. Sie hinterließ dabei keine Spuren und reagierte wie ein Geist.

Irgend etwas stimmte da nicht. Zwar fehlten mir die Beweise, aber ich hatte eine Fährte aufgenommen und vielleicht einige Personen dadurch nervös gemacht.

Ich stand mit einem Ruck auf. Das Waisenhaus interessierte mich. Ich mußte ihm einen Besuch abstatten, nicht offiziell, sondern zunächst einmal als heimlicher Beobachter.

Glenda Perkins hinterließ ich eine Nachricht. Dann schnappte ich mir meine Jacke und verließ das Büro.

Dunkelheit, wohin er blickte!

Feuchte Wände, die widerliche Enge der Arrestzelle, das war finsterstes Mittelalter und hatte mit modernen Erziehungsmethoden nichts zu tun. Doch in diesem Waisenhaus bestand man darauf, dieses Höchstmaß an Strafe beizubehalten. Es wurde nicht oft ausgesprochen, nur bei besonders schweren Vergehen. Was der Junge getan hatte, fiel nach Meinung der Offiziellen in diese Kategorie.

Wie lange er in diesem Loch bleiben mußte, wußte er nicht. Es wurden nie Zeiten festgesetzt, es lag ganz an ihnen, wann sie den Übeltäter wieder rausließen.

Das Loch befand sich in einem Anbau, der den Keller ersetzte. Hier lagerten die Vorräte, hier waren die Werkstatt des Hausmeisters untergebracht und eben das Loch.

Es war immer kalt. Da konnte es draußen noch so heiß sein, im Loch hielt sich die Kälte, begleitet von einer dumpfen Feuchtigkeit, so daß sich der Junge kaum besser fühlte als im Schacht.

Daran mußte er immer denken und natürlich an Grandma

Agathe, die ihn aus dem Brunnen herausgeholt hatte. Man hatte ihm nicht geglaubt, daß er aus Versehen in die Tiefe gestürzt war, doch er war bei seinen Aussagen geblieben und hatte die drei Kumpane nicht in die Pfanne gehauen.

Die hatte natürlich das große Zittern gepackt. Sicherlich hatten sie auch gezittert, als sie vor dem leeren Schacht gestanden hatten, und ihre Furcht war seitdem wahrscheinlich noch größer geworden.

Mickey hatte noch nicht mit ihnen gesprochen. Er hatte sie nur kurz gesehen und ihnen zugelächelt. Dieses Lächeln mußte sie getroffen haben wie beißende Säure, und sie hatten sich so schnell wie möglich wieder zurückgezogen.

Jetzt saß er fest. Ein Schemel stand in dem Verlies. Es war der einzige Gegenstand in dieser dumpfen Hölle. Er saß so, daß er auf die dicke Holztür schauen konnte. Wenn er genau hinsah, entdeckte er einen schmalen grauen Streifen an ihrem unteren Ende, der schon ein paar Inches weiter von der Dunkelheit aufgesogen wurde.

Ansonsten gab es kein Licht.

Mickey wußte, daß die Tür mit einem Guckloch versehen war. Hin und wieder erschien eine Schwester oder auch der Hausmeister und blickte hindurch. Es lag in ihrer Macht, ob sie den Bestraften freiließen oder nicht.

Eigentlich hätte er ja Angst haben müssen. Dieses Gefühl war bei ihm jedoch nicht eingetreten. Er wollte nicht sagen, daß er sich super fühlte, doch Furcht verspürte er keine. Er war nicht einmal böse darum, daß er in diesem Loch steckte, denn er wußte, daß es jemanden gab, der ihn beschützte.

Grandma Agathe!

Sie würde ihn nicht im Stich lassen. Zudem hatte sie ihm etwas geschenkt, und es war Mickey gelungen, das Geschenk zu verstecken, bevor es ihm weggenommen werden konnte. Im Krankenhaus hatte man ihm eine billige Tragetasche gegeben, die hatte er in den Schlafsaal geschmuggelt und unter das Bett schieben können.

Da lag jetzt sein Spielzeug.

Zwischen ihm und dem Jungen existierte eine besondere Verbindung. Sie war da, ohne daß er sie besonders zu aktivieren brauchte. Er wußte, daß er nicht im Stich gelassen wurde, und manchmal hatte er den Eindruck, als würde Grandma Agathe dicht hinter ihm stehen und ihm sogar ihre Hände beruhigend auf die Schultern legen. Dann hörte er ihr leises Lachen – oder bildete er es sich nur ein?

Mickey Mayer wußte es nicht. Er blieb sitzen und wartete. Auf der Toilette war er schon gewesen, so daß er lange würde aushalten können, und wenn sie ihn dann aus dem Gefängnis ließen, dann war er der Sieger und nicht die anderen.

Der Anbau gehörte zu den stillen Orten des Waisenhauses. Nur hin und wieder waren Schritte zu hören, so wie jetzt, und sie näherten sich seiner Tür.

Eine Schwester war es nicht. Die Frauen gingen langsamer und traten auch nicht so fest auf. Vor seiner Tür verstummten die Schritte. Ein Schlüssel drehte sich im Schloß, wenig später sickerte grauer Lichtschein in das Verlies.

Wie eine Statue saß der Junge auf dem Schemel. Er blinzelte, als ihn das Licht traf.

»Du kannst rauskommen.«

»Jetzt schon?«

Der Hausmeister wunderte sich. Er lachte kratzig. »Hör mal, Bursche, wärst du noch gern hier hocken geblieben?«

»Eigentlich schon.«

Redcliff, so hieß der bärtige Mann, der immer nur einen grauen Kittel trug, hatte Mühe, seinen Ärger zu unterdrücken. Er ballte die Hände zu Fäusten und fuhr den Jungen hart an: »Los, raus mit dir!«

Mickey nickte. Er strich sein Haar zurück, stand provozierend langsam auf, zu langsam für Redcliff, denn der packte ihn an der Schulter und zerrte ihn über die Schwelle. Im Gang blieb Mickey stehen. Er erhielt einen Schlag mit der flachen Hand in seinen Rücken. »Hau schon ab. Die Schwester wartet auf dich.«

»Welche?«

»Lucia.«

»Aha.«

Durch zwei kalte und kahle Flure mußten sie gehen, um das Büro der Schwester zu erreichen. Schwester Lucia war Stellvertreterin. Momentan leitete sie das Waisenhaus, weil die Chefin auf einer Pilgerfahrt nach Rom war, die noch einige Tage andauerte. Lucia gehörte zu den Frauen, die eine weiche Stimme hatten, aber sehr konsequent sein konnte, wenn es um die Sache ging.

Auch jetzt, als der Junge vor ihrem Schreibtisch stand, hatte er wieder das Gefühl, einem bösen Engel gegenüberzustehen, denn die Haube mit den beiden Dreiecken an den Seiten erinnerten ihn an verwachsene Engelflügel.

Schwester Lucia hatte ein glattes Gesicht und dabei einen sehr kleinen, herzförmigen Mund. Die Augenbrauen waren dünn, die Haare grau bis schwarz, und niemand konnte eigentlich so recht das Alter der Frau schätzen.

Ihre Augen waren grau. Prüfend ließ sie die Blicke über den Jungen wandern, der einfach nur auf dem Fleck stand und seine Hände hinter dem Rücken verschränkt hielt.

Lucia nickte. »Ich möchte mich bei dir entschuldigen, Mickey. Jeder Mensch begeht mal einen Fehler, auch ich bin davor nicht gefeit.« Sie schaute auf die blanke Schreibtischplatte, als könnte sie den leichten Spott in den Augen des Jungen nicht ertragen. »Mir ist zu Ohren gekommen, daß du nicht gelogen hast. Du hast tatsächlich in diesem Schacht gesteckt. Aber lassen wir das. Ich habe eine andere Frage. Was hast du eigentlich mit Scotland Yard zu tun?« Sie schaute den Jungen prüfend an, doch der reagierte zunächst überhaupt nicht.

Natürlich wußte Mickey, wer oder was Scotland Yard war, er lebte ja nicht hinter dem Mond, aber diese Frage hatte ihn schon überrascht. Bisher nämlich hatte er noch nie etwas mit der Polizei zu tun gehabt. Erst recht nicht mit dem Yard.

»Ich warte auf eine Antwort, Mickey.«

Er hob die Schultern.

Schwester Lucia atmete durch die Nase ein. »Ist das alles, was du dazu zu sagen hast?«

»Ich weiß es nicht.«

Lucia räusperte sich. Ihre glatte Stirn legte sich in dünne Falten.

Sie deutete auf das Telefon. »Vor gar nicht langer Zeit erhielt ich den Anruf eines gewissen Oberinspektor Sinclar. Er hat sich nach dir erkundigt. Es klang so, als würde er dich kennen.«

»Aber ich kenne ihn nicht!«

Die Schwester räusperte sich. Sie war lange genug in der Kinderbetreuung tätig, um herausfinden zu können, ob einer ihrer Schützlinge log oder nicht. Hier versagte ihre Menschenkenntnis. Wenn sie den Jungen ansah, konnte sie wirklich nicht sagen, ob er log oder die Wahrheit sprach. Überhaupt war alles kompliziert. Er hatte auch eine fremde Frau erwähnt, und die Schwester kam wieder auf sie zu sprechen, denn sie sagte mit ihrer leisen Stimme: »Der Polizist hat die Frau erwähnt, die bei dir gewesen sein soll. Eine ältere Frau, aber sie ist plötzlich verschwunden.«

Mickey nickte.

»Gut, reden wir weiter. Wie heißt sie?«

»Grandma.«

»Das hast du schon vor dem Absitzen deiner Strafe gesagt. Sie hat dich aus dem Schacht geholt?«

»So ist es gewesen.« Der Junge nickte.

»Und du hast sie zuvor nie gesehen?«

»Nein, habe ich nicht.«

»Ich glaube dir nicht.«

Mickey hob die Schultern. »Es ist aber so gewesen. Ich kenne sie nicht weiter. Sie hat sich nur um mich gekümmert, das ist alles. Sie hat mich in ein Krankenhaus gebracht.«

»Dann ist sie verschwunden?«

»Ja.«

»Wohin?«

»Das weiß ich nicht.«

Schwester Lucia spürte, wie der Ärger in ihr hochstieg. Auch deshalb, weil sie nicht wußte, ob der Junge nun log oder ihr die Wahrheit sagte. Das war ihr noch nie passiert. Sie hatte das Gefühl, daß der Junge mit ihr spielte, und sie konnte den Blick nicht mehr auf ihn gerichtet halten. Lucia wurde innerlich nervös. Es regte sie zudem auf, daß Mickey seine Lippen bewegte, weil sie glaubte, von ihm ausgelacht zu werden.

»Willst du mir nicht mehr sagen, Junge?«

Er hob die Schultern. »Was soll ich denn tun? Ich – weiß es doch auch nicht.«

»Dann kennst du die Frau nicht?«

»Nein, sie erschien in der Nacht und hat mich aus dem Schacht geholt. Sie hat mich gerettet und einmal im Krankenhaus besucht. Danach ist sie wieder gegangen.«

»Wohin denn?«

»Das kann ich nicht sagen.«

Schwester Lucia merkte, daß sie gegen eine Wand sprach. Sie wußte sich keinen Rat, hob die Schultern und nickte Mickey gleichzeitig zu. »So«, sagte sie, »ich werde dich morgen früh noch einmal fragen, und zwar genauer. Wahrscheinlich werde ich dann auch den Polizisten herbitten, der sich nach dir erkundigt hat. Mir sind zu viele Fragen noch offen. Du kannst jetzt gehen.«

»Zum Essen?«

»Ja, es wird…«

»Ich habe keinen Hunger.«

»Ach, hat man dich so gut gepflegt?«

»Ich bin nur müde.«

Schwester Lucia nickte. »Dagegen habe ich nichts. Du legst dich am besten in dein Bett und schläfst.«

»Danke.«

Die Frau runzelte die Stirn. Daß sich jemand bedankte, wenn er ins Bett geschickt wurde, hatte sie auch noch nicht erlebt. Das Verhalten des Jungen wurde immer rätselhafter, und sie dachte daran, daß dieser Fall noch Kreise ziehen würde.

Mickey aber ging davon. Er wandte der Schwester den Rücken zu. Das triumphierende Lächeln auf seinem Gesicht konnte sie nicht sehen. Es war das Lächeln eines Siegers…

Es fing schon an zu dämmern, als ich mein Ziel endlich erreichte. Das Waisenhaus St. George lag nicht direkt in der Londoner City, sondern weiter draußen, im Norden, jenseits des Zoos, wo es viele

Grünflächen und noch Wald gab, einige Steinbrüche ebenfalls, in denen jedoch nicht mehr gearbeitet wurde.

Das Waisenhaus mußte noch aus der Zeit des Jugendstils stammen. Es war ein hohes, breites und mächtiges Gebäude, umgeben von einem Park mit hohen Bäumen, den man als verwilderten Garten bezeichnen konnte, jedenfalls war er ideal zum Spielen.

An der Nordseite wurde das Gelände von einer Straße begrenzt. Dort gab es eine Haltestelle für den Bus. Ich wußte es genau, weil ich sie auf meiner Herfahrt passiert hatte.

Dann aber war ich in einen staubigen Weg eingebogen, den früher die Lastwagen genommen hatten, wenn sie zu den Steinbrüchen fuhren. Dieser Weg hatte mich in den Wald gebracht, wo ich eine sehr gute Deckung fand. Jenseits des Waldes lagen die Steinbrüche, die mich nicht so sehr interessierten wie die unmittelbare Umgebung des Waisenhauses.

Ich stieg aus und schloß die Wagentür ab. Natürlich hätte ich in das Haus gehen und Fragen stellen können, das allerdings stellte ich zunächst einmal zurück.

Ich wollte um das Haus herumgehen und mir gewisse Örtlichkeiten ansehen. Ich rechnete damit, daß das eine oder andere Kind heimlich das Waisenhaus verließ und in den Wald ging. Und ich hoffte, daß sich dann dieser Mickey Mayer darunter befinden würde.

Das alles war Theorie im günstigsten Fall, im ungünstigen sah ich es als Hirngespinste an.

Ich stiefelte quer durch den Wald. Hohes Unkraut schabte über meine Hosenbeine. In meiner Umgebung herrschte ein seltsames Zwielicht. Es war noch nicht richtig dunkel, aber die letzte Helligkeit verlor sich allmählich. So konnten die Schatten wachsen und einen immer größeren Teil der hellen Flächen im Wald bedecken.

Die Bäume waren alte Riesen. Eichen, Buchen, sogar Linden sah ich. Ihr Blätterdach gab mir einen sicheren Schutz, und durch die Lücken schimmerten Puzzle aus dem immer grauer werdenden Himmel, an dem ich kaum Wolken sah.

Übergangslos ging der Wald in den Park über. Kein Zaun bildete eine Grenze. Es war nur daran zu erkennen, daß das vor mir liegende Gelände etwas gepflegter aussah, wobei ich zugeben mußte, daß mir der Wald besser gefiel.

Zwischen den Lücken der Bäume entdeckte ich die graue Rückfront des Gebäudes. Ein kantiger Kasten mit großen Fenstern, hinter denen nicht überall Gardinen hingen. Wenn welche vorhanden waren, dann bedeckten sie die Scheibe nur bis zur Hälfte.

Ich blieb stehen. Eine Buche gab mir Deckung. Ich glitt in ihren Schatten, so daß es aussah, als würde ich mit dem Stamm verschmelzen.

Es war nichts zu hören. Zumindest nicht aus dem Haus. Wohl von vorn an der Straße, da hörte ich, wie hin und wieder ein Wagen vorbeifuhr, ansonsten gab es nur die Geräusche der Natur.

Auf dem mächtigen Dach blitzte eine hohe TV-Antenne. Vögel benutzten sie als Ruheplatz und schrien ihr Konzert hinaus. An der Rückseite des Gebäudes entdeckte ich eine Tür, die allerdings fest geschlossen war, bis zu dem Augenblick, als ein bärtiger Mann im blauen Overall hervortrat. Er trug zwei gefüllte Eimer in den Händen, sah sich um und wandte sich dann nach links.

Mich hatte er nicht gesehen, ich wußte aber, wohin er gehen würde, denn an dieser Seite befanden sich drei große Müllcontainer, in die viel Abfall hineinpaßte.

Ich wartete wieder.

Der Hausmeister, oder wer immer es war, pfiff leise vor sich hin. Er hatte wohl gute Laune, und sehr bald war er meinen Blicken entschwunden. Das Pfeifen verstummte.

Wieder warten.

Mit dem Rücken hatte ich mich gegen den Baumstamm gelehnt und spürte die kratzige Rinde. Über mir bildete das Geäst ein Dach. Hin und wieder zitterten die Blätter, wenn ein Vogel hindurchwischte, ansonsten blieb es still.

Der Hausmeister kehrte zurück. Diesmal pfiff er nicht, ich hörte nur die Trittgeräusche. Er hatte die Eimer ineinandergestapelt und trug sie an einer Hand.

Dann verschwand er wieder im Haus. Fluchtartig, wie mir schien, denn er hatte nicht einen Blick zurückgeworfen und sich dabei sehr, sehr schnell bewegt.

Ich wartete ab.

Nach einigen Minuten – ich hatte das Gefühl, als wäre ich eins mit der Natur geworden – fragte ich mich, weshalb ich hier stand. Es war nichts geschehen, ich kam mir allmählich vor wie ein Depp. Selbst hinter den Fenstern sah ich keine Gesichter. Nicht einmal das Licht war eingeschaltet worden.

Geduld haben, sich auf den Riecher verlassen, der mich bisher selten im Stich gelassen hatte. Immer wieder dachte ich an die alte Frau, und ich war sicher, daß sie irgendwann hier erscheinen würde. Was mir diese Sicherheit gab, wußte ich nicht, meiner Ansicht nach gehörte sie irgendwie dazu.

Gegen Ende des Tages hatte die Feuchtigkeit der Luft zugenommen. Sie lag zwar nicht wie Blei oder drückend über mir, aber von irgendwelchen Wiesen oder Tümpeln stiegen schon Schwaden auf, die sich zu Wolken verdichteten.

Ich fand meinen Platz nicht mehr gut. Es wurde Zeit, näher an das Haus heranzuschleichen. Eventuell würde ich es auch betreten, dann mit der Schwester Lucia reden und…

Etwas störte mich.

Ein Knacken!

Ich hielt für einen Moment den Atem an. War das Geräusch normal gewesen, hatte ein Tier es verursacht?

Plötzlich war ich nervös. Etwas gefiel mir nicht. Ein derartiges Knacken hätte ich eigentlich schon früher hören müssen, es wirkte in diesem Fall irgendwie unmotiviert.

Ich hielt den Atem an.

Sehr langsam wandte ich mich vom Haus ab und blickte nach links, wo der Park besonders dicht bewachsen war und ein schmaler Fußweg zwischen den Bäumen herführte.

Dort hatte es geknackt.

Niemand zeigte sich. Ich glaubte schon an eine Täuschung, als ich die huschende Bewegung sah. Blitzschnell war sie gewesen und ebenso schnell wieder verschwunden. Ein Schatten hatte den Weg überquert, einer mit – wenn mich nicht alles täuschte – menschlichen Umrissen. Auf der anderen Seite war dieser Schatten wieder zwischen den Bäumen verschwunden, so als hätte er etwas zu verbergen.

Die folgenden Sekunden wartete ich ab, weil ich damit rechnete, daß sich dieser Schatten wieder zeigte. Ich wurde enttäuscht, er blieb verschwunden. Ich hörte keine weiteren Tritte oder anderen Geräusche und ging davon aus, daß sich dieser Schatten ebenso versteckt hielt wie ich selbst.

Da ich keine Lust hatte, mich auf einen ›Stellungskrieg‹ einzulassen, drehte ich mich aus meiner Deckung hervor und ging dorthin, wo ich den Schatten entdeckt hatte.

Natürlich war er nicht mehr da. Ich überquerte den schmalen Pfad, sah keinerlei Spuren, dann stand ich zwischen den Bäumen, die dem anderen als Deckung gedient hatten.

Niemand war zu sehen.

Eine bedrückende Stille umgab mich. Auf meiner Haut lag ein leichter Schweißfilm. Gleichzeitig nahm ich den kühlen Schauer wahr, der über meinen Rücken rann.

Etwas war hier, das wußte ich genau. Nur hatte sich dieses Etwas nicht gezeigt, und dafür mußte es seine Gründe haben. Auf der Stelle stehend drehte ich den Kopf in verschiedene Richtungen und suchte in den Lücken zwischen den Bäumen.

Da war die Bewegung!

Etwas Helles, Bleiches hatte sich von einem Moment zum anderen materialisiert. So, als wäre es aus einer anderen Welt gekommen, um in das Reich der Lebenden einzudringen.

Ich stand so günstig, daß ich es genau sehen konnte. Zu beiden Seiten wurde es von Bäumen flankiert. Ich zwinkerte mit den Augen, weil ich im Prinzip nicht glauben wollte, was ich da sah. Es gab keinen Zweifel, vor mir stand die alte Frau aus dem Krankenhaus...

Mickey Mayer lächelte noch immer, als er die Tür zum Schlafsaal aufstieß und den jetzt leeren Raum betrat, denn alle anderen Kinder hockten im Speisesaal und aßen.

Der Junge schloß die Tür und atmete zunächst tief durch. Wie immer roch es zwischen den grauen, schmucklosen Wänden etwas muffig. Nach Schweiß, alter Bettwäsche und den Ausdünstungen der Kinder, denn viele von ihnen wuschen sich ungern.

Die Leere und Stille störte Mickey nicht. Obwohl sich niemand außer ihm im Saal befand, näherte er sich auf Zehenspitzen seinem Bett. Durch die Fenster drang noch genügend Helligkeit in den Saal, so daß er sich zurechtfinden konnte, ohne das Licht einzuschalten.

Weit brauchte er nicht zu gehen. Sein Bett stand nahe der Tür, und er nahm darauf Platz.

Es hatte sich nichts verändert. Niemand hatte ihm einen Wasserbeutel unter die Decke gelegt, Heftzwecken ebenfalls nicht – derartige Scherze waren an der Tagesordnung, und beinahe war Mickey ein wenig enttäuscht darüber. Dann aber dachte er an sein Spielzeug, rutschte wieder von der Kante und kniete sich auf den Boden, damit er unter das Bett schauen konnte, denn dort lag die Plastiktüte.

Sie war noch da.

Mickey lächelte, als er den Arm ausstreckte und die Tüte an sich nahm. Wieder setzte er sich auf sein Bett und befreite das Spielzeug von seinem Gefängnis.

Mit der kantigen Schnauze zuerst hatte er es aus der Tüte geholt, und er freute sich, als er in das von Zähnen bewehrte Maul hineinschaute.

Es war ein Anblick, der sein Herz höher schlagen ließ. Komisch war es schon, denn andere hätten sich vor diesem kleinen Monster gefürchtet, was bei ihm nicht der Fall war.

Mickey spürte ein sagenhaftes Vertrauen zu diesem Spielzeug. Sobald er mit beiden Händen über den pferdeähnlichen Körper hinwegstrich, war ihm wohler, da durchdrang ihn ein Strom der Wärme und der Geborgenheit.

Er war Grandma Agathe unendlich dankbar, daß sie ihm dieses kleine Monster geschenkt hatte. Mickey drehte es in die richtige Stellung, um direkt in die beiden Augen hineinsehen zu können.

Sie standen vor wie zwei Kugeln. Der Vergleich mit Fischaugen fiel ihm ein, aber das waren sie auch nicht. Er verglich sie mit zwei

Kugeln, die herausgedrückt worden waren, ohne aus den Höhlen zu fallen.

Es war nichts Schönes an dieser Mutation. Jedes normale Kind hätte bei ihrem Anblick Angst verspürt und das Spielzeug weggeworfen, nicht so Mickey Mayer. Er streichelte das Monster und ließ seine verklärten Blicke über den Körper hinweggleiten.

Es war so wunderbar, denn in seinem Schutz fühlte er sich sicher. Solange es in seiner Nähe war, konnte ihm nichts passieren, und er wünschte sich beinahe, daß die anderen drei auftauchen würden, um mit ihm eine neue Mutprobe zu veranstalten.

Sie würden sich wundern. Ach, sie würden sich sowieso wundern, denn Mickey hatte nichts, aber auch gar nichts vergessen. Noch in der folgenden Nacht würde er sich rächen. Bei diesem Gedanken strich er wieder über den kahlen Kopf des kleinen Monsters hinweg.

Plötzlich erstarrte er.

Das Tier hatte sich bewegt.

Seine Hand zuckte zurück, als hätte er auf eine heiße Ofenplatte gefaßt. Hatte er sich getäuscht, oder lebte das Tier tatsächlich?

Er streichelte es nicht wieder, sondern drehte es so herum, daß er auf das Maul und in die Augen blicken konnte.

Nein, keine Täuschung.

Sein Freund lebte!

Mickey hörte sich zischend atmen. War es vor kurzem noch ziemlich kalt gewesen, so hatte sich jetzt einiges verändert. Dieses herrliche Spielzeug lebte, er spürte die Wärme innerhalb des Körpers, und er merkte auch, wie die langen Beine zuckten. Mickey hatte es auf seine Beine gestellt. Die kleinen Enden der dünnen Beine schabten über den Stoff, als wollten sie ihn aufreißen. Als er in die Augen schaute, entdeckte er dort ebenfalls so etwas wie Leben, nur anders als sonst. Sie hatten sich verändert, sie sahen jetzt aus wie grüne, graue und gelbe Kugeln, bei denen die einzelnen Farbvarianten ineinander schwammen, so daß nie eine Farbe dominierte.

Das kleine Monster sah ihn an.

Mickey senkte seinen Blick nicht. Er verspürte auch keine Angst, nur eben Neugierde, und er zog mit der Zunge seine trockenen Lippen einige Male nach.

»Du bist mein Freund«, sagte er leise. »Du bist mein echter und einziger Freund. Du bist ein Spielzeug und wirst mich bewachen. Ich – ich – liebe dich.«

Er legte den Kopf schief und drückte den Schädel des kleinen Monsters an seine Wange.

Ihm tat es unwahrscheinlich gut, diese Nähe zu spüren. Der Junge empfand sie als etwas Einmaliges und Wunderbares. Er freute sich darüber, er war plötzlich nicht mehr allein wie sonst. Dieses Tier war bei ihm, und er wußte auch, daß Agathe ein Auge auf ihn halten würde, obwohl er sie nicht sah.

Sie hatte ihm das Spielzeug gegeben, und sie würde auf ihn achtgeben.

Er hörte Schritte.

Mickey reagierte blitzschnell. Tüte und das Monster verschwanden unter dem Bett. Gerade noch rechtzeitig, denn Nachtschwester Ellen donnerte die Tür auf.

Sie war eine dünne Frau mit harten Gesichtszügen. Sie gehörte dem Orden eigentlich nicht an, deshalb trug sie auch keine Schwesterntracht. Dafür zumeist eine helle Bluse und einen steifen, engen Rock.

Als sie den Jungen auf der Bettkante sitzen sah, schoben sich ihre Augenbrauen zusammen. »Aha, du bist also noch hier.«

»Ja. Wieso?«

»Waschen!« erklärte sie knapp.

»Jetzt sofort?«

»Ja, ab in den Waschraum. Noch sind die Duschen teilweise frei. Danach geht es wieder ins Bett. Zumindest für dich. Die anderen können noch aufbleiben, wenn sie wollen.«

Mickey protestierte nicht, als er aufstand. Dies wiederum wunderte die Frau, doch sie hielt sich mit einem Kommentar zurück und gab den Weg zur Tür frei.

Der Junge ging vor.

Er lächelte.

Schwester Ellen sah es nicht…

Wir starrten uns an!

Zwei Menschen oder nur ein Mensch und auf der anderen Seite so etwas wie ein Geist?

Nein, das war nicht möglich, denn Geister sind feinstofflich, und diese Frau stand vor ihm wie ein Lebewesen aus Fleisch und Blut. Es mußte schon etwas anderes dahinterstecken, davon ging ich einfach aus. Wir starrten uns weiterhin an, niemand sprach, und es war noch hell genug, um alle Einzelheiten erkennen zu können.

Die alte Frau trug noch immer die gleiche Kleidung wie im Krankenhaus. Auch die Haube saß auf ihrem Kopf. Sie hatte einen weißen Rand, der sich nur schwach von der Bleichheit des Gesichts abhob. Das Gestell der Brille funkelte etwas, obwohl kein Licht darauf fiel, und ich dachte daran, daß diese Person eigentlich besser zu den Schwestern des Waisenhauses gepaßt hätte. Sie sah so aus, als hätte sie den Bau verlassen, um etwas zu besorgen.

Das konnte nicht stimmen.

Ich wollte natürlich wissen, ob ich es mit einer Spukgestalt zu tun hatte, und war auch bereit, den ersten Schritt zu gehen, als ich zurückzuckte.

Sie hatte mich angesprochen.

»Bleib stehen, bleib stehen«, wehte mir die Flüsterstimme entgegen. »Ich zeige mich dir, um dich zu warnen. Misch dich nicht in Dinge hinein, die dich nichts angehen. Hast du gehört, Mann? Du bist hier nicht willkommen. Du sollst verschwinden.«

Ich nickte. »Ja, das habe ich verstanden. Weshalb soll ich denn verschwinden?«

»Kümmere dich nicht um den Jungen und mich.«

»Wer bist du?«

»Es ist egal, wer ich bin. Ich möchte, daß du von hier weggehst. Ich will dich nicht sehen.«

»Ja, ich habe verstanden. Wollen Sie den Jungen beschützen? In welcher Verbindung stehen Sie zum Mickey Mayer?«

»In einer guten.«

»Sie haben sein Leben gerettet.«

»Das stimmt.«

»Sie haben ihm auch etwas geschenkt.«

»Ja.«

»Was ist das für ein Tier gewesen?«

Die faltige Umgebung ihres Mundes verzog sich zu einem Lächeln. »Es ist ein wunderbares Tier, eines, das sich um den Jungen kümmern und ihn beschützen wird und...«

Ich startete. Ich wollte sie packen und zwingen, mit der endgültigen Wahrheit herauszurücken. Die Distanz, die ich zu überbrücken hatte, betrug etwa zehn Yards, und ich hatte das Gefühl, als würde ich durch die schattige Dämmerung gleiten wie ein Pfeil.

Die ungewöhnliche Frau blieb stehen. Sie riß den Mund auf, etwas zischte mir entgegen. Ich merkte, wie es kalt wurde, und meine rechte Hand griff ins Leere. Dabei hatte ich sie an der Schulter herumreißen wollen, aber an ihrem alten Ort stand sie nicht mehr. Sie hatte sich gedankenschnell aufgelöst, so daß ich das Nachsehen hatte.

Voller Wut und mit geballten Händen blieb ich auf dem Fleck stehen. Ich ärgerte mich, daß ich so hereingelegt worden war, hatte aber nichts dagegen tun können, denn schneller als ich hätte kein menschliches Wesen handeln können.

Ich fing mich wieder, stützte mich an einem quer in meiner Nähe wachsenden Ast ab und drehte mich dann auf der Stelle stehend herum. Die Umgebung war leer. Die Gestalt der alten Frau zeigte sich nicht. Sie hielt sich wohlweislich zurück. All das Buschwerk zwischen den mächtigen Bäumen erschien mir wie ein schützender Panzer, der allerdings Löcher aufwies.

Durch eines schaute ich.

Sie stand gar nicht mal weit von mir entfernt. Sie hielt die Arme halb erhoben, und zwischen ihren Fingern schimmerte etwas Gelbes. Ich mußte schon genau hinsehen, um erkennen zu können, daß sie ein Holzkreuz festhielt.

Das begriff ich nicht.

Dann knackte plötzlich Holz. Sie hatte das Kreuz mit einem Ruck gebrochen. Wütend schleuderte sie die Teile fort, drehte sich um und rannte davon.

Es sah aus, als wollte die alte Frau in einen Baum hineinlaufen.

Sie hätte gegen den Stamm prallen müssen, der aber war für ein Wesen wie sie nicht vorhanden. Ob sie hindurch- oder vorbeilief, konnte ich nicht erkennen, jedenfalls war sie weg. Ich hatte das Nachsehen, stand im Wald, umgeben von einer dumpfen Feuchtigkeit und Kühle.

Da war nichts zu machen…

Ich sah mich noch in der Umgebung um, ohne die alte Frau zu finden. Der Wald schwieg. Er war in der einsetzenden Dämmerung zu einem geheimnisvollen Gebilde geworden, in dem sich alles verbergen konnte, Gutes als auch Böses.

Bleiern umgab mich die Stille, nur Insekten summten, und so manche fette Fliege suchte sich meine Wange als Landeplatz aus. Ich scheuchte sie weg, drehte mich selbst wieder um und begab mich auf den Rückweg.

Daß hier einiges nicht mit rechten Dingen zuging, stand für mich fest. Ich hatte einen Geist gesehen, der im Prinzip keiner war. Aber wer war die alte Frau dann?

Ich grübelte und gelangte zu dem Schluß, daß sie möglicherweise zu den lebenden Toten, der Gemeinschaft der Zombies, zählte. Das wiederum gefiel mir überhaupt nicht. Wenn ich etwas haßte, dann waren es diese widerlichen Geschöpfe, die nur darauf aus waren, Menschen zu verzehren.

Auf der anderen Seite hatte die Frau dies nicht versucht. Sie hatte mich gewarnt, war dann verschwunden, und nach all dem mußte ich davon ausgehen, daß diese Person etwas mit dem Waisenhaus zu tun hatte. Vielleicht nicht nur mit dem Jungen.

Ich ließ meinen Blick über die rückseitige Fassade gleiten und erinnerte mich dabei wieder an das Telefongespräch mit Schwester Lucia. Diese Frau war mir entgegengekommen, sie hatte beim Rückruf sehr freundlich geklungen, aber wenn ich recht darüber nachdachte, hatte sie trotz ihrer Antworten im Prinzip nicht viel gesagt.

Das paßte mir nicht.

Ich war gespannt darauf, wie sie reagieren würde, wenn ich vor ihr stand und sie mit einigen neuen Tatsachen konfrontierte. Bei einem zweiten Gespräch würde sie mir nicht mehr ausweichen können.

Mit diesem Gedanken ging ich los, auf den offiziellen Eingang des Waisenhauses zu...

Der Wasch- oder Duschraum war ebenso trist wie die übrigen Räume des Waisenhauses. Aber die meisten Kinder kannten nichts anderes und nahmen es hin.

Wie die meisten Fenster waren auch diese kleinen vergittert. Sie konnten zwar geöffnet werden, doch durch die Lücken zwischen den Stäben schob sich niemand.

Mickey Mayer hatte den Umkleideraum betreten und war von Schwester Ellen allein gelassen worden. In diesem Raum gab es kein Fenster, es roch immer muffig, und unter den Holzlatten der langen Bänke an der Wand wuchs bereits weißer Schimmel.

Das wußten die Kinder, aber keiner kümmerte sich darum. Ein offener Durchgang in der Mauer führte in den großen Duschraum, wo es keine abgetrennten Kabinen gab, sondern nur eine breite Rinne, in der die Jungen standen, über sich die grauen Duschtassen, aus denen das Wasser rauschte. Es rauschte auch jetzt, aber nur eine Dusche war in Betrieb, wie Mickey Mayer mit sicherem Gehör herausfand.

Er zog sich aus und ließ sich Zeit dabei. Seine Gedanken beschäftigten sich nicht mit dem Duschen, sie waren bei seinem Spielzeug und auch bei Grandma Agathe.

Er hatte sie nach dem Verlassen des Krankenhauses nicht gesehen, dennoch wußte er, daß sie nicht weit von ihm entfernt war. Es spürte ihre Nähe wie ein Seismograph tektonische Wellen, und er gab sich sehr locker und sicher.

Seine Kleidung faltete er sorgfältig zusammen, nicht weil er ein Pedant war, sondern weil er eine innerliche Ruhe spürte, die bei ihm nicht normal war.

Als er auch die Socken sorgfältig neben seine Kleidung gelegt hatte, war er zufrieden.

Die Dusche nebenan rauschte noch immer. Der Junge nutzte die

Chance aus, sich reinigen zu können, ohne daß ihm andere im Weg standen und ihn herumschubsten.

Als Mickey den kahlen Raum mit den kleinen, rauhen, schwarz und weiß gemusterten Fliesen betrat, konnte er sich einen Platz unter den Duschen aussuchen.

Er entschied sich für die erste vom Durchgang aus gesehen in der langen Reihe.

Er stellte sich darunter, drehte sie erst dann auf und blickte nach rechts, wo Wasser auf den Körper eines schon älteren Kindes klatschte. Benny war vierzehn und gehörte zu den Bossen. Für Mickey hatte er keinen Blick.

Seife lag bereit. Kantige, billige Stücke, mit denen man auch den Boden schrubben konnte. Mickey seifte sich ein. Es war herrlich, so allein zu sein, obwohl er nicht allein war, denn immer und immer wieder füllte sich sein Kopf mit den fremden Gedanken, so daß er das Gefühl hatte, Grandma Agathe würde mit ihm sprechen.

Nebenan wurde die Dusche abgedreht. Mickey sah es aus dem Augenwinkel. Er achtete nicht auf Benny, der nach einem grauen Handtuch griff, sich flüchtig abtrocknete, dann das Tuch um seine Hüften band und auf seine feuchten Haare eine Mütze drückte.

Benny gehörte zu den Schlägern. Es gab kaum einen Jungen, mit dem er noch keinen Kampf ausgetragen hatte. Auch Mickey Mayer hatte schon Ärger mit ihm gehabt. Normalerweise wäre er vorsichtiger gewesen, wenn nur die beiden in der Dusche standen, doch er wußte sich unter einem guten Schutz und beachtete Benny kaum.

Das ärgerte den anderen.

Als Mickey auch dann nicht reagierte, als er vor ihm stehenblieb, drehte er kurzerhand das Wasser ab.

Ein paar Tropfen fielen noch nach unten, dann stand Mickey im Trockenen.

Er wischte über sein Gesicht, schüttelte das Wasser aus seinen Haaren und starrte Benny an. »Was ist los?«

»Nichts.«

Mickey hob die Schultern, um den Griff zu drehen, aber Benny war schneller und schnappte nach seinem Handgelenk. Eisern hielt er es fest. »Nicht so schnell, ich will noch was wissen.«

»Was denn?«

Benny grinste breit. »Wie war's denn im Loch?«

»Was meinst du?«

»Den Schacht.«

»Naß und kühl.«

Die Antwort gefiel Benny nicht. Er ballte die rechte Hand zur Faust, weil er zuschlagen wollte, und wunderte sich, daß Mickey keine Anstalten traf, den Kopf oder seinen Körper zur Seite zu nehmen. Er blieb locker stehen, lächelte sogar und sah dem anderen in die Augen. »Tu es lieber nicht!« warnte er ihn.

Benny überlegte. Trotz der Worte hätte er keinen Grund gesehen, nicht zu schlagen, aber in den Augen des anderen lag etwas, das ihm gar nicht gefiel und ihm sogar Furcht einjagte. Er hatte den Eindruck, daß es nicht mehr die Augen des Jungen waren, denn die Pupillen hatten sich verändert. In ihnen vereinigten sich mehrere Farben. Sie schimmerten grünlich, gelb und auch blau, und alle diese Farben liefen zusammen. Für einen winzigen Moment veränderte sich auch der Kopf des Jungen. Aus ihm wuchs eine lange Schnauze hervor mit einem breiten und kantigen Maul, das offen war. In beiden Kieferhälften schimmerten harte und spitze Zähne, und Benny vermeinte sogar, daß Knirschen tief im Rachen zu hören.

Alles wirkte so echt, daß Benny schnell zwei Schritte zurücktrat und seine angewinkelten Arme vor das Gesicht legte, weil er den Anblick nicht ertragen konnte.

»Ist was?« erkundigte sich Mickey mit völlig normaler Stimme. »Habe ich dir was getan...?«

Benny konnte nicht reden. Er schüttelte den Kopf. Sein Mund bewegte sich, ohne daß er etwas sagte. Irgendein Ereignis mußte ihm die Stimme verschlagen haben.

»Nein, nein«, brachte er mühsam hervor. »Es ist nichts. Es ist alles okay.« Mit großen Schritten verließ Benny den Duschraum.

Mickey Mayer aber lächelte. Es erfüllte ihn mit Genugtuung,

daß er Benny eine Lektion erteilt hatte. Aber war er das tatsächlich gewesen, oder hatte sich jemand anderer in ihn hineingeschlichen?

Er wußte es nicht, er fühlte sich nur gut und dankte Grandma Agathe und seinem Spielzeug.

An seinem Körper klebten noch Seifenreste. Der Schaum war mittlerweile hart geworden. Er drehte das Wasser noch einmal an, duschte sich kurz ab und war zufrieden.

Locker verließ er die Dusche.

Locker stieg er auch über die Schwelle – und blieb wie angewurzelt stehen.

Benny lag auf dem Boden.

Blut floß aus einer Wunde an seiner linken Wade. Er hielt die Hände darauf gepreßt und wimmerte. Immer wieder zuckte sein verletztes Bein.

Mickey ging dichter an ihn heran, und sein Schatten fiel über den am Boden liegenden Jungen.

Bennys Gesicht war verzerrt. Der Schweiß strömte über die Wangen. Er hatte die Mütze verloren, er holte keuchend Luft, suchte nach Worten und stieß sie intervallweise aus. »Was hast du getan - was ist los, verdammt?«

Mickey staunte nicht schlecht. Er deutete mit dem Zeigefinger auf sich. »Ich habe was getan?«

»Ja!«

»Ich war doch gar nicht hier.«

»Etwas hat mich gebissen.«

»Und was?«

»Ich weiß es nicht!« brüllte Benny. »Verdammt noch mal, ich weiß es doch nicht!«

Mickey Mayer hatte Mühe, ein Lächeln zu unterdrücken. Er drehte sich um und durchsuchte den Umkleideraum. »Sorry, aber ich sehe hier nichts, wirklich nicht.«

»Etwas war da...«

»Und weiter?«

Benny richtete sich auf. »Scheiße, hau ab!« Er nahm sein Handtuch und band es um die Fleischwunde.

Mickey hob nur die Schultern. Während der andere am Boden

hockte und vor sich hinstöhnte, zog er sich gelassen an. Dann ging er weg. An der Tür drehte er sich noch einmal um.

Diesmal fiel ihm sein Schatten auf.

Er zeichnete sich an der Wand ab. Und er hatte die Form des Monsters, das unter seinem Bett lag.

Nur größer – viel, viel größer.

Mickey lächelte stärker. Wie auf sanften Katzenpfoten verließ er den Umkleideraum…

»Ja, Mr. Sinclair, ich habe Sie erwartet. Ich wußte, daß Sie uns besuchen würden.«

Mit den Worten war ich begrüßt worden, und ich hatte mich ziemlich überrascht gezeigt. »Wieso haben Sie das gewußt, Schwester Lucia?«

»Weil es hier wohl nicht mit rechten Dingen zugeht.«

»Ach, das wissen Sie?«

»Nein, Oberinspektor, ich nehme es nur an.«

So hatte unser Gespräch begonnen, und ich versuchte erst einmal, diese Frau richtig einzuschätzen. Wer als Schwester im Waisenhaus eine gütige und immer milde lächelnde Frau erwartete, der lag hier falsch. Trotz ihrer Tracht erweckte Schwester Lucia mehr den Eindruck einer Managerin, die sich keinesfalls die Butter vom Brot nehmen ließ, denn sie sah mich weder gütig, noch milde, noch lächelnd an, sondern knallhart und eher mißtrauisch.

Unter der Haube wirkte ihr Gesicht rund. Die Lippen waren voll, aber blaß, auf Schminke verzichteten die Schwestern. Dafür hatte ihre Haut eine natürliche Bräune, ein Beweis, daß sie sich nicht nur in geschlossenen Räumen aufhielt. Schwester Lucia saß hinter einem breiten Schreibtisch und hatte mir keinen Platz in der mit grünem Stoff bezogenen Sitzgruppe angeboten. So hockte ich ihr auf einem harten Stuhl gegenüber und fühlte mich irgendwie verloren, auch wenn hinter ihr an der Wand ein großes Holzkreuz hing.

Sie wartete auf meine Antwort, die ich in eine Frage kleidete.

»Was könnte denn Ihrer Meinung nach nicht mit rechten Dingen zugegangen sein?«

Sie hob die Schultern und gab sich etwas verlegen, was ich ihr allerdings nicht abnahm. »Die wundersame Rettung des Jungen, vielleicht. Denken Sie mal nach. Da reißt einer aus, fällt in ein Loch, hat praktisch kaum eine Chance, gefunden zu werden, und wenn, dann erst nach Stunden, vielleicht Tagen, und plötzlich erscheint eine Person, die dazu noch einen Strick bei sich trägt, um den Jungen aus dem Schacht zu holen. Das ist schon ungewöhnlich.«

»So denke ich auch. Deshalb bin ich hier. Zudem habe ich die Frau im Krankenhaus gesehen.«

Sie nickte. »Ja, ich weiß.«

»Was haben Sie mit dem Jungen gemacht, nachdem er wieder hier bei Ihnen war?«

»Bestraft.«

»Wie bitte...?«

»Ich habe ihn einsperren lassen. Arrest. Das ist so üblich bei schweren Vergehen.«

Ich verstand die Welt nicht mehr. Anstatt diesen elternlosen Kindern mit Verständnis und Liebe zu begegnen, wurden sie bestraft wie in einem Zuchthaus. »Haben Sie schon mal über Ihre Erziehungsmethoden nachgedacht?« fragte ich scharf.

Sie hob einen Finger. »Es steht Ihnen nicht zu, uns zu kritisieren. Außerdem fehlt Ihnen die Erfahrung. Das ist bei uns anders, Oberinspektor. Diese Kinder sind oft kleine Bestien oder entwickeln sich dahin.«

Den Schuß gab ich postwendend zurück. »Ja, dank Ihnen und Ihrer wunderbaren Fürsorge.«

»Das tut hier nichts zur Sache. Halten wir uns an die Tatsachen, deretwegen Sie hergekommen sind.«

»Und die heißen Mickey Mayer.«

»Nicht die Frau?«

»Auch die. Ist diese Person für Sie wichtiger, Schwester?«

Sie lehnte sich zurück, so weit es die Lehne zuließ. Dabei lächelte sie kantig, und ich hatte den Eindruck, daß sie viel mehr wußte, als sie bisher zugegeben hatte. »Was würden Sie sagen, wenn ich Ihnen erzähle, daß ich diese alte Frau kenne, Mr. Sinclair?«

»Ich wäre nicht überrascht.«

Schwester Lucia nickte. Sie blickte zum Fenster, hinter dem sich die Dämmerung wie ein grauer Schatten aufgebaut hatte. »Wir kennen sie tatsächlich.«

»Weiter, bitte.«

Die Frau vor mir seufzte. »Wir kennen sogar ihren Namen. Sie heißt Agathe.«

»Gut. Darf ich daraus folgern, daß sie mal in diesem Haus hier gearbeitet hat?«

Lucia senkte den Blick. Sie fixierte dabei einen Kugelschreiber mit goldener Klemme. »Sie hat tatsächlich hier für eine Weile gearbeitet. Das heißt, für Jahre.«

»Gehörte sie Ihrem Orden an?«

»Nein, auf keinen Fall. Sie war so etwas wie eine Nonne im Wartestand, eine Laienschwester. Sie gehörte unserem Glauben an, aber sie hat nie ihr Gelübde abgelegt, deshalb konnten wir sie auch nicht zum intimen Kreis zählen, wenn Sie verstehen.«

»Sicherlich. Aber was hat sie getan?«

Schwester Lucia hob die Stirn an. »Ja, was hat sie getan? Sie hat sich um die Kinder gekümmert. Sie war sehr beliebt bei den Jungen und Mädchen, denn ihre Methode war die der Güte. Wenn jemand Sorgen hatte oder krank war, ging er zu ihr, denn Agathe fand stets die richtigen tröstenden Worte.«

»Das ist doch hervorragend. Wo findet man das heute noch?«

Lucia lächelte. »Da haben Sie eigentlich recht. Wir hätten ihr auch dankbar sein müssen.«

»Das hört sich an, als wären Sie es ihr trotzdem nicht gewesen, denke ich mal.«

»Richtig.«

»Was hat Sie gestört?«

»Eigentlich nicht viel. Aber da war eine Sache, die wir nicht akzeptieren konnten.«

»Welche?«

Schwester Lucia beugte sich vor. Sie hob den Arm, die Hand formte einen Trichter, dann räusperte sie sich und ließ ihren Blick durch das Zimmer streifen. »Wir fanden heraus, daß sich die gute Agathe mit Dingen beschäftigte, die so gar nicht in unser Weltbild hineinpaßten, Mr. Sinclair. Es war gottlos und gefährlich, denn Agathe setzte auf Schwarze Magie.«

Ich schwieg.

Sie ließ mich in Ruhe, worüber ich froh war, denn angenommen hatte ich längst, daß Agathe über übersinnliche Kräfte verfügte. Im Wald hatte ich den Beweis erhalten.

Schwester Lucia deutete mein Schweigen falsch, denn sie sagte mit leiser Stimme: »Sind Sie nun enttäuscht oder geschockt, Oberinspektor? Paßt diese Antwort nicht in Ihr Weltbild hinein? Ich will Ihnen etwas sagen«, sie senkte die Stimme, »es paßte auch nicht in das Weltbild der Kinder, denn sie hat ihnen davon berichtet. Sie sprach von dem herrlichen Bösen, von Dämonen, Hexen, vom Teufel. Sie drehte das, das die Kirche lehrte, kurzerhand um. Wir konnten so etwas nicht zulassen. Die Kinder haben uns davon berichtet. So waren wir gezwungen, sie zu entlassen. Im Mittelalter hätten wir diese Person der Inquisition übergeben, aber so etwas gibt es heute leider nicht mehr. Wie dem auch sei, wir haben sie entlassen und hielten seitdem eine strenge Kontrolle und ein strenges Regiment für wertvoll und günstig. Agathe hat es geschafft, Kinder an sich zu binden, wir aber wollten sie wieder auf den rechten Weg führen.«

»Sie warfen diese Person raus?«

»Ja.«

»Haben Sie sich mit Ihrer Dienststelle in Verbindung gesetzt? Ich meine, mit dem Orden, mit dem Bischof und so weiter?«

»Nein, das haben wir nicht. Wir wollten die Schande für uns behalten und zunächst abwarten.«

»Passierte denn noch etwas?«

»Nein, nichts. Die Frau blieb verschwunden. Wir haben weder etwas von ihr gehört noch gesehen.«

»Jetzt ist sie zurück.«

Das Gesicht der Schwester verschloß sich. »Leider müssen wir wieder mit ihr rechnen.«

Mir brannte schon seit längerem eine Frage auf der Zunge. »Kannte Mickey Mayer die Frau?«

»Nein, Mr. Sinclair, er kannte sie nicht. Denn das alles ist vor seiner Zeit hier im Heim passiert.«

»Dann hat sie sich an den Jungen herangemacht, der in der Nacht ausgerissen ist. Geschieht das öfter?«

»Ja und nein.« Sie senkte den Blick. »Wissen Sie, Oberinspektor, es ist ja nicht einfach für die Kinder, hier mit so vielen anderen zusammen zu leben. Da gibt es immer wieder schweren Ärger. Da prallen Aggressionen aufeinander, da entstehen Hackordnungen, da will jeder der Chef, der Boß oder der erste sein. Und leider setzen sich nur die körperlich stärksten Jungen oder Mädchen durch. Die rotten sich natürlich zusammen, bilden kleine Cliquen oder Banden. Das ist nach Alter gestaffelt. Warum ich Ihnen das erzähle, werden Sie mich fragen.« Sie gab die Antwort selbst. »Ganz einfach, diese Banden schleichen sich zumeist in der Nacht zu dem einen oder anderen, den sie sich als Opfer ausgesucht haben. Es laufen dann sogenannte Mutproben ab, die stets variieren. So ist Mickey Mayer nicht von allein verschwunden. Ich bin fest davon überzeugt, daß man ihn praktisch entführt und in den Schacht gesteckt hat. Das war eine dieser Mutproben.«

»Der Junge hätte sich den Tod holen können.«

»Das denke ich auch. Sie hatten wahrscheinlich vor, ihn nach drei oder vier Stunden wieder hervorzuholen.«

»Kennen Sie die Übeltäter?«

Schwester Lucia lachte. »Natürlich kennen wir sie. Aber wo kein Kläger ist, da findet sich auch kein Richter. Diejenigen, die ihre Mutproben hinter sich haben, hüten sich davor, die anderen zu verraten. Sie warten mit einer gewissen Schadenfreude darauf, daß es beim nächstenmal ihren Nachbarn trifft. So sind leider die Regeln, und wir haben daran nichts ändern können.«

Ich nickte. Rat wußte ich im Moment auch keinen. Ich hatte aber die Wandlung der Schwester erlebt und schätzte sie nun als kooperativ mir gegenüber ein.

»Sie denken nach, Mr. Sinclair?«

»In der Tat.«

»Kann ich Ihnen helfen?«

»Möglich. Vorweg einmal, ich nehme Ihnen die Geschichte ab. Schwarze Magie oder was immer Sie damit bezeichnen, ist mir nicht fremd. Ich habe die beiden ja im Krankenhaus gesehen und entdeckte auch das kleine Monster in der Hand des Jungen.«

»Sie meinen dieses Spielzeug, das ihm jemand im Krankenhaus geschenkt hat?«

»Ja, dieses Tier muß für den Jungen wichtig sein. Möglicherweise stellt es sogar die Verbindung zwischen ihm und dieser Agathe her. Es ist das Bindeglied zwischen zwei Welten, der realen und der magischen, mit der die Frau paktiert. Aber das ist für mich im Moment nur sekundär. Ich wollte Ihnen noch sagen, Schwester, daß Agathe nicht so weit von hier entfernt ist, denn ich…«

»Was sagen Sie?« Lucia stemmte sich in die Höhe. Ich sorgte durch eine Handbewegung dafür, daß sie sich wieder hinsetzte. »Es hört sich vielleicht schlimmer an, als es ist, aber ich habe die Frau hinter dem Haus im Wald gesehen. Sie zeigte sich mir, sie warnte mich und war plötzlich verschwunden.«

»Weggelaufen?«

Ich wiegte den Kopf. »So könnte man es bezeichnen, aber ich möchte es nicht unterschreiben.«

»Wieso könnte?«

»Sie war auf einmal weg. Als hätte sie sich aufgelöst. Ich konnte es mir auch nicht erklären, aber es war so. Wenn alles zutrifft, was ich mir vorstelle, dann kann es durchaus sein, daß sie übersinnliche Kräfte besitzt.«

Schwester Lucia hatte mich staunend angestarrt und hielt dabei ihr Kreuz fest, das vor der Brust baumelte. »Wenn ich Sie so reden höre, dann kann ich mir kaum vorstellen, daß ein Polizist vor mir sitzt, denn die denken doch anders.«

»Meinen Sie? Wie anders denn?«

»Nun ja, realer, ein Polizist ist doch nüchterner. Der glaubt nur das, was er sieht.«

»Ich habe es gesehen.«

Als die Schwester Luft holte, sah es aus, als wollte sie sich aufpumpen. »Wenn Sie wirklich so denken, wie Sie mit mir gesprochen haben, dann könnte es sein, daß wir die Sache schon schaukeln.« Sie schwieg abrupt wegen ihrer lockeren Bemerkung.

Ich lächelte. »Gut, wo fangen wir an?«

»Diesmal sind Sie der Boß.«

»Danke, das hatte ich hören wollen.« Ich erhob mich. »Da Agathe zur Zeit nicht greifbar ist, sollten wir uns um denjenigen kümmern, der uns mehr über sie sagen kann.«

»Mickey Mayer.«

»Genau der.«

Schwester Lucia hatte sich ebenfalls erhoben. Mit wehendem Rock eilte sie vor mir her zur Tür.

Noch war nicht viel passiert, es hatte vor allen Dingen keinen Toten gegeben, doch ich wurde das Gefühl nicht los, daß sich das schnell ändern konnte…

Mickey Mayer saß wieder auf der Bettkante. Er hatte sie zu seinem Lieblingsplatz erkoren. Rechts von ihm, genau dort, wo das schmale Kopfkissen endete, stand sein Horror-Spielzeug. Wenn er den Kopf senkte und es anschaute, sah er das Profil.

Es gefiel ihm. Er liebte das Tier, er hatte es tief in sein Herz geschlossen, und er wußte, daß es lebte. Es würde ihn rächen, er war nicht mehr allein, dieses kleine Monster ersetzte ihm die Eltern, und es würde noch viel für ihn tun, dessen war er sich sicher. Den Plan dazu hatte er bereits gestrickt, und er hoffte, daß ihn sein Freund nicht im Stich lassen würde.

Dabei brauchte er keine Angst zu haben, von anderen Kindern gestört zu werden. Einmal in der Woche war Fernsehabend. Fast alle saßen jetzt vor der Glotze und schauten sich irgendeinen Film an, bis eben auf ihn und hoffentlich die drei anderen.

Als sich die Klinke der Tür nach unten bewegte, da wußte er, daß sie es waren.

Vorsichtig betraten sie den großen Schlafsaal. Hank, Tommy,

Sugar – genau der Reihenfolge nach. Sie hielten ihre Hackordnung streng ein. Die innere Freude des wartenden Mickey Mayer verstärkte sich noch mehr. Bisher klappte alles wunderbar.

Heute waren sie unsicher. Etwas verhalten blieben sie an der Tür stehen. Von hinten drängte Sugar nach, so daß sie schließlich zu dritt im Schlafssal standen. Die Tür war wieder geschlossen worden. Mickey Mayer saß auf seinem Bett und lächelte ihnen entgegen.

»Hi, Hank - Tommy - Sugar…« Er nickte bei jedem Gruß. »Toll, daß ihr gekommen seid.«

Die drei Jungen wußten nicht, wie sie sich verhalten sollten. Das schlechte Gewissen und Unsicherheit zeichneten sich auf ihren Gesichtern ab. Zudem hatten sie bestimmt darüber nachgegrübelt, wer den Jungen wohl aus dem Loch geholt und was Mickey den Schwestern alles gesagt hatte. Noch war nichts passiert, auch das machte die Jungen mißtrauisch.

Hank strich verlegen über sein blondes Haar, der dunkelhäutige Tommy rieb seine Nase, Sugar grinste nur verhalten. Ein echtes Lächeln brachte er nicht zustande.

Mickey war der große Sieger. Er hatte die Schlacht gewonnen, nicht sie. Deshalb konnte er sich auch so benehmen und winkte kurz mit dem Zeigefinger. »Kommt doch her. Los – ich warte.«

Sie sahen sich an, erst dann trauten sie sich. Hank machte den Anfang. Er war der Leithammel. Da er kein Wort sprach, blieben auch die anderen stumm.

Mickey wartete nur. Diesmal führte er Regie. Er hatte alle Zeit der Welt, nicht die anderen. Er würde sie in ihrem eigenen Saft schmoren lassen, gab sich lässig und strich immer wieder mit der Handfläche über den Rücken seines Spielzeugs, auch deshalb, weil er seine ›Freunde‹ darauf aufmerksam machen wollte.

Die wußten noch immer nicht, was sie sagen und wohin sie schauen sollten. Mal sahen sie Mickey an, dann wieder fielen ihre Blicke auf das Spielzeug. Sie wurden damit nicht fertig, daß Mickey hier einfach saß und nicht tobte und ihnen Vorwürfe machte. Das zumindest hatten sie erwartet.

»Bist du stumm geworden, Hank?«

»Wie – wieso?« Der Angesprochene wischte einen dünnen Schweißfilm von seiner Oberlippe.

»Du sagst ja gar nichts.«

»Muß ich das?«

»Nein, du mußt nicht. Auch ihr anderen braucht nicht zu reden. Aber ihr seid neugierig.«

Sie hoben die Schultern.

Mickey lachte schadenfroh. Es klang blechern und hämisch. »Ich kann mir vorstellen, was in euren dummen Köpfen vorgeht. Ihr habt gedacht, der sitzt im Schacht fest. Den holen wir in zwei oder drei Stunden wieder zurück. Scheiße, nichts war damit, der Schacht war leer, ich hab' ihn verlassen, und das geht nicht in euren Schädel hinein, ich weiß das.« Mickeys Augen funkelten. »Vergessen habe ich nichts, obwohl ich euch nicht verraten habe. Denn dann hättet ihr einen Terror bekommen, der schlimm gewesen wäre.«

Tommy hatte sich zu einer Frage entschlossen. »Was willst du denn? Kannst du uns sagen, wie es weitergeht?«

»Klar doch.«

»Und wie?«

Mickey lächelte.

Das ließ sie unsicher werden. Sie fühlten sich wie in einer Kammer, der laufend Luft entzogen wird. Sie schwitzten immer stärker, Mickey roch den säuerlichen Gestank. Sie waren schrecklich verlegen, aber auch wütend, nur hielten sie ihre Wut im Zaun.

»War eine beschissene Zeit da unten im Loch, das kann ich euch sagen. Ihr solltet es mal ausprobieren. Na ja, vielleicht kommt es noch dazu. Aber das wollte ich nicht sagen. Ich habe hier etwas.« Er deutete mit dem Zeigefinger auf das kleine Monster. »Da, sieht er nicht stark aus, mein kleiner Beschützer?«

Sie hatten es natürlich gesehen, nur nicht gewagt, darüber zu sprechen. Erst jetzt faßte Sugar sich ein Herz. »Was ist das?« wollte er wissen. »Was soll das bedeuten?«

»Das ist mein Kamerad.«

Sugar lachte, verstummte aber sofort, als ihn Mickeys kalter Blick traf.

»Ich verstehe mich mit ihm. Ich werde es jetzt immer bei mir haben, darauf könnt ihr euch verlassen. Mein Freund oder ich, das bleibt sich von heute an gleich. Ich habe es Crazy getauft. Ja, weil es einfach verrückt ist. Aber nicht verrückt im Kopf, sondern von den Proportionen her, wenn ihr versteht. Crazy – ich liebe es. Ich bin es, es ist ich. Aber ich wollte das gar nicht sagen. Ihr habt etwas gutzumachen. Stimmt es, Freunde?«

Er wartete auf eine Antwort, starrte die drei Jungen dabei an und erntete ein Nicken von den dreien.

»Schön, ich freue mich. Da ihr etwas gutzumachen habt, kann ich die Bedingungen stellen.«

»Rede schon.«

»Sofort, Hank, sofort. Ich möchte nichts anderes, als in euren Club aufgenommen zu werden. Nicht mehr und auch nicht weniger. Das ist meine Bedingung. Ihr könnt es euch überlegen.«

Hank schnaufte wie ein Walroß, als er die Luft durch die Nase stieß. »Ähm, mehr nicht?«

»Nein.«

Tommy traute dem Braten nicht so recht. »Und du scheißt uns auch nicht an?«

»So ist es.«

Sugar lachte, dann grinste er, und dieses Grinsen pflanzte sich auf den Gesichtern der beiden anderen fort. »Sehr schön, wirklich stark. Ich bin dafür, Mickey. Okay, du kannst in unsere Gruppe kommen. Habe nichts dagegen.« Er blickte seine beiden Freunde an. »Ihr doch sicherlich auch nicht, oder?«

Sie waren dafür.

Mickey Mayer beobachtete sie. Er hatte seinen Spaß daran, wie sie versuchten, die Verlegenheit, in die er sie gebracht hatte, durch besonders große Forschheit zu überbrücken. »Da wäre allerdings noch eine kleine Bedingung.«

Er hatte leise gesprochen, doch die anderen hatten ihn sehr genau gehört.

Sie schwiegen. Wieder waren sie mißtrauisch geworden. Noch trauten sie Mickey nicht.

»Ich möchte ihn mit dabei haben«, sagte Mickey und hob sein

neues Spielzeug hoch. »Crazy ist mir ans Herz gewachsen. Mein Retter hat ihn mir geschenkt. Er ist etwas Besonderes, denn er stammt aus einer anderen Welt, versteht ihr?«

Keiner von ihnen verstand. Daß sie dennoch nickten, taten sie, um Mickey nicht zu reizen.

»Also?«

»Das Ding?« flüsterte Hank. »Crazy heißt es, nicht?«

»Klar.«

»Ist das ein Pferd?«

»Nein.« Mickey schüttelte den Kopf. »Es stammt von einem anderen Planeten oder von einer anderen Welt. Es hat schon das Totenreich gesehen!« kicherte Mickey. Im nächsten Moment zerbrach sein Lächeln. »Okay, ich werde euch sagen, wie es ablaufen soll. Ihr werdet in den Kartenraum gehen und dort auf mich warten.«

»Warum?« schnappte Sugar. »Da ist es eng und beschissen.«

»Ich komme nach. Wir müssen da noch was besprechen. Da sind wir ungestört.«

»Aber wir haben doch…«

»Schnauze, Sugar!« fuhr Hank ihn an. »Rede weiter, Mickey. In den Kartenraum also.«

»Sehr richtig.«

»Wie lange sollen wir denn auf dich warten?«

»Ich bin spätestens in einer halben Stunde da.« Er nahm sein Spielzeug und erhob sich. »Damit euch die Zeit nicht zu lang wird, könnt ihr Crazy mitnehmen.« Mickey hielt es ihnen entgegen. Er sah, daß sie zurückzuckten. Keiner wollte es in seine Hände nehmen, als wäre es ihnen unheimlich. »Na, was ist? Will niemand von euch? Was stellt ihr euch so an, verdammt?«

Hank erinnerte sich daran, daß er der Anführer war, und er trat vor, obwohl es ihm schwerfiel. »Okay, gib schon her, verdammt. Los, ich will es haben!«

»Du bist gut, Hank. Der richtige Anführer.«

Wohl war Hank trotzdem nicht, als er das seltsame Tier hielt. Er strich mit der rechten Hand darüber hinweg. In seiner linken Armbeuge lag es, die dünnen Beine hingen herab, und es sah aus, als würden sie leicht zittern. »Das fühlt sich aber komisch an…«

»Wieso?«

»Na ja, es ist so anders.« Er verzog den Mund. »Ich kann es nicht erklären, so – so warm.«

»Ach ja?«

Hank nickte Mickey zu. »Als würde es leben«, sagte er leise. »Als würde Leben in ihm stecken.«

Mickey grinste. »Bildest du dir das nicht ein?«

»Nein, tue ich nicht.«

Mickey wollte das Thema schnell beenden. »Okay, ich habe euch gesagt, wo ihr auf mich warten sollt. Geht schon vor, ich werde in ein paar Minuten da sein.« Er griff in die Tasche, holte den Schlüssel zum Kartenraum hervor und hielt ihn hoch. »Ich habe für alles gesorgt. Damit werden wir unseren neuen Bund besiegeln. Ich bin bald der vierte in eurer Runde.«

Sugar nahm ihm den Schlüssel ab. »Wann wolltest du da sein?« fragte er und blies seine Wangen auf.

»In spätestens einer halben Stunde.«

»Wir warten.«

Dann gingen sie, und Crazy nahmen sie mit. Hank trug das Monster-Spielzeug. Er hielt es in der rechten Hand, und den Arm hatte er vom Körper abgespreizt. Es sah so aus, als würde er sich vor diesem Gegenstand fürchten.

Mickey starrte gegen ihre Rücken. Er lächelte nur, ansonsten gab er keinen Kommentar. Erst als sich die Tür hinter den drei Jungen geschlossen hatte, ließ sich Mickey rücklings auf sein Bett fallen. Er federte noch einige Male nach, die Matratze knarrte, er aber lachte und hätte am liebsten vor Freude geschrien.

Was waren sie doch für Narren! Für arme, hirnverbrannte Idioten! Sie hatten sich aus lauter Angst vor Bestrafung von ihm einseifen lassen und ahnten nicht, was sie erwartete.

Sie würden sich wundern!

Mickey Mayer ging davon aus, daß er nicht einmal eine halbe Stunde warten mußte. Trotzdem schaute er auf seine Uhr. Dann legte er sich auf den Rücken und verschränkte die Hände hinter seinem Kopf.

Das Spiel hatte begonnen...

Ich hatte mir vorgenommen, diesem Mickey Mayer einige Fragen zu stellen und ihn nicht so leicht aus den Fängen zu lassen. Der Junge wußte mehr, als man ihm ansah und als er freiwillig zugeben würde. Er war lange genug mit dieser Agathe zusammen gewesen, um unter deren Einfluß zu geraten.

Wenn sie gefährlich war, dann würde sich auch der Junge zu einer Gefahr entwickeln.

Die Schwester hatte die Tür hinter sich abgeschlossen und den Schlüssel wieder verschwinden lassen. Unser Gespräch hatte sie nervös gemacht. Diesmal zeigte die glatte Stirn Falten, ein Zeichen, daß sie sehr intensiv nachdachte.

»Was läßt Sie so grübeln?« fragte ich.

Sie blieb stehen. Der Flur war kahl. Kein Bild hing an der Wand. Die glatte Fläche zeigte auch keine Schmierereien, wie es in anderen Schulen oft üblich war. In diesem Heim herrschte die Ordnung vor. Ich konnte mir allerdings vorstellen, daß es unter der Oberfläche brodelte. Gerade die Emotionen junger Heranwachsender in Schach zu halten, was sehr schwierig.

»Es ist Mickey, Oberinspektor. Ich denke darüber nach, ob wir Fehler begangen haben.« Sie korrigierte sich sofort. »Natürlich haben wir Fehler begangen, sehr große sogar. Wir begehen immer Fehler, aber wir haben einfach nicht die Zeit, uns um jeden einzelnen zu kümmern, verstehen Sie? Jeder Mensch ist ein Individuum. Das hört sich in der Theorie immer so wunderbar an. Aber leiten Sie mal ein Heim wie dieses hier. Da werden Sie bald feststellen, wie schnell Sie das Ende der Fahnenstange erreicht haben.« Sie räusperte sich. »Mit Mickey wird das nicht anders sein, glauben Sie mir. Ich habe den Eindruck, als hätten wir gerade bei ihm besonders viel versäumt. Wenn es zutrifft, wird es schwer werden, dies nachzuholen.«

Im Prinzip mußte ich ihr recht geben. Nur konnte ich mich nicht einmischen, das waren die Probleme der Heimleitung. Ich hatte meine eigenen zu bewältigen.

Wir gingen weiter.

Mir fiel die nahezu gespenstische Ruhe auf, die innerhalb der Mauern herrschte. Das war mehr als ungewöhnlich für eine Schule mit zahlreichen Kindern. Als ich danach fragte, erhielt ich sehr schnell eine Antwort. »Das ist klar, Oberinspektor. Wir haben heute Freitag. Da sitzen die meisten vor den Fernseher im Gemeinschaftsraum.«

»Mickey Mayer nicht?«

»Nein, das weiß ich genau. Er wollte nicht. Deshalb können wir ja in Ruhe mit ihm reden.« Sie setzte ihren Weg fort, und ich blieb an ihrer Seite.

Wir befanden uns noch im administrativen Bereich des Waisenhauses. Die Schlafräume der Kinder waren im anderen Teil untergebracht, auf den wir zugingen.

In unserer Nähe fiel eine Tür hart ins Schloß. Die Schwester und ich blieben stehen. Wir hörten Tritte auf der Treppe. Von unten her stiegen die Echos hoch. Nicht nur diese Geräusche erreichten uns, auch ein verhalten klingendes Stöhnen, und der Stimme nach zu urteilen war es ein Kind, das diese Geräusche verursachte.

Es hatte uns noch nicht gesehen, wir hielten uns auch zurück. Erst als der Junge das Ende der Treppe erreicht hatte, traten wir zugleich vor – und schauten in ein erschrecktes Gesicht, das uns von unten her anblickte.

Von unten her deshalb, weil der Junge nicht aufrecht stand. Er war die Treppe hochgehumpelt, hatte den rechten Arm ausgestreckt und preßte die Handfläche gegen einen blutdurchtränkten provisorischen Verband, den er um seine Wade gewickelt hatte. Ich sah, daß es ein Handtuch war.

»Benny, was ist denn mit dir passiert?«

Der Junge schluckte. »Etwas – etwas – hat mich in die Wade gebissen. Ehrlich.«

»Wieso? Was denn?«

Benny verzog den Mund. »Kann ich nicht sagen. Ich habe es

nicht gesehen. Ich spürte plötzlich einen Biß, dann blutete es schon, und da kamen auch die Schmerzen. Oh, das tut weh.«

Die Schwester hatte sich gebückt. Ich aber beschäftigte mich mit dem Jungen und bat ihn, falls es möglich war, alles der Reihe nach zu erzählen. Er tat es. So erfuhren wir, was in der Umkleidekabine und in der Dusche geschehen war.

»Und du hast wirklich nichts gesehen?« erkundigte ich mich.

»Kaum.«

»Was heißt das?«

»Einen Schatten, glaube ich«, sagte er unsicher und stützte sich bei Schwester Lucia ab. »Einen großen Schatten.«

»Wie sah er aus?«

Benny zog die Nase hoch. »Komisch sah er aus. Beinahe wie ein Tier oder so.«

»Was heißt oder so?«

»Ein Pferd, glaube ich. Der Schatten tanzte an der Wand, dann spürte ich schon die Schmerzen.«

»Okay, es ist gut.« Ich hatte genug gehört. Der Schatten war nichts anderes gewesen als der des Spielzeugs, das Mickey von dieser Frau als Geschenk erhalten hatte.

»Ich muß Benny in unseren Sanitätsraum bringen«, sagte die Schwester. »Warten Sie auf mich?«

»Natürlich.«

»Es dauert nicht lange.« Die Schwester stützte Benny beim Gehen ab, damit er nicht stürzte.

Mich ließen sie zurück. Schon bald waren ihre Schritte verklungen, und so stand ich allein in diesem Bereich des Waisenhauses, dessen Inneres von keinem Kinderlachen oder einem lauten Ruf gestört wurde. Es blieb still.

Unnatürlich still…

Ich spürte den leichten Schauer, der über meinen Körper floß. Er hatte etwas mit dieser Stille zu tun, die mich belastete. Der Druck hinter meiner Stirn verstärkte sich, jeder Herzschlag schien mir doppelt so laut zu klingen, und die Echos hallten durch meinen Schädel.

Es war irgendwie kalt geworden, und diese Kälte hatte ich

schon einmal erlebt: im Wald vor dem Haus, als mir die seltsame Frau erschienen war.

Lauerte sie jetzt auch in der Nähe?

Ich ging einen Schritt auf die Wand zu und lehnte mich mit dem Rücken dagegen. Von hier aus hatte ich einen sehr guten Blick. Ich konnte sowohl nach rechts und links schauen als auch nach vorn, wo die Treppe begann.

Sie endete auf einem Absatz und führte wenig später weiter. Aber auf dem Absatz stand jemand.

Nein, ich fror nicht ein, aber ich war überrascht, denn ich sah Agathe vor mir…

Wieder war sie wie aus dem Nichts erschienen. In ihrem Gesicht rührte sich nichts. Von meiner Position aus wirkte es wie eine Masse grauweißes Knetgummi. Sie sagte kein einziges Wort, trotzdem war ich davon überzeugt, daß sie nicht nur erschienen war, um hier stumm vor mir zu stehen. Sie würde kommunizieren wollen, und ich wartete die folgenden Sekunden ab.

Als sich nichts tat, ging ich bis zur ersten Stufe vor. Ein gezischtes »Halt!« drang mit entgegen.

Ich blieb stehen.

»Du hast nicht auf meinen Rat gehört«, sagte die Frau. »Ich wußte, daß du gefährlich bist. Ich habe dich richtig eingeschätzt. Aber wer sich in die Höhle des Löwen wagt, der kommt darin um.«

»Nicht immer«, erwiderte ich. »Darf ich fragen, wer du bist? Darf ich das?«

»Du kennst mich doch.«

»Ja, Agathe.«

»Richtig.« Sie nickte. »Ich habe hier einmal gearbeitet. Ich bin eine Freundin der Kinder gewesen, aber man wollte mich nicht mehr. Man hat mich rausgeworfen.«

»Aus guten Gründen, denke ich.«

Sie schüttelte den Kopf. »Nein, verdammt noch mal, es waren

keine guten Gründe. Nicht für mich. Ich hätte hier noch über Jahre hinweg bleiben können…«

»Du hast dich der Schwarzen Magie verschrieben!«

»Ja, das habe ich. Ich wollte nicht mehr gedemütigt werden. Ich habe mich um die gefallenen Engel gekümmert. Ich habe über die Hierarchie der Hölle gelesen. Ich war begeistert. Ich konnte mir sogar einen Engel aus dem großen Heer aussuchen, und ich habe mich für Massago entschieden. Er steht auf der Leiter zum Thron des Luzifer in der Mitte. Massago war mein Engel, ich habe ihn beschworen, und er hat sich gütig gezeigt. Er nahm mich, das Opfer, an. Ich gab ihm meine Liebe, er gab mir die seine. Und er schenkte mir ein Abbild seiner selbst.«

»Das Spielzeug?«

»Richtig. Der Junge hat es Crazy genannt. Es ist wunderbar, es sieht so aus wie Massago. In dieser Gestalt wanderte er durch die Reiche der Finsternis. Er ist für Menschen schrecklich, aber für die, die an ihn glauben, nicht.«

»Du hast es verschenkt.«

Agathe nickte. »An den Jungen, denn er soll die Macht des Massago in sich aufnehmen. Ich habe ihn als meinen Nachfolger auserwählt, denn ich bin zu alt. Ich spüre, daß mich die Kraft verläßt, ich habe zuviel an Massago abgegeben. Er saugte mich aus, aber ich weiß, daß mein Erbe überleben wird. Ich bin schwach, in dieser folgenden Nacht aber wird ein Nachfolger geboren, und das Kind wird unter dem Schutz des Massago aufwachsen.«

»Bist du Mensch oder Geist?«

»Beides.« Sie lachte krächzend. »Massago hat mich geprägt. Auch der dunkle Engel ist so. Aber mich kostete es Kraft. Ich habe Mühe, große Mühe…«

Das brauchte sie mir nicht zu sagen, das sah ich selbst, denn es fiel ihr schwer, sich auf den Beinen zu halten. Sie taumelte plötzlich, streckte den Arm aus und stützte sich nur mühsam an der Wand ab.

Das war eine Chance für mich.

Mit langen Schritten jagte ich die Treppe hinab. Ich würde nur

Sekunden brauchen, um die alte Frau zu erreichen, aber diese Zeitspanne war trotzdem zu kurz.

Sie oder Massago reagierten schneller. Bevor ich die letzten vier Stufen mit einem gewaltigen Satz hinter mich bringen konnte, löste sie sich vor meinen Augen auf.

Ich sah es, als ich mich in der Luft befand. Auf einmal fiel etwas Schwarzes, eine Art Wolke, über sie. Für den Bruchteil eines Lidschlags sah ich darin eine schreckliche Fratze schimmern, vergleichbar mit einer violett angemalten Eisenmaske. Das mußte Massago gewesen sein, und als ich dann aufprallte, gab es weder ihn noch die Frau. Beide waren wie vom Erdboden verschluckt.

Ich hatte Mühe, mich zu fangen, stolperte und hielt mich schließlich an der Wand fest. Dort sackte ich in die Hocke und richtete mich nur langsam wieder auf.

Ich war sauer. Aber ich hatte auch begriffen, wie stark diese Frau letztendlich war, denn wer unter dem Schutz eines Dämons steht, der konnte auf menschliche Gegner und auch auf menschliche Hilfe pfeifen. Er brauchte sich nur auf *ihn* zu verlassen.

Daß sie einen Nachfolger für sich suchte, war aus ihrer Sicht legitim. Daß es ausgerechnet ein Junge, ein Kind, sein sollte, gefiel mir überhaupt nicht. Deshalb mußte ich alles tun, um ihn davor zu bewahren.

»Oberinspektor, was ist denn los?«

Ich drehte den Kopf. Die Schwester stand am Ende der Treppe und schüttelte den Kopf.

Ich winkte ab. »Es ist schon okay.« Ich lief mit schnellen Schritten zu ihr hoch. »Und bei Ihnen?«

»Ja, aber…«

»Wie geht es dem Jungen?«

»Er liegt in der Krankenstation.«

»Gut, dann gehen wir zu Mickey.«

Schwester Lucia hielt mich fest. Prüfend schaute sie mir ins Gesicht. »Da ist etwas geschehen, Mr. Sinclair. Wollen Sie mir nicht sagen, was Sie erlebt haben?«

Ich winkte ab. »Nein, Schwester, nein, auf keinen Fall. Es geht jetzt einfach nicht.«

Sie hatte bemerkt, daß ich keine Fragen beantworten wollte, hob die Schultern und ging mit schnellen Schritten dem nächsten Ziel entgegen. Weit brauchten wir nicht zu laufen. Vor einer relativ großen, grün gestrichenen Tür blieben wir stehen. Keiner von uns unterzog sich der Mühe, erst noch anzuklopfen.

Die Schwester öffnete, betrat den Schlafsaal, und schon das erste Wort blieb ihr in der Kehle stecken. Sie deutete auf ein Bett nahe des Eingangs.

»Schläft Mickey dort?«

»Ja, Oberinspektor, aber jetzt ist er weg. Und sein Spielzeug hat er wohl mitgenommen…«

Über meinen Nacken lief eine Gänsehaut.

Sugar hatte den Kartenraum aufgeschlossen und war als erster hineingegangen. Mit vorgestrecktem Kopf, als wollte er wie ein Tier wittern. Er verzog die Lippen, als er die Luft roch, die nach alten Möbeln, Papier und Staub stank.

Aber der düstere Raum war leer. Auch sein Fenster war durch ein Gitter gesichert, doch dafür hatten die drei Jungen keinen Blick. Tommy war der letzte, er schloß die Tür und seufzte auf, als er die Luft roch.

Es war tatsächlich ein Kartenraum, in dem die Ständer ihren Platz gefunden hatten und einige Karten aufgerollt an den Wänden lehnten. Man hatte hier noch einige andere Dinge verstaut. In großen Kartons lagen dicke Papierbündel, alte Schulbänke waren übereinander gestapelt worden, zwei ausrangierte Pulte standen an der Wand, und sogar die Reste eines Kanonenofens hatte man hier untergebracht.

Das alles kannten die Jungen, der Raum war ihnen nicht fremd. Dennoch fühlten sie sich unwohl. Es mochte daran liegen, das sie etwas bei sich trugen, was ihnen allen suspekt war. Es ging um das seltsame Monster. Keiner gab es zu, aber sie fürchteten sich vor ihm. Am liebsten hätten sie es unterwegs weggeworfen, nur hätte das möglicherweise Ärger mit Mickey gegeben. Das wollten sie nicht riskieren. Wenn er sie anschwärzte, hagelte es Strafen.

Hank hatte Crazy mitten in den Raum gestellt, wo es noch eine freie Fläche gab. Die drei Jungen hatten sich so aufgebaut, daß jeder von ihnen das Horror-Spielzeug sehen konnte, und zwar aus verschiedenen Richtungen. Sie schwiegen zunächst, hingen ihren Gedanken nach und wischten ab und zu mit den Händen durch ihre Gesichter.

Sugar saß auf einem der alten Pulte, Tommy hatte sich einen hohen Karton als Sitzplatz ausgewählt, nur Hank stand und lehnte mit dem Rücken an der Wand.

»Was tun wir jetzt?« fragte er.

»Auf Mickey warten.«

»Klar, Sugar, klar, so schlau bin ich auch. Aber, verdammt noch mal, was will er von uns?«

»Bei uns eintreten.« Tommy rieb seine Hände. »Wir haben zugestimmt – oder?« fügte er hinzu, als hätte er es sich schon wieder zweimal überlegt.

»Weiß nicht«, murmelte Sugar. »Der Boß ist Hank. Wir müssen ihm die Entscheidung überlassen.«

Mit dem Finger strich Hank über seine Stirn. Er fühlte sich in diesem Moment überfordert. Manchmal war es eben nicht gut, wenn man den Boß spielte. Klar, er mußte eine Entscheidung treffen, nur lenkte ihn der Anblick dieses Tieres, das im Prinzip keines war, sondern eine Mutation, zu stark ab.

»Es gefällt mir nicht«, sagte er.

»Was?« fragte Tommy.

»Das Tier, du Hirnie.«

Tommy schaute hin. »Ich mag es auch nicht. Seht euch nur mal den Kopf und das Maul an. Das steht immer offen. Und habt ihr die Zähne gesehen? Wenn die zubeißen könnten, würden sie es tun. Die - die würden euch zerreißen.«

Da widersprach niemand. Sugar fuhr mit seiner Hand über die Kehle, zwinkerte mit den Augen, schluckte, zog die Nase hoch und räusperte sich, weil er damit seine Verlegenheit kaschieren wollte.

Es sah auf seinen dünnen Spinnenbeinen tatsächlich so aus, als würde es jeden Augenblick umfallen. Aber es blieb trotzdem stehen. Ein mutiertes Spielpferd.

Bis es plötzlich zu zittern begann!

Alle hatten es gesehen. Hank wollte etwas sagen, aber die Worte blieben ihm im Hals stecken. Er brauchte nur in die Gesichter seiner Freunde zu blicken, um zu wissen, daß sie das gleiche dachten wie er.

»Scheiße!«

Tommy nickte.

Sugar rieb seine Hände. Der Mund stand offen. Ein Stöhnlaut wehte durch die Stille, als sich das Tier bewegte. Diesmal nicht an den Beinen, es klappte sein Maul noch weiter auf.

Etwas zischte!

Dünner Dampf drang aus dem Rachen. Kleine Wolken, durch Rauchfäden zusammengehalten, breiteten sich als stinkender Qualm innerhalb des Kartenzimmers aus.

Die drei Jungen verstanden die Welt nicht mehr. Trotzdem begriffen sie, daß sich etwas Unheimliches und Unerklärliches in das Kartenzimmer geschlichen hatte. Etwas, für das es keine Worte gab. Das unheimliche Tier wurde auch nicht ferngelenkt, es bewegte sich von allein, als würde Leben in ihm stecken.

Dann der Qualm…

»Das kapiere ich nicht!« keuchte Sugar. Angst hatte sein Gesicht in eine Maske verwandelt. »Laßt uns verschwinden.« Sugar rutschte von seinem Pult herab. Als er mit beiden Füßen den Boden berührte, fühlte er sich trotzdem unsicher, denn er schwankte und zitterte in den Knien.

»Geht ihr mit…?«

Tommy nickte.

Auch Hank war einverstanden.

Nur Crazy nicht.

Es drehte sich. Und diesmal drang ein knurrender Laut aus seinem weit geöffneten Maul. Gleichzeitig bewegten sich die dicken Augen. Sie sahen aus wie Kugeln, die von unsichtbaren Händen in verschiedene Richtungen gedreht wurden.

Die Jungen schielten zur Tür. Es waren nur wenige Schritte. Sie waren ungefähr gleich weit von ihr entfernt, aber zwischen ihnen stand immer noch Crazy, und dieses Monster hatte sich in einen mörderischen Unhold verwandelt. Etwas huschte über alle Wände zugleich, und die Jungen stellten fest, daß es vier Schatten waren, die Crazy übergroß zeigten.

Ihre Furcht nahm zu.

Sugar reagierte als erster. Er wollte nicht mehr bleiben. »Ich – ich gehe jetzt auf die Tür zu. Ich halte sie für euch auf.«

Die beiden anderen nickten. Sie starrten auf Sugar und das Monster-Spielzeug, und sie hatten den Eindruck, als würden sich beide gegenseitig belauern.

Sugar ging.

Er hatte Angst. Sie ließ ihn zittern. Er setzte seine Schritte so vorsichtig, als würde er über eine dünne Eisdecke schreiten. Vielleicht war das ein Fehler, denn so konnte sich Crazy auf den Jungen konzentrieren. Die sich bewegenden Augen des Monsters pendelten sich allmählich auf Sugar ein.

Der sprang mit einem Satz auf die Tür zu.

Aber auch Crazy bewegte sich.

Sugar mußte an dem kleinen Monster vorbei. Fast hätte er es auch geschafft. Bis Crazy den Kopf drehte und ihm dabei in die Seite sprang.

Das Horrortier rammte den Jungen. Sein Maul stand nicht mehr offen. Beide Hälften waren zugeschnappt. Die Zähne hatten sich nicht nur in Sugars Kleidung verbissen. Wie scharfe Messer waren sie durch den Stoff gedrungen und hatten Wunden in sein Fleisch gerissen. Für einen Moment war der Junge starr vor Entsetzen. Mit einem Bein stand er noch auf der Erde und sah dabei aus wie ein Ballettänzer, dessen Sprung mißglückt war.

Dann schrie er.

Und er fiel.

Schwer schlug er auf, während Crazy ihn losließ und sich drehte. In seiner Schnauze steckten Fetzen der Kleidung, vermischt mit dickem, rotem Blut und Hautresten.

Das Tier knurrte.

Der nächste Angriff würde Hank gelten, denn das Monstertier

stand vor ihm. Es war zum Töten bereit, und Hank wußte selbst nicht, woher er den Mut nahm, sich zu bewegen. Seine Arme schnellten nach links, wo die Landkarten aufgerollt an der Wand lehnten. Es gelang ihm, sich eine davon zu schnappen, bevor dieses Monster ihn angreifen konnte. Als es sprang, da war Hank geistesgegenwärtig genug, um ihm die aufgerollte Karte schräg entgegen zu rammen.

Crazy biß zu.

Diesmal hackte er seine Zähne nicht in das Fleisch eines Menschen, es drückte sie in die aufgerollte, harte Karte, und die beiden Jungen hörten das dabei entstehende Knirschen.

Sie flohen.

Sie dachten nicht mehr an Sugar, sie wollten nur weg und Hilfe holen.

Hank erreichte die Tür als erster. Er wollte schon die Klinke greifen, als alles anders kam.

Von der anderen Seite wurde die Tür ruckartig aufgestoßen. So schnell, daß Hank es nicht mehr schaffte, ihr auszuweichen. Zwar nahm er den Kopf zur Seite, so daß das Türblatt ihn nicht voll erwischte, sondern nur seitlich an der Stirn, aber der Sternenhaufen, der vor seinen Augen aufblitzte, ließ ihn die normale Umgebung vergessen. Hank wußte nicht mehr, wo er sich befand. Er ruderte mit den Armen, taumelte dabei zurück, er fiel zu Boden, und wie aus weiter Ferne hörte er die Stimme von Schwester Ellen.

»Was ist denn hier los?«

Auch Tommy hatte flüchten wollen. Er war grau vor Furcht geworden. Zuerst hatte er sich geärgert, nicht schneller gewesen zu sein als Hank, dann aber hatte er mit ansehen müssen, wie die Tür von außen nach innen aufgerammt worden war und Hank getroffen hatte.

Diesen Treffer hatte Hank nicht verkraften können. Er war auf den Boden gefallen und hielt eine Hand gegen die getroffene Schläfe gepreßt.

In seine Panik hinein hörte er die kalte Stimme von Schwester Ellen, die wissen wollte, was hier los war.

»Hauen Sie ab!« hörte er sich brüllen.

Vergebens. Die Schwester blieb stehen. Sie war einen kleinen Schritt in den Raum hineingegangen und dann stehengeblieben. Noch immer wußte sie nicht, was sie von den Vorgängen halten sollte.

Sie sah einen der Jungen blutend und verletzt auf dem Boden liegen. Ein anderer lag ebenfalls und hatte seine Hände gegen den Kopf gepreßt. Tommy hatte etwas gebrüllt, und es hatte sich angehört, als ob er an seiner eigenen Angst ersticken würde.

Das aber war nicht alles und auch nicht das Schlimmste. Der Blick der Schwester fiel auf das seltsame Tier, das eigentlich ein Monster war und gewissermaßen den Mittelpunkt des Geschehens bildete. Sie sah die blutige Schnauze, sie sah auch den Dampf, der aus dem offenen Maul hervorströmte, und sie begriff trotz allem nicht, was hier geschehen war. Hier war etwas Schlimmes passiert, das stand fest. Mochte sie auch noch so streng reagieren und bei den Kindern verrufen sein, sie trug ihnen gegenüber eine Verantwortung.

Sie mußte eingreifen, und sie ging die ersten beiden Schritte. Dabei kümmerte sie sich nicht um die Jungen, ihr war das seltsame Tier wichtiger.

Die geknurrte Warnung überhörte sie.

Noch ein Schritt.

Das Tier sprang.

Es sah im ersten Augenblick lächerlich aus, wie es sich auf seinen dünnen Beinen abstützte und in den Knien etwas einknickte. Aber es hatte nur Kraft sammeln wollen, um die relativ große Distanz überbrücken zu können.

Von unten nach oben sprang es auf Schwester Ellen zu.

Die schaffte es nicht einmal, einen Schrei auszustoßen. Das kleine Monster war schneller.

Es jagte auf ihre Kehle zu.

Die Schwester merkte es zu spät. In ihrem Blickfeld befand sich einzig und allein dieses übergroße Maul, das aus zwei zahnbewehrten Hälften bestand.

Der Biß!

Er war brutal, er war hart, und er erstickte ihren Schrei in einem Strom von Blut, der nicht nur nach außen aus der Wunde floß, sondern auch nach innen drang.

Es drang kein Laut mehr aus ihrer Kehle. Etwas pumpte in sie hinein und auch wieder aus ihr hervor. Sie wußte nicht, was es war, möglicherweise das Leben, aber darüber konnte die Schwester nicht mehr nachdenken, denn ihre Knie gaben nach. Das Gewicht des Monsters an ihrer Kehle war einfach zu schwer, und sie hatte das Gefühl, als würden ihre Füße langsam zerfließen.

Schwester Ellen klebte am Boden fest. Auch wenn sie mit letzter Kraft versucht hätte, ein Bein zu heben, es wäre ihr nicht gelungen.

Dann erst spürte sie den Schmerz.

Er war schlimm, er war unbeschreiblich. Nie hätte sie gedacht, daß ihr so etwas widerfahren würde. Sie schwankte und hörte den dumpfen Laut, mit dem das Killertier auf den Boden prallte.

Im nächsten Augenblick erklang ein zweites Geräusch.

Allerdings von ihr abgegeben.

Nur hatte sie nicht bemerkt, daß sie gefallen war. Erst als sie lag, wurde es ihr bewußt.

Noch einmal sah sie überdeutlich, wie sich der verletzte Sugar über den Boden wälzte und Hank sich wieder aufrichtete. Sogar die Beule an seiner Stirn gewahrte sie.

Es war der letzte Eindruck, den sie mitnahm in das Reich des Todes. Ein Zucken durchrann ihren Körper, dann lag sie still.

Schwester Ellen war tot, Crazy hatte sein erstes Opfer gefunden.

Einer aber war unverletzt geblieben.

Tommy, der Junge mit der dunklen Haut, die jetzt nicht mehr so dunkel war, sondern eine aschgraue Farbe angenommen hatte. Die Furcht steckte in ihm wie ein böses Tier. Er spürte Phantomschmerzen, das Entsetzen sorgte dafür, er war in einem blutigen Alptraum gefangen, und er sah erst jetzt, wie sich das Monstertier allmählich drehte und sein mörderisches Maul ihm zuwandte.

Sie starrten sich an.

Die Kugelaugen bewegten und drehten sich. Die einzelnen Farbnuancen flossen ineinander. Blau, gelb und violett – so liefen die

Farben ineinander, aber sie verwischten auch durch den Tränenschleier, der sich vor die Augen des Jungen gelegt hatte.

Er hörte Schritte.

So laut, daß sie ihn aufmerksam werden ließen. Sie rissen ihn aus seiner Starre, und wie im Zeitlupentempo drehte er den Kopf der offenen Tür zu.

Dort erschien eine Gestalt.

Nicht sehr groß, noch ein Kind.

Mickey Mayer war gekommen!

Mickey blieb auf der Schwelle stehen, ohne sich zu rühren. In seinem Gesicht regte sich ebenfalls nichts, selbst die Augenlider blieben starr wie auch die Wimpern.

Mit keinem Wort gab er zu verstehen, was er dachte, doch seine Blicke sprachen Bände.

Er hatte gewonnen!

Er war der Sieger!

Mickey lächelte eisig. Mit einem Schnicken seiner Finger gab er Crazy zu verstehen, den Angriff zu stoppen, und das kleine Monster gehorchte ihm auf der Stelle.

Mickey sah, daß seine Freunde noch lebten. Nur Tommy war nichts geschehen. Sugar blutete aus einer Bißwunde an der Hüfte, und Hank hatte Schwierigkeiten mit seinem Kopf.

Doch jemand lag am Boden und rührte sich nicht mehr. Schwester Ellen, die verhaßte Erzieherin, hatte es endlich erwischt. Ihr ist der Tod zu gönnen, dachte Mickey. Zu sehr hatte sie ihre Zöglinge malträtiert.

Hank setzte sich auf. Während seine beiden Freunde nicht in der Lage waren, auch nur ein Wort hervorzubringen, hatte er sich wieder gefangen. Noch immer eine Hand gegen die Stirn gepreßt, stellte er die Frage.

»Was ist denn los? Warum…?«

Mickey Mayer amüsierte sich. »Eine dumme Frage, Hank. Eine sehr dumme Frage.« Er deutete auf die beiden anderen Jungen. »Ihr seid es gewesen, die mich in der Nacht aus dem Bett holtet, um mich in den Schacht zu stecken. Ja, das wart ihr allein, und ich habe mir meine Rache überlegt. Ich hatte eine Helferin, die mir ein Spielzeug schenkte. Ich habe es Crazy genannt, weil es etwas verrückt aussieht. Nun aber kenne ich seinen richtigen Namen. Er heißt Massago, er ist ein Diener der Hölle, und in den Reichen der Finsternis tritt Massago in dieser Form auf. Er ist ein Dämon, und er hat sich selbst geschickt. Er ist mein Hund, mein Bewacher. Niemand wird mir von heute an noch etwas antun, denn ab jetzt habe ich das Sagen hier, habt ihr verstanden?«

Sie hatten verstanden, und sie wunderten sich nicht einmal darüber, daß Mickey wie ein Erwachsener redete. Alles war anders geworden. Man hatte die Realität auf den Kopf gestellt, sie erlebten einen Alptraum, aus dem es kein Entrinnen gab.

Mickey ließ ihnen Zeit, sich etwas zu erholen. Erst dann redete er weiter. »Ab heute herrschen hier meine und Massagos Gesetze. Ich werde das Kommando übernehmen. Ich löse die alte Frau ab, denn sie hat ihr Leben hinter sich. Sie suchte nach einem Nachfolger, deshalb hat sie mich aus dem Schacht befreit. Und ich weiß auch, daß es in der Nacht noch mehr Tote geben wird, denn ich habe von einem Feind gehört, der in das Haus eingedrungen ist.«

Mit der letzten Bemerkung konnte keiner der anderen etwas anfangen. Sie reagierten überhaupt nicht, doch das war Mickey Mayer egal. Er spitzte die Lippen und stieß einen schrillen Pfiff aus.

Crazy gehorchte ihm.

Das kleine Monster drehte sich um. Mit einem Zittersprung geriet es in seine unmittelbare Nähe und rieb seinen Kopf an den Beinen des Jungen wie ein treuer Hund.

»Ich gehe«, sagte Mickey und drehte sich um.

Crazy nahm er mit…

»Wo ist Mickey Mayer?«

Schwester Lucia hatte die Frage gestellt, und sie hätte auch ebensogut ins Leere sprechen können, denn ich konnte ihr keine Antwort geben.

Ich wußte es nicht!

Obwohl ich mir sagte, daß ich ihn in diesem Schlafraum nicht mehr finden würde, durchsuchte ich ihn, sah unter den Betten nach, ohne einen Anhaltspunkt zu finden.

Die Schwester und ich waren allein in diesem Raum.

»Welche Verstecke gibt es noch?« fragte ich.

»Viele.«

»Haben Sie einen Keller?«

»Nein.«

»Das ist schon mal gut. Noch eine Frage: Wird hier auch Unterricht abgehalten?«

»Früher ja«, flüsterte sie. »Heute nicht mehr. Es gibt noch einige alte Bänke und Pulte aus dieser Zeit. Ansonsten aber gehen die Kinder auf andere Schulen.«

Ich hatte mich bei meiner Suche wieder von ihr entfernt und ging nun auf sie zu. Dabei suchte ich mit meinen Blicken die Reihe der Fenster ab. Auch dort gab es nichts Außergewöhnliches zu sehen. Alle Fenster waren verschlossen.

»Lassen Sie uns gehen«, sagte ich.

»Gut. Aber wohin?«

»Wir müssen den Jungen finden. Nur so kommen wir weiter.«

Schwester Lucia war einverstanden.

Ich war sehr auf der Hut, als ich als erster den Schlafsaal verließ und in die Stille des Ganges trat.

Die Stille blieb nicht.

Ich hörte Stimmen – oder waren es Schreie?

Auch Schwester Lucia hatte sie vernommen. Neben mir stand sie, die Hände zu Fäusten geballt, den Kopf leicht nach links gedreht, weil uns die Schreie aus dieser Richtung erreicht hatten. »Da müssen sie sein«, flüsterte die Frau. »Mein Gott…«

»Was finden wir dort?«

»Abstellräume.«

»Genau richtig«, sagte ich und lief schon los. Ich gelangte in einen schmalen Gang, der ziemlich düster war. Obwohl ich schnell lief und die Schwester kaum Schritt halten konnte, hatte ich das Gefühl, nicht mehr rechtzeitig einzutreffen.

Ich lief an einigen verschlossenen Türen vorbei, hörte wieder einen leisen Schrei, spürte den Druck der Frauenhand in meinem Rücken, die mich zu größerer Eile antrieb und nach rechts in einen schmalen Gang hineinschob. Eine enge Steintreppe führte an seinem Ende in die untere Etage.

»Wo geht es dorthin?« fragte ich.

»In die Wirtschaftsräume.«

Ich wußte genug und kümmerte mich um den Raum, dessen Tür weit offenstand.

Der Anblick traf mich wie ein Keulenhieb. Schwester Lucia, die hinter mir stand, konnte ihr Entsetzen nicht verbergen. Es löste sich in einem schrillen Schrei.

Vor mir lag eine Tote.

Sie war durch einen Biß in die Kehle gestorben, das erkannte ich auf den ersten Blick. Ich dachte dabei sofort an das Horror-Spielzeug, während ich die drei Jungen ansah, von denen einer ebenfalls aus einer Hüftwunde blutete. Den anderen beiden war nicht viel passiert.

Mickey Mayer befand sich nicht im Raum, ebensowenig wie sein kleines Untier.

Die drei Jungen standen unter Schock, dennoch mußte ich sie ansprechen. »Wo ist Mickey?«

»Raus – weg…«, sagte der Junge mit der dunklen Hautfarbe.

»Hat er was gesagt?«

»Nein.« Der Junge fing an zu weinen. Ich wußte, daß ich nicht mehr aus ihm herausholen würde, und drehte mich deshalb um.

Schwester Lucia lehnte schreckensbleich an der Tür. Sie starrte mit weit aufgerissenen Augen ins Leere.

Meine Gedanken bewegten sich fieberhaft. Mickey Mayer war also mit seinem Spielzeug geflüchtet. Da er uns nicht entgegen gekommen war, gab es für mich eigentlich nur eine Möglichkeit.

Er mußte die Treppe genommen haben, die zu den Wirtschaftsräumen führte.

Bevor mich die Schwester fragen oder zurückhalten konnte, hatte ich mich bereits herumgeworfen und hastete auf die Treppe zu. Diesmal sollten mir die beiden nicht entkommen…

Die Treppe war nicht eng, aber ihre Stufen hatten eine unangenehme Höhe, so daß es schwierig war, sie schnell hinter sich zu bringen. Ich ging deshalb vorsichtig, denn ein Geländer, an dem ich mich festhalten konnte, gab es nicht.

Auf meinem Rücken schien eine Eisschicht zu liegen. Angst verspürte ich nicht, aber eine gewisse Furcht konnte ich nicht unterdrücken. Hier war ein Alptraum zur blutigen Tatsache geworden, und die Macht der Schwarzen Magie hatte wieder einmal bewiesen, wie sehr sie den Menschen überlegen war.

Die Treppe endete in einem Flur. Es brannten zwei Lampen an den Wänden. Ihr Licht erreichte auch den relativ hellen Fliesenboden und ließ mich deshalb die dunklen Flecken erkennen, die aussahen wie an den Rändern aufgeplatzte kleine Pfannkuchen.

Ich nahm mir die Zeit, mich zu bücken und den Finger in einen dieser Flecken zu tauchen.

Als ich ihn zurückzog, entdeckte ich die rote Schmiere auf der hellen Kuppe.

Blut also.

Und sicherlich nicht das Blut des kleinen Monsters, sondern das eines Menschen. Vor meinem geistigen Auge entstand das Bild der toten Schwester, und so stellte ich mich innerlich auf die unausweichliche Auseinandersetzung ein.

Es war leicht. Ich brauchte nur der Blutspur zu folgen, um das Ziel zu erreichen.

Lag es hinter der grauen Tür mit der Aufschrift Küche, vor der ich stoppte?

Ich war vorsichtig. Schließlich mußte ich mit drei Gegnern rechnen, den Jungen eingeschlossen.

Die Beretta hielt ich in der rechten Hand, mit der linken drückte ich die Klinke nach unten. Zur Hälfte schaffte ich es, dann aber wurde ich trotz allem überrascht.

Von innen her riß jemand vehement die Tür auf. Ich verlor den Halt, stolperte über die Schwelle und genau in die aufgestellte Falle hinein…

In den folgenden Sekunden verging die Zeit für mich nur intervallweise. Es war so, als wären die Eindrücke, die ich sah, einzelne Bilder, die in ihrem Ablauf immer wieder für einen winzigen Bruchteil stehenblieben.

Eine große Küche, ein gefliester Boden, mehrere Herde, zwei Tische, Geräte und was sonst noch alles dazugehörte. Aber ich sah auch die Frau und das Untier.

Beide standen mir gegenüber, während ich beinahe auf dem glatten Boden ausrutschte und dann trotzdem fiel, weil sich ein anderes Bein zwischen meine gestellt hatte.

Es war Mickey Mayer gewesen, der im toten Winkel gelauert und mich kalt erwischt hatte.

Den harten Sturz fing ich durch eine geschickte Rolle ab und verlor dabei auch meine Pistole nicht, aber ich hörte die wilden Schreie des Jungen – oder waren es die der Frau? – die das Monster anfeuerten.

Es lief auf mich zu. Seine Beine kratzten über den Boden, der ziemlich glatt war. Zum Glück für mich, denn auch das lebendige Horror-Spielzeug hatte Mühe, auf den Beinen zu bleiben.

Ich blieb nicht liegen, sondern wuchtete mich nach rechts, wobei ich mich mehrere Male um die eigene Achse rollte und die Umgebung wahrnahm wie einen zuckenden Film.

Dann lag ich still. Zog aber sofort wieder die Beine an und stemmte mich auf die Knie. Gleichzeitig riß ich den rechten Arm mit der Beretta hoch, und es war gut so.

Das Tier hatte sich bereits vom Boden abgestoßen. Der Flug brachte es genau in meine Richtung, und ich konnte in das offene Maul schauen wie in eine schwarze Höhle.

Zwischen den Zähnen klebte noch das feuchte, schleimige Blut. In diesem Moment fing ich an, das Wesen zu hassen. Genau dieser Haß sorgte dafür, daß ich den Finger krümmte.

Nicht nur einmal, sondern mehrmals hintereinander. Geweihte Silberkugeln fegten aus dem Lauf, sie rasten in das offene Maul hinein, die Detonationen der Schüsse rasten als Echos durch die große Küche, als wollten sie die Kacheln an den Wänden und die Fliesen spalten.

Das Monster zuckte.

Der Kopf war es vor allen Dingen, der in die Höhe ruckte. Sein gewaltiger Sprung war durch die Schüsse aus der Beretta gestoppt worden. Ich hörte schrille Schreie, in die sich ein hartes Fauchen mischte. Das Tier verlor alle Kraft, es prallte zu Boden und rutschte über die glatte Oberfläche hinweg.

Ich stand auf.

Ich drehte mich.

Der Junge stand an der Tür, schreckensbleich im Gesicht. Tränen rannen aus seinen Augen, denn er mußte mit ansehen, wie sein Spielzeug durch die geweihten Kugeln vernichtet wurde.

In ihnen steckte eine so starke Kraft, daß auch der Dämon Massago ihnen nichts entgegensetzen konnte.

Noch lebte die Frau!

Agathe hatte alles mit angesehen. Sie stand an einem der kalten Herde, die Arme zurückgedrückt, und hatte mit ihren Händen den Handlauf umklammert.

Ihr Gesicht wirkte wie das einer Mumie. Die Haut war brüchig geworden, sehr faltig dazu, und in diesen Faltenkanälen schimmerte es gelb, als wären sie mit Eiter gefüllt.

Sie stierte aus müden, schon leblosen Augen auf ihren Helfer, der sich zuckend auf dem Boden wand. Über dem verunstalteten Körper schwebte eine dünne, stinkende Wolke, und im Innern des kleinen Monsters hörte ich ein Knistern, als würden sich Flammen langsam in dem Körper ausbreiten.

Agathe stieß einen unmenschlichen Laut aus, als sie das Tier beinahe erreicht hatte.

Dann ließ sie sich nach vorn fallen.

Sie kippte wie ein Brett und landete direkt auf dem Körper des Tieres, den sie mit beiden Händen umklammerte, als wollte sie ihn noch einmal in die Höhe reißen.

Sie schaffte es beinahe.

Da verwandelte sich das Knistern in ein anderes Geräusch. Etwas fauchte auf. Gleichzeitig platzte der Körper auseinander, und plötzlich schossen düstere Flammen in die Höhe.

Es war ein beinahe schwarzes Feuer, wie es auf unserer Welt unbekannt war.

Innerhalb kürzester Zeit hatte es die Frau und auch das Monster erfaßt.

Das war für den Jungen zuviel.

»Agathe!« brüllte er, bevor er die Arme hochriß. Diese Bewegung und sein Schrei warnten mich.

Er wollte zu ihnen, er wollte sich selbst umbringen, seinem jungen Leben ein Ende setzen, doch diesmal stand ich in der Nähe. Er achtete nicht auf mich, sonst hätte er vielleicht einen Bogen geschlagen.

Mein Griff erwischte ihn mitten im Lauf!

Mickey wurde starr vor Schreck. Er schrie dann, schlug um sich, trampelte, wollte weg, aber ich hielt ihn fest, und dabei sah ich zu, was mit Agathe und dem teuflischen Spielzeug geschah.

Beide verbrannten.

Die dunkle Glut der Hölle fraß sie auf. Eingehüllt in dichte Rauchschwaden sah ich nicht nur das Gesicht der Frau zerfließen, auch das des Spielzeugs, das besonders gut an den Kugelaugen zu erkennen war, denn diese zerliefen wie dicker Schleim. Sie rutschten hinein in die schwarze, knisternde Asche, denn nichts anders blieb von dem übrig, was einmal Mensch und Monster gewesen war.

Beide starben gemeinsam.

Und beide klammerten sich noch im Tod aneinander, als wollte der eine dem anderen Schutz geben.

Noch etwas sah ich.

Durch den Rauch schimmerte ein widerliches Antlitz. Eine dunkle Fratze, die aussah wie eine Maske.

Massago!

So und nicht anders mußte dieser Dämon aus einem fernen Reich aussehen, dessen mörderischer Geist die Frau und auch das kleine Monster beseelt und geleitet hatte.

Er zog sich zurück, dabei verzerrte sich sein Maul, und er grinste mich tückisch an.

Ich wandte mich ab.

Die stinkende Wolke raubte mir den Atem. Zusammen mit Mickey Mayer verließ ich die Küche. Der Junge schrie nicht mehr, er weinte nur.

Die Psychologen würden sich noch lange mit ihm beschäftigen müssen, bis er wieder okay war. Ob er eine Chance hatte, jemals wieder ein normales Leben zu führen, wußte ich nicht…

Schwester Lucia hatte die Tür des Mordzimmers verschlossen. Das Ereignis mußte sich blitzschnell herumgesprochen haben, denn als ich zusammen mit dem Jungen den Gang betrat, sah ich ihn voller Kinder.

Schwester Lucia lief auf uns zu. In ihren Augen stand eine Frage, die ich mit einem Nicken beantwortete.

»Dann – dann haben Sie es geschafft?« flüsterte sie.

»Ja, ich habe es geschafft, Schwester.«

Tränen der Erleichterung schimmerten in ihren Augen, und auch ich fühlte mich plötzlich wieder besser…

ENDE

Band 73 907

Jason Dark
Geister, Zombies und Vampire

Mit den nächsten acht Grusel-Abenteuern setzt Jason Dark die Reihe seiner SINCLAIR-Sonderausgaben fort. Begleiten sie John Sinclair und seine Freunde, wenn sie – dem untoten Monster im Keller der Mrs. Longford den Garaus machen – dem Kreuzritter Alexander von Rochas begegnen, der einen Pakt mit dem Teufel geschlossen hat – in die Klauen der drei Vampirschwestern geraten, die in ihrem Club in Soho ihre Blutfeste feiern – dem untoten Captain des Seglers ›Cornwall Love‹ gegenüberstehen, der eine neue Crew für sein Schiff sucht – gegen einen Totengräber kämpfen müssen, auf dessen Friedhof ein Rummelplatz entstehen soll – mit ansehen müssen, wie Jane Collins von der Hexe Damona gezwungen wird, John Sinclair zu ermorden – dem Dämon Janus mit dem tödlichen Blick Paroli bieten – und in den Bann eines Schachspiels geraten, das sich als magische Bombe entpuppt . . .

BASTEI LÜBBE

Sie erhalten diesen Band im Buchhandel, bei Ihrem Zeitschriftenhändler sowie im Bahnhofsbuchhandel.